Johannes Mario

Simmel

Es muss nicht immer Kaviar sein
Gott schützt die Liebenden

Reader's Digest

Autorisierte Sonderausgabe 2017 für Reader's Digest
– Deutschland, Schweiz, Österreich –
Verlag Das Beste GmbH – Stuttgart, Zürich, Wien

Umschlagillustration von Jan Bazing

JS2 061724

Printed in Germany

ISBN 978-3-95619-268-5

Besuchen Sie uns im Internet
www.readersdigest.de | www.readersdigest.ch | www.readersdigest.at

Inhalt

Thomas Lieven ist alles, was sich eine Frau wünschen kann: gut aussehend, im besten Alter, charmant und ein begnadeter Koch. Aber der Mann ist noch viel mehr – Geheimagent wider Willen. Seine Abenteuer führen ihn quer durch das Europa des Kalten Krieges, durch eine Zeit voller Hass und Fanatismus, Lügen und Verrat. Trotzdem geht er, dessen einzige Schwächen die Frauen und das Kochen sind, unbeirrt und unbesiegt durch jede Gefahr, denn nicht umsonst trägt er eine philosophische Erkenntnis im Herzen: Es muss nicht immer Kaviar sein!

Paul Holland, ein gehetzter Reporter, hat zu viel Leid, zu viel Unfassbares gesehen, um noch an Gott glauben zu können. Sein Leben kreist um Sibylle Loredo, die ihm alles bedeutet, ihm Glauben und politische Weltanschauung ersetzt. Bevor er beruflich für einige Tage nach Rio de Janeiro fliegt, macht er Sibylle einen Heiratsantrag, den diese annimmt. Als er wieder nach Berlin zurückkehrt, ist Sibylle verschwunden. Verzweifelt sucht Holland die Geliebte, ohne die er sich verloren wähnt. Er verfolgt ihre Spur und wird in einen Strudel unheimlicher Ereignisse gerissen. Er muss sich fragen, ob er die Frau, die er heiraten wollte, wirklich kennt …

Es muss nicht immer Kaviar sein

Die tollkühnen Abenteuer
und auserlesenen Kochrezepte
des Geheimagenten wider Willen
Thomas Lieven

Dieser Roman beruht auf Tatsachenberichten.
Die Namen und Personen sind frei erfunden.
Eine Namensgleichheit mit lebenden
oder verstorbenen Personen wäre rein zufällig.

Prolog

1

Wir Deutschen, liebe Kitty, können ein Wirtschaftswunder machen, aber keinen Salat", sagte Thomas Lieven zu dem schwarzhaarigen Mädchen mit den angenehmen Formen.

„Jawohl, gnädiger Herr", sagte Kitty. Sie sagte es ein wenig atemlos, denn sie war fürchterlich verliebt in ihren charmanten Arbeitgeber. Und mit verliebten Augen sah sie Thomas Lieven an, der bei ihr in der Küche stand.

Über seinem Smoking – nachtblau, mit schmalem Revers – trug Thomas Lieven eine Küchenschürze. In der Hand hielt er eine Serviette. In der Serviette befanden sich die zarten Blätter von zwei bildschönen Salatköpfen.

Was für ein Mann, dachte das Mädchen Kitty, und ihre Augen glänzten. Kittys Verliebtheit rührte nicht zuletzt daher, dass ihr Arbeitgeber, Herr über eine Villa mit vielen Zimmern, sich so selbstverständlich in ihrem Reich, der Küche, zu bewegen verstand.

„Salat richtig anzurichten ist eine fast schon verlorene Kunst", sagte Thomas Lieven. „In Mitteldeutschland wird er süß zubereitet und schmeckt wie verdorbener Kuchen, in Süddeutschland sauer wie Kaninchenfutter, und in Norddeutschland benutzen die Hausfrauen sogar Salatöl. O heiliger Lukullus! Türschlösser sollte man behandeln mit diesem Öl, aber nicht Salat!"

„Jawohl, gnädiger Herr", sagte Kitty, immer noch atemlos. In der Ferne begannen Kirchenglocken zu läuten. Es war 19 Uhr am 11. April 1957.

Der 11. April 1957 schien ein Tag zu sein wie jeder andere. Nicht so für Thomas Lieven! Denn an diesem Tag wähnte er, mit einer wüsten, gesetzesfeindlichen Vergangenheit abschließen zu können. An diesem 11. April 1957 bewohnte Thomas Lieven, kurz vorher 48 Jahre alt geworden, eine gemietete Villa im vornehmsten Teil der Cecilien-Allee zu Düsseldorf. Er besaß ein ansehnliches Guthaben bei der „Rhein-Main-Bank" und einen Luxussportwagen deutscher Fabrikation, der 32 000 DM gekostet hatte.

Thomas Lieven war ein außerordentlich gut erhaltener Endvierziger. Schlank, groß und braun gebrannt, besaß er kluge, leicht melancholische Augen und einen sensiblen Mund im schmalen Gesicht. Das schwarze Haar war kurz geschnitten, grau meliert an den Schläfen.

Thomas Lieven war nicht verheiratet. Seine Nachbarn kannten ihn als stillen, vornehmen Menschen. Sie hielten ihn für einen soliden bundesdeutschen Geschäftsmann, wenngleich sie ein wenig unmutig darüber waren, dass sich so wenig Konkretes über ihn erfahren ließ …

„Meine liebe Kitty", sagte Thomas Lieven, „Sie sind hübsch, Sie sind jung, zweifellos werden Sie noch eine Menge lernen müssen. Wollen Sie von mir etwas lernen?"

„Mit Freuden", hauchte Kitty, diesmal sehr atemlos.

„Gut, ich werde Ihnen das Rezept verraten, wie man Kopfsalat schmackhaft macht. Was haben wir bisher getan?"

Kitty knickste. „Vor zwei Stunden haben wir zwei mittelgroße Salatköpfe gewässert, gnädiger Herr. Dann haben wir die harten Stiele entfernt und nur die zarten Blätter ausgesucht …"

„Was haben wir mit den zarten Blättern gemacht?", forschte er weiter.

„Wir haben sie in eine Serviette getan und die Serviette mit den vier Zipfeln zusammengeknotet. Dann haben Sie, gnädiger Herr, die Serviette geschlenkert …"

„Geschleudert, liebe Kitty, geschleudert, um den letzten Tropfen Flüssigkeit herauszuholen. Es ist von größter Wichtigkeit, dass die Blätter vollkommen trocken sind. Doch wollen wir jetzt unsere Aufmerksamkeit der Zubereitung einer Salatsoße zuwenden. Reichen Sie mir bitte eine Glasschüssel und ein Salatbesteck!"

Als Kitty zufällig die lange, schlanke Hand ihres Arbeitgebers berührte, durchlief sie ein süßer Schauder.

Was für ein Mann, dachte sie …

Was für ein Mann – das hatten auch unzählige Menschen gedacht, die Thomas Lieven in den vergangenen Jahren kennenlernten. Von welcher Art diese Menschen waren, mag daraus hervorgehen, was Thomas Lieven liebte und was er hasste.

Thomas Lieven liebte: schöne Frauen, elegante Kleidung, antike Möbel, schnelle Wagen, gute Bücher, kultiviertes Essen und gesunden Menschenverstand.

Thomas Lieven hasste: Uniformen, Politiker, Krieg, Unvernunft, Waffengewalt und Lüge, schlechte Manieren und Grobheit.

Es hatte eine Zeit gegeben, da war Thomas Lieven das Urbild eines ordentlichen Bürgers, abhold jeder Intrige, zugeneigt einem Leben voll Sicherheit, Ruhe und Bequemlichkeit. Gerade einen solchen Menschen aber riss ein seltsames Geschick – von dem ausführlich noch zu erzählen sein wird – aus seiner sanften Bahn. Der ordentliche Bürger Thomas Lieven sah sich gezwungen, in ebenso gewaltigen wie grotesken Aktionen die folgenden Organisationen übers Ohr zu hauen: die deutsche Abwehr und die Gestapo, den britischen „Secret Service", das französische „Deuxième Bureau", das amerikanische „Federal Bureau of Investigation" und den sowjetischen Staatssicherheitsdienst.

Der ordentliche Bürger Thomas Lieven sah sich gezwungen, in fünf Kriegs- und zwölf Nachkriegsjahren sechzehn falsche Pässe von neun Ländern zu benutzen.

Im Krieg stiftete Thomas Lieven maßlose Verwirrung sowohl in den deutschen als auch in den alliierten Hauptquartieren. Er fühlte sich keineswegs wohl dabei.

Nach dem Krieg wiederum hatte er – wie wir wohl alle – für kurze Zeit das Gefühl, dass der Wahnsinn, in dem und von dem er gelebt hatte, zu Ende sei.

Irrtum!

Die Herren im Dunkeln ließen Thomas Lieven nicht mehr los. Aber dafür rächte er sich an seinen Peinigern. Er nahm von den Reichen der Besatzungszeit, von den Hyänen der Währungsreform, von den Neureichen des Wirtschaftswunders.

Es gab keinen Eisernen Vorhang für Thomas Lieven. Er handelte und wandelte in Ost und West. Die Behörden zitterten vor ihm. Abgeordnete verschiedener Landtage und Parlamentarier in Bonn zittern noch heute, denn Thomas Lieven lebt, und er weiß eine Menge über Spielbanken, Baugeschäfte und Aufträge der neuen deutschen Bundeswehr …

Er heißt natürlich nicht Thomas Lieven.

Man wird uns unter den gegebenen Umständen verzeihen, dass wir seinen Namen ebenso geändert haben wie seine Adresse. Aber die Geschichte dieses einstmals friedlichen Bürgers, dessen Leidenschaft auch heute noch das Kochen ist und der wider Willen zu einem der größten Abenteurer unserer Zeit wurde, diese Geschichte ist wahr.

Wir beginnen sie am Abend des 11. April 1957, in jenem historischen Moment, da Thomas Lieven über die Zubereitung von Kopfsalat doziert.

Kehren wir also wieder in die Küche seiner Villa zurück!

„Salat darf nie mit Metall in Berührung kommen", sagte Thomas Lieven.

Kitty blickte wie hypnotisiert auf die schlanken Hände ihres Arbeitgebers, und sie hörte seinem Vortrag mit immer neuen Schauern zu.

„Zur Soße", sagte Thomas Lieven, „nehme man eine Messerspitze Pfeffer, eine Messerspitze Salz, einen Teelöffel scharfen Senf. Dazu ein hartes Ei, klein geschnitzelt. Viel Petersilie. Noch mehr Schnittlauch. Vier Esslöffel original italienisches Olivenöl. Kitty, das Öl bitte!"

Errötend reichte Kitty das Gewünschte.

„Vier Löffel davon, wie gesagt. Und nun noch ein Viertelliter Sahne, saure oder süße, das ist eine Geschmacksfrage, ich nehme saure …"

In diesem Augenblick ging die Küchentür auf, und ein Riese trat ein. Er trug schwarz-grau gestreifte Hosen, eine blau-weiß gestreifte Hausjacke, ein weißes Hemd und eine weiße Schleife. Bürstenhaar zierte den Schädel. Wäre ihm eine Glatze eigen gewesen, dann hätte er wie eine zu groß geratene Zweitausgabe von Yul Brynner gewirkt.

„Was gibt es, Bastian?", fragte Thomas Lieven.

Mit einer leicht schleppenden, französisch akzentuierten Stimme erwiderte der Diener: „Herr Direktor Schallenberg ist eingetroffen."

„Pünktlich auf die Minute", sagte Thomas. „Mit dem Mann wird sich arbeiten lassen."

Er band die Schürze ab. „Essen also in zehn Minuten. Bastian wird servieren. Sie, liebes Kind, haben Ausgang."

Während Thomas Lieven sich im schwarz gekachelten Badezimmer die Hände wusch, bürstete Bastian noch einmal über die Smokingjacke.

„Wie sieht der Herr Direktor denn aus?", fragte Thomas Lieven.

„Das Übliche“, antwortete der Riese. „Fett und solide. Stiernacken und Kugelbauch. Ordentliche Provinz.“

„Klingt nicht unsympathisch.“

„Zwei Schmisse hat er auch.“

„Ich nehme alles zurück.“ Thomas schlüpfte in die Smokingjacke. Dabei fiel ihm etwas auf. Missbilligend sprach er: „Bastian, du bist schon wieder an den Kognak gegangen!“

„Nur ein Schlückchen. Ich war ein bisschen aufgeregt.“

„Lass das! Wenn etwas Menschliches passiert, brauche ich deinen klaren Kopf. Du kannst den Herrn Direktor nicht zusammenschlagen, wenn du blau bist.“

„Den Dicken nehme ich noch im Delirium tremens auf mich!“

„Ruhe! Die Sache mit dem Klingelzeichen ist dir klar?“

„Jawohl.“

„Wiederhole.“

„Einmal klingeln: Ich bringe den nächsten Gang. Zweimal klingeln: Ich bringe die Fotokopien. Dreimal klingeln: Ich komme mit dem Sandsack.“

„Ich wäre dir dankbar“, sagte Thomas Lieven, an seinen Nägeln feilend, „wenn du das nicht durcheinanderbringen wolltest.“

2

Ausgezeichnet, die Suppe“, sagte Direktor Schallenberg. Er lehnte sich zurück und betupfte mit der Damastserviette seine schmalen Lippen. „Lady Curzon“, sagte Thomas und klingelte einmal, indem er auf eine Taste unter der Tischplatte drückte.

„Lady was?“

„Curzon – so heißt die Suppe. Schildkröte mit Sherry und Sahne.“

„Ach so, natürlich!“

Die Flammen der Kerzen, die auf dem Tisch standen, flackerten plötzlich. Geräuschlos war Bastian eingetreten und servierte das Paprikahuhn.

Die Flammen beruhigten sich. Ihr warmes gelbes Licht fiel auf den dunkelblauen Teppich, den breiten altflämischen Tisch, die bequemen Holzstühle mit den Bastlehnen, die große altflämische Anrichte.

Das Hühnchen entzückte Direktor Schallenberg aufs Neue. „Delikat, einfach delikat. Wirklich charmant von Ihnen, mich einzuladen, Herr Lieven! Wo Sie mich doch eigentlich nur geschäftlich sprechen wollen …“

„Alles bespricht sich besser bei einem guten Essen, Herr Direktor. Nehmen Sie noch Reis, er steht vor Ihnen.“

„Danke. Nun sagen Sie schon, Herr Lieven, um was für ein Geschäft handelt es sich?“

Menu • 11. April 1957

Dieses Abendessen brachte 717 850 Schweizer Franken ein.

Lady-Curzon-Suppe • Paprikahuhn • Kopfsalat „Clara" • Reis
Gespickte Äpfel mit Weinschaumsoße • Toast mit Käse

Suppe: Lady Curzon war die Frau des englischen Vizekönigs Lord Curzon. Ihr Mann schrieb politische Bücher. Sie verfasste Kochrezepte. Für ihre Schildkrötensuppe empfiehlt die Lady die Vorderfüße der schmackhaften Tiere. Sie enthalten das beste Fleisch. Zum Würzen nehme man: Dragon und Thymian, Ingwer, Muskat, Nelken sowie Curry. Ein Glas Sherry gehört in die Suppe, in der möglichst noch Schildkröteneier, Würstchen aus den Därmen und eine Farce von den Innereien des Tieres schwimmen sollen. Wem dies jedoch zu umständlich erscheint, der kaufe sich im Laden eine Büchse fertige Schildkrötensuppe, vergesse allerdings nicht, einen kräftigen Schluck Sherry und einen Tassenkopf Sahne hineinzugießen.

Paprikahuhn: Man brate ein zartes Huhn auf die übliche Weise in Butter, lasse es aber nicht zu braun werden, teile es dann je nach Größe in 4 oder 6 Teile und stelle sie warm. – Man lasse eine sehr fein gehackte Zwiebel und einen Teelöffel Paprika in der Bratbutter dünsten, dann mit wenig Wasser oder Fleischbrühe aufkochen, füge reichlich dicke saure Sahne, die mit etwas Maizena verrührt wurde, hinzu, schmecke mit Salz und eventuell noch Paprika ab. Um die rote Farbe zu verstärken, gibt man etwas Tomatenmark in die Soße, das aber keinesfalls vorschmecken darf. – Man lege die Hühnerstücke in die Soße, lasse sie einige Minuten darin ziehen.

Reis: Fast immer „klebt" der Reis wie ein Brei. Dabei ist es so einfach, Reis körnig zu machen. Man beachte: Der Reis soll – nachdem er gut gewaschen ist – in beliebiger Menge Wasser 10–15 Minuten kochen. Nun kommt er in ein Sieb und wird darin unter kaltem Wasser gespült. Das ist der Trick, um das klebrige Reismehl zu entfernen! Kurz vor dem Anrichten wärme man den Reis in demselben Sieb über kochendem Wasser, nur durch den Wasserdampf. Erst in der tischfertigen Schüssel kommt dann etwas Butter, Salz oder auch je nach Geschmack Curry, Safran oder Pfeffer darüber.

Gespickte Äpfel mit Weinschaumsoße: Gleichmäßig große, mürbe Äpfel schälen, in einem vanillierten Zuckersirup langsam gar ziehen lassen, ohne dass sie zerfallen, aus der Soße heben und in einem Sieb abtropfen lassen. In der Zwischenzeit Mandeln abziehen, in Streifen schneiden, auf ein Backblech ausbreiten und im heißen Backofen rösten. Die gut abgetropften Äpfel werden nun mit Likör, Rum oder Kognak getränkt und mit den Mandelstiften gespickt. Man richtet sie auf einer Platte an und reicht dazu die Weinschaumsoße: Zwei Eidotter werden mit 100 Gramm Zucker schaumig gerührt, 20 Gramm Mais- oder Stärkepulver mit einer halben Tasse Wasser glatt gerührt, ein Viertelliter Weißwein dazugegeben und zusammen mit der schaumig gerührten Eiermasse unter Rühren auf kleiner Flamme dick gekocht. Die zwei Eiweiß zu steifem Schnee schlagen, unter die Masse ziehen, eventuell mit Rum, Arrak, Kognak usw. abschmecken.

Toast mit Käse: Man bestreiche Weißbrotscheibchen in der Mitte dick mit Butter. Eine Scheibe Käse – nur Emmentaler oder Edamer ist geeignet – wird darauf gelegt. Die Schnittchen werden auf einem Kuchenblech in gut angewärmter Röhre 5 Minuten gebacken, bis sie goldgelb sind. Ganz heiß servieren.

„Noch etwas Salat?"

„Nein, danke. Schießen Sie doch endlich los!"

„Na schön", sagte Thomas. „Herr Direktor, Sie haben eine große Papierfabrik."

„So ist es, ja. Zweihundert Angestellte. Alles aus den Trümmern wieder aufgebaut."

„Eine stolze Leistung. Zum Wohlsein …" Thomas Lieven hob sein Glas.

„Komme nach."

„Herr Direktor, wie ich weiß, stellen Sie besonders hochwertiges Wasserzeichenpapier her."

„Jawohl."

„Unter anderem liefern Sie das Wasserzeichenpapier für die neuen Aktien, welche die ‚Deutschen Stahlunion-Werke' gerade auf den Markt bringen."

„Richtig. Aktien der DESU. Kann Ihnen sagen, diese Scherereien, diese dauernden Kontrollen! Damit meine Leute ja nicht auf die Idee kommen, ein paar Aktien selber zu drucken, hahaha!"

„Hahaha. Herr Direktor, ich möchte bei Ihnen fünfzig Großbogen dieses Wasserzeichenpapiers bestellen."

„Sie wollen … was?"

„Fünfzig Großbogen bestellen. Als Firmenchef dürfte es Ihnen kaum Schwierigkeiten bereiten, die Kontrollen zu umgehen."

„Aber um Himmels willen, was wollen Sie denn mit den Bogen?"

„Aktien der DESU-Werke drucken natürlich. Was haben Sie gedacht?"

Direktor Schallenberg legte seine Serviette zusammen, blickte nicht ohne Bedauern auf seinen noch halbvollen Teller und äußerte: „Ich fürchte, ich muss jetzt gehen."

„Aber keineswegs. Es gibt noch Äpfel in Weinschaumsoße und Toast mit Käse."

Der Direktor stand auf. „Mein Herr, ich werde vergessen, dass ich jemals hier gewesen bin."

„Ich bezweifle, dass Sie das jemals vergessen werden", sagte Thomas und häufte noch etwas Reis auf seinen Teller. „Warum stehen Sie eigentlich, Herr Wehrwirtschaftsführer? Setzen Sie sich doch."

Schallenbergs Gesicht lief dunkelrot an. Er sagte leise: „Was war das?"

„Sie sollen sich setzen. Ihr Huhn wird kalt."

„Sagten Sie Wehrwirtschaftsführer?"

„Sagte ich. Das waren Sie doch. Auch wenn Sie diesen Titel 1945 vergaßen. In Ihrem Fragebogen beispielsweise. Wozu auch noch daran erinnern? Damals hatten Sie sich gerade neue Papiere und einen neuen Namen besorgt. Als Wehrwirtschaftsführer hießen Sie Mack."

„Sie sind ja wahnsinnig!"

„In keiner Weise. Sie waren Wehrwirtschaftsführer im Warthegau. Sie stehen noch immer auf einer Auslieferungsliste der polnischen Regierung. Unter Mack natürlich, nicht unter Schallenberg."

Direktor Schallenberg sank auf seinen altflämischen Bastsessel, fuhr sich mit der Damastserviette über die Stirn und äußerte kraftlos: „Ich weiß wirklich nicht, warum ich mir das anhöre."

Thomas Lieven seufzte. „Sehen Sie, Herr Direktor, auch ich habe eine bewegte Vergangenheit hinter mir. Ich will mich von ihr lösen. Darum brauche ich Ihr Papier. Es nachzumachen dauert zu lange. Zuverlässige Drucker dagegen habe ich … Ist Ihnen nicht gut? Nanu … Nehmen Sie einen Schluck Champagner, das belebt … Ja, sehen Sie, Herr Direktor, damals, als der Krieg zu Ende war, hatte ich Zugang zu allen geheimen Dossiers. Zu jener Zeit waren Sie gerade in Miesbach untergetaucht …"

„Lüge!"

„Entschuldigen Sie, ich meinte Rosenheim. Auf dem Lindenhof."

Diesmal hob Direktor Schallenberg nur schlaff die Hand.

„Ich wusste, dass Sie sich dort versteckten. Hätte Sie verhaften lassen können, in meiner damaligen Position. Ich dachte mir: Was hast du schon davon? Man wird ihn einsperren, man wird ihn ausliefern. Na und?" Mit Appetit aß Thomas ein Stück Hühnerbein. „Jedoch, sagte ich mir, wenn du ihn hübsch in Ruhe lässt, dann wird der Herr in ein paar Jahren wieder oben schwimmen. Die Sorte geht nicht unter, die schwimmt immer wieder oben …"

„Unverschämtheit!", krächzte es aus dem Bastsessel.

„… und dann kann er dir viel nützlicher sein. Sagte ich mir damals, handelte danach, und siehe, es war wohlgetan."

Mühsam rappelte sich Schallenberg hoch. „Ich gehe jetzt direkt zur Polizei und erstatte Anzeige."

„Nebenan steht ein Telefon." Unter dem Tisch drückte Thomas zweimal auf die Klingeltaste.

Wieder flackerten die Kerzenflammen, als der Diener Bastian geräuschlos eintrat. Er trug ein Silbertablett, darauf lagen mehrere Fotokopien.

„Ich bitte, sich zu bedienen", sagte Thomas. „Die Kopien zeigen unter anderem Herrn Direktor in Uniform, verschiedene Erlasse des Herrn Direktors aus den Jahren 1941 bis 1944 und eine Empfangsbestätigung des sogenannten NS-Reichsschatzmeisters über den Erhalt von Reichsmark einhunderttausend als Spende für SA und SS."

Direktor Schallenberg setzte sich wieder.

„Sie können abservieren, Bastian. Der Herr Direktor ist fertig."

„Sehr wohl, gnädiger Herr."

Nachdem Bastian verschwunden war, sagte Thomas: „Im Übrigen sind Sie mit fünfzigtausend bei der Sache dabei. Genügt Ihnen das?"

„Ich lasse mich doch nicht erpressen!"

„Haben Sie sich nicht auch am letzten Wahlkampf mit hohen Spenden beteiligt, Herr Direktor? Wie heißt doch gleich das deutsche Nachrichtenmagazin, das sich für derlei interessiert?"

„Sie sind komplett wahnsinnig! Sie wollen falsche Aktien drucken? Ins Zuchthaus werden Sie kommen! Und ich mit! Ich bin erledigt, wenn ich Ihnen das Papier gebe!"

„Ich komme nicht ins Zuchthaus. Und Sie sind nur erledigt, wenn Sie mir das Papier nicht geben, Herr Direktor." Thomas drückte einmal auf den Klingelknopf. „Passen Sie auf, wie gut Ihnen die gespickten Äpfel schmecken werden."

„Ich esse doch keinen Bissen mehr bei Ihnen, Sie Erpresser!"

„Wann kann ich also mit dem Papier rechnen, Herr Direktor?"

„Niemals!", schrie Schallenberg in maßlosem Zorn. „Niemals bekommen Sie von mir auch nur einen einzigen Bogen!"

3

Es war beinahe Mitternacht. Mit seinem Diener Bastian saß Thomas Lieven vor einem flackernden Kaminfeuer in der großen Bibliothek. Rot und golden, blau, weiß, gelb und grün leuchteten Hunderte von Bücherrücken aus dem Halbdunkel. Ein Plattenspieler lief. Leise erklang das Klavierkonzert Nummer zwei von Rachmaninow.

Thomas Lieven trug immer noch den makellosen Smoking. Bastian hatte den Hemdkragen geöffnet und seine Beine auf einen Stuhl gelegt, allerdings nicht ohne vorher, mit einem Seitenblick auf seinen Herrn, eine Zeitung untergeschoben zu haben.

„Direktor Schallenberg liefert das Papier in einer Woche", sagte Thomas Lieven. „Wie lange brauchen deine Freunde zum Drucken?"

„Etwa zehn Tage", antwortete Bastian. Er hob ein bauchiges Schwenkglas mit Kognak zum Mund.

„Dann werde ich am ersten Mai – schönes Datum, Tag der Arbeit – nach Zürich fahren", sagte Thomas. Er überreichte Bastian eine Aktie und eine Liste. „Hier ist eine Vorlage für den Druck, und auf der Liste stehen die laufenden Nummern, die ich auf den Aktien sehen möchte."

„Wenn ich bloß wüsste, was du vorhast", brummte der Igelkopf bewundernd.

Nur wenn Bastian sich absolut allein mit seinem Herrn wusste, benutzte er das vertrauliche „Du", denn er kannte Thomas seit siebzehn Jahren, und er war früher einmal alles andere als ein Diener gewesen.

Bastian hing an Thomas seit jener Zeit, da er mit ihm im Quartier einer Marseiller Gangsterchefin bekannt geworden war. Außerdem hatte er einige gefährliche Abenteuer mit Thomas bestanden. So etwas bindet.

„Tommy, willst du mir nicht sagen, was du planst?"

„Es handelt sich, lieber Bastian, im Grunde um etwas sehr Legales und Schönes: um die Erwerbung von Vertrauen. Mein Aktienschwindel wird ein eleganter Aktienschwindel sein. Es wird – Holz anfassen – überhaupt niemand merken, dass es ein Schwindel gewesen ist. Alle werden verdienen. Alle werden zufrieden sein."

Thomas Lieven lächelte verträumt und holte eine goldene Repetieruhr hervor. Sie stammte von seinem Vater. Durch alle Fährnisse des Lebens hatte Thomas diese flache Uhr mit dem Sprungdeckel begleitet, auf tollkühnen Fluchten und Jagden war sie dabei gewesen. Immer wieder war es Thomas Lieven gelungen, sie zu verstecken, zu beschützen oder wiederzuerobern. Er ließ den Deckel aufspringen. Silberhell kündigte ein eingebautes Schlagwerk die Zeit.

Traurig sagte Bastian: „Ich kriege es nicht in meinen Schädel. Eine Aktie ist ein Anteilschein an einem großen Unternehmen. Auf fällige Aktiencoupons erhält man in bestimmten Abständen eine bestimmte Dividende ausbezahlt, einen entsprechenden Teil des Gewinnes, den das Unternehmen erzielt hat."

„Ja und, mein Kleiner?"

„Himmel noch mal, aber die Coupons deiner gefälschten Aktien kannst du doch bei keiner Bank der Welt vorlegen! Die Nummern, die darauf stehen, stehen doch auch auf den echten Aktien, die irgendjemand besitzt. Der Schwindel muss doch sofort auffliegen."

Thomas erhob sich. „Coupons werde ich natürlich auch niemals vorlegen."

„Aber wo ist dann der Trick?"

„Lass dich überraschen", sagte Thomas, trat zu einem Wandsafe und öffnete das Kombinationsschloss. Eine schwere Stahltüre schwang zur Seite. Im Safe lagen Bargeld, ein paar Goldbarren mit Bleikern (und einer kurzweiligen Geschichte) und drei Schachteln mit gefassten und ungefassten Edelsteinen. Im Vordergrund lag ein Häufchen Pässe.

Versonnen sprach Thomas: „Ich werde zur Sicherheit doch lieber unter einem andern Namen in die Schweiz reisen. Lass uns mal sehen, was haben wir denn noch an deutschen Pässen?" Lächelnd las er die Namen: „Mein Gott, wie viele Erinnerungen hängen daran: Jakob Hausér … Peter Scheuner … Ludwig Freiherr von Trendelenburg … Wilfried Ott …"

„Als Trendelenburg hast du die Cadillacs nach Rio verschoben. Den Freiherrn würde ich ein bisschen ausruhen lassen. Auch den Hausér. Den suchen sie immer noch in Frankreich", sagte Bastian versonnen.

4

Nehmen Sie Platz, Herr Ott. Womit können wir Ihnen dienen?", fragte der Leiter der Effektenabteilung und ließ die schlichte Visitenkarte Wilfried Ott, Industrieller, Düsseldorf sinken. Der Leiter der Effektenabteilung hieß Jules Vermont. Sein Büro lag im ersten Stock der „Schweizer Zentralbank" in Zürich.

Thomas Lieven, der sich gerade Wilfried Ott nannte, fragte: „Sie sind Franzose, Monsieur?"

„Mütterlicherseits."

„Dann lassen Sie uns französisch sprechen", schlug Thomas, alias Wilfried, vor, indem er diese Sprache bereits akzentfrei benutzte. Die Sonne ging auf im Gesicht Jules Vermonts.

„Kann ich bei Ihrer Bank wohl ein Nummerndepot eröffnen?"

„Selbstverständlich, Monsieur."

„Ich habe gerade ein paar neue Aktien der Deutschen Stahlunion erworben. Die möchte ich gerne hier in der Schweiz lassen. Wie gesagt, auf einem Nummerndepot, nicht unter meinem Namen …"

„Ich verstehe. Die böse deutsche Steuer, wie?" Vermont zwinkerte mit einem Auge.

Dass Ausländer Vermögenswerte deponierten, war ihm nichts Neues. Insgesamt 150 Milliarden Franken, die Ausländern gehörten, ruhten 1957 in der Schweiz.

„Damit ich es nicht vergesse", sagte Thomas Lieven, „lassen Sie doch bitte die Coupons für 1958 und 1959 abschneiden. Da ich nicht weiß, wann ich wieder nach Zürich komme, werde ich diese Coupons bei mir behalten und zur gegebenen Zeit selbst einlösen. Das erspart Ihnen die Arbeit." Er dachte: Und mir erspart es das Zuchthaus …

Wenig später war alles vorbei. In Thomas Lievens Brusttasche ruhte eine Depotbestätigung der „Schweizer Zentralbank" darüber, dass ein Herr Wilfried Ott, Industrieller aus Düsseldorf in Westdeutschland, neue Aktien der DESU-Werke im Nominalwert von einer Million D-Mark hinterlegt habe.

In seinem Sportwagen, der selbst in Zürich stark beachtet wurde, fuhr er zurück in sein Hotel „Baur au Lac". Hier liebten ihn die Angestellten alle. In allen Hotels der Welt, die er besuchte, liebten ihn alle Angestellten. Das hing mit seinem sonnigen Wesen, seiner demokratischen Gesinnung und seinen Trinkgeldern zusammen.

Er fuhr mit dem Lift in sein Appartement hinauf. Hier ging er zunächst ins Badezimmer und spülte die abgeschnittenen Coupons für 1958 und 1959 fort, auf dass kein Unfug damit angestiftet werden konnte! Der Salon besaß einen Balkon. Thomas setzte sich unter ein buntes Sonnensegel, blickte zufrieden hinaus zu den kleinen Schiffen, die auf dem glitzernden Wasser des Zürichsees schwammen, und überlegte eine Weile. Dann verfasste er mit einem goldenen Bleistift auf einem Briefbogen des Hotels diese Annonce:

Deutscher Industrieller
sucht gegen hohe Verzinsung und erstklassige Sicherheit
zweijährige Beteiligung in der Schweiz.
Nur wirklich seriöse Angebote mit Banknachweis
finden Berücksichtigung.

Diese Anzeige erschien zwei Tage später an auffallender Stelle im Anzeigenteil der *Neuen Zürcher Zeitung*. Es war eine Chiffre angegeben. In drei Tagen liefen unter dieser Chiffre 46 Briefe ein.

Bei strahlend schönem Wetter auf seinem Balkon sitzend, sortierte Thomas die Angebote gewissenhaft.

Sie ließen sich in vier Gruppen einteilen: Siebzehn Briefe hatten Immobilienbüros, Antiquitätengeschäfte, Juweliere und Autoverkäufer zum Absender, die zwar kein Geld, dafür ihre Objekte anpriesen. Zehn Briefe stammten von Herren, die zwar kein Geld hatten, jedoch ihre Vermittlung zu anderen Herren anboten, die angeblich über solches verfügten. Elf Briefe, teils mit, teils ohne Fotos, stammten von Damen, die zwar kein Geld, jedoch teils mit, teils ohne Charme sich selbst anboten.

Und acht Briefe schließlich stammten von Menschen, die Geld offerierten.

Die achtunddreißig Briefe der ersten drei Gruppen zerriss Thomas Lieven in viele kleine Stücke.

Von den verbleibenden Offerten erregten zwei wegen ihrer absoluten Gegensätzlichkeit das besondere Interesse Thomas Lievens.

Der eine Brief war mit einer nicht sehr guten Maschine auf nicht sehr gutes Papier geschrieben worden – in nicht sehr gutem Deutsch. Der Absender bot „… gegen eine Verzinsung, wo für mich interessant ist, Beträge bis zu Schweizer Franken 1 000 000“. Unterzeichnet war die Offerte: „Pierre Muerrli, Häusermakler“.

Der andere Brief war in kleiner, zierlicher Schrift mit der Hand geschrieben. Der gelbliche Bogen aus feinstem Bütten trug in der Mitte des oberen Randes eine kleine goldene Krone mit fünf Zacken.

Der Text lautete:

Château Montenac, 8. Mai 1957

Sehr geehrter Herr!
In Zusammenhang mit Ihrer Annonce in der Neuen Zürcher Zeitung bitte ich – nach telefonischer Anmeldung – um Ihren Besuch.

H. de Couville

Sinnend legte Thomas die so ungleichen Bogen nebeneinander, sinnend betrachtete er sie. Sinnend holte er aus der Westentasche die goldene Repetieruhr und ließ die silberhellen Schläge ertönen – eins, zwei, drei … und noch zwei Schläge: halb vier Uhr. Pierre Muerrli, überlegte Thomas, war gewiss ein sehr reicher Mann, wenn auch ein sehr geiziger. Er kaufte schlechtes Papier und schrieb auf einer alten Maschine.

Dieser H. de Couville schrieb zwar mit der Hand, aber auf bestes Papier. Ob er ein Graf war? Ein Baron?

Mal sehen …

Das Château Montenac lag in einem mächtigen Park auf dem Südhang des Zürichberges. In Serpentinen führte ein breiter Kiesweg zu dem kleinen, kaisergelb gestrichenen Palais mit den grünen Fensterläden empor. Thomas parkte seinen Wagen vor einer mächtigen Auffahrt.

Ein ungemein hochmütiger Diener stand plötzlich vor ihm: „Monsieur Ott? Ich bitte, mir zu folgen." Er führte ihn ins Haus, durch mehrere prunkvolle Räume und zuletzt in ein prunkvolles Arbeitszimmer.

Hinter einem zierlichen Schreibtisch erhob sich hier eine schlanke, elegante junge Frau von etwa 28 Jahren. In weichen Wellen fiel ihr kastanienbraunes Haar bis fast auf die Schultern. Hellrosa glänzte der große Mund. Schräg geschnitten waren die braunen Augen, hochgestellt die Backenknochen. Lange, seidige Wimpern besaß die Dame, samtweiche, gold getönte Haut.

Thomas verspürte einen Stich. Damen mit schrägen Augen und hohen Backenknochen hatten in seinem Leben Verheerungen angerichtet. Dieser Typ, dachte er, beträgt sich immer gleich. Abweisend. Kühl. Überheblich. Aber wenn man ihn dann näher kennenlernt – dann gibt's kein Halten mehr!

Die junge Dame sah ihn ernst an: „Guten Tag, Herr Ott. Wir haben miteinander telefoniert. Bitte, nehmen Sie Platz."

Sie setzte sich und kreuzte die Beine. Das Kleid glitt etwas zurück. Auch noch lange, schöne Beine!, dachte Thomas.

„Herr Ott, Sie suchen eine Beteiligung. Sie sprachen von erstklassigen Sicherheiten. Darf ich wissen, worum es sich dabei handelt?"

Das geht denn doch ein bisschen weit, dachte Thomas. Kühl sagte er: „Ich denke, damit muss ich Sie nicht belästigen. Wenn Sie freundlicherweise Herrn de Couville sagen möchten, dass ich da bin. Er hat mir geschrieben."

„Ich habe Ihnen geschrieben. Ich heiße Hélène de Couville. Ich erledige alle Geldgeschäfte für meinen Onkel", erklärte die junge Dame überkühl. „Also, Herr Ott, was nennen Sie eine erstklassige Sicherheit?"

Thomas neigte lächelnd den Kopf: „Neu aufgelegte Aktien der DESU-Werke, hinterlegt in einem Depot der ‚Schweizer Zentralbank'. Nominalwert: eine Million. Börsenkurs der Altaktien: zwohundertsiebzehn ..."

„Welche Verzinsung bieten Sie?"

„Acht Prozent."

„Und an welche Summe denken Sie?"

Herrgott, diese kühlen Augen, dachte er und sagte: „Siebenhundertfünfzigtausend Schweizer Franken."

„Bitte?"

Zu seinem Erstaunen sah Thomas Lieven, dass Hélène de Couville plötzlich nervös wurde. Die Zungenspitze glitt über die hellroten Lippen. Die Wimpern flatterten ein wenig. „Ist das nicht eine – hm, etwas hohe Summe, Herr Ott?"

„Wieso bitte? Bei *dem* Börsenwert der Aktien?"

„Gewiss ... ja ... aber ..." Sie stand auf. „Es tut mir leid, ich glaube, da muss ich doch meinen Onkel holen. Verzeihen Sie, bitte, einen Augenblick."

Er stand auf. Sie verschwand. Er setzte sich wieder. Er wartete, nach Auskunft seiner alten Repetieruhr, acht Minuten lang.

Instinkt, gewonnen in vielen Jahren eines gesetzlosen Lebens, sagte ihm: Hier stimmt etwas nicht! Aber was?

Die Tür ging auf, Hélène kam zurück. Mit ihr erschien ein Mann, groß und hager, mit sonnenverbranntem Gesicht und breitem Kiefer, mit kurzen, eisgrauen Haaren und weißem Nylonhemd unter einem Einreiher. Hélène stellte vor: „Baron Jacques de Couville, mein Onkel."

Die Herren schüttelten einander die Hand. Immer misstrauischer dachte Thomas: Eine Pfote wie ein Cowboy hat er. Und einen Kiefer, als würde er dauernd Gummi kauen. Und einen Akzent ... Wenn das ein Aristokrat französischer Abstammung ist, fresse ich einen Besen!

Er war jetzt entschlossen, kurzen Prozess zu machen: „Baron, ich fürchte, ich habe Ihre bezaubernde Nichte erschreckt. Lassen Sie uns die ganze Sache vergessen. Es war mir eine Ehre, Sie kennenzulernen."

„Moment mal, Monsieur Ott, seien Sie doch nicht so entsetzlich hastig. Setzen wir uns." Auch der Baron war nervös. Er klingelte.

„Wir wollen in Ruhe über die Geschichte reden. Bei ein paar Drinks."

Als der hochmütige Diener die Drinks brachte, erwies sich der Whisky als Bourbon, nicht als Scotch.

Mehr und mehr missfällt mir dieser Couville, dachte Thomas.

Der Baron nahm das Gespräch wieder auf. Er bekannte, dass er eigentlich nur an eine wesentlich geringere Beteiligung gedacht hätte: „... vielleicht hunderttausend?"

„Baron, wollen wir es doch lassen", sagte Thomas.

„Oder hundertfünfzigtausend ..."

„Wirklich, Baron, wirklich …"

„Vielleicht auch zweihundert …" Es klang fast flehend.

Plötzlich trat der hochmütige Diener ein und meldete, ein Ferngespräch sei da. Daraufhin verschwand der Baron mit seiner Nichte.

Thomas fing allmählich an, sich über diese Aristokratenfamilie zu amüsieren. Als nach beinahe zehn Minuten der Baron allein zurückkam, fahl im Gesicht und furchtbar schwitzend, tat ihm der arme Mann beinahe leid. Aber er verabschiedete sich abrupt.

In der Halle begegnete ihm Hélène. „Sie gehen schon, Monsieur Ott?"

„Ich habe Sie viel zu lange belästigt", sagte Thomas und küsste ihre Hand. Da roch er ihr Parfüm und den Duft ihrer Haut und sagte: „Sie würden mich glücklich machen, wenn Sie heute Abend mit mir dinieren wollten, im ‚Baur au Lac', oder wo Sie befehlen. Bitte, kommen Sie."

„Herr Ott", sagte Hélène, und es klang, als spräche eine Marmorstatue, „ich weiß nicht, wie viel Sie getrunken haben, aber ich führe es darauf zurück. Leben Sie wohl."

5

So unergiebig sich das Gespräch mit dem Baron de Couville erwies, so glatt ließ sich gleich darauf das Geschäft mit dem Häusermakler Pierre Muerrli abwickeln. Ins Hotel zurückgekehrt, rief Thomas ihn an und erklärte kurz, was er wollte, nämlich gegen Sicherheit durch ein DESU-Aktiendepot die Summe von 750 000 Franken.

„Mehr nicht?", fragte Pierre Muerrli in kehligem Schwyzerdütsch.

„Nein, das genügt mir", sagte Thomas und dachte: Man soll nicht übertreiben.

Der Makler kam ins Hotel, ein rotgesichtiger, vierschrötiger Mensch. Ein Mensch mit Tempo!

Am nächsten Tag bereits wurde bei einem Notar dieser Vertrag aufgesetzt und besiegelt:

> Herr Wilfried Ott, Industrieller aus Düsseldorf, verpflichtet sich, eine Beteiligung von einer Dreiviertelmillion Franken mit acht Prozent zu verzinsen. Die Beteiligung soll spätestens am 9. Mai 1959, Mitternacht, zurückbezahlt werden.
>
> Bis zu diesem Zeitpunkt verpflichtet sich Herr Pierre Muerrli, Häusermakler aus Zürich, das Aktiendepot, das ihm Herr Ott als Sicherheit übereignet hat, unberührt zu lassen.
>
> Sollte jedoch die Beteiligung nicht bis zum vereinbarten Termin zurückbezahlt sein, so darf Herr Muerrli über die Wertpapiere frei verfügen.

Den Vertrag in der Tasche, fuhren Thomas und Muerrli in die Zentralbank. Die Echtheit des Depotscheins wurde bestätigt.

In Pierre Muerrlis Maklerbüro fand sodann die Übergabe eines Barschecks über 717 850 Schweizer Franken statt, die Beteiligung abzüglich aller Spesen sowie der achtprozentigen Verzinsung für zwei Jahre.

717 850 Schweizer Franken hatte Thomas sich solcherart sozusagen im Handumdrehen verschafft! Zwei Jahre lang konnte und wollte er nun mit diesem Kapital arbeiten; im Mai 1959, fristgerecht und korrekt, zurückzahlen; die falschen Aktien aus dem Depot holen, zerreißen und im Badezimmer fortspülen. Alle würden dann verdient haben, keiner würde dann geschädigt sein, mehr: Keiner würde jemals merken, was da für ein Ding gedreht worden war. Tja, so einfach funktioniert so etwas, wenn so etwas funktioniert …

Als Thomas Lieven, alias Wilfried Ott, Stunden später die Halle seines Hotels betrat, sah er Hélène de Couville in einem Sessel sitzen.

„Hallo, welche Freude!"

Unendlich langsam blickte Hélène von ihrer Modezeitschrift auf. Unendlich gelangweilt äußerte sie: „Oh, guten Tag."

Sie trug ein braunes Pepitakleid an diesem kühlen Tag und eine Jacke aus kanadischem Naturnerz. Es gab keinen Mann in der Hotelhalle, der sich nicht immer wieder nach ihr umgeschaut hätte. Thomas sagte: „Sie haben sich ein bisschen verspätet, aber ich bin sehr glücklich, dass Sie doch noch gekommen sind."

„Herr Ott, nehmen Sie zur Kenntnis: Ich komme nicht zu Ihnen, sondern zu einer Freundin, die hier wohnt."

Thomas sagte: „Wenn es heute nicht geht, dann vielleicht morgen Vormittag zum Aperitif?"

„Morgen verreise ich an die Riviera."

Thomas schlug die Hände zusammen: „Ist das ein Zufall! Wissen Sie, dass ich morgen auch an die Riviera fahre? Ich hole Sie ab. Sagen wir, um elf?"

„Ich werde selbstverständlich nicht mit Ihnen fahren. Da kommt meine Freundin." Sie stand auf. „Leben Sie wohl – wenn Sie können."

Am nächsten Vormittag, sieben Minuten nach elf, fuhr Hélène de Couville in einem kleinen Sportwagen aus dem Parktor des Château Montenac – und an Thomas vorbei.

Er verneigte sich, sie sah zur Seite. Er setzte sich in seinen Wagen und fuhr ihr nach.

Bis Grenoble geschah nichts Berichtenswertes.

Knapp hinter Grenoble blieb Hélènes Wagen stehen. Sie stieg aus. Er hielt neben ihr.

„Etwas mit dem Motor", sagte sie.

Er untersuchte den Motor, konnte aber keinen Defekt finden. Hélène war bereits in ein nahe gelegenes Haus gegangen, um nach einem Mechaniker zu telefonieren. Der kam auch bald und erklärte, die Benzinpumpe wäre „völlig im Eimer"; der Wagen müsse abgeschleppt werden, die Reparatur dauere mindestens zwei Tage.

Thomas war davon überzeugt, dass der Mechaniker log, um eine teure Rechnung schreiben zu können, aber er war selig, auf einen Lügner gestoßen zu sein. Er lud Hélène ein, die Reise in seinem Wagen fortzusetzen.

„Sie sind sehr freundlich, Herr Ott", antwortete sie nach langem Zögern.

Ihr Gepäck wurde umgeladen. Der Lügner bekam von Thomas heimlich ein aristokratisches Trinkgeld.

Die nächsten 100 Kilometer sprach Hélène ein einziges Wort. Als Thomas einmal nieste, sagte sie: „Wohlsein!"

Nach weiteren 100 Kilometern gab sie bekannt, dass sie in Monte Carlo mit ihrem Verlobten verabredet sei.

„Der Arme", sagte Thomas. „Er wird wenig von Ihnen haben." In Monte Carlo brachte er Hélène wunschgemäß in das „Hôtel de Paris". Hier lag eine Nachricht für sie. Ihr Verlobter war in Paris festgehalten, er konnte nicht kommen.

„Ich nehme sein Appartement", erklärte Thomas.

„Sehr wohl, Monsieur", sagte der Rezeptionschef und steckte die 5000-Franc-Note ein.

„Aber wenn mein Verlobter doch noch kommt …"

„Dann soll er sehen, wo er bleibt", sagte Thomas, zog Hélène beiseite und flüsterte: „Das ist überhaupt kein Mann für Sie. Sehen Sie nicht, dass hier die Vorsehung am Werk ist?"

Da musste die junge Dame plötzlich lachen.

Sie blieben zwei Tage in Monte Carlo, dann fuhren sie nach Cannes. Hier stiegen sie im „Hôtel Carlton" ab. Thomas machte sich ein paar schöne Tage. Er fuhr mit Hélène nach Nizza, St. Rafael, St. Maxim und St. Tropez. Er schwamm mit ihr im Meer. Er mietete ein Motorboot, fuhr Wasserski mit ihr. Er lag neben ihr am Strand.

Hélène lachte über dieselben Dinge wie er, dieselben Speisen schmeckten ihr, dieselben Bücher liebte sie, dieselben Bilder.

Als sie nach sieben herrlichen Tagen seine Geliebte wurde, stellte er fest, dass sie sich wirklich auf *jedem* Gebiet verstanden. Und dann geschah es: in der ersten Stunde des achten Tages …

Mit feucht schimmernden Augen lag Hélène de Couville auf dem Bett ihres Schlafzimmers. Thomas saß neben ihr. Sie rauchten beide. Er streichelte ihr Haar. Verwehte Musik klang in den Raum. Nur eine kleine Lampe brannte.

Hélène seufzte und rekelte sich: „Ach, Will, ich bin so glücklich …" Sie nannte ihn Will. Wilfried erinnerte sie zu sehr an Richard Wagner, meinte sie.

„Auch ich, mein Herz, auch ich."

„Wirklich?"

Da war er wieder, dieser seltsame, grübelnde Blick in ihren schrägen Augen, den Thomas sich nicht erklären konnte.

„Wirklich, *chérie.*"

Plötzlich warf sich Hélène herum, sodass er ihren wunderschönen, goldbraun getönten Rücken sah. Mit erschreckender Wildheit schluchzte sie in die Kissen: „Ich habe dich angelogen! Ich bin schlecht – ach, ich bin ja so schlecht!"

Er ließ sie eine Weile schluchzen, dann sagte er dezent: „Wenn es dein Verlobter ist …"

Sie warf sich wieder auf den Rücken und rief: „Quatsch, Verlobter! Ich habe doch überhaupt keinen Verlobten! Oh, Thomas, Thomas!"

Er fühlte, wie eine Hand aus Eis seinen Rücken entlangstrich.

„Was hast du eben gesagt?"

„Ich habe überhaupt keinen Verlobten."

„Nein, das meine ich nicht." Er würgte ein bisschen. „Hast du eben Thomas gesagt?"

„Ja", schluchzte sie, und jetzt kullerten dicke Tränen über ihre Wangen zum Hals hinab und auf die Brust. „Ja, natürlich habe ich Thomas gesagt. So heißt du doch, mein geliebter, armer Thomas Lieven … Ach, warum nur musste ich dich treffen? In meinem ganzen Leben war ich nicht so verliebt …" Neuerliches Aufbäumen, neuer Tränenstrom. „Und gerade dir muss ich das antun, gerade dir!"

„Antun? Was antun?"

„Ich arbeite für den amerikanischen Geheimdienst", jammerte Hélène verzweifelt.

Thomas merkte nicht, dass die Glut seiner Zigarette immer näher auf seine Fingerspitzen zukroch. Er schwieg lange.

Endlich seufzte er tief auf: „O Gott, fängt das denn schon wieder an?"

Tragisch stieß Hélène hervor: „Ich wollte es dir nicht sagen … Ich dürfte es dir nicht sagen … Die jagen mich davon – aber ich musste dir die Wahrheit gestehen nach diesem Abend … Ich wäre sonst erstickt …"

„Mal langsam und von vorn", sagte Thomas, der allmählich seine Fassung wiedergewann. „Du bist also eine amerikanische Agentin."

„Ja."

„Und dein Onkel?"

„Ist mein Vorgesetzter, Colonel Herrick."

„Und das Château Montenac?"

„Gemietet. Unsere Leute in Deutschland meldeten, du würdest einen großen Coup planen. Dann kamst du nach Zürich. Als dein Inserat erschien, bekamen wir Vollmacht, dir eine Beteiligung bis zu hunderttausend Franken anzubieten …"

„Warum denn das?"

„Da war doch irgendein Trick bei deiner Annonce. Wir kannten ihn nicht. Aber wir hätten ihn herausbekommen. Und dann hätten wir dich in der Hand gehabt. Das FBI will dich doch unter allen Umständen anheuern. Sie sind ganz verrückt nach dir!"

Sie weinte jetzt wieder. Thomas trocknete ihr die Tränen.

„Dann hast du 750 000 verlangt. Da haben wir ein Blitzgespräch mit Washington angemeldet! Was glaubst du, was die uns erzählt haben! 750 000! Ein Irrsinn!, haben die gesagt. Das wollten sie nicht riskieren! Und da setzten sie dann mich an …"

„Dich an", wiederholte er idiotisch.

„... und so unternahm ich diese Reise. Es war alles nur Theater. Der Mechaniker in Grenoble ..."

„O Gott, der auch. Und ich Trottel habe ihm noch ein Trinkgeld gegeben!"

„... der Verlobte, alles. Tommy. Und nun – und nun habe ich mich in dich verliebt, und ich weiß, wenn du nicht für uns arbeitest, dann lassen sie dich hochgehen!"

Thomas stand auf.

„Bleib bei mir!"

„Ich komme wieder, Liebling", sagte er abwesend. „Ich muss mir nur einiges überlegen – in aller Ruhe, wenn du gestattest. Denn das alles, weißt du, ist mir schon einmal passiert ..."

Er verließ die Schluchzende und ging durch den Salon in sein Schlafzimmer hinüber. Hier setzte er sich ans Fenster, sah lange in die Nacht hinaus.

Dann griff er nach dem Telefonhörer, wartete, bis sich die Zentrale meldete, und sagte: „Geben Sie mir den Küchenchef ... Das ist egal, wecken Sie ihn ..."

Nach fünf Minuten klingelte sein Telefon. Thomas nahm ab: „Gaston? Hier spricht Ott. Ich habe gerade einen argen Schicksalsschlag erlitten. Ich brauche etwas Leichtes, Anregendes. Machen Sie mir einen Tomatencocktail und ein paar Sardinencroquetten ... Danke."

Er legte den Hörer auf.

Es gibt also kein Entrinnen, dachte er. 1957 haben sie mich am Wickel, wie sie mich 1939 am Wickel hatten!

Durch die offene Balkontür sah Thomas Lieven hinaus auf die verlassene Corniche d'Or und empor zu den unnahbaren, unbeteiligten Sternen, die über dem Mittelmeer glänzten. Aus der samtigen Dunkelheit schienen sie plötzlich aufzutauchen, die Männer und Frauen seiner Vergangenheit, näher zu kommen, herabzusteigen: faszinierende Schönheiten, eiskalte Agentinnen, mächtige Konzernfürsten, gerissene Kaufleute, skrupellose Mörder, Bandenführer, Schlachtenlenker.

Da kam sein ganzes bisheriges Leben auf ihn zu, dieses wilde, abenteuerliche Leben, das sich nun vollends im Kreis gedreht hatte, seit jenem warmen Tag im Mai 1939, an dem alles begann ...

Erstes Buch

1. Kapitel

1

Am 24. Mai 1939, zwei Minuten vor 10 Uhr vormittags, hielt ein schwarzes Bentley-Kabriolett vor dem Haus Lombard Street Nummer 122 im Herzen von London.

Ein eleganter junger Herr stieg aus. Seine sonnengebräunte Haut, die saloppe Art, sich zu bewegen, die lustigen Wirbel seines dunklen Haares standen in merkwürdigem Gegensatz zu seiner pedantischen Kleidung. Schwarz-grau gestreifte Hosen mit messerscharfen Bügelfalten trug der Herr, eine zweireihige, kurze schwarze Jacke, eine schwarze Weste mit goldener Uhrkette, ein weißes Hemd mit hohem, steifem Kragen, eine perlgraue Krawatte.

Bevor er die Autotür zuwarf, griff der junge Herr noch einmal in den Wagen. Einen schwarzen, steifen Hut holte er hervor, einen Regenschirm und zwei Zeitungen, die *Times* und die auf rosafarbenem Papier gedruckte *Financial Times*.

So passierte der dreißigjährige Thomas Lieven den Eingang des Gebäudes und eine Tafel aus schwarzem Marmor, die in Goldbuchstaben diese Inschrift trug:

MARLOCK & LIEVEN
Dominion Agency

Thomas Lieven war der jüngste Privatbankier Londons – aber ein erfolgreicher. Solcherlei Blitzkarriere verdankte er seiner Intelligenz, seiner Fähigkeit, seriös zu wirken, und seiner Begabung, nebeneinander zwei vollkommen verschiedene Leben zu führen.

Von äußerster Korrektheit war Thomas Lieven an der Börse. Abseits dieser heiligen Hallen aber war er einer der charmantesten Ladykiller. Niemand, am wenigsten die jeweils direkt Betroffenen, ahnte auch nur, dass er in ausgeruhten Perioden spielend bis zu vier Freundinnen gleichzeitig bewältigte, denn er war ebenso rüstig wie verschwiegen.

Thomas Lieven konnte steifer sein als der steifste Gentleman der City – aber einmal die Woche schwang er heimlich im lautesten Club von Soho das Tanzbein, und zweimal die Woche nahm er heimlich Jiu-Jitsu-Unterricht.

Thomas Lieven liebte das Leben, und das Leben schien ihn zu lieben. Alles fiel ihm in den Schoß, wenn er nur geschickt verbarg, wie jung er noch war … Robert

E. Marlock, sein Seniorpartner, stand im Schalterraum der Bank, als Thomas Lieven hereinkam und würdevoll die Melone lüpfte.

Marlock war fünfzehn Jahre älter, groß und hager. Auf eine nicht eben sympathische Weise wichen seine wasserhellen Augen jedem, der sie betrachten wollte, aus.

„Hallo", sagte er und sah gewohnheitsmäßig an Thomas vorbei.

„Guten Morgen, Marlock", sagte Thomas ernst. „Guten Morgen, meine Herren!"

Die sechs Angestellten hinter ihren Schreibtischen grüßten ernst wie er.

Marlock stand neben einer Metallsäule, die eine gläserne Käseglocke trug. Darunter tickte ein kleiner Messingtelegraf, der auf schmalen, schier endlosen Papierstreifen die neuesten Börsenkurse mitteilte.

Thomas trat neben seinen Partner und sah sich die Notierungen an. Marlocks Hände zitterten ein wenig. Misstrauischerweise hätte man sagen können, dass es typische Falschspielerhände waren. Doch Misstrauen wohnte vorerst nicht in Thomas Lievens heiterer Seele. Nervös fragte Marlock: „Wann fliegen Sie nach Brüssel?"

„Heute Abend."

„Höchste Zeit. Sehen Sie mal, wie die Werte rutschen! Folge von dem verfluchten Nazi-Stahlpakt! Schon Zeitungen gelesen, Lieven?"

„Gewiss", sagte Thomas. Er sagte mit Vorliebe „gewiss"; es klang würdiger als „ja".

Die Zeitungen hatten am Morgen dieses 24. Mai 1939 den Abschluss eines Bündnisvertrages zwischen Deutschland und Italien gemeldet. Selbiges Bündnis wurde „Stahlpakt" genannt. Durch den dunklen, altmodischen Schalterraum schritt Thomas in sein dunkles, altmodisches Privatbüro. Der hagere Marlock folgte ihm und ließ sich in einen der Lederfauteuils sinken, die vor dem hohen Schreibtisch standen.

Zunächst besprachen die beiden Herren, welche Papiere Thomas auf dem Kontinent aufkaufen und welche er abstoßen sollte.

„Marlock & Lieven" besaßen eine Zweigstelle in Brüssel. Thomas Lieven war zudem noch an einer Privatbank in Paris beteiligt. Nachdem die Herren das Geschäftliche erledigt hatten, brach Robert E. Marlock mit jahrelangen Gewohnheiten: Er sah seinem Juniorpartner offen in die Augen. „Hm, Lieven, ich habe da noch eine ganz private Bitte. Sie erinnern sich gewiss an Lucie …"

Thomas erinnerte sich gut an Lucie. Das schöne blonde Mädchen aus Köln hatte jahrelang als Marlocks Freundin in London gelebt. Dann musste etwas Schwerwiegendes vorgefallen sein – niemand wusste genau zu sagen, was –, denn von einem Tag zum anderen war Lucie Brenner nach Deutschland zurückgekehrt.

„Scheußlich von mir, Sie damit zu belästigen, Lieven", klagte Marlock jetzt, dem Jüngeren, mit Anstrengung zwar, aber doch immer noch direkt in die Augen blickend. „Ich dachte bloß, wenn Sie schon in Brüssel sind, könnten Sie vielleicht schnell den Sprung nach Köln hinüber machen und mit Lucie reden."

„Nach Köln? Warum fahren Sie nicht selber? Sie sind doch ebenfalls Deutscher …"

Marlock sprach: „Ich würde sehr gern nach Deutschland fahren, aber die internationale Lage … Zudem, ich habe Lucie damals sehr verletzt, ich bin ganz ehrlich …" – Marlock sagte gern und oft, dass er ganz ehrlich sei – „… ganz ehrlich, ja. Da war eine andere Frau. Lucie hatte jedes Recht, mich zu verlassen. Sagen Sie ihr, ich bitte sie um Verzeihung. Ich will alles gutmachen. Sie soll zurückkommen …"

In seiner Stimme schwang nun jene Rührung, die in den Stimmen der Politiker schwingt, wenn sie von ihrer Sehnsucht nach Frieden sprechen.

2

Am Morgen des 26. Mai 1939 traf Thomas Lieven in Köln ein. Vom „Dom-Hotel" wehten große Hakenkreuzfahnen. Überall in der Stadt wehten Hakenkreuzfahnen. Der „Stahlpakt" wurde gefeiert. Thomas sah viele Uniformen. Auf den Teppichen der Hotelhalle knallten Stiefel aneinander wie Schüsse.

Im Zimmer stand ein Bild des „Führers" auf dem Schreibtisch. Thomas lehnte seinen Rückflugschein daran. Er nahm ein heißes Bad. Dann kleidete er sich um und rief Lucie Brenner an. Als der Hörer am andern Ende der Leitung abgehoben wurde, ertönte ein verdächtiges Knacken, das Thomas Lieven jedoch entging. Dem Superagenten von 1940 war im Jahr 1939 die Existenz von Abhörgeräten noch völlig unbekannt.

„Brenner!"

Da war sie wieder, die verrauchte, aufregend heisere Stimme, an die er sich noch so gut erinnerte.

„Fräulein Brenner, hier spricht Lieven. Thomas Lieven. Ich bin gerade in Köln angekommen und …" Er unterbrach sich. Er hatte zwar nicht das neuerliche Knacken in der Leitung, wohl aber ihren unterdrückten Aufschrei wahrgenommen.

Charmant lächelnd fragte er. „War das ein Freudenschrei?"

„O Gott", hörte er sie sagen.

Knack, machte es wieder.

„Fräulein Brenner, Marlock bat mich, Sie zu besuchen …"

„Der Schuft!"

„Aber nicht doch …"

„Der elende Schuft!"

„Fräulein Brenner, so hören Sie doch! Marlock will Sie durch mich um Verzeihung bitten. Darf ich zu Ihnen kommen?"

„Nein!"

„Aber ich habe ihm versprochen …"

„Verschwinden Sie, Herr Lieven! Mit dem nächsten Zug! Sie wissen ja nicht, was hier los ist!" Knack, machte es in der Leitung, ohne dass Thomas Lieven darauf achtete.

„Nein, nein, Fräulein Brenner, Sie sind es, die nicht weiß, was los ist …"

„Herr Lieven …"

„Bleiben Sie daheim, ich bin in zehn Minuten bei Ihnen!" Er legte auf und zog am Knoten seiner Krawatte. Sportlicher Ehrgeiz hatte ihn gepackt.

Ein Taxi brachte Thomas – selbstverständlich mit steifem Hut und peinlich gerolltem Regenschirm – hinaus nach Lindenthal. Hier wohnte Lucie Brenner im zweiten Stock einer Villa am Beethovenpark.

Er klingelte an der Wohnungstür. Von jenseits erklang dumpfes Geflüster. Mädchenstimme, Männerstimme. Thomas wunderte sich, aber nur ganz wenig. Denn Misstrauen wohnte vorerst nicht in seiner heiteren Seele.

Die Tür ging auf. Lucie Brenner wurde sichtbar. Sie trug einen Morgenrock und anscheinend wenig darunter. Sie war außerordentlich erregt. Als sie Thomas erkannte, ächzte sie: „Wahnsinniger!"

Danach ging alles sehr schnell.

Zwei Männer wurden hinter Lucie sichtbar. Sie trugen Ledermäntel und sahen aus wie Schlächter. Der eine Schlächter stieß Lucie grob beiseite, der andere Schlächter packte Thomas am Revers.

Vergessen waren Selbstbeherrschung, Ruhe und Zurückhaltung! Mit beiden Händen packte Thomas die Schlächterfaust und drehte sich in einer tänzerisch anmutigen Bewegung. Plötzlich hing der Schlächter höchst verblüfft über Thomas Lievens rechter Hüfte. Eine kleine, ruckartige Verbeugung vollführte unser Freund. Ein Gelenk knackte. Der Schlächter schrie gellend auf, flog sausend durch die Luft und landete krachend auf dem Dielenboden. Hier blieb er schmerzverkrümmt liegen. Mein Jiu-Jitsu-Unterricht macht sich bezahlt, dachte Thomas.

„Und nun zu Ihnen", sprach er, auf den zweiten Schlächter zutretend.

Die blonde Lucie begann zu kreischen. Der zweite Schlächter wich zurück und stotterte: „N-nicht d-doch, Herr. Machen Sie nicht solche Sachen …" Er holte einen Revolver aus seinem Schulterhalfter hervor. „Ich warne Sie. Seien Sie vernünftig."

Thomas blieb stehen. Nur ein Idiot kämpft unbewaffnet gegen einen Schlächter mit Revolver.

„Im Namen des Gesetzes", sagte der ängstliche Schlächter. „Sie sind verhaftet!"

„Verhaftet, von wem?"

„Von der Geheimen Staatspolizei."

„Junge, Junge", sagte Thomas Lieven, „wenn ich das im Club erzähle!"

Thomas Lieven liebte seinen Londoner Club, und sein Club liebte ihn. Whiskygläser in der Hand, Pfeifen im Mund, vor dem flackernden Kaminfeuer sitzend, so hörten die Clubmitglieder jeden Donnerstagabend die tollen Geschichten an, die reihum erzählt wurden. Wenn ich diesmal zurückkomme, dachte Thomas, bringe ich eine Geschichte mit, die ist auch nicht schlecht.

Nein, die Geschichte war nicht schlecht, und sie sollte immer besser werden. Allerdings – wann sollte Thomas sie in seinem Club erzählen dürfen, wann seinen Club auch nur wiedersehen? Er war durchaus noch frohen Mutes, als er an diesem Maitag 1939 in einem Büro des „Sonderdezernat D" im Gestapo-Hauptquartier zu Köln saß. Das Ganze ist ja nur ein Missverständnis, dachte er; in einer halben Stunde bin ich hier raus …

Haffner hieß der Kommissar, der Thomas in Empfang nahm: ein dicker Mann mit schlauen Schweinsaugen. Ein sauberer Mann! Ohne Unterlass reinigte er seine Fingernägel mit immer neuen Zahnstochern. „Ich höre, Sie haben einen Kameraden zusammengeschlagen", sagte Haffner böse. „Das wird Ihnen noch verflucht leidtun, Lieven!"

„Immer noch *Herr* Lieven für Sie! Was wollen Sie von mir? Warum wurde ich verhaftet?"

„Devisenverbrechen", sagte Haffner. „Habe lange genug auf Sie gewartet."

„Auf mich?"

„Oder auf Ihren Partner Marlock. Seit diese Lucie Brenner aus London zurückkam, ließ ich sie überwachen. Dachte mir: Einmal taucht einer von euch frechen Hunden wieder auf. Na, und dann hopps!" Haffner schob einen Aktenordner über die Schreibtischplatte. „Am besten, ich zeige Ihnen, was gegen Sie an Material vorliegt. Dann werden Sie die vorlaute Schnauze halten."

Nun bin ich aber wirklich neugierig, dachte Thomas. Er begann in dem umfangreichen Ordner zu blättern. Nach einer Weile musste er lachen.

„Was finden Sie komisch?", fragte Haffner.

„Na, hören Sie mal, das ist doch ein tolles Ding!"

Aus den Dokumenten ging hervor, dass die Londoner Privatbank „Marlock & Lieven" dem Dritten Reich vor ein paar Jahren einen argen Streich gespielt hatte, und zwar unter Ausnutzung des Umstandes, dass an der Zürcher Börse deutsche Pfandbriefe aufgrund der politischen Situation seit Langem nur noch zu einem Fünftel ihres Nominalwertes gehandelt wurden.

„Marlock & Lieven" – oder wer auch immer unter diesem Firmennamen operierte – hatte im Januar, Februar und März 1936 solche Pfandbriefe in Zürich mit illegal transferierten Reichsmarkbeträgen erworben. Danach war ein Schweizer Staatsbürger als Strohmann beauftragt worden, einige der in Deutschland wertlosen, in der übrigen Welt umso wertvolleren Gemälde der sogenannten „entarteten Kunst" zu kaufen. Die Nazi-Behörden erlaubten die Ausfuhr der Gemälde sehr gern. Erstens wurden sie die „unerwünschte" Kunst los, und zweitens erhielten sie die für ihre Aufrüstung so notwendigen Devisen. Der Schweizer Strohmann musste nämlich dreißig Prozent der Kaufsumme in Schweizer Franken bezahlen.

Die restlichen siebzig Prozent allerdings – das bemerkten die Nazis erst viel später – bezahlte der Strohmann mit den deutschen Pfandbriefen, die auf diese Weise die Heimat wiedersahen, in der sie ihren normalen Wert besaßen, also den fünffachen dessen, zu dem „Marlock & Lieven" sie in Zürich erworben hatten.

Während Thomas Lieven die Dokumente studierte, dachte er: Ich habe dieses tolle Ding nicht gedreht. Also kann es nur Marlock gewesen sein. Er muss gewusst haben, dass die Deutschen ihn suchen, dass Lucie Brenner überwacht wird, dass man mich verhaften, dass man mir kein Wort glauben wird. Dass er mich damit los ist. Dass er die Bank damit für sich allein hat. O Gott. O lieber Gott im Himmel …

„So", sagte Kommissar Haffner zufrieden, „jetzt steht die alte Schlabberschnauze endlich still, was?" Er nahm einen neuen Stocher und beschäftigte sich ein bisschen mit seinen Zähnen.

Verflucht, was mache ich bloß, überlegte Thomas. Ein Gedanke kam ihm. Kein sehr guter. Aber es kam kein besserer. „Darf ich mal telefonieren?"

Haffner kniff die Schweinsaugen schmal: „Wen wollen Sie denn sprechen?" Jetzt nichts wie ran, dachte Thomas, es bleibt nur noch die Flucht nach vorn.

„Den Baron von Wiedel."

„Nie gehört."

Thomas brüllte plötzlich los: „Seine Exzellenz Bodo Baron von Wiedel, Gesandter zur besonderen Verwendung im Auswärtigen Amt! Noch nie gehört von dem Herrn, was?"

„Ich – ich ..."

„Nehmen Sie gefälligst den Zahnstocher aus dem Mund, wenn Sie mit mir reden!"

„Was – was wollen Sie denn von dem Herrn Baron?", stotterte Haffner. Seine Durchschnittskost waren verschüchterte Bürger. Mit Häftlingen, die brüllten und Bonzen kannten, fand er sich noch nicht zurecht.

Thomas tobte weiter: „Der Baron ist mein bester Freund!"

Thomas war dem viel älteren Wiedel 1929 in einer nichtschlagenden Studentenverbindung begegnet. Wiedel hatte Thomas in aristokratische Zirkel eingeführt. Thomas hatte die Wechsel gedeckt, die der Baron zuweilen platzen ließ. So waren sie einander menschlich nähergekommen bis zu dem Tag, an dem Wiedel in die Partei eintrat. Da hatte sich Thomas nach einem gewaltigen Krach von ihm gelöst.

Ob Wiedel ein gutes Gedächtnis hat?, überlegte unser Freund nun, während er weiterschrie: „Wenn Sie mir nicht *augenblicklich* eine Verbindung herstellen, können Sie sich morgen einen anderen Posten suchen!"

Das Telefonfräulein hatte es auszubaden. Kommissar Haffner riss plötzlich den Hörer ans Ohr und brüllte seinerseits: „AA Berlin! Aber ein bisschen dalli, Sie Trampel!"

Fantastisch, absolut fantastisch, dachte Thomas, als er gleich darauf die Stimme seines ehemaligen Bundesbruders vernahm: „Hier von Wiedel ..."

„Bodo, hier spricht Lieven! Thomas Lieven, vielleicht erinnerst du dich noch an mich."

Brüllendes Gelächter klang an sein Ohr: „Thomas! Mensch! Das ist ja eine Überraschung! Damals hast du mir eine weltanschauliche Standpauke gehalten, und heute bist du selber bei der Gestapo!" Vor der Größe dieses Missverständnisses musste Thomas die Augen schließen. Die Stimme des Barons lärmte lustig weiter: „Komisch, Ribbentrop oder Schacht sagte mir neulich erst, du hättest eine Bank in England!"

„Habe ich auch. Bodo, hör mal ..."

„Ah, Außendienst, verstehe! Tarnung, wie? Ich lache mir ja 'nen Ast! Haste also eingesehen, wie recht ich hatte, damals?"

„Bodo –"

„Wie weit haste es denn schon gebracht? Muss ich Kommissar sagen?"

„Bodo …"

„Kriminalrat?"

„Himmel, hör doch mal zu! Ich arbeite nicht bei der Gestapo! Ich bin von ihr *verhaftet* worden!"

Danach blieb es eine Weile still in Berlin.

Haffner schmatzte zufrieden, klemmte den zweiten Hörer mit der Schulter ans Ohr und setzte die Säuberung seines linken Daumennagels fort.

„Bodo! Hast du mich nicht verstanden?"

„Doch, doch, leider. Was – was wirft man dir denn vor?"

Thomas sagte, was man ihm vorwarf.

„Tja, mein Alter, das ist aber bös. Ich kann mich da unmöglich einmischen. Wir leben in einem Rechtsstaat. Wenn du wirklich unschuldig bist, wird sich das herausstellen. Alles Gute. Heil Hitler!"

„Ihr bester Freund, was?", grunzte Haffner.

3

Sie nahmen ihm Hosenträger, Krawatte, Schuhsenkel, die Brieftasche und seine geliebte Repetieruhr fort und sperrten ihn in eine Einzelzelle. Hier verbrachte Thomas den Rest des Tages und die Nacht. Fieberhaft arbeiteten seine Gedanken. Es musste einen Ausweg geben, musste, musste. Aber er fand ihn nicht …

Am Morgen des 27. Mai holten sie Thomas Lieven wieder zum Verhör. Als er in Haffners Zimmer kam, sah er, dass neben dem Kommissar ein Major der Wehrmacht stand, ein blasser, sorgenvoller Mensch.

Haffner wirkte verärgert. Er schien eine Auseinandersetzung hinter sich zu haben.

„Das ist der Mann, Herr Major. Befehlsgemäß lasse ich Sie mit ihm allein", sagte der Gestapo-Mann und verschwand.

Der Offizier schüttelte Thomas die Hand: „Major Loos vom Wehrbezirkskommando Köln. Baron von Wiedel hat mich angerufen. Ich soll mich um Sie kümmern."

„Kümmern?"

„Na, Sie sind doch völlig unschuldig. Ihr Partner hat Sie reingelegt, das ist mir klar."

Aufatmend sagte Thomas: „Ich freue mich, dass Sie zu dieser Ansicht gekommen sind, Herr Major. Kann ich also gehen?"

„Wieso gehen? Sie kommen ins Zuchthaus!"

Thomas setzte sich. „Aber ich bin doch unschuldig!"

„Machen Sie das der Gestapo klar, Herr Lieven. Nein, nein, Ihr Partner hat sich schon alles richtig überlegt."

„Hm“, sagte Thomas. Er sah den Major an. Er dachte: Da kommt doch noch etwas …

Es kam prompt: „Sehen Sie, Herr Lieven, *einen* Ausweg gibt es natürlich noch für Sie. Sie sind deutscher Staatsbürger. Sie kennen die Welt. Sie sind ein kultivierter Mensch. Sprechen fließend Englisch und Französisch. So etwas wird gesucht in diesen Tagen.“

„Gesucht von wem?“

„Von uns. Von mir. Ich bin Abwehroffizier, Herr Lieven. Ich kann Sie hier nur heraushauen, wenn Sie sich bereit erklären, für die militärische Abwehr zu arbeiten. Im Übrigen – wir zahlen gut …“

Major Fritz Loos war der erste Angehörige eines Geheimdienstes, den Thomas Lieven traf. Unzählige andere sollten folgen – Engländer, Franzosen, Polen, Spanier, Amerikaner und Russen. Achtzehn Jahre nach dieser ersten Begegnung, am 18. Mai 1957, dachte Thomas Lieven in der nächtlichen Stille eines Luxusappartements zu Cannes: Im Grunde waren sich alle diese Leute unendlich ähnlich. Alle wirkten sie traurig, verbittert, enttäuscht. Alle waren sie wohl aus ihrer Bahn geworfen worden. Alle wirkten sie krank. Sie waren alle eher schüchtern und umgaben sich deshalb unablässig mit den lächerlichen Attributen ihrer Macht, ihres Geheimnisses, ihres Schreckens. Sie spielten alle ununterbrochen Theater, sie litten alle an einem tiefen Minderwertigkeitskomplex …

Das alles wusste Thomas Lieven in einer schönen Mainacht des Jahres 1957. Am 27. Mai 1939 wusste er es noch nicht. Da war er einfach entzückt, als der Major Loos ihm den Vorschlag machte, für die Deutsche Abwehr zu arbeiten. Auf diese Weise komme ich erst einmal aus dem Dreck heraus, dachte er und wusste nicht, wie tief er schon mittendrin steckte …

4

Als die Lufthansa-Maschine die niedere Wolkendecke durchbrach, die über London lagerte, gab der Passagier auf Platz Nummer 17 ein seltsames Geräusch von sich.

Die Stewardess eilte zu ihm. „Geht es Ihnen nicht gut, mein Herr?“, fragte sie teilnahmsvoll, dann sah sie, dass Nummer 17 lachte.

„Mir geht es ausgezeichnet“, sagte Thomas Lieven. „Verzeihen Sie, ich musste nur eben an etwas Komisches denken.“

Er hatte an das enttäuschte Gesicht des Asservatenverwalters im Gestapo-Hauptquartier Köln denken müssen, als dieser ihm seine Sachen zurückgab. Von der goldenen Repetieruhr hatte sich der Mann kaum trennen können.

Thomas nahm das geliebte Stück hervor und strich zärtlich über den zierlichen

Deckel. Dabei entdeckte er noch etwas Druckerschwärze unter dem Nagel seines Zeigefingers. Er musste wieder lachen bei dem Gedanken, dass es seine Fingerabdrücke nun in einer geheimen Kartei gab und sein Foto auf einem Personalbogen. Ein Herr namens John Smythe (mit y und th) würde übermorgen in sein Haus kommen, um den Gasofen im Badezimmer nachzusehen. Diesem Herrn Smythe war unbedingter Gehorsam zu leisten, hatte Major Loos eindringlich hinzugefügt.

Herr Smythe mit y und th wird sich wundern, dachte Thomas. Wenn er wirklich auftauchen sollte, dann werde ich ihn hinausfeuern!

Die Maschine verlor an Höhe. Mit Südwestkurs steuerte sie über die Themse auf den Flughafen Croydon zu.

Thomas verwahrte seine Uhr und rieb kurz die Hände. Er reckte sich wohlig. Aah – wieder in England! In Freiheit! In Sicherheit! Jetzt in den Bentley gesprungen! Ein heißes Bad! Dann einen Whisky! Eine Pfeife! Die Freunde im Club! Das große Erzählen …

Tja, und dann natürlich Marlock.

So groß war Thomas Lievens Glück über diese Heimkehr, dass schon sein halber Zorn verflog. Musste er sich wirklich von Marlock trennen? Vielleicht gab es eine Erklärung, die man annehmen konnte. Vielleicht hatte Marlock Sorgen. Man musste ihn auf jeden Fall erst einmal anhören …

Sieben Minuten nach diesen Gedankengängen schritt unser Freund beschwingt über eine herangerollte Treppe aus der Maschine auf den regennassen Platz vor dem vierstöckigen Flughafengebäude herab. Unter seinem Regenschirm marschierte er pfeifend auf die Einwanderungshalle zu. Hier gab es zwischen Seilabsperrungen zwei Korridore. Über dem rechten stand: *British Subjects,* über dem linken: *Foreigners.*

Immer noch pfeifend wandte Thomas sich nach links und trat an das hohe Stehpult des *Immigration Officer* heran.

Der Beamte, ein älterer Mensch mit nikotinverfärbtem Walrossschnurrbart, nahm den deutschen Reisepass entgegen, den ihm Thomas mit einem freundlichen Lächeln reichte. Er blätterte darin, dann sah er auf. „Ich bedaure, Sie dürfen britischen Boden nicht mehr betreten."

„Was soll das heißen?"

„Sie wurden heute ausgewiesen, Mr Lieven. Bitte, folgen Sie mir, es warten zwei Herren auf Sie." Und er ging schon voran …

Die beiden Herren erhoben sich, als Thomas in das kleine Büro kam. Sie sahen aus wie besorgte Beamte, magenkrank und unausgeschlafen.

„Morris", sagte der eine.

„Lovejoy", sagte der andere.

An wen erinnern mich die beiden bloß?, überlegte Thomas. Er kam nicht darauf. Er war jetzt verärgert, schwer verärgert. Er nahm sich sehr zusammen, um auch nur halbwegs höflich zu bleiben: „Meine Herren, was soll das bedeuten? Ich lebe seit sieben Jahren in diesem Land. Ich habe mir nichts zuschulden kommen lassen."

Der Mann mit Namen Lovejoy hob eine Zeitung hoch und wies auf eine dreispaltige Überschrift:

Londoner Bankier in Köln verhaftet!

„Na und? Das war vorgestern! Heute bin ich hier! Die Deutschen haben mich wieder freigelassen!"

„Und warum wohl?", fragte Morris. „Warum lässt die Gestapo wohl einen Mann frei, den sie eben erst verhaftet hat?"

„Meine Unschuld hat sich erwiesen."

„Aha", sagte Lovejoy.

„Aha", sagte Morris. Die Herren sahen sich bedeutungsvoll an. Dann sagte Morris mit klassischer Überlegenheit: „Wir sind vom Secret Service, Mr Lieven. Wir haben unsere Informationen aus Köln. Es ist völlig zwecklos, dass Sie uns belügen."

Jetzt weiß ich, an wen ihr beide mich erinnert, dachte Thomas plötzlich. An den blassen Major Loos! Dasselbe Theater. Dieselben Allüren. Er sagte wütend: „Umso besser, wenn Sie vom Secret Service sind, meine Herren. Es wird Sie dann natürlich interessieren: Die Gestapo hat mich nur freigelassen, weil ich mich bereit erklärte, für die Deutsche Abwehr zu arbeiten."

„Mr Lieven, für wie naiv halten Sie uns eigentlich?"

Thomas wurde ungeduldig: „Ich sage die reine Wahrheit. Die Deutsche Abwehr hat mich erpresst. Ich fühle mich an mein Versprechen nicht gebunden. Ich will hier in Frieden leben!"

„Sie glauben doch wohl selber nicht, dass wir Sie nach diesem Geständnis noch ins Land lassen! Sie sind offiziell ausgewiesen, weil jeder Ausländer aus unserem Lande abgeschoben wird, wenn er mit dem Gesetz in Konflikt kommt."

„Aber ich bin doch völlig unschuldig! Mein Partner hat mich betrogen! Lassen Sie mich wenigstens zu ihm! Dann werden Sie sehen, dass ich die Wahrheit spreche!"

Morris und Lovejoy sahen sich bedeutungsvoll an.

„Warum sehen Sie sich so bedeutungsvoll an, meine Herren?"

Lovejoy sagte: „Sie können nicht mit Ihrem Partner sprechen, Mr Lieven."

„Und warum nicht?"

„Weil Ihr Partner für sechs Wochen London verlassen hat", sagte Morris.

„Lo-Lo-London?" Thomas wurde blass. „Verla-la-lassen?"

„Jawohl. Es heißt, er wäre nach Schottland gereist. Wohin genau, weiß niemand."

„Verflucht noch einmal, aber was soll ich denn jetzt machen?"

„Kehren Sie zurück in Ihr Vaterland."

„Damit man mich einsperrt? Ich wurde doch nur in Freiheit gesetzt, um in England zu spionieren!"

Die beiden Herren sahen sich wieder an. Thomas wusste, dass noch etwas kommen würde. Es kam prompt.

Morris sprach kühl und sachlich: „So weit ich sehen kann, gibt es überhaupt nur noch einen Ausweg für Sie, Mr Lieven: Arbeiten Sie für uns!"

Du lieber Himmel, dachte Thomas Lieven, wenn ich das im Club erzähle! Kein Mensch glaubt es mir.

„Spielen Sie mit uns gegen die Deutschen, und wir lassen Sie ins Land und helfen Ihnen gegen Marlock. Wir schützen Sie."

„Wer schützt mich?"

„Der Secret Service."

Thomas erlitt einen kleinen Lachkrampf. Dann wurde er ernst, zog an seiner Weste und an seiner Krawatte und richtete sich zu seiner ganzen Größe auf.

Der Augenblick der Verwirrung und Niedergeschlagenheit war vorübergegangen. Er wusste jetzt, dass er etwas für einen gewaltigen Jux gehalten hatte, das wahrscheinlich kein ganz so gewaltiger Jux war. Nun musste er kämpfen. Er kämpfte gern. Ein Mann lässt sich nicht einfach sein Leben zerstören.

Thomas Lieven sagte: „Ich lehne Ihr Angebot ab, meine Herren, ich gehe nach Paris. Mit dem besten Anwalt Frankreichs werde ich einen Prozess gegen meinen Partner führen – und gegen die britische Regierung."

„Das würde ich nicht tun, Mr Lieven."

„Das werde ich doch tun."

„Das wird Ihnen leidtun."

„Das werden wir sehen. Ich weigere mich zu glauben, dass die ganze Welt ein Irrenhaus ist!", sagte Thomas Lieven.

Ein Jahr später weigerte er sich nicht mehr.

Und achtzehn Jahre später, als er des Nachts in einem Luxushotel zu Cannes sein Leben überdachte, war er überzeugt davon. Die ganze Welt ein Irrenhaus – das schien ihm die einzige profunde Wahrheit zu sein, an die man sich in diesem Jahrhundert des Wahnsinns noch halten konnte. Und sollte!

5

Am 28. Mai 1939, kurz nach Mitternacht, gab ein eleganter junger Herr in dem bei Feinschmeckern berühmten Lokal „Chez Pierre" am Place Graillon in Paris seine Bestellung auf: „Emile, wir nehmen ein wenig Horsd'œuvre, dann eine Krebsschwanzsuppe, dann Lendenschnitten mit Champignons. Zum Nachtisch, wie wär's mit einer Coupe Jacques?"

Der alte, weißhaarige Oberkellner Emile betrachtete den Gast lächelnd und voll Sympathie. Er kannte Thomas Lieven seit vielen Jahren.

Neben dem jungen Herrn saß ein schönes Mädchen mit glänzendem schwarzem

Haar und lustigen Puppenaugen in dem ovalen Gesicht. Mimi Chambert hieß die junge Dame.

„Wir haben Hunger, Emile! Wir waren im Theater. Shakespeare, mit Jean Louis Barrault ..."

„Dann würde ich statt des kalten Horsd'œuvres warme Lachsbrötchen empfehlen, Monsieur, Shakespeare strengt an."

Sie lachten, und der alte Maître d'hôtel verschwand in der Küche. Das Lokal war ein langer, dunkler Saal, altmodisch gehalten, aber sehr gemütlich. Weit weniger altmodisch zeigte sich die junge Dame.

Mimis weißes Seidenkleid war tief ausgeschnitten und seitlich eng gerafft. Zierlich und klein von Wuchs war die junge Schauspielerin – und stets gut aufgelegt, sogar schon morgens, unmittelbar nach dem Erwachen.

Thomas kannte sie seit zwei Jahren. Er lächelte Mimi an, holte tief Atem: „Ah, Paris! Die einzige Stadt, in der man noch leben kann, *mon petit chou*. Wir werden uns ein paar schöne Wochen machen ..."

„Ich bin ja so froh, dass du wieder vergnügt bist, chéri! Heute Nacht warst du so unruhig ... Du hast in drei Sprachen durcheinandergeredet, ich habe nur das Französische verstanden ... Ist etwas los mit deinem Pass?"

„Wieso?"

„Du hast dauernd von Ausweisung gesprochen und von Aufenthaltserlaubnis ... Es sind jetzt so viele Deutsche in Paris, die Kummer mit ihren Pässen haben ..."

Er küsste gerührt ihre Fingerspitzen. „Mach dir keine Sorgen. Mir ist da eine dumme Geschichte passiert. Nichts wirklich Unangenehmes!"

Er sprach mit ruhiger Überzeugung, er glaubte selbst an seine Worte: „Man hat mir Unrecht getan, verstehst du, *mon chou*? Ich bin betrogen worden. Das Unrecht besteht manchmal lange – ewig nie. Nun habe ich einen herrlichen Anwalt. Und die kleine Weile, die es dauert, bis man sich bei mir entschuldigt, will ich mich bei dir erholen ..."

Der Kellner trat heran. „Monsieur Lieven, da sind zwei Herren, die Sie sprechen wollen."

Arglos sah Thomas auf. Beim Eingang standen, verlegen grüßend, zwei Männer in nicht ganz sauberen Trenchcoats.

Thomas erhob sich. „Ich bin gleich wieder da, *ma petite*."

Er ging zum Eingang. „Meine Herren, was kann ich für Sie tun?"

Die beiden Männer in den zerdrückten Regenmänteln verneigten sich. Dann sprach der eine: „Monsieur, wir waren schon in der Wohnung von Mademoiselle Chambert. Wir sind Kriminalbeamte. Es tut uns leid, wir müssen Sie verhaften."

„Was habe ich getan?", fragte Thomas leise. Eigentlich hatte er lachen wollen ...

„Sie werden alles erfahren."

Der Albtraum geht also weiter, dachte Thomas. Er sagte freundlich: „Meine Herren, Sie sind Franzosen! Sie wissen, welche Sünde es ist, ein gutes Essen zu stören. Darf ich Sie bitten, mit meiner Verhaftung zu warten, bis ich gespeist habe?"

Die beiden Kriminalbeamten zögerten.

„Können wir unseren Chef anrufen?", fragte der eine.

Thomas erlaubte es ihm. Der Mann verschwand in einer Zelle und kehrte sehr schnell wieder zurück. „In Ordnung, Monsieur. Der Chef hat nur eine Bitte."

„Nämlich welche?"

„Ob er nicht vielleicht herkommen und mit Ihnen essen kann. Er sagt, bei einem guten Essen bespricht sich alles leichter."

„Schön, einverstanden. Aber wer ist, wenn ich fragen darf, Ihr Chef?"

Die beiden Beamten sagten es ihm.

Thomas ging zum Tisch zurück und winkte den alten Kellner herbei: „Emile, ich erwarte noch einen Gast. Bringen Sie bitte ein drittes Gedeck."

„Wer kommt denn noch?", fragte Mimi lächelnd.

„Ein gewisser Oberst Siméon."

„Oh", sagte Mimi. Ganz gegen ihre sonstige Gewohnheit sagte sie nur dieses eine Wort.

Oberst Jules Siméon erwies sich als ein sympathischer Herr. Mit seinem gepflegten Schnurrbart, der römischen Nase und den geistreich-ironischen Augen erinnerte er an den Schauspieler Adolphe Menjou, wenn er auch größer als dieser war. Thomas begrüßte er voller Hochachtung, Mimi wie eine alte Bekannte, was unseren Freund ein wenig beunruhigte.

Siméons dunkelblauer Anzug stammte ohne Zweifel von einem erstklassigen Schneider, aber er glänzte schon ein wenig an den Ellenbogen und am Rücken. Der Oberst trug eine goldene Krawattennadel mit Perle und kleine goldene Manschettenknöpfe, doch die Absätze seiner Schuhe waren vertreten.

Zur Suppe und zur Vorspeise unterhielt man sich über Paris. Bei den Lendenschnitten wurde Oberst Siméon präzise: „Monsieur Lieven, ich bitte zu entschuldigen, dass wir Sie mitten in der Nacht und auch noch beim Essen stören. Herrlich knusprig, diese Pommes chips, finden Sie nicht auch? Ich habe einen Befehl von hoher Stelle erhalten. Wir suchen Sie schon den ganzen Tag."

Von Ferne glaubte Thomas auf einmal die Stimme Jean Louis Barraults zu vernehmen, der heute Abend in Shakespeares Stück den dritten Richard gespielt hatte. Undeutlich hörte er einen Vers. Aber er verstand ihn noch nicht.

„So", sagte er. „Ja, herrliche Pommes chips, Oberst. Den Trick versteht man hier. Das zweimalige Ölbad, das ist es. Ach ja, die französische Küche …"

Thomas legte eine Hand auf Mimis Arm. Der Oberst lächelte. Mehr und mehr gefällt mir dieser Oberst, dachte Thomas.

Der Oberst sagte: „Sie sind aber nicht nur der guten Küche wegen in Paris. Auch wir haben unsere Leute in Köln und in London. Wir wissen, was Sie bei dem verehrten Major Loos – hat er es immer noch mit der Galle? – erlebt haben …"

Wieder glaubte Thomas, die Stimme Jean Louis Barraults zu hören, wieder wähnte er, einen Vers des unsterblichen Shakespeare zu vernehmen, aber er konnte ihn noch immer nicht verstehen.

Menu • 28. Mai 1939

Bei diesem Menu wurde Thomas Lieven Geheimagent.

Krebsschwanzsuppe • Warme Lachsbrötchen
Lendenschnitten mit Champignons • Pommes chips • Coupe Jacques

Krebsschwanzsuppe: Man koche zunächst eine gute Rindfleischbouillon. Dann nehme man für vier Personen ein Dutzend großer Krebse, die eine Viertelstunde in brausendem Wasser kochen müssen. Dann wird das Fleisch aus Scheren und Schwänzen gebrochen, sämtliche Schalen in einem Mörser nicht zu fein gestoßen und über dem Feuer mit einem viertel Pfund Butter so lange durchgerührt, bis diese zu steigen anfängt und rot wird. Nun lasse man darin einen Esslöffel Mehl anziehen, gieße einen Liter Fleischbrühe hinzu und gebe das Ganze durch ein mit einem Mulltuch belegtes Haarsieb.

Kurz vor dem Anrichten lasse man die Suppe noch einmal aufkochen und gebe die Krebsschwänze hinein.

Die Suppe darf nicht zu sämig sein, was überhaupt bei allen Gesellschaftssuppen vermieden werden sollte.

Warme Lachsbrötchen: Dünne Weißbrotscheiben durch Milch ziehen, mit einer passend zurechtgeschnittenen, in Milch aufgeweichten Scheibe Räucherlachs belegen und mit je einer durch Milch gezogenen Weißbrotscheibe bedecken. Auf der oberen Seite mit geriebenem Käse bestreuen, mit Butterflöckchen belegen, auf einem gefetteten Blech im Backofen überbacken.

Lendenschnitten mit Champignons: Die Lendenschnitten in heißem Fett auf beiden Seiten kurz braten und folgendes Champignongericht darüber geben: Eine Zwiebel in Butter dünsten, in einem Viertelliter Weißwein zum Kochen bringen, drei Eigelb, ein Esslöffel Butter, Saft von einer halben Zitrone, Salz und Pfeffer hineinrühren. Man gieße weiter Wein hinzu und schlage die Masse auf dem Feuer im Wasserbad, bis sie dick wird. Separat dämpfe man Champignons und Schalotten (junge Zwiebeln) in Butter und einem Glas Weißwein. Inzwischen bereite man eine Schwitze aus einem Teelöffel Butter, einem Esslöffel Mehl, einem halben Liter Brühe, der man die Champignons und die Soße zufügt und alles nochmals aufkochen lässt.

Coupe Jacques: Eine Portion Vanilleeis bedeckt man mit Schlagsahne. Darüber gibt man Fruchtsalat (frischen oder aus Büchsen), der vorher eine halbe Stunde in Maraschino gezogen hat. Man lege eine Schicht Erdbeereis darüber und garniere den Eisbecher mit Schlagsahne und kandierten Kirschen.

Und warum lächelt Mimi? Warum lächelt sie so süß?

„Monsieur Lieven“, sagte der Oberst, „ich versichere Sie meiner Sympathie. Sie lieben Frankreich. Sie lieben seine Küche. Aber ich habe meine Befehle. Ich muss Sie ausweisen, Monsieur Lieven; Sie sind zu gefährlich für mein armes, bedrohtes Land. Wir werden Sie zur Grenze bringen, noch heute Nacht. Und niemals wieder sollen Sie Frankreich betreten …“

Thomas begann zu lachen.

Mimi sah ihn an. Und zum ersten Mal, seit er sie kannte, lachte sie nicht sofort mit. Da hörte auch er wieder auf mit seinem Gelächter.

„… es sei denn“, sagte der Oberst und häufte eine neue Portion Champignons auf seinen Teller, „es sei denn, Monsieur Lieven, Sie lassen sich umdrehen und arbeiten für uns, für das ‚Deuxième Bureau‘.“

Thomas richtete sich auf. So betrunken, dachte er, bin ich noch nicht! Er sagte leise: „Sie machen mir das Angebot, für den französischen Geheimdienst zu arbeiten, in Anwesenheit von Mademoiselle Chambert?“

„Aber warum denn nicht, mon chéri?“, sagte Mimi zärtlich und gab Thomas einen Kuss auf die Wange. „Ich bin doch auch bei dem Verein!“

„Du bist …“ Thomas verschluckte sich.

„Klein, klein nur – aber doch. Ich verdiene mir ein bisschen was nebenbei. Böse?“

„Mademoiselle Chambert ist die charmanteste Patriotin, die ich kenne“, verkündete der Oberst.

Da wurde plötzlich die Stimme, die Thomas Lieven seit Langem quälte, die Stimme des Schauspielers Jean Louis Barrault, in seinen Ohren deutlich, und Thomas verstand jetzt die Worte, diese Worte König Richards des Dritten:

„Und darum, weil ich nicht als ein Verliebter
kann kürzen diese feinberedten Tage,
bin ich gewillt, ein Bösewicht zu werden …“

„Monsieur Lieven“, forschte der Oberst, das Rotweinglas in der Hand, „wollen Sie für uns arbeiten?“

Thomas sah Mimi an, die süße, zärtliche Mimi. Er sah Oberst Siméon an, den Mann mit Lebensart. Er sah das gute Essen an. Es gibt also keinen Weg für mich, dachte Thomas Lieven. Ich habe mir ein falsches Bild von dieser Welt gemacht. Ich muss mein Leben ändern, und das gleich, wenn ich nicht untergehen will in diesem Strom des Wahnsinns!

Mimis Stimme klang an sein Ohr: „Ah, chéri, sei doch nett und komm zu uns. Wir werden ein so schönes Leben haben!“ Siméons Stimme klang an sein Ohr: „Monsieur, haben Sie sich entschieden?“

Die Stimme des Schauspielers Jean Louis Barrault dröhnte: „… bin ich gewillt, ein Bösewicht zu werden …“

„Ich bin gewillt“, sprach Thomas Lieven sanft.

6

Zuerst die Deutsche Abwehr. Dann der „Secret Service". Jetzt das „Deuxième Bureau". Alles innerhalb von 96 Stunden. Vor vier Tagen, dachte Thomas, habe ich noch in London gelebt, ein geachteter Bürger, ein erfolgreicher Privatbankier. Wer nimmt mir so etwas ab? Wer wird mir all das glauben in meinem Club?

Thomas Lieven fuhr sich mit seiner schmalen, feingliedrigen Hand durch das kurz geschnittene schwarze Haar und sagte: „Meine Situation scheint hoffnungslos, aber nicht ernst. Angenehm gesättigt, sitze ich auf dem Trümmerhaufen meiner bürgerlichen Existenz. *Voilà*, ein historischer Augenblick. Emile!"

Der alte Oberkellner eilte herbei.

„Wir haben Grund zu feiern. Champagner, bitte!"

Zärtlich küsste Mimi ihren Freund. „Ist er nicht süß?", fragte sie den Oberst.

„Monsieur, ich verneige mich vor Ihrer Haltung", sagte Siméon.

„Ich bin glücklich darüber, dass Sie sich bereit erklären, für uns zu arbeiten."

„Ich erkläre mich nicht bereit, es bleibt mir nichts anderes übrig."

„Das ist dasselbe."

„Natürlich können Sie nur so lange auf mich rechnen, wie mein Prozess läuft. Wenn ich den gewonnen habe, will ich wieder in London leben. Ist das klar?"

„Vollkommen klar, Monsieur", sagte Oberst Siméon und lächelte, als wäre er ein Hellseher und wüsste bereits, dass Thomas Lieven seinen Prozess einen Weltkrieg später noch immer nicht gewonnen haben und dass er niemals mehr in London leben würde.

„Im Übrigen", sagte Thomas, „ist mir völlig schleierhaft, auf welchem Gebiet ich für Sie von Wert sein könnte."

„Sie sind Bankier."

„Na und?"

Siméon zwinkerte. „Madame hat mir erzählt, wie tüchtig Sie sind!"

„Aber Mimi", sagte Thomas zu der kleinen Schauspielerin mit dem glänzenden schwarzen Haar und den lustigen Augen, „das war sehr indiskret von dir!"

„Madame hat es für die nationale Sache getan. Sie ist eine bezaubernde Persönlichkeit."

„Ich nehme an, Sie können das gut beurteilen, Herr Oberst!" Darauf sprachen Mimi und Siméon gleichzeitig: „Als Offizier gebe ich Ihnen mein Ehrenwort." – „Aber chéri, das war doch lang vor deiner Zeit."

Dann brachen beide ab und lachten. Mimi schmiegte sich an Thomas. Sie war wirklich verliebt in diesen Mann, der so seriös wirken und dabei so unseriös sein konnte, der aussah wie der Urtyp aller britischen Gentlemanbankiers und dabei liebenswerter und einfallsreicher war als alle Herren, die Mimi kannte. Und sie kannte eine ganze Menge.

„Lange vor meiner Zeit“, sagte Thomas Lieven. „Aha. Soso. Nun schön … Herr Oberst, nach Ihren Worten zu schließen, darf ich mich also als Finanzberater des französischen Geheimdienstes betrachten?“

„Ganz recht, Monsieur. Man wird Ihnen besondere Aufgaben übertragen.“

„Lassen Sie mich“, sagte Thomas, „bevor der Champagner kommt, rasch noch ein paar aufrichtige Worte verlieren. Trotz meiner relativen Jugend habe ich bereits gewisse Prinzipien. Sollten Sie diese unvereinbar mit meiner neuen Tätigkeit finden, dann bitte ich Sie, mich doch lieber auszuweisen.“

„Voilà, Ihre Prinzipien, Monsieur?“

„Ich weigere mich, eine Uniform zu tragen, Herr Oberst. Sie werden das vielleicht unverständlich finden, aber ich schieße nicht auf Menschen. Ich erschrecke niemanden, ich verhafte niemanden, ich quäle niemanden.“

„Aber ich bitte Sie, Monsieur, für solche Kleinigkeiten sind Sie uns doch viel zu schade!“

„Ich schädige und beraube auch niemanden – es sei denn innerhalb der erlaubten Grenzen meines Berufes. Aber auch dann nur, wenn ich mich davon überzeugt habe, dass der Betreffende es verdient.“

„Monsieur, seien Sie ohne Sorge, Sie werden Ihren Prinzipien treu bleiben können. Es ist allein Ihr Gehirn, auf das wir reflektieren.“

Emile kam mit dem Champagner.

Sie tranken, dann sagte der Oberst: „Ich muss allerdings darauf bestehen, dass Sie an einem Ausbildungskurs für Geheimagenten teilnehmen. Das verlangt unsere Betriebsordnung! Es gibt da viele raffinierte Tricks, von denen Sie noch nichts wissen. Ich will sehen, dass Sie schnellstens in eines unserer Speziallager kommen.“

„Aber nicht mehr heute Nacht, Jules“, sagte Mimi und strich zärtlich über Thomas Lievens Hand. „Für heute Nacht weiß er genug …“

Am frühen Morgen des 30. Mai 1939 holten zwei Herren Thomas Lieven bei seiner Freundin ab. Die Herren trugen billige Konfektionsanzüge mit ausgebeulten Hosen. Es waren unterbezahlte Unteragenten.

Thomas trug einen einreihigen schwarzgrauen Anzug mit Pepitamuster, weißes Hemd, schwarze Krawatte, schwarzen Hut, schwarze Schuhe und natürlich seine geliebte Repetieruhr. Er nahm einen kleinen Koffer mit.

Die ernsten Herren verfrachteten Thomas in einen Lastwagen. Als er ins Freie sehen wollte, stellte er fest, dass die Zeltplanen über der Ladefläche festgezurrt und dicht geschlossen waren. Nach fünf Stunden tat ihm jeder Knochen weh. Als der Laster endlich hielt und die Herren ihn aussteigen ließen, sah Thomas sich in einer außerordentlich tristen Gegend. Ein hügeliges Gelände voller Steinbrocken war von hohen Stacheldrahtzäunen umgeben. Im Hintergrund, vor einem düsteren Wäldchen, erblickte Thomas ein verwittertes graues Gebäude. Am Eingangstor stand ein schwer bewaffneter Soldat.

Die beiden schlecht gekleideten Herren gingen zu dem feindselig blickenden Posten hinüber und wiesen eine Unzahl von Ausweisen vor, die der Soldat studierte. Indessen kam ein alter Bauer mit einem Holzfuhrwerk des Weges.

„Hast du's noch weit, mein Alter?", fragte Thomas.

„Der Teufel soll's holen. Sind noch gut drei Kilometer bis Saint Nicolas!"

„Wo ist denn das?"

„Na, da unten. Direkt vor Nancy."

„Aha", sagte Thomas Lieven.

Seine beiden Begleiter kehrten zurück. Der eine erklärte ihm: „Sie müssen entschuldigen, dass wir Sie im Lastwagen eingeschlossen haben. Strenger Befehl. Sie hätten sonst vielleicht die Gegend erkannt. Und Sie dürfen keinesfalls wissen, wo Sie sich befinden."

„Aha", sagte Thomas.

Das alte Gebäude war eingerichtet wie ein drittklassiges Hotel. Ziemlich popelig, dachte Thomas Lieven. Viel Geld scheinen die Herrschaften nicht zu haben. Hoffentlich gibt's keine Wanzen. In Situationen kommt man!

An dem neuen Kursus nahmen außer Thomas noch siebenundzwanzig andere Agenten teil, hauptsächlich Franzosen, aber auch zwei Österreicher, fünf Deutsche, ein Pole und ein Engländer.

Der Leiter des Kurses war ein hagerer, blasser Mann von ungesunder Gesichtsfarbe, so geheimnisvoll und bedrückt, so überheblich und unsicher wie sein deutscher Kollege Major Loos, den Thomas in Köln kennengelernt hatte.

„Meine Herren", sagte dieser Mensch zu der versammelten Agentenschar, „ich bin Jupiter. Für die Dauer des Kurses wird sich jeder von Ihnen einen falschen Namen zulegen. Sie haben eine halbe Stunde Zeit, dazu einen passenden falschen Lebenslauf zu ersinnen. Diese erfundene Identität müssen Sie von nun an unter allen Umständen verteidigen. Ich und meine Kollegen werden alles tun, um Ihnen zu beweisen, dass Sie nicht der sind, für den Sie sich ausgeben. Suchen Sie sich also eine Persönlichkeit zusammen, die Sie auch gegen unsere Angriffe verteidigen können."

Thomas entschloss sich zu dem prosaischen Namen Adolf Meier. Er investierte niemals Fantasie in aussichtslose Unternehmen.

Am Nachmittag erhielt er einen grauen Drillichanzug. Auf der Brust war der falsche Name eingestickt. Die anderen Schüler trugen die gleiche Arbeitskleidung.

Das Essen war schlecht. Das Zimmer, das man Thomas zuwies, war scheußlich, das Bettzeug klamm. Vor dem Einschlafen ließ unser Freund immer wieder wehmütig seine geliebte Repetieruhr schlagen, schloss dazu die Augen und stellte sich vor, er läge in seinem schönen Bett in London. Um drei Uhr morgens wurde er durch wüstes Gebrüll aus dem Schlaf gerissen.

„Lieven! Lieven! Melden Sie sich endlich, Lieven."

Schweißgebadet fuhr Thomas hoch und ächzte: „Hier!"

Im nächsten Moment bekam er zwei schallende Ohrfeigen. Vor dem Bett stand Jupiter, grinste dämonisch und sagte: „Ich dachte, Sie heißen Meier, Herr Lieven! Wenn Ihnen das in der Praxis passiert, sind Sie ein toter Mann. Gute Nacht. Schlafen Sie gut weiter."

Thomas schlief nicht gut weiter. Er dachte darüber nach, wie er um neuerliche Ohrfeigen herumkommen konnte. Er fand es bald heraus. In den folgenden Nächten konnte Jupiter brüllen, so wüst er wollte. Stets wurde Thomas langsam wach, kam zu sich und beharrte sodann auf seiner falschen Identität: „Was wollen Sie von mir? Ich heiße Adolf Meier!"

Jupiter zeigte sich begeistert: „Eine fantastische Selbstbeherrschung haben Sie!"

Er wusste nicht, dass Thomas jetzt nachts nur genügend Watte in den Ohren hatte …

Die Schüler lernten mit Gift, Sprengstoff, Maschinenpistolen und Revolvern umgehen. Von zehn Schüssen, die Thomas abgab, saßen zu seiner Verblüffung acht im absoluten Zentrum der Scheibe. Er sagte benommen: „Zufall. Ich kann überhaupt nicht schießen."

Jupiter lachte glucksend: „Können nicht schießen, Meier? Ein Naturtalent sind Sie!"

Von den nächsten zehn Schüssen saßen sogar neun im Zentrum, und Thomas meinte erschüttert: „Der Mensch ist sich selbst ein Rätsel!"

Diese Erkenntnis ließ ihn in der folgenden Nacht nicht schlafen. Er dachte: Was ist mit mir los? Ein Mann, der so wie ich aus seiner Bahn geschleudert wird, müsste doch eigentlich verzweifelt sein, saufen, mit Gott hadern, Selbstmord begehen. Also wirklich! Bin ich verzweifelt, saufe ich, verkomme ich, hadere ich, denke ich an Freitod?

Mitnichten.

Mir selber kann ich die furchtbare Wahrheit eingestehen: Das ganze Abenteuer beginnt mich zu unterhalten, macht mir Spaß, amüsiert mich. Ich bin noch jung. Ich habe keine Familie. Wer erlebt schon so etwas Verrücktes?

Französischer Geheimdienst. Das heißt, ich arbeite gegen mein Land, gegen Deutschland. Moment mal! Gegen Deutschland – oder gegen die Gestapo?

Na also.

Aber dass ich auch schießen kann … Nicht zu fassen! Ich weiß schon, warum mich das alles eher amüsiert als erschüttert: weil ich einen so überseriösen Beruf ausgeübt habe. Da musste ich mich dauernd verstellen. Anscheinend kommt das hier alles meinem wahren Wesen viel mehr entgegen. Pfui Teufel, habe ich einen Charakter!

Er lernte morsen. Er lernte im Geheim-Code schreiben und einen Geheim-Code dechiffrieren. Zu diesem Zweck verteilte Jupiter zerblätterte Exemplare des Romans „Der Graf von Monte Cristo".

Er erklärte: „Das System ist denkbar einfach. In der Praxis tragen Sie so ein Buch bei sich. Nun erhalten Sie eine Code-Meldung. Sie nennt zuerst drei Zahlen, die immer wechseln. Die erste Zahl nennt die Seite des Romans, die Sie zu benützen haben, die zweite Zahl die Zeile auf der Seite, die dritte den Buchstaben auf der Zeile. Dieser Buchstabe ist Ihr Ausgangspunkt. Von ihm aus beginnen Sie nach den angegebenen Code-Ziffern die anderen Buchstaben auszuzählen …"

Jupiter verteilte Zettel. Darauf standen verschlüsselte Botschaften.

Die halbe Klasse entschlüsselte sie richtig, die halbe Klasse versagte, darunter Thomas Lieven. Seine Bemühungen um den Klartext sahen so aus:

Twmxdtrrre illd m ionteff …

„Noch einmal", sagte Jupiter.

Sie versuchten es noch einmal mit dem gleichen 50:50-Resultat.

„Und wenn wir es die Nacht durch üben", sagte Jupiter.

Sie übten es die Nacht durch.

Im Morgengrauen kamen sie darauf, dass an die Schüler aus Versehen zwei verschiedene Auflagen des Romans verteilt worden waren, nämlich die zweite und die vierte. Die Ausgaben unterschieden sich durch einige Kürzungen in der vierten. Die Kürzungen hatten eine gelinde Seitenverschiebung mit sich gebracht …

„So etwas", sagte Jupiter bleich, aber fanatisch, „ist natürlich in der Praxis ausgeschlossen."

„Natürlich", sagte Thomas Lieven.

7

Dann veranstaltete Jupiter ein großes Fest, bei dem es sehr viel zu trinken gab. Ein glutäugiger, langwimperiger Schüler namens Hänschen Nolle – er hatte eine Haut wie Milch und Blut – betrank sich übermäßig. Am nächsten Tag wurde er vom Kursus ausgeschlossen. Mit ihm verließen der Engländer und ein Österreicher das Lager. Es hatte sich im Lauf der Nacht ergeben, dass sie nicht würdig waren, Geheimagenten zu sein …

In der vierten Woche wurde die Klasse in einen unwirtlichen Wald geleitet. Hier verblieben die Herren mit ihrem Lehrer acht Tage.

Sie schliefen auf dem harten Boden, waren den Unbilden der Witterung ausgesetzt und lernten, da der Proviant geplantermaßen nach drei Tagen ausging, sich von Beeren, Rinden, Blättern und ekligem Getier zu ernähren. Thomas Lieven lernte es nicht, denn er hatte Ähnliches vorausgesehen und etliche Konserven in die Schule eingeschmuggelt. Am vierten Tage genoss er noch belgische Gänseleberpastete. Zu einem Zeitpunkt, da sich die anderen Schüler bereits um das Viertel einer Waldmaus prügelten, bewahrte er darum eine stoische Ruhe, die ihm das Lob Jupiters einbrachte: „Nehmen Sie sich ein Beispiel an Herrn Meier, meine Herren. Ich kann nur sagen: Voilà, *un homme!*"

In der sechsten Woche führte Jupiter die Klasse zu einem tiefen Abgrund. Man stand auf einem schroffen Felsen und blickte in eine fürchterliche Tiefe, deren Grund von einem gazeartigen Gewebe verdeckt wurde.

„Runterspringen!", schrie Jupiter. Schaudernd drängten die Schüler zurück – bis auf Thomas. Seine Kollegen beiseite stoßend, rannte er los, schrie Hurra und sprang in die Tiefe. Er hatte sich blitzschnell überlegt, dass der französische Staat wohl kaum viel Geld für seine körperliche und geistige Ertüchtigung ausgeben würde mit dem Endziel, ihn zum Selbstmord zu treiben. In der Tat gab es unter dem reißenden Gazestreifen denn auch mehrere elastische Gummibahnen, die seinen Sturz behutsam auffingen. Jupiter versicherte ekstatisch: „Sie sind mein bester Mann, Meier! Von Ihnen wird noch einmal die Welt sprechen!" Womit er recht behalten sollte.

Einen einzigen Tadel seines Lehrers holte sich Thomas, und zwar, als Jupiter das Schreiben mit unsichtbaren Tinten lehrte, wozu man nicht mehr benötigt als eine Feder, Zwiebelsaft und ein rohes Ei. Da fragte Thomas wissensdurstig: „Bitte sehr, an wen wendet man sich in einem Gestapo-Gefängnis am besten, wenn man Zwiebeln, Federn und rohe Eier benötigt?"

Den Abschluss des Kurses bildete das „Große Verhör". Zu mitternächtlicher Stunde wurden die Schüler brutal aus dem Schlaf gerissen und vor ein Tribunal der Deutschen Abwehr geschleppt. Dasselbe setzte sich aus den Lehrern des Kurses unter Vorsitz von Jupiter zusammen. Die den Schülern inzwischen wohlbekannten Instruktoren saßen in deutschen Uniformen hinter einem langen Tisch. Jupiter spielte einen Oberst. Die verkleideten Lehrer brüllten die Schüler an, ließen sie in grelle Scheinwerfer blicken und verweigerten ihnen eine Nacht lang Speise und Trank, was nicht schlimm war, denn alle hatten ein umfangreiches Abendessen hinter sich.

Mit Thomas ging Jupiter besonders streng zu Gericht. Er gab ihm ein paar Ohrfeigen, ließ ihn mit dem Gesicht zur Wand ausharren und drückte ihm einen kühlen Pistolenlauf ins Gesicht.

„Gestehen Sie!", schrie er ihn an. „Sie sind ein französischer Spion!"

„Ich habe nichts zu sagen", antwortete Thomas heldenhaft. Also legten sie ihm Daumenschrauben an und drehten sie zu. Sobald Thomas den ersten leichten Schmerz verspürte, äußerte er „Aua!" Und sofort wurden die Schrauben wieder gelockert. Gegen sechs Uhr morgens verurteilten sie ihn wegen Spionage zum Tode. Jupiter forderte ihn ein letztes Mal auf, militärische Geheimnisse zu verraten, dann würde man ihm das Leben schenken.

Thomas spie dem Vorsitzenden vor die Füße und rief: „Lieber in den Tod!"

Also führten sie ihn wunschgemäß hinaus in einen schmutzigen Hof und stellten ihn im Morgengrauen an eine kalte Mauer und erschossen ihn ohne militärische Ehren, dafür aber nur mit Platzpatronen. Dann gingen sie alle frühstücken.

Thomas Lieven – fast ist es unnötig, dies besonders zu betonen – bestand den Kursus mit Auszeichnung. Jupiter hatte Tränen in den Augen, als er ihm ein entsprechendes Dekret und einen französischen Pass auf den Namen „Jean Leblanc" überreichte.

„Glück auf, Kamerad! Ich bin stolz auf Sie!"

„Sagen Sie, Jupiter, wenn Sie mich jetzt so ziehen lassen, überkommt Sie da nicht Angst, ich könnte einmal in die Hände der Deutschen fallen und alles verraten, was ich hier gelernt habe?"

Lächelnd antwortete Jupiter: „Da gäbe es wenig zu verraten, alter Freund. Die Ausbildungsmethoden der Geheimdienste in aller Welt sind einander ähnlich! Sie stehen alle auf der gleichen Höhe. Sie bedienen sich alle der letzten medizinischen, psychologischen und technischen Erkenntnisse!"

Am 16. Juli 1939 kehrte Thomas Lieven nach Paris zurück und wurde von einer Mimi in Empfang genommen, die sich betrug, als wäre sie ihm tatsächlich sechs Wochen lang treu gewesen.

Am 1. August erhielt Thomas Lieven durch Vermittlung von Oberst Siméon eine komfortable Wohnung am Square du Bois de Boulogne. Von hier konnte er mit dem Wagen in fünfzehn Minuten seine Bank auf den Champs-Élysées erreichen.

Am 20. August bat Thomas Lieven den Oberst um Verständnis dafür, dass er nach allen Anstrengungen trotz der angespannten Weltlage mit Mimi zur Erholung nach Chantilly fahren wolle, dem Zentrum des Pferdesports und Ausflugsort der Pariser.

Am 30. August verkündete Polen die Generalmobilmachung. Am Nachmittag des nächsten Tages machten Thomas und Mimi einen Spaziergang zu den Teichen von Commelle und dem Schloss der Königin Blanche.

Als sie gegen Abend in die Stadt zurückkehrten, sahen sie die Sonne blutrot im Westen versinken. An verträumten Villen der Jahrhundertwende vorbei schritten sie, Arm in Arm, über abgetretenes Kopfsteinpflaster, zu ihrem „Hôtel du Parc" in der Avenue du Maréchal Joffre.

Als sie die Halle betraten, winkte der Portier: „Voranmeldung aus Belfort, Monsieur Lieven!"

Wenig später hörte Thomas die Stimme von Oberst Siméon: „Lieven, sind Sie endlich da?" Der Oberst sprach deutsch und sagte gleich, warum: „Ich kann nicht riskieren, dass jemand in Ihrem Hotel mich versteht. Hören Sie zu, Lieven, es geht los."

„Krieg?"

„Ja."

„Wann?"

„In den nächsten achtundvierzig Stunden. Sie müssen morgen mit dem ersten Zug nach Belfort kommen. Melden Sie sich im ‚Hôtel du Tonneau d'Or'. Der Portier wird Bescheid wissen. Es handelt sich …"

In diesem Augenblick wurde die Verbindung unterbrochen.

Thomas schlug auf die Gabel. „Hallo! Hallo!"

Eine strenge Frauenstimme meldete sich. „Monsieur Lieven, Sie wurden getrennt. Sie haben in einer fremden Sprache gesprochen."

„Ist das verboten?"

„Jawohl. Seit heute um 18 Uhr. Ferngespräche dürfen nur noch in französischer Sprache geführt werden."

Die Stimme verstummte. Die Leitung war tot.

Als Thomas Lieven aus der Zelle trat, gab ihm der Portier einen seltsamen Blick. Es fiel Thomas nicht besonders auf. Er erinnerte sich erst wieder an den Blick, als es um fünf Uhr morgens an seiner Hotelzimmertür klopfte …

Mimi schlief, zusammengerollt wie eine kleine Katze. Er hatte es nicht über das Herz gebracht, ihr noch am Abend zu sagen, was er wusste. Draußen war es schon hell, in den alten Bäumen sangen viele Vögel.

Es pochte wieder, recht heftig diesmal. Das können doch unmöglich schon die Deutschen sein, dachte Thomas und beschloss, nicht zu reagieren.

Eine Stimme erklang: „Monsieur Lieven, öffnen Sie. Wenn Sie nicht öffnen, werden wir die Türe eintreten."

„Wer ist da?"

„Polizei."

Seufzend erhob sich Thomas. Mimi erwachte mit einem kleinen Schrei. „Was ist, chéri?"

„Ich nehme an, ich werde wieder mal verhaftet", sagte er.

Die Vermutung erwies sich als richtig. Vor der Tür stand ein Gendarmerieoffizier mit zwei Landgendarmen. „Ziehen Sie sich an, und kommen Sie mit", sagte er.

„Warum?"

„Sie sind ein deutscher Spion."

„Was bringt Sie zu dieser Annahme?"

„Sie haben gestern ein verdächtiges Telefongespräch geführt. Die Überwachung hat uns benachrichtigt. Der Portier hat Sie beobachtet. Versuchen Sie also nicht zu leugnen."

Thomas sagte zu dem Gendarmerieoffizier: „Schicken Sie mal Ihre Leute raus, ich muss Ihnen etwas mitteilen."

Die Polizisten verschwanden.

Thomas zeigte den Ausweis und den Pass, die er von Jupiter erhalten hatte. Er sagte dazu: „Ich arbeite nämlich für den französischen Geheimdienst."

„Etwas Besseres fällt Ihnen nicht ein? Noch dazu mit so lächerlich schlecht gefälschten Papieren! Los, ziehen Sie sich an!"

8

Als Thomas Lieven am späten Nachmittag des 31. August 1939 in der ehemaligen Festung Belfort an der Savoureuse eintraf, fuhr er mit einem Taxi durch die kleine Altstadt, am Place de la République und am Denkmal der „Drei Belagerungen" vorbei, sofort ins „Hôtel du Tonneau d'Or". Er war korrekt gekleidet wie immer. An der Weste glänzte die goldene Kette der alten Repetieruhr.

Oberst Siméon wartete in der Hotelhalle auf ihn. Er trug nun eine Uniform und sah trotzdem noch ebenso sympathisch aus wie in Zivil.

„Mein armer Lieven, es tut mir ja so leid, was die idiotische Gendarmerie Ihnen angetan hat! Als Mimi mich endlich am Telefon erreichte, habe ich die Verantwortlichen entsprechend zusammengebrüllt. Doch jetzt kommen Sie, General Effel wartet schon. Wir dürfen keine Zeit verlieren. Mein Freund, Ihre Feuertaufe steht bevor."

Eine Viertelstunde später saß Thomas Lieven im Arbeitszimmer des Generals im Gebäude des französischen Generalstabs.

Alle vier Wände des spartanisch eingerichteten Büros wurden verdeckt durch Generalstabskarten von Frankreich und Deutschland. Weißhaarig, groß und schlank schritt Louis Effel vor Thomas Lieven auf und ab, die Hände auf dem Rücken. Thomas hatte an einem Kartentisch Platz genommen. Siméon saß neben ihm.

Sonor ertönte des Generals Stimme: „Monsieur Lieven, Oberst Siméon hat mir über Sie berichtet. Ich weiß, dass ich einen unserer Besten vor mir habe."

Der General blieb am Fenster stehen und blickte hinab in das liebliche Tal zwischen den Vogesen und dem Juragebirge. „Dies ist nicht die Zeit, sich etwas vorzumachen. Herr Hitler hat also den Krieg begonnen. In wenigen Stunden geht unsere Kriegserklärung an ihn hinaus. Aber ..." Der General drehte sich um.

„Frankreich, Herr Lieven, ist nicht vorbereitet auf diesen Krieg. Wir vom Geheimdienst schon überhaupt nicht ... Es handelt sich um ein Problem aus Ihrer Berufssphäre. Sprechen Sie es aus, Oberst."

Siméon schluckte, dann sagte er: „Wir sind nämlich fast pleite, alter Freund!"

„Pleite?"

Der General nickte nachdrücklich. „Jawohl, mein Herr. Mittellos beinahe. Angewiesen auf lächerliche Zuwendungen des Kriegsministers. Unfähig, im Großen zu operieren, wie das jetzt nötig wäre. Geknebelt. Aktionsunfähig."

„Das ist aber bös", sagte Thomas Lieven, während ihn eine fürchterliche Lust zu lachen anflog. „Entschuldigen Sie, aber wenn ein Staat kein Geld hat, dann sollte er sich vielleicht lieber keinen Geheimdienst leisten!"

„Unser Staat hätte genug Geld gehabt, um sich auf einen Angriff Deutschlands vorzubereiten. Leider, Monsieur, gibt es Kreise in Frankreich, die, selbstsüchtig und egoistisch, zusätzliche Steuern ablehnen und nur raffen und schieben und sich sogar in dieser Situation noch am Elend unseres Vaterlandes bereichern." Der General richtete sich hoch auf: „Ich weiß, dass ich mich in dreizehnter Stunde an Sie wende. Ich weiß, dass ich schier Unmögliches verlange. Dennoch frage ich: Glauben Sie, dass es einen Weg gibt, uns schnellstens – schnellstens, sage ich – mit großen – großen, sage ich – Geldbeträgen zu versorgen, damit wir arbeiten können?"

„Das muss ich mir überlegen, Herr General. Aber nicht hier." Thomas sah die kriegerischen Karten an. „Hier fällt mir nichts Gescheites ein." Sein Gesicht erhellte sich. „Wenn es den Herren angenehm ist, werde ich mich jetzt verabschieden und im Hotel ein kleines Abendessen vorbereiten, bei dem wir alles Weitere besprechen können."

Menu • 31. August 1939

Dieses Menu warf die Geldpolitik Frankreichs um.

Schneckensuppe • Sauerkraut mit Fasan und Austern
Zitronenschaumcreme mit flambierten Kirschen

Schneckensuppe: Reinigung der Schnecken: Man koche sie eine Stunde in Salzwasser, ziehe sie mit einer Gabel aus dem Häuschen, nehme das schwarze Häutchen fort, bestreue sie mit einer Handvoll Salz, damit der Schleim sich löst, wasche sie drei- bis viermal durch und drücke sie gut aus, dass kein Wasser darin bleibt. – Nun nehme man etwa vierzig derart gereinigte Schnecken, koche sie in Fleischbrühe weich, nehme sie heraus, hacke zwei Teile davon ganz fein, dämpfe sie in Butter, gieße so viel Fleischbrühe darüber, wie zur Suppe nötig ist, lasse sie mit etwas Muskatnuss mehrmals aufkochen, rühre mit drei Eidottern ab und richte die Suppe mit gerösteten Weißbrotschnitten und dem Rest der ganzen Schnecken ab.

Sauerkraut, Fasan, Austern: Der Fasan wird wie zum Braten präpariert. Dann drücke man zwei Pfund Sauerkraut leicht aus und gebe es in eine Kasserolle. Nun kommt halb Weißwein und halb Wasser darüber, bis das Kraut bedeckt ist. Ein Stück Schweinespeck und eine geriebene Zwiebel kommen dazu. Nun muss das Kraut eine Stunde kochen; alsdann lege man den Fasan hinein und lasse ihn eine Stunde schmoren. Wenn er weich ist, nehme man ihn heraus und binde das Sauerkraut mit etwas Béchamel-Soße. – Die Austern befreie man von den Bärten, trockne sie mit einem Tuche ab und bestreue sie einzeln mit Salz und Pfeffer, wälze sie in Mehl, paniere sie mit Ei und Semmelbrösel, backe sie in klarer Butter rasch hellbraun. – Der Fasan wird in Stücke geschnitten, in der Mitte der Platte angerichtet und mit einem Kranz Sauerkraut und einem Kranz Austern umgeben.

Zitronenschaumcreme mit flambierten Kirschen: Für vier Personen nehme man vier Zitronen, schneide sie in dicke Scheiben und koche sie mit Zucker auf. Dieser Extrakt wird mit etwas Mondamin gebunden, und wenn er erkaltet ist, durch ein Sieb passiert. Unter die Masse werden fünf steif geschlagene Eiweiß gezogen, dann wird alles in Sektgläser gefüllt. – Dann nehme man eingemachte Kirschen, erhitze sie, übergieße sie mit Kirschwasser oder Kognak. Man zünde die Kirschen im Alkohol an und gebe sie nach dem Abbrennen auf die Zitronencreme.

Louis Effel sagte entgeistert: „Sie wollen jetzt kochen gehen?"

„Wenn Sie gestatten, Herr General. In der Küche kommen mir immer die besten Gedanken."

Das denkwürdige Mahl fand sodann am Abend des 31. August 1939 im Extrazimmer des ersten Hauses am Platz statt.

„Einmalig", sagte der General nach dem Hauptgang und wischte sich mit der Serviette über den Mund.

„Fantastisch", sagte der Oberst.

„Das Beste von allem war die Schneckensuppe. So gut habe ich sie noch nie gegessen!", sagte der General.

„Ein kleiner Tipp", sagte Thomas, „nehmen Sie nur große Schnecken in grauen Häusern, Herr General! Die Häuser müssen aber geschlossen sein."

Kellner brachten den Nachtisch. Thomas erhob sich. „Danke, das mache ich selber."

Er entzündete einen kleinen Spirituskocher und verkündete: „Es gibt Zitronenschaumcreme und dazu eine flambierte Delikatesse."

Einer Schale entnahm er eingemachte Kirschen, legte sie in eine kleine Kupferpfanne und erhitzte sie auf der Spiritusflamme. Sodann überschüttete er die Kirschen mit französischem Kognak und einer wasserhellen Flüssigkeit. Alle schauten gebannt zu. Oberst Siméon erhob sich halb.

„Was ist das?", fragte der General, auf die wasserhelle Flüssigkeit deutend.

„Hochprozentiger Alkohol, chemisch rein aus der Apotheke. Das brauchen wir, damit das Ganze brennt!" Mit einer geschickten Bewegung brachte Thomas die Flamme an die Kirschen heran. Zischend und sprühend schoss eine bläuliche Flamme empor, zuckte, flackerte, erlosch. Elegant verteilte unser Freund die heißen Früchte auf die Creme. „Und nun", sagte er, „zu unserem Problem. Ich denke, es gibt eine Lösung."

Des Generals Löffelchen klirrte. „Mein Gott, sprechen Sie!"

„Herr General, Sie beklagten am Nachmittag – wirklich gut, die Kirschen, nicht? – das Verhalten gewisser Kreise, die sich selbst am Elend Frankreichs noch bereichern wollen. Ich kann Sie beruhigen: Solche Cliquen gibt es in jedem Land. Die Herren wollen verdienen. Wie, das ist ihnen egal. Wenn etwas schiefgeht, nehmen sie ihr Geld und flüchten. Die kleinen Leute bleiben zurück." Thomas aß einen Löffel Creme. „Vielleicht eine Spur zu sauer. Nein? Tja, meine Herren, ich denke, wir werden den französischen Geheimdienst auf Kosten dieser selbstsüchtigen, vaterlandslosen Gesellen sanieren."

„Aber wie denn nur? Was brauchen Sie dazu?"

„Einen amerikanischen Diplomatenpass, einen belgischen Pass und eine schnelle Reaktion des Herrn Finanzministers", sagte Thomas Lieven bescheiden. Er sagte dies am Abend des 31. August 1939.

Am 10. September 1939 wurde durch Presse und Rundfunk folgende Verordnung bekanntgegeben:

Presidence Du Conseil
Décret prohibant ou réglementant en temps de guerre l'exportation des capitaux, les opérations de change et le commerce de l'or …

In der Übersetzung:

Dekret, das in Kriegszeiten die Ausfuhr von Kapitalien, alle Wechseltransaktionen (Devisenaustausch) und den Goldhandel verbietet oder reglementiert.

Artikel 1
Die Ausfuhr von Kapitalien ist – gleich welcher Form – untersagt, mit Ausnahme der Genehmigung des Finanzministers.

Artikel 2
Alle genehmigten Devisenoperationen müssen ausnahmslos über die Banque de France getätigt werden oder über ein anderes, durch den Finanzminister dazu berechtigtes Bankinstitut …

Es folgten weitere Bestimmungen über Gold und Devisen, zum Schluss die Androhung drakonischer Strafen für den Fall einer Übertretung dieser Verordnung.

Unterzeichnet war das Dekret von:

Albert Lebrun, Präsident
Edouard Daladier, Ministerpräsident
Paul Marchendeau, Siegelverwahrer
Georges Bonnet, Außenminister
Albert Sarraut, Innenminister
Paul Reynaud, Finanzminister
Fernand Gentin, Minister für Handel
Raymond Patenotre, Minister für Ökonomie
Georges Mandel, Minister für die Kolonien
Jules Julien, Minister für Post und Telefon

9

Mit dem fahrplanmäßigen Schnellzug, der um 8 Uhr 35 Paris verließ, fuhr am 12. September 1939 ein junger amerikanischer Diplomat nach Brüssel. Er war wie ein englischer Privatbankier gekleidet und trug einen großen schwarzen Schweinslederkoffer bei sich.

Die Kontrollen an der französisch-belgischen Grenze waren sehr streng. Die Beamten auf beiden Seiten identifizierten den soignierten jungen Herrn anhand seines Diplomatenpasses, der sich wie eine Ziehharmonika öffnen ließ, als William S. Murphy, offiziellen Kurier der amerikanischen Botschaft in Paris. Sein Gepäck wurde nicht kontrolliert.

In Brüssel angekommen, stieg der amerikanische Kurier, der in Wirklichkeit Deutscher war und Thomas Lieven hieß, im „Hôtel Royal" ab. Bei der Rezeption legte er einen belgischen Pass vor, der auf den Namen Armand Deeken lautete.

Im Laufe des nächsten Tages kaufte Deeken alias Murphy alias Lieven für drei Millionen französische Franc in Brüssel Dollars ein. Die drei Millionen holte er aus dem schwarzen Schweinslederkoffer heraus, die Dollars legte er in diesen hinein.

Die drei Millionen Franc Grundkapital stammten aus Thomas Lievens eigener kleiner Bank. Er hatte sich gezwungen gesehen, sie dem „Deuxième Bureau" vorzuschießen ...

Durch die politischen Ereignisse war der internationale Wert des Franc um zwanzig Prozent gefallen. In Frankreich versuchten Privatleute vor allem Dollars zu kaufen, in panischer Furcht vor einer weiteren Abwertung des Franc. Die Kurse für Dollars waren deshalb in wenigen Stunden in astronomische Höhen geschnellt.

Nicht so in Brüssel. Hier konnte man Dollars zu einem wesentlich billigeren Kurs erwerben, denn die Belgier waren von der französischen Kriegsangst nicht ergriffen. Sie glaubten fest: „Wir bleiben neutral; unter gar keinen Umständen überfallen uns die Deutschen noch einmal."

Infolge der schnellen Entschließung der französischen Regierung, die Ausfuhr von Kapitalien zu verbieten, gab es im Ausland auch keine Überschwemmung mit Francs. Und darum behielt der Franc – genau wie Thomas erwartet hatte – trotz allem einen einigermaßen festen Wert. Dieser feste Wert war sozusagen die Achse der ganzen Operation ...

Mit einem Koffer voller Dollars fuhr Thomas Lieven als William S. Murphy nach Paris zurück. Innerhalb weniger Stunden wurden ihm die kostbaren Devisen aus den Händen gerissen, und zwar von jenen reichen Leuten, die so schnell wie möglich ihr Vaterland im Stich lassen und ihre Vermögen in Sicherheit bringen wollten. Doppelt und dreifach ließ Thomas Lieven sie für ihre schnöde Denkart zahlen.

An seiner ersten Reise hatte er für sich selber 600 000 Franc verdient. Nun fuhr William S. Murphy mit fünf Millionen Franc im Kuriergepäck nach Brüssel zurück. Der Vorgang wiederholte sich. Die Verdienstspanne stieg. Eine Woche später pendelten vier Herren mit Diplomatenpässen zwischen Paris und Brüssel sowie zwischen Paris und Zürich. Sie führten Francs aus und Dollars ein. Zwei Wochen später waren es acht Herren.

Die Oberleitung der Aktion behielt Thomas Lieven. Durch seine Verbindung sorgte er dafür, dass es in Brüssel und Zürich genügend „Nachschub" gab. Das Unternehmen brachte nun schon Gewinne von Millionen Franc.

In die tristen Augen der französischen Geheimdienstoffiziere trat ein feuchter Hoffnungsschimmer, ein Ausdruck noch ungläubiger Dankbarkeit, als Thomas Lieven immer größere Beträge überwies. Zwischen dem 12. September 1939 und dem 10. Mai 1940, dem Tag des deutschen Überfalls auf Belgien, betrug Thomas Lievens Umsatz 80 Millionen Franc. Da er Spesen und Verdienstspanne mit insgesamt 10 Prozent berechnete und diesen Gewinn in Dollars anlegte, blieben ihm 27730 Dollar. Pannen gab es keine, nur einen kleinen Zwischenfall …

Am 2. Januar 1940 kehrte Thomas Lieven, zum wievielten Male, wusste er selbst nicht mehr, mit dem Abendzug aus Brüssel nach Paris zurück. In Feignies, der Grenzstation, hielt der Zug länger als sonst. In leichter Unruhe wollte Thomas gerade nach dem Grund der Verzögerung forschen, als sich die Abteiltür öffnete und der Chef der französischen Grenzpolizei, ein großer Mann, den Thomas schon oft gesehen hatte, den Kopf hereinsteckte.

Er sprach sehr sachlich: „Monsieur, Sie sollten besser aussteigen, mit mir eine Flasche Wein trinken und den nächsten Zug nehmen."

„Und warum sollte ich das wohl?"

„Dieser Zug wartet auf den amerikanischen Botschafter in Paris. Seine Exzellenz hatte in der Gegend einen leichten Autounfall, bei dem sein Wagen beschädigt wurde. Es ist das Nebenabteil für ihn reserviert worden. Er kommt in Begleitung von drei Herren aus der Botschaft … Sie sehen, Monsieur, Sie sollten wirklich lieber den nächsten Zug nehmen. Erlauben Sie, dass ich Ihren schweren Koffer trage …"

„Woher wussten Sie?", fragte Thomas Lieven fünf Minuten später. Der große Polizist winkte ab: „Sie werden uns doch jedes Mal von Oberst Siméon avisiert und besonders ans Herz gelegt!"

Thomas öffnete seine Brieftasche. „Was darf ich Ihnen anbieten?"

„Ah nein, Monsieur! Das war ein Freundschaftsdienst! Dafür verlange ich nichts! Aber vielleicht … Wir sind hier sechzehn Mann, und in letzter Zeit gibt es kaum noch Kaffee und Zigaretten …"

„Das nächste Mal, wenn ich nach Brüssel fahre …"

„Moment, Monsieur, das ist nicht so einfach! Wir müssen Acht geben, dass die Bullen vom Zoll die Sachen nicht erwischen. Wenn Sie das nächste Mal kommen, aber nur wenn Sie den Nachtschnellzug benützen, dann stellen Sie sich bitte auf die Plattform des Ersteklassewagens. Die vordere Plattform. Halten Sie das Paket bereit. Einer meiner Leute wird aufspringen …"

So geschah es von nun an zwei- bis dreimal wöchentlich. In ganz Frankreich gab es keine so gut versorgte Grenzpolizeistation wie die in Feignies. „Kleine Leute, gute Leute", sagte Thomas Lieven …

10

General Effel bot ihm einen Orden an, aber Thomas lehnte ab: „Ich bin überzeugter Zivilist, Herr General. Ich mag diese Sachen nicht."

„Dann wünschen Sie sich etwas, Monsieur Lieven!"

„Wenn ich vielleicht eine gewisse Menge französischer Passformulare haben könnte, Herr General. Und die entsprechenden Stempel. Es leben jetzt so viele Deutsche in Paris, die untertauchen müssen, wenn die Nazis kommen. Sie haben kein Geld, um zu fliehen. Ich möchte den armen Hunden gerne helfen."

Einen Augenblick schwieg der General. Dann sagte er: „Auch wenn es schwer fällt, Monsieur, ich achte Ihren Wunsch und werde ihn erfüllen."

Nun kamen viele Menschen zu Besuch in Thomas Lievens schöne Wohnung am Square du Bois de Boulogne. Er nahm kein Geld von ihnen. Sie erhielten die falschen Pässe umsonst. Voraussetzung war lediglich, dass sie von den Nazis tatsächlich Gefängnis oder Tod zu erwarten hatten.

Thomas nannte das „Konsulat spielen". Er spielte gern Konsulat, er hatte den Reichen ein Vermögen abgenommen, nun half er den Armen ein wenig.

Im Übrigen ließen sich die Deutschen Zeit. *„Drôle de guerre"* nannten die Franzosen diesen seltsamen Krieg.

Thomas Lieven reiste noch immer nach Brüssel und Zürich. Im März 1940 kam er einmal einen Tag früher als vorgesehen heim. Seit Langem lebte Mimi nun schon bei ihm. Sie wusste immer genau die Stunde seiner Rückkehr. Diesmal hatte er vergessen, sie von seinem früheren Eintreffen zu benachrichtigen.

Ich will die Kleine überraschen, überlegte Thomas. Er überraschte sie tatsächlich – in den Armen des charmanten Oberst Jules Siméon.

„Monsieur", sagte der Oberst, mit den vielen Knöpfen seiner Uniform beschäftigt, „ich nehme alle Schuld auf mich. Ich habe Mimi verführt. Ich habe Ihr Vertrauen enttäuscht, Monsieur. Das ist durch nichts zu entschuldigen. Bestimmen Sie die Art der Waffe."

„Machen Sie, dass Sie aus meiner Wohnung kommen, und lassen Sie sich hier nie mehr sehen!"

Siméon bekam eine Gesichtsfarbe von der Intensität einer Erdbeere, biss sich auf die Lippen und ging.

Schüchtern sagte Mimi: „Du warst aber sehr grob!"

„Du liebst ihn, was?"

„Ich liebe euch beide. Er ist so tapfer und romantisch, und du, du bist so gescheit und lustig!"

„Ach, Mimi, was mache ich nur mit dir?", sagte Thomas niedergeschlagen und setzte sich auf den Bettrand. Es war ihm plötzlich zu Bewusstsein gekommen, dass er Mimi sehr gern hatte …

Am 10. Mai brach die deutsche Offensive los. Die Belgier hatten sich getäuscht; sie wurden zum zweiten Mal überfallen.

Die Deutschen setzten 190 Divisionen ein. Diesen standen gegenüber: 12 holländische Divisionen, 23 belgische, 10 britische, 78 französische und 1 polnische. Insgesamt 850 alliierte Flugzeuge, zum Teil alter Bauart, hatten gegen 4500 deutsche Maschinen zu kämpfen.

Der Zusammenbruch kam mit atemberaubender Schnelligkeit. Panik brach aus. Zehn Millionen Franzosen machten sich auf eine elende Wanderschaft.

In Paris löste Thomas Lieven in Ruhe seinen Haushalt auf. Er stellte die letzten falschen Pässe für Landsleute aus, als er schon das dumpfe Grollen der Kanonen hören konnte.

Er bündelte seine Francs, Dollars und Pfunde ordentlich, banderolierte sie und verwahrte sie in einem Koffer mit doppelter Wandung. Mimi half ihm dabei. Sie sah schlecht aus in diesen Tagen. Thomas war freundlich, aber kühl. Er hatte den Oberst noch nicht verwunden.

Äußerlich gab er sich guten Mutes: „Letzten Meldungen zufolge kommen die Deutschen von Norden nach Osten. Wir werden also noch eine Kleinigkeit zu uns nehmen und dann Paris in südwestlicher Richtung verlassen. Benzin haben wir genug. Wir fahren über Le Mans. Dann hinunter nach Bordeaux und …" Er unterbrach sich und sagte: „Du weinst?"

Mimi schluchzte: „Du nimmst mich mit?"

„Nun ja, natürlich. Ich kann dich doch nicht hier zurücklassen."

„Aber ich habe dich doch betrogen …"

„Mein Kind", sagte er mit Würde, „um mich zu betrügen, hättest du dich schon mit Winston Churchill abgeben müssen!"

„Ach, Thomas – du bist wundervoll! Und – und verzeihst du auch ihm?"

„Leichter als dir. Dass er dich liebt, kann ich verstehen."

„Thomas …"

„Ja?"

„Er ist im Garten."

Thomas fuhr auf: „Was fällt ihm ein?"

„Er ist so verzweifelt. Er weiß nicht, was er tun soll. Er kam von einer Dienstreise; niemand von seinen Leuten ist mehr da. Jetzt ist er ganz allein, ohne Wagen, ohne Benzin …"

„Woher weißt du das?"

„Er – er hat es mir erzählt … Er kam vor einer Stunde … Ich habe ihm gesagt, ich werde mit dir reden …"

„Es ist ja nicht zu fassen", sagte Thomas. Dann begann er zu lachen, bis ihm die Tränen in die Augen traten.

11

Am Nachmittag des 13. Juni 1940 fuhr ein schwerer schwarzer Chrysler in südwestlicher Richtung durch den Pariser Vorort Saint-Cloud. Er kam nur langsam voran, denn mit ihm, in gleicher Richtung, ratterten und polterten unzählige andere Fahrzeuge – Flüchtlingskolonnen aus Paris.

Am rechten Kotflügel des schwarzen Chryslers leuchtete ein Stander der Vereinigten Staaten von Amerika. Das gesamte Dach des Wagens wurde von einem mittelgroßen Sternenbanner verdeckt. Schilder glänzten auf den Stoßstangen. Darauf leuchteten, blank poliert, die Buchstaben CD.

Am Volant des großen Wagens saß Thomas Lieven. Mimi Chambert saß neben ihm.

Im Fond, zwischen Hutschachteln und Koffern, saß Oberst Jules Siméon. Er trug jetzt wieder seinen einstmals eleganten, leicht abgestoßenen blauen Anzug, die goldenen Manschettenknöpfe und die goldene Krawattennadel. Siméon betrachtete Thomas mit einem Gemisch von Dankbarkeit, Scham und großer Verlegenheit.

Thomas versuchte, die gespannte Atmosphäre durch ermutigende Reden zu entschärfen: „Unser guter Stern wird uns beschützen." Er sah auf den Stander am Kühler. „Besser gesagt, unsere achtundvierzig guten Sterne!"

Dumpf sagte der Oberst im Fond: „Fliehen wie ein Feigling. Hierbleiben und kämpfen müsste man!"

„Jules", sagte Mimi freundlich, „der Krieg ist doch schon längst verloren. Wenn sie dich erwischen, stellen sie dich nur an die Wand."

„Es wäre ehrenvoller", sagte der Oberst.

„Und dümmer", sagte Thomas. „Ich bin gespannt, wie dieser ganze Wahnsinn weitergeht. Ehrlich gespannt!"

„Wenn die Deutschen Sie erwischen, kommen Sie auch an die Mauer", meinte der Oberst.

„Die Deutschen", erklärte Thomas, während er in einen wenig befahrenen Seitenweg einbog und in einen kleinen Wald hineinfuhr, „haben den Ring um Paris zu drei Vierteln geschlossen. Das offene Viertel liegt etwa zwischen Versailles und Corbeil. Es ist das Viertel, in dem wir uns befinden."

„Und wenn auch in diesem Viertel schon Deutsche sind?"

„Vertrauen Sie mir. Auf dieser unbedeutenden Seitenstraße und in diesem Viertel gibt es keine Deutschen. Nicht einen einzigen." Der Wald trat zurück und gab den Blick ins flache Land hinein frei. Über die unbedeutende Seitenstraße bewegte sich eine lange Kolonne von deutschen Panzerspähwagen mit aufgemalten Balkenkreuzen auf sie zu.

Mimi schrie.

Oberst Siméon stöhnte.

Thomas Lieven sagte: „Was machen denn die hier? Die müssen sich verirrt haben …"

„Es ist alles verloren", sagte der Oberst wachsbleich.

„Fangen Sie nicht schon wieder an, Sie machen mich ganz nervös!"

Jules Siméon erklärte erstickt: „In meiner Aktentasche befinden sich geheime Dossiers und Listen mit Namen und Adressen sämtlicher französischer Agenten."

Thomas schnappte nach Luft. „Sie sind wohl verrückt geworden? Wozu schleppen Sie das Zeug mit sich?"

Der Oberst schrie los: „Ich habe Befehl von General Effel, diese Listen unbedingt nach Toulouse zu bringen und dort einer bestimmten Persönlichkeit zu übergeben, koste es, was es wolle!"

„Hätten Sie das nicht früher sagen können?", brüllte ihn Thomas an.

„Wenn ich es früher gesagt hätte, hätten Sie mich mitgenommen?"

Thomas musste lachen. „Da haben Sie auch recht!"

Eine Minute später trafen sie mit der deutschen Kolonne zusammen.

„Ich habe eine Pistole", flüsterte der Oberst, „solange ich lebe, kommt niemand an die Tasche heran."

„Die paar Minuten werden die Herren gerne warten", sagte Thomas und stellte den Motor ab.

Staubige deutsche Landser kamen neugierig näher. Aus einem Kübelwagen stieg ein schlanker, blonder Oberleutnant. Er trat an den Chrysler heran, hob eine Hand an die Mütze und sagte: „Guten Tag. Darf ich um Ihre Papiere bitten?"

Mimi saß da wie gelähmt. Sie brachte kein Wort hervor. Die Landser umringten den Chrysler nun von allen Seiten.

„It's okay", sagte Thomas Lieven hochmütig. *„We are Americans, see?"*

„I can see the flags", sagte der blonde Oberleutnant in bestem Englisch. *„And now I want to see your papers!"*

„Here you are", sagte Thomas Lieven und überreichte ein Dokument.

Oberleutnant Fritz Egmont Zumbusch zog den amerikanischen Diplomatenpass wie eine Ziehharmonika auseinander, betrachtete stirnrunzelnd das Papier, dann den eleganten jungen Herrn, der unendlich blasiert und gelangweilt am Steuer des schweren schwarzen Wagens saß.

Der rotblonde Zumbusch sagte: *„Your name is William S. Murphy?"*

„Yes", antwortete der junge Herr, gähnte, hob aber wohl erzogen eine Hand vor den Mund.

Wenn man nicht William S. Murphy, sondern Thomas Lieven heißt, wenn man als Agent des französischen Geheimdienstes auf der schwarzen Liste des deutschen Geheimdienstes steht und aparterweise gerade mitten in einer Panzerspähwagen-Kolonne der Deutschen Wehrmacht gelandet ist, wenn man zudem eine kleine französische Freundin und einen hohen Offizier des „Deuxième Bureau" in Zivil im Wagen hat und wenn man schließlich weiß, dass dieser Offizier in einer schwarzen Ledertasche geheime Dossiers und Listen mit Namen und Adressen sämtlicher französischer Agenten mit sich führt – tja, dann tut man auch gut daran, scheinbar unendlich blasiert und gelangweilt zu sein!

Mit gepresster Höflichkeit reichte Oberleutnant Zumbusch den Diplomatenpass zurück. Immerhin waren die Vereinigten Staaten an diesem glutheißen 13. Juni 1940 noch neutral. Immerhin wollte Zumbusch, einundzwanzig Kilometer vor Paris, keinen Ärger. Aber er war unglücklich verheiratet und darum gern Soldat. So sagte er pflichtbewusst: „Den Pass der Dame, bitte!"

Die schwarzhaarige, hübsche Mimi verstand zwar nicht, aber erriet, was er wollte, öffnete ein Täschchen und produzierte das Verlangte. Den Landsern, die den Wagen umdrängten, schenkte sie ein Lächeln, das augenblicklich bewunderndes Volksgemurmel erzeugte.

„My secretary", erklärte Thomas dem Oberleutnant. Das geht ja prima, dachte er. Jetzt noch Siméon, dann haben wir es überstanden. Im nächsten Augenblick ereignete sich die Katastrophe. Oberleutnant Zumbusch steckte den Kopf durch das Wagenfenster, um Mimi ihren Pass zurückzugeben. Danach wandte er sich an Siméon, der zwischen Hutschachteln und Koffern im Fond saß, die Ledertasche auf den Knien.

Vielleicht bewegte Zumbusch sich zu schnell, als er die Hand ausstreckte. Oberst Siméon fuhr vor der Teutonenhand, die auf ihn zukam, zurück und presste die Tasche mit dem fanatischen Gesichtsausdruck eines christlichen Märtyrers an die Brust.

„Nanu", sagte Zumbusch, „was ist denn da drin? Zeigen Sie mal her!"

„Non, non, non!", rief der Oberst.

Thomas, der vermitteln wollte, hatte plötzlich den Zumbuschschen Ellenbogen im Mund. Ein Chrysler ist nun mal kein Rummelplatz.

Mimi begann zu kreischen. Zumbusch schlug sich den Schädel am Wagendach an und begann zu fluchen. Und als Thomas sich umdrehte, traf ihn der Ganghebel an einer empfindlichen Stelle. Am Knie.

Dieser Trottel von einem Helden, dachte Thomas Lieven grimmig. Dann sah er zu seinem unsagbaren Entsetzen eine französische Armeepistole in Siméons Hand und hörte ihn keuchen: „Ände fort oder isch schießen!"

„Sie Esel!", schrie Thomas. Er kugelte sich beinahe den Arm aus, als er Siméons Hand hochschlug. Donnernd löste sich ein Schuss. Die Kugel durchschlug das Wagendach.

Thomas riss Siméon die Waffe aus der Hand und sagte Französisch und grimmig: „Mit Ihnen hat man aber auch nur Ärger!" Oberleutnant Zumbusch riss den Wagenschlag auf und brüllte Thomas an: „Raus!"

Verbindlich lächelnd stieg Thomas ins Freie. Der Oberleutnant hielt jetzt auch eine Pistole in der Hand. Reglos standen die Panzerjäger im Kreis, Waffen im Anschlag. Still, sehr still war es auf einmal.

Thomas schleuderte Siméons Waffe in ein Kornfeld, dann blickte er mit hochgezogenen Brauen in die Mündungen von fünfzehn Pistolen.

Jetzt hilft alles nichts mehr, dachte Thomas; ich muss an unseren nationalen Autoritätskomplex appellieren. Also holte er tief Luft und brüllte Zumbusch an: „Dieser Herr und die Dame sein unter meine Schutz! Mein Wagen trägt Fahne der United States."

„Rauskommen, oder es knallt!", rief Zumbusch den zivilen Oberst Siméon an, der bleich im Fond saß.

„Sie bleiben drin!", schrie Thomas. Es fiel ihm nichts Besseres ein: „Dieser Wagen sein exterritorial! Wer in diese Wagen sitzt, sitzt auf die Boden von Amerika!"

„Das ist mir schnuppe ..."

„Okay, okay, Sie wollen also provozieren eine internationale Zwischenfall! Wegen eine solche Zwischenfall sind wir eingetreten in die Erste Weltkrieg!"

„Ich provoziere überhaupt nichts! Ich tue nur meine Pflicht! Der Mann kann ein französischer Agent sein!"

„Glauben Sie, er würde benehmen sich dann so verrückt?"

„Die Tasche, los, ich will wissen, was in dieser Tasche ist!"

„Das sein Diplomatengepäck, international geschützt! Ich werde beschweren mich bei Ihre Vorgesetzten!"

„Das können Sie gleich tun!"

„Was soll das heißen?"

„Sie kommen mit!"

„Wohin?"

„Zu unserem Korpsgefechtsstand. Dass hier etwas faul ist, das sieht doch ein Blinder! Setzen Sie sich ans Steuer. Drehen Sie den Wagen um. Beim ersten Fluchtversuch wird geschossen. Und nicht auf die Reifen", sagte Oberleutnant Zumbusch. Er sagte es sehr leise.

2. Kapitel

1

Während er melancholisch seufzte, blickte Thomas Lieven sich in dem rotweiß-golden dekorierten Schlafzimmer um. Das Schlafzimmer gehörte zum Appartement 107. Das Appartement 107 war eines der vier luxuriösesten des Hotels „Georges V". Das Hotel „Georges V" war eines der vier luxuriösesten von Paris. Auf seinem Dach wehte seit Stunden die Reichskriegsflagge mit dem Hakenkreuz. An seinem Portal rasselten seit Stunden schwere Panzer vorbei. In seinem Hof stand ein schwarzer Chrysler. Und im Schlafzimmer des Appartements 107 saßen Thomas Lieven, Mimi Chambert und Oberst Jules Siméon.

Sie hatten vierundzwanzig völlig irrsinnige Stunden hinter sich. Einen Panzerspähwagen vor, einen Panzerspähwagen hinter ihrem schwarzen Chrysler, waren sie dem Korpsgefechtsstand nachgejagt. Über Funk hatte der rotblonde Oberleutnant Zumbusch seinen General zu erreichen versucht. Aber der deutsche Vormarsch ging so schnell vor sich, dass es anscheinend überhaupt kein festes Hauptquartier mehr gab. Erst seit Paris kampflos besetzt worden war, schien auch der General zur Ruhe gekommen zu sein: im Hotel „Georges V".

Auf dem Gang trampelten schwere Landserstiefel vorbei. In der Hotelhalle lagen Kisten, Maschinenpistolen und Telefonkabel herum. Leitungen wurden gelegt. Es herrschte gewaltiger Wirrwarr.

Vor einer Viertelstunde hatte Oberleutnant Zumbusch seine drei Gefangenen in das Schlafzimmer des Appartements 107 geführt. Danach war er verschwunden. Ohne Zweifel erstattete er seinem General Bericht. Die schwarze Ledertasche lag nun auf Thomas' Knien; er hatte sie an sich genommen, als er den Wagen abschloss. Er fand, dass sie bei ihm immer noch besser aufgehoben war.

Durch die hohe, kunstvoll verzierte Tür zum Salon erklang plötzlich zorniges Gebrüll. Die Tür flog auf. Ein baumlanger Offizier stand in ihrem Rahmen und sagte: „Herr General von Felseneck lässt bitten, Mr Murphy."

Noch gelte ich also als amerikanischer Diplomat, dachte Thomas Lieven. Wohlan denn … Langsam erhob er sich, die Ledertasche unter dem Arm. An dem Adjutanten vorbei schritt er mit würdiger Miene in den Salon.

General Erich von Felseneck war ein untersetzter Mann mit kurz geschnittenem, eisgrauem Haar und goldgefasster Brille.

Thomas sah einen kleinen Tisch, auf welchem vor Besteck und Geschirr des Hotels zwei Blechgefäße standen. Der General war offensichtlich bei einer hastigen Mahlzeit gestört worden.

Diesen Umstand nahm Thomas Lieven zum Vorwand, um internationale Höflichkeit an den Tag zu legen: „General, ich bedauere tief, zu stören Ihre Essen."

„An mir ist es", sagte General von Felseneck, Thomas die Hand schüttelnd, „eine Entschuldigung auszusprechen, Mr Murphy."

Thomas fühlte sich plötzlich schwindlig, als der General ihm jetzt den falschen Diplomatenpass und die falschen Pässe Mimis und Siméons zurückgab. „Ihre Papiere sind in Ordnung. Verzeihen Sie die Aktion des Oberleutnants. Er wurde durch das Verhalten Ihres Reisegefährten begreiflicherweise misstrauisch. Aber er hat ohne Zweifel seine Befugnisse überschritten."

„General, so etwas kann vorkommen …", murmelte Thomas.

„So etwas *hat* nicht vorzukommen, Mr Murphy! Die Deutsche Wehrmacht ist korrekt. Wir respektieren diplomatische Gepflogenheiten. Wir sind keine Raubritter!"

„Certainly not …"

„Mr Murphy, ich bin ganz ehrlich. Hatte erst vorige Woche furchtbaren Ärger. Wäre fast bis zum Führer gegangen. Haben da doch ein paar Übereifrige bei Amiens zwei Herren von der schwedischen Militärmission festgenommen und durchsucht. Grässlicher Krach! Musste mich persönlich entschuldigen. War mir vielleicht eine Warnung. So was passiert mir nicht zum zweiten Mal. Haben Sie schon gegessen, Mr Murphy?"

„N-Nein …"

„Darf ich Sie vor Ihrer Abfahrt einladen? Schlichte Kriegerkost. Die Hotelküche funktioniert noch nicht. Und bei ‚Prunier' wird heute wohl noch geschlossen sein, hahaha!"

„Hahaha!"

„Also dann – kleiner Schlag aus deutscher Gulaschkanone?"

„Wenn ich nicht störe?"

„Ist mir doch eine Freude! Kogge, noch ein Gedeck! Den Herrschaften drüben lassen Sie auch was bringen …"

„Jawohl, Herr General!"

Fünf Minuten später …

„Bisschen eintönig, der Fraß, was, Mr Murphy?"

„Oh no, entsprechend die Umstände es schmecken delikat …", sagte Thomas Lieven, der allmählich seine Fassung wiederfand.

„Ich weiß nicht, was das ist; die Kerle können keinen Eintopf machen!", ärgerte sich der General.

„General", sagte Thomas Lieven sanft, „ich möchte mich gerne revanchieren für Ihre Freundlichkeit und Ihnen geben einen kleinen Tipp …"

„Donnerwetter, Mr Murphy, Sie sprechen fantastisch Deutsch!" Das ist ein lebensgefährliches Kompliment, dachte Thomas und ließ rapide in seinen Sprachkenntnissen nach. *„Thank you, General.* Meine Kinderfräulein sein gewesen eine mecklenburgische Amme. Ihre *speciality* waren mecklenburgische Eintöpfe …"

„Interessant, was, Kogge?“, sagte der General zu seinem Adjutanten.

„Jawohl, Herr General!“

„Sehr zu Unrecht“, dozierte Thomas Lieven und gab sorgsam auf amerikanischen Akzent acht, „sein die Eintopf geraten in Verruf. Gerne will ich erklären, wie man herstellt eine original mecklenburgische Eintopf. Aber auch Kartoffelgulasch lässt sich machen als Delikatesse!“ Thomas senkte die Stimme: „Zuvor eine Frage, die mich bewegt schon seit langer Zeit. Herr General, stimmt es, dass man beimengt der deutschen Soldatenkost – hm – *Soda?*“

„Das ist ein Gerücht, das sich hartnäckig behauptet. Ich kann dazu nichts sagen, ich weiß es nicht. Immerhin sind die Leute oft monatelang unterwegs, fern ihren Frauen, fern … Ich brauche nicht weiterzusprechen.“

„Keinesfalls, Herr General! Wie dem auch immer sei: Auf jeden Fall werden helfen Zwiebeln.“

„Zwiebeln?“

„Das A und O beim Kartoffelgulasch, Herr General: Zwiebeln! In Frankreich, weiß Gott, es gibt genug davon! Der Trick ist ganz einfach: Man nehme ebenso viel Pfund Zwiebeln wie Rindfleisch, Majoran, klein gehackte, süß-saure Gurken und …“

„Einen Moment bitte, Mr Murphy! Kogge, schreiben Sie mit, ich will das dem Generalquartiermeister zukommen lassen!“

„Jawohl, Herr General!“

„Also“, sagte Thomas Lieven, „Man lasse glasig dünsten in Fett Zwiebeln, salze gut und würze mit Paprika …“ Er diktierte, bis es klopfte und eine Ordonnanz erschien. Geflüster zwischen der Ordonnanz und dem General – dann verschwanden beide.

Thomas diktierte sein Eintopfrezept weiter.

Nach zwei Minuten kehrte der General zurück.

Er sprach leise und eisig: „Ich habe den Oberleutnant Zumbusch vorhin angerüffelt. Das ließ ihm keine Ruhe. Er hat mit der amerikanischen Botschaft telefoniert. Ein gewisser Mr Murphy ist dort völlig unbekannt. Haben Sie dafür eine Erklärung, Mr Murphy?“

2

Vor dem Hotel rollten noch immer schwere Panzer und Militärfahrzeuge vorbei Das Rasseln ihrer Ketten und das Brummen ihrer Motoren klangen überlaut in Thomas Lievens Ohren.

Es geschah in einer Reflexbewegung, dass er seine Repetieruhr zog und das Schlagwerk tönen ließ: zwölf Schläge und zwei. Reglos verharrte der General. Thomas überlegte in wahnsinniger Schnelligkeit, während die silbernen Schläge tönten. Es hilft nichts, dachte er, ich muss das Äußerste riskieren …

„Nun gut. Es bleibt mir nichts anderes übrig. Obwohl ich damit gegen strengs-

Menu • 15. Juni 1940

Beim Eintopf „eroberte" Thomas Lieven einen deutschen General.

Eintopf auf verschiedene Arten

Kartoffelgulasch: Man nehme Fett und Zwiebeln, die man glasig dünsten lasse; dabei müssen sie gut gesalzen und mit Paprika gewürzt werden. Alsdann schneide man klein gewürfeltes Rindfleisch hinein. Kurz bevor das Fleisch weich wird, schneide man klein gewürfelte Kartoffeln dazu. Man beachte: Es müssen ebenso viel Pfund Zwiebeln sein wie Fleisch! Außerdem gebe man ganz zum Schluss Majoran und klein gehackte süß-saure Gurken in den Topf.

Risi-Pisi: Fertig gekochter Reis wird mit grünen Erbsen (entweder aus der Konserve oder frische – dann separat bereits vorgekocht) vermengt. Unter kurzem Umrühren werden nun bei kleiner Flamme Butter oder Fett dazugetan und entweder Fleisch oder Bratenreste oder Frankfurter Würstchen – natürlich klein geschnitten – hineingemengt. Nach Belieben würzen, am besten mit Curry, und bei Tisch mit etwas Parmesankäse bestreuen.

Irish-Stew: Unter diesem Namen gibt es verschiedene Rezepte, Hammelfleisch und Weißkohl zu einem feinen Eintopf zuzubereiten. Eine der besten Arten ist das mecklenburgische Rezept: Das Hammelfleisch wird in viereckige Stückchen gehauen, gesalzen und eine bis eineinhalb Stunden gekocht. Darauf werden die Kohlköpfe von den äußeren Blättern und dem Stängel befreit, in vier Teile geschnitten, eine Viertelstunde in kochendem Wasser abgekocht und dann stark in einem Tuch ausgedrückt. Dann belege man einen großen Topf mit dünnen Speckscheiben, gebe darauf eine Lage Weißkohl, die runde Seite muss immer nach oben zeigen, darauf einige Stückchen Fleisch, fein geschnittene Zwiebeln, Kerbel, Salz und Pfeffer sowie ein wenig Nelken. Dann kommt immer wieder abwechselnd eine Lage Kohl, eine Lage Fleisch mit obigen Gewürzen. Die Schlusslage oben im Topf muss Kohl sein. Anschließend fülle man die vom Bodensatz abgegossene Hammelfleischbrühe hinzu und lasse das Ganze etwa eine Stunde einkochen. Beim Anrichten wird das Gericht auf eine Schüssel gestürzt.

ten Befehl handle … Ich bitte Herrn General um eine Unterredung unter vier Augen." Er sprach jetzt akzentfreies Deutsch.

„Hören Sie mal, Mr Murphy, oder wie Sie heißen, ich warne Sie! So ein Standgericht tritt schnell zusammen."

„Fünf Minuten unter vier Augen, Herr General!" Thomas Lieven bemühte sich, bedeutungsvoll auszusehen.

Der General überlegte lange. Dann entließ er seinen Adjutanten mit einer Kopfbewegung.

Kaum hatte dieser den Salon verlassen, legte Thomas los wie ein Maschinengewehr: „Herr General, ich mache Sie hiermit zum Geheimnisträger. Wenn ich gegangen bin, werden Sie augenblicklich vergessen, dass Sie mir je begegnet sind …"

„Haben Sie den Verstand verloren?"

„… ich eröffne Ihnen eine ‚Geheime Führungssache'. Sie geben mir Ihr Wort als Offizier, dass kein Wort darüber Ihren Mund verlässt …"

„Eine solche Unverschämtheit ist mir ja noch nie …"

„… Ich hatte strikten Befehl von Admiral Canaris …"

„Ca-Canaris?"

„… Canaris persönlich, unbedingt auf meiner Identität als amerikanischer Diplomat zu beharren. Die Umstände zwingen mich nun dazu, Ihnen die Wahrheit zu sagen. Bitte sehr." Mit einer weiten Bewegung knöpfte Thomas Lieven seine Weste auf und entnahm einer Innentasche einen Ausweis. „Lesen Sie, Herr General!"

Felseneck las.

Das Dokument, das er in der Hand hielt, war ein echter Ausweis der Deutschen Abwehr, ausgestellt von einem gewissen Major Fritz Loos, Abwehroffizier beim Wehrbezirkskommando Köln. Thomas hatte den Ausweis aufbewahrt in der Überzeugung, dass er ihn noch einmal brauchen würde …

Der General sagte entgeistert: „Sie … Sie sind bei der Abwehr?"

„Wie Sie sehen!" Thomas war jetzt in Fahrt. „Wenn Herr General Zweifel an meinen Worten hegen, ersuche ich, augenblicklich ein Führungsblitzgespräch nach Köln anzumelden!" – Wenn er telefoniert, bin ich erledigt. Wenn er nicht telefoniert, bin ich gerettet – ging ihm durch den Kopf.

„Aber Sie müssen doch verstehen …"

Es scheint, ich bin gerettet, dachte Thomas und schrie: „Wissen Sie, wer die beiden Leute sind, die da nebenan warten? Wichtigste französische Geheimnisträger! Bereit, für uns zu arbeiten!" Er schlug auf die schwarze Tasche. „Hierin befinden sich Dossiers und Listen mit den Namen aller Angehörigen des ‚Deuxième Bureau'. Verstehen Sie jetzt vielleicht, was auf dem Spiel steht?" General von Felseneck war erschüttert. Nervös trommelte er auf die Tischplatte. Thomas Lieven dachte: Dossiers, Listen, Namen von Agenten. Wenn meine Landsleute, die Deutschen, diese Listen bekommen, dann werden sie die französischen Agenten töten. Blut, viel Blut wird fließen. Aber wenn sie diese *nicht* bekommen? Dann werden diese französischen Agenten alles tun, um Deutsche umzubringen. Mir gefällt weder das eine noch das andere. Ich hasse Gewalt und Krieg. Also muss ich mir sehr genau überlegen, was mit dieser schwarzen Tasche geschehen soll. *Später* werde ich mir das überlegen. Jetzt muss ich erst einmal raus hier …

Der General stotterte: „Trotzdem – trotzdem verstehe ich das nicht. Wenn die Leute für uns arbeiten wollen, warum dann diese Geheimnistuerei?"

„Herr General, begreifen Sie doch! Die französische Abwehr jagt hinter uns her! Jede Minute kann ein Anschlag erfolgen! Darum hatte der Admiral die Idee, die beiden Herrschaften unter dem diplomatischen Schutz einer neutralen Macht zu transportieren und in einem Schloss vor Bordeaux zu verstecken, bis ein Waffenstillstand geschlossen ist!" Thomas lachte bitter auf. „Wir haben die Möglichkeit nicht einkalkuliert, dass ein pflichtbewusster deutscher Oberleutnant uns einen Strich durch die Rechnung machen könnte!" Er nickte ernst. „Zeit ist verloren gegangen, kostbarste Zeit! Herr General, wenn die beiden Leute den Franzosen in die Hände fallen, dann sind die Folgen – die *internationalen* Folgen – unabsehbar … Und nun melden Sie schon endlich Köln an!"

„Aber ich *glaube* Ihnen doch!"

„Sie glauben mir! Wie gütig! Dann gestatten Sie wenigstens, dass *ich* Köln anrufe und diese Panne melde!"

„Hören Sie, ich hatte gerade solchen Ärger. Muss das denn sein?"

„Was heißt: muss das sein? Wie soll das weitergehen? Wenn ich mich jetzt endlich entfernen darf, dann riskiere ich doch, dass wir an der nächsten Straßenecke von einem Ihrer übereifrigen Herren wieder verhaftet werden!"

Der General stöhnte: „Ich gebe Ihnen einen Passierschein … Sie werden nicht mehr angehalten werden – nie mehr …"

„Na schön", sagte Thomas. „Noch eines, Herr General: Machen Sie dem Oberleutnant Zumbusch keine Vorwürfe mehr. Er hat nur seine Pflicht getan. Stellen Sie sich vor, ich wäre ein französischer Agent und er hätte mich passieren lassen …"

3

Als der schwarze Chrysler mit dem Sternenbanner über dem Dach aus dem Hof des Hotels „Georges V" glitt, salutierten zwei deutsche Posten. Thomas Lieven, alias William S. Murphy, legte eine Hand an den Homburg und erwiderte ihre Aufmerksamkeit höflich.

Danach war Thomas weniger höflich. Er hielt Jules Siméon eine gewaltige Standpauke. Dieser nahm sie widerspruchslos hin. Nach einer Unterbrechung von fast 46 Stunden erreichten sie wieder ihre geplante Fluchtstrecke. Thomas fragte: „Wer soll eigentlich die schwarze Tasche bekommen?"

„Major Débras."

„Wer ist das?"

„Der zweitwichtigste Mann im ‚Deuxième Bureau'. Er wird die Papiere nach England oder Afrika bringen."

Und dann, dachte Thomas besorgt, und dann? Ach, wäre die Welt schön, wenn es keine Geheimdienste gäbe!

„Der Major sitzt in Toulouse?"

„Ich habe keine Ahnung, wo er sich jetzt aufhält", antwortete der Oberst. „Es ist unbestimmt, wann er eintrifft – und wie. Ich habe Befehl, unseren Briefkasten in Toulouse aufzusuchen."

„Was für einen Briefkasten?", fragte Mimi.

„Briefkasten nennt man einen Menschen, der Nachrichten empfängt oder weitergibt."

„Aha."

„Der Mann ist absolut zuverlässig. Gérard Perrier heißt er, ein Garagenbesitzer ..."

AUF DEN mit Flüchtlingen und Truppen verstopften Straßen waren sie viele Tage unterwegs. Der Passierschein, den Thomas von General von Felseneck erhalten hatte, wirkte Wunder. Die deutschen Kontrollen bewiesen exemplarische Höflichkeit! Zuletzt fuhr Thomas sogar mit Wehrmachtsbenzin. Ein Hauptmann in Tours hatte ihm fünf Kanister zur Verfügung gestellt.

Vor Toulouse hielt Thomas an und nahm an seinem Wagen gewisse Veränderungen vor: Er schraubte die CD-Schilder ab und entfernte den amerikanischen Stander und die Fahne auf dem Dach. Diese Utensilien verwahrte er für eventuellen späteren Gebrauch im Kofferraum, aus dem er zwei französische Kennzeichentafeln holte.

„Ich bitte euch, daran zu denken, dass ich von jetzt an nicht mehr Murphy, sondern Jean Leblanc heiße", sagte er zu Mimi und Siméon. Auf diesen Namen war der falsche Pass ausgestellt, den ihm sein Lehrer Jupiter in der Spionenschule bei Nancy gegeben hatte ...

Toulouse war eine Stadt von 250000 Einwohnern – im Frieden. Nun hausten über eine Million Menschen in ihr. Die Stadt glich einem einzigen hektisch-tragischen Rummelplatz. Riesige Gruppen von Flüchtlingen kampierten im Freien, unter den alten Bäumen der Plätze an der Rue des Changes und in Saint-Sernin. Thomas sah Autos mit Kennzeichen aus ganz Frankreich – und aus halb Europa. Er erblickte einen städtischen Autobus der Pariser Verkehrsbetriebe, der als Fahrtziel noch immer „Arc de Triomphe" angab, und einen Lieferwagen mit der Aufschrift:

SODAWASSER- UND KRACHERLFABRIK ALOIS SCHILDHAMMER & SÖHNE,
WIEN XIX, KROTTENBACHSTRASSE 32

Während der Oberst seinen „Briefkasten" aufsuchte, bemühten sich Mimi und Thomas, Zimmer aufzutreiben. Sie versuchten es in Hotels, Pensionen und Fremdenheimen. Sie versuchten es überall. Es gab kein einziges freies Zimmer in Toulouse. In den Hotels lebten Familien in Hallen, Speisesälen, Bars und Waschräumen. Die Zimmer waren zwei- oder dreifach überbelegt.

Mit schmerzenden Füssen trafen Mimi und Thomas nach Stunden wieder am Standplatz ihres Wagens ein. Der Oberst saß auf dem Trittbrett des Chryslers. Er sah verstört aus. Die schwarze Tasche hielt er unter dem Arm.

„Was ist passiert?", fragte Thomas. „Haben Sie die Garage nicht gefunden?"

„Doch", sagte Siméon müde. „Aber Monsieur Perrier nicht mehr. Der Mann ist tot. Es lebt nur noch eine Halbschwester von ihm, Jeanne Perrier. Sie wohnt in der Rue des Bergères 16."

„Fahren wir hin", sagte Thomas. „Vielleicht hat sich Major Débras bei ihr gemeldet."

Die Rue des Bergères lag in der Altstadt, die sich mit ihren engen Kopfsteinstraßen und -gassen und malerischen Häusern seit dem 18. Jahrhundert kaum verändert hatte. Kinder kreischten, Radios spielten, und über die Straßen waren Stricke gespannt, von denen bunte Wäsche flatterte.

In der Rue des Bergères mit ihren Bistros, winzigen Restaurants und kleinen Bars gab es sehr viele hübsche Mädchen. Sie waren ein wenig zu grell geschminkt und ein wenig zu offenherzig angezogen, und sie trippelten hin und her, als ob sie auf etwas Bestimmtes warten würden.

Das Haus Nummer 16 erwies sich als kleines, altmodisches Hotel mit einem verwitterten Restaurant zur ebenen Erde. Über dem Eingang hing eine Messingtafel in Form einer weiblichen Silhouette, und darauf stand:

Chez Jeanne

In einer engen, dunklen Loge fanden sie einen Portier mit brillantinefunkelndem Haar. Eine steile Treppe führte in den ersten Stock des Hotels empor. Der Portier sagte, Madame würde sogleich erscheinen. Wenn die Herrschaften vielleicht inzwischen im Salon Platz nehmen wollten …

Im Salon gab es Kronleuchter, Plüsch und Pleureusen, Topfpflanzen, die verstaubt aussahen, ein Grammofon und einen großen Spiegel, der eine ganze Wand bedeckte. Es roch nach Parfüm und Puder und kaltem Zigarettenrauch.

Ein wenig beklommen sagte Mimi: „O Gott, glaubst du, das ist hier ein …"

„Mhm", sagte Thomas.

Puritanisch gequält sagte der Oberst: „Wir gehen ja gleich wieder!"

Eine hübsche Frau von fünfunddreißig Jahren kam herein. Sie trug kurz geschnittenes, löwenfarbenes Haar und war raffiniert geschminkt. Sie sah energisch aus, eine Frau, die das Leben kannte und die es – per saldo – sehr komisch fand. Die Dame hatte Formen, welche sofort das Interesse Thomas Lievens fanden.

Die Stimme der Dame klang ein wenig heiser: „Willkommen, die Herrschaften.

Oh, zu dritt! Reizend. Ich bin Jeanne Perrier. Darf ich Ihnen ein paar von meinen kleinen Freundinnen vorstellen?"

Sie klatschte in die Hände.

Eine rotseidene Tapetentür öffnete sich, und drei junge Mädchen kamen herein, unter ihnen eine Mulattin. Sie waren alle drei hübsch und alle drei nackt. Lächelnd marschierten sie zu dem großen Spiegel und drehten sich im Kreise. Die interessante Dame mit dem löwenfarbenen Haar sprach indessen: „Darf ich bekannt machen? Von links nach rechts: Sonja, Bébé, Jeanette ..."

„Madame", unterbrach der Oberst schwach.

„... Jeanette kommt aus Sansibar, sie hat ..."

„Madame", unterbrach der Oberst stärker.

„Monsieur?"

„Hier herrscht ein Missverständnis. Wir wollen Sie allein sprechen, Madame!" Der Oberst stand auf, trat zu Jeanne Perrier und fragte leise: „Was sagte die Ameise zur Grille?"

Jeanne Perriers Augen verengten sich, als sie leise antwortete: „Tanze nur, tanze, im Winter wirst du bitterlichen Hunger leiden." Danach klatschte sie wieder in die Hände und sagte zu den Hübschen: „Ihr könnt gehen!" Die drei verschwanden kichernd.

„Sie müssen entschuldigen, ich hatte keine Ahnung ..." Jeanne lachte und sah Thomas an. Er schien ihr zu gefallen. Mimi hatte plötzlich eine ärgerliche Falte auf der Stirn. Jeanne sagte: „Zwei Tage vor seinem Tod weihte mein Bruder mich ein. Er nannte mir auch die Erkennungssätze." Sie wandte sich an Siméon. „Sie sind also der Herr, der die Tasche bringt. Aber der Herr, der die Tasche holen soll, hat noch nichts von sich hören lassen."

„Dann muss ich auf ihn warten. Es kann noch eine Weile dauern, bis er kommt. Seine Situation ist sehr gefährlich."

Thomas dachte: Und sie wird noch gefährlicher werden, wenn der Herr auftaucht. Denn er soll die schwarze Tasche nicht bekommen. Siméon hat sie jetzt. Er wird sie nicht behalten. Ich werde dafür sorgen. Ich werde verhindern, dass neues Unheil geschieht, dass noch mehr Blut fließt ... Ihr hättet mich in Ruhe lassen sollen, ihr alle! Nun ist es zu spät, nun spiele ich mit – aber auf meine Weise!

Er sagte zu Jeanne: „Madame, Sie wissen, Toulouse ist überfüllt. Könnten Sie uns nicht zwei Zimmer vermieten?"

„Hier?" Mimi fuhr auf.

„Mein Kind, es ist die einzige Möglichkeit, die ich sehen kann ..."

Thomas schenkte Jeanne ein werbendes Lächeln: „Bitte, Madame!"

„Ich vermiete meine Zimmer eigentlich nur stundenweise ..."

„Madame, erlauben Sie, dass ich Ihrem Herzen einen ganz zarten patriotischen Stoß versetze?", erkundigte sich Thomas.

Jeanne seufzte verträumt. „Ein charmanter Mieter – also gut."

4

Der Major Débras ließ auf sich warten. Eine Woche verstrich, eine zweite – er tauchte nicht auf. Wie schön, dachte Thomas, alias Jean, wenn er überhaupt nie mehr auftauchen würde!

Er begann, sich im „Chez Jeanne" häuslich einzurichten. Wann immer es seine Zeit erlaubte, ging er der appetitlichen Hotelbesitzerin mit dem löwenfarbenen Haar zur Hand.

„Mein Koch ist mir davongelaufen, Jean", klagte Jeanne ihrem deutschstämmigen Mieter, den sie für einen waschechten Pariser hielt und schon am zweiten Tag seiner Anwesenheit mit seinem hübschen Vornamen ansprach. „Und die Lebensmittel werden immer knapper. Was glauben Sie, was ich verdienen könnte, wenn das Restaurant funktionieren würde …"

„Jeanne", antwortete Thomas, der seine Gastgeberin schon am zweiten Tag mit ihrem hübschen Vornamen ansprach, „ein Vorschlag zur Güte: Ich koche, ich organisiere die Lebensmittel. Und den Verdienst teilen wir halbe-halbe. Einverstanden?"

„Sind Sie immer so stürmisch?"

„Stört Sie das?"

„Im Gegenteil, Jean, im Gegenteil! Ich brenne darauf, noch andere Ihrer verborgenen Talente kennenzulernen …"

Bei dem Versuch, Jeannes Speiselokal wieder in Schwung zu bringen, bewies Oberst Siméon übrigens doch noch seine Eignung für den Geheimdienst. Nach einer Abwesenheit von zwei Tagen berichtete er Thomas und Mimi stolz: „Die beiden Mechaniker wollten mir nichts sagen, aber ich habe in der Garage herumgestöbert und dabei alle möglichen Hinweise gefunden. Einen Schlüssel. Eine Landkarte. Aufzeichnungen. Voilà! Der alte Perrier hat sich ein Benzinlager angelegt!"

„Donnerwetter! Wo?"

„Im Wald vor Villefranche-de-Laragais. Fünfzig Kilometer von hier. In einem Erdbunker. Mindestens hundert Kanister. Ich komme gerade von dort."

Mimi sprang auf und gab Siméon einen langen, ostentativen Kuss …

Jetzt bekomme ich mein Fett für Jeanne, dachte Thomas und sagte anerkennend: „Ich gratuliere, Herr Oberst!"

„Ach", antwortete Siméon, als er wieder sprechen konnte, bescheiden und liebenswert, „wissen Sie, mein Freund, ich bin ja so froh, dass ich endlich etwas Vernünftiges fertiggebracht habe!" – Wollte Gott, alle Geheimagenten wären so einsichtig, dachte Thomas.

Also holten sie das Benzin aus dem Wald. Thomas stellte den schwarzen Chrysler in der Garage unter und kaufte für ein paar seiner 27 730 Dollar einen kleinen Peugeot. Der verbrauchte weniger Treibstoff.

Bald war Thomas auf den holprigen Landstraßen um Toulouse eine bekannte Erscheinung. Alle Bauern grüßten ihn, grinsten und hielten den Mund. Zum einen zahlte Thomas immer gute Preise, zum anderen verschaffte er Mangelware aus der Stadt ... Thomas briet, buk und kochte, dass es eine Lust war. Jeanne assistierte ihm dabei. In der Küche war es heiß. Bekleidungsmäßig schützte Jeanne sich vor Hitze, so radikal es eben noch anging. Es war eine glückliche Partnerschaft: Sie bewunderte ihn, er bewunderte sie. Mimi machte lange Spaziergänge mit Siméon.

Das Restaurant war nun täglich bis zum letzten Platz besetzt. Es kamen fast nur männliche Gäste, Flüchtlinge aus all den Ländern, mit denen Hitler sich bislang beschäftigt hatte. So war Thomas Lievens Küche sehr abwechslungsreich. Die Flüchtlinge zeigten sich entzückt. Nicht zuletzt über die wirklich humanen Preise.

Noch entzückter waren die Mädchen des Hauses. Der junge, charmante Koch riss sie alle hin mit seiner Eleganz und Frechheit, seiner Liebenswürdigkeit und Klugheit. Stets fühlten sie sich von ihm als Damen behandelt, denn er trat keiner zu nahe. Bald schon amtierte Thomas denn als Beichtvater, Geldverleiher, Ratgeber in juristischen und medizinischen Fragen und als nimmermüder Zuhörer, wenn sich ihm die innersten Kammern weiblicher Herzen öffneten.

Jeanette hatte ein Baby auf dem Lande. Die Bauernfamilie stellte immer unverschämtere Forderungen. Thomas brachte sie davon ab.

Sonja stand eine Erbschaft zu, die ein schurkischer Advokat ihr nicht aushändigte. Thomas brachte ihn dazu.

Bébé hatte einen brutalen Freund, der sie dauernd betrog und dauernd verdrosch. Mit einem zarten Hinweis auf gewisse polizeiliche Verordnungen und mit einem harten Jiu-Jitsu-Griff brachte Thomas ihn dazu, sich anständig zu betragen.

Alfonse hieß dieser Freund. Er sollte Thomas noch einmal viel Kummer bereiten ...

Unter den Stammgästen des Restaurants befand sich ein Bankier namens Walter Lindner. Erst war er vor Hitler aus Wien geflohen, dann aus Paris.

Lindner war von seiner Frau auf der Flucht getrennt worden und wartete nun, dass sie wieder auftauchte. Sie hatten Toulouse als Treffpunkt ausgemacht.

Walter Lindner entwickelte eine große Sympathie für Thomas. Als er erfuhr, dass dieser auch Bankier war, machte er ihm folgendes Angebot: „Kommen Sie mit mir nach Südamerika. Sobald meine Frau eintrifft, gehe ich hinüber. Ich habe Vermögen drüben. Werden Sie mein Partner ...“ Und er wies einen Bankauszug der „Rio de la Plata Bank“ vor. Der Auszug war neueren Datums und bestätigte Lindner ein Guthaben von über einer Million Dollar. Das war der Augenblick, in welchem Thomas Lieven, allem bisher Erlebten zum Trotz, noch einmal Mut fasste und an die Vernunft der Menschen und an eine lichte Zukunft glaubte.

Er wollte die Affäre mit der „schwarzen Tasche“ noch würdig erledigen, so gut er konnte. Weder die Deutsche Abwehr noch der französische Geheimdienst sollten die Dossiers bekommen. Aber dann nichts wie raus aus dem kriegslüsternen, verrotteten alten Europa! Fort in eine neue Welt! Wieder Bankier sein, ein solider Bürger, ein ziviler Mensch! Ach, welche Sehnsucht empfand er danach!

Unerfüllt sollte diese Sehnsucht bleiben. Bald schon sollte Thomas von der Gewissenspein befreit werden, für die Franzosen gegen die Deutschen gearbeitet zu haben. Bald schon sollte er für die Deutschen gegen die Franzosen arbeiten. Und dann wieder für die Franzosen. Und gegen die Engländer. Und für die Engländer. Und für alle drei. Und gegen alle drei. Der Wahnsinn hatte eben erst begonnen. Der gute Mensch in Thomas Lieven, der den Frieden liebte und die Gewalt hasste, wusste nur noch nicht, was ihm bevorstand …

Der Juni ging vorbei, der Juli. Nun saßen sie schon fast zwei Monate in Toulouse. An einem heißen Morgen hielten Siméon, Jeanne und Thomas einen kleinen Kriegsrat ab.

Siméon zeigte sich ein wenig aufgeregt, aber das fiel Thomas erst sozusagen im Nachhinein auf. Der Oberst erklärte ihm: „Wir müssen unseren Aktionsradius erweitern, mein Freund. Madame hat eine neue Adresse für Sie.“ Er neigte sich über die Landkarte. „Sehen Sie mal, hier, ungefähr 150 Kilometer nordwestlich von Toulouse, im Tal der Dordogne, in der Nähe von Sarlat.“

„Da liegt ein kleines Schloss“, erklärte Jeanne, nervös rauchend – auch das kam Thomas erst später in den Sinn, „am Rande des Ortes Castelnau-Fayrac. ‚Les Milandes‘ heißt es. Die Leute dort haben auch eine Farm, einen Haufen Schweine und Kühe, alles …“

Drei Stunden später holperte der kleine Peugeot über staubige Landstraßen immer noch westwärts. An den Ufern der Dordogne wurde die Gegend romantisch, und romantisch sah auch das Schloss „Les Milandes“ aus – ein weißes, hohes Gemäuer aus dem 15. Jahrhundert, mit zwei großen und zwei kleineren Wachttürmen, den ganzen Höhenzug beherrschend, umgeben von einem alten Park, an den sich Wiesen und Felder schlossen.

Thomas ließ den Wagen bei der offenen Einfahrt zum Park stehen und rief ein paarmal laut. Niemand antwortete.

Er erreichte einen großen, kiesbestreuten Vorplatz. Ein gewaltiges altes Eichentor stand angelehnt. Eine Freitreppe führte hinauf.

„Hallo!“, rief Thomas wieder.

Dann hörte er ein schrilles, hohes Lachen, das ihn zusammenfahren ließ, denn es war kein Menschenlachen.

Im nächsten Augenblick schoss ein kleines braunes Äffchen durch den Türspalt, hüpfte schrill kichernd die Stufen herunter und turnte an Thomas Lieven empor. Ehe er sich von seinem Schock erholt hatte, saß der Affe bereits auf seiner linken Schulter und gab ihm, dauernd keckernd, Küsse.

Eine Frauenstimme erklang: „Glou-Glou! Glou-Glou, wo bist du? Was stellst du schon wieder an?“

Das Eichentor öffnete sich. Eine blendend schöne, dunkelhäutige Frau stand im

Rahmen. Sie trug enge weiße Hosen und eine überhängende weiße Bluse. An den schmalen Handgelenken klirrten goldene Armbänder. Ihr schwarzes Haar war in der Mitte gescheitelt und lag eng an.

Thomas holte Atem, denn er kannte diese Frau, und er verehrte sie seit Jahren. Er fand keine Worte. Auf alles war er gefasst gewesen, nur darauf nicht, inmitten einer verrückten Zeit, inmitten eines von Krieg und Niederlage zerrütteten Frankreichs plötzlich einem Idol der ganzen Welt, der perfekten Verkörperung exotischer Schönheit überhaupt gegenüberzustehen: der berühmten Negertänzerin Josephine Baker.

Mit einem wundervoll leisen Lächeln sagte sie: „Guten Tag, Monsieur, entschuldigen Sie die stürmische Begrüßung. Sie scheinen Glou-Glou zu gefallen."

„Madame ... Sie sind ... Sie haben ... Sie wohnen hier?"

„Zur Miete, ja. Was kann ich für Sie tun?"

„Mein Name ist Jean Leblanc. Ich glaube, ich kam ursprünglich hierher, um Lebensmittel zu kaufen ... Bei Ihrem Anblick, Madame, kann ich mich nicht mehr genau daran erinnern", sagte Thomas. Dann ging er die Freitreppe hinauf und küsste, den kleinen Affen noch auf der Schulter, Josephine Baker mit einer tiefen Verneigung die Hand. „Es ist auch vollkommen unwichtig, warum ich kam. Ich bin glücklich, vor Ihnen zu stehen, vor einer der größten Künstlerinnen unserer Zeit."

„Sie sind nett, Monsieur Leblanc."

„Ich besitze alle Ihre Platten! ‚J'ai deux amours' habe ich drei Mal! Ich war in so vielen Ihrer Revuen ..." Voll Verehrung sah Thomas Lieven die „Schwarze Venus" an. Er wusste, dass sie als Tochter eines spanischen Kaufmanns und einer Negerin in der amerikanischen Stadt St. Louis geboren worden war. Er wusste, dass sie ihre sagenhafte Karriere bettelarm begonnen hatte. Weltberühmt war Josephine Baker in Paris geworden, wo sie das Publikum zur Raserei brachte, als sie, mit einem Bananenkranz und sonst gar nichts bekleidet, ekstatische Tänze zeigte.

„Kommen Sie vielleicht aus Paris, Monsieur?"

„Ja, ich bin geflüchtet ..."

„Sie müssen mir alles erzählen. Ich liebe Paris so. Ist das Ihr Wagen da vorne beim Tor?"

„Ja."

„Sie sind allein gekommen?"

„Gewiss, warum?"

„Ich frage nur. Bitte, Monsieur Leblanc, folgen Sie mir ..."

Das Schloss war mit antiken Möbeln eingerichtet. Thomas stellte fest, dass es eine ganze Menagerie beherbergte. Außer dem Affenweibchen „Glou-Glou" lernte er noch kennen: den äußerst seriösen Löwenaffen „Mica", den winzigen, blitzschnellen „Gugusse" mit dem gesträubten Schnurrbart, eine enorme dänische Dogge namens „Bonzo", die faule Pythonschlange „Agathe", die sich vor dem kalten Kamin in der Halle aalte, den Papagei „Hannibal" und zwei kleine Mäuse, die Josephine Baker ihm als „Fräulein Haarwickel" und „Fräulein Fragezeichen" vorstellte. Alle diese

Tiere lebten in größter Eintracht miteinander. „Bonzo" lag auf dem Teppich und ließ sich buchstäblich von „Fräulein Fragezeichen" auf der großen Nase herumtanzen. „Mica" und „Hannibal" spielten Fußball mit einer kleinen Kugel aus Silberpapier.

„Eine glückliche Welt", sagte Thomas.

„Die Tiere verstehen es, in Frieden zu leben", sagte Josephine Baker. „Die Menschen leider nicht."

„Auch die Menschen werden es einmal verstehen", sagte die Tänzerin. „Doch jetzt erzählen Sie von Paris!"

Thomas Lieven erzählte. Er war so fasziniert von dieser Begegnung, dass er vollkommen die Zeit vergaß. Zuletzt blickte er schuldbewusst auf seine goldene Repetieruhr. „Sechs Uhr, um Gottes willen!"

„Der Nachmittag war reizend. Wollen Sie nicht noch bleiben und mit mir essen? Ich habe allerdings nur wenig im Haus, ich war nicht auf Besuch vorbereitet. Auch mein Mädchen ist nicht da ..."

Thomas strahlte jungenhaft: „Wenn ich noch bleiben darf? Aber dann müssen Sie erlauben, dass ich koche! Man kann auch aus wenigem delikate Dinge kochen!"

„Das stimmt", sagte Josephine Baker. „Es muss nicht immer Kaviar sein."

Die Küche war groß und altmodisch eingerichtet. In Hemdsärmeln handwerkte Thomas Lieven mit Feuereifer. Draußen versank die Sonne hinter der Hügelkette des Flusses, die Schatten wurden länger, der Abend kam.

Lächelnd sah Josephine Baker zu. Am meisten interessierten sie die pikanten Eier, die Thomas herstellte. „Madame, es handelt sich um eine eigene Komposition! Ihnen zu Ehren taufe ich sie hiermit Eier ‚Josephine'!"

„Vielen Dank. Ich werde Sie jetzt allein lassen und mich umziehen. Bis gleich also ..." Josephine Baker verschwand. Bester Laune kochte Thomas weiter. Was für eine Frau, dachte er ... Als Thomas seine Arbeit beendet hatte, wusch er sich im Badezimmer die Hände und ging ins Speisezimmer. Hier brannten je zwölf Kerzen in zwei Leuchtern. Josephine Baker trug ein hautenges grünes Kleid. Sie stand neben einem großen, kräftigen Mann in einem dunklen Anzug. Das Gesicht des Mannes war von der Sonne verbrannt, sein kurzes Haar war an den Schläfen ergraut. Der Mann hatte gute Augen und einen guten Mund. Josephine Baker hielt seine Hand fest, als sie sagte: „Monsieur Leblanc, verzeihen Sie mir diese Überraschung, aber ich muss sehr vorsichtig sein." Sie sah den Mann mit den grauen Schläfen voll Liebe an. „Maurice, ich möchte dich mit einem Freund bekannt machen."

Der Mann im dunklen Anzug hielt Thomas die Hand hin. „Ich freue mich aufrichtig, Sie endlich kennenzulernen, Thomas Lieven. Ich habe schon viel von Ihnen gehört!"

Als so unerwartet sein echter Name fiel, erstarrte Thomas. Was für ein Wahnsinn, dachte er, nun bin ich also doch noch in die Falle gegangen.

„Oh", rief Josephine Baker, „wie dumm von mir, Sie kennen Maurice ja noch nicht! Dies ist Maurice Débras, Herr Lieven, Major Débras vom ‚Deuxième Bureau'!"

5

Ach, verdammt noch mal, dachte Thomas Lieven, komme ich denn niemals mehr aus diesem Teufelskreis heraus? Adieu, süßer Abend zu zweit!

„Major Débras ist mein Freund", gab Josephine bekannt.

„Ein glücklicher Mensch", sagte Thomas verstimmt. Er sah den Major an: „In Toulouse wartet Oberst Siméon seit Wochen auf Sie!"

„Ich bin erst gestern hier angekommen. Ich habe eine schwierige Flucht hinter mir, Monsieur Lieven."

Josephine sagte: „Maurice kann sich in Toulouse nicht sehen lassen. Sein Gesicht ist zu bekannt. In der Stadt wimmelt es von deutschen Agenten und von französischen Spitzeln."

„Madame", sagte Thomas, „Sie überschütten mich mit frohen Nachrichten."

Bewegt sprach der Major: „Ich weiß, was Sie damit sagen wollen, Monsieur Lieven. Wenige haben sich für die Sache Frankreichs in größere Gefahr begeben als Sie. Wenn ich nach London komme, werde ich General de Gaulle zu berichten wissen, mit welcher Tollkühnheit Sie vor einem deutschen General die schwarze Tasche verteidigt haben!"

Die schwarze Tasche ...

Seit Tagen konnte Thomas Lieven ihretwegen nicht mehr ordentlich schlafen!

„Die Tasche liegt in Toulouse bei Oberst Siméon."

„Nein", sagte Débras freundlich, „die Tasche liegt unter dem Werkzeug im Kofferraum Ihres Wagens."

„Meines –"

„Ihres kleinen Peugeots, der beim Parktor steht. Kommen Sie, Herr Lieven, lassen Sie uns vor dem Essen noch schnell hingehen und sie holen ..."

Sie haben mich hereingelegt, dachte Thomas Lieven wütend. Siméon und Mimi und Jeanne haben mich hereingelegt. Was mache ich jetzt? Es ist wahr, ich wollte nicht, dass der deutsche Geheimdienst die Tasche bekommt. Aber ich will auch nicht, dass der französische sie bekommt. Es würde doch nur Blut fließen, französisches oder deutsches ... Ich will überhaupt nicht, dass Blut fließt ... Ich war ein friedlicher Mensch. Ihr habt mich zum Geheimagenten gemacht. Hättet ihr mich in Ruhe gelassen ... Nun seht zu, was ihr davon habt!

Diesen Gedankengängen hing Thomas Lieven nach, während er, zur Linken von Josephine Baker und gegenüber dem Major Débras, bei Tisch saß und lustlos in den delikaten Wurstnestern herumstocherte, die er selber zubereitet hatte.

Die schwarze Tasche lag nun auf einer antiken Anrichte beim Fenster. Sie hatte sich tatsächlich im Kofferraum seines Wagens befunden.

Mit Appetit essend, erklärte Débras, wie sie dorthin gekommen war: „Ich telefonierte gestern mit Siméon, Monsieur Lieven. Ich sagte ihm: ‚Wie erhalte ich die schwarze Tasche?‘ Er sagte: ‚Sie können nicht nach Toulouse kommen, man wird Sie erkennen. Aber dieser fantastische Lieven, dieser ganz außerordentliche Mensch, fährt seit Wochen kreuz und quer durch die Gegend und kauft Lebensmittel ein. Niemand wird sich wundern, ihn zu sehen. Er kann die Tasche überbringen.‘“ Débras schnupperte: „Großartig, diese Füllung, was ist das?“

„Gedünstete Zwiebeln, Tomaten und Kräuter. Wozu die Heimlichtuerei, Major? Siméon hätte mich informieren müssen.“

„Ich habe es so angeordnet. Ich kannte Sie doch nicht …“

„Bitte noch ein paar Nester, Monsieur Lieven!“ Josephine schenkte Thomas ein strahlendes Lächeln. „Es war schon besser so. Sie sehen, die Tasche hat ihr Ziel wohlbehalten erreicht.“

„Ja, das sehe ich“, sagte Thomas. Er sah sie an, die blödsinnige Tasche mit den blödsinnigen Listen, die Hunderten noch das Leben kosten konnte. Da stand sie. Den Deutschen mühsam entrissen. Bei den Franzosen gelandet.

Schade, dachte Thomas. Ohne Politik, ohne Geheimdienste, Gewalt und Tod hätte das ein so hübscher Abend werden können!

Eine Strophe aus der „Dreigroschenoper“ fiel ihm ein:

Denn leider sind auf diesem Sterne eben
die Mittel kärglich und die Menschen roh.
Wer möchte nicht in Fried und Eintracht leben?
Doch die Verhältnisse, die sind nicht so …

Nein, dachte Thomas, die Verhältnisse, sie waren nicht so. Und darum dachte er von nun an zu jedem Satz, den er sprach, Gedanken, die mit den Sätzen nicht das Geringste zu tun hatten … Thomas Lieven sagte: „Nun serviere ich eine Spezialität, die ich Madame zu Ehren Eier ‚Josephine‘ genannt habe.“ Und er dachte: Die Tasche darf nicht bei Débras bleiben. Er ist mir sympathisch. Josephine ist mir sympathisch. Ich will ihnen nicht schaden. Aber ich kann, ich darf, ich mag ihnen auch nicht nützen!

Der Major zeigte sich von Thomas Lievens Eiern entzückt: „Delikat, Monsieur; Sie sind wirklich ein großer Mann!“

Josephine fragte: „Ist da Muskat dabei?“

Thomas Lieven sagte: „Eine Spur, Madame. Das Wichtigste ist, dass man zuerst die Butter zerlässt und dann das Mehl verrührt, aber so, dass beide hell bleiben.“

Thomas Lieven dachte: Ich verstehe Josephine, ich verstehe Débras. Ihr Land ist in Gefahr, wir haben sie überfallen, sie wollen sich verteidigen, sie wollen sich wehren gegen Hitler. Aber *ich*, ich will nicht blutige Hände bekommen!

Thomas sagte: „Erst nach dem Mehl füge man unter Rühren Milch zu, bis die Soße dick wird.“

Thomas dachte: Da haben sie mir in dieser idiotischen Spionenschule bei Nancy doch mal ein Buch in die Hand gedrückt. Zum Chiffrieren. Dem Helden jenes Romans

Improvisiertes Menu • 19. August 1940

Thomas Lievens Eierspeise verzauberte die „Schwarze Venus".

Wurstnester • Eier „Josephine"
Schwedenfrüchte

Wurstnester: Man nehme eine Wurstsorte, die sich in breite, feste Scheiben teilen lässt, schneide sie in ein Zentimeter dicke Scheiben, ohne die Haut zu entfernen. In einer Pfanne mache man Fett heiß, gebe die Wurstscheiben hinein und lasse sie kurz so warm werden, dass sie sich zu einem „Nest" wölben. Dann nehme man die Scheiben rasch vom Feuer auf eine Schüssel zum Anrichten, fülle einige Nester mit Apfelcreme (geriebener Meerrettich und geriebene Äpfel, ein Schuss Weinessig und Salz), andere Nester mit einer Farce aus gedünsteten Zwiebeln, Tomaten und Kräutern sowie Petersilie, Schnittlauch und Olivenöl. Dazu esse man kräftiges Bauernbrot.

Eier „Josephine": Man bereite zunächst eine weiße Soße aus 110 Gramm Butter, 50 Gramm Mehl und einem Viertelliter Milch, in die man später zwei Eidotter quirlt. Wichtig dabei ist, dass man zuerst die Butter zerlässt, dann Mehl zugibt; es muss aber so zerrührt werden, dass beides hell bleibt, und die Milch kommt unter ständigem Rühren hinzu. Die Soße muss dicklich sein, und die Eidotter gebe man erst hinein, wenn die Soße vom Feuer genommen ist. Etwas Muskat erhöht den Wohlgeschmack.

Diese – auch für andere Gerichte geeignete – weiße Soße vervollständige man in diesem Fall mit fein zerhacktem Schinken und Parmesankäse. Dann gebe man „verlorene Eier" hinein, dass sie gut von der Soße bedeckt sind, streue noch einmal Parmesankäse und Butterflocken darüber und lasse alles in der Form fünf Minuten überbacken.

Kleiner Trick für „verlorene Eier": Ein richtiges „verlorenes Ei" muss nur eben pflaumenweich sein und trotzdem ohne Schale halten. Um das zu erreichen, lasse man die Eier aus der Schale vorsichtig in kochendes Essigwasser gleiten. Nach gut drei Minuten hole man sie am besten mithilfe eines Siebes heraus, tue sie in kaltes Wasser und tupfe sie – nach völliger Abkühlung – vorsichtig mit einem Tuch ab.

Für den Einkauf der immer wieder erwähnten Muskatnuss sollte man wissen, dass die guten Nüsse rund, schwer und ölhaltig sein sollen, sie dürfen beim Reiben nicht bröckeln. Verhältnismäßig leichte sind meist ohne Aroma und oft wurmstichig. Der leichte mehlige Überzug auf der Nuss stammt vom Kalkwasser, in das die Nüsse vor dem Versand gelegt werden, um sie vor Insektenfraß zu schützen.

Schwedenfrüchte: eine Büchse gemischtes Kompott, gut im Eisschrank gekühlt, mit etwas Rum abgespritzt und mit viel flüssiger Sahne übergossen. Im Notfall kann man auch Büchsensahne verwenden.

ging es eigentlich genauso wie mir. Wie hieß der gleich? Ach ja, der Graf von Monte Christo …

Mit Engelszungen sprach Thomas Lieven: „Sie wollen nach England, Major Débras. Welchen Weg werden Sie nehmen?"

„Über Madrid und Lissabon."

„Ist das nicht sehr gefährlich?"

„Ich habe noch einen falschen Pass."

„Trotzdem. Wie Madame sagte, es wimmelt hier von Spitzeln. Wenn man die Tasche bei Ihnen findet …"

„Ich muss es riskieren. Siméon wird in Paris gebraucht, er soll zurück. Ich habe niemanden."

„Doch!"

„Wen?"

„Mich!"

„Sie?"

Der Teufel soll alle Geheimdienste der Welt holen, dachte Thomas und antwortete mit Feuer: „Jawohl, mich. Es ist mir ein unerträglicher Gedanke, dass die Deutschen die Tasche bekommen!" – Es ist mir genauso unerträglich, zu denken, dass ihr sie habt! – „Sie kennen mich jetzt, Sie wissen, dass ich zuverlässig bin." – Wenn ihr wüsstet, wie unzuverlässig ich bin! – „Außerdem macht es mir Spaß. Sportlicher Ehrgeiz hat mich gepackt!" – Ach, könnte ich doch nur wieder ein friedlicher Bürger sein!

Von ihren Eiern aufblickend, sagte Josephine: „Monsieur Lieven hat recht, Maurice. Du bist für die Deutschen und ihre Spitzel dasselbe wie das rote Tuch für den Stier."

„Natürlich, chérie! Aber wie sollen wir die Tasche vor der Deutschen Abwehr in Sicherheit bringen?"

Vor der Deutschen Abwehr und vor allen anderen Diensten, dachte Thomas und sagte: „Ich habe in Toulouse einen Bankier namens Lindner getroffen. Der wartet nur noch auf seine Frau, dann geht er nach Südamerika. Er hat mir angeboten, sein Partner zu werden. Wir werden über Lissabon auswandern."

Josephine sagte zu Débras: „In Lissabon könntet ihr euch treffen."

Débras fragte: „Und warum wollen Sie das alles tun?"

Aus Überzeugung, dachte Thomas Lieven und antwortete: „Aus Überzeugung."

Sinnend sprach Débras: „Ich wäre Ihnen zu unendlichem Dank verpflichtet …" Abwarten, abwarten, dachte Thomas. „Außerdem bietet uns diese zweifache Reise noch besondere Möglichkeiten." – Mir bestimmt, dachte Thomas. – „Ich werde die Aufmerksamkeit der Verfolger auf mich ziehen. Damit sind Sie und die schwarze Tasche geschützt." – Ganz recht, dachte Thomas. –

„Also klar, ich fahre mit der Bahn über Madrid. Sie, Monsieur Lieven, werden mit Ihrem Transitvisum in Marseille noch ein Flugzeug bekommen …"

Thomas dachte: Ihr seid so nett mit eurem Mut und euren Plänen. Hoffentlich werdet ihr mir später nicht böse sein. Aber kann ein anständiger Mensch in meiner

Lage anders handeln? Ich will nun mal nicht, dass französische Agenten sterben. Aber ich will auch nicht, dass deutsche Landser sterben! Es gibt nicht *nur* Nazis in meinem Land!

Thomas sagte: „Es ist eine reine Frage der Vernunft, Monsieur Débras. Sie sind ein von allen Hunden gehetzter Mann. Ich bin für die Deutsche Abwehr noch immer ein unbeschriebenes Blatt ..."

6

Ein seltsames Spiel des unergründlichen Zufalls wollte es, dass etwa zur gleichen Zeit an diesem Abend der General Otto von Stülpnagel, Militärbefehlshaber in Frankreich, im „Hôtel Majestic", dem deutschen Stabsquartier zu Paris, sein Sektglas hob, um mit zwei Herren anzustoßen. Einer dieser Herren war der Chef der Deutschen Abwehr, Admiral Wilhelm Canaris, der andere war der kleine, grauhaarige Panzerkorpsgeneral Erich von Felseneck.

Silberhell klangen die Kristallgläser. Vor einem großen Gemälde Napoleons I. prosteten die Herren einander zu. Bunt leuchteten Uniformen aller Waffengattungen. Ordensspangen blitzten.

General von Stülpnagel sagte: „Auf die Leistung der unbekannten, unsichtbaren Helden Ihrer Organisation, Herr Canaris!"

„Auf die ungleich größere Ihrer Soldaten, meine Herren!"

General von Felseneck hatte schon ein bisschen viel getrunken, er lachte verschmitzt: „Seien Sie nicht so bescheiden, Admiral! Ihr Kerle wart schon verflucht gerissen!" Er amüsierte sich. „Darf Ihnen das leider nicht erzählen, Stülpnagel. Wurde nämlich zum Geheimnisträger gemacht. Aber: Er hat schon ein Köpfchen, unser Canaris!"

Sie tranken.

Die Generäle Kleist und Reichenau traten heran und entführten den Kollegen Stülpnagel.

Canaris betrachtete den General von Felseneck mit plötzlichem Interesse. Er offerierte Zigarren und erkundigte sich beiläufig: „Wovon sprachen Sie eben, Herr von Felseneck?"

Felseneck kicherte: „Bin Geheimnisträger, Herr Canaris! Aus mir bekommen Sie kein Wort heraus!"

„Wer hat Ihnen denn dieses absolute Schweigen auferlegt?", wollte der Admiral wissen.

„Einer Ihrer Leute – toller Junge, also wirklich, Hut ab!"

Canaris lächelte, aber seine Augen blieben ernst. „Nun erzählen Sie schon! Ich möchte doch wissen, welcher unserer kleinen Tricks solchen Eindruck auf Sie gemacht hat!"

„Na schön. Wäre ja auch zu dämlich, wenn man mit *Ihnen* nicht darüber reden dürfte! Also, ich sage nur: die schwarze Tasche!"

„Aha!" Canaris nickte freundlich. „Jaja, die schwarze Tasche!"

„Das war vielleicht ein Kerl, Herr Canaris! Wie der vor mir als amerikanischer Diplomat auftrat. Die Sicherheit! Die Ruhe, nachdem ihn einer meiner Leute verhaftet hatte!" Von Felseneck lachte herzlich: „Bringt zwei französische Spione *und* die gesamten Dossiers des ‚Deuxième Bureau' für uns in Sicherheit und nimmt sich noch die Zeit, mir zu erklären, wie man Kartoffelgulasch kocht! Immer wieder muss ich an den Jungen denken. Wollte wahrhaftig, ich hätte so etwas in meinem Stab!"

„Ja", sagte Canaris, „es gibt schon ein paar fixe Knaben in der Branche. Ich erinnere mich an die Geschichte …" Er hatte natürlich keine Ahnung von der Geschichte. Aber sein Instinkt sagte ihm: Hier musste etwas Fürchterliches passiert sein! Gespielt harmlos überlegte er: „Warten Sie mal, wie hieß der Mann doch gleich?"

„Lieven, Thomas Lieven! Leitstelle WBK Köln. Er zeigte mir zuletzt seinen Ausweis. Thomas Lieven! Werde den Namen nie vergessen!"

„Lieven, natürlich. Das ist auch ein Name, den man sich merken muss!" Canaris winkte eine Ordonnanz heran und nahm zwei Gläser voll Champagner von einem schweren Silbertablett. „Kommen Sie, lieber General, trinken wir noch einen Schluck. Setzen wir uns in diesen Alkoven. Erzählen Sie mir mehr von Ihrer Begegnung mit Freund Lieven. Ich bin gern stolz auf meine Leute …"

7

Unbarmherzig schrillte das Telefon. Schweißgebadet fuhr Major Fritz Loos in seinem Bett hoch. Immer diese Aufregungen, dachte er schlaftrunken. Sauberuf, den ich habe!

Endlich fand er den Schalter der Nachttischlampe, endlich hatte er den Hörer am Ohr. Er krächzte: „Loos!"

In der Leitung knisterte und krachte es: „Führungsblitzgespräch aus Paris. Verbinde mit Herrn Admiral Canaris …"

Bei dem letzten Wort zuckte ein stechender Schmerz durch des Majors Leib. Die Galle, dachte er bitter. Na fein. Also das auch noch.

Dann hörte er eine bekannte Stimme: „Major Loos?"

„Herr Admiral?"

„Hören Sie mal, da ist eine ungeheure Schweinerei passiert …"

„Schweinerei, Herr Admiral?"

„Kennen Sie einen gewissen Thomas Lieven?"

Der Hörer entglitt der Hand des Majors und fiel auf die Bettdecke. Die Membrane quakte. Aufgeregt nahm Major Loos den Hörer wieder ans Ohr und stammelte: „Jawohl, Herr Admiral, kenne den – den Namen …"

„Sie kennen also den Kerl? Haben Sie ihm einen Abwehrausweis gegeben?"

„Jawohl, Herr Admiral!"

„Warum?"

„Er ... Lieven wurde von mir angeworben, Herr Admiral. Aber es – es hat nicht funktioniert ... Er ist verschwunden. Ich habe mir bereits Sorgen gemacht ..."

„Mit Recht, Major Loos, mit Recht! Nehmen Sie den nächsten Zug, das nächste Flugzeug. Ich erwarte Sie im ‚Hôtel Lutetia'! So bald wie möglich, verstanden?"

Das „Hôtel Lutetia" am Boulevard Raspail war das Hauptquartier der militärischen Abwehr Paris.

„Jawohl, Herr Admiral", sagte Major Loos ergeben. „Ich komme, so schnell ich kann. Was – wenn ich Herrn Admiral fragen darf –, was hat der Kerl denn angestellt?"

Canaris sagte, was der Kerl angestellt hatte. Major Loos wurde bleich und bleicher. Zuletzt schloss er die Augen. Nein, nein, nein, das ist doch nicht möglich! Und ich bin an allem schuld ... Die Stimme aus Paris dröhnte wie eine der Posaunen von Jericho: „... Der Mann besitzt Listen mit den Namen, Adressen und Erkennungszeichen aller französischen Agenten! Wissen Sie, was das bedeutet? Der Mann ist lebenswichtig und lebensgefährlich für uns! Wir müssen ihn kriegen, koste es, was es wolle!"

„Jawohl, Herr Admiral, ich nehme meine fähigsten Leute ..." Kriegerisch richtete sich Major Loos im Bett auf. Das Nachthemd verwischte die eindrucksvolle Pose. „Wir kriegen die Listen. Wir machen den Mann unschädlich. Und wenn ich ihn persönlich niederknallen muss ..."

„Sie sind wohl wahnsinnig geworden, Major Loos!", sagte die Stimme aus Paris sehr leise. „Den Mann will ich lebend haben! Der ist viel zu gut zum Erschießen!"

8

20. August 1940, 02 Uhr 15:

– achtung ssg – achtung ssg – dringlichkeit römisch eins – von chef abwehr – an alle dienststellen geheime feldpolizei frankreich – gesucht wird deutscher staatsangehöriger thomas lieven – 30 jahre alt – schlank – schmales gesicht – dunkle augen – kurz geschnittenes, schwarzes haar – elegant zivil gekleidet – spricht fließend deutsch, englisch, französisch – besitzt echten ausweis der deutschen abwehr, ausgestellt von major fritz loos, wbk köln – echten reisepass deutsches reich nr 54 32 3 11 serie c – falschen amerikanischen diplomatenpass auf den namen william s. murphy – gesuchter verließ paris am 15. juni 1940 in schwarzem chrysler mit cd-zeichen und amerikanischer flagge auf dem dach – besaß passierschein, ausgestellt von general erich von felseneck – reiste in begleitung einer jungen französin und eines franzosen – gesuchter im besitz wichtigster feinddokumente – fahndung sofort aufnehmen – informationen und fehlanzeigen sofort melden an major loos, leiter sondergruppe z, hauptquartier gfp paris – bei verhaftung lievens nur in äußerstem notfalle von waffe gebrauch machen – ende –

Während dieses Fahndungsschreiben die Geheime Feldpolizei und viele Wehrmachtsangehörige aufschreckte – zum Beispiel jenen Hauptmann, der am 16. Juni in Tours einem gewissen Murphy fünf Kanister deutsches Wehrmachtsbenzin zur Verfügung gestellt hatte –, kletterte der so nachdrücklich gesuchte Thomas Lieven in der Rue des Bergères zu Toulouse vergnügt aus seinem kleinen Peugeot. Zufrieden klemmte er eine schwarze Tasche unter den Arm und warf den Wagenschlag zu.

Im „Chez Jeanne" schliefen die fröhlichen Mädchen bereits. Das kleine Restaurant war geschlossen. Nur in dem altmodischen Salon mit dem Riesenspiegel und den roten Plüschmöbeln brannte noch Licht. Hier warteten Mimi, Siméon und die aufregende Besitzerin des Etablissements mit dem löwenfarbenen Haar auf Thomas.

Als er eintrat, wurden Seufzer der Erleichterung laut. Jeanne gab bekannt: „Wir haben uns solche Sorgen gemacht!"

„Ja, wirklich?", sagte Thomas gedehnt. „Auch schon, als ihr mich losgeschickt habt?"

„Das geschah auf Befehl!", rief Siméon. „Ich verstehe im Übrigen überhaupt nichts mehr! Wieso haben Sie die Tasche?"

Thomas nahm eine Flasche Remy Martin zur Hand, die auf dem Tisch stand, und goss einen ordentlichen Schluck in ein Schwenkglas.

„Ich trinke auf unsere Zukunft", sagte er. „Die Zeit der Trennung ist gekommen, ihr Lieben. Ich habe Major Débras davon überzeugt, dass es besser ist, wenn *ich* die Dokumente nach Lissabon bringe. Sie, Herr Oberst, kehren nach Paris zurück und melden sich dort bei Lotosblume vier – wer immer das ist."

„Das bedeutet Untergrund", sagte der Oberst bedeutungsschwer.

„Viel Spaß dabei", sagte Thomas. Er sah die hübsche Hotelbesitzerin an. „Und auch Ihnen viel Spaß, Jeanne, möge Ihr Etablissement blühen und gedeihen."

„Ich werde Sie sehr vermissen", sagte Jeanne traurig.

Thomas küsste ihre Hand. „Scheiden tut immer weh", sagte er.

Mimi, die immer fröhliche, immer unbeschwerte kleine Mimi Chambert, begann plötzlich fürchterlich zu weinen. Sie würgte und schluchzte und stöhnte und rief mit hoher, verlorener Stimme: „Es ist ja zu dumm … Verzeiht mir – ich will gar nicht weinen …"

Stunden später, als sie an Thomas Lievens Seite lag – draußen wurde es schon hell, es regnete –, da hörte Thomas den Regen und Mimis Stimme: „… Ich habe es mir überlegt, wieder und wieder. Ich habe mich herumgequält damit …"

„Ich verstehe schon", sagte er dezent. „Du denkst an Siméon, nicht wahr?"

Plötzlich lag sie an seiner Brust. Ihre Tränen tropften auf seine Lippen, und sie waren heiß und schmeckten salzig: „Ach, chéri, ich habe dich lieb, wirklich *furchtbar* lieb ... Aber gerade die letzten Wochen in – in diesem Haus haben mir gezeigt, dass du kein Mann zum Heiraten bist ..."

„Wenn du Jeanne meinst ...", begann er, aber sie unterbrach ihn: „Nicht nur Jeanne, überhaupt! Du bist ein Mann für Frauen – aber für alle, nicht für eine. Du kannst nicht treu sein ..."

„Ich könnte es versuchen, Mimi."

„Nicht so treu wie Jules! Er ist so viel weniger klug als du! Aber er ist viel romantischer, viel idealistischer."

„*Mon petit chou*, du musst dich doch nicht dafür entschuldigen! Ich habe schon lange darauf gewartet. Ihr beide seid Franzosen. Ihr liebt euer Land, eure Heimat. Ich – ich habe vorläufig keine mehr. Darum will ich fort. Und ihr wollt hierbleiben ..."

„Und du kannst mir verzeihen?"

„Es gibt nichts zu verzeihen."

Sie schmiegte sich an ihn. „Ach, bitte, bitte, sei nicht so nett, chéri, ich muss sonst gleich wieder weinen ... Ach, wie schrecklich, dass man nicht zwei Männer heiraten darf!"

Thomas lächelte, dann bewegte er den Kopf. Die schwarze Tasche drückte ihn, sie lag unter seinem Kopfkissen. Thomas war entschlossen, sie nicht mehr aus der Hand zu geben bis zu seinem Abflug. Das, was er vorhatte, konnte er in Toulouse nicht erledigen, dazu fehlte ihm die Zeit. Aber in Lissabon wollte er dann dafür sorgen, dass die Tasche kein Unheil mehr anrichtete.

„Danke, chéri", hörte er Mimi schläfrig flüstern. „Ich danke dir."

„Wofür?"

„Ach, für alles ..." Sie wollte ihm danken, sie musste ihm noch einmal danken, das fühlte sie ganz stark! Danken für seine Fröhlichkeit und seine Großzügigkeit, für die kurzen Stunden des Glücks, der schimmernden Lichter, der vornehmen Hotels, der Schlafwagenabteile, der Bars mit ihrer leisen Musik und der teuren Restaurants mit ihrem wunderbaren Essen.

Und so dankte Mimi Thomas noch einmal in dieser trüben Morgenstunde, während draußen der Regen auf das schwarze Katzenkopfsteinpflaster der Rue des Bergères trommelte, und sie beendeten ihre Affäre so, wie sie sie begonnen hatten und wie alle Liebenden ihre Affäre beenden sollten: in Liebe.

9

Dass er von Wehrmacht und Abwehr des Großdeutschen Reiches wie eine Stecknadel gesucht wurde, wusste Thomas Lieven nicht. Darum war er zwei Tage später jeder Freude aufgeschlossen, als der Emigrant Walter Lindner, hochrot im Gesicht und völlig außer Atem, in die Küche von Jeannes Restaurant gestürzt kam. Thomas kochte gerade Zwiebelsuppe.

Lindner ließ sich auf einen Hocker fallen, warf ein Gurkenglas um und rief: „Meine Frau – meine Frau … Ich habe meine Frau gefunden!"

„Wo? Wie?"

„Hier in Toulouse!" Lindner lachte und weinte zugleich; es schien sich um eine gute Ehe zu handeln. „Ich gehe in das kleine Café am Place du Capitole und will mich gerade zu den Schachspielern aus Brünn setzen – da sagt eine Frauenstimme hinter mir: ‚Entschuldigen Sie, kennen Sie vielleicht einen Herrn Lindner?' Und im nächsten Moment schreit sie: ‚Walter!' Und ich habe sie in den Armen!" Lindner vollführte mit Thomas einen kleinen Freudentanz, bei welchem das Ende einer Salatschüssel zu beklagen war.

„Sprung auf, marsch, marsch – zum Konsulat!", rief Lindner. „Jetzt können wir fahren, Herr Lieven. Ach Gott, wie freue ich mich auf unser neues Leben!" Und ich erst, dachte Thomas.

Dann stürzten sich die künftigen Partner einer noch zu gründenden südamerikanischen Bank in ihre Reisevorbereitungen. Kein Grenzland Frankreichs gab zu dieser Zeit Einreisevisa. Das Feinste und Beste, was man erhalten konnte, war ein Durchreisevisum. Dieses wiederum hatte ein Übersee-Einreisevisum zur Voraussetzung.

Nachdem Walter Lindner dem argentinischen Konsul in Marseille den Nachweis erbracht hatte, dass er auf der „Rio de la Plata Bank" ein Guthaben von einer Million Dollar besaß, erhielt er ohne Schwierigkeiten ein Visum für sich und seine Frau.

Lindner erklärte, Monsieur Jean Leblanc als seinen Partner nach Buenos Aires bringen zu wollen. Darauf gab man auch diesem Monsieur Jean Leblanc ein echtes Einreisevisum in den falschen Pass, den er dereinst auf der Spionenschule bei Nancy von dem Mann erhalten hatte, der sich Jupiter nannte.

Am 26. August bekamen die drei dann auch die portugiesischen Durchreisevisa. Der Abfahrt stand nichts mehr im Wege. Für das, was er noch vorhatte, stellte Thomas Lieven nun einen genauen Zeitplan auf. Von der Einhaltung dieses Planes hing eine Menge ab – unter anderem sein Leben. Nachdem er noch einmal mit Major Débras in „Les Milandes" telefoniert hatte, sah dieser Terminkalender so aus:

28. August: Abfahrt von Thomas Lieven und Ehepaar Lindner nach Marseille.

29. August: Abfahrt von Major Débras per Zug über Perpignan, Barcelona und Madrid nach Lissabon.

30. August: Abreise von Thomas Lieven und Ehepaar Lindner von Marseille via Flugzeug nach Lissabon.

10. September: Abreise von Thomas Lieven und Ehepaar Lindner von Lissabon an Bord des portugiesischen Passagierdampfers *General Carmona* nach Buenos Aires.

Vom 3. September an waren Major Débras und Thomas Lieven allabendlich ab 22 Uhr im Spielcasino von Estoril verabredet zwecks Übergabe der ominösen schwarzen Tasche. Zwischen dem 30. August und dem 3. September hoffte Thomas genügend Zeit zu finden, um an ihrem Inhalt gewisse Veränderungen vorzunehmen …

Mit einem gewinnenden Lächeln betrat am Vormittag des 29. August ein elegant gekleideter junger Herr das Büro der privaten amerikanischen Chartergesellschaft „Rainbow Airways“ in der Rue de Rome in Marseille. Seinen Homburg lüftend, trat er an den Buchungsschalter und sprach in fließendem Französisch: „Guten Morgen, Monsieur, mein Name ist Leblanc. Ich hole die Flugkarten nach Lissabon für das Ehepaar Lindner und mich.“

„Einen Moment bitte.“ Der Angestellte blätterte in seinen Listen. „Ja, hier. Morgen, 15 Uhr 45 …“ Er begann die Tickets auszuschreiben.

Vor dem Büro hielt ein kleiner Autobus. Zwei Piloten und eine Stewardess kamen herein. Ihrem Gespräch entnahm Thomas, dass sie eben gelandet waren und dass sie morgen um 15 Uhr 45 nach Lissabon fliegen würden. Da kam ihm die Erleuchtung.

Die höchstens 25-jährige Stewardess schminkte sich. Sie besaß die Formen einer Rennjacht, schräge Augen, hohe Backenknochen, goldbraunen Teint und wundervolles kastanienbraunes Haar, das ihr in weichen Wellen in die schöne Stirn fiel. Sie wirkte kühl und scheu. Ein Rehlein … Thomas kannte die Gattung. Er wusste genau, was er da vor sich hatte. Wenn so ein wandelnder Eiszapfen zu schmelzen begann, gab es kein Halten mehr.

Dreißig gemütvolle Sekunden widmete Thomas Lieven noch der Erinnerung an seinen Abschied von Mimi, Siméon, Jeanne und ihren Damen in der Rue des Bergères. Alle hatten sie ihn geküsst, auch der Oberst: „Es lebe die Freiheit, mein Kamerad!“ Und Jeanne hatte bitterlich losgeschluchzt, als das Taxi anfuhr. Ach, das war mal eine schöne, rührende Familienszene gewesen!

Die dreißig Sekunden waren um. Je nun, dachte Thomas, doch die Verhältnisse, sie sind nicht so!

Das Rehlein schminkte sich noch immer. Das Rehlein ließ den Lippenstift fallen.

Ich handle aus edlen Motiven, bestätigte sich Thomas Lieven zum Zweck der ethischen Untermauerung dessen, was er vorhatte. Dann hob er den Lippenstift auf und reichte ihn dem scheuen Reh mit den braunen Augen, in denen goldene Funken leuchteten.

„Vielen Dank“, sprach das Rehlein.

„Können wir gehen?“, erkundigte sich Thomas.

„Was soll das heißen?“

„Oder haben Sie hier noch zu tun? Ich warte gern. Ich denke, wir gehen zuerst ins ‚Grand Hôtel‘, da wohne ich, und nehmen einen Aperitif. Essen werden wir dann wohl am besten bei ‚Guido‘ in der Rue de la Paix. Und nach dem Essen wollen wir baden.“

„Erlauben Sie mal …“

„Nicht baden? Bitte, bleiben wir im Hotel und ruhen wir uns aus.“

„So etwas habe ich noch nicht erlebt!“

„Mein Fräulein, ich will mir alle Mühe geben zu erreichen, dass Sie das morgen auch noch sagen!“ Thomas zog die geliebte Repetieruhr aus der Westentasche und ließ sie schlagen. Elf Schläge und zwei erklangen glockenrein und mild.

„Halb zwölf. Ich sehe, ich mache Sie nervös. Es ist mir bewusst, dass ich eine sehr starke Wirkung auf Frauen ausübe. Voilà, ich warte auf Sie in der Bar des ‚Grand Hôtel'. Sagen wir um zwölf?"

Das Rehlein warf den Kopf zurück und stelzte davon. Die hohen Absätze hämmerten empört auf dem Steinboden.

Thomas ging ins „Grand Hôtel", setzte sich in die Bar und bestellte Whisky. Das Rehlein kam drei Minuten nach zwölf. Es brachte einen Badeanzug mit.

10

Neben dem rundlichen Ehepaar Lindner marschierte Thomas Lieven – grauer Flanellanzug, weißes Hemd, blaue Krawatte, schwarze Schuhe, Homburg, Regenschirm – in der Gruppe der anderen Passagiere über das Rollfeld auf die wartende Maschine zu. Er sah zufrieden, wenn auch übernächtigt aus.

Auf der Höhe der herangerollten Treppe, im Eingang zur Kabine, stand Mabel Hastings, die Stewardess. Sie sah zufrieden, wenn auch übernächtigt aus.

„Hallo", sagte Thomas, als er die Treppe emporkam.

„Hallo", sagte Mabel. Die goldenen Funken in ihren schönen Augen glitzerten.

So etwas wie Thomas Lieven hatte sie tatsächlich noch nie erlebt. Nach dem Mittagessen bei „Guido" waren sie dann doch nicht schwimmen gegangen, sondern hatten sich im Hotel – sie wohnten zufälligerweise im selben – ausgeruht.

Als er Mabel Hastings am Morgen des 30. August ihren Koffer packen half, erwies sie ihm, allerdings ohne es zu ahnen, noch einen weiteren Gefallen, der innig mit einer schwarzen Tasche zusammenhing …

Die Maschine rollte am Flughafengebäude vorbei zum Start. Thomas sah aus dem Kabinenfenster auf den kurz geschnittenen Rasen und eine große Schafherde hinaus, die friedlich graste. Schafe bringen Glück, dachte er. Dann sah er ein Auto, das vor dem Flughafengebäude hielt. Aus dem Wagen sprang ein Mann. Er trug einen blauen, zerdrückten Anzug und einen gelben, zerdrückten Regenmantel. Das Gesicht des Mannes glänzte vor Schweiß. Er winkte mit beiden Armen.

Thomas dachte mitleidig: Das ist aber Pech. Gleich wird die Maschine starten, und der arme Kerl hat das Nachsehen.

Tatsächlich ließ der Pilot die beiden Motoren eben noch einmal auf vollen Touren laufen – letzte Kontrolle vor dem Start.

Eine eisige Hand strich über Thomas Lievens Rücken: der winkende Mann dort drüben am Flughafengebäude … Das Gesicht – das kannte er doch – hatte er doch schon einmal gesehen …

Und plötzlich wusste Thomas Lieven, wo er dieses Gesicht schon einmal gesehen hatte: im Gestapo-Hauptquartier zu Köln! Major Loos hieß der Mann da drüben, Offizier der Deutschen Abwehr! Kombiniere, dachte Thomas Lieven, sie sind hinter mir her. Ach, aber es scheint einen lieben Gott zu geben! Major Loos wird mit mir jetzt gleich zum zweiten Mal das Nachsehen haben. Denn in den nächsten fünf Sekunden wird unsere Maschine starten, und dann …

Die Maschine startete nicht. Das Gedröhne der voll laufenden Motoren verstummte. Auf flog die Tür zur Pilotenkabine. Die kühle Mabel Hastings erschien und sprach mit Samtstimme: „Meine Damen und Herren, es besteht kein Grund zur Beunruhigung. Wir wurden soeben über Funk davon verständigt, dass ein verspäteter Passagier eingetroffen ist, der unter allen Umständen unsere Maschine erreichen muss. Wir nehmen ihn auf und rollen in wenigen Minuten noch einmal zum Start."

Wenig später kam Major Fritz Loos an Bord, entschuldigte sich in englischer Sprache bei den Passagieren für das Ungemach, das er ihnen bereitet hatte, und verneigte sich gemessen vor Thomas Lieven. Der sah durch ihn hindurch, als wäre der Major aus Glas …

11

Lissabon! Schmaler Balkon der Freiheit und des Friedens in einem mehr und mehr von Krieg und Barbarei verwüsteten Europa.

Lissabon!

Fantastisches Paradies des Reichtums, der Fülle, Schönheit und Eleganz inmitten einer Welt voll Not und Elend.

Lissabon!

Eldorado der Geheimdienste, Schauplatz ungeheuerlicher und ungeheuer lächerlicher Intrigen.

Vom Augenblick seiner Landung an war Thomas Lieven bereits tief in sie verstrickt. Verfolgt und beäugt von dem erschöpften Major Loos – er war während des Fluges sogar eingeschlafen, mit offenem Mund, leise röchelnd –, wurde Thomas Lieven sogleich einer auffällig genauen Zollkontrolle unterzogen. Bis auf die Haut entkleidete man ihn, durchwühlte sein Gepäck, stöberte in allen seinen Taschen. Der portugiesische Sicherheitsdienst schien einen kleinen Hinweis bekommen zu haben.

Aber seltsamerweise fanden sich weder sein beachtliches Dollarvermögen noch die gewisse schwarze Tasche in Thomas Lievens Besitz. Mit förmlicher Höflichkeit entließen ihn die Zöllner. Das Ehepaar Lindner war längst ins Hotel vorausgefahren. Thomas marschierte zum Passschalter. Major Loos marschierte hinterher. Thomas marschierte zu der Taxireihe am Flughafen. Major Loos marschierte hinterher. Noch immer war kein Wort zwischen ihnen gefallen.

Nun will ich dir ein bisschen Bewegung verschaffen, mein Alter, dachte Thomas, in ein Taxi springend. Auch Loos sprang. Zwei Taxis sausten los, dem Zentrum der Siebenhügelstadt entgegen. Von sechs herrlichen Urlaubswochen her kannte Thomas die imposante Hauptstadt Portugals recht gut.

Auf dem Praça Dom Pedro ließ er das Taxi halten und stieg wieder aus. Hinter ihm hielt das Taxi des Majors. Die Kaffeehäuser mit ihren Straßengärten rund um den großen Platz quollen über von Portugiesen und Emigranten, die leidenschaftlich miteinander debattierten. Im Vorübergehen hörte Thomas Lieven sämtliche Sprachen Europas.

Er ließ sich in dem Menschenstrudel ebenso treiben wie der Major, der sich verzweifelt bemühte, ihn nicht aus den Augen zu verlieren.

Jetzt, sagte Thomas in Gedanken zu dem Major, wollen wir ein bisschen laufen, mein Alter; Bewegung ist gut für die Gesundheit. Und so marschierte Thomas denn eilig hinab zu den engen, winkeligen Straßen am Meer und wieder empor zu den steil ansteigenden Hauptverkehrsadern, benützte Durchgänge und Arkaden, bog unerwartet um Ecken, sorgte jedoch stets dafür, dass er dem Major nichts Übermenschliches zumutete. Dieser sollte ihn verfluchen – aber nicht verlieren.

Über eine Stunde trieb Thomas Lieven solcherlei Hasch-mich-Spiel, dann nahm er wieder ein Taxi und fuhr, gefolgt von dem Major, zu dem Fischerdorf Cascais in der Nähe des Luxusbadeortes Estoril hinaus. Hier kannte er ein elegantes Terrassenrestaurant.

Die Sonne versank blutrot im Meer, der Abend kam mit lauen Winden. Das kleine Fischerdorf in einer Bucht der Tejo-Mündung war der malerischste Ort in der Umgebung von Lissabon. Thomas Lieven freute sich darauf, ein Schauspiel zu genießen, das man hier allabendlich verfolgen konnte: die Heimkehr der Fischerflotte. Vor dem Restaurant stieg er aus seinem Taxi. Hinter ihm bremste der alte, klapprige Wagen des Majors. Der deutsche Abwehroffizier kletterte, nach Luft schnappend, ins Freie. Er sah elend aus.

Thomas beschloss, das grausame Spiel zu beenden. Er ging auf Loos zu, lüpfte den Homburg und sprach freundlich wie zu einem verlorenen Kind: „Hier wollen wir uns erst einmal ein wenig ausruhen. Die letzten Tage waren gewiss sehr anstrengend für Sie."

„Das kann man wohl sagen." Der Major versuchte den Nimbus seines Berufes zu wahren. Er schnarrte: „Und wenn Sie bis ans Ende der Welt fahren, mir entkommen Sie nicht mehr, Lieven!"

„Nicht doch, mein Alterchen, nicht doch! Wir sind nicht mehr in Köln. Hier gilt ein deutscher Major nicht besonders viel, mein lieber Loos!"

Der Major in Zivil schluckte schwer. „Wenn Sie mich freundlicherweise Lehmann nennen wollten, Monsieur Leblanc."

„Na also! Der Ton gefällt mir schon wesentlich besser. Nehmen Sie Platz, Herr Lehmann. Sehen Sie mal hinunter, ist das nicht wundervoll?"

In der Tiefe kehrte die Fischerflotte, ein Gewimmel von Booten mit lateinischen Segeln, einem gewaltigen Schmetterlingsgeschwader gleich, in die Tejo-Mündung heim. Wie vor tausend Jahren zogen die Schiffer ihre Boote über Holzrollen an Land, schreiend und singend. Frauen und Kinder halfen mit, und überall auf dem dunklen Strand wurden Feuer in kleinen Tonöfen entzündet.

Zum Strand hinabblickend, erkundigte sich Thomas: „Wie haben Sie mich eigentlich gefunden?“

„Wir konnten Ihre Spur bis Toulouse verfolgen. Alle Achtung übrigens! Die Damen bei Madame Jeanne haben sich hervorragend benommen. Weder mit Drohungen noch mit Versprechungen war etwas aus ihnen herauszubekommen.“

„Wer hat mich verraten?“

„Ein übles Subjekt ... Alfonse heißt er ... Dem müssen Sie einmal etwas angetan haben.“

„Der armen Bébé wegen, ja, ja.“ Thomas erinnerte sich träumerisch. Er sah den Major offen an. „Portugal ist ein neutrales Land, Herr Lehmann. Ich möchte Sie warnen. Ich werde mich wehren.“

„Aber, lieber Herr Lieven ... pardon, Monsieur Leblanc, Sie leben unter vollkommen falschen Vorstellungen. Ich habe Auftrag von Admiral Canaris, Ihnen volle Straffreiheit zuzusichern, wenn Sie nach Deutschland zurückkehren. Und ich habe ferner den Auftrag, Ihnen die bewusste schwarze Tasche abzukaufen.“

„Oh.“

„Was verlangen Sie dafür?“ Der Major neigte sich über den Tisch. „Ich *weiß*, dass Sie die Listen noch haben.“

Thomas senkte den Blick. Dann stand er auf und entschuldigte sich kurz. „Ich muss telefonieren.“

Er ging aber nicht zum Telefon des Restaurants. Unter den Umständen schien ihm das nicht sicher genug zu sein. Er wanderte ein paar Schritte die Straße entlang zu einer Fernsprechzelle und rief das Hotel „Palacio do Estoril-Parque“ an. Er verlangte Miss Hastings. Die amerikanische Stewardess meldete sich sofort. „Oh, Jean, wo bleibst du bloß? Ich habe solche Sehnsucht nach dir!“

„Es wird wohl spät werden, hm, hm. Eine geschäftliche Besprechung. Mabel, heute Morgen, als ich dir in Marseille packen half, habe ich aus Versehen eine schwarze Ledertasche in deinen Koffer gelegt. Sei ein Schatz und trage sie hinunter zum Portier. Er soll sie in den Tresor legen.“

„Gerne, Darling ... Und bitte, bitte, sieh zu, dass es nicht zu spät wird. Ich muss doch morgen nach Dakar fliegen!“

Während er noch diese Worte vernahm, hatte Thomas Lieven plötzlich das untrügliche Gefühl, dass jemand vor der Zelle stand und lauschte. Er stieß die Tür jäh auf. Mit einem Aufschrei taumelte ein hagerer Mann zurück und hielt sich die schmerzende Stirn.

„O pardon“, sagte Thomas Lieven. Dann hob er die Brauen und lächelte gottergeben. Er kannte diesen Mann, der aussah wie ein naher Verwandter des Majors Loos. Auf dem Flughafen von London war Thomas ihm begegnet, damals im Mai 1939, als er ausgewiesen wurde. Ausgewiesen von diesem Mann.

3. Kapitel

1

Es ist so weit, dachte Thomas Lieven: Ich habe den Verstand verloren! Ich glaube in dem Mann, dem ich soeben eine portugiesische Telefonzellentür gegen den Schädel gerammt habe, Mr Lovejoy vom „Secret Service" wiederzuerkennen. So etwas ist natürlich nur als ganz und gar verrückt zu bezeichnen. Denn dieser Mann kann nicht Lovejoy sein. Wie käme Lovejoy aus London wohl hierher an die Peripherie von Lissabon? Was hätte er wohl hier zu suchen?

Thomas beschloss, ein äußerstes Experiment zu wagen. Er überlegte: Ich werde dieses Phantom, diese Ausgeburt meiner anormalen Fantasie mit „Lovejoy" anreden. Dann wird sich sogleich herausstellen, ob ich wirklich verrückt geworden bin.

Thomas Lieven hob die Brauen und sagte: „Wie geht es Ihnen, Mister Lovejoy?"

„Schlechter als Ihnen, Mister Lieven", antwortete der Hagere darauf prompt. „Glauben Sie, das war ein Vergnügen, Ihnen durch ganz Lissabon nachzulaufen? Und jetzt auch noch die Tür!" Lovejoy wischte sich mit einem Taschentuch den Schweiß aus dem Nacken. Auf seiner Stirn wuchs langsam, aber unaufhörlich eine Beule.

Also nicht ich bin irrsinnig, die Welt, in der ich lebe, ist es! Und der Irrsinn geht weiter! Und jetzt bekommt er anscheinend auch noch Methode, dachte Thomas. Er holte tief Luft, lehnte sich an die Telefonzelle und sagte: „Wie kommen Sie nach Lissabon, Mister Lovejoy?"

Der Vertreter großbritannischer Interessen verzog das Gesicht und meinte: „Ich wäre Ihnen dankbar, wenn Sie mich Ellington nennen würden. So heiße *ich* nämlich in Portugal."

„Eine Hand wäscht die andere. Dann nennen Sie mich aber auch Leblanc. So heiße ich nämlich in Portugal. Im Übrigen ist damit noch nicht meine Frage beantwortet."

Der Mann, der sich gerade Ellington nannte, erkundigte sich aufgebracht: „Sie halten uns Leute vom Geheimdienst wohl immer noch für Idioten, was?"

Der Mann, der sich gerade Leblanc nannte, antwortete höflich: „Ich bitte herzlich, mir die Antwort auf diese Suggestivfrage zu erlassen."

Der britische Agent trat dicht an ihn heran: „Glauben Sie, wir wissen nicht, dass Admiral Canaris persönlich hinter Ihnen her ist? Glauben Sie, wir hören in London die deutschen Funksendungen nicht ab?"

„Ich dachte, sie senden chiffriert?"

„Wir haben ihren Dechiffrier-Code."

„Und die Deutschen haben euren", sagte Thomas, plötzlich unendlich erheitert. „Warum setzt ihr euch eigentlich nicht zusammen und spielt ‚Schwarzer Peter'?"

Grimmig sagte der Engländer: „Ich weiß, Sie sind ein Zyniker, ohne Herz. Ich weiß, Ihnen ist nichts heilig. Ich habe Sie sofort durchschaut – schon damals auf dem Flughafen in London. Sie sind ein Subjekt ohne Ehrgefühl, ohne Moral, ohne Verstand, ohne Charakter …"

„Schmeichler!"

„Und darum habe ich sofort gesagt: Lasst *mich* mit dem Burschen verhandeln! Der versteht nur eine Sprache, die!" Lovejoy rieb Daumen und Zeigefinger gegeneinander.

„Moment mal, immer hübsch der Reihe nach! Sagen Sie mir jetzt endlich, wie Sie hierherkommen!"

Lovejoy sagte es.

Wenn man ihm glauben wollte – und das musste man wohl –, dann hatte der britische Geheimdienst in der Tat alle Funksprüche abgehört, die mit der Fahndung des Majors Loos nach Thomas Lieven zusammenhingen. Die letzte Funkmeldung hatte die frohe Kunde gebracht, dass Loos dem Gesuchten nach Lissabon folgen würde.

„… nach Lissabon!", schloss Lovejoy seinen Bericht. „Ich flog sofort mit einer Kuriermaschine los. Ich kam zwei Stunden vor Ihnen an. Ich verfolgte Sie vom Flughafen bis hierher. Sie und den anderen Herrn, der jetzt da drüben auf der Terrasse des Restaurants sitzt. Ich nehme an, das ist Major Loos."

„Welcher Scharfsinn! Sie kennen den Major noch nicht persönlich?"

„Nein."

„Mein Gott, dann kommen Sie doch mit hinüber in das Restaurant. Ich mache Sie miteinander bekannt. Wir essen zusammen, Muscheln natürlich, in Cascais *muss* man Muscheln essen …"

„Hören Sie mit dem Quatsch auf! Wir wissen, dass Sie ein doppeltes Spiel treiben!"

„Aha."

„Sie besitzen eine Tasche mit den Listen der wichtigsten französischen Agenten in Frankreich und Deutschland. Ich werde nicht zulassen, dass Sie diese Listen an den famosen Major Loos verschachern! Er wird Ihnen Geld bieten, gewiss, viel Geld …"

„Ihr Wort in Gottes Ohr!"

„… aber ich biete ebenso viel, ich biete mehr!" Lovejoy lachte verächtlich auf. „Denn ich weiß, Sie interessiert *nur* Geld! Für Sie gibt es nicht Ehr' und Glauben, nicht Gewissen und nicht Reue, keinen Idealismus, keine Anständigkeit …"

„So", sagte Thomas Lieven gemessen, „jetzt reicht es, jetzt halten Sie aber schnell die Schnauze. Wer hinderte mich denn, nach England zurückzukehren und weiterzuleben wie ein friedlicher Bürger? Wer hat denn mitgeholfen, meine Existenz zu zerstören? Sie und Ihr dreimal verfluchter Geheimdienst. Glauben Sie, dass ich Sie sehr sympathisch finde, *Sir*?" Und er dachte: Jetzt sollt ihr aber was erleben, ihr verflixten Kerle. Alle miteinander!

„Entschuldigen Sie die Unterbrechung", sagte Thomas Lieven, als er drei Minuten später zu Major Loos zurückkehrte, den man für einen nahen Verwandten seines angelsächsischen Berufskollegen halten konnte.

„Haben einen Bekannten getroffen, was? Ich sah Sie drüben bei der Telefonzelle stehen."

„Einen alten Bekannten, ach ja! Und einen Konkurrenten von Ihnen, Herr Lehmann."

Auf der Terrasse des Restaurants brannten jetzt Dutzende von Windlichtern, und aus der Tiefe klang noch immer der kehlige, feierliche Gesang der Fischer. Sanfter Südwestwind blies von der Mündung des Tejo her, der in der Dämmerung die Farbe von rauchigem Perlmutt angenommen hatte.

Loos wiederholte nervös: „Konkurrenten?"

„Der Herr arbeitet für den ‚Secret Service'."

Loos schlug auf den Tisch und rief unbeherrscht: „Sie verfluchter Hund!"

„Nicht doch", sagte Thomas rügend, „nicht doch, Lehmann. Wenn Sie sich nicht manierlich benehmen können, werde ich Sie allein lassen!"

Der Major nahm sich sehr zusammen. „Sie sind Deutscher. Ich appelliere an Ihr Vaterlandsgefühl …"

„Lehmann, zum letzten Mal: Sie sollen sich anständig benehmen!"

„Kommen Sie mit mir zurück in die Heimat. Sie haben mein Ehrenwort als Abwehroffizier: Es geschieht Ihnen nichts! Am Ehrenwort eines Abwehroffiziers soll man nicht drehen und deuteln …"

„Sondern es am besten von vornherein nicht glauben", sagte Thomas sanft.

Der Major schluckte schwer. „Dann verkaufen Sie mir die schwarze Tasche. Ich biete dreitausend Dollar."

„Der Herr aus London bietet jetzt schon das Doppelte."

„Und wie viel wollen Sie?"

„Dämliche Frage. So viel ich kriegen kann."

„Sie sind ein Schuft ohne Charakter."

„Ja, das hat Ihr Kollege auch eben konstatiert."

Von einem Moment zum anderen wechselte der Gesichtsausdruck des Majors. Er murmelte bewundernd: „Mensch, dass wir Sie nicht haben können …"

„Wie viel, Lehmann, wie viel?"

„Ich darf … Ich muss erst in Berlin rückfragen, neue Weisungen erbitten …"

„Erbitten Sie, Lehmann. Erbitten Sie, und beeilen Sie sich. Mein Schiff läuft in ein paar Tagen aus."

„Sagen Sie mir nur eines: Wie haben Sie die Tasche ins Land gebracht? Sie wurden doch von den portugiesischen Zollbeamten bis auf die Haut durchsucht?"

„Ich habe mich fremder Hilfe versichert." Thomas Lieven dachte dankbar an sein scheues Rehlein. „Wissen Sie, Lehmann, für solche Tricks braucht man eine für Sie und Ihresgleichen unerschwingliche Kleinigkeit."

„Nämlich was?"

„Nämlich Charme."

„Sie hassen mich, ja?"

„Herr Lehmann, ich habe ein glückliches Leben geführt, ich war ein zufriedener Bürger. Sie und Ihre Kollegen aus England und Frankreich sind schuld daran, dass ich heute hier sitze. Soll ich Sie dafür lieben? Ich wollte mit euch nichts zu tun haben. Nun seht zu, wie ihr mit mir fertig werdet. Wo wohnen Sie?"

„In der Casa Senhora de Fatima."

„Ich wohne im Hotel ‚Palacio do Estoril-Parque'. Der Herr aus London übrigens auch. Fragen Sie Ihren Chef, wie viel ihm die schwarze Tasche wert ist. Ihr Kollege fragte heute Nacht seinen Chef ... So, und jetzt will ich endlich essen!"

2

Die Nacht blieb warm.

In einem offenen Taxi fuhr Thomas Lieven nach Lissabon zurück. Er sah, wie die mondbeschienenen Schaumkronen des Meeres sich an der Küste brachen, sah Luxusvillen am Rand der breiten Autostraße, sah dunkle Pinienwälder, Palmen und auf sanften Hügeln romantische Lokale, aus denen Frauenlachen und verwehte Tanzmusik zu ihm drangen.

Vorbei an dem Modebadeort Estoril fuhr er, vorüber an dem lichterfunkelnden Spielkasino und den beiden großen Hotels. Europa versank in Schutt und Asche, mehr und mehr – aber hier lebte man noch wie im Paradies.

In einem vergifteten Paradies, dachte Thomas Lieven, einem tödlichen Garten Eden, angefüllt mit den Reptilien vieler Nationen, die einander bespitzelten und bedrohten. Hier in Portugals Hauptstadt war ihr Treffpunkt. Hier machten sie sich wichtig und trieben ihr Unwesen scharenweise, die Herren der sogenannten „Fünften Kolonnen", diese Harlekine des Teufels ...

Im Herzen von Lissabon, auf dem prunkvollen Praça Dom Pedro, mit seinem schwarz-weißen Mosaikpflaster, stieg Thomas Lieven aus. Die Straßengärten der großen Kaffeehäuser, die den riesigen Platz säumten, waren noch immer voll besetzt von Einheimischen und Fremden.

Mit gewaltigen Schlägen verkündeten die Kirchturmuhren ringsum die elfte Nachtstunde. Indessen die Glocken noch hallten, sah Thomas zu seiner Verblüffung, wie Portugiesen und Flüchtlinge aus Österreich, Deutschland, Polen, Frankreich, Belgien, der Tschechoslowakei, Holland und Dänemark zu Hunderten von ihren Stühlen aufsprangen und zum unteren Ende des Praça Dom Pedro stürzten. Thomas ließ sich mitreißen in dem Meer von Menschenleibern.

Am Ende des Platzes befand sich ein gewaltiges Zeitungsgebäude. Unter dem Dach gab es ein Leuchtschriftband, über welches die letzten Nachrichten liefen. Tausende von Augen starrten gebannt zu der Lichtschrift empor, die für Unzählige gleichbedeutend war mit einer Entscheidung über Leben oder Tod. Thomas las:

… (DNB): Deutscher Reichsaußenminister von Ribbentrop und italienischer Außenminister Ciano klären im Wiener Schloss Belvedere durch deutsch-italienischen Schiedsspruch endgültig die Frage der neuen ungarisch-rumänischen Grenzziehung …
(United Press): Deutsche Luftwaffe setzt ihre massiven Angriffe auf die britische Insel fort – Schwere Schäden und Verluste an Menschenleben in Liverpool – London – Weybridge und Felixtown …
(International News Service): Massiver Angriff italienischer Bomber auf Malta – Konzentrierte Angriffe auf britische Militärdepots in Nordafrika …

Thomas Lieven drehte sich um und blickte in die Gesichter der Menge. Er sah nur wenig gleichgültige, aber unzählige gepeinigte, geängstigte, verfolgte und hoffnungslose Menschen.

Auf seinem Weg zum Hotel wurde Thomas Lieven viermal von schönen jungen Frauen angesprochen, einer Wienerin, einer Pragerin, einer Pariserin. Der jüngsten, einem halben Kind, das aussah wie die Madonna, gab er Geld und wünschte ihr alles Gute. Sie sagte ihm, dass sie aus Spanien geflüchtet sei, vor Franco.

Betäubend dufteten die Blumen im Garten des sechsstöckigen Parque-Hotels. Auch die Halle glich einem exotischen Blütenmeer. Als Thomas sie durchschritt, folgten ihm Dutzende von aufmerksamen, lauernden, misstrauischen und alarmierten Blicken. Auch hier hörte er fast alle Sprachen Europas.

Aber hier saßen keine gepeinigten, geängstigten, hoffnungslosen Menschen. Hier saßen sie zu Haufen, Agenten und Agentinnen, die in Luxus und Wohlstand ihr ebenso gemeines wie idiotisches Handwerk betrieben – im Namen der jeweiligen Vaterländer.

Als Thomas sein Appartement betrat, schlangen sich weiche Arme um seinen Nacken, und er roch Mabel Hastings' Parfüm. Die junge Stewardess trug eine weiße Perlenkette und hochhackige Schuhe; sonst nichts.

„Ach, Jean, endlich – endlich … Wie habe ich auf dich gewartet!" Sie küsste ihn zärtlich, er erkundigte sich sachlich: „Wo ist die schwarze Tasche?"

„Deponiert im Hoteltresor – wie du mir aufgetragen hast …"

„So ist es gut", sagte Thomas Lieven. „Dann wollen wir jetzt nur noch von der Liebe reden."

Am nächsten Morgen um 8 Uhr 30 flog eine müde, aber heitere Mabel Hastings nach Dakar. Am nächsten Morgen um 10 Uhr machte sich Thomas Lieven, heiter und durchaus nicht müde, nach einem umfangreichen Frühstück daran, vor seiner Abreise aus Europa noch gründliche Rache an seinen Peinigern vom deutschen, englischen und französischen Geheimdienst zu nehmen …

In der größten Buchhandlung der Stadt, in der Avenida da India, suchte am Morgen des 31. August 1940 ein elegant gekleideter Herr nach Plänen von deutschen und französischen Städten. Tatsächlich fand er auch solche Pläne, unter anderem in einem Baedeker aus dem Jahre 1935. Danach wanderte Thomas Lieven zum Hauptpostamt. Seinem Charme und seiner Überredungskunst erlag eine ältere Beamtin. Eine Stunde lang standen ihm Telefonbücher von fünf deutschen und vierzehn französischen Städten zur Verfügung. Die Hauptpost der Weltstadt Lissabon besaß eine komplette Bibliothek aller europäischen Telefonverzeichnisse.

Aus diesen Telefonbüchern schrieb Thomas insgesamt 120 Namen und Adressen heraus. Dann kehrte er in sein Hotel zurück, holte die schwarze Tasche aus dem Tresor und begab sich in sein angenehm kühles Appartement im ersten Stock, vor dessen Fenstern sich ein Park mit märchenhaften Pflanzen und Bäumen, Springbrunnen und bunten Papageien ausbreitete.

Um in einen möglichst ausgeglichenen Geisteszustand zu geraten, ließ er sich vom Etagenkellner rasch noch einen Tomatencocktail kredenzen, dann machte er sich an die Arbeit.

Er öffnete die schwarze Tasche. Sie enthielt sein gesamtes Bargeldvermögen. Sie enthielt sechs eng beschriebene Listen sowie neue Konstruktionspläne von schweren Panzern, Flammenwerfern und einem Jagdbomber.

Am liebsten würde ich diesen verfluchten Dreck gleich ins Klo werfen, dachte Thomas, aber sicherlich weiß Major Débras von den Plänen und würde sie vermissen. Die Herren Lovejoy und Loos jedoch wissen nichts von ihrer Existenz, die wollen nur die Listen. Und Listen sollen sie haben …

Er sah die sechs Schreibmaschinenbogen an. Sie nannten die Namen der Offiziere und zivilen Angehörigen des „Deuxième Bureau“, von französischen Agenten in Deutschland, von Vertrauenspersonen in Deutschland und Frankreich – 117 Namen insgesamt.

Hinter den Namen standen die Adressen. Und hinter den Adressen standen jeweils zwei Sätze. Mit dem ersten war der Agent anzusprechen. Mit dem zweiten hatte der Agent zu antworten. Erst dann konnte man sicher sein, es mit ihm persönlich und keinem anderen zu tun zu haben.

Thomas Lieven las zum Beispiel: Willibald Lohr, Düsseldorf, Sedanstraße 34; 1. „Haben Sie vielleicht einen kleinen grauen Zwergpudel mit rotem Halsband gesehen?“ 2. „Nein, aber in Lichtenbroich draußen wird noch Honig verkauft.“ – Adolf Kunze-Wilke, Berlin-Grunewald, Bismarckallee 145; 1. „Sind das Ihre Tauben auf dem kupferfarbenen Dach des Gartenhäuschens?“ 2. „Lenken Sie nicht ab. Ihre Garderobe ist nicht in Ordnung.“

Und so weiter.

Thomas schüttelte den Kopf und seufzte. Dann spannte er einen Bogen in die neue Schreibmaschine und entfaltete einen Stadtplan von Frankfurt am Main. Aus dem Münchner Telefonbuch hatte er unter anderen den Namen Friedrich Kesselhuth gewählt. Diesen Namen tippte er nun, dann beugte er sich über den Stadtplan von Frankfurt.

Nehmen wir mal die Erlenstraße, dachte er. Die Erlenstraße lag an der Mainzer Landstraße. Es war eine kurze Straße. Thomas sah nach dem Kartenmaßstab – 1:16 000.

Wie viele Häuser können in der Erlenstraße stehen?, überlegte Thomas. Dreißig. Vierzig. Aber niemals sechzig. Trotzdem. Sicher ist sicher.

Er tippte: Friedrich Kesselhuth, Frankfurt am Main, Erlenstraße 77. Und dahinter: 1. „Hat die kleine Verkäuferin bei Fechenheim eigentlich blonde oder schwarze Haare?“ 2. „Sie müssen den Harzer Roller rasch essen, er verpestet die Luft.“

So, der Nächste!

Einen Herrn Paul Giggenheimer aus Hamburg-Altona transportierte Thomas nach Düsseldorf in das Haus 51 der äußerst kurzen Rubensstraße. 1. „Galsworthy wurde 66 Jahre alt.“ 2. „Wir müssen unsere Kolonien wiederhaben.“

Das wäre Nummer zwei, dachte Thomas Lieven. Jetzt brauche ich noch einhundertfünfzehn. Und den ganzen Mist muss ich dreimal tippen. Für Lovejoy. Für Loos. Für Débras. Ganz hübsche Arbeit. Wird aber auch gut bezahlt!

Er tippte weiter. Nach einer halben Stunde überfiel ihn plötzlich lähmende Niedergeschlagenheit. Er ging zum Fenster und sah in den Park hinab.

Verflucht noch mal, dachte er, so geht das ja überhaupt nicht! Ich habe mir vorgenommen, die echten Listen aus der Welt zu schaffen, weil sie nur neues Unheil anrichten können, egal, wer sie bekommt, die Deutschen, die Engländer oder die Franzosen. Ich will nicht, dass durch diese Listen noch mehr Menschen sterben.

Andererseits will ich mich an all den Idioten rächen, die mein Leben zerstört haben. Aber räche ich mich so wirklich an ihnen? Verhindere ich so wirklich, dass neues Unheil angerichtet wird? Wenn die Franzosen und die Engländer mit meinen gefälschten Listen arbeiten wollen, werden sie feststellen, dass nichts stimmt. Das wäre gut so! Aber die Deutschen!

Nehmen wir an, es gibt einen Namensvetter des Münchners Friedrich Kesselhuth in Frankfurt, er hat nur einfach kein Telefon. Oder nehmen wir an, die Erlenstraße in Frankfurt ist inzwischen verlängert worden, es gibt dort jetzt wirklich ein Haus Nummer 77 – die Gestapo wird alle Männer namens Kesselhuth holen. Man wird sie quälen, einsperren, töten …

Und das ist erst ein Name und eine Adresse. Und 116 andere stehen auf den Listen!

Vielleicht merken die Herren der drei Geheimdienste, dass ich sie hereingelegt habe, und werfen die Listen fort. Vielleicht sind sie wenigstens so intelligent. Ach, nach allem, was ich bisher erlebt habe, darf ich mich *darauf* nicht verlassen!

Aber verflucht, am 3. September kommt Débras und will die Tasche haben. Was mache ich bloß?

Wie einfach ist es, Menschen zu verraten und zu töten. Und wie umständlich, wie mühevoll ist es doch, Menschen zu bewahren und zu beschützen vor Schmerz, Verfolgung und Tod …

3

Das Telefon klingelte.

Thomas Lieven schrak aus seinen Gedanken auf und nahm den Hörer ans Ohr. Er schloss die Augen, als er die bekannte Stimme vernahm: „Hier Lehmann. Ich habe mit dem bewussten Herrn telefoniert. Also – 6000 Dollar."

„Nein", sagte Thomas.

„Was, nein?" Panik klang auf in der Stimme des Majors aus Köln.

„Haben Sie schon verkauft?"

„Nein."

„Was dann?"

Bedrückt sah Thomas auf das Blatt, das in der Maschine steckte.

„Ich stehe noch in Verhandlungen. Ich nehme Ihr Angebot zur Kenntnis. Rufen Sie morgen wieder an." Er hängte ohne ein weiteres Wort ein.

Fritz Loos müsste ich einen von den Kerlen auf meinen Listen nennen, dachte er wütend. Dann packte er alle Papiere in die schwarze Mappe und trug sie hinunter zum Chefportier, der sie in den Hoteltresor einschloss. Thomas hatte vor, einen kleinen Spaziergang zu machen und nachzudenken. Es musste eine Lösung für sein Problem geben, musste, musste …

In der Halle saß der Agent Lovejoy. Er trug immer noch eine mächtige Beule auf der Stirn.

Lovejoy sprang auf und kam mit gierigen Augen heran. „Die Tasche, wie? Habe sie deutlich gesehen. Also, was ist?"

„Ich stehe noch in Verhandlungen. Fragen Sie mich morgen."

„Hören Sie, ich biete mehr als Ihr Nazi, ich biete auf alle Fälle mehr!"

„Ja, ja, schon gut", sagte Thomas Lieven und ließ ihn stehen. Tief in Gedanken trat er auf die sonnige Straße hinaus. Tief in Gedanken wanderte er durch die Stadt. In der Avenida da Liberdade wurde er aufgehalten. Unter den Palmen zog ein Leichenzug dahin. Polizisten sperrten den Verkehr. Ein bekannter Portugiese musste da gestorben sein, denn Hunderte von schwarz gekleideten Männern und Frauen folgten ihm ergriffen auf seinem letzten Weg. Viele weinten. Passanten zogen den Hut. Es wurde laut gebetet, und es roch nach Weihrauch.

Hört! Aus dem Murmeln der Trauernden erklang heiseres Gelächter. Ein eleganter junger Herr war es, der da so ungeheuer taktlos störte.

„Schmutziger Ausländer", sagte eine alte Frau und spuckte vor ihm aus.

„Ja, Mütterchen, ja", sagte Thomas Lieven. Und dann eilte er, den Regenschirm geschultert, zum nahen Hauptbahnhof, so schnell er konnte.

In der Halle gab es einen großen Stand mit Zeitungen und Illustrierten aus der ganzen Welt. Churchill und Hitler, Göring und Roosevelt hingen hier friedlich nebeneinander, umrahmt von Pin-up-Girls, Freikörperkultur-Knaben und kriegerischen Schlagzeilen in vielen Sprachen.

„Zeitungen, bitte", sagte Thomas Lieven außer Atem zu dem runzeligen alten Verkäufer. „Alle französischen, alle deutschen."

„Sind aber von vorgestern."

„Macht nichts! Geben Sie mir, was Sie haben. Auch die von voriger Woche. Und von vorvoriger Woche."

„Sind Sie betrunken?"

„Völlig nüchtern. Los, Papa!"

Der alte Mann zuckte die Schultern. Und dann verkaufte er seinen gesamten Bestand an alten Nummern des *Reichs*, des *Völkischen Beobachters*, der *Berliner Zeitung*, der *Deutschen Allgemeinen Zeitung*, der *Münchner Neuesten Nachrichten* und an alten Nummern von *Le Matin*, *L'Œuvre*, *Le Petit Parisien*, *Paris Soir* und neun französischen Provinzblättern. Mit diesem Packen alter Zeitungen kehrte Thomas Lieven ins Hotel zurück und schloss sich in seinem Appartement ein. Und dann studierte er die alten, verstaubten Gazetten, aber immer nur die letzten Seiten, also immer nur jene Spalten, in denen – Todesanzeigen standen. Viele Leute starben täglich in Paris und Köln, in Toulouse und Berlin, in Le Havre und München. Den Toten konnte die Gestapo nichts mehr tun.

Thomas Lieven begann zu tippen. Die Arbeit ging ihm flott von der Hand. Denn nun konnte er mit gutem Gewissen sogar die richtigen Adressen verwenden …

Am 2. September 1940 erwarb unser Freund in einem Lederwarengeschäft der Avenida Duarte Pacheco zwei schwarze Taschen. Am frühen Nachmittag erschien er mit einer dieser Taschen in den eleganten Räumen des Herrn Gomes dos Santos.

Herr dos Santos, einer der besten Schneider Lissabons, schüttelte ihm zum Empfang persönlich und treuherzig lachend die Hand. Gelächter verlieh ihm ein wohlhabendes Aussehen. Herr Santos hatte sehr viel Gold im Mund.

In einem Umkleidezimmer mit rosafarbenen Seidentapeten traf Thomas Lieven den Major Loos, der einen schicken neuen Anzug aus dunklem Flanell trug.

„Gott sei Dank", sagte Loos erleichtert, als er Lievens ansichtig wurde.

Seit drei Tagen kostete dieser Mensch ihn ohne Ende seine Nerven. Immer wieder war er mit ihm zusammengetroffen in Bars, in Hotelhallen, am Badestrand. Immer wieder hatte dieser Mensch ihn hingehalten: „Ich kann mich noch nicht entscheiden. Ich muss noch einmal mit dem Engländer reden."

Dasselbe Spiel hatte Thomas Lieven mit Lovejoy getrieben. Auch diesen hatte er immer wieder vertröstet und darauf hingewiesen, dass sein Konkurrent mehr bot, immer noch mehr. Auf diese Weise war bei beiden Herren zuletzt ein Angebot von je 10 000 Dollar zu erreichen gewesen. Thomas wollte es dabei bewenden lassen.

Den beiden Herren hatte er ernst erklärt: „Es muss bis zu Ihrer Abreise absolut geheim bleiben, dass ich *Ihnen* die Tasche verkauft habe, sonst sind Sie Ihres Lebens nicht sicher. Die Übergabe muss darum an einem unauffälligen Ort stattfinden."

Loos hatte sich für einen Umkleideraum im Reich des Herrn dos Santos entschieden. Er erklärte Thomas: „Toller Kerl, der Schneider! Macht Ihnen in drei Tagen einen tadellosen Maßanzug aus bestem englischem Stoff." Er klopfte an seinen Ärmel.

„Greifen Sie mal an!"

„Tatsächlich, ausgezeichnet."

„Wir lassen alle hier arbeiten."

„Wer ist alle?"

„Sämtliche Agenten, die in Lissabon wohnen."

„Und dann nennen Sie das einen unauffälligen Ort?"

Loos zeigte sich begeistert von der eigenen Schlauheit: „Gerade! Verstehen Sie nicht? Keiner der lieben Herren Kollegen würde sich träumen lassen, dass ich dienstlich hier bin!"

„Aha."

„Außerdem habe ich José hundert Escudo gegeben."

„Wer ist José?"

„Der Zuschneider. Wir sind hier ungestört."

„Haben Sie das Geld?"

„Selbstverständlich. In diesem Kuvert. Und die Listen?"

„In dieser Tasche."

Danach sah sich der Major sechs Listen mit einhundertsiebzehn Adressen an und Thomas Lieven ein Kuvert mit zweihundert 50-Dollar-Noten. Beiden schien zu gefallen, was sie sahen.

Der Major schüttelte Thomas die Hand. „Meine Maschine geht in einer Stunde. Viel Glück, alter Schurke. Ich habe Sie richtig lieb gewonnen. Vielleicht sehen wir uns wieder."

„Hoffentlich nicht."

„Na dann – Heil Schicki!" Loos hob den rechten Arm.

„Wie bitte?"

„So sagen die Herren von unserer Mission hier. Der Kerl soll doch mal Schicklgruber geheißen haben. Sind lauter prima Kameraden hier unten, wirklich. Sollten Sie näher kennenlernen."

„Ach nein doch, danke."

„Überhaupt keine Nazis!"

„Natürlich nicht", sagte Thomas Lieven. „Gute Reise, Herr Lehmann. Und grüßen Sie unbekannterweise den Herrn Admiral von mir."

4

Im Hinblick auf die besondere politische Lage Portugals zeigen wir keine Wochenschau gab eine Tafel im Foyer des Lissaboner Filmtheaters „Odeon" bekannt.

Aber den deutschen Film „Feuertaufe" zeigte das „Odeon"!

In einer Loge traf Thomas Lieven während der Vieruhrvorstellung mit dem englischen Agenten Lovejoy zusammen. Während sich auf der Leinwand deutsche Stukas über Warschau hermachten, wechselten noch einmal eine schwarze Tasche und 10 000 Dollar den Besitzer. Während Bomben explodierten, Häuser in die Luft flogen und zackige Marschmusik erklang, brüllte Lovejoy, um den Schlachtenlärm zu übertönen, in Thomas Lievens Ohr: „Ich habe eigens dieses Kino ausgesucht. Hier können wir uns ruhig unterhalten, es versteht uns kein Mensch. Intelligent, was?"

„Sehr intelligent!"

„Der Nazi wird zerspringen!"

„Wann fliegen Sie nach London?"

„Noch heute Abend."

„Na, dann gute Reise."

„Wie, bitte?"

„Ich sagte: Gute Reise!", schrie ihm Thomas ins Ohr.

Die echten Listen hatte er natürlich längst in kleine Stücke gerissen und im Badezimmer seines Appartements fortgespült. In der schwarzen Originaltasche, die im Tresor des Parque-Hotels ruhte, wartete die dritte Ausfertigung der falschen Listen mit den Namen von einhundertsiebzehn teuren Verblichenen auf den Major Maurice Débras.

Débras war in Madrid. Am 3. September wollte er in Lissabon eintreffen. Er hatte mit Thomas besprochen: „Vom 3. September an warten wir allabendlich ab 22 Uhr im Speisesaal von Estoril aufeinander."

Jetzt also noch den Major erledigen, dachte Thomas Lieven, während er am Abend des 3. September mit der Schnellbahn nach Estoril hinausfuhr, und dann untergetaucht in einer kleinen Pension bis zum 10. September!

Am 10. September lief sein Schiff, die *General Carmona*, aus. Es war besser, überlegte Thomas, wenn er bis dahin möglichst unsichtbar blieb. Denn es war anzunehmen, dass bis dahin zumindest die Herren in Berlin herausgefunden haben würden, was er ihnen angetan hatte.

Dass Débras etwas merkte, war ziemlich unwahrscheinlich. Der Major wollte sofort weiter nach Dakar. Thomas dachte: Irgendwann in naher Zukunft wird natürlich auch er sehr enttäuscht von mir sein. Der arme Kerl! Ich habe ihn so gern. Aber Hand aufs Herz, was hätte ich tun sollen? Sicherlich wäre er in meiner Lage auf dieselbe Idee gekommen. Josephine ist eine Frau. Sie wird mich verstehen …

5

„Mesdames, Messieurs, faites vos jeux!"
Der Croupier warf die kleine weiße Kugel mit einer eleganten Bewegung in den langsam kreisenden Kessel. In verwirrender Gegenbewegung lief sie los.

Wie hypnotisiert verfolgte die Dame im roten Abendkleid ihren Lauf. Sie saß direkt neben dem Croupier. Ihre Hände zitterten über ein paar kleinen Türmen von Jetons. Sie war sehr bleich und sehr schön, vielleicht dreißig Jahre alt. Das schwarze Haar trug sie in der Mitte gescheitelt, es lag am Kopf an wie eine Kappe. Die Dame besaß einen aufreizend gewölbten Mund und leuchtende schwarze Augen. Sie sah beherrscht und aristokratisch aus. Und war völlig dem Roulette verfallen.

Thomas Lieven beobachtete sie seit einer Stunde. Er saß an der glitzernden Bar des riesigen Spielsaals und trank Whisky. Das Licht der Lüster fiel auf die kostbaren Bilder an den Wänden, auf weiß-goldene Riesenspiegel, dicke Teppiche, die Diener in Escarpins, die Herren im Smoking, die nackten Schultern der Frauen, das kreisende Rad, die laufende Kugel …

Klick!

„Zero!", rief der Croupier neben der Dame in Rot. Sie hatte verloren. Sie verlor seit einer Stunde.

Thomas beobachtete sie dabei. Die Dame verlor nicht nur ein Vermögen, sie verlor langsam auch ihre Haltung. Mit unsicheren Fingern zündete sie eine Zigarette an. Ihre Lider flatterten. Sie öffnete die golddurchwirkte Abendtasche. Holte Scheine hervor. Warf sie dem Croupier hin. Der wechselte sie in Spielmarken. Die Dame in Rot setzte wieder.

Es wurde an vielen Tischen gespielt, auch Chemin-de-fer. Es gab viele schöne Frauen im Saal. Thomas Lieven sah nur eine: die Dame in Rot. Diese Mischung von Haltung und Erregtheit, guten Manieren und Spielleidenschaft regte ihn auf – hatte ihn schon immer aufgeregt.

„27, rouge, impair et passe!", rief der Croupier.

Wieder hatte die Dame in Rot verloren. Thomas sah, dass der Mixer den Kopf schüttelte.

Auch der Mixer sah der Dame zu. „So etwas von Pech", sagte er mitleidig.

„Wer ist das?"

„Verrückte Spielerin. Was glauben Sie, was die schon verloren hat!"

„Wie heißt sie?"

„Estrella Rodrigues."

„Verheiratet?"

„Verwitwet. Der Mann war Anwalt. Wir nennen sie Konsulin."

„Warum?"

„Na, weil sie eine ist. Konsulin von irgend so einer Bananenrepublik."

„Aha."

„5, rouge, impair et manque!"

Wieder hatte die Konsulin verloren. Nur noch sieben einsame Jetons lagen vor ihr.

Thomas hörte sich plötzlich leise angesprochen: „Monsieur Leblanc?"

Er drehte sich langsam um. Ein kleiner, dicker Mann stand vor ihm. Der Kleine hatte ein rotes Gesicht, schwitzte und war sehr aufgeregt. Er sprach französisch: „Sie sind doch Monsieur Leblanc, nicht wahr?"

„Ja."

„Folgen Sie mir auf die Toilette."

„Warum?"

„Weil ich Ihnen etwas zu sagen habe."

Verflucht, meine Listen … Einer von den Geheimdienstbullen hat Lunte gerochen. Aber welcher? Lovejoy oder Loos? Thomas schüttelte den Kopf: „Sagen Sie es hier."

Der Kleine flüsterte Thomas ins Ohr: „Major Débras hat Schwierigkeiten in Madrid. Sein Pass wurde ihm abgenommen. Er kann das Land nicht verlassen. Er bittet Sie, ihm schleunigst einen falschen Pass zukommen zu lassen."

„Was für einen Pass?"

„Sie hatten doch in Paris einen Haufen!"

„Die habe ich alle verschenkt!"

Der Kleine schien das nicht zu hören. Er raunte eilig: „Ich habe gerade ein Kuvert in Ihre Tasche gesteckt. In dem Kuvert befinden sich Fotos von Débras und meine Adresse in Lissabon. Dahin bringen Sie den Pass."

„Erst mal einen haben!"

Der Kleine sah sich nervös um. „Ich muss hier weg … Tun Sie, was Sie können. Rufen Sie mich an." Er eilte weg.

„Hören Sie doch –" rief Thomas. Der Kleine war verschwunden. Herrgott, man hat aber doch nur Ärger!

Was mache ich jetzt? So ein netter Kerl, dieser Débras! Ich muss ihn aus Gründen meiner Weltanschauung behumpsen, aber im Stich lassen – das kommt nicht infrage! Wie helfe ich Débras aus Spanien heraus? Woher bekomme ich in der Geschwindigkeit einen falschen Pass für ihn?

Thomas Lievens Blick wanderte zu der Dame in Rot. Sie erhob sich gerade, verstört und bleich. Sie hatte anscheinend alles verloren. Plötzlich kam Thomas die Idee …

ZEHN MINUTEN SPÄTER saß er mit der Konsulin Estrella Rodrigues am schönsten Tisch des vornehmen Casino-Restaurants. Eine kleine Damenkapelle arbeitete sich durch Verdi. Drei Kellner vollführten ein ästhetisches Ballett um Thomas Lievens Tisch. Sie servierten eben das Hauptgericht: Leber auf portugiesische Art.

„Ausgezeichnet, die Paprikasoße", lobte Thomas. „Wirklich, ganz ausgezeichnet. Finden Sie nicht, Madame?"

„Es schmeckt sehr gut."

„Das verdanken wir dem Saft, Madame, dem Saft der Tomaten … Ist etwas nicht in Ordnung?"

„Warum?"

„Sie haben mich eben so seltsam angesehen – so – so streng!"

Voller Würde erwiderte die Konsulin: „Monsieur, ich möchte nicht, dass Sie sich irgendeiner Art von Irrtümern hingeben. Es entspricht nicht meinem Wesen, mich von fremden Herren zum Essen einladen zu lassen."

„Madame, es bedarf keines Wortes der Erklärung. Ein Gentleman weiß, wann er eine Dame vor sich hat. Vergessen wir nicht, dass ich es war, der Sie zu diesem kleinen abendlichen Imbiss nötigte, ja, der ihn Ihnen aufzwang!"

Die Konsulin seufzte und sah ihn plötzlich gar nicht mehr streng, sondern außerordentlich sentimental an. Wie lange der Herr Gemahl wohl schon tot ist, überlegte Thomas, indessen er sagte: „In Augenblicken großer Nervenspannung und Seelenpein sollte man immer etwas Kalorienreiches zu sich nehmen. Haben Sie – hm – sehr viel verloren?"

„Sehr, sehr viel!"

„Sie sollten nicht spielen, Madame. Noch ein paar Oliven? Eine Frau, die aussieht wie Sie, muss verlieren. Es ist nur gerecht."

„Ach …" Der schöne Ausschnitt der Konsulin verriet ihre innere Unruhe. „Sie spielen gar nicht, Monsieur Leblanc?"

„Roulette nicht, nein."

„Glücklicher!"

„Ich bin Bankier. Ein Spiel, dessen Verlauf ich nicht mit meiner Intelligenz beeinflussen kann, langweilt mich."

Die schwarze Estrella sagte, plötzlich wieder erschreckend streng und wild: „Ich hasse das Roulette! Ich hasse es, und ich hasse mich, wenn ich spiele!"

Thomas Lieven begann sich aufzuregen. Diese Person, einmal sanft wie ein Lamm, dann übergangslos eine reißende Tigerin … Du lieber Gott, wird das ein Theater werden … Aber schööön!

„Ich hasse zweierlei auf dieser Welt, Monsieur!"

„Das wäre?"

„Das Roulette und die Deutschen", zischte Estrella.

„Aha."

„Sie sind Franzose, Monsieur. Ich weiß, dass Sie mich wenigstens in dem zweiten Punkt verstehen werden …"

„Durchaus, Madame, durchaus. Hm! Warum hassen Sie die Deutschen eigentlich?"

„Mein erster Mann war Deutscher."

„Ich verstehe."

„Und Spielbankdirektor! Ich brauche nicht weiterzusprechen!"

Dieses Gespräch irrt ab, dachte Thomas Lieven und sagte darum: „Gewiss nicht. Etwas allerdings würde mir großen Spaß machen …"

Menu • 3. September 1940

Nach diesem Essen wurde die schöne Konsulin schwach.

Sardinentoast • Leber auf portugiesische Art
Melone in Champagner

Sardinentoast: Feinste große Ölsardinen ohne Haut und Gräten werden in dem Öl, in dem sie eingelegt waren, kurz auf beiden Seiten gebraten. Dann lege man sie auf frisch zubereiteten heißen Toast, umlege sie mit Zitronenscheiben und serviere. Am Tisch beträufle man sie mit Zitronensaft und bestreue sie außerdem mit etwas Pfeffer.

Bei dieser Speise als Vorgericht reiche man pro Person höchstens zwei belegte Toastscheiben, denn diese Sardinentoasts sollen den Appetit natürlich nur anregen, nicht jedoch erschlagen …

Leber auf portugiesische Art: Man wälze eine der Personenzahl entsprechende Anzahl Scheiben von Kalbs- oder Rindsleber in Mehl. Man beachte: Gesalzen wird Leber immer erst nach dem Braten. Man schneide zwei große Zwiebeln klein. Man befreie ein Pfund Paprikaschoten von Stiel, Kernen und dem weißen Pelz, schneide sie dann in schmale, kurze Streifchen.

Dann zerquetsche man ein Pfund enthäutete Tomaten und drücke den Saft heraus. Sodann dünste man die Zwiebeln in einer halben Tasse Öl hellgelb, gebe die Paprikastreifchen und danach die zerquetschten Tomaten hinzu.

Ist der Paprika weich, füge man den ausgepressten Tomatensaft bei und lasse ihn noch fünf Minuten mitkochen. Danach streiche man die Masse durch ein Sieb, gieße etwas Sahne hinzu und erhitze das Ganze noch einmal. Mit Salz und scharfem Pfeffer würzen. Diese Soße gieße man über die erst in letzter Minute gebratene Leber und garniere rundum mit dünnen Scheibchen von entkernten Oliven. Dazu reiche man trockenen Reis.

Melone in Champagner: Man köpfe eine schöne, reife Cantaloupmelone, benutze das geköpfte Stück als Deckel. Dann löse man das innere Fruchtfleisch heraus bis auf einen Rest von einem Zentimeter. Man entkerne dieses herausgelöste Fruchtfleisch, schneide es in mittelgroße Würfel und fülle es wieder in die Melone. Über diese Füllung gieße man einen herben Champagner – so viel, dass die Würfel gut bedeckt sind, aber nicht schwimmen.

Danach wird der „Deckel" aufgesetzt, die Melone kaltgestellt und eiskalt serviert. Man kann diesen Nachtisch auf viele Arten variieren, etwa, indem man likörgetränkte Kirschen oder andere Früchte hinzufügt. Der Feinschmecker bevorzugt die oben beschriebene Art, weil dabei das natürliche Aroma der Melone am besten zur Geltung kommt.

„Nämlich?“

„Ihr Spiel einen Abend lang zu finanzieren.“

„Mein Herr!“

„Wenn Sie gewinnen, teilen wir.“

„Das geht nicht – das ist ausgeschlossen – ich kenne Sie doch überhaupt nicht …“, begann die Konsulin.

Kleiner Zeitsprung. Zehn Minuten später: „Also meinetwegen – aber nur unter der Bedingung, dass wir wirklich teilen, wenn ich gewinne!“

„Selbstverständlich.“

Estrellas Augen begannen zu leuchten, unruhig ging ihr Atem, die Wangen röteten sich: „Wo bleibt denn der Nachtisch, ach, ich bin so aufgeregt, ich fühle ganz deutlich: Jetzt werde ich gewinnen – was ich will, gewinnen …“

Eine Stunde später hatte die temperamentvolle Dame, welche die Deutschen und das Roulette hasste, zwanzigtausend Escudo verloren, also fast dreitausend Mark. Einer Maria Magdalena ähnlich kam sie erschüttert zu Thomas, der an der Bar saß: „O Gott, ich schäme mich so.“

„Aber warum denn bloß?“

„Wie soll ich Ihnen das Geld zurückgeben? Ich – ich bin im Moment ganz knapp …“

„Betrachten Sie es als Geschenk.“

„Unmöglich!“ Jetzt sah sie wieder aus wie ein Engel der Rache, wie aus Marmor gemeißelt. „Wofür halten Sie mich! Es scheint, Sie haben sich in mir gründlich geirrt, mein Herr!“

6

Das Boudoir lag im Halbdunkel. Kleine Lämpchen mit roten Schirmen brannten. Auf einem Tischchen stand die Fotografie eines seriösen Herrn mit Zwicker und großer Nase. Der vor Jahresfrist verblichene Anwalt Pedro Rodrigues blickte, in Kleinformat und aus einem Silberrahmen, auf seine Witwe Estrella.

„Ach, Jean – Jean, ich bin so glücklich …“

„Und ich, Estrella, und ich. Zigarette?“

„Lass mich an deiner ziehen …“

Er ließ sie ziehen und sah gedankenvoll die schöne Frau an. Mitternacht war längst vorbei. In der großen Villa der Konsulin regte sich nichts mehr. Das Personal schlief.

Sie schmiegte sich an ihn und streichelte ihn.

„Estrella, Liebling …“

„Ja, mein Herz?“

„Hast du sehr viele Schulden?“

„Wahnsinnig viele … Auf dem Haus liegen Hypotheken …, ich habe schon Schmuck versetzt. Ich hoffe doch immer, dass ich noch alles zurückgewinnen kann …“

Thomas sah die Fotografie an: „Hat er dir viel hinterlassen?"

„Ein kleines Vermögen ... Dieses elende, dieses teuflische Roulette, wie ich es hasse!"

„Und die Deutschen!"

„Und die Deutschen, ja!"

„Sag mal, chérie, von welchem Land bist du eigentlich Konsulin?"

„Von Costa Rica. Warum?"

„Hast du schon einmal einen costa-ricanischen Pass ausgestellt?"

„Nein, nie ..."

„Aber doch sicherlich dein Mann?"

„Ja, der schon ... Weißt du, seit Kriegsbeginn ist überhaupt niemand mehr hergekommen. Ich glaube, es gibt gar keine Costa-Ricaner mehr in Portugal."

„Liebling, hm, aber gewiss gibt es doch noch ein paar Passformulare im Hause?"

„Ich weiß es nicht ... Als Pedro starb, habe ich alle Formulare und Stempel in einen Koffer gepackt und auf den Boden getragen ... Warum interessiert dich das?"

„Estrella, Schätzchen, weil ich gerne einen Pass ausstellen würde."

„Einen Pass?"

Im Vertrauen auf ihre finanzielle Misere sagte er sanft: „Oder auch mehrere."

„Jean!" Sie war entsetzt. „Soll das ein Scherz sein?"

„Mein Ernst."

„Was bist du bloß für ein Mensch?"

„Der Kern ist gut."

„Aber – was sollten wir denn mit den Pässen anfangen?"

„Wir könnten sie verkaufen, schönes Kind. Hier gäbe es viele Käufer. Und sie würden viel bezahlen. Und mit dem Geld könntest du ... Ich brauche nicht weiterzusprechen ..."

„Oh!" Estrella holte tief Atem. Sie sah hinreißend aus, wenn sie tief Atem holte. Estrella schwieg. Estrella dachte nach – lange nach. Dann sprang sie auf und lief ins Badezimmer. Als sie zurückkam, brachte sie einen Bademantel mit.

„Zieh das an!"

„Wo willst du hin, Schätzchen?"

„Auf den Boden natürlich!", rief sie und stolperte auf hochhackigen Seidenpantoffeln bereits vor ihm her zur Tür.

Der Boden war groß und vollgeräumt. Es roch nach Holzwolle und Naphthalin. Estrella hielt eine Taschenlampe, während Thomas keuchend einen alten Holzkoffer unter einem zusammengerollten Riesenteppich hervorwuchtete. Er stieß sich den Schädel an einem Balken an und fluchte. Estrella kniete neben ihm nieder. Mit vereinten Kräften stemmten sie den knarrenden Deckel hoch. Formulare, Bücher, Stempel und Pässe lagen darin. Pässe zu Dutzenden! Mit fliegenden Fingern griff Estrella nach ihnen, blätterte darin, in diesem, in jenem, in fünf, in acht, in vierzehn Pässen. Die Pässe waren ohne Ausnahme alt und fleckig. Fotos fremder Menschen klebten in ihnen, zahllose Stempel bedeckten die Seiten. Lauter abgelaufene Pässe.

Abgelaufen ... Abgelaufen ... Ungültig ...

Tief enttäuscht richtete Estrella sich auf: „Kein einziger neuer Pass, lauter alte ... Mit denen können wir nichts anfangen ..."

„Im Gegenteil", sagte Thomas Lieven leise und gab ihr einen Kuss: „Alte, ungültige Pässe sind die besten!"

„Das verstehe ich nicht ..."

„Das wirst du gleich verstehen", versprach Thomas Lieven, alias Jean Leblanc, vergnügt. Er fühlte nicht den Eishauch seines Schicksals, das hinter ihn trat und sich hoch aufrichtete wie der Flaschengeist aus dem orientalischen Märchen, bereit, von Neuem zuzuschlagen und ihn hineinzuschleudern in einen Strudel neuer Abenteuer und Gefahren.

7

Gemessenen Schrittes, einen Homburg auf dem Haupt, eine große Ledertasche in der Hand, bewegte sich gegen die Mittagsstunde des 4. September 1940 ein eleganter junger Herr von höchst vorteilhafter Erscheinung durch das Labyrinth der Alfama, der Altstadt von Lissabon.

In den winzigen krummen Gassen mit ihren verwitterten Rokokopalästen und bunt gekachelten Bürgerhäusern spielten barfüßige Kinder, debattierten dunkelhäutige Männer, eilten Frauen zum Markt, Körbe voll Obst oder Fische auf dem Kopf. Schneeweiße Wäsche hing an unzähligen Leinen. Schwarze Eisengitter glänzten vor hohen maurischen Fenstern. Bizarr verkrüppelte Bäume wuchsen auf geborstenen Steintreppen. Und immer wieder öffneten sich die Mauern und gaben den Blick frei auf den nahen Fluss.

Der elegante junge Herr betrat einen Metzgerladen. Hier erwarb er ein ansehnliches Stück Kalbsfilet. Im Laden nebenan kaufte er eine Flasche Madeira, einige Flaschen Rotwein, Olivenöl, Mehl, Eier, Zucker und allerlei Gewürze. Auf dem in tausend Farben glühenden Marktplatz endlich erstand er ein Pfund Zwiebeln und zwei schöne Salatköpfe.

Vor der Marktfrau zog er den Hut und verneigte sich zum Abschied mit einem gewinnenden Lächeln.

Nun strebte er der engen dunklen Rua do Poco des Negros entgegen, wo er den Hof eines halbverfallenen Hauses betrat.

Die sanitären Einrichtungen dieses Gemäuers boten sich ihm sogleich in Form vieler verwitterter Holzverschläge dar, die auf schmalen Balkonen standen. Ein Netz dazugehöriger Röhren zog sich an den Mauern dahin. Wie das Astwerk eines Ariernachweises, dachte Thomas Lieven.

Ein blinder Greis saß in einer sonnigen Ecke des Hofes, zupfte auf einer Gitarre und sang dazu mit dünner, hoher Stimme:

„Was mein Schicksal mir erkor,
lässt mich nie.
Einzig kenn ich nur die Trauer,
denn für mich ist sie geboren,
ich für sie …"

Thomas Lieven legte Geld in den verbeulten Hut des alten Sängers, dann sprach er ihn portugiesisch an: *„Diga-me, por favor,* wo wohnt Reynaldo, der Maler?"

„Sie müssen den zweiten Eingang nehmen; Reynaldo wohnt ganz oben, unter dem Dach."

„Muito obrigado", sagte Thomas Lieven, und wieder lüftete er höflich den Homburg, obwohl der Blinde das doch gar nicht sehen konnte.

Im Treppenhaus des zweiten Eingangs war es dunkel. Je höher Thomas stieg, umso heller wurde es. Er hörte viele Stimmen. Es roch nach Olivenöl und Armut. Im obersten Stock gab es nur noch zwei Türen. Die eine führte zum Boden hinauf, an der anderen stand, mit großen roten Buchstaben hingeschmiert:

Reynaldo Pereira

Thomas klopfte. Es blieb still. Er klopfte lauter. Nichts rührte sich. Er drückte die Klinke herab. Die Tür öffnete sich knarrend. Durch einen dunklen Vorraum trat Thomas Lieven in ein großes Maleratelier. Hier war es sehr hell. Ein riesenhaftes Fenster ließ grelles Sonnenlicht über Dutzende von ziemlich wüsten Bildern fallen, auf einen Tisch, der überladen war mit Farben, Tuben, Pinseln und Flaschen, auf volle Aschenbecher und auf einen Mann von etwa fünfzig Jahren, der vollkommen angezogen auf einer Couch schlief.

Der Mann hatte dichtes schwarzes Haar. Dunkle Stoppeln bedeckten seine bleichen, eingefallenen Wangen. Er schnarchte laut und rhythmisch. Vor der Couch lag eine leere Kognakflasche.

„Pereira!", rief Thomas Lieven. Der Bärtige reagierte nicht. „Pereira, he!" Der Bärtige schnarchte laut auf und warf sich zur Seite. „Na ja", brummte Thomas Lieven, „dann wollen wir uns mal ums Mittagessen kümmern …"

Eine Stunde später erwachte der Maler Reynaldo Pereira. Drei Gründe gab es für sein Erwachen: Die Sonne schien ihm direkt ins Gesicht. In der Küche klapperte und rumorte es. Ein intensiver Geruch nach Zwiebelsuppe hatte sich verbreitet.

Mit belegter Stimme rief er: „Juanita?" Noch benommen erhob er sich, zog die Hosen hoch, stopfte das Hemd hinein und stolperte zur Küche. „Juanita, mein Herz, mein Leben, bist du zurückgekommen?"

Er öffnete die Küchentür. Ein Mann, den er noch nie gesehen hatte, stand, eine alte Schürze umgebunden, am Herd und kochte.

„Bom dia", sagte der Fremde und lächelte gewinnend. „Endlich ausgeschlafen?"

Der Maler begann plötzlich am ganzen Körper zu zittern, tastete zu einem Sessel und fiel schwer darauf. Er stöhnte. „Verfluchter Schnaps … Es ist so weit, es geht los …"

Thomas Lieven füllte ein Glas mit Rotwein, reichte es dem Erschütterten und legte ihm väterlich eine Hand auf die Schulter.

„Keine Aufregung, Reynaldo, es ist noch nicht das Delirium tremens – ich bin aus Fleisch und Blut. Jean Leblanc mein Name. Hier, trinken Sie ein Schlückchen, tun Sie was für Ihren armen Blutspiegel. Und dann wollen wir ordentlich essen."

Der Maler trank, wischte sich die Lippen und ächzte: „Was machen Sie in meiner Küche?"

„Zwiebelsuppe überbacken, Kalbsmedaillons in Madeirasoße …"

„Sind Sie wahnsinnig geworden?"

„… und zum Nachtisch habe ich an Eierkuchen gedacht. Ich weiß doch, dass Sie Hunger haben. Und Sie brauchen eine ruhige Hand."

„Wozu?"

„Um nach dem Essen einen Pass für mich zu fälschen", sagte Thomas mild.

Reynaldo erhob sich und griff nach einer schweren Bratpfanne.

„Raus, Spitzel, oder ich schlage dir den Schädel ein!"

„Nicht doch, nicht doch, hier ist ein Brief für Sie." Thomas wischte die Hände an der Schürze ab, griff in die Brusttasche seiner Jacke und holte ein Kuvert heraus, das er Reynaldo reichte. Der riss es auf, zog einen Bogen hervor und starrte ihn an. Nach einer Weile sah er auf. „Woher kennen Sie Luis Tamiro?"

„Unsere Lebenswege haben sich gestern Abend im Spielsaal von Estoril gekreuzt. Der kleine, dicke Luis brachte mir die Nachricht, dass ein alter Freund von mir in Madrid in Bedrängnis geraten sei. Man hat ihm seinen Pass weggenommen. Darum braucht er einen neuen. Und zwar schnell. Luis Tamiro meint, Sie wären der richtige Mann. Ein wirklicher Künstler. Erste Klasse. Jahrelange Erfahrung."

Reynaldo schüttelte den Kopf. „Tut mir leid, kommt nicht mehr infrage. Das habe ich auch Juanita gesagt. Juanita ist meine Frau, wissen Sie …"

„… und hat Sie verlassen, weil es Ihnen dreckig geht. Luis hat mir alles erzählt. Weinen Sie ihr nicht nach. Eine Frau, die einen Mann im Stich lässt, wenn es ihm dreckig geht, ist nichts wert. Passen Sie auf, wie die zurückkommt, wenn Sie wieder Geld haben."

„Geld, von wem?"

„Unter anderem von mir."

Reynaldo strich seinen Bart und schüttelte den Kopf. Er sprach wie ein Lehrer zu einem idiotischen Kind. „Hören Sie zu: Wir haben Krieg. Einen Pass nachmachen können Sie nur, wenn Sie das Wasserzeichenpapier dazu haben. Das müssen Sie aber jeweils in dem Land klauen, für das der Pass bestimmt ist …"

„Das weiß ich alles selber."

„Dann werden Sie auch wissen, dass im Krieg so ein Papier nicht mehr reinkommt. Also kann man Pässe nicht mehr nachmachen. Also kann man sie nur noch fälschen. Und wie geschieht das?"

Menu • 4. September 1940

Dieses Gericht bringt einen Passfälscher in Höchstform.

Überbackene Zwiebelsuppe • Kalbsmedaillons in Madeirasoße
Brennende Eierkuchen

Überbackene Zwiebelsuppe: Man schneide reichlich Zwiebeln in dünne Ringe und lasse sie in Butter oder Öl hellbraun braten. Dann gieße man heißes Wasser – etwas mehr, als man Suppe wünscht – darüber und lasse es fünfzehn Minuten kochen, salze nach Geschmack. Man kann auch Fleischbrühe verwenden.

Inzwischen schneide man dünne Weißbrotscheiben, die man auf die vom Feuer genommene Suppe legt und dick mit geriebenem Käse bestreut. Der Topf wird dann in den heißen Backofen gestellt, bis der Käse eine leicht bräunliche Schicht gebildet hat. Hübscher ist es, wenn man für jede Person ein eigenes feuerfestes Schüsselchen benützen kann.

Kalbsmedaillons in Madeirasoße: Man schneide schöne, dicke Scheiben vom Kalbsfilet, klopfe sie leicht und brate sie kurz auf beiden Seiten, sodass sie innen noch etwas rosafarben sind. Salzen darf man sie erst nach dem Braten.

Vorher hat man eine halbe Zwiebel, fünf Mandeln und eine Handvoll Pilze feinblättrig geschnitten und mit Öl oder Butter leicht angebraten. Darauf gieße man ein großes Glas Madeira und lasse alles fünfzehn Minuten ganz schwach kochen, würze mit Salz und Pfeffer. Diese Soße gebe man über die eben gebratenen Kalbsmedaillons und reiche Pommes frites und grünen Salat dazu.

Brennende Eierkuchen: Man backe ganz gewöhnliche, nicht zu dünne Eierkuchen, deren Größe dem Essteller, auf dem sie serviert werden, entspricht, und bestreue sie dick mit Zucker.

Bei Tisch gieße man einen ordentlichen Schuss guten Rums darüber und zünde ihn an. Dann rolle man den brennenden Eierkuchen und beträufle ihn mit Zitronensaft.

Die Madeirasoße kostend, antwortete Thomas: „Meist doch wohl so, dass man Menschen betrunken macht oder niederschlägt und ihnen dann ihren Pass fortnimmt, um ihn zu verändern."

„Sehr richtig! Und sehen Sie, das mache ich nicht. Das ist bei mir nicht drin. Wenn ich nicht mehr ehrlich fälschen kann, dann überhaupt nicht. Ich bin Pazifist!"

„Genau wie ich. Sehen Sie mal zum Fensterbrett, da liegt ein Präsent für Sie."

Reynaldo erhob sich und schwankte schwerfällig zum Fenster.

„Was ist das?"

„Das sind vier abgelaufene, vollgestempelte Pässe von Costa Rica. Drei gehören Ihnen, wenn Sie den vierten für mich verändern."

Der Fälscher nahm einen der Pässe zur Hand, holte tief Atem und sah Thomas mit scheuer Bewunderung an. „Wo haben Sie diese Pässe her?"

„Gefunden. Heute Nacht."

„Sie haben heute Nacht vier costa-ricanische Pässe gefunden?"

„Nein."

„Aha."

„Ich habe heute Nacht nicht vier costa-ricanische Pässe gefunden, sondern siebenundvierzig", sagte Thomas Lieven und holte dabei die überbackene Zwiebelsuppe aus dem Herd. „Das Essen ist fertig, Reynaldo."

Und er dachte: Was für ein Glück, dass meine hübsche junge Konsulin so viele hübsche alte Pässe aufbewahrt hat!

Und er dachte: Jetzt bin ich also bei Herrn Pereira in der Rua do Poco des Negros gelandet. Jetzt werde ich also lernen, wie man fachgerecht Pässe fälscht. Ich – kürzlich noch der jüngste Privatbankier Londons. Ach du liebe Zeit, und ich kann und kann und kann das alles nicht im Club erzählen!

8

Aufgeschlagen lagen die vier Pässe auf dem großen Arbeitstisch beim Fenster. Sie zeigten Fotos von vier unterschiedlichen costa-ricanischen Staatsbürgern: einem dicken Alten, einem jüngeren Schlanken, einem mit Brille, einem mit Schnurrbart. Neben den vier Pässen lagen die vier Fotos des Majors Débras vom französischen Geheimdienst, der in Madrid ungeduldig auf Hilfe wartete. Der kleine Luis Tamiro hatte die Fotos Thomas Lieven im Spielsaal von Estoril übergeben.

Das Mittagessen war vorüber. In seinem weißen Arbeitsmantel wirkte Reynaldo Pereira nun wie ein berühmter Chirurg, ein Sauerbruch der Passfälschung, der sich konzentriert und nüchtern auf einen schwer wiegenden Eingriff vorbereitete.

Er sprach leise: „Sie kennen den Mann in Madrid persönlich. Sie wissen, wie er aussieht. Betrachten Sie die Fotos in den vier Pässen. Lesen Sie die Personenbeschreibung. Sagen Sie mir, welche am ehesten auf Ihren Freund passt. Denn ich will natürlich den Pass nehmen, in dem ich am wenigsten verändern muss."

„Das wäre dann wohl dieser hier." Thomas wies auf den zweiten von links. Der zweite Pass von links lautete auf den Namen Rafaelo Puntareras. Der Pass war am 8. Februar 1934 ausgestellt worden und hatte am 7. Februar 1939 seine Gültigkeit verloren. Er enthielt viele Visa und Grenzpolizeistempel; nur wenige Seiten waren noch frei.

Darum hatte Kaufmann Puntareras den abgelaufenen Pass wohl auch nicht mehr verlängert, sondern sich bei dem inzwischen verschiedenen Konsul Pedro Rodrigues gleich einen neuen ausstellen lassen.

Thomas sagte: „Die Personenbeschreibung passt auf meinen Freund, nur hat er braune Haare und blaue Augen."

„Dann müssen wir die Haarfarbe und die Augenfarbe ändern, die Fotos austauschen, auf dem Foto Ihres Freundes den Stempel ergänzen, den Ablauftag und den Ausstellungstag des Passes korrigieren und in den Stempeln und Visa alle Daten richtigstellen, die dann zu früh liegen."

„Der Name Puntareras?"

„Will sich Ihr Freund längere Zeit in Lissabon aufhalten?"

„Nein, er fliegt sofort weiter nach Dakar."

„Dann kann der Name bleiben."

„Aber er braucht doch ein Durchreisevisum für Lissabon und ein Einreisevisum für Dakar."

„Na und? Ich habe einen ganzen Schrank voll Stempel. Größte Sammlung Europas wahrscheinlich. Nein, nein, das ist ein kleiner Fisch!"

„Was wäre denn ein großer gewesen?"

„Ein Pass, in dem man alles ändern muss und das Foto auch noch einen Prägestempel trägt. Also, dazu hätte ich glatt zwei Tage benötigt."

„Und für Herrn Puntareras?"

„Sie müssen meine schlechte Verfassung berücksichtigen, meine Unausgeglichenheit, mein Unglück in der Ehe – verdammt noch mal, aber in höchstens sieben Stunden kriege ich das Ding trotzdem hin!"

Entspannt und leise summend begann Reynaldo Pereira das Werk. Er nahm einen konischen Metalldorn, der in einem Holzgriff steckte, eine Art Schusterahle, und führte ihn von der Fotoseite her durch die erste Öse des Passbildes so weit ein, dass er festsaß. Dann begann er vorsichtig, die Rückseite der Öse mit einem feinen Federmesser aufzubördeln.

Der Meister sprach: „Immer zuerst das Foto entfernen, damit nicht durch eine Ungeschicklichkeit beim Arbeiten der Gummistempel beschädigt wird." Er erleichterte sich durch zartes Aufstoßen. „Wirklich fantastisch, Ihre Zwiebelsuppe!"

Thomas saß reglos beim Fenster. Er gab keine Antwort, um den Meister nicht seiner Konzentration zu berauben.

Zwei Ösen hielten Rafaelo Puntareras' Foto fest. Nach einer Dreiviertelstunde hatte der Meister sie beide aufgebördelt. Vorsichtig drehte er die Metallröhren mit der Ahle heraus.

Jetzt steckte er eine elektrische Heizplatte an, legte einen alten Buchdeckel darauf und den Pass auf diesen.

Der Meister sprach: „Zehn Minuten durchwärmen. Wir nennen das: den Pass zum Leben erwecken. Das Papier wird weicher, elastischer, ist aufnahmefähiger für Flüssigkeiten, lässt sich in jeder Beziehung leichter bearbeiten."

Nach einer Zigarettenpause nahm sich Pereira den Pass wieder vor. Mit einer Pinzette fasste er eine Ecke von Herrn Puntareras' Konterfei, über der sich kein Stempel befand, und hob sie äußerst vorsichtig einen Millimeter hoch. Danach befeuchtete er einen feinen Pinsel mit dem stark riechenden Inhalt eines Fläschchens.

Der Meister sprach: „Als Pinsel verwende man nur feinste Dachs- oder Rotmarderhaarfabrikate, Größe Null."

Er tupfte die Flüssigkeit zwischen Foto und Passseite, das Bild dabei mit der Pinzette abspreizend. Das Klebemittel wurde gelöst. Nach fünf Minuten hob der Meister das Foto ab und trug es zu einem weit entfernten Bücherbord. „Damit ich es nicht versehentlich beschädige."

Er kam zum Tisch zurück, schloss die Augen, lockerte die Finger, sammelte sich offensichtlich.

Der Meister sprach: „Um ein erstes Verhältnis zu meinem Pass zu bekommen, beginne ich mit einer ganz leichten Veränderung: Ich entferne einen Punkt."

Er legte das Dokument unter eine große, feststehende Lupe. Einen neuen feinen Pinsel befeuchtete er mit einer wasserhellen Flüssigkeit.

Im gleichen Moment, in dem er einen Tintenpunkt im Schriftbild der Personenbeschreibung benetzte, drückte er auf den Startknopf einer Stoppuhr.

Er wartete, bis der Tintenpunkt beinahe ganz verblasst war, dann saugte er die restliche Flüssigkeit blitzschnell mit der scharf geschnittenen Kante eines Löschpapiers auf.

„Drei Sekunden. Nun haben wir einen Anhaltswert. Mit der Vergleichszeit für einen Punkt können wir uns an einen Haarstrich wagen."

Er entfernte alle Haarstriche auf der einen Seite, indem er sie wie viele Punkte abtupfte. Dann machte er sich an die dickeren Grundstriche, die er entfernte, indem er sie von beiden Seiten zur Mitte hin mit der geheimnisvollen Flüssigkeit bestrich. „In der Branche nennen wir das: zum Kern hin arbeiten."

Nachdem er zwei Stunden lang „zum Kern hin" und nach der Punktmethode gebleicht hatte, waren alle unbrauchbaren Angaben verschwunden, auch die zu früh liegenden Daten in den Visa und Grenzpolizeistempeln und die Daten der Ausstellung und des Ablauftages.

Nun entspannte der Meister eine halbe Stunde lang. Er tanzte ein bisschen, um wieder locker zu werden.

Thomas kochte Kaffee. Bevor Pereira ihn trank, zerschlug er ein Ei und goss das

Eiweiß auf einen flachen Teller: „Damit die Luft eine große Angriffsfläche hat. Wir sagen: Es muss gestanden haben!"

Nach zehn Minuten füllte er sodann die Rillen und Täler, welche die Bleichmittel trotz aller Vorsicht in das Papier gefressen hatten, sorgfältig mit dem zähflüssigen, schnell trocknenden Eiweiß aus, damit wieder vollkommen ebene Flächen entstanden. Über diese stäubte er glanzloses Malerfixativ.

Nun holte er das herausgelöste Foto des Kaufmanns Puntareras wieder herbei, schlug es in hauchdünnes Seidenpapier ein und verklebte dieses auf der Fotorückseite, damit es nicht verrutschen konnte. Mit einem Achatstift zog er auf dem Seidenpapier die Konturen des Stempelteiles nach, der sich auf dem Foto befand.

Danach beschnitt er eines der vier Fotos des Majors Débras so, dass es um eine Winzigkeit größer war als das Bild Puntareras', und legte ein Stückchen Kohlepapier darüber, dessen Farbe genau der Stempelfarbe entsprach. Von dem alten Foto löste er das Seidenpapier ab, legte dieses über das Kohlepapier auf Débras' Foto und verklebte es wieder. Noch einmal zog er die gewonnenen Konturen mit dem Achatstift nach.

Vorsichtig löste er danach die Hüllen. Débras' Bild trug nun den Stempel.

Schnell fixierte der Meister sein verwischbares Werk.

Mit einer scharfen Zange lochte er nun Débras' Foto an vorher genau festgelegten Stellen und befestigte es mit Gummiarabikum und zwei Schuhösen im Pass. Mit einer anderen Zange bördelte er die Ösen zu.

Danach beschriftete er mit Tusche alle Stellen neu, die er gelöscht hatte. Der Meister sprach: „Man verändert, wo es geht, die alten Zahlen natürlich in neue, ähnliche, also eine 3 in eine 8, eine 1 in eine 4 …"

Nach sechseinhalb Stunden angestrengter Arbeit stempelte Pereira ein portugiesisches Durchreisevisum und ein Einreisevisum für Dakar in den Pass und füllte sie aus.

„Fertig!"

Thomas applaudierte begeistert. Der Meister verneigte sich mit Würde: „Stets gerne zu ähnlichen Diensten bereit."

Thomas schüttelte ihm die Hand. „Ich werde nicht hier sein, um von Ihrer einmaligen Begabung weiterhin zu profitieren. Doch seien Sie guten Mutes, Reynaldo, ich schicke Ihnen eine hübsche Kundin. Ich bin sicher, Sie werden sich wundervoll miteinander verstehen …"

9

Unter dem Dach des großen Zeitungsgebäudes auf dem Praça Dom Pedro IV. liefen die letzten Nachrichten über ein Leuchtschriftband. Blicke aus tausend Augenpaaren waren voll Spannung, voller Angst auf die flimmernden Buchstaben gerichtet. Portugiesen und Emigranten drängten sich auf dem schönen Platz mit seinem schwarz-weißen Mosaikpflaster, saßen in den Straßengärten der Cafés, die den Platz säumten, starrten zu dem Leuchtschriftband empor, lasen …

> (United Press): Madrid – Gerüchte über deutsch-spanische Geheimverhandlungen behaupten sich hartnäckig – Deutsche Wehrmacht fordert angeblich freien Durchmarsch, um Gibraltar angreifen und Mittelmeer schließen zu können – Franco entschlossen, neutral zu bleiben – Britischer Botschafter warnt Spanien mit aller Entschiedenheit – Antibritische Demonstration in Barcelona und Sevilla …

Zwei Männer saßen an einem Kaffeehaustisch am Straßenrand, Gläser mit Pernod vor sich. Der kleine, dicke Luis Tamiro blätterte in dem an diesem Nachmittag gefälschten Pass. Er brummte bewundernd: „Prima Arbeit, also wirklich!"

„Wann fliegt Ihre Maschine?"

„In zwei Stunden."

„Grüßen Sie Débras von mir. Er soll machen, dass er herkommt. In fünf Tagen läuft mein Schiff aus."

„Hoffentlich schafft er es bis dahin!"

„Was heißt das?", fragte Thomas Lieven.

Luis Tamiro zog sorgenvoll an seiner kleinen Brasilzigarre: „Die Spanier sind nach außen hin neutral. Aber sie lassen deutsche Agenten ganz hübsch arbeiten. Drei deutsche ‚Touristen' bewachen den Major in Madrid auf Schritt und Tritt, Tag und Nacht. Jeder immer acht Stunden lang. Er weiß es. Die Kerle sind nicht abzuschütteln. Löffler, Weise und Hart heißen sie. Wohnen im ‚Palace-Hotel' wie er."

„Was ist der Witz der Sache?"

„Seit man dem Major seinen Pass weggenommen hat, darf er Madrid nicht verlassen. Die drei Deutschen wissen, wer er ist, sie können es nur noch nicht beweisen. Sie wollen rauskriegen, was er in Madrid macht. Außerdem: Sobald er die Stadt verlässt, ist das ein Grund für die spanische Polizei, ihn sofort einzusperren. Wenn er einmal in einem Gefängnis landet, kann man ihn ohne großes Aufsehen nach Deutschland entführen."

„Er muss die drei also abschütteln?"

„Ja, aber wie? Die warten doch nur wie die Schießhunde auf den Moment, in dem er zu flüchten versucht, um ihn hochgehen zu lassen!"

Thomas Lieven betrachtete den Kleinen neugierig: „Sagen Sie mal, Tamiro, was haben Sie eigentlich für einen Beruf?"

Der kleine Dicke seufzte, dann verzog er den Mund. „Mädchen für alles, was verboten ist. Menschenschmuggel. Waffenschmuggel. Schleichhandel. Alles für Geld. Ich war mal Juwelier in Madrid."

„Na und?"

„Der Bürgerkrieg hat mich erledigt. Geschäft zerbombt. Ware geklaut. Dann habe ich auch noch politischen Ärger bekommen. Nein, nein, ich habe übergenug. Bei mir hat jetzt alles seinen festen Preis! Mir soll man den Buckel runterrutschen mit Idealismus."

Leise fragte Thomas Lieven: „Kennen Sie in Madrid wohl noch ein paar Herren, die so denken wie Sie?"

„Einen ganzen Haufen!"

„Und Sie sagen, es hat alles seinen festen Preis?"

„Klar!"

Lächelnd sah Thomas zu dem flimmernden Leuchtschriftband auf. Sanft murmelte er: „Hören Sie mal, Luis, was würde – unter Freunden – wohl eine kleine, spontane Volkserhebung kosten?"

„Woran denken Sie?"

Thomas Lieven sagte ihm, woran er dachte.

10

Aaaaaahhhhh!!!"

Mit einem Schrei fuhr die schwarzhaarige, vollschlanke Konsulin Estrella Rodrigues aus dem Schlaf empor, als Thomas Lieven zu später Stunde ihr Zimmer betrat. Bebend entzündete sie die kleinen Lämpchen mit den roten Schirmen hinter dem Bett. Eine Hand presste sie ans Herz.

„O Gott, Jean, hast du mich erschreckt!"

„Verzeih, Liebling, es wurde spät – ich habe noch den Mann mit dem Pass auf den Weg gebracht ..." Er sank auf den Bettrand; sie warf sich in seine Arme. „Küss mich ..." Sie presste sich an ihn. „Dass du da bist! Dass du endlich da bist! Ich habe auf dich gewartet – stundenlang – ich habe gedacht, ich muss sterben – ich habe gedacht, ich muss vergehen ..."

„Vor Sehnsucht nach mir?", fragte er geschmeichelt.

„Das auch."

„Bitte?"

„Ich habe den ganzen Abend gehofft, du kommst und schenkst mir noch ein wenig Geld, damit ich nach Estoril fahren kann!"

„Hr-rm!"

„Ich habe draußen angerufen! An allen Tischen kamen die Elf und ihre Nachbarn! Kannst du dir das vorstellen? Das sind doch meine Zahlen! Ein Vermögen hätte ich heute gewonnen!"

„Estrella, ich werde dich morgen mit einem ganz ausgezeichneten Fälscher zusammenbringen. Ihm kannst du deine Pässe in Kommission geben. Er ist bereit, mit dir halbe-halbe zu machen."

„O Jean, wie wundervoll." Thomas ging ins Badezimmer. Sie rief ihm zärtlich nach: „Weißt du, was ich vorhin geträumt habe?"

Aus dem Badezimmer forschte er: „Was?"

„Ich habe geträumt, du wärst ein Deutscher – und mein Geliebter! Ein Deutscher! Wo ich doch die Deutschen so hasse! Ich habe gedacht, ich vergehe; ich habe gedacht, ich sterbe ... Jean, kannst du mich verstehen?"

„Jedes Wort."

„Warum sagst du dann nichts?"

Sie hörte ihn husten. „Ich habe vor Schreck ein halbes Glas Mundwasser geschluckt!"

Das amüsierte sie: „Ach, bist du goldig! Komm! Komm schnell zu deiner zärtlichen Estrella ..."

Später erwachte die hinreißend gebaute Deutschenhasserin davon, dass Thomas Lieven im Schlaf schallend lachte. Sie schüttelte ihn nervös wach.

„Jean, Jean, was ist los?"

„Wie? Oh, ich hatte so einen komischen Traum."

„Wovon?"

„Von einer kleinen, spontanen Volkserhebung", sagte er. Und lachte noch einmal.

11

Madrid, 5. September 1940.
Vertraulicher Bericht des Kommissars Filippo Aliados von der Geheimen Staatspolizei an seinen Vorgesetzten:

Äusserst dringend!

Heute um 14 Uhr 03 erhielt ich einen Anruf vom Diensthabenden des 14. Polizeirayons. Es wurde mir mitgeteilt, dass sich vor dem Gebäude der britischen Botschaft in der Calle Fernando el Santo 16 etwa fünfzig Personen versammelt hätten, die gegen England demonstrierten.

Ich begab mich mit fünf Mann sofort zur Botschaft und stellte fest, dass es sich bei den Demonstranten um Angehörige der ärmeren Bevölkerungsschichten handelte. In Chören stießen diese Personen Schmährufe gegen England aus. Es wurden 4 (vier) Fensterscheiben eingeworfen und 3 (drei) Blumenkästen zur ebenen Erde abgerissen. Im Auftrage Seiner Exzellenz des Herrn Britischen Botschafters war der Herr Handelsattaché auf die Straße geeilt, um die Demonstranten zur Rede zu stellen.

Bei meinem Eintreffen teilte mir der Herr Britische Handelsattaché außerordentlich erregt mit: „Die Männer geben zu, dass sie von deutschen Agenten für diesen Aufruhr bezahlt wurden."

Während der größte Teil der Demonstranten vor einer blitzschnell eingreifenden Abteilung der Polizei die Flucht ergriff, gelang es uns, drei Personen festzunehmen mit Namen: Luis Tamiro, Juan Mereira und Manuel Passos.

Die Festgenommenen wiederholten vor mir die Behauptung, sie wären von deutschen Agenten bezahlt worden. Sie nannten die Namen dieser Agenten: 1. Helmut Löffler 2. Thomas Weise 3. Jakob Hart. Alle drei wohnhaft im „Palace-Hotel".

Der Herr Britische Handelsattaché bestand auf einer sofortigen Untersuchung und kündigte einen diplomatischen Protest seiner Regierung an.

Von meiner Dienststelle immer wieder angewiesen, auf strikteste Neutralität unseres Landes zu achten, begab ich mich darum sofort ins „Palace-Hotel" und nahm die oben genannten drei deutschen Touristen fest, die bei der Festnahme Widerstand leisteten und zuletzt gefesselt abgeführt werden mussten.

Die drei Deutschen bestritten beim Verhör empört, die Demonstranten finanziert zu haben. Eine Gegenüberstellung mit den drei Demonstranten verlief ergebnislos, woraufhin ich die Demonstranten entließ. Eine Anzeige wegen öffentlicher Ruhestörung läuft.

Unser Geheimdienst kennt die drei Deutschen. Es handelt sich bei ihnen tatsächlich um Agenten der Deutschen Abwehr, und ihnen ist eine Aktion wie die behauptete natürlich zuzutrauen.

Die drei Deutschen werden noch bei mir festgehalten. Ich bitte um schnellste Entscheidung darüber, was mit ihnen geschehen soll, denn der Herr Britische Handelsattaché erkundigt sich stündlich telefonisch nach meinen Maßnahmen.

gez.: Filippo Aliados,
Kommissar

12

Eine deutsche Faust schlug krachend auf einen deutschen Eichenholzschreibtisch. Der Schreibtisch stand im Zimmer eines Hauses am Tirpitzufer in Berlin. Die Faust gehörte dem Admiral Canaris. Er stand hinter dem Schreibtisch. Vor dem Schreibtisch stand der gallenleidende Major Fritz Loos aus Köln. Das Gesicht des Majors war sehr bleich. Das Gesicht des Admirals war sehr rot. Der Major war sehr still. Der Admiral war sehr laut: „Jetzt reicht es mir aber, Herr Major! Drei unserer Leute aus Spanien ausgewiesen! Protest der britischen Regierung! Die Feindpresse hat ihr Fressen. Und Ihr feiner Herr Lieven lacht sich in Lissabon einen Ast!"

„Herr Admiral, ich verstehe wirklich nicht, was dieser Kerl schon wieder damit zu tun hat!"

Canaris sagte bitter: „Während unsere Leute in Madrid stundenlang festgehalten wurden, verließ Major Débras das Land. Ohne Zweifel mit einem falschen Pass. Wohlbehalten traf er in Lissabon ein. Und wissen Sie, wen er im Speisesaal von Estoril öffentlich umarmte und auf die Wange küsste? Ihren Freund Lieven! Und wissen Sie, mit wem er danach ein gewaltiges Dinner verzehrte? Mit Ihrem Freund Lieven!"

„Nein … O Gott, nein … Das kann nicht sein!"

„Es ist so. Unsere Leute haben die rührende Wiedersehensszene beobachtet. Was konnten sie tun? Nichts!"

Major Loos verspürte ein furchtbares Ziehen und Brennen im Leib. Natürlich meine Galle, dachte er verzweifelt. Dieser Hund, dieser elende Hund von einem Thomas Lieven! Warum habe ich ihn damals in Köln bloß aus dem Gestapo-Gefängnis geholt?

„Herr Major, wissen Sie, wie man Sie bereits nennt? Den ‚Pannen-Loos'!"

„Herr Admiral, pardon, das finde ich sehr ungerecht."

„Ungerecht? Wenn Sie dem Kerl 10 000 Dollar für Listen mit den Namen der wichtigsten französischen Geheimagenten bezahlen – und wir feststellen dürfen, dass es sich um lauter Tote handelt? Sie hatten den Auftrag, den Mann mitzubringen!"

„Portugal ist ein neutrales Land, Herr Admiral …"

„Das ist egal! Mir reicht es jetzt! Ich will diesen Herrn Lieven hier sehen! In diesem Zimmer! Und lebendig! Verstanden?"

„Jawohl, Herr Admiral."

13

6. September 1940, 18 Uhr 47.

Die Funküberwachung des „Secret Service" meldet an ihren Chef M 15 London:

Seit 15 Uhr 15 äußerst lebhafter Funkverkehr zwischen Abwehr Berlin und deutscher Gesandtschaft Lissabon. Verkehr wird nicht chiffriert, sondern offensichtlich in irreführendem Klartext geführt. Berliner Funksprüche sind gerichtet an deutschen Handelsattaché Lissabon, der aufgefordert wird, dafür zu sorgen, dass „Kaufmann Jonas" schnellstens heimkehrt. Ohne Zweifel großes Entführungsmanöver in Vorbereitung. „Kaufmann Jonas" muss eine Persönlichkeit sein, die für Abwehr Berlin von allergrößter Wichtigkeit ist …

14

6. September 1940, 22 Uhr 30.

In der Casa Senhora de Fatima, dem komfortablen Haus des Nachrichtenchefs der Deutschen Gesandtschaft in Lissabon, findet eine Besprechung statt. Der Nachrichtenchef hat seine bezaubernde Freundin, die langbeinige, kastanienbraune Tänzerin Dolores, fortgeschickt. Bei Champagner sitzen zusammen: der Hausherr, der Marineattaché und der Luftwaffenattaché der Deutschen Gesandtschaft. Die beiden

Letzteren haben ihre Freundinnen ebenfalls für den Abend beurlaubt. Der Chef des Nachrichtendienstes spricht: „Meine Herren, die Zeit drängt. Berlin will Lieven – und zwar schnell. Bitte um Vorschläge."

Der Luftwaffenattaché spricht: „Ich schlage vor, den Mann zu betäuben und nach Madrid zu fliegen. Von dort mit Kuriermaschine nach Berlin."

„Ich bin dagegen", sagt der Marineattaché. „Wir haben eben eine Panne in Madrid gehabt. Wir wissen, dass es auf dem Flughafen dort von englischen und amerikanischen Agenten nur so wimmelt. Wir wissen, dass dort jeder Passagier fotografiert wird. Wir können es uns nicht leisten, in Madrid schon wieder diplomatische Schwierigkeiten zu haben."

„Ganz meine Meinung", sagt der Nachrichtenchef.

Der Marineattaché spricht: „Ich schlage darum Entführung im U-Boot vor, meine Herren! Ich empfehle, sofort Funkverbindung mit Blockadebruch-Werner in Madrid aufzunehmen. Blockadebruch-Werner arbeitet mit dem Befehlshaber der U-Boote zusammen und kann die Standorte aller Einheiten ohne Weiteres feststellen. Er kann jederzeit und schnellstens ein Boot für ein bestimmtes Planquadrat außerhalb der portugiesischen Hoheitsgewässer anfordern."

„Wie bekommen wir Kaufmann Jonas zu dem U-Boot hinaus?"

„Wir mieten einen Fischkutter."

„Und wie bekommen wir ihn in den Fischkutter?"

„Da habe ich einen Vorschlag zu machen." Der Marineattaché sagt, was er für einen Vorschlag zu machen hat.

15

Ein alter Mann ging durch das Flughafenrestaurant und versuchte, Trachtenpuppen zu verkaufen, große Puppen, kleine Puppen. Er hatte kein Glück. Es war schon beinahe Mitternacht an diesem 8. September 1940, und nur noch rund zwei Dutzend müder Passagiere warteten auf den Abflug ihrer Maschine. Der alte Mann trat an einen Tisch beim Fenster. Hier saßen zwei Herren, die Whisky tranken.

„Trachtenpuppen – Zigeuner, Spanier, Portugiesen ..."

„Nein, danke", sagte Thomas Lieven.

„Noch echte Friedensware!"

„Trotzdem nein, danke", sagte Major Débras, der sich gerade Rafaelo Puntareras nannte.

Der alte Mann zog weiter. Draußen, auf der von Scheinwerfern angestrahlten Rollbahn, wurde die Maschine aufgetankt, die Débras von Lissabon nach Dakar bringen sollte.

Der Major sah Thomas Lieven sentimental an: „Ich werde nie vergessen, was Sie getan haben!"

„Sprechen Sie nicht davon!“, sagte Thomas, und er dachte: Wenn du erst darauf kommst, dass ich die Agentenlisten deines Geheimdienstes gefälscht habe, dann wirst du es bestimmt nicht vergessen!

„Sie haben die Listen für mich gerettet – und Sie haben mich aus Madrid herausgeholt!“

Das ist richtig, dachte Thomas. Und deshalb wirst du mir vielleicht einmal doch meinen Betrug verzeihen. Er fragte: „Wo sind die Listen?“

Der Major blinzelte. „Ich bin Ihrem Beispiel gefolgt und habe mich mit unserer Stewardess angefreundet. Sie hat die Listen in ihrem Gepäck.“

„Achtung, bitte“, sagte eine Lautsprecherstimme. „Pan American World Airways bitten alle Passagiere ihres Fluges 324 nach Dakar, sich zur Pass- und Zollkontrolle zu begeben. Meine Damen und Herren, wir wünschen Ihnen einen angenehmen Flug.“

Débras trank sein Glas leer und erhob sich. „Es wird ernst, mein Freund. Nochmals Dank! Und auf Wiedersehen.“

„Bitte, richten Sie Madame Josephine Baker meine besten Grüße und Wünsche aus“, sagte Thomas Lieven. „Und leben Sie wohl, Herr Major. Denn wiedersehen werden wir uns nie.“

„Wer weiß?“

Thomas schüttelte den Kopf. „Übermorgen läuft mein Schiff nach Südamerika aus. Ich komme nie mehr zurück nach Europa“, sagte er und ließ es geschehen, dass der Major ihn noch einmal umarmte und auf die Wange küsste.

Etwas später sah er ihn über das Rollfeld auf die Maschine zugehen. Thomas winkte, und auch Débras winkte, bis er in der Kabine verschwand.

Thomas bestellte noch einen Whisky. Als die Maschine zum Start rollte, kam er sich plötzlich sehr einsam vor. Nach einiger Zeit bezahlte er, erhob sich und ging.

Auf dem Platz vor dem Flughafengebäude war es dunkel. Nur wenige Lampen brannten. Ein großer Wagen holte Thomas langsam ein und hielt. Der Chauffeur blickte aus dem Fenster. „Taxi, Senhor?“

Es war weit und breit kein Mensch zu sehen.

„Ja“, sagte Thomas abwesend. Der Chauffeur stieg aus, öffnete den Schlag und verneigte sich.

In diesem Moment merkte Thomas Lieven, dass etwas faul, sehr faul mit diesem Taxi war. Er fuhr herum, aber es war schon zu spät.

Der Chauffeur trat ihm wuchtig in die Kniekehlen. Thomas stürzte in den Fond. Hier packten sogleich vier kräftige Hände zu und rissen ihn auf den Wagenboden. Der Schlag flog zu. Der Chauffeur ließ sich hinter das Steuer fallen und raste los.

Ein großer, nasser Lappen mit einer widerlich süßen Flüssigkeit wurde auf Thomas Lievens Gesicht gepresst. Chloroform, dachte er. Würgend rang er nach Atem.

Überdeutlich hörte er eine Stimme mit Hamburger Akzent sagen: „Na, prima, prima. Und jetzt nix wie runter zum Hafen.“

Dann begann das Blut in Thomas Lievens Schläfen zu dröhnen; in seinen Ohren hallten Glocken, und er stürzte in eine Ohnmacht, tiefer, tiefer, wie hinab in einen dunklen Brunnen aus Samt.

16

Langsam kam unser Freund wieder zu sich. Sein Schädel dröhnte. Ihm war übel, ihm war kalt. Er dachte: Toten ist nicht übel, Tote haben kein Kopfweh, Tote frieren nicht. Kombiniere: Ich bin also noch am Leben. Vorsichtig öffnete Thomas das rechte Auge. Er lag im Bug eines unappetitlich riechenden Fischkutters, dessen Motor nervös tuckerte.

Am Steuer stand ein kleiner, verknitterter Portugiese mit Lederjacke und Schildmütze, eine erloschene Stummelpfeife zwischen den Zähnen. Hinter dem Schiffer tanzten die Lichter der Küste auf und nieder. Die See war rau. Der Kutter schlingerte aufs offene Meer hinaus.

Seufzend öffnete Thomas Lieven das linke Auge.

Auf der Bank neben ihm saßen zwei bullige Kerle. Beide trugen schwarze Ledermäntel und grimmige Mienen. Beide hielten schwere Revolver in den großen, hässlichen Händen.

Thomas Lieven richtete sich halb auf und sprach, mit Mühe zwar, aber fließend: „Einen schönen guten Abend, die Herren. Ich hatte vorhin am Flughafen keine Gelegenheit, Sie zu begrüßen. Daran sind Sie nicht ohne Schuld! Sie hätten mich nicht so schnell niederschlagen und chloroformieren dürfen."

Der erste Kerl sprach mit Hamburger Akzent: „Ich warne Sie, Thomas Lieven. Beim geringsten Fluchtversuch knallt's!"

Der zweite Kerl sprach mit sächsischem Akzent: „Ihr Spiel ist aus, Herr Lieven. Jetzt geht es in die Heimat."

Interessiert erkundigte sich Thomas: „Stammen Sie aus Dresden?"

„Aus Leipzig. Warum?"

„Pure Neugier. Nichts gegen diesen Kutter, meine Herren, aber in die Heimat ist es auf dem Seeweg noch ein hübsches Ende. Werden wir es schaffen?"

„Immer noch ein großes Maul", sagte der Hamburger. „Machen Sie sich keine Sorgen, Herr Lieven. Mit dem Kutter bringen wir Sie nur aus der Dreimeilenzone raus."

„Ins Planquadrat 135 Z", sagte der Leipziger.

Thomas bemerkte, dass der Kutter ohne Positionslichter fuhr. Die See wurde immer unruhiger. Desgleichen Thomas. Aber er versuchte, es sich nicht anmerken zu lassen. „Und was, meine Herren, geschieht im Planquadrat 135 Z?"

„Dort taucht in einer Viertelstunde ein U-Boot auf. Geht alles wie am Schnürchen, Sie werden sehen. Ruck, zuck!"

„Deutsche Organisation", meinte Thomas höflich.

Der kleine Steuermann sagte auf Portugiesisch: „Wir haben die Hoheitsgewässer verlassen. Wo ist mein Geld?"

Der Leipziger stand auf, trat schwankend neben den Steuermann und gab ihm ein Kuvert. Der Schiffer klemmte das Steuer fest und zählte die Banknoten. Danach ging alles sehr schnell.

Thomas war der Erste, der den großen Schatten auftauchen sah, denn er war der Einzige, der zum Heck hinblickte. Plötzlich war der schwarze Schemen da, drohend schoss er aus der Nacht heran, direkt auf den schlingernden Kutter zu. Thomas wollte aufschreien, aber im letzten Augenblick biss er sich auf die Zunge. Nicht, dachte er. Nicht schreien. Still jetzt, still ...

Scheinwerfer flammten auf. Eine Schiffssirene heulte, einmal, zweimal, dreimal. Dann war der Schatten plötzlich eine Rennjacht, nah, ganz nah, lebensgefährlich nah. Der portugiesische Steuermann schrie wild auf und riss das Rad herum. Zu spät. Mit einem ekelhaften Knirschen rammte die Jacht das kleine Boot backbord im spitzen Winkel. Dem Herrn aus Hamburg flog der Revolver aus der Hand. Der Herr aus Leipzig stürzte.

Und dann war oben unten und unten oben, der Kutter kenterte, indessen sich der Bug der Jacht knirschend in seine Seite grub. Eine unsichtbare Riesenfaust riss Thomas empor und schleuderte ihn hinein in das schwarze, eiskalte Wasser. Er hörte tobendes Stimmendurcheinander, Schreie, Flüche, Kommandorufe, und immer noch heulte die Sirene der Jacht.

Thomas schluckte Salzwasser, ging unter, kam wieder hoch, rang nach Luft und sah vom Deck der Jacht einen Rettungsring an einer Leine auf sich zu fliegen. Klatschend traf der weiße Ring das Wasser. Thomas packte ihn. Im nächsten Moment bereits straffte sich die Leine, und er wurde zur Jacht hingezogen. Blinzelnd starrte er die Buchstaben auf dem Ring an, der den Namen des Schiffes trug. Thomas las: *Baby Ruth.*

Herrgott, dachte er, wenn ich das im Club erzähle, werden sie sagen, ich lüge ...

17

Whisky oder Rum?"

„Whisky, bitte."

„Mit Eis und Soda?"

„Nur mit Eis, bitte. Und gießen Sie das Glas ruhig halb voll, ich bekomme so leicht Schnupfen", sagte Thomas Lieven. Eine Viertelstunde war vergangen, eine außerordentlich ereignisreiche Viertelstunde.

Vor fünfzehn Minuten noch Gefangener der Deutschen Abwehr, danach Schiffbrüchiger im Atlantik, saß Thomas nun in wärmende Decken gehüllt auf dem traumweichen Bett einer traumschönen Luxuskabine. Ein Herr, den er niemals zuvor gesehen hatte, stand vor einer Wandbar und bereitete ihm einen Drink.

Thomas dachte leicht benommen: Wie es halt so geht im Leben …

Der Herr brachte ihm den Whisky. Er hatte sich selbst auch einen ordentlichen eingegossen. Nun hob er lächelnd sein Glas: *„Cheerio!"*

„Cheerio!", sagte Thomas und trank einen mächtigen Schluck. Jetzt bekomme ich endlich den widerlichen Chloroformgeschmack aus der Kehle, dachte er. Von draußen drang wüstes Gebrüll in die Kabine.

„Wer ist das?"

„Unser Steuermann und Ihrer. Eine Expertenkonversation über die Schuldfrage", erwiderte der fremde Herr, der einen tadellosen blauen Einreiher und eine intellektuelle Hornbrille trug. „Natürlich war Ihr Steuermann schuld. Man fährt nicht ohne Positionslichter. Noch etwas Eis?"

„Danke nein. Wo sind die beiden – meine Begleiter?"

„Unter Deck. Ich nehme an, dass Sie die beiden gerne dort wissen."

Es hilft ja nichts, dachte Thomas. Was soll's, es wird das Beste sein, wenn ich den Stier gleich bei den Hörnern packe. Er sagte darum: „Ich danke Ihnen, Sie haben mich vor dem Tod bewahrt. Und ich denke dabei nicht an den Tod durch Ertrinken."

„Prost, Kaufmann Jonas!"

„Bitte, wie?"

„Für uns sind Sie Kaufmann Jonas. Wir wissen noch nicht, wie Sie wirklich heißen."

Gott sei Dank, dachte Thomas. „Sie werden es mir sicherlich auch nicht sagen wollen …"

„Sicherlich nicht!" – Was für ein Glück, dass ich alle meine Papiere im Safe der schönen Konsulin Estrella deponiert habe. Ich wurde doch die ganze Zeit das Gefühl nicht los, dass mir einmal so etwas zustoßen würde.

„Ich verstehe das vollkommen. Es ist mir klar, dass Sie erst an höchster Stelle sprechen können. Ein Mann wie Sie! Eine V.I.P.!"

„Bitte, eine was?"

„Eine *Very Important Person!*"

„Ich bin eine sehr wichtige Person?"

„Na, hören Sie mal, Kaufmann Jonas, wenn die Deutsche Abwehr versucht, Sie mit einem U-Boot aus Portugal herauszuholen! Sie können nicht ahnen, was sich Ihretwegen in den letzten achtundvierzig Stunden getan hat! Diese Vorbereitungen! Monströs! Abwehr Berlin! Abwehr Lissabon! U-Boot im Planquadrat 135 Z! So einen verrückten Funkverkehr hatten die Deutschen seit Monaten nicht mehr. Kaufmann Jonas … Kaufmann Jonas … Kaufmann Jonas muss unter allen Umständen nach Berlin gebracht werden … Und da fragen Sie mich, ob Sie eine V.I.P. sind – köstlich! Was ist, Kaufmann Jonas?"

„Könnte ich – könnte ich wohl noch einen Whisky bekommen, bitte?"

Thomas Lieven bekam noch einen – einen großen. Der Herr mit der Hornbrille bereitete sich selber auch noch einen und überlegte dabei laut: „Für die 5000 Dollar kann Baby Ruth ruhig eine Pulle Whisky springen lassen!“

„Welches Baby, bitte? Was für 5000 Dollar?“

Der Bebrillte lachte: „Kaufmann Jonas, es ist Ihnen doch klar, dass Sie in mir einen Mann vom ‚Secret Service‘ vor sich haben?“

„Das ist mir klar, ja.“

„Nennen Sie mich Roger. So heiße ich natürlich nicht. Aber ein falscher Name ist so gut wie der andere – habe ich recht?“

Lieber Gott im Himmel, es geht schon wieder los!, dachte Thomas Lieven. Aufpassen, ich muss jetzt aufpassen. Den Deutschen bin ich entkommen. Jetzt muss ich nur noch die Engländer loswerden. Ich muss Zeit gewinnen. Überlegen. Vorsichtig sein.

Er sagte: „Sie haben vollkommen recht, Mr Roger. Ich wiederhole meine Frage: Was für 5000 Dollar? Welches Baby Ruth?“

„Kaufmann Jonas, als wir – und unter ‚wir‘ verstehe ich uns Boys von der britischen Abwehr in Lissabon – den hysterischen Funkverkehr der Deutschen konstatierten, da verständigten wir sofort M 15 in London …“

„Wer ist M 15?“

„Der Chef unserer Gegenspionage.“

„Aha“, sagte Thomas. Er trank einen Schluck und dachte: ein europäischer Kindergarten. Ein mörderischer europäischer Kindergarten. Ach, lieber Gott, werde ich froh sein, wenn ich diesen lächerlich lebensgefährlichen Kontinent hinter mir gelassen habe.

„Und M 15 funkte: Feuer frei!“

„Ich verstehe.“

„Wir reagierten blitzschnell …“

„Na klar.“

„… diesen Kaufmann Jonas sollten die Nazis nicht bekommen! Hahaha! Nehmen Sie noch einen Whisky auf Baby Ruths Wohl!“

„Wollen Sie mir nicht endlich sagen, wer Baby Ruth ist?“

„Mrs Ruth Woodhouse, 65 Jahre alt. Dreivierteltaub. Hat zwei Schlaganfälle und fünf Ehegatten überlebt.“

„Kompliment.“

„Kein Begriff für Sie: Woodhouse-Stahl? Woodhouse-Panzer? Woodhouse-Maschinengewehre? Eine der ältesten amerikanischen Rüstungsdynastien! Nie gehört?“

„Ich fürchte, nein.“

„Arge Bildungslücke, muss ich schon sagen.“

„Sie haben sie geschlossen. Danke.“

„Gern geschehen. Also, dieser Dame gehört die Jacht. Sie hält sich zurzeit in Lissabon auf. Als wir die Sache mit dem U-Boot herausbekommen hatten, redeten wir mit ihr. Sie stellte uns sofort ihr Schiff zur Verfügung, für 5000 Dollar.“ Der Mann, der sich Roger nannte, ging wieder zur Bar. „Es lief alles wie am Schnürchen, Kaufmann Jonas! Ruck, zuck!“

Das habe ich heute Abend schon einmal gehört, dachte Thomas Lieven und sagte höflich: „Britische Organisation.“

Roger brach in die Alkoholbestände der amerikanischen Rüstungsmillionärin ein wie ein reißender Wolf in eine Schafherde. Dabei amüsierte er sich: „Wir verfolgten jeden Ihrer Schritte, Kaufmann Jonas. Sie wurden dauernd überwacht! Ich lag hier auf der Lauer, im Planquadrat 135 Z. Ich erhielt den Funkspruch, dass die Deutschen Sie beim Flughafen überfallen und entführt hatten. Ich erhielt den Funkspruch, dass der Fischkutter klarmachte. Hahaha!“

„Und was geschieht jetzt?“

„Ruck, zuck! Wie am Schnürchen geht das alles. Wir werden natürlich gegen den portugiesischen Steuermann Anzeige erstatten. Wegen grober Fahrlässigkeit. Er ist zweifellos an dem Unfall schuld! Wir haben bereits eine entsprechende Meldung gefunkt. Es wird bald ein Patrouillenboot hier aufkreuzen, das den Steuermann und Ihre beiden deutschen Freunde übernimmt.“

„Was geschieht mit ihnen?“

„Nichts. Sie haben schon erklärt, dass sie nur eine kleine Rundfahrt machen wollten.“

„Und was geschieht mit mir?“

„Ich habe Auftrag, Sie, gegebenenfalls unter Einsatz meines Lebens, sicher in die Villa des britischen Nachrichtenchefs in Portugal zu bringen. Oder wollen Sie lieber mit Ihren deutschen Freunden gehen?“

„Keinesfalls, Mr Roger, keinesfalls“, sagte Thomas Lieven und lächelte verzerrt, indessen er überlegte: Ist das noch Meerwasser auf meiner Stirn – oder schon wieder Angstschweiß?

18

Die Deutschen hatten Thomas Lieven mit einer uralten Limousine aus Lissabon entführt, die Briten brachten ihn in einem neuen Rolls-Royce nach Lissabon zurück. Noblesse oblige.

Er saß im Fond, in einen blauseidenen Morgenrock mit aufgestickten goldenen Drachen gehüllt, dazu passende Pantoffeln an den Füßen. Mehr an Garderobe hatte sich an Bord der *Baby Ruth* nicht auftreiben lassen. Thomas Lievens nasser Anzug und seine Wäsche lagen vorne beim Chauffeur.

Neben Thomas saß Roger, eine Maschinenpistole auf den Knien. Er sprach durch die Zähne: „Keine Furcht, Kaufmann Jonas, es geschieht Ihnen nichts. Die Wagenwände sind gepanzert, die Fenster aus kugelsicherem Glas. Man kann nicht hereinschießen.“

„Und wie, bitte, würden Sie dann unter Umständen hinausschießen?", fragte Thomas. Darauf blieb der britische Agent eine Antwort schuldig.

An dem schlafenden Luxusbadeort Estoril vorbei jagten sie ostwärts, in einen gloriosen Sonnenaufgang hinein. Perlmuttfarben leuchteten Himmel und Meer. Viele Schiffe lagen im Hafen. Heute ist der 9. September, dachte Thomas Lieven. Morgen läuft die *General Carmona* nach Südamerika aus. Werde ich sie erreichen, lieber Gott?

In einem Palmengarten stand die komfortable Villa des britischen Nachrichtenchefs. Sie war im maurischen Stil eingerichtet und gehörte einem Geldverleiher namens Alvarez, der noch zwei weitere, ähnliche Villen besaß. Die eine hatte er an den Nachrichtenchef der deutschen Gesandtschaft vermietet, die andere an den Nachrichtenchef der amerikanischen ...

Casa do Sul stand in goldenen Lettern über dem Eingang zur Villa der Briten. Ein Butler in gestreifter Hose und grüner Samtweste hielt die schwere schmiedeeiserne Tür auf. Die weißen, buschigen Augenbrauen hatte er hochgezogen. Er verneigte sich stumm vor Thomas. Danach versperrte er die Tür und schritt vor den beiden Besuchern durch eine mächtige Halle, am Kamin, einer Freitreppe und den Ahnenporträts des Herrn Alvarez vorbei, der Bibliothek zu.

In dieser wartete vor einer bunten Bücherwand ein älterer Gentleman, der so wundervoll englisch aussah wie nur jene Herren, denen man auf den Seiten britischer Schneidermagazine begegnet. Seine gepflegte Eleganz, der untadelig sitzende dunkelgraue Flanellanzug, der gepflegte Kolonialoffiziersschnurrbart und die militärisch straffe Haltung dieses Gentlemans erregten Thomas Lievens ehrliche Bewunderung.

„Mission ausgeführt, Sir", sprach Roger zu ihm.

„Gut gemacht, Jack", sprach der Herr in Dunkelgrau, Thomas die Hand schüttelnd. „Guten Morgen, Kaufmann Jonas. Willkommen auf großbritannischem Boden. Ich habe Sie mit Ungeduld erwartet. Einen Whisky auf den Schrecken?"

„Ich trinke niemals vor dem Frühstück, Sir."

„Ich verstehe. Mann von Prinzipien. Gefällt mir. Gefällt mir sehr." Der Herr in Dunkelgrau wandte sich an Roger. „Gehen Sie hinauf zu Charley. Er soll Funkverbindung mit M 15 aufnehmen. Code Cicero. Meldung: Die Sonne geht im Westen auf."

„Jawohl, Sir." Roger verschwand. Der Herr in Dunkelgrau sagte zu Thomas: „Nennen Sie mich Shakespeare, Kaufmann Jonas."

„Gerne, Mr Shakespeare." – Warum nicht? In Frankreich habe ich einmal einen Kollegen von dir Jupiter nennen müssen, dachte Thomas. Wenn euch so etwas Spaß macht ...

„Sie sind Franzose, Kaufmann Jonas, nicht wahr?"

„Eh – ja."

„Dachte ich mir sofort! Habe einen Blick dafür. Untrügliche Menschenkenntnis! *Vive la France, Monsieur!*"

„Danke, Mr Shakespeare."

„Monsieur Jonas, wie heißen Sie wirklich?"

Wenn ich dir das sage, erreiche ich mein Schiff nie, dachte Thomas und erwiderte darum: „Es tut mir leid, aber meine Lage ist zu ernst. Ich muss meine wahre Identität verschweigen."

„Monsieur, ich verbürge mich mit meiner Ehre dafür, dass wir Sie jederzeit sicher nach London bringen, wenn Sie sich bereit erklären, für mein Land zu arbeiten. Wir haben Sie aus den Klauen der Nazis gerettet, vergessen Sie das nicht!"

Das ist ein Leben, dachte Thomas.

Er sagte: „Ich bin erschöpft, Mr Shakespeare. Ich – ich kann nicht mehr. Bevor ich mich für irgendetwas entscheide, muss ich schlafen."

„Vollkommen klar, Monsieur. Ein Fremdenzimmer steht für Sie bereit. Betrachten Sie sich als mein Gast."

Eine halbe Stunde später lag Thomas Lieven in einem bequemen, weichen Bett in einem stillen, gemütlichen Zimmer. Die Sonne war aufgegangen, im Park sangen viele Vögel. Goldene Lichtbahnen fielen durch das vergitterte Fenster. Die Tür war von außen versperrt. Englische Gastfreundschaft, dachte Thomas Lieven, in der ganzen Welt gerühmt. Es geht wirklich nichts über sie ...

19

Achtung, die Zeit: Beim Gongschlag ist es acht Uhr! Guten Morgen, meine Damen und Herren. Von Radio Lissabon hören Sie die zweiten Frühnachrichten. London: Auch in der vergangenen Nacht setzten starke Bomberverbände der deutschen Luftwaffe ihre konzentrierten Angriffe auf die britische Hauptstadt fort ..."

Heftig atmend, die Hände aneinanderreibend, eilte die vollschlanke, schwarzhaarige Konsulin Estrella Rodrigues in ihrem Schlafzimmer auf und ab. Sie sah erschöpft aus. Ihre aufreizend gewölbte Oberlippe zitterte.

Estrella war einem Nervenzusammenbruch nahe. Nicht eine Minute hatte sie in der vergangenen Nacht geschlafen, furchtbare Stunden lagen hinter ihr. Jean, ihr geliebter Jean, war nicht nach Hause gekommen. Sie wusste, dass er seinen geheimnisvollen Freund, diesen französischen Major, zum Flughafen gebracht hatte. Sie hatte mit dem Flughafen telefoniert. Aber dort wusste man nichts von einem Monsieur Jean Leblanc.

Vor ihrem geistigen Auge sah Estrella ihren Geliebten entführt, gefangen, gefoltert, in den Händen der Deutschen, tot! Estrellas Brust hob und senkte sich im Aufruhr ihrer Gefühle. Sie glaubte zu sterben, zu vergehen ...

Plötzlich kam ihr zu Bewusstsein, dass noch immer das Radio lief. Sie blieb stehen; sie nahm zur Kenntnis, was die Sprecherstimme sagte: „... rammte in den Morgenstunden des heutigen Tages die amerikanische Jacht *Baby Ruth* vor der Dreimeilenzone einen portugiesischen Fischkutter, welcher kenterte. Die Besatzung der Jacht nahm mehrere Schiffbrüchige an Bord. Zur gleichen Zeit orteten Einheiten unseres Küstenschutzes in der Nähe der Unfallstelle ein U-Boot, das sofort tauchte und die Flucht ergriff.

Captain Edward Marks, Kommandant der *Baby Ruth*, erstattete gegen den Steuermann des Fischkutters Anzeige wegen grober Gefährdung. Die drei Passagiere des Kutters, zwei Deutsche und ein Franzose …"

Estrella schrie auf!

„… verweigerten jede Auskunft. Es liegt der Verdacht nahe, dass es sich bei dem Vorfall um ein vereiteltes Entführungsmanöver handelt, in welches mindestens zwei ausländische Geheimdienste verstrickt sind. Eine Untersuchung wurde eingeleitet. Die *Baby Ruth* darf bis auf Weiteres nicht auslaufen. Sie gehört der amerikanischen Millionärin Ruth Woodhouse, die seit einiger Zeit im Hotel ‚Aviz' residiert. Sie hörten Nachrichten. Die Wetteraussichten für heute und morgen …"

Die Konsulin erwachte aus ihrer Erstarrung. Sie knipste das Radio aus. In höchster Eile zog sie sich an. Jean … Ihre Ahnung hatte sie nicht getrogen, es war etwas passiert, etwas Arges, etwas Grauenvolles … Wie hieß diese Millionärin?

Woodhouse. Ruth Woodhouse. Hotel „Aviz".

20

Die weißen, buschigen Augenbrauen hochgezogen, betrat der Butler die Bibliothek der luxuriösen „Casa do Sul". Sonor klang seine Stimme, als er dem Chef des britischen Nachrichtendienstes in Portugal meldete: „Senhora Rodrigues ist jetzt eingetroffen, Sir."

Federnd erhob sich der Mann, der sich Shakespeare nannte. Federnd schritt er der schönen Konsulin entgegen, die nun ein hautenges weißes Leinenkleid, handbemalt mit Blumen und Vögeln in leuchtenden Farben, ein wenig zu viel Make-up und den Ausdruck eines gehetzten, vollschlanken Edelwildes trug.

Shakespeare küsste ihr die Hand. Der Butler zog sich zurück.

Der Chef des britischen Nachrichtendienstes bot Estrella Platz an. Außer Atem, heftig wogend, plumpste sie in einen kostbaren Sessel. Die Erregung verschlug ihr die Rede – ein seltenes Phänomen. Mitfühlend sagte der Mann, dem es gefiel, sich des Namens von Englands größtem Poeten zu bedienen: „Ich habe vor einer halben Stunde mit Mrs Woodhouse telefoniert. Ich weiß, dass Sie sie aufgesucht haben, Senhora …"

Immer noch sprachlos, nickte Estrella.

„… Mrs Woodhouse ist eine – hm – sehr gute Freundin von uns. Sie sagte mir, dass Sie in Sorge um einen – hm – sehr guten Freund leben?"

Estrella ahnte nicht, was sie mit ihren nächsten Worten anrichtete: „In Sorge um Jean, mein Gott, um meinen armen, unglücklichen Jean …"

„Jean?"

„Jean Leblanc – ein Franzose. Er ist seit gestern verschwunden ... Ich bin schon halb wahnsinnig vor Angst. Können Sie mir helfen ... Wissen Sie etwas von ihm? Sagen Sie mir die Wahrheit, ich flehe Sie an!"

Shakespeare wiegte vielsagend den Kopf.

„Sie verbergen mir etwas!", sprudelte die Konsulin hervor. „Ich fühle es. Ich weiß es! Seien Sie barmherzig, Senhor, sprechen Sie! Ist mein armer Jean in die Hände der elenden Hunnen gefallen? Ist er tot?"

Shakespeare hob eine Hand, die schmal und edel war und weiß wie Milch. „Nicht doch, verehrteste Senhora, nicht doch. Ich glaube, ich habe gute Nachrichten für Sie ..."

„Wirklich, heilige Madonna von Bilbao, wirklich?"

„Wie es sich trifft, hm, hm, kam vor ein paar Stunden ein Herr zu uns, der sehr wohl jener sein könnte, den Sie suchen ..."

„O Gott, o Gott, o Gott!"

„Der Butler weckt ihn eben. Er wird jeden Augenblick" – es klopfte –, „da ist er schon. Herein!"

Die Tür ging auf. Der hochmütige Diener erschien. An ihm vorbei schritt Thomas Lieven in die Bibliothek, in Pantoffeln, mit nackten Beinen, in den orientalischen Morgenrock aus den Beständen der *Baby Ruth* gehüllt.

„Jean!"

Estrellas Schrei zerriss die Luft. Sie stürzte stolpernd über einen Teppich auf ihren Geliebten zu, warf sich an seine Brust, klammerte sich an den Erstarrten, herzte und küsste ihn atemlos und bekannte stammelnd: „O Jean, Jean – mein Einziger, mein Süßer ... Dass du nur lebst, dass du nur da bist, das macht mich zur glücklichsten Frau der Welt!"

Shakespeare verneigte sich mit einem verständnisinnigen Lächeln. „Ich lasse Sie mit der Senhora allein", erklärte er dezent.

„Bis nachher, Monsieur Leblanc."

Thomas Lieven schloss die Augen. Indessen ihn die Küsse Estrellas wie Hagelkörner trafen, dachte er verzweifelt: Aus! Schluss! Jetzt bin ich geliefert. Leb wohl, Freiheit! Leb wohl, *General Carmona*. Leb wohl, schönes Südamerika ...

21

Funker Charley saß in einer Mansardenstube der „Casa do Sul", vor deren Fenster Palmenwedel im Morgenwind wogten. Funker Charley manikürte seine Nägel, als Shakespeare hereingestürzt kam.

„Los. An M 15. Ganz dringend: Echter Name von Kaufmann Jonas ist Jean Leblanc stopp erbitten Weisung."

Charley chiffrierte die Botschaft, schaltete den Sender ein und begann zu morsen.

Inzwischen hatte Shakespeare sich vor einem großen Lautsprecher niedergelassen und eine von sieben Tasten herabgedrückt, über der zu lesen stand:

Mikrofon Bibliothek

Es knisterte und knackte. Dann hörte Shakespeare den folgenden Dialog zwischen Thomas und der schönen Estrella mit an: „... aber wieso habe ich dich in Gefahr gebracht, Liebling? Wieso?"

„Du hättest nie herkommen dürfen!"

„Ich war doch halb wahnsinnig vor Angst und Sorge – ich habe gedacht, ich sterbe ..."

„Du hättest niemals meinen Namen nennen dürfen!"

(Mit schmalen Lippen lächelte Shakespeare.)

„Warum nicht? Warum nicht?"

„Weil meinen Namen niemand wissen darf!"

„Aber du bist doch Franzose! Ein Freund der Engländer – ein Verbündeter ..."

„Trotzdem. Sei jetzt still ..." Schritte erklangen. „... es wird hier irgendwo doch ganz bestimmt so ein Dings geben ... Ah, da ist es ja schon, unter dem Tisch."

Ein schrilles Pfeifen kam aus dem Lautsprecher, ein schreckliches Krachen, dann war die Verbindung tot.

Bewundernd sagte Shakespeare: „Gerissener Hund. Hat das Mikro entdeckt und abgerissen!" Wenige Minuten später sah er, dass der Funker mit fliegenden Fingern eine Botschaft aufnahm.

„Schon Antwort von M 15?"

Charley nickte. Er dechiffrierte die Antwort aus London. Dabei wechselte sein gesundes Jungengesicht die Farbe. Erblassend sagte er: „Allmächtiger!"

„Was ist?" Shakespeare riss ihm den Zettel aus der Hand. Er las:

> von m 15 an shakespeare lissabon – angeblicher jean leblanc heißt in wirklichkeit thomas lieven und ist deutscher abwehragent – hat uns gerade mit gefälschten listen des französischen geheimdienstes hereingelegt – halten sie diesen mann unter allen umständen fest – spezialagent fliegt sogleich mit kuriermaschine zu ihnen – seinen weisungen ist folge zu leisten – ende – ende –

Mit einem kräftigen Fluch schleuderte Shakespeare den Zettel zu Boden und stürzte aus der Mansarde. Er rannte die Treppe zur Bibliothek hinab, immer zwei Stufen auf einmal nehmend. In der Halle bot sich ihm ein erschreckendes Bild. Die schwere Eingangstür stand ebenso offen wie die Bibliothekstür. Zwischen beiden lag eine reglose Gestalt mit dem Gesicht nach unten auf einem prächtigen Orientteppich – der vornehme Butler.

Shakespeare rannte in die Bibliothek. Sie war leer. Ein Duft von Parfüm hing noch in der Luft. Shakespeare rannte in den Park hinaus. Auf der Straße startete gerade aufheulend ein rotes Taxi. Shakespeare rannte in die Halle zurück. Der vornehme Butler war eben zu sich gekommen. Er saß auf dem Teppich, stöhnte und massierte seinen Hals.

„Wie war das möglich?"

„Der Mann ist ein Meister im Jiu-Jitsu, Sir. Ich sah ihn, als er mit der Dame aus der Bibliothek kam. Ich trat ihm entgegen, um ihn aufzuhalten. Danach ging alles blitzschnell. Ich flog zu Boden – mir schwanden die Sinne, Sir …"

22

Das Telefon schrillte – schrillte – schrillte.

Immer noch in Pantoffeln und Morgenrock, kam Thomas Lieven in Estrellas Schlafzimmer geschliddert. Der Chauffeur des roten Taxis und zahlreiche Passanten hatten sich in der letzten Viertelstunde über seine seltsame Bekleidung ebenso gewundert wie Estrellas Stubenmädchen, aber das war dem lebenslang mit größter Eleganz gekleideten Thomas egal. Ihm war jetzt alles egal! Er wusste: Nun ging es um seinen Hals!

Er riss den Hörer hoch: „Hallo?"

Dann lächelte er erleichtert, denn er kannte die Stimme, die sich meldete. Sie gehörte einem Freund, dem einzigen Freund, den er jetzt noch hatte.

„Leblanc, hier ist Lindner …"

„Gott sei Dank, Lindner, ich wollte Sie auch gerade anrufen. Wo sind Sie?"

„Im Hotel. Hören Sie, Leblanc, ich versuche seit Stunden, Sie zu erreichen."

„Jaja, schon gut. Ich hatte ein unangenehmes Erlebnis – mehrere unangenehme Erlebnisse … Lindner, Sie müssen mir helfen … Ich muss mich verstecken, bis unser Schiff geht …"

„Leblanc!"

„… man darf mich nicht mehr sehen, ich …"

„Leblanc! Lassen Sie mich endlich reden!"

„Bitte."

„Unser Schiff geht nicht."

Thomas sank auf das Bett der Konsulin, die hinter ihn getreten war und angstvoll ihre kleine Faust an den aufregenden Mund presste. Thomas ächzte: „Was sagen Sie?"

„Unser Schiff geht nicht!"

Schweiß trat auf Thomas Lievens Stirn. „Was ist passiert?"

Die Stimme des Wiener Bankiers klang hysterisch: „Ich hatte schon seit Tagen ein böses Gefühl. Unsere Reederei betrug sich so eigenartig – ich habe es Ihnen verschwiegen, um Sie nicht zu beunruhigen. Heute Morgen habe ich es erfahren …"

„Was erfahren?"

„Unser Schiff ist von den Deutschen gekapert worden!"

Thomas schloss die Augen.

„Was ist – was ist …?", rief die arme Konsulin bebend.

Thomas stöhnte in die Muschel: „Und – und ein anderes Schiff?"

„Unmöglich! Auf Monate hinaus alles ausgebucht! Wir dürfen uns nichts vormachen, Leblanc – wir sitzen in Lissabon fest – hallo – Leblanc, haben Sie mich verstanden?"

„Jedes Wort", sagte Thomas Lieven. „Sie hören von mir, Lindner. Leben Sie wohl – wenn Sie das unter den Umständen noch können." Er legte auf und stützte den Kopf in die Hände. Plötzlich roch er wieder das Chloroform. Plötzlich war ihm wieder übel. Er fühlte sich schwindlig und zu Tode erschöpft.

Was jetzt?

Nun saß er in der Falle. Nun konnte er nicht mehr damit rechnen, ihnen zu entkommen, den Deutschen, den Engländern, den Franzosen – allen, die er hereingelegt hatte.

„Jean! Jean!" Die Stimme der schönen Konsulin drang an sein Ohr. Er blickte auf. Sie war neben ihm in die Knie gesunken, zitternd und schluchzend. „Sprich doch! Sag doch ein Wort! Erzähle deiner armen Estrella, was geschehen ist!"

Er sah sie schweigend an. Dann erhellte sich sein Gesicht, und seine Stimme klang sanft: „Schick das Mädchen fort, Liebling."

„Das Mädchen …"

„Ich will mit dir allein sein."

„Aber das Mittagessen …"

„Ich koche selber", sagte Thomas Lieven und stand auf wie ein Boxer, der, angeschlagen zwar, aber noch lange nicht k. o., zur nächsten Runde antritt. „Ich muss mir jetzt alles ganz genau überlegen. Und beim Kochen kommen mir die besten Gedanken."

Er kochte ungarisches Lecso. Versunken schnitt er ein halbes Pfund Zwiebeln zu Ringen, sanft und still entkernte er zwei Pfund grüne Paprikaschoten.

Die Konsulin beobachtete ihn dabei. Sie war so nervös, dass sie andauernd an ihrem Armband drehte, einem äußerst kostbaren Schmuckstück aus schwerem Gold, das besetzt war mit lupenreinen Brillanten. Estrella rief kopfschüttelnd: „Deine Ruhe – deine Gelassenheit! Dass du jetzt kochen kannst …"

Er lächelte verhalten. Sein Blick fiel auf das breite Armband, dessen Steine im Licht funkelten und glühten, weiß, blau, grün, gelb und rot. Er schnitt die Paprikaschoten zu fingerlangen Streifen.

„Warum sprichst du nicht, Jean?"

„Weil ich nachdenke, mein Herz."

„Jean, willst du dich mir nicht anvertrauen? Willst du mir nicht die Wahrheit sagen? Warum fühlst du dich von allen Seiten bedroht? Warum hast du auch vor den Engländern Angst?"

Menu • 9. September 1940

Thomas Lieven kocht ungarisch. Dabei kommt ihm die rettende Idee.

Champignons auf Toast • Ungarisches Lecso
Frische Birnen mit Käse

Champignons auf Toast: Man nehme feste kleine Champignons, wasche sie, entferne etwaige Unreinheiten und schneide sie blättrig. Dann dünste man sie in Butter weich, salze und pfeffere sie leicht und häufe sie auf dünne Weißbrotschnitten, die man auf beiden Seiten in Butter gelb angebraten hat. Man beträufle sie mit Zitronensaft und streue etwas fein gehackte Petersilie darüber und gebe sie auf gut vorgewärmten Tellern zu Tisch.

Sehr fein ist es, mit den Pilzen etwas fein gehackte Schalotte, dann süße oder saure Sahne mitzudünsten, die fertigen Schnitten mit geriebenem Käse zu bestreuen und im Ofen kurz zu überbacken.

Anmerkung: Thomas Lieven hat sich für die erste Art der Zubereitung entschieden, weil er vor dem etwas massiven Hauptgericht nur einen leichten Appetithappen reichen will.

Ungarisches Lecso: Man schneide ein halbes Pfund Zwiebeln in Ringe, je hundert Gramm durchwachsenen Speck und derbe Knoblauchwurst in kleine Würfel und ein Pfund Hammelfleisch in etwas größere Stücke. Man entkerne zwei Pfund grüne Paprikaschoten, schneide sie in fingerlange und -breite Streifen und häute ein Pfund Tomaten ab.

Man schmore Zwiebeln, Speck und Wurst zusammen an, gebe dann das Fleisch dazu, das auf allen Seiten angebraten wird. Dann füge man die Paprikastreifen dazu und etwas später die Tomaten. Das Gericht soll bei geschlossenem Deckel auf kleiner Flamme langsam dünsten, bis alles ganz weich ist. Eine halbe Stunde bevor man es zu Tisch geben will, füge man einen halben Tassenkopf voll Reis hinzu, der nur dazu dienen soll, den Saft leicht zu binden. Verwendet man mehr Reis, so gibt es einen pappigen Brei. Man würze mit Salz und rotem Paprika. Zum Lecso reiche man geschnittenes Weißbrot.

Frische Birnen mit Käse: Man nehme reife, feste und doch saftige Birnen und reiche dazu einen nicht zu strengen vollfetten Käse. Am besten Gervais oder Bel Paese.

Man schäle sich bei Tisch eine Birne, schneide sie auf mundgerechte Schnitze und verzehre jeden Schnitz zusammen mit einem Stückchen Käse. Diese Zusammenstellung von frischem Obst mit Käse ist ein besonders angenehmer und bekömmlicher Abschluss nach einem schweren und scharfen Essen.

Er begann, Tomaten zu häuten. „Die Wahrheit, mein Herz, ist so fürchterlich, dass ich sie nicht einmal dir anvertrauen kann."

„Oh!" Ganz schnell drehte sie jetzt ihr Armband; es leuchtete und glühte wie Feuer. „Aber ich will dir doch helfen, ich will dich doch beschützen – vertraue mir, Jean. Ich tue alles für dich."

„Alles? Wirklich alles?"

Er ließ die Tomate sinken, die er in der Hand hielt. Sein Gesicht nahm einen Ausdruck inniger Zärtlichkeit und stiller Zuversicht an. „Nun gut", sprach Thomas Lieven freundlich, „dann wollen wir uns nach dem Mittagessen noch ein Stündchen ausruhen, und dann zeigst du mich an."

Wen wundert es, dass diese Worte eine umwerfende Wirkung erzielten? Estrella, die Schöne, verstummte. Mit großen Augen und weit aufgerissenem Mund starrte sie Thomas Lieven an.

„Was hast du gesagt?", keuchte sie, als sie die Sprache wiedergefunden hatte. „Was soll ich tun? Dich anzeigen? Wo? Bei wem?"

„Bei der Polizei, mein Schatz."

„Aber warum denn, um Himmels willen?"

„Weil ich dich bestohlen habe, Liebling", antwortete Thomas Lieven. „Wo ist denn bloß die Knoblauchwurst?"

Zweites Buch

1. Kapitel

1

9. September 1940

Aus dem Tätigkeitsbericht des 17. Lissabonner Polizeireviers in der Avenida E. Duarte Pacheco:

15 Uhr 22: Anruf aus dem Hause 45 Rua Marques da Fronteira. Frauenstimme bittet dringend um Hilfe gegen Dieb. Die Sergeanten Alcantara und Branco mit Stationswagen losgeschickt.

16 Uhr 07: Sergeanten Alcantara und Branco kehren zurück und bringen mit:

a) Estrella Rodrigues, röm.-kath., verwitwet, geboren 27.3.1905, port. Staatsbürgerin, Konsulin von Costa Rica, wohnhaft 45 Rua Marques da Fronteira.

b) Jean Leblanc, protest., ledig, geb. 2.1.1910, franz. Staatsbürger, Bankier, zurzeit ohne festen Wohnsitz (Flüchtling, portug. Durchreisevisum).

Estrella Rodrigues erklärt zur Sache: „Ich verlange die Festnahme des Jean Leblanc, der mich bestohlen hat. Ich kenne Leblanc seit zwei Wochen. Er hat mich häufig in meiner Villa besucht. Seit fünf Tagen vermisse ich ein schweres goldenes Armband (achtzehnkarätig, feingliedrig, 150 Gramm, mit kleinen und großen Brillanten), hergestellt von dem Juwelier Miguel da Foz in der Rua Alexandre Herculano. Kaufwert: etwa 180 000 Escudos. Ich habe Leblanc den Diebstahl auf den Kopf zugesagt, und er hat ihn auch zugegeben. Ich habe ihm eine letzte Frist bis heute 12 Uhr Mittag gesetzt, mir mein Eigentum wiederzugeben. Er hat dies nicht getan."

Der Ausländer Jean Leblanc, zur Sache vernommen: „Ich habe das Armband nicht gestohlen, sondern nur im Auftrag der Senhora Rodrigues an mich genommen, um es zu verkaufen. Ich habe es ihr längst zurückgegeben, weil ich keinen Käufer fand."

Frage: „Die Senhora Rodrigues sagt, dass es sich nicht mehr in ihrem Besitz befindet. Können Sie es herbeiholen, oder kennen Sie den Verwahrungsort des Armbands?"

Antwort: „Nein, denn die Senhora Rodrigues hat es versteckt, um mir zu schaden. Sie will, dass ich verhaftet werde."

Frage: „Warum?"

Antwort: „Eifersucht."

Bemerkung: Der Ausländer Leblanc macht bei der Vernehmung einen undurchsichtigen, unverschämten und arroganten Eindruck. Gelegentlich ergeht er sich in drohenden Andeutungen. Er beleidigt die Klägerin in ihrer weiblichen Würde und beschimpft den vernehmenden Kommissar in unflätiger Weise. Zuletzt spielt er den Irren, lacht, redet Unsinn und singt französische Spottlieder.

Sergeanten Alcantara und Branco erklären: „Bei der Festnahme hat der Ausländer Widerstand geleistet. Es mussten ihm Handschellen angelegt werden. Bei seinem Abtransport stellten wir fest, dass sich auf der Straße vor der Villa mehrere verdächtige Subjekte herumtrieben, die jede unserer Aktionen genau verfolgten."

Bemerkung: Es ist anzunehmen, dass der Ausländer Leblanc in Beziehungen zur Unterwelt von Lissabon steht. Er wird festgenommen und über Nacht im Reviergefängnis eingesetzt. Morgen früh wird er mit dem Gefangenentransportwagen auf das Polizeipräsidium überführt und dem Dezernat Diebstahl zur Verfügung gestellt werden.

2

Es war beinahe sechs Uhr abends, als die schöne, wenn schon nicht sonderlich intelligente Konsulin und Deutschenhasserin Estrella Rodrigues, gleichermaßen erschöpft und erregt, in die Rua Marques da Fronteira zurückkehrte. Sie benutzte ein Taxi.

Heftig atmend, mit fiebrig glänzenden Augen und hektisch geröteten Wangen saß sie im Fond. Es hat funktioniert, wie Jean es wünschte und voraussah. Aber, mein Gott, in was für Situationen bringt mich dieser wilde, wunderbare, rätselhafte Mensch …

Sie haben ihn eingesperrt. Im Gefängnis ist er in Sicherheit vor seinen Verfolgern. Doch warum *wird* er verfolgt? Er hat es mir nicht gesagt, er hat mich geküsst und gebeten, Vertrauen zu ihm zu haben.

Ach, was bleibt mir noch anderes übrig? Ich liebe ihn doch so! Er ist ein tapferer Franzose. Weiß Gott, in welcher geheimen Mission er sich hier aufhält! Ja, vertrauen will ich ihm und alles tun, was er mir aufgetragen hat: das goldene Armband in dem Versteck im Keller lassen; jeden Tag zum Hafen fahren und versuchen, eine Schiffspassage für ihn zu buchen; und mit niemandem über ihn sprechen. Wenn es mir gelingt, eine Passage nach Südamerika zu buchen, dann will ich zum Untersuchungsrichter eilen, das Armband vorweisen, erklären, dass ich es nur verlegt hatte, und meine Anzeige zurückziehen … Ach, wie furchtbar werden nun die Tage und Nächte ohne ihn sein, ohne Jean, meinen süßen Geliebten!

Das Taxi hielt. Die Konsulin stieg aus und bezahlte den Chauffeur. Als sie auf den Eingang ihres Grundstücks zuschritt, trat hinter einer Palme ein blasser, verhärmter Mann hervor, der einen abgenützten Anzug mit Pfeffer-und-Salz-Musterung trug.

Dieser Mensch zog seinen alten Hut vor Estrella und sprach sie in gebrochenem Portugiesisch an: „Senhora Rodrigues, ich muss Sie dringend um eine Unterredung bitten."

„Nein, nein", rief die üppige Konsulin zurückweichend.

„Doch, doch", widersprach er, ihr folgend, die Stimme senkend, „es handelt sich um Jean Leblanc."

„Wer sind Sie?"

„Mein Name", erwiderte er, „ist Walter Lewis. Ich komme aus London." Dass er aus London kam, stimmte. Er war vor einer Stunde gelandet. Dass er Walter Lewis hieß, stimmte nicht. Er hieß Peter Lovejoy, und er war derselbe Lovejoy, der von seinem Chef M 15 losgeschickt worden war, um diesem elenden Burschen Thomas Lieven endlich das Handwerk zu legen …

„Was wollen Sie von mir, Mr Lewis?"

„Wissen, wo Monsieur Leblanc ist."

„Was geht Sie das an?"

Der Mann, der sich gerade Lewis nannte, bemühte sich, Estrella mit Blicken aus glanzlosen, von schlechter Bezahlung und schlechter Ernährung melancholisch getrübten Augen zu bannen. „Er hat mich betrogen, er hat mein Land betrogen. Er ist ein Schuft …"

„Schweigen Sie!"

„… ein Subjekt ohne Ehrgefühl, ohne Moral, ohne Charakter …"

„Verschwinden Sie, oder ich schreie um Hilfe!"

„Wie können Sie einem Deutschen helfen? Wollen Sie, dass Hitler den Krieg gewinnt?"

„Hit …" Das Wort blieb der enragierten, nicht eben vom Glück verfolgten Roulettespielerin im schwanenweißen Halse stecken.

„Was haben Sie gesagt?"

„Wie können Sie einem Deutschen helfen?"

„Ein Deutscher? Nein! Nein!" Mit beiden Händen, schwanenweiß, griff die Konsulin sich nach dem Kopf. „Sie lügen!"

„Ich lüge nicht! Thomas Lieven heißt der elende Faschist!"

Indessen sie von heftigem Schwindelgefühl heimgesucht wurde, überlegte Estrella: Jean ein Deutscher? Unmöglich. Unvorstellbar. Nach allem, was ich mit ihm erlebt habe. Dieser Charme. Diese Zärtlichkeit. Dieses … Nein, er muss ein Franzose sein! Estrella stöhnte: „Unmöglich!"

„Er hat Sie betrogen, Senhora, wie er mich betrogen hat, wie er uns alle betrogen hat. Ihr Jean Leblanc ist ein deutscher Agent!"

„Entsetzlich!"

„Dieses Reptil muss unschädlich gemacht werden, Senhora!" Die Konsulin warf den schönen Kopf zurück, der schöne Körper straffte sich. „Folgen Sie mir ins Haus, Mr Lewis. Zeigen Sie mir Ihre Beweise! Ich will Tatsachen sehen, nackte, harte Tatsachen! Wenn Sie mir diese liefern, dann …"

„Dann, Senhora, dann?"

„Dann will ich Rache nehmen! Kein Deutscher soll über Estrella Rodrigues lachen! Keiner, nie!"

3

Amanha – so lautete das Wort, das Thomas Lieven in den Wochen seiner Haft am häufigsten hören sollte. *Amanha,* zu Deutsch: morgen ... „Morgen", versprachen die Wärter, „morgen", versprach der Untersuchungsrichter, „morgen", trösteten sich die Gefangenen, die seit Monaten darauf warteten, dass etwas, irgendetwas mit ihnen geschehen würde.

Nichts geschah. Aber vielleicht geschah morgen etwas! Wärter, Untersuchungsrichter und Gefangene zuckten fatalistisch die Schultern, lächelten vielsagend und bemühten ein Sprichwort, das als Leitsatz über dem gesamten südländischen Strafvollzug stehen konnte: *„E-e, ate amanha!"* In sinngemäßer Übersetzung etwa: „Morgen ist morgen, und morgen – ach, du lieber Gott, was kann bis dahin alles passieren, also lassen wir uns überraschen!"

Nach seiner Verhaftung landete Thomas Lieven zunächst im Untersuchungsgefängnis der Kriminalpolizei auf dem „Torel", einem der sieben Hügel, auf denen Lissabon errichtet ist. Der „Torel" erwies sich als ganz arg überfüllt.

Nach wenigen Tagen wurde Thomas Lieven darum in den „Aljube" überstellt, einen mittelalterlichen fünfstöckigen Palast im ältesten Teil der Stadt. Über dem Portal befand sich das Wappen des Erzbischofs Dom Miguel de Castro, der, wie alle Gebildeten wissen, von 1568 bis 1625 in unserm Jammertal geweilt und den scheußlichen alten Kasten als Gefängnis für solche Geistliche etabliert hatte, die sich strafbare Handlungen zuschulden kommen ließen. Es muss, überlegte Thomas Lieven bei seiner Einlieferung, einen hohen Prozentsatz an Strafwürdigen unter dem portugiesischen Klerus des 16. Jahrhunderts gegeben haben, denn der „Aljube" war ein Riesengefängnis!

Hier deponierte jetzt die Polizei ihre Gefangenen, darunter viele unerwünschte Ausländer. Aber es gab auch mindestens ebenso viel Herren, die schlicht gegen völlig unpolitische Paragrafen des portugiesischen Strafgesetzbuches verstoßen hatten. Sie saßen zum Teil in Untersuchungshaft, zum Teil, bereits verurteilt, in Sammelzellen, Einzelzellen und sogenannten „Zellen für begüterte Häftlinge".

Letztere befanden sich in den obersten Stockwerken und waren am komfortabelsten eingerichtet. Alle Fenster blickten auf den Hof. Angrenzend betrieb ein gewisser Herr Teodoro dos Repos eine Koffer und Taschenfabrikation, was mit gewissen unangenehmen Gerüchen verbunden war, unter denen die unbegüterten Häftlinge in den tieferen Stockwerken, besonders bei heißem Wetter, sehr litten.

Da ließ es sich oben, bei den Begüterten, besser leben! Sie bezahlten ihre Zimmermiete pro Woche – wie in einem ordentlichen Hotel. Die Höhe der Miete wurde errechnet nach der Höhe der Kaution, die der Untersuchungsrichter gefordert hatte. Sie war gesalzen. Wie in einem ordentlichen Hotel wurde für die Begüterten jedoch auch nach besten Kräften gesorgt. Das Personal war bemüht, ihnen jeden Wunsch von den Augen abzulesen. Selbstverständlich gab es Zeitungen und Zigaretten, selbstverständlich konnten die Inhaftierten sich ihr Essen aus nahen, von den Wärtern empfohlenen Speiselokalen herbeibringen lassen.

Thomas, der in Erwartung derartig liebenswürdiger Sitten eine größere Menge Bargeld bei der Gefängnisverwaltung deponiert hatte, hielt es in der Frage der Mahlzeiten so: Jeden Morgen bestellte er Francesco, den dicken Koch, zu sich und sprach mit ihm genau den Küchenzettel des Tages durch. Danach schickte Francesco seinen Gehilfen einkaufen. Der Koch war von „Senhor Jean“ hellauf begeistert: Immer neue Rezepte und kulinarische Tricks brachte der Herr aus Zelle 519 ihm bei.

Thomas Lieven fühlte sich glänzend. Den Aufenthalt im Gefängnis betrachtete er als kleinen, wohlverdienten Erholungsurlaub vor der Einschiffung nach Südamerika.

Dass er von Estrella nichts hörte, beunruhigte ihn nicht im Geringsten. Gewiss war die Süße eifrig auf der Suche nach einer Schiffspassage …

Eine Woche nach seiner Einlieferung erhielt Thomas Lieven einen Zellengenossen. Am Morgen des 21. September 1940 geleitete der freundliche, von Thomas überreichlich gespickte Wärter Juliao den Neuen in die Zelle.

Thomas fuhr auf seiner Pritsche hoch. Noch nie im Leben hatte er einen hässlicheren Menschen gesehen!

Der Neue sah aus wie weiland der Glöckner von Notre-Dame. Er war klein. Er hatte einen Buckel. Er hinkte. Er war völlig kahl. Er hatte ein leichenblasses Gesicht, dabei aber pralle Hamsterbacken, und er litt unter einem nervösen Zucken des Mundes.

„*Bom dia*“, sagte der Bucklige grinsend.

„*Bom dia*“, murmelte Thomas erstickt.

„Mein Name ist Alcoba. Lazarus Alcoba.“ Der Neue hielt Thomas eine krallenförmige, schwarz behaarte Hand hin.

Thomas schüttelte sie voller Schreck und Widerwillen. Er ahnte nicht, dass mit Lazarus Alcoba ein wahrer Freund in sein Leben getreten war – mit einem Herzen treu wie Gold.

Während er sich auf der zweiten Bettstatt wohnlich etablierte, sprach Lazarus Alcoba mit heiserer, eingerosteter Stimme: „Mich haben sie wegen Schmuggel am Wickel, die Schweine – aber diesmal können sie mir nichts nachweisen. Sie werden mich rauslassen müssen, irgendwann. Ich habe keine Eile … *E-e, ate amanha.*“ Er grinste wieder.

„Ich bin auch völlig unschuldig hier“, begann Thomas, aber Lazarus unterbrach ihn mit einer liebenswürdigen Handbewegung: „Ja, ja, du sollst ein Brillantarmband geklaut haben. Pure Verleumdung, wie? Tz, tz, tz – die bösen, bösen Menschen!"

„Woher wissen Sie ..."

„Ich weiß alles über dich, Kleiner! Kannst ruhig ‚du' zu mir sagen." Der Bucklige kratzte sich ausgiebig. „Du bist Franzose. Du bist Bankier. Die Süße, die dich reingerissen hat, ist die Konsulin Estrella Rodrigues. Du kochst gern ..."

„Woher weißt du das?"

„Kleiner, ich habe mir dich doch ausgesucht!"

„Ausgesucht?"

Lazarus strahlte, sein scheußliches Gesicht wurde doppelt so breit dabei: „Klar! Den interessantesten Mann im Kasten. Man will ja schließlich im Knast auch etwas geistige Anregung haben, oder?" Er neigte sich vertraulich vor und tippte auf Thomas Lievens Knie: „Kleiner Hinweis für die Zukunft, Jean: Wenn sie dich wieder eindrehen, dann melde dich sofort beim Hauptwachtmeister. Das mache ich jedes Mal so!"

„Warum?"

„Ich melde mich sofort bei dem faulen Schwein von Hauptwachtmeister zur Führung der Rapportbücher. Auf diese Weise habe ich Einblick in sämtliche Akten. Bereits nach wenigen Tagen besitze ich intime Kenntnisse über alle meine Mitgefangenen. Ich kann mir also den nettesten Zellenkumpel aussuchen."

Thomas begann Gefallen an dem Buckligen zu finden. Er offerierte Zigaretten. „Und warum hast du dir gerade mich ausgesucht?"

„Du bist ein feiner Pinkel, Anfänger zwar leider noch, aber dafür mit guten Manieren. Kann man was lernen. Bankier. Kannst mir ein paar Börsentipps geben. Kochst gern. Kann man auch was lernen. Weißt du, man lernt nichts im Leben umsonst ..."

„Ja", sagte Thomas versonnen, „das stimmt." Und er dachte: Was habe ich schon alles gelernt, seit mich das Schicksal aus meiner friedensvollen Bahn stieß! Wer weiß, was mir noch bevorsteht. Weit, weit hinaus in ein ungewisses Nebelmeer sind meine Sicherheit und bürgerliche Existenz, mein Club in London und meine schöne Wohnung in Mayfair geglitten ...

„Vorschlag", sagte Lazarus. „Wir schmeißen uns zusammen. Du bringst mir alles bei, was du weißt – und ich bringe dir alles bei, was ich weiß. Wie klingt das?"

„Das klingt prima", sagte Thomas entzückt. „Was willst du zu Mittag essen, Lazarus?"

„Ich hätte schon einen Wunsch, aber ich weiß nicht, ob du das kennst ... Der dämliche Küchenbulle kennt es sicher nicht."

„Na, sag schon!"

„Verstehst du, ich habe so ziemlich in allen Ländern Europas gearbeitet. Ich bin verfressen, ich gebe es zu. Am liebsten französische Küche. Aber nichts gegen die deutsche! Da habe ich mal in Münster einigen Herren die Taschen geleert und vorher einen gefüllten Rippenspeer gegessen, einen Rippenspeer, sage ich dir,

Menu • 21. September 1940

Hausmannskost: die beste Stärkung vor dreisten Tricks

Schwäbische Leberspätzlesuppe • Westfälischer gefüllter Rippenspeer
Kastanien mit Schlagsahne auf badische Art

Schwäbische Leberspätzlesuppe: Man rühre 60 Gramm Butter schaumig, vermenge sie mit 200 Gramm geschabter Rindsleber, drei Eiern, einer eingeweichten und ausgedrückten Semmel, 50 Gramm Semmelbröseln, fünf Gramm Majoran, Salz und Pfeffer. Man drücke die Masse durch ein Spätzlesieb in siedendes Wasser und lasse die Spätzle zehn bis fünfzehn Minuten kochen, bis sie oben schwimmen. Man nehme sie mit einem Schaumlöffel heraus, lasse sie abtropfen und gebe sie in einer kräftigen Fleischbrühe zu Tisch.

Westfälischer gefüllter Rippenspeer: Man lasse sich am besten gleich vom Metzger aus einem schönen großen Stück frischen Schweinerücken alle Knochen und Rippen lösen. Man schneide frische Äpfel in Schnitze, vermische sie mit guten Backpflaumen, die man vorher leicht gedämpft hat, gebe ganz wenig geriebene Zitronenschale, einen Schuss Rum und etwas Semmelbrösel darunter. Diese Masse fülle man in das ausgebeinte, gesalzene und gepfefferte Fleisch und nähe es rundherum zusammen.

Man brate den Rippenspeer erst auf allen Seiten schön braun an, lasse ihn dann im Bratofen fertigschmoren. Dazu reiche man Kartoffelpüree.

Kastanien mit Schlagsahne auf badische Art: Man schneide schöne, feste Kastanien auf der runden Seite kreuzweise ein und lasse sie kurz im Bratofen rösten, damit man die harte Schale entfernen kann. Dann lege man sie in kochendes Wasser, bis sich die innere Haut leicht abziehen lässt.

Danach koche man die Kastanien in gesüßter Milch, der ein Stückchen Vanilleschote zugegeben wurde, bis sie weich, aber nicht verkocht sind. Man drehe sie nun durch den Wolf, und zwar nach Möglichkeit gleich auf die Schale, in der sie serviert werden, damit die lockere Schichtung erhalten bleibt. Man umspritze den Kastanienreis mit Schlagsahne, garniere mit eingemachten Kirschen, die leicht mit Kognak parfümiert werden.

also, von dem träume ich heute noch manchmal!“ Er verdrehte die Augen und schmatzte.

„Wenn's weiter nichts ist“, sagte Thomas Lieven sanft.

„Du kennst das Rezept?“

„Ich habe auch mal in Deutschland gearbeitet“, erwiderte Thomas und klopfte an die Zellentür. „Also gefüllten Rippenspeer, na schön. Machen wir uns heute mal einen deutschen Tag. Vorher, würde ich dann sagen, schwäbische Leberspätzlesuppe und nachher – hm – Kastanien mit Schlagsahne ...“

Der freundliche Wärter namens Juliao streckte den Kopf herein.

„Schick mir den Küchenchef“, sagte Thomas und drückte Juliao einen 100-Escudo-Schein in die Hand. „Ich will mit ihm das Menu für heute zusammenstellen.“

4

Na, wie schmeckt's? So gut wie damals in Münster?“, fragte Thomas Lieven vier Stunden später. An einem sorgfältig gedeckten Tisch saß er in seiner Zelle dem Buckligen gegenüber. Der wischte sich den Mund und stöhnte vor Entzücken: „Besser, mein Kleiner, besser! Nach so einem Rippenspeer traue ich mir zu, sogar dem verehrten Herrn Ministerpräsidenten Salazar die Brieftasche zu ziehen!“

„Einen Schuss mehr Rum hätte der Koch dazugeben sollen.“

„Die Kerle saufen immer alles selber“, sagte Lazarus. „Damit ich mich gleich für dieses Essen revanchiere, mein Kleiner, will ich dir einen ersten Hinweis geben.“

„Das ist nett von dir, Lazarus. Noch ein bisschen Püree?“

„Ja, bitte. Schau mal, wir sind begütert, wir haben Penunze. Da ist es kein Kunststück, gutes Essen zu kriegen. Aber was machst du, wenn sie dich einlochen, und du bist pleite? Das Wichtigste in der Haft ist die gute Ernährung. Du bekommst sie, wenn du zuckerkrank bist.“

„Aber wie werde ich zuckerkrank?“

„Das will ich dir gerade verraten“, erklärte Lazarus mit vollen Hamsterbacken. „Du meldest dich zunächst mal dauernd zur Visite beim Anstaltsarzt. Dir ist einfach dauernd schlecht. In einem glücklichen Moment klaust du dem Doktor eine Injektionsspritze. Dann freundest du dich mit dem Koch an. Gerade dir wird das nie schwerfallen. Den Koch bittest du um etwas Essig. Du willst dein Essen würzen, sagst du. Und dann verlangst du noch ein bisschen Zucker. Für deinen Kaffee.“

„Ich verstehe.“ Thomas klopfte. Der Wärter erschien. „Man kann abservieren“, sagte Thomas. „Bitte den Nachtisch.“ Lazarus wartete, bis Juliao mit dem Geschirr verschwunden war, dann fuhr er fort: „Essig und Wasser mischst du im Verhältnis eins zu zwei und sättigst die Lösung mit Zucker. Dann spritzt du dir zwei Kubikzentimeter in den Oberschenkel.“

„Intramuskulär?“

„Ja. Aber langsam, um Gottes willen ganz langsam, sonst gibt's eine hübsche Phlegmone!"

„Verstehe."

„Die Injektion machst du dir, eineinhalb Stunden bevor du zum Arzt bestellt bist. In dieser Zeit musst du dir dein kleines Geschäft verkneifen. Klar?"

„Klar."

Wächter Juliao brachte den Nachtisch, bekam seinen Teil ab und verschwand zufrieden.

Bei Kastanien mit Schlagsahne schloss Lazarus: „Dem Arzt klagst du über grenzenlosen Durst in der Nacht. Sofort entsteht der Verdacht, du könntest Blutzucker haben. Er bittet dich um eine Urinprobe. Du gibst sie ihm bereitwillig. Die Untersuchung zeigt: tatsächlich schwerer Zucker. Entsprechend gute Ernährung – Gebratenes, Butter, Milch und Weißbrot – ist der Lohn der kleinen Mühe ..."

Solches erfuhr Thomas Lieven am ersten Tag seiner Bekanntschaft mit Lazarus, dem Buckligen. In den folgenden Tagen und Wochen erfuhr er mehr. Einen regelrechten Kursus des Verbrechens und des Zuchthauslebens machte er mit. Mathematisch exakt registrierte sein Gehirn jeden Tipp, jedes Rezept, das er erhielt. Zum Beispiel: Wie bekomme ich schnell hohes Fieber, damit ich aufs Revier gebracht werde, von wo sich leichter entfliehen lässt? Antwort: Man nehme ordinäre Kernseife und schabe sie zu feinen Flocken. Eine Stunde vor der Visite schlucke man drei Teelöffel davon. Heftige Kopfschmerzen werden auftreten, Fieber bis zu 41 Grad wird innerhalb von einer Stunde die Folge sein, allerdings auch nur eine Stunde lang anhalten. Für längere Fieberperioden schlucke man Seifenkügelchen.

Oder: Wie simuliere ich Gelbsucht?

Man nehme einen Teelöffel Ruß und zwei Teelöffel Zucker, mische und setze mit Essig an. Lasse über Nacht stehen und trinke das Gemisch am nächsten Morgen auf nüchternen Magen. Nach ein bis zwei Tagen treten Gelbsuchtsymptome auf.

Lazarus sagte: „Wir leben in kriegerischen Zeiten, weißt du, Jean. Vielleicht willst du dich einmal auch vor dem Heldentod zurückziehen. Muss ich weitersprechen?"

„Keineswegs", sagte Thomas Lieven.

Es waren glückliche Wochen. Lazarus lernte perfekt kochen, Thomas lernte perfekt Krankheiten simulieren, die internationale Ganovensprache und Dutzende von Tricks wie die „Weiße Weste", die „Leihgabe", den „Autokauf", die „Schirmmasche", den „Brillantenerwerb", den „Schadenersatz", den „Maßanzug", die „Intelligenzflucht", den „Abschleppdienst" und viele andere. Er hatte das Gefühl – mein Gott, wie tief war er bereits gesunken! –, dass er alle diese Tricks noch einmal gut gebrauchen könnte. Sein Gefühl sollte sich hundertprozentig bewahrheiten! Thomas und Lazarus, Lernende und Lehrende zugleich, lebten in Frieden und Eintracht bis zum Morgen jenes grauenvollen, jenes entsetzlichen 5. November 1940 ...

Am Morgen des 5. November 1940 wurde Thomas Lieven – nach langer Zeit wieder einmal – dem Untersuchungsrichter vorgeführt. Dieser Herr hieß Eduardo Baixa, war stets ganz in Schwarz gekleidet und trug einen Zwicker an einem schwarzen Seidenband. Untersuchungsrichter Baixa war ein gebildeter Mensch. Stets sprach er Französisch mit Thomas. So auch heute: „Also, was ist los mit Ihnen, Monsieur, wollen Sie endlich gestehen?"

„Ich habe nichts zu gestehen. Ich bin unschuldig."

Baixa putzte seinen Zwicker: „Tja, dann werden Sie wohl noch lange, lange in Aljube bleiben, Monsieur. Ihre Beschreibung haben wir inzwischen an alle Polizeistellen Portugals weitergegeben. Wir müssen abwarten."

„Was abwarten?"

„Nun, die Antworten all dieser Stellen. Wir wissen ja nicht, welche Verbrechen Sie in unserem Land noch begangen haben."

„Ich habe überhaupt keine Verbrechen begangen! Ich bin unschuldig!"

„Nun ja, gewiss, natürlich ... Aber trotzdem, Monsieur Leblanc. Wir müssen es abwarten. Zudem sind Sie Ausländer ..." Baixa blätterte in einem Akt. „Eine seltsame Dame, hm, das muss ich sagen."

„Wer, bitte?"

„Die Klägerin Senhora Rodrigues."

Thomas Lieven verspürte plötzlich ein unheimliches Kribbeln entlang der Wirbelsäule. Er fragte mit trockenem Mund: „Wieso seltsam, Herr Untersuchungsrichter?"

„Sie kommt nicht."

„Das verstehe ich nicht."

„Ich habe sie vorgeladen. Aber sie kommt nicht."

„O Gott", sagte Thomas, „es wird ihr doch nichts zugestoßen sein!" Das fehlte mir noch, dachte er.

Wieder in der Zelle, ließ er sofort Francesco, den dicken Koch, rufen.

Strahlend meldete der sich zur Stelle. „Was soll es heute sein, Senhor Jean?"

Thomas schüttelte den Kopf. „Nix kochen. Du musst mir einen Gefallen tun. Kannst du für eine Stunde aus der Küche weg?"

„Klar."

„Lass dir in der Gefängnisverwaltung Geld aus meinem Guthaben geben. Kauf zwanzig rote Rosen, nimm ein Taxi und fahr zu der Adresse, die ich dir aufgeschrieben habe. Da wohnt eine Senhora Estrella Rodrigues. Ich bin in großer Sorge um sie. Vielleicht ist sie krank. Erkundige dich, frage, ob du helfen kannst!"

„Ist gut, Senhor Jean!" Der dicke Koch verschwand.

Eine gute Stunde später kehrte Francesco zurück. Er machte einen beklommenen Eindruck. Als er mit einem herrlichen Strauß von zwanzig blutroten Rosen in die Zelle trat, wusste Thomas sogleich, dass etwas Fürchterliches passiert war.

„Die Senhora Rodrigues ist fort", sagte der Koch.

Thomas plumpste auf seine Bettstatt.

„Was heißt fort?", forschte Lazarus.

„Heißt, was es heißt, Trottel“, gab der Koch zurück. „Fort. Weg. Abgereist. Verschwunden. Nicht mehr da.“

„Seit wann?“, fragte Thomas.

„Seit fünf Tagen, Senhor Jean.“ Der Koch betrachtete Thomas mitleidig. „Die Dame scheint auch nicht wiederkommen zu wollen, wenigstens, hm, nicht so bald.“

„Warum glaubst du das?“

„Sie hat alle Kleider mitgenommen, ihren Schmuck, ihr Bargeld.“

„Sie hatte doch überhaupt keines!“

„Der Safe stand offen ...“

„Der Safe?“ Thomas schwankte. „Wie bist du an den Safe herangekommen?“

„Das Stubenmädchen führte mich durchs ganze Haus. Niedliches Mischblut, also wirklich, meine Herren! Erste Klasse! Solche Augen!“ Der Koch vollführte eine entsprechende Bewegung vor der Brust.

„Das ist Carmen“, murmelte Thomas.

„Carmen, ja. Ich gehe heute Abend mit ihr ins Kino. Sie führte mich ins Ankleidezimmer – alle Schränke leer – ins Schlafzimmer – der Safe leer ...“

Thomas ächzte: „Ganz leer?“

„Ganz leer, ja. Ein niedliches schwarzes Seidenhöschen hing über der offenen Stahltür – das war alles. O Gott, ist Ihnen nicht gut, Senhor Jean? Wasser ... Trinken Sie einen Schluck Wasser.“

„Hinlegen, ruhig auf den Rücken legen“, riet Lazarus.

Tatsächlich sank Thomas auf sein Lager zurück. Er lallte: „In dem Safe lag mein Geld, alles, was ich besitze, mein ganzes Vermögen ...“

„Weiber. Immer der Ärger mit den Weibern“, brummte Lazarus ergrimmt. „Und kein Mittagessen!“

„Aber warum?“, flüsterte Thomas. „Warum bloß? Ich habe ihr doch nichts getan ... Was sagt Carmen? Weiß sie, wo die Senhora ist?“

„Carmen sagt, sie ist nach Costa Rica geflogen.“

„Allmächtiger Vater“, stöhnte Thomas.

„Carmen sagt, die Villa soll verkauft werden.“

Thomas brüllte plötzlich los wie wahnsinnig: „Fummle mir nicht dauernd mit den verfluchten Rosen vor der Nase herum!“ Er nahm sich zusammen. „Entschuldige, Lazarus. Reine Nervensache. Und – und keine Nachricht für mich? Kein Brief? Nichts?“

„Doch, Senhor.“ Der Koch holte zwei Kuverts aus der Tasche. Der erste Brief stammte von Thomas’ Freund, dem Wiener Bankier Walter Lindner:

Lissabon, 29. Oktober 1940

Lieber Herr Leblanc!

Ich schreibe diese Zeilen in größter Eile und tiefster Unruhe. Es ist jetzt 11 Uhr. In zwei Stunden geht mein Schiff, ich muss an Bord. Und noch immer kein Lebenszeichen von Ihnen! Mein Gott, wo stecken Sie bloß? Sind Sie noch am Leben? Ich weiß nur, was Ihre unglückliche Freundin, die Konsulin, mir erzählte: dass Sie am 9. September, nach dem Telefongespräch mit mir, fortgegangen und niemals wiedergekommen sind.

Arme Estrella Rodrigues! Hier haben Sie einen Menschen, der Sie von ganzem Herzen liebt. Wie hat sie sich um Sie gegrämt, wie hat diese Frau um Sie gebangt! Täglich war ich mit ihr zusammen, seit es mir gelang, für uns eine Schiffspassage nach Südamerika zu buchen. Von Tag zu Tag hofften wir, eine Spur von Ihnen zu finden – umsonst.

Diese Zeilen schreibe ich in der Villa Ihrer schönen, verzweifelten Freundin. Weinend steht sie neben mir. Auch heute – am letzten Tag – kein Lebenszeichen. Ich schreibe diese Zeilen immer noch in der Hoffnung, dass Sie wenigstens noch leben und eines Tages hierher, in dieses Haus, zu dieser Sie so innig liebenden Frau zurückkehren können. Wenn der Himmel das gibt, dann werden Sie meinen Brief vorfinden.

Ich werde für Sie beten. Immer noch auf ein Wiedersehen hofft

Ihr sehr ergebener

Walter Lindner.

Das war der erste Brief.

Thomas ließ ihn zu Boden fallen. Er rang nach Luft. Sein Schädel schmerzte plötzlich zum Zerspringen.

Warum hat Estrella meinem Freund nicht gesagt, wo ich bin? Warum ist sie nicht hergekommen und hat mich rausgeholt, wie es besprochen war? Warum hat sie das getan? Warum, warum?

Darauf gab der zweite Brief Antwort.

Lissabon, 1. November 1940

Elender Schuft!

Nun hat Dein Freund Lindner das Land verlassen. Nun gibt es niemanden mehr, der Dir helfen könnte. Nun will ich meine Rache vollenden.

Du siehst mich nie wieder. In wenigen Stunden bringt mich ein Flugzeug nach Costa Rica.

Dein Freund hat Dir einen Brief geschrieben. Ich lege meinen daneben. Eines Tages wird der Untersuchungsrichter nach mir forschen. Dann wirst Du beide Briefe erhalten.

Für den Fall, dass der Untersuchungsrichter, was sehr wahrscheinlich ist, die beiden Briefe vorher liest, erkläre ich noch einmal: Du hast mich bestohlen, Du Lump!

Und ich erkläre auch (gewiss interessiert es Sie, Herr Untersuchungsrichter!), warum ich Dich nun für immer verlasse: weil ich erfahren habe, dass Du Deutscher bist, ein deutscher Geheimagent, ein gemeiner, gewissenloser, skrupelloser, geldgieriger, zynischer deutscher Schuft! Oh, wie ich Dich hasse, Du Hund! E.

5

Oh, wie ich dich immer noch liebe, du Hund!", stöhnte die leidenschaftliche, vollschlanke Estrella Rodrigues.

Zur gleichen Zeit, da Thomas Lieven in seiner Zelle im „Aljube" zu Lissabon, ein Gefühl arktischer Kälte in der Magengrube, ihren Abschiedsbrief las, saß die schwarzhaarige, hinreißend gebaute Konsulin auf der anderen Seite der Erdkugel im Salon des teuersten Appartements im teuersten Hotel von San José, der Hauptstadt der Republik Costa Rica.

Estrellas Augen waren gerötet. Mit einem Fächer verschaffte sie sich Kühlung. Ihr Herz pochte unruhig, ihr Atem ging unruhig. Jean, Jean, ohne Unterlass muss ich an dich denken, du elender Hund, der Thomas Lieven heißt, du elender Lügner, der mich betrogen hat … Mein Gott, und ich liebe dich so!

Die Konsulin, konfrontiert mit diesem tragischen Sachverhalt, stürzte einen doppelten costa-ricanischen Kognak todesmutig in die schöne Kehle.

Schaudernd schloss sie sodann die Augen, schaudernd erinnerte sie sich der jüngsten Vergangenheit.

Noch einmal sah sie den englischen Agenten vor sich stehen, der ihr die Wahrheit erzählt hatte, die Wahrheit über Thomas Lieven. Und Estrella sah sich selber, nachdem der Engländer sie verlassen hatte. Sich selber: eine vernichtete, zerschmetterte, zusammengebrochene Frau …

Zusammengebrochen hatte Estrella Rodrigues sich am Abend des 9. September 1940 zu dem großen Safe in ihrem Schlafzimmer geschleppt. Weinend hatte sie das Kombinationsschloss eingestellt. Bebend die schwere Tür geöffnet. Da lag das Barvermögen dieses Schuftes vor ihr. Reichsmark, Escudos, Dollars. Beinah tränenblind machte die Verratene, tief unglücklich, Inventur.

An diesem Abend erlebten die Besucher der Spielbank Estoril eine echte Sensation!

Mit einem Kapital von rund 20 000 Dollars erschien Estrella Rodrigues, schöner denn je, bleicher denn je, dekolletierter denn je. Sie, den Angestellten und Croupiers als notorische Verliererin bekannt, sie, von Croupiers und Angestellten nachgerade schon bemitleidet, gewann an diesem Abend, gewann, gewann!

Sie spielte wie in Trance mit Thomas Lievens Geld. Sie spielte nur mit Maximumeinsätzen. Sie spielte die 11. Die 11 kam dreimal nacheinander. Sie spielte die 29 *en plein et chevaux*. Es kam die 29. Sie spielte das mittlere Dutzend Rot, *impair et passe* und die 23 *en plein et chevaux*, alles Maximum. Es kam die 23! Estrella spielte. Estrella gewann, sie konnte setzen, was sie wollte.

Tränen traten in ihre schönen Augen. Neugierig betrachteten Herren im Smoking und Damen mit kostbarsten Nerzstolen diese seltsame Gewinnerin, die bei jedem Gewinn aufschluchzte.

Von den anderen Tischen des Saales mit seinen funkelnden Lüstern, weißgoldenen Riesenspiegeln und kostbaren Gemälden erhoben sich Spieler. Von allen Seiten kamen sie herbei, drängten sich aneinander und starrten die schöne Frau im roten Abendkleid an, die gewann und gewann und dabei immer verzweifelter wurde.

„Sie sind zu schön. Sie haben zu viel Glück in der Liebe! Es wäre ungerecht, wenn Sie auch noch Glück im Spiel hätten!" Diese Worte Thomas Lievens, gesprochen am Abend ihrer Bekanntschaft, brannten wie Feuer in Estrellas Gedächtnis. Zu viel Glück in der Liebe, darum hatte sie immer verloren, und nun – und nun …

„27, rouge, impair et passe!"

Aufschrei der Menge.

Aufschluchzen Estrellas. Denn sie hatte wieder gewonnen, so viel, wie sich auf einen Schlag im Spielsaal von Estoril mit 27, *rouge impair et passe* überhaupt gewinnen ließ.

„Ich – kann – nicht – mehr", ächzte die Schöne. Zwei Diener in Escarpins waren vonnöten, um sie an die Bar zu begleiten. Zwei weitere Diener mit Holzkästchen waren vonnöten, um die Jetongebirge, die sie erspielt hatte, zur Kasse zu schleppen, wo man sie einwechselte. Die Umrechnung ergab einen Betrag im Wert von 82 724 Dollar und 26 Cent. Sage noch einer, unrecht Gut gedeihe nicht! –

Estrella ließ sich einen Scheck geben. In ihrer golddurchwirkten Abendtasche fand sie noch einen 10 000-Escudo-Jeton. Von der Bar warf sie ihn über die Köpfe der Spieler hinweg auf das grüne Tuch eines Tisches. Der Jeton fiel auf Rot. Estrella rief schluchzend: „Für die verratenen Lieben!"

Es kam Rot …

Es kam Rot, erinnerte sich Estrella Rodrigues mit tränenfeuchten Augen am 5. November 1940 im Salon des teuersten Appartements im teuersten Hotel von San José. In San José war es halb zehn Uhr morgens costa-ricanischer Zeit. In Lissabon war es halb ein Uhr mittags portugiesischer Zeit. In Lissabon trank Thomas Lieven auf seinen furchtbaren Schrecken hin einen ersten doppelten Kognak. In San José trank die schöne Konsulin schon den zweiten doppelten des Tages. Den ersten hatte sie gleich nach dem Frühstück gekippt.

Sie kippte in den letzten Tagen immer öfter, immer früher, immer lieber. Sie litt unter einem schrecklichen Herzflattern. Sie musste einfach trinken!

Denn wenn sie nicht trank, konnte sie die Erinnerung an Jean, den süßen, einmaligen, wunderbaren Jean – diesen Hund, diesen Barbaren! – überhaupt nicht mehr ertragen. Mit Kognak ging es noch einigermaßen. Nun war sie reich, nun hatte sie keine Sorgen mehr. Niemals würde sie ihren Geliebten wiedersehen. Die Schmach, sich ihm hingegeben zu haben, war abgewaschen.

Mit zitternden Fingern holte Estrella aus ihrer Krokodilledertasche einen goldenen Flakon hervor und schraubte ihn auf. Mit zitternden Fingern füllte sie von Neuem ihr Glas. Und indessen neue Tränen zu fließen begannen, rief sie in den prunkvollen, leeren Salon hinein: „Niemals, niemals werde ich diesen Mann vergessen!"

6

Niemals", sagte Thomas Lieven, „niemals werde ich diese Frau vergessen!"

Perlmuttfarben sank die Abenddämmerung herab auf Lissabon. Wie ein gereizter Tiger lief Thomas Lieven in der Zelle hin und her.

Er hatte Lazarus reinen Wein eingeschenkt. Lazarus wusste nun, wie Thomas in Wahrheit hieß, was er angestellt hatte, was ihm bevorstand, wenn ihn der deutsche oder der britische oder der französische Geheimdienst erwischte.

Eine Zigarette rauchend, betrachtete der Bucklige seinen Freund besorgt und sprach: „Entsetzlich, so eine Hysterikerin! Und dazu weiß man bei so einer Person nie, was ihr noch alles einfällt!"

Thomas hielt vorübergehend in seinem munteren Gelaufe inne.

„Das ist es ja! Morgen schreibt die Dame vielleicht einen Brief an den Polizeipräfekten und schiebt mir einen unaufgeklärten Mord in die Schuhe!"

„Oder mehrere."

„Bitte, was?"

„Oder mehrere unaufgeklärte Morde."

„Ach so, ja. Nein, nein, meine Lage ist vollkommen verzweifelt! Das verfluchte Armband hat sie natürlich auch mitgenommen! Es wird sich nie mehr finden! Ich kann hier sitzen, bis ich verschimmle."

„Ja", sagte Lazarus, „und darum musst du schnellstens raus hier."

„Raus hier?"

„Bevor sie dir noch mehr antut."

„Lazarus, das hier ist ein Gefängnis!"

„Na, wenn schon!"

„Mit Gittern und Mauern und schweren Eisentüren! Mit Richtern und Wächtern und Bluthunden!"

„Stimmt. Ganz so leicht, wie du reingekommen bist, wird es darum für dich nicht sein, wieder rauszukommen."

Thomas setzte sich auf die Bettkante. „Aber gibt es einen Weg?"

„Klar gibt es einen Weg. Wir müssen uns eben ein bisschen anstrengen. Du sagst, du hast Fälschen gelernt?"

„Und wie!"

„Hm. Eine Druckerei haben wir im Keller. Die stellt alle Vordrucke für die Gerichte her. Den richtigen Stempel werden wir auftreiben. Tja, es hängt alles nur von dir ab, Kleiner."

„Von mir? Wieso?"

„Du wirst dich verändern müssen."

„In welcher Richtung?"

Lazarus lächelte melancholisch. „In meine Richtung. Du musst kleiner werden. Du musst hinken. Du musst einen Buckel kriegen. Du musst Hamsterbacken kriegen. Mit dem Mund musst du zucken. Und natürlich musst du einen völlig kahlen Schädel haben. Habe ich dich erschreckt, Kleiner?"

„Ga-gar nicht", log Thomas Lieven tapfer. „Was tu-tut man nicht alles für seine Freiheit!"

„Sie ist des Lebens höchstes Gut", erklärte Lazarus. „Nun hör mal genau zu, was ich dir erzähle."

Er erzählte.

Und Thomas Lieven hörte genau zu.

„Man kommt natürlich immer leichter ins Gefängnis rein als raus", sagte der bucklige Lazarus Alcoba. „Aber *so* schwer ist es auch nicht, wieder rauszukommen!"

„Das freut mich aber!"

„Es ist ein Glück, dass wir in Portugal und nicht in deinem Vaterland sitzen. Bei dir daheim ginge der Trick nicht, da ist alles gut geordnet."

„So, so. Deutsche Gefängnisse sind die besten der Welt, was?"

„Ich war doch selbst zweimal in Moabit!" Lazarus schlug sich aufs Knie. „Ich sage dir, da können die Portugiesen einfach nicht mit! Sie sind viel zu gemütlich; es fehlt der preußische Pflichterfüllungsgeist, die deutsche Disziplin!"

„Ja, das stimmt."

Der Bucklige klopfte an die Zellentür. Sogleich erschien der freundliche, von Thomas überreichlich gespickte Wärter Juliao – wie der Etagenkellner in einem guten Hotel.

„Ruf mal den Koch herauf, mein Alter", sagte Lazarus zu ihm. Juliao verschwand mit Verneigungen. Lazarus meinte zu Thomas: „Mit der Küche fängt deine Flucht nämlich an …"

Etwas später sagte der Bucklige zu Francesco, dem fetten Koch: „Hör mal zu, wir haben doch unten im Keller eine Druckerei, nicht wahr?"

„Ja. Sie druckt alles, was die Justiz an Formularen braucht."

„Auch Entlassungsbefehle der Staatsanwaltschaft?"

„Sicherlich."

„Kennst du einen von den Häftlingen, die da unten drucken?"

„Nein, warum?"

„Wir brauchen so einen Entlassungsbefehl."

„Ich kann ja mal rumhören", sagte der Koch.

„Na, dann hör mal rum", sagte jetzt Thomas Lieven. „Für den Betreffenden, der uns den kleinen Gefallen tut, ist eine Woche gutes Essen drin."

Zwei Tage später meldete sich der Koch: „Da wäre einer, aber der will einen ganzen Monat gutes Fressen dafür."

„Kommt nicht infrage", sagte Lazarus kalt. „Zwei Wochen. Mehr nicht."

„Muss ich erst fragen", sagte der Koch.

Als er verschwunden war, sagte Thomas zu dem Buckligen: „Sei doch nicht so geizig! Es ist schließlich *mein* Geld."

„Prinzipsache", erwiderte der Bucklige. „Du darfst nicht die Preise verderben. Im Übrigen: Es stimmt doch hoffentlich, was du mir erzählt hast, dass du einen Stempel fälschen kannst?"

„Den Stempel, den ich nicht fälschen kann, gibt's nicht. Ich bin beim besten Fälscher des Landes in die Lehre gegangen", erwiderte Thomas und dachte: Ungeheuerlich, wie tief ein Mensch sinken kann – ich bin sogar noch stolz darauf!

Am nächsten Tag kam der Koch und meldete, der Drucker wäre einverstanden.

„Wo ist der Vordruck?"

„Der Drucker sagt, er will erst die zwei Wochen lang das Fressen."

„Vertrauen gegen Vertrauen", knurrte Lazarus. „Entweder wir kriegen das Formular sofort, oder er soll das Geschäft vergessen."

Eine Stunde später hatten sie den Vordruck.

Seit seiner Einlieferung meldete Lazarus sich täglich beim Hauptwachtmeister des Gefängnisses zur Führung der Rapportbücher und zur Erledigung des Geschäftsverkehrs. Täglich tippte er Dutzende von Briefen auf der Schreibmaschine. Der Hauptwachtmeister las seine Zeitung und kümmerte sich nicht weiter um ihn. In aller Ruhe konnte der Bucklige also einen Entlassungsbefehl für sich selber ausfüllen. Er tippte seinen Namen, seine Personaldaten und die Nummer seines Aktes. Als Datum setzte er den 15. November 1940 ein, obwohl man erst den 8. November schrieb. Eine gute Woche brauchten Lazarus und Thomas noch für das, was sie vorhatten. Einen Tag würde außerdem der Brief für den Instanzenweg im Gefängnis brauchen. – Thomas konnte also, wenn alles gutging, am 16. November entlassen werden. Der 16. war ein Samstag, und am Samstag hatte der freundliche Wärter Juliao immer seinen freien Tag, und ... Aber wir müssen der Reihe nach erzählen!

Den Entlassungsbefehl zierte Lazarus zuletzt noch mit der Unterschrift des Oberstaatsanwalts, welche er anhand eines Briefes, der im Büro angeheftet war, leicht kopieren konnte.

In die Zelle zurückgekehrt, sagte er zu Thomas: „Warst du auch fleißig?"

„Ich habe den ganzen Nachmittag geübt."

Es war besprochen, dass sich Thomas anstelle von Lazarus melden sollte, sobald der gefälschte Entlassungsbefehl die Gefängniskanzlei erreichte und der „Häftling Alcoba" aufgerufen wurde. Dazu war es nötig, dass Thomas sich äußerlich so weit wie irgend möglich in diesen verwandelte – eine schwere Aufgabe, wenn man bedenkt, dass Lazarus Alcoba einen Buckel und fast keine Haare mehr auf dem Schädel hatte, dass er Hamsterbacken besaß, kleiner als Thomas war und an einem nervösen Mundzucken litt. Der Bucklige bestand deshalb darauf, dass Thomas täglich übte ...

Thomas stopfte sich nun Brotkugeln zwischen Wangen und Zahnfleisch, wodurch er tatsächlich Hamsterbacken bekam. Dann begann er, nervös mit dem Mund zu zucken. Behindert durch das Brot, versuchte er, die Stimme des Buckligen nachzuahmen.

„Nicht so nuscheln, Kleiner! Und was ist denn das für ein Zucken? Du zuckst ja viel zu weit oben!“ Lazarus griff sich an den Mund. „Hier unten zucke ich! Tiefer, Junge, tiefer!“

„Tiefer geht's nicht!“ Thomas zuckte, was er konnte. „Die verfluchten Brotkugeln stören!“

„Ohne Brot keine Hamsterbacken! Gib dir nur Mühe, es geht schon tiefer!“ Thomas wischte sich den Schweiß von der Stirn.

„Das ist aber auch ein Pech mit deinem Maul.“

„Kann nicht jeder so schön sein wie du. Das ist überhaupt erst der Anfang! Warte mal, bis ich dir die Haare absenge.“

„Absenge?“

„Klar! Glaubst du, die geben uns hier Rasiermesser und Schere?“

„Das halte ich nie durch“, stöhnte Thomas.

„Quatsch nicht, übe lieber. Mach dich kleiner. Zieh meinen Mantel an, damit du siehst, wie weit du die Knie einknicken musst. Nimm das Kissen. Mach einen anständigen Buckel damit! Und stör mich nicht, ich muss jetzt mal im Hause rumfragen.“

„Wonach?“

„Wer einen Brief vom Oberstaatsanwalt besitzt. Mit einem Stempel darauf. Damit du ihn nachmachen kannst.“

Während Thomas Lieven den alten Mantel des Buckligen anzog und mit eingeknickten Knien durch die Zelle humpelte, begann Lazarus mit einem Schuh an eine Wand zu klopfen. Er wendete dabei das einfachste aller Klopfalphabete an: a = dreimal, b = zweimal, c = einmal, sodann: d = sechsmal, e = fünfmal, f = viermal, sodann: g = neunmal, h = achtmal, i = siebenmal. Und so weiter.

Lazarus klopfte seine Anfrage hinaus, dann wartete er auf Antwort und sah Thomas zu, der zuckte, nuschelte und das Gehen mit eingeknickten Knien übte.

Nach einer Stunde begann der Zellennachbar zu klopfen. Lazarus lauschte und nickte.

Dann sagte er: „Im dritten Stock sitzt ein Häftling namens Maravilha. Der hat sich den Ablehnungsbescheid der Oberstaatsanwaltschaft auf seinen Antrag auf Haftentlassung aufgehoben. Zum Andenken. Da ist ein Stempel drauf.“

„Na also. Biete ihm eine Woche gutes Essen dafür“, nuschelte Thomas, heftig mit dem Mund zuckend.

7

Der November des Jahres 1940 war sehr warm. Man konnte noch im Atlantik schwimmen oder am Strand von Estoril in der Sonne liegen – nach den portugiesischen Vorschriften allerdings nur außerordentlich sittsam bekleidet. Bei den Herren verlangte die Polizei einen kompletten Badeanzug, und bei den Damen waren die Behörden noch strenger.

Am 9. November gegen zwölf Uhr mittags mietete ein säuerlich blickender Herr mit Säbelbeinen bei einem Bootsverleiher am Strand eine sogenannte „Gaivola", einen altmodischen Wassertreter, der aus zwei Holzkufen, einer Art Liegestuhl mit Pedalen dazwischen, und einem Schaufelrad bestand. Sodann radelte er mit eigener Kraft aufs offene Meer hinaus.

Der Herr von etwa fünfzig Jahren trug einen braunen Badeanzug und einen Strohhut. Nach einer Viertelstunde Fahrt sichtete er eine zweite „Gaivola", die weit draußen mutterseelenallein im milden Seegang des Atlantiks schaukelte. Auf sie hielt er nun Kurs. Nach einer weiteren Viertelstunde war er nahe genug herangekommen, um den Herrn im Stuhl des zweiten Wassertreters zu erkennen, der aussah wie ein naher Verwandter von ihm: verbittert und überarbeitet.

Der zweite Herr trug einen schwarzen Badeanzug und rief ihm zu: „Gott sei Dank, ich hatte schon Angst, Sie würden nicht kommen!"

Der Herr im braunen Badeanzug glitt längsseits: „Sie deuteten am Telefon an, es ginge um meine Existenz – also kam ich natürlich."

Der Schwarze sagte: „Haben Sie keine Sorge, Major Loos, hier draußen kann uns niemand hören. Hier gibt es keine Mikrofone. – Geniale Idee von mir, was?"

Der Braune musterte ihn unfreundlich: „Genial, ja. Was wollen Sie von mir, Mr Lovejoy?"

Der Agent des britischen Geheimdienstes seufzte: „Ihnen einen Vorschlag zur Güte machen, Major. Es handelt sich um diesen Thomas Lieven …"

„Dachte ich es mir doch!" Der deutsche Abwehroffizier nickte grimmig.

Lovejoy sagte verbissen: „Sie sind hinter ihm her. Sie hat er reingelegt. Mich hat er reingelegt … Wir sind Feinde, gut und schön. Wir haben uns zu hassen. Und trotzdem, Major, lassen Sie uns in diesem Fall zusammenarbeiten."

„Zusammenarbeiten?"

„Major, wir stehen im gleichen Beruf. Ich appelliere an Ihre Kollegialität. Es geht doch wohl zu weit, nicht wahr, dass sich in unserem Metier plötzlich ein blutiger Laie mausert, ein frecher Außenseiter, der die Preise verdirbt und uns lächerlich macht und so tut, als wären wir Idioten!"

Der Major aus Köln sagte dumpf: „Wegen dieses Kerls stehe ich vor dem Hinauswurf!"

„Und ich?", grollte Lovejoy. „Entweder bringe ich ihn nach London – oder sie stecken mich zum Küstenschutz! Wissen Sie, was das heißt? Ich habe eine Frau und zwei Kinder, Major. Sie wahrscheinlich auch."

„Meine Frau hat sich scheiden lassen."

„Es ist ja nicht viel, was man verdient, aber wollen wir uns von einem solchen Kerl die Existenz vernichten lassen?"

„Hätte ich ihn damals in Köln nur der Gestapo überlassen! Jetzt ist er verschwunden."

„Nein, verschwunden nicht."

„Was?"

„Er sitzt im Gefängnis."

„Aber ..."

„Ich erkläre Ihnen alles. Er wird nicht ewig drinbleiben. Ich habe jemanden in der Verwaltung bestochen, der meldet mir sofort, wenn er rauskommt." Lovejoy warf die Arme empor. „Aber was passiert dann? Dann geht das Theater zwischen Ihnen und mir doch nur wieder von Neuem los mit Jacht und U-Boot, Chloroform und Revolver! Major, Major, ich bin ganz ehrlich: Ich halte das einfach nicht mehr aus!"

„Denken Sie, meiner Galle macht so etwas Freude?"

„Darum mein Vorschlag: Wir arbeiten zusammen. Wenn er rauskommt, stößt ihm was zu. Ich habe da einen Mann an der Hand, na, Sie wissen ja, für die Dreckarbeit. Dann kann ich nach Hause melden, ihr Deutschen habt ihn umgelegt – und Sie können Ihrem Admiral erzählen, wir Engländer waren es. Sie müssen nicht an die Front, ich muss nicht zum Küstenschutz. Ist das etwa kein Vorschlag?"

„Es klingt zu schön, um wahr zu sein ..." Der Major seufzte abgrundtief. Plötzlich sagte er tonlos: „Haie!"

„Nein!!!"

„Da vorn." Loos erstarrte. Durch das blaue Wasser kamen zwei steil aufgerichtete Schwanzflossen direkt auf sie zugeschossen. Dann drei. Dann fünf.

„Wir sind verloren", sagte Lovejoy.

„Ruhig Blut. Den toten Mann markieren!", befahl der Major. Das erste Tier hatte sie erreicht, glitt unter die beiden Wassertreter und hob sie spielerisch hoch. Die „Gaivolas" hopsten durch die Luft, klatschten aufs Meer und schwankten wüst. Dann schoss ein neues Tier heran und hob sie wieder hoch.

Der Major flog ins Wasser. Er ging unter, kam hoch und legte sich sofort stocksteif auf den Rücken. Ein Riesenvieh glitt an ihm vorbei, ohne ihn zu beachten, das Maul weit aufgerissen. Der Major, in Zoologie bewandert, machte eine beruhigende Feststellung.

Dann hörte er einen fürchterlichen Schrei und sah, wie sein britischer Kollege durch die Luft gewirbelt wurde und neben ihm landete.

„Lovejoy, hören Sie doch, das sind keine Haie – das sind Delfine!"

„De-De-De ..."

„Ja. Wir sind in ein Rudel geraten ... Delfine tun Menschen nichts, sie spielen nur mit ihnen."

Das taten sie wirklich. Immer wieder umkreisten und umschwammen sie die beiden Herren, gelegentlich sprangen sie, Wasserfontänen hochreißend, auch über sie hinweg.

Die feindlichen Agenten klammerten sich nun an eine Kufe von Lovejoys umgestürzter „Gaivola". Sie versuchten, sie zur Küste hinzustoßen. Lovejoy keuchte: „Ich kriege keine Luft ... Was sagten Sie eben – Loos?"

Ein Riesendelfin hatte sich gerade steil hinter dem Major erhoben, sprang elegant über ihn hinweg und deckte ihn mit einer kleinen Sintflut zu. Der Major spie eine Menge Meerwasser aus, dann schrie er Lovejoy ins Ohr: „Ich sagte: Am liebsten würde ich den Lumpen eigenhändig über den Haufen schießen, wenn er rauskommt!"

8

In Portugal werden nur wenig Kartoffeln gegessen. Trotzdem trieb Francesco, der Gefängniskoch, besonders schöne auf, als sich die begüterten Häftlinge Leblanc und Alcoba für das Mittagsmahl des 15. November Pellkartoffeln bestellten. Wie man ihm befohlen hatte, kochte Francesco die Kartoffeln in der Schale halb gar und brachte sie sodann, ganz heiß noch, in den fünften Stock empor, wo er sie den Herren Leblanc und Alcoba mit in Essig und Öl eingelegten portugiesischen Sardinen servierte. Wärter Juliao schnitt auf Wunsch der begüterten Häftlinge die nicht ganz weichen Kartoffeln mit einem scharfen Messer in zwei Hälften.

Allein geblieben, ließen beide Herren das Essen stehen. Thomas hatte zu tun. Auf ein Tischchen beim Fenster legte er nebeneinander: den Entlassungsbefehl, den Lazarus mit der Maschine ausgefüllt hatte, und den Brief, in welchem die Oberstaatsanwaltschaft den Antrag des Häftlings Maravilha auf Haftentlassung ablehnte. Dieser Brief trug den Stempel der Oberstaatsanwaltschaft.

In Erinnerung an die wertvollen Lehren des Malers und Passfälschers Reynaldo Pereira machte Thomas sich an die Arbeit, wobei er den buckligen Lazarus zum interessierten Zuschauer hatte.

Thomas nahm die noch heiße Hälfte einer Kartoffel und drückte die Schnittfläche auf den Stempel der Oberstaatsanwaltschaft. Nach einer Viertelstunde hob er die Kartoffelhälfte ab. Die Schnittfläche zeigte, seitenverkehrt, den Abdruck des Stempels.

„Nun kommt der Haupttrick", sagte Thomas. Die Macht der Gewohnheit brachte es mit sich, dass er es nuschelnd sagte. Er zuckte auch ein bisschen mit den Mundwinkeln dabei. Das ließ sich seit zwei Tagen nicht mehr ganz nach seinem Belieben abstellen. Man zuckt und nuschelt nicht ungestraft eine Woche lang von früh bis spät. „Gib mal die Kerze her, Lazarus!"

Aus seiner Matratze holte der Bucklige eine Kerze und Streichhölzer hervor, die er im Büro des Hauptwachtmeisters gestohlen hatte. Beides gedachte er auch noch bei der Entfernung von Thomas' Haaren in Anwendung zu bringen.

Lazarus zündete die Kerze an. Thomas biss vorsichtig ein Stück von der Unterseite der Kartoffelhälfte ab. Danach hielt er das angebissene Ende über die Kerzenflamme, um die Kartoffel neuerlich zu erhitzen.

„Der Fachmann nennt das: eine Glocke machen", erläuterte er dem ehrfürchtigen Lazarus. – Herrgott, ob ich das alles wohl jemals noch in meinem Club erzählen werde? – „Die Kartoffel erhitzt sich. Du siehst, wie der Abdruck wieder feucht wird. Man sagt: Er kommt zum Leben. Noch ein paar Sekunden, und nun …" Elegant stülpte Thomas die „Glocke" mit dem feuchten, heißen Stempelabdruck auf den Entlassungsbefehl, dorthin, wo der Stempel zu sitzen hatte. Unter leisem Druck ließ er die Kartoffel eine Viertelstunde lang erkalten. Dann hob er sie ab. Ein genaues Abbild des Originalstempels saß auf dem Entlassungsbefehl.

„Fantastisch!", sagte Lazarus.

„Jetzt wollen wir aber schnell essen", sagte Thomas. „Den Rest können wir nachher erledigen."

Der Rest sah dann so aus: Am Vormittag hatte Lazarus im Büro des Hauptwachtmeisters viele eben eingegangene Briefe der Oberstaatsanwaltschaft geöffnet. Er öffnete jeden Tag derartige Kuverts. An diesem Vormittag hatte er sich bemüht, einen schlecht verklebten Umschlag besonders sorgfältig zu öffnen. Das war ihm gelungen. Er hatte den Umschlag mitgenommen und eine Tube Klebstoff dazu.

Nach dem Essen faltete Thomas den nun vollständigen Entlassungsbefehl für Lazarus Alcoba sorgfältig zusammen, steckte ihn in das grüne Kuvert, das den Poststempel des Vortages trug, und klebte es sorgfältig wieder zu. Und am Nachmittag legte Lazarus das Kuvert dem Hauptwachtmeister dann unter die Nachmittagspost …

„Jetzt geht es um die Wurst", sagte der Bucklige an diesem Abend zu Thomas Lieven. „Der Hauptwachtmeister hat meinen Entlassungsbefehl aus dem Verwaltungsbüro schon rüber zur Entlassungsstelle geschickt. Dort werden sie morgen früh ordnungsgemäß einen Entlassungsschein ausstellen, und dann werden sie mich meiner Erfahrung nach so gegen elf Uhr aus der Zelle holen. Das heißt: Dein Haar muss heute Nacht runter."

Das Absengen dauerte eine knappe halbe Stunde – allerdings war es die schlimmste halbe Stunde in Thomas Lievens Leben. Mit gebeugtem Kopf saß er vor Lazarus, der an ihm tat, was man tut, wenn man gerupftes Geflügel absengt. In der rechten Hand hielt er die Kerze, deren Flamme Thomas Lievens Haarsträhnen ganz nahe der Wurzel abfraß. In der linken Hand hielt Lazarus einen feuchten Lappen. Mit ihm betupfte er immer wieder blitzschnell den Schädel, damit der Haut nichts passierte. Manchmal tupfte er trotzdem nicht blitzschnell genug …

Thomas stöhnte vor Schmerz. „Pass doch auf, Idiot, verfluchter!"

Darauf antwortete Lazarus mit dem Hinweis auf ein altes portugiesisches Sprichwort: „Wer Freiheit will, muss leiden, das lässt sich nicht vermeiden!"

Endlich war die Tortur vorüber.

„Wie sehe ich aus?", fragte Thomas erschöpft.

„Wenn du dir Brot in die Backen stopfst und hübsch zuckst, wie mir aus dem Gesicht geschnitten", antwortete Lazarus stolz.

Sie schliefen beide außerordentlich schlecht in dieser Nacht.

Am nächsten Morgen brachte ein fremder Wärter das Frühstück, denn es war

Samstag, der 16., und am Samstag hatte, wir sagten es schon, der freundliche Juliao immer seinen freien Tag. Das war Lazarus natürlich schon klar gewesen, als er auf dem Entlassungsbefehl das Datum einsetzte. Der Bucklige nahm dem fremden Wärter das Frühstück in der Tür ab. Thomas Lieven schnarchte noch auf seiner Pritsche, die Decke über den Kopf gezogen.

Nach dem Frühstück schluckte Lazarus drei weiße Pillen und legte sich auf Thomas Lievens Pritsche. Thomas zog den kurzen Mantel des Buckligen an und veranstaltete zwischen acht und zehn noch einmal eine private Generalprobe. Danach behielt er die Brotkugeln endgültig in den Backen und das dicke Kissen zwischen Rücken und Hemd. Er hatte es festgebunden, damit der Buckel nicht verrutschte. Gottergeben zuckte er vor sich hin …

Um elf kam der fremde Wärter wieder. Lazarus schlief, die Decke über dem Kopf. Der fremde Wärter hielt einen Entlassungsschein in der Hand: „Lazarus Alcoba!"

Mit durchgeknickten Knien erhob sich Thomas und zwinkerte den Wärter zuckend an. „Zu Befehl", nuschelte er.

Der Wärter musterte ihn aufmerksam. Thomas brach der Schweiß aus.

„Sie sind Lazarus Alcoba?"

„Jawohl!"

„Was ist denn mit dem andern los, der pennt ja immer noch!"

„Hat eine schlechte Nacht gehabt", gab Thomas undeutlich bekannt. „Was wollen Sie denn von mir, Herr Wachtmeister?"

„Sie werden entlassen."

Thomas griff sich ans Herz, stöhnte und sank aufs Bett. Er spielte den Überwältigten. „Ich habe immer gewusst, dass die Gerechtigkeit siegt", nuschelte er.

„Quatschen Sie nicht, kommen Sie mit. Los!" Der Wärter zog ihn hoch – zu hoch beinahe. Thomas sackte wieder in die Knie. – Verflucht, tut das weh! Na, es dauert ja nicht lange. – Er folgte dem fremden Wärter durch weite Korridore in den Verwaltungstrakt des Gefängnisses. Schwere Eisengitter wurden vor ihm auf- und nach ihm wieder zugeschlossen. – Das Zucken ist nicht so schlimm, das geht jetzt schon fast von selber. Aber diese durchgeknickten Knie … Wenn ich nur keinen Krampf bekomme, wenn ich nur nicht hinschlage …

Treppen hinauf, Treppen hinab – das halte ich nie durch. Nie! Wieder Korridore. Der fremde Wärter musterte ihn: „Ist Ihnen heiß, Alcoba? Sie schwitzen ja so. Ziehen Sie den Mantel aus!"

„Nein. Nein, danke. Es – es ist nur die Aufregung … Im Gegenteil – ich – ich friere …"

Dann erreichten sie das Entlassungsbüro. Hier gab es eine Holzbarriere, die den Raum teilte. Hinter der Barriere arbeiteten drei Beamte. Vor der Barriere standen noch zwei andere Häftlinge, die entlassen werden sollten. Zweierlei sah Thomas sogleich: dass die Beamten faule Hunde waren und dass es vor der Barriere keine Sessel gab. Das kann ja gut werden, dachte er schwach. Eine Uhr an der Wand zeigte die Zeit: zehn Minuten nach elf.

Fünf Minuten vor zwölf waren die Beamten mit den beiden Häftlingen immer noch nicht fertig. Vor Thomas Lievens Augen drehten sich bereits feurige Räder; er glaubte jeden Moment ohnmächtig zu werden, so wahnsinnig schmerzten die Knie, und nicht nur die Knie, auch die Waden, die Schenkel, die Knöchel, die Hüften. Unauffällig stützte er sich mit einem Ellbogen auf die Barriere, dann mit beiden. O Himmel, welche Erleichterung, welch süße Wonne …

„He! Sie da!", kläffte der kleinste Beamte los. „Nehmen Sie gefälligst die Arme von der Barriere! Können Sie die paar Minuten nicht vielleicht noch ordentlich stehen? Faules Gesindel!" Demütig zuckend, sagte Thomas: „Verzeihung, die Herren." Und nahm die Arme von der Barriere. Im nächsten Moment fiel er einfach um. Er konnte nicht mehr. Verzweifelt dachte er: Nicht ohnmächtig werden. Nur nicht ohnmächtig werden. Sonst ziehen sie mir den Mantel aus. Und sehen, was los ist. Mit meinen Beinen, mit meinem Buckel …

Er wurde nicht ohnmächtig, und jetzt, da feststand, dass der arme Häftling infolge der Aufregung einen Schwächeanfall erlitten hatte, bekam er sogar einen Stuhl. Kaum saß er, dachte er: Das hätte ich früher haben können, ich Idiot!

Um halb ein Uhr machten zwei Beamte Mittagspause. Der dritte kümmerte sich endlich um Thomas. Er spannte ein Formular in eine Maschine. Er sprach mild: „Reine Formalität. Ich muss noch einmal Ihre Personalbeschreibung aufnehmen. Damit keine Verwechslung vorkommt."

Ja, da müsst ihr verflucht aufpassen, dachte Thomas. Seit er sitzen durfte, fühlte er sich wieder ausgezeichnet. Er leierte die Daten seines Freundes herunter, die er auswendig gelernt hatte. „Alcoba Lazarus, ledig, römisch-katholisch, geboren in Lissabon am 12. April 1905 …"

„Zuletzt wohnhaft?"

„Rua Pampulha 51."

Der Beamte verglich die Angaben mit den Angaben eines zweiten Formulares und tippte weiter: „Haar ergraut, schütter. – Sie sind aber früh kahl geworden!"

„Mein schweres Schicksal."

„Hrm! Augen schwarz. Größe? Stehen Sie auf!"

Thomas stand auf und knickte die Knie ein. Der Beamte musterte ihn. „Besondere Kennzeichen?"

„Buckel, und dann im Gesicht …"

„Ja, ja, schon gut. Hrm! Setzen Sie sich wieder."

Der Beamte tippte und schrieb. Dann führte er Thomas in einen anschließenden Raum und übergab ihn dem Asservatenverwalter. Als Untersuchungsgefangener hatte er seinen Anzug, seine Wäsche und seine geliebte goldene Repetieruhr behalten dürfen. Nun erhielt er den Pass und die Personalpapiere seines Freundes, erhielt Lazarus' Geld, Taschenmesser und Wäscheköfferchen.

„Empfang quittieren", sagte der Asservatenverwalter. Thomas unterschrieb ungelenk: *Alcoba Lazarus.*

Mein letztes Geld und mein schöner falscher französischer Geheimdienstpass auf den Namen Jean Leblanc sind also beim Teufel, dachte er wehmütig. Mein Freund, der Maler, muss mir rasch einen neuen machen.

Hatte Thomas gehofft, um 14 Uhr 15 endlich, endlich die grässliche Anstrengung überstanden zu haben, so erwies sich das als Irrtum. Man führte ihn durch endlose Gänge zum Anstaltsgeistlichen. Dieser, ein älterer Herr, sprach sehr innig zu Thomas und war tief gerührt, als der Entlassene plötzlich – offensichtlich erschüttert – bat, die Ermahnungen des Geistlichen kniend anhören zu dürfen …

Schwankend, mehr taumelnd als gehend, schleppte sich Thomas Lieven zehn Minuten vor drei Uhr portugiesischer Zeit am 16. November 1940 endlich über den Gefängnishof, in dem es nach der Gererblohe des anschließenden Lederwarenbetriebes stank, zum Tor. Zum letzten Mal musste er hier seine Entlassungspapiere vorweisen. Er zuckte Schrecken erregend mit dem Mund, und sein Buckel stach schief durch das dünne Mäntelchen.

„Mach's gut, Alter", sagte der Mann, der die schwere Eisentür aufschloss. Durch sie schwankte Thomas Lieven in eine mehr als ungewisse Freiheit hinaus. Er schaffte es noch bis um die nächste Straßenecke. Dann fiel er noch einmal um und kroch auf allen vieren in ein Haustor, setzte sich auf eine Treppe und begann vor Wut und Erschöpfung zu heulen. Sein Pass war weg. Sein Geld war weg. Sein Besitz war weg. Sein Schiff war weg.

9

Noch am gleichen Tag wurde die Flucht des Häftlings Jean Leblanc entdeckt. In seiner Zelle fand der Wärter nur den Häftling Lazarus Alcoba vor, und zwar in einem bleischweren Dämmerschlaf.

Ein sofort herbeigerufener Arzt konstatierte, dass Alcoba nicht simulierte, sondern von schwersten Schlafmitteln betäubt war. Die Diagnose stimmte, nur hatte Lazarus sich selber betäubt, und zwar mit drei Pillen, die er dem Anstaltsarzt anlässlich einer Krankenvisite entwendet hatte …

Mithilfe von Spritzen und schwarzem Kaffee gelang es, den Häftling halbwegs wach zu bekommen und zu vernehmen. Dass es Alcoba und kein anderer war, den man vor sich hatte, erwies sich, als man den kleinen Mann auszog: An seinem Buckel war nicht zu rütteln!

Alcoba sagte aus: „Dieser verdammte Leblanc muss mir was ins Frühstück gegeben haben. Der Kaffee schmeckte so bitter. Ich bekam Kopfschmerzen und Schwindel – und dann war ich weg. Ich habe ihm erzählt, dass ich heute entlassen werden sollte. Das wusste ich nämlich vom Hauptwachtmeister, für den ich arbeite." Der Tageswärter, mit Alcoba konfrontiert, rief ihm zu: „Aber ich habe doch noch heute Morgen mit Ihnen gesprochen, als ich das Frühstück brachte! Und später habe ich Sie doch aus der Zelle geholt!"

Darauf antwortete Lazarus Alcoba mit einer Logik, welche die vernehmenden Beamten bezwang: „Wenn Sie mich heute Morgen aus der Zelle geholt hätten, säße ich jetzt nicht mehr hier." Es wurde den untersuchenden Herren klar, dass Jean Leblanc als Lazarus Alcoba geflüchtet war. Immer streng logisch, dabei heftig gähnend und noch sehr benommen, konstatierte Alcoba: „Der Entlassungsbefehl lautete aber auf mich. Also müssen Sie mich schleunigst entlassen."

„Nun, hm, das natürlich – aber immerhin, solange die Untersuchung …"

„Hören Sie mal zu: Entweder ich werde morgen früh entlassen, oder ich teile dem Herrn Oberstaatsanwalt mit, was hier für feine Zustände herrschen!", rief Alcoba.

„Pereira! He, Pereira!", rief Thomas Lieven zur gleichen Zeit. Er klopfte an die Wohnungstür seines Freundes, des Fälschers. Aber es kam keine Antwort.

Entweder ist er wieder besoffen, oder er ist nicht zu Hause, überlegte Thomas, nach seinem Schwächeanfall einigermaßen wiederhergestellt. Dann fiel ihm ein, dass der verkommene Maler seine Wohnung niemals abschloss. Er drückte die Klinke herunter, die Tür ging auf. Durch den dunklen Vorraum schritt Thomas Lieven in das große Atelier, dessen riesenhaftes Fenster letztes Tageslicht hereinließ. Immer noch standen und lagen die gleichen scheußlichen Bilder herum, die Wohnung war so unaufgeräumt wie früher. Volle Aschenbecher, Tuben, Pinsel, Federn, Paletten beunruhigten das Auge durch eine Vielzahl von Farben.

Thomas sah in die Küche. Er fand seinen bärtigen Freund auch dort nicht. Also nicht zu Hause und woanders besoffen?

Das war natürlich dumm. Wie lange pflegte Pereira sich zu betrinken? Eine Nacht? Zwei Tage? Drei? Nach den Erfahrungen, die Thomas mit ihm gemacht hatte, musste man mit dem Schlimmsten rechnen. Gut Rausch braucht sein' Weil'.

Ich muss auf Pereira warten, überlegte Thomas. Meine Flucht ist vielleicht schon entdeckt; ich darf mich nicht auf der Straße zeigen. Dann hielt er sich eine Hand an den Magen. Nanu! Er verspürte Hunger; der Augenblick der allertiefsten Depression schien vorbei zu sein. Er lachte ein bisschen über sich selber. Dabei bemerkte er, dass er immer noch mit dem Mund zuckte. Auch die Knie taten ihm immer noch weh. Nicht daran denken, nur nicht daran denken.

Erst mal sehen, was Pereira in der Küche hat. Weißbrot, Tomaten, Eier, Käse, Schinken und Zunge, Pistazien, Kapern, Paprika, Pfeffer, Sardellen.

Die bunten Farben regten Thomas an. Ich werde Mosaikbrot und gefüllte Tomaten machen. Auch gleich für Pereira. Er wird etwas Kräftiges brauchen, wenn er heimkommt …

Thomas begann zu kochen. Als er die Pistazien und Kapern zerhackte, schlug er plötzlich mit dem Messer auf das Brett wie ein Wahnsinniger. Er musste an Estrella denken. Diese Bestie. Diese Hexe. Diese Teufelin. Thomas köpfte Pistazien – in Gedanken köpfte er Estrella.

Der rote Paprika brachte ihn noch mehr in Rage. Die ganze Welt hat sich ver-

Menu • 16. November 1940

Kalte Küche für heiße Wut

Mosaikbrot • Gefüllte Tomaten

Mosaikbrot: Man köpfe ein Kaviarbrot oder französisches Weißbrot an beiden Enden, hole mit einer Gabel die ganze Krume heraus, ohne die Rinde zu verletzen.

Man braucht zur Füllung 125 Gramm Butter, 100 Gramm Schinken, 100 Gramm gekochte Rinderzunge, ein hart gekochtes Eigelb, 75 Gramm Käse, einen halben Teelöffel Kapern, 25 Gramm Pistazien, etwas Sardellen, Senf, Salz und Pfeffer.

Man verrühre die Butter, zerdrücke das Eigelb, hacke die Pistazien und Kapern, schneide alles andere in kleine Würfel und mische alles leicht mit den Gewürzen. Dann drücke man die Masse fest in das ausgehöhlte Brot, das einige Stunden sehr kalt gestellt werden muss, bevor man es in dünne Scheiben schneidet, die auf einer Platte angerichtet werden. Damit die Platte noch bunter aussieht, garniere man das aufgeschnittene Mosaikbrot mit gefüllten Tomaten.

Gefüllte Tomaten: Man höhle schöne, feste Tomaten aus, bestreue sie innen mit geriebenem Käse und setze in jede ein quer durchgeschnittenes halbes hartes Ei mit der Schnittfläche nach oben. Man bestreue es mit Salz und Rosenpaprika sowie mit reichlich sehr fein gewiegter Petersilie und Schnittlauch.

schworen gegen mich! Alle sind meine Feinde! Was habe ich getan? Ein anständiger Mensch war ich, ein ordentlicher Bürger. Und jetzt …

Pfeffer dazu! Ordentlich Pfeffer. Brennen soll er wie die Wut in mir!

Ihr Hunde, ihr verfluchten, vom Geheimdienst. Wie weit habt ihr mich gebracht? Im Gefängnis war ich. Aus dem Gefängnis bin ich ausgebrochen. Dokumente fälschen kann ich, mit Gift und Revolver umgehen, mit Sprengstoff und unsichtbarer Tinte. Schießen, morsen, Jiu-Jitsu, boxen, ringen, rennen, springen, Mikrofone einbauen. Gelbsucht, Fieber, Blutzucker simulieren kann ich. Sind das Kenntnisse, auf die ein Privatbankier stolz sein darf? Kein Mitleid mehr mit irgendetwas oder irgendjemandem. Jetzt ist Schluss! Jetzt habe ich den Kanal voll! Jetzt sollt ihr etwas erleben! Alle! Die ganze Welt!

Jetzt werde ich euch anfallen wie ein hungriger Wolf mit meinen kriminellen Kenntnissen. Jetzt werde ich fälschen, simulieren, morsen, Mikrofone einbauen. Jetzt werde ich euch bedrohen und betrügen, so wie ihr mich betrogen und bedroht habt. Jetzt fängt mein Krieg an. Ein Einmannkrieg ist das – gegen euch alle. Und es wird keinen Waffenstillstand geben, keine Pakte, keine Bündnisse – mit niemandem.

Und noch mehr Pfeffer. Und noch mehr Paprika. Und Salz dazu. Und zusammengeschlagen die Masse zu einem formlosen Klumpen – so wie ich euch gerne zusammenschlagen würde, euch Hunde …

Draußen ging die Wohnungstür.

Das wird Pereira sein, dachte Thomas, aus seinen maßlosen Vorstellungen aufschreckend, und rief: „Kommen Sie weiter! Ich bin in der Küche!“

Im nächsten Moment trat ein Mensch in den Rahmen der offenen Küchentür. Aber es war nicht der bärtige, versoffene Maler Reynaldo Pereira. Es war überhaupt kein Mann. Es war eine Frau.

10

Sie trug einen roten Ledermantel, rote Schuhe und eine rote Kappe, unter der schwarzblaues Haar hervorquoll. Der Mund der jungen Frau war groß und rot, die Augen waren groß und schwarz. Die Haut des Gesichtes war sehr weiß. Sie hatte die Hände in den Manteltaschen und sah Thomas Lieven scharf an. Ihre Stimme klang metallen und ein wenig ordinär: „'n Abend, Pereira. Sie kennen mich nicht.“

„Ich …“, begann Thomas, aber sie unterbrach ihn mit einer herrischen Kopfbewegung, die das schöne lange Haar fliegen ließ: „Seien Sie ruhig, ich bin nicht von der Polente. Im Gegenteil.“

Sie hält mich für Reynaldo Pereira, dachte Thomas. Klar!

Er stotterte: „Wer – wer hat Ihnen die Adresse gegeben?“

Die Frau in Rot musterte ihn mit einem zusammengekniffenen Auge. „Was ist denn los mit Ihnen? Nerven? Koks? Schnaps?“

„Bitte, wieso?"

„Was führen Sie denn mit Ihrem Gesicht auf? Können Sie den Mund nicht ruhig halten? Sie zucken ja dauernd!"

„Das geht vorbei. Habe ich – habe ich manchmal am Abend. Ich frage Sie: Wer hat Ihnen die Adresse gegeben?"

Die Frau in Rot kam dicht an ihn heran. Sie roch ausgezeichnet. Und sie war sehr schön. Mit leiser Stimme sagte sie: „Die Adresse habe ich von einem gewissen Monsieur Débras."

Major Maurice Débras vom französischen Geheimdienst, dachte Thomas Lieven betäubt. Das auch noch. Der dritte, den ich hereingelegt habe. Natürlich, das musste ja kommen. Nun sind sie zu dritt hinter mir her. Franzosen, Engländer, Deutsche. Jetzt kann es sich nur noch um Stunden handeln, und ich bin ein toter Mann …

Aus weiter Ferne schien die Frau in Rot ihre nächste Frage zu stellen; Thomas sah sie plötzlich nur noch undeutlich und schemenhaft. Ihre nächste Frage bestätigte seine schlimmsten Befürchtungen.

„Kennen Sie einen gewissen Jean Leblanc?"

Zunächst klapperte Thomas sehr laut mit Pfannen und Besteck, bevor er undeutlich murmelte: „Jean Leblanc? Nie gehört!"

„Quatschen Sie nicht kariert, Pereira, klar kennen Sie den Mann!" Die schöne Bestie setzte sich auf einen Küchenhocker und kreuzte die langen, schlanken Beine. „Machen Sie sich nicht gleich in die Hosen!"

Wie dieses Weib mit mir umgeht, dachte Thomas. Unwürdig, absolut unwürdig ist meine Situation. Womit verdiene ich das alles? Ich, jüngster Privatbankier von London. Ich, Mitglied eines der exklusivsten Londoner Clubs. Ich, ein Mann von bester Erziehung, von anständigen Ehrbegriffen, von Lebensart … Da stehe ich in einer dreckigen portugiesischen Küche und muss mir von einem zum Fressen hübschen Weib sagen lassen, ich soll mir nicht in die Hosen machen. Na, die kann jetzt mal was erleben! Der wohl erzogene Thomas Lieven konterte: „Nun halte aber schnell die Luft an, Puppe, und hau ab, sonst gibt es Ärger!"

Im nächsten Augenblick änderte sich die Situation. Schritte ertönten, und schon stand ein bärtiger Mann mit fleckigen Kordsamthosen und einem ausgebeulten schwarzen Pullover in der Küche. Der Mann war außerordentlich betrunken. Trotzdem erhellte sich sein breites Säufergesicht sogleich zu einem erfreuten Grinsen, als er Thomas erblickte, und er grunzte: „Willkommen in meiner elenden Behausung! Aber, meu amigo, was haben sie bloß mit deinen Haaren gemacht?"

Reynaldo, der Maler, war heimgekehrt …

Plötzlich sprachen die drei Menschen in der kleinen Küche gleichzeitig. Die Frau in Rot sprang auf, starrte Thomas an und rief: „Was, Sie sind gar nicht Pereira?"

„Natürlich ist er nicht Pereira", rief der besoffene Maler. „Was haben Sie denn getrunken? Ich bin Pereira! Das ist …"

„Maul halten!"

„… mein alter Freund Leblanc!"

„Oh!“

„Und wer – hicks –, schöne Dame, sind Sie?“

„Ich heiße Chantal Tessier“, sagte die junge Frau, ohne den Blick von Thomas zu nehmen. Ein hungriger Ausdruck trat in ihr Katzengesicht. Langsam sagte sie: „Monsieur Jean Leblanc persönlich?“, und nach einer Pause: „Was für ein glücklicher Zufall!“

„Was wollen Sie von mir?“

„Sie haben Ihrem Freund Débras doch mal einen falschen Pass besorgt. Débras sagte zu mir: ‚Wenn du selber mal einen falschen Pass brauchst, geh zu Reynaldo Pereira in die Rua do Poco des Negros und berufe dich auf Jean Leblanc ...‘“

„Sagte Ihr Freund Débras?“

„Sagte mein Freund Débras.“

„Sonst sagte er nichts?“

„Nur, dass Sie ein feiner Kerl sind, der ihm das Leben gerettet hat.“

Thomas dachte: Also alles nur halb so schlimm! Freundlich sagte er: „Wollen Sie nicht mit uns essen? Darf ich Ihnen aus dem Mantel helfen, Mademoiselle Tessier?“

„Für Sie: Chantal!“ Das Katzengesicht lächelte und entblößte dabei ein kräftiges Raubtiergebiss. Chantal Tessier war selbstbewusst, sie war gerissen, sie war bestimmt eiskalt. Aber sie schien es nicht gewohnt zu sein, dass Männer ihr aus dem Mantel halfen.

Das Raubtier trug einen engen schwarzen Rock und eine weiße Seidenbluse. Donnerwetter, dachte Thomas, so eine Figur! Dieses Mädchen bekommt bestimmt keine nassen Schuhe, wenn es regnet ...

Der Augenblick der Gefahr war vorüber. Thomas konnte wieder er selber sein. Gut erzogen und ritterlich gegen Damen. Gegen jede Art von Damen!

Sie setzten sich neben den betrunkenen Maler, der bereits zu essen begonnen hatte. Er aß mit den Fingern und sprach mit vollem Mund: „Wenn ich so malen könnte, wie Sie kochen können, dann wäre der alte Goya ein Hund gegen mich!“ Er erleichterte sich durch zartes Aufstoßen. „Sind da Pi-Pistazien drin?“

„Und Kapern, ja. Halten Sie sich doch die Hand vor! Sie brauchen also einen Pass, Chantal?“

„Nein.“ Ihre Augen schwammen jetzt ein bisschen. Und ihr linker Nasenflügel zitterte. Das war eine Angewohnheit von ihr.

„Ich brauche nicht *einen* Pass, ich brauche *sieben*.“

„Darf ich mal was bemerken?“, erkundigte sich der unrasierte Maler mit vollem Mund.

Ärgerlich sagte Thomas: „Schlucken Sie runter, bevor Sie sprechen. Und unterbrechen Sie nicht dauernd. Sehen Sie lieber zu, dass Sie ein *bisschen* nüchtern werden.“ Und zu der schönen Katze: „Für wen brauchen Sie die sieben Pässe, Chantal?“

„Für zwei deutsche, zwei französische und drei ungarische Herren.“

„Sie besitzen, wie es scheint, einen sehr internationalen Bekanntenkreis.“

Chantal lachte: „Kein Wunder bei meinem Beruf als – Fremdenführerin!"

„Wohin führen Sie denn Ihre Fremden?"

„Von Frankreich durch Spanien nach Portugal. Ganz einträgliches Geschäft."

„Und wie oft gehen Sie auf Reisen?"

„Einmal im Monat. Es sind immer größere Gesellschaften. Mit falschen Pässen. Oder gar keinen, je nachdem ..."

„Weil wir gerade von Pässen reden", begann der Maler wieder, aber Thomas winkte ihn zur Ruhe.

Chantal berichtete: „Ich gebe mich nur mit reichen Leuten ab. Ich bin teuer. Es ist aber auch noch nie einer hochgegangen bei mir. Ich kenne jeden Zentimeter Grenze! Ich kenne jeden Grenzbeamten! Na ja, und mit dem letzten Schub habe ich eben sieben Herren mitgebracht, die brauchen neue Pässe." Sie stieß den Maler an. „Kannst dir eine goldene Nase verdienen, mein Alter."

„Ich brauche auch einen Pass", sagte Thomas.

„O heilige Jungfrau", sagte der Bärtige. „Wo ich doch keine Pässe mehr habe!"

Thomas sagte aufgebracht: „Von den siebenundvierzig alten Pässen, die ich Ihnen brachte ..."

„Wann brachte? Vor sechs Wochen? Was glauben Sie, wie es bei mir zuging? In vierzehn Tagen war alles weg! Es tut mir wirklich leid – aber ich habe keinen mehr da! Keinen einzigen! Das wollte ich Ihnen schon die ganze Zeit erklären!"

11

Rings um den Largo de Chiado, einem verträumten Platz mit uralten Bäumen, lagen die „Pasteleria Marques", die kleinen Damencafés, berühmt für ihre süßen Leckereien. In einer Nische der Konditorei „Caravela" saßen am Abend dieses 16. November 1940 zwei Herren. Der eine trank Whisky, der andere aß Eis mit Schlagsahne. Der Whiskytrinker war der britische Agent Peter Lovejoy. Der Eisesser, ein dicker, gutmütiger Riese mit fröhlichen Schweinsäugelchen in einem rosigen Babygesicht, hieß Luis Guzmao.

Peter Lovejoy und Luis Guzmao kannten einander seit zwei Jahren, sie hatten schon ein paarmal erfolgreich zusammengearbeitet ...

„Also, es ist so weit", sagte Lovejoy. „Ich habe Nachricht, dass er heute aus dem Gefängnis geflohen ist."

„Da müssen wir uns beeilen, damit wir ihn noch in Lissabon erwischen", sagte Guzmao. Er löffelte und schmatzte. Er liebte Eis mit Schlagsahne. Er bekam nie genug davon.

„Eben", sagte Lovejoy gedämpft. „Wie wollen Sie die Sache erledigen?"

„Pistole mit Schalldämpfer, denke ich. Was ist mit dem Geld? Haben Sie es mitgebracht?"

„Ja. Sie bekommen fünftausend Escudo jetzt und fünftausend, wenn Sie ... also hinterher."

Lovejoy trank einen großen Schluck Whisky und dachte verärgert: Fünftausend Escudo hat er mir gegeben, mit Geld will er sich an der Sache beteiligen, der feine Herr Major Loos – aber vor der Besprechung mit diesem Guzmao hat er sich gedrückt, dazu war er zu fein!

Lovejoy spülte seinen Ärger über den zartbesaiteten Deutschen mit einem weiteren Schluck Whisky hinab. Dann sagte er: „Jetzt hören Sie gut zu, Guzmao: Leblanc ist in Gestalt und Maske eines gewissen Lazarus Alcoba geflohen. Dieser Alcoba ist bucklig, klein, fast kahl." Lovejoy beschrieb Alcoba so genau, wie seine Vertrauensperson im Gefängnis ihn beschrieben hatte. Dann sagte er: „Leblanc weiß, dass die Engländer und die Deutschen hinter ihm her sind. Er wird sich also bestimmt verstecken."

„Wo?"

„Er hat da einen Freund, einen versoffenen Maler in der Altstadt, Rua do Poco des Negros 16. Ich wette, dorthin wird er jetzt laufen. Entweder er spielt weiter den Buckligen – aus Angst vor uns –, oder er verwandelt sich wieder in Jean Leblanc – aus Angst vor der Polizei."

„Wie sieht Jean Leblanc aus?"

Lovejoy beschrieb Thomas Lieven genau.

„Und der echte Bucklige?"

„Der sitzt noch! Machen Sie sich keine Sorgen. Wenn Sie in der Rua do Poco des Negros 16 einen Buckligen erwischen, der fast keine Haare mehr auf dem Kopf hat und auf den Namen ‚Leblanc' reagiert, dann brauchen Sie keine weiteren Fragen mehr zu stellen ..."

Wenige Minuten nach acht Uhr früh, am 17. November 1940, wurde der elfmal vorbestrafte Lazarus Alcoba, ledig, geboren in Lissabon am 12. April 1905, dem Direktor des Gefängnisses „Aljube" vorgeführt. Der Direktor, ein großer, hagerer Mann, sagte zu ihm: „Es wird mir berichtet, dass Sie gestern Abend verschiedene wilde Drohungen ausgestoßen haben, Alcoba."

Der Mund des kleinen Mannes mit dem Buckel zuckte auch beim Sprechen: „Herr Direktor, ich habe mich nur verteidigt, als es hieß, ich könnte nicht entlassen werden, weil ich mit der Flucht dieses Jean Leblanc was zu tun hätte."

„Ich bin davon überzeugt, dass Sie damit zu tun haben, Alcoba. Sie sollen die Absicht geäußert haben, sich an den Herrn Oberstaatsanwalt zu wenden."

„Herr Direktor, ich werde mich natürlich nur dann an den Herrn Oberstaatsanwalt wenden, wenn ich nicht sofort entlassen werde. *Ich* kann doch schließlich nichts dafür, dass dieser Leblanc unter meinem Namen geflohen ist!"

„Hören Sie zu, Alcoba, wir entlassen Sie heute ..." Alcoba grinste breit. „Na also."

„... aber nicht etwa, weil wir Angst vor Ihnen haben, sondern weil tatsächlich ein Befehl dazu vorliegt. Sie werden sich täglich auf Ihrem Polizeirevier melden und Lissabon nicht verlassen."

„Nein, Herr Direktor."

„Grinsen Sie nicht so dämlich, Alcoba! Ihnen ist nicht zu helfen. Ich bin sicher, Sie werden bald wieder bei uns landen. Am besten bleiben Sie gleich bei uns. Ein Mann wie Sie ist hinter Gittern besser aufgehoben."

12

In den winzigen, krummen Gassen der Altstadt mit ihren verwitterten Rokokopalästen und bunt gekachelten Bürgerhäusern lag die Stille der mittäglichen Siestastunde.

Schneeweiße Wäsche hing an unzähligen Leinen. Verkrüppelte Bäume wuchsen auf geborstenen Steintreppen, und immer wieder öffneten sich die Mauern und gaben den Blick frei zum nahen Fluss. Zum Fluss hinab sah auch Thomas Lieven. Er stand an dem großen Fenster im Atelier seines trunksüchtigen Freundes. Chantal Tessier stand neben ihm. Sie war noch einmal in die Rua do Poco des Negros gekommen, um Abschied zu nehmen. Sie musste zurück nach Marseille. Und sie drängte Thomas, mit ihr zu fahren. Seltsam unruhig war Chantal, ihr linker Nasenflügel zitterte wieder. Sie legte eine Hand auf Thomas Lievens Arm. „Kommen Sie mit mir, werden Sie mein Partner. Ich hätte einige Geschäfte für Sie, nicht etwa Fremdenführung. Hier sind Sie aktionsunfähig. In Marseille aber – mein Gott, wir könnten meinen Laden ganz groß aufziehen!"

Thomas schüttelte den Kopf und sah hinaus auf das Wasser des Tejo. Das Wasser floss zum Atlantik hin, langsam und träge. Und da unten, an der Mündung in den Atlantik, lagen mancherlei Schiffe, bereit, auszulaufen zu fernen Häfen, bereit, die Verfolgten, Gedemütigten und Geängstigten in ferne, freie Länder zu bringen. Da unten ankerten die Schiffe für Menschen mit Pässen, mit Einreisegenehmigungen, mit Geld.

Thomas hatte keinen Pass mehr. Er hatte keine Einreisegenehmigung. Er hatte kein Geld. Den Anzug, den er auf dem Leib trug, hatte er noch, sonst nichts.

Todmüde fühlte er sich plötzlich. In einem Teufelskreis drehte sich sein Leben, es gab kein Entrinnen. „Ihr Angebot ehrt mich, Chantal. Sie sind eine schöne Frau. Sie sind gewiss auch ein wunderbarer Kamerad." Er sah sie an und lächelte, und die Frau, die aussah wie eine Raubkatze, errötete wie ein verliebtes Schulmädchen. Sie stampfte unwillig mit dem Fuß auf und murmelte: „Lassen Sie den dämlichen Quatsch ..."

Thomas sagte trotzdem: „Sicherlich haben Sie ein gutes Herz. Aber sehen Sie, ich war einmal ein Bankier. Ich möchte wieder Bankier werden!"

Vor einem Tisch, der vollgeräumt war mit Farben, Tuben, Pinseln, vollen Aschenbechern und Flaschen, saß Reynaldo Pereira. Er war jetzt nüchtern und malte an einem ziemlich wüsten Bild. Er sagte: „Jean, es ist viel dran an dem, was Chantal vorschlägt. Mit ihr kommen Sie sicher nach Marseille. Und in Marseille kriegen Sie leichter einen falschen Pass als hier, wo die Polizei Sie sucht. Von Ihren anderen Freunden gar nicht zu reden."

„Herrgott, aber ich komme doch aus Marseille! Soll denn *alles* umsonst gewesen sein?"

Chantal sprach brutal und aggressiv: „Sie sind ein sentimentaler Trottel, wenn Sie nicht sehen, was los ist. Sie haben Pech gehabt. Na schön! Wir haben alle einmal Pech im Leben! Aber als Erstes brauchen Sie jetzt wieder Pinkepinke und 'ne anständige Fleppe." Hätte ich in unserer Zelle nicht Alcobas Privatunterricht genossen, ich wüsste nicht, was die Dame meint, dachte Thomas. Traurig sagte er: „Mit Pereiras Hilfe werde ich auch in Lissabon einen neuen Pass finden. Und was das Geld anbelangt, so habe ich einen Freund in Südamerika, dem werde ich schreiben. Nein, nein, lasst nur, ich schaffe es schon noch, ich ..."

Den Satz sprach er nicht mehr zu Ende, denn in diesem Augenblick zerriss das dumpfe Blaffen von Schüssen die mittägliche Stille. Chantal schrie leise auf. Im Hochfahren warf Pereira einen Farbtopf um. Sie starrten einander entsetzt an. Drei Sekunden verstrichen ...

Dann klangen aus der Tiefe alarmierte Männerstimmen empor, dann kreischten Frauen, heulten Kinder.

Thomas stürzte in die Küche und riss das Fenster auf. Er sah hinab in den alten Hof. Männer, Frauen, Kinder rannten da unten zusammen, umringten eine Gestalt, die auf dem schmutzigen Katzenkopfpflaster lag, qualvoll gekrümmt, bucklig und klein.

13

Lazarus, Lazarus, hörst du mich?"

Thomas kniete neben dem kleinen Mann auf dem Pflaster, hinter ihm drängten und stießen fremde Menschen. Blut sickerte aus Alcobas Wunden. Mehrere Kugeln hatten ihn getroffen, in der Brust, im Bauch. Er lag jetzt reglos, die Augen waren geschlossen. Jetzt zuckte der nervöse Mund nicht mehr.

„Lazarus ...", stöhnte Thomas Lieven.

Da öffnete der kleine Bucklige die Augen. Getrübt schon waren die Pupillen, aber trotzdem erkannte Lazarus noch den Mann, der sich über ihn neigte. Er ächzte: „Hau ab, Jean, hau schnell ab, das hat dir gegolten ..." Ein Schwall Blut quoll aus seinem Mund.

„Nicht sprechen, Lazarus", flehte Thomas seinen Freund an. Aber der Bucklige flüsterte: „Der Kerl hat Leblanc gerufen, bevor ... Er hat mich für dich gehalten ..."

Thomas schossen Tränen in die Augen, Tränen der Wut und der Trauer. „Nicht reden, Lazarus ... Es kommt gleich ein Arzt ... Sie werden dich operieren ..."

„Es – es ist zu spät ...“ Der Bucklige sah Thomas an, und plötzlich grinste er – listig und verschmitzt – und stieß mühsam hervor: „Schade, Kleiner ... Wir hätten noch ein paar schicke Dinger drehen können ...“ Dann war das Grinsen weggewischt. Die Augen brachen.

Als Thomas Lieven sich von seinem toten Freund erhob, wichen die Menschen vor ihm zurück und ließen ihn schweigend aus ihrer Mitte treten. Denn sie sahen, dass er weinte.

Durch einen Tränenschleier erblickte Thomas Chantal und Pereira, die abseits von der aufgeregten Menge standen. Schwankend ging er zu ihnen. Er stolperte und wäre gestürzt, wenn der Maler ihn nicht aufgefangen hätte.

Von der Straße her kamen zwei Polizisten und ein Arzt in den Hof gelaufen. Indessen der Arzt den Toten untersuchte, redeten sämtliche Anwesenden auf die Polizisten ein. Immer mehr Neugierige strömten zusammen, schrilles Stimmengewirr erfüllte den alten Hof.

Thomas wischte sich die Augen und sah Chantal an. Er wusste: Wenn er jetzt nicht augenblicklich handelte, war es zu spät. Im Bruchteil einer Sekunde, im Heben und Senken der Lider, entschied er sein Schicksal ...

Zwei Minuten später hatten die Polizisten den Schilderungen der aufgeregten Augenzeugen entnommen, dass ein fremder Mann sich um den Sterbenden bemüht und mit ihm als Letzter gesprochen hatte.

„Wo ist der Mann?“

„Da rübergegangen!“, rief eine alte Frau. Sie wies mit einem knochigen Finger zum Eingang des Hinterhauses. Dort stand Pereira, der Maler. Er stand jetzt allein.

„Sie da, he!“, rief ein Polizist. „Wo ist der Mann, der mit dem Sterbenden gesprochen hat?“

„Keine Ahnung“, sagte Pereira.

Gleichzeitig drückte der Arzt dem Erschossenen die Augen zu. Im Tode strahlte das hässliche Gesicht des Lazarus Alcoba eine große Würde aus.

14

In den Pyrenäen war es kalt. Schneidender Ostwind tobte über dem kargen, roterdigen Kettengebirge, welches das spanische Aragonien vom südlichen Frankreich trennt.

In der Morgendämmerung des 23. November 1940 bewegten sich zwei einsame Wanderer in nördlicher Richtung auf den Pass von Roncesvalles zu, eine junge Frau und ein junger Mann. Sie trugen beide Bergschuhe, Filzhüte und gefütterte Windjacken. Beide schleppten schwere Rucksäcke. Die Frau ging zuerst. Der Mann folgte ihr durch dichten Wald und Unterholz bergauf.

Nie zuvor in seinem Leben hatte Thomas Lieven schwere Bergschuhe an den Füßen gehabt, nie in seinem Leben hatte er eine gefütterte Windjacke getragen. Er war auch noch nie auf schwierigen und gefährlichen Pfaden im Gebirge herumgeklettert. Traumhaft und unwirklich wie alles in den letzten fünf Tagen erschien ihm auch diese Morgenstunde mit ihren Nebeln und grauen Schatten, in welcher er hinter Chantal Tessier auf die Staatsgrenze Frankreichs zustapfte, mit wundgelaufenen Fersen und Blasen an den Fußsohlen.

Eine großartige Person war diese Chantal Tessier, ein wirklicher Kamerad – das hatte er in jenen fünf Tagen erfahren. Sie kannte Portugal und Spanien tatsächlich wie ihre Tasche, sie kannte die Zollbeamten, die Polizeistreifen in den Zügen, sie kannte Bauern, die einen Fremden übernachten ließen und ihm zu essen gaben, ohne Fragen zu stellen.

Die Hose, die er trug, die Schuhe, die Windjacke, der Hut, das alles stammte von Chantal, sie hatte es für ihn gekauft. Und auch das Geld in seinen Taschen stammte von ihr. Sie hatte es ihm gegeben – „vorgestreckt", wie sie es nannte.

Von Lissabon waren sie mit der Bahn bis hinauf nach Valencia gefahren. Es hatte zwei Kontrollen gegeben. Beiden war Thomas mithilfe von Chantal entronnen. Nachts waren sie über die Grenze nach Spanien gegangen. Über Vigo, León und Burgos waren sie weitergefahren. In Spanien gab es viel mehr Kontrollen und viel mehr Polizei. Trotzdem war alles gut gegangen – dank Chantal …

Nun kam die letzte Grenze, dann waren sie in Frankreich. Die Riemen des Rucksacks schnitten Thomas Lieven in die Schultern, jeder Knochen seines Körpers tat ihm weh. Er war müde zum Umfallen. Leicht und wirr wanderten seine Gedanken, während er Chantal folgte.

Der arme Lazarus Alcoba … Wer hat ihn erschossen? Wer hat ihn erschießen lassen? Die Engländer? Die Deutschen? Wird man den Mörder jemals finden? Wird ein neuer Mörder mich finden? Wie lange habe ich noch zu leben? Ich, der ich hier durch einen dämmrigen Wald schleiche wie ein Schmuggler, wie ein Verbrecher … Wahnsinn, Wahnsinn, das alles, ein Albtraum, unwirklich und grotesk, ein Fiebertraum und doch blutige Wahrheit …

Der Weg wurde jetzt flacher, der Wald trat zurück, sie erreichten eine Lichtung. Hier stand eine verwitterte Futterhütte. Hinter der offenbar unermüdbaren Chantal her schleppte Thomas sich eben an dem großen, überdachten Heustadel vorüber, als, schnell nacheinander, in nächster Nähe drei Schüsse fielen.

Blitzschnell fuhr Chantal herum, blitzschnell war sie neben Thomas. Ihr Atem traf ihm im Gesicht: „Hier rein!"

Sie riss ihn mit sich unter das Dach der Hütte, und sie fielen in das Heu. Keuchend sahen sie sich an.

Wieder donnerte ein Schuss, und noch einer. Dann hörten sie, vom Wind hereingeweht, eine Männerstimme, die aber nicht zu verstehen war.

„Ruhig", flüsterte Chantal. „Ganz ruhig liegen bleiben. Das können Grenzer sein."

Es kann auch jemand anderer sein, dachte Thomas bitter. Und es wird wohl auch jemand anderer sein! Die Herren in Lissabon werden nicht sehr lange gebraucht haben, um festzustellen, dass ihnen ein bedauerlicher Irrtum unterlaufen ist. Ein gutzumachender Irrtum …

Thomas fühlte Chantal neben sich. Sie lag ganz ruhig, aber Thomas spürte die Spannung, die Anstrengung, mit der sie sich zur Ruhe zwang.

In diesem Moment war sein Entschluss gefasst. Er durfte nicht noch ein Menschenleben gefährden! Der Tod des armen Lazarus, das wusste er, würde ihn belasten bis zum eigenen Ende.

Schluss jetzt, dachte Thomas Lieven. Ich spiele nicht mehr mit. Besser ein Ende mit Schrecken als dieser Schrecken ohne Ende. Sucht mich nicht länger, ihr mörderischen Idioten. Verfolgt mich nicht länger, ihr idiotischen Mörder. Ich ergebe mich, aber lasst Unschuldige aus diesem dreckigen Spiel …

Schnell streifte er die Riemen des Rucksacks ab und erhob sich. Chantal fuhr hoch. In ihrem weißen Gesicht brannten die Augen, sie zischte: „Bleib liegen, Wahnsinniger …" Mit aller Kraft wollte sie ihn niederziehen.

„Tut mir leid, Chantal", murmelte Thomas und wendete einen Jiu-Jitsu-Griff an, von dem er wusste, dass Chantal durch ihn für einige Sekunden die Besinnung verlieren würde. Mit einem Ächzen sank die junge Frau zurück.

Thomas trat ins Freie.

Da kamen sie, zwei Mann, Gewehre in den Händen. Da kamen sie über die Lichtung auf ihn zu, über totes Gras, durch Nebelschwaden, da kamen sie.

Er ging ihnen entgegen. Mit einem unsinnigen Gefühl des Triumphs dachte er: Wenigstens könnt ihr mich nicht „auf der Flucht" in den Rücken schießen.

Jetzt hatten die beiden ihn erblickt, sie hoben die Gewehre. Noch einen Schritt machte Thomas. Und noch einen.

Die Männer ließen ihre Gewehre wieder sinken. Sie kamen rasch näher. Thomas hatte sie noch nie im Leben gesehen. Sie trugen beide Kordsamthosen, Hüte, Windjacken und Bergschuhe wie er. Sie waren beide untersetzt und eher klein. Der eine hatte einen Schnurrbart, der andere trug eine Brille. Nun waren sie herangekommen. Nun blieben sie stehen. Der mit der Brille zog den Hut und sagte höflich auf Spanisch: „Guten Morgen."

„Haben Sie ihn vielleicht gesehen?", fragte der mit dem Schnurrbart.

Um Thomas begann sich alles zu drehen. Männer, Lichtung, Wiese, Bäume, alles. Er fragte tonlos: „Wen?"

„Den Hirsch", sagte der mit der Brille.

„Ich habe ihn getroffen", sagte der mit dem Schnurrbart. „Ich weiß es genau, dass ich ihn getroffen habe. Ich sah ihn zusammenbrechen. Dann schleppte er sich fort."

„Er muss hier in der Nähe sein", sagte sein Freund.

„Ich habe nichts gesehen", sagte Thomas in seinem schlechten Spanisch.

„Oh, Ausländer …! Vermutlich auf der Flucht von drüben", sagte der mit der Brille.

Thomas konnte nur nicken. Die beiden Spanier wechselten einen Blick. „Wir werden vergessen, dass wir Sie gesehen haben“, sagte der mit dem Schnurrbart. „Guten Morgen und – gute Reise.“ Sie zogen beide die Hüte. Auch Thomas zog seinen Hut. Die Jäger gingen weiter und verschwanden im Wald.

Thomas atmete eine Weile tief, dann ging er zu der Futterhütte zurück. Chantal saß im Heu und rieb sich stöhnend den Hals. Er war rot unterlaufen.

Thomas setzte sich neben sie und sagte: „Verzeihen Sie das vorhin, aber ich wollte nicht … Sie sollten nicht …“ Er kam ins Stottern und endete hilflos: „Es waren nur Jäger.“

Plötzlich schlang Chantal die Arme um Thomas und presste sich wild an ihn. Sie sanken zurück.

Über Thomas gebeugt, flüsterte Chantal: „Du hast mich schützen wollen, du wolltest mich nicht in Gefahr bringen, du hast an mich gedacht …“ Ihre Hände strichen zärtlich über sein Gesicht. „Das hat noch nie ein Mann getan – kein Mann in meinem Leben …“

„Was?“

„An mich gedacht“, flüsterte Chantal.

In der Süße ihrer gewalttätigen Küsse versanken für Thomas alles Elend und alle Angst, dunkle Vergangenheit und dunkle Zukunft …

15

Im Jahre 1942 umstellten sechstausend Mann deutscher Truppen das alte Hafenviertel von Marseille und zwangen die Bewohner – etwa zwanzigtausend Menschen –, innerhalb von zwei Stunden ihre Wohnstätten zu verlassen, wobei sie höchstens 30 Kilogramm Gepäck mitnehmen durften. Es wurden über dreitausend Kriminelle verhaftet. Das gesamte alte Hafenviertel wurde gesprengt. Solcherart verschwand die farbenprächtigste Brutstätte des Lasters in Europa, der gefährlichste Ausgangspunkt verbrecherischer Unternehmen.

In den Jahren 1940/41 jedoch erlebte das alte Hafenviertel gerade seine größte Blütezeit. In den düsteren Häusern hinter dem Rathaus wohnten Angehörige sämtlicher Nationen: Flüchtlinge, Schwarzhändler, gesuchte Mörder, Fälscher, politische Verschwörer, Legionen leichter Mädchen.

Die Polizei war machtlos und vermied es überhaupt so lange wie irgend möglich, im „Alten Viertel“ zu erscheinen. Herrscher in diesem dunklen Reich waren die Chefs mehrerer Banden, die einander unerbittlich und erbarmungslos bekriegten. Mitglieder dieser Banden waren Franzosen, Nordafrikaner, Armenier, viele Korsen und Spanier.

Die Bandenchefs waren stadtbekannt. Sie bewegten sich stets nur in Begleitung ihrer Leibwachen durch die schmalen, bunten Gassen. Zwei, drei Herren schritten rechts, zwei, drei Herren links von ihrem Boss im Gänsemarsch dahin, die rechte Hand in der Tasche, mit dem Zeigefinger am Abzug des Revolvers.

Staatlicherseits wurden Beamte der *„Contrôle économique"*, der „Wirtschaftskontrolle", eingesetzt, deren Aufgabe es war, den blühenden Schleichhandel zu bekämpfen. Doch diese Kommissare erwiesen sich zum größten Teil als bestechlich und zu einem weiteren Teil als feige. Nach Einbruch der Dunkelheit wagten sie sich nicht mehr auf die Straße. Dann aber begann der Tanz der Käseräder, die von einem Haus ins andere rollten, und der Fleischstücke, die aus geheimen Schlächtereien in die Restaurants geschafft wurden.

Aus dunklen Quellen stammten denn auch die schöne, junge Lammkeule, die Butter, die grünen Böhnchen und alle anderen Zutaten, mit welchen Thomas Lieven am Abend des 25. November 1940 in Chantal Tessiers Küche ein wohlschmeckendes Essen bereitete.

Chantal wohnte in der Rue Chevalier à la Rose. Wenn man sich aus dem Fenster neigte, konnte man das schmutzige Wasser des rechteckigen „Alten Hafens" sehen und die bunten Lichter der zahllosen Cafés, die ihn umgaben.

Die Größe, aber auch die Einrichtung von Chantals Wohnung hatten Thomas überrascht. Vieles war barbarisch, so etwa die Zusammenstellung kostspieliger supermoderner Beleuchtungskörper mit echten antiken Möbeln. Ohne Zweifel war Chantal völlig verwildert aufgewachsen, unverbildet und von keiner Kultur beleckt. An diesem Abend trug sie ein raffiniertes, eng anliegendes, hochgeschlossenes Kleid aus bestickter Chinaseide, darüber aber aparterweise einen schweren, handbreiten Ledergürtel. Sie zeigte überhaupt eine Vorliebe für Rohleder und dessen Geruch.

Thomas unterdrückte höflich jede Kritik an Chantals geschmacklichen Verirrungen. Er trug – zum ersten Mal in seinem Leben – einen fremden Anzug, der ihm allerdings wie angegossen passte. Chantal hatte gleich nach der Ankunft einen großen Schrank geöffnet, der gefüllt war mit Herrenhemden, Herrenwäsche, Krawatten und Anzügen. Sie hatte gesagt: „Nimm, was du brauchst. Pierre war so groß wie du." Widerstrebend hatte Thomas genommen, was er brauchte, und er brauchte eigentlich alles, um sich sauber anzuziehen, denn er selbst besaß nichts mehr.

Als er mehr von Pierre wissen wollte, hatte Chantal unwillig gesagt: „Frag nicht so viel. Eine Liebe von mir. Wir sind auseinander. Seit einem Jahr. Er kommt nicht mehr wieder …" Überhaupt – Chantal hatte sich in den vergangenen Stunden sehr kühl verhalten. So, als ob es jene wilde Stunde an der Grenze nie gegeben hätte. Auch jetzt, während des Abendessens, saß sie schweigsam da, von schweren Gedanken überschattet. Während sie die Muscheln verzehrte, sah sie Thomas immer wieder an. Bei der schönen, jungen Lammkeule begann ihr linker Nasenflügel wieder zu zittern. Als Thomas ihr die Früchte in Karamell servierte, schlug eine Turmuhr in der Nähe zehnmal.

Chantal vergrub plötzlich das Gesicht in beiden Händen und begann vor sich hinzumurmeln.

Menu • 25. November 1940

Mit einer Lammkeule löste Thomas Lieven eine Frauenzunge …

Moules à la Marinière • Gebratene Lammkeule mit Haricots Verts und Pommes Dauphine • Früchte in Karamell

Moules à la Marinière: Man nehme frische Miesmuscheln, wasche und bürste sie sehr gründlich und gebe sie dann in einen Kessel in wenig kochende Flüssigkeit, halb Wasser, halb Weißwein. Man lasse sie mit geschlossenem Deckel unter öfterem Durchrütteln kochen, bis die Muscheln sich geöffnet haben, schütte sie dann auf ein Sieb und löse das Fleisch der geöffneten Muscheln aus den Schalen. – Man hat inzwischen aus Butter und Mehl eine weiße Soße gemacht, die man mit dem durch ein frisches Sieb gegebenen Muschelsud aufgießt und sehr gut durchkochen lässt. Man gebe noch etwas Weißwein hinzu, würze mit Salz, Pfeffer und etwas Zitronensaft und ziehe die Soße mit Eigelb ab. – Man gebe nur das Muschelfleisch und fein gehackte Petersilie in die Soße und lasse zusammen durchziehen, ohne dass es noch einmal zum Kochen kommt.

Gebratene Lammkeule mit Zutaten: Man nehme eine schöne, junge Lammkeule, mache am Knochenansatz einen kleinen Einschnitt in das Fleisch und stecke eine Knoblauchzehe hinein. – Man begieße die Keule in der Pfanne mit reichlich brauner Butter, brate sie auf dem Herd auf allen Seiten gut an und salze und pfeffere sie erst danach. Man stelle sie dann in den Bratofen und brate sie bei guter Hitze unter fleißigem Begießen fertig.

Man nehme frische grüne Böhnchen, putze sie und koche sie in wenig Wasser weich. Verwendet man Konserven, so schütte man sie auf ein Sieb, lasse das Wasser gut ablaufen und übergieße sie dann mit kochendem Wasser. Dadurch verlieren sie jeglichen Büchsengeschmack. Man gebe die gut abgetropften „Haricots" in zerlassene Butter und lasse sie darin heiß werden. Man bestreue sie beim Anrichten mit etwas feinem Salz. Man drücke gekochte Salzkartoffeln durch den Quetscher, verarbeite sie mit ganzen Eiern zu einem feinen Teig, würze mit einer Spur von Muskat. Man forme daraus kleine Bällchen und backe sie in sehr heißem, steigendem Fett, bis sie sich aufplustern und eine schöne braune Farbe annehmen.

Früchte in Karamell: Man nehme Streuzucker und lasse ihn in einer Kasserolle unter ständigem Rühren zerschmelzen und hellgelb werden. Man lösche mit Wasser ab und lasse den hellen Karamell gut durchkochen. – Man nehme geschälte geviertelte Pfirsiche und Birnen sowie frische Weinbeeren und lasse sie in dem Karamell weich dünsten. Man fülle das erkaltete Kompott in Schalengläser, verziere es mit Schlagsahnetupfen und bestreue es mit gehackten Mandeln.

„Was ist los, chérie?", erkundigte sich Thomas, in seinen Früchten rührend.

Sie sah auf. Der Nasenflügel zitterte noch immer, aber sonst war das schöne Gesicht zu einer Maske erstarrt. Sie sprach jetzt ganz ruhig: „Zehn Uhr."

„Ja, und?"

„Jetzt stehen sie unten im Hausflur. Wenn ich das Grammofon anstelle und ‚J'ai deux amours' spiele, werden sie heraufkommen."

Thomas legte das Silberlöffelchen fort und forschte: „Wer wird heraufkommen?"

„Oberst Siméon und seine Leute."

„Oberst Siméon?", wiederholte er schwach.

Nur ihr Nasenflügel zitterte. „Vom ‚Deuxième Bureau', ja. Ich habe dich verraten, Jean. Ich bin das allergemeinste Stück Dreck von der Welt." Dann war es eine Weile still im Raum.

Endlich sagte Thomas: „Möchtest du vielleicht noch einen Pfirsich?"

„Jean! Sei nicht so! Ich *ertrage* das nicht! Warum brüllst du nicht? Warum haust du mir nicht eine in die Fresse?"

„Chantal", sagte er und fühlte, wie eine ungeheure Müdigkeit ihn überflutete, „Chantal, warum hast du das getan?"

„Die Behörden hier haben mich am Wickel – sehr böse Sache, die noch mit Pierre zusammenhängt. Schwerer Betrug und so ... Da taucht plötzlich dieser Oberst, dieser Siméon, auf und sagt: ‚Wenn Sie uns Leblanc bringen, kann man die Sache regeln!' Was hättest du an meiner Stelle getan, Jean? Ich kannte dich doch nicht!"

Thomas dachte: So ist das Leben. So geht das weiter, immer weiter. Einer jagt den andern. Einer verrät den andern. Einer tötet den andern, um selber nicht getötet zu werden.

Er sagte leise: „Was will Siméon von mir?"

„Er hat seine Anweisungen ... Du hast die Leute mit irgendwelchen Listen hereingelegt – stimmt das?"

„Ja, das stimmt", sagte er.

Sie stand auf und trat vor ihn und legte ihm eine Hand auf die Schulter: „Ich möchte weinen. Aber es kommen keine Tränen. Schlag mich. Bring mich um. Tu etwas, Jean! Sieh mich nicht so an."

Thomas saß ganz still und dachte nach. Dann fragte er leise: „Welches Lied sollst du spielen?"

„J'ai deux amours", antwortete sie.

Plötzlich erhellte ein seltsames Lächeln sein bleiches Gesicht. – Er stand auf. Chantal wich vor ihm zurück. Aber er berührte sie nicht. Er ging in das Nebenzimmer. Hier stand ein Grammofon. Er lächelte wiederum, als er die Aufschrift auf der Platte sah. Er schaltete den Apparat ein. Er setzte die Nadel in die erste Rille. Musik erklang. Und Josephine Bakers Stimme sang „J'ai deux amours", das Lied von den zwei Lieben ...

Nun kamen draußen Schritte näher. Noch näher. Ganz nahe. Chantal stand dicht vor Thomas. Fauchend drang ihr Atem durch die geöffneten Lippen, das Raubtiergebiss glitzerte feucht. Hastig hob und senkte sich die Brust unter der dünnen grünen Seide des eng anliegenden chinesischen Kleides.

Sie zischte: „Hau ab, noch ist Zeit … Unterm Schlafzimmerfenster gibt's ein flaches Dach …"

Thomas schüttelte lächelnd den Kopf. Chantal wurde wütend.

„Idiot! Die machen ein Sieb aus dir! In zehn Minuten bist du eine Wasserleiche im ‚Alten Hafen'!"

„Es wäre aufmerksam von dir gewesen, wenn du dir das etwas früher überlegt hättest, mein Herz", sagte Thomas freundlich. Sie holte wild aus, als wollte sie ihn schlagen, und keuchte: „Quatsch doch nicht so dämlich, ausgerechnet jetzt …" Aber gleich darauf begann sie zu schluchzen.

Es klopfte.

„Mach auf", sagte er hart. Chantal presste eine Faust an den Mund und rührte sich nicht. Es klopfte wieder, diesmal stürmischer. Josephine Baker sang immer noch.

Eine Männerstimme, die Thomas kannte, rief: „Öffnen Sie, oder wir schießen das Türschloss heraus!"

„Guter, alter Siméon", murmelte Thomas, „immer noch der gleiche Hitzkopf!" Er ließ die bebende Chantal stehen und ging ins Vorzimmer.

Jetzt erzitterte die Wohnungstür unter Faustschlägen. Eine Sicherheitskette war vorgelegt. Thomas drückte die Klinke herab. Die Tür flog auf, so weit die Stahlkette es zuließ. Ein Schuh schob sich in den Spalt, desgleichen eine Pistole.

Thomas trat auf den Schuh, so fest er konnte, und stieß den Lauf der Waffe zurück. „Wenn ich Sie bitten dürfte, diese beiden Gegenstände noch einmal zurückzunehmen, Herr Oberst", sprach er dazu.

„Das könnte Ihnen so passen!", schrie Siméon von jenseits der Tür. „Wenn Sie nicht sofort öffnen, knallt es!"

„Dann wird es wohl knallen müssen", meine Thomas sanft. „Denn solange Sie Hand und Fuß in der Tür haben, kann ich die Sicherheitskette nicht entfernen."

Nach einigem Zögern entsprach der Oberst Thomas Lievens Begehren. Schuh und Waffe verschwanden. Thomas öffnete. Im nächsten Moment hatte er den Pistolenlauf im Magen, und der heroische Jules Siméon stand dicht vor ihm, die Schnurrbarthaare gesträubt, den edlen Kopf mit der Römernase zurückgeworfen. Thomas dachte: Er ist auch in den letzten Monaten nicht zu Geld gekommen, der Arme; er trägt immer noch diesen alten, abgeschabten Trenchcoat.

Thomas sagte: „Welche Freude, Herr Oberst. Wie geht es Ihnen? Und was macht unsere schöne Mimi?"

Beinahe lippenlos vor Verachtung sprach der Oberst: „Ihr Spiel ist aus, Sie schmutziger Verräter!"

„Würde es Ihnen etwas ausmachen, mir den Pistolenlauf woanders hinzudrücken. Beispielsweise an die Brust? Wissen Sie, ich habe soeben gegessen."

„In einer halben Stunde werden Sie keine Verdauungssorgen mehr haben, Sie Schwein", antwortete Siméon voll Feuer.

Ein zweiter Mann betrat die Diele, groß, elegant, mit grauen Schläfen und klugen Augen, den Mantelkragen aufgestellt, die Hände in den Taschen, eine Zigarette im Mundwinkel – Maurice Débras.

„Guten Abend", sagte Thomas. „Ich ahnte, dass Sie in der Nähe sein würden, als Chantal mir den Namen der Schallplatte nannte. Wie geht es, Major Débras?"

Siméon zischte: *„Oberst Débras!"*

Débras selber antwortete nicht. Er bewegte nur kurz und herrisch den Kopf zur Tür.

Im nächsten Moment ließ ein wütender Schrei sie alle herumfahren. Geduckt wie eine Tigerkatze vor dem Sprung stand Chantal in der Wohnzimmertür, einen gekrümmten malaiischen Dolch in der Rechten. In wilder Wut fauchte sie: „Raus!, oder ich bring euch um, alle beide. Lasst Jean in Ruhe! –"

Erschrocken wich Siméon zwei Schritte zurück.

Thomas dachte: Ein ganz so vertrottelter Held wie damals bei der Eroberung von Paris bist du Gott sei Dank doch nicht mehr! Dann sagte er scharf: „Lass den Quatsch, Chantal. Du hattest dem Herrn Oberst doch schließlich versprochen, mich zu verraten."

Noch mehr krümmte Chantal sich zusammen, noch heiserer flüsterte sie: „Das ist mir ganz egal … Ich hab mich benommen *comme une salope* – aber ich kann alles noch gutmachen …"

„Einen feuchten Kehricht kannst du!", sagte Thomas. „Sie sperren dich doch nur ein, du dummes Luder!"

„Sollen sie mich einsperren … Mir ist alles egal – ich habe noch nie einen Menschen verraten. Geh hinter mich, Jean, schnell, renn ins Schlafzimmer …"

Jetzt stand sie dicht vor ihm. Thomas seufzte und schüttelte den Kopf. Dann schoss sein rechter Fuß hoch. Der Schuh traf Chantals rechtes Handgelenk. Sie schrie vor Schmerz. Der Dolch flog fort und blieb federnd im Türpfosten stecken.

Thomas nahm Hut und Mantel, riss den Dolch aus dem Holz und reichte ihn Débras. „Sie können nicht ahnen, wie peinlich es mir ist, eine Frau anzugreifen", sagte er. „Aber bei Mademoiselle Tessier scheint Brutalität unumgänglich zu sein … Wollen wir gehen?" Stumm nickte Débras. Siméon stieß Thomas vor sich her auf den Flur hinaus.

16

Die Tür fiel ins Schloss. Chantal war allein. Ein Krampf begann sie zu schütteln. Kraftlos fiel sie auf den Teppich. Dort wälzte sie sich schluchzend und schreiend hin und her. Endlich erhob sie sich und taumelte ins Wohnzimmer. Die Platte war abgelaufen, rhythmisch schlug die Nadel. Chantal riss das Grammofon hoch und schleuderte es gegen die Wand, wo es krachend zerbrach.

Sie fand keinen Schlaf in dieser Nacht, der schlimmsten ihres Lebens. Hin und her wälzte sie sich in ihrem Bett, ruhelos, schuldbewusst, verzweifelt. Sie hatte ihren Geliebten verraten. Sie war schuld an seinem Tod. Denn es war ihr klar, dass Siméon und Débras ihn nun töten würden.

In der Morgendämmerung fiel sie in einen wirren Schlummer. Der kräftige, falsche Gesang einer Männerstimme weckte sie auf. Mit schmerzendem Kopf und Gliedern aus Blei fuhr sie hoch. Deutlich zu vernehmen war die Männerstimme: „J'ai deux amours …"

Wahnsinnig, ich bin wahnsinnig geworden, dachte sie entsetzt. Ich höre seine Stimme – die Stimme eines Toten – o Gott, ich habe den Verstand verloren …

„Jean!", schrie sie. Keine Antwort.

Taumelnd stand sie auf. Im Nachthemd rannte sie aus dem Schlafzimmer. Weg – weg hier …

Jäh hielt sie an. Die Tür zum Badezimmer stand offen. Und in der Wanne saß Thomas Lieven.

Chantal schloss die Augen. Chantal öffnete die Augen wieder. Thomas saß noch immer in der Wanne.

Chantal stöhnte: „Jean …"

„Guten Morgen, du Bestie", sagte er.

Mehr fallend als gehend, schleppte sie sich zu ihm und sank auf den Wannenrand. Sie lallte: „Wie – was – machst du hier?"

„Ich versuche, meinen Rücken abzuseifen. Wenn du das freundlicherweise für mich erledigen wolltest."

„Aber – aber – aber …"

„Wie bitte?"

„Aber sie haben dich doch erschossen … Du bist doch tot!!!"

„Wenn ich tot wäre, würde ich mir nicht mehr den Rücken abseifen; was ist das für ein Unsinn", sagte er rügend. „Wirklich, Chantal, du musst dich ein bisschen zusammennehmen. Du lebst nicht im Irrenhaus und nicht im Dschungel. Nicht mehr."

Er hielt ihr ein Stück Seife hin. Sie packte es und schmiss es ins Wasser. Dazu schrie sie gellend: „Sag mir jetzt augenblicklich, was passiert ist!"

Gefährlich leise entgegnete Thomas: „Hol die Seife raus. Auf der Stelle. Nachher bekommst du sowieso deine Prügel. Weiß Gott, Chantal, ich habe bisher noch keine Frau geschlagen. Aber bei dir werde ich meinen heiligsten Prinzipien untreu. Wasch mir den Rücken, vorwärts, wird's bald?"

Chantal griff ins Wasser, nahm die Seife und tat, was er verlangte. Dabei betrachtete sie ihn mit scheuer Bewunderung.

„Langsam komme ich darauf, wie man dich behandeln muss", sagte er grimmig.

„Was ist passiert, Jean?", fragte sie heiser. „Erzähl es mir …"

„Es heißt, *bitte*, erzähl es mir."

„Bitte, Jean, bitte …"

„Schon besser“, grunzte er, sich wohlig windend. „Höher. Weiter links. Fester. Also, nachdem die beiden mich hier rausgeschleppt hatten, fuhren sie mich rüber zum Hafen …“

17

Zum Hafen fuhren Siméon und Débras mit Thomas Lieven. Eisiger Wind pfiff durch die engen Gassen des „Alten Viertels“. Hunde heulten den Vollmond an. Es war kein Mensch mehr zu sehen.

Débras saß am Steuer des klapprigen Fords, Siméon saß im Fond, neben Thomas, immer noch die Pistole in der Hand. Es wurde nicht gesprochen.

Der Wagen erreichte den „Alten Hafen“. In den Schwarzhändlercafés am Quai du Port brannte noch Licht. Bei der „Intendance Sanitaire“ bog Débras nach rechts in den Quai de la Tourette ein und jagte an der ehrwürdigen Kathedrale vorbei in nördlicher Richtung bis zur Place de la Joliette. Den schwarzen, riesenhaften „Gare Maritime“ umfuhr er auf dem verlassenen Boulevard de Dunkerque, dann waren sie wieder am Wasser, diesmal am „Bassin de la Gare Maritime“. Der Ford holperte über Eisenbahnschienen und -schwellen und hielt zuletzt an der finsteren Mole A.

„Raus!“, sagte Siméon.

Thomas Lieven stieg folgsam aus. Schneidend traf ihn der Herbststurm. Es stank nach Fischen. Die wenigen Lampen der Mole tanzten wild auf und nieder. Irgendwo heulte eine Schiffssirene. Nun hatte auch Débras plötzlich eine schwere Pistole in der Hand. Er machte eine Bewegung mit dem vorgestreckten Arm.

Thomas setzte sich gottergeben in Bewegung und marschierte auf die verlassene Mole hinaus. Immer noch stand ein Lächeln in seinem Gesicht, aber allmählich wurde es starr.

Wasser glänzte im Licht des fahlen Mondes, auf den kleinen Wellen tanzten weiße Gischtkronen. Es roch immer stärker nach Fischen. Thomas trottete weiter. Hinter sich hörte er Siméon stolpern und fluchen. Thomas dachte: Schrecklich, schrecklich, dabei hat er gewiss den Finger am Abzug. Hoffentlich stolpert er nicht noch einmal. Wie leicht kann da das größte Unglück geschehen …

Immer noch hatte der Oberst Débras kein Wort gesprochen, kein einziges Wort. Weit, weit entfernt von jeder atmenden Brust, von jeder Menschenseele waren sie nun.

Wer hier ins Wasser fällt, bleibt lange, lange unentdeckt, dachte Thomas. Besonders, wenn er ein paar Kugeln im Bauch hat. Nun nahm die Mole doch noch ein Ende. Plötzlich war es da: ein Streifen Beton und dahinter das Wasser, das schwarze Wasser.

„Stehen bleiben“, sagte Siméon.

Thomas blieb stehen.

Nun sprach Débras zum ersten Mal: „Umdrehen."

Thomas drehte sich um. Er sah Débras und Siméon an, er hörte die Kirchturmuhren von Marseille die Dreiviertelstunde schlagen, von weit her, verweht und dünn. Und im nächsten Moment hörte er Siméons Stimme, besorgt und eifrig: „Schon dreiviertel elf, Chef. Wir müssen uns beeilen. Um elf sollen wir doch mit ihm bei Madame sein!"

Thomas holte Atem, sein starres Lächeln wurde wieder leicht, und er hustete diskret, als er den einen Oberst zum anderen Oberst sagen hörte: „Sie Vollidiot!"

Lächelnd sprach Thomas zu Débras: „Seien Sie ihm nicht böse; er hat Ihnen die Tour vermasselt. Na ja! Mich hat er vor einem deutschen Oberleutnant auch einmal in schreckliche Verlegenheit gebracht ... Trotzdem ist er ein guter Kerl!" Und damit klopfte er dem furchtbar verlegenen Siméon auf die Schulter. Débras steckte seine Waffe ein und sah zur Seite, denn er musste grinsen, und er wollte nicht, dass Thomas oder Siméon das sahen. Thomas fuhr fort: „Außerdem, meine Herren, habe ich mir gleich gedacht, dass Sie mich nur furchtbar erschrecken und wahrscheinlich wieder dazu kriegen wollen, für Sie zu arbeiten."

„Wie kamen Sie zu dieser Ansicht?", stotterte Siméon.

„Als ich Josephine Bakers Platte hörte, ahnte ich, dass Monsieur Débras in der Nähe war. Und ich sagte mir: Wenn der Major – Pardon, Oberst, gratuliere übrigens zur Beförderung –, also, wenn Sie extra aus Casablanca hierherkommen, dann doch bestimmt nicht bloß, um meinem unrühmlichen Ende beizuwohnen. Stimmt's?"

Débras wandte sich um und nickte. Er sagte: „Sie dreimal verflixter Boche!"

„Wollen wir also diese ungastliche Stätte verlassen. Der Geruch hier peinigt mich. Zudem dürfen wir Madame wirklich nicht warten lassen. Und ich möchte auch gerne noch am Bahnhof vorbeifahren."

„Wieso Bahnhof?", fragte Siméon mit stierem Blick.

„Dort gibt es eine Blumenhandlung, die nachts offen hat", belehrte ihn Thomas freundlich. „Ich muss noch ein paar Orchideen kaufen ..."

Josephine Baker erschien Thomas Lieven so schön wie noch nie. Sie empfing ihn im Salon ihres Appartements im „Hôtel de Noailles" an der Cannebière, der Hauptstraße von Marseille. Das blauschwarze Haar trug Josephine zu einer glänzenden Krone hochgesteckt, riesige weiße Ringe hingen in den Ohren. Samtig glänzte die dunkle Haut. Das Regenbogenfeuer eines großen Ringes mit einer Rose aus Brillanten stach Thomas Lieven in die Augen, als er der Frau, die er verehrte, die Hand küsste.

Ernst nahm sie den Zellophankarton mit den drei rosaroten Orchideen in Empfang. Ernst sagte sie: „Ich danke Ihnen, Herr Lieven. Nehmen Sie Platz. Maurice, willst du bitte den Champagner öffnen?"

Sie waren zu dritt, denn Débras hatte den Oberst Siméon in einem Anfall von Ungeduld in sein Quartier geschickt.

Thomas Lieven sah sich im Salon um. Es gab einen großen Spiegel und einen Flügel, auf dem Noten zu Haufen lagen. Thomas erblickte auch ein Plakat:

Opernhaus Marseille
Josephine Baker
in Die Kreolin
Oper in drei Akten von Jacques Offenbach
Premiere: 24. Dezember 1940

Oberst Débras füllte Kristallgläser. Er sagte: „Trinken wir auf die Frau, der Sie Ihr Leben verdanken, Herr Lieven!"

Thomas verneigte sich tief vor Josephine: „Ich habe immer gehofft, dass Sie meine Handlungsweise verstehen würden, Madame. Sie sind eine Frau. Gewiss hassen Sie Gewalttat und Krieg, Blutvergießen und Mord noch mehr als ich."

„Gewiss", sagte die schöne Frau. „Aber ich liebe auch mein Land. Sie haben uns großen Schaden zugefügt, indem Sie die echten Listen vernichteten."

„Madame", antwortete Thomas, „hätte ich Ihrem Land nicht noch größeren Schaden zufügen können, wenn ich die Listen nicht vernichtet und den Deutschen übergeben hätte?"

Débras mischte sich ein: „Das stimmt, kein Wort mehr darüber. Schließlich haben Sie mir aus Madrid herausgeholfen. Sie sind eben ein Grenzfall, Lieven. Aber das schwöre ich Ihnen: Wenn Sie uns noch einmal hereinlegen, gibt es keinen Champagner mehr, wie sehr Josephine auch Ihre Handlungsweise verstehen mag. Das nächste Mal kommen Sie nicht von der Mole zurück!"

„Hören Sie, Débras, ich habe Sie gern! Wirklich, aufrichtig. Ich habe auch Frankreich gern. Aber ich schwöre Ihnen schon jetzt: Wenn Sie mich zwingen, wieder für Sie zu arbeiten, dann werde ich Sie wieder hereinlegen, denn ich will keinem Land schaden – auch nicht meinem."

Leise fragte Josephine: „Und der Gestapo?"

„Bitte?"

„Hätten Sie auch Bedenken, der Gestapo zu schaden?"

„Dies zu tun, Madame, wäre mir ein spezieller Hochgenuss." Oberst Débras hob eine Hand: „Sie wissen, dass wir zurzeit mit englischer Unterstützung im besetzten und unbesetzten Frankreich einen neuen Geheimdienst und eine Widerstandsbewegung aufbauen."

„Das weiß ich, ja."

„Von seinen neuen Vorgesetzten in Paris erhielt Oberst Siméon den Auftrag, Sie nach Marseille zu locken und umzulegen. Er sprach aber erst mit Josephine über Sie. Josephine benachrichtigte mich und bat mich einzugreifen …"

„Madame", sagte Thomas mit einer Verneigung, „darf ich Ihnen noch etwas Champagner nachgießen?"

„Lieven, ich muss zurück nach Casablanca. Josephine folgt mir in den nächsten Wochen. Wir haben gewisse Befehle von London erhalten. Siméon bleibt dann allein hier zurück. Was halten Sie von Siméon?"

Artig antwortete Thomas: „Da müsste ich lügen."

Débras seufzte: „Siméon ist ein herzensguter Mensch. Ein glühender Patriot."
„Ein heroischer Soldat!", assistierte Thomas.
„Ein mutiger Draufgänger!", assistierte Josephine.
„Ja, ja, ja", sagte Débras, „aber etwas fehlt ihm eben leider. Wir wissen alle, was ihm fehlt, ich brauche es nicht auszusprechen."
Thomas nickte bedauernd.
„Mut beweist man nicht mit der Faust allein", sagte Josephine. „Man braucht auch den Kopf dazu. Sie, Herr Lieven, und Oberst Siméon, oder der Kopf und die Faust: das wäre ein Team!"
„Allein wird er seiner Aufgabe niemals gewachsen sein", sagte Débras.
„Welcher Aufgabe?"
Débras biss sich auf die Lippen. „Die Lage ist ernst, Lieven. Ich will meine Landsleute nicht besser machen, als sie sind. Es gibt auch bei uns Schweine."
„Schweine gibt's überall", sagte Thomas.
„Unsere französischen Schweine – im besetzten und unbesetzten Gebiet – arbeiten mit den Nazis zusammen. Sie verraten unsere Leute. Sie verkaufen ihr Land. Französische Schweine im Sold der Gestapo. Ich sagte Gestapo, Herr Lieven ..."
„Hab's gehört", sagte Thomas.
„Sie sind Deutscher. Sie können mit Deutschen umgehen. Und Sie können auch jederzeit den geborenen Franzosen spielen."
„O Gott, geht es also schon wieder los!"
„Diese Menschen verraten ihr Land nicht nur, sie rauben es auch aus", sagte Débras. „Sehen Sie, vor wenigen Tagen erst sind zum Beispiel zwei Männer aus Paris heruntergekommen – Gold- und Devisenaufkäufer."
„Franzosen?"
„Franzosen, die im Auftrag der Gestapo arbeiten!"
„Wie heißen sie?"
„Jacques Bergier heißt der eine Verräter, Paul de Lesseps der andere."
Thomas Lieven schaute lange nachdenklich vor sich hin ... Dann sagte er: „Gut, Débras, ich werde Ihnen helfen, Ihre beiden Verräter zu finden. Versprechen Sie aber, dass Sie mich danach laufenlassen?"
„Wo wollen Sie hin?"
„Das wissen Sie doch. Nach Südamerika. Dort wartet ein Freund auf mich, der Bankier Lindner. Ich habe kein Geld mehr, aber er hat genug ..."
„Herr Lieven ..."
„... er hat eine Million Dollar. Wenn ich von Ihnen einen neuen Pass bekomme, bekomme ich auf seine Gutsage auch ein Visum ..."
„Herr Lieven, so hören Sie ..."
„... und wenn ich das Visum habe, bekomme ich auch ein Schiff ..."
Thomas brach ab. „Was haben Sie?"
„Es tut mir leid, Herr Lieven, es tut mir wirklich leid, aber ich fürchte, Sie werden Ihren Freund Lindner nicht wiedersehen."

„Was soll das heißen? Erzählen Sie mir alles, verschweigen Sie mir nichts. Ich komme mir schon langsam vor wie der selige Hiob. Was ist mit meinem Freund Lindner?"

„Er ist tot", sagte Débras.

„Tot?", wiederholte Thomas. Sein Gesicht wechselte die Farbe und wurde grau. Walter Lindner tot. Meine letzte Hoffnung. Mein letzter Freund. Meine letzte Chance, diesen Kontinent des Wahnsinns zu verlassen …

„Sie saßen im Gefängnis, Sie können es nicht wissen", sagte Débras. „Lindners Schiff lief am 3. November 1940 im Gebiet vor den Bermudas auf eine Treibmine. Es sank innerhalb von zwanzig Minuten. Es gab nur ein paar Überlebende. Lindner und seine Frau waren nicht darunter …"

Thomas Lieven saß zusammengesunken da. Er drehte sein Sektglas hin und her.

„Wenn Sie das Schiff erreicht hätten, wären Sie vermutlich jetzt auch tot", meinte Débras.

„Ja", sagte Thomas Lieven, „das ist allerdings ein ungemein tröstlicher Gedanke."

18

In den ersten Morgenstunden des 26. November 1940 kehrte ein stiller, in sich gekehrter Thomas Lieven aus dem „Hôtel de Noailles" in das „Alte Viertel" von Marseille und daselbst in eine Wohnung im zweiten Stock des Hauses in der Rue Chevalier à la Rose zurück. Er hatte in Gesellschaft von Josephine Baker und Oberst Débras noch viel getrunken und viel besprochen, was in nächster Zukunft geschehen sollte.

Einige Sekunden lang war er der Versuchung nahe, die in ihrem zerwühlten Bett schlafende Chantal mit einer Tracht Prügel zu wecken. Dann aber beschloss er, zunächst ein heißes Bad zu nehmen. In diesem fand ihn – seines Gesanges wegen – schließlich seine schöne Freundin.

Indessen Chantal schrubbte und rieb, erzählte er ihr ein wenig von seiner wundersamen Rettung – nicht sehr viel, nur das Nötigste, denn er hatte nun eben nicht mehr unbeschränktes Vertrauen zu ihr.

Abschließend sagte er: „Sie haben mich laufenlassen, weil sie mich brauchen. Ich soll ein Ding für sie drehen. Und für das Ding brauche ich wiederum dich. Auf dieser Basis, denke ich, könnte eine Versöhnung zwischen uns zustande kommen."

Chantals eben noch demütige Augen begannen zu leuchten: „Du kannst mir vergeben?"

„Ich muss wohl, weil ich dich brauche."

„Es ist mir egal, ob du musst, wenn du es nur tust", flüsterte sie und küsste ihn. „Ich tue auch alles für dich. Was willst du haben?"

„Ein paar Barren Gold."

„B … B … Gold? Wie viel?"

„Na, so vielleicht im Wert von fünf oder zehn Millionen Franc."
„Echte Barren?"
„Solche mit Bleikernen natürlich."
„Wenn's weiter nichts ist."
„Du ausgekochtes Stück", sagte er. „Du elendes Luder, durch dich bin ich wieder in diese Geschichte reingekommen. Schrubb nicht so fest!"
Sie schrubbte noch fester. Sie rief: „Ach, ich bin ja so froh, dass sie dich nicht umgelegt haben, mein Süßer!"
„Du sollst mit dem Schrubben aufhören!" Sie lachte kehlig und fing an, ihn zu kitzeln.
„Hör auf, oder ich zieh dir die Hosen stramm!"
„Das wird dir schwerfallen, ich habe keine an!"
„Na warte!" Er packte sie, sie kreischte auf, Wasser spritzte hoch, und dann lag sie auf ihm, im warmen, seifigen Wasser der Wanne, und schrie und kreischte und lachte und spuckte und wurde still in seinen Armen. Plötzlich musste er an den armen Lazarus Alcoba denken, an den armen Walter Lindner und seine Frau, an die Passagiere des gesunkenen Schiffes, an die Matrosen, an die armen Soldaten in den Schützengräben, an alle armen Menschen überhaupt. Wie kurz sie lebten. Wie schwer sie es hatten. Wie böse ihr Ende war. Und wie wenig Glück es gab auf dieser Welt.

19

Am Mittwoch, dem 4. Dezember 1940, trafen sich in einem Extrazimmer des „Hôtel Bristol" an der Cannebière drei Herren zu einem vegetarischen Mittagessen, welches einer von ihnen mit der Umsicht des gewiegten Feinschmeckers zusammengestellt und bei seiner Entstehung in der Hotelküche sorgsam überwacht hatte.
Die drei Herren hießen: Jacques Bergier, Paul de Lesseps und Pierre Hunebelle. Paul de Lesseps war ein verschlossener, hagerer Typ mit scharfen Gesichtszügen, etwa 37 Jahre alt.
Jacques Bergier war älter, rosiger, dicker, etwas zu elegant gekleidet, mit gezierten Bewegungen, hoher Stimme und kleinen, trippelnden Schritten. Er trug eine dunkelrote Samtweste zu seinem dunkelblauen Anzug und war ein bisschen aufdringlich parfümiert.
Pierre Hunebelle schließlich, der Herr, der sich um das Mittagsmahl gekümmert hatte, sah aus wie unserem Helden Thomas Lieven aus dem Gesicht geschnitten – und das ist kein Wunder, denn um Thomas Lieven handelte es sich auch, er hieß nur jetzt Hunebelle und nicht mehr Leblanc. Dem geneigten Leser wird einleuchten, weshalb. Thomas hatte einen neuen falschen Pass des französischen Geheimdienstes in der Tasche …

Es war das erste Zusammentreffen der Herren Bergier und de Lesseps mit Monsieur Hunebelle, und besonders Bergier betrachtete den reizenden jungen Mann mit steigendem Wohlgefallen. Seine sentimentalen Mädchenaugen ruhten ohne Unterlass auf ihm. Thomas hatte die beiden zu diesem Essen eingeladen, nachdem er sich bei Rechtsanwalt Bergier als Geschäftspartner angemeldet hatte. „Vielleicht reden wir bei einem guten Essen darüber“, war sein Vorschlag gewesen.

„Mit Freude, Monsieur Hunebelle – aber bitte unter keinen Umständen Fleisch“, hatte der ästhetische Bergier mit hoher Stimme geantwortet.

„Sie sind Vegetarier?“

„Hundertprozentig. Ich rauche auch nicht. Und ich trinke nicht.“ Und viel mit Damen scheinst du dich auch nicht abzugeben, mein Kleiner, hatte Thomas gedacht. Nur für die Gestapo musst du arbeiten, du saubere Seele …

Über der Vorspeise – Sellerie auf Genfer Art – kamen die Herren miteinander ins Gespräch.

Bergier, der Gepflegte, sagte: „Wundervoll, Monsieur Hunebelle, einfach wundervoll. Die Scheiben zerschmelzen auf der Zunge.“

„So muss es auch sein“, antwortete Thomas ernst. „Man nehme stets schöne, aber nicht zu große Sellerieknollen.“

„Nicht zu große, aha“, sagte Bergier und verzehrte Thomas mit den Augen.

„Man wasche und bürste sie gut und koche sie sodann in Salzwasser weich – aber nicht zu weich.“

„Aber nicht zu weich“, echote der Rechtsanwalt, dessen Parfüm Thomas in die Nase stieg. „Sie müssen mir das Rezept aufschreiben, Monsieur.“

Er trug vier Ringe mit bunten Steinen an den wohlmanikürten Fingern, und immer schwermütiger ruhte sein Blick auf Thomas Lieven.

Das ist ein klarer Fall, überlegte unser Freund indessen, mit dem werde ich leichtes Spiel haben. Mehr aufpassen muss ich auf Lesseps.

Lesseps fragte denn auch übergangslos: „Und womit können wir Ihnen dienen, Monsieur?“

„Meine Herren, Marseille ist eine kleine Stadt. Es hat sich herumgesprochen, dass Sie aus Paris heruntergekommen sind, um hier gewisse Geschäfte abzuschließen.“

In diesem Moment brachte ein alter Kellner das Hauptgericht, und Thomas sprach nicht weiter. Auf die Platten blickend, rief der Anwalt wehleidig: „Aber ich habe doch ausdrücklich gebeten: kein Fleisch!“

Lesseps schnitt ihm jedoch das Wort ab: „Was für Geschäfte, Monsieur Hunebelle?“

„Nun – hm, Devisen und Gold. Man sagt, Sie interessieren sich dafür.“

Lesseps und Bergier sahen sich an. Es blieb eine ganze Weile still im Extrazimmer. Zuletzt äußerte Lesseps – 1947 wurde er wegen Kollaboration von der französischen Regierung angeklagt und verurteilt – mit kaltem Ton: „Sagt man, wie?“

„Sagt man, ja. Nehmen Sie Sojawürze, Monsieur Bergier?“

Menu • 4. Dezember 1940

Ein seltsames Schnitzel bringt viele Millionen Franc …

Sellerie auf Genfer Art • Pilzschnitzel
Poire Belle Hélène

Sellerie auf Genfer Art: Man nehme mittlere Sellerieknollen, wasche und bürste sie kräftig und koche sie dann in Salzwasser nicht zu weich. Man schäle sie und schneide sie in dünne Scheiben. Man gebe in eine tiefe Porzellanschüssel etwas frische Butter, darauf eine Lage Selleriescheiben, die man mit geriebenem Emmentaler und Butterflöckchen bestreut, darauf wieder Sellerie und so fort. Man gebe obenauf wieder Käse und Butter, bedecke die Schüssel dann mit einem Deckel und stelle sie auf einen mit leise kochendem Wasser gefüllten Topf, auf dem die Speise mindestens eine Stunde gut durchziehen muss. Man bringe sie in derselben Schüssel zu Tisch, ohne sie umzurühren.

Pilzschnitzel: Man nehme ein Pfund frische Pfifferlinge, putze sie gut, vierteile sie. Man würfle zwei große Zwiebeln und hacke reichlich Petersilie fein, dünste Zwiebeln, Petersilie und Pilze in Butter in einer Pfanne, bis die Pilze zu braten beginnen wollen. Nun füge man zwei eingeweichte, sehr gut ausgedrückte Semmeln ohne Rinde hinzu und lasse sie kurz mitschmoren. Man drehe dann die ganze Masse fein durch einen Wolf, lasse zum Schluss eine trockene Kartoffel durchlaufen. – Man verrühre die Masse sehr gründlich, füge, wenn sie genügend abgekühlt ist, ein Ei hinzu.

Man gebe etwas Semmelbrösel nur dann hinein, wenn sie zu weich geworden sein sollte. – Man würze sehr pikant mit etwas Sardellenpaste und ein paar Tropfen Sojawürze oder einem der anderen Extrakte, die nicht aus Fleisch, sondern aus Hefe hergestellt werden. Man salze und pfeffere erst zum Schluss. – Man forme aus der Masse nicht zu flache Schnitzel, wälze sie nacheinander in Mehl, zerklopftem Ei und Semmelbröseln, brate sie in Butter schön goldbraun. – Man verziere sie mit Zitronenscheiben, die man mit einigen Kapern belegt.

Poire Belle Hélène: Man nehme nicht zu kleine Eisbecher oder Kompottschalen, gebe eine Kugel Vanilleeis hinein, die man mit einer oder zwei Hälften von eingemachten Birnen zudeckt. Man ziehe eine dicke, sehr heiße Schokoladensoße darüber und serviere sofort. – Zur Zubereitung der Schokoladensoße nehme man 100 Gramm feiner, bitterer Schokolade und lasse sie mit etwas Wasser in einem Topf, den man in einen größeren Topf mit kochendem Wasser gestellt hat, zerschmelzen. Man soll sie keinesfalls reiben oder raffeln. Man gebe so viel Milch oder Sahne zu dem Schokoladenbrei, bis eine dickliche Soße entsteht.

„Mein Freund", antwortete der Anwalt und blickte Thomas tief in die Augen, „ich bin gerührt. Was ich für Fleisch hielt, ist tatsächlich kein Fleisch und schmeckt doch *formidable*. Um was handelt es sich eigentlich?"

Ärgerlich sagte Lesseps: „Monsieur Hunebelle, Sie sprechen von Geld und Devisen. Und wenn wir uns wirklich dafür interessieren würden?"

Zu Bergier gewandt, sagte Thomas: „Es handelt sich um ein Pilzschnitzel. Delikat, nicht wahr?" Und zu Lesseps: „Ich hätte Gold zu verkaufen."

„Sie haben Gold?", fragte Lesseps gedehnt.

„Jawohl."

„Woher?"

„Das ist doch wohl nicht interessant", meinte Thomas hochmütig. „Ich interessiere mich ja auch nicht dafür, in wessen Namen Sie es kaufen wollen."

Lesseps sah ihn mit Haifischaugen an: „Wie viel Gold können Sie uns geben?"

„Das kommt darauf an, wie viel Sie haben wollen."

„Ich glaube kaum", meinte Lesseps, „dass Sie so viel haben." Plötzlich gab der seidenweiche Anwalt kichernd bekannt: „Wir kaufen nämlich bis zu zweihundert Millionen ein!" Donnerwetter, dachte Thomas Lieven, da fängt ja ein Riesending an!

20

Donnerwetter, dachte auch der alte Kellner, der jenseits der Extrazimmertür lauschte, da fängt ja ein Riesending an! Mit der Zunge schnalzend, schritt er in die kleine Bar des Hotels, die zu dieser Stunde fast leer war. An der Theke saß ein vierschrötiger Mann mit Bürstenhaar und trank Pernod.

„He, Bastian", sagte der Kellner zu ihm.

Der Mann sah auf. Er hatte kleine Augen wie ein Elefant und große Hände wie ein Möbelpacker. „Worüber reden sie?", fragte er. Der Kellner erzählte ihm, worüber die Herren im Extrazimmer redeten. Der Mann, der Bastian Fabre hieß, pfiff durch die Zähne.

„Zweihundert Millionen! Allmächtiger Vater!" Er drückte dem Kellner Geld in die Hand. „Hör weiter zu. Merk dir jedes Wort. Ich komme zurück."

„Ist gut, Bastian", sagte der alte Kellner.

Bastian – er trug eine Lederjacke, eine Baskenmütze und graue Hosen – verließ die Bar, schwang sich auf ein altes Fahrrad und radelte am „Alten Hafen" entlang zum Quai des Belges hinauf. Hier standen die beiden berühmtesten Cafés der Stadt, das „Cintra" und das „Le Brûleur de Loup". In beiden wurden illegale Transaktionen aller Art beschlossen. Das „Cintra" war moderner und hatte die bessere Kundschaft: reiche griechische Händler, Türken, Holländer und Ägypter.

Bastian begab sich in das altmodischere kleinere „Le Brûleur de Loup". Hier, in dem dunkel getäfelten Raum, dessen große Spiegel matt und beschlagen das graue Licht der Straße reflektierten, saßen fast nur Einheimische. Zu dieser Mittagsstunde tranken die meisten ihren „Pastis", einen süßen Aperitif, der 1939 noch zwei Franc gekostet hatte und jetzt zehn – eine Quelle ständiger Erbitterung für alle Patrioten.

Weinhändler, Fälscher, Schmuggler, Emigranten und Schieber saßen im „Brûleur de Loup". Bastian kannte viele von ihnen; er grüßte und wurde gegrüßt. Am Ende des Lokals gab es eine Tür, an deren Klinke eine Tafel mit der Aufschrift Geschlossene Gesellschaft hing. Der Riese klopfte viermal lang, zweimal kurz. Daraufhin wurde die Tür geöffnet, und Bastian trat in den Raum. Hier brannte elektrisches Licht, denn es gab kein Fenster. Zum Schneiden dick hingen Tabakschwaden in der Luft. Um einen langen Tisch saßen fünfzehn Männer und eine einzige Frau. Die Männer sahen verwegen aus, bärtig zum Teil, zum Teil mit eingeschlagenen Nasen und Narben. Es gab Afrikaner, Armenier und Korsen unter ihnen.

Die Frau saß an der Spitze des Tisches. Sie trug eine rote Kappe, unter der blauschwarzes Haar hervorquoll. Sie hatte lange Hosen an und eine Jacke aus Rohleder. Einem neutralen Betrachter der seltsamen Tafelrunde wurde auf den ersten Blick klar, dass Chantal Tessier die Herrin, die absolute Herrin dieser Ganovenbande war, eine einsame Wölfin, eine Königin ohne Gnade.

„Warum kommst du erst jetzt?", schnauzte sie sofort Bastian an, der sie mit bettelnden Augen betrachtete. „Wir warten seit einer halben Stunde auf dich!"

„Die drei haben sich Zeit gelassen ... Der Anwalt kam zu spät ..." Mit scharfer Stimme unterbrach ihn Chantal. „Willst du dir nicht endlich mal 'ne andere Kappe anschaffen? Zum Kotzen ist das mit euch! Muss denn jeder sehen, dass ihr aus dem Keller kommt?"

„Entschuldige, Chantal", sagte Bastian gutmütig und verbarg verlegen seine speckige Kappe. Dann berichtete er, was er vom Kellner des „Hôtel Bristol" gehört hatte. Als er die zweihundert Millionen erwähnte, brandete eine Welle der Erregung durch den Raum. Ein paar Herren pfiffen, einer schlug auf den Tisch, alle sprachen durcheinander.

Die eisige Stimme Chantals übertönte sie alle: „Wollen die Herren vielleicht gütigst ihre Fressen halten!"

Es wurde still.

„Hier redet nur, wer gefragt ist, verstanden?" Chantal lehnte sich zurück. Sie befahl: „Zigarette!" Zwei Ganoven beeilten sich, sie zu bedienen.

Chantal stieß eine Rauchwolke aus. „Jetzt hört mal alle genau zu. Jetzt will ich euch erklären, was zu tun ist."

Chantal Tessier, Bandenchefin und Liebhaberin von Rohleder, erklärte es. Und alle hörten ihr genau zu ...

21

Man schrieb Donnerstag, den 5. Dezember 1940. Es war schon sehr kalt in Marseille. Zwei Herren standen in einem Geschäft in der Rue de Rome.

Der eine Herr sagte: „Ich möchte vier Kuchenkastenformen."

„Und Sie?", fragte die Haushaltswarenverkäuferin den anderen Herrn.

Der andere Herr sagte: „Ich möchte drei Kuchenkastenformen, schönes Kind, wenn's recht ist."

Der eine Herr, ein muskulöser Riese mit rötlichem Bürstenhaar, nannte sich Bastian Fabre und hieß auch so.

Der andere Herr war elegant gekleidet und gut erzogen. Er nannte sich gerade Pierre Hunebelle, aber er hieß nicht so. Er hatte sich bis vor Kurzem Jean Leblanc genannt und hieß in Wahrheit Thomas Lieven.

Die beiden Herren erwarben zu einem kriegsbedingt überhöhten Preis sieben Eisenblechformen. Die Absicht, Kuchen darin zu backen, schien ihnen jedoch fernzuliegen. Anschließend kauften sie nämlich nicht etwa Butter, Zucker, Safran und Mehl, sondern gemeinsam bei einem Trödler in der kurzen Rue Mazagran neun Kilogramm Blei, eine große Tafel feuerfeste Schamotte sowie eine handliche Stahlflasche voll Propangas.

Danach wandten sie ihre Schritte dem „Alten Viertel" zu. Sie sprachen kaum miteinander, denn sie hatten sich eben kennengelernt.

Thomas Lieven dachte: Jetzt gehe ich also mit diesem Orang-Utan falsche Goldbarren herstellen; ein ungeheuerlicher Gedanke –! Das Allerschlimmste aber: Ich bin richtig neugierig, wie man so etwas fachmännisch macht!

Was Thomas nicht begriff, war Chantals Betragen. Als er ihr nämlich von den beiden Aufkäufern erzählt hatte, da meinte sie zunächst: „Na prima, prima, Süßer. Meine Organisation steht dir zur Verfügung. Fünfzehn erstklassige Spezialisten. Wir legen die beiden Gestapo-Schweine rein und deinen Oberst Siméon und verscheuern die Listen an den, der am meisten bezahlt!"

„Nein, nicht den Oberst. Ich habe versprochen, ihm zu helfen."

„Du hast ja einen Vogel! Deutscher Idealismus, was? Zum Heulen. Bitte, dann dreh dir das Ding aber auch alleine! Stell dir selber dein Gold her, Mensch; von meinen Leuten hilft dir keiner!" Tja, so war die Lage vor drei Tagen gewesen. Mittlerweile schien Chantal sich jedoch alles grundsätzlich anders überlegt zu haben. Sie war so zärtlich und leidenschaftlich wie noch nie. In einer der wenigen stillen Minuten der vergangenen Nacht hatte sie in Thomas Lievens Armen zugegeben: „Du hast ganz recht, du musst dein Versprechen halten ..." Kuss. „Ach, ich liebe dich ja noch viel mehr für deine Anständigkeit ..." Zwei Küsse. „Du kannst auch Bastian haben ... Du kannst alle meine Leute haben ..."

An der Seite des riesigen Bastian Fabre, der einen Handkarren mit den gekauften Utensilien schob, ging Thomas nun durch die winkeligen, schmutzigen Gassen des „Alten Viertels“ und dachte: Kann ich Chantal, diesem Biest, trauen? Hat sie mich nicht schon einmal belogen und betrogen? Sie hat etwas vor. Aber was?

Darauf hätte Bastian Fabre erschöpfend antworten können. An der Seite des schlanken, eleganten Thomas Lieven den Karren durch die winkeligen, schmutzigen Gassen des „Alten Viertels“ schiebend, überlegte Bastian: Gefällt mir gar nicht, der junge Herr. Wohnt bei Chantal. Völlig klar, was da los ist. Haben schon manche Herren bei Chantal gewohnt. Aber bei diesem Pierre Hunebelle, da muss es tiefer sitzen. Bei dem geht die Chefin mehr aus sich heraus als je. Verdammt noch mal!

Bastian erinnerte sich der Worte, die Chantal auf der Betriebsversammlung ihrer Bande im Café „Le Brûleur de Loup“ über den jungen Herrn verloren hatte: „Genialer Kopf. Keiner von euch Hornochsen kann ihm das Wasser reichen.“

„Na, na“, hatte Bastian zu bemerken gewagt.

Wie eine Rakete war Chantal auf ihn losgeschossen: „*Ta gueule!* Du wirst von heute an alles tun, was er dir aufträgt!“

„Also, Moment mal, Chantal ...“

„Maul halten! Das ist eine *Order*, verstanden? Du wirst mit ihm zu Boule gehen und die falschen Goldbarren herstellen! Und ihr andern, ihr werdet sofort einen ständigen Überwachungsdienst einrichten. Ich muss wissen, was er macht, bei Tag und bei Nacht!“

„Bei Nacht solltest du es doch am besten wissen.“

„Noch ein Wort, und ich klebe dir eine! Das ist meine Liebe, kapiert? Der Junge ist nur zu anständig. Wenn er jetzt mit den beiden Gestapo-Schweinen verhandelt, müssen wir für ihn denken. Er weiß nicht, was für ihn gut ist ...“

Also hatte Chantal gesprochen.

Neben Thomas durch das „Alte Viertel“ trottend, dachte Bastian ergrimmt: Ich habe das Gefühl, der Junge weiß ganz genau, was für ihn gut ist.

Also dachte Bastian. Aber er sagte nicht, was er dachte. Sondern er sagte: „Wir sind da.“ Und blieb stehen vor dem Haus 14 in der Rue d'Aubagne. Rechts vom Eingang gab es eine alte, abgesplitterte Emailtafel mit der Inschrift:

Dr. René Boulé
Zahnarzt
9–12 und 15–18 Uhr

Sie betraten das Haus und klingelten an einer Tür. Die Tür ging auf.

„Da seid ihr ja endlich“, sagte Dr. René Boule. Er war der kleinste Mann, den Thomas Lieven in seinem Leben gesehen hatte, und der zierlichste. Er trug einen weißen Mantel und einen goldgefassten Zwicker und ein funkelndes, einmalig schönes falsches Gebiss. „Kommt rein, Jungs.“ Der Doktor hängte eine Tafel an den Türknauf, darauf stand:

Heute keine Sprechstunde!

Dann schloss er die Tür und ging durch einen Ordinationsraum mit Drehsessel und blitzenden Geräten voraus in ein Laboratorium, das neben einer kleinen Küche lag. Daselbst machte Bastian die Herren flüchtig miteinander bekannt. Er erklärte Thomas: „Der Doktor arbeitet ständig für uns. Steht bei der Chefin im Exklusivvertrag."

„Ja, aber nur für falsches Gold. Wenn ihr Brüder was mit den Zähnen habt, geht ihr woandershin", brummte der Kleine und betrachtete Thomas.

„Komisch, dass wir uns noch nie gesehen haben. Sie sind neu bei der Bande?"

Thomas nickte.

„Kommt gerade aus dem Knast", erläuterte Bastian Fabre gemütvoll. „Die Chefin hat 'nen Affen an ihm gefressen. Die Arbeit geht auf ihre private Rechnung."

„In Ordnung. Habt ihr die Formen mitgebracht? Fein, fein. Kann ich gleich sieben Barren auf einmal machen und brauche nicht jedes Mal zu warten, bis der Dreck auskühlt." Dr. Boule packte die Kuchenformen aus und stellte sie nebeneinander. „Die Länge stimmt", meinte er. „Ihr wollt doch Kilobarren, wie? Dachte ich mir." Er wandte sich an Thomas. „Wenn es Sie interessiert, können Sie zusehen, junger Mann. Man weiß nie, wozu man so etwas noch braucht."

„Da haben Sie recht", sagte Thomas und hob, sich selber anklagend, die Augen zum Himmel.

Bastian brummte: „Ich habe das schon hundertmal gesehen, ich werde mal gehen und uns was zu fressen holen."

„Aber bitte etwas Kräftiges", sagte der Zahnarzt, „die Schmelzerei strengt an."

„Zahlt alles die Chefin. Was soll's denn sein?"

Der kleine Mann schmatzte: „Henri unten im Haus hat ein paar schicke Enten vom Land reinbekommen, die verschiebt er schwarz, bevor der Kerl von der ‚Contrôle économique' sie erwischt. Süße, kleine Enten. Wenig Fett und zarte Knochen. Wiegt eine höchstens drei Pfund."

„Na, dann will ich mal gehen und uns zwei unter den Nagel reißen", meinte Bastian und verschwand.

Dr. René Boule sprach: „Die Schwierigkeit bei der Herstellung von falschen Goldbarren liegt darin, dass Gold und Blei sehr verschiedene Schmelzpunkte und sehr verschiedene spezifische Gewichte haben. Blei schmilzt schon bei 327 Grad Celsius, Gold erst bei 1063 Grad. Eine so hohe Temperatur würden die Kuchenformen nicht aushalten. Wir müssen sie daher mit Schamotte auslegen."

Der kleine Mann maß die Formen genau aus, dann zeichnete er Böden und Seitenwände der Kuchenwannen auf die Schamotteplatte, raspelte die Linien mit einer Feile an und brach die Stücke mühelos heraus.

Während er arbeitete, dozierte er: „Nun werden wir uns aus Gips ziegelsteinähnliche Formen herstellen, die gerade so groß sind, dass sie in die mit Schamotte ausgekleideten Kuchenformen passen und dabei an allen Seiten noch drei Millimeter Zwischenraum lassen. Auf der Grundfläche werden wir, solange der Gips noch weich ist, vier Füßchen anbringen, indem wir Streichhölzer in die Masse drücken. Die Hölzchen stehen dann auf der unteren Schamottefläche auf, sodass auch hier der Gips von der Schamotte drei Millimeter entfernt bleibt ... Wollen Sie sich nicht Notizen machen?"

„Ich habe ein gutes Gedächtnis."

„So? Na schön ... Wenn die Gipsziegel in der Schamotteauslegung ruhen, können wir darangehen, Gold in einem Tiegel zu schmelzen."

„Wie erreichen Sie die hohe Temperatur?"

„Mithilfe eines Schneidbrenners und der Propangasflasche, die Sie mitgebracht haben, junger Mann."

„Und was für Gold verwenden Sie?"

„Zweiundzwanzigkarätiges selbstverständlich."

„Wo bekommt man das?"

„In jeder Scheideanstalt. Ich sammle Bruchgold, und dann tausche ich das Zeug gegen zweiundzwanzigkarätiges um. Wenn das Gold geschmolzen ist, gießen wir die Räume zwischen Schamotteplatten und Gips damit aus und lassen es auf natürlichem Wege erkalten. Nicht etwa mit Wasser abschrecken. – Sie sollten sich doch Notizen machen. – Zuletzt hebe ich den Gipskern heraus und habe nun eine Wanne aus dünnem Goldblech vom Ausmaß eines Einkilogoldbarrens. Und diese Form nun fülle ich mit Blei."

„Moment mal", sagte Thomas, „aber Blei ist doch leichter als Gold."

„Junger Mann, ein Kilo bleibt ein Kilo dem Gewicht nach. Nur das Volumen ändert sich. Und ich gestatte mir kleine Änderungen des Barrens in der Breite. Das ist bei Barren aus Scheideanstalten nicht weiter auffällig ..."

22

Bastian kam zurück. Er brachte zwei kleine, feste Enten und zwei Pfund Kastanien mit und begab sich in die Küche.

Thomas sah noch eine Weile dem begabten Zahnarzt zu, wie er die Gipsziegel herstellte. Dann ging er in die Küche, um hier zuzusehen. Dabei erstarrte er vor Widerwillen. Von Goldbarrenfälschung verstand er nichts. Von Enten verstand er eine ganze Menge. Und was hier mit einer Ente geschah, empörte seinen Feinschmeckerstolz.

Kopfschüttelnd trat er neben Bastian, der mit aufgekrempelten Ärmeln beim Fenster arbeitete. Er hatte ein Tier ausgenommen und rieb die Fleischteile nun innen und außen mit Salz ein.

„Was soll denn das?", fragte Thomas Lieven streng.

„Was heißt, was soll denn das?", knurrte Bastian gereizt. „Ich mache eine Ente. Passt Ihnen was nicht?"

„Barbar."

„Was haben Sie gesagt?" Der Riese schluckte.

„Ich habe Barbar gesagt. Ich nehme an, Sie wollen Ente vom Rost machen."

„Allerdings!"

„Das eben nenne ich barbarisch."

„Sieh mal an!" Bastian stemmte die Fäuste in die Hüften, vergaß Chantals Ermahnungen, lief vor Wut rot an und brüllte: „Was verstehen Sie denn vom Kochen, Sie kleiner Klugscheißer?"

„Ein wenig", antwortete Thomas fein. „Jedenfalls so viel, um sagen zu können, dass Sie hier ein Verbrechen begehen."

„Ich war Schiffskoch. Und ich habe mein Leben lang Enten nur am Rost gemacht!"

„Dann haben Sie Ihr Leben lang ein Verbrechen begangen. Von anderen nicht zu reden."

Im allerletzten Moment fielen Bastian die Ermahnungen Chantals ein. Er nahm sich wahnsinnig zusammen. Er legte beide Pfoten auf den Rücken, um zu verhindern, dass sie sich selbstständig machten und etwas Unbedachtes taten. Seine Stimme klang gepresst: „Und wie, hm, würden *Sie* eine Ente zubereiten, Monsieur Hunebelle?"

„Selbstverständlich nur auf chinesische Art ..."

„Ha!"

„... weil allein die Zubereitung mit Ananas und Gewürzen den feinen Entengeschmack unverfälscht erhält, ja, mehr noch, ihn erst richtig herausarbeitet und unterstreicht!"

„Lächerlich", sagte der Riese. „Vom Rost, das ist das einzig Senkrechte!"

„Weil Sie eben keine Esskultur kennen", sagte Thomas. „Gentlemen bevorzugen chinesisch."

„Hören Sie mal, Sie feiner Pinkel, wenn Sie damit sagen wollen ...", begann Bastian und wurde von dem kleinen Zahnarzt unterbrochen, der ihn am Ärmel zupfte.

„Was ist los, Bastian? Warum streiten? Wir haben doch zwei Enten! Versucht doch beides, Rost und chinesisch! Ich habe noch stundenlang zu tun."

Bastian knurrte: „Du meinst ein Wettkochen?"

„Meine ich", sagte der Kleine und schmatzte wieder, „ich mache euch den Schiedsrichter!"

Bastian begann plötzlich zu grinsen. Er fragte Thomas: „Sind Sie einverstanden?"

„Selbstverständlich. Ich brauche allerdings gewisse Zutaten. Pilze, Tomaten, Ananas, Reis."

Der Zahnarzt kicherte: „Gehen Sie runter zu Henri. Henri hat alles." Er klatschte vergnügt in die Hände. „Jetzt wird's gemütlich! Ich bringe euch was bei! Ihr bringt mir was bei! An die Gewehre, Mitbürger!"

Danach entwickelte sich in Küche und Laboratorium des Dr. René Boule ein geschäftiges Treiben.

Während Bastian *seine* Ente mit Knoblauch abrieb, Kräuter hinzufügte und das Tierchen mit der Brust nach unten auf den Rost des Ofens legte, entbeinte Thomas Lieven das seine, zerhackte die Knochen und bereitete aus diesen und dem Entenklein eine kurze, kräftige Brühe. Während er wartete, dass die Brühe kochte, ging er zu dem kleinen Künstler, der im Labor arbeitete, und sah ihm bei *seiner* Tätigkeit zu.

Dr. Boule hatte in sieben Kuchenformen mittlerweile sieben dünne Goldwannen hergestellt. Nun füllte er die erste von ihnen mit flüssigem Blei. Der Zahnarzt sprach: „Das Blei erkalten lassen. Jetzt ist nur noch eine Seite der Goldverkleidung offen. Man lege eine Schamotteplatte darauf, damit das Blei nicht wieder flüssig wird, wenn es mit dem flüssigen Gold in Berührung kommt. Diese letzte Schamotteplatte ist sehr wichtig. So vermeidet man Verfärbungen der Goldoberfläche, die jeden Fachmann misstrauisch machen würden."

Thomas wanderte in die Küche zurück, um nach seinem Süppchen zu sehen, schnitt das Entenfleisch in Stücke und wanderte zurück ins Labor, um nach seinen Barren zu sehen.

Dr. Boule hatte mittlerweile in einem Tiegel wieder Gold flüssig gemacht und goss dieses nun über die Schamotteplatte in die Kuchenform. Er sprach: „Man warte, bis die Schaumkronen verschwunden sind. Das Gold setzt sich von selber. Die Oberfläche muss einen kleinen erhöhten Rand haben – wie ein Stück Schmierseife. Nun, bevor das Metall erkaltet, schnell das Wichtigste: die Punze."

„Bitte, die was?"

„Die Punze. Der Prägestempel, der die Echtheit und den Goldgehalt ausweist." Dr. Boule schrie in die Küche. „Was für einen Stempel soll ich nehmen, Bastian?"

„Scheideanstalt von Lyon!", schrie der Riese zurück. Er bepinselte gerade sein Tierchen mit ausgebratenem Fett.

„Na schön", sagte Dr. Boule. „Ich habe nämlich eine ganze Sammlung von Punzen der verschiedensten Scheideanstalten und Banken." Er zeigte sie Thomas. „Ich habe sie als Negativ in Linoleum geschnitten und die Linoleumstückchen auf Holzklötze geklebt. Nun passen Sie auf!"

Er nahm den entsprechenden Prägestempel und beschmierte das Linoleum mit Olivenöl. Sodann drückte er den Stempel in eine Ecke der noch weichen Goldoberfläche des ersten Barrens. Zischend verbrannte der Ölfilm. Blitzschnell hob Dr. Boule den Stempel wieder ab, bevor das heiße Metall das Linoleum zerstören konnte. Der Augenblick des Aufpressens hatte genügt. Der Barren trug jetzt den Stempel genau so, als wäre er hineingeschlagen worden. Der Zahnarzt sagte: „Die Unebenheiten, die Asche, die Schwitze – das alles lasse man am Barren. Echte Barren werden auch nicht gereinigt."

Menu • 5. Dezember 1940

Thomas Lievens Ente begründet eine sagenhafte Freundschaft.

Ente chinesisch mit gekochtem Reis • Ente vom Rost mit gedämpften Maronen
Götterspeise

Ente chinesisch: Man bereite eine nicht zu fette Fleischente wie üblich vor und entbeine sie dann. Man koche aus den zerkleinerten Knochen und dem Entenklein eine kräftige, kurze Brühe. – Man schneide das Entenfleisch in Stücke, lasse sie in einer Kasserolle goldbraun anbraten und bestäube sie dann mit Mehl, das man mitrösten lässt, bis es gelb ist. Man gieße mit der Knochenbrühe auf, füge eine enthäutete frische Tomate, einige gehackte Pilze und vier Gramm Glutamat hinzu und lasse alles eine halbe Stunde auf kleiner Flamme schmoren. – Man schneide einige Ananasscheiben auf Achtel, mische sie unter das Fleisch und lasse alles noch eine Viertelstunde schmoren. – Man reiche dazu locker und körnig gekochten Reis.

Ente vom Rost: Man bereite eine junge, nicht zu fette Ente in der üblichen Art vor und reibe sie innen und außen mit Salz ein. Man kann sie je nach Geschmack auch innen mit Knoblauch einreiben und verschiedene Kräuter hineinlegen. – Man lege die Ente mit der Brust nach unten auf den Grill im Ofen und gebe etwas Wasser in die darunter stehende Grillpfanne. Man grille bei mittlerer Hitze, bepinsele die Ente häufig mit dem ausgebratenen Fett, das sich in der Pfanne sammelt. –

Man rechne als Bratdauer, je nach Größe, eine bis höchstens anderthalb Stunden und drehe die Ente in den letzten 20 Minuten mit der Brust nach oben. – Man bepinsele die gut gebräunte Haut der fertig gebratenen Ente mit kaltem Wasser und gebe noch für fünf Minuten gute Hitze, wodurch die Haut noch krosser und mürber wird. –

Beigericht „Gedämpfte Maronen": Man nehme so viel Maronen, wie man andernfalls Salzkartoffeln als Beilage benötigen würde, befreie sie von Schale und Haut und dämpfe sie in Salzwasser weich, achte darauf, dass sie nicht zerbröckeln. Man schwenke sie in Butter und gebe sie zu Tisch.

Götterspeise: Man nehme grob geriebenes, sehr dunkles Brot – am besten Pumpernickel –, belege damit den Boden einer großen Glasschüssel und feuchte es mit etwas Kognak oder Kirschwasser an. Man gebe darauf eine Lage von gut abgetropften, eingemachten Sauerkirschen und darüber eine Lage Schlagsahne. Dann folgt wieder Brot und so fort, als Letztes eine Lage Schlagsahne. – Man streue geriebene Schokolade darüber und verziere mit Kirschen. Man stelle die Speise kalt und lasse sie noch gut durchziehen.

„Und dass der Betrug entdeckt wird?"

„Praktisch ausgeschlossen." Dr. Boule schüttelte den Kopf. „Der Bleikern ist jetzt auf allen Seiten von einer drei Millimeter dicken Goldschicht umgeben. Der Käufer prüft mit einem Ölstein und mit Salzsäure. Er kratzt mit dem Stein über eine Kante des Barrens und hat danach einen Goldstrich auf seinem Stein. Den betupft er jetzt nacheinander mit verschiedenen Säurekonzentrationen, die den verschiedenen Karatgehalten entsprechen. Wenn der Goldstrich stehen bleibt, handelt es sich um zweiundzwanzigkarätiges Gold. Na, und um solches handelt es sich doch wirklich!" Plötzlich begann der Zahnarzt zu schnüffeln. „Liebe Himmelsmutter, riecht das gut! Ist das jetzt *Ihre* Ente oder *seine*?"

Das Essen nahmen die Herren eine Stunde später schweigend zu sich. Sie verspeisten zuerst die Ente vom Rost und danach die chinesische Ente. Nebenan kühlten die ersten drei Barren aus. Und still war es, andächtig still in Dr. René Boules kleinem Speisezimmer. Zuletzt wischte Bastian sich den Mund ab und sah den Zahnarzt mit zusammengekniffenen Augen an. „Also, los, René, welche war besser?"

Dr. Boule sah unglücklich von einem der Köche zum andern, von Thomas zu Bastian, von Bastian zu Thomas. Bastians Riesenpfoten öffneten und schlossen sich krampfhaft.

Der kleine Doktor stotterte: „Das kann man unmöglich in drei Worten sagen, lieber Bastian ... Auf der einen Seite ist deine Ente ... aber auf der andren Seite natürlich ..."

„Ja-ja-ja", sagte Bastian. „Du hast die Hosen voll, dass ich dich verkloppe, was? Dann will ich also den Schiedsrichter spielen. Die chinesische war besser!" Er grinste und schlug Thomas auf den Rücken, dass der sich verschluckte. „Ich glaube, ich bin älter. Ich trage dir das Du-Wort an für deine Ente. Ich heiße Bastian."

„Sag Pierre zu mir."

„Ich war ja ein lebenslanger Trottel mit meiner Ente am Rost! Pierre, Junge, dass ich dich nicht früher getroffen habe! Weißt du noch so ein paar Rezepte?"

„Einige, ja", antwortete Thomas bescheiden.

Bastian strahlte. Plötzlich betrachtete er Thomas voller Sympathie und Hochachtung. Seine Verfressenheit hatte einen Sieg über seine Eifersucht davongetragen: „Pierre, weißt du, was ich glaube? Ich glaube, das ist der Beginn von einer prima Freundschaft!"

Bastian glaubte es zu recht. 1957, in einer Villa an der Cecilien-Allee zu Düsseldorf, sollte diese Freundschaft noch so frisch und stark sein wie an diesem ersten Tag. In den siebzehn Jahren, die dazwischenlagen, sollten viele Mächtige unserer Erde gelernt haben, vor dieser Freundschaft zu zittern ...

„Deine Ente war aber auch nicht übel, Bastian", sagte Thomas.

„Wirklich nicht. Ich habe übrigens noch Götterspeise gemacht. Bedient euch. Ich kann nicht mehr. Wenn ich noch einen Bissen esse, falle ich um und bin tot!"

Apropos tot ...

Köln, 4. Dezember 1940

Von: Abwehr Köln
An: Chef Abwehr Berlin
geheim 135892/VC/LU

Aus Lissabon zurückgekehrt, gestatte ich mir ergebenst, Herrn Admiral den Tod des Doppelagenten und Verräters Thomas Lieven, alias Jean Leblanc, zu melden.

Derselbe wurde am 17. November 1940 um 9 Uhr 35 (Ortszeit) im Hof des Hauses Rua do Poco des Negros 16 erschossen.

Lieven trug zur Zeit seiner Ermordung die Kleidung und Maske eines gewissen Lazarus Alcoba, mit dem er im Gefängnis gesessen hatte.

Obwohl die portugiesischen Behörden verständlicherweise alles taten, um den Vorfall zu verschweigen und seine näheren Umstände in Dunkelheit zu hüllen, ist es mir doch gelungen, eindeutig festzustellen, dass Lieven von einem gekauften Berufsverbrecher auf Anweisung des britischen Geheimdienstes erschossen wurde. Wie Herr Admiral wissen, hat Lieven auch den Engländern gefälschte Listen mit Namen und Adressen französischer Agenten verkauft.

Ich bedaure, dass es mir nicht möglich war, Lieven befehlsgemäß lebend in unsere Hände zu bekommen. Andererseits bedeutet sein verdientes Ende eine Sorge weniger für unsere Dienstobliegenheiten.

Heil Hitler!
Fritz Loos,
Major und Kommandoführer

2. Kapitel

1

Am Nachmittag des 6. Dezember 1940 suchten die Herren Hunebelle und Fabre das „Hôtel Bristol" und daselbst den rosigen, dicken Rechtsanwalt Jacques Bergier auf, der sie im Salon seines Appartements empfing. Der französische Aufkäufer im Dienste der Gestapo trug einen blauseidenen Morgenmantel, ein Seidentüchelchen in der Brusttasche und roch nach einem erfrischenden Parfüm.

Er protestierte zuerst gegen die Anwesenheit Bastians: „Was soll das, Monsieur Hunebelle? Ich kenne diesen Herrn nicht! Ich will nur mit Ihnen zu tun haben!"

„Dieser Herr ist mein Freund. Ich führe eine ziemlich kostbare Ware bei mir, Monsieur Bergier. Ich fühle mich so sicherer!" Der Anwalt gab nach. Gekränkt ruhten seine alten Mädchenaugen auf dem eleganten Thomas. Dann gab der Vegetarier, Nichtraucher und Frauenfeind Bergier bekannt: „Mein Freund de Lesseps ist leider nicht hier, wie unangenehm."

Wie angenehm, dachte Thomas und fragte: „Wo ist er denn?"

„Nach Bandol gefahren." Bergier spitzte sein rosiges Mündchen, als wollte er pfeifen. „Er kauft da in der Gegend noch einen sehr großen Posten Gold, verstehen Sie. Und Devisen."

„Ich verstehe." Thomas gab Bastian einen Wink, dieser schwang einen kleinen Koffer auf den Tisch und ließ die Schlösser aufschnappen. Sieben Goldbarren lagen darin.

Bergier untersuchte sie genau. Er las die Stempel. „Hm. Hm. Scheideanstalt von Lyon. Sehr schön."

Thomas gab Bastian heimlich einen zweiten Wink, Bastian sagte: „Könnte ich mir mal die Hände waschen?"

„Das Badezimmer ist da drüben."

Bastian ging ins Badezimmer, in welchem es eine Unmenge von Flaschen und Tiegeln gab. Ein gepflegter Herr war Monsieur Bergier! Bastian drehte einen Wasserhahn auf, dann trat er geräuschlos auf den Gang, zog den Zimmerschlüssel aus dem Schloss, nahm eine alte Blechschachtel voller Bienenwachs aus der Tasche, drückte den Schlüssel von beiden Seiten in das Wachs, steckte ihn wieder ins Schloss und die Schachtel wieder in die Tasche.

Im Salon war Bergier mittlerweile darangegangen, die Goldbarren zu untersuchen. Er verfuhr dabei genau so, wie der kleine Zahnarzt es vorausgesagt hatte: Er benutzte einen Ölstein und Salzsäure von verschiedener Konzentration.

„In Ordnung", sagte er nach Prüfung der sieben Barren. Dann sah er Thomas träumerisch an. „Was mache ich mit Ihnen?"

„Bitte?" Thomas atmete erleichtert auf, da Bastian gerade in den Salon zurückkam.

„Sehen Sie, ich muss meinen Auftraggebern über jeden einzelnen Kauf natürlich Buch legen. Wir – wir führen Listen über unsere Kunden …"

Listen! Thomas Lievens Herz schlug schneller. Das waren die Listen, die er suchte! Die Listen mit den Namen und Adressen von Kollaborateuren im unbesetzten Frankreich, von Leuten, die ihr Land an die Gestapo und oft genug noch ihre Landsleute dazu verkauften.

Bergier sprach sehr sanft: „Wir zwingen natürlich niemanden, uns Angaben zu machen … wie sollten wir auch!" Bergier lachte. „Aber wenn Sie in der Zukunft mit uns Geschäfte machen wollen, wäre es vielleicht doch zweckmäßig, dass ich mir gewisse Notizen … selbstverständlich absolut vertraulich …"

Absolut vertraulich vor der Gestapo, dachte Thomas, und er sagte: „Wie Sie wünschen. Ich hoffe, Ihnen noch öfter liefern zu können. Auch Devisen."

„Entschuldigen Sie mich einen Moment", bat Bergier und verschwand mit weibisch gezierten Bewegungen im Schlafzimmer.

„Hast du den Abdruck?", fragte Thomas.

„Klar." Bastian nickte. „Sag mal, ist der Kleine etwa …"

„Du merkst aber auch alles", sagte Thomas.

Bergier kam zurück. Er trug eine Aktentasche mit vier Schlössern, die er umständlich aufsperrte. Dann holte er mehrere Listen hervor, auf denen viele Namen und Adressen standen. Er zückte eine goldene Füllfeder. Thomas Lieven gab seinen falschen Namen und eine falsche Adresse an. Bergier notierte beides.

„Und nun das Geld", sagte Thomas.

Bergier lachte: „Keine Angst, es kommt schon. Darf ich Sie bitten, mir ins Schlafzimmer zu folgen …"

Im Schlafzimmer nebenan standen drei riesige Schrankkoffer. Aus einem von ihnen zog der Anwalt eine schmale Schublade. Sie erwies sich bis zum Rand gefüllt mit gebündelten 1000- und 5000-Franc-Scheinen. Es war Thomas klar, dass die Herren Bergier und de Lesseps große Mengen an Bargeld mit sich führen mussten. Ohne Zweifel war auch in den anderen Schubladen der Koffer Geld. Und so beobachtete Thomas höchst gespannt, wo Bergier die Mappe mit den Listen verstaute …

Für den Barren bezahlte Bergier 360 000 Franc, die im Wert etwa 18 000 Reichsmark entsprachen, für sieben Barren also insgesamt 2 520 000 Franc.

Während er die Geldbündel vor Thomas hinlegte, lächelte Bergier werbend und verheißungsvoll und suchte dessen Blick. Thomas aber zählte die vor ihm liegenden Francs …

Endlich sagte Bergier: „Wann sehen wir uns wieder, mein Freund?"

Erstaunt fragte Thomas: „Wieso? Fahren Sie nicht nach Paris zurück?"

„O nein, nur Lesseps. Er kommt morgen Nachmittag mit dem Express um 15 Uhr 30 hier durch."

„Durch?"

„Ja, er fährt mit der Ware aus Bandol nach Paris. Ich werde ihm Ihr Gold an den Waggon bringen. Aber nachher könnten wir doch zusammen speisen, wie wär's, mein Freund?"

2

15 Uhr 30, Bahnhof St. Charles", sagte Thomas eine Stunde später in der Bibliothek einer großen, alten Wohnung am Boulevard de la Corderie. Die Wohnung gehörte einem Mann namens Jacques Cousteau, der viele Jahre später als Tiefseeforscher und mit seinem Buch und seinem Film „Die schweigende Welt" berühmt werden sollte.

Im Jahre 1940 war dieser ehemalige Major der Marineartillerie ein wichtiger Mann des eben wieder entstehenden französischen Geheimdienstes: ein junger, energiegeladener Mensch mit schwarzem Haar und schwarzen Augen, durchtrainiert und sportlich.

Cousteau saß in einem alten Lehnsessel vor einer in satten Farben schimmernden Bücherwand und rauchte eine alte Pfeife, die er – *faute de mieux* – mit wenig Tabak gefüllt hatte.

Oberst Siméon saß neben ihm. Erbarmungswürdig glänzten die Ellbogen und Knie seines schwarzen Anzugs. Wenn er die Beine übereinanderschlug, sah man, dass er ein Loch in der linken Schuhsohle hatte.

Lächerlicher, armer, erbarmungswürdiger französischer Geheimdienst, dachte Thomas. Ich, ein Außenseiter, zur Agententätigkeit gezwungen, bin momentan reicher als das ganze „Deuxième Bureau"!

Elegant und gepflegt stand er da, dieser Thomas Lieven, und neben ihm stand das Köfferchen, in dem die Goldbarren zu Monsieur Bergier gebracht worden waren. Jetzt lagen 2 520 000 Franc in dem Köfferchen ...

Thomas Lieven sagte: „Sie müssen sehr aufpassen, wenn der Express einläuft. Ich habe nachgesehen. Er hält nur acht Minuten."

„Wir werden aufpassen", sagte Cousteau. „Keine Sorge, Monsieur Hunebelle."

Siméon zupfte an seinem Menjoubärtchen und erkundigte sich mit hungrigen Augen: „Und Sie glauben, dass de Lesseps viel Ware bei sich hat?"

„Nach Bergiers Berichten eine Riesenmenge an Gold, Devisen und sonstigen Werten. Er hat tagelang im Süden eingekauft. Er muss viel bei sich haben, sonst würde er nicht nach Paris fahren. Bergier wird ihm meine sieben Barren übergeben. Ich glaube, es ist das Beste, wenn Sie die beiden in dem Augenblick verhaften lassen ..."

„Alles schon vorbereitet. Wir haben Freunden bei der Polizei einen Wink gegeben", sagte Cousteau.

Siméon fragte Thomas: „Aber wie kommen Sie an die Listen heran?"

Lächelnd antwortete Thomas: „Zerbrechen Sie sich nicht Ihren Kopf, Siméon. –

Sie könnten mir übrigens helfen. Ich brauche drei Hausdiener in Uniformen des ‚Hôtel Bristol'."

Siméon sperrte Mund und Augen auf. Man sah, dass er angestrengt nachdachte. Bevor ihm aber etwas einfiel, sagte Cousteau: „Das wird sich machen lassen. Das Bristol lässt in der Großwäscherei Salomon arbeiten. Auch die Uniformen reinigen. Der zweite Direktor in der Wäscherei ist ein Mann von uns."

„Na fein", sagte Thomas.

Er sah den mageren Siméon mit der durchlöcherten Schuhsohle und dem abgestoßenen Anzug an. Er sah Cousteau an, der sparsam an der abgekauten Pfeife sog und nur wenig Tabak im Beutel hatte. Er sah sein Köfferchen an. Und dann beging unser Freund eine rührende Handlung, die zeigte, dass er noch immer nicht gelernt hatte, nach den herzlosen Spielregeln einer herzlosen Welt zu leben, in die ein grausames Geschick ihn gestürzt hatte …

3

Als Thomas Lieven eine halbe Stunde später das Haus am Boulevard de la Corderie verließ, sah er, dass sich aus einer Mauernische ein Schatten löste und ihm durch die diesige Dunkelheit folgte. Thomas bog um eine Straßenecke und blieb jäh stehen. Der Mann, der ihm folgte, rannte prompt in ihn hinein.

„Oh, pardon", sagte er höflich und zog einen alten, speckigen Hut. Thomas erkannte ihn. Es war einer von Chantals Leuten. Er murmelte etwas Unverständliches und schlurfte davon.

In ihrer Wohnung in der Rue Chevalier à la Rose überfiel Thomas Lievens schwarzhaarige, katzenhafte Geliebte ihren Freund mit stürmischen Umarmungen und Küssen. Sie hatte sich für ihn besonders schön gemacht. Kerzen brannten, Champagner stand im Eis. „Endlich, chéri! Ich hatte schon solche Sehnsucht nach dir."

„Ich war noch …"

„Bei deinem Oberst, ich weiß, Bastian hat es mir erzählt."

„Wo ist denn Bastian?"

„Seine Mutter ist plötzlich erkrankt, er musste zu ihr fahren, er kommt morgen wieder."

„Morgen, aha", sagte Thomas arglos und öffnete den kleinen Koffer, der noch immer recht voll, aber nicht mehr ganz so voll war wie zu Anbeginn, als Bergier ihn gefüllt hatte.

Chantal pfiff erfreut durch die Zähne.

„Pfeif nicht zu früh, chérie", sagte er. „Es fehlt eine halbe Million."

„Was?"

„Ja. Ich habe sie Cousteau und Siméon geschenkt. Die Leute sind pleite. Zum Teufel, sie haben mir leidgetan, weißt du … Lass uns sagen, dass die halbe Million mein Anteil war. Hier, der ansehnliche Rest von zwei Millionen und zwanzigtausend Franc ist für dich und deine Mitarbeiter ..."

Chantal küsste ihn auf die Nasenspitze. Sie überwand seinen Anfall von Menschenliebe eigentlich mit verdächtiger Leichtigkeit: „Mein Gentleman! Bist du süß ... Jetzt hast du gar nichts mehr von der Chose!"

„Ich habe dich", sagte er freundlich. Und übergangslos: „Chantal, warum lässt du mich beschatten?"

„Beschatten? Ich? Dich?" Sie riss die Katzenaugen auf. „*Chéri*, was ist das für ein Unsinn?"

„Einer deiner Kerle ist direkt in mich hineingerannt."

„Oh, sicher nur Zufall ... Mein Gott, warum bist du bloß so furchtbar misstrauisch? Was soll ich denn noch tun, damit du mir endlich glaubst, dass ich dich liebe?"

„Einmal die Wahrheit sagen, du Luder. Aber ich weiß, das ist ein ganz und gar unerfüllbares Ansinnen", antwortete er.

Als der Paris-Express pünktlich um 15 Uhr 30 am 7. Dezember 1940 auf Gleis III in den Gare St. Charles einlief, sah ein Mann von 37 Jahren aus dem herabgelassenen Fenster eines Ersteklasseabteils. Paul de Lesseps hatte ein mageres Gesicht mit scharfen Zügen, kalte Haifischaugen und aschblondes, schütteres Haar. Suchend glitt sein Blick über den Bahnsteig. Dann sah er den rundlichen, auffällig gekleideten Anwalt Bergier, der neben einem kleinen Koffer stand.

Paul de Lesseps hob eine Hand.

Jacques Bergier hob eine Hand.

Der Zug hielt. Bergier eilte auf den Waggon seines Freundes zu. Danach ging alles sehr schnell. Ehe ein einziger Passagier aussteigen konnte, traten aus der Menge dreißig Kriminalbeamte in Zivil von beiden Seiten an die Waggons heran und hoben zwei lange Seile auf, die zu beiden Seiten der Schienen gelegen hatten. So konnte keine Tür des Zuges mehr geöffnet werden, wenn die Beamten es nicht wollten.

Ein Kriminalkommissar sprach Bergier an und verhaftete den kreidebleichen Anwalt unter dem dringenden Verdacht des Gold- und Devisenschmuggels. Den Koffer mit den sieben Goldbarren hielt Bergier noch in der Hand.

Indessen waren zwei weitere Beamte von beiden Enden in den Waggon gestürmt und nahmen Paul de Lesseps in seinem Abteil fest.

Zur gleichen Zeit schritten drei Hausdiener in der grünen Uniform ihres Standes durch einen Gang im vierten Stock des „Hôtel Bristol". Zwei von ihnen sahen aus wie Leute aus Chantal Tessiers Bande, der dritte sah aus wie Thomas Lieven. Die Uniformen passten ihnen nicht besonders gut.

Ohne Schwierigkeit öffnete der Hausdiener, der aussah wie Thomas Lieven, die Tür eines bestimmten Appartements. Mit einer bei Angehörigen ihres Standes selten zu erlebenden Hurtigkeit holten die Herren drei riesige Koffer aus dem Schlafzimmer des Appartements, schleppten sie zum Personalaufzug, fuhren mit ihrer

Last in den Hof hinab, wuchteten die Koffer in den Laderaum eines Lieferautos der Großwäscherei „Salomon“ und fuhren ungehindert davon. Allerdings nicht zu der erwähnten Großwäscherei, sondern zu einem Haus in der Rue Chevalier à la Rose …

Eine Stunde später betrat ein freudestrahlender Thomas Lieven, wieder normal gekleidet, die Wohnung von Jacques Cousteau am Boulevard de la Corderie. Cousteau und Siméon erwarteten ihn. Aus der Aktentasche des lieblichen Herrn Bergier zog Thomas jene Listen, auf denen Spitzel, Kollaborateure und Seelenverkäufer mit genauen Namen und Adressen angeführt waren. Er schwenkte die Blätter triumphierend durch die Luft. Unverständlicherweise rührten Cousteau und Siméon sich kaum.

Beunruhigt fragte Thomas: „Was ist denn los? Haben Sie die beiden?“

Cousteau nickte. „Im Präsidium.“

„Die sieben Barren?“

„Haben wir auch.“

„Na und?“

„Aber sonst haben wir nichts, Monsieur Hunebelle“, sagte Cousteau langsam. Seine Augen ließen Thomas nicht mehr los. Auch Oberst Siméon musterte Thomas sehr seltsam.

„Was heißt das: sonst haben Sie nichts? Lesseps muss doch ein Vermögen an Gold, Devisen und sonstigen Wertsachen bei sich gehabt haben!“

„Ja, das sollte man glauben, nicht wahr?“ Cousteau knabberte an seiner Unterlippe.

„Er hatte *nichts* bei sich?“

„Nicht ein Gramm Gold, Monsieur Hunebelle. Nicht einen Dollar, keine Pretiosen. Ist das nicht drollig?“

„Aber – aber – er wird es versteckt haben! Im Waggon oder sonstwo im Zug. Er wird mit Eisenbahnern zusammengearbeitet haben. Sie müssen den Zug untersuchen! Alle Passagiere!“

„Das haben wir getan. Wir haben sogar die Kohle aus dem Tender schaufeln lassen. Es kam nichts zum Vorschein.“

„Wo ist der Zug jetzt?“

„Weitergefahren, wir konnten ihn nicht länger aufhalten.“ Siméon und Cousteau bemerkten, dass Thomas plötzlich ingrimmig zu lächeln begann, den Kopf wiegte und lautlos die Lippen bewegte. Hätten Siméon und Cousteau sich aufs Lippenlesen verstanden, so hätten sie auch verstanden, was Thomas hauchte, nämlich: „So ein verdammtes Luder!“

Siméon verstand es nicht. Er reckte sich auf, blähte seine Brust und fragte düster, ironisch und drohend: „Na, Lieven – haben Sie vielleicht eine Idee, wo das Gold sein kann?“

„Ja“, sagte Thomas Lieven langsam, „ich glaube, ich habe eine Idee.“

4

Brennend heiße Wut im Leibe, kämpfte Thomas Lieven mit zusammengepresstem Kiefer und vorgeneigten Schultern gegen einen eiskalten Nordoststurm an, als er in der Dämmerstunde des 7. Dezember 1940 in die Rue de Paradis zu Marseille einbog.

Dieses Luder von einer Chantal!

Dieser Halunke von einem Bastian!

Der Sturm wurde immer ärger. Er orgelte und pfiff, stöhnte und dröhnte durch die Straßen – gerade das richtige Wetter für Thomas Lievens düstere Stimmung.

Neben der alten Börse erhob sich in der Rue de Paradis ein schmutziges, mehrstöckiges Haus. In diesem Haus befand sich im ersten Stock ein gastliches Etablissement, das sich „Chez Papa" nannte. „Chez Papa" gehörte einem Herrn, dessen Familiennamen kein Mensch kannte und den die ganze Stadt „Olive" nannte. Olive war rosig und fett wie die Schweine, die er schwarz schlachtete.

Dicke Rauchschwaden hingen in den Räumen von „Chez Papa", fluoreszierend schillerte das Licht der Lampen. Zu dieser frühen Abendstunde besprachen Olives Gäste bei einem Aperitif ihre Geschäfte und bereiteten sich seelisch auf ein Schwarzmarkt-Abendessen vor.

Eine Zigarette im Mundwinkel, lehnte Olive hinter der nassen Theke, als Thomas Lieven eintrat. Seine kleinen Augen blinzelten gutmütig: „Bonsoir, Monsieur. Was soll es sein? Ein kleiner Pastis?"

Es war Thomas Lieven zu Ohren gekommen, dass Olive seinen Schnaps selber herstellte, und zwar mit einem etwas unheimlichen Ausgangsprodukt, nämlich mit Spiritus aus dem Anatomischen Institut. Nichts gegen Spiritus! Aber angeblich wurde solcher verwendet, der im Anatomischen Institut bereits zu Konservierungszwecken von Leichenteilen gedient hatte, bevor er gestohlen worden war. Es hieß, dass Olives „Pastis" bei einzelnen Konsumenten akute Anfälle von Irrsinn hervorgerufen hätte.

So sagte Thomas: „Geben Sie mir einen doppelten Kognak, aber echten!"

Er bekam ihn.

„Hören Sie, Olive, ich muss mit Bastian sprechen."

„Bastian? Kenne ich nicht."

„Klar kennen Sie ihn. Er hat seine Wohnung hinter Ihrem Lokal. Ich weiß, dass man nur durch Ihre Kneipe zu ihm kommen kann. Ich weiß auch, dass er sich jeden Besucher durch Sie annoncieren lässt."

Olive blies die Hamsterbacken auf, und seine Augen wurden plötzlich tückisch: „Bist wohl so ein kleiner Scheißer von der Polente, wie? Hau bloß ab, Junge, ich habe hier ein Dutzend Kameraden an der Hand, die dir die Fresse massieren, wenn ich bloß pfeife."

„Ich bin nicht von der Polente", sagte Thomas und trank einen Schluck aus dem

Kognakglas. Dann zog er seine geliebte Repetieruhr heraus. Er hatte sie durch alle Fährnisse, ja sogar vor der costa-ricanischen Konsulin gerettet, hatte sie aus Portugal über Spanien glücklich nach Marseille gebracht. Jetzt ließ er sie schlagen.

Der Wirt schaute erstaunt zu. Dann fragte er: „Woher weißt du denn, dass er hier wohnt?"

„Von ihm selber. Los, sag ihm, sein lieber Freund Pierre will ihn sprechen. Und wenn er seinen lieben Freund Pierre nicht sofort empfängt, dann ist in fünf Minuten was los hier …"

5

Mit ausgebreiteten Armen und einem strahlenden Lächeln kam Bastian Fabre auf Thomas Lieven zu. Jetzt standen sie sich gegenüber in dem engen Gang, der die Kneipenküche mit Bastians Wohnung verband. Mit seinen Riesenpfoten schlug er Thomas auf die Schulter. „Ist das aber eine Freude, mein Kleiner! Ich wollte dich gerade suchen gehen!"

„Nimm sofort deine Flossen weg, du Gauner", sagte Thomas böse. Er stieß Bastian zur Seite und ging in die Wohnung hinein.

Im Vorzimmer sah es ziemlich wüst aus. Autoreifen, Benzinkanister und Zigarettenkartons lagen herum. Im nächsten Zimmer gab es einen großen Tisch und darauf eine komplette elektrische Spielzeugeisenbahn mit gewundenen Schienen, Übergängen, Bergen, Tälern, Tunnels und Brücken.

Höhnisch fragte Thomas: „Hast du hier einen Kindergarten?"

„Das ist mein Hobby", sagte Bastian beleidigt. „Stütze dich bitte nicht auf das Kästchen, du machst den Transformator kaputt … Sag mal, warum bist du bloß so wütend?"

„Das fragst du noch? Gestern bist du verschwunden. Heute ist Chantal verschwunden. Vor zwei Stunden hat die Polizei die beiden Gestapo-Aufkäufer verhaftet, Herrn Bergier und Herrn de Lesseps. Herr de Lesseps ist mit Gold, Schmuck, Münzen und Devisen in Bandol losgefahren. Aber in Marseille ist er ohne Devisen, Münzen, Schmuck und Gold angekommen. Die Polizei hat den ganzen Zug auf den Kopf gestellt, es kam nichts zutage."

„Schau mal einer an, na so was!" Bastian grinste vor sich hin und drückte auf einen Knopf der Anlage. Einer der Züge setzte sich in Bewegung und raste auf einen Tunnel zu.

Thomas riss einen Stecker aus der Wanddose. Der Zug blieb stehen. Zwei Waggons lugten noch aus dem Tunnel hervor.

Bastian richtete sich auf, er sah jetzt aus wie ein gereizter Orang-Utan. „Gleich kriegst du eine aufs Zahnfleisch, Kleiner. Was willst du eigentlich?"

„Ich will wissen, wo Chantal ist! Ich will wissen, wo das Gold ist!"

„Na, nebenan natürlich. In meinem Schlafzimmer."

„Wo?" Thomas schluckte schwer.

„Was hast denn du gedacht, Mensch? Dass sie mit dem Zeug abhaut? Sie wollte nur alles noch ein bisschen hübsch arrangieren, mit Kerzen und so, damit du eine besondere Freude hast." Bastian hob die Stimme und rief: „Bist du soweit, Chantal?"

Eine Tür ging auf. Schöner denn je stand Chantal Tessier da. Eng anliegende Hosen aus grünem, rauem Leder trug sie, eine weiße Bluse, einen schwarzen Gürtel. Ihre Raubtierzähne leuchteten in einem strahlenden Lächeln.

„Tag, mein Süßer", sagte sie und nahm Thomas an der Hand. „Komm mit. Jetzt wird der kleine Junge beschert!"

Willenlos folgte Thomas ihr in das Nebenzimmer. Hier brannten fünf Kerzenstummel, die Chantal auf Untertassen befestigt hatte. Ihr weiches Licht erhellte das altmodische Schlafzimmer mit dem gewaltigen Doppelbett.

Als Thomas diese Ruhestatt näher besah, schluckte er mühsam und mit enger Kehle. Denn auf dem Bett lagen, gleißend und funkelnd im Licht: gut zwei Dutzend Goldbarren, unzählige Goldmünzen und Ringe, Ketten, Armbänder, moderne und antike, ein uraltes, steingeschmücktes Kruzifix neben einer kleinen, goldeingelegten Ikone und daneben gebündelte Dollarnoten und Pfundnoten.

Thomas Lieven empfand ein Gefühl, als ob seine Beine sich in Gelee verwandelt hätten. In einem Anfall von Schwäche plumpste er auf einen alten Schaukelstuhl, der sich sogleich hurtig mit ihm in Bewegung setzte.

Bastian war neben Chantal getreten, rieb sich die Hände, stieß seine Chefin an und grunzte vor Freude: „Das hat hingehauen! Schau ihn dir an! Ganz käsig ist der Kleine!"

„Ein schöner Tag – für uns alle", sagte Chantal.

In seiner Benommenheit sah Thomas die beiden Gesichter vor sich wie weiße Bälle auf bewegtem Wasser. Auf und nieder tanzten sie. Er stemmte die Füße gegen den Boden. Der Stuhl hielt an. Deutlich sah er nun die Gesichter Chantals und Bastians: zwei selige Kindergesichter, ohne Falsch, ohne Verstellung, ohne Arglist.

Er stöhnte: „Also habe ich recht gehabt. Ihr habt das Zeug geklaut."

Bastian wieherte und schlug sich auf den Bauch. „Für dich und für uns! Damit haben wir für den Winter ausgesorgt! Junge, Junge, das ist vielleicht ein Schluck aus der Pulle!"

Chantal eilte zu Thomas und gab ihm viele kleine, aber heiße Küsse. „Ach", rief sie, „wenn du wüsstest, wie süß du jetzt aussiehst! Zum Fressen! Ich bin ja ganz verrückt nach dir!" Sie setzte sich auf seine Knie, der Stuhl geriet wieder in Bewegung, und eine neue Woge der Schwäche flutete über Thomas hin.

Wie durch ein Meer von Watte drang Chantals Stimme an sein Ohr: „Ich habe den Jungens gesagt: Das Ding müssen wir alleine drehen, dazu ist mein Süßer zu moralisch, dazu hat er zu viele Skrupel! Wir wollen ihn gar nicht belasten damit. Wenn wir die Sore vor ihn hinknallen, wird er sich mit uns freuen!"

Kopfschüttelnd und immer noch schwach forschte Thomas: „Wie seid ihr an die Sore – hm – an das Zeug herangekommen?"

Darüber referierte Bastian: „Na, als ich gestern mit dir bei dem Schw…, bei dem komischen Bergier war, da sagte er doch, sein Kumpel Lesseps säße unten in Bandol mit 'ner Riesenladung. Ich also mit drei Kameraden nix wie runter nach Bandol! Habe da meine Freunde, verstehst du? Ich kriege raus, dass Lesseps mit ein paar Eisenbahnern mauschelt. Hat Schiss vor Kontrollen. Will die Sore unter der Kohle von der Lokomotive verbuddeln, mit der er nach Paris fährt. Im Tender, kapiert?"

Bastian bemühte sich, einen heiseren Lachanfall unter Kontrolle zu bringen. Dann fuhr er fort: „Das haben wir ihn erst mal tun lassen. Dann haben wir ihm 'ne schnuckelige Puppe besorgt für den Abend – der Gockel ist ja Gott sei Dank leichter zu bedienen als sein Freund Bergier. Na, und die Kleine hat ihn weisungsgemäß ordentlich auf Trab gebracht. So ordentlich, dass er am nächsten Morgen noch besoffen und knieweich an die Bahn kam!"

„Hach", sagte Chantal und fuhr mit ihren roten Krallenfingern leidenschaftlich durch Thomas Lievens Haar.

„Beneidenswert", kommentierte Bastian traurig diese Szene. Er nahm sich zusammen. „Na ja, und während Herr de Lesseps anderweitig beschäftigt war, spielte ich mit den Kameraden ein bisschen Eisenbahn. Mein Hobby, ich sagte es schon. Gibt so viele Kohlentender auf einem Bahnhof. Sieht einer wie der andere aus."

„Ließ Lesseps seinen Tender denn nicht bewachen?"

„Doch. Von zwei Eisenbahnern." Bastian hob die Hände und ließ sie fallen. „Er hat jedem von ihnen einen Goldbarren geschenkt. Da schenkten wir jedem von ihnen noch zwei – wir hatten es ja –, und die Chose war geritzt …"

„Die Macht des Goldes", sagte Chantal und biss Thomas ins linke Ohrläppchen.

„Chantal!"

„Ja, Süßer?"

„Steh mal auf", bat Thomas. Sie erhob sich verwirrt und trat neben Bastian. Der legte einen Arm um ihre Schulter. So standen sie reglos, zwei eben noch fröhliche, nun erschrockene Kinder. Und es funkelten die Barren, es glänzten die Münzen, es glitzerten Ketten, Ringe und Steine.

Auch Thomas stand auf. Maßlos traurig sagte er: „Mein Gott, das Herz tut mir weh, weil ich euch jetzt die Freude verderben, euch eure Überraschung kaputt machen muss. Aber das geht natürlich nicht."

„Was geht natürlich nicht?", fragte Bastian. Seine Stimme klang flach und trocken.

„Dass wir das Zeug behalten. Wir müssen es Cousteau und Siméon abliefern."

„Wa-w-wahnsinnig." Bastians Unterkiefer fiel herab. Er sah Chantal an wie ein ratloser Bernhardiner. „Er ist wahnsinnig geworden!"

6

Chantal stand da und rührte sich nicht. Nur ihr linker Nasenflügel zitterte … Ruhig sagte Thomas: „Ich komme von Siméon und Cousteau. Ich habe mit den beiden eine klare Abmachung getroffen. Sie bekommen die Listen der Spitzel und Kollaborateure, dazu alles, was Bergier und Lesseps hier unten zusammengeraubt, erpresst und geplündert haben. Wir erhalten das Geld in den drei Schrankkoffern, die wir aus Bergiers Schlafzimmer geholt haben. Das sind immerhin auch fast 68 Millionen."

„68 Millionen Franc!", schrie Bastian auf und rang die Hände. „Francs! Francs! Wo der Scheinfranc täglich weiter runterrutscht!"

„Und dafür gibst du das hier her?" Ganz leise, fast flüsternd, sprach Chantal und wies auf das Bett. „Da liegen mindestens 150 Millionen an Wert, du Idiot!"

Thomas wurde wütend. „Es sind französische Werte! Werte, die Frankreich gehören, die Frankreich gestohlen worden sind. Das Geld in den Koffern ist Gestapo-Geld, das können wir beruhigt behalten. Aber das hier, der Schmuck, das Kruzifix, das Gold aus der Staatsbank … Gott im Himmel, muss *ich* euch an eure patriotischen Pflichten erinnern, ich, ein Boche?"

Heiser sagte Bastian: „Das ist unsere Sore. *Wir* haben sie geklaut. Die Gestapo schaut in den Mond. Ich finde, wir haben genug fürs Vaterland getan!"

Bastian und Thomas stritten weiter. Sie regten sich immer mehr auf dabei. Chantal hingegen wurde immer ruhiger, gefährlich ruhig.

Die Arme in die Seiten gestemmt, die Daumen im Ledergürtel, so wippte sie mit dem rechten Schuh, und ihr linker Nasenflügel zitterte. Sehr leise fiel sie zuletzt Bastian ins Wort: „Reg dich nicht auf. Das ist deine Wohnung. Der kleine Idiot muss hier mal erst rauskommen – und Cousteau und Siméon rein."

Thomas zuckte die Schultern und ging zur Tür. Mit einem Sprung stand Bastian vor ihm. Er hielt einen schweren Revolver in der Hand. „Wo willst du hin?"

„Chez Papa. Telefonieren."

„Noch einen Schritt, und ich leg dich um." Bastians Atem kam rasselnd. Klick, machte der Sicherungshebel der Waffe.

Thomas trat zwei Schritte vor. Nun berührte der Lauf des Revolvers seine Brust. Er machte noch zwei Schritte.

Bastian stöhnte und wich zwei Schritte zurück. „Kleiner – sei vernünftig … Ich – ich leg dich wirklich um …"

„Lass mich gehen, Bastian." Thomas machte noch einen Schritt. Bastian stand nun mit dem Rücken gegen die Tür. Thomas griff nach der Klinke.

Bastian ächzte: „Warte doch! – Was werden die Schweine denn machen mit der schönen Sore? Vertun und verschieben und verpulvern – Polizei – Staat – Geheimdienst – Vaterland … Was denn, das sind doch alles nur Ganoven!"

Thomas drückte die Klinke herab; hinter Bastian schwang die Tür auf. Bastian war jetzt kreidebleich. Er starrte Chantal an und ächzte: „Chantal, tu doch was – hilf mir doch … Ich – ich kann ihn doch nicht umlegen …"

Thomas hörte ein Geräusch und drehte sich um. Chantal war auf den Rand des Bettes gesunken. Mit ihren kleinen Fäusten schlug sie auf die Barren, auf das Kruzifix, die Münzen.

Ganz hoch, gebrochen, kam ihre Stimme: „Lass ihn gehen, den Idioten, lass ihn gehen …" Tränen liefen über ihr schönes Katzengesicht, sie weinte verzweifelt. Schluchzend sah sie zu Thomas auf. „Geh schon … Ruf Siméon … Er kann alles holen … Oh, du Schuft, hätt ich dich doch nie getroffen – und ich hab mich so furchtbar gefreut …"

„Chantal! "

„… ich wollte Schluss machen mit allem – wegziehen mit dir – weit weg, in die Schweiz. Ich hab doch nur an *dich* gedacht … Und jetzt …"

„Chantal, Liebling –"

„Nenn mich nicht Liebling, du Scheißkerl!", schrie sie auf. Dann fiel sie kraftlos vorwärts. Ihre Stirn traf mit einem hässlichen Geräusch den Münzenberg. So blieb Chantal liegen. Sie weinte und weinte, als ob sie niemals mehr würde aufhören können.

7

Ziehen Sie sich aus", sagte zu dieser Zeit der hübsche junge Justizwachtmeister Louis Dupont. Er stand im Einlieferungsraum des Polizeigefängnisses in der Präfektur von Marseille. Zwei Gefangene waren eben zu ihm gebracht worden, der rosige, wohl gepflegte und wohl parfümierte Jacques Bergier und der jüngere, hagere Paul de Lesseps.

„*Was* sollen wir?", fragte Lesseps böse. Seine eiskalten Haifischaugen schlossen sich zu Schlitzen, die Lippen waren zwei blutleere Striche.

„Sie müssen sich ausziehen", sagte Dupont. „Ich will sehen, was Sie in den Kleidern haben. Und am Körper."

Bergier kicherte: „Was glauben Sie denn, was wir am Körper haben, junger Freund?" Er trat vor und öffnete seine Weste. „Kommen Sie, durchsuchen Sie mich mal nach Waffen!" Er nahm die Krawatte ab und knöpfte das Hemd auf. Dupont half ihm aus den Ärmeln.

Bergier kreischte: „Nicht doch, junger Freund, ich bin ja so kitzlig!"

„Schluss jetzt", sagte Paul de Lesseps.

„Eh?" Dupont drehte sich um.

„Ich habe jetzt genug. Rufen Sie den Gefängnisdirektor her. Augenblicklich."

„Hören Sie mal, in dem Ton …"

Paul de Lesseps' Stimme war fast nur noch ein Flüstern. „Maul halten. Können Sie lesen? Da!" Er hielt dem jungen Beamten einen Ausweis hin. Es war ein Ausweis in deutscher und französischer Sprache, und das Dokument besagte, dass Herr Paul de Lesseps im Auftrag des deutschen Reichssicherheitshauptamtes arbeitete.

„Ach, bei dieser Gelegenheit", sagte Bergier und holte mit gezierten Bewegungen aus seiner Gesäßtasche eine malvenfarbene Brieftasche hervor, die nach Juchten duftete. Derselben entnahm er ebenfalls einen Ausweis. Beide Dokumente waren ausgestellt von einem gewissen Walter Eicher, Sturmbannführer, SD Paris.

Hochmütig sprach de Lesseps: „Der Herr Sturmbannführer ist von unserer Verhaftung *umgehend* in Kenntnis zu setzen. Wenn Sie das nicht *augenblicklich* in die Wege leiten, haben Sie sich alle Folgen selber zuzuschreiben."

„Ich – ich verständige meinen Vorgesetzten", stotterte Louis Dupont. Seit er die Ausweise gesehen hatte, waren ihm die beiden Kerle noch widerlicher geworden. Marseille lag im unbesetzten Frankreich. Aber immerhin ... SD ... Gestapo ... Dupont wollte keinen Ärger. Er griff nach dem Telefonhörer.

8

– 7 dez 1940 – 17 uhr 39 – fs von präfektur marseille an kriminalpolizei paris – heute 15 uhr 30 bahnhof saint charles festgenommen 1) paul de lesseps und 2) jacques bergier – wegen gold- und devisenschmuggels – 1) zeigt deutschen sd-Ausweis nr 456 832 serie rot und 2) deutschen sd-ausweis nr 11 165 serie blau – beide ausgestellt von sd-sturmbannführer walter eicher – bitte sofort feststellen ob verhaftete tatsächlich im auftrag des sd arbeiten – ende – ende –

9

De Lesseps? Bergier?" Sturmbannführer Walter Eicher lehnte sich in seinem Schreibtischsessel zurück und lief rot an. Wütend brüllte er in den Telefonhörer, den er am Ohr hielt: „Jawohl, ich kenne die beiden! Jawohl, sie arbeiten für uns! Geben Sie nach Marseille durch, dass man die Herren festhalten soll. Wir kommen und holen sie ab."

Der französische Beamte am anderen Ende der Leitung bedankte sich höflich für die Auskunft.

„Nichts zu danken. Heil Hitler!" Eicher knallte den Hörer in die Gabel und brüllte: „Winter!"

Aus dem Nebenzimmer kam sein Adjutant gestürzt. Die Herren gingen ihrer makabren Tätigkeit im vierten Stock einer pompösen Villa der Avenue Foch zu Paris nach. Der Mann, der Winter hieß, schnarrte: „Sturmbannführer?"

„De Lesseps und diese alte Tunte, Bergier, sind in Marseille hochgegangen", fauchte der Mann, der Eicher hieß.

„Um Gottes willen, wieso?"

„Weiß ich noch nicht. Zum Verzweifeln ist das. Arbeiten wir hier eigentlich *nur* mit Idioten? Stellen Sie sich vor, wenn Canaris etwas davon erfährt! Das wäre doch ein Fressen für ihn! SD kauft das unbesetzte Frankreich aus!"

Das Reichssicherheitshauptamt und die Abwehrorganisation des Admirals Canaris hassten einander wie ein böser Hund eine böse Katze. Die Befürchtungen des Sturmbannführers Eicher bestanden zu Recht. Er knurrte: „Lassen Sie den schwarzen Mercedes nachsehen, Winter. Wir fahren nach Marseille runter."

„Heute noch?"

„In einer Stunde, Mensch. Damit wir morgen früh da sind! Wir müssen die beiden Idioten rausholen, bevor sie quatschen!"

„Jawohl, Sturmbannführer!", brüllte Winter. Er schmiss die Tür hinter sich ins Schloss. Immer derselbe Ärger. Ein Scheißberuf ist das. Jetzt kann ich wieder der süßen Zouzou absagen. Zwölf Stunden mit dem Ollen im Wagen. Die Nacht um die Ohren. Zum Heulen.

Vierundzwanzig Stunden später hielt Chantal Tessier in Marseille im Hinterzimmer des Cafés „Brûleur de Loup" eine Betriebsversammlung ihrer Bande ab, bei der es, gelinde gesagt, stürmisch zuging.

Die französischen Schleichhändler und spanischen Passfälscher, die leichten Mädchen aus Korsika und die Verschwörer und Totschläger aus Marokko, die alle in den vorderen Lokalitäten ihren Geschäften nachgingen, blickten immer wieder missbilligend zu der Tür im Hintergrund, an welcher eine Tafel mit der Aufschrift baumelte:

Geschlossene Gesellschaft

Eine laute geschlossene Gesellschaft war das! Endlich öffnete sich die Tür, und die Kaffeehausgäste (per saldo 500 Jahre Zuchthaus, kulant gerechnet) sahen den ihnen allen wohlbekannten Bastian Fabre in eine Telefonzelle neben der Theke treten. Er machte einen verstörten Eindruck …

Bastian wählte die Nummer des Restaurants „Chez Papa". Olive, der Wirt, meldete sich. Bastian wischte sich den Schweiß von der Stirn, zog nervös an seiner schwarzen Zigarre und sagte hastig: „Hier Bastian. Ist der Mann bei dir, der mich gestern Nachmittag besucht hat?" Er hatte Thomas aufgefordert, den Ausgang der Sitzung in „Chez Papa" abzuwarten.

Olives Stimme klang überschattet. „Der ist da, ja. Spielt Poker mit meinen Gästen am Stammtisch. Gewinnt dauernd."

„Ruf mir den Mann mal an den Apparat." Bastian nahm einen tiefen Zug aus der Zigarre und öffnete die Zellentür, um den Rauch hinauszulassen. Dieser verdammte Pierre – er verdiente es einfach nicht, dass man sich um ihn Sorgen machte.

Vor vierundzwanzig Stunden erst hatte der Kerl diese Brüder vom Geheimdienst herbeigerufen, und die ganze schöne Sore war abgeholt worden. Gott sei Dank, nicht die *ganze* schöne Sore, dachte Bastian. Während Thomas ans Telefon gegangen war, hatte er mit Chantal schnell noch ein paar Pretiosen und eine erkleckliche Menge Goldmünzen beiseitegeräumt ... Aber was war das schon, verglichen mit dem millionenschweren Rest? Man durfte gar nicht daran denken ...

„Hallo, Bastian! Na, mein Alter, wie steht's?"

Bastian hörte voller Grimm, wie gleichmütig die Stimme dieses vertrottelten Kerls klang. Er sagte: „Pierre, ich bin dein Freund – trotz allem. Darum einen Rat: Verschwinde. Aber augenblicklich. Es ist keine Minute zu verlieren."

„Nanu, warum denn?"

„Hier auf der Betriebsversammlung geht alles hinten hinaus. Chantal hat ihren Rücktritt angeboten."

„Um Gottes willen!"

„Sie hat geweint ..."

„Ach, Bastian, wenn du wüsstest, wie peinlich mir das alles ist ..."

„Unterbrich mich nicht, Trottel. Sie hat gesagt, dass sie dich liebt – dass sie dich versteht ... Darauf ist ein großer Teil der Bande weich geworden ..."

„Ah, l'amour! Vive la France!"

„... aber nicht alle. Da ist eine Gruppe um den hinkenden François. Du kennst ihn doch, Pferdefuß nennen wir ihn ..."

Thomas kannte ihn nicht, er hatte aber von ihm gehört. „Pferdefuß" war das älteste Mitglied der Bande, er verdankte den Namen zu gleichen Teilen seinem Hinken, seiner Gewalttätigkeit und seinen Methoden bei der Eroberung eines weiblichen Wesens.

„... Pferdefuß ist dafür, dich umzulegen ..."

„Charmant."

„... er hat nichts gegen dich, sagt er, aber dein Einfluss auf Chantal ist verheerend. Du weichst sie auf ..."

„Na, na!"

„... du bist der Untergang unserer Bande. Um Chantal zu schützen, sagt er, muss man dich umlegen ... Pierre, hau ab! Mach, dass du wegkommst."

„Im Gegenteil."

„Was?"

„Hör mal genau zu, Bastian", sagte Thomas Lieven. Das tat sein Freund, kopfschüttelnd zuerst, zweifelnd sodann, einverstanden zuletzt. Er knurrte: „Na schön, wenn du dir das zutraust. Also dann in zwei Stunden. Aber alles auf deine Verantwortung!" Er hängte auf und ging zurück in das verqualmte Hinterzimmer, in welchem der hinkende François, genannt Pferdefuß, gerade leidenschaftlich dafür plädierte, diesen Jean Leblanc oder Pierre Hunebelle, oder wie er auch immer heißen mochte, in ein besseres Jenseits zu befördern.

„... im Interesse von uns allen", sagte er eben und stieß dabei die Spitze eines ungemein dünnen, ungemein scharfen Klappmessers in die Tischplatte. Dann fuhr er Bastian an: „Wo warst du?"

„Ich habe mit Pierre telefoniert", antwortete dieser ungerührt. „Er lädt uns alle zum Essen ein. In zwei Stunden. In meiner Wohnung. Er meint, wir könnten dann alles in Ruhe besprechen."

Chantal schrie auf. Plötzlich redeten alle durcheinander. „Ruhe!", brüllte der hinkende François. Es wurde still.

„Mut hat der Kerl", sagte François beeindruckt. Dann lächelte er böse. „Na schön, Kollegen, lasst uns hingehen ..."

10

Meine Herren, ich begrüße Sie", sagte Thomas Lieven. Er küsste der bleichen Bandenchefin, die am Ende ihrer Nervenkraft angelangt war, die Hand.

Die fünfzehn Ganoven drängten in Bastians Wohnung, grinsend zum einen Teil, verbissen und drohend zum anderen. Sie erblickten eine festlich gedeckte Tafel. Mithilfe von Olive hatte Thomas sie errichtet – auf Bastians großem Eisenbahntisch. Die Berge, Täler, Brücken, Flüsse und Bahnhöfe hatte er entfernt, aber ein Schienenstrang lief auch noch auf dem weißen Tischtuch von einem Ende der Tafel zum andern, vorbei an Gläsern, Tellern und Bestecken.

„Wohlan", sprach Thomas händereibend. „Wenn ich die Herrschaften bitten dürfte, Platz zu nehmen. Chantal an der Tête, ich muss aus bestimmten Gründen am anderen Ende der Tafel sitzen. Bitte, meine Herren, machen Sie es sich gemütlich. Verschieben Sie Ihre Mordabsichten noch ein Weilchen." Miteinander flüsternd, murmelnd und noch sehr argwöhnisch setzten sich die Männer. Vor Chantals Platz stand eine Vase mit roten Treibhausrosen.

Thomas hatte an alles gedacht ...

Olive und zwei seiner Kellner servierten den ersten Gang, Käsesuppe. Thomas hatte sie in der Küche von „Chez Papa" zubereitet. Auch das Geschirr und das Besteck stammten aus der Kneipe. „Gesegnete Mahlzeit", wünschte Thomas. Er saß am Ende des Tisches. An seinem Platz standen geheimnisvolle Gegenstände. Niemand konnte sie erkennen, da Servietten darüber gedeckt waren. Unter diesen Tuchhügeln endete der Schienenstrang.

Schweigsam verzehrten die Herren die Suppe. Immerhin: Sie waren Franzosen, und sie wussten gutes Essen zu würdigen.

Chantal ließ Thomas nicht eine Sekunde aus den Augen. Eine ganze Gefühlsskala spiegelte sich in ihren Augen. Pferdefuß aß mit gesenktem Kopf, böse und stumm.

Menu • 8. Dezember 1940

Ein groteskes Essen rettet Thomas Lievens Leben.

Käsesuppe • Kaninchenragout mit breiten Nudeln
Überraschungspastete mit Champignonsoße

Käsesuppe: Man nehme reichlich geriebenen Parmesankäse, weiche ihn in Milch ein und verquirle ihn gründlich. – Man rühre den geriebenen Käse dann vorsichtig, weil er leicht gerinnt, in kochende Fleischbrühe ein, nehme die Suppe vom Feuer und ziehe sie mit Eigelb ab.

Kaninchenragout: Man nehme ein großes junges, gut abgehäutetes Kaninchen und zerhacke es in mittlere Portionsstücke. – Man zerlasse in einer Kasserolle 125 Gramm gewürfelten, durchwachsenen Speck, lasse die Fleischstücke darin von allen Seiten anbraten, füge die Leber, einige kleine Schalotten und fein geschnittene Zwiebeln sowie eine zerdrückte Knoblauchzehe hinzu. – Man streue, sobald alles bräunt, etwas Mehl darüber, verrühre es gut und gieße allmählich mit einem halben Liter kochendem Wasser oder Fleischbrühe auf. Man würze mit Salz, Pfeffer, Gewürzkörnern, Wacholderbeeren und etwas Zitronenschale, gieße die Hälfte einer halben Flasche Rotwein hinzu. – Man lasse das Gericht auf kleiner Flamme schmoren, bis das Fleisch ganz weich ist, gebe dann den Rest des Rotweins hinzu und lasse noch kurz dämpfen. – Man reiche dazu breite Nudeln, die in Salzwasser gekocht und nach dem Abtropfen in Butter geschwenkt wurden.

Überraschungspastete: Man nehme je ein entsprechend der Personenzahl großes Stück Kalbs-, Schweine- und Rinderfilet, die in ihrer Länge dem halben Durchmesser einer großen Tortenform entsprechen.

Man häute das Fleisch gut ab und brate es dann in Butter auf allen Seiten leicht an, salze und pfeffere es. – Man lege Boden und Rand der Tortenform mit Blätterteig aus und ordne die abgekühlten Fleischstücke so an, dass ihre schmalen Enden in die Mitte kommen. – Man nehme die Verteilung des Fleisches so vor, dass möglichst je ein Drittel des Bodens mit einer Fleischsorte belegt ist. – Man markiere oben am Teigrand die Stelle, an der eine Fleischsorte aufhört und die andere anfängt, und übertrage die Markierung gleich auf den daraufgelegten Blätterteigdeckel. Von diesen Stellen aus führe man eine Teigblättchenverzierung zur Mitte hin, sodass eine äußerliche Dreiteilung der Pastete entsteht. – Man schneide zudem aus dem Teig ein Schwein, ein Kalb und ein Rind aus und verziere damit die entsprechenden Drittel, sodass man weiß, welches Fleisch darunter liegt. – Man bestreiche die Pastete mit Eigelb und backe sie bei mittlerer Hitze, bis sie eine schöne goldfarbene Bräunung hat. Man reiche dazu eine Champignonsoße, die folgendermaßen zubereitet wird: Man nehme einige fein gehackte Schalotten, dünste sie in Butter leicht an, lasse dann reichlich blätterig geschnittene Champignons mitschmoren. Man streue etwas Mehl darüber, verrühre es gut und fülle dann mit Fleischbrühe auf. Man lasse auf kleiner Flamme dünsten, bis die Pilze weich sind, gebe dann Sahne an die Soße, die hell geblieben sein muss, würze mit Salz, Pfeffer und etwas Zitronensaft und ziehe mit Eigelb ab. – Man kann nach Belieben noch einen Schuss Weißwein dazugeben.

Dann gab es Kaninchenragout. Und dann schleppten Olive und seine Kellner mühsam eine Speise herein, die aussah wie eine überdimensionale Riesentorte. Diese wurde neben Thomas Lieven auf einen Extratisch gestellt.

Nun ergriff Thomas ein gewaltiges Messer. Während er es schärfte, sprach er: „Meine Herren! Ich erlaube mir, Ihnen jetzt eine Novität vorzusetzen, eine eigene Erfindung sozusagen. Es ist mir klar, dass Sie die verschiedensten Temperamente besitzen. Manche unter Ihnen sind sanftmütig und wollen mir vergeben, andere sind Choleriker und wollen mich killen." Er hob eine Hand. „Bitte, bitte. Über den Geschmack kann man nicht streiten. Aber eben weil man das nicht kann, habe ich mir erlaubt, ein Gericht herzustellen, das *jedem* Geschmack gerecht wird." Er wies auf die Torte. „Voilà, die Überraschungspastete!"

Er wandte sich an Chantal: „Liebling, möchtest du Rinds-, Schweine oder Kalbsfilet?"

„Ka … Ka … Kalbsfilet", krächzte Chantal. Sie räusperte sich energisch und sagte nun überlaut: „Kalbsfilet!"

„Bitte sehr, bitte gleich." Thomas betrachtete die Torte scharf, drehte sie ein wenig, schnitt aus einem bestimmten Drittel eine schöne Scheibe Kalbsfilet, eingebacken in Pastetenteig, heraus und legte sie auf einen Teller.

Nun entfernte er die Servietten und enthüllte die Gegenstände neben sich: Bastians elektrische Spielzeuglokomotive und Kohlentender, angehängt ein großer Güterwagen, des Weiteren ein Schaltpult zur Bedienung der elektrischen Bahn.

Thomas setzte den Teller mit dem Kalbsfilet auf den Güterwagen und schaltete den Strom ein. Summend fuhr die Lok los und zog Tender, Wagen und Teller über die ganze Tafel, vorbei an fünfzehn staunenden Ganoven. Vor Chantal hielt der Transport. Sie hob den Teller vom Wagen. Ein paar Männer lachten verblüfft, einer klatschte.

Thomas ließ die Lok mit dem leeren Wagen zurückrollen, indessen er gleichmütig fragte: „Der Herr zur Linken von Chantal wünscht?"

Ein wüster Geselle mit Augenklappe verzog den Mund zu einem mächtigen Grinsen und schrie: „Schwein!"

„Schwein, bitte sehr“, sagte Thomas. Wieder fixierte er die Riesenpastete, drehte sie, schnitt aus einem anderen Drittel ein Stück Schweinefilet und beförderte es in der gleichen Weise. Jetzt wurden die Männer munter. Der Einfall amüsierte sie. Sie redeten durcheinander. Einer schrie: „Mir Rind!“

„Aber gern“, sagte Thomas und bediente ihn. Nun klatschten schon ein paar Männer.

Thomas sah Chantal an. Er kniff ein Auge zu. Da musste sie wider Willen lächeln. Die Tafelrunde wurde immer lauter, immer ausgelassener. Durcheinander bestellten die Männer. Und immer wieder rollte die kleine Lokomotive über den Tisch.

Zuletzt saß nur noch François, der Pferdefuß, vor einem leeren Teller. Thomas wandte sich an ihn: „Und Sie, Monsieur?“, fragte er, während er sein Tranchiermesser neuerlich schärfte.

François sah ihn lange brütend an. Dann erhob er sich langsam und griff in die Tasche. Chantal schrie auf, Bastian zog heimlich seine Pistole, als er sah, dass Pferdefuß plötzlich sein gefürchtetes Messer in der Hand hielt. Blitzend sprang die Klinge heraus. Lautlos machte Pferdefuß einen hinkenden Schritt auf Thomas zu. Noch einen. Und noch einen. Nun stand er vor ihm. Nun war es totenstill. So lange, wie man braucht, um bis zehn zu zählen, sah François dem ruhig stehenden Thomas Lieven in die Augen. Dann grinste er plötzlich und sagte: „Nehmen Sie mein Messer, das ist schärfer. Und geben Sie mir Schwein. Sie elender Hund!“

11

Am 8. Dezember 1940 erschienen Sturmbannführer Eicher und sein Adjutant Winter – zivil gekleidet natürlich – in Marseille und verlangten die Übergabe der Herren de Lesseps und Bergier. Sie brachten die beiden sofort nach Paris. Hier erst wurden die Einkäufer gründlich verhört.

Am 10. Dezember 1940 gab der SD Paris eine Fahndungsmeldung an alle seine Dienststellen heraus.

Am 13. Dezember geschah es dann in einem Zimmer des zweckentfremdeten Pariser Hotels „Lutetia“, der Dienststelle der Deutschen Abwehr:

Hauptmann Brenner von der Abteilung III las die Fahndungsmeldung des deutschen Konkurrenzunternehmens. Er las sie einmal flüchtig, stutzte und las sie ein zweites Mal – aufmerksamer.

Ein gewisser Pierre Hunebelle wurde da gesucht; warum, umschrieb das Blatt vage mit „Verrat von SD-Leuten an französische Behörden“.

Und Hauptmann Brenner las noch einmal: Pierre Hunebelle. Schmales Gesicht. Dunkle Augen. Schwarzes, kurzes Haar. Etwa 1,75 groß. Schlank. Im Besitz einer goldenen Repetieruhr, mit der er häufig spielt. Besondere Kennzeichen: kocht gerne.

Hm.

Kocht gerne.

Hm!!!

Hauptmann Brenner rieb sich die Stirn. Da war doch mal ... Da gab es doch einmal ... Da war doch mal ein General aufs Kreuz gelegt worden von einem Herrn, der gerne kochte. Bei der Eroberung von Paris war das gewesen. Es gab einen Akt darüber ...

Akt darüber – Akt darüber ...

Eine Stunde später hatte Hauptmann Brenner im Archiv gefunden, was er suchte. Ein dünner Akt war das. Aber die Erinnerung hatte den Hauptmann nicht getrogen. Da stand es: Thomas Lieven, alias Jean Leblanc. Etwa 1,75 groß. Schmales Gesicht. Dunkle Augen. Dunkles Haar. Besitzt eine altmodische goldene Repetieruhr. Besondere Kennzeichen: leidenschaftlicher Koch.

Jagdfieber erwachte in Hauptmann Brenner. Er hatte seine privaten Verbindungen zum SD. Er horchte drei Tage lang herum, dann wusste er, warum der Sturmbannführer Eicher so erbittert hinter Herrn Hunebelle, alias Leblanc, alias Lieven, her war. Grinsend verfasste Brenner eine Meldung an seinen höchsten Vorgesetzten.

Admiral Wilhelm Canaris las den Bericht des Hauptmanns Brenner in seinem Berliner Büro am Tirpitzufer mit einem immer stärker werdenden Schmunzeln. Die Heiterkeit, die schon seinen Mann in Paris ergriffen hatte, erfasste auch ihn. Schau mal an, das Reichssicherheitshauptamt! Raubt das unbesetzte Frankreich aus. Das will ich Herrn Himmler mal unter die Nase reiben! Und hereingelegt hat sie ein gewisser Hunebelle, alias Leblanc, alias ...

Der Admiral wurde ernst. Er las den letzten Absatz noch einmal. Und ein drittes Mal. Dann rief er seine Sekretärin ins Zimmer: „Liebes Fräulein Sistig, bringen Sie mir doch mal den Akt Thomas Lieven."

Eine Viertelstunde später lag er vor ihm, ein großes schwarzes Kreuz war auf den oberen Deckel gezeichnet.

Canaris öffnete den Deckel. Er las, was auf dem ersten Bogen stand ...

Köln, 4. Dezember 1940

Von: Abwehr Köln
An: Chef Abwehr Berlin
geheim 135892/VC/LU

Aus Lissabon zurückgekehrt, gestatte ich mir ergebenst, Herrn Admiral den Tod des Doppelagenten und Verräters Thomas Lieven, alias Jean Leblanc, zu melden ...

Lange Zeit saß Canaris reglos. Dann nahm er den Hörer ab. Die Stimme des Admirals klang sehr leise, sehr verhangen und sehr gefährlich: „Fräulein Sistig, verbinden Sie mich doch bitte mit der Abwehr Köln. Major Fritz Loos ..."

12

An dieser Stelle unseres Berichtes halten wir es für richtig, völlig unwichtige Tage zu überspringen, jedoch von einem Abend zu erzählen, der harmonisch und unauffällig begann und dennoch allerschwerste Folgen haben sollte.

Am stürmischen Abend des 28. Dezember 1940 hörte Thomas Lieven die 22.30-Uhr-Nachrichten des Londoner Rundfunks in französischer Sprache. Thomas hörte jeden Abend Radio London, ein Mann in seiner Lage musste wohlinformiert sein.

Er befand sich in Chantals Schlafzimmer. Seine schöne Freundin lag schon im Bett. Sie hatte das Haar hochgesteckt, und ihr Gesicht war ohne Schminke.

Thomas hatte sie am liebsten so. Er saß bei ihr, und sie streichelte seine Hand, während sie beide der Stimme eines Nachrichtensprechers lauschten: „... rührt sich in Frankreich vermehrt der Widerstand gegen die Nazis. Gestern Nachmittag flog auf der Strecke Nantes–Angers in der Nähe von Varades ein deutscher Truppentransport in die Luft. Die Lokomotive und drei Waggons wurden vollständig vernichtet. Mindestens fünfundzwanzig deutsche Soldaten wurden getötet, weit über hundert wurden zum Teil schwer verletzt."

Noch strichen Chantals Finger über Thomas Lievens Hand.

„... als Vergeltungsmaßnahme haben die Deutschen sofort dreißig französische Geiseln erschießen lassen ..."

Chantals Finger hielten an.

„... doch der Kampf geht weiter, und er hat eben erst begonnen. Eine gnadenlose Untergrundbewegung verfolgt und jagt die Deutschen bei Tag und bei Nacht. Wie wir aus zuverlässiger Quelle erfahren, fielen der Résistance in Marseille kürzlich gewaltige Mengen von Gold, Devisen und Wertgegenständen in die Hände, die aus Raub- und Plünderungsaktionen der Nazis stammen. Diese Mittel werden ausreichen, um den Kampf auszudehnen und zu erweitern. Das Attentat von Varades wird nicht das einzige bleiben ..."

Thomas war bleich geworden. Er ertrug die Stimme nicht mehr; er schaltete den Apparat ab. Chantal lag still auf dem Rücken und sah ihn an. Und plötzlich konnte er auch ihren Blick nicht ertragen. Er stöhnte auf und stützte den Kopf in beide Hände. Und in seinem Schädel dröhnte es: fünfundzwanzig Deutsche. Dreißig Franzosen. Über hundert Verwundete. Erst ein Anfang. Der Kampf geht weiter. Finanziert mit gewaltigen Mengen von Nazi-Gold und Nazi-Devisen. Erbeutet in Marseille ... Unglück, Blut und Tränen. Finanziert durch wen? Durch wessen Hilfe?

Thomas Lieven hob den Kopf. Immer noch sah Chantal ihn reglos an. Er sagte leise: „Ihr hattet recht – Bastian und du. Wir hätten das Zeug behalten sollen. Ihr hattet einen feinen Instinkt. Siméon und den französischen Geheimdienst betrügen – das wäre bei Weitem das kleinere Übel gewesen."

„Bei allem, was wir bisher angestellt haben, ist noch nie ein Unschuldiger ums Leben gekommen", sagte Chantal leise.

Thomas nickte. Er sagte: „Ich sehe ein, ich muss mein Leben ändern. Ich habe altmodische Vorstellungen. Ich habe falsche, gefährliche Begriffe von Ehre und Treue. Chantal, weißt du noch, was du mir damals in Lissabon vorschlugst?"

Sie richtete sich schnell auf. „Mein Partner zu werden."

„Von heute an, Chantal, bin ich's. Ohne Gnade, ohne Mitleid. Ich habe die Schnauze voll. Ran an die Sore!"

„Süßer, du sprichst ja schon wie ich!"

Sie schlang die Arme um seinen Hals und küsste ihn wild.

Mit diesem Kuss wurde ein sehr seltsames Bündnis besiegelt, eine Arbeitsgemeinschaft, über die man in Marseille noch heute spricht – und mit Grund. Denn zwischen Januar 1941 und August 1942 wurde der Süden Frankreichs von einem wahren Erdbeben, von einer Sturmflut krimineller Geschehen heimgesucht, die in beinahe märchenhafter Weise eines gemeinsam hatten: Niemand empfand Mitleid mit den Geschädigten.

Das erste Opfer war der Marseiller Juwelier Marius Pissoladière. Wenn es am 14. Januar 1941 in Marseille nicht geregnet hätte, wäre diesem Herrn vielleicht der tragische Verlust von weit über acht Millionen Franc erspart geblieben. Aber ach, es goss in Strömen von morgens bis abends, und so nahm das Verhängnis seinen Lauf. Marius Pissoladières eleganter Laden lag an der Cannebière, der Hauptstraße von Marseille. Monsieur Pissoladière war ein steinreicher Mann, fünfzigjährig, zu Fettleibigkeit neigend, stets nach der letzten Mode gekleidet.

In früheren Jahren hatte Pissoladière seine Geschäfte mit der internationalen Gesellschaft der Riviera abgewickelt. In letzter Zeit war ein neuer Kundenkreis an ihn herangetreten – ein ebenso internationaler. Pissoladière verhandelte mit Flüchtlingen aus allen Ländern, die Hitler überfallen hatte. Pissoladière kaufte den Flüchtlingen ihren Schmuck ab. Sie brauchten Geld, um weiterfliehen, um Beamte bestechen, Einreisegenehmigungen erlangen, falsche Pässe bestellen zu können.

Zu dem Zweck, die Flüchtlinge möglichst elend zu bezahlen, operierte der Juwelier nach einem denkbar einfachen System: Er handelte Tage und Wochen mit den Verkäufern. So lange, bis die Verzweifelten unter allen Umständen Geld haben mussten. Wenn es nach Pissoladière ging, konnte der Krieg ruhig noch zehn Jahre dauern!

Nein, Herr Marius konnte wirklich nicht klagen. Die Geschäfte gingen bestens. Und alles wäre wohl weiter gut gegangen, wenn es am 14. Januar 1941 in Marseille nicht geregnet hätte …

Am 14. Januar 1941, gegen die elfte Vormittagsstunde, betrat ein Herr von etwa fünfundvierzig Jahren das Juweliergeschäft von Marius Pissoladière. Der Herr trug Homburg, kostbaren Stadtpelz, Gamaschen und dezent grau-schwarz gestreifte Hosen. Ach ja, und einen Regenschirm natürlich!

Ergreifend vornehm, dieses schmale, bleiche Aristokratengesicht, fand Pissoladière. Müder Reichtum. Uraltes Geschlecht. Genau das, was der Juwelier bei seinen Käufern liebte …

Pissoladière war allein im Laden. Händereibend, mit untertänigem Blick, verbeugte er sich vor seinem Kunden und wünschte einen guten Morgen.

Der elegante Herr erwiderte Pissoladières Gruß durch ein müdes Neigen des Kopfes und hängte seinen Schirm (mit der Bernsteinkrücke) an die Kante der Ladentheke.

Als er redete, erwies sich seine Sprache ein wenig provinziell akzentuiert. Aristokraten, überlegte Pissoladière, tun das wohl, um ihre soziale Gesinnung zu dokumentieren. Menschen wie du und ich. Großartig! Der Herr sprach: „Ich möcht bei Ihnen – hm, ein bisschen Schmuck kaufen. Man sagte mir im ‚Bristol', dass Sie so was in guter Auswahl hätten."

„Den schönsten Schmuck von Marseille, Monsieur. Und woran haben Monsieur gedacht?"

„Na ja, halt an ein – hm – Armband mit Brillanten oder so was …"

„Haben wir in allen Preislagen. Was wollen Monsieur etwa anlegen?"

„So zwischen – hm – zwei und – hm, drei Millionen", erwiderte der Herr und gähnte.

Donnerwetter, dachte Pissoladière. Der Morgen hat es in sich! Er trat an einen großen Tresor, stellte das Kombinationsschloss ein und sagte dabei: „In dieser Preislage gibt es natürlich schon sehr schöne Stücke."

Die dicke Stahltür schwang zurück. Pissoladière wählte neun Brillantarmbänder aus und legte sie auf ein schwarzes Samttablett. Mit diesem trat er vor den Kunden.

Die neun Armbänder glitzerten und brannten in allen Farben des Regenbogens. Der Herr betrachtete sie lange schweigend. Dann nahm er ein Bracelet in die schmale, wohl manikürte Hand. Es war ein besonders schönes Stück mit kostbaren, flachen Baguetten und sechs zweikarätigen Steinen.

„Wie teuer – hm – ist das hier?"

„Drei Millionen, Monsieur."

Drei Millionen Franc waren 1941 etwa 150 000 Mark. Das Armband stammte von der Gattin eines jüdischen Bankiers aus Paris. Pissoladière hatte es für 400 000 Franc erhandelt, besser: herausgepresst.

„Drei Millionen ist zu viel", sagte der Herr.

Pissoladière erkannte daran sogleich den versierten Schmuckkäufer. Nur Laien akzeptieren den Preis widerspruchslos, den ein Juwelier ihnen zuerst nennt. Ein gewaltiges Handeln begann, ein zähes Hin und Her.

Da öffnete sich die Ladentür. Pissoladière sah auf. Ein zweiter Gentleman kam herein. Weniger wohlhabend gekleidet als der erste – aber immerhin, immerhin. Zurückhaltend. Dezent in Kleidung und Auftreten. Fischgrätenmustermantel. Gamaschen. Hut. Regenschirm.

Eben wollte Pissoladière den zweiten Herrn ersuchen, ein wenig zu warten, da sagte dieser: „Ich brauche nur ein neues Armband für meine Uhr." Und damit hängte er seinen Regenschirm, so dicht es ging, neben den Regenschirm des Herrn im Stadtpelz, den er scheinbar noch nie im Leben gesehen hatte.

Und in diesem Moment war Marius Pissoladière sozusagen bereits verloren, verraten und verkauft …

13

Die beiden Herren, die einander am Vormittag des 14. Januar 1941 in Pissoladières Juweliergeschäft so fremd gegenübertraten, waren in Wirklichkeit uralte Freunde. Sie hatten sich nur in den letzten zwei Wochen äußerlich und innerlich von Grund auf verwandelt.

Vor zwei Wochen noch pflegten die beiden Herren wie Droschkenkutscher zu fluchen, auf den Boden zu spucken, knallgelbe Schuhe und Jacken mit übertrieben auswattierten Schultern zu tragen.

Bis vor zwei Wochen waren ihre Fingernägel immer schwarz und ihre Haare immer zu lang gewesen. Einen halben Monat zuvor hatten sich die beiden Herren noch als deutliche Angehörige jener geheimnisumwobenen asozialen Kaste durchs Leben bewegt, die der gute Bürger gemeinhin schaudernd „die Unterwelt" nennt.

Wem wohl fiel das Verdienst zu, in so kurzer Zeit und im Rahmen eines allerdings anstrengenden Schnellkurses aus zwei alten Ganoven zwei neue Herren zu machen – wem wohl?

Der geneigte Leser hat es erraten: einem gewissen Pierre Hunebelle, alias Jean Leblanc, alias Thomas Lieven.

Um die beiden Ganoven zunächst seelisch auf den geplanten Fischzug bei dem Juwelier Pissoladière vorzubereiten, hatte Thomas Lieven zwei Wochen zuvor ein Essen gegeben.

Das Mahl wurde in einem Hinterzimmer bei „Chez Papa" serviert, dem berühmt-berüchtigten Schwarzschlächterlokal in der Rue de Paradis, neben der Börse. Außer Thomas Lieven und seiner Geliebten, der schönen Bandenchefin Chantal Tessier, erschienen zu dem Essen nur die erwähnten beiden Ganoven – in ihrer ursprünglichen Gestalt und unter ihrem richtigen Namen: Fred Meyer und Paul de la Rue.

Sie gehörten seit Jahren zu der Bande, aber sie waren im Außendienst beschäftigt, in Toulouse. Chantals Organisation hatte Filialen. Es war ein gesund aufgebautes Unternehmen.

Paul de la Rue, Hugenotten-Nachfahre, war groß und schlank und von Beruf gelernter Bilderfälscher. Er sprach mit südfranzösischem Akzent. Trotz aller Ungepflegtheit hatte sein schmaler Schädel etwas Aristokratisches.

Fred Meyers erlernter Beruf war der eines Kassenschränkers. Er hatte auch auf den Fachgebieten Einbruch, Hoteldiebstahl und Zollbetrug dilettiert, und er sprach ebenfalls mit dem Akzent südfranzösischer Volksgenossen.

Händereibend und grinsend waren Paul und Fred zu Thomas und Chantal gekommen. Der Hugenotten-Abkomme rülpste: „Wollen wir noch 'nen kleinen Pastis trinken vorm Fressen, wie?"

„Vor dem Essen", erwiderte Thomas Lieven eisig, „werden die Herren keinen kleinen Pastis trinken, sondern sich hinunter zum Friseur begeben. Rasieren. Haare schneiden. Hals und Hände waschen. In einem derartigen Zustand geht man nicht zu Tisch."

„*Ta gueule*", knurrte Fred, der, ebenso wie Paul, diesen Pierre Hunebelle noch nicht näher kannte. „Du kannst uns mal, Chantal ist die Chefin."

Mit schmalen Lippen antwortete Chantal darauf: „Ihr tut, was er sagt. Geht zum Friseur. Sauerei, wie ihr ausseht." Knurrend zogen die beiden ab.

Allein mit Thomas, bewies Chantal, dass sie ihm zuliebe zwar gewisse Eigentümlichkeiten der Kleidung aufgegeben hatte, sich aber im Inneren treu geblieben war. Wie eine Wildkatze fauchte sie ihn an: „Ich wollte dich nicht bloßstellen. Das wäre nämlich das Ende meiner Autorität vor den Brüdern, wenn es auch noch heißt, ich krache mich mit dir! Aber das ist immer noch meine Bande, kapiert?"

„Tut mir leid, dann wollen wir die Sache lieber lassen."

„Was soll das heißen?"

„Ich bin nicht dein Angestellter. Wir sind entweder gleichberechtigte Partner – oder gar nichts."

Sie sah ihn aus halb geschlossenen Augen an. Sie murmelte etwas Unverständliches. Dann stieß sie mit der Faust gegen seine Schulter und knurrte, halb gereizt, halb belustigt: „Also gut – du verfluchter Hund!" Und hastig: „Bilde dir bloß keine Schwachheiten ein – von wegen, dass ich mich in dich verknallt habe oder so! Da müsste ich aber wirklich lachen. Ich brauche einfach noch 'nen guten Mann, das ist alles. Klar?"

„Klar", sagte Thomas. Und blinzelte. Und dann tranken sie einen uralten Kognak zur Versöhnung.

Nach einer Dreiviertelstunde kamen Paul und Fred zurück. Sie sahen jetzt viel manierlicher aus. Bei der Vorspeise erklärte Chantal: „Mal herhören. Wer gegen Pierre was sagt, kriegt es mit mir zu tun, verstanden?"

„Was denn, Chantal, du hast doch noch nie …"

„Schnauze! Pierre ist mein Partner."

„Oh, heilige Neune, Puppe, dich hat's aber bös erwischt", bemerkte der Schränker. Im nächsten Moment hatte er eine schallende Ohrfeige weg, und Chantal zischte: „Kümmere dich um deinen Mist!"

„Man wird doch noch reden dürfen", maulte Fred.

„Einen Dreck darf man dürfen!" Chantal hatte trotz ihrer Widerspenstigkeit schon einiges von Thomas gelernt: „Friss lieber anständig, du Ferkel! Hat man Töne? Zerschneidet der Kerl die Spaghetti mit dem Messer!"

„Wenn mir das Zeug doch immer wieder von der verflixten Gabel rutscht!"

„Erlauben Sie einen Tipp", sprach Thomas freundlich. „Wenn es Ihnen schon nicht möglich ist, die Spaghetti mit der Gabel auf zudrehen, dann spießen Sie mit der Gabel zunächst nur einen Mundvoll auf, nehmen mit der linken Hand den Löffel und drücken die Gabelzinken gegen seine Innenseite. So." Thomas demonstrierte. „Nun drehen Sie die Gabel. Sehen Sie, wie gut das geht?"

Fred machte es nach. Es funktionierte.

„Meine Herren", sagte Thomas, „in der Tat wird es notwendig sein, dass wir uns ausführlich über gute Manieren unterhalten. Gute Manieren sind das A und O jedes ordentlichen Betruges. Haben Sie schon einmal einen Bankier mit schlechten Manieren erlebt?" – Einen *Bankier!* Lieber Gott, ich darf gar nicht daran denken. Meine Bank in London. Mein Club. Mein schönes Heim. Vorbei. Vorbei. Vom Winde verweht.

„Gute Manieren, jawohl", sagte Chantal gebieterisch. „Hier weht jetzt überhaupt ein anderer Wind, kapiert? Mein Partner und ich haben alles besprochen. Wir holen uns die Sore ... ich meine, unsere Aktionen gelten nicht mehr jedem x-beliebigen ..."

„Sondern?"

„Sondern nur noch Schweinen, die's verdienen. Nazis, Kollaborateuren, Geheimagenten, egal welchen. Als Ersten nehmen wir also diesen Pissoladière ...", begann Chantal und unterbrach, weil Olive, der dicke Wirt, persönlich das Hauptgericht brachte.

Olive liebte Thomas für dessen Kochkünste und strahlte ihn an: „Die Pommes frites selbstverständlich zweimal ins Öl geworfen, Monsieur Pierre!"

„Das habe ich auch nicht anders erwartet", sagte Thomas herzlich. – Großer Gott, mehr und mehr gefällt mir diese Unterwelt. Wie soll das weitergehen mit mir, wenn das so weitergeht? Thomas verteilte die Koteletts und hob sofort die Augenbrauen. „Monsieur de la Rue, Sie benützen ja die *Tortengabel!*"

„Da soll sich aber auch einer auskennen mit dem ganzen Teufelsbesteck!"

„Was das Besteck betrifft, meine Herren", sagte Thomas, „so arbeite man sich stets von außen nach innen. Was man an Besteck zum letzten Gang benötigt, liegt dem Teller am nächsten."

„Die Rattenkeller möchte ich sehen, in denen ihr aufgewachsen seid", sagte Chantal hoheitsvoll. Und ganz fein zu Thomas: „Sprich bitte weiter, chéri."

„Meine Herren, in Verfolgung unserer geänderten Statuten haben wir, wie gesagt, als Ersten den Juwelier auf dem Kieker, will sagen, vorgemerkt. Einen ganz üblen Burschen ... Monsieur Meyer – also es ist *vollkommen* unmöglich, dass Sie das Kotelett in die Hand nehmen und den Knochen abnagen! Wo bin ich stehen geblieben?"

„Pissoladière", soufflierte Chantal. Jetzt sah sie Thomas sehr verliebt an. Manchmal liebte sie ihn, manchmal hasste sie ihn. Ihre Gefühle wechselten jäh, sie kannte sich selbst nicht mehr ganz genau aus. Ganz genau wusste sie nur, dass sie ohne diesen Hund, diesen elenden Hund, nicht mehr leben wollte.

„Pissoladière, richtig." Thomas erklärte, was für ein übler Bursche der Juwelier

Menu • 3. Januar 1941

Mit Esskultur „organisierte" Thomas Lieven Edelsteine und Platin ...

Spaghetti Bolognese • Koteletts Robert mit Pommes frites • Sachertorte

Spaghetti Bolognese: Man nehme auf ein Pfund Spaghetti ein halbes Pfund Fleisch, am besten Rind, Schwein und Kalb gemischt, und schneide es in Würfelchen. – Man nehme die gleiche Menge in feine Ringe geschnittene Zwiebeln, dünste sie in Öl oder Butter an und lasse dann das Fleisch, eine zerdrückte Knoblauchzehe und gehackte Suppenkräuter mitschmoren. Wenn alles gut angebraten ist, füge man enthäutete und entkernte Tomaten oder Tomatenmark hinzu und lasse alles zusammen auf kleinster Flamme möglichst lange dünsten, bis eine sämige Soße entstanden ist. – Dann lasse man die in Salzwasser nicht zu weich gekochten, auf einem Seiher mit kaltem Wasser überspülten, gut abgetropften Spaghetti in der mit Salz und Pfeffer abgeschmeckten Soße heiß werden. – Man reiche geriebenen Parmesankäse zu dem Gericht.

Koteletts Robert: Man nehme mittelstarke Schweinekoteletts, kerbe den Fettrand etwas ein und klopfe sie. Man lege sie ohne Fetteingabe in eine sehr heiß gemachte Eisenpfanne. Man lasse die Koteletts auf jeder Seite etwa drei Minuten braten, salze und pfeffere sie, gebe ein großes Stück Butter in die Pfanne und lasse sie darin auf jeder Seite noch eine Minute braten. Man nehme die Koteletts heraus und lege sie auf eine vorgewärmte Platte. – Inzwischen hat man zu gleichen Teilen Rotwein und saure Sahne mit einem Esslöffel scharfem Senf verrührt. Nun gieße man das Gemisch in eine Pfanne und koche den Bratfond kurz damit auf. – Man gieße diese Soße über die fertigen Koteletts und serviere sie sofort mit Pommes frites.

Pommes frites: Man nehme roh geschälte Kartoffeln, schneide sie in halbfingerlange, bleistiftdicke Stäbchen, wasche sie und trockne sie mit einem Tuch gut ab. – Man gebe sie in kleinen Mengen in einen Topf mit heißem Schmalz oder Öl und nehme sie mit einem Sieb heraus, sobald sie sich zu färben beginnen, lasse sie abtropfen und abkühlen. – Man mache kurz vor dem Anrichten das Fett wieder sehr heiß, lege die Kartoffelstifte nochmals hinein und lasse sie jetzt schön goldgelb fertigbacken. Man lasse sie auf Löschpapier gut abtropfen, bestreue sie mit feinem Salz und richte sie an.

Sachertorte: Man nehme 125 Gramm Butter und rühre sie schaumig, gebe 150 Gramm Zucker, 150 Gramm Mehl, fünf Eigelb, etwas Vanille und zuletzt

150 Gramm im Wasserbad geschmolzene Schokolade dazu. – Man verrühre alles sehr gut, ziehe den Schnee der fünf Eiweiß darunter, fülle die Masse in eine Tortenform und lasse sie eine halbe Stunde bei mittlerer Hitze backen. – Man nehme für den Tortenguss 90 Gramm geschmolzene Schokolade, 125 Gramm Puderzucker und zwei Esslöffel heißes Wasser, die man auf dem Feuer tüchtig verrührt. – Man bestreiche die fertig gebackene Torte mit Aprikosenmarmelade, gieße die Glasur darüber und lasse sie eine Minute im heißen Ofen erhärten. Die Torte muss gut ausgekühlt sein, ehe man sie serviert.

war. Dann fuhr er fort: „Ich hasse Gewalt. Blutvergießen lehne ich ab. Einbruch durch die Decke, Überfall mit vorgehaltener Pistole und so weiter kommen also überhaupt nicht infrage. Glauben Sie mir, meine Herren: Die neue Zeit verlangt neue Methoden. Nur die Fantasievollen werden überleben. Die Konkurrenz ist einfach zu groß. Monsieur de la Rue, man nimmt die Pommes frites nicht in die Hand, man benützt die Gabel."

Fred Meyer erkundigte sich: „Und wie holen wir dem Pissoladière also die Sore raus?"

„Mithilfe von zwei Regenschirmen."

Olive brachte den Nachtisch.

„Damit die Herren sich gleich daran gewöhnen", sagte Thomas, „Torte wird mit der kleinen Gabel gegessen und nicht mit dem Löffel."

Chantal sagte: „Ihr zwei werdet ordentlich ochsen müssen in den nächsten Tagen. Da ist nichts mit Sauferei und Zocken und Weibern, verstanden?"

„Herrgott, Chantal, wenn wir schon einmal in Marseille sind …"

„Erst der Coup, dann das Vergnügen, meine Freunde", sagte Thomas. „Sie müssen lernen, wie sich Herren anziehen, wie Herren gehen, stehen und sprechen. Möglichst ohne Akzent! Und Sie müssen lernen, wie man Gegenstände unauffällig verschwinden lässt."

„Wird kein Honiglecken sein, das kann ich euch sagen!", rief Chantal. „Ihr steht meinem Partner von morgens bis abends zur Verfügung …"

„Nur nicht nachts", sagte Thomas und küsste ihre Hand. Sofort wurde sie dunkelrot und ärgerlich und schlug nach ihm und rief: „Ach, lass das doch – vor den Leuten, Mensch! Unausstehlich, diese Handküsserei!" Und die Bestie Chantal funkelte ihn an. Tja, das wäre eigentlich alles.

Nun können wir ohne Bedenken zum 14. Januar 1941 und jenem Augenblick zurückkehren, in welchem ein unfassbar veränderter Fred Meyer im Juweliergeschäft des Marius Pissoladière seinen Schirm neben den Schirm eines unfassbar veränderten Paul de la Rue hängte …

14

Danach ging eigentlich alles sehr schnell.

Der Juwelier legte Fred Meyer am unteren Ende des Ladentisches eine Reihe von Uhrbändern vor. Am oberen Ende des Ladentisches stand Paul de la Rue, über die neun funkelnden Brillanten-Bracelets geneigt. Die beiden Schirme hingen neben ihm. So wie er es stundenlang unter der Aufsicht von Thomas Lieven geübt hatte, ergriff er nun geräuschlos das Armband, dessen Erwerb drei Millionen Franc kosten sollte, neigte sich vor und ließ es geräuschlos in den leicht geöffneten Schirm seines Freundes Meyer fallen. Die Schirmstreben waren vorher natürlich mit Watte umwickelt worden. Dann ergriff er noch zwei weitere Brillantarmbänder und verfuhr mit ihnen in der gleichen Weise. Danach wanderte er weit von den Schirmen fort bis zum Ende des Ladens, wo es goldene Armreifen zu bewundern gab. Paul de la Rue bewunderte sie. Dabei strich er mit der rechten Hand über sein neuerdings gepflegtes Haar.

Auf dieses vereinbarte Zeichen hin entschloss sich Fred Meyer ungemein rasch zum Erwerb eines Uhrenarmbandes im Wert von 240 Franc. Er zahlte mit einem Fünftausendfrancschein.

Juwelier Pissoladière schritt zur Kasse. Er registrierte den Preis, holte Wechselgeld heraus und rief dabei zu Paul de la Rue hinüber: „Ich stehe sofort wieder zu Ihren Diensten, Monsieur!"

Pissoladière gab dem Uhrenarmbandkäufer heraus, dieser nahm seinen Regenschirm und verließ den Laden. Hätte der Juwelier ihm nachgeschaut, dann hätte er bemerkt, dass der Uhrenarmbandkäufer trotz strömenden Regens seinen Schirm *nicht* aufspannte. Vorerst wenigstens ...

Eilenden Fußes kehrte Pissoladière zu seinem aristokratischen Kunden zurück. Er sprach: „Und nun, Monsieur ..." Aber er sprach nicht weiter. Er sah mit einem Blick, dass drei der wertvollsten Bracelets fehlten.

Zunächst glaubte der Juwelier noch an einen Scherz. Degenerierte Aristokraten haben manchmal solche Anwandlungen makabren Humors. Er lächelte Paul de la Rue schief an, machte: „Haha" und sagte: „Monsieur, haben Sie mich erschreckt!"

Von Thomas Lieven ausgezeichnet trainiert, hob Paul unnachahmlich seine Augenbrauen und forschte: „Wie meinen Sie? Ist Ihnen nicht gut?"

„Nicht doch, Monsieur, Sie treiben den Scherz zu weit. Bitte, legen Sie die drei Armbänder wieder aufs Tablett."

„Sagen Sie mal, sind Sie betrunken? Sie meinen, ich hätte drei Armbänder ... Ach so, tatsächlich, wo sind denn die drei schönen Stücke?"

Jetzt lief Pissoladière blaurot an. Seine Stimme wurde schrill: „Mein Herr, wenn Sie nicht sofort die Stücke hier auf den Tisch legen, muss ich die Polizei alarmieren!"

Daraufhin fiel Paul de la Rue etwas aus seiner Rolle. Er begann zu lachen.

Das Gelächter nahm dem Juwelier den letzten Rest von Beherrschung. Mit einem Griff hatte er jene Taste unter dem Ladentisch erreicht, die den Diebesalarm auslöste. Krachend fielen vor den Auslagen, der Eingangstür und dem Hinterausgang schwere Stahlgitter herab.

Marius Pissoladière hatte plötzlich einen großen Revolver in der Hand und kreischte: „Hände hoch! Keinen Schritt … Keine Bewegung!"

Lässig antwortete Paul de la Rue, die Hände hochnehmend: „Sie armer Irrer, das wird Ihnen noch leidtun."

Wenig später erschien das Überfallkommando.

In größter Seelenruhe präsentierte Paul de la Rue einen französischen Reisepass, lautend auf den Namen Vicomte René de Toussant, Paris, Square du Bois de Boulogne. Es war ein einwandfrei gefälschter Pass, die besten Kräfte des „Alten Viertels" hatten sich um ihn bemüht. Trotzdem zogen die Kriminalbeamten Paul de la Rue bis auf die Haut aus, durchsuchten seine Kleider und trennten die Nähte des Mantels auf.

Es war alles umsonst. Nichts kam zutage, nicht ein einziger Brillant, nicht ein einziger Splitter der drei verschwundenen Bracelets.

Die Beamten verlangten von dem falschen Vicomte den Nachweis, dass er überhaupt in der Lage gewesen wäre, drei Millionen zu bezahlen.

Lächelnd bat der Verdächtige, den Direktor des „Hôtel Bristol" anzurufen. Der Direktor des „Hôtel Bristol" bestätigte, dass der Vicomte im Hotelsafe einen Betrag von sechs Millionen deponiert hätte! Kunststück! Paul de la Rue war natürlich wirklich im „Bristol" abgestiegen und hatte sechs Millionen – Bandenkapital – im Safe deponiert!

Die Kriminalbeamten wurden nun schon bedeutend höflicher. Als schließlich die Pariser Polizei auf ein entsprechendes Fernschreiben antwortete, am Square du Bois de Boulogne residiere tatsächlich ein Vicomte René de Toussant, sehr vermögend, Verbindungen zu den Nazis und zu der Vichy-Regierung, zurzeit abwesend von Paris, wahrscheinlich in Südfrankreich, da ließ die Polizei Paul de la Rue mit vielen Entschuldigungen frei.

Völlig gebrochen, kalkweiß im Gesicht, stammelte auch der Juwelier Marius Pissoladière sein Bedauern hervor.

Der unauffällige Uhrenarmbandkäufer, von dem Pissoladière nur eine sehr schlechte Beschreibung geben konnte, war und blieb verschwunden …

All dies hatte Thomas Lieven vorausgesehen, als er Paul de la Rue seiner Erscheinung wegen aussuchte und einen Pass auf den Namen des Vicomtes fälschen ließ.

Mitgeholfen allerdings hatte der „Perpignan-Bote" vom 2. Januar 1941. Denn unter der Rubrik Aus den Landkreisen hatte Thomas ein Bild des nazifreundlichen Aristokraten und diesen Bericht gefunden:

> Vicomte René de Toussant, Industrieller aus Paris, ist zur Kur in dem malerischen Städtchen Font Romeu an der Pyrenäengrenze eingetroffen …

Die Sache mit dem Regenschirm war in Marseille natürlich nicht mehr zu wiederholen. So etwas spricht sich ja schließlich herum. Dafür wurde es in Bordeaux, Toulouse, Montpellier, Avignon und Béziers lebendig. In diesen Städten machten in der nächsten Zeit Juweliere und Antiquitätenhändler trübe und verlustreiche Erfahrungen mit beschirmten Herren. Aber merkwürdigerweise stets nur solche, die einen ähnlich trüben und schäbigen Charakter wie Marius Pissoladière aufwiesen.

Dies, wir sagten es schon, war das gemeinsame Symptom aller Anschläge: Die Geschädigten taten keinem Menschen leid. Im Gegenteil! Im Süden des Landes begann man zu flüstern, dass hier eine ganz eigenwillige Art von Untergrundbewegung am Werk sei, angeführt von einer Art Robin Hood.

Durch eine Verkettung von Umständen geriet die Polizei auf eine falsche Spur, woran Thomas Lieven nicht ganz schuldlos war. Die Polizei glaubte, die Urheber der frechen Juwelendiebstähle wären in den Reihen der „Glatzenbande“ zu suchen. Eine der alteingesessenen Organisationen von Marseille wurde von einem gewissen Dantes Villeforte angeführt, einem Korsen, der aus naheliegenden Gründen den Spitznamen „Die Glatze“ erhalten hatte.

Dann passierte die Sache mit den Flüchtlingstransporten nach Portugal. Auch Villeforte und seine Leute waren da ins Geschäft eingestiegen. Aber nun aktivierte Chantal ihr „Transportunternehmen“ plötzlich enorm. Doch was sie machte, widersprach allen Regeln der Zunft. Sie verfuhr nach der völlig zu Unrecht veralteten Devise: Kleine Preise – großer Umsatz – guter Gewinn. Beziehungsweise sogar: Fliehen Sie gleich – bezahlen Sie später. Man kann verstehen, dass „Die Glatze“ nicht eben besserer Laune wurde, als Chantal ihm völlig das Geschäft verdarb. Denn zu ihr strömten nun die Kunden, zur „Glatze“ kam kaum einer mehr.

Dann hörte „Die Glatze“ plötzlich, dass all diese Neuerungen dem Weitblick und der Intelligenz von Chantals Geliebtem zuzuschreiben seien. Diesem Mann vertraute Chantal vollkommen. Dieser Mann war angeblich das Gehirn der Bande – ein vorzügliches Gehirn, wie es schien.

„Die Glatze“ beschloss, sich um diesen Mann von nun an ein wenig zu kümmern.

15

Thomas Lieven residierte weiter im „Alten Viertel“ von Marseille bis zu einem unheilvollen Gewitterabend im September des Jahres 1942. Er lebte bei Chantal Tessier. Die seltsame Hassliebe dieser beiden Menschen wurde immer leidenschaftlicher, immer intensiver.

Stürmisch um den Hals beispielsweise fiel die schöne Bestie ihrem kochgewandten Freund nach einem gelungenen Coup – dasselbe Hotel zweimal an deutsche Aufkäufer verkauft – im Februar 1941. Jedoch nur, um im nächsten Atemzug zu versichern: „Du widerst mich an mit deinem überlegenen Lächeln! Diese Überheblichkeit! Glaubst du, du hast alles allein gemacht, was? Wir sind bloß kleine, idiotische Kröten! Ich will dir mal was sagen: Dein Grinsen reicht mir jetzt! Ich will dich nie mehr sehen, nie mehr, hau ab!“

Also zog Thomas gottergeben zu seinem Freund Bastian. Kaum war er zwei Stunden in dessen Wohnung, da rief Chantal an. „Ich habe hier Blausäure, Veronal und einen Revolver. Wenn du nicht sofort zu mir kommst, bin ich morgen früh eine Leiche.“

„Aber du hast doch gesagt, du willst mich nie mehr sehen!“

„Du Hund – du verfluchter Hund, ich krieg keine Luft mehr, wenn du nicht da bist …“

Thomas kehrte umgehend heim in die Rue Chevalier à la Rose. Es gab eine Versöhnung, von der er sich zwei Tage lang erholen musste. Danach widmete sich unser Freund mit voller Kraft der selbstgestellten Aufgabe, die Bösen im Lande zu schädigen – und dabei einen Haufen, aber wirklich einen Haufen Geld zu verdienen.

Weil das Leben Thomas Lievens so überreich angefüllt ist mit Gefahren, tollkühnen Streichen und schönen Frauen, sehen wir uns gezwungen, ökonomisch vorzugehen. Aus der Fülle seiner Unternehmungen in den Jahren 1941 und 1942 sei uns gestattet, nur drei herauszugreifen, nämlich: die Sache mit dem Platin aus dem zaristischen Russland, die Sache mit den verschobenen Industriediamanten und die Sache mit den gefälschten Falange-Dekreten. Wohlan!

Im August 1941 tauchte in Toulouse ein gewisser Wassili Maria Orlow Fürst Lesskow auf. Dieser Mann kam, wie es schien, aus dem Nichts, denn es war einfach unmöglich, seine Spur in die Vergangenheit zu verfolgen. Der hagere, außerordentlich hochmütige Aristokrat bewies sogleich eine magnetische Anziehungskraft auf Agenten des deutschen, englischen, französischen, ja sogar des sowjetrussischen Geheimdienstes sowie auf Mitglieder der Bande von Dantes Villeforte.

Während jedoch alle diese Herrschaften in Toulouse ein auffälliges und dummes Gehabe mit Verschwörermienen, heimlichen Treffs und Kneipenprügeleien an den Tag legten, hielt sich eine *sechste* Gruppe von Interessenten unauffällig im Hintergrund. Es waren ein paar Herren aus Chantal Tessiers Bande. Thomas hatte sie mittlerweile alle so gut erzogen wie die Herren de la Rue und Meyer. Fürst Lesskow erregte nicht umsonst solch Aufsehen, führte er doch – echtes Platin bei sich. Nur einige Barren zur Probe, wie er sagte, es gebe aber einen ganzen Platinbarrenschatz, dessen Verwalter er sei.

Nun, Platin, dieses edle Metall, fand in der Rüstungsindustrie Verwendung und war, insbesondere beim Flugzeugbau, unentbehrlich für die Herstellung von Unterbrechern und Magnetzündungen.

Ein gewaltiges Werben setzte ein. Deutsche, französische und britische Agenten wollten das Platin für die jeweiligen Vaterländer in ihren Besitz bringen; die Sowjets sahen es von vornherein als ihr Eigentum an.

Die Männer um Dantes Villeforte hatten eine noch weit einfachere Eigentumsauffassung!

Thomas Lieven hingegen besaß seine eigene Geschäftsphilosophie. Sie lautete: „Wir wollen warten und hoffen …"

Der Satz raubte Chantal ihr seelisches Gleichgewicht. Sie rief: „Du machst mich schon wieder rasend, du kalter Hund!"

Wie Thomas vorausgesehen hatte, bewies der hochmütige Fürst eine übertriebene Tüchtigkeit. Er spielte die verschiedenen Agenten gegeneinander aus und trug zweifellos die Schuld daran, dass ein sowjetischer und ein deutscher Geheimagent in einem Feuergefecht am 24. August 1941 um 0.30 Uhr morgens ums Leben kamen.

Vierundzwanzig Stunden später wiederum fand man den Fürsten ermordet in seinem Hotelappartement auf. Die Platinbarren, die er stets unter seinem Bett verborgen hatte, waren verschwunden. Rasch wurde die französische Polizei verständigt. Sie verdächtigte zwei Männer in schwarzen Ledermänteln, die den Fürsten als Letzte besucht und danach Toulouse mit einem schwarzen Peugeot in nördlicher Richtung verlassen hatten. Diese beiden Männer tauchten wenige Stunden später in dem Dorf Grisolles vor Montauban wieder auf. Sie hatten ihren Wagen und ihren ganzen Besitz verloren. Sie bewegten sich barfuß und in Unterhosen. Sie gaben an, von einem entgegenkommenden Laster geblendet und zum Halten gezwungen worden zu sein. Eine Bande von sechs vermummten Männern hatte sie ausgeraubt.

Die Platinbarren tauchten in Frankreich nicht mehr auf. Kurze Zeit später jedoch befanden sie sich in dem geräumigen Stahlsafe, das ein gewisser Eugen Wälterli, Schweizer Staatsbürger, am 27. August 1941 bei der Nationalbank in Zürich gemietet hatte. Herr Wälterli war aus dem unbesetzten Frankreich auf unwirtlichen Schleichpfaden in die Schweiz gekommen. Seine Freundin Chantal Tessier, wohl bewandert in illegalen Grenzübertritten, hatte ihm den Weg erklärt. Eugen Wälterli, alias Thomas Lieven, hatte sich seinen falschen Schweizer Pass von ersten Fachleuten des „Alten Viertels" herstellen lassen …

16

Einen Moment!

So etwas erzählt sich leichter, als es sich ereignet. Vor der Deponierung der Platinbarren in der Schweiz hatte Thomas Lieven schwere Stunden zu durchleben – nicht mit der Polizei, nicht mit Villefortes Leuten, nein, mit Chantal …

Einer Furie gleich fuhr sie ihm entgegen, als er seinen Plan entworfen hatte. „In die Schweiz? Ah, ich kapiere … Du willst abhauen! Du willst mich hier sitzen lassen! Dir eine andere unter den Nagel reißen! Glaubst du, ich weiß nicht, wen?" Sie schwieg nur einen Moment, um Atem zu holen, weil sie sonst erstickt wäre, und schrie sofort weiter: „Dieser Fetzen Yvonne! Ich sehe es seit Wochen, wie sie sich dir ranschmeißt, ha!"

„Chantal, du bist meschugge, äh, verrückt. Ich schwöre dir ..."

„Halt's Maul! *Ich* habe keinen anderen Mann mehr *angesehen*, seit ich dich kenne! Und du – und du – ach, alle Männer sind Schweine! Und noch dazu mit so einer! Einer *Gefärbten*!"

„Sie ist nicht gefärbt, mein Kind", sagte Thomas sanft.

„Aaaahhh!" Jetzt ging sie mit Krallen und Zähnen auf ihn los. „Du Hund, woher weißt du das?"

Sie prügelten sich. Sie versöhnten sich. Eine ganze Nacht benötigte Thomas, um Chantal zu beweisen, dass er die blonde Yvonne nie geliebt hatte und niemals lieben würde.

Im Morgengrauen sah sie alles ein und war sanft wie ein Lamm und zärtlich wie ein Bademädchen in Hongkong. Und nach dem Frühstück ging sie, ihm einen Schweizer Pass zu besorgen ...

17

Es hieß, es wäre für Reichsmarschall Hermann Göring eine herbe Enttäuschung gewesen, als er bei seinem ersten Besuch im besetzten Paris die beiden weltberühmten Juweliere Cartier und Van Cleff aufsuchte und dabei von den Verkäufern zu hören bekam, sie könnten den illustren Kunden leider nicht bedienen, weil die Geschäftsinhaber alle kostbaren Stücke vor dem Einmarsch der Deutschen nach London verlagert hätten.

Was in Paris gelang, war in Antwerpen und Brüssel mitnichten gelungen. Brüssel und Antwerpen sind seit Jahrzehnten die Zentren der internationalen Edelsteinschleifereien. Die hier vorgefundenen Diamanten und -brillanten wurden nach der Besetzung zum Teil von den deutschen Behörden käuflich erworben – oder einfach beschlagnahmt. Dann nämlich, wenn sie sich in jüdischem Besitz befanden, was meistens der Fall war.

Das Deutsche Reich benötigte sogenannte „Industriediamanten" für die Rüstungsindustrie zum Schleifen von Motorkurbelwellen und zum Bearbeiten von Hartmetallen. Mit der Beschaffung dieses wertvollen Materials wurde Oberst Feltjen vom Amt für den Vierjahresplan beauftragt.

Er versuchte, Steine und Steinabfälle auch in neutralen Ländern, wie etwa in der Schweiz, zu erwerben. Der größte Teil seiner deutschen Aufkäufer war jedoch korrupt. Die Herren operierten nach einem einfachen System: Sie beschlagnahmten in Belgien jüdischen Diamantenbesitz, lieferten ihn jedoch nur zum Teil oder gar nicht an den Oberst Feltjen ab, sondern schafften ihn mit eigenen Kurieren durch das besetzte und das unbesetzte Frankreich in die neutrale Schweiz. Hier wurde das Material wiederum einem anderen deutschen Aufkaufbevollmächtigten zum Erwerb angeboten. Der Mann kaufte zu höchsten Preisen. Die korrupten Ersteinkäufer lachten sich in das bekannte Fäustchen.

Zwischen September 1941 und Januar 1942 wurden vier derartige „Kuriere“ abgefangen und um die gestohlenen oder beschlagnahmten Steine erleichtert. Diese Industriediamanten und -brillanten tauchten kurze Zeit später in dem geräumigen Stahlsafe der Nationalbank in Zürich wieder auf, das ein gewisser Eugen Wälterli daselbst gemietet hatte …

Vom Konto des besagten Schweizer Staatsbürgers Eugen Wälterli wurde am 22. Januar 1942 die Summe von 300 000 Schweizer Franken auf das Londoner Konto der Organisation „Wannemeester“ überwiesen. Diese Organisation hatte sich zum Ziel gesetzt, mit Bestechung und Geld rassisch und politisch verfolgte Personen aus den von Hitler besetzten Teilen Europas heraus und in Sicherheit zu bringen.

18

Im Juli 1942 berief Dantes Villeforte, genannt „Die Glatze“, in Marseille seine Bande zu einer Vollversammlung ein, die in einer Wohnung in der Rue Mazenod 4 stattfand.

„Meine Herren“, sagte Dantes Villeforte zu seinen Mitarbeitern, „mir reicht es jetzt. Ich habe jetzt den Kanal voll von Chantals Organisation. Die Platinsache hat sie uns vermasselt; wir waren schon so schön am Zuge. Das Portugalgeschäft ist seit einem Jahr abgerutscht. Und jetzt auch noch die Sache mit den Falange-Dekreten!“

Die Sache mit den Falange-Dekreten war ebenso einfach wie imposant angelaufen. Eingedenk seiner Lektionen bei dem genialen portugiesischen Maler und Fälscher Reynaldo Pereira, hatte Thomas Lieven mit den „Talenten“ des „Alten Viertels“ eine Dokumenten-Großfälscherei in Gang gesetzt. Diese arbeitete in Tag- und Nachtschichten. Damit konnte das gleichartige Unternehmen der „Glatze“ einfach nicht mehr konkurrieren. Die Dokumente der Organisation Chantal Tessier waren preiswerter und besser, und sie wurden schneller geliefert.

In letzter Zeit verkaufte die Organisation auch noch eine Novität an alle interessierten Rotspanier, die seinerzeit vor Franco fliehen mussten und Sehnsucht nach ihrer alten Heimat empfanden. Diesen Leuten wurden mit den falschen spanischen Pässen auch noch makellos nachgemachte Dank-, Anerkennungs- und Auszeichnungsdiplome mitgeliefert, auf denen der Franco-Staat ihnen ihre Verdienste um die Falange bestätigte. Das war der absolute Verkaufsschlager des Sommers 1942.

„Meine Herren“, sprach Dantes Villeforte auf seiner Betriebsversammlung. „Chantal Tessier allein war schon eine Heimsuchung. Sie hat uns reingelegt. Sie hat uns geschadet noch und noch. Aber jetzt dieser Scheißkerl Pierre oder wie er sonst heißt – das ist zu viel!"

Beifälliges Gemurmel.

„Ich sage: Mit Chantal werden wir gerade eben noch fertig. Sie ist auch nicht ohne! Ich höre, sie liebt diesen Kerl. Was würde ihr also einen fürchterlichen Schlag versetzen?"

„Wenn wir ihren Süßen umlegten", sagte einer.

„Du sprichst wie ein Vollidiot", ärgerte sich Villeforte. „Umlegen, umlegen. Das ist alles, was euch einfällt. Was denn? Wozu haben wir Beziehungen zur Gestapo? Ich habe herausbekommen, dass dieser Mann unter anderem Hunebelle heißt. Und einen Hunebelle sucht die Gestapo. Wir können uns eine goldene Nase verdienen, wenn wir ... Muss ich noch weitersprechen?"

Er musste es nicht.

Am Abend des 17. September 1942 gab es ein heftiges Gewitter. Chantal und Thomas hatten ursprünglich die Absicht gehabt, ins Kino zu gehen. Nun entschlossen sie sich, daheim zu bleiben.

Sie tranken Calvados und spielten Schallplatten, und Chantal war in einer fast unglaublichen Weise anschmiegsam, sentimental und weich.

„Was hast du aus mir gemacht ...", flüsterte sie. „Ich erkenne mich manchmal selber nicht wieder ..."

Thomas sagte: „Chantal, wir müssen hier weg. Ich habe böse Nachrichten bekommen. Marseille ist vor den Deutschen nicht mehr sicher."

„Wir gehen in die Schweiz", meinte sie. „Geld haben wir dort genug. Wir machen uns ein feines Leben."

„Ja, Süße", sagte er und küsste sie.

Dann flüsterte sie, mit Tränen in den Augen: „Ach, *chéri* ... Ich bin so glücklich wie noch nie. Es muss ja nicht ewig dauern – nichts dauert ewig, aber eine Weile noch, eine kleine Weile ..." Später bekam Chantal Hunger – auf Weintrauben.

„Die Geschäfte haben geschlossen", überlegte Thomas. „Aber am Bahnhof bekomme ich vielleicht noch Trauben ..."

Er stand auf und zog sich an. Sie protestierte: „Bei diesem Wetter – du bist ja verrückt ..."

„Nein, nein, du bekommst deine Weintrauben. Weil du Weintrauben liebst, und weil ich dich liebe."

Plötzlich hatte sie wieder Tränen in den Augen. Sie schlug mit einer kleinen Faust auf ihr Knie und fluchte: „Mist, verdammter, es ist ja zu blöd! Ich muss weinen, weil ich dich so liebe ..."

„Ich komme gleich zurück", sagte Thomas und eilte davon. Er irrte sich.

Denn zwanzig Minuten nachdem er das Haus in der Rue Chevalier à la Rose verlassen hatte, um Trauben zu kaufen, befand sich Thomas Lieven, alias Jean Leblanc, alias Pierre Hunebelle, alias Eugen Wälterli, in den Händen der Gestapo.

19

Komisch, wie sehr ich mich an Chantal gewöhnt habe, dachte Thomas. Ich kann mir ein Leben ohne sie gar nicht mehr vorstellen. Ihre Verrücktheiten, die Raubtierallüren, dieses Einen-Mann-auffressen-Wollen, das alles entzückt mich aufs Höchste. Ebenso ihr Mut, ihr Instinkt. Und sie lügt nicht. Oder fast nicht …

Über den menschenleeren Place Jules Guesde, dessen Asphaltdecke im Regen glänzte, schritt Thomas Lieven in die schmale Rue Bernard du Bois. Hier lag das kleine, altmodische „Handtuch"-Kino, das er oft mit Chantal besuchte.

Ein schwarzer Peugeot parkte vor dem Kino; er fiel Thomas nicht auf. Er ging weiter. Seine beiden Schatten folgten ihm. Als sie an dem schwarzen Peugeot vorüberkamen, klopfte der eine Schatten kurz gegen die Wagenfenster. Daraufhin flammten die Scheinwerfer des Peugeots auf – ganz kurz nur, dann erloschen sie wieder. Vom anderen Ende der schmalen, schlecht erleuchteten Straße setzten sich zwei andere Schatten in Bewegung.

Thomas bemerkte sie nicht. Er sah nicht die Männer, die ihm entgegenkamen, und nicht die Männer, die ihn verfolgten. Er war in Gedanken … Ich muss mal in Ruhe mit Chantal reden. Ich weiß aus guten Quellen: Noch in diesem Jahr werden amerikanische Truppen in Nordafrika landen. Die französische Untergrundbewegung setzt den Nazis mehr und mehr zu. Sie operiert vom Süden des Landes aus. Die Deutschen werden zweifellos auch den unbesetzten Teil Frankreichs okkupieren. Also werden Chantal und ich in die Schweiz gehen, baldmöglichst. In der Schweiz gibt es keine Nazis, keinen Krieg. Wir werden in Frieden leben …

Die beiden Schatten vor ihm kamen näher. Die beiden Schatten hinter ihm kamen näher. Der Motor des schwarzen Peugeots sprang an. Ohne Licht rollte der Wagen im Schritttempo los. Und immer noch bemerkte Thomas Lieven nichts.

Armer Thomas! Er war intelligent, gerecht und liebenswürdig, charmant und hilfsbereit. Aber er war nicht Old Shatterhand, nicht Napoleon, eine männliche Mata Hari war er nicht und auch kein Superman. Er war keiner von den Helden, über die man in den Büchern liest – die niemals ängstlichen, die ewig siegenden, die heldischen Heldenhelden. Er war nur ein ewig gejagter, ewig verfolgter, niemals in Frieden gelassener Mensch, der stets versuchen musste, das Beste aus einer schlimmen Sache zu machen – wie wir alle.

Und darum bemerkte er nicht die Gefahr, in der er sich befand. Er dachte nichts Böses, als vor ihm plötzlich zwei Männer standen. Sie trugen Regenmäntel. Es waren Franzosen.

Der eine sagte: „Guten Abend, Monsieur. Können Sie uns wohl sagen, wie spät es ist?"

„Gerne", antwortete Thomas. Mit der einen Hand hielt er seinen Schirm. Mit der anderen Hand holte er die geliebte Repetieruhr aus der Westentasche. Er ließ den Deckel aufspringen. In diesem Augenblick erreichten ihn auch die beiden Schatten, die hinter ihm hergewandert waren.

„Es ist jetzt genau acht Uhr und …", begann Thomas. Danach bekam er einen fürchterlichen Schlag ins Genick.

Der Schirm flog weg. Die Repetieruhr – zum Glück hing sie an einer Kette – fiel Thomas aus der Hand. Ächzend brach er in die Knie. Er öffnete den Mund, um zu schreien. Da schoss eine Hand vor. Sie hielt einen riesigen Wattebausch. Die Watte traf Thomas im Gesicht. Brechreiz brandete in ihm hoch, als er den widerlichen süßen Geruch verspürte. Er kannte das alles schon, er hatte das alles schon einmal ähnlich in Lissabon erlebt. Damals war es noch gut gegangen. Diesmal, so sagte ihm ein blitzartiges Gefühl, indessen schon seine Sinne schwanden, würde es nicht gut gehen …

Dann hatte er das Bewusstsein verloren, und es bereitete seinen Entführern nur noch technische Schwierigkeiten, ihn im Fond des Peugeots zu verstauen. Ein reines Möbelpackerproblem.

20

Bastian – he, Bastian, wach endlich auf, du fauler Sack!", schrie Olive, der dicke Wirt des Schwarzhändlerlokals „Chez Papa", hinter dem der riesenhafte Bastian Fabre wohnte. Chantals treuester Kumpan erwachte stöhnend und rollte auf den Rücken. Dann ächzte er, sich den Schädel haltend: „Bist du wahnsinnig! Was fällt dir ein, mich aufzuwecken?" Bastian hatte wenige Stunden zuvor mit dem hinkenden François ein Wetttrinken veranstaltet. Viel zu früh geweckt, stöhnte er jetzt: „Ich bin noch besoffen. Mir ist hundeelend …"

Olive rüttelte ihn erneut.

„Chantal will dich sprechen, am Telefon, dringend! Dein Freund Pierre ist verschwunden!"

Von einer Sekunde zur anderen war Bastian stocknüchtern. Er sprang aus dem Bett. In einer roten Pyjamajacke – Bastian trug stets nur Oberteile – rannte er in das Nebenzimmer, fuhr in Schlafrock und Pantoffeln. Dann stolperte er nach vorne in Olives Lokal, das zu dieser späten Stunde bereits geschlossen war und im Dunkeln lag. Die Stühle standen an den Tischen. In der Telefonzelle baumelte der Hörer. Bastian riss ihn ans Ohr: „Chantal!"

Das Herz tat ihm weh, als er ihre Stimme hörte, diese Stimme voller Verzweiflung, voller Angst. Noch nie hatte er sie in solcher Panik erlebt: „Bastian – Gott sei Dank – ich – ich kann nicht mehr … Ich renne seit Stunden durch die Stadt … Ich bin kaputt – erledigt … O Gott, Bastian, Pierre ist weg!"

Bastian wischte sich den Schweiß von der Stirn. Zu Olive, der neben ihn getreten war, sagte er: „Gib mit einen Kognak, und brau einen Türkischen ..." Und in den Hörer: „Erzähle langsam, Chantal. Der Reihe nach. Du musst dich beruhigen ..."

Chantal erzählte, was sich ereignet hatte. Jetzt war es zwei Uhr früh. Gegen acht Uhr hatte Pierre sie verlassen, um Weintrauben zu kaufen.

Chantal weinte. Ihre Stimme bebte und zitterte: „Ich war am Bahnhof. In allen Kneipen. Unten am Hafen. Ich war – ich war in diesen Häusern ... Ich hab gedacht, vielleicht hat er einen von euch getroffen – und ist versackt, wie es einem Mann eben manchmal geht ..."

„Wo bist du jetzt?"

„Im ‚Brûleur de Loup'."

„Bleib dort. Ich wecke Pferdefuß und die anderen. Alle. In einer halben Stunde sind wir bei dir."

Ihre Stimme kam so dünn und schwach zu ihm, als käme sie vom Mond: „Bastian – wenn – wenn ihm was passiert ist, dann will ich nicht mehr leben ..."

Fünfzehn erfahrene Ganoven durchkämmten in dieser Nacht die Stadt Marseille. Es gab keine Bar, die sie nicht aufsuchten, kein Hotel, keine Kneipe, kein Bordell. Sie suchten und suchten – und sie fanden keine Spur von Pierre Hunebelle, ihrem Freund und Kameraden. Grau dämmerte der neue Tag herauf. Um acht Uhr brach die Bande die Suche nach dem Verschollenen zunächst ab.

Bastian brachte Chantal nach Hause. Sie ließ sich willenlos führen. In ihrer Wohnung erlitt sie dann von einem Augenblick zum andern einen grauenhaften hysterischen Anfall. Selbst ein so kräftiger Mann wie Bastian sah keine andere Möglichkeit, sie zu bändigen, als sie zunächst mit einem schweren Fausthieb bewusstlos zu schlagen. Dann rannte er ans Telefon und rief Dr. Boule an.

Der kleine Zahnarzt und Experte für die Herstellung von falschen Goldbarren kam gleich. Als er eintraf, war Chantal wieder bei Bewusstsein. Sie lag auf ihrem Bett, ihre Zähne klapperten, und die Füße schlugen gegeneinander. Dr. Boule sah sofort, was mit ihr los war. Er spritzte ein Betäubungsmittel. Als er die Nadel aus ihrer Haut zog, flüsterte sie unter Tränen: „Er war – er war der einzige Mensch in meinem Leben, der gut zu mir war, Doktor ..."

Thomas Lieven blieb verschwunden. Keine Spur von ihm wurde entdeckt, obwohl die Bande ihre Nachforschungen intensivierte. Ein völliger gesundheitlicher Zusammenbruch zwang Chantal wochenlang ins Bett.

Am 28. Oktober änderte sich die Lage. Im „Cintra", einem der beiden berühmten Cafés am „Alten Hafen", betrank sich ein jüngerer Mann schon um die Mittagszeit, offenbar aus Kummer. Als er zu betrunken war, um auf sich achtzugeben, begann er damit zu prahlen, dass er „ganz hübsch über diesen Pierre Hunebelle auspacken" könnte.

Ein zufällig anwesendes Mitglied von Chantals Bande alarmierte Bastian. Der holte den hinkenden François. Gemeinsam eilten sie ins „Cintra", setzten sich zu dem Betrunkenen, schmissen Runden und heuchelten Sympathie.

Der Mann wurde zutraulich. Er gab an, Emile Mallot zu heißen und aus Grenoble zu stammen. Er lallte: „Beschissen hat er uns, der Hund, der dreckige – hick –, 20 000 hat er uns versprochen …“

„Wofür?“, fragte Bastian und schob einen neuen Schnaps vor Mallot hin.

„Dafür, dass wir diesen Hunebelle in den Peugeot schubsen … Zehn haben wir nur gekriegt …“

„Wer hat euch denn so beschissen, Kumpel?“, fragte Bastian und legte gemütvoll einen Arm um den Betrunkenen.

Der Mann kniff plötzlich die Augen zu. „Was geht denn das dich an?“

Bastian und François wechselten Blicke. Bastian sagte: „War ja nur eine Frage, Emile. Nichts für ungut. Komm, wir trinken noch was …“

Sie füllten den Mann aus Grenoble richtig voll. Als er unter den Tisch sackte, hoben sie ihn auf, legten ihre Arme um seine Schultern und schleppten ihn weg – zu Chantal.

Sie lag noch im Bett, hatte Fieber und sah elend aus. Bastian und François ließen den Betrunkenen im Wohnzimmer auf eine Couch fallen und gingen ins Schlafzimmer zu Chantal. Sie erzählten ihr, was sie erlebt hatten.

Bastian sagte: „Wenn er zu sich kommt, überlass ihn nur mir. Der Knabe redet in zehn Minuten.“

Chantal schüttelte den Kopf. Was sie sagte, hatte Thomas einmal zu ihr gesagt: „Verdreschen ist nicht immer die letzte Weisheit. Die letzte Weisheit ist immer Bargeld.“

„Was?“

„Der Mann ist doch so wütend, weil er zu wenig bekommen hat. Also werden wir ihn gut bezahlen. Los, hol Doktor Boule. Er soll dem Kerl eine Spritze geben. Damit er nüchtern wird.“

21

Der Zahnarzt kam. Eine Stunde später war Emile Mallot aus Grenoble wieder bei Sinnen. Er saß auf einem Sessel vor Chantals Bett. François und Bastian standen neben ihm. Chantal lag im Bett und fächelte sich mit riesigen Franc-Bündeln Kühlung zu.

Mit belegter Stimme sprach Mallot aus Grenoble: „Sie – sie haben ihn nach Norden gebracht. In der Nacht noch. Nach Chalon-sur-Saône, an die Demarkationslinie. Da hat ihn dann die Gestapo … Nicht!“, brüllte er gellend auf, denn Bastian hatte ihn hochgerissen und ins Gesicht geschlagen.

„Bastian!“, schrie Chantal. Totenbleich war ihr Gesicht, nur die fiebrigen Augen lebten: „Lass ihn in Ruhe … Ich muss wissen, wer hinter dieser Sauerei steckt …“ Sie schrie Mallot an: „Wer?“

Mallot wimmerte: „Die – ‚Die Glatze‘!“

„Dantes Villeforte?"

„Ja, er hat uns den Auftrag gegeben ... Dieser Hunebelle war ihm zu gefährlich ... Er wollte ihn los sein ..." Mallot holte Luft. „Ihr habt ‚Die Glatze' in der letzten Zeit übers Ohr gehauen, wie? Na also. Das ist seine Rache ..."

Tränen liefen über Chantals Gesicht. Sie schluckte zweimal, bevor sie sprechen konnte. Dann klang ihre Stimme wieder kalt, gefährlich und befehlsgewohnt: „Nimm die Penunzen, Mallot. Hau ab! Aber sag der ‚Glatze', das war das Ende. Kein Erbarmen mehr jetzt. Für das, was er getan hat, lege ich ihn um. Er soll sich verstecken, wo er will. Ich werde ihn finden, das schwöre ich. Und ich lege ihn um."

Chantal war es ernst mit diesem Schwur. Doch zunächst überstürzten sich die Ereignisse, die Chantal und ihre Organisation vor andere Probleme stellten.

Am 8. November 1942 gab das Kriegsdepartement der Vereinigten Staaten bekannt:

> Amerikanische und britische Armee-, Marine- und Luftstreitkräfte haben in den Stunden der Dunkelheit Landungsoperationen an zahlreichen Stellen der Küste von Französisch-Nordafrika begonnen. Generalleutnant Eisenhower ist der Oberkommandierende der alliierten Streitkräfte.

Und am 11. November gab das Oberkommando der Wehrmacht bekannt:

> Deutsche Truppen haben heute früh zum Schutze des französischen Territoriums gegen die bevorstehenden amerikanisch-britischen Landungsunternehmen in Südfrankreich die Demarkationslinie zum unbesetzten Frankreich überschritten. Die Bewegungen der deutschen Truppen verlaufen planmäßig ...

3. Kapitel

1

Das Zentralgefängnis von Frèsnes lag achtzehn Kilometer vor Paris. Hohe Mauern umgaben den schmutzigen mittelalterlichen Bau, der in drei Haupttrakte mit zahlreichen Nebenflügeln aufgegliedert war. Einsam und massig stand das Gefängnis in einer trostlosen Ebene mit verkrüppelten Bäumen, verfaulenden Wiesen und ungepflügten Äckern.

Im ersten Trakt saßen deutsche Gefangene, politische und Deserteure. Im zweiten Trakt saßen französische und deutsche Widerstandskämpfer. Im dritten Trakt saßen nur Franzosen.

Das Gefängnis von Frèsnes wurde von einem deutschen Hauptmann der Reserve geleitet. Das Personal war gemischt. Es gab französische Wärter und deutsche – durchweg ältere Unteroffiziere aus Bayern, Sachsen und Thüringen.

Im Flügel C von Trakt I gab es nur deutsche Wärter. Dieser Flügel C war für den SD Paris reserviert. Tag und Nacht brannte hier das elektrische Licht in den Einzelzellen. Niemals durften die Gefangenen zum Spaziergang in den Hof geführt werden. Die Gestapo hatte eine einfache Methode gefunden, ihre Gefangenen unerreichbar für jede noch so mächtige Behörde werden zu lassen: Die Insassen des Flügels C wurden in den Büchern einfach nicht geführt. Es waren tote Seelen, sie existierten praktisch schon nicht mehr …

Reglos saß in den Morgenstunden des 12. November ein junger Mann mit schmalem Gesicht und klugen schwarzen Augen auf seiner Pritsche in Zelle 67 des Flügels C. Thomas Lieven sah elend aus. Grau war seine Haut, eingefallen waren seine Wangen. Er trug einen alten Sträflingsanzug. Der Anzug war ihm viel zu groß. Thomas fror. Die Zellen waren unbeheizt.

Über sieben Wochen saß er nun in dieser scheußlichen, stinkenden Zelle. In der Nacht vom 17. zum 18. September hatten ihn seine Entführer bei Chalon-sur-Saône zwei Gestapo-Agenten übergeben. Diese hatten ihn nach Frèsnes gebracht. Und seither wartete er darauf, dass jemand kam, um ihn zu verhören. Er wartete umsonst. Das Warten fing an, ihn um seine Fassung zu bringen.

Thomas hatte versucht, Kontakt mit den deutschen Wachen aufzunehmen – umsonst. Er hatte mit Charme und Bestechung versucht, besseres Essen zu erhalten – umsonst. Es gab Wassersuppe mit Kohl, Tag für Tag. Er hatte versucht, einen Kassiber an Chantal durchzuschmuggeln. Umsonst.

Warum kamen sie nicht endlich und stellten ihn an die Mauer? Sie kamen jeden Morgen um vier und holten Männer aus den Zellen, und dann hörte man das Trampeln von Stiefeln und die Befehle und das ohnmächtige Schreien und Wimmern der

Fortgeschleppten. Und die Schüsse, wenn die Gefangenen erschossen wurden. Und gar nichts, wenn sie erhängt wurden. Meistens hörte man gar nichts. Thomas fuhr plötzlich auf. Stiefel trampelten heran. Die Tür flog auf. Ein deutscher Feldwebel stand draußen – und neben ihm zwei Riesenkerle in Uniformen des SD.

„Hunebelle?"

„Jawohl."

„Mitkommen zum Verhör!"

Nun ist es so weit, dachte Thomas, nun ist es also so weit …

Er wurde gefesselt in den Hof geführt. Hier stand ein riesiger Omnibus ohne Fenster. Ein SD-Mann stieß Thomas in einen düsteren, schmalen Gang, der durch den Bus führte und viele Türen hatte. Hinter den Türen gab es winzige Zellen, in denen man nur mit verkrampften Muskeln sitzen konnte.

In eine solche Zelle wurde Thomas geschoben. Die Tür flog zu und wurde versperrt. Den Geräuschen nach waren auch alle anderen Zellen besetzt. Es stank nach Schweiß und Angst.

Der Bus holperte los über eine Straße voller Schlaglöcher. Die Fahrt dauerte eine halbe Stunde. Dann hielt der Wagen. Thomas hörte Stimmen, Schritte, Flüche. Dann wurde seine Zelle aufgesperrt. „Rauskommen!"

Hinter einem SD-Mann her taumelte Thomas, schwindlig vor Schwäche, ins Freie. Er sah sofort, wo er sich befand: in der vornehmen Avenue Foch in Paris. Thomas wusste, dass der SD hier viele Häuser beschlagnahmt hatte.

Der SD-Mann führte Thomas durch die Halle des Hauses Nummer 84 in ein zum Büro umgewandeltes Bibliothekszimmer.

Zwei Männer saßen darin, beide in Uniform. Der eine war untersetzt, jovial und rotgesichtig, der andere sah blass und ungesund aus. Der eine war der Sturmbannführer Walter Eicher, der andere war sein Adjutant Fritz Winter.

Stumm trat Thomas vor sie hin.

Der SD-Mann erstattete Meldung und verschwand.

In reichlich schlechtem Französisch bellte der Sturmbannführer los: „Na, Hunebelle, wie wär's mit einem Kognak?"

Thomas war speiübel. Aber er sagte: „Danke nein, ich habe leider nicht die richtige Unterlage dafür im Magen." Sturmbannführer Eicher kam nicht ganz mit, was Thomas da auf Französisch gesagt hatte. Sein Adjutant übersetzte es. Eicher lachte auf. Winter fuhr mit dünnen Lippen fort: „Ich glaube, wir können uns mit diesem Herrn auch deutsch unterhalten, nicht wahr?"

Thomas hatte beim Hereinkommen auf einem Tischchen einen Aktendeckel mit der Aufschrift Hunebelle erblickt. Es hatte keinen Sinn zu leugnen. „Ja, ich spreche auch Deutsch."

„Na, wundervoll, wundervoll. Vielleicht sind Sie sogar ein Landsmann, wie?" Der Sturmbannführer drohte neckisch mit dem Finger. „Na? Sie kleiner Schelm! Nun sagen Sie es schon!"

Er blies Thomas eine Wolke Zigarrenrauch entgegen. Thomas schwieg.

Der Sturmbannführer wurde ernst: „Sehen Sie, Herr Hunebelle – oder wie Sie heißen mögen –, Sie glauben vielleicht, es macht uns Spaß, Sie einzusperren und zu verhören. Gräuelmärchen hat man Ihnen über uns erzählt, nicht wahr? Wir tun unseren schweren Dienst nicht gerne, das kann ich Ihnen versichern. Deutsche Menschen, Herr Hunebelle, sind für so was nicht gebaut." Eicher nickte voll Wehmut. „Aber der Dienst an der Nation verlangt es. Wir haben uns dem Führer verschworen. Nach dem Endsieg wird unser Volk die Führung aller anderen Völker der Erde zu übernehmen haben. So etwas will vorbereitet sein. Da braucht es jeden Mann."

„Auch Sie", warf Adjutant Winter ein.

„Bitte?"

„Sie haben uns doch beschissen, Hunebelle. In Marseille. Mit dem Gold, dem Schmuck und den Devisen." Der Sturmbannführer lachte kehlig. „Nicht widersprechen, wir wissen es doch. Muss sagen, Sie haben es schick gemacht. Kluger Junge."

„Und weil Sie so ein kluger Junge sind, werden Sie uns jetzt erzählen, wie Sie wirklich heißen und wo die ganzen Sachen von Lesseps und Bergier hingekommen sind", sagte Winter leise.

„Und mit wem Sie zusammengearbeitet haben", sagte Eicher, „das natürlich auch. Wir haben Marseille bereits besetzt. Können wir Ihre Kollegen gleich kassieren." Thomas schwieg.

„Na?", sagte Eicher.

Thomas schüttelte den Kopf. Das alles hatte er sich so vorgestellt.

„Sie wollen nicht reden?"

„Nein."

„Bei uns redet jeder!" Auf einmal war die leutselige Gutmütigkeit, auf einmal war das Grinsen von Eichers Gesicht weggewischt. Seine Stimme klang heiser: „Sie Scheißkerl, Sie kleiner! Habe mich schon viel zu lange unterhalten mit Ihnen!" Er stand auf, wippte in den Knien, warf die Zigarre in den Kamin und sagte zu Winter: „Los, macht ihn fertig."

Winter führte Thomas in einen überheizten Keller hinab. Hier rief er nach zwei Männern in Zivil. Sie banden Thomas am Kessel der Zentralheizung fest. Dann machten sie ihn fertig.

So ging das drei Tage hintereinander. Omnibusfahrt von Frèsnes nach Paris. Verhör. Fertigmachen im Keller. Fahrt zurück in die ungeheizte Zelle.

Das erste Mal begingen sie den Fehler, ihn zu schnell und zu brutal zu schlagen. Thomas wurde ohnmächtig.

Das zweite Mal begingen sie diesen Fehler nicht mehr. Und auch nicht das dritte Mal. Nach dem dritten Mal fehlten Thomas zwei Zähne, der Körper war an vielen Stellen wund geschlagen. Nach dem dritten Mal wurde er für zwei Wochen ins Krankenhaus von Frèsnes gelegt.

Dann fing das Ganze von vorne an.

Als der Bus ohne Fenster ihn am 12. Dezember wieder einmal nach Paris brachte, da war Thomas Lieven am Ende. Er konnte es nicht mehr ertragen, gequält zu werden. Er dachte: Ich springe aus dem Fenster. Eicher verhört mich jetzt immer oben im dritten Stock. Ja, ich springe aus dem Fenster. Wenn ich Glück habe, bin ich tot. Ach, Chantal, ach, Bastian, ich hätte euch so gern wiedergesehen …

Thomas Lieven wurde gegen zehn Uhr am 12. Dezember 1942 in das Büro von Herrn Eicher geführt. Ein Mann, den Thomas noch nie gesehen hatte, stand neben dem Sturmbannführer: groß, hager, weißhaarig. Der Mann trug die Uniform eines Obersten der Deutschen Wehrmacht mit vielen Ordensspangen und unter dem Arm einen umfangreichen Aktendeckel, auf dem Thomas Lieven das Wort GEKADOS entziffern konnte.

Eicher machte einen verärgerten Eindruck.

„Das ist der Mann, Herr Oberst", sagte er mürrisch und hustete.

„Ich werde ihn gleich mitnehmen", sagte der Oberst mit den vielen Auszeichnungen.

„Da es eine ‚Gekados' ist, kann ich Sie nicht daran hindern, Herr Oberst. Bitte quittieren Sie die Übernahme."

Um Thomas Lieven begann sich alles zu drehen, der Raum, die Männer, alles. Er stand schwankend da in seinem elenden Gefangenenanzug. Er taumelte und würgte und rang nach Luft und dachte an die Worte, die er einmal in einem Buch des Philosophen Bertrand Russell gelesen hatte: „In unserem Jahrhundert geschieht nur noch das Unvorhergesehene …"

2

Die Hände gefesselt, saß Thomas Lieven neben dem weißhaarigen Oberst in einer Wehrmachtslimousine. Sie fuhren durch die Pariser City, die sich seit den Tagen des Friedens kaum verändert hatte. Frankreich schien die Okkupation zu ignorieren. Die Straßen waren erfüllt von hektischem Leben. Elegante Frauen, eilige Männer sah Thomas Lieven, und zwischen ihnen, seltsam unbeholfen und verloren, deutsche Landser.

Der Oberst schwieg, bis sie den Villenvorort Saint-Cloud erreicht hatten, dann sagte er: „Ich höre, Sie kochen gerne, Herr Lieven."

Mit seinem richtigen Namen angeredet, erstarrte Thomas. Überreizt und übermisstrauisch geworden durch die Torturen der letzten Wochen, arbeitete sein Gehirn.

Was bedeutet das? Was ist das für eine neue Falle? Er sah den Offizier neben sich von der Seite an. Gutes Gesicht. Klug und skeptisch. Buschige Brauen. Adlernase. Sensibler Mund. Na und? In meinem Vaterland spielen viele Mörder Bach!

Thomas Lieven sagte: „Ich weiß nicht, wovon Sie reden."

„Doch, doch, Sie wissen es", sagte der Offizier. „Ich bin Oberst Werthe von der militärischen Abwehr Paris. Ich kann Ihnen das Leben retten – oder nicht, es hängt allein von Ihnen ab."

Und damit hielt der Wagen vor einer hohen Mauer, die ein großes Grundstück umgab.

Der Fahrer hupte dreimal. Ein schweres Tor öffnete sich, ohne dass ein Mensch sichtbar wurde. Der Wagen fuhr an und hielt wieder vor der kiesbestreuten Auffahrt zu einer Villa mit gelben Mauern, französischen Fenstern und grünen Fensterläden.

„Heben Sie Ihre Hände", sagte der Oberst, der sich Werthe nannte.

„Warum?"

„Damit ich Ihnen die Handschellen abnehmen kann. Mit den Schellen können Sie doch wohl nicht kochen. Ich würde gerne Kalbsschnitzel Cordon bleu essen, wenn es Ihnen recht ist. Und Crêpes Suzette. Ich bringe Sie in die Küche. Nanette, das Mädchen, wird Ihnen helfen."

„Cordon bleu", sagte Thomas schwach. Um ihn begann sich wieder alles zu drehen, während Oberst Werthe die Stahlschellen aufschloss.

„Ja, bitte."

Noch lebe ich, dachte Thomas, noch atme ich. Was wird sich daraus noch machen lassen? Er sagte, indessen seine Lebensgeister wieder ein wenig erwachten: „Na schön. Dann wollen wir dazu vielleicht gefüllte Auberginen machen."

Eine halbe Stunde später erklärte Thomas dem Mädchen Nanette, wie man Auberginen zubereitet. Nanette war ein schwarzhaariges, ungemein appetitliches Mädchen, das über einem ungemein engen schwarzen Wollkleid eine weiße Schürze trug. Thomas saß neben Nanette am Küchentisch. Oberst Werthe hatte sich zurückgezogen. Immerhin: Das Küchenfenster war vergittert …

Immer wieder kam Nanette ganz nahe an Thomas heran. Einmal streifte ihr nackter Arm seine Wange, einmal berührte ihre pralle Hüfte seinen Arm. Nanette war eine gute Französin; sie ahnte, wen sie da vor sich hatte. Und Thomas sah trotz der Qual und Entbehrung, die er hinter sich hatte, noch immer aus wie das, was er war: ein richtiger Mann.

„Ach, Nanette", seufzte er schließlich.

„Ja, Monsieur?"

„Ich muss mich bei Ihnen entschuldigen. Sie sind so hübsch. Sie sind so jung, unter anderen Umständen säße ich nicht so da. Aber ich bin fertig. Ich bin kaputt …"

„*Pauvre* Monsieur", flüsterte Nanette. Und dann gab sie ihm einen Kuss, ganz schnell, ganz flüchtig, und errötete dabei.

Das Essen fand in einem großen, dunkel getäfelten Raum statt, durch dessen Fenster man in den Park hinaussah. Der Oberst trug jetzt Zivil – einen ausgezeichnet geschnittenen Flanellanzug.

Nanette servierte. Immer wieder glitt ihr mitleidiger Blick über den Mann in der zerdrückten, schmutzigen Zuchthauskleidung, der sich doch betrug wie ein englischer Aristokrat. Er musste mit der linken Hand essen, an der rechten waren zwei Finger verbunden …

Oberst Werthe wartete, bis Nanette die Auberginen serviert hatte, dann sagte er:

Menu • Paris, 12. Dezember 1942

Dabei schloss Thomas Lieven den Pakt mit des Teufels Admiral.

Gefüllte Auberginen • Kalbsschnitzel Cordon bleu mit kleinen Erbsen
Crêpes Suzette

Gefüllte Auberginen: Man nehme große, feste Auberginen, bei uns auch Eierfrüchte genannt, schäle sie dünn und halbiere sie der Länge nach. Man höhle sie vorsichtig aus und drehe das Fruchtfleisch mit Rind und Schweinefleisch, einer Zwiebel und einer eingeweichten Semmel ohne Rinde durch den Wolf. – Man verarbeite die Masse mit einem Ei, Salz, Pfeffer, Paprika und etwas Sardellenpaste zu einer pikanten Farce. Man fülle damit die Auberginen. – Man gieße etwas Fleischbrühe auf den Boden einer gut gebutterten Auflaufform, setzte die gefüllten Auberginen hinein, bestreue sie mit geriebenem Käse und Butterflöckchen und backe sie bei mittlerer Hitze eine halbe Stunde lang.

Kalbsschnitzel Cordon bleu: Man nehme zarte Kalbsschnitzel, klopfe sie gut und belege die Hälfte eines jeden mit einer Scheibe Schinken, darauf eine Scheibe Emmentaler Käse, sodass ein etwa fingerbreiter Rand frei bleibt. – Man bepinsle dann die Ränder des Schnitzels rundum mit Eiweiß und klappe die unbelegte Hälfte über die belegte, drücke die Ränder fest an. – Nun wälze man das Fleisch in Mehl, leicht gesalzenem und gepfeffertem Eigelb und Semmelbröseln und brate es dann in der Pfanne in reichlich Butter auf beiden Seiten schön goldbraun. – Man reiche dazu feine grüne Erbsen, die man leicht mit Salz und gehackter Petersilie bestreut.

Crêpes Suzette: Man backe eine größere Anzahl von Crêpes, das sind kleine, hauchdünne Eierkuchen, zu deren Teig man Wasser statt Milch verwendet hat. – Man lasse bei Tisch auf einem Spirituswärmer reichlich Butter heiß, aber keinesfalls braun werden, gebe den Saft und die ganz fein abgeschnittene und gehackte Schale einer Mandarine oder Orange hinzu. Man gebe je einen kleinen Guss Kirsch, Maraschino, Curaçao oder Cointreau und etwas Zucker hinein und lasse immer nur ein Crêpe in der Flüssigkeit heiß werden. Man rolle es dann schnell zusammen und reiche es auf einem vorgewärmten Teller weiter.

„Delikat, wirklich delikat, Herr Lieven. Womit ist das überbacken, wenn ich fragen darf?"

„Mit geriebenem Käse, Herr Oberst. Was wollen Sie von mir?" Thomas aß wenig. Er fühlte, dass er nach den Hungerwochen, die er hinter sich hatte, seinen Magen nicht überfordern durfte.

Oberst Werthe aß mit Appetit. „Sie sind ein Mann von Prinzipien, höre ich. Sie wollen sich lieber totschlagen lassen, als dem SD etwas zu verraten oder gar für diese Sch …, diese Organisation zu arbeiten."

„Ja."

„Und für die Organisation Canaris?" Der Oberst nahm noch eine Aubergine.

Thomas fragte leise: „Wie haben Sie mich bei Eicher herausbekommen?"

„Ach, das war ganz einfach. Wir haben hier in der Abwehr einen guten Mann sitzen, Hauptmann Brenner. Der verfolgt Ihre Laufbahn schon lange. Sie haben sich allerhand geleistet, Herr Lieven." Thomas senkte den Kopf.

„Keine falsche Bescheidenheit, bitte! Als Brenner entdeckte, dass der SD Sie verhaftet und nach Frèsnes gebracht hatte, da konstruierten wir einen kleinen Spielfall …"

„Einen kleinen Spielfall?"

Werthe wies zu dem Aktendeckel mit der Aufschrift GEKADOS, der beim Fenster auf einem Tischchen lag. „Unsere Methode, dem SD Gefangene abzujagen. Wir kombinieren aus irgendwelchen alten Spionagefällen einen neuen, nicht existenten und tippen ein paar neue Zeugenaussagen dazu. Unterschriften und möglichst viele Stempel drauf. Das macht immer Eindruck. In den neuen Zeugenaussagen behaupten dann irgendwelche Leute beispielsweise, ein gewisser Pierre Hunebelle hätte mit einer Reihe von Sprengstoffanschlägen im Raum von Nantes zu tun." Nanette brachte das Cordon bleu.

Sie warf Thomas einen liebevollen Blick zu und schnitt ihm schweigend das Fleisch klein, bevor sie wieder verschwand. Oberst Werthe lächelte: „Sie haben eine Eroberung gemacht. Wo bin ich stehen geblieben? Ach ja. Der Spielfall. Nachdem wir unseren erfundenen Akt also fertig hatten, ging ich zu Eicher und fragte ihn, ob der SD vielleicht einen gewissen Pierre Hunebelle verhaftet hätte. Ich tat ganz doof. ‚Ja', sagte er prompt, ‚der sitzt in Frèsnes.' Da zeigte ich ihm meinen Akt, die Geheime Kommandosache. Damit und mit entsprechend großem Klimbim – Canaris, Himmler und so – machte ich Eicher zum Geheimnisträger und ließ ihn zuletzt den Akt lesen. Der Rest, die Übernahme des reichswichtigen Spions Hunebelle, war dann ganz leicht …"

„Aber warum, Herr Oberst? Was wollen Sie von mir?"

„Das beste Cordon bleu meines Lebens. Also schön, im Ernst, Herr Lieven: Wir brauchen Sie. Wir haben ein Problem, das nur ein Mann wie Sie lösen kann."

„Ich hasse Geheimdienste", sagte Thomas Lieven und dachte an Chantal und Bastian und alle seine Freunde, und das Herz tat ihm weh. „Ich hasse sie alle. Und ich verachte sie alle."

Oberst Werthe sagte: „Jetzt ist es halb zwei. Um vier Uhr bin ich im Hotel ‚Lutetia' mit Admiral Canaris verabredet. Er will Sie sprechen. Sie können mitkommen. Wenn Sie für uns arbeiten, haben wir uns mit der ‚Gekados' die Handhabe geschaffen, Sie aus den Klauen des SD zu befreien. Wenn Sie nicht für uns arbeiten wollen, kann ich nichts mehr für Sie tun. Dann muss ich Sie wieder bei Eicher abliefern …"

Thomas starrte ihn an. Fünf Sekunden verstrichen.

„Also?", fragte der Oberst Werthe.

3

Rolle vorwärts!", schrie Feldwebel Adolf Bieselang in die riesige Turnhalle. Ächzend machte Thomas Lieven einen Purzelbaum nach vorn.

„Rolle rückwärts!", schrie Feldwebel Adolf Bieselang. Ächzend machte Thomas Lieven einen Purzelbaum nach hinten. Elf andere Herren ächzten mit ihm: sechs Deutsche, ein Norweger, ein Italiener, ein Ukrainer und zwei Inder.

Die Inder behielten beim Purzelbaum die Turbane auf. So streng waren ihre Bräuche.

Feldwebel Bieselang trug eine deutsche Luftwaffenuniform. Er war 45 Jahre alt, hager, blass und unentwegt am Zerplatzen vor Wut. Wenn man ihn sah, erschrak man sofort über seinen riesigen aufgerissenen Mund mit den zahlreichen Plomben im Gebiss. Feldwebel Bieselang riss seinen Mund fast ununterbrochen auf, tagsüber beim Brüllen, nachts beim Schnarchen.

Der Wirkungsbereich von Feldwebel Bieselang – seit zwei Jahren verwitwet, Vater einer mannbaren, außerordentlich hübschen Tochter – lag 95 Kilometer nordwestlich von der Reichshauptstadt Berlin, nahe dem Ort Wittstock an der Dosse.

Feldwebel Bieselang bildete Fallschirmspringer aus, und zwar – zu seiner Wut – nicht solche in Uniform, sondern solche in Zivil, höchst undurchsichtige Kerle mit höchst undurchsichtigen Aufgaben. Inländer, Ausländer. Ein widerliches Gesocks. Zivilisten eben.

„Und Rolleeeee vorwärts!"

Thomas Lieven, alias Jean Leblanc, alias Pierre Hunebelle, alias Eugen Wälterli, purzelte nach vorne. Man schrieb den 3. Februar 1943.

Es war kalt, und der Himmel über der Mark Brandenburg glich einem grauen Tuch. Ununterbrochen erfüllte das Dröhnen der niedrig fliegenden Schulmaschinen die Luft.

Wie, so wird der geneigte Leser mit Recht fragen, war Thomas Lieven, dereinst jüngster, elegantester und erfolgreichster Privatbankier Londons, hierher verschlagen worden? Welche Laune des Schicksals hatte ihn in eine Turnhalle des Ausbildungslagers Wittstock an der Dosse geschleudert?

Thomas Lieven, der Pazifist und Feinschmecker, der Frauenverehrer und Militärverächter, der Mann, der die Geheimdienste hasste, hatte sich entschlossen, wieder für einen Geheimdienst zu arbeiten. Mit Oberst Werthe fuhr er in das Pariser Hotel „Lutetia". Dort traf er Admiral Canaris, den geheimnisvollen Mann der deutschen Abwehr.

Thomas Lieven wusste: Wenn er an die Gestapo zurückgegeben wurde, war er in einem Monat tot. Es hatten sich schon Blutspuren in seinem Urin gefunden. Und Thomas Lieven dachte: Das scheußlichste Leben ist immer noch besser als der allerehrenhafteste Tod.

Trotzdem – er verleugnete auch vor dem weißhaarigen Admiral seine Grundsätze nicht: „Herr Canaris, ich werde für Sie arbeiten, weil mir nichts anderes übrig bleibt. Aber ich gebe zu bedenken: Ich töte niemanden, ich bedrohe niemanden, ich ängstige, drangsaliere und entführe niemanden. Wenn Sie mir solche Aufgaben übertragen wollen, dann gehe ich lieber zurück in die Avenue Foch."

Mit schwermütigen Augen schüttelte der Admiral den Kopf. „Herr Lieven, die Mission, bei der ich Sie einsetzen möchte, soll dem Ziel dienen, Blutvergießen zu verhindern und Menschenleben zu retten – so weit das überhaupt in unserer Macht steht." Canaris hob die Stimme. „Deutsche Leben und französische. Ist Ihnen das sympathisch?"

„Menschenleben zu retten ist mir immer sympathisch. Die Nationalität oder die Religion sind mir dabei egal."

„Es geht um die Bekämpfung gefährlicher französischer Partisanenverbände. Einer unserer Leute meldet, dass eine neu aufgebaute starke Widerstandsgruppe sich bemüht, mit London in Verbindung zu kommen. Bekanntlich unterstützt das ‚*War Office*' die französische Résistance und leitet viele dieser Gruppen. Die betreffende Gruppe braucht noch ein Funkgerät und einen Code-Schlüssel. Beides werden Sie den Leuten liefern, Herr Lieven."

„Aha", sagte Thomas.

„Sie sprechen fließend Englisch und Französisch. Sie haben jahrelang in England gelebt. Sie werden als britischer Offizier mit dem Fallschirm über dem Partisanengebiet abspringen und ein Funkgerät mitbringen. Ein besonderes Funkgerät."

„Aha", sagte Thomas zum zweiten Mal.

„Ein britisches Flugzeug wird Sie in die Gegend bringen. Wir haben ein paar erbeutete RAF-Maschinen, die wir für solche Fälle einsetzen. Natürlich müssen wir Sie zuvor als Fallschirmspringer ausbilden lassen."

„Aha", sagte Thomas Lieven zum dritten Mal.

4

Und Rolleeeee vorwärts!", schrie Bieselang. Die zwölf Herren, die da vor ihm in schmutzigen Drillichanzügen auf dem schmutzigen Hallenboden herumkugelten, hatte der rasende Feldwebel erst seit vier Tagen in der Mache. Sie lebten abseits von den rund tausend regulären Soldaten, die in Wittstock an der Dosse als Fallschirmjäger ausgebildet wurden.

„Und Rolleeeee rückwärts!"

Schon heftig schwitzend und mit schmerzenden Knochen kugelte Thomas Lieven wieder nach hinten. Den beiden Indern neben ihm rutschten die Turbane über die Augen.

Ihr dämlichen Hunde, dachte Thomas. Ich muss – aber ihr? Ihr habt euch freiwillig gemeldet, ihr Armleuchter! Der Italiener war ein Abenteurer. Der Norweger, der Ukrainer und die Deutschen waren offensichtlich Idealisten, und die beiden Inder waren Vettern des Politikers Subhas Chandra Bose, der vor zwei Jahren aus seiner Heimat nach Deutschland geflohen war.

„So, Schluss mit Rollen! Sprung auf, marsch, maaaarsch! An die Hochrecks! Bisschen dalli, ihr faulen Säcke, wird's bald?"

Außer Atem, mit Seitenstechen und Herzbeschwerden, rasten zwölf Mann in Drillichanzügen durcheinander und begannen zu den Reckstangen emporzuklettern, die sich unter der Hallendecke, fünf Meter über dem Boden, befanden.

„Schwingen! Werdet ihr wohl ordentlich schwingen, ihr vollgefressenen Drückeberger?"

Thomas Lieven schwang.

Er kannte das alles bereits, es war ein Teil der sogenannten Bodenübungen. Man musste lernen, sich fallen zu lassen. Aus einem Flugzeug herauszuspringen war offensichtlich kein Kunststück. Mit heilen Knochen auf dem Boden zu landen war, schien es, das Schwerste.

„Noch zehn Sekunden – noch fünf Sekunden – fallen lassen!", brüllte Feldwebel Bieselang.

Zwölf Mann ließen die Hochreckstangen los und ließen sich fallen. Die Knie weich, ganz weich, der Körper elastisch, so, wie eine Katze fällt – das war der Trick. Wenn man sich steif fallen ließ, brach man sich die Knochen.

Thomas Lieven brach sich fast die Knochen, als er auf dem Hallenboden aufknallte. Er fluchte leise und rieb seine Beine. Sofort tobte Bieselang los: „Zu dämlich zum Runterfallen, Nummer sieben, was?" Sie hatten hier alle Nummern, es wurden keine Namen genannt. „Was glauben Sie, Sie lahmer Sack, was mit Ihnen passiert, wenn Sie erst bei 'ner ordentlichen Böe mit 'm Schirm runterkommen, Mensch? Habe ich es denn nur mit Idioten zu tun?"

„Schon gut", knurrte Thomas, sich mühsam erhebend. „Ich lerne es schon noch. Ich habe das größte Interesse daran, es zu lernen." Feldwebel Bieselang schrie: „Auf die Barren, marsch, maarsch! Wollt ihr wohl machen, ihr elenden, faulen Zivilisten … He, Nummer zwei, los, eine Ehrenrunde um die Halle, aber auf den Knien!"

„Ich bringe ihn um", flüsterte der norwegische Quisling, neben Thomas hochkletternd, „ich schwöre, ich bringe ihn noch einmal um, diesen elenden Leuteschinder!"

Indessen Thomas kletterte, schwang und stand, bohrten in ihm trübe Gedanken: Keine Nachricht aus Marseille. Kein Wort von Chantal. Kein Wort von Bastian. Das

Herz tat Thomas weh, wenn er daran dachte. Was für eine Zeit. War Überleben wirklich das Äußerste und Beste, was man noch verlangen durfte?

Die Deutschen hatten Marseille besetzt. Was war mit Chantal geschehen? Lebte sie noch? War sie deportiert worden, verhaftet? Gefoltert vielleicht wie er?

Schlaflos lag Thomas Lieven, wenn er aus solchen Angstträumen emporfuhr, lag da in der widerlichen Kasernenstube, in der sechs Mann schnarchten und stöhnten. Chantal – ach, und wir wollten gerade in die Schweiz fliehen und in Frieden leben – in Frieden, lieber Gott …

Thomas hatte schon vor Wochen versucht, Briefe an Chantal auf den Weg zu bringen. Noch in Paris, im Hotel „Lutetia", hatte Oberst Werthe versprochen, einen Brief für ihn zu besorgen. Einen anderen Brief hatte Thomas in der Sprachenschule einem Dolmetscher mitgegeben, der nach Marseille fuhr. Doch Thomas hatte in den letzten Wochen andauernd die Adresse gewechselt. Wie sollte ihn ein Brief Chantals überhaupt erreichen? Der rasende Feldwebel Bieselang drillte seine zwölf Mann unbarmherzig weiter. Nach den Bodenübungen kamen die Übungen auf den betonhart gefrorenen, reifüberkrusteten Äckern. Hier wurde den Schülern ein geöffneter Fallschirm umgeschnallt. Ein auf einem Sockel montierter Flugzeugmotor wurde eingeschaltet. Der Schirm blähte sich in den gewaltigen Luftwirbeln auf und riss den Prüfling unbarmherzig übers Gelände. Er musste lernen, ihn zu umlaufen und sich auf ihn fallen zu lassen, damit die Luft aus ihm entwich.

Es gab Schrammen und Wunden, geprellte Knie und verstauchte Gelenke. Feldwebel Bieselang hetzte seine zwölf Mann von morgens sechs bis abends sechs. Dann ließ er sie durch eine nachgebaute Ju-52-Flugzeugkabinentür aus großer Höhe in Tücher springen, die vier Schüler festhielten.

„Knie durch, Sie Trottel! Knie durch!", brüllte er.

Wenn man die Knie nicht ganz durchdrückte, traf man unten mit dem Gesicht auf – oder man verriss sich alle Muskeln. Feldwebel Bieselang lehrte seine Schüler alles, was sie wissen mussten – er lehrte nur zu grausam.

Am Abend vor dem ersten richtigen Fallschirmabsprung ließ er sie alle ihr Testament verfassen und in einem Umschlag versiegeln. Auch ihre Sachen mussten sie vor dem Schlafengehen packen: „Damit wir sie euren Angehörigen schicken können, wenn ihr morgen auf die Plauze fallt und abnibbelt!"

Bieselang redete sich ein, dass dies eine psychologische Falle war: Mal sehen, wer von den Kerlen sich ins Bockshorn jagen ließ! Sie ließen sich alle ins Bockshorn jagen – bis auf einen. Bieselang tobte: „Wo ist Ihr Testament, Nummer sieben?"

Sanft wie ein Lamm erwiderte Thomas: „Ich brauche keines. Ein Mann, der Ihre Ausbildung genossen hat, Herr Feldwebel, wird jeden Absprung unbeschädigt überstehen!"

Am nächsten Tag überschritt Feldwebel Bieselang dann endgültig seine Befugnisse. Mit den zwölf Mann der Gruppe stieg er gegen neun Uhr morgens in einer uralten, klapprigen Ju-52 auf. In zweihundert Meter Höhe flog die Maschine über das Absprunggelände. An Reißleinen aufgefädelt, standen die zwölf im Rumpf der Maschine hintereinander. Das Boschhorn des Piloten ertönte. „Fertigmachen zum Absprung!“, brüllte Bieselang, der im Windschatten der offenen Luke stand. Sie trugen jetzt alle Stahlhelme, die beiden Inder trugen sie unter den Turbanen. Sie hielten alle schwere Maschinenpistolen in den Händen.

Nummer eins war der Italiener. Er trat vor. Bieselang schlug ihm auf die Schulter, der Mann breitete weit die Arme aus und sprang in Richtung auf die linke Tragfläche zu ins Leere hinaus. Die Leine, die an einer Stahlschiene eingehakt war, spannte sich und riss dem Springenden den Schutzüberzug vom Fallschirm. In der Luft wurde der Italiener sofort nach unten und hinten weggerissen.

Nummer zwei sprang. Nummer drei. Thomas dachte: Wie trocken meine Lippen sind. Ob ich in der Luft ohnmächtig werde? Ob ich zu Tode falle? Komisch, ich habe plötzlich so fürchterlichen Appetit auf Gänseleber. Ach, warum konnte ich nicht bei Chantal bleiben. Wir waren so glücklich miteinander …

Dann war Nummer sechs an der Reihe – der Ukrainer. Der Ukrainer wich plötzlich vor Bieselang zurück, stieß gegen Thomas und kreischte in jäher Panik: „Nein – nein – nein …“ Angstkoller. Typischer Angstkoller. Nicht unverständlich, registrierte Thomas Lievens Gehirn. Niemand durfte gezwungen werden zu springen – so lautete die Ausbildungsvorschrift. Wenn jemand bei zwei Flügen den Absprung verweigerte, schied er endgültig aus.

Allein, Feldwebel Adolf Bieselang kümmerte sich einen Dreck um Vorschriften. Er brüllte: „Du Scheißhund, du feige Sau, wirst du wohl …“, packte den Zitternden, riss ihn zu sich – und trat ihn wuchtig in den Hintern. Aufkreischend flog der Ukrainer hinaus. Ehe Thomas sich noch von der Empörung über diese Szene erholt hatte, fühlte er sich schon selbst vorgerissen. Der Stiefel des Feldwebels traf auch ihn, und er stürzte, stürzte, stürzte hinein ins Leere.

5

Thomas überstand den ersten Fallschirmabsprung seines Lebens heil. Auch alle anderen landeten unbeschadet. Nur der Ukrainer brach sich das Bein. Mit der Fraktur und einem Nervenschock wurde er ins Lazarett gebracht. An diesem Nachmittag – sie übten in einer Hangarhalle das Schirmpacken – ging ein Raunen und Flüstern durch die Gruppe.

Für einen Gemeinschaftsmord plädierte leidenschaftlich der Norweger. Bieselang schlief in einem Extrazimmer, abseits der Gemeinschaftsstuben. Er schlief tief …

Die Deutschen waren dafür, sich beim Horstkommandanten zu beschweren und den Dienst zu verweigern.

Der Italiener und die Inder waren dafür, Bieselang nicht ganz, aber doch halb totzuschlagen. Alle Mann hoch, dann konnte kein Einzelner bestraft werden.

Es erwies sich, dass das Lagerleben, das er so hasste, sprachlich bereits auf Thomas Lieven abgefärbt hatte. „Euch hat man ja das Gehirn verwässert", sagte er in einer Zigarettenpause zu den Verschwörern. „Wisst ihr, was passiert? Bieselang wird befördert, und wir kommen in den Bunker – alle Mann hoch."

Der Norweger knirschte mit den Zähnen vor Wut: „Aber der Hund – der verfluchte Hund ... Was sollen wir denn machen mit ihm?"

„Darüber habe ich auch schon nachgedacht", antwortete Thomas sanft. „Wir werden ihn zu einem Essen einladen."

Von diesem Essen am 26. Februar 1943 spricht man im Hause des Gastwirts Friedrich Ohnesorge in Wittstock noch heute. Elfriede Bieselang, des Feldwebels bildhübsches Töchterlein, arbeitete als Kellnerin bei Ohnesorge.

In einem Krämerladen hatte Thomas verschiedene Kleinigkeiten entdeckt, die er unbedingt benötigte: getrocknete Pilze, Korinthen, Rosinen, ein Stück Orangeat und ein Stück Zitronat.

Während die blonde Elfriede ihm half, das Rindsfilet zuzubereiten, schimpfte sie auf ihren väterlichen Urheber: „Ist die Mühe gar nicht wert, der alte Miesnick! So 'n widerlicher blöder Krieger! Dauernd quatscht er einem seine Heldentaten vor. Die andern sind immer Feiglinge. Und er selber natürlich immer ein Held!"

„Elfriede", forschte Thomas und wässerte dabei behutsam die Orangeat- und Zitronatstückchen, „sagen Sie mir, mein schönes Kind, hat Ihre selige Mama wohl den Kriegserzählungen Ihres Herrn Papa Gehör geschenkt?"

Die blonde Elfriede musste lachen.

„Mama? Die ist aus dem Zimmer gelaufen, wenn er bloß angefangen hat. Die hat immer gesagt: In Griechenland hast du schießen können, zu Hause nicht!"

„Jaja", meinte Thomas ernst, „und so kam eines zum andern."

„Wie meinen Sie, Herr Lieven?"

„Der Mensch, schöne, junge, blonde Elfriede, ist das Produkt seiner Umgebung – wenn ich eine solche marxistische Maxime in unserer herrlichen nationalsozialistischen Zeit von mir geben darf."

„Ich hab keine Ahnung, wovon Sie quatschen", sagte Elfriede und trat sehr nahe an Thomas heran, „aber Sie sind so nett, so höflich, so gebildet ..."

Darauf ging Thomas nicht ein, sondern sagte: „Und deshalb ist Ihr Papa böse geworden, wie er es heute ist."

„Weshalb?"

„Niemand hat ihm zugehört. Niemand hat ihn bewundert. Niemand hat ihn geliebt ..."

Elfriede stand nun so nahe neben ihm, und ihre Lippen waren so erwartungsvoll geöffnet, dass er sie einfach küssen musste. Es wurde ein langer Kuss.

„Du wärst ein Mann für mich", flüsterte sie in seinen Armen, indessen neben ihnen in der Röhre das Rinderfilet Colbert brutzelte, „wir zwei ..., wenn wir uns zusammenschmeißen würden ... Ach, aber du bist ja viel zu fein für mich ... Das mit meinem Alten, das hat mir noch keiner so erklärt wie du ..."

Menu • Wittstock, 26. Februar 1943

Thomas Lieven kocht einen tollwütigen Feldwebel weich.

Kraftbrühe • Filet Colbert
Plumpudding mit Chaudeau

Kraftbrühe aus Rindfleisch, Knochen und Suppengemüsen herzustellen, dürfte wohl jeder Hausfrau geläufig sein.

Filet Colbert: Man nehme drei Pfund Rinderfilet, Salz, Pfeffer, 30 Gramm Butter, 30 Gramm Zwiebeln, 30 Gramm Champignons oder eingeweichte Trockenpilze, fünf Gramm Petersilie, einen Wirsingkohlkopf, ein Pfund frischen Speck und 150 Gramm Fett zum Braten. – Man schneide das abgehäutete Filet an der oberen Längsseite so ein, dass eine ein Zentimeter dicke Fleischplatte sich ähnlich wie ein Kofferdeckel zurückschlagen lässt. – Man hacke Zwiebeln, Petersilie und Champignons fein, röste sie in heißer Butter an und fülle sie unter den aufgehobenen Fleischdeckel ein. – Man löse von dem großen Kohlkopf die Blätter ab, schneide die starken Rippen flach und koche die Blätter eine Minute in siedendem Salzwasser. – Man wickle das Filet nun zunächst in die Kohlblätter, dann in dünne Speckscheiben, umbinde es mit Faden und brate es im Ofen. – Man entfette vor dem Anrichten den Bratensaft und verkoche ihn schnell mit etwas Butter und Fleischbrühe zur Soße.

Plumpudding: Man verrühre vier Eidotter mit einem halben Pfund Mehl, drei Achtelliter Milch, 80 Gramm Zucker, einem halben Pfund Rosinen, einem halben Pfund Korinthen, einem halben Pfund fein gehacktem Nierenfett, 30 Gramm Orangenschale und 30 Gramm Zitronat – beides kleingeschnitten –, einem Viertel geriebener Muskatnuss, einem halben Glas Rum und etwas Salz. Man verarbeite alles tüchtig miteinander, rühre den Eischnee darunter und lasse es in der gut gebutterten Puddingform vier Stunden kochen. – Man begieße den Pudding beim Anrichten mit Rum, zünde ihn an und bringe ihn flammend auf den Tisch.

Chaudeau: Man verquirle ein Viertelliter Weißwein, zwei Eier, 50 Gramm Zucker, die geriebene Schale einer viertel und den Saft einer halben Zitrone und 5 Gramm Kartoffelmehl gut miteinander. – Man schlage die Soße im Wasserbad schaumig und serviere sie sofort.

„Sei ein bisschen netter zu ihm“, bat Thomas, „willst du, ja? Hör ihm ein bisschen mehr zu. Viele Herren drüben im Lager werden dir dankbar sein.“

Elfriede lachte und küsste ihn wieder. Aber trotz der Süße dieses Kusses einer Siebzehnjährigen dachte Thomas an Chantal, dachte: Ich denke an sie, wenn ich eine andere küsse. Mein Gott, ich liebe sie, ich liebe Chantal …

Das Essen, zu dem alle Geladenen reichlich skeptisch erschienen, wurde ein Riesenerfolg.

Thomas richtete eine kurze Ansprache an den Ehrengast Adolf Bieselang, die er mit den Worten schloss: „… und so danken wir Ihnen, verehrter Herr Feldwebel, dafür, dass Sie uns mit unerbittlicher Härte, mit Selbstaufopferung und nimmermüder Obsorge, ja, wenn es sein musste, auch mit Fußtritten halfen, den inneren Schweinehund zu besiegen.“

Danach erhob sich Bieselang, Tränen in den Augen, und hielt eine Ansprache, die mit den Worten begann: „Meine sehr verehrten Herren, ich hätte nie gedacht, dass mir im Leben noch ein so schöner Moment beschieden sein würde …“

Ein Damm war gebrochen. Man ließ Feldwebel Bieselang reden, endlich, endlich, nach bösen, langen Jahren ließ man ihn reden! Und er sprach bei der Fleischbrühe über Norwegen, und beim Rinderfilet über Griechenland, und beim Plumpudding über Kreta.

Am nächsten Tag trat ein von Grund auf veränderter Adolf Bieselang vor die Gruppe hin und sprach: „Meine Herren, ich danke Ihnen für den schönen Abend. Wenn ich Sie nun *bitten* dürfte, mir zur Maschine zu folgen. Wir müssen *leider* das Springen noch ein wenig üben.“

6

Als Thomas am Abend des 27. Februar auf seine Unterkunft zuging, kam er an einem hohen Stacheldraht vorüber, der die Agentenabteilung von der Luftwaffenabteilung trennte. Jenseits des Zaunes stand ein Fallschirmjäger und pfiff ihn heran. „He!“

„Was ist los?“

„Die Beschreibung, die dieser Bastian mir gegeben hat, passt auf dich.“

Plötzlich war Thomas hellwach: „Bastian?“

„Heißt du Pierre Hunebelle?“

„Ja, das bin ich … Weißt du – weißt du vielleicht etwas von einer gewissen Chantal Tessier?“

„Tessier? – Nee – ich kenne nur diesen Bastian Fabre … Hat mir drei Goldmünzen dafür gegeben, dass ich den Brief besorge … Ich muss weg hier, Mensch, mein Spieß geht da drüben …“

Dann hatte Thomas Lieven das Kuvert in der Hand. Dann saß er auf einem Wegstein des Ackers. Es dämmerte. Es war kalt. Aber Thomas spürte die Kälte nicht. Er riss den Umschlag auf, zog den Brief hervor und begann zu lesen, indessen sein Herz klopfte wie ein riesiger Hammer …

Marseille, den 5. 2. 1943

Mein lieber alter Pierre!
Ich weiß gar nicht, wie ich diesen Brief anfangen soll. Vielleicht beguckst Du die Veilchen schon von unten, wenn ich diese Worte schreibe.

In den letzten Wochen habe ich so rumgemosert und einen Kumpel getroffen, der auf beiden Schultern trägt – arbeitet für die Résistance und für die Deutschen. Der hat aus Paris gewusst, was Dir alles passiert ist. Die verfluchten SD-Säue, wenn ich einen von denen erwische, erwürge ich ihn mit eigenen Händen. Jetzt, so hat der Kumpel gesagt, bist Du bei einem anderen Verein. Wie hast Du's bloß geschafft? Und irgendwo bei Berlin wirst Du jetzt zum Fallschirmspringer ausgebildet. Mensch, ich piss in die Hosen! Mein Pierre ein deutscher Fallschirmspringer! Es wäre zum Lachen, wenn es nicht zum Heulen wäre.

In Montpellier habe ich einen deutschen Soldaten kennengelernt, der ist richtig. Gespickt habe ich ihn außerdem. Der fährt nach Berlin. Dem gebe ich heute diesen Brief mit.

Chantal hat zwei Briefe von Dir gekriegt – aber wir haben niemanden für Antworten an der Hand gehabt.

Lieber Pierre, Du weißt, wie gern ich Dich habe – darum fällt es mir besonders schwer aufzuschreiben, was hier passiert ist. Am 24. Januar erklärte die deutsche Kommandantur: Das alte Hafenviertel muss geräumt werden!

An diesem Tag haben sie in unserem Dreh an die 6000 Leute verhaftet – viele kennst Du, und sie haben über 1000 Bars und Bordelle geschlossen. So was von Ringkämpfen mit Damen hast Du noch nicht gesehen!

Die Deutschen gaben uns nur vier Stunden Zeit, unsere Quartiere zu räumen, dann kamen schon ihre Sprengtrupps. Chantal, der alte François (Pferdefuß, weißt Du noch?) und ich waren zusammen bis zuletzt. Chantal war wie besoffen, wie eine, die Koks geschnupft hat! Nur ein Gedanke war in ihrem Hirn: „Die Glatze" umlegen! Dantes Villeforte, Du erinnerst Dich? Diese dreimal verfluchte Sau hat Dich nämlich an die Gestapo verraten.

Also, an diesem Abend haben wir auf ihn gewartet, in einer Hauseinfahrt in der Rue Mazenod, gegenüber dem Haus, in dem er wohnte. Wir haben gewusst: Er verbirgt sich im Keller. Chantal hat gesagt: „Jetzt, wo die Deutschen die Häuser sprengen, muss er rauskommen." Und so haben wir gewartet – stundenlang.

Junge, war das ein Abend! Rauch und Staub und Qualm in der Luft, und immer neue Häuser flogen hoch, Männer brüllten, Frauen kreischten, Kinder weinten …

7

Rauch, Staub und Qualm erfüllten die Luft. Explosionen dröhnten, Männer brüllten, Frauen kreischten, Kinder weinten …

Es war schon dunkel. Nur der rote, unheimliche Widerschein brennender Häuser erhellte das „Alte Viertel". Reglos stand Chantal im Dunkel eines Torbogens. Sie trug lange, enge Hosen und eine Lederjacke, um das Haar ein rotes Tuch. Unter der Lederjacke verborgen hielt sie eine Maschinenpistole. Nichts regte sich in dem weißen Katzengesicht.

Wieder flog ein Haus in die Luft. Es regnete Steinsplitter. Gekreisch klang auf, deutsche Flüche, Schreien und Stiefelgetrampel. „Herrgott im Himmel, Chantal, wir müssen hier weg!", drängte Bastian. „Jeden Augenblick können die Deutschen hier sein! Wenn sie uns sehen – mit Waffen …"

Chantal schüttelte stumm den Kopf. „Haut ihr ab, ich bleibe hier." Chantals Stimme klang heiser. Sie hustete. „‚Die Glatze' ist da drüben im Keller, das weiß ich. Er muss rauskommen, der Hund. Und ich lege ihn um. Ich habe geschworen, dass ich ihn umlege. Und wenn es das Letzte ist, was ich tue!"

Gellendes Weibergekreisch schlug an ihre Ohren. Sie sahen die Straße hinauf. Da trieben Soldaten ein Rudel Mädchen vor sich her. Die Mädchen waren zum Teil nur mit Morgenröcken oder Frisiermänteln bekleidet. Sie schlugen um sich, sie bissen, traten und kratzten, sie wehrten sich mit Händen und Füßen gegen den Abtransport.

„Das sind die von Madame Yvonne", sagte der „Pferdefuß". Das Rudel Mädchen wurde an ihnen vorbeigetrieben. Undruckbare Flüche und Beschimpfungen hallten durch die Luft.

Plötzlich schrie Bastian auf: „Da!"

In der Hauseinfahrt gegenüber erschien Dantes Villeforte – mit drei anderen Männern. „Die Glatze" trug eine kurze Pelzjacke. Die Männer seiner Leibwache trugen dicke Pullover. Aus ihren Hosentaschen lugten die Kolben von Pistolen.

Bastian riss seinen Revolver hoch, aber Chantal schlug den Lauf herunter. Sie schrie: „Nicht! Du triffst die Mädchen!" Noch immer balgten die Frauen sich vor der Hauseinfahrt mit den deutschen Soldaten herum.

Danach ging alles sehr schnell.

Dantes Villeforte eilte geduckt auf einen der Soldaten, einen Unteroffizier, zu, immer darauf achtend, dass er durch einen Deutschen oder durch ein Mädchen vor Chantal gedeckt war.

Dem SD-Mann zeigte er einen Ausweis, der von einem gewissen Sturmbannführer Eicher, SD Paris, unterzeichnet war. Dann redete „die Glatze" schnell auf den Unteroffizier ein und deutete zum Tor, wo Chantal, Bastian und François standen.

In diesem Augenblick riss Chantal ihre Maschinenpistole hervor, legte an – doch zögerte wiederum, weil noch immer Mädchen im Schussfeld standen.

Dieses Zögern kostete Chantal das Leben. Mit einem hämischen Grinsen hob Villeforte, hinter einem Mädchen geduckt, seine Pistole und schoss das Magazin leer.

Ohne einen Laut sank Chantal in sich zusammen und schlug auf der schmutzigen Erde auf. Blut, ein Strom von Blut färbte die Lederjacke rot. Sie rührte sich nicht mehr. Ihre schönen Augen waren gebrochen.

„Los!", schrie François. „Durch den Hof! Über die Mauer!" Bastian wusste: Es ging jetzt um Sekunden. Er fuhr herum und feuerte auf Villeforte, sah, wie der Gangster zusammenzuckte und sich an den linken Arm griff, hörte ihn quietschen wie ein angestochenes Ferkel.

Dann rannten Bastian und François um ihr Leben. Sie kannten jeden Stein im „Alten Viertel", jeden Durchgang. Hinter der Mauer gab es ein Kanalgitter. Wenn man hier in die Abwässerschächte hinunterstieg, kam man außerhalb des „Alten Viertels" wieder heraus …

8

Wir haben den alten Kanal erreicht und uns in Sicherheit gebracht, schrieb Bastian Fabre.

Thomas Lieven ließ den Brief sinken, sah in die Dämmerung und den violetten Dunst, der mit der Abendstunde aufkam, und wischte sich die Tränen aus den Augen. Dann las er weiter:

Ich bin in Montpellier untergetaucht. Wenn Du jemals hierherkommst, dann frage nach mir bei Mademoiselle Duval, 12 Boulevard Napoléon, das ist jetzt meine Mieze.

Pierre, mein Gott, Pierre, unsere gute Chantal ist tot. Ich weiß doch, wie nah Ihr Euch gestanden habt. Sie hat mir gesagt, vielleicht hättet Ihr geheiratet. Du weißt, dass ich Dein Freund bin und darum so verzweifelt wie Du. Das Leben ist eine einzige *merde*. Werden wir uns je wiedersehn? Wann? Wo? Leb wohl, mein Alter. Mir ist zum Kotzen. Ich kann nicht weiterschreiben.

Bastian

Es wurde dunkel. Thomas Lieven saß auf dem Wegstein. Es war kalt. Aber Thomas spürte die Kälte nicht. Über sein Gesicht liefen Tränen. Tot. Chantal war tot. Plötzlich verbarg er den Kopf in den Händen und stöhnte laut auf. O Gott, er hatte Sehnsucht, er hatte so furchtbare Sehnsucht nach ihr, ihrer Wildheit, ihrem Lachen, ihrer Liebe. Drüben in der Kaserne schrien sie nach ihm, sie suchten ihn. Er hörte sie nicht. Er saß in der Kälte und dachte an seine verlorene Liebe und weinte.

9

Am 4. April 1943, kurz nach Mitternacht, überflog ein britisches Flugzeug des Typs „Blenheim“ in einer Höhe von 250 Metern ein einsames Waldgebiet zwischen Limoges und Clermont-Ferrand. Es beschrieb einen gewaltigen Bogen und überflog das Waldgebiet zum zweiten Mal. Darauf flammten in der Tiefe zwei Feuer auf, dann drei rote Lichtpunkte und endlich ein weißes Taschenlampensignal.

In der Kanzel des Flugzeuges mit den blau-weiß-roten RAF-Kreisen saßen zwei deutsche Luftwaffenpiloten und ein deutscher Luftwaffenfunker. Hinter ihnen stand ein Mann in erdbraunem Overall, *made in England*, einen Fallschirm englischen Fabrikats umgeschnallt.

Der Mann besaß hervorragend gefälschte britische Personalpapiere auf den Namen Robert Almond Everett, ebenso einen Militärpass, dem zufolge er den Rang eines Captains hatte. Er trug einen Walrossschnauzbart und lange, dichte Koteletten. Zudem hatte er bei sich: englische Zigaretten, englische Konserven und englische Medikamente.

Der Flugzeugführer sah sich nach ihm um und nickte. Thomas Lieven zog seine altmodische goldene Repetieruhr aus der Kombination und ließ den Deckel aufspringen. 0.28 Uhr.

Mithilfe des Funkers warf er ein umfangreiches Paket an einem Lastenfallschirm aus der offenen Sprungluke. Dann trat er selbst in die Luke. Der Funker gab ihm die Hand.

Und dann, während er sich duckte, wie er es gelernt hatte, tat Thomas einen Schwur: Wenn ich davonkomme, wenn ich Dantes Villeforte noch einmal begegne auf dieser Welt, dann will ich dich rächen, Chantal, dann will ich dich rächen. Er sagte sinnlos vor sich hin: „Ich hab dich so lieb, Chantal.“

Dann warf er die Arme auseinander und sprang, auf die linke Tragfläche zu, hinaus in die dunkle Nacht …

In den ersten zehn Sekunden seines Sturzes dachte er Folgendes: Junge, Junge, Junge! Also, wenn ich das jemals in meinem Londoner Club erzähle, bringen sie mich sofort in die Klapsmühle! Es ist nicht zu fassen. Beinahe vier Jahre lebe ich nun schon in dieser Welt des Wahnsinns. Den englischen, deutschen und französischen Geheimdienst habe ich übers Ohr gehauen – ich, ausgerechnet ich, ein Mann, der immer nur den Wunsch hatte, in Frieden zu leben, gut zu essen und schöne Frauen zu verehren! In Lissabon habe ich Pässe fälschen gelernt. In Marseille habe ich eine Universität für Ganoven gegründet. Der Not gehorchend, nicht der eigenen Tugend. Junge, Junge, Junge.

Unter sich sah Thomas auf einer kleinen Lichtung zwei Feuer lodern und die roten Punkte von drei Taschenlampen.

Während der zweiten zehn Sekunden seines Sturzes dachte er Folgendes: In dem Dreieck zwischen den roten Punkten muss ich landen. Da ist die Lichtung frei von Bäumen. Wenn ich nicht in dem Dreieck lande, ist die Wahrscheinlichkeit groß, dass ich einen Eichenast in den ... Mein Gott, und ich werde in diesem Monat erst vierunddreißig! Bisschen mit den Armen rudern. Na prima. Wieder über dem Dreieck. Ordentliche französische Partisanen sind das, die da unten die roten Taschenlampen halten. Sie glauben, ich werde von Colonel Buckmaster aus London zu ihnen geschickt. Wenn sie eine Ahnung hätten, dass ich von Admiral Canaris aus Berlin zu ihnen geschickt werde ...

In den letzten zehn Sekunden seines Sturzes dachte er Folgendes: So ein Walrossschnurrbart ist aber wohl das Widerlichste, was es gibt! Also wahrhaftig! Dauernd kommen einem die Haare in den Mund. Und dazu noch lange Koteletten. Die Brüder von der Abwehr haben mich gezwungen, mir beides wachsen zu lassen. Walrossbart und Koteletten. Typisch Geheimdienst! Damit ich englisch aussehe. Als ob ein echter englischer Captain, wenn er die Absicht hätte, in geheimer Mission über dem von den Deutschen besetzten Frankreich abzuspringen, sich nicht schleunigst Koteletten und Walrossbart abschneiden würde, um weniger englisch auszusehen. Trottel alle miteinander. Sollen sie mir doch ...

Schmerzhaft knallte Thomas Lieven, alias Captain Everett, auf der Erde auf. Er fiel aufs Gesicht, bekam eine ordentliche Portion Schnurrbarthaare in den Mund und besann sich im allerletzten Augenblick darauf, dass er englisch fluchen musste, nicht deutsch.

Dann richtete er sich langsam auf. Beleuchtet von den beiden flackernden Holzfeuern standen vier Menschen vor ihm, drei Männer und eine Frau. Sie trugen alle Windjacken.

Eine hübsche junge Frau war das. Blondes Haar, streng nach hinten genommen. Hohe Backenknochen, schräge Augen. Schöner Mund. Von den drei Männern war einer klein und fett, einer groß und hager und einer behaart wie ein Steinzeitmensch.

Der kleine Fette sprach Thomas englisch an: „Wie viele Kaninchen spielen im Garten meiner Schwiegermutter?"

Darauf erwiderte Thomas mit brillantem Oxford-Akzent: „Zwei weiße, elf schwarze, ein geschecktes. Sie sollen bald zu Fernandel kommen. Der Friseur wartet schon auf sie."

„Lieben Sie Tschaikowsky?", fragte ihn die strenge Schönheit auf Französisch. Ihre Augen funkelten, ihre Zähne glänzten im Widerschein des nahen Feuers, und sie hielt eine schwere Pistole schussbereit in der Hand.

Gehorsam antwortete er in Englisch akzentuiertem Französisch mit dem Satz, den Oberst Werthe in Paris ihm auf den Weg mitgegeben hatte: „Ich bevorzuge Chopin." Das schien die Blonde zu beruhigen, denn sie steckte das Mordwerkzeug ein.

Der kleine Fette fragte: „Können wir Ihre Papiere sehen?"

Thomas zeigte den vieren seine falschen Papiere. Der große, hagere Partisan sagte mit befehlsgewohnter Stimme: „Das genügt. Willkommen, Captain Everett."

Sie schüttelten ihm alle markig die Hand.

So einfach geht die Sache also, dachte Thomas. Wenn ich mir an der Londoner Börse einen einzigen Tag lang solche Kinderspiele erlaubt hätte, wäre ich abends pleite gewesen. Aber wie!

10

Allzu schwierig war die Sache in der Tat nicht gewesen. Die Deutsche Abwehr hatte erfahren, dass sich in dem wildromantischen Waldgebiet über dem Tal der Creuze eine neue, starke Résistance-Gruppe der Franzosen gebildet hatte, das „Maquis Crozant", so genannt nach dem kleinen Ort Crozant südlich von Gargilesse. Das „Maquis Crozant" fieberte darauf, mit London in Verbindung zu treten und nach englischen Weisungen gegen die Deutschen zu kämpfen. Die Gruppe war deshalb so gefährlich, weil sie in einem praktisch unkontrollierbaren Gebiet voller wichtiger Eisenbahnlinien, Straßen und Elektrizitätswerke operierte. Schluchten und felsige Hügel verhinderten jede größere Gegenaktion der Deutschen, etwa mit Panzern.

Die neue Gruppe hatte Verbindung zu „Maquis Limoges". Dieser Verband besaß ein Funkgerät und stand in Kontakt mit London. Der Funker war allerdings ein Doppelagent, der auch für die Deutschen arbeitete. So erfuhr die Abwehr Paris vom Wunsche des „Maquis Crozant" nach einem eigenen Funkgerät.

Der verräterische Funker, der zwar nicht London, wohl aber die Deutschen verständigt hatte, nahm nun Funksprüche auf, die angeblich aus London, in Wahrheit aber von der Deutschen Abwehr Paris kamen. Darin wurde das „Maquis Limoges" gebeten, dem „Maquis Crozant" mitzuteilen, dass ein Captain namens Robert Almond Everett am 4. April 1943, kurz nach Mitternacht, über einer Lichtung in den Wäldern von Crozant abspringen würde … „Wo ist der Fallschirm mit dem Funkgerät?", fragte Thomas Lieven, alias Captain Everett, nun. Er war besorgt um dieses Gerät. Deutsche Funktechniker hatten lange daran gearbeitet.

„Schon geborgen", sagte die strenge Schönheit, die niemals die Augen von Thomas nahm. „Darf ich Ihnen meine Freunde vorstellen." Sie sprach schnell und sicher. Sie beherrschte die Männer, so wie Chantal die Ganoven ihrer Bande beherrscht hatte. Anstelle von Leidenschaft und Temperament operierte die Blonde mit intellektueller Kälte.

Der kleine Fette erwies sich als Robert Cassier, Bürgermeister von Crozant. Der hagere, schweigsame Mann mit dem klugen Gesicht erwies sich als ehemaliger Leutnant Bellecourt. Den dritten Mann stellte die seltsame Blonde als Emile Rouff vor, Töpfer aus Gargilesse.

Thomas dachte: Dieser blonde, kesse kleine Partisanenblaustrumpf sieht mich so böse an. Warum eigentlich? Oder soll das nicht böse sein, sondern sinnlich? Ein unheimliches Frauenzimmer! Der Töpfer, der einen Vollbart und wallendes Haupthaar trug, gab bekannt: „Ich habe vor neun Monaten geschworen, dass ich mein Haar erst schneiden lassen werde, wenn die Hitlerbrut vernichtet ist."

„Wir dürfen nicht zu optimistisch sein, Monsieur Rouff. So vor ein, zwei Jahren werden Sie wohl nicht zum Friseur kommen." Thomas wandte sich an das junge Mädchen: „Und wer sind Sie, Mademoiselle?"

„Yvonne Dechamps, Assistentin von Professor Débouché."

„Débouché?" Thomas blickte auf. „Der berühmte Physiker?"

„Man kennt ihn auch in England, nicht wahr", sagte die blonde Yvonne stolz.

Und man kennt ihn auch in Deutschland, dachte Thomas. Aber das darf ich nicht sagen. Er forschte: „Ich dachte, der Professor unterrichtet an der Universität Strasbourg?"

Auf einmal stand der hagere Bellecourt vor ihm, seine Stimme klang flach und tonlos: „Die Universität Strasbourg wurde nach Clermont-Ferrand verlagert – weiß man das nicht in London, *mon capitaine*?"

Verflucht, dachte Thomas, das kommt davon. Ich schwätze zu viel. Er sagte kalt: „Sicherlich weiß man das. *Ich* wusste es nicht. Bildungslücke. Sorry."

Danach entstand eine Pause, eine kalte, leblose Pause. Thomas dachte: Jetzt hilft nur Frechheit. Er sah den Leutnant hochmütig an und sagte kurz: „Wir haben wenig Zeit. Wohin gehen wir?" Der Leutnant erwiderte seinen Blick ruhig. Er sagte langsam: „Wir gehen zu Professor Débouché. Er erwartet uns. In der Moulin de Gargilesse."

„In den Orten hockt zu viel Vichy-Miliz", sagte Yvonne. Sie wechselte einen kurzen Blick mit dem Leutnant, der Thomas überhaupt nicht gefiel. Der Bürgermeister und der Töpfer sind harmlos, dachte er. Der Leutnant und Yvonne sind gefährlich. Er fragte: „Wer ist der Funker Ihrer Gruppe?" Schmallippig erwiderte die Blonde: „Ich."

Natürlich. Das auch noch.

11

Professor Débouché sah aus wie Albert Einstein: ein kleiner, untersetzter Mann mit einem gewaltigen Gelehrtenschädel. Weiße Löwenmähne. Gütige, traurige Augen. Riesiger Hinterkopf. Er blickte Thomas Lieven schweigend lange an. Thomas zwang sich, diesen ruhigen, durchdringenden Blick zu ertragen. Ihm wurde heiß und kalt dabei. Fünf Menschen standen schweigend um ihn herum.

Plötzlich legte der Professor beide Hände auf Thomas Lievens Schulter und sagte: „Seien Sie willkommen!" Sie standen im Wohnraum der Mühle von Gargilesse.

Zu den andern sagte der Professor: „Der Capitaine ist in Ordnung, meine Freunde. Ich erkenne einen guten Menschen, wenn ich ihn sehe."

Von einer Sekunde zur andern wechselte das Betragen der vier. Eben waren sie noch förmlich und schweigsam gewesen. Nun redeten sie alle durcheinander, schlugen Thomas auf die Schulter und lachten und waren seine Freunde.

Yvonne trat vor Thomas. Ihre Augen leuchteten hell, sie waren meergrün und sehr schön. Sie legte die Arme um Thomas und küsste ihn. Ihm wurde heiß, denn Yvonne küsste mit der Leidenschaft einer Patriotin, die einen nationalen Dank abstattet. Danach sagte sie strahlend: „Professor Débouché hat sich noch nie in der Beurteilung eines Menschen geirrt. Wir vertrauen ihm. Er ist der liebe Gott für uns." Der alte Mann hob abwehrend die Hände. Yvonne stand noch immer dicht vor Thomas. Sie sagte, und ihre Stimme klang aufreizend rau: „Sie haben Ihr Leben eingesetzt für unsere Sache. Wir haben Ihnen misstraut. Das muss Sie gekränkt haben. Verzeihen Sie uns. Bitte!"

Thomas sah den weißhaarigen, gütigen Gelehrten an, den Urzeitmenschen Rouff, den wortkargen Leutnant, den fetten, komischen Bürgermeister, sie alle, die sie ihr Land liebten, und er dachte: Verzeiht mir, ihr alle. Ich schäme mich so. Was sollte ich tun? Was konnte ich tun? Ich wollte und will versuchen, euer Leben zu retten – und meines.

Original britische Armeekonserven hatte Thomas mitgebracht, original englische Zigaretten und Pfeifentabak, schottischen Whisky mit dem aufgeklebten Etikett *For Members Of His Majesty's Royal Air Force Only.* Alle diese schönen Dinge stammten aus Beutebeständen der Deutschen Wehrmacht.

Die Partisanen öffneten eine Flasche und feierten ihn als Helden, und er dachte noch immer: Herrgott, ich schäme mich so. Um britischer zu wirken, rauchte er Pfeife, er, der Nichtraucher war. Der Tabaksqualm kratzte ihn im Hals. Der Whisky schmeckte ölig. Ihm war elend, weil sie ihn nun alle wie einen Freund ansahen, wie einen Kameraden. Voller Verehrung. Voller Bewunderung. Und vor allem, weil Yvonne ihn so ansah, die kühle, intellektuelle Yvonne, deren Augen nun feucht glänzten, deren Lippen nun halb geöffnet waren …

„Was wir dringend brauchen", sagte der langhaarige Töpfer, „das ist Dynamit und Munition für unsere Waffen!"

„Ihr habt Waffen?", fragte Thomas beiläufig.

Leutnant Bellecourt gab bekannt, dass die Mitglieder des „Maquis Crozant" – etwa 65 Leute – zwei französische und ein deutsches Waffenlager geplündert hatten. „Wir besitzen", sagte er nicht ohne Stolz, „dreihundertfünfzig französische Lebel-Karabiner, Kaliber siebenkommafünf, achtundsechzig britische Maschinenpistolen, Marke ‚Sten', dreißig deutsche Fünfzig-Millimeter-Granatwerfer, fünfzig Maschinengewehre Modell FN und vierundzwanzig der französischen Armee."

Gesegnete Mahlzeit, dachte Thomas.

„Und nicht zu vergessen: neunzehn Dreifuß-Maschinengewehre, Marke ‚Hotchkiss'."

„Aber keine Munition dafür", sagte der Bürgermeister von Crozant.

Das klingt schon wieder besser, dachte Thomas.

Der alte Professor sagte: „Wir werden alles nach London melden. Bitte, erklären Sie uns nun den Code und den Sender, mon Capitaine."

Thomas begann zu erklären. Yvonne begriff das Code-System sofort. Es beruhte auf mehrfachen Buchstabenverschiebungen und dem Einsetzen von Buchstabengruppen für Einzelbuchstaben. Thomas Lieven wurde immer trauriger. Er dachte: Das habe ich alles ausgeheckt. Jetzt funktioniert es. Ich habe gehofft, dass es funktioniert. Und nun …

Er schaltete das Gerät ein. Er sagte: „Es ist jetzt fünf Minuten vor zwei. Punkt zwei erwartet London unseren ersten Funkspruch. Auf der Frequenz siebzehnhundertdreiundsiebzig Kilohertz." Auf diese Frequenz hatten deutsche Techniker den Sender eingestellt. Thomas sagte: „Sie melden sich immer als ‚Nachtigall siebzehn'. Sie rufen Zimmer zweihunderteinunddreißig im War Office London. Dort sitzt Colonel Buckmaster von der Special Operation Branch." Er stand auf. „Bitte, Mademoiselle Yvonne."

Sie hatten eine erste Botschaft gemeinsam verschlüsselt. Nun sahen sie alle auf ihre Uhren. Die Sekundenzeiger umliefen die letzte Minute vor zwei Uhr früh. Noch fünfzehn Sekunden. Noch zehn. Noch fünf. Noch eine …

Jetzt!

Yvonne begann zu morsen. Dicht gedrängt umstanden sie die Männer: der dicke, komische Bürgermeister, der hagere Leutnant, der alte Professor, der Töpfer mit dem langen Haar. Thomas stand etwas abseits.

So geht das also, dachte er. Und ist nicht mehr aufzuhalten. Gott schütze euch alle. Gott schütze auch mich …

12

Na, alsdann", sagte der Gefreite Schlumberger aus Wien, „da san s' ja." Er hatte Kopfhörer auf und saß vor einem Funkgerät. Am Nebentisch saß der Gefreite Raddatz und betrachtete mit dem Interesse des Kenners ein französisches Aktmagazin.

Schlumberger winkte ihn herbei. „Hör auf mit de Weiba. Kumm her!"

Seufzend wandte der Gefreite Raddatz aus Berlin-Neukölln den Blick von einer schwarzhäutigen Schönheit und setzte sich neben seinen Kollegen. Während er Kopfhörer aufsetzte, knurrte er: „Noch 'n paar so Scheißtricks, und wa ham den Endsieg in der Tasche!"

Sie nahmen beide den Text auf, der durch Nacht und Nebel, über Hunderte von Kilometern, zu ihnen kam in langen und kurzen Signalen, ausgesandt von einer Frauenhand in einer alten Mühle am Ufer der Creuze …

Der Text stimmte genau mit jenem überein, den Schlumberger vor sich liegen hatte, seit dieser neue sonderbare Sonderführer namens Thomas Lieven, dem sie beide zugeteilt waren, acht Stunden zuvor Paris verlassen hatte.

„gr 18 34512 etkgo nspon crags", begann der Text. Und „gr 18 34512 etkgo nspon crags" morste Yvonne nun auf Frequenz 1773.

„Geht wie g'schmiert", brummte der Wiener.

„Sag mal, und dass die Jungs in London mithören, is det nich drin?", erkundigte sich der Gefreite aus Neukölln.

„Bei dera Frequenz, auf die was mir dös Ding eingstellt ham, kaum", sagte Schlumberger.

Sie saßen in einem Mansardenzimmer des Hotels „Lutetia", dem Quartier der militärischen Abwehr in Paris. Schlumberger schrieb die Zeichen mit.

Raddatz erkundigte sich gähnend: „Karli, haste schon mal mit 'ner Negerin jetechtelt?"

„Geh, halt doch endlich die Goschn."

Raddatz sagte trübe: „Wenn wir Deutschen mehr für Weiba übrig hätten, würden wa wenija Krieje machn."

Schlumberger schrieb mit, was er an Morsezeichen hörte.

„Alles Kacke", sagte Raddatz. „Det kapiert doch 'n Doofa, det wa den Kriej nich mehr gewinnen können. Warum machen se nich Schluss, die Scheißjeneräle?"

Die Signale in Schlumbergers Hörer verstummten. Er lehnte sich zurück, dann morste er weisungsgemäß: „Wir kommen wieder."

Raddatz knurrte: „Ich fraje: Warum machen se nich Schluss, die Hunde?"

„Dös geht doch net. Der Hitler stellt s' doch alle an die Wand, Schorsch!"

„Der Hitla, Mensch! Wenn ich det schon höre! Hitla – det sind wa alle. Weil wa ihn jewählt ham. Und Heil jeschrien. Zu doof, zu doof sind wa jewesen! Mehr denken, wenijer jlooben!"

In dieser wenig wehrfreudigen Weise unterhielten sie sich noch eine Weile, dann begann Schlumberger chiffriert die Meldung zu morsen, die „Sonderführer Lieven" ihm hinterlassen hatte. Dechiffriert lautete sie:

von zimmer 231 kriegsministerium london an nachtigall 17 – wir haben sie klar empfangen – wir begrüßen sie als neues mitglied unserer special operation branch – melden sie sich von nun an täglich zur bekannten zeit – sie erhalten dann weisungen – captain everett wird heute am 4. april 1943 …

13

… zum einbruch der dämmerung, etwa gegen 18 uhr auf der bekannten lichtung von uns in lysander-maschine abgeholt werden – es lebe frankreich, es lebe die freiheit – buckmaster – ende,

dechiffrierten fünf Männer und eine junge Frau den Morsetext, den sie in einer Mühle am Ufer der Creuze soeben erhalten hatten. Danach sprangen sie auf, umarmten einander und tanzten vor Freude.

Gegen drei Uhr morgens gingen sie alle zur Ruhe.

Yvonne hatte Thomas gebeten, ihr noch die Gebrauchsanweisung des Senders auf ihr Zimmer zu bringen. Mit der echt englischen Broschüre in der Hand klopfte er an ihre Tür. Er war müde. Er war traurig. Er musste ununterbrochen an Chantal denken …

„Einen Moment!", rief Yvonnes Stimme von jenseits der Tür. Er dachte: Sie wird sich gerade ausgezogen haben und schnell etwas überwerfen. Er wartete. Dann hörte er ihre Stimme: „Jetzt können Sie kommen, mon Capitaine!"

Er öffnete die Tür.

Er hatte sich geirrt. Wenn Yvonne bei seinem Klopfen noch etwas übergeworfen gehabt hatte, dann hatte sie es in der Zwischenzeit abgelegt. Denn sie stand so vor ihm, in dem kleinen, mit Bauernmöbeln eingerichteten, überheizten Zimmer, wie Gott sie geschaffen hatte.

Nein, dachte Thomas, nein, nicht auch das noch! Zuerst hat sie mir misstraut. Jetzt vertraut sie mir und will mir das beweisen … O nein, ich kann einfach nicht. Chantal, geliebte tote Chantal … Er legte die Broschüre auf eine Bauernkommode, wurde rot wie ein Schuljunge und sagte hastig: „Ich bitte tausendmal um Vergebung." Dann verließ er ihr Zimmer.

Yvonne stand reglos. Ihre Lippen zuckten. Aber sie weinte nicht. Sie ballte die Fäuste. Von einem Augenblick zum andern schlugen ihre Gefühle um. Dieser dreckige Hund. Dieser kaltschnäuzige Engländer. Das soll er mir büßen.

Zwischen dem Öffnen und Schließen einer Tür war eine Frau, bereit zur Liebe, zur tödlichen Feindin geworden.

Am Morgen war Yvonne verschwunden – keiner der Männer wusste, wohin. In ihrem Zimmer fanden sie einen Zettel: *Bin schon nach Clermont-Ferrand vorausgefahren. Yvonne.*

Der dicke Bürgermeister ärgerte sich: „So etwas! Wer kocht jetzt? Wir wollten Ihnen doch noch ein Abschiedsessen geben, mon Capitaine."

„Wenn die Herren *mich* an den Herd lassen würden …"

„Sie können kochen? Donnerwetter!"

„Ein wenig", sagte Thomas bescheiden. Sodann kochte er – was blieb ihm übrig – englisch, äußerst englisch. Er wusste, dass er bei Franzosen damit einiges riskierte.

Sein Roastbeef schmeckte jedoch allen ausgezeichnet. Nur die Gemüse, die es dazu gab, erregten die Kritik des Bürgermeisters: „Sagen Sie mal, Sie kochen das alles *nur* in Salzwasser?"

„Ja, wir Engländer lieben es so", antwortete Thomas, ein paar Schnurrbarthaare aus dem Mund ziehend.

Er führte eine Doppelkonversation, denn gleichzeitig erzählte ihm Professor Débouché, dass es in Clermont-Ferrand mit der Herstellung gefälschter Dokumente hapere: „Neuerdings verlangen die Kontrollen immer Personalausweise *und* Lebensmittelstammkarten. Wie, meinen Sie, Capitaine, könnten wir uns besser sichern?"

Menu • Moulin de Gargilesse, 4. April 1943

Selbst Partisanen werden zahm, wenn Thomas Lieven kocht …

Roastbeef mit Gemüsen und Dripping cake
Englischer Apfelpudding

Roastbeef: Man lege ein gut „abgehangenes" Ochsenrippenstück ohne Knochen in die Bratpfanne, gieße reichlich kochend heiße Butter, der etwas Nierenfett beigemischt werden kann, darüber und brate schnell von allen Seiten an, salze und pfeffere dann. – Man schiebe die Pfanne in den gut vorgeheizten Bratofen und brate das Fleisch 45 Minuten unter sehr häufigem Begießen, bei anfangs scharfer, dann mäßiger Oberhitze, möglichst ohne Wasserzugaben. Man kann das Fleisch mehrmals wenden, aber in der letzten Bratzeit soll die Fettschicht nach oben liegen. Nach dem Herausnehmen aus der Pfanne nicht sofort aufschneiden, sonst läuft der ganze Saft heraus, und das Fleisch wird grau. Man lasse den Braten einige Minuten ruhen. – Man kann das Roastbeef auch sehr gut auf dem Grill braten, benützt dann das herausgetropfte Fett für den Dripping cake.

Dripping cake: Man verquirle fünf bis sechs Eier gründlich mit einem Viertel Pfund Mehl, gut einem halben Liter Milch und etwas Salz und gieße es in das heiße Fett in der Bratpfanne, aus der das Roastbeef herausgenommen wurde. – Man lasse es knapp zehn Minuten bei guter Hitze im Bratofen backen, bis die Masse unten braun und obenauf leicht fest geworden ist. – Man schneide den Dripping cake in Stücke und garniere die Masse um das tranchierte Roastbeef. – Man kann das Gericht auch ohne Roastbeef auf ausgelassenen Speckwürfeln zubereiten und als Yorkshire-Pudding servieren.

Apfelpudding: Man nehme ein Pfund feines Mehl, 250 Gramm festes, eine Nacht gewässertes und ganz fein gehacktes Nierenfett, einen gehäuften Teelöffel pulverisierten Ingwer, etwas Salz, mische alles sehr gründlich durcheinander. Man mache dann mit kaltem Wasser einen Teig daraus, der nicht an den Händen kleben darf. – Man rolle ihn rund aus, lege eine Serviette in eine tiefe Schüssel, stäube etwas Mehl darüber und lege das ausgerollte Blatt hinein. Man fülle es mit in Viertel geschnittenen, geschälten Äpfeln von einer sauren Sorte, drücke den Teig oben fest zusammen und binde das Tuch zu. Man koche den Pudding mit zwei Esslöffeln Salz zwei Stunden ununterbrochen in stark kochendem Wasser. – Man serviere ihn ohne Soße mit Streuzucker. – Man kann den Pudding wesentlich verfeinern, indem man die zerschnittenen Äpfel mit Butter, je 100 Gramm Rosinen und Korinthen, 50 Gramm fein geschnittenem Zitronat und Orangeat sowie etwas Zucker und Rum einige Minuten dünstet, bevor man sie in den Teig füllt.

„Woraus besteht denn die Beilage um das Roastbeef?", fragte gleichzeitig der verfressene Bürgermeister.

„Einer nach dem andern", antwortete Thomas Lieven. „Der Teig besteht aus Eiern, Milch und Mehl, die man versprudelt. Ohne Roastbeef nennen wir das Gericht Yorkshire-Pudding, *mit* Roastbeef Dripping Cake."

Dann wandte Thomas sich Professor Débouché zu. In den nächsten Sekunden wurde er zum Begründer einer Superfalschdokumentenzentrale. Er sagte: „Sie müssen Ihre Papiere *lückenlos* fälschen, Professor. Sie haben doch in *allen* Ämtern Ihre Leute, nicht wahr? Es muss alles zusammenpassen: Personalausweis, Wehrpass, Soldbuch, der Zettel von der Volkszählung, die Lebensmittelkarte und die Steuerkarte. Alles auf *einen* falschen Namen. Und dieser falsche Name muss in allen betreffenden Ämtern eingetragen sein ..."

Selbige Anregung Thomas Lievens wurde übernommen und ausgewertet in einer Weise, dass den Deutschen bald darauf die Haare zu Berge standen! Eine Lawine sogenannter „echter falscher Papiere" überschwemmte Frankreich. Viele Menschen wurden durch sie gerettet.

14

Zwischen Dämmerung und Nacht am 4. April 1943 landete eine „Lysander"-Maschine der Royal Air Force auf der kleinen Lichtung, über welcher Thomas Lieven achtzehn Stunden zuvor abgesprungen war. Ein Pilot in britischer Uniform saß in der Maschine. Der Pilot stammte aus Leipzig. Er war von der Deutschen Abwehr ausgesucht worden, weil er Englisch sprach, leider mit sächsischem Akzent.

Er sprach darum wenig und salutierte hauptsächlich, und zwar, was Thomas Lieven das Blut erstarren ließ, falsch. Zackig legte der Pilot die rechte Hand mit der Innenseite zur Wange an die Schläfe und nicht, wie Briten das taten, mit der Innenseite nach vorn.

Niemand von Thomas Lievens neu gewonnenen französischen Freunden schien das bemerkt zu haben. Es gab Umarmungen und Küsse, männliche Händedrücke und gute Wünsche.

„Bonne chance!", schrien die Männer, als Thomas in die Maschine kletterte und dabei dem Luftwaffenpiloten zuzischte: „Sie Idiot, Sie dämlicher!"

Dann blickte er auf. Drüben am Waldrand stand unbeweglich Yvonne. Die Hände hatte sie in die Taschen ihrer Jacke vergraben. Er winkte ihr zu. Sie reagierte nicht. Er winkte noch einmal. Sie blieb ohne Leben.

Da wusste er, während er sich auf den Sitz fallen ließ: Diese Frau war mit ihm noch nicht fertig. Noch lange nicht!

Das Unternehmen „Nachtigall 17" lief vollkommen reibungslos an – wie Thomas es erhofft hatte.

Jeden Abend meldete sich das „Maquis Crozant" um 21 Uhr bei den Gefreiten Schlumberger und Raddatz im Hotel „Lutetia", wartete, bis die Meldungen dechiffriert waren, und erhielt dann von „Colonel Buckmaster, Zimmer 231, Kriegsministerium London" die entsprechenden Antworten. Bei diesen Gelegenheiten waren noch zwei andere Männer anwesend: Oberst Werthe, der Thomas aus Gestapo-Haft befreite, und jener Hauptmann Brenner, der das Leben unseres Freundes schon seit Langem mit so großem Interesse verfolgte.

In Hauptmann Brenner lernte Thomas den typischen Berufssoldaten kennen: nüchtern, stur, pedantisch, nicht unanständig, kein Nazi – aber eben ein „Kommisskopp", ein Befehlsempfänger, der wie eine Maschine arbeitete, ohne Gefühle, ohne kritischen Gedanken und fast ohne Herz.

Brenner, ein kleiner Mann mit präzisem Scheitel, goldgefassten Brillen und energischen Bewegungen, verstand denn auch von Anfang an nicht das „ganze Theater mit dieser Nachtigall siebzehn", wie er sich ausdrückte.

Zu Anfang schickte Thomas den Leuten von „Maquis Crozant" hinhaltende Weisungen. „Nachtigall 17" indessen verlangte es nach Taten. Die Widerständler wollten losschlagen. Sie verlangten Munition für ihre Waffen!

Daraufhin brachte die deutsche Besatzung einer englischen Beutemaschine in einer warmen Mainacht über dem Waldgebiet zwischen Limoges und Clermont-Ferrand vier Fallschirme mit Munitionskisten zum Abwurf. Die Munition hatte nur einen Fehler: Sie passte in Typ und Kaliber nicht zu den Waffen des „Maquis Crozant" …

Endloses Funkspruchwechseln war die Folge. Wieder vergingen Tage. „London" bedauerte den Irrtum. Es würde gutgemacht, sobald die richtige Munition für die Waffen, die zum Teil aus deutschem und französischem Besitz stammten, vorhanden sei.

„London" trug dem „Maquis Crozant" auf, Lebensmittelvorräte anzulegen. Es war bekannt, dass die Bevölkerung jener unzugänglichen Gegenden hungerte. Hungernde Menschen aber konnten gefährliche Amokläufer werden …

Wieder starteten Beutemaschinen mit deutschen Piloten. Diesmal warfen sie Fallschirme mit britischen Beutekonserven, britischen Beutemedikamenten, Whisky, Zigaretten und Kaffee ab. Hauptmann Brenner begriff diese Welt nicht mehr: „Wir saufen gefälschten Pernod – und diese Herren Partisanen echten Whisky! Ich rauche Gauloises – und diese Partisanen vielleicht Henry Clay! Wir päppeln die Kerle noch auf, damit sie dick und fett werden! Das ist doch Wahnsinn, meine Herren, das ist doch Wahnsinn!"

„Das ist kein Wahnsinn", belehrte ihn Oberst Werthe. „Lieven hat recht. Es ist die einzige Möglichkeit, die Leute daran zu hindern, uns gefährlich zu werden. Wenn sie erst mal Eisenbahnlinien und E-Werke in die Luft gesprengt haben, hauen sie ab nach allen Himmelsrichtungen, und wir erwischen keinen Einzigen von ihnen."

Im Juni 1943 wurde „Nachtigall 17" so unruhig, dass Thomas seine Taktik änderte: Britische Beuteflugzeuge mit deutschen Besatzungen warfen nun über dem Partisanengebiet Munition ab, die wirklich zu den Waffen passte.

Doch kurze Zeit darauf erhielt das „Maquis Crozant“ diese Weisung:

maquis marseille zu großen sabotageakten und überfällen eingesetzt – es ist unbedingt notwendig, dass ihr eure waffen und eure munition vorübergehend den kameraden zur verfügung stellt.

Mächtiges Funkgezeter.

Aber „London“ blieb hart. Dem „Maquis Crozant“ wurde mit präzisen Orts- und Zeitangaben mitgeteilt, wo die Waffen zu übergeben seien.

In einer gewittrigen Nacht wechselten sie in den Wäldern neben der Landstraße, die von Belac nach Mortemart führt, dann denn auch die Besitzer. Die neuen Eigentümer, die sich sehr Französisch gebärdet hatten, fuhren mit mehreren Lastwagen davon. Als sie wieder unter sich waren, unterhielten sie sich so, wie sie es gewohnt waren: im deutschen Landserjargon.

Anfang Juli erfuhr Oberst Werthe über den verräterischen Funker des „Maquis Limoges“, dass das „‚Maquis Crozant‘ die Schnauze voll von London“ hatte. Eine gewisse Yvonne Dechamps hetzte die Männer auf. War das überhaupt London, mit dem sie in Funkverkehr standen? Auch jener Captain Everett, unkte diese Yvonne, sei ihr nicht geheuer gewesen! Schon gar nicht der RAF-Pilot, der ihn abgeholt hatte. Der hatte nämlich wie ein *boche* salutiert.

„Verflucht“, sagte Thomas Lieven, als er das erfuhr. „Ich wusste ja, dass dies mal kommen würde. Herr Oberst, jetzt gibt es nur noch eines.“

„Nämlich?“

„Wir müssen Nachtigall 17 den Auftrag und die Möglichkeit zu einem *echten* und *ernsten* Sabotageakt bieten. Wir müssen *eine* Brücke, *eine* Eisenbahnlinie oder *eine* Elektrizitätszentrale opfern – um damit vielleicht *viele* Elektrizitätszentralen, Brücken und Eisenbahnlinien zu retten.“

Hauptmann Brenner, der diesem Gespräch beiwohnte, schloss die Augen und stöhnte: „Übergeschnappt! Sonderführer Lieven ist übergeschnappt!“

Auch Oberst Werthe war verstört: „Es hat alles Grenzen, Lieven. Also wirklich! Was verlangen Sie von mir?“

„Ich verlange von Ihnen eine Brücke, Herr Oberst!“, schrie Thomas plötzlich los. „Verflucht noch mal, es wird doch wohl in Frankreich noch eine Brücke geben, auf die wir verzichten können!“

Drittes Buch

1. Kapitel

1

Summend hielt der Lift im obersten Stockwerk des von der Deutschen Abwehr beschlagnahmten Pariser Hotels „Lutetia“. Ein Mann von vierunddreißig Jahren stieg aus. Mittelgroß und schlank, mit Walrossschnurrbart.

Der hagere Georg Raddatz aus Berlin ließ die neueste Ausgabe des französischen Aktmagazins *Regal* in die Tasche gleiten, sprang auf und knallte die Hacken zusammen: „Heil Hitler, Herr Sonderführer!“

„Die Gefreiten Raddatz und Schlumberger beim Funkdienst, Herr Sonderführer!“, brüllte der Wiener und nahm dabei übertrieben zackig Haltung an.

Der ohne Zweifel seltsamste Sonderführer, den das Dritte Reich hervorgebracht hatte, antwortete grinsend: „Heil Hitler, ihr Armleuchter. Schon London gehört?“

„Jawohl, Herr Sonderführer!“, meldete der Wiener stramm.

„Grod jetzt.“

Die drei Männer sahen einander seit Wochen allabendlich – und allabendlich machten sie sich, bevor andere kamen, auf verbotene Weise die Empfangsgeräte eines hervorragend eingerichteten deutschen Funkraums zunutze. Sie hörten jeden Abend London. Der dicke Schlumberger sprach: „Churchill hat a Red' g'halten. Wenn die Italiener jetzt, wo Mussolini im Oasch is', noch weita mit uns mitmachen, werden s' ihr Schmalz kriegen.“

Am 25. Juli, fünf Tage zuvor, hatte König Viktor Emanuel von Italien Mussolini verhaften lassen. Ebenfalls am 25. Juli: Tagesangriffe auf Kassel, Remscheid, Kiel und Bremen.

„Junge, Junge, jeht det schnell“, seufzte Raddatz. „In Russland kriegen wir 'n Hintern voll am Ladogasee, und im Orel-Bogen loofen wa zurück. Die Italiener kriegen auf Sizilien die Fresse voll.“

Thomas setzte sich. „Und die Herren in Berlin riskieren noch immer die große Schnauze. Und hören nicht auf und hören nicht auf.“

Schlumberger und Raddatz, alte, gewiefte Barrasexperten, nickten trübe. Sie hatten einiges über Thomas Lieven in Erfahrung gebracht. Sie wussten, dass er von der Gestapo gefoltert worden war, bevor der Oberst Werthe ihn vor dem sicheren Tod in den Kellern des SD in der Avenue Foch errettete.

Von der Haft und den furchtbaren Verhören hatte er sich übrigens mittlerweile gut erholt. An verschiedenen Stellen wies sein Körper noch scheußliche Narben auf, aber die wurden verdeckt von einer erstklassigen Kleidung, welche Thomas nun wieder sein eigen nannte.

Thomas sagte: „Oberst Werthe und Hauptmann Brenner werden gleich kommen. Wenn ich euch bitten dürfte, inzwischen diesen Funkspruch zu chiffrieren." Er legte einen Zettel vor Raddatz auf den Tisch.

Der Berliner las und staunte: „Junge, Junge, det wird ja imma bunta. So jewinnen wa 'n Krieg natürlich doch noch. Kiek mal, Karli."

Der Wiener las und kratzte seinen Schädel. Sein Kommentar war kurz: „Ich geb's auf."

„Nicht doch", sagte Thomas. „Chiffrieren Sie vielmehr den Spruch."

Der Spruch lautete:

an nachtigall 17 – raf-bomber wird 1 august zwischen 23 uhr und 23 uhr 15 über planquadrat 167 mt spezialbehälter mit plastiksprengstoff abwerfen – sprengen sie am 4 august genau 0 uhr 00 die pont noir zwischen gargilesse und eguzon – zeitpunkt genau einhalten – viel glück – buckmaster

„Na los, meine Herren", sagte Thomas Lieven. „Was sollen die fassungslosen Blicke?"

„Der Herr Sonderführer macht wieda an Schmäh, Schorsch", sagte der Wiener. „Wird irgend so a klaane Schaßbrucken sein, vastehst?"

„Die Brücke, meine Herren", sprach Thomas mit müdem Lächeln, „führt über die Creuze zur Route Nationale 20 und ist eine der wichtigsten Mittelfrankreichs. Sie liegt vor Eguzon. Dort befindet sich die Staumauer des E-Werkes, das den größten Teil Mittelfrankreichs mit Strom versorgt."

„Und ausgrechnet dös Bruckerl soll in Oasch gehen?"

„Das walte Gott", sagte Thomas. „Lange genug habe ich gebraucht, um dös Bruckerl aufzutreiben."

2

Seine Suche nach einer Brücke hatte Thomas Lieven am 4. Juli 1943 begonnen. In einem hellen Sommeranzug, pfeifend und guter Dinge, ging er durch das sommerliche Paris. Ah, die Boulevards mit ihren blühenden Bäumen! Ah, die Trottoir-Cafés mit den schönen jungen Frauen in den kurzen bunten Kleidern. Die verrückten Hüte! Die hohen Korkschuhe! Der Geruch nach Abenteuer, Flirt, Parfüm und Jasmin …

Paris 1943: Eine Stadt, die immer noch wie im Frieden lebte. Wenn in den Wohnungen am Square du Bois de Boulogne vorzeitig das Licht erlosch, dann waren nicht Stromsperren daran schuld, und wenn Vorhänge rauschten, dann waren sie zärtlich und nicht aus Eisen.

Voll Charme hatten die Pariser sich mit der deutschen Besatzung abgefunden. Der *marché noir*, der schwarze Markt, blühte. Die Moral der Landser hielt einem solchen Leben nicht stand. Der General von Witzleben seufzte einmal: „Die französischen Frauen, die französische Küche und die französische Mentalität haben uns den Rest gegeben. Im Grunde müsste ich die hier stationierten Truppen alle vier Wochen auswechseln."

Der kleinste Zahlmeister aus dem Kohlenpott lebte in Paris wie ein Fürst! Er kannte die Unterschiede der feinsten Champagnermarken, verlangte in seinem Hotel *poulet garni*, aß Austern zu Dutzenden und erfuhr in den sanften Armen seiner französischen Freundin, dass es nicht das Süßeste war, fürs Vaterland zu sterben.

Das Hauptquartier des Generals von Rundstedt, Oberbefehlshaber West, war Thomas Lievens erstes Ziel. Hier sprach er mit drei Majoren, die er alle umständlich und feierlich zu Geheimnisträgern machte, bevor er mit seiner kleinen Bitte herausrückte.

Der erste Major verwies ihn an den zweiten. Der zweite verwies ihn an den dritten. Der dritte Major warf ihn hinaus und verfasste eine Meldung an seinen General. Der General schickte die Meldung ins Hotel „Lutetia" mit dem Vermerk, dass er sich jede Einmischung der Abwehr in militärische Fragen – und die Sprengung einer Brücke wäre doch wohl eine solche – geziemend verbäte!

Mittlerweile war der hurtige Thomas bereits beim „Wehrmachtsführungsstab Technik" erschienen, um daselbst einem gewissen Major Ledebur seine kleine Bitte vorzutragen. Da war es 11 Uhr 18. Um 11 Uhr 19 klingelte auf dem Schreibtisch des pedantischen, ehrgeizigen Hauptmanns Brenner im Hotel „Lutetia" das Telefon. Der kleine Berufsoffizier mit dem schnurgeraden Scheitel und der goldgefassten Brille hob ab und meldete sich. Dann verbeugte er sich stramm im Sitzen, denn er erfuhr, dass er mit einem gewissen Major Ledebur sprach.

Was der Ranghöhere sagte, ließ den Hauptmann rot anlaufen. Er bellte: „Immer so etwas erwartet, Herr Major! Völlig meine Meinung! Mir sind jedoch die Hände gebunden! Bedaure außerordentlich, Herrn Major mit Herrn Oberst Werthe verbinden zu müssen."

Das tat er denn auch. Der Oberst wurde im Gegensatz zu seinem Hauptmann sehr bleich, als er hörte, was der Major zu sagen hatte. Zuletzt sprach er mühsam: „Ich danke für die Benachrichtigung, Herr Major. Sehr aufmerksam von Ihnen, wirklich. Aber ich kann Sie beruhigen: Sonderführer Lieven ist nicht verrückt. In keiner Weise! Ich komme und hole ihn selber ab." Er hängte auf. Hauptmann Brenner war neben ihn getreten. Seine Brillengläser blitzten: „Gestatte mir ergebenst, darauf hinzuweisen, dass ich immer vor diesem Menschen gewarnt habe. Er ist *wirklich* nicht normal!"

„Der Mann ist so normal wie Sie und ich! Und Canaris hat nun mal einen Narren an ihm gefressen. Hand aufs Herz: War seine Idee der friedlichen Partisanenbekämpfung nicht die beste von allen? Mensch, Brenner, wachen Sie auf! In Frankreich verübten die Maquis im letzten Monat allein 243 Morde, 391 Eisenbahnüberfälle und 825 Sabotageakte in der Industrie! In einem einzigen Gebiet herrschte Ruhe: in Gargilesse. Das ist sein Gebiet!" Hauptmann Brenner presste die Lippen zusammen und zuckte die Schultern. Oberst Werthe fuhr los und befreite Thomas Lieven, der sich ungemein darüber amüsierte, dass der Major Ledebur an seinem Geisteszustand Kritik geübt hatte. Werthe sagte zu ihm: „Ich brauche jetzt aber einen Schnaps, Mensch."

Über den Pernod-Gläsern fragte Werthe dann kopfschüttelnd: „Warum sind Sie bloß so verrückt mit Ihrer Brücke, Lieven?"

Still antwortete Thomas: „Weil ich davon überzeugt bin, dass viele Menschen, die sonst sterben müssten, am Leben bleiben werden, wenn ich *die* Brücke finde. Deutsche und Franzosen, Herr Oberst. Darum."

Oberst Werthe drehte den Kopf zur Seite: „Ach, Lieven, Sie sind ein netter Kerl." Er sah aus der kleinen Bar hinaus auf den sommerlichen Boulevard mit seinen Blumen, Bäumen, jungen Frauen. Plötzlich ballte er eine Hand zur Faust: „Dieser verfluchte Krieg", sagte Oberst Werthe.

3

Am nächsten Morgen irrte Thomas Lieven durch eine Dienststelle des Reichsarbeitsdienstes in Paris. Er verlief sich auf der Suche nach der Abteilung, die für Brücken zuständig war, vollkommen und landete in einem Büro, das er sofort fluchtartig wieder verlassen wollte. Zwei Gründe gab es für seine Panik: vier Bilder an der Wand und die Dame hinter dem Schreibtisch.

Die Bilder zeigten Hitler, Goebbels, Göring und den Reichsarbeitsführer Hierl. Die Dame war außerordentlich hager und groß, ihre Brust war platt, die Hände waren knochig. Das farblose Haar trug sie zu einem Knoten hochgenommen. An ihrer weißen Bluse saß über der linken Brust ein goldenes Parteiabzeichen und am Kragen eine schwere, gehämmerte Brosche. Sie trug einen braunen Rock, braune Wollstrümpfe und braune, flache Schuhe. Sie sah streng aus, sie war streng gekleidet, und es roch streng in ihrem Büro.

Thomas war schon wieder halb aus dem Büro entwichen, da traf ihn ihre harte, brüchige Stimme: „Einen Moment!"

Er drehte sich um und lächelte verzerrt. „Ich bitte um Verzeihung, ich habe mich verlaufen. Guten Tag!"

Mit drei Schritten war die Frau hinter ihrem Schreibtisch vorgeschossen. „Was heißt hier ‚Guten Tag'? ‚Heil Hitler' lautet unser Gruß!" Sie war fast zwei Köpfe größer als Thomas. „Ich verlange Antwort. Wer sind Sie? Wie heißen Sie?"

Er sagte gepresst: „Sonderführer Lieven."

„Was für ein Sonderführer? Zeigen Sie den Ausweis!"

„Wie komme ich dazu? Ich weiß ja auch nicht, wer Sie sind."

„Ich", antwortete die Hagere, die sich offenbar mit Lysolseife wusch, „bin die Stabshauptführerin Mielcke. Seit vier Wochen hier. Persönlicher Auftrag von Reichsarbeitsführer Hierl. Ich habe alle Vollmachten. Hier ist mein Ausweis. Wo ist Ihrer?"

Stabshauptführerin Mielcke studierte den Ausweis Thomas Lievens genau. Dann rief sie bei Oberst Werthe an und erkundigte sich, ob er einen Sonderführer Lieven kenne. Erst danach bot sie Thomas Platz an: „Der Feind steht überall. Man muss wachsam sein. Also, was wollen Sie?"

„Wirklich, Frau Mielcke –"

„Stabshauptführerin. Das ist mein Rang."

„Wirklich, Frau Stabshauptführerin –"

„Nicht Frau. Nur Stabshauptführerin."

Da hast du recht, Zimtzicke, nicht Frau, dachte er und sagte mühsam freundlich: „Wirklich, Stabshauptführerin, ich glaube nicht, dass Sie die richtige Instanz für mein Problem sind."

„Bin ich. Reden Sie also nicht lange herum. Sprechen Sie!"

In Thomas kroch langsam eine Welle siedend heißer Wut hoch. Noch beherrschte er sich. „Mein Auftrag ist geheim. Ich kann darüber nicht sprechen."

„Ich verlange es von Ihnen. Als Bevollmächtigte des Reichsarbeitsführers habe ich das Recht dazu. Ich lasse Sie festnehmen, wenn Sie nicht sofort …"

Thomas brüllte los: „Stabshauptführerin, ich verbitte mir diesen Ton …"

„Sie haben sich überhaupt nichts zu verbitten! Ich werde noch heute einen Bericht abfassen. Über frontfähige junge Leute, die sich hier unter dem Deckmantel ‚Abwehr' im Pariser Sündensumpf herumdrücken. Ich werde persönlich dem Reichsarbeitsführer berichten!"

Jetzt hatte Thomas genug, jetzt konnte er nicht mehr. Er schrie sie an: „Und ich werde *meinen* Bericht abfassen! An den Admiral Canaris persönlich. Sie sind wohl wahnsinnig geworden? Wie reden Sie denn mit mir? Auf so was wie Sie haben wir hier gerade gewartet!" Er wurde tückisch: „Stabshauptführerin entspricht dem Rang eines Obersten, was? Da ist ein Admiral doch wohl immer noch ein bisschen mehr, wie?" Er schlug auf den Tisch und schrie: „Sie werden sich vor Admiral Canaris zu verantworten haben, verstanden?"

Sie starrte ihn mit schmalen Augen an, die wässrig waren, blau und nordisch. Sie sagte lang gedehnt und lächelnd und feige: „Was regen Sie sich denn so auf, Sonderführer? Ich tue doch nur meine Pflicht." Sie schluckte.

Thomas dachte: Jetzt hat sie Angst. Jetzt will sie mich versöhnen. Aber ich kann nicht mehr. Ich ersticke, wenn ich hier noch eine Minute bleibe. Er sprang auf, riss den rechten Arm hoch und brüllte: „Heil Hitler, Stabshauptführerin!"

„So warten Sie doch …"

Aber er war schon bei der Tür, riss sie auf und warf sie dröhnend hinter sich ins Schloss. Weg! Weg! An die frische Luft!

Am 11. Juli landete Thomas Lieven im Hauptquartier der Organisation Todt. Hier war er an einen Baurat namens Heinze verwiesen worden. Heinze stand auch an der Tür des Büros, welche Thomas gegen 11 Uhr morgens an diesem Tage öffnete. Zwei große Zeichentische standen darin. Zwei große Männer stritten davor. Sie stritten so heftig, dass sie Thomas Lievens Erscheinen nicht zur Kenntnis nahmen. Die Männer trugen beide weiße Mäntel über ihren Uniformen und schrien.

Der eine: „Ich lehne die Verantwortung ab! Jeder Panzer, der drüberrollt, kann das Ding zum Einsturz bringen!"

Der andere: „Wie stellen Sie sich das vor, Mensch, die nächste Brücke geht bei Argenton über die Creuze!"

Der eine: „Das ist mir piepegal, dann müssen die Herren eben den Umweg fahren! Ich erkläre: Die ‚Pont noir' bei Gargilesse ist eine Gefahr! Meterlange Risse auf der Fahrbahnunterseite! Meine Statiker hat vor Schreck fast der Schlag gerührt!"

Der andere: „Verstärken Sie die Konstruktion mit Bewehreisen!"

Der eine: „Erlauben Sie – das ist doch der letzte Dreck!"

Thomas dachte: Brücke bei Gargilesse. Fantastisch. Absolut fantastisch. Es ist, als wäre die Wirklichkeit hinter meinen Wünschen und Träumen hergelaufen. Jetzt hat sie mich eingeholt …

Der andere: „Denken Sie an das E-Werk! Die Staumauer! Wenn wir die Brücke sprengen, wird doch die Stromversorgung gestört!"

Der eine: „Nicht, wenn wir sie sprengen! Dann können wir vorher Umschaltungen und Abschaltungen vornehmen. Aber wenn das Ding morgen von selber einstürzt – dann dürfen Sie von Stromstörungen reden! Ich – was wollen Sie hier?"

Thomas Lieven war endlich entdeckt worden. Er verneigte sich und sprach sanft: „Ich hätte gerne Baurat Heinze gesprochen."

„Das bin ich", sagte der eine. „Was gibt's?"

„Herr Baurat", sagte Thomas, „ich glaube, wir werden wundervoll zusammenarbeiten …"

Die Zusammenarbeit war tatsächlich wundervoll. Bereits am 15. Juli hatte man die Pläne der Organisation Todt und der Organisation Canaris betreffend der Zukunft der „Pont noir" südlich von Gargilesse völlig koordiniert. Nun erteilte Thomas dem „Maquis Crozant" als „Colonel Buckmaster, War Office, London" über Funk den Auftrag:

> stellen sie unverzüglich eine liste der wichtigsten brücken im gebiet ihres maquis zusammen – melden sie art und dichte der truppenbewegungen.

Tagelang, nächtelang lagen französische Widerständler auf der Lauer. Sie hockten unter Brückenbögen, in Baumkronen, in den Dachböden alter Windmühlen und Bauernhäuser. Sie hatten Feldstecher, Papier und Bleistift bei sich. Sie zählten deutsche Panzer, Lastkraftwagen, Motorräder. Und allabendlich um 21 Uhr meldeten sie ihre Beobachtungen nach „London". Da war die Brücke bei Feurs. Die Brücke bei Macon. Die bei Dompierre. Die bei Nevers. Und die große „Pont noir" südlich Gargilesse, vor der Staumauer des E-Werkes bei Eguzon.

Am 30. Juli um 21 Uhr saßen Yvonne Dechamps und Professor Débouché, Bürgermeister Cassier, Leutnant Bellecourt und Emile Rouff, der Töpfer, in der Wohnstube der alten „Moulin de Gargilesse". Zum Schneiden dick lagerte Zigarettenrauch im Raum.

Yvonne trug Kopfhörer. Sie nahm die verschlüsselte Botschaft auf, die der leicht verfettete Gefreite Schlumberger in Paris durchgab:

sv. 21 54621 lhvhi rhwea riehr ctbgs twoee …

Die Männer, die Yvonne Dechamps umstanden, atmeten flach und kurz. Professor Débouché putzte seine Brillengläser. Leutnant Bellecourt beleckte immer wieder seine Lippen.

…sntae siane krodi lvgap,

morste Schlumberger im obersten Stockwerk des Hotels „Lutetia" in Paris. Die Männer, die ihn umstanden, Thomas Lieven, der kleine, pedantisch frisierte Hauptmann Brenner, der verschlossene Oberst Werthe, atmeten flach und kurz. Hauptmann Brenner nahm seine goldgefasste Brille ab und putzte sie umständlich.

Zwanzig Minuten nach neun Uhr brach „London" den Funkverkehr ab. In der romantischen uralten Wassermühle am Ufer der Creuze dechiffrierten die Führer des „Maquis Crozant" die empfangene Botschaft, jene Botschaft, welche begann:

an nachtigall 17 – raf-bomber wird 1. august zwischen 23 uhr und 23 uhr 15 über planquadrat 167 mt spezialbehälter mit plastiksprengstoff abwerfen – sprengen sie am 4. august genau 0 uhr 00 die pont noir zwischen gargilesse und eguzon …

Als die Meldung dechiffriert vorlag, redeten sie alle durcheinander. Nur Yvonne Dechamps schwieg. Still saß sie vor dem Funkgerät, die Hände im Schoß gefaltet. Sie dachte an diesen seltsamen Captain Everett, dem sie so sehr misstraut hatte.

Professor Débouché sprach mit den Männern. Yvonne hörte es kaum. Widersinnig, unsinnig war, was sie dachte, was sie fühlte. Und doch, und doch: Mit einer Gewissheit, die schmerzte, wusste sie, dass sie diesen Captain Everett wiedersehen würde – irgendwann, irgendwo …

Die Stimmen um sie her wurden lauter. Yvonne schrak auf. Sie bemerkte, dass ein Streit zwischen dem Bürgermeister Cassier, dem Töpfer Rouff und Professor Débouché entbrannt war. Der eitle Cassier schlug auf den Tisch: „Das hier ist meine Gegend! Ich kenne sie wie meine Tasche! Ich bestehe darauf, dass *ich* die Sprengaktion leite!"

Ruhig sagte der Gelehrte: „Hier schlägt niemand auf den Tisch, mein Freund.

Leutnant Bellecourt wird die Organisation leiten. Er ist Spezialist für Sprengungen. Sie werden tun, was er sagt."

„Mich kotzt das an, dass alles dem Leutnant übertragen wird", ereiferte sich der Bürgermeister. „Wer hat das ‚Maquis Crozant' gegründet? Rouff, ich und ein paar Bauern."

„Jawohl", rief der Töpfer. „Leute aus der Gegend! Ihr andern seid alle erst später hinzugekommen."

Yvonne zwang sich, nicht mehr an Captain Everett zu denken. Sie sagte kalt: „Hört auf zu streiten. Es geschieht, was der Professor sagt. Es stimmt, dass wir später zu euch stießen. Aber wir haben dies Maquis erst richtig aufgezogen. Durch *uns* habt ihr ein Funkgerät bekommen. *Ich* habe euch das Funken beigebracht."

Der Bürgermeister und der Töpfer schwiegen. Aber über den Kopf Yvonnes hinweg sahen sie einander an, schlau und verschlagen, wie alte Bauern es tun …

4

Am 1. August 1943, um 23 Uhr 10, warf ein britischer Bomber, den die Deutschen erbeutet hatten, über dem Planquadrat 167 mt einen großen Spezialbehälter mit erbeutetem Plastiksprengstoff ab.

Am 2. August 1943 erschien im Kraftwerk Eguzon ein gewisser Baurat Heinze von der OT Paris und besprach mit den leitenden deutschen Ingenieuren in allen Einzelheiten die Folgen der notwendigen Maßnahmen, die sich aus einer Sprengung der Brücke nahe der Staumauer ergaben.

Am 3. August erschien Baurat Heinze beim Kommandanten eines Landesschützen-Bataillons, machte ihn zum Geheimnisträger und schärfte ihm ein, dass alle deutschen Wachmannschaften der „Pont noir" am 4. August zwischen 23 Uhr 15 und 0.30 Uhr fernbleiben sollten.

Am 4. August um 0.08 Uhr flog die „Pont noir" programmgemäß mit ungeheurem Getöse in die Luft. Kein Mensch wurde verletzt. Am 5. August, um 21 Uhr, hockten die Gefreiten Schlumberger und Raddatz im Hotel „Lutetia" in Paris schwitzend vor ihren Apparaten. Hinter ihnen standen Thomas Lieven, Oberst Werthe und Hauptmann Brenner.

„Nachtigall 17" meldete sich pünktlich. Schlumberger murmelte, während er mitschrieb: „Heute morst nicht das Mädchen. Heute ist einer von den Kerlen dran …"

„Nachtigall 17" morste lange, so lange wie noch nie. Die Meldung nahm überhaupt kein Ende. Während Schlumberger noch aufnahm, begann Raddatz schon zu dechiffrieren. Der erste Teil der Meldung lautete so ähnlich, wie Thomas sie erwartet hatte:

> … mission pont noir auftragsgemäß erledigt – gesamte brücke durch sprengung zum einsturz gebracht – zwanzig mann an operation direkt beteiligt – leutnant belle-

court vor aktion bein gebrochen – liegt bei freunden in eguzon – hier sendet emile rouff – professor débouché und yvonne dechamps sind in clermont-ferrand …

Werthe, Brenner und Thomas blickten dem dechiffrierenden Raddatz über die Schulter.

Dieser Vollidiot da unten, dachte Thomas erbleichend, warum nennt er Namen? Ehe Thomas etwas tun konnte, fühlte er, wie der Gefreite Raddatz ihm auf den Fuß trat. Er sah zu dem Funker hinab. Ein Ausdruck des entsetzten Staunens stand in den Augen des Berliners. Gerade reichte Schlumberger ihm wieder einen Zettel herüber. Raddatz räusperte sich verzweifelt.

„Was ist da los?", rief Brenner, wieselschnell hinzutretend.

„Ick – ick – jar nischt!", erklärte der Berliner.

Brenner riss ihm das Papier aus der Hand: „Geben Sie her, Mann!" Er hielt es hoch. Seine Brillengläser blitzten. „Hören Sie sich das mal an, Herr Oberst!"

Thomas fühlte, wie eine Hand aus Eis nach seinem Herzen griff, als Brenner vorlas, was Raddatz soeben dechiffriert hatte: „Wir bitten von Aktion General de Gaulle zu berichten und ihm unsere wichtigsten und tapfersten Mitglieder bekannt zu geben – Lob und Auszeichnung würden Kampfmoral fördern …"

O Gott, dachte Thomas, das kann doch nicht wahr sein!

„… Hauptverdienst an Sprengung kommt nach Ausfall Leutnant Bellecourts dem Bürgermeister Cassier, wohnhaft in Crozant, zu – ihm zur Seite Emile Rouff aus Gargilesse – ferner wirkten mit …"

Der Gefreite Schlumberger sah verstört von seinem Stenogrammblock auf.

„Sie nehmen weiter auf, Mann!", schrie Brenner ihn an. Dann drehte der Hauptmann sich zu Thomas um. „Herr Sonderführer, Sie sagten doch mal, man könne diese Brut nicht fassen, weil man keine echten Namen und Adressen kenne, was?" Brenner lachte metallen. „Jetzt werden wir sie gleich kennen!"

Um Thomas drehte sich alles. Diese Saukerle da unten. Diese eitlen Idioten. Ich dachte immer, nur wir wären so. Die Franzosen sind auch nicht besser. Umsonst. Alles umsonst.

Oberst Werthe hatte plötzlich keine Lippen mehr. Er sagte sehr leise: „Verlassen Sie den Funkraum, Herr Lieven."

„Herr Oberst, ich bitte zu bedenken", begann Thomas und brach ab, denn er sah in die grauen Augen Werthes und wusste: Nichts, was er sagte, konnte diesen Mann jetzt noch beeindrucken.

Umsonst. Alles umsonst wegen ein paar dämlichen Hunden, die nach dem Krieg ein paar Stückchen Blech auf der Brust tragen wollten …

Fünf Minuten später wurden die Gefreiten Schlumberger und Raddatz turnusgemäß abgelöst. Sie kamen in die Halle des Hotels herunter, wo Thomas auf sie wartete.

Schlumberger machte ein Gesicht, als wollte er weinen: „Dös Schaf hört net auf und hört net auf. Siebenundzwanzig Namen bis jetzt."

„Aus den siebenundzwanzig kriejen se die Namen von de' andern raus wie nischt", sagte Raddatz.

„Wollt ihr mit mir essen gehen, Kameraden?", fragte Thomas. Sie gingen – wie häufig in den letzten Monaten – zu „Henri". Das war ein kleines Lokal in der Rue Clément Marot, das Thomas entdeckt hatte. Der Wirt kam selber an den Tisch und begrüßte sie herzlich. Wenn er Thomas sah, bekam er jedes Mal feuchte Augen.

„Henri" hatte eine jüdische deutsche Schwägerin. Diese war mithilfe von falschen Papieren auf dem Land untergetaucht. Die falschen Papiere hatte Thomas ihr besorgt. Im Hotel „Lutetia" gab es viele und gute Gelegenheiten, an falsche Dokumente heranzukommen. Thomas benützte sie gelegentlich. Und Oberst Werthe wusste es und schwieg.

„Etwas Leichtes, Henri", sagte Thomas. Es war schon spät, und er musste sich beruhigen. Sie stellten das Menü zusammen. Schlumberger bat: „Gehn S', Herr Lieven, übersetzen S' eahm, er soll a paar Palatschinken machen!"

Thomas übersetzte. Henri verschwand. Schweigen senkte sich über die drei Freunde, bleiernes Schweigen. Erst als die Hammelnierenschnitten kamen, murmelte der Wiener: „Brenner hat Berlin angerufen. Spätestens morgen in der Früh gibt's da unten a Sonderaktion. Was mit die Leut g'schieht, is' klar."

Thomas dachte: Professor Débouché. Die schöne Yvonne. Leutnant Bellecourt. Viele, viele andere. Noch leben sie. Noch atmen sie. Bald wird man sie verhaften. Bald werden sie tot sein.

„Junge", sagte Raddatz, „jetzt habe ick ma vier Jahre jedrückt. Noch nich eenen Menschen habe ick jetötet. Scheißjefühl, det wa uff eenmal mit schuld sind …"

„Wir sind nicht daran schuld", sagte Thomas. Und dachte: Ihr nicht. Aber ich? Ich, ausweglos bereits eingesponnen in Lüge und Betrug, Täuschung und Arglist. Bin ich noch unschuldig?

Schlumberger sagte: „Herr Lieven, dös is doch ausg'schlossen, dass mir jetzt den Partisanen helfen, die wo unsere Kameraden umlegen!"

„Ja", sagte Thomas, „das ist ausgeschlossen." Und er dachte verzweifelt: Was kann man tun? Was soll man tun? Wie bleibt man ein anständiger Mensch?

„Karli hat recht", sagte der Berliner. „Sehen Se mal, ick bin ooch keen Nazi. Aba Hand uffs Herze: Anjenommen, diese Partisanen kriejen mir in die Mache. Würden die mir jlooben, det ick keen Nazi bin?"

„Die scheißen da wos. Die legen di um. Für die is a Deutscher a Deutscher."

Thomas stocherte gedankenvoll an seinem Fisch herum. Plötzlich stand er auf. Er sagte: „Eine Möglichkeit gibt es doch. Eine einzige."

„Wat for 'ne Möjlichkeit?"

„Etwas zu tun – und doch ein anständiger Mensch zu bleiben", sagte Thomas. Er ging in eine Telefonzelle, rief das Hotel „Lutetia" an und verlangte Oberst Werthe. Der meldete sich nervös. Thomas hörte viele Stimmen. Der Oberst schien in einer Besprechung zu sein. Schweiß rann Thomas über das Gesicht. Er dachte: Anständig bleiben. Gegen die anständigen Menschen in meinem Land. Gegen die anständigen

Menu • Paris, 5. August 1943

Beim Fisch kam die Idee, die 65 Menschenleben rettete …

Hammelnierenschnitten • Seezunge nach Grenobler Art
Marillenpalatschinken

Hammelnierenschnitten: Man nehme kleine Hammelnieren, entferne Fett und Haut und halbiere sie der Länge nach. – Man schneide kleine Weißbrotscheiben, buttere sie leicht auf beiden Seiten und belege jede mit einer halben Niere, Schnittseite nach unten. – Man verrühre scharfen Senf mit saurer Sahne, einem Stückchen Butter, einem Eigelb, etwas Salz und Cayennepfeffer zu einem dicklichen Brei, streiche ihn über die Nieren. – Man gebe die Nierenschnitten für etwa 10 Minuten bei mittlerer Oberhitze in den Backofen. Man prüfe mit spitzer Gabel. Wenn kein roter Saft mehr aus den Nieren quillt, sind sie fertig. Man serviere heiß.

Seezunge nach Grenobler Art: Man lasse die Fische vorher vom Händler abhäuten und die Filets auslösen. – Dann mindestens eine halbe Stunde mit Zitronensaft, Pfeffer und Salz marinieren, damit das Fleisch fest und weiß bleibt. Man trockne gut ab und brate schnell auf beiden Seiten in sehr heißer brauner Butter; danach auf vorgewärmter Platte ablegen. – Dann kleine Zitronenwürfel mit einigen Kapern in der Bratbutter schnell heiß werden lassen. – Diese Soße gieße man über die angerichteten Seezungenfilets, reiche mit Petersilie bestreute Salzkartoffeln dazu.

Marillenpalatschinken: Man backe feine, dünne mittelgroße Eierkuchen. – Man bestreiche sie auf einer Seite mit Marillenkonfitüre, rolle sie zusammen und drehe sie noch einmal in der heißen Butter um. Man serviere sie sofort und bestreue sie nach Geschmack noch mit geriebenen Mandeln. – Feine Eierkuchen geraten am besten, wenn man den Teig mindestens eine Stunde vorher zubereitet hat und ruhen ließ.

Menschen in diesem. Kein Verräter werden. Kein Fantast. Kein Sentimentalist. Nur Leben retten ... Leben retten ...

Thomas sagte heiser: „Herr Oberst, hier ist Lieven. Ich habe Ihnen einen Vorschlag von größter Wichtigkeit zu machen. Sie werden allein nicht darüber entscheiden können. Ich bitte, mich anzuhören und danach sofort Herrn Admiral Canaris zu verständigen."

„Was ist das für ein Quatsch?"

„Herr Oberst, wann beginnt die Aktion da unten?"

„Morgen früh. Warum?"

„Ich bitte Sie, *mich* die Aktion leiten zu lassen!"

„Lieven! Ich bin durchaus nicht zu Späßen aufgelegt. Meine Geduld ist erschöpft!"

„Hören Sie mich an, Herr Oberst", rief Thomas. „Bitte, hören Sie, was ich Ihnen vorzuschlagen habe ..."

5

Es war 4 Uhr 45 am Morgen des 6. August 1943, als ein original britisches „Lysander"-Flugzeug Kurs auf die französische Stadt Clermont-Ferrand nahm. Aus brauenden Nebelmassen stieg eben der gleißende Ball der Sonne empor.

Der Pilot, von seinem Passagier durch eine Wand getrennt, griff nach dem Bordtelefon und sprach: „Landung in zwanzig Minuten, Sonderführer!"

„Danke", sagte Thomas Lieven und klinkte den Telefonhörer neben sich ein. Dann saß er reglos in der winzigen Kabine und blickte hinaus auf den makellos reinen Himmel und auf die weißlich-grauen Nebelschleier, die noch die schmutzige Erde mit ihren Kämpfen und Intrigen, ihrer Niedrigkeit und Dummheit verdeckten.

Thomas Lieven sah elend aus. Eingefallen war sein Gesicht, die Augen lagen in dunklen Höhlen. Er hatte die schwerste Nacht seines Lebens hinter sich und den schwersten Tag seines Lebens vor sich.

Zehn Minuten später ging der Pilot tiefer. Die „Lysander" durchbrach die morgendliche Nebeldecke. Clermont-Ferrand, Sitz eines Bischofs und einer Universität, lag unter ihnen – schlafend noch, ohne Leben, mit leeren Straßen.

Um 5 Uhr 15 trank Thomas Lieven im Dienstzimmer des Tiroler Hauptmanns Öllinger heißen Kaffee. Der stämmige kleine Kommandeur der Gebirgsjägereinheit, die vor Clermont-Ferrand ihren Standort hatte, studierte Thomas Lievens Geheimdienstausweis genau.

Er sagte: „Ich habe ein langes Fernschreiben von Oberst Werthe bekommen. Er hat vor einer Stunde auch mit mir telefoniert. Sonderführer, meine Leute stehen zu Ihrer Verfügung."

„Zunächst bitte ich nur um einen Wagen, der mich in die Stadt bringt."

„Ich gebe Ihnen zehn Mann mit."

„Danke, nein. Was ich zu tun habe, muss ich allein erledigen."

„Aber …"

„Hier ist ein versiegelter Brief. Wenn Sie bis acht Uhr nichts von mir gehört haben, öffnen Sie ihn. Er enthält alle notwendigen Anweisungen von Oberst Werthe für das, was Sie dann tun müssen. Leben Sie wohl."

„Auf Wiedersehen …"

„Ja", sagte Thomas und klopfte auf Holz, „das hoffe ich."

Ein Citroën, erbeutet zwar, aber ohne deutsche Kennzeichen, holperte über den menschenleeren Platz Blaise Pascal. Thomas saß neben dem verschlafenen, schweigsamen Fahrer. Er trug einen Trenchcoat über seinem grauen Flanellanzug und einen weißen Hut.

Sein Ziel an diesem frühen Morgen: Professor Débouché, geistiger Führer der Résistance in Mittelfrankreich. Er lebte in einer Dienstwohnung der ausgedehnten „Cité Universitaire". Vor dem Hauptportal in der Avenue Carnot stieg Thomas aus. Er sagte: „Fahren Sie um die Ecke, und warten Sie auf mich."

Dann ging er auf das Tor der Universität zu. Lieber Gott, hilf mir jetzt, dachte er. Hilf uns jetzt allen …

Es dauerte eine Ewigkeit, und Thomas musste immer wieder läuten, bis endlich der alte Pedell fluchend auftauchte, in Pantoffeln und Nachthemd, einen Mantel übergeworfen. *„Nom de Dieu,* sind Sie wahnsinnig geworden? Was wollen Sie?"

„Professor Débouché sprechen."

„Jetzt? Hören Sie mal …" Der Pedell brach ab. Eine Fünftausendfrancnote hatte den Besitzer gewechselt. „Na ja, es wird wohl dringend sein. Wen darf ich dem Herrn Professor melden?"

„Haben Sie Telefon in der Wohnung?"

„Ja, Monsieur …"

„Ich spreche selbst mit ihm."

In der vollgeräumten Souterrainwohnung des Pedells trat Thomas Schweiß auf die Stirn, während er, Hörer am Ohr, vernahm, wie bei Professor Débouché das Telefon schrillte.

Die Frau des Pedells war aufgestanden, sie drückte sich neben ihren Mann und flüsterte mit ihm, und beide betrachteten Thomas erschrocken. Dann hörte Thomas eine Stimme, die er kannte: „Débouché. Was ist los?"

Krächzend sagte Thomas: „Everett."

Er hörte den Professor Atem holen. „Everett? Wo – wo sind Sie?"

„In der Universität. In der Wohnung des Pedells."

„Er soll Sie zu mir führen – augenblicklich … Ich – ich erwarte Sie …"

Thomas hängte ein. Der Pedell sagte: „Kommen Sie, Monsieur." Im Hinausgehen nickte er seiner Frau zu, das sah Thomas noch. Er sah nicht mehr, dass die verblühte, ergraute Frau daraufhin zum Telefon trat und den Hörer abnahm …

6

Was, um Himmels willen, hat Sie zu der Wahnsinnstat veranlasst hierherzukommen, Captain Everett?“ Der berühmte Physiker, der aussah wie Albert Einstein, stand Thomas in der Bibliothek seiner Wohnung vor einer riesigen Bücherwand gegenüber.

„Herr Professor, das ‚Maquis Crozant‘ hat die Brücke bei Gargilesse gesprengt.“

„Weisungsgemäß, ja.“

„Haben Sie Ihre Leute seither gesehen?“

„Nein. Ich bin mit meiner Assistentin schon seit einer Woche hier. Ich hatte Vorlesungen zu halten.“

„Sie wissen aber, dass anstelle von Leutnant Bellecourt der Bürgermeister Cassier und der Töpfer Rouff die Sprengung geleitet haben?“

„Gute Leute, brave Leute.“

„Schlechte Leute, dumme Leute“, sagte Thomas erbittert. „Eitle Leute, Herr Professor! Verantwortungslose Leute!“

„Mon capitaine, also hören Sie ...“

„Wissen Sie, was diese gottverdammten Narren gestern Abend getan haben? Sie setzten sich ans Funkgerät und gaben Namen und Adressen der Mitglieder des ‚Maquis Crozant‘ durch! Cassier! Rouff! Professor Débouché! Yvonne Dechamps! Leutnant Bellecourt. Über dreißig Namen und Adressen ...“

„Aber warum denn, um Himmels willen?“ Der alte Mann war bleich geworden.

„Um sich anzupreisen. Damit General de Gaulle auch bestimmt weiß, wer die tapfersten Helden waren, die die größten Orden verdienen ... Dummköpfe haben Sie da oben in den Bergen sitzen, Herr Professor!“

Der alte Mann sah Thomas lange an. Dann sagte er: „Gewiss, es war falsch, die Namen durchzugeben. Aber war es ein Verbrechen? Ist London dadurch in Gefahr gebracht worden? Doch wohl kaum ... Das also kann nicht der Grund sein, weswegen Sie herkommen und Ihr Leben riskieren ...“ Nah, ganz nah trat Professor Débouché an Thomas heran. Groß und forschend waren die Augen des Gelehrten, als er heiser flüsterte: „Wofür riskieren Sie Ihr Leben, Captain Everett?“

Thomas holte tief Atem. Und wenn er mich umlegt, dachte er. Und wenn ich diesen Tag nicht überlebe. Dann bin ich wenigstens bei dem Versuch gestorben, in dieser schmutzigen Zeit ein anständiger Mensch zu bleiben. Er fühlte sich plötzlich ganz ruhig, wie damals, als er den Entschluss gefasst hatte, sich weiteren Gestapo-Verhören durch Selbstmord zu entziehen.

Er sagte still: „Weil ich nicht Captain Everett heiße, sondern Thomas Lieven.“ Der alte Mann schloss die Augen. „Weil ich nicht für London arbeite, sondern für die Deutsche Abwehr.“

Der alte Mann öffnete die Augen wieder und sah Thomas an mit einem Ausdruck abgründiger Traurigkeit.

„Und weil das ‚Maquis Crozant' seit Monaten nicht mit London in Funkverbindung steht, sondern mit den Deutschen."

Danach blieb es still in der Bibliothek. Die Männer sahen einander an.

Endlich flüsterte Débouché: „Das wäre zu furchtbar. Ich kann es nicht glauben, ich will es nicht glauben."

In diesem Moment flog die Tür auf. Débouchés Assistentin Yvonne Dechamps stand im Rahmen, außer Atem, ungeschminkt, unter einem blauen Regenmantel nur wenig bekleidet. Das blonde Haar fiel ihr lose und breit auf die Schultern. Entsetzt aufgerissen waren die meergrünen Augen. Der schöne Mund zuckte. „Es ist wahr … Captain Everett … Sie sind es wirklich …"

Mit drei Schritten war sie bei Thomas. Débouché machte eine heftige Bewegung. Sie starrte Thomas an. Ihre Worte überstürzten sich: „Die Frau des Pedells rief mich an … Ich wohne auch hier … Was ist geschehen, Captain Everett, was ist geschehen?" Thomas presste die Lippen zusammen und schwieg. Plötzlich griff sie nach seiner Hand und hielt sie fest mit beiden Händen. Und erst jetzt wurde ihr bewusst, dass Débouché gebrochen dasaß, greisenhaft, verzweifelt.

„Was ist geschehen, Professor?", rief Yvonne in jäh hochschießender Panik.

„Mein Kind. Der Mann, dessen Hand du hältst, ist ein deutscher Agent …"

Langsam, ganz langsam trat Yvonne Dechamps von Thomas zurück. Sie schwankte, als wäre sie betrunken. Nun sank sie in einen Sessel. Professor Débouché berichtete mit heiserer Stimme, was ihm Thomas erzählt hatte.

Yvonne lauschte, ohne den Blick von Thomas zu nehmen. Immer dunkler wurden ihre grünen Augen, Hass und Verachtung erfüllten sie zuletzt. Die Lippen bewegten sich kaum, als sie sprach: „Ich denke, Sie sind das Gemeinste und Schmutzigste, was es gibt, Herr – Lieven. Ich denke, Sie sind der größte Schuft, Sie sind wahrhaft hassenswert."

„Es ist mir egal, was Sie von mir denken", sagte Thomas. „Ich bin nicht schuld daran, dass es nicht nur bei uns, sondern auch bei Ihnen so eitle, selbstsüchtige Idioten wie diesen Rouff und diesen Cassier gibt. Monatelang ging alles gut …"

„Gut nennen Sie das, Sie Schwein?"

„Ja", sagte Thomas. Er fühlte, wie er immer ruhiger wurde. „Das nenne ich gut. Es wurde niemand erschossen in dieser Gegend seit Monaten. Kein Deutscher. Kein Franzose. Es hätte so weitergehen können. Ich hätte Sie alle beschützen können bis zum Ende dieses verfluchten Krieges …"

Yvonne schrie plötzlich, hoch und hysterisch wie ein Kind, sprang taumelnd auf und spuckte Thomas ins Gesicht. Der Professor riss sie heftig zurück.

Thomas fuhr sich mit einem Taschentuch über die Wange. Er sah Yvonne schweigend an. Sie hat recht, dachte er. Von ihrem Standpunkt aus hat sie recht. Alle haben recht, von ihren Standpunkten aus – auch ich. Denn ich will gegen alle anständig sein …

Yvonne Dechamps wollte zur Tür stürzen. Thomas riss sie zurück. Sie flog krachend gegen die Wand. Die Zähne gefletscht, keuchte sie ihn an.

„Sie bleiben hier." Thomas stellte sich vor die Tür. „Als gestern Abend die Namen durchkamen, verständigte die Abwehr sofort Berlin. Einsatz der Gebirgsjägereinheit, die vor der Stadt liegt, wurde angedroht. Daraufhin habe ich noch einmal mit dem Chef der Abwehr Paris gesprochen ..."

„Warum?", fragte Professor Débouché.

Thomas schüttelte den Kopf: „Das ist meine Sache."

Der Professor sah ihn seltsam an. „Ich wollte Sie nicht verletzen ..."

Dieser Mann, dachte Thomas, dieser bewunderungswürdige Mann, beginnt zu begreifen, beginnt mich zu verstehen ... Wenn ich Glück habe – wenn wir alle Glück haben ...

„Ich habe Oberst Werthe vor Augen geführt, dass die Aktion der Gebirgsjäger zweifellos Opfer kosten wird – Opfer auf beiden Seiten. Unsere Leute werden entschlossen vorgehen. Ihre Leute werden sich verzweifelt verteidigen. Blut wird fließen. Menschen werden sterben. Deutsche und Franzosen. Die Gestapo wird die Gefangenen foltern. Sie werden ihre Kameraden verraten."

„Niemals!", rief Yvonne.

Thomas fuhr herum. „Halten Sie den Mund!"

Der alte Mann sagte: „Es gibt furchtbare Foltern." Er sah Thomas plötzlich an, weise und traurig wie ein Prophet des Alten Testaments. „Sie wissen das, Herr Lieven – nicht wahr? Ich glaube, ich begreife nun vieles. Ich fühle, dass es immer noch stimmt. Erinnern Sie sich? Ich sagte einmal, dass ich Sie für anständig halte ..."

Thomas schwieg. Yvonnes Atem kam rasselnd.

„Was haben Sie Ihrem Oberst noch gesagt, Herr Lieven?", fragte der Professor.

„Ich habe ihm einen Vorschlag gemacht. Der Vorschlag wurde inzwischen von Admiral Canaris gebilligt."

„Wie lautet dieser Vorschlag?"

„Sie sind der geistige Führer des Maquis. Die Leute tun, was Sie sagen. Sie rufen die Gruppe bei der Mühle von Gargilesse zusammen und erklären das Unausweichliche der Lage. Dann können die Gebirgsjäger die Männer dort gefangen nehmen, ohne dass ein Schuss fällt."

„Und weiter?"

„In diesem Fall steht Admiral Canaris mit seinem Ehrenwort dafür ein, dass Sie alle nicht dem SD ausgeliefert werden, sondern als reguläre Kriegsgefangene in ein Wehrmachtslager kommen."

„Das ist schlimm genug."

„Unter den Umständen ist es von allen verbleibenden Möglichkeiten die beste. Der Krieg wird nicht ewig dauern."

Professor Débouché antwortete nicht. Mit gesenktem Kopf stand er vor seinen Büchern.

Thomas dachte: Gib, Gott, dass dieser Krieg jetzt wirklich bald zu Ende geht. Es ist so furchtbar schwer, unter den Nazis ein anständiger Mensch zu bleiben. Lass diese Brut verrecken, endlich verrecken. Und lass mich in Frieden leben, endlich.

Es waren Wünsche, die noch lange, sehr lange nicht in Erfüllung gehen sollten …

Der Professor fragte: „Wie komme ich nach Gargilesse?"

„Mit mir im Wagen. Die Zeit drängt, Professor. Wenn Sie den Vorschlag nicht annehmen, beginnt um acht Uhr die Aktion der Gebirgsjäger ohne uns."

„Und – Yvonne? Sie ist die einzige Frau der Gruppe … Eine Frau, Herr Lieven …"

Thomas lächelte traurig. „Mademoiselle Yvonne werde ich als meine persönliche Gefangene – bitte, lassen Sie mich ausreden – auf der Stadtpräfektur in eine Zelle setzen. Dort wird sie bleiben, bis die Aktion vorüber ist. Damit sie in ihrem patriotischen Drange kein Unheil anrichten kann. Dann werde ich sie holen, um sie nach Paris zu bringen. Und auf dem Weg dorthin wird sie mir entkommen."

„Was?" Yvonne starrte ihn an.

„Es wird Ihnen gelingen zu fliehen", sagte Thomas leise. „Das ist die zweite Vergünstigung, die ich von Oberst Werthe erhalten habe. Es ist sozusagen eine von der Deutschen Abwehr genehmigte Flucht."

Yvonne trat dicht an Thomas heran. Sie keuchte vor Erregung: „Wenn es einen Gott gibt, wird er Sie bestrafen … Zugrunde sollen Sie gehen, langsam und elend … Ich werde nicht fliehen! Und Professor Débouché wird Ihren Vorschlag nie annehmen, nie! Wir werden kämpfen und sterben – alle."

„Natürlich", sagte Thomas müde. „Und jetzt setzen Sie sich wieder hin und halten endlich den Mund, Sie Heldenweib."

7

geheim – 14.35 Uhr – 9 august – von abwehr paris an chef abwehr berlin – gebirgsjäger-bataillon raum clermont-ferrand unter sonderführer lieven nahm gegen 22 uhr am 7 august das maquis crozant gefangen – die mitglieder des maquis unter führung professor débouché leisteten keinen widerstand – verhaftet wurden 67 (siebenundsechzig) männer – die festgenommenen wurden weisungsgemäß in das wehrmachtskriegsgefangenenlager 343 gebracht – ende –

8

Am 27. September 1945 sagte Professor Débouché vor einem alliierten Untersuchungsausschuss in Paris wörtlich: „Sämtliche Mitglieder des ‚Maquis Crozant' wurden in dem Wehrmachtslager 343 human behandelt. Sie haben alle den Krieg überlebt und sind in ihre Heimat zurückgekehrt. Ich muss betonen, dass wir alle unser Leben wohl nur dem Mut und der Humanität eines Deutschen verdanken, der uns zuerst als britischer Captain täuschte und der mich am 6. August 1943 in Clermont-Ferrand aufsuchte. Er sagte damals, sein Name wäre Sonderführer Thomas Lieven …"

Beamte des alliierten Untersuchungsausschusses machten sich daraufhin auf die Suche nach diesem „Sonderführer Lieven". Sie fanden ihn nicht. Denn im Herbst 1945 waren ganz andere Organisationen als ein alliierter Untersuchungsausschuss hinter Thomas Lieven her, und aus diesem Grunde hatte er gerade … Doch halt, wir wollen ordentlich der Reihe nach erzählen. Noch schreiben wir August 1943.

9

Am 17. August 1943 gab das Oberkommando der Wehrmacht die – natürlich planmäßige – Räumung der Insel Sizilien bekannt. Außerdem hieß es, am mittleren Donez wären die Sowjets nach heftiger Artillerievorbereitung zum – natürlich lang erwarteten – Angriff angetreten.

In einer Großkundgebung der Landesgruppe Frankreich der NSDAP sprach Gauleiter Sauckel am gleichen Tag in Paris. Er führte unter anderem aus, dass das deutsche Volk im Augenblick seine größte und strahlendste Epoche erlebe. Der Endsieg, erklärte Sauckel, sei gewiss. Deutschland stehe im vierten Kriegsjahr ganz anders da als seinerzeit im Ersten Weltkrieg. Eher stürze darum die Welt ein, als dass Deutschland diesen Krieg verlieren könne.

Zur gleichen Zeit, da Gauleiter Sauckel dem Führer mit einem dreifachen Sieg-Heil dafür dankte, dass er das deutsche Volk zu solch einsamer Höhe und Größe geführt hatte, rief Oberst Werthe in seinem Büro im Hotel „Lutetia" den Hauptmann Brenner und den Sonderführer Lieven zu sich.

„Meine Herren", sprach der Oberst, „ich habe soeben aus Berlin die entsprechenden Weisungen erhalten. Hauptmann Brenner, für Ihre Verdienste um die Liquidierung des ‚Maquis Crozant' werden Sie rückwirkend zum 1. August zum Major befördert. Im Namen des Führers und Obersten Befehlshabers verleihe ich Ihnen ferner das Kriegsverdienstkreuz Erster Klasse mit Schwertern."

Das war des kleinen Hauptmanns Brenner große Stunde! Seine Augen leuchteten hinter den blitzenden Brillengläsern wie die eines glücklichen Kindes am Heiligen Abend. Er stand stramm, Bauch hinein, Brust heraus!

„Bravo!", sagte der Zivilist Lieven, der an diesem Tag einen hervorragend geschnittenen blauen Sommeranzug, ein weißes Hemd und eine matt grau-rosa gestreifte Krawatte trug. „Ich gratuliere, Herr Major!"

Der neu gebackene Major Brenner sagte beschämt: „Natürlich verdanke ich das alles nur Ihnen."

„Unsinn!“

„Nein, kein Unsinn, Ihnen allein! Und ich gestehe, dass ich oft gegen Sie gewesen bin bei dieser Operation, dass ich die ganze Sache für verrückt hielt, dass ich kein Vertrauen zu Ihnen hatte …“

„Wenn Sie von nun an Vertrauen zu mir haben, dann ist alles gut“, sagte Thomas versöhnlich. In der Tat: Von Stunde an verfügte Thomas in Major Brenner über einen ergebenen Bewunderer, der vor den verrücktesten und gewagtesten Operationen seines seltsamen Sonderführers nicht mehr zurückschrecken sollte. Oberst Werthe hatte die Spange zum Eisernen Kreuz Erster Klasse erhalten. „Das Kreuz habe ich schon aus dem Ersten Weltkrieg“, erklärte er.

„Sehen Sie“, sagte Thomas zu dem frisch gebackenen Major Brenner, „wir haben zwei Weltkriege so knapp nacheinander begonnen, dass ein kräftiger, gesunder Mensch durchaus das Glück haben kann, sie beide in ihrer heroischen Größe zu erleben.“

„Schnauze“, sagte der Oberst. „Was machen wir überhaupt mit Ihnen, Sie komischer Sonderführer? Sie sind Zivilist.“

„Das möchte ich auch bleiben.“

„Aber ich habe hier eine Anfrage aus Berlin. Sagen Sie mir, welche Auszeichnung Sie gerne hätten.“

„Mich kann man mit Orden nicht glücklich machen, Herr Oberst“, antwortete unser Freund darauf. „Aber wenn ich eine Bitte äußern darf …“

„Sprechen Sie!“

„… dann wünsche ich mir ein anderes Betätigungsfeld. Ich will nicht mehr zur Partisanenbekämpfung eingesetzt werden, meine Herren. Ich bin ein Mensch, der gerne lacht und fröhlich ist. In den letzten Wochen verging mir das Lachen. Ich möchte, wenn ich schon für Sie arbeiten muss, eine Arbeit, die kurzweiliger ist und amüsanter.“

„Ich glaube, da habe ich genau das Richtige für Sie, Sonderführer Lieven.“

„Nämlich, Herr Oberst?“

„Den französischen schwarzen Markt“, sagte Werthe. Und in der Tat waren von diesem Augenblick an – für eine Zeit wenigstens – alle dunklen Wolken von Thomas Lievens Lebenshorizont verschwunden, und kopfüber purzelte unser Freund hinein in einen Karneval grotesker neuer Abenteuer …

„Niemals in der Geschichte der Menschheit hat es einen so großen, so verrückten und so gefährlichen schwarzen Markt gegeben wie heute hier in Paris“, sagte Oberst Werthe. Staunend erfuhr Thomas, was sich hinter der heiteren Fassade der Lichterstadt an der Seine begab: „Hier kauft einfach alles ein: die Organisation Todt, die Marine, die Luftwaffe, das Heer, der Wehrmachtkraftfahrzeugpark – und jetzt hat sich auch noch der SD eingeschaltet.“

Reichsmarschall Göring, berichtete Werthe, hatte empfohlen, den Marché noir zu bekämpfen. Durch gegenseitiges Überbieten der deutschen Aufkäufer waren die Preise nämlich mittlerweile ins Astronomische geklettert. Auf dem Umweg über fünf oder sechs Agenten stieg der Preis für eine ordinäre Drehbank, die normalerweise 40000 Franc kostete, auf eine Million!

Also richtete der SD eine „Schwarzmarkt-Bekämpfungsstelle" in der Rue des Saussaies ein, im Gebäude der „Sûreté". Leiter der Stelle war ein SS-Untersturmbannführer. Referenten des SD aus allen Teilen Frankreichs wurden zur Schulung nach Paris geholt.

Allein – der SD hatte kein Glück mit seiner neuen Stelle. Die „Schwarzmarkt-Bekämpfungsreferenten", einmal ausgebildet, kamen nämlich bald darauf, dass man sich an diesem *„Marché noir"* gesundstoßen konnte! Sie arbeiteten mit den Franzosen zusammen. Es gab die wüstesten Schiebungen.

50000 Pullover wurden zum Beispiel nicht einmal, sondern – an einem einzigen Tag – viermal verkauft. Dann wurden drei der Aufkäufer abgeknallt. Der vierte war ohnehin mit von der Partie der Gauner. So konnte man die Pullover anderntags wieder anbieten. Das Geld für dreimal 50000 Pullover hatte man im Kasten ...

Menschen verschwanden. Lokomotiven verschwanden. Hunderttausende Kilogramm feinstes Zigarettenpapier verschwanden. Immer toller wurde das Treiben, das der SD mit seiner korrupten „Bekämpfungsstelle" ausgelöst hatte. Agenten verhafteten sich gegenseitig, legten sich gegenseitig um. Gestapo-Beamte traten als Franzosen auf, Franzosen als Gestapo-Beamte ...

Dies alles erzählte Oberst Werthe dem staunend lauschenden Thomas Lieven. Abschließend sagte er: „Wäre das was für Sie, Lieven?"

„Ich glaube, gerade das Richtige, Herr Oberst."

„Nicht zu gefährlich?"

„Ach, wissen Sie, ich habe auf diesem Gebiet eine ganz ordentliche Ausbildung genossen, als ich in Marseille lebte", sagte Thomas Lieven. „Außerdem bringe ich alle Voraussetzungen mit. Ich habe hier noch eine Villa am Square du Bois de Boulogne. Ich bin hier noch, aus der Zeit vor dem Krieg, an einer kleinen Bank beteiligt. Ich könnte außerordentlich vertrauenerweckend wirken."

Sagte er. Und dachte: ... und endlich wieder ein Privatleben haben. Und mich endlich ein wenig absondern, ein wenig entfernen von euch Lieben. Wer weiß, vielleicht schaffe ich es doch noch in die Schweiz ...

10

Seine Bank fand Thomas Lieven wieder wie der Mann aus dem Märchen, der nach langem, verzaubertem Schlaf in sein Dorf zurückkehrt und feststellt, dass sieben Jahre vergangen sind. Im Falle von Thomas Lieven waren nur drei Jahre vergangen; der Seniorchef der Bank und die meisten älteren Angestellten waren noch da. Von den jüngeren fehlten viele.

Als Erklärung für sein langes Verschwinden gab Thomas den einleuchtenden

Umstand an, dass er von den Deutschen aus politischen Gründen eingesperrt und endlich wieder freigelassen worden sei.

Sodann forschte Thomas nach seinem betrügerischen englischen Partner Robert E. Marlock. Doch niemandem war das Geringste über diesen Schuft bekannt.

Thomas fuhr hinaus gegen den Bois de Boulogne. Er wurde richtig wehmütig angesichts der kleinen Villa, in der er so viele schöne Stunden mit der süßen Mimi Chambert verbracht hatte. Mimi Chambert – Oberst Siméon … Ob sie in Paris waren? Jetzt wollte er sie suchen … Ach, und Josephine Baker und Oberst Débras … Von weit, weit draußen im großen Sandmeer der Zeit lächelten sie ihm zu: Bastian und „Pferdefuß" aus Marseille … Pereira, der geniale Fälscher, Lazarus Alcoba, der tote bucklige Freund, die hysterische Konsulin Estrella Rodrigues aus Lissabon … Am weitesten, unerreichbar weit entfernt, lächelte traurig die Frau, nach der Thomas sich immer noch sehnte …

Er schrak aus seinen Träumen auf. Er fuhr sich mit der Hand über die feuchten Augen und ging in den kleinen Garten der Villa, die er drei Jahre zuvor, in einem Cadillac mit amerikanischer Fahne auf dem Dach, fluchtartig verlassen hatte.

Ein junges, hübsches Stubenmädchen öffnete ihm. Er bat, den Herrn des Hauses sprechen zu dürfen. Das Mädchen führte ihn in den Salon. „Der Herr Stabszahlmeister wird gleich kommen." Thomas sah sich um. Seine Möbel waren das noch, seine Teppiche, seine Bilder. Ach Gott, verwohnt, verwahrlost, aber sein eigen … Dann kam der Herr Stabszahlmeister: selbstbewusst, vollgefressen, wichtigtuerisch. „Höpfner mein Name. Heil Hitler! Wie kann ich Ihnen dienen?"

„Thomas Lieven. Indem Sie hier umgehend ausziehen."

Der Stabszahlmeister lief rot an. „Besoffen, was?"

„Keine Spur."

„Blöder Witz?"

„Nein, nur meine Wohnung."

„Quatsch! Die Wohnung gehört mir! Lebe seit einem Jahr hier."

„Ja, das merkt man. Reichlich verdreckt das alles."

„Hören Sie mal, Herr Lieven, oder wie Sie heißen, Sie verschwinden jetzt sofort, oder ich rufe die Polizei."

Thomas stand auf. „Ich gehe schon. Im Übrigen sind Sie nicht ganz korrekt angezogen."

Er ging zu Oberst Werthe. Zwei Stunden später erhielt Stabszahlmeister Höpfner von seinem Vorgesetzten den Befehl, augenblicklich die Villa am Square du Bois de Boulogne zu räumen. Die Nacht verbrachte er bereits in einem Hotel. Er begriff die Welt nicht mehr.

Der ehemalige Stabszahlmeister Höpfner heißt zwar anders, aber er lebt unter uns. Er ist heute Generaldirektor eines großen Werkes im Rheinland. Vielleicht liest er diese Zeilen. Dann wird er nach überlanger Weile endlich erfahren, wer schuld daran war, dass er am 3. September 1943 so schnell aus der hübschen Villa am Square du Bois de Boulogne flog.

11

Verlor Stabszahlmeister Höpfner eine Villa, so verlor Oberst Werthe in diesen Tagen eine erstklassige Hausangestellte: die schwarzhaarige, hübsche Nanette. Die kleine Französin hatte Thomas Lieven kennen- und bewundern gelernt, als er, zusammengeschlagen und elend, von Oberst Werthe am 12. Dezember 1942 aus der Gestapo-Haft geholt worden war. Nun kündigte Nanette dem Abwehr-Oberst plötzlich. Ein paar Tage später traf er sie in der Villa von Thomas wieder.

„Nicht böse sein, Herr Oberst", flötete sie, „isch 'aben immer schon wollen arbeiten in die Square du Bois de Boulogne …"

Anfang September 1943 hatte Thomas sich nach seinem Geschmack etabliert. Der Keller war gefüllt mit Schwarzmarkt-Spirituosen, die Küche mit Schwarzmarkt-Lebensmitteln. Die Bekämpfung des schwarzen Marktes konnte beginnen!

Die erste, einigermaßen mysteriöse Schlüsselfigur, auf die Oberst Werthe ihn ansetzte, war ein gewisser Jean-Paul Ferroud. Der weißhaarige Riese besaß, gleich Thomas, in Paris ein privates Bankhaus. Es schien, dass die größten und frechsten Schiebungen über ihn abgewickelt wurden.

Thomas lud den Bankier zum Essen ein.

Zweierlei taten Franzosen im Jahre 1943 nur unter ganz außerordentlichen Umständen: Deutsche besuchen und Deutsche einladen. Man traf sich in Restaurants, in Bars, im Theater – aber nicht zu Hause. Oder man hatte sehr, sehr gute Gründe dafür …

Die Affäre Ferroud begann denn auch gleich mit einer Überraschung für Thomas: Der Bankier sagte zu.

Fünf Tage bereitete Thomas Lieven mit Nanette dieses Abendessen vor. Ferroud kam um halb acht. Die Herren waren im Smoking.

Die sehr trockenen Martinis nahmen sie im Salon. Dann schritt man zu Tisch, auf dem Kerzen brannten.

Nanette servierte den Schinken.

Ferroud aß wie ein Kenner. Er beleckte dezent die Lippen: „Wirklich fabelhaft, Monsieur. Lag in Rotwein, wie?"

„Fünf Tage. Das Wichtigste war allerdings das Einreiben mit Wacholderbeeren, Ingwer, Lorbeerblättern, Pfefferkörnern und Zwiebeln. Sie müssen den Schinken einreiben, bis er fast schwarz wird."

„Und Sie nahmen nur Rotwein?" Ferroud sah großartig aus, wie der *Père noble* eines französischen Theaters.

„Auch eine halbe Flasche Essig. Ich bin sehr glücklich, dass Sie meiner Einladung Folge geleistet haben."

„Ich bitte Sie", sagte der andere, Selleriesalat auf seine Gabel häufend, „man wird schließlich nicht jeden Tag von einem Agenten der Deutschen Abwehr eingeladen."

Thomas aß ruhig weiter.

„Ich habe mich über Sie informiert, Monsieur Lieven. Eigentlich kann man Ihnen nur misstrauen, soviel und gleichzeitig so wenig zeichnet sich aus den Informationen ab, wer Sie wirklich sind. Eines steht fest: Sie sind auf mich angesetzt, weil man mich für einen großen Drahtzieher des Schwarzmarktes hält! Stimmt's?"

„Stimmt", sagte Thomas. „Eine Scheibe Fleisch müssen Sie noch nehmen! Etwas verstehe ich nicht."

„Was bitte?"

„Dass Sie, wenn Sie mir misstrauen und wissen, was ich will, trotzdem zu mir kamen. Das muss doch einen Grund haben."

„Natürlich hat das einen Grund. Ich wollte den Mann kennenlernen, der – vielleicht – mein Feind sein wird. Und ich möchte Ihren Preis erfahren, vielleicht können wir uns arrangieren, Monsieur ..."

Thomas zog die Augenbrauen hoch. Er wirkte arrogant, als er sagte: „Sie sind doch nicht so gut über mich informiert. Schade, Monsieur Ferroud, ich hatte mich auf einen gleichwertigen Gegner gefreut ..."

Der Bankier wurde rot. Er legte Messer und Gabel nieder. „Es gibt also kein Arrangement zwischen uns? Jetzt sage ich: Schade. Ich fürchte, Sie unterschätzen die Gefahr, in der Sie von jetzt an leben werden, Monsieur. Sie verstehen, dass ich niemanden in meine Karten schauen lassen kann. Schon gar nicht einen Unbestechlichen ..."

12

Thomas Lieven hatte sich gerade auf die Couch gelegt, als in seiner Villa am Square du Bois de Boulogne zu Paris das Telefon klingelte. Es war 13 Uhr 46 am 13. September 1943 – ein historischer Augenblick! Denn dieser Telefonanruf sollte, auf längere Sicht betrachtet, eine Lawine von Ereignissen auslösen.

Er sollte Thomas Lieven das Wiedersehen mit einer Dame bescheren, das ihm, nach einer äußerst kurzen Periode der Seligkeit, schon bald beinahe das Leben kostete, Thomas Lieven die Freundschaft eines Mannes bringen, der ihm wenige Monate später besagtes Leben rettete, Thomas Lieven in die Lage versetzen, einen außerordentlich begreiflichen, wenn auch verwerflichen Mord und im Zusammenhang damit die größte Schwarzmarkt-Affäre des Jahres aufzuklären und unserem Freund schließlich die ewige Dankbarkeit einer verzweifelten Hausfrau und einer alten Köchin sichern, denen er in einer für Hausfrauen grauenvollen Situation hilfreich unter die Arme griff.

Ein recht gemischtes Programm, wie man sieht. Plus und Minuspunkte. Trotzdem:

Menu • Paris, 10. September 1943

Mit einem Schinken beginnt Thomas Lievens Schwarzmarkt-Karussell.

Schweineschinken in Rotwein mit Selleriesalat und Salzkartoffeln
Savarin mit Früchten

Schweineschinken in Rotwein: Man nehme einen ganzen, frischen Schweineschinken, befreie ihn von der Schwarte und etwas vom Fett. – Man mache einen Brei aus geriebenen Zwiebeln, gestoßenem Pfeffer, Ingwer, Wacholderbeeren und Lorbeerblättern, reibe den Schinken mit der Hand fest damit ein, sodass er eine ganz braune Farbe bekommt. – Man lege den Schinken fünf bis acht Tage in einen Topf, übergieße ihn mit einer Flasche Rotwein und einer halben Flasche Essig, wende ihn öfters darin um. – Man reibe ihn vor dem Braten tüchtig mit Salz ein, setze ihn mit der Hälfte der Brühe aufs Feuer. Nach Einkochen der ersten Flüssigkeit stelle man den Schinken in den Bratofen, gebe dann den Rest der Brühe nach und nach zu. Man brate den Schinken zu schöner brauner Farbe, binde den Bratenfond zu einer sämigen Soße und reiche Selleriesalat ohne Mayonnaise und Salzkartoffeln dazu. – Man rechne für den Schinken je nach Größe drei bis fünf Stunden Koch und Bratzeit.

Savarin mit Früchten: Man nehme ein halbes Pfund Mehl, knapp ein Achtelliter Milch, 15 Gramm Hefe, 125 Gramm Butter, 30 Gramm Zucker, drei Eier und etwas Salz. – Man mache ein Hefestück mit einem Viertel des gewärmten Mehles und lasse es gehen. Man vermische es mit der geschmolzenen Butter und den übrigen Zutaten und schlage es, bis es Blasen wirft. – Man streiche eine Randform mit Butter aus, fülle sie zu drei Viertel mit dem Teig und lasse ihn aufgehen, bis sie voll ist, backe dann dreißig Minuten.

Inzwischen mache man eingemachte oder frisch geschmorte Pfirsichhälften (es können auch andere Früchte sein) heiß, ebenfalls ein Achtel Pfund dicke Aprikosenmarmelade. Man stelle eine Flüssigkeit her aus: ein Achtelliter Saft der Früchte, zwei Esslöffel Weißwein, je ein Esslöffel Kirschwasser, Sherry, Maraschino und Zitronensaft, ein halber Teelöffel Rum und einem Stückchen gestoßener Vanille. – Man kippe den gebackenen Rand sofort auf eine vorgewärmte Schüssel, begieße ihn mit der heißen Flüssigkeit, bestreiche ihn mit der heißen Aprikosenmarmelade und bestreue ihn mit zwei Esslöffel voll gewiegter Pistazien, richte die heißen Früchte in der Mitte hoch an. Man kann den Rand auch tags zuvor backen, muss ihn dann erwärmen, bevor man ihn begießt und verziert.

Hätte Thomas geahnt, was ihn erwartete, er hätte das Telefon weiterklingeln lassen bis zum Jüngsten Tag. Aber er ahnte es nicht, und darum hob er den Hörer ab.

„Ja?"

„Monsieur Lieven?"

Die Stimme kannte Thomas. Sie gehörte Jean-Paul Ferroud. Liebenswürdig erkundigte sich Thomas nach dem Befinden des Bankiers. Es ginge ihm gut, sagte Ferroud.

„Und der Frau Gemahlin?"

„Gleichfalls, danke. Hören Sie, Herr Lieven, es tut mir leid, dass ich mich bei Ihnen so – hm, so kalt und aggressiv betrug …"

„Aber ich bitte Sie!"

„Nein, nein, nein! Bei einer so delikaten Schweinekeule noch dazu … Ich möchte das gern gutmachen." Nanu?, dachte Thomas. „Würden Sie meiner Frau und mir die Freude bereiten, heute Abend bei uns zu speisen?"

Donnerwetter!, dachte Thomas.

Mild ironisch meinte der Bankier: „Ich nehme an, dass Sie als Abwehragent genau wissen, wo ich wohne, oder?"

Kleine Scherze dieser Art brachten Thomas schon lange nicht mehr aus dem Gleichgewicht. Er erwiderte hurtig: „Aber gewiss, Monsieur. Sie wohnen in der Avenue Malakoff Nummer 24, ganz in meiner Nähe. Sie haben eine sehr schöne Frau. Vorname Marie-Louise. Mädchenname Kléber. Sie besitzt den wertvollsten Schmuck von Paris. Sie haben einen chinesischen Diener namens Shen-Tai, eine Köchin Thérèse, ein Mädchen Suzette und zwei Bulldoggen, Cicero und Caesar."

Er hörte Ferroud lachen. „Sagen wir um acht?"

„Um acht, Monsieur." Thomas hängte ein.

Ehe er noch über diese seltsame Einladung nachdenken konnte, klopfte es. Atemlos stürzte das bildhübsche Dienstmädchen Nanette herein. Nanette sprach deutsch. Sie sprach immer deutsch, wenn sie besonders aufgeregt war: „Monsieur … Monsieur … Die Radio melden gerade, dass man 'at befreit die Mussolini … Die Duce ist schon unterwegs nach Berlin – zu 'itleer, damit er kann weiterkämpfen mit ihm …"

„Benito wird sehr glücklich sein", sagte Thomas.

Nanette lachte. Sie kam nahe heran, ganz nahe. „Oh, Monsieur … Sie sind so nett … Ich bin so glücklich, 'ier sein zu dürfen …"

„Nanette, denken Sie an Ihren Pierre!"

Sie zog eine Schnute. „Ach, Pierre – ist so langweilig …"

„Er ist ein sehr netter Junge", sagte Thomas pädagogisch und stand auf, weil sie allzu nahe an ihn herangetreten war. „Marsch, in die Küche, Nanette!" Er gab ihr einen Klaps. Sie lachte, als würde sie gekitzelt. Dann zog sie enttäuscht ab.

Er grübelte: Was will der Bankier von mir?

13

Die Villa in der Avenue Malakoff erwies sich als ein unendlich kultiviertes Haus, angefüllt mit europäischen und fernöstlichen Kostbarkeiten. Ferroud musste Millionär sein!

Der kleine chinesische Diener empfing den Besucher zwar mit dem ewigen Lächeln seiner Rasse, aber in Haltung und Stimme hochmütig und kühl. Kühl und hochmütig war auch das Stubenmädchen, dem Thomas einen Zellophankarton mit drei rosafarbenen Orchideen für die Hausfrau überreichte.

Und hochmütig und kühl schließlich war der Hausherr. Er ließ Thomas eine hübsche Weile – sieben Minuten, wie dieser anhand seiner geliebten goldenen Repetieruhr stirnrunzelnd feststellte – in einem Salon warten. Dann kam er, elegant wie immer, reichte Thomas die Hand und begann Martinis zu mixen. „Meine Frau wird sofort erscheinen."

Komisch, dachte Thomas, komisch. Er sah sich den Buddha an, die Schränkchen mit den Einlegearbeiten, die schweren, vielarmigen Leuchter, die Teppiche. Dieser Jean-Paul Ferroud ist unabhängig. Er kann auf mich pfeifen. Aber warum lädt er mich ein, wenn er auf mich pfeifen kann? Und wenn er mich schon einlädt, warum benimmt er sich dann so, dass mir langsam die Wut hochkommt?

Der weißhaarige Privatbankier ließ plötzlich zwei kleine Eiswürfel fallen. Er stand vor einer mit fantastisch bemalten Spiegeln verzierten Bar und füllte einen silbernen Shaker. Er räusperte sich und lachte verlegen: „Handzittern. Man wird alt. Der Suff!"

Plötzlich kam Thomas eine Erkenntnis: Dieser Mann war überhaupt nicht hochmütig, dieser Mann war nervös, fürchterlich nervös! Und auch der Chinese, das Mädchen … Er hatte sie alle falsch beurteilt. Nervös waren auch sie; in angstvoller Erwartung – wovor?

Die Dame des Hauses erschien. Marie-Louise Ferroud war groß, schlank und von makelloser Schönheit. Blau und lang bewimpert waren die Augen, wundervoll frisiert war ihr blondes Haar. Sie trug ein schulterfreies schwarzes Kleid und an den Armen und am Halse ihren herrlichen Schmuck. Dagegen, dachte Thomas unwillkürlich, kommt die Sore, die wir dem Juwelier Pissoladière in Marseille rausholten, natürlich nicht auf. – Junge, Junge, ganz hübsch verkommen bin ich schon!

„Madame …" Er verneigte sich tief, küsste ihre Hand und stellte fest: Diese schlanke, weiße, fein duftende Hand zitterte.

Er richtete sich auf, sah in die kühlen blauen Augen und entdeckte auch in ihnen Panik, mühsame Beherrschung. Warum?

Madame dankte für die Orchideen. Madame freute sich, Thomas kennenzulernen. Madame nahm das Martiniglas zur Hand, das ihr von ihrem Gatten gereicht wurde. Madame stellte das Martiniglas plötzlich auf einen sechseckigen Bronzetisch, presste die Faust gegen die Lippen und brach in Schluchzen aus.

Kinder, Kinder, dachte Thomas. Ich will ja gar nicht mehr von meinem Club reden. Aber wenn ich diesen Scheißkrieg überlebe, dann verkaufe ich meine Memoiren an einen Buchverlag. *Mit* allen Rezepten!

Er sah den weißhaarigen Ferroud zu seiner schönen Gattin eilen. „Um Gottes willen – Marie-Louise – was ist ... Du musst dich zusammennehmen, was soll Herr Lieven denken?"

„Ach", schluchzte Madame Ferroud, „verzeih mir, Jean, verzeih mir ..."

„Es sind die Nerven, chérie ..."

„Nein, es sind nicht die Nerven ... Es ist auch gar nicht deswegen ... Es ist *außerdem* noch etwas passiert!"

Ferrouds Gesicht wurde hart. „Außerdem – was?"

„Das Essen – das Essen ist verdorben!" Aufschluchzend ergriff die Hausfrau ihr Taschentuch, schnaubte in dasselbe und rief: „Thérèse hat den Zander fallen lassen!"

Der Bankier Ferroud, von der Deutschen Abwehr dringend verdächtigt, eine der gefährlichsten Schlüsselfiguren des fantastischen französischen *„Marché noir"* zu sein, wurde jetzt unwillig.

„Marie-Louise, ich muss doch bitten! Du weißt, worum es heute Abend geht! Du weißt, was auf dem Spiel steht! Und da brichst du in Tränen aus wegen eines idiotischen Zanders? Da benimmst du dich wie ..."

„Monsieur Ferroud!", unterbrach ihn Thomas, sanft, aber bestimmt.

„Was wollen Sie? Ich meine: Ja, bitte?"

„Erlauben Sie, dass ich einige Fragen an Madame richte?"

„Ich ... hrm ... also ... Nun ja, gewiss."

„Danke. Madame, Sie sagen, Thérèse ließ den Zander fallen ..."

„Ließ sie, ja. Sie ist schon so alt. Sie sieht so schlecht. Er fiel auf die Herdplatte, als sie ihn aus dem Wasser hob. Er zerbrach – mir wird übel – in lauter kleine Stücke!"

„Madame, es gibt nur eine Sünde im Leben: den Mut zu verlieren. Courage. Sie haben die Tollkühnheit besessen, einen deutschen Agenten zu Tisch zu laden. Soll ein französischer Zander Sie in die Knie zwingen?"

Ferroud hielt sich plötzlich den schönen Kopf mit beiden Händen und äußerte: „Das geht zu weit ..."

„Aber woher denn", sagte Thomas. Und zu der Dame des Hauses: „Verzeihen Sie die indiskrete Frage – was sollte es denn vor dem Zander geben?"

„Schinken mit Soße Cumberland."

„Hm. Hm." Er machte ein Gesicht wie der große Sauerbruch beim Konsilium. „Und – hm, nachher?"

„Schokoladenkaffeecreme."

„Jaja", sagte Thomas und nahm eine Olive zu sich, „das geht ausgezeichnet."

„Was geht ausgezeichnet?", flüsterte die Dame, die gut und gerne 70 Karat an sich

Menu • Paris, 13. September 1943

Thomas Lieven rettet einen Fisch und ein blondes Mädchen …

Gekochter Schinken mit Soße Cumberland • Fischspeise in der Form
Schokoladenkaffeecreme

Soße Cumberland: Man verrühre einen Viertelliter Johannisbeergelee, ein Achtelliter Rotwein, den Saft von zwei Orangen, einen Teelöffel englisches Senfpulver und eine in feine Streifchen geschnittene, vom Weißen befreite Schale einer Orange. Man bewahre die Soße kühl auf. – Man kann diese Soße zu allen Arten von kaltem Fleisch geben, besonders gut eignet sie sich zu Wild.

Fischspeise in der Form: Man koche den Fisch im Ganzen, lasse ihn dann gut abtropfen, entferne Haut und Gräten und zerteile ihn in Stücke. Man mache eine helle Schwitze aus Butter und Mehl, gebe saure Sahne, Weißwein, geriebenen Parmesankäse und etwas Fischwasser hinzu und verkoche dies zu einer dicken weißen Soße. Man schmecke sie mit Salz und Pfeffer ab, füge gedünstete Champignons und einige Kapern hinzu. – Man lege die Fischstücke in eine gut gebutterte Auflaufform, gieße die Soße darüber, bestreue dick mit Parmesankäse, geriebener Semmel und Butterflöckchen und backe dann im Ofen zu goldgelber Farbe. Man garniere vor dem Anrichten mit gebackenen Blätterteig-Halbmonden, „Fleurons". – Man kann diese Speise aus allen festfleischigen Fischen, sehr gut aus Schellfisch und Kabeljau, zubereiten.

Schokoladenkaffeecreme: Man lasse einen Liter Milch mit 150 Gramm Kochschokolade und etwas Zucker aufkochen. – Man schlage in einer Schüssel drei Eigelb mit einem glatt gestrichenen Esslöffel Kartoffelmehl oder Maizena, gieße die kochende Flüssigkeit unter ständigem Rühren dazu. – Man gebe die Masse wieder in den Kochtopf und lasse sie auf kleinster Flamme unter ständigem Rühren dick werden, ohne dass sie zum Kochen kommt. – Man füge einen Suppenlöffel voll grob gemahlenem, keinesfalls pulverisiertem Kaffee und Eischnee zu der vom Feuer genommenen Creme und stelle sie sehr kalt.

trug. Thomas verneigte sich vor ihr. „Es will mir scheinen, dass Sie von zwei Sorgen gequält werden, Madame. Von der einen jedenfalls kann ich Sie leicht befreien, wenn Sie mir erlauben, Ihre Küche zu betreten."

„Sie … Sie glauben, Sie können noch etwas mit dem zerbrochenen Zander anfangen?" Ein unirdischer Ausdruck von Bewunderung trat in Marie-Louises Augen.

„Aber gewiss doch, Madame", sprach unser Freund. „Wollen wir vielleicht die Gläser und den Shaker mitnehmen? Es kocht sich leichter bei einem Schlückchen. Wirklich ausgezeichnet, der Martini. Echter britischer Gordon-Gin. Wo haben Sie den im vierten Kriegsjahr nur immer noch herbekommen, Monsieur Ferroud …"

14

Was war hier also wirklich los?

Das erfuhr Thomas auch in der riesigen, gekachelten Küche nicht.

Eine Schürze vor den Smoking gebunden, schaffte er elegant die Zander-Katastrophe aus der Welt. Bewundernd sahen ihm dabei zu: die schuldbewusste, kurzsichtige alte Köchin, die bleiche Hausfrau, der bleiche Hausherr. Das seltsame Ehepaar vergaß – vorübergehend wenigstens – seine gewaltige Nervosität. Thomas dachte: Ich kann warten. Und wenn das Theater weitergeht bis morgen früh. Einmal werdet ihr ja wohl den Mund aufmachen!

Er nahm die Gräten aus dem Unglücksfisch, enthäutete ihn und schnitt ihn blättrig. Trank einen Schluck und sprach: „Schwierige Jahre, meine Damen, haben mich erkennen lassen, dass das Leben einem meistens noch eine Chance gibt. Ein zerbrochener Zander ist immer noch besser als gar keiner. Wir bereiten jetzt eine schöne Soße. Haben Sie Parmesankäse, Thérèse?"

„So viel Sie wollen, Monsieur", flötete die alte Köchin. „Ach, ich bin ja so verzweifelt, dass mir das passieren musste!"

„Fassen Sie sich, meine Gute. Trinken Sie einen Schluck, es beruhigt." Der Hausherr goss der Köchin das Glas voll. Thomas sagte: „Weißwein, saure Sahne und Butter, bitte."

Er bekam, was er verlangte. Alle sahen ihm zu, wie er die Soße bereitete. Dann gab es plötzlich Lärm im Haus. Eine hohe Frauenstimme ertönte, eine hohe Männerstimme. Die Hausfrau erbleichte. Der Hausherr stürzte zur Tür. In dieser stieß er mit dem chinesischen Diener zusammen. Der hatte eine einfache Art, aus dem, was er hervorsprudelte, ein Geheimnis zu machen: Er sprudelte es chinesisch hervor.

Dazu wies er hinter sich, die Hausfrau, des Chinesischen offensichtlich mächtig, schrie auf. Der Hausherr herrschte sie chinesisch an. Sie sank auf einen Küchenhocker. Der Hausherr folgte Shen-Tai, ohne sich zu entschuldigen. Die Tür flog hinter ihm ins Schloss.

Na ja, dachte Thomas, so geht es also zu bei feinen Franzosen. Was soll man machen? Er beschloss, sich durch nichts mehr erschüttern zu lassen. „Haben wir Kapern, Thérèse?"

„O heilige Jungfrau, die arme gnädige Frau …"

„Thérèse!"

„Kapern – jawohl, sind da."

„Und Champignons?"

„Au-auch … Madame, kann ich etwas für Sie tun?"

Die Hausfrau fasste sich. Sie sah auf: „Bitte, verzeihen Sie das alles, Herr Lieven. Shen-Tai ist seit zehn Jahren bei uns. Wir haben keine Geheimnisse vor ihm. Er kam in Shanghai zu uns … Wir lebten lange dort …"

Im Haus erklangen laute Stimmen. Dann fiel etwas um. Thomas dachte: Gor net ignorieren, würde mein Freund, der Gefreite Karli Schlumberger, sagen.

„Und in die Röhre damit, Thérèse."

„Ich habe Kummer mit meiner Cousine, Herr Lieven."

„Das tut mir leid, Madame. Und nun bei sanfter Hitze überbacken."

„Sie soll mit uns essen, wissen Sie. Sie wollte aber eben fluchtartig das Haus verlassen. Shen-Tai hat das im letzten Augenblick verhindert."

„Ein aufregender Abend, fürwahr. Warum wollte Ihre verehrte Cousine fliehen?"

„Ihretwegen."

„Hr-rm. Meinetwegen?"

„Ja. Sie – sie wollte Ihnen nicht begegnen." Die Hausfrau stand auf. „Mein Mann ist jetzt mit ihr im Salon. Bitte, kommen Sie. Ich bin sicher, Thérèse kennt sich nun aus."

„Ordentlich mit Parmesan, Kapern und Champignons überstreuen, Thérèse", sagte Thomas. Er nahm sein Glas und den Shaker. „Madame, ich bin begierig, Ihre Verwandte kennenzulernen – eine Dame, die vor mir schon fliehen will, *bevor* sie mich kennt. Was für ein Kompliment!"

Er folgte der Hausfrau. Als er den Salon betrat, passierte ihm dann etwas, was ihm noch nie passiert war: Er ließ sein Martiniglas fallen. Der Drink sickerte in den dicken Teppich. Thomas stand wie gelähmt. Er starrte die schlanke junge Frau an, die auf einem antiken Sessel saß. Ferroud stand neben ihr wie ein Leibwächter. Aber unser Freund sah nur diese junge, blasse Frau mit den zusammengepressten Lippen und den schräg geschnittenen grünen Augen, den streng gekämmten blonden Haaren, den hohen Backenknochen. Heiser kam ihre Stimme: „Guten Abend, Herr Sonderführer."

„Guten Abend, Mademoiselle Dechamps", sagte er mühsam. Und dann verneigte er sich vor der ehemaligen Assistentin Professor Débouchés, der ehemaligen Partisanin des „Maquis Crozant", dieser leidenschaftlichen Deutschenhasserin, die ihm in Clermont-Ferrand ins Gesicht gespuckt und den Tod gewünscht hatte, einen langsamen, qualvollen Tod …

Jean-Paul Ferroud hob das Glas auf, das Thomas fallen lassen hatte, und sagte:

„Wir haben Yvonne nicht erzählt, wer heute Abend zu Besuch kommt. Sie … Sie hörte Ihre Stimme, als wir in die Küche gingen – und erkannte Sie wieder – und wollte weglaufen … Sie können sich denken, warum."

„Ich kann es mir denken."

„Nun gut, wir haben uns in Ihre Hand begeben, Herr Lieven. Yvonne ist in Todesgefahr. Die Gestapo jagt hinter ihr her. Wenn man ihr nicht hilft, ist sie verloren."

Yvonne Dechamps' Augen verengten sich zu Schlitzen. So sah sie Thomas an. Und in ihrem schönen Gesicht waren zu erkennen: Scham und Zorn, Verwirrung und Hass, Angst und Aufbegehren. Thomas Lieven dachte: Ich habe sie zweimal verraten. Einmal als Deutscher und einmal als Mann. Dieses zweite Mal kann sie mir nicht vergeben. Darum der Hass. Wenn ich damals in der Mühle von Gargilesse in ihrem Zimmer geblieben wäre …

Er hörte Ferroud sagen: „Sie sind Bankier wie ich. Ich rede nicht von Sentiments. Ich rede von Geschäften. Sie wollen Informationen über den schwarzen Markt. Ich will, dass der Cousine meiner Frau nichts passiert. Klar?"

„Klar", sagte Thomas. Seine Lippen waren plötzlich trocken wie Pergament. Er fragte Yvonne: „Wieso ist die Gestapo hinter Ihnen her?" Sie warf den Kopf zurück und sah zur Seite.

„Yvonne!", rief Madame Ferroud wütend.

Thomas zuckte die Schultern. „Ihre Cousine und ich sind gute alte Feinde, Madame. Sie kann mir nicht verzeihen, dass ich sie damals in Clermont-Ferrand laufen ließ. Ich gab ihr noch die Adresse eines Freundes namens Bastian Fabre. Der hätte sie versteckt. Leider scheint sie ihn nicht aufgesucht zu haben."

„Sie hat die Führer des Maquis von Limoges aufgesucht, um weiter in der Résistance zu arbeiten", sagte Ferroud.

„Unsere kleine Patriotin, das Heldenweib", sagte Thomas und seufzte.

Plötzlich sah Yvonne ihn an, offen und ruhig, und zum ersten Mal ohne Hass. Sie sagte einfach: „Es ist mein Land, Herr Lieven. Ich wollte für mein Land weiterkämpfen. Was hätten Sie getan?"

„Ich weiß es nicht. Dasselbe vielleicht. Was passierte?"

Yvonne senkte den Kopf.

Ferroud sagte: „Es war ein Verräter in der Gruppe. Der Funker. Die Gestapo verhaftete 55 Maquisards. Sechs sucht sie noch. Einer der sechs sitzt hier."

„Yvonne hat Verwandte in Lissabon", sagte Madame Ferroud. „Wenn sie dorthin kommt, ist sie gerettet."

Die beiden Männer sahen sich stumm an. Thomas wusste: Das war der Beginn einer erfolgreichen Zusammenarbeit. Aber, dachte er, wie ich das alles meinem Oberst verkaufe, weiß der liebe Himmel!

Der chinesische Diener erschien mit Verneigungen. „Das Essen ist fertig", sagte Madame Ferroud.

Sie ging voraus in das Speisezimmer. Die andern folgten ihr. Dabei streifte Thomas

Lievens Hand Yvonnes Arm. Sie zuckte zusammen, als hätte sie einen elektrischen Schlag erhalten. Er sah sie an. Ihre Augen wurden plötzlich dunkel. Das Blut schoss ihr zu Kopf.

„Das müssen Sie sich aber schleunigst abgewöhnen", sagte er.

„Wa-was?"

„Dieses Erschrecken. Dieses Erröten. Als Agentin der Deutschen Abwehr müssen Sie sich besser beherrschen."

„Als – als was?"

„Als deutsche Abwehragentin", erwiderte Thomas Lieven. „Was ist denn los? Haben Sie gedacht, ich kann Sie als französische Widerstandskämpferin nach Lissabon bringen?"

15

Der planmäßige Nachtschnellzug nach Marseille, der Paris um 21 Uhr 50 verließ, führte drei Schlafwagen mit sich. Die nebeneinanderliegenden Mittelabteile eines dieser Wagen waren am Abend des 17. September 1943 für Angehörige der Deutschen Abwehr reserviert.

Zehn Minuten vor Abfahrt des Zuges erschien ein gut gekleideter Zivilist in Gesellschaft einer eleganten jungen Dame im Gang dieses Schlafwagens und winkte den französischen Schaffner herbei. Die Dame trug einen Kamelhaarmantel, dessen Kragen hochgestellt war, und einen Hut von männlicher Fasson mit breiter Krempe, wie er damals gerade modern war. Es war schwer möglich, der Dame ins Gesicht zu sehen.

Der Herr zeigte dem Schaffner seine Platzreservierung und drückte ihm eine sehr große Banknote in die Hand.

„Danke, Monsieur, ich bringe gleich die Gläser …" Der Schaffner öffnete die Türen der beiden für die Deutsche Abwehr reservierten Abteile. In dem einen stand ein Silberkübel voll Eis, in welchem eine Flasche Veuve Clicquot steckte. Auf dem Fenstertischchen stand eine Vase mit zwanzig roten Nelken. Die Verbindungstür der Abteile war geöffnet.

Thomas Lieven schloss die Gangtüren. Yvonne Dechamps nahm ihren großen Hut ab. Wieder errötete sie tief.

„Ich habe Ihnen doch verboten zu erröten", sagte Thomas. Er zog die Lichtblende vor dem Fenster hoch und sah auf den Perron hinaus. Draußen marschierten gerade zwei Unteroffiziere der Wehrmachts-Zugkontrolle vorbei. „Hm." Thomas ließ den schwarzen Glanzstoffvorhang wieder herab.

„Was ist? Warum sehen Sie mich so an? Habe ich schon wieder Frankreich verraten?"

„Der Champagner – die Blumen … Warum tun Sie das?"

„Damit Sie ein bisschen ruhiger werden. Herrgott, Sie sind ja nur noch ein Nervenbündel! Bei jedem Geräusch fahren Sie zusammen. Nach jedem Kerl sehen Sie sich um. Dabei kann Ihnen gar nichts passieren. Sie heißen Madeleine Noël und sind eine Agentin der Deutschen Abwehr. Sie haben einen deutschen Abwehrausweis!"

Um diesen Ausweis zu bekommen, hatte Thomas sich im Hotel „Lutetia" einen Tag lang den Mund heiß reden müssen. Oberst Werthe seufzte zuletzt kopfschüttelnd: „Lieven, Sie sind das Ende der Abwehr in Paris. So einen Kerl wie Sie haben wir gerade noch nötig gehabt!"

In diesem kritischen Moment hatte unser Freund Schützenhilfe von einer Seite erhalten, von der er keine erwartete. Major Brenner, vormals sein misstrauischer Rivale, nun sein Bewunderer, mischte sich ein: „Wenn ich mir gehorsamst gestatten darf zu bemerken: Sonderführer Lieven hat auch im Fall ‚Maquis Crozant' ungewöhnliche Methoden vorgeschlagen – und wir haben mit ihnen Erfolg gehabt."

Der sorgsam gescheitelte kleine Brenner schielte über die Brille auf das linke seiner geflochtenen Majorschulterstücke, an deren Stelle sich vor Kurzem noch einfache Hauptmannschulterstücke befunden hatten. „Wenn dieser Ferroud wirklich auspackt ..."

„Und das wird er, wenn ich das Mädchen rausbringe", sagte Thomas und blinzelte Brenner zu.

„... wer weiß, was für einen Coup wir dann landen können, Herr Oberst", endete Brenner. Die Luft ging ihm aus, denn er dachte daran, dass bei einem neuen Coup – o du liebe Güte – für ihn vielleicht der nächsthöhere Rang eines Oberstleutnants drin war.

Schließlich gab Werthe auf. „Also schön, Sie kriegen Ihren Ausweis. Aber ich bitte mir aus, dass Sie die Dame bis Marseille begleiten. Sie bleiben an ihrer Seite, bis sie im Flugzeug sitzt, verstanden! Das fehlte mir noch, dass der SD sie in die Mache kriegt und es heißt, die Abwehr fliegt französische Widerstandskämpferinnen raus!"

Major Brenner sah Thomas bewundernd an. Ein Kerl. Ein Pfundskerl! Wenn man doch auch so sein könnte. Warum eigentlich nicht? Major Brenner beschloss insgeheim, bei nächster Gelegenheit zu beweisen, dass er auch ein Pfundskerl war ...

Ja, das alles also war jenem Augenblick vorangegangen, in welchem nun, fünf Minuten vor Abfahrt des Nachtschnellzuges nach Marseille, der Schaffner Emile an die Tür des Abteils 17 klopfte, um den Herrschaften darin zwei Champagnergläser zu bringen.

„Herein!", rief Thomas Lieven.

Schaffner Emile öffnete die Tür. Er musste sie ganz öffnen, um eine außerordentlich große und hagere Dame vorbeizulassen, die eine andere Dame zur Bahn gebracht hatte und sich nun anschickte, den Schlafwagen zu verlassen.

Die Dame, die nun das geöffnete Abteil 17 passierte, in welchem Thomas Lieven und Yvonne Dechamps nebeneinanderstanden, trug die Uniform einer Stabshauptführerin des Deutschen Arbeitsdienstes. Das farblose Haar hatte sie zu einem Knoten hochgenommen, an der Uniformjacke saß das goldene Parteiabzeichen, am

Verschluss der strengen Bluse saß eine schwere, gehämmerte Brosche. Die Stabshauptführerin Mielcke, persönliche Referentin des Reichsarbeitsführers Hierl, trug braune Wollstrümpfe und flache braune Schuhe.

Eine unerforschliche Laune des Schicksals wollte es, dass sie just in jenem Moment an Thomas Lievens Abteil vorüberging, in welchem Schaffner Emile es geöffnet hatte. Sie hätte früher daran vorübergehen können, später, überhaupt nicht. Sie ging vorüber im unglückseligsten aller Augenblicke, sie sah und erkannte diesen Kerl, mit dem sie vor ein paar Wochen eine so ungeheuerliche Auseinandersetzung gehabt hatte, sie sah die schöne junge Frau an seiner Seite. Und eine weitere unerforschliche Laune des Schicksals wollte es, dass Thomas Lieven die Stabshauptführerin Mielcke nicht sah. Er wandte ihr das Profil zu. Im nächsten Augenblick war sie auch schon verschwunden …

„Ah, die Gläser!", freute sich Thomas. „Lassen Sie nur, ich mache die Flasche selber auf, Emile." Er tat es, und sie tranken gerade das erste Glas, als zwei Minuten vor Abfahrt des Zuges die beiden Unteroffiziere der Zugkontrolle in ihrem Abteil erschienen.

Yvonne zeigte, dass sie nicht *nur* hysterisch sein konnte. Sie blieb vollkommen gefasst. Die deutschen Soldaten waren sehr höflich. Sie ließen sich die Ausweise zeigen, grüßten, wünschten eine angenehme Reise und verschwanden wieder.

„Na, bitte!", sagte Thomas Lieven. „Geht doch wie am Schnürchen!"

Die beiden Soldaten verließen den Schlafwagen. Sie schritten auf die Stabshauptführerin zu, die auf dem Perron stand und sie ersucht hatte, die beiden Personen im Abteil 17 zu kontrollieren. Der eine Soldat sagte: „Die Leute sind in Ordnung, Stabshauptführerin. Abwehr Paris, alle beide. Ein gewisser Thomas Lieven und eine gewisse Madeleine Noël."

„Madeleine Noël, sososo", wiederholte die Stabshauptführerin, indessen Trillerpfeifen ertönten, Türen zuflogen und der Zug sich mit zischendem Dampf und ächzenden Achsen auf seine weite Reise machte. „Beide von der Abwehr Paris. Danke!"

Sie sah dem Zug nach, und ein böses Lächeln verzog plötzlich ihren strengen Mund. Das letzte Mal hatte die Stabshauptführerin Mielcke im August 1942 in Berlin so gelächelt, bei einem Empfang in der Reichskanzlei. Da hatte Heinrich Himmler einen Witz gemacht. Über die Polen.

16

Nach der ersten Flasche Veuve Clicquot verlor Yvonne ihre Angst. Ihre hysterische Verkrampftheit löste sich fast. Das Gespräch wurde fast lustig. Sie lachten beide – doch plötzlich hörte Yvonne auf zu lachen, rückte beiseite, stand auf, sah fort. Thomas begriff sie gut. Einmal hatte er ihre Liebe verschmäht. Keine Frau vergisst so etwas. Keine Frau will so etwas ein zweites Mal erleben.

Und so sagten sie sich gegen halb zwölf Uhr Gute Nacht. Es ist das Beste, dachte Thomas ... Ist es das Beste? Er war auch ein wenig beschwipst, und Yvonne erschien ihm sehr schön. Als er ihre Hand zum Abschied küsste, wich sie vor ihm zurück, lächelte verkrampft, versteinerte wieder.

Thomas ging in sein Abteil, zog sich aus und wusch sich. Als er eben die Pyjamahose angezogen hatte, bremste der Zug heftig und legte sich gleichzeitig in eine wüste Kurve. Thomas verlor das Gleichgewicht, taumelte durch sein Abteil und krachte wuchtig gegen die Verbindungstür, die aufsprang. Mehr stürzend als taumelnd, landete er in Yvonnes Abteil. Sie lag im Bett und fuhr erschrocken auf. „Um Gottes willen! –"

Er fand seinen Halt wieder. „Entschuldigen Sie. Ich habe es nicht absichtlich getan – wirklich nicht ... Ich ... Gute Nacht ..." Er ging zu der aufgesprungenen Tür zurück. Da hörte er ihre gehetzte Stimme: „Warten Sie!"

Er drehte sich um. Yvonnes Augen waren halb geschlossen und sehr dunkel. Der Mund stand halb geöffnet. Die Stimme klang atemlos: „Diese Narben ..." Sie starrte seinen nackten Oberkörper an. Quer über seinen linken Brustkorb liefen drei hässliche, wulstig vernarbte Striemen einer besonderen Art, entstanden durch Schläge mit einem besonderen Instrument – einer gummiüberzogenen Spiralfeder.

„Das – das ist mir mal passiert ..." Thomas drehte den Kopf fort. Unwillkürlich hob er einen Arm vor die Brust. „Ein Unfall ..."

„Sie lügen ..."

„Bitte?"

„Ich hatte einen Bruder. Er wurde zweimal von der Gestapo verhaftet. Beim zweiten Mal wurde er aufgehängt. Beim ersten Mal wurde er gefoltert. Als er ...", ihre Stimme brach, „... als er heimkam aus dem Krankenhaus, da hatte er ... da hatte er – dieselben Narben ... Und Sie habe ich beschimpft – verdächtigt ... *Sie* ..."

„Yvonne ..."

Er trat zu ihr. Die Lippen einer schönen Frau trafen die Narben von Wunden, die ein brutaler Mann geschlagen hatte. Dann spürten sie einander. Zärtlichkeit schwemmte Scheu und Erinnerungen weg. Die Zugsirene schrie. Die Achsen schlugen gehetzt. Leise klirrte die Vase mit den roten Nelken.

17

Schneller und schneller jagte die zweimotorige Kuriermaschine mit den deutschen Hoheitszeichen über die Startpiste des Flughafens Marseille. Der Vormittag war trüb. Leichter Regen fiel.

An einem der Fenster des Flughafengebäudes stand ein Mann mit vielen falschen Namen. Sein richtiger Name lautete Thomas Lieven. Die Hände in den Taschen des weichen Flauschmantels, drückte er beide Daumen.

In der Kuriermaschine saß Yvonne Dechamps. Nun flog sie nach Madrid und von dort weiter nach Lissabon.

Eine einzige Nacht lang nur hatten sie einander geliebt – und doch kam Thomas sich nun, da die Maschine in den Wolken verschwand, einsam vor, verlassen, uralt.

Er fröstelte. Leb wohl, Yvonne, sagte er in Gedanken. In deinen Armen habe ich zum ersten Mal seit Monaten nicht mehr an Chantal gedacht. Aber wir durften nicht zusammenbleiben. Dies ist keine Zeit für Liebe. Diese Zeit reißt die Liebenden auseinander, oder sie tötet sie. Alles Gute, Yvonne, wir werden wohl nie mehr voneinander hören. Aber da irrte er sich!

Am 22. September 1943 war Thomas Lieven wieder in Paris. Nanette, sein hübsches, schwarzhaariges Dienstmädchen, das ihn verehrte, berichtete: „Monsieur Ferroud 'at schon angerufen viermal. Er sagte, er Sie dringend sprecken müssen."

„Kommen Sie heute um vier Uhr zu mir nach Hause", bat Ferroud, nachdem Thomas ihn telefonisch in seiner Bank erreicht hatte.

Als unser Freund eintraf, umarmte der weißhaarige, elegante Geldmensch ihn mit Tränen in den Augen.

Thomas räusperte sich. „Monsieur Ferroud, Yvonne ist in Sicherheit. *Sie* sind es nicht. *Sie* sind es weniger denn je."

„Bitte?"

„Bevor wir zu unserem Geschäft kommen – ich habe meinen Teil erledigt, jetzt sind Sie am Zuge –, will ich Ihnen schnell erzählen, was meine Untersuchung Ihrer Transaktionen bisher ergeben hat."

Thomas hatte mittlerweile eruiert, dass dieser Jean-Paul Ferroud ein Gesetzesbrecher besonderer Art war: Er verschob, wie andere Schwarzhändler, riesige Mengen von kriegswichtigen Gütern – aber nicht, um sie an die Deutschen zu verkaufen, sondern um sie vor den Deutschen in Sicherheit zu bringen. Er war das Gegenteil der gewöhnlichen Schieber, die Frankreich ausverkauften.

Er versuchte, französischen Besitz zu *retten*. Zu diesem Zweck hatte Ferroud Bilanzen gefälscht, unrichtige Produktionszahlen der Betriebe angegeben, die unter der Verwaltung seiner Bank standen, und riesenhafte Warenmengen an die Deutschen scheinverkauft.

Das alles sagte Thomas ihm jetzt auf den Kopf zu. Ferroud wurde bleich. Er wollte protestieren, verstummte zuletzt und wandte Thomas den Rücken zu.

Der schloss: „… was Sie getan haben, ist einfach idiotisch, Monsieur. Was wird in Kürze die Folge sein? Man wird Ihre Fabriken enteignen. Und dann? Was Sie getan haben, verstehe ich vom Standpunkt des Franzosen. Darum ein privater Rat, bevor man Ihnen auf die Schliche kommt: Fordern Sie schleunigst deutsche Treuhänder an. Dann wird sich kein Mensch mehr um Ihre Fabriken kümmern … Na, und die Treuhänder zu umspielen, das wird Ihnen doch keine Schwierigkeiten bereiten – oder?"

Ferroud drehte sich um. Er nickte. Er schluckte zweimal. Dann sagte er: „Danke."

„Keine Ursache. So. Und nun zum Geschäft. Aber ich warne Sie, Ferroud. Wenn

Ihre Informationen nichts wert sind, dann lasse ich Sie hochgehen! Es ist nämlich nicht so, dass ich mich *nur* in Franzosen hineindenken kann. Yvonne ist schließlich mit deutscher Hilfe gerettet worden."

„Das weiß ich. Das erkenne ich auch an." Ferroud kam näher. „Und was ich Ihnen verrate, kann Ihnen helfen, einen der größten Schwarzmarktringe aller Zeiten zu zerschlagen. Eine Organisation, die nicht nur meinem, sondern auch Ihrem Land bereits den größten Schaden zugefügt hat. In den letzten Monaten sind in Frankreich deutsche Reichskreditkassenscheine in so ungeheuren Mengen wie noch nie aufgetaucht. Sie wissen, was Reichskreditkassenscheine sind?"

Thomas wusste es. Die RKKs waren eine Art Besatzungsgeld. Es gab sie in jedem von den Deutschen besetzten Land. Mit ihrer Hilfe sollte vermieden werden, dass richtige deutsche Banknoten in zu großen Mengen ins Ausland kamen.

Ferroud sagte: „Diese Reichskreditkassenscheine haben laufende Seriennummern. Zwei Zahlen der Serie – sie stehen immer an derselben Stelle – geben dem Fachmann bekannt, für welches Land die Scheine bestimmt sind. Nun, lieber Freund, im letzten halben Jahr wurden auf dem *‚Marché noir'* mit solchen Kassenscheinen französische Waren im Wert von annähernd zwei Milliarden aufgekauft. Scheine im Wert von über einer Milliarde aber wiesen nicht französische, sondern rumänische Kennzahlen in den Seriennummern auf!"

„Rumänische?" Thomas fuhr hoch. „Wie können rumänische Scheine in so riesigen Mengen nach Frankreich gekommen sein?"

„Das weiß ich nicht." Ferroud ging zu seinem Schreibtisch und entnahm ihm zwei dicke Bündel mit speckigen Reichskreditkassenscheinen im Wert von jeweils 10 000 Mark. „Ich weiß nur, dass sie da sind. Hier bitte, sehen Sie, die rumänischen Kennzahlen. Und, Monsieur, ich glaube nicht, dass *Franzosen* in der Lage waren, diese für Rumänien bestimmte Sintflut auf ihr eigenes Land umzuleiten …"

18

Ferroud weiß nicht, wie die rumänischen Kassenscheine nach Frankreich gekommen sind", berichtete Thomas Lieven zwei Stunden später im Büro des Oberst Werthe im Hotel „Lutetia". Er sprach schnell, Jagdfieber hatte ihn gepackt. Es entging ihm, dass Oberst Werthe und der kleine, ehrgeizige Major Brenner, seine beiden Zuhörer, bisweilen seltsame Blicke miteinander tauschten. Er war zu sehr in Fahrt. „Aber feststeht für Ferroud, dass die Scheine nur von Deutschen ins Land gebracht werden konnten, dass also Deutsche die Leiter der gesamten Organisation sein müssen."

„Davon ist Ihr Monsieur Ferroud also überzeugt", sagte Oberst Werthe gedehnt und sah Brenner an.

„Was ist eigentlich hier los?" Jetzt bemerkte Thomas, dass etwas nicht stimmte. „Was sollen die Blicke?"

Oberst Werthe seufzte und sah Brenner an: „Sagen Sie es ihm." Major Brenner biss sich auf die Lippen: „Ihr Freund Ferroud hat große Schwierigkeiten zu erwarten. Seit einer halben Stunde steht er unter Hausarrest. Wenn Sie noch ein bisschen länger bei ihm geblieben wären, hätten Sie Ihren alten Freunden, dem Sturmbannführer Eicher und seinem Adjutanten Winter, Guten Tag sagen können."

Thomas wurde es kalt. „Was ist geschehen?"

„Vor zwei Tagen wurde in Toulouse ein gewisser Untersturmführer Erich Petersen ermordet. Erschossen. In seinem Hotel. Hotel ‚Victoria'. Der Täter entkam. Für den SD steht fest, dass es sich um eine politische Aktion handelt. Um eine Demonstration. Der Führer hat bereits ein Staatsbegräbnis angeordnet."

„Himmler verlangt, dass schärfstens durchgegriffen wird", sagte Oberst Werthe.

„Der SD Toulouse hat sich an die französische Polizei gewandt, und diese hat ihm eine Liste von 50 Kommunisten und 100 Juden übergeben", sagte Brenner. „Aus ihren Reihen wird man die Geiseln auswählen, die für den Mord an Petersen erschossen werden."

„Charmant von der französischen Polizei, dieses Entgegenkommen, Herr Lieven, nicht wahr?", sagte Oberst Werthe bissig. „Immer nur rein in die Gestapo-Fratze. Und wenn die eigenen Landsleute verrecken dabei."

„Moment, Moment mal", sagte Thomas. „Ich komme nicht mehr mit. Ich habe zwei Fragen. Erstens: Warum ein solches Theater um diesen Herrn Petersen?"

Brenner antwortete: „Weil dieser Herr Petersen Blutordensträger war. Darum ist im Reichssicherheitshauptamt der Teufel los. Darum ist Bormann persönlich zu Himmler gelaufen und hat nach blutiger Vergeltung verlangt."

„Schön", sagte Thomas, „das leuchtet mir ein. Frage zwei: Was hat mein Bankier Ferroud mit dem Mord in Toulouse zu tun?"

„Der SD Toulouse hat eine Reihe von Zeugen verhört. Darunter befindet sich auch ein V-Mann der Gestapo, ein kleiner Geldverleiher namens Victor Robinson. Dieser Robinson hat dem SD Beweise dafür geliefert, dass Ihr Jean-Paul Ferroud der geistige Urheber des Mordes an Untersturmführer Erich Petersen ist." Das Gehirn unseres Freundes arbeitete rasend: Blutordensträger Petersen ermordet. Ferroud unter Verdacht. Ich weiß viel von ihm. Aber er – er weiß jetzt auch viel von mir. Hat er mich hereingelegt? Hat er die Wahrheit gesagt? Was wird mit ihm geschehen? Mit mir? Mit den 50 Kommunisten? Mit den 100 Juden?

Thomas musste sich räuspern, ehe er sprechen konnte: „Herr Oberst, Ferroud ist davon überzeugt, dass Deutsche die Organisation eines Riesenbetruges mit Reichskreditkassenscheinen leiten."

Er sprach stockend, er suchte nach Worten. „Ist es nicht seltsam, dass der SD den Bankier Ferroud gerade in dem Moment kassiert, in dem er sich für uns interessant gemacht hat?"

„Ich verstehe kein Wort", sagte der biedere Major Brenner.

„Das habe ich auch nicht angenommen", sagte Thomas nicht unfreundlich. Und zu Werthe: „Ich kann das alles nicht beweisen, aber ich habe das Gefühl, wir dürfen Ferroud jetzt nicht fallenlassen! Die Abwehr muss in dieser Sache mit am Ball bleiben!"

„Wie stellen Sie sich das vor?"

„Herr Oberst, Sie wissen, ich habe in Marseille gelebt. In dieser Zeit lernte ich zwei Herren kennen, die in Toulouse zu Hause sind. Paul de la Rue und Fred Meyer …"

Fred Meyer und Paul de la Rue – der geneigte Leser wird sich erinnern, dass diese beiden ehedem verwilderten Ganoven von Thomas Lieven in einem aufreibenden Schnellkursus zu Gentlemen umgeschult wurden, ehe sie den Juwelier Marius Pissoladière um Schmuck im Werte von rund acht Millionen Franc erleichterten. Thomas Lieven umschrieb dezent die wahre Art seiner Beziehung zu den beiden Unterweltlern und sagte: „Ich werde also nach Toulouse fahren!"

„Nach Toulouse?"

„Nach Toulouse, jawohl! Ein Verbrechen in ihrer Stadt, von dem die beiden Herren nichts wissen, gibt's nicht! Und mir sagen sie, was sie wissen."

„Und der SD?"

„Sie müssen zu Eicher gehen, Herr Oberst. Sie müssen ihm klarmachen, dass Ferroud für uns im Augenblick außerordentlich wichtig ist. Sie müssen ihm die Mitarbeit der Abwehr bei der Aufklärung des Mordes an Untersturmführer Petersen anbieten."

Der kleine Major Brenner nahm seine Brille ab und putzte sie umständlich. Er dachte, sich auf die Lippen beißend: Bei der verrückten Partisanengeschichte habe ich mir die Schnauze verbrannt. Und versucht querzuschießen. Und die große Lippe riskiert. Folge? Major Brenner blickte auf das linke seiner beiden geflochtenen Majorschulterstücke. „Nach reiflicher Überlegung komme ich zu Herrn Lievens Ansicht. Wir dürfen uns wirklich nicht aus der Partie spielen lassen. Wir müssen wirklich am Ball bleiben. Die Sache mit den RKKs ist zu wichtig …"

Thomas drehte den Kopf zur Seite. Er begann sanft zu grinsen. Oberst Werthe regte sich auf: „Ich soll schon wieder zu diesen Schweinen laufen und Männchen machen?"

„Gar nicht Männchen machen, Herr Oberst!", rief Brenner. „Den alten Trick anwenden! Rübergehen im Großen Dienstanzug und eine Geheime Kommandosache vorlegen!"

„Ihr seid ja beide verrückt", sagte Oberst Werthe. „Dieser Eicher kriegt schon einen roten Kopf, wenn er mich bloß sieht!"

„Herr Oberst, mit einer gefälschten ‚Gekados' haben wir Herrn Lieven rausgekriegt! Da werden wir uns doch mit einer *echten* noch in den Petersen-Mord einschalten können!"

19

Dieser dreimal gottverfluchte Scheiß-Lieven", sagte der joviale, untersetzte und rotgesichtige Sturmbannführer Walter Eicher. Er saß in der zu einem Büro umgewandelten Bibliothek des Hauses 84 in der Avenue Foch. Vor ihm saßen sein Adjutant Fritz Winter und der Obersturmführer Ernst Redecker, ein blonder Ästhet, der Rilke und George liebte.

Es war gegen 19 Uhr am 23. September 1943. Sturmbannführer Eicher hatte seinen Dienst beendet. Häufig und gerne unterhielt er sich nach des Tages Mühen bei einem guten Schluck noch ein Stündchen mit seinem Adjutanten. Und nicht ungern sah er es, wenn Obersturmführer Redecker sich zu ihnen gesellte, denn dieser strebsame Mann hatte einen besonderen Vorzug: Er war ein leiblicher Schwager des Reichsführers SS und Chefs der Deutschen Polizei, Heinrich Himmler. Von Zeit zu Zeit erhielt Redecker persönliche Briefe vom „Reichsheini", die sehr herzlich gehalten waren und die er mit verständlichem Stolz herumzeigte. Einen solchen Mann musste man sich warmhalten, fand Eicher – und tat es.

Doch zu Plaudereien am Kamin war diesmal nicht die richtige Stimmung. Der Sturmbannführer knurrte: „Jeden Tag neuer Ärger. Eben war Oberst Werthe von der Abwehr bei mir." Noch einmal fluchte Eicher: „Dieser gottverdammte Scheiß-Lieven."

„Den wir in der Mache hatten?", fragte Adjutant Winter mit glitzernden Augen.

„Leider haben wir ihn nicht genug in der Mache gehabt. Entschuldigen Sie, Obersturmführer, ist sonst nicht meine Art, so zu reden – aber mit dem Saukerl haben wir auch *nur* Ärger."

„Was ist denn diesmal?", forschte Winter.

„Ach, der Mord an Petersen."

Hart setzte der leibliche Schwager des „Reichsheinis" sein Kognakglas auf den Tisch. In seinem Gesicht zuckte es; er wechselte die Farbe. Allgemein war bekannt, dass den Obersturmführer Redecker große Freundschaft mit dem in Toulouse erschossenen Erich Petersen verbunden hatte. Seine Erregung war darum verständlich.

Eicher erklärte, Oberst Werthe sei bei ihm erschienen, um mitzuteilen, dass die Abwehr ein dringendes Interesse an dem unter Verdacht stehenden Bankier Ferroud habe, der wichtigsten Schlüsselfigur eines gewaltigen Devisenschmuggelringes, dem offensichtlich auch Deutsche angehörten.

Redecker trank. Er war plötzlich so nervös, dass er etwas Kognak verschüttete. Seine Stimme klang heiser: „Na und? Was hat Petersen mit Devisenschmuggel zu tun?"

„Nichts, selbstverständlich. Aber Werthe ersuchte mich, die Aufklärung des gemeinen Mordes an unserem Kameraden mit der Abwehr gemeinsam durchzuführen."

Aufgeregt fragte Redecker: „Sie haben natürlich abgelehnt, Sturmbannführer?"

„Ich habe natürlich abgelehnt – zunächst. Aber dann kam Werthe prompt mit ‚Gekados' und so und bestand darauf, von meinem Büro aus mit Canaris zu telefonieren. Der sprach offensichtlich mit Ihrem Schwager. Denn vor einer halben Stunde kam ein Fernschreiben aus dem Reichssicherheitshauptamt. Die Untersuchung ist mit der Abwehr gemeinsam durchzuführen." Aus unerklärlichen Gründen traten Redecker plötzlich Schweißtropfen auf die Stirn. Niemand bemerkte es. Er stand auf, wandte den beiden Herren den Rücken zu und wischte die Schweißtropfen fort. Dabei hörte er Eichers zornige Stimme: „Werthe ist schon runter nach Toulouse. Und wer begleitet ihn? Herr Lieven! Ein dreckiger Doppelagent! Ein Schweinehund, der unsere Leute übers Ohr gehauen hat! Ein Mann, der seit Jahren ins Massengrab gehört!" Eicher trank erregt seinen Kognak. „Wenn ich diesen Kerl noch mal in die Finger kriege … Was ist?"

Einer seiner Beamten war eingetreten: „Da wäre eine Frau. Sagt, sie möchte Sie sprechen."

„Soll morgen wiederkommen. Vorher anmelden."

„Verzeihung, Sturmbannführer, es ist eine Stabshauptführerin …"

„Was?"

„Ja … Stabshauptführerin Mielcke. Persönlicher Stab Reichsarbeitsführer Hierl. Will eine Anzeige erstatten …"

„Gegen wen?"

„Gegen einen gewissen Sonderführer Lieven."

Redecker hustete kurz. Winter blinzelte. Eicher nahm einen tiefen Zug aus seiner Zigarre und blies den Rauch aus. Dann erhob er sich. „Ich lasse die Stabshauptführerin bitten!"

2. Kapitel

1

Die Rue des Bergères mit ihren Bistros, winzigen Restaurants und kleinen Bars lag in der malerischen Altstadt von Toulouse. Thomas Lieven lächelte traurig, als er in die kleine Straße einbog. Genau wie vor drei Jahren, als er auf der Flucht vor den Deutschen mit seiner Freundin, der Schauspielerin Mimi Chambert, und dem Heldendummkopf Oberst Siméon hierhergekommen war, trippelten auch jetzt noch sehr viele hübsche Mädchen hier umher, alle ein wenig zu grell geschminkt und alle ein wenig zu offenherzig angezogen.

Thomas hatte schon erfahren, dass Jeanne Perrier, die löwenhaarige Besitzerin jenes diskreten Hotels, nicht in der Stadt war. Zu gerne hätte er sie und ihre Mädchen besucht. Natürlich nur, um alte Erinnerungen zu tauschen …

Er blieb stehen. Das Haus war schäbig. Der Flur war schäbig. Er erreichte eine Tür im dritten Stock.

An der Tür stand:

Paul de la Rue – Fred Meyer
Immobilien

Thomas Lieven grinste, als er klingelte. Thomas dachte: Immobilien. Als ich sie kennenlernte, waren sie noch Bilderfälscher, Hoteldiebe und Kassenschränker. Voilà, eine Karriere.

Schritte näherten sich von jenseits der Tür, sie wurde geöffnet. Paul de la Rue, Hugenotten-Nachfahre, stand in ihrem Rahmen. Er war mit Geschmack gekleidet und vorzüglich frisiert.

Seine hohe Figur und der schmale Schädel gaben ihm etwas ergreifend Aristokratisches. Er begann fein: „Guten Tag, mein Herr, womit kann ich dienen?"

Dann stieß er einen Schrei aus: „*Nom de Dieu,* es ist Pierre!" Krachend schlug er Thomas, den er unter dem Namen Pierre Hunebelle kennengelernt hatte, auf die Schulter. Für Sekunden vergaß er seine gute Erziehung: „Mensch, ich beiß mir in den Allerschönsten! Du lebst? Mir haben sie erzählt, die Gestapo hat dich gekillt!"

„Hübsch habt ihr es hier", sprach Thomas, sich der Umarmungen Pauls erwehrend und in die Wohnung hineingehend. „Mein Unterricht hat wirklich Früchte getragen. Nur die Nippesfiguren da drüben, das Rehlein, das Elflein und die Tänzerin, die müssen natürlich raus!"

Paul starrte ihn an: „Wo warst du bloß? Wie kommst du hierher?"

Thomas erklärte seine Situation. Paul lauschte schweigend. Von Zeit zu Zeit nickte er. Zuletzt sagte Thomas: „… ich bin also mit meinem Oberst erschienen, weil ich hoffe, dass ihr mir helfen könnt. Feine Pinkel seid ihr geworden …"

„Feine Pinkel, Quatsch! Immobilien, das steht doch nur an der Tür! Wir schieben natürlich – wie alle. Aber eben intelligenter – dank dir, mein Alter. Hast uns damals einen großen Gefallen getan mit deinem Kursus."

„Ja", sagte Thomas, „und jetzt könnt ihr mir einen großen Gefallen tun. Ich muss wissen, wer diesen Untersturmführer Petersen umgelegt hat. Ich muss wissen, ob das ein Résistance-Mord war."

„Es war bestimmt kein politischer Mord."

„Das beweise mir mal. Erzähle mir, wer Petersen erschossen hat. Und wie. Und warum."

„Aber Pierre, ich werde doch keinen Landsmann verraten, der einen Nazi umgelegt hat. Das kannst nicht mal du von mir verlangen."

„Ich will dir mal was sagen, Paul. Die Nazis haben hundertfünfzig Leute verhaftet, Landsleute von dir. Sie werden Geiseln erschießen. Mehr als eine! Das können wir nur verhindern, wenn wir beweisen, dass dies kein politischer Mord war, dass dieser Petersen Dreck am Stecken hatte! Geht das in dein Idiotenhirn hinein?"

„Mensch, schrei mich doch nicht so an. Ich will ja gerne mal ein bisschen herumhören …"

2

Drei Tage später, am 27. September 1943, nahmen drei Herren an Paul de la Rues Mittagstisch Platz: der Hausherr, Thomas Lieven und Fred Meyer.

Paul hatte Thomas in dessen Hotel angerufen: „Ich glaube, wir haben etwas für dich. Komm doch zu mir. Fred kommt auch. Kannst du uns nicht was Schickes kochen? Von den Jungens in Marseille hörten wir, du hättest mal so ein prima Essen für sie gemacht!"

„In Ordnung", hatte Thomas geantwortet. Drei Stunden lang hatte er an diesem Vormittag in Paul de la Rues Küche gearbeitet. Nun saß man bei Tisch. Die beiden Ganoven trugen dunkle Anzüge zur Feier des Wiedersehens, weiße Hemden, silberne Krawatten. Sie waren so gut erzogen, dass sie versuchten, die Vorspeise – gefüllten Staudensellerie – mit Messer und Gabel zu nehmen, was ihnen große Schwierigkeiten bereitete.

„Im Gegensatz zu den meisten anderen Gelegenheiten", sprach Thomas, „ist es durchaus legitim, ja richtig, diese Stangen in die Hand zu nehmen."

„Dem Himmel sei Dank", sagte Fred. „Was ist denn das für Käse?"

„Roquefort", sagte Thomas. „Wer hat also Petersen umgelegt?"

„Ein gewisser Louis Monico war es. Ein Korse. Sie nennen ihn *Louis le rêveur*, Ludwig den Träumer."

Menu • Toulouse, 27. September 1943

Bei pikanter Speise platzt eine Millionenschiebung.

Gefüllter Staudensellerie • Spanisch-Fricco
Flambierte Pfirsiche

Gefüllter Staudensellerie: Man nehme feste Stangen von Bleichsellerie und wasche sie gut. Man mische frische Butter und Roquefort oder Gorgonzola zu gleichen Teilen und verrühre sie gründlich. – Man schneide die natürliche Einbuchtung der Selleriestangen der Länge nach etwas ein, fülle sie mit der Käsemasse und stelle sie recht kalt. – Man serviere die Stangen aufrechtstehend mit dem kleinen Blattpuschel nach oben, in einem vasenähnlichen Glasgefäß, etwa einem Traubenspüler, und fülle die Zwischenräume mit Eisstückchen aus.

Spanisch-Fricco: Fleisch vom Rinderfilet forme und klopfe man zu kleinen Beefsteaks, bestreiche sie mit Senf, Salz und Pfeffer. Dann schneide man geschälte rohe Kartoffeln in dünne Scheiben, lasse reichlich gehackte Zwiebeln in Butter hell dünsten. – Man gebe in eine mit Butter bestrichene, mit geriebener Semmel ausgestreute Puddingform zuunterst eine Lage Kartoffelscheiben, darüber Butterflöckchen, etwas Salz und Pfeffer, dann eine Lage Fleisch, mit geschmorten Zwiebeln bedeckt, dann wieder Kartoffeln und so fort. Als oberste Lage wieder Kartoffeln, mit Butterflöckchen belegt. – Man rühre je einen halben Tassenkopf Rotwein, Sahne und Fleischbrühe durcheinander, gieße dies über die Speise, lasse dann die gut verschlossene Puddingform eine bis eineinhalb Stunden im Wasserbad kochen, rühre sie nicht um, sondern stürze sie direkt auf eine große Schüssel.

Flambierte Pfirsiche: Man lasse drei Butterröllchen mit feinem Zucker und gestiftelten Mandeln hell karamellisieren, lösche mit frisch gepresstem Orangen- und Zitronensaft, im Verhältnis 1 zu 2, ab. – Man gebe je einen Guss von Cointreau, Maraschino und Kognak dazu, lege schöne, abgetropfte Hälften von eingemachten Pfirsichen hinein. – Man begieße die Pfirsiche dauernd mit der Flüssigkeit, bis sie heiß geworden sind, gieße dann noch einmal Kognak darüber und stecke sie in Brand. – Man lege die heißen Pfirsiche auf die Teller über eine Kugel von Vanilleeis, gieße die Soße darüber und verziere mit etwas Schlagsahne.

(Man braucht für diese Nachspeise, die man bei Tisch zubereitet, eine sehr saubere, innen vernickelte Pfanne auf einem Spiritusrechaud.)

„Wer ist dieser Träumer? Widerstand?"

„Aber woher denn! Richtiger Gangster. Ganz jung. Hat es schwer auf der Lunge. Schon Jahre Gefängnis wegen Totschlag. Mensch, ich fress mich tot an den Stangen!"

„Damit das nicht geschieht", sagte Thomas, „werde ich eilends das Hauptgericht bringen." Er ging in die Küche und kehrte gleich darauf mit einem Wasserbad wieder, dem er eine verdeckte Puddingform entnahm.

„Ooch, Pudding!", maulte Fred enttäuscht. „Das ist aber 'ne Schei …, das ist aber nichts Rechtes. Ich dachte, es gibt Fleisch!"

„Wirklich", sagte Paul und betupfte dazu fein die Mundwinkel mit der Serviette, „ich muss sagen, ich bin auch ein wenig enttäuscht, lieber Freund!"

„Abwarten!" Thomas stürzte den Inhalt der Puddingform auf eine große Porzellanplatte. Ein delikater Geruch nach Fleisch und Zwiebeln verbreitete sich. Die beiden Gangster schnupperten. Harmonie und Beruhigung malten sich auf ihren Gesichtern.

Thomas sagte: „Jetzt erzählt mir vom Träumer. Warum hat er Petersen umgelegt?"

„Nach dem, was wir herausbekommen haben", sagte Fred, „und unsere Informationen sind erstklassig, war dieser Petersen eine ganz große Sau. Von wegen Blutordensträger! Von wegen SD! Dass ich nicht lache! Petersen kam hier runter als Zivilist, verstehst du, und weißt du, was er machte? Er kaufte Gold."

„Schau mal einer an."

„Jede Menge. Zu guten Preisen. Muss ein mächtiger Schieber gewesen sein. Der Träumer hat ihm schon ein paarmal was verkauft. Immer nur kleine Mengen."

Thomas dachte: Herr Petersen vom SD – ein Goldschieber. Und der Führer ordnet ein Staatsbegräbnis an. Und Geiseln sollen erschossen werden. Und Deutschland hat einen Helden verloren. Heil!

„Na, mit der Zeit gewann Petersen das Vertrauen des ‚Träumers'. Und an dem gewissen Tag kam Louis mit einer *sehr* großen Menge Gold zu Petersen ins Hotel …"

3

Zwei schwere Koffer voller Goldmünzen und Goldbarren stellte der schmale, bleiche Louis Monico auf den Rokokotisch im Salon des Appartements 203 im Hotel „Victoria". Die Anstrengung ließ ihn keuchen. Pfeifend rasselte sein Atem. Fiebrig glänzten seine Augen.

Ein kleiner Mann in einem grauen Flanellanzug stand dem „Träumer" gegenüber. Wässrige Augen hatte dieser Mann, einen fast lippenlosen Mund, einen mathematisch exakten Scheitel, der das kurze Blondhaar teilte. Louis wusste, dass er Petersen hieß. Und dass er Gold aufkaufte. Sonst wusste er nichts von ihm. Aber das genügt ja auch – dachte er.

„Wie viel ist es diesmal?", fragte Petersen.

„300 Louisdor und 35 Goldbarren." Der „Träumer" öffnete die beiden Koffer. Gold glänzte auf im Licht des elektrischen Lüsters.

„Wo ist das Geld?"

Petersen griff in die Brusttasche. Als er die Hand wieder hervorzog, hielt sie einen Ausweis. Eiskalt kam Petersens Stimme: „Ich bin Untersturmführer Petersen vom SD. Sie sind verhaftet."

Louis Monico hatte die rechte Hand in der Jackentasche gehalten, als Petersen sprach. Er nahm sie nicht mehr heraus. Aus der Tasche schoss er. Drei Kugeln trafen den Blutordensträger Erich Petersen in die Brust. Er war sofort tot. Mit gebrochenen Augen starrte er zur Decke empor.

Der „Träumer" sagte zu dem Toten: „Mit mir machst du nicht solche Scheißtricks, du Hund." Dann ging er, über den Toten hinwegtretend, zum Ausgang und öffnete die Doppeltür. Der Gang war leer. Da nahm der „Träumer" seine beiden Goldkoffer und ging. Niemand beachtete ihn in der Halle.

4

Niemand beachtete ihn in der Halle", berichtete Fred Meyer.

„Und woher wisst ihr das alles?", fragte Thomas.

„Vom Bruder des Träumers."

„Der hat euch das alles so freimütig erzählt?"

„Ja. Weil es nämlich inzwischen egal geworden ist. Ich habe dir doch gesagt, dass der Träumer lungenkrank ist. Vor drei Tagen hatte er einen Blutsturz. Er liegt im Hospital. Wird das Ende der Woche nicht mehr erleben."

„Du kannst mit deinem Oberst hingehen", sagte Paul. „Er ist bereit, eine Aussage zu machen ..."

27. September 1943, 16 Uhr 15.

Auf dem Schreibtisch des kleinen Majors Brenner schrillte das Telefon. Er griff nach dem Hörer und vernahm die Stimme seines Vorgesetzten: „Hier ist Werthe. Ich spreche aus Toulouse. Hören Sie mir genau zu. Was ich Ihnen sage, ist von äußerster Wichtigkeit!"

„Jawohl, Herr Oberst!"

„Wir haben den Mörder Petersens gefunden." Werthe berichtete von dem lungenkranken Louis Monico und seinem Geständnis.

„Lieven, zwei SD-Beamte und ich waren an seinem Krankenbett."

„Donnerwetter, Herr Oberst!", rief Brenner. Sein Herz klopfte stürmisch. Dieser Lieven! Dieser Teufels-Lieven! Gott sei Dank habe ich mich gleich für seine Idee ausgesprochen!

Brenner fiel etwas ein: „Aber dieser Geldverleiher – dieser Victor Robinson ... Der hat doch Ferroud belastet!"

„Das haben wir inzwischen auch geklärt. Robinson schob mit Petersen zusammen. Er war einmal ein Angestellter Ferrouds. Der warf ihn hinaus. Robinson wollte sich jetzt rächen. Das ist aber noch nicht alles, Brenner. Die Hauptsache kommt noch. Soweit Lieven erfahren konnte, hat Petersen mit dem Gold in einer Riesenschiebung mit Reichskreditkassenscheinen dringehangen … Brenner, hören Sie mich?"

Brenner beleckte die trockenen Lippen. Mensch, die Reichskreditkassenscheine! Das wird ja immer bunter! Das wird ja … Himmel, und ich bin mit dabei! Er rief stramm: „Ich höre, Herr Oberst!"

„Wir wissen noch nicht, wie alles zusammenhängt, aber jetzt ist keine Sekunde zu verlieren, Brenner! Wenn es stimmt, dass Petersen bei den RKKs mitschob, dann wird es einen Skandal allererster Güte geben! Der SD wird natürlich versuchen, alles zu vertuschen! Wir sind ihm voraus – allerdings um ein paar Stunden höchstens. Major Brenner, nehmen Sie fünf zuverlässige Leute –"

„Jawohl!"

„Petersen hatte eine Wohnung in der Avenue de Wagram 3. Seine Dienstwohnung. Die durchsuchen Sie zuerst."

„Jawohl, Herr Oberst!"

„Lieven hat herausbekommen, dass Petersen auch noch eine geheime Absteige hatte, in der Avenue Mozart 28. Von der weiß anscheinend der SD nichts … Da gehen Sie auch hin …"

„Jawohl, Herr Oberst!"

„Stellen Sie die Wohnungen auf den Kopf. Tun Sie, was Sie wollen! Lieven ist schon auf dem Heimweg zu Ihnen. Sichern Sie alles verdächtige Material, bevor der SD es verschwinden lässt! Verstanden?"

„Jawohl, Herr Oberst!", rief Brenner.

Und also stürzte der kleine Major mitten hinein in ein Abenteuer, das ihm die Schamröte in die ehrlichen Pausbacken treiben sollte, ein skandalöses, ein richtig pariserisches Abenteuer.

Hoffentlich werden wir jene zarten Worte finden, die es gestatten, das Abenteuer des Majors Brenner auch zu erzählen.

5

Auf kreischenden Pneus hielt der Wehrmachts-Mercedes vor dem Haus Avenue de Wagram 3. Heraus sprang der kleine Major Brenner, straffte sich, rückte entschlossen an der goldgefassten Brille.

Hinter dem Mercedes hielt ein grauer Wehrmachtslastwagen. Fünf Männer in Uniform kletterten auf die Straße herab, die im letzten Sonnenglanz eines schönen, milden Herbsttages leuchtete. Es war 16 Uhr 46 am 27. September 1943.

„Mir nach!", befahl der kleine Major, indem er die Pistole am Koppel nach vorne rückte. Und dann stürmte er mit seinen ausgesuchten fünf Männern ins Haus, doch – die Dienstwohnung des toten Petersen war leer. Die Türen standen offen. Die Teppiche, die Möbel, alles war verschwunden. Die dicke Concierge erklärte achselzuckend: „Das ist heute früh alles abgeholt worden."

„Abgeholt? Von wem?"

„Na, von den Möbelpackern – und einem deutschen Offizier, einem Freund von Herrn Petersen ... Der war schon oft hier ... Redecker heißt er ..."

„Redecker?" Der kleine Major Brenner hatte seine Beziehungen zum SD. Er kannte den Obersturmführer Redecker, diesen leiblichen Schwager des Reichsführers SS und Chefs der Deutschen Polizei, Heinrich Himmler.

Jetzt wurde es Brenner unheimlich zumute. Sollte Redecker mit Petersen unter einer Decke stecken? Dann ging es aber wirklich um Sekunden! Hier, in der Dienstwohnung, war er zu spät gekommen. Von der Absteige in der Avenue Mozart wusste der SD angeblich nichts. Also nichts wie hin!

Fünf ausgesuchte Männer stürmten hinter ihrem Major die Treppen wieder hinab und auf die Straße hinaus. Motoren jaulten auf. Vorwärts schossen die Wagen. Stürmisch klopfte das Herz von Major Brenner. Und er empfand ein echtes Hans-Albers-Gefühl: Hoppla, jetzt komm ich!

In der vornehmen Avenue Mozart versuchte Brenner wenige Minuten später, der Concierge des Hauses 28 in seinem Schulfranzösisch klarzumachen, dass er die Wohnung des Herrn Petersen im zweiten Stock durchsuchen müsse. „Aber Monsieur", antwortete die Portierfrau, „die Damen sind doch oben!"

„Damen? Was für Damen?"

„Madame Lilly Page und ihre Zofe."

„Wer ist Madame Page?"

„Nun, die Freundin von Monsieur Petersen natürlich. Er ist verreist, seit ein paar Tagen schon."

Daraus schloss Brenner messerscharf, dass hierorts von der Ermordung des Blutordensträgers und Goldschiebers noch nichts bekannt war, und stürmte mit seinen fünf Mann neuerlich los – in den zweiten Stock hinauf diesmal.

Eine ausnehmend hübsche Zofe öffnete ihm, nachdem er geläutet hatte. Brenner erläuterte seine Mission, ohne jedoch (Köpfchen!) ein Wort über des Blutordensträgers tristes Schicksal zu verlieren. Die hübsche Zofe geriet in Konfusion und rief nach Madame.

Madame Page erschien in einem Kleidchen, das man sogar noch im Dämmerlicht des Vorzimmers als verwirrend durchsichtig bezeichnen musste. Sie war etwa 33 Jahre alt, sehr reizvoll und von einer leichten Üppigkeit. Eine aufregende Person mit Mandelaugen und schneeweißer Haut.

Der Major bemerkte, dass seine fünf ausgesuchten Männer Stielaugen bekamen. Es gab eine Art von Damen, mit denen Fritz Brenner in seinem Leben nie zu tun gehabt hatte. Madame Page gehörte zu dieser Art. Er räusperte sich und erklärte höflich, aber bestimmt seinen Auftrag.

Dann ging er, das reine Pflichtbewusstsein, in den Salon voraus, der außerordentlich elegant und kostbar eingerichtet war. An den Wänden gab es ein paar außerordentlich unanständige Bilder zu betrachten. Brenner betrachtete sie natürlich nicht.

Derweilen schritt Lilly Page graziös zum Fenster und zog den Sonnenvorhang herab, obwohl das zu dieser Tageszeit wirklich nicht mehr nötig war.

Ich bin ja kein Idiot, dachte Brenner, das ist doch ein verabredetes Zeichen für irgendjemanden auf der Straße da unten! So trat er denn neben die üppige Lilly, zog den Sonnenvorhang wieder hoch und äußerte mit gusseiserner Galanterie: „Ich bitte, die Schönheit Madames bei vollem Tageslicht bewundern zu dürfen."

„Charmant", sagte die leicht bekleidete Lilly, ließ sich in einen tiefen, weichen Fauteuil fallen und kreuzte die Beine. „Bitte, Herr Major, beginnen Sie mit der Durchsuchung."

Brenners fünf Männer hatten mit derselben offenbar bereits begonnen. Der Major hörte sie nebenan rumoren und mit der Zofe schäkern. Diese verfluchten Kerle! Kein Ernst, kein Pflichtgefühl! Eine Dienstauffassung war das …

Ärgerlich, zudem durch die Nähe Lillys verwirrt, öffnete Brenner ein großes Mahagonikästchen. Was er darin erblickte, trieb ihm die Schamröte ins Antlitz. Er rang nach Luft. Die schwarze Lilly lächelte sardonisch. Mit einem Knall schloss der Major das Kästchen wieder. Es wurde ihm zum zweiten Mal unheimlich zumute.

Major Brenner hatte zwar schon einmal gehört, dass es angeblich Bücher, Zeitungen, Fotos, Gegenstände gab, die das Licht der Öffentlichkeit zu scheuen hatten. Aber er hatte sich diese Bücher, Zeichnungen, Fotos, Gegenstände niemals auch nur *vorzustellen* vermocht. Nun, da beim Öffnen des Kästchens sein ahnungsloser Blick auf solcherlei Unrat gefallen war, empörte sich sein Innerstes zutiefst! Ungeheuerlich. Monströs. Entartet. Verderbt. Kein Wunder, dass eine solche Nation den Krieg verlor …

Mühsam unterdrücktes Gegröle und Gewieher ließen den Major zusammenfahren. Madame mit den Mandelaugen sagte sanft: „Ihre Herren scheinen die Bibliothek entdeckt zu haben."

Brenner stürzte ins Nebenzimmer. Vier seiner ausgesuchten Männer hatten sich über einen Bücherschrank hergemacht. Der Major erschauerte, als er sah, was sie erheiterte. Er forschte nach dem fünften ausgesuchten Mann. Er war im Zimmer der Zofe. Brenner verbot den vieren den Bücherschrank, suchte den fünften und verbot ihm die Zofe. Die Situation begann ihm über den Kopf zu wachsen. Denn die Wohnung erwies sich als ein absolutes Museum des Unaussprechlichen.

Das Gesicht des Majors nahm permanent die Farbe einer überreifen Tomate an. Schweiß stand ihm auf der Stirn. In verzweifeltem Entschluss rannte er ans Telefon und meldete über die Wehrmachtsvermittlung Leander 14 ein Blitzgespräch nach Toulouse an.

Gott sei Dank. Werthe war noch da. Brenner stöhnte vor Erleichterung, als er seines Obersten Stimme hörte. Atemlos berichtete er, in welchen Sumpf er gestürzt war.

In Toulouse stöhnte auch Oberst Werthe über seinen biederen Major, aber das entging diesem. Er hörte Werthe nur fragen: „Und Material … Kassenscheine und so weiter … nichts zu finden?"

„Nichts, Herr Oberst."

„Hören Sie zu, Brenner: Lieven muss bald in Paris eintreffen. Sie dürfen die Wohnung nicht verlassen. Sie dürfen auch niemandem etwas von Toulouse erzählen …"

„Verstehe, Herr Oberst. Rühre mich hier nicht weg, schweige wie das Grab."

„Rufen Sie im ‚Lutetia' an und in der Privatwohnung von Lieven. Sobald er in Paris eintrifft, soll man ihn zu Ihnen schicken." Brenner hängte ein. Lieven! Thomas Lieven! Ach, wie eine lichte Hoffnung schien der Sonderführer ihm. Wenn er nur kam, bald kam …

Irgendwo kreischte die Zofe, als würde sie gekitzelt. Zornig stürzte der Major los, um den Übeltäter zu suchen. Herrgott, was für eine widerwärtige Situation!

6

Was der Major Brenner und seine Männer bisher in des Blutordensträgers geheimer Absteige gefunden hatten, waren – außer den unaussprechlichen Sammlungen – wertvolle Schmuckstücke, große Mengen von Goldmünzen, fernöstliche Liebhaberdrucke und Schnitzereien, aber keineswegs Beweise für Petersens Teilnahme an der Reichskreditkassenschein-Schiebung.

Immer wieder versuchte Madame Page, sich am Sonnenvorhang eines der Fenster zu schaffen zu machen, bis Major Brenner ihr dies strikt verbot.

Anderthalb Stunden waren seit dem Beginn der Haussuchung vergangen. Plötzlich schrillte die Wohnungsglocke. Lilly wurde leichenblass.

Brenner zog seine Pistole. „Kein Wort", zischte er. Rückwärtsgehend bewegte er sich durchs Vorzimmer. Fuhr herum. Riss die Tür auf. Und packte den Mann, der draußen stand.

Der Mann war jung, hübsch, olivenfarben. Er trug glattes, schwarzes Haar, einen kleinen Schnurrbart, lang bewimperte Augen und zwei Narben an der rechten Wange, wie von Messerschnitten. Jetzt war er leichenblass.

„Idiot!", schrie die üppige Lilly ihn an. „Warum kommst du herauf?"

„Warum soll ich nicht heraufkommen?", schrie er zurück. „Der Sonnenvorhang war oben!"

„Aha!", rief Brenner triumphierend. Dann durchsuchte er den Mann nach Waffen. Der Mann hatte keine. Sein Pass wies ihn als Prosper Longtemps aus. Beruf: Schausteller. Alter: 28. Brenner nahm ihn ins Verhör. Der junge Mann schwieg verbissen.

Plötzlich schluchzte Lilly verzweifelt auf: „Monsieur le Commandant, ich will alles sagen! Prosper ist meine – meine große Liebe; ich habe Petersen mit ihm betrogen, immer schon … Glauben Sie mir?"

„Kein Wort“, sagte Brenner eiskalt und dachte: So eiskalt würde auch Lieven reagieren. Dann sperrte er Prosper Longtemps ins Badezimmer.

Es war bereits dunkel draußen, halb acht Uhr. Der Major rief wieder im „Lutetia“, dann in Lievens Privatwohnung an. Nein, Thomas Lieven war noch nicht aufgetaucht.

Brenner wagte nicht, auch nur einen seiner fünf ausgesuchten Leute etwa an den Bahnhof zu schicken, um dort Lieven direkt vom Zug abholen zu lassen. Wer wusste, ob nicht der SD anrücken würde? Dann musste er diese Wohnung wie eine Festung verteidigen – alleine?

Was konnte er nur noch tun? Major Brenner zergrübelte sich den Kopf. Alles hatte so forsch und viel versprechend begonnen – und jetzt? Jetzt saß er in einer schwülen Wohnung, angefüllt mit unaussprechlichen Dingen, doch leer an Beweisen. Einen Gefangenen hatte er gemacht, jawohl. Aber was war das für ein Mensch? Wie sollte er, Brenner, jemals die Wahrheit erfahren?

Und zu allem noch diese verwirrende Madame Page mit ihrer bildhübschen Zofe und fünf Männer, die nur mühsam von den unaussprechlichen Sammlungen und von der Zofe zurückzuhalten waren. Ach, wäre er doch bloß am Schreibtisch seiner Dienststelle im Hotel „Lutetia“ geblieben! Theoretische Generalstabsarbeit – das war seine Stärke, nicht aber Taktik und Strategie im unmittelbaren Einsatz …

Brenner schrak auf. Madame hatte angeregt, ihre Zofe könnte doch wohl ein paar belegte Brote für die hungrigen Männer zubereiten …

Major Brenner zögerte. Durfte er das zulassen? Waren Madame und die Zofe nicht der Feind? Andererseits: Die Männer waren hungrig, und er wollte ein verständnisvoller Vorgesetzter sein. Er ließ also die Zofe in die Küche gehen, stellte einen Mann zu ihrer Überwachung ab und schärfte ihm ein, sich *absolut* korrekt zu verhalten.

Bald kauten die Männer mit vollen Backen und tranken dazu Sekt, der sich im Eisschrank gefunden hatte. Brenner lehnte erst mannhaft alles ab. Später aß er doch ein Häppchen, trank ein Schlückchen …

Es wurde neun Uhr, zehn Uhr. Und immer noch keine Spur von Thomas Lieven. Die Damen meinten, sie würden es vorziehen, ins Bett zu gehen.

Brenner gestattete es ihnen. Er organisierte den Wachdienst. Ein Mann vor dem Zimmer der Zofe, ein Mann vor dem Zimmer der Hausfrau, ein Mann vor dem Badezimmer. Zwei Mann an der Haustür. Er selber blieb im Salon, neben dem Telefon.

Er würde nicht schlafen, dachte er. Er kam sich vor wie ein Fels in der Brandung. Nicht zu korrumpieren. Nicht zu unterhöhlen. Nicht zu …

Dann war er doch eingeschlafen!

Als er erwachte, war es dunkel im Salon. Er spürte, wie weiche Hände sanft über seinen Leib tasteten …

„Still“, flüsterte Lilly Page, „sie schlafen alle … Ich tue, was Sie wollen, aber lassen Sie Prosper laufen …“

„Madame“, sagte Brenner fest, und seine Hände umklammerten ihre Arme wie Schraubstöcke, „nehmen Sie sofort Ihre Hände von meiner Pistole!“

„Ach“, seufzte Lilly in der Dunkelheit, „ich will doch nicht deine Pistole, du Narr …“
In diesem Augenblick schrillte die Türglocke.

7

Thomas Lieven kehrte um 22 Uhr 10 nach Paris zurück. Im Hotel „Lutetia“ teilte man ihm aufgeregt mit, dass Major Brenner ihn schon seit Stunden dringend in der Avenue Mozart 28 erwarte. Der Major sei mit einem ganzen Kommando ausgerückt.

„Hm“, sagte Thomas und dachte: Was, um Gottes willen, tut Brenner seit Stunden in der geheimen Absteige dieses Schiebers Petersen?

In der Halle des Hotels erblickte er seine beiden alten Freunde, die kriegsmüden, barrasschlauen Funkgefreiten Raddatz und Schlumberger, die er im Verlaufe seines Abenteuers mit dem „Maquis Crozant“ kennen und schätzen gelernt hatte. Der Berliner und der Wiener begrüßten ihn strahlend. Sie waren eben abgelöst worden.

„Möönsch“, freute sich der hagere Berliner mit der Vorliebe für französische Magazine, „kiek mal, Karli, det is ja unsa Herr Sondaführa!“

„Kommen S' mit, Herr Sonderführer?“, fragte der leicht verfettete Wiener. „Mir gehn noch in die Rue Pigalle, a poar fesche Katzerl aufreißn.“

„Hört mal zu, Kameraden“, sagte Thomas Lieven, „verschiebt eure löblichen Absichten ein wenig und kommt mit mir. Vielleicht brauche ich euch.“

Und so standen die drei gegen 23 Uhr dann vor der Wohnung in der Avenue Mozart 28. Thomas klingelte. Danach ertönten mehrere Stimmen. Danach gab es einiges Gepolter. Dann kamen Schritte heran. Dann flog die Tür auf. Major Brenner stand in ihrem Rahmen, dunkelrot, außer Atem, mit verwirrtem Haar, Lippenstiftspuren am Halse. Hinter ihm sahen Thomas und seine Freunde eine Dame, die einen Traum von Nachthemd trug – und sonst gar nichts.

Major Brenner stammelte: „Herr Lieven … Gott sei Dank, dass Sie endlich kommen …“ Galant küsste Thomas Lieven der Dame im Nachthemd die Hand.

Dann erklärte Major Brenner die Gesamtsituation, berichtete von dem, was er leider in dieser Wohnung vorgefunden und was er leider in dieser Wohnung nicht vorgefunden habe. Zuletzt kam er auf seinen Gefangenen zu sprechen.

„Prosper ist mein Geliebter“, warf Lilly Page, inzwischen mit einem Morgenmantel etwas mehr bekleidet, ein. Sie sah Thomas tief in die Augen. „Er weiß von nichts, was Petersens Geschäfte angeht.“

„Anging“, verbesserte Thomas. „Erich Petersen ist nämlich erschossen worden. In Toulouse, von einem seiner Geschäftspartner …“

Lillys schöne Lippen schürzten sich zu einem schönen Lächeln. Sie sagte mit einem unirdischen Ausdruck des Glücks: „Endlich hat's ihn erwischt, den elenden Schuft.“

„Lassen Sie sich nicht von Ihrem Schmerz überwältigen, Madame“, bat Thomas.

Der kleine Major begriff nichts mehr. „Aber", sagte er, „aber ich dachte ..."

„Mensch Meier", unterbrach ihn in diesem Moment die sonore Stimme des Gefreiten Raddatz. „Det is ja 'n Ding, muss ick ja sajen ..."

„Was fällt Ihnen ein, mich zu unterbrechen", rief der Major Brenner. Er drehte sich um. Er sah den hageren Gefreiten vor dem großen Mahagonikästchen stehen, das er am Nachmittag geöffnet und danach wieder voll Abscheu geschlossen hatte.

Der Gefreite Raddatz hatte das Kästchen gleichfalls geöffnet, jedoch durchaus nicht mehr voll Abscheu geschlossen. Mit beiden Händen holte er hervor, was in den Schubladen des Kästchens lag, schaute, staunte, guter Laune. Schließlich nahm er alle Schubladen heraus und leerte sie auf den Boden aus. Er lachte noch immer dabei. Plötzlich hörte er auf zu lachen. Und er sagte verblüfft: „Mir laust der Affe. Wat machen denn Reichskreditkassenscheine in so 'ne Umjebung?"

Und dann war es auf einmal still im Salon, totenstill. Bis Thomas leise sagte: „Na also." Er verneigte sich vor Madame Lilly Page. „Erlauben Sie, dass wir noch einmal zu suchen beginnen?" Die schöne Frau lächelte müde. „Mit Vergnügen. Ich sage Ihnen auch gerne, wo Sie suchen müssen. Überall dort, wo der Herr Major seinen Leuten verboten hat zu suchen ..."

Fünf Millionen in Reichskreditkassenscheinen der Ausgabe Rumänien förderten sie zutage: in Rosenholzkästchen, in denen sich seltsame Gegenstände aus dem erfindungsreichen Orient befanden, hinter den verbotenen Büchern der Bibliothek, unter den unaussprechlichen Sammlungen, hinter den unanständigen Bildern im Salon.

Nun schickte Thomas die Hausfrau in ihr Zimmer und nahm sich den bleichen, verschreckten Prosper Longtemps vor. Zehn Minuten später ging er zu Madame ins Schlafzimmer.

Sie lag im Bett. Ihre Augen brannten. Thomas setzte sich auf den Bettrand. Sie flüsterte: „Ich sage die Wahrheit ... Prosper ist meine Liebe. Nur seinetwegen habe ich es hier ausgehalten, bei Erich – bei diesem Ferkel ... Aber Sie glauben mir ja doch nicht."

„Ich glaube Ihnen", sagte Thomas Lieven. „Ich habe mich mit Prosper unterhalten. Er hat mir erzählt, dass er Sie schon seit zwei Jahren kennt. Vor einem Jahr hat der SD ihn verhaftet ..."

Eine Menge ausgefressen hatte Prosper Longtemps, der Tunichtgut, der die Damen so glücklich machte. Als er vor einem Jahr vom SD verhaftet wurde, verhörte ihn ein gewisser Untersturmführer Petersen. Bei dem erschien eine gewisse Lilly Page und bat für Prosper. Petersen gefiel diese Dame. Er versprach, milde zu Prosper zu sein, wenn ... Lilly Page wurde notgedrungen die Geliebte Petersens, und Petersen ließ Prosper laufen.

Jetzt sagte Thomas: „Hören Sie zu, Madame, ich bin bereit, Prosper zu schützen. Unter einer Bedingung –"

„Ich verstehe", sagte sie mit einem schiefen Lächeln und bewegte sich träge.

„Ich glaube nicht, dass Sie mich verstehen", antwortete Thomas freundlich. „Petersen war in eine Schiebung mit Reichskreditkassenscheinen verwickelt. Ich muss wissen, wie die nach Frankreich kamen. Wenn Sie uns da helfen, will ich Ihren Prosper schützen."

Langsam richtete Lilly sich im Bett auf. Sie ist sehr schön, dachte Thomas, dabei liebt sie einen solchen Strolch – und tut alles für ihn ... Das Leben ist komisch!

Lilly Page sagte: „Da drüben hängt ein Bild, die Leda mit dem Schwan. Nehmen Sie es von der Wand."

Thomas tat, was sie sagte. Hinter dem Bild erblickte er einen kleinen Wandsafe mit einem Nummernschloss.

„Stellen Sie die Zahl 47132 ein", sagte die Frau auf dem Bett. Er stellte die Zahl 47132 ein. Die Safetür öffnete sich. Ein Buch aus schwarzem Leder lag in dem Stahlfach, sonst nichts.

„Erich Petersen war ein widerwärtig pedantischer Mensch", sagte die Frau auf dem Bett. „Er führte über alles Buch. Über Männer, über Frauen, über Geld. Sie sehen sein Tagebuch. Lesen Sie es. Dann werden Sie alles wissen."

In dieser Nacht fand Thomas Lieven nur wenig Schlaf. Er las das Tagebuch des Untersturmführers Erich Petersen. Als der Morgen graute, wusste er Bescheid über eine der größten Schiebungen des Krieges.

Übernächtigt erstattete er am Vormittag dem heimgekehrten Oberst Werthe Bericht: „In dieser Sache hängt einfach *alles* drin! Höchste Beamte im Reichssicherheitshauptamt Berlin. Höchste SD-Leute in Rumänien. Wahrscheinlich sogar Manfred von Killinger, der deutsche Gesandte in Bukarest. Und hier in Paris – Obersturmführer Redecker, der Schwager Heinrich Himmlers!"

„Allmächtiger", sagte Oberst Werthe schwach, indessen der Major Brenner auf seinem Sessel wetzte, unruhig, erwartungsvoll, gespannt.

„Mit Redecker fing überhaupt alles an", berichtete Thomas.

„1942 arbeitete er beim SD in Bukarest ..." Zu dieser Zeit mussten die Rumänen Reichskreditkassenscheine als Zahlungsmittel akzeptieren, aber sie waren selig, wenn sie jemanden fanden, der ihnen dafür Dollars, Pfund oder Gold gab. Zu den schlechtesten Kursen. Egal! Egal! Nur wieder weg mit dem Dreckpapier!

Redecker wurde nach Paris versetzt. Hier lernte er den Untersturmführer Petersen kennen. Die beiden entdeckten eine große Seelenverwandtschaft. Redecker erzählte von seinen rumänischen Erfahrungen. Zusammen zogen sie das Geschäft ganz groß auf. Petersen fuhr in Frankreich herum. Er kaufte, stahl, erpresste und requirierte Gold. Das Gold wurde mit Kuriermaschinen des SD nach Berlin geflogen. Hier saßen zuverlässige „Mitarbeiter" im Reichssicherheitshauptamt. Das französische Gold flog mit SD-Kuriermaschinen weiter nach Bukarest. Auch hier saßen zuverlässige Mitarbeiter.

Nun kauften SD-Leute in Bukarest mit dem französischen Gold zu schlechtesten Kursen Reichskreditkassenscheine der Serie Rumänien auf. Diese wurden als „Geheime Kommandosachen" verpackt und deklariert und über Berlin nach Paris geflogen.

„... es verhält sich genauso, wie der Bankier Ferroud vermutete", beendete Thomas Lieven seinen Bericht. „Nur Deutsche konnten diese Riesenschiebung aufziehen. Mit den so billig erschacherten Scheinen kauften Redecker und Petersen in aller Seelenruhe Frankreich aus. Aber Petersen traute Redecker niemals ganz. Das hat mir Lilly Page erzählt. Darum führte er ein Tagebuch über alle Operationen, an denen Redecker beteiligt war. Er wollte ihn in der Hand haben." Thomas hob das schwarze Buch auf. „Nicht nur Redeckers Name steht auf diesen Seiten. Viele Namen stehen darauf. Mit diesem Buch, meine Herren, können wir den ganzen Ring auffliegen lassen."

„Aber hören Sie mal, Lieven", knurrte Werthe gereizt, „ist Ihnen klar, mit wem wir uns hier anlegen? Mit dem Schwager Himmlers! Mit einem Gesandten! Mit höchsten SD-Beamten. Sie sagen es selber!"

„Darum wollen unsere nächsten Schritte reiflich erwogen sein, Herr Oberst! Und wo lassen sich schwer wiegende Schritte reiflicher überlegen als bei einem guten Essen? Ich habe zu Hause bereits alles Nötige veranlasst. Ich erwarte Sie in einer Stunde bei mir."

Ach, so viel kann geschehen in einer Stunde ...

8

Bleich und verstört erschienen Oberst Werthe und Major Brenner sechzig Minuten später in Thomas Lievens reizender kleiner Villa am Square du Bois de Boulogne. Der Major sah aus, als wollte er in Tränen ausbrechen. Der Oberst starrte verbissen vor sich hin, während die hübsche Nanette die Vorspeise servierte.

Thomas wartete, bis sie verschwunden war, dann erkundigte er sich: „Was soll die Trübsal, meine Herren? Fühlen Sie vielleicht ein menschliches Rühren, weil es dem Reichsheinischwager an den Kragen geht?"

„Wenn es nur dem an den Kragen ginge", sagte Werthe dumpf.

„Wem denn noch?", fragte Thomas und steckte ein Stückchen Melone in den Mund.

„Ihnen", sagte Werthe.

Weil man mit vollem Mund nicht spricht, schluckte Thomas erst hinunter, bevor er sagte: „Kleiner Scherz?"

„Leider nein, Lieven, der SD will Ihnen an den Kragen. Sie wissen doch, dass Brenner so seine Beziehungen zum SD hat, nicht wahr. Also, nachdem wir uns trennten, ging er noch rüber in die Avenue Foch. Schließlich haben wir den Petersen-Mord in Toulouse aufgeklärt. Und so redete er mit Winter. Zunächst stellte er etwas sehr Beruhigendes fest: Von der Reichskreditkassenschein-Schiebung hat der SD in Paris keine Ahnung. Aber dann begann Winter von Ihnen zu sprechen, Herr Lieven."

„Soso, und was sagte er?"

„Er sagte ... hm, er sagte, jetzt wären Sie endlich drin."

Die Tür ging auf.

„Ach, da kommt ja schon wieder die süße Nanette“, rief Thomas händereibend, „und bringt die Parmesankoteletts.“

Das Mädchen errötete bis unter die Haarwurzeln. „Monsieur Lieven, isch bitten Sie, nischt zu sagen ‚süße Nanette‘, wenn isch tragen Geschirr. Isch lassen sonst alles fallen und machen kapütt!“ Sie servierte und bemerkte zu Werthe: „Monsieur ist die charmanteste Mann von die ganze Welt!“

Der Oberst nickte stumm und nahm Salat. Nanette ging wieder. Thomas sagte: „Nicht zu sehr gpfeffert, die Koteletts? Nein? Gut. Also ich bin drin? Und wieso, bitte?“

Brenner fragte leidend: „Kennen Sie eine Stabshauptführerin Mielcke?“

Thomas verschluckte sich. „Und ob ich diesen Drachen kenne, diesen widerlichen!“

„Na also“, sagte Brenner, „wegen der Mielcke stecken Sie drin.“

„Und kein Mensch kann Ihnen helfen, Lieven“, sagte Werthe und schnitt an seinem Kotelett herum. „Kein Mensch. Ich nicht. Canaris nicht. Niemand. Erzählen Sie weiter, Brenner.“

Der kleine Major erzählte weiter, was er von Winter erfahren hatte. Danach war die Stabshauptführerin Mielcke vor etwa einer Woche bei Sturmbannführer Eicher erschienen. Sie hatte angegeben, seinerzeit einen heftigen Zusammenstoß mit Sonderführer Lieven gehabt zu haben. Ferner hätte sie ihn in der Nacht des 21. September in einem Schlafwagenabteil des Schnellzuges nach Marseille gesehen. In Begleitung einer äußerst schönen und äußerst verdächtigen Frauensperson. Bei einer Kontrolle hätte sich herausgestellt, dass sie einen Ausweis der Abwehr Paris auf den Namen Madeleine Noël besaß.

„Riecht das nicht sauer?“, hatte die Arbeitsführerin gefragt und dem Sturmbannführer Eicher empfohlen, doch einmal herumzuhören …

Das tat Eicher, der Thomas hasste, mit Freuden. Rasch stellte er fest, dass eine deutsche Kuriermaschine am 22. September eine gewisse Madeleine Noël von Marseille nach Madrid gebracht hatte. Von hier war sie nach Lissabon weitergeflogen. Eicher gab seinen Leuten in Lissabon die entsprechenden Weisungen. Die machten sich auf die Socken und stellten fest, dass eine Madeleine Noël am 23. September in Lissabon eingetroffen war. Sie lebte noch in der Stadt. Aber sie nannte sich nun Yvonne Dechamps.

Yvonne Dechamps … Irgendwann hatte Eicher den Namen gehört. Er sah in den Suchlisten nach. Und dann verzog ein triumphierendes Grinsen sein Gesicht. Yvonne Dechamps, Assistentin von Professor Débouché, wurde seit Wochen als gefährliche Widerstandskämpferin von der Gestapo gesucht. Und Thomas Lieven hatte sie in Sicherheit gebracht – mit einem Ausweis der Deutschen Abwehr!

„Winter erzählte mir, dass sich Eicher bereits mit Berlin in Verbindung gesetzt hat“, sagte Brenner und zerschnitt eine Salzkartoffel mit dem Messer, was man nicht tun soll. „Mit Himmler.“

„Mit dem Schwager von Herrn Redecker“, sagte der Oberst. „Und Himmler

Menu • Paris, 28. September 1943

Beim Dessert plant Thomas Lieven,
selbst einen Reichsführer zur Räson zu bringen.

Melonenscheiben • Parmesankoteletts
Schokoladenpalatschinken

Melonenscheiben: Man serviere eisgekühlte Scheiben einer schönen, festen Melone, die sich jeder Gast nach seinem Geschmack mit Pfeffer und Salz bestreut.

Parmesankoteletts: Man nehme Schweinekoteletts mittlerer Größe, am besten von dem etwas durchwachsenen Stück zum Halsgrat zu, klopfe, pfeffere und salze diese. Man lege sie in eine gut mit Butter ausgestrichene, flache, feuerfeste Form, bestreue sie dick mit geriebenem Parmesankäse und begieße sie mit dicker saurer Sahne, die aber nicht überstehen darf. Man backe die Speise im Bratofen in zwanzig bis dreißig Minuten hellbraun, serviere sie in der Form und reiche Salzkartoffeln und grünen Salat dazu.

Schokoladenpalatschinken: Man backe feine, dünne Eierkuchen, deren Teig man mindestens eine Stunde vorher angerührt hat. Man schlage in einer Schüssel zwei Eigelb mit drei Esslöffel feinem Zucker schaumig, lasse drei Riegel Schokolade mit einem Glas Milch auf dem Herd schmelzen und mische alles nebst etwas Vanillezucker und einer Prise Salz gut durcheinander. Man rühre diese Masse auf kleinster Flamme zu einer dicken Creme, streiche sie auf die Eierkuchen, die man zusammenrollt, mit grobem Kristallzucker und geriebenen Mandeln oder Pistazien bestreut und sofort sehr heiß serviert.

wandte sich an Canaris. Und Canaris hat mich vor einer halben Stunde angerufen. Er ist wütend. Sie wissen, wie gespannt unsere Beziehungen zum SD sind! Jetzt noch so was! Es tut mir leid, Lieven, Sie sind ein netter Kerl. Aber ich bin mit meinem Latein am Ende. Der SD erhebt Anklage gegen Sie. Sie kommen vor ein Kriegsgericht, da ist nichts zu machen, und ..."

„Doch, doch", sagte Thomas.

„Bitte?"

„Ich glaube, da ist noch eine Menge zu machen, Herr Brenner. Ich warne Sie, essen Sie nicht zu viel Fleisch. Es gibt noch eine Delikatesse: Schokoladenpalatschinken."

„Machen Sie mich nicht wahnsinnig, Lieven!", schrie Werthe.

„Quatschen Sie nicht dauernd vom Essen! Was ist da noch zu machen?"

„Der SD will mich hochgehen lassen. Wohlan, dann werden wir Herrn Redecker hochgehen lassen. Was haben wir heute? Dienstag? Gut. Dann werde ich mich für morgen Nachmittag bei Sturmbannführer Eicher ansagen und die Peinlichkeit mit dem falschen Ausweis aus der Welt schaffen."

„Sie ... Sie wollen zu Eicher gehen?"

„Ja, natürlich. Es tut mir wirklich leid, dass ich Herrn Canaris solche Unannehmlichkeiten bereite."

„Aber warum – warum wollen Sie zu Eicher auch noch hingehen?"

„Weil morgen Mittwoch ist, meine Herren", sagte Thomas freundlich. „Und nach meinem kleinen schwarzen Buch ist Mittwoch der Tag der Woche, an dem immer Reichskreditkassenscheine von Bukarest nach Berlin geflogen werden. Wir müssen uns nach dem Essen nur noch einen genauen Zeitplan zurechtlegen. Aber eigentlich kann überhaupt nichts mehr schiefgehen ..."

9

Mit hingebungsvollem Lächeln half das bildhübsche schwarzhaarige Dienstmädchen Nanette ihrem geliebten Herrn in den Kamelhaarmantel. Thomas Lieven warf einen Blick auf seine Repetieruhr. Es war 16 Uhr 30 am 29. September 1943.

Thomas sah aus dem Fenster. „Glauben Sie, dass wir heute noch Nebel bekommen werden, schönes Kind?"

„Nein, Monsieur. Isch glauben nischt ..."

„Möge es so klar bleiben", sagte Thomas. „Dann werden ein paar Herren heute Abend schon im Kittchen sitzen."

„Pardon, Monsieur?"

„Nichts, nichts, Nanette. Ich veranstalte gerade ein kleines Wettrennen. Ich möchte es gerne gewinnen."

Ein Wettrennen in der Tat hatte Thomas Lieven arrangiert – jetzt musste er mitlaufen. Eine Lawine hatte er in Bewegung gesetzt – jetzt musste er verflucht aufpassen, dass sie ihn nicht überrollte. Denn eben machte er sich auf den Weg zur SD-Dienststelle Paris in der Avenue Foch, zu Sturmbannführer Eicher …

Die Operation, deren Ende Thomas nun als Sieger mitzuerleben hoffte, hatte 24 Stunden zuvor begonnen. Im aufrichtigen Bemühen, seinem verrückten Sonderführer das Leben zu retten, hatte Oberst Werthe über Fernschreiber einen langen Bericht an Admiral Canaris gesandt.

Bereits eine Stunde später erschien der weißhaarige Chef der militärischen Abwehr zu einer einstündigen Unterredung bei Heinrich Himmler. Böse Nachrichten hatte er dem Reichsführer SS und Chef der Deutschen Polizei zu überbringen …

„Ich werde ohne Erbarmen durchgreifen", tobte Heinrich Himmler.

Um 18 Uhr 30 am 28. September fing eine Sonderkommission, bestehend aus hohen SS-Führern, zu arbeiten an. Drei Mitglieder dieser Gruppe flogen in der Nacht über Wien nach Bukarest.

Am 29. September um 7 Uhr 15 verhafteten diese drei SS-Führer auf dem Flughafen von Bukarest einen SD-Kurier, der gerade nach Berlin fliegen wollte – den Unterscharführer Anton Linser. In seinem umfangreichen Gepäck führte er mehrere „Geheime Kommandosachen" bei sich, die man nun öffnete. Für Rumänien bestimmte Reichskreditkassenscheine im Wert von zweieinhalb Millionen Mark wurden gefunden.

Um 8 Uhr 30 erschienen die drei SS-Offiziere in den Räumen des SD Bukarest, die sich in einem unscheinbaren Seitentrakt der Deutschen Gesandtschaft an der Hauptstraße Calea Victorei befanden. Hier konnten große Mengen von französischen Louisdor-Stücken und Riesenbeträge von Reichskreditkassenscheinen sichergestellt werden. Zwei Personen wurden verhaftet.

Um 13 Uhr 50 am 29. September landete die Kuriermaschine aus Bukarest auf dem Flughafen Berlin-Staaken.

Mitglieder der Sonderkommission verhafteten einen Untersturmführer namens Walter Hansmann, der sich mit allen Anzeichen großer Unruhe bei der Flugzeugbesatzung nach dem Kurier aus Bukarest erkundigte. Nach einem kurzen Verhör brach Hansmann zusammen und gab zu, in der Reichskreditkassenschein-Affäre mitgeschoben zu haben. Er nannte die Namen von vier hohen SD-Leuten, die in Berlin in die Affäre verwickelt waren. Um 14 Uhr saßen diese vier Männer bereits hinter Gittern …

„Dann können wir jetzt ja in Ruhe Mittag essen gehen", sagte in Paris Thomas Lieven zu Oberst Werthe. Sie standen vor einem Fernschreiber, über welchen der Admiral seinen Oberst stündlich informieren ließ.

„Sie scheinen Glück zu haben, Sie verfluchter Hund", sagte Werthe grinsend.

„Unberufen." Thomas klopfte auf Holz. „Wann sind die Herren losgeflogen, die da zu rächen und zu richten haben werden?"

„Vor einer halben Stunde. Ein SS-Richter, zwei Kriegsgerichtsräte. Sollen zwischen 16 Uhr 30 und 17 Uhr hier landen."

Um 16 Uhr 30 ließ Thomas sich von der bildhübschen Nanette in den Kamelhaarmantel helfen und dachte, als er auf die Straße hinaustrat: Mach, dass es wirklich keinen Nebel gibt, lieber Gott. Denn bei Nebel können meine drei Richter nicht landen. Und meine Rache wäre unvollkommen an den Bluthunden in der Avenue Foch, die mich einmal fast totgeschlagen haben …

Die SD-Führer in der Avenue Foch empfingen Thomas ernst und streng. Er merkte sofort: Sie hatten keine Ahnung von dem, was auf sie zukam. Der „Reichsheini" hatte sie nicht gewarnt. Der rotgesichtige Sturmbannführer Eicher und sein Adjutant, der blasse Fritz Winter, sprachen gefasst und markig mit Thomas. Sie verhielten sich wie manche jener Generäle, Kriegsgerichtsräte und Offiziere, die in den letzten Kriegsjahren oft aus geringsten Anlässen deutsche Soldaten zum Tode verurteilten. Vor der Hinrichtung ihrer Opfer erschienen sie, um den Delinquenten gefasst und markig zu erklären, warum es unumgänglich war, dass sie erschossen würden.

Worte dieser Art fanden die Herren Eicher und Winter nun auch für Thomas Lieven, der ihnen in einem grauen Freskoanzug (weißes Hemd, schwarze Krawatte, schwarze Schuhe und Socken) mit übergeschlagenen Beinen gegenübersaß.

Eicher: „Sehen Sie mal, Lieven, persönlich haben wir nichts gegen Sie. Im Gegenteil! Es gefällt uns, dass Sie den Mut hatten herzukommen. Aber es geht um das Reich, um die Gemeinschaft …"

Winter: „Grinsen Sie ruhig, Lieven. Das Grinsen wird Ihnen vor dem Kriegsgericht vergehen."

Eicher: „Recht ist, was dem deutschen Volke nützt. Unrecht, was ihm schadet. Sie haben Ihrem Volke geschadet. Ich will, dass Sie dies einsehen …"

„Darf ich eine Frage stellen?", sagte Thomas mit höflicher Verbeugung. „Ist es wirklich erst zehn Minuten nach fünf, oder geht meine Uhr nach?"

In dem Blick, den ihm Eicher gab, lag hassvolle Bewunderung.

„Warum konnten Sie nicht ein anständiger Mensch bleiben und zu uns kommen? Sturmbannführer könnten Sie heute sein. Ihre Uhr geht richtig."

Thomas stand auf, schlenderte zum Fenster und sah in einen herbstlichen Garten hinab und zu einem herbstlichen Himmel empor. Keine Spur von Nebel.

„Erzählen Sie doch, wie Sie mir auf die Schliche gekommen sind, meine Herren", sagte Thomas Lieven.

Sturmbannführer Eicher und sein Adjutant erzählten selbstgefällig, wie sie dank der Stabshauptführerin Mielcke darauf gekommen waren, dass Thomas Lieven eine gefährliche französische Widerstandskämpferin namens Yvonne Dechamps mit einem Ausweis der Abwehr als deutsche Geheimagentin nach Lissabon gebracht hatte.

Lieven hörte ihnen freundlich zu, dann schaute er wieder auf seine Uhr.

Eicher grunzte: „Haltung bis zuletzt? Gefällt mir, Mann, gefällt mir sehr."

Winter: „Alle Beweise gegen Sie liegen bereits dem Reichsführer SS vor. Das Kriegsgericht gegen Sie tritt in den nächsten Tagen zusammen."

Eicher: „Und jetzt kann Ihnen kein Mensch mehr helfen. Oberst Werthe nicht. Admiral Canaris nicht. Niemand!"

Thomas schaute wieder auf die Uhr.

Aus dem Stiegenhaus drang gedämpfter Lärm ins Zimmer: Befehle, Stiefelgepolter. Thomas fühlte, wie sein Herz schneller klopfte. Er sagte: „Ich hoffe, die Herren werden mir die Ehre geben, bei meiner Hinrichtung anwesend zu sein."

Jetzt horchte Eicher auf: „Was ist da draußen los?"

Die Tür flog auf. Eine Ordonnanz erschien erschreckt, salutierte und meldete mit belegter Stimme: „Drei Herren aus Berlin, Sturmbannführer, äußerst dringend ... Sonderkommission Reichssicherheitshauptamt ..."

Na also, dachte Thomas. Zum letzten Mal an diesem Tag sah er aus dem Fenster und zum Himmel empor. Danke, lieber Gott! – Eicher und Winter saßen erstarrt. Eicher stotterte: „Son ... Son ... Sonderkommission?"

Da kamen sie schon herein. Der SS-Richter im Rang eines Gruppenführers trug eine schwarze Uniform und Stiefel und sah unheimlich aus. Die beiden Kriegsgerichtsräte waren kleiner, trugen Brillen und salutierten militärisch.

Der SS-Richter hob die Hand zum sogenannten deutschen Gruß. Seine Stimme klang kalt: „Heil Hitler! Sturmbannführer Eicher? Angenehm. Gebe Ihnen sofort alle nötigen Erklärungen. Wie heißen Sie?"

„Untersturmführer Winter ..."

„Und Sie?"

Eicher kam etwas zu sich: „Das ist nur ein Besucher. Sie können jetzt gehen, Herr Lieven ..."

Der SS-Richter horchte auf: „Sonderführer Thomas Lieven?"

„In der Tat", sagte unser Freund.

„Ich bitte Sie hierzubleiben."

Eicher ächzte: „Aber wieso ...?"

„Sturmbannführer, rufen Sie den Obersturmführer Redecker in dieses Zimmer. Aber kein Wort der Warnung, verstanden?"

Der Schwager Heinrich Himmlers kam gleich darauf, ein Lächeln auf den schmalen Lippen. Das Lächeln erstarrte, als er die Besucher sah.

Der SS-Richter sagte zu Winter: „Durchsuchen Sie diesen Menschen nach Waffen!"

Winter gehorchte verständnislos.

Redecker begann zu schlucken, taumelte und fiel schwer in einen Sessel.

Der SS-Richter sah angeekelt zu ihm nieder: „Obersturmführer, Sie sind verhaftet."

Schluchzen schüttelte den Reichsheinischwager, heftiges Schlucken den bleichen Winter.

Eicher schrie plötzlich mit sich überschlagender Stimme: „Aber weshalb?"

Eisig antwortete der Riese in Schwarz: „Der Obersturmführer ist in eine Millionenschiebung mit Reichskreditkassenscheinen verwickelt. Zusammen mit dem in Toulouse erschossenen Untersturmführer Petersen hat er das Reich in niedrigster und gemeinster Weise geschädigt. Die Untersuchung wird ergeben, wer vom SD Paris noch in die Affäre verwickelt ist."

Eicher starrte die Richter an: „Ich verstehe kein Wort … Wer hat diese ungeheuerliche Anklage erhoben?"

Der Richter in Schwarz sagte, wer.

Eichers Unterkiefer fiel herab. Mit glasigen Augen starrte er Thomas Lieven an und lallte: „Sie … Sie … Sie …"

Danach geschah etwas, was Sturmbannführer Eicher beinahe den Verstand kostete: Der SS-Richter trat vor Thomas Lieven hin, schüttelte ihm die Hand und sprach diese Worte: „Sonderführer, im Namen des Reichsführers SS spreche ich Ihnen Dank und Anerkennung aus."

„Nicht nötig", sagte Thomas bescheiden. „Ist doch gern geschehen."

„Der Reichsführer SS lässt Ihnen sagen, dass er sich bereits mit Admiral Canaris in Verbindung gesetzt hat. In der bewussten Sache wird nichts gegen Sie unternommen werden."

„Das ist aber nett von Herrn Himmler", sagte Thomas Lieven.

10

In der Reichskreditkassenschein-Affäre wurden insgesamt 23 Verhaftungen vorgenommen. Unter den Schuldigen befanden sich nur zwei Franzosen und drei Rumänen.

Der Prozess fand unter Ausschluss der Öffentlichkeit statt. Zwei Franzosen, ein Rumäne und Untersturmführer Hansmann wurden zum Tod verurteilt, die anderen Angeklagten zu hohen Zuchthausstrafen. Obersturmführer Redecker erhielt acht Jahre. A tempo bewies Heinrich Himmler seinen Familiensinn: Nur ein halbes Jahr saß Obersturmführer Redecker hinter schwedischen Gardinen. Dann wurde er auf persönliche Weisung des Reichsführers SS entlassen und nach Berlin gerufen. Hier arbeitete er in untergeordneter Stelle bis zum Ende des Krieges.

Er hat alles gut überstanden. Heute ist er ein prominentes Mitglied einer deutschnationalen Partei im Norden seines Vaterlandes …

11

Am 13. Oktober 1943 erklärte Italien Deutschland den Krieg. Am 6. November eroberten die Russen Kiew.

In diesem Winter wurde die Widerstandsbewegung in Frankreich immer stärker. Zusehends verloren die deutschen Behörden die Kontrolle über die Lage. Mit grimmigem Humor beobachteten Thomas Lieven und seine Freunde im Hotel „Lutetia" die Haltung der französischen Schieber und Kurtisanen. Hatten sie bislang noch mit den Deutschen paktiert, so bewiesen sie nun Patriotismus. Die ältesten Angehörigen der Unterwelt entdeckten in sich plötzlich vaterländische Triebe und stellten ihre „Spezialdienste" der Widerstandsbewegung zur Verfügung. Dafür erhielten sie schon jetzt „Persilscheine" für die ungewissen Zeiten, die da kamen. Und die erfolgreichsten Kokotten der Stadt deponierten ihren schwer erworbenen Schmuck zugunsten der Résistance …

Besetzer und Besetzte lebten wie im Fieber. Mehr und mehr verloren Geld, Anstand und Moral ihren Wert und Sinn. Immer hektischer wurde das Leben, das dem Tanz auf einem Vulkan glich. In absurder Weise vergeudeten die Neureichen ihre zusammengerafften Vermögen. Übler und übler wurden die Machenschaften dunkler Zirkel – auf französischer Seite und auf deutscher.

Die Abwehr hatte Hochbetrieb. Von den Fällen, die Thomas Lieven in diesen Wintermonaten zu bearbeiten hatte, erwähnen wir hier nur vier:

1. Zu etwa jener Zeit, da Roosevelt, Churchill und Stalin sich auf der Konferenz von Teheran trafen, gelang Thomas Lieven der Nachweis, dass ein gewisser Werner Lamm, persönlicher Freund Hermann Görings, ein übles Subjekt war.

Dieser Lamm hatte sich eine hübsche Idee ausgedacht, um seinen Schiebergeschäften ein wirtschaftspolitisches Mäntelchen umzuhängen. Mit dem sogenannten „Teppich-Pool" beherrschte England seit Jahren den Weltmarkt. Herr Lamm erklärte seinem Freund, dem Reichsmarschall: „Diesen Pool werde ich den Engländern kaputt machen!"

Das imponierte Göring. Er gestattete Lamm, etwa 6000 Teppiche aus Holland nach Paris zu bringen. Die Teppiche stammten zum größten Teil aus jüdischem Besitz. Lamm hatte sie gestohlen oder beschlagnahmt. Nun richtete er sich auf den Champs-Élysées einen schönen Laden ein und – verkaufte die Teppiche. Nebenbei aber stahl und requirierte er in Frankreich weiter. Kein Mensch hatte den Mut, den Göring-Freund zur Rechenschaft zu ziehen. Kein Mensch?

Zusammen mit Oberst Werthe und dem kleinen Major Brenner legte Thomas Lieven dem Teppich-Lamm eine Fußangel! Er spielte ihm die Adresse eines Landhauses vor Paris zu, das einem Juden gehörte und in welchem herrliche Smyrna- und Perserteppiche lagen.

Die Villa gehörte tatsächlich einem Juden – aber einem südamerikanischen. Das wusste Lamm nicht. Er ließ die Teppiche beschlagnahmen, und das brach ihm den Hals.

Die südamerikanische Gesandtschaft protestierte prompt beim Doyen des Diplomatischen Corps, dem schwedischen Generalkonsul Nordling.

Der sprach beim Militärbefehlshaber Frankreichs, dem General Karl-Heinrich von Stülpnagel, vor.

Der Skandal beschäftigte neutrale Diplomaten in Paris so sehr, dass auch Göring seinen Freund nicht mehr zu schützen wagte.

Herr Lamm verlor seine gesamte Habe und wanderte ins Gefängnis.

2. Ähnlich verfuhr unser Freund mit den Professoren Dienstag und Landwend

um Weihnachten 1943, etwa zu jener Zeit, da die Briten an der nordnorwegischen Küste das Schlachtschiff „Scharnhorst" versenkten. Diese Herren kauften im Auftrage des munteren Reichsmarschalls in Frankreich Kunstgegenstände und Gemälde auf – und zwar mit falschen französischen Franc-Noten, die in der Nähe von Stuttgart hergestellt worden waren.

Thomas Lieven erbrachte den lückenlosen Nachweis, dass vier Gemälde, welche die Herren Professoren in Paris angekauft hatten, aus dem Besitz des Schweizer Diplomaten Egon Treumer stammten. Dem waren sie gerade gestohlen worden.

Wiederum schaltete sich der Militärbefehlshaber in Frankreich ein. Der Skandal nahm so ungeheure Formen an, dass Göring zu Hitler gerufen wurde.

Ach, jetzt hätten wir aber fast die Pointe vergessen: Die beiden Berufseinbrecher, welche die vier Bilder in der Wohnung Egon Treumers gestohlen und den beiden Professoren zugespielt hatten, waren alte Freunde von Thomas Lieven. Er bezahlte sie gut für diesen bestellten Einbruch. Die Polizei kam den beiden niemals auf die Spur …

3. Am 4. Januar 1944 überschritten die Russen die alte polnische Grenze. Am 22. Januar landeten in Italien, bei Anzio, alliierte Truppen im Rücken der deutschen Stellung. Etwa zur gleichen Zeit kam es zu „Lievens Zitronengeschäft".

Anfang des Jahres hatte unser Freund einen Wink aus Bordeaux erhalten. Der Wink stammte von einem alten Kassenschränker, den Thomas seinerzeit in Marseille als Mitglied von Chantal Tessiers Ganovenbande kennengelernt hatte, und lautete, auf schlechtem Papier unorthografisch geschrieben, in der unorthografischen Übersetzung so:

> Liber Freund! Hir giebt es im Hafen ein Lager, wo von der deutschen Kriegsmarine bewacht wird. Da ligen 420 Tohnen Zigaretenpapier, fersandfertich. Weil Amerika in den Krieg eingetreten ist, ist dieses Papier nicht mer versand worden. Es handelt sich, liber Freund, um feinstes Schiffonpapier, Marktpreis 190 Schweitzer Franken das Kilo. Also eine Wucht. Der SD ist hinter dem Lager hehr und will es beschlacknamen. Als „feindliches Eigentum". Darum beeile Dich, liber Freund.

Thomas Lieven beeilte sich. Er wusste: Was der SD beschlagnahmte, kam immer einigen wenigen, niemals vielen zugute. Er fuhr nach Bordeaux. Hier kannte der brave Major Brenner einen Kapitänleutnant der Kriegsmarine. Mit diesem verstand Thomas sich sofort ausgezeichnet.

Seit der Bilderaffäre war Thomas mit dem Schweizer Diplomaten Egon Treumer befreundet. Dank Treumer konnte Thomas dem Kapitänleutnant sogleich einen Mann in Basel vorschlagen, der fähig und willens war, das amerikanische Chiffonpapier zu kaufen. Preis: 760 000 Schweizer Franken.

Vor einer solchen Summe kapitulierte auch die deutsche Kriegsmarine. In einer Zeit, da Menschentrauben an jedem Waggon hingen, da es für Truppentransporte nicht mehr genug Züge gab, rollten 420 Tonnen amerikanisches Zigarettenpapier, in

Kisten verpackt, mit Wehrmachtsfrachtbriefen quer durch Frankreich in die Schweiz. Ziel: Basel, Deutscher Bahnhof.

Dafür, dass die Waggons dann des Nachts vom Deutschen zum Schweizer Bahnhof hinübergeschoben wurden, hatte Thomas Lieven gleichfalls gesorgt. 760 000 Franken! Da wurde der schwächste Mann stark!

Die deutsche Kriegsmarine profitierte bestens an der Sache: Von den 760 000 Schweizer Franken wurden in Spanien vitaminreiche Zitronen für skorbutgefährdete Schiffsbesatzungen, vor allem für U-Boot-Leute, gekauft. Thomas Lieven erhielt als Anerkennung und Provision 30 000 Reichsmark.

4. Am 4. März 1944 erreichten russische Truppen die rumänische Grenze. Am selben Tag erschien Thomas Lieven in Begleitung von Oberst Werthe und Major Brenner in der Stadt Poitiers. Sie waren von einer gewissen Charlotte Régnier, einer neuen Agentin der Abwehr Paris, alarmiert worden.

Charlotte Régnier, 40-jährig, blond, vollbusig, wenig hübsch und sehr nervös, galt seit einiger Zeit als Starerwerbung der Abwehr in diesem Raum. Dem kleinen Major Brenner war es gelungen, diese alleinstehende französische Schriftstellerin für deutsche Dienste anzuwerben. Beinahe täglich hatten ihre sensationellen Berichte das Hotel „Lutetia" in Aufregung versetzt.

Zuletzt hatte Charlotte Régnier die Bildung eines gewaltigen neuen Maquis in der Nähe von Poitiers gemeldet. Damit erreichte sie, dass die Abwehr Paris zu einer Großaktion im Raum Poitiers ansetzte.

Über zweihundert Franzosen wurden verhaftet und tagelang verhört. Dann wurden über zweihundert Franzosen plötzlich wieder freigelassen …

Sonderführer Lieven war nämlich mittlerweile der Nachweis gelungen, dass Major Brenner sich mit der blonden Charlotte doch keine Superagentin eingehandelt hatte. Sonderführer Lieven stellte fest, dass die blonde Charlotte erst vor einem halben Jahr aus der Irrenanstalt entlassen worden war. Die Ärzte bezeichneten sie als ungefährlich. Aber sie war noch immer entmündigt. Und sie war – natürlich – noch immer verrückt …

12

Am 23. März 1944 war Thomas zu einer großen Gesellschaft eingeladen, die ein französischer Geschäftsfreund gab. Auf dieser Gesellschaft langweilte er sich mächtig bis zu dem Moment, da eine Dame in einem grünen Abendkleid auftauchte. Da fand er die Party plötzlich hochinteressant!

Die Dame in Grün war etwa 28 Jahre alt. Sie trug das blonde Haar hochgesteckt. Die Augen waren kastanienbraun. Sie sah aus wie die Filmschauspielerin Grace Kelly.

„Wer ist das?", fragte Thomas Lieven sofort den Gastgeber. Der sagte ihm, wer die Dame war.

Vera Prinzessin von C. – so werden wir die Dame nennen. Sie lebt nämlich noch unter uns, und sie hat unsere Sympathie. Darum wollen wir ihren Familiennamen nicht verraten.

„Uraltes deutsches Adelsgeschlecht", verriet Thomas Lievens Geschäftsfreund. „Mit Fürstenhäusern in aller Welt verwandt, mit dem alten Wilhelm, mit den Windsors, dem Grafen von Paris, mit – was weiß ich!"

„Würden Sie wohl so freundlich sein, mich vorzustellen?", fragte Thomas. Der Hausherr war so freundlich.

Die Prinzessin dagegen war alles andere. So etwas Abweisendes, Kühles und Hochmütiges hatte Thomas noch nicht erlebt!

Er versprühte ein ganzes Charmefeuerwerk. Die Prinzessin sah durch ihn durch, lächelte mechanisch, und nach seiner allerbesten Pointe sagte sie: „Wie meinten Sie eben, Herr – Lieven?"

Ein solches Verhalten reizte unseren Freund. Die Person gefiel ihm! Ihre aristokratische Herkunft war ihm piepegal. Er hatte keine Snobambitionen. Er brauchte keine Prinzessin in seiner Sammlung. Nein, die Person war es ... Die Person gefiel ihm so gut!

Und so bemühte er sich weiter. Ob man sich nicht vielleicht wiedersehen könnte, fragte er. In die Oper gehen – essen ...: „Ich koche selber. Man sagt, ich sei begabt. Darf ich für Sie kochen? Morgen vielleicht?"

„Das ist leider ausgeschlossen. Ich bin in dieser Woche jeden Abend bei Herrn Lakuleit. Kennen Sie ihn?"

„Lakuleit?" Irgendwo hatte Thomas den Namen gehört. Wo?

„Nein, ich kenne ihn nicht, den Glücklichen, für den Sie so viel Zeit haben."

Zuletzt gab unser Freund es auf. Sinnlos. Einfach sinnlos. Verärgert verließ er die Party als einer der Ersten.

Zwei Tage später rief ihn die abweisende Prinzessin völlig unerwartet zu Hause an. Sie sagte, Thomas möge ihr verzeihen, dass sie ihn so kühl behandelt habe. Vom Gastgeber hätte sie nach seinem Fortgehen erfahren, dass er aus Berlin stamme und in Paris eine kleine Bank sein eigen nenne. Der Gastgeber kannte Thomas Lieven nur als Bankier. Niemand außer den direkt Betroffenen wusste in Paris etwas von Thomas Lievens Agententätigkeit.

„... ich habe Ihnen doch von Herrn Lakuleit erzählt", hörte Thomas die Prinzessin sagen. „Stellen Sie sich vor, er ist *auch* Berliner! Das heißt, *geboren* wurde er in Königsberg ... Sie haben mir doch gesagt, dass Sie gut kochen, und da hatte er einen so lustigen Einfall: Er wünscht sich Königsberger Klopse ... Die kann hier keiner machen ... Kommen Sie doch morgen zu uns, ich meine, zu Herrn Lakuleit ..." Unser Freund sagte zu. Und dann begann er zu grübeln. Lakuleit ... Lakuleit ... Woher kenne ich den Namen?

Thomas erkundigte sich bei Oberst Werthe. Die Auskunft, die er erhielt, befriedigte ihn nicht:

Oskar Lakuleit war Alleininhaber der „Intercommerciale SA" (IC) in Paris. Diese

Firma hatte vom „Bevollmächtigten für das Kraftfahrzeugwesen" (BDK) im OKW den Auftrag erhalten, in ganz Frankreich gebrauchte Kraftfahrzeuge für die Wehrmacht einzukaufen. Lakuleit arbeitete zur vollen Zufriedenheit seiner Auftraggeber. Ein tüchtiger Mann. In Berlin war er Garagenbesitzer gewesen. Jetzt hatte er Geld. Viel Geld …

Lakuleit … Lakuleit … Woher kannte Thomas bloß den Namen?

Der Herr wohnte in einem Palais am Boulevard Pereire. Ein livrierter Diener öffnete und führte Thomas in eine Halle, in der es aussah wie in einem überfüllten Antiquitätenladen. Bild neben Bild hing an der Wand. Teppich überlappte Teppich. Thomas schnappte nach Luft.

Der Diener führte Thomas in die Bibliothek. Hier saß der Hausherr und telefonierte. Der Hausherr war Thomas auf den ersten Blick tief unsympathisch. Sehr groß, sehr dick. Etwa vierzig. Runder Schädel. Niedere Stirn. Kurzes, blassblondes Haar, mit Brillantine glatt geklatscht. Wässrige, stechende Augen. Über dem weibischen Mund ein blassblonder Schnurrbart …

Nicht, dass er etwa zu telefonieren aufgehört hätte, als Thomas eintrat. Er winkte ihm bloß, Platz zu nehmen. Hochrot im Gesicht, brüllte er in den Hörer: „Nun will ich Ihnen mal was sagen, Neuner, es ist mir scheißegal, ob Ihre Frau krank ist! Was-was-was, Unrecht! Sie haben geklaut! Jawohl, klauen nenne ich das! Ich warne Sie, Neuner, fordern Sie mich nicht heraus, ich lasse glatt Ihre U.k.-Stellung platzen! Was? Nicht tauglich? Das wäre ja gelacht! Schluss jetzt. Sie sind entlassen, fristlos!"

Lakuleit knallte den Hörer in die Gabel und erhob sich grunzend und lachend. „Tag, Herr Lieven. Angenehm. Das war einer meiner Buchhalter. Musste ihn rausfeuern. Frech geworden, der Kerl. Kann man sich doch wohl nicht bieten lassen, was?" Er schlug Thomas gespielt jovial auf die Schultern. „Na, alter Spree-Athener, da wollen wir also erst mal einen heben, und dann bringe ich Sie in die Küche. Die Prinzessin wird gleich kommen. Meine Frau trödelt mit dem Anziehen herum – wie immer."

Thomas bemerkte, dass Lakuleit drei Brillantringe mit großen Steinen an den Würstchenfingern trug. Der Herr wurde ihm immer unsympathischer …

Die Küche war so groß wie die eines mittleren Hotels. Eine Köchin, ein Koch und zwei Mädchen gingen Thomas zur Hand. Lakuleit sah zu und trank Hennessy aus Wassergläsern.

Dann kam Vera Prinzessin von C. in die Küche. Sie trug ein rotes Abendkleid, tief ausgeschnitten. Und wenn sie bei der ersten Begegnung hochmütig gewesen war, so war sie bei der zweiten übertrieben charmant. Da legte Thomas mit einem sehr unguten Vorgefühl die Klopse in die feine Soße.

Richtig unheimlich wurde ihm allerdings erst, als er im Speisezimmer Frau Lakuleit kennenlernte. Olga Lakuleit sah verwüstet aus. Ausgemergelt das Gesicht. Gelblich verfärbt das Haar, erloschen die Augen. Und dabei höchstens Ende Dreißig …

O Gott, dachte Thomas, die arme Seele. Ist die Prinzessin die Freundin des Fettwanstes? Offensichtlich. Warum bin ich bloß hergekommen? Widerwärtig.

Menu • Paris, 26. März 1944

Bei ostpreußischen Spezialitäten benimmt sich eine Prinzessin seltsam …

Gefüllte Artischockenböden • Feine Königsberger Klopse
Ananas-Beignets

Gefüllte Artischockenböden: Man nehme etwa acht Artischockenböden – jederzeit in Büchsen oder Gläsern erhältlich –, richte sie auf einer Platte an und beträufle sie mit Zitronensaft. – Man belege sie mit 50 Gramm entkernten schwarzen Oliven und Scheibchen von zwei kleinen roten Pfefferschoten und harten Eiern. – Man verrühre Zitronensaft, Öl, sehr fein gehackte Zwiebeln und Petersilie zu einer Soße und gieße sie über die gefüllten Artischockenböden, verziere die Platte mit Petersilie.

Feine Königsberger Klopse: Man nehme je ein Pfund Kalb- und Schweinefleisch, drehe es durch den Wolf und verarbeite es gut mit einer eingeweichten, ausgedrückten Semmel, zwei Eiern und fein gehackter, hell gedünsteter Zwiebel. Man schmecke mit Salz, Pfeffer und Sardellenpaste pikant ab und forme daraus mit nassen Händen mittelgroße runde Klöße. – Man mache eine helle Butterschwitze mit wenig Mehl, lösche mit Fleischbrühe und einem Glas Weißwein ab, lasse gut durchkochen und dann die Klopse darin langsam gar dämpfen. – Man nehme die Klopse heraus, ziehe die Soße mit zwei in saurer Sahne verrührten Eigelb ab, gebe einen Esslöffel Kapern hinzu, schmecke mit Pfeffer, Salz, Zitronensaft ab und lasse die Klopse etwas in der Soße ziehen, ohne dass sie zum Kochen kommt.

Ananas-Beignets: Man nehme Scheiben von frischer oder eingemachter Ananas und halbiere sie. – Man mache einen dickflüssigen Ausbackteig aus ein Achtelliter Milch, 125 Gramm Mehl, zwei ganzen Eiern, etwas Salz und einem Schuss Rum. – Man tauche die Ananasstücke hinein und backe sie in heißem Schmalz schwimmend zu goldgelber Farbe. – Man lasse das Fett abtropfen und reiche die Beignets mit Zucker bestreut.

Der Abend wurde immer widerwärtiger. Olga Lakuleit sprach kein einziges Wort. Sie trank nicht, sie aß kaum einen von den Klopsen. Plötzlich rannen ihr Tränen über die bleichen Wangen.

„Geh lieber wieder rauf, Olga", sagte Lakuleit kurz und brutal. Olga Lakuleit stand auf und ging.

„Noch 'nen Klops, Herr Lieven?", fragte der gemütvolle Gatte. Und strahlend lächelte die Prinzessin Thomas Lieven an, der sich plötzlich appetitlos, gänzlich appetitlos fühlte.

Nach dem Essen gingen sie in die Bibliothek. Hier, bei Kaffee und französischem Kognak, ließ der Fette dann endlich die Katze aus dem Sack: „Passen Sie mal auf, Lieven. Sie sind Berliner, ich bin Berliner. Sie haben eine Bank, ich habe ein großes Geschäft. Die Zeiten sind beschissen. Machen wir uns nichts vor: Der Karren ist im Dreck festgefahren. Wird bald umschmeißen. Man muss an die Zukunft denken. Habe ich recht?"

„Ich weiß nicht, wovon Sie reden, Herr Lakuleit", sagte Thomas kalt.

Der Fette lachte wiehernd: „Klar wissen Sie es! Wer denn, wenn nicht Sie? Sie haben Ihr Geld doch auch schon in der Schweiz!" Lakuleit wurde *ganz* deutlich: Er und seine Freunde hätten große Vermögen in Frankreich. Wenn Thomas einen Weg fand, diese Vermögen, dank seiner Beziehungen, in die Schweiz zu transferieren, sollte es sein Schaden nicht sein. „Is 'n ordentlicher Fisch für Sie drin, Lieven!"

Thomas hatte jetzt genug. Er stand auf. „Ich fürchte, Sie haben sich an den falschen Mann gewendet, Herr Lakuleit. So etwas mache ich nicht."

Nun schaltete sich die Prinzessin ein. Sie nahm für Lakuleit Partei. Das gab Thomas den Rest. Dass die Person sich nicht schämte! Freundin eines verheirateten Mannes – und noch dazu so eines Mannes! Pfui Teufel!

„Herr Lieven, vielleicht reizt Sie dieses Geschäft doch, wenn Sie hören, *wer* Herrn Lakuleits Freunde sind ..."

„Schon mal was von Göring gehört?", grunzte der Fette. „Bormann? Himmler? Rosenberg? Ich sage Ihnen, da sind Millionen drin – auch für Sie!"

„Ich bin nicht käuflich."

„Ach Quatsch, Mann! Jeder Mensch ist käuflich, es kommt nur auf den Preis an!"

Das war das Ende. Thomas verabschiedete sich abrupt. Er war jetzt außer sich vor Wut. Dieses dicke Schwein! Dem werde ich jetzt mal auf die Finger gucken. Der ist doch hinten und vorn nicht astrein ...

Als Thomas in der Garderobe seinen Mantel suchte, tauchte plötzlich die Prinzessin auf: „Ich gehe auch. Sie können mich heimbringen. Ich wohne ganz in der Nähe."

Thomas verneigte sich stumm. Er konnte vor Wut nicht reden. Auch auf der Straße bekam er kein Wort heraus. Stumm brachte er die junge Frau bis vor die Haustür. Sie sperrte auf. Sie lehnte sich gegen die Mauer. „Also, was ist, Tommy?", sagte diese seltsame Angehörige des deutschen Uradels. Ihre Stimme klang jetzt verraucht und heiser.

Thomas starrte sie an.

„Bi-bitte?“

„Na los, küss mich … Worauf wartest du?“ Sie zog ihn am Ärmel zu sich, schlang die Arme um ihn und küsste ihn wild.

„Ich will, dass du mich liebst“, flüsterte die Prinzessin. Sie küsste ihn wieder und sagte, ziemlich laut, ein paar Sätze, die sich der Wiedergabe im Druck entziehen.

Ihr Hohenzollern, ach! Ihr Windsors, Auerspergs, Colonnas! Teurer Graf von Paris! Um eurer hehren Geschlechter willen wollen wir verschweigen, was der kesse adlige Blondschopf sagte – um euretwillen, und mit Rücksicht auf die internationale Buchzensur.

Im gleichen Moment, in welchem er Vera Prinzessin von C. derart ungeheure Dinge sagen hörte, traf eine plötzliche Erkenntnis Thomas Lieven wie ein Faustschlag zwischen die Augen. Lakuleit!!!

Jetzt wusste er endlich, woher er den Namen kannte. In dem schwarzen Tagebuch des erschossenen Untersturmführers Petersen stand dieser Name! Viele Namen standen in diesem Buch, in welchem der Schieber alle jene verzeichnet hatte, die in seine dunklen Geschäfte mitverstrickt waren.

Lakuleit … Deutlich, ganz deutlich sah Thomas das Schriftbild des Namens vor sich. Und dahinter drei Ausrufezeichen. Und darunter die Abkürzung eines zweiten Namens: V. v. C. Und dahinter ein Fragezeichen …

13

Thomas ließ sich sonst sehr gern verführen und spielte „das kleine Mädchen“. Aber heute? So reizvoll dieser uradelige Blondschopf wirkte, so unheimlich und zwielichtig war die Prinzessin auf der anderen Seite. Außerdem hatte die Dame zu miese Bekannte.

Freundlich, aber bestimmt nahm er darum die Hände Veras von seinem Körper und sagte mit einer Verneigung: „Ein ganz reizender Abend. Darf ich mich jetzt verabschieden, teuerste Prinzessin?“ Schmal wurden die kastanienbraunen Augen der kessen Schönen.

Verehrte Leser! Stellen Sie sich eine zur Weißglut gereizte, verführerisch schöne Blondine vor! Haben Sie? Gut. Dann erblicken Sie vor Ihrem geistigen Auge, was Thomas Lieven in natura erblickte.

Sprach das wilde Mädchen durch die Zähne: „Du bist wohl wahnsinnig geworden, Tommy, wie? Du kannst mich doch jetzt in dem Zustand nicht allein lassen …“

Ein zweites Mal verneigte Thomas sich. „Es dünkt mich, verehrte Prinzessin, dass Sie innig mit Herrn Lakuleit befreundet sind. Diese Verbindung möchte ich nicht stören. Eine so harmonische, moralische Beziehung.“

Er öffnete die Haustür. Sie versuchte ihn festzuhalten. Er machte sich frei. Sie stampfte mit den kleinen Füßen auf. Sie rief schrill: „Bleib hier, du Dreckskerl!" Und schlug mit den Fäusten gegen seine Brust. Er drehte sich um und ging, ohne sich um die Erregte weiter zu kümmern, den nächtlichen Boulevard hinab.

Puhhh! Frische Luft! Das war es, was er jetzt brauchte. Junge, Junge, was für ein Abend. Der deutsche Hochadel hatte es aber wirklich in sich! Da konnten bürgerliche Damen einfach nicht mehr mit.

Bisschen verkommen, die Kleine, dachte Thomas, aber nett. Komisch, ich könnte schwören, sie ist ein anständiger Kerl. Gut erzogen. Klug. Charmant – wenn sie will ... Was findet eine solche Frau an einem solchen Kerl wie Lakuleit? Warum steht ihr Name unter dem seinen in dem schwarzen Tagebuch des toten Untersturmführers Petersen?

Thomas blieb stehen, starrte einen Baum an und sagte laut: „Du hast dich doch nicht etwa bereits in Vera verliebt, du Idiot?" Der Baum gab keine Antwort; er war ja auch nicht gemeint. Thomas ging weiter. Unsinn, dachte er. Was heißt verliebt? In so einen blonden Haifisch? Absolut lächerlich. Aber Herrn Lakuleit wollen wir jetzt mal auf den Zahn fühlen. Jawohl!

An diesem Abend, dem 26. März 1944, hatte das Dienstmädchen Nanette Ausgang. Thomas Lieven sperrte das Haustor auf, drehte in der kleinen Diele das elektrische Licht an, zog seinen Mantel aus und öffnete die Tür zu der kleinen Bibliothek.

Ein Mann saß in dem Ohrenstuhl vor dem Kamin. Gepflegter Schnurrbart. Römische Nase. Ewig ironische Augen. Ein blauer Anzug, schon ein wenig abgetragen. Eine Sherlock-Holmes-Pfeife in der Hand. Eine Rauchwolke billigen Tabaks stieß der Herr aus, dann sagte er, ungeheuer bedeutungsvoll: „Das haben Sie nicht erwartet, Herr Lieven, wie?"

„Guten Abend, Oberst Siméon", sagte Thomas Lieven, seufzend diesen französischen Geheimagenten und Patenthelden betrachtend, mit dem er schon so viele Aufregungen erlebt hatte. „Lange haben wir uns nicht gesehen."

Oberst Siméon, der immer noch aussah wie ein zu groß geratener Adolphe Menjou, stand auf. Er begann pathetisch: „Ein Dietrich verschaffte mir Eingang. Mein Herr, Ihr Spiel ist aus."

„Einen Moment, mein Lieber. Ihr Tabak – seien Sie mir nicht böse – stinkt bestialisch. Sehen Sie da drüben den blauen Tontopf? Da ist echter englischer drin. Beutegut der Deutschen Wehrmacht. Haben Sie keine nationalen Bedenken!"

Der Angehörige des ewig unter Geldmangel leidenden französischen Geheimdienstes zögerte, dann klopfte er seine Pfeife aus und ging zu dem blauen Tontopf. Während er den Deckel abhob, sprach er düster: „Ich habe nichts persönlich gegen Sie, Herr Lieven. Ich war es, der Sie für das ‚Deuxième Bureau' anwarb. Aber Ihr Spiel ist aus."

„Das haben Sie schon einmal gesagt. Warten Sie doch ein bisschen, dann höre ich Ihnen auch ganz genau zu ..."

Plötzlich ließ Siméon seine Pfeife fallen. Plötzlich hatte er eine Pistole in der Hand. „Weg von dem Schrank! Hände hoch!"

„Aber nicht doch, Herr Oberst!“, sagte Thomas kopfschüttelnd. „Sind Sie immer noch so schreckhaft wie früher?“

„Mich täuschen Sie nicht! Sie wollten den Schrank öffnen, stimmt's?“

„Stimmt, ja.“

„Und ihm eine Waffe entnehmen und mich überwältigen.“

„Stimmt nicht. In dem Schrank sind keine Waffen.“

„Sondern?“

„Meine Hausbar. Ich wollte uns etwas zu trinken machen!“

Der Oberst tat drei gewaltige Schritte, riss den geschnitzten Schrank auf und wurde ein bisschen rot. Er knurrte: „Ein Mann in meinem Beruf kann nicht vorsichtig genug sein.“ Thomas begann die Getränke zuzubereiten. Siméon sagte: „Besonders bei einem Verräter wie Ihnen.“

„Mit Soda oder mit reinem Wasser?“

„Mit Soda. Bei einem drei und vierfachen Verräter wie Ihnen, Herr Lieven!“

„Bisschen farblos, nicht? Noch ein Schuss Whisky? So.“

Siméon wandte sich verärgert ab. Thomas betrachtete ihn mitleidig. Im Grunde hatte er diesen Springinsfeld und Heldendummkopf nicht ungern. Er sagte: „Tut mir leid, Oberst.“

„Was?“

„Dass ich Ihnen Ihren schönen Auftritt versaut habe. Sagen Sie, wie geht es eigentlich der süßen Mimi?“

„Woher soll ich das wissen?“

„Aber hören Sie, Herr Oberst! Sie haben Mimi von meiner Seite gerissen! Sie wollten heiraten, Kinder zeugen, kleine französische Patrioten … Und da wissen Sie nicht, wie es ihr geht?“

Dumpf sagte der Oberst: „Mimi hat mich verlassen. Vor einem Jahr schon. Können Sie sich das vorstellen?“

„Trinken wir trotz allem auf Mimis Wohl. Ist es Ihnen ein Trost, daran zu denken, dass die Süße auch mich verlassen hat?“

„Nein.“

„Sehr freundlich. Und nun erklären Sie mir, warum mein Spiel aus ist.“

„Sie ließen mich vorhin nicht aussprechen. Ich wollte nicht sagen, Ihr Spiel ist aus. Ich wollte sagen: Ihr Spiel ist aus, wenn Sie nicht sofort die Finger von der Prinzessin lassen.“

„Von was für einer Prinzessin?“

„Sie wissen genau, von was für einer Prinzessin! Sie waren heute Abend mit ihr zusammen.“

„Glauben Sie mir, ich *habe* die Finger von ihr gelassen!“

„Werden Sie nicht frivol! Hier geht es um Leben und Tod! Ich warne Sie, Lieven. Wir haben gewaltige Dossiers über Sie …“

„Mein Gott, welcher Geheimdienst hat die nicht?“

„Ich warne Sie zum letzten Mal, Lieven. Retten Sie sich nicht in diesen seelenlosen Zynismus. Sie wissen, wie stark die Résistance in Frankreich mittlerweile geworden ist. Wir könnten jeden von Ihnen jeden Tag umlegen – wenn wir wollten. Auch Sie! Aber bei Ihnen werde ich immer noch ein bisschen weich …"

„Nicht doch!"

„Ja doch … Erinnerungen … Unsere gemeinsame Flucht aus Paris … Mimi … Toulouse … Oberst Débras … Josephine Baker … Aber ich kann Sie nicht mehr schützen, wenn Sie sich weiter um die Prinzessin – und um diesen Herrn Lakuleit …"

Thomas Lieven staunte Bauklötze. „Wollen Sie mir erzählen, dass der französische Geheimdienst um das Wohlergehen eines dicken Nazi-Schiebers besorgt ist?"

„Will ich Ihnen erzählen, ja."

„Und warum?"

„Will ich Ihnen nicht erzählen, nein." Der Oberst war jetzt ungeheuer männlich und entschlossen: „Ich habe Ihnen unsere letzte Warnung überbracht, Lieven. Nach der kommt keine mehr. Jetzt wird scharf geschossen!"

„Gleich? Oder können wir noch einen letzten Friedenswhisky miteinander trinken?"

3. Kapitel

1

Dieser Herr Lakuleit ist meines Erachtens eines der größten Schweine, die in Frankreich herumlaufen", sagte Thomas Lieven in einem Zimmer des Hotels „Lutetia" zu Paris. Oberst Werthe und der kleine, ehrgeizige Major Brenner waren seine Zuhörer. Sie wechselten bedeutungsvolle Blicke. „Warum wechseln Sie bedeutungsvolle Blicke, meine Herren?"

„Ach, Lieven", seufzte Werthe, „Brenner und ich haben uns nur angesehen, weil wir glauben, die hübsche Triebfeder Ihrer Empörung zu kennen. Ich sage bloß Vera."

„Prinzessin Vera", sagte der kleine Brenner und kicherte. „Schauen Sie doch nicht so böse, Herr Lieven! Seit der SD hinter Ihnen her ist, passen wir eben ein bisschen auf Sie auf ..."

Thomas wurde wütend: „Die Prinzessin ist mir gleichgültig! Vollkommen!"

Brenner kicherte wieder. „Kichern Sie nicht! Ich sage Ihnen: Dieser Lakuleit stinkt zum Himmel! Und die Prinzessin schiebt mit ihm gemeinsam! Auch der französische Geheimdienst ist hinter den beiden her!"

„Es wäre wohl zu viel von Ihnen verlangt, uns zu sagen, wer vom französischen Geheimdienst?", meinte Werthe. Thomas nickte.

„Sie behaupten, Herr Lakuleit will die Vermögen von Bormann, Himmler und Rosenberg in die Schweiz verschieben. Haben Sie denn noch immer nicht genug, Mensch? Wollen Sie sich mit Adolf Hitler persönlich anlegen?"

„Herr Lieven, ich gebe zu bedenken –" begann der kleine Major Brenner.

Doch Thomas unterbrach ihn wütend: „*Sie* sollen es auf das Peinlichste vermeiden, mir zu widersprechen, Brenner. Bei der Maquis-Geschichte widersprachen Sie mir – und wurden zum Major befördert. Bei der Reichskreditkassenschein-Geschichte waren Sie schon klüger und machten mit. Und jetzt, knapp vor dem Oberstleutnant, wollen Sie mir in den Rücken fallen, Sie Narr?"

Das wirkte. Rot wie eine Tomate versicherte der kleine Brenner: „Keine Rede davon, Herr Lieven. Ich finde – finde ... Schließe mich Ihren Plänen an. Hrm!"

Oberst Werthe stöhnte: „Das hat mir noch gefehlt, dass Sie mir meine Leute korrumpieren, Lieven!"

Die Abwehr Paris durchleuchtete Herrn Oskar Lakuleit, einstmals Garagenbesitzer in Berlin N, nun Millionär, Alleininhaber der „Intercommerciale SA" und Wehrmachtskraftfahrzeugaufkäufer, mit allen Mitteln, die zur Verfügung standen. Was kam dabei heraus?

Oskar Lakuleit behandelte seine arme Frau schlecht. Er betrog sie offensichtlich mit der Prinzessin Vera von C. Er war in seinen Geschäftsmethoden brutal, in seinen Gesellschaftsmanieren rüpelhaft, er war überheblich und ein typischer Neureicher.

„Na und?", sagte Werthe. „Für all das kann man einen Mann nicht einsperren. Sonst müsste man drei Viertel aller Männer der Welt verhaften."

„Und es ist trotzdem etwas faul an dem Kerl", sagte Thomas Lieven verbissen. „Oberfaul! Aber was?"

Im Auftrag des „Bevollmächtigten für das Kraftfahrwesen" kaufte Oskar Lakuleit seit Jahren in ganz Frankreich Autos ein. Sein Betrieb versteuerte jährlich Millionenbeträge. Aus dem Ankauf von französischen Autos bewilligte die Wehrmacht ihm, als seinen Verdienst und zur Deckung seiner Spesen und aller Unterprovisionen, zehn Prozent der Kaufsumme.

Das Geschäft lief zur Zufriedenheit aller. Der „Bevollmächtigte für das Kraftfahrwesen", von Thomas interviewt, empörte sich: „Lassen Sie gefälligst Lakuleit in Ruhe, Sonderführer! Das ist unser bester Mann!"

„Und doch …", brummte Thomas, als er am Abend des 7. April 1944 mit Major Brenner in der Bibliothek seiner kleinen Villa bei einer Flasche Kognak saß, „und doch ist dieser Lakuleit ein Verbrecher … Ich habe mich noch nie in der Beurteilung eines Menschen getäuscht …" Da läutete das Telefon.

Thomas hob ab. „Hallo?"

„Na, Tommy", sagte eine bekannte Stimme. „Wie geht es dem bösen Buben?"

Das ist ja zu blöd, dachte Thomas, warum werde ich jetzt rot? Heiser sagte er: „Ausgezeichnet, verehrte Prinzessin. Und Ihnen?"

„Ich habe Sehnsucht – nach Ihnen! Wollen Sie morgen Abend zu mir kommen?"

„Nein."

„Mein Mädchen hat Ausgang. Sagen wir also nach dem Abendessen?"

„Ich fürchte, es geht wirklich nicht."

„Ich habe ein paar wunderschöne neue Platten. Aus Portugal eingeschmuggelt. Gershwin und Glenn Miller. Benny Goodman und Stan Kenton. Ich werde sie Ihnen vorspielen … Also um neun!"

Er hörte sie lachen, dann hängte sie ein, ohne seine Antwort abzuwarten.

„Unverschämtheit", sagte Thomas Lieven.

2

Er kam schon zehn Minuten vor neun. Und er brachte einen Zellophankarton mit drei Orchideen mit, nach denen er lange hatte suchen müssen. 1944 gingen sogar in Paris langsam die Orchideen aus.

Die Prinzessin trug kostbarsten Schmuck und ein kurzes schwarzes Abendkleid, das vorne und hinten und unter den Schultern verwirrend tief ausgeschnitten war.

Sie spielte Thomas die neuen Platten vor. Dann tanzten sie ein bisschen. Dann tranken sie rosa Champagner.

Thomas fand die Prinzessin hinreißend schön. Er sagte es ihr. Sie sagte ihm, er wäre für sie der aufregendste und begehrenswerteste Mann von der Welt. Solcherart landeten sie ohne viel Umschweife gegen 23 Uhr auf der Couch.

Thomas bekam Küsse, wie er sie noch nie bekommen hatte. Die Prinzessin schnurrte: „Mir hat noch nie ein Mann so gut gefallen wie du …"

„Du gefällst mir auch, Vera – sehr."

„Wenn du etwas für mich tun könntest, würdest du es tun?"

„Kommt darauf an …"

„Kannst du mir den Reißverschluss aufmachen?"

„Aber gerne …"

„Würdest du noch etwas für mich tun?"

„Von ganzem Herzen!"

„Dann lass Lakuleit in Ruhe."

Er fuhr auf. Plötzlich war er stocknüchtern. „Was hast du gesagt?"

„Du sollst Lakuleit in Ruhe lassen." Sie blieb auf der Couch liegen und sah ihn lauernd an. „Du bespitzelst ihn doch seit Wochen, mein kleiner Tommy. Oder nicht?"

Er antwortete nicht.

„Vielleicht ist es dir nicht recht, dass ich Tommy zu dir sage", meinte die Prinzessin. „Vielleicht sollte ich Jean zu dir sagen. Jean Leblanc. Oder Pierre? Pierre Hunebelle?"

Er stand auf. Ihm war auf einmal recht seltsam zumute.

„Hunebelle passt dir also auch nicht? Na schön, dann vielleicht Armand Deeken? Erinnerst du dich noch, wie du die große Francschiebung gemacht hast, Armand? Oder wie du französische Partisanen hereingelegt hast – Captain Robert Almond Everett?" Er rang ein bisschen nach Luft. „Oder wie du vor einem deutschen General den amerikanischen Diplomaten Robert S. Murphy spieltest? – Na, muss ich weiterreden, du kleiner, süßer deutscher Abwehragent? Oder bist du inzwischen schon wieder bei einem anderen Verein?"

„Nein", sagte Thomas. Er hatte sich gefasst. „Ich bin noch immer bei der Deutschen Abwehr. Und du?"

„Na, rate mal!"

„Wenn ich an deinen fetten Geliebten denke, dann würde ich sagen: Gestapo", antwortete er grob.

Die Prinzessin schrie auf. Sie sprang empor. Ehe er zurückfahren konnte, hatte sie ihm links und rechts ins Gesicht geschlagen. Und verfiel a tempo in ihre leutselige Mundart: „Du Erzlump, du dreckiger, was glaubst du denn? Ich versuche dir das Leben zu retten, und du?" Thomas ging zur Tür. „Tommy, geh nicht weg! Meinetwegen mach was du willst mit Lakuleit. Aber bleib!" Thomas ging durch das Vorzimmer. „Ich werde mich rächen – du gemeines Biest … Bitte, bleib bei mir, bitte …"

Thomas schlug die Tür zu. Die Treppe lief er hinunter. Oben flog die Tür wieder auf. Sie schimpfte hinter ihm her wie eine Megäre.

Weg! Nur weg! Er rannte auf die Straße hinaus. Hier prallte er mit einem Mann zusammen, der unterdrückt aufschrie: „Au! Verdammt!"

„Mensch, hauen Sie bloß ab, ich bin so wütend, ich weiß nicht mehr, was ich tue!"

„Das ist auch nicht mehr nötig", antwortete Oberst Jules Siméon kühl. „Ich stehe seit zwei Stunden hier. Ich sah Sie kommen. Ich sehe Sie gehen."

„Donnerwetter, Sie sind aber ein begabter Agent!"

„Sie haben meine Warnung missachtet. Bald werden Sie nun die Radieschen von unten betrachten!"

3

Und vor dem Haus stand ein Kerl vom französischen Geheimdienst", berichtete Thomas anderntags im Hotel „Lutetia" dem Obersten Werthe und dem kleinen Major Brenner. Er war noch immer wütend.

„Welche Rolle spielt eigentlich Ihre Prinzessin?"

„Das weiß ich nicht, aber ich werde es bald wissen … Herr Oberst, ich schwöre Ihnen, ich lasse den Kerl platzen, ich …" Werthe unterbrach: „Schluss mit Lakuleit, Lieven. Ich habe heute einen bösen Rüffel bekommen. Vom Stab Speer. Lakuleit ist *sofort* in Frieden zu lassen. Der Mann ist die Seele des Atlantikwalls! Lakuleit liefert sämtliche Mangelware. Die OT und das OKW wären aufgeschmissen ohne ihn! Telefondraht zum Beispiel … Die OT bekam keinen Telefondraht mehr. Lakuleit hat ihn geliefert! 120 000 Meter!"

Thomas seufzte. „Na schön. Sie hat man angerüffelt, Herr Oberst. Ihre üble Laune verstehe ich. Aber warum schneiden Sie ein solches Katzenjammergesicht, lieber Brenner?"

Der Major winkte ab. „Nichts als Ärger. Brief von zu Hause. Die Frau krank. Der Junge fällt mit Sicherheit im Juni durch. Latein und Physik. Und dann auch noch die verfluchte Steuer …"

Wenig interessiert erkundigte sich Thomas: „Warum haben Sie mit der Steuer zu tun, Herr Brenner?"

„Weil ich Idiot vor Jahren für einen Verlag wehrpolitischer Schriften ein paar Artikel schrieb! Weil ich Idiot vergaß, das der Steuer bekanntzugeben! Weil in dem Verlag eine Buchprüfung stattgefunden hat! Und weil so ein Scheißbuchhalter meinen Namen gefunden hat, darum!"

Thomas Lievens Gesicht sah plötzlich aus wie das eines Vollkretins. Seine Stimme kam beinahe lallend: „Ein Buchhalter …?"

„Sage ich doch!"

Plötzlich sprang Thomas auf. Er stieß einen heiseren Schrei aus, umarmte Brenner und küsste ihn auf die Stirn. Dann raste er aus dem Büro.

Brenner war blutrot geworden; es hatte ihn noch nie ein Mann geküsst. Er rieb sich die Stirn. „Übergeschnappt", sagte er konsterniert. „Sonderführer Lieven ist übergeschnappt!"

„Niemals", sagte der hagere, gelbgesichtige Buchhalter Anton Neuner, „niemals, Herr Lieven, werde ich Ihnen das vergessen!"

„Nun essen Sie, Herr Neuner, Ihre Suppe wird ja kalt", sagte Thomas. Er hatte den schlichten Neuner zum Essen in seine Villa geladen.

Die Herren kannten sich seit einer Woche. Herr Neuner war bis vor Kurzem Buchhalter in der „Intercommerciale SA" des Oskar Lakuleit gewesen. An dem Abend, an dem Thomas bei Lakuleit zu Gast war, hatte dieser seinen Buchhalter telefonisch hinausgefeuert. Damals hatte Thomas zum ersten Mal den Namen Neuner gehört. Nach der Steuerwehklage von Major Brenner war er ihm wieder eingefallen.

Gehorsam schlurfte der magere Buchhalter einen Löffel Suppe, dann ließ er denselben wieder sinken und starrte Thomas an wie eine lichte Verheißung. „Ich kann es noch immer nicht fassen! Herr Lakuleit wirft mich hinaus. Er hebt meine U.k.-Stellung auf. Meine Frau weint sich die Augen blind; ich sehe mich bereits in Russland. Und da tauchen Sie auf, ein völlig fremder Mensch, und vermitteln mir eine U.k.-Arbeitsstelle. Warum nur?"

„Herr Neuner, ich bin Bankier. Ich kenne die ‚Intercommerciale'. Ich weiß, dass Sie ein tüchtiger Mann sind. So was spricht sich herum! Umso weniger verstehe ich, dass Herr Lakuleit Sie hinausgeworfen hat ..."

Neuner beugte sich über seinen Teller. In seinem Gesicht zuckte es. „Wegen 18 Mark und 25 Pfennig. Ja, Sie haben recht gehört! Und das, nachdem ich drei Jahre für ihn geschuftet habe." Neuner berichtete, wie er, als es im Büro einmal spät wurde, in einem Lokal zu Abend gegessen und sich seine Ausgaben, ohne Lakuleit zu fragen, vergütet hatte. Das hatte der Fettwanst herausgefunden. Und ihn sofort hinausgeworfen. „Dabei könnte ich Geschichten erzählen über Geschäfte – über Geschäfte, sage ich Ihnen, Herr Lieven ..."

„Interessant."

„... aber ich tue es nicht. Wie schlecht sich Herr Lakuleit auch gegen mich benommen hat, ich bin kein Verräter ..."

Das hübsche Dienstmädchen Nanette brachte das Hauptgericht.

Neuner meinte: „Die Suppe war vorzüglich. Hoffentlich gibt es jetzt nichts Gebratenes. Ich bin nämlich krank. Magengeschwüre, wissen Sie."

„Es gibt ein Täubchen, mit Wasser und Butter gedünstet. Ich habe an Ihre Gesundheit gedacht."

„Ach, lieber Herr Lieven, was sind Sie für ein wundervoller Mensch!"

Menu • Paris, 14. April 1944

Thomas Lievens Diät bricht jemandem das Genick …

Kalbfleischbouillon mit Toast • Gedünstete Tauben mit Blumenkohl à la Crème
Apfelkompott mit Kirschen

Kalbfleischbouillon: Man nehme ganz mageres Kalbfleisch und bereite daraus ohne Suppengrün eine Brühe, die man kräftig einkochen lässt und nur ganz schwach salzt. – Man gebe sie in Tassen, mit etwas sehr fein gehackter Petersilie bestreut, zu Tisch und reiche Toast ohne Rinde.

Gedünstete Tauben: Man nehme gut geputzte und gewaschene junge Tauben und lasse sie in schwach gesalzenem Wasser und einem guten Stück Butter etwa 30 Minuten im geschlossenen Topf auf kleiner Flamme weich dünsten. – Man achte darauf, dass immer so viel Flüssigkeit im Topf ist, dass die Tauben nicht zum Braten kommen.

Blumenkohl à la Crème: Man nehme einen gründlich gewaschenen Blumenkohl, entferne die harten Strünke und zerbreche den Blütenkopf in mehrere Teile, die man in kochendes Salzwasser legt und ganz weich kocht. – Man nehme sie heraus, lasse sie abtropfen und drücke sie durch ein Passiersieb. Man verrühre das Püree gut mit einem Eigelb, etwas süßer Sahne und einem Stück Butter und lasse es auf kleinster Flamme noch einmal heiß werden, ohne dass es zum Kochen kommt.

Apfelkompott mit Kirschen: Man nehme süße, mürbe, geschälte, entkernte Äpfel und bereite daraus mit möglichst wenig Zucker ein sehr fein passiertes Apfelmus. – Man garniere es mit abgetropften eingemachten Kirschen und umsteche die Kompottschüssel mit Löffelbiskuits.

„Nicht der Rede wert. Im Übrigen, Sie werden bestimmt länger leben als der viel zu dicke Herr Lakuleit. Der Mann überfrisst sich noch, auch an seinen Geschäften …"

„Dieser Mann hat sich bereits überfressen", stieß Neuner hervor. „Die Autos werden ihm noch einmal den Hals brechen." Erschreckt hielt er inne.

„Nehmen Sie davon, das ist passierter Blumenkohl. Schmeckt das Täubchen?"

„Köstlich, selbst an der Riviera habe ich nichts Besseres gegessen."

Es klingelte Alarm in Thomas Lievens Gehirn. Neuner, der schlichte Buchhalter, an der Riviera?

„Ich habe das Rezept von einem Koch im ‚Hôtel Negresco'", sagte Lieven, „da wohnte ich immer, herrliches Haus …"

„Hahaha, das war Herrn Lakuleit zu teuer. Für mich, meine ich. Er selber hat immer dort gewohnt. Ich musste in eine billige Pension ziehen. Er brauchte mich, weil er nicht Französisch spricht."

„Asozial, der Herr Lakuleit."

Mit leuchtenden Augen sagte der ahnungslose Neuner: „Wir fuhren sehr oft an die Riviera, bis hinunter zur französisch-spanischen Grenze. Unsere Geschäfte …" Er verstummte plötzlich und schaute Thomas Lieven misstrauisch an.

Aber Thomas lächelte sonnig: „Nehmen Sie noch ein wenig Kompott, Herr Neuner! Und erzählen Sie mir von Nizza! Ich war so lange nicht mehr dort …"

4

Aus einem Geheimbericht, den die Abwehr Paris am 12. Mai 1944 an den Obersten Rechnungshof des OKW in Berlin sandte:

> … lenkten geschickt gesteuerte Aussagen des entlassenen Buchhalters Anton Neuner über Nizza unsere Aufmerksamkeit auf diese Stadt. Major Brenner und Sonderführer Lieven wurden an die Riviera entsandt. In dreiwöchiger Arbeit stellten sie fest: Oskar Lakuleit hat hier mindestens 350 wertvolle Wagen ausländischer Fabrikation (Rolls-Royce, Lincoln, Cadillac, Hispano Suiza etc.) teils aufgekauft, teils aus den Garagen ihrer geflüchteten Besitzer stehlen lassen. Die Kaufgeschäfte wickelte er im „Hôtel Negresco" ab, wobei er sich des Buchhalters Neuner als Dolmetscher bediente. Die Wagen zerlegte Lakuleit. Durch Bestechung verschaffte er sich in Vichy Ausfuhrbewilligungen für „Auto-Ersatzteile" und exportierte diese nach Madrid, wo die „Ersatzteile" wieder zu Luxuswagen zusammenmontiert und zu höchsten Preisen verkauft wurden.
>
> Ohne Zweifel sind diese Nizza-Transaktionen nicht in den Geschäftsbüchern der „Intercommerciale" vermerkt. Wir vermuten, dass Oskar Lakuleit das Deutsche Reich mit diesen und anderen Geschäften um Millionen geprellt hat. Mit den Nizza-Transaktionen ist der Steuerfahndung eine Handhabe gegeben, seinen gesamten Betrieb zu durchleuchten …

5

Am Abend des 29. Mai 1944 brachte Thomas Lieven der Prinzessin Vera von C. rote Rosen. Einen Tag zuvor hatte die seltsame Aristokratin ihn – wieder einmal – angerufen und eingeladen. Sie sah so aufregend aus wie noch nie, fand Thomas.

Vera sagte: „Heute Abend verspreche ich, ganz brav zu sein. Kein Wort von Lakuleit!"

Vera hielt ihr Versprechen lange an diesem Abend. Dass sie es zuletzt doch noch brechen musste, lag nicht an ihr.

Sie tanzten. Sie flirteten. Sie machten Musik. Es wurde immer später. Dann küssten sie sich. Dann gab es plötzlich keine Probleme mehr für sie. Alles war natürlich und einfach, und Thomas hatte das Gefühl, Vera lange, lange zu kennen …

Da klingelte das Telefon.

„Ich hebe nicht ab", sagte Vera träge. Sie sah Thomas verliebt an und streichelte ihn. Das Telefon klingelte immer weiter. Zuletzt hob Vera doch ab. Sie meldete sich. Sie lauschte eine Weile und wurde wachsbleich. Hass stand auf einmal in ihren Augen. Sie zischte Thomas an: „Du Hund … du verfluchter Hund!"

„Nicht, chérie! Nicht schon *wieder*", bat er.

Vera schrie plötzlich in den Hörer: „Ich kann nicht mehr … ich kann nichts mehr hören! " Sie schleuderte den Hörer auf die Couch, sprang auf und zitterte am ganzen Leib vor Wut. Mit unflätigen Ausdrücken begann sie Thomas zu beschimpfen.

Er lauschte eine Weile, dann nahm er den Hörer ans Ohr, aus dem noch immer eine aufgeregte Stimme quakte: „… Vera … Vera … Herrgott, so hören Sie doch, Vera! Das ist Lievens Schuld, sage ich Ihnen! Wir können nichts mehr tun … Lakuleit wird schon nach Berlin gebracht … In der Firma … in der Villa … überall sitzen Steuerfahnder … Alles wird versiegelt …"

„Gute Nacht, Oberst Siméon", sagte Thomas Lieven grinsend. Er legte den Hörer in die Gabel und fiel grinsend auf die Couch zurück. Dann bekam er plötzlich einen Schlag. Und noch einen. Vera fiel über ihn her. Sie prügelten sich. Dazu schrie sie: „Schuft! – Gemeiner Hund!" Zuletzt hielt er sie fest und verlangte präzise Informationen. Keuchend gab sie ihm diese: „Ich haue ab – heute Nacht noch – mich siehst du nicht wieder!"

„Wenn ich dich gehen lasse!"

„Du lässt mich gehen – ich weiß, wie du denkst. Ich weiß, was du hinter dir hast. Deshalb bin ich ja so wütend, deshalb verstehe ich das einfach nicht!"

„Was?"

„Dass du Lakuleit erledigt hast!"

„Er ist ein widerlicher Verbrecher, der heimlich auch noch die Gestapo finanziert."

„Na und? Was geht das dich an? All das Gold, all die Devisen der großen Nazi-Bonzen wären in unsere Hände gefallen ..."

„Wer ist uns?"

„Der britische Geheimdienst!"

Er fiel auf das Kissen zurück und schnappte nach Luft. „Du arbeitest für den britischen Geheimdienst?"

„Sage ich doch!"

„Aber ... aber was hat Siméon mit dir zu tun?"

„Der denkt, ich arbeite für ihn ... Das war mein Auftrag: die Franzosen abzulenken, damit wir den Coup landen. Und wir *hätten* ihn landen können, wenn du mitgespielt hättest, du Idiot!" Er begann zu lachen.

„Lach nicht, du Schuft!"

Thomas lachte immer stärker. Er rollte auf den Bauch, zurück auf den Rücken, wieder auf den Bauch.

„Du sollst nicht lachen, verdammt noch mal, ich bring dich um, du Halunke!"

Thomas schrie vor Lachen, er ächzte und stöhnte, er hatte in seinem ganzen Leben noch nicht so gelacht. Er erstickte beinahe daran. Prompt fiel Vera wieder über ihn her. Prompt begann sie ihn wieder zu prügeln.

Da schrillte das Telefon zum zweiten Mal. Thomas stieß Vera beiseite, richtete sich auf und riss den Hörer ans Ohr. Völlig außer Atem krächzte er, noch immer lachend: „Ja, Monsieur le Colonel, was gibt es denn noch?"

„Wieso noch?", fragte die Stimme des Obersten Werthe. Thomas wurde es plötzlich kühl. Er stotterte: „Was ... was ist los, Herr Oberst?"

„Ich hoffte, Sie bei der Prinzessin zu erreichen. Wir suchen Sie schon überall."

„Suchen ... mich ... schon ... überall", wiederholte Thomas idiotisch, während Vera ihn mit offenem Mund anstarrte.

„Ich habe hier einen Kurier. ‚Gekados'. In der Sache Lakuleit fliegen Sie morgen früh nach Berlin, Lieven. Und melden sich – halten Sie sich fest – im Reichssicherheitshauptamt."

„Reireireichssicherheitshauptamt?"

„Ja. Um 15 Uhr. Pünktlich. Bei Heinrich Himmler."

6

Einer der geschmacklosesten Architekten aller Zeiten muss hier am Werk gewesen sein, dachte Thomas Lieven, als er den riesenhaften Gebäudekomplex Wilhelmstraße 102 erblickte. Durch mächtige, weit geöffnete Doppeltore trat unser Freund in eine düstere Einfahrt. Ein baumlanger SS-Mann blickte steinern auf den schlanken Zivilisten herab. Stumm wies er mit der Hand zu einem gläsernen Verschlag, in welchem drei seiner Kollegen amtierten.

Thomas Lieven trat ein, lüftete den Hut und sprach: „Sonderführer Lieven von der Abwehr Paris. Man hat mich ins Reichssicherheitshauptamt herbestellt."

„Heil Hitler heißt das bei uns", sagte scharf der dienstführende SS-Hauptscharführer. „Wer hat Sie herbestellt?"

„Der Herr Reichsführer SS und Chef der Deutschen Polizei", antwortete Thomas bescheiden.

Der Diensthabende verfärbte sich, griff nach dem Telefon, sprach hinein, hörte zu. Danach war er erfüllt von lauter Hochachtung und Ehrerbietung. In Windeseile wurde ein Laufzettel für den Besucher ausgefüllt, mit Stempel, Datum und Uhrzeit versehen: Berlin, 30. Mai 1944, 17.48 Uhr.

Im Stiegenhaus gab es eine breite, steinerne Treppe bis zum ersten Stock. Dann kamen Holztreppen. In den schmalen Korridoren war es dunkel. Stiefel polterten, Schuhe schlurften. Es schien, als ob Tausende unterwegs seien in diesem Zentrum des Schreckens.

Der Ordonnanz folgend, dachte Thomas: Gestern war ich noch in Paris. Jetzt bin ich hier im Reichssicherheitshauptamt. Ich, ein friedlicher Bürger, ein Mann, der die Geheimdienste, die Nazis, Gewalt und Lüge hasst. Ich, Thomas Lieven, den man seit Jahren nicht mehr in Frieden leben lässt.

Ob ich diesen Albtraum von Gebäude wohl jemals noch lebend verlassen werde? Ob ich wohl jemals aus diesem Riesenspinnennetz des Schicksals herauskommen werde, um zu berichten, was mir keiner glauben wird?

„Nehmen Sie Platz, Sonderführer", sagte Heinrich Himmler. Voran war eine kurze Begrüßung gegangen, bei der SS-Obergruppenführer Kaltenbrunner, ein Hüne mit Schmissen im brutal-kantigen Gesicht, Thomas misstrauisch gemustert hatte. Kaltenbrunner war der Chef des RSHA. In seinem Büro saßen Thomas und Himmler jetzt allein.

Alles in diesem Büro war pompös: die Wandtäfelung, die silbernen Kandelaber, die Möbel. An der Wand hing ein Ölgemälde, darstellend Burgruine über sturmgepeitschter Meeresbrandung. Der Reichsführer SS und Chef der Deutschen Polizei in der schwarzen Uniform seines Standes sprach: „Also passen Sie mal auf, Lieven: Sie wissen, Ihr Gönner Admiral Canaris ist seit Wochen Privatmann. Sie wissen, dass die ganze militärische Abwehr nunmehr mir untersteht." Himmler grinste dünn. „Ich habe mich mal mit Ihren Akten beschäftigt. Wissen Sie, was ich eigentlich mit Ihnen tun müsste?"

„Sie müssten mich eigentlich erschießen lassen", erwiderte Thomas Lieven still.

„Ich? Eh? Was? Jawohl, ganz richtig! Das wollte ich sagen!" Hin und her an seinem Finger drehte Himmler einen schweren Siegelring mit den SS-Runen. Kalt sah er Thomas an. „Will Ihnen eine Chance geben. Eine letzte Chance. Durch die Mission, mit der ich Sie beauftrage, können Sie sich bewähren vor Führer und Volk."

Ein Telefon läutete. Himmler hob ab und lauschte kurz. Legte auf und sagte:

„Feindliche Kampfverbände im Anflug auf die Reichshauptstadt. Kommen Sie in den Keller hinunter."

Das war die erste Phase des Gesprächs. Zur zweiten kam es in einem tiefen, sicheren Bunker.

Derweilen Bomberströme ihre tödliche Last über Berlin abwarfen und weniger feine Volksgenossen in weniger feinen Kellern zu Hunderten krepierten, schlug der Reichsführer eine andere Tonart an: „Lieven, Sie sind ein Mann mit pazifistischen Ansichten. Keine Widerrede, ich weiß alles! Umso eher werden Sie mir beipflichten, wenn ich sage: Dieses grauenvolle Blutbad muss ein Ende haben. Wir Abendländer dürfen uns nicht abschlachten, damit die bolschewistischen Untermenschen sich ins Fäustchen lachen."

Ein schwerer Bombeneinschlag ließ den Bunkerboden leicht schlingern. Das Licht ging aus. Dann ging es wieder an. Thomas sah, dass dem Reichsführer der Schweiß in feinen Tropfen auf der Stirn stand.

Himmler sprach nur noch halblaut: „Ich kämpfe einen schweren Kampf. Auf mir liegt eine ungeheure Verantwortung. Keiner nimmt sie mir ab. Ich allein muss entscheiden."

Ich, ich, ich, dachte Thomas. Und Hitler? Und Goebbels? Und die andern? Der Herr bereitet wohl einen Separatendspurt vor!

„Üblicherweise würden wir Sie eines Tages als Volksschädling einen Kopf kürzer machen. Ich aber will und werde Sie benützen. Sie sind der beste Mann, den ich finden konnte." Wieder dröhnte ein Einschlag. Wieder ging das Licht aus. Himmlers Gesicht war nun grau. „Sie kennen jeden Grenzübergang von Spanien nach Portugal, stimmt's?"

„Ja", sagte Thomas.

„Gut. Sie bekommen alle Vollmachten. Ich schenke Ihnen die Freiheit, unter der Bedingung, dass Sie einen bestimmten Menschen gesund und unverletzt nach Lissabon bringen. Sie sind doch Bankier, nicht wahr? Mit Ihnen kann man doch über Geschäfte reden – oder?"

„Es kommt darauf an", sagte Thomas. Und dachte: Also so ist das. Darum braucht er mich. Die Portugiesen haben die diplomatischen Beziehungen zu uns abgebrochen. Die Spanier lassen keinen Deutschen mehr ins Land. Man kann nur illegal hinein. Also darum. Thomas Lievens Lippen waren trocken. Er schwitzte jetzt. Ich bin kein Held, dachte er. Ich bin ganz und gar kein Held. Ich habe Angst. Aber wenn dieser Massenmörder mir jetzt zumutet, dass ich vielleicht *ihn* noch rausbringe – oder jemanden von seinen Verwandten – seinen Freunden …

„Soso, Sie stellen also Bedingungen!" In Himmlers Stimme schwang ein gefährlicher Unterton. „Worauf kommt es an?"

„Wer dieser Mensch ist", sagte Thomas Lieven leise.

„Dieser Mensch wird Ihnen zweifellos sympathisch sein", antwortete Himmler. „Er heißt Wolfgang Lenbach und hat ausgezeichnete Papiere auf diesen Namen. In Wahrheit heißt er Henry Booth und ist ein englischer Oberstleutnant. Persönlich bekannt mit Churchill und Montgomery. Hat in Norwegen ein Kommandounternehmen geleitet. Da nahmen wir ihn gefangen …"

7

Einer Riesenfackel gleich brannte Berlin noch Stunden nach der Entwarnung. Eine hysterische Menschenmenge überschwemmte den Bahnhof. Frauen und Kinder schrien, Männer kämpften um Platz in den Waggons, die ununterbrochen die Stadt mit Flüchtlingen verließen.

Der Zug war zum Bersten überfüllt. Sogar in den Toiletten standen die Menschen dicht gedrängt. Aus und einsteigen konnte man nur durch die Fenster. Aber im Schlafwagen gab es Platz, viel Platz …

Vier SS-Leute eskortierten in ihrer Mitte zwei Zivilisten zu dem Schlafwagen des Schnellzuges nach Paris. Sie stießen Frauen und Kinder zurück.

Der Schaffner öffnete die versperrte Eingangstür des Waggons, als die SS-Leute ihn erreichten.

„Herr Lieven und Herr Lenbach, nicht wahr?", sagte der Schaffner nervös. Thomas nickte. „Bett dreizehn und vierzehn", sagte der Schaffner.

Thomas sah seinen hageren großen Begleiter an und machte eine auffordernde Bewegung. Gleich darauf trat der Mann, der sich Wolfgang Lenbach nannte und in Wahrheit Henry Booth hieß, in das Abteil. Der britische Oberstleutnant trug einen blauen Freskoanzug. Er hatte kurz geschnittenes braunes Haar, helle Augen, buschige Brauen.

Thomas sagte zu ihm in englischer Sprache: „Ich kann mir vorstellen, was in Ihnen vorgeht, Mister Booth. Ich würde an Ihrer Stelle dasselbe denken. Trotzdem – wir müssen die nächsten Tage miteinander auskommen."

Der britische Oberstleutnant schwieg.

Thomas seufzte und zog aus seiner Reisetasche eine Flasche Whisky. Er füllte die beiden Zahnputzgläser des Waschbeckens und reichte dem andern ein Glas.

„Thanks", sagte der Engländer. Es war das erste Mal, dass Thomas ihn sprechen hörte. Danach schwiegen sie beide eine lange Weile. Der Zug ruckte an.

Thomas setzte sich auf sein Bett. Er sah das Waschbecken an und sagte: „Ich weiß, in welcher Mission Sie nach Lissabon reisen, Mister Booth. Ich habe es gleich geahnt."

Es kam keine Antwort. Die Achsen schlugen, die Räder rollten …

Thomas sagte: „Sie sollen ein Friedensangebot Himmlers überbringen. Ein Friedensangebot an die Engländer und Amerikaner. Es wurde Ähnliches ja schon einmal versucht, über den englischen Generalkonsul Cable in Zürich. Damals zuckte Himmler zuletzt zurück. Aber jetzt schlägt er euch wieder vor, einen Waffenstillstand zu schließen und mit uns gegen die Sowjets zu kämpfen …"

Es kam keine Antwort.

Thomas sagte: „Es ist klar, dass ein solches Angebot unannehmbar ist. Es ist amoralisch von jedem Standpunkt. Ihr habt mit den Sowjets gegen uns gekämpft. Ihr könnt eure Waffenbrüder nicht im Stich lassen."

Thomas hörte die Stimme des Engländers: „Warum erzählen Sie mir das alles?"

„Weil es nicht nur Schweine gibt in unserem Land."

„Das verstehe ich nicht."

Thomas sah den Engländer offen an. „Sie wissen nichts von mir. Sie haben keinen Grund, mir zu trauen. Sie kennen Herrn Himmler. Sie wissen jetzt, wie es in seinem Gehirn aussieht. Ich sage Ihnen dennoch: Es leben nicht nur Nazis in Deutschland. Nicht alle sind jubelnd über Russland hergefallen."

„Jubelnd nicht, aber sie sind!"

„Wir haben Russland überfallen. Das stimmt. Trotzdem sage ich Ihnen: Es gibt nicht nur wüste Landsknechte in der Deutschen Wehrmacht! Eure Landung auf dem Kontinent steht bevor. Mit den Sowjets gemeinsam werdet ihr uns schlagen. Aber es wird ein Unterschied für Hunderttausende sein, ob sie in westliche Gefangenschaft geraten oder in sowjetische. Unter diesen Hunderttausenden wird es viele geben, die nichts für das können, was in diesem Krieg geschah …"

„Unschuldige also?", sagte Booth. „Habt ihr etwa nicht alle Heil geschrien und Herrn Hitler begeistert gewähren lassen?"

„Und das Ausland? Hat es Herrn Hitler nicht auch gewähren lassen? Und ihn bewundert und seine Olympiade bestaunt und untätig zugesehen, als er die ersten kleinen Völker überfiel?", sagte Thomas. „War nicht Herr Chamberlain in München?"

Der Engländer reichte abrupt sein Glas zurück. Er knipste das Licht über dem Bett aus und drehte sich zur Wand.

8

Um es vorwegzunehmen: Im Rahmen der bedingungslosen Kapitulation wurde allen Einheiten der Deutschen Wehrmacht zwischen dem 8. und 9. Mai 1945 von den alliierten Streitkräften befohlen, um Mitternacht jede Kampfhandlung und jede Marschbewegung einzustellen und sich an jenem Ort gefangen nehmen zu lassen, an dem sie sich zu diesem Zeitpunkt befanden. Es steht heute historisch fest, dass anglo-amerikanische Heerführer und Offiziere, vor allem der britische Feldmarschall Bernard L. Viscount Montgomery, es deutschen Einheiten stillschweigend gestatteten, sich noch viele Stunden über die Mitternacht des 8. Mai 1945 hinaus von ihren Positionen vorwärts zu bewegen. Abertausende deutscher Soldaten an der Elbe, in Mecklenburg, in Thüringen entgingen so der sowjetischen Gefangenschaft. Zum Stab von Feldmarschall Montgomery zählte zu jener Zeit der Lieutenant-Colonel Henry Booth …

9

Das Hauptquartier des SD in Marseille lag in der Rue de Paradis 426. Diese sehr lange Straße verband die Cannebière mit dem Prado. Rechts und links vom Hauptgebäude hatte die Gestapo eine Reihe von Häusern beschlagnahmt. Alle Häuser besaßen nur einen gemeinsamen Eingang: Rue de Paradis 426. Durch diesen Eingang schritt am Morgen des 8. Juni 1944 ein Mann in einem gut geschnittenen grauen Sommeranzug und ließ sich durch die Wache bei dem Leiter des SD Marseille, dem Hauptsturmführer Heinrich Rahl, anmelden.

Rahl, ein großer, kräftiger Mann mit eingedellter Nase, empfing seinen Besucher sofort. „Bereits Fernschreiben aus Berlin empfangen, Sonderführer. Geheime Mission. Bin im Bilde. Was kann ich für Sie tun?"

Gemessen antwortete Thomas: „Wie Sie wissen, habe ich den Auftrag, eine außerordentlich wichtige Persönlichkeit über die Grenze zu bringen."

„Bin im Bilde", sagte Rahl. Er sagte es offenbar gerne.

„So etwas will vorbereitet sein. Ich brauche einen Kommandowagen."

„Steht zu Ihrer Verfügung, Sonderführer."

So ein Kommandowagen war eine feine Sache. Zweieinhalb Tonnen schwer. Zwillingsreifen. Geländegängig. Besaß eine Peil- und Funkanlage. Nicht umsonst war Thomas Lieven dermal einst in einer französischen Agentenschule in Funken und Senden, Chiffrieren und Dechiffrieren ausgebildet worden. Nun, da vor zwei Tagen die Invasion am Atlantik erfolgt war, gedachte er, sich seine Kenntnisse zunutze zu machen.

Er sah den Hauptsturmführer bedeutungsvoll an: „Ich wohne mit meinem ... hm, Begleiter im ‚Hôtel de Noailles'." Er dachte: Da hat einmal Josephine Baker gewohnt. Da war ich mit Débras und Siméon. Nachdem sie mich beinahe erschossen hätten. Nun bin ich wieder hier. Und bereite (zum wievielten Male eigentlich?) wieder meine Flucht vor. Mithilfe von Herrn Heinrich Himmler und der Gestapo.

Er sagte: „Ich werde bei meiner Mission Hilfe brauchen. Auch von französischer Seite. Darum bitte ich Sie, Hauptsturmführer, die Adresse eines gewissen Bastian Fabre ausfindig zu machen. Er wohnte zuletzt in Montpellier. Bei einer gewissen Mademoiselle Duval. Auf dem Boulevard Napoléon."

Drei Tage später ...

„Mensch, Pierre, du hast aber einen goldenen Humor", sagte Bastian Fabre. Immer noch stand dem muskulösen Riesen das rötliche Borstenhaar wirr vom Schädel ab. Er kniete vor einer geöffneten Bratröhre. Darin schmorte ein kleines Spanferkel. Dasselbe bestrich Bastian mit Butter. Wenn sich unter der zarten Haut des Milchferkels eine Blase bildete, stach Bastian sie sofort mit einer Nadel auf. So hatte Thomas Lieven, den Bastian unter dem Namen Pierre Hunebelle kannte und liebte, es ihn gelehrt. Damals.

Noch zwei Herren waren in der kleinen Küche: Thomas und Lieutenant-Colonel Booth. Die Küche gehörte zu Bastians neuer Wohnung in der Rue Clary nahe dem Boulevard de Dunkerque. Bastian lebte unangemeldet hier. Dennoch hatte der eifrige SD ihn auf Sonderführer Lievens Geheiß gesucht und gefunden.

„Ich habe gedacht, ich werde ohnmächtig, als auf einmal die Bullen hier auftauchten", bekannte Bastian, um das Ferkelchen bemüht.

Die Bullen waren am 10. Juni bei Bastian aufgetaucht. Eine stürmische Wiedersehensszene war noch an diesem Tage gefolgt. Immer wieder hatte Bastian seinen alten, tot geglaubten Freund Pierre umarmt. Wie ein Baby hatte er plötzlich losgeheult. „Die Freude, Mensch – ich freue mich ja so …"

Dann hatte Thomas die Lage erläutert. Bastian hatte einen Lachanfall erlitten – noch mit Tränen in den Augen. Und dann hatten sie beschlossen, am nächsten Tag zu veranstalten, was Bastian „ein schickes kleines Fressen" nannte.

Nun standen sie also zu dritt in der kleinen Küche: Bastian, Thomas und der schweigsame Lieutenant-Colonel Booth. Bastian beobachtete das Ferkel. Thomas machte einen Krabbencocktail. Der Engländer schnitt Käsestückchen für den Nachtisch klein. Thomas sagte: „Ich brauche deine wertvollen Dienste, Bastian. Kennst du dich noch immer so gut an der spanischen Grenze aus?"

„Mensch, Pierre, im Schlaf! Den spanischen Grenzer, den ich nicht bestochen habe, gibt's nicht!"

„Na prima", sagte Thomas, „dann wirst du uns führen. Wir müssen diesen Herrn nach Lissabon bringen. Ein bisschen kleiner, die Käsewürfel für die Rarebits, Mr Booth, wenn ich bitten darf. Bei dieser Gelegenheit: Können Sie vielleicht den uralten Streit der Feinschmecker auf diesem Kontinent darüber beilegen, ob es nun ‚Welsh Rabbits' oder ‚Welsh Rarebits' heißt?"

Der Oberstleutnant antwortete steif: „Das ist nicht nur ein kontinentaler Streit. Darüber liegt man sich in meiner Heimat genauso in den Haaren. Ich weiß auch nicht, wie es richtig heißt."

„Beruhigend. Hast du noch ein bisschen Ketchup, Bastian?"

Der Riese öffnete einen Kühlschrank und entnahm ihm eine Flasche. Dabei fiel etwas aus dem Schränkchen heraus – eine kleine Spielzeuglokomotive. Bastian hob sie auf. „Schau mal, Pierre – weißt du noch? Von meiner elektrischen Eisenbahn! Alles, was übrig blieb. Mit der Lokomotive hast du damals das komische Fressen serviert. Ich schleppe sie seither mit mir herum, als Talisman. Und zur Erinnerung an …"

„Ich weiß", sagte Thomas Lieven leise. Er rührte in der Krabbensoße und dachte an Chantal Tessier, und immer noch tat ihm das Herz weh dabei. Ach, Chantal, wenn du noch lebtest – wenn du jetzt mit uns gehen könntest … Er hörte Bastian sagen: „Übrigens: ‚Die Glatze' ist noch immer da."

Thomas fuhr auf. „‚Die Glatze' in Marseille?"

Bastian nickte verbissen. „Hat seine Bande aufgelöst, die Sau, und ist hauptbe-

Menu • Marseille, 11. Juni 1944

Beim Spanferkel beschließt Lieven, ein großes Schwein „umzulegen" …

Krabbencocktail • Gebratenes Spanferkel • Welsh Rarebits

Krabbencocktail: Man nehme eine Büchse Krabben, gebe Krabbenfleisch und Flüssigkeit in getrennte Gefäße. – Man spritze die Krabben mit etwas Kognak und ein paar Tropfen Zitronensaft ab. – Man verrühre süße Sahne gründlich mit geriebenem Meerrettich, englischem Senfpulver und dem Krabbenwasser, färbe mit wenig Tomatenketchup und mische darin die Krabben. – Man lege breite, flache Gläser mit Salatblättern aus, fülle den Krabbencocktail darauf und stelle ihn bis zum Servieren kalt.

Gebratenes Spanferkel: Man nehme ein Milchferkel ohne Augen und Füße, reibe es innen mit Pfeffer und Salz ein, stecke der Länge nach einen Holzspieß hindurch, lege es auf den Rost oder in eine Bratpfanne mit etwas heißem Wasser und schiebe es in den Backofen. Man steche Blasen mit einer Spicknadel auf, wische heraustretenden Saft gleich ab, damit keine Flecke entstehen.

Man darf das Spanferkel nicht wie andere Braten begießen, sondern nur mittels Pinsel mit Butter und Öl bestreichen. Man bestreut es erst von außen mit etwas Salz, wenn sich eine Kruste gebildet hat. – Man nehme es heraus, sobald das Fleisch gar ist – je nach Größe in etwa einer Stunde –, und bringe es sehr heiß, mit einer Zitrone im Maul, zu Tisch.

Welsh Rarebits: Man nehme Chester oder einen verwandten Käse und schneide ihn in kleine Stückchen. – Man verrühre sie am Tisch auf einem Spiritusrechaud in einem feuerfesten Töpfchen mit Butter, einem Glas Bier und etwas Cayennepfeffer.

Wenn die Masse Fäden zu ziehen beginnt, streiche man sie dick auf vorbereitete Toastscheiben und reiche sie auf angewärmten Tellern.

ruflich SD-Spitzel geworden. Ganz Marseille zittert vor ihm. Jetzt hat er natürlich schon ein bisschen Angst – aber trotzdem …"

Thomas musste sich schnell setzen. Eine Woge wilder Wut stieg in ihm auf. „Die Glatze" lebte! Der Mann, der Chantal Tessier erschossen hatte, lebte hier in Marseille! Im Kreise … alles hatte sich im Kreise gedreht.

Thomas sagte: „Mr Booth, Sie werden mit meinem Freund allein über die Grenze gehen müssen. Ich habe hier noch etwas zu erledigen." Der Engländer wollte protestieren, aber Thomas schüttelte nur den Kopf: „Sparen Sie Ihre Worte. Ich bleibe hier. Ich will abrechnen mit einem Schuft. Und wenn es das Letzte ist, was ich tue. Und wenn ich draufgehe dabei …"

10

Am 14. Juni 1944 brachte Thomas Lieven den englischen Offizier und Bastian Fabre mit dem Kommandowagen des SD bis an die Nähe der spanischen Grenze. „Leben Sie wohl, Lieutenant-Colonel. Denken Sie an unser Gespräch im Schlafwagen."

Der Engländer verneigte sich stumm. Bastian bekam wieder Tränen in die Augen, als er Thomas umarmte. „Du kommst gleich zurück", sagte Thomas zu ihm. „Wir sehen uns wieder in Marseille. Der Krieg hier unten ist bald zu Ende."

Diese Überzeugung verdankte Thomas Lieven dem Funkgerät seines Kommandowagens. Stundenlang hörte er täglich deutsche und alliierte Sender ab.

Nach dem, was der flüsternde Äther verriet, richtete Thomas seinen Schlachtplan ein. Er kehrte nach Marseille zurück. Er beobachtete den glatzköpfigen Dantes Villeforte bei Tag, bei Nacht. Aber noch schlug Thomas Lieven nicht zu. Er wartete. Er wusste, worauf …

Am 26. Juni eroberten die Alliierten Cherbourg, am 9. Juli Caën.

Am 20. Juli kam es zu dem Attentat auf Hitler.

Am 3. August fiel Rennes in die Hände der Alliierten, am 9. Le Mans, am 10. Nantes und die Loire-Linie. Das alles hörte Thomas Lieven in seinem Kommandowagen. Aber noch schlug er nicht zu. Dann kam der 15. August. Von Neapel aus landeten Engländer und Amerikaner an der Riviera. Am 23. fiel Grenoble. Nun ist es Zeit, sagte Thomas Lieven zu sich selber.

An diesem Tage erschien er im Hauptquartier des SD in der Rue de Paradis. Hier quoll brauner Rauch aus dem Hof: Die Gestapo-Herren verbrannten ihre Akten. Zu dem verstörten Hauptsturmführer Rahl sagte Thomas Lieven: „Nur keine Panik, mein Lieber. Wir werden die Amerikaner ins Meer zurückwerfen, das ist klar. Nach wie vor steht mir aufgrund des Befehls vom Reichsführer SS Ihre gesamte Dienststelle zur Verfügung – oder wollen Sie etwa flitzen?"

„Kei … keinesfalls, Sonderführer."

„Will ich stark hoffen. Geben Sie mir zwei zuverlässige Leute mit. Bewaffnet. Es wird wahrscheinlich eine Schießerei geben. Der Kerl ist der gefährlichste Verräter von Marseille – Dantes Villeforte."

„Villeforte – aber das ist doch ..."

„Ein Verräter, wie ich schon sagte! Zweifeln Sie an der Dringlichkeit meiner Mission, Hauptsturmführer? Muss ich mich in Berlin über Sie beschweren?"

„Um Himmels willen – bin völlig im Bild, Sonderführer."

11

Am 21. September 1944 machte ein gewisser Paul Martinie folgende Aussage vor Beamten des 145th CIC Detachment, United States Army, Europe: „Ich war seit Januar 1944 Gefangener der Gestapo in der Rue de Paradis. Am 23. August kam der ganze Betrieb in Unordnung. Es gab plötzlich kein Essen mehr – auch nicht für die deutschen Wachen. Dichter Rauch drang in unsere winzigen Zellen. Vermutlich verbrannten die Gestapo-Leute ihre Akten.

Am Abend gab es eine wüste Brüllerei. Ein älterer, freundlicher Landesschütze, Friedrich Felge aus Hannover, berichtete mir: ‚Da haben wir jetzt einen Sonderführer, ein ganz hohes Tier aus Berlin. Der hat einen Verräter verhaften lassen. Sie nennen ihn hier in Marseille ‚Die Glatze'. Er ist in Ketten geschlossen worden und liegt unten im Keller.'. Ich wusste, dass ‚Die Glatze', mit bürgerlichem Namen Dantes Villeforte, tatsächlich ein Verräter war – aber ein Verräter *Frankreichs*, ein SD-Spitzel! Am 27. August türmten die Gestapo-Leute. Wir schrien und trommelten gegen unsere Zellentüren – umsonst. Am Morgen des 28. August wurde meine Zellentür aufgeschlossen. Ein eleganter Zivilist stand draußen und sprach in fließendem Französisch: ‚Sie sind frei wie alle Ihre Kameraden. In wenigen Stunden werden die Alliierten hier sein. Übernehmen Sie so lange die Bewachung dieses Hauses und die Bewachung des Gefangenen, der unten im Keller liegt. Viele von Ihnen werden ihn kennen. Er heißt Dantes Villeforte. Er ist ein Mörder und SD-Spitzel und hat unzählige Ihrer Landsleute ans Messer geliefert.' Danach verschwand dieser Mann. Wir bewachten Villeforte und übergaben ihn später einer alliierten Kommission, die ihn sogleich unter Arrest setzte. Den Mann, der uns befreite, habe ich nie wieder gesehen."

12

Am Vormittag des 28. August zog Thomas aus seinem Hotel aus und deponierte einen Koffer auf dem Hauptbahnhof. In den Vororten von Marseille wurde ein wenig gekämpft – nicht sehr. Am Nachmittag des 29. August war Marseille befreit.

Thomas Lieven zerriss seine verschiedenen SD-Ausweise und holte eine Reihe von Papieren hervor, die ihm seinerzeit bei der Bekämpfung des „Maquis Crozant" gute Dienste erwiesen hatten …

Am Abend des 29. August 1944 meldete sich ein gewisser Captain Robert Almond Everett, britischer Fallschirmagent, bei den Amerikanern. Er gab an, über Frankreich abgesetzt worden zu sein, und bat, ihn schnellstens nach London zurückzufliegen. Die Amerikaner bewirteten den tapferen Alliierten, der Thomas Lieven wie aus dem Gesicht geschnitten ähnlich sah, mit Whisky und K-Rations.

An der Befreiung Marseilles hatten auch französische Truppen und Partisanenverbände teilgenommen, die aus allen Teilen des Südens zusammengeströmt waren. In dem von den Amerikanern besetzten „Hôtel de Noailles" fand zwei Tage nach dem Sieg eine große Feier statt. Stehend sangen alle Anwesenden die französische Nationalhymne, auch Captain Robert Almond Everett.

„… le jour de gloire est arrivé …", sang er gerade, als sich eine schwere Hand auf seine Schulter legte. Er fuhr herum. Zwei riesige amerikanische Militärpolizisten standen hinter ihm. Neben ihnen stand ein Mann, der aussah wie ein zu groß geratener Adolphe Menjou.

„Verhaften Sie diesen Mann!", sagte Oberst Jules Siméon, der jetzt eine prächtige Uniform trug. „Er ist einer der gefährlichsten deutschen Agenten des Krieges. Nehmen Sie die Hände hoch, Herr Lieven. Sie haben es endgültig zu weit getrieben. Ihr Spiel ist aus!"

13

Am 25. August war General de Gaulle mit den Amerikanern in Paris eingezogen. Am 15. September landete Thomas Lieven, zum zweiten Mal in seinem Leben, in dem nahen Gefängnis von Frèsnes. Das erste Mal hatte die Gestapo ihn hier eingesperrt. Nun sperrten die Franzosen ihn ein.

Eine Woche saß Thomas in seiner Zelle, zwei Wochen – nichts geschah. Er ertrug die neuerliche Gefangenschaft mit philosophischer Gelassenheit. Er dachte oft Gedanken wie diese: Es musste so kommen. Es ist nur gerecht so. Ich habe in diesen bösen Jahren mit dem Teufel paktiert. Und man muss einen langen Löffel haben, wenn man mit dem Teufel essen will!

Auf der anderen Seite …

Auf der andern Seite habe ich so viele Freunde hier. So vielen Franzosen habe ich geholfen: Yvonne Dechamps, dem Bankier Ferroud, Madame Page. Vielen habe ich das Leben gerettet. Sie werden nun auch mir helfen.

Was werde ich schon bekommen? Ein halbes Jahr? Na schön. Ich werde es überleben. Und dann, mein Gott, dann bin ich endlich frei! Dann kann ich *endlich* nach England zurückkehren. Nach so vielen Jahren, ach, werde ich endlich wieder in Frieden leben. Niemals wieder Geheimdienst! Kein Abenteuer mehr! Leben wie einst. Mit dem Geld vom Konto Eugen Wälterlis in Zürich. Schritte kamen polternd näher. Ein Schlüssel drehte sich im Schloss, die Zellentür schwang auf. Zwei französische Soldaten standen draußen.

„Fertigmachen!", sagte der erste Soldat.

„Na endlich", sagte Thomas Lieven und zog seine Jacke an, „das hat aber mächtig lange gedauert, bis Sie mich endlich mal verhören!"

„Verhör, nichts damit", sagte der zweite Soldat. „Fertigmachen zum Erschießen!"

Viertes Buch

1. Kapitel

1

Nicht eine einzige Wolke zeigte sich am tiefblauen Sommerhimmel. Und es war heiß in Baden-Baden, sehr heiß an diesem 7. Juli 1945. Die Bewohner der Stadt schlichen bleich und mager einher, schlecht gekleidet und hoffnungslos.

Gegen die Mittagsstunde dieses Tages fuhr ein olivgrüner Stabswagen, im Fond ein Zwei-Sterne-General, über die Kreuzung auf dem Leopoldsplatz. Hier regelte ein französischer Militärpolizist den Verkehr – den französischen Verkehr, denn deutsche Autos gab es nicht. Aber dafür gab es französische in Menge! Baden-Baden war der Sitz der französischen Militärregierung. Deutsche Einwohnerzahl: 30 000. Französische Militärs und Verwaltungsbeamte mit ihren Familien: 32 000.

„Halten Sie mal", sagte der General. Der Fahrer hielt neben dem Militärpolizisten, der so lässig salutierte, dass er von einem deutschen General sofort angeschnauzt worden wäre. Doch deutsche Generäle schnauzten zu dieser Zeit nicht mehr beziehungsweise noch nicht wieder.

Der Zwei-Sterne-Herr drehte das Wagenfenster herunter und sagte: „Ich bin fremd hier. Sie kennen sich aus. In welcher Messe gibt es das beste Essen?"

„*Mon général,* gehen Sie um Himmels willen in keine Messe! Gehen Sie zu Capitaine Clairmont vom Organ ‚Recherche de Criminels de Guerre'." Der Militärpolizist erklärte den Weg.

„Dann also los", sprach der hungrige General.

Weiter rollte der Wagen zum Hotel „Atlantic", zum Kurhaus, am Spielcasino vorbei. Ach wie traurig sah es hier aus, wo einst die reichsten Männer der Welt, die elegantesten Damen, die teuersten Kokotten gewandelt waren! Ausgebrannt die Muschel des Kurorchesters, verwüstet die Rasenflächen. Im Freien türmten sich die kostbaren Möbel des Kurhauses und der Spielbank.

Der Stabswagen hielt vor einer großen Villa. Hier hatte sich bis zum Ende des sogenannten Tausendjährigen Reiches das Gestapo-Hauptquartier befunden. Nun befand sich hier der „Französische Kriegsverbrecher-Suchdienst". Der General betrat die Villa und forschte nach Capitaine Clairmont.

Der Mann, der sich gerade René Clairmont nannte, erschien: schlank, mittelgroß, schmaler Schädel, schwarzes Haar und kluge Augen. Eine gut sitzende Uniform trug der etwa 35 Jahre alte Mann. Allerdings erweckte die Uniform einen *sehr* zivilen Eindruck.

Der Capitaine, der in Wahrheit Thomas Lieven hieß und vor langer, langer Zeit einmal erfolgreicher Privatbankier in London gewesen war, schüttelte dem Zwei-Sterne-General die Hand und sprach: „Es wird mir eine Ehre sein, Sie bei uns zu Gast zu haben, mon Général."

Also, Moment mal! Als wir zuletzt von dem unfreiwilligen Geheimagenten, Lebenskünstler und Kochgenie Thomas Lieven berichteten, da saß dieser Mann mit den vielen Namen nahe Paris im Gefängnis von Frèsnes, eingekerkert von den Franzosen.

Es wird, denken wir darum, hohe Zeit, dem geneigten Leser die Frage zu beantworten: Wie war es möglich, dass Thomas Lieven als französischer „Kriegsverbrecher-Sucher" am 7. Juli 1945 in Baden-Baden war – wenn ihn doch am 3. Oktober 1944 zwei Soldaten aus seiner Zelle im Gefängnis zu Frèsnes geholt hatten, mit der Aufforderung, sich fertigzumachen, fertig zum Erschießen …

2

Zum Erschießen?, dachte Thomas Lieven entsetzt, derweilen die Soldaten ihn gefesselt in den düsteren Gefängnishof hinabführten. Lieber Gott! Und ich glaubte, sie würden mich zu einigen Monaten verdonnern.

Die Soldaten stießen ihn in denselben fensterlosen, übel riechenden Bus, in den er dereinst schon von deutschen Soldaten gestoßen worden war.

Es stank noch immer nach Schweiß und Angst in dem Bus. Abgemagert, blass und unrasiert, in einem zerdrückten Anzug, ohne Hosenträger, Krawatte und Schnürsenkel, so kauerte Thomas Lieven im Wagen. Eine Welle von Übelkeit hielt ihn umfangen. Er wusste nicht, wo er war, als der Wagen in Paris hielt, wieder in einem düsteren Hof. Teilnahmslos ließ er es geschehen, dass ihn die Soldaten roh vorwärtsstießen, hin zu einem Zimmer in einem großen Gebäude.

Die Tür des Zimmers öffnete sich. Danach begann sich alles um Thomas zu drehen, und er rang nach Luft. Er hörte Stimmen und Worte, ohne sie zu verstehen. Er sah den Mann, der in der Uniform eines französischen Obersten hinter dem Schreibtisch saß, den großen Mann mit dem sonnenverbrannten Gesicht, den grauen Schläfen und den guten Augen. Und indessen das Blut stürmisch in seinen Schläfen pochte, wusste Thomas: Er war gerettet. Das wusste er nun, da er diesen Freund Josephine Bakers erkannte, dem er selbst einmal in Lissabon das Leben gerettet hatte, diesen Oberst Débras vom „Deuxième Bureau".

Mit keiner Miene, mit keinem Wort verriet Oberst Débras, dass er Thomas Lieven kannte. „Da rüber!", schnauzte er ihn an. „Hinsetzen! Maul halten!" Thomas setzte sich da rüber. Thomas hielt das Maul.

Umständlich öffneten die beiden Soldaten seine Fesseln, umständlich ließen sie sich die Übergabe des Gefangenen bestätigen. Es dauerte eine kleine Ewigkeit, bis sie endlich verschwanden. Dann war Thomas mit Débras allein.

Débras lächelte. „Josephine lässt Sie grüßen, Sie elender Hund."

„Danke, sehr freundlich. Wo … wo ist Madame?"

„In Casablanca. Ich war Gouverneur dieser Stadt, wissen Sie."

„Interessant."

„Ich hatte in Paris zu tun. Ich erfuhr durch einen Zufall, dass Sie verhaftet worden sind."

Thomas erholte sich langsam. „Ihr Kollege, Oberst Siméon, hat das veranlasst. Ich sang gerade die Marseillaise. Bei einer nationalen Befreiungsfeier. Ich hätte im Hotel bleiben und den Mund halten sollen. Dann wäre ich jetzt längst in London. Nationalhymnen bringen aber auch nur Unglück!"

Débras sagte: „Ich weiß viel von Ihnen. Was Sie alles gegen uns getan haben. Aber auch, was Sie alles *für* uns getan haben. Als ich nun nach Paris kam, hörte ich von Ihrem Schicksal. Ich bin nicht mehr beim ‚Deuxième Bureau'. Ich bin beim Kriegsverbrecher-Suchdienst. So konnte ich nur an Sie heran, wenn ich Sie auf meine Kriegsverbrecherliste setzte und erklärte, Sie würden erschossen. Nur so bekam ich Sie aus Frèsnes heraus. Guter Trick, wie?"

Thomas wischte sich den Schweiß von der Stirn. „Ja", sagte er. „Guter Trick. Vielleicht ein bisschen anstrengend für die Nerven."

Débras zuckte die Schultern. „Unsere ganze Zeit ist das, Lieven. Sie machen sich hoffentlich keine Illusionen. Sie wissen hoffentlich bereits, was es bedeutet, dass ich Sie aus Frèsnes geholt habe."

„Ich fürchte, ich weiß es", sagte Thomas gottergeben. „Ich nehme an, es bedeutet, dass ich jetzt wieder für Sie arbeiten muss, Oberst Débras!"

„Das bedeutet es, ja."

„Eine Frage noch: Wer hat Ihnen in Paris erzählt, dass ich verhaftet bin?"

„Der Bankier Ferroud."

Guter, alter Ferroud, dachte Thomas. Danke. Danke.

Thomas fragte: „Was haben Sie mit mir vor, Oberst Débras?" Der Freund Josephine Bakers musterte Thomas freundlich. „Sie sprechen doch Italienisch – oder?"

„Doch, ja."

„1940, als die Deutschen unser Land überfielen, da machten sich im letzten Moment, als es schon *garantiert* ungefährlich war, auch noch die Italiener mausig und erklärten uns den Krieg. Einer der ärgsten Bluthunde, die damals den Süden Frankreichs terrorisierten, war der General Luigi Contanelli. Er hat sich rechtzeitig Zivil angezogen …"

„Wie die meisten Herren Generäle."

„… und ist untergetaucht. Soviel wir wissen, irgendwo in der Nähe von Neapel."

Achtundvierzig Stunden später war Thomas Lieven in Neapel.

Rund elf Tage später verhaftete er in dem Dorf Caivano nordöstlich von Neapel den General Contanelli, der sich hier – der Not gehorchend, nicht der eignen Tugend – gerade als Schafhirte versuchte.

Mit seinem illustren Gefangenen nach Paris zurückgekehrt, erklärte Thomas dem Oberst Débras zu gemütlicher Abendstunde in einer gemütlichen Bar: „Es war eigentlich alles ganz einfach. Der amerikanische CIC hat mir sehr geholfen. Reizende Jungen. Auch über die Italiener kann ich nicht klagen. Sie haben nichts übrig für Generäle. Es scheint aber, dass die Italiener leider auch für die Amerikaner nichts übrig haben. Gott sei's geklagt." Und dann erzählte Thomas von seinem italienischen Abenteuer.

Er war noch hinter seinem Schafhirten-General her und suchte wieder einmal das Hauptquartier des CIC (des Counter Intelligence Corps) auf, um sich neue Informationen zu holen, als er Zeuge einer seltsamen Szene wurde.

Wütend und hysterisch rannten die amerikanischen Geheimagenten umher, schrien durcheinander, gaben Befehle, um sie im selben Atemzug zu widerrufen, telefonierten wild und schrieben sozusagen am laufenden Band Verhaftungsbefehle aus.

Thomas erfuhr alsbald, was geschehen war. Vor drei Tagen hatte noch ein großer amerikanischer Frachter im Hafen gelegen, die *Victory*, mit Lebensmitteln für die amerikanischen Streitkräfte in Italien. Seit Sonntag war die *Victory* verschwunden, niemand wusste, wohin. Eine italienische Dienststelle schob der andern ebenso die Schuld zu wie eine amerikanische Dienststelle der andern.

Was war mit der *Victory* geschehen? Sie konnte sich doch nicht in Luft aufgelöst haben! Thomas Lievens Neugier erwachte. Er ging in den Hafen, trieb sich in Spelunken und Kneipen herum und landete zuletzt bei „Luigi".

Luigi sah aus wie der Schauspieler Orson Welles, betrieb ein kleines, schmutziges Fresslokal und war außerdem Hehler, Fälscher und Bandenchef.

Auf Anhieb empfand Luigi brüderliche Gefühle für den eleganten Zivilisten mit dem wissenden, ironischen Lächeln. Diese Sympathie steigerte sich noch, als Luigi erfuhr, dass Thomas Deutscher war.

Kaum zu glauben: Was der CIC nicht herausbekam, bekam Thomas in wenigen Stunden heraus. Er lernte bei Luigi sogar die Herren kennen, die das Ding mit der *Victory* gedreht hatten. Dieses Ding sah so aus: Am vergangenen Sonntag hatte die Besatzung des Transportdampfers Landurlaub gehabt. Nur eine Wache blieb an Bord. Luigis Freunde inszenierten auf der Mole, direkt vor dem Fallreep, eine Schlägerei zwischen drei hübschen Mädchen, von denen eines gellend um Hilfe schrie. Ritterlich eilte die Schiffswache der bedrängten Schönen zu Hilfe. Dunkelhäutige Neapolitaner mischten sich ein; es kam zu einer wilden Schlägerei! Indessen ruderten von Backbord Luigis Freunde, als Matrosen verkleidet, an die *Victory* heran und kaperten sie. Blitzschnell lösten sie die Taue, lichteten den Anker, fuhren das Schiff aus dem Hafen hinaus und um eine Landzunge herum bis nach Pozzuoli.

Hier ankerten sie wieder. Die Fracht wurde in bereits wartende Lastwagen verladen. An Bord fanden sich Konserven, gefrorenes Geflügel, Früchte, Zucker, Reis, Mehl, alkoholische Getränke jeder Art, einige Zentner Zigaretten und einige Tausend Büchsen Gänseleberpastete.

Die Seeräuber hatten sich nicht ohne Grund Pozzuoli als Anlegeort ausgesucht. Hier standen riesige Schiffs-Reparaturwerkstätten. Facharbeiter schufteten zu Überstundenlöhnen, um das gestohlene Schiff sogleich abzuwracken.

Auch Käufer für die Einzelteile warteten bereits an Ort und Stelle! Sie standen um das Schiff herum und sagten, was sie wollten. Nach Wunsch wurde den Herrschaften alles zurechtgesägt: Motoren, Kurbelwellen, Stahlwände, Aufbauten. Es war, als schnitten emsige Metzger Filetstück um Filetstück aus einem Ochsen heraus.

In Neapel gab es zu dieser Zeit keinen Gegenstand, für den man nicht Verwendung gehabt hätte. So blieb denn auch von der *Victory* nicht eine Niete übrig. Ja es steht zu fürchten, dass Luigis Freunde sogar noch mit den Ratten etwas anzufangen wussten, die sie an Bord fanden …

3

Mit dieser Geschichte unterhielt Thomas den Oberst Débras in einer gemütlichen Bar in Paris. Dann wurde Débras ernst. Er sagte: „Sie sind Deutscher, Lieven. Wir brauchen Sie jetzt in Deutschland. Niemand weiß besser als Sie zwischen großen, wirklichen Schweinen und dem kleinen, harmlosen Mitläufern zu unterscheiden. Sie könnten erreichen, dass jetzt nicht die Falschen bestraft werden. Wollen Sie das?"

„Ja", sagte Thomas Lieven.

„In Deutschland müssen Sie aber unbedingt eine Uniform tragen."

„Nein!!!"

„Tut mir leid, das ist Vorschrift. Wir müssen Ihnen auch einen französischen Namen geben und einen militärischen Rang. Hauptmann, würde ich sagen."

„Mein Gott, aber was für eine Uniform denn?"

„Ihre Sache, Lieven. Suchen Sie sich etwas aus!"

Also ging Thomas zu dem ersten Offiziersschneider der Stadt und suchte sich etwas aus: eine taubengraue Fliegerhose, eine beigefarbene Jacke mit großen Taschen, langer Mittelfalte im Rücken und engem Gürtel. Dazu einen Riemen über die Schulter, ein Schiffchen und drei Winkel am Ärmel.

Die von Thomas erfundene Uniform gefiel allgemein so gut, dass sie einen Monat später zur offiziellen Kleidung des „Kriegsverbrecher-Suchdienstes" erklärt wurde.

Mit den vorrückenden alliierten Truppen kehrte Thomas als Capitaine René Clairmont in seine Heimat zurück. Bei Kriegsende war er in Baden-Baden. Im ehemaligen Gestapo-Hauptquartier in der Kaiser-Wilhelm-Straße richtete er sein Büro ein.

So, und nun weiß der geneigte Leser, wie es möglich ist, dass unser Freund am 7. Juli 1945 in Baden-Baden für einen Zwei-Sterne-General kochte!

Siebzehn Männer arbeiteten im Hause Kaiser-Wilhelm-Straße 1. In der Villa gegenüber wohnten sie. Ihre Arbeit war schwer, ihre Arbeit war unerfreulich. Dazu kam, dass sie sich zum Teil untereinander aus politischen und anderen Gründen nicht gut vertrugen. So bekam Thomas Lieven beispielsweise sofort Streit mit dem Lieutenant Pierre Valentine, einem jungen, hübschen Kerl mit eiskalten Augen und dünnen Lippen, den man sich genauso gut als SS-Mann hätte vorstellen können.

Valentine requirierte und verhaftete wild darauf los. Während sich die anständigen Offiziere des französischen „Kriegsverbrecher-Suchdienstes" genauso wie ihre anständigen amerikanischen und britischen Kollegen korrekt an die von der Militärregierung ausgegebenen *Wanted-Persons*-Listen hielten, gebrauchte Valentine seine Macht willkürlich und ohne Gewissen. Von Thomas zur Rede gestellt, zuckte er nur hochmütig die Schultern. Er sagte: „Ich hasse alle Deutschen."

Gegen eine solche dumme Verallgemeinerung protestierte Thomas Lieven. Valentine erwiderte lässig: „Ich rede nur von Zahlen. In unserem Abschnitt allein hatten wir im vergangenen Monat einen Eingang von über 6000 Denunziationen von Deutschen gegen Deutsche. So sind sie: Wenn sie kleine Völker überfallen – Herrenmenschen. Wenn sie gerade auf die Schnauze geknallt sind, spielen sie Beethoven und denunzieren einander. Und vor einem solchen Volk soll ich Achtung haben?" Lieutenant Valentine, so widerwärtig er war, hatte in diesem Punkt recht: Eine scheußliche Woge von Spitzelei, Gemeinheit und Niedertracht schwemmte nach Kriegsende über Deutschland hinweg.

Dann kam der 2. August 1945. An diesem Tage erlebte Thomas Lieven etwas, das ihn erschütterte. Ein hagerer, weißhaariger Mann, unterernährt und in alten, zerdrückten Kleidern, erschien in seinem Büro. Dieser Mann zog den Hut und sprach die folgenden Worte: „Guten Tag, mein Herr. Ich heiße Werner Hellbricht. Sie suchen mich. Ich war Kreisbauernführer." Er nannte den Ort, in dem er lebte, einen Ort im Schwarzwald. „Ich habe mich bisher versteckt. Aber jetzt komme ich zu Ihnen."

Thomas starrte den mageren, weißhaarigen Menschen an. „Warum tun Sie das?"

Da antwortete Hellbricht: „Weil ich eingesehen habe, dass in meinem Land furchtbare Verbrechen geschehen sind. Ich bin bereit, zu büßen, Straßen zu bauen, Steine zu klopfen, was Sie wollen. Ich bedauere aufrichtig, dieser verbrecherischen Regierung gedient zu haben. Ich habe an sie geglaubt. Das war falsch. Ich hätte weniger glauben und mehr denken sollen."

Thomas stand auf. „Herr Hellbricht, es ist ein Uhr. Bevor wir weiterreden, eine Frage: Wollen Sie mit mir Mittag essen?"

„Essen? Mit Ihnen? Aber ich sagte Ihnen doch, ich war ein Nazi!"

„Trotzdem. Weil Sie es so ehrlich sagten."

„Dann habe ich eine Bitte – fahren Sie mit mir auf meinen Hof. Ich habe Ihnen nämlich etwas zu zeigen. In der Waldschneise. Hinter meinem Hof", sagte der ehemalige Kreisbauernführer.

4

Eine erbärmliche, dünne Suppe aus Sauerampfer, Kerbel, Löwenzahn und vielen Wiesenkräutern hatte Frau Hellbricht zum Essen vorbereitet. Sie sah so blass und mager aus wie ihr Mann. Der Hof, den Thomas erblickte, war verkommen, die Fenster eingeschlagen, die Türschlösser zerschossen, die Ställe leer, die Zimmer ausgeplündert von den zwangsverpflichteten Fremdarbeitern.

„Man kann es ihnen nicht übel nehmen", sagte Hellbricht mit einem schiefen Lächeln. „Wir haben sie zuerst ausgeplündert, damals, in ihren Ländern ..."

Die Frau des ehemaligen Kreisbauernführers, die vor dem Herd in der kahlen Küche stand, sagte: „Nach der Suppe gibt es Kartoffelpüree und Backobst. Aus der Zuteilung. Es tut mir sehr leid, mehr haben wir nicht." Thomas ging auf den Hof hinaus und öffnete den Kofferraum seines Wagens. Mit einem halben Pfund Butter, einer Büchse Sahne, einer Büchse Fleischextrakt und einer Büchse Corned Beef kehrte er zurück.

„Nun lassen Sie mich mal an den Küchentisch, Frau Hellbricht", sprach er. Und er machte sich sogleich an demselben zu schaffen. Die magere Suppe stärkte er mit Fleischextrakt. Er öffnete die Corned-Beef-Dose und zerzupfte das Fleisch darin. Dann entdeckte er eine Schüssel mit Magermilchquark. „Den passieren Sie bitte, Frau Hellbricht", sagte er. „Mit vereinten Kräften werden wir in Kürze ein prima Mittagessen haben."

„Ach Gott", sagte Frau Hellbricht und begann zu weinen. „Corned Beef! Ich habe schon geträumt davon – aber gesehen habe ich es noch nie!"

Hellbricht sagte: „Und da gibt es auch noch Leute, die höhnisch zusehen, wie andere hungern. Leute, die schuld sind an unserem Elend. Herr Kapitän, ich bin kein Denunziant, aber ich muss es melden: In der Waldschneise ist unter dem Moos ein riesiges Lebensmittellager verbuddelt."

„Wer hat das Lager verbuddelt? Und wann?"

„1944 war das. Im Herbst. Da kam der Adjutant vom Reichsbauernführer Darré zu mir. Und der Gestapo-Chef von Karlsruhe, der Doktor Zimmermann. Sie sagten, sie hätten Vorräte zu vergraben für ... für die Führerreserve ... für die wichtigsten Leute ..."

Frau Hellbricht, verblüht, verhärmt und traurig, sagte, den Magermilchquark passierend: „Deshalb haben wir Sie hergebeten. Die Lebensmittel müssen ausgegraben werden. So viele hungern ... Wir haben wenigstens noch unser eigenes Dach über dem Kopf. Wir kommen schon durch. Aber die Ausgebombten, die Flüchtlinge, die Kinder ..."

Von diesem Tag, dem 2. August 1945, an geschah zweierlei: Heimlich wurde ein riesiges Lebensmittellager ausgegraben – viele Tausend Konservenbüchsen mit Fett, Fleisch, Marmelade, Kunsthonig, Kaffee, Tee, Fliegerschokolade, Traubenzucker,

Menu • Baden-Baden, 2. August 1945

Das kann man auch heute noch essen –
damals brachte es Thomas Lieven „Bonzen" ein.

Kräutersuppe • Verzaubertes Corned Beef
Topfen-Speise

Kräutersuppe: Man nehme Kräuter wie Sauerampfer, Brennnesselspitzen, Schnittlauch, Petersilie, Kerbel, Dill, Sellerieblätter, Lauch, putze und wiege sie fein. – Man dünste einen kleinen Teil davon in heller Buttermehlschwitze, gieße mit Wasser oder Fleischbrühe auf, lasse durchkochen, würze mit Pfeffer, Salz und einer Spur Muskat und gebe die übrigen Kräuter erst direkt vor dem Anrichten hinein. – Man kann die Suppe mit Eigelb und Sahne abziehen, auch pro Person ein Fallei hineingeben und geröstete Weißbrotwürfel drüberstreuen.

Verzaubertes Corned Beef: Man nehme reichlich Zwiebelringe, dünste sie in Butter glasig, füge den zerzupften Inhalt einer Büchse Corned Beef hinzu, lasse einige Minuten weiterschmoren, aber nicht braun braten. Man gebe dann ein nicht zu festes Kartoffelpüree dazu, vermische alles gründlich, schmecke mit Salz und Pfeffer gut ab und lasse das Ganze auf kleiner Flamme zusammen durchziehen und heiß werden.

Topfen-Speise: Man nehme Topfen (Quark), passiere ihn durch ein Sieb, verrühre ihn mit Streuzucker nach Geschmack, dann mit süßer Sahne, bis eine glatte, nicht zu flüssige Creme entsteht. – Man mische noch Rosinen und ein paar Tropfen Zitronensaft darunter und fülle sie in eine Schale, die man mit etwas Schlagsahne verziert und gut kaltstellt.

Mehl, Gemüse, Obst. Diese Schätze wurden Hilfsorganisationen zur Verteilung an Kranke, Greise und Kinder übergeben.

So schnell es ging, wurden die Waldschneise und das Moos wieder so hergerichtet, als ob man nie gegraben hätte. Und dann wurde das Waldstück hinter dem Hof des Kreisbauernführers Hellbricht von ausgesuchten Leuten des „Kriegsverbrecher-Suchdienstes" Tag und Nacht bewacht.

Am 11. August, in der Dämmerung – Thomas hatte gerade Dienst –, kam ein Mann die Schneise heraufgeschlichen. Nach allen Seiten sichernd. Bei jedem Geräusch zusammenfahrend. Einen leeren Rucksack umgeschnallt. Einen kleinen Spaten in der Hand. Thomas kannte diesen Mann mit dem bleichen, gnadenlosen Gesicht von Fahndungsfotos her.

Der Mann begann zu graben, immer schneller, immer gieriger. Bemerkte zu spät, dass plötzlich drei Männer hinter ihm standen. Fuhr herum. Kam mühsam auf die Beine, taumelte zurück, Panik im Gesicht.

„Gestapo-Chef Zimmermann", sagte Thomas Lieven, der plötzlich eine Pistole in der Hand hatte. „Sie sind verhaftet."

Ach, und sie kamen alle, die großen Bonzen, die von dem vergrabenen Lebensmittellager wussten, sie kamen alle! Thomas Lieven hatte den Wachen eingeschärft: „Jeder, der hier zu buddeln anfängt, ist ein Bonze. Sofort hochnehmen, den Kerl!"

Siebzehn große Nazis wurden auf diese schlichte Weise zwischen August und Oktober 1945 verhaftet.

Für den ehemaligen Kreisbauernführer Hellbricht setzte Thomas durch, dass er als Mitläufer eingestuft und mit einer Geldstrafe belegt wurde. Er durfte seinen Hof behalten.

5

Der erste Nachkriegsherbst kam. Die Menschen hungerten, die Menschen froren. In der französischen Zone wuchsen die Spannungen zwischen Besetzern und Besetzten – zum Teil aufgrund deutscher Ressentiments, zum Teil aufgrund französischer Ungesetzlichkeiten – immer mehr an. Dieses geschah leider auch: Unter Leitung eines Pariser Fachmannes montierten französische Truppen im Schwarzwald die Maschinenautomaten der heimischen Uhrenindustrie ab und versuchten, Facharbeiter nach Belfort und der Haute-Savoie zu verschleppen, um eine französische Uhrenindustrie aufzuziehen.

Die Produktion der Maschinennadelfabriken in der französischen Zone wurde beschlagnahmt und von einigen wenigen Leuten in die Schweiz verschoben. Die deutschen Arbeiter wurden mit schlechten R-Mark schlecht, mit wenigen Lebensmitteln noch schlechter bezahlt. Gewissenlose ausländische Geschäftemacher holzten in rücksichtsloser Weise ganze Forste ab. Tag und Nacht kreischten am Titisee die Bandsägen. Noch jahrelang erinnerten riesige Kahlschläge hier an ein gemeinsames Raffkegeschäft.

Hinter der noch halbwegs intakten Fassade von Baden-Baden verfielen Anstand und Moral. Es kam zu Prügeleien, Racheakten und Messerstechereien. Soldaten plünderten, stahlen und schossen wild in der Gegend herum. Mit Maschinenpistolen töteten sie schöne Schwäne; ein sinnloses Gemetzel.

Thomas wusste genau, dass der blonde, schlanke Lieutenant Valentine zu jener Clique gehörte, die sich auf dunkle, niederträchtige Weise bereicherte. Er konnte es ihm nur monatelang nicht nachweisen. Am 3. November 1945 konnte er es dann …

Einen Tag zuvor war Thomas zu Ohren gekommen, dass der junge Lieutenant wieder einmal eine seiner geheimen Hausdurchsuchungen plante. Als Valentine am Nachmittag des 3. November Baden-Baden mit zwei Soldaten in einem Jeep verließ, folgte Thomas ihm in einem anderen Jeep. Er war sehr vorsichtig und hielt genügend Abstand.

Sie fuhren bis Karlsruhe. Hier bogen sie ab auf die Straße nach Ettlingen. An Ettlingen vorüber ging es bis nach Spielberg. Hier, über dem Dorf, erhob sich ein dunkles Gemäuer, das in einem großen Park, umgeben von einer hohen Mauer, stand. Dort hinauf fuhr der Lieutenant mit seinem Jeep. Vorsichtig hielt Thomas auf halber Höhe an, lenkte seinen Wagen in ein Gebüsch und hastete zu Fuß einen Abkürzungsweg hinauf.

In einigen Fenstern der großen, schlossartigen Villa brannte Licht. Thomas sah Schatten, er hörte undeutlich aufgeregte Stimmen. Er schlich um das Haus herum und blickte an der Fassade empor. Er sah große, im unteren Teil verhängte Scheiben. Thomas konnte nur eine Menge Pflanzen und die weiße Zimmerdecke darüber erkennen. Plötzlich wurde es still. Dann sah er die Silhouette des Lieutenants Valentine. Der tat etwas Seltsames: Er trat vor die Reihe der Blumentöpfe, die am Fenster standen, hob einen von ihnen nach dem andern hoch und riss die Pflanzen aus den Töpfen heraus. Ein Topf. Noch einer. Im Ganzen sieben Töpfe. Warum? Wozu? Thomas konnte es sich nicht erklären.

Er wartete geduldig. Eine Viertelstunde später verließ Valentine mit seinen Männern das Haus wieder und fuhr fort.

Thomas läutete an der schweren Eingangstür. Ein verstörter Diener öffnete.

„Wer wohnt hier?“, fragte Thomas.

„Der Herr Graf von Waldau.“

„Mein Name ist Capitaine Clairmont. Melden Sie mich an.“

Graf von Waldau – Graf von Waldau. Thomas erinnerte sich an den Mann. Wichtige Position im Auswärtigen Amt, Parteigenosse. Ziemlich schwer belastet. Er hatte ihn schon zweimal in Baden-Baden verhört.

Nun erschien er: hager, hochmütig und sehr wütend. „Sie auch noch, Capitaine Clairmont! Was wollen Sie hier stehlen? Etwas Tafelsilber? Ein Gemälde? Ihre Kollegen haben das Wichtigste schon mitgenommen!“

„Graf", sagte Thomas ruhig, „ich bin gekommen, um zu erfahren, was sich hier gerade abgespielt hat."

„Das wissen Sie doch genau!", schrie Waldau. „Diebe und Schweine seid ihr alle!"

„Halten Sie das Maul", sagte Thomas recht leise, aber unüberhörbar. Der Graf starrte ihn an, begann zu zittern und fiel in einen Sessel. Dann erzählte er …

Wenn man den Worten Waldaus glauben wollte, dann hatte er in sieben Blumentöpfen seinen wertvollsten Schmuck vergraben gehabt, unter den Wurzeln der Pflanzen. „Den ganzen Familienschmuck! – Eine Verwandte hat mir den Rat gegeben – diese Bestie. – Es war natürlich alles abgekartet, das begreife ich jetzt …" Der Graf sah Thomas mit flackernden Augen an. „Verzeihen Sie mein Benehmen. Ich glaube, Sie sind unschuldig an diesem gemeinen Raub …"

„Erzählen Sie weiter."

„Sie wissen, ich bin belastet. Ich hatte Angst vor Plünderungen. Wir leben einsam hier. Vor einem Monat kam meine – diese Verwandte von mir vorbei. Sie ist Engländerin. Ich vermute, sie arbeitet beim Secret Service, im Hauptquartier Hannover. Sie wies auf die Blumentöpfe als Versteck. Als die drei Männer vorhin erschienen, gingen sie wortlos in den Wintergarten und nahmen wortlos die Pflanzen aus den Töpfen …"

Bei dem Wort „Secret Service" fühlte Thomas, wie ihm zuerst sehr warm und danach sehr kalt wurde. Er sagte: „Nennen Sie mir den Namen der Dame, Graf."

Der Graf nannte ihn.

6

Zwei Tage später erschien ein gewisser Capitaine Clairmont vom „Kriegsverbrecher-Suchdienst" Baden-Baden im Hauptquartier des Britischen Geheimdienstes in Hannover. Hier suchte er eine schlanke, blonde Schönheit auf, die in der schmucken Uniform eines weiblichen Leutnants in einem Büro im zweiten Stock des mächtigen beschlagnahmten Gebäudes Dienst tat.

Die Dame hielt eine Lupe in der Hand und besah mit glitzernden Augen einen kostbaren Armreif. Es klopfte. Blitzschnell verschwanden der Reif und die Lupe. „Herein!", rief die Dame. Der Mann, der sich eben Capitaine Clairmont nannte, trat ein. Die Dame hinter dem Schreibtisch kreischte auf und fuhr empor. Sie war jetzt leichenblass. Beide Hände hielt sie an die Wangen. Sie flüsterte entgeistert: „Nicht möglich … Tommy … Du –?"

Mit zusammengepressten Lippen sah Thomas Lieven die schöne, skrupellose Prinzessin Vera von C. an, die er vor langer Zeit in Paris als Geliebte des Nazischiebers Lakuleit kennengelernt hatte; seine Prinzessin Vera, seine süße Geliebte, dieser verkommene Balg, diese völlig unberechenbare und völlig amoralische Person, die schon einmal, in Paris, bereit gewesen war, für Geld alles, einfach alles zu tun.

„Tommy – die Freude! – Du hast alles gut überstanden – du bist bei den Franzosen", stammelte sie und fiel ihm um den Hals. Hart machte er sich von ihr frei. „Du Luder, du elendes", sagte Thomas Lieven, „seit wann arbeitest du mit diesem Schwein Valentine zusammen?"

„Ich habe keine Ahnung, wovon du sprichst, Schätzchen", erwiderte die Prinzessin lächelnd.

„Sag das noch einmal, und ich klebe dir eine", warnte Thomas Lieven. Vera sagte es noch einmal.

Er klebte ihr eine. Danach brach in einem Büro des Britischen Geheimdienstes zu Hannover eine wüste, lautlose Katzbalgerei aus.

Fünf Minuten später saß Vera, restauriert, auf einem Sessel. Thomas, gleichfalls restauriert, marschierte vor ihr auf und ab und versuchte sich an dieser seltsamen Angehörigen des deutschen Uradels in Pädagogik: „Du bist ein asozialer Balg. Geldgierig und gemein."

Sie dehnte sich wie eine Katze: „Ach, Unsinn, Tommy. Komm zu deiner kleinen Vera. Würge mich noch einmal ein bisschen so wie vorhin."

„Du kriegst gleich wieder eine", sagte er. „Was du getan hast, ist wohl das Gemeinste, das Niedrigste … Ist der Graf Waldau mit dir verwandt, ja oder nein?"

„Ach der! Der alte Nazi-Knülch!" Sie begann zu lachen.

„Mund halten! Vor zwei Tagen hat dein feiner Freund Valentine Haussuchung bei dem Grafen gehalten. Besser gesagt: Blumentopfsuchung. Denn das Einzige, was ihn in dem ganzen Riesenhaus interessierte, waren die Blumentöpfe. Hör sofort auf zu lachen! So eine Sauerei! Von wem war die Idee? Von dir? Von ihm?"

„Erlaube mal! Von mir natürlich. Pierre ist viel zu dämlich für so einen feinen Trick."

Er blieb vor ihr stehen und stemmte die Arme in die Seiten: „Feiner Trick! Du bist nicht besser als eine ekelhafte Nazisse!"

„Jetzt mach aber mal einen Punkt! Was heißt denn hier Moral? Ausgerechnet bei diesem Nazischwein Waldau! Den ganzen Schmuck hat der doch erst im Dritten Reich ergaunert!"

„Das mag sein", sagte Thomas. „Wenn Waldau den Schmuck ergaunert hat, dann gehört er seinen alten Besitzern, sofern die sich noch finden lassen – oder dem Staat, aber euch beiden gehört er auf keinen Fall!"

„Ach Gott, bist du süß … so wild … so idealistisch … Weißt du was, Tommy, wir gehen zu mir. Ich habe hier eine schicke Wohnung. Hat auch mal ein alter Nazi drin gewohnt!"

„Du glaubst doch nicht im Ernst, dass ich noch einmal im Leben eine Wohnung von dir betrete", sagte Thomas.

7

Es war wirklich eine sehr gemütliche Wohnung. An der Tapete gab es in drei Zimmern helle Stellen. Da hatten bis vor Kurzem noch Bilder gehangen. Thomas grinste, als er die hellen Stellen sah.

Es wurde ein sehr seltsamer Abend, denn Thomas und die Prinzessin verfolgten beide das gleiche Ziel: Einer wollte den andern aufs Kreuz legen – symbolisch gemeint natürlich.

Zu diesem Behufe holte Vera zunächst eine Flasche Whisky hervor. Dann tranken sie beide ein Schlückchen. Und noch eines. Und noch eines. Vera dachte: *Mal* wird er ja einen sitzen haben. Thomas dachte: *Mal* wird sie ja einen sitzen haben.

Dann hatten sie beide einen sitzen!

Jetzt machen wir einen kleinen Zeitsprung, den Kindern zuliebe.

Also – drei Stunden später …

Drei Stunden später war die blonde Prinzessin ganz unglaublich anschmiegsam und zärtlich. Und Thomas war ein bisschen sentimental. Der beschwipste Thomas beging einen fürchterlichen Fehler. Er erzählte von seinen Zukunftsplänen und im Zusammenhang damit von seinem Zürcher Bankkonto auf den Namen Eugen Wälterli.

„Eugen Wälterli heißt du *auch*?", kicherte Vera. „Ach, süß … Ist – ist viel Geld auf dem Konto?"

Diese Frage hätte ihn nüchtern machen müssen. Sie machte es nicht. Beschwipst regte er sich auf: „Sag mal, das ist ja *krankhaft* bei dir. Kannst du *nur* immer an Geld denken?"

Sie biss sich auf die Unterlippe, sie nickte gramvoll. „Schwere Neurose. Kindheitstrauma. Weißt du, dass ich sogar schon Schecks gefälscht habe? Die Unterschrift, die ich nicht nachmachen kann, gibt's nicht!"

„Gratuliere", sagte er, der arglose Narr.

„Außerdem – ich bin eine echte Kleptomanin! In meiner Kindheit war das ganz arg. Die Buntstifte meiner Freundinnen waren *meine* Buntstifte. Die Geldbörsen meiner Freundinnen waren *meine* Geldbörsen. Später hat sich das auch noch verlagert. Die Männer meiner Freundinnen – muss ich weitersprechen?"

„Mitnichten", versicherte ihr Thomas. Dann tranken sie noch etwas. Dann schliefen sie endlich ein.

Am anderen Morgen rumorte Thomas schon in der Küche, als Vera mit Kopfschmerzen erwachte. Er brachte ihr das Frühstück ans Bett. „So", sagte er, „in Ruhe Kaffee trinken. Dann baden. Dann ziehst du dich an, und wir fahren los."

„Los? Wohin?"

„Nach Baden-Baden natürlich." Sie wurde weiß. „Was soll ich da?"

„Du wirst mit deinem Freund Valentine reden. Du wirst dafür sorgen, dass er den Schmuck von Waldau herausrückt. Und wenn ihr beide euch danach noch das Geringste zuschulden kommen lasst, dann geht ihr beide hoch!"

„Hör mal, du Lumpenkerl, und heute Nacht hast du vergessen, was?"

Thomas hob die Augenbrauen: „Nacht ist Nacht, und Dienst ist Dienst."

Das Kaffeetablett kippte um. Geschirr zerbrach. Sie stürzte sich auf ihn mit Gebrüll, mit Zähnen und Krallen. „Du Hund – ich bringe dich um!"

An diesem Abend, er war traurig und kalt, fuhr ein schmutziger Jeep in die Stadt Baden-Baden ein. Thomas Lieven saß am Steuer. Vera Prinzessin von C. saß neben ihm.

Jetzt beging er *noch* einen Fehler! Er ging mit Vera in sein Büro in der Wilhelmstraße 1. Dann rief er den Lieutenant Valentine herbei. Valentine zuckte zusammen, als er Vera erblickte. Thomas redete beiden ins Gewissen.

„Ich verstehe kein Wort", sagte der Lieutenant kalt. „Ich werde mich über Sie beschweren, mon Capitaine, ich ..."

„Halt die Schnauze, Pierre", sagte die Prinzessin sachlich. „Er weiß alles."

„Was weiß er?", ächzte Valentine.

Vera sah Thomas an. „Kann ich fünf Minuten allein mit ihm sprechen?"

„Meinetwegen", sagte Thomas. Das war er, der Fehler!

Er verließ sein Büro und setzte sich in die Halle. Die Tür seines Büros ließ er nicht aus den Augen. Ich bin ja nicht dämlich, dachte er.

Eine Zigarettenlänge später wurde ihm glühend heiß, und er wusste plötzlich, dass er doch dämlich gewesen war. Sein Büro lag im ersten Stock. Und das Fenster war nicht vergittert! Er raste zurück. Das Zimmer war leer. Das Fenster stand offen ...

Zehn Minuten später ratterten im ganzen Lande Fernschreiber und Telegrafen los:

20 uhr 14 stopp 6 nov 45 stopp von: franz. kriegsverbrecher-suchdienst b-b stopp an alle militärpolizeiverbände stopp an alle cic und cid-einheiten stopp suchen sie und verhaften sie unverzüglich ...

Bereits um 4 Uhr 15 am 7. November verhaftete eine französische Militärpatrouille Pierre Valentine im Wartesaal des Bahnhofs von Nancy, als er gerade eine Karte nach Basel löste.

Die Fahndung nach der Prinzessin Vera von C. verlief ergebnislos. Sie blieb verschwunden.

Der verhaftete Lieutenant wurde nach Paris ins Militärgefängnis überführt. Von General Pierre König, dem Oberbefehlshaber der französischen Streitkräfte in Deutschland, persönlich wurde Thomas Lieven ersucht, alles erreichbare Material gegen Valentine zusammenzutragen. Diese schmutzige Arbeit nahm unseren Freund bis Anfang Dezember in Anspruch. Vier weitere Franzosen wurden verhaftet.

Um es vorwegzunehmen: Lieutenant Valentine und seine Freunde wurden in Paris vor Gericht gestellt. Am 15. März 1946 wurden sie degradiert und zu hohen Freiheitsstrafen verurteilt.

8

Am 3. Dezember wurde Thomas Lieven ins Hauptquartier General Königs gerufen.

Dieser sagte zu ihm: „Ich danke Ihnen aufrichtig dafür, dass Sie geholfen haben, diesen üblen Subjekten das Handwerk zu legen. Wir sind keine Armee von Räubern und Banditen. Wir wollen Ordnung und Gerechtigkeit in unserer Zone."

Wurde Thomas Lieven am 3. Dezember von General König empfangen, belobigt und bedankt, so erhielt er am 7. Dezember den folgenden Brief:

Das Kriegsministerium der französischen Republik

Paris, 5. Dez. 1945

Capitaine René Clairmont
Armee-Serien-Nummer S 324213
Kriegsverbrecher-Suchdienst
Baden-Baden

Vorgang: CS Hr. Zt. 324/1945

Anlässlich der Voruntersuchung zu dem Militärgerichtsverfahren gegen Lieutenant Pierre Valentine und Mitangeklagten haben wir vom ‚Deuxième Bureau' Ihre Personalakte angefordert.

Aus dieser Akte, zu der ein führender Beamter des ‚Deuxième Bureau' uns noch Erläuterungen gab, geht hervor, dass Sie während des Krieges Agent der Deutschen Abwehr Paris gewesen sind. Sie werden verstehen, dass ein Mann Ihrer Vergangenheit im Rahmen unseres Kriegsverbrecher-Suchdienstes absolut untragbar ist. Oberst Maurice Débras, der Sie seinerzeit in diese Organisation übernahm, gehört seit vier Monaten dem Dienst nicht mehr an.

Sie werden hiermit aufgefordert, bis zum 15. Dezember 1945, 12 Uhr mittags, Ihre Büroräume in Baden-Baden zu räumen und Ihrem Vorgesetzten sämtliche Schriftstücke, Akten, Stempel und Unterlagen sowie Ihre Militärpapiere und Ausweise zu übergeben. Sie sind ab sofort vom Dienst suspendiert. Weitere Weisungen erfolgen umgehend.

Darunter stand eine unleserliche Unterschrift. Und darunter, getippt: Brigadegeneral.

Thomas Lieven saß an seinem Schreibtisch, summte leise vor sich hin, las den Brief noch einmal, summte weiter und dachte: Na also, jetzt ist es wieder mal so weit. Mit lähmender Monotonie wiederholt sich alles in meinem Leben. Ich drehe ein krummes Ding – und jedermann liebt mich. Es regnet Auszeichnungen, Geld und Küsse. Ich bin der Liebling der respektiven Vaterländer. Ich begehe eine anständige Handlung – und wumm, sitze ich wieder im Dreck.

„Ein führender Beamter des ‚Deuxième Bureau'" hat den Herren im Kriegsministerium Erläuterungen zu meiner Personalakte gegeben? Ein führender Beamter! Oberst Jules Siméon lebt also immer noch. Und er hasst mich also immer noch …

Thomas stand auf. Abwesend begann er, sein Büro aufzuräumen. Als er die Schreibtischschublade aufsperrte, klemmte der Schlüssel ein wenig. Nicht sehr. Es fiel ihm nicht auf. Noch fiel es ihm nicht auf. Benommen sammelte er seine Papiere ein, suchte seinen persönlichen Besitz zusammen.

Er holte die falschen Pässe aus der Lade, deren Schlüssel ein wenig im Schloss geklemmt hatte. Er zählte sie nach. Alle noch da. Nein, nicht mehr alle. Er zählte noch einmal. Verflucht, einer fehlte!

Schweiß trat auf Thomas Lievens Stirn, als er entdeckte, welcher fehlte: der schöne Schweizer Pass auf den Namen Eugen Wälterli. Und noch etwas vermisste Thomas, etwas, das auch in der Schublade gelegen hatte: das Scheckbuch auf das Konto der „Schweizerischen Nationalbank" und die Bankvollmacht.

Ächzend sank Thomas Lieven in seinen Sessel zurück. Fetzen von Gesprächen und Erinnerungen wirbelten in seinem Gehirn: „Eugen Wälterli heißt du auch? Ist viel Geld auf dem Konto? Die Unterschrift, die ich nicht nachmachen kann, gibt's nicht …" Thomas riss den Telefonhörer hoch. Verlangte ein Blitzgespräch nach Zürich: „Schweizerische Nationalbank". Wartete endlos. Gespräch nur möglich über Militärleitung. Na und? Jetzt war schon alles egal! Endlich hatte er die Verbindung.

Er verlangte den Beamten, der sein Konto betreute. Ahnte bereits alles, als er die gemütliche Schweizer Stimme hörte: „Ja, Herr Wälterli, mir wüssed B'scheid. Ihre Frau Gemahlin hät alles g'reglet …"

Sie hat sich einen Schweizer Pass besorgt. Nach dem Vorbild *meines* Schweizer Passes. Das Luder, das elende.

„Wann … wann war meine Frau da?"

„Ja, so vor vierzäh Täg … Madame hät g'meint, Sie würdet nach Züri zrugg cho und b'schtimme, was mit dem Konto g'scheh söll …"

„Konto … geschehen … soll …"

„Es stönd na zwanzig Franke druf."

O Gott, o Gott, o Gott! „Sonst … sonst hat sie alles abgehoben?"

„G'wüss doch, frili! Madame hät ja Ihre Pass derbi g'ha – Ihres Scheckbuech – ei Bankvollmacht – au für de Tresor … Herr Wälterli! Herr Wälterli! Um Himmels wille, ischt was nicht in Ordnung? Schtimmt öppis nüd? Also, *unsere* Schuld ischt es nicht – Madame hat alle Vollmachten und Dokumente präsentiert – alle mit Ihrer Unterschrift …"

Thomas Lieven legte den Hörer in die Gabel. Lange Zeit saß er reglos. Bis auf zwanzig Franken war alles weg, was er besessen hatte.

Eine Stunde später übergab der Mann, der sich noch Capitaine Clairmont nannte, sein Büro und alle seine Unterlagen dem Dienststellenleiter. Vom Mittag des 7. Dezember an war dieser Capitaine Clairmont verschwunden. Spurlos verschwunden.

9

Am 22. Februar 1946 erschienen beim Portier des Pariser Luxushotels „Crillon" am Place de la Concorde zwei Herren und fragten nach einem gewissen Monsieur Hausér.

Dem strahlenden Lächeln des Portiers nach zu schließen, war dieser Monsieur Hausér ein Lieblingsgast des Hauses.

Der Portier rief ihn an: „Zwei Herren wollen Sie sprechen, Monsieur Hausér. Ein Monsieur Fabre und Monsieur le Baron Kutusow."

„Ich bitte die Herren, sich heraufzubemühen."

Ein Page geleitete die Herren in den zweiten Stock empor. Bastian Fabre stand das feuerrote Bürstenhaar ärger denn je vom Schädel ab. Sein Begleiter mit dem Namen eines berühmten russischen Generals war etwa 45 Jahre alt, breitschultrig und recht bürgerlich gekleidet.

Im Salon des Appartements 213 eilte Monsieur Hausér den beiden Besuchern in einem erstklassig geschnittenen Anzug entgegen.

Bastian wartete, bis der Page verschwunden war, dann fiel er seinem alten Freund um den Hals. „Junge, was bin ich froh, dich wiederzusehen!"

„Und ich erst, Bastian, und ich erst!", sagte Thomas Lieven. Er machte sich los und schüttelte dem Russen die Hand: „Es ist mir eine Freude, Sie kennenzulernen, Baron Kutusow. Ich werde mir allerdings erlauben, Sie von Stunde an nicht mehr Baron, sondern vielmehr Genosse Kommissar zu nennen. Kommissar Kutusow."

„Aber warum?", fragte der Russe, nervös blinzelnd.

„Ein Momentchen Geduld! Alles der Reihe nach! Ich habe euch so viel zu erzählen, meine Brüderchen! Ich habe das Essen aufs Zimmer bestellt. Man wird in zehn Minuten servieren. Unter anderem Borschtsch, Genosse Kommissar! Bitte, nehmt Platz ..."

Thomas Lieven bewegte sich mit einer Ruhe und Sicherheit, die atemberaubend war, wenn man bedachte, dass die französischen Militärbehörden ihn seit Wochen suchten und dass er sich also hier in Paris sozusagen in der Höhle des Löwen befand. Er tröstete sich jedoch selbst mit der Überlegung: Wo sucht ein Löwe sein Opfer weniger als in der eigenen Höhle?

Als er am 7. Dezember Baden-Baden fluchtartig verließ, hatte ein Spezialist, der einst Pässe für die Abwehr Paris fälschte, für ihn einen feinen französischen Pass auf den Namen Maurice Hausér hergestellt. Dann war ein Brief an Bastian Fabre nach Marseille abgegangen, in dem stand, dass er, Thomas, vollkommen pleite sei.

Postwendend war Bastians Antwort gekommen.

Siehste, Pierre, wie gut es war, dass wir Dir damals ein bisschen was von der Sore von Lesseps klauten? Kannste nun haben. Habe hier einen Kumpel aufgetan, Sohn von einem russischen Baron. Kutusow heißt er. Der Alte war Taxichauffeur in Paris. Ist abgenibbelt. Jetzt fährt der Junge einen Pontiac …

Darauf hatte Bastian von Thomas dieses Telegramm erhalten: ERWARTE DICH UND BARON MIT AUTO 22. FEBRUAR HÔTEL CRILLON.

Daselbst versicherte Thomas nun und erkundigte sich bei seinen Gästen: „Wo steht der Wagen?"

„Vor dem Hotel."

„Das ist gut. Mann soll ihn sehen. Nur musst du, lieber Bastian, in der nächsten Zeit den Chauffeur spielen. Und der Genosse Kommissar Kutusow muss im Fond sitzen. Hast du die Goldstücke mitgebracht?"

„Liegen im Koffer."

Drei Kellner erschienen und bereiteten das Essen vor. Dann saßen Thomas, Bastian und Kutusow bei Tisch und rührten frische Sahne in die gute Borschtsch-Suppe.

Der russische Taxi-Aristokrat staunte: „Wie zu Hause! Sahne auf dem Tisch!"

„Wenn ich Sie bitten dürfte, ein wenig *volkstümlicher* zu essen, Genosse Kommissar. Ellbogen aufgestützt zum Beispiel. Vielleicht reinigen Sie in der nächsten Zeit auch Ihre Fingernägel nicht so ganz makellos."

„Aber warum? Warum das alles?"

„Meine Herren, ich habe Ihnen ein großes Geschäft vorzuschlagen. Ein Geschäft, bei dem Sie, Baron, einen Kommissar, Bastian einen Chauffeur und ich einen Spirituosengroßhändler spielen müssen."

„Einen Spiri… was?", staunte Bastian.

„Schluck runter, bevor du sprichst. Einen Schnapsgroßhändler. Ich bin von der französischen Armee auf das Bitterste gekränkt und enttäuscht worden, meine Herren. Ich habe die Absicht, der französischen Armee ein gewaltiges Ding zu drehen."

„Mit Schnaps?"

„Ja, mit Schnaps."

„Aber es gibt doch jetzt keinen Schnaps, verehrter Monsieur! Alles rationiert!", rief Kutusow.

„Haben Sie eine Ahnung, wie viel Schnaps es auf einmal geben wird, wenn Bastian einen ordentlichen Chauffeur und Sie einen ordentlichen Kommissar spielen", sagte Thomas. „Los, jeder noch einen Teller. Nach dem Essen gehen wir einkaufen."

„Was?"

„Was dazugehört. Schwarze Ledermäntel. Pelzmützen. Schwere Schuhe." Thomas senkte die Stimme. „Hier im Hotel wohnt seit Kriegsende eine sowjetische Delegation. Fünf Mann. Ihre Aufgabe ist es, sich um alle Sowjetbürger in Frankreich zu kümmern. Wisst ihr, wie viel das sind?"

Menu • Paris, 22. Februar 1946

Auf „Russisch" machte Thomas Lieven sein erstes Millionen-Nachkriegsgeschäft.

Russischer Borschtsch • Filet de Bœuf Stroganoff
Zitronen-Soufflé

Russischer Borschtsch: Man nehme je ein Pfund schieres Rind- und Schweinefleisch und ein halbes Pfund durchwachsenen Räucherspeck, koche davon eine kräftige Brühe. Man nehme das fertig gekochte Fleisch heraus und schneide es in mundgerechte Stücke. – Man schmore in Schweineschmalz zwei Pfund in Streifen geschnittenen Weißkohl mit Pfeffer und Salz, Gewürzkörnern und einem Lorbeerblatt und in einem anderen Topf streifig geschnittene rote Rüben mit Suppengemüse, Pfeffer, Salz, Lorbeerblatt und Pfefferschote. Zu den roten Rüben gebe man einen Schuss Essig, damit sie ihre Farbe behalten. – Man gebe die weich geschmorten Gemüse ohne Lorbeerblätter mit den Fleischstücken in die Brühe, lasse zusammen durchkochen und reibe vor dem Anrichten eine rote Rübe daran. – Bei Tisch pro Gast einen großen Löffel dicker saurer Sahne in die Suppe.

Filet de Bœuf Stroganoff: Man nehme gut abgehangenes Rinderfilet, schneide es erst in Scheiben und diese dann in schmale Streifchen. – Man schmore viel klein gehackte Zwiebeln in Butter weich, aber keinesfalls braun, gebe das Fleisch hinein und lasse es auf jeder Seite eine Minute anbraten. – Man schmecke mit Pfeffer und Salz gut ab und rühre dicke saure Sahne unter das Gericht, das man noch einmal aufkochen lässt.

Zitronen-Soufflé: Man nehme drei Eigelb und rühre sie mit drei Esslöffeln Zucker schaumig. – Man gebe den Saft und die abgeriebene Schale einer halben Zitrone, einen halben Kaffeelöffel Kartoffelmehl oder Maizena und zuletzt den sehr steifen Schnee der drei Eiweiß hinzu. – Man fülle die Masse in eine gebutterte Auflaufform und lasse sie bei mäßiger Hitze im Bratofen backen, bis sie hochgegangen und die Oberfläche ganz leicht gebräunt ist. – Man gebe das Soufflé sofort in der Form zu Tisch, reiche Biskuits dazu.

„Keine Ahnung."

„Über fünftausend. Und mit ihnen allen ist dasselbe los ..." Indessen seine beiden Gäste, Borschtsch, die beste Suppe der Welt, löffelnd, ihm andächtig lauschten, erzählte ihnen Thomas, was mit allen Sowjetbürgern in Frankreich los war ...

10

Zwei Tage später hielt ein schwarzer Pontiac vor dem „Ministère du Ravitaillement", in welchem sich die französische Alkoholverwaltung befand. Ein Chauffeur in schwarzem Ledermantel, eine Pelzmütze auf dem roten Igelhaar, riss den Schlag auf. Ein Herr in Ledermantel und Pelzmütze stieg aus, betrat das große, graue Gebäude, fuhr mit dem Lift in den dritten Stock empor und ging daselbst in das Büro eines Mannes mit Namen Hippolyte Lassandre, der ihm mit ausgebreiteten Armen entgegenkam.

„Mein lieber, sehr verehrter Monsieur Kutusow, ich war es, mit dem Sie gestern telefonierten. Legen Sie ab. Nehmen Sie Platz."

Monsieur Kutusow, der unter dem schwarzen Ledermantel einen ziemlich zerdrückten, blauen Konfektionsanzug und an den Füßen schweres Schuhwerk trug, zeigte sich sehr aufgebracht. „In der Haltung Ihres Ministeriums sehe ich einen feindseligen Akt, den ich nach Moskau melden werde ..."

„Ich bitte Sie, flehe Sie an, lieber Monsieur Kutusow – lieber Kommissar Kutusow, tun Sie das nicht. Ich bekomme den schlimmsten Ärger mit dem Zentral-Komitee!"

„Was für einem Komitee?"

„Der Kommunistischen Partei Frankreichs, Genosse Kommissar. Ich bin Parteimitglied! Ich versichere Ihnen, es war wirklich nichts als ein Versehen."

„Dass man fünftausend Sowjetbürger seit Monaten bei der Alkoholzuteilung übergangen hat?" Der falsche Kommissar lachte höhnisch. „Ein Versehen, was? Komisch – die britischen und amerikanischen Staatsbürger in Ihrem Land erhielten Alkohol. Aber die braven Bürger *meines* Landes, das vor allen andern Ländern die Faschisten geschlagen hat ..."

„Sprechen Sie nicht weiter, Genosse Kommissar, ich bitte Sie! Sie haben ja recht. Es ist unverzeihlich! Aber es soll gutgemacht werden, schnellstens!"

Kommissar Kutusow erklärte: „Ich fordere im Namen der Sowjetunion selbstverständlich auch die Nachlieferung der Zuteilung für alle vergangenen Monate."

„Selbstverständlich, Genosse Kommissar, selbstverständlich ..." Dass die in Frankreich lebenden Sowjetbürger keine Alkoholzuteilung erhielten, hatten Thomas Lieven von Zizi erfahren. Zizi war eine schlanke Rotblonde, die in Paris in einem florierenden Haus arbeitete. Thomas kannte sie noch aus dem Krieg. Zizi liebte Thomas. Im Krieg hatte er ihren Freund vor der Verschleppung nach Deutschland gerettet. Es ging ihr prima, erzählte ihm Zizi. Vor allem, seit diese Russen in der Stadt seien. Die wären sozusagen Stammgäste in ihrem Etablissement.

„Was für Russen?“, wollte Thomas wissen.

„Na, diese Kommission, die im ‚Crillon‘ wohnt. Fünf Kerle. Kräftig wie Bären, sage ich dir. *Das* sind Männer!“

Zizi berichtete, dass die fünf Sowjetbürger ganz entzückt von den Dekadenzerscheinungen des kapitalistischen Westens waren. Allerdings vernachlässigten sie darob ihren Dienst auf das Ärgste. Sie sollten sich um rund 5000 Landsleute in Frankreich kümmern, sie zur Heimkehr animieren. Das taten sie aber nur selten. Am liebsten waren sie bei Zizi. Und anderswo …

„Stell dir das vor, nicht mal um die Schnapszuteilung kümmern sie sich“, sagte Zizi zu Thomas.

„Um was für eine Schnapszuteilung?“, fragte er und erfuhr, um was für eine.

Zizi hatte weitererzählt. Aber Thomas hatte nicht mehr zugehört. Ein Plan war in seinem Gehirn entstanden, ein kleiner, guter Plan. Nun, nachdem Bastian und Kutusow in Paris eingetroffen waren, setzte er ihn in die Tat um …

Mit gefälschten Ausweisen hinlänglich als Sowjetbeamter legitimiert, nahm Kommissar Kutusow die nachgelieferte Alkoholzuteilung entgegen. Nicht weniger als 3000 Hektoliter rollten auf Lastautos zu einer unheimlichen, zum Teil eingestürzten Brauerei in der Nähe des Flughafens Orly.

Die hatte Thomas entdeckt, während er auf Bastian wartete. Sie gehörte einem Kollaborateur, der geflohen war. Im Februar 1946 – das muss man bei dieser Geschichte immer wieder bekennen – ging es in den meisten europäischen Ländern noch sehr drunter und drüber. Auch in Frankreich!

Nun nahmen acht Herren in jener Fabrik die Arbeit auf. Die Produktion lief Tag und Nacht. Die Herren stellten unter Leitung von Monsieur Hausér den bekannten und mit Recht beliebten Anis-Schnaps „Pastis“ her, und zwar nach folgendem Familienrezept, das Thomas einer schwarzen Dame in Zizis Haus verdankte:

Man nehme auf einen Liter chemisch reinen neunzigprozentigen Alkohol
8 Gramm Fenchelsamen
12 Gramm Melissenblätter
5 Gramm Sternchenanis
2 Gramm Koriander
5 Gramm Salbei
8 Gramm grünen Anissamen.
Man lasse all dies acht Tage lang im Dunkeln ziehen. Kurz vor dem Filtrieren füge man noch zehn Tropfen Anisessenz hinzu. Zuletzt verdünne man auf einen vierundvierzigprozentigen Alkoholgehalt …

Den Alkohol bezahlte Kutusow mit dem Erlös der Goldstücke, die Bastian mitgebracht hatte. Die gefüllten Flaschen beklebten Bastians Freunde mit Etiketten, die Thomas in einer kleinen Druckerei herstellen ließ.

Indessen die Großproduktion anlief, suchte Monsieur Hausér einen französischen

Militärbeamten, einen Stabsintendanten, in dem Pariser Stadtteil Latour-Maubourg auf. Dieser Stadtteil war zur Gänze von Militär besetzt, eine kleine Stadt in der Stadt.

Monsieur Hausér schlug dem Stabsintendanten Villard ein Schnapsgeschäft unter der Hand vor. „Ich habe Rohstoffe, ich kann ‚Pastis' produzieren. Ich weiß, dass es in Ihrem Offizierskasino kaum noch Schnaps gibt. Meine Ware ist preiswert."

„Preiswert?"

Nun, für jene wilde, alkoholarme Zeit gewiss! Heute würde man Thomas Lievens alias Monsieur Hausérs Forderung ein wenig übertrieben empfinden. Er verlangte, umgerechnet zum Kaufwert unserer heutigen Währung, für eine Flasche „Pastis" immerhin 60 Mark!

Der Stabsintendant griff zu, als wäre es das Geschäft seines Lebens. Und das war es auf der anderen Seite ja auch wiederum, wenn man bedenkt, dass damals eine Flasche „Pastis" auf dem schwarzen Markt umgerechnet an die 100 Mark kostete.

Das Geschäft blühte!

Vor allem wickelte es sich in Windeseile ab! Nicht nur sein Offizierskasino versorgte der Stabsintendant mit „Hausér-Pastis", nein, er brachte die frohe Kunde auch seinen Freunden, und so fuhren schon bald Armeelastwagen mit „Hausér-Pastis" zu allen Offizierskasinos des Landes.

In der Tat kann man sagen: Thomas Lieven versorgte die französische Armee. Und die französische Armee bezahlte prompt. Und alles ging gut bis zum 7. Mai 1946. Da gab es eine kleine Panne …

Am 7. Mai 1946, gegen 19 Uhr, erschien der stämmige Chef der sowjetischen Delegation, Herr Andrejew S. Schenkow, im Appartement des falschen Kommissars Kutusow im „Hôtel Crillon" und forderte ihn, sehr rot im Gesicht, auf, eine Erklärung abzugeben. Herr Schenkow hatte nämlich wenige Tage zuvor beschlossen, seine Pflichten denn doch ein wenig ernster zu nehmen. So wollte er auch seine 5000 Landsleute mit Alkohol versorgen. Aber vom Rationierungs-Ministerium musste er erfahren, dass der Alkohol längst von einem Kommissar Kutusow, wohnhaft „Hôtel Crillon", abgeholt worden sei.

„Ich verlange eine Erklärung!", schrie Schenkow nun in Russisch akzentuiertem Französisch. „Wer sind Sie, Herr? Ich kenne Sie nicht! Habe Sie nie gesehen! Ich lasse Sie verhaften. Ich …"

„Maul halten!", brüllte Kutusow ihn an, aber in lupenrein russischen Urlauten. Und dann sprach er eine halbe Stunde lang mit dem Genossen Schenkow auf Russisch in genau jener Art und über genau jene Dinge, die Thomas Lieven ihm eingeschärft hatte. Denn Thomas hatte eine solche kleine Panne natürlich von Anfang an einkalkuliert.

Eine halbe Stunde später kehrte Genosse Andrejew S. Schenkow bleich, verstört und mit schweißfeuchter Stirn in sein Zimmer zurück. Hier warteten auf ihn seine Freunde Tuschkin, Bolkonski, Balaschew und Alpalytsch.

„Genossen", stöhnte Schenkow und fiel in einen Sessel, „wir sind verloren."

„Verloren?"

„Praktisch schon in Sibirien. Es ist grauenhaft. Es ist entsetzlich. Wisst ihr, wer Kutusow ist? Er ist der Kommissar, den sie uns nachgeschickt haben, um uns zu überwachen. Er hat alle Vollmachten. Und er weiß alles über uns."

„Alles?", schrie Bolkonski entsetzt auf.

Schenkow sprach dumpf: „Alles. Wie wir hier arbeiten. Was wir hier getrieben haben." Entsetzen malte sich auf den Zügen seiner vier Freunde. „Es gibt nur noch eines, Genossen, wir müssen versuchen, ihn zum Freund zu gewinnen. Und arbeiten wie Tiere, Tag und Nacht. Keine Zizi mehr! Keine Nylons und amerikanischen Konserven und Zigaretten mehr! Dann wird Kutusow *vielleicht* noch einmal Gnade vor Recht ergehen lassen ..." Solcherart war, dank Lievens vorausblickendem Ingenium, der kleine Zwischenfall beigelegt, und das große „Pastis-Geschäft" konnte in aller Ruhe abgewickelt werden.

Am 29. Mai brachte ein sehr glücklicher, weil relativ wohlhabender Exgenosse Kommissar und Taxi-Aristokrat Kutusow seine beiden Freunde in seinem alten Pontiac nach Straßburg. Hier kannte Thomas aus den seligen Zeiten seines „Kriegsverbrecher-Suchdienstes" ein paar freundliche französische Grenzer und ein paar freundliche deutsche. Mit ihrer Hilfe sollte es unschwer gelingen, die beiden Koffer der Herren Lieven und Fabre unkontrolliert aus einem Land in das andere zu bugsieren. Die Schrankkoffer enthielten den Lohn der „Pastis"-Mühe.

Im Fond des Pontiacs schwärmte Thomas: „Jetzt geht's nach England, Bastian! Ins Land der Freiheit! Ach, mein Club – meine schöne Wohnung – meine kleine Bank – du wirst England lieben, mein Alter ..."

„Hör mal, aber die Engländer haben dich doch 1939 ausgewiesen!"

„Ja", sagte Thomas, „darum müssen wir eben auch noch auf einen Sprung nach München. Da sitzt ein Jugendfreund von mir, der wird mir helfen, wieder nach England reinzukommen."

„Was is'n das für'n Jugendfreund?"

„Ein Berliner. Jetzt amerikanischer Major. Redakteur einer Zeitung. Kurt Westenhoff heißt er", sagte Thomas, selig lächelnd. „Ach, Bastian, ich bin ja so froh – alle Unordnung hat jetzt ein Ende. Ein neues Leben beginnt – eine neue Zeit."

11

Unter vielen Besuchern wartete auch Thomas Lieven im Vorzimmer des amerikanischen Majors Kurt Westenhoff. In München. In der Schellingstraße. Im Riesengebäude des ehemaligen Eher-Verlages.

Im sogenannten Tausendjährigen Reich war hier der *Völkische Beobachter* von den Nazis gedruckt worden. Jetzt wurde hier eine andere Zeitung von den Amerikanern gedruckt.

Es war sehr heiß in München an diesem 30. Mai 1946. Manchen der mageren, blassen Herren in Westenhoffs Vorzimmer stand der Schweiß auf der Stirn. Nachdenklich sah Thomas Lieven sich um. Er dachte: Da sitzt ihr. In alten Anzügen, die euch zu groß geworden sind. Mit zu weiten Hemdkrägen. Hager, unterernährt und blass. Wenn ich euch so betrachte, ihr Bittsteller und Hochgeschwemmten der ersten Nachkriegszeit, die ihr hierherkommt um Hilfe, um einen Posten, um Persilscheine ... Ihr seht nicht so aus, als ob ihr eure Köpfe hingehalten hättet draußen an der Front oder im echten Widerstand gegen die Nazis. Ihr wart wohl still während der tausend Jahre. Ohren zu, Augen zu, Mund zu. Aber jetzt wollt ihr endlich an die Macht! Bald werdet ihr euch vor den Futterkrippen der Nation drängen und euren Teil herausholen aus dem großen Wurstkessel. Bald werdet ihr oben sein, in der Regierung, in der Wirtschaft, im ganzen Land. Denn die Amerikaner werden euch helfen ...

Aber, dachte Thomas Lieven, seid ihr die Richtigen für den richtigen Weg? Werdet ihr die *einzigartige* Gelegenheit nutzen, Deutschland und die Deutschen nun ein wenig aus der Weltgeschichte zu empfehlen – für eine Weile wenigstens?

Zwei Weltkriege haben wir begonnen und verloren im Lauf von zweiunddreißig Jahren. Eine forsche Leistung! Wie, wenn wir uns nun zurückzögen, neutral würden – uns poussieren ließen von den Amis und den Russen – Handel trieben mit West *und* Ost? – Wir haben so viel geschossen! – Wenn wir nun – bitte nicht gleich böse werden, ist ja nur ein Vorschlag! – überhaupt nie mehr schießen wollten? Du lieber Gott im Himmel, wäre das schön!

Eine bildhübsche Sekretärin erschien. „Herr Lieven, Major Westenhoff erwartet Sie", sagte die junge Dame, die später einmal Mrs Westenhoff heißen sollte. An ihr vorbei ging Thomas in das Büro des Redakteurs, der ihm mit ausgestreckter Hand entgegenkam.

„Tag, Thomas", sagte Kurt Westenhoff. Er war klein und rundlich. Er besaß spärliches blondes Haar, eine schöne Stirne und kluge blaue Augen, die immer freundlich und immer melancholisch wirkten.

Der Vater dieses Mannes, Dr. Hans Westenhoff, hatte als Chefredakteur des Ullstein-Verlages in Berlin gearbeitet, für die *BZ am Mittag* und für das *Tempo*. Dann hatte die Familie emigrieren müssen. Nun war der Krieg zu Ende. Nun war Kurt Westenhoff zurückgekommen in dieses Land, das ihn fortgejagt hatte.

„Tag, Kurt", sagte Thomas. 1933 hatte er diesen Mann zum letzten Mal gesehen, in Berlin. Dreizehn Jahre waren vergangen. Trotzdem hatte Westenhoff sich sofort an ihn erinnert.

Thomas sagte heiser: „Ich ... ich danke dir."

„Quatsch, Mensch! Ich kenne dich seit unserer Schulzeit. Ich habe deinen Vater gekannt. Ich brauche keine Fragen zu stellen bei dir. Nur eine: Wie kann ich dir helfen?"

Thomas sagte: „Du weißt, ich war vor dem Krieg Bankier in London. ‚Marlock and Lieven'. Dominion Agency, in der Lombard Street."

„Dominion Agency, richtig! Ich erinnere mich."

„Ich habe wüste Jahre hinter mir. Euer CIC wird ein Riesendossier über mich haben. Aber ich sage die reine Wahrheit: In den ganzen Schlamassel bin ich nur durch meinen Kompagnon Marlock geraten. Er hat dafür gesorgt, dass ich aus England ausgewiesen wurde. Er hat sich die Bank unter den Nagel gerissen. Seit 1939 habe ich nur einen Wunsch, nur einen Gedanken: dieses Schwein zu stellen!"

„Ich verstehe", sagte Westenhoff. „Du willst rüber nach England."

„Um mit Marlock abzurechnen, ja. Kannst du mir dabei helfen?"

„Sure, boy, sure!", sagte der amerikanische Berliner. Und er irrte sich!

Zwei Wochen später, am 14. Juni, forderte Westenhoff Thomas auf, ihn am Abend in seiner Villa zu besuchen.

„Tut mir leid, Thomas", sagte sein Freund zu ihm, als sie beide auf der Terrasse hinter dem Haus saßen und in den dämmrigen Garten hinausblickten. „Wirklich wahnsinnig leid. Trink lieber noch einen großen Whisky pur, bevor ich es dir erzähle."

Diesen Rat befolgte Thomas.

„Dein Robert E. Marlock ist verschwunden. Ich habe meine Freunde beim CIC alarmiert. Die haben sich mit den Engländern in Verbindung gesetzt. Sieht traurig aus, Thomas, sehr traurig. Deine kleine Bank gibt es auch nicht mehr. Noch einen Drink?"

„Am besten stellst du gleich die Flasche vor mich hin. Ich komme mir langsam vor wie Hiob." Thomas lächelte verzerrt. „Hiob mit Johnnie Walker. Seit wann gibt's meine kleine Bank nicht mehr?"

„Seit 1942." Westenhoff zog ein Blatt Papier aus der Tasche. „Genau: seit dem 14. August 1942. Da stellte Marlock die Zahlungen ein. Wechsel platzten. Kunden wollten ihre Konten abheben. Marlock verschwand an diesem Tag vom Erdboden, bis heute. So weit meine Freunde vom CIC. Die möchten dich übrigens gerne kennenlernen."

„Aber ich sie nicht."

Thomas seufzte. Er sah in den blühenden Garten hinaus, dessen Bäume und Sträucher im Dämmerlicht des herabsinkenden Abends mehr und mehr ihre Konturen verloren und zu rauchigen Schatten verschwammen. Er drehte sein Glas hin und her. Endlich sagte er: „Also werde ich hierbleiben. Ich habe genug Geld in Frankreich verdient. Ich werde arbeiten. Aber nie mehr, hörst du, Kurt, nie mehr für einen Geheimdienst. Nie mehr in meinem Leben!"

Und damit sollte er sich irren – ebenso wie Kurt Westenhoff sich irrte, wenn er annahm, dass Thomas Lieven seinem verbrecherischen Kompagnon Robert E. Marlock nie mehr begegnen würde …

12

An einem schönen Tag im Juli 1946 schritt ein Herr in Sporthemd und Sporthosen über den englischen Rasen einer komfortablen Villa in Grünwald, am Stadtrand von München. Der Herr sah blass und resigniert aus. An seiner Seite schritt, in derselben leichten Kleidung, ein muskulöser, zufrieden scheinender Riese, dem das rote Bürstenhaar wild vom Kopf abstand.

„Hübsches Häuschen haben wir uns gekauft, Bastian, mein Alter, was?", meinte Thomas Lieven.

„Und alles mit dem Geld der französischen Armee bezahlt", grunzte der ehemalige Ganove aus Marseille, der sich seit einigen Wochen als Lievens Kammerdiener versuchte.

Sie gingen auf die Villa zu. Thomas sagte: „Heute Nacht habe ich mal ausgerechnet, wie viel wir bei unserm Umsatz dem französischen Finanzamt schulden."

„Wie viel denn?"

„Etwa dreißig Millionen Franc", sagte Thomas schlicht.

Bastian erheiterte sich unmäßig. *„Vive la grande armée!"*

In der Villa läutete das Telefon. Westenhoff war am Apparat: „Möchtest du heute Abend zu Eva Braun kommen?"

„Was?"

„In ihre Villa, meine ich. Ecke Maria-Theresia-/Prinzregentenstraße."

„Da sitzt doch jetzt der CIC drin."

„Richtig, Junge, richtig."

„Ich habe dir gesagt, ich arbeite nie wieder als Geheimagent. Auch nicht für euch!"

„Du sollst für uns nicht als Geheimagent arbeiten, sondern als Koch."

„Deine Freunde werden doch einen eigenen Koch haben!"

„Haben sie auch. Einen ganz erstklassigen sogar. War einst ein ganz großer Restaurateur. Und ein Blutordensträger dazu …"

„Gratuliere. Einen feinen Geschmack haben deine Freunde."

„Der Koch hatte einen noch besseren. Als er verhaftet wurde, verriet er ohne Zögern alle seine Bonzenfreunde. Dafür steckte der CIC ihn nicht sofort ins Lager. Er lebt unter Hausarrest und kocht. Aber heute kann er nicht kochen, heute hat er Durchfall. Komm doch und hilf diesen Abend aus, Thomas. Mir zuliebe. Sie haben einen Rehbock. Ein Special Agent hat ihn erlegt. Mit der Armbrust."

„Kurt, du sollst am Tag nicht so viel trinken!"

„Es ist die reine Wahrheit, er hat ihn mit dem Flitzbogen erlegt. Ich kenne den Mann. Er geht *nur* mit dem Flitzbogen auf die Jagd. Er sagt, die Tiere müssen viel weniger leiden. Es wäre humaner so."

Vollgefressen, wie wir heute sind, erinnern wir uns kaum noch, wie es damals war:

Nur 800 Kalorien täglich konnten im Juni 1946 im Ruhrgebiet an „Normalverbraucher“ ausgegeben werden. In Bayern waren es 950 Kalorien. Schwerarbeiter erhielten 1700, Schwerstarbeiter 2100, Bergarbeiter 2400 Kalorien.

Nur 7 (!) Gramm Fett enthielt noch im September 1947 die „Grundration“. Vorkriegsverbrauch: 110 Gramm.

Nur 14 Gramm Fleisch enthielt die „Grundration“ im September 1947. Vorkriegsverbrauch: 123 Gramm.

Die Deutsche Ärzteschaft gab im Sommer 1947 in einer „Resolution zur Ernährungslage“ die Mindestfettmenge pro Kopf und Tag mit 40 bis 60 Gramm an.

Ein Trost: Der Blutordensträger, der sich durch diese schlimme Zeit als Koch beim amerikanischen CIC hinlänglich gegen die Gefahr des Verhungerns absicherte, überstand auch die erwähnte Diarrhöe gut. Er überstand überhaupt alles gut. Heute ist er Besitzer eines bekannten Restaurants in einer großen Stadt im Süden Deutschlands …

13

Eine hübsche Villa hatte Hitler seiner Geliebten geschenkt, fand Bastian Fabre, als er mit Thomas Lieven in der Küche des Gebäudes gelandet war: „Das hätt ich dem Vegetarier gar nicht zugetraut, was meinst du, Kumpel?“

„Und was hatte sie davon? Jetzt ist sie tot“, sagte Thomas. „Ich denke, wir machen *vor* dem Reh einen Parmesanpudding und *nach* dem Reh etwas Süßes; das lieben die Amis.“

Teurer und geistreicher Leser, schöne und elegante Leserin!

Schwer, bitter schwer fällt es uns, zu berichten, was wir nun zu berichten haben: Niemals noch – und Sie selbst sind die besten Zeugen dafür – hat unser Freund sich in der Vergangenheit betrunken.

An diesem 16. Juli 1946 jedoch betrank er sich in der Villa der (un)seligen Hitlergeliebten wie noch nie zuvor in seinem Leben. Und nur mit dem entsprechend ungeheuerlichen Promille-Gehalt lässt sich erklären, was Thomas Lieven in seinem katastrophalen Zustand widerfuhr.

Vielleicht hätte Bastian auf seinen Herrn besser aufpassen müssen. Er interessierte sich an jenem Abend jedoch allzu sehr für das rothaarige Serviermädchen. Mit dieser etwas strapazierten Schönheit, die vierzehn Monate zuvor noch als Nachrichtenhelferin Freude in die einsamen Nächte deutscher Soldaten gebracht hatte, trieb er sich in der Küche und anderswo herum. Und so nahm das Verhängnis seinen Lauf …

Kurt Westenhoff kam mit seiner schönen Sekretärin. Drei CIC-Agenten hatten deutsche Freundinnen eingeladen. Und dazu saßen noch zwei sehr, sehr attraktive Damen vom sogenannten „Art Collecting Point“ am Tisch, die eine in einer französischen Uniform, die andere in einem ein wenig abgetragenen weißen Kleid, auf das bizarre Blumen gemalt waren.

Die Dame in der französischen Uniform wurde Mademoiselle Daniella genannt. Thomas kannte sie schon – der Stimme nach. Daniella pflegte in der „Pariser Stunde" von „Radio München" die neuesten französischen Chansons vorzutragen – mit vibrierender Schlafzimmerstimme. Die charmante Person war unbestrittener Mittelpunkt der Party.

Ihre deutsche Begleiterin stand völlig in ihrem Schatten. Christine Troll hieß das Mädchen mit dem langen, schwarzen Haar, den lang bewimperten schwarzen Augen und dem großen Mund. Sie war Sekretärin im „Art Collecting Point".

Von dieser Institution berichtete die Französin die amüsantesten Episoden. Die Damen und Herren der amerikanischen „Kunstwerke-Sammelstelle" amtierten auf dem Königsplatz, im kleineren der beiden sogenannten „Führerbauten". Ihre Aufgabe war es, all jene Kunstwerke aufzustöbern und sicherzustellen, die unter dem Naziregime in den besetzten Gebieten, aber auch in Deutschland den Besitzer gewechselt hatten durch Beschlagnahme, Verlagerung oder Raub.

„Sichergestellt", so berichtete Mademoiselle Daniella, hatten die Nazis in Paris die berühmtesten Sammlungen von Rothschild, Goldschmidt und Schloss. Aber wo waren all diese Schätze hingekommen?

Allein an Gemälden hatten die Nazis 14 000 Werke „verlagert" – aber wohin? Im Kloster Dietramszell, im Kloster Ettal, in den Salinen von Alt-Aussee förderten die Kunst-Detektive Meisterwerke zutage … wenig, wenig, verglichen mit dem, was verschwunden war.

Nach dem Einmarsch hatten amerikanische Truppen den Führerbau 1 den Deutschen übergeben. „Nehmt das Zeug, es hat ja doch nur Hitler gehört" – so hatten ein paar flinke Münchner die Sieger verstanden. Sie „übernahmen" in der Tat, was sie fanden …

Manche dieser Gemälde, so erzählte Mademoiselle Daniella, wurden später wiedergefunden, als der „Collecting Point" in der Umgebung des Königsplatzes – mit Unterstützung der Military Police – eine Razzia in über tausend Privatwohnungen vornahm. Dabei fand man herrlichste, unschätzbare Meisterwerke wieder, als Matratzen-Unterlagen oder Fensterverschalungen.

Natürlich hatten auch die Amerikaner geplündert. Mademoiselle Daniella berichtete vom Erlebnis eines Kunsthändlers in der Maximilianstraße. Bei dem war am Tage nach der Eroberung Münchens ein Sherman-Panzer vorgefahren. Die Panzerleute holten den Kunsthändler auf die Straße und zeigten ihm ein Bild, das sie vorne an den Tank gebunden hatten. Dem Experten erstarrte das Blut in den Adern. Was da auf den schmutzigen, öligen Panzerplatten hing, war nichts anderes als ein berühmtes, in allen Kunstbänden vorzufindendes Rembrandt-Gemälde, das Porträt des Rabbiners von Amsterdam, und zwar das *Original*.

Der Kunsthändler und die Soldaten wurden nicht einig. So fuhren die Sieger mit ihrem Schatz kettenrasselnd davon. Wohin? Das wusste niemand. Der Rembrandt ist nie wieder aufgetaucht …

Solcherlei Erzählungen ließen Gastgeber und Gäste fröhlich werden. Man trank

Gin und Juice. Thomas ging in die Küche, um nach Bastian, dem Serviermädchen und dem Rehrücken zu sehen. Er fand alle drei wohlauf. Die Exnachrichtenhelferin saß auf Bastians Knien. Äußerlich war sie sehr rot. Innerlich war sie wohl immer noch braun. Thomas stach in den Rehrücken und fand, dass es sich bei diesem umgekehrt verhielt. Er gab dem balzenden Bastian die entsprechenden Anweisungen und kehrte in den Salon zurück.

Hier erzählte Mademoiselle Daniella noch immer. Thomas setzte sich neben die bescheidene, schöne Christine Troll und hörte zu. Er fühlte, wie er einen Schwips bekam. Auch die Augen der hübschen, dunklen Christine glänzten verdächtig. Er sagte zu ihr: „Es gibt gleich Essen!"

„Gott sei Dank, ich bin schon tipsy", bekannte sie mit tiefer, heiserer Stimme. (Wo ich tiefe, heisere Stimmen so liebe, dachte Thomas. Wie alt ist die Kleine wohl? Höchstens fünfundzwanzig. Hm. Süßes Mädchen ...)

Auch beim Essen unterhielt Mademoiselle Daniella ihre Tischgenossen weiter mit ihren Stories.

Thomas war verstimmt. Gerade mit dem Parmesanpudding habe ich mir so viel Mühe gegeben, dachte er. Und kein Mensch achtet darauf, kein Mensch lobt ihn.

Das hatte er gerade gedacht, da sagte Christine, die neben ihm saß, leise: „Hinreißend, dieser Pudding. So etwas Gutes habe ich noch nie gegessen!"

Thomas blühte auf. Ach, was für ein Mädchen!

Als der Rehrücken kam, berichtete Mademoiselle Daniella gerade von dem berühmt-historischen Buch „Schedels Weltchronik", gedruckt im Jahr 1493. „... einer unserer Leute fuhr vor zwei Wochen durch Troibach bei Kraiburg am Inn. Bei einem Bauern ging er auf die – wie sagt man? – auf das ‚Häusl' ..." Gelächter. „Wie er sich – pardon, ich bin entsetzlich, ich weiß –, wie er sich bedienen will, kommen ihm die Schrift und das Papier so komisch vor ..." Neues Gelächter. „Meine Damen, meine Herren, was soll ich Ihnen sagen – es waren die zerschnittenen Seiten der berühmten Weltchronik aus dem Mittelalter, dem ersten gedruckten weltlichen Buch überhaupt, auf einem rostigen Nagel in einem Häusl in Troibach bei Kraiburg am Inn ..." Schallendes Gelächter.

Traurig dachte Thomas: Und keiner sagt etwas zu meinem Rehrücken. Da sagte Christine leise: „Fantastisch, auch der Rehrücken. Sie sind ein Genie. Ist das ein besonderes Rezept?"

„Mein eigenes. Ich habe es Rehrücken Baden-Baden getauft. In Erinnerung an ... hm ... dort verlebte schöne Stunden."

„Das müssen Sie mir alles ganz genau erzählen, bitte."

Thomas rückte näher heran. „Aber mit Vergnügen!"

Der Abend war gerettet!

Nach dem Essen sang Mademoiselle Daniella Chansons. Man trank weiter. Einzelne Pärchen verschwanden. Neue Besucher kamen. Ein Grammofon spielte ohne Unterlass. Thomas trank reihum mit sämtlichen Herren. Ich habe jetzt etwas im Magen, beruhigte er sich, es kann nichts passieren.

Menu • München, 16. Juli 1946

Beim Kochen für die Amis entflammt Thomas Lievens Herz …

Parmesanpudding • Rehrücken Baden-Baden
Russische Creme

Parmesanpudding: Man nehme 120 Gramm Butter, rühre sie schaumig, menge sechs Eigelb, 80 Gramm geriebenen Parmesankäse, einen Viertelliter saure Sahne, etwas Salz, 140 Gramm Mehl und zuletzt den steifen Eiweißschnee der sechs Eier darunter. – Man fülle die Masse in eine gebutterte und bemehlte Puddingform, lasse sie fünfundvierzig Minuten im Wasserbad kochen. – Man stürze den Pudding auf eine große runde Platte, umgebe ihn mit 150 Gramm fein gehacktem Schinken und mit buttergeschwenkten grünen Böhnchen, die man mit gehackter Petersilie bestreut.

Rehrücken Baden-Baden: Man nehme einen abgehäuteten und gespickten Rehrücken, pfeffere und salze ihn, übergieße ihn mit kochend heißer Butter und schiebe ihn in den vorgeheizten Backofen. – Man brate ihn unter fleißigem Begießen fünfundvierzig bis sechzig Minuten, das Fleisch muss aber noch saftig und am Knochen leicht rosa sein. – Man nehme etwas Bratensaft, mache darin Ananasstücke, eingemachte Kirschen und frische Weinbeeren heiß, umlege damit den Rehrücken. – Man koche den restlichen Saft und den Bratenfond mit saurer Sahne zu einer Soße auf, die man gesondert serviert.

Russische Creme: Man nehme pro Person ein Eigelb, einen Esslöffel Zucker, rühre sie schaumig, füge Arrak oder Rum – auf drei Eier einen Esslöffel voll – hinzu und gebe sehr steif geschlagene Schlagsahne darunter. – Man verziere die Creme mit kleinen Makronen, die mit Arrak oder Rum getränkt wurden.

Dann lernte er den CIC-Agenten „Mister Smith“ kennen, jenen tierliebenden Herrn, der tatsächlich mit der Armbrust auf die Jagd ging. Dabei stellte sich heraus, dass Thomas nicht nur eingeladen worden war, weil er so gut kochte.

„Hören Sie mal zu, Mr Lieven. Ich weiß, Sie waren kein Nazi … aber Sie haben so viele Nazis gekannt … Sie könnten uns helfen …“

„Nein, danke.“

„Lieven, das ist Ihr Land! Ich werde nicht ewig hier sein. Sie vielleicht schon. Wenn wir jetzt nicht Acht geben, sperren wir die Falschen ein und lassen die Falschen frei … und alles kommt wieder, alles kommt wieder!“

„Trotzdem“, sagte Thomas. „Ich will nichts mit Geheimdiensten zu tun haben. *Nie* mehr!“

Mr Smith sah ihn von der Seite an und lächelte …

Schummriger wurde die Beleuchtung, sentimentaler die Musik. Thomas tanzte mit Christine. Thomas flirtete mit Christine.

Christine erzählte von sich: „Eigentlich habe ich Chemie studiert. Meine Eltern hatten eine kleine Fabrik hier in München, kosmetische Präparate …“

„Was heißt *hatten*?“

„Sie sind tot. Und die Fabrik ist ausgeplündert worden. Ich war nicht da in diesen Tagen. Wenn ich bloß jemanden finden könnte, der mir etwas Geld gibt.“ Sie sprach so ernst! Thomas fand sie ungeheuer sympathisch. „Ach, etwas Kapital bloß. Man könnte verdienen, was man will. Millionen Frauen schreien nach kosmetischen Präparaten. Sie haben nichts, um sich schön zu machen …“

Das leuchtete Thomas ein. Ein wenig schwerzungig sagte er: „Wir müssen uns unbedingt unterhalten, Fräulein Christine.“ Neuer Anlauf: „Komme Sie morgen besuchen. Ich … ich … könnte mir vorstellen, dass mich Ihre Fabrik interessiert …“

„Oh!“ Ihre Augen leuchteten auf.

Mademoiselle Daniella sang wieder. Thomas trank und tanzte mit Christine, tanzte und trank. Dann sang er selber. Und dann war es so weit: Er war blau, ganz ungeheuerlich blau. Liebenswürdig. Freundlich. Charmant. Aber eben blau. Es fiel nur keinem Menschen auf. Denn alle waren blau, alle im Haus der toten Eva. Nur der Blutordensträger nicht. Der lag mit Leibschmerzen in seiner Mansarde und knirschte mit den Zähnen.

14

Als Thomas erwachte, fand er sich in seinem Bett. Er hörte Bastians Stimme: „Das Frühstück, Pierre. Wach auf. Es ist halb zwölf!“

Thomas öffnete die Augen und stöhnte. In seinem Schädel tobten Presslufthämmer. Er sah Bastian an, der mit einem Tablett vor ihm stand. Er richtete sich auf. Und dann erstarrte er. Neben ihm lag ein Mädchen und schlief, tief und friedlich. Die süße, dunkle Christine Troll …

Thomas schloss die Augen. Thomas öffnete die Augen wieder. Es war kein Spukbild, das ihn narrte. Christine lag noch immer da. Jetzt murmelte sie etwas und lächelte. Räkelte sich. Allmächtiger! Schnell deckte Thomas sie wieder zu.

Entsetzt sah er Bastian an, der keine Miene verzog. „Was ist passiert? Wie kommt die Dame hierher?"

„Mensch, frag *mich* doch nicht! Wie soll *ich* das wissen!"

„War ich … waren diese Dame und ich … schon … hm … zu Hause, als du kamst?"

„Jawohl. Du hast geschnarcht wie eine ganze Kompanie."

„Um Gottes willen."

„Total besoffen, was?"

„Und wie! Junge, Junge, also mir fehlen glatt acht oder neun Stunden. Ich habe nicht die geringste Erinnerung."

„Na hör mal, das ist aber jammerschade!"

„Halt den Mund! Stell das Tablett weg. Ich will machen, dass ich hier rauskomme, bevor sie aufwacht. Vielleicht war sie auch betrunken. Und dann kann ich ihr die Peinlichkeit ersparen."

Er konnte es nicht. Denn in diesem Moment schlug Christine Troll ihre schönen schwarzen Augen auf und blickte um sich. Lange um sich. Dann blickte sie an sich hinab. Wurde dunkelrot. Und sagte: „Ach, ist das unangenehm. Nein, also wirklich! Das ist ja ganz entsetzlich! Mein Herr, wer sind Sie, wenn ich bitten darf?"

Thomas verneigte sich im Sitzen. „Mein Name ist Lieven. Thomas Lieven."

„Ach Gott, ach Gott. Und wer … wer ist dieser Herr?"

„Mein Diener Bastian."

„Guten Morgen, Mademoiselle", sagte Bastian und verneigte sich höflich.

Da begann die junge Dame zu weinen …

Nach dem Frühstück gingen Thomas und Christine im Isartal spazieren. Langsam ließen ihre Kopfschmerzen nach.

„Und Sie haben keine Erinnerung?", fragte er.

„Nicht die allergeringste."

„Ich auch nicht."

„Herr Lieven!"

„Unter den gegebenen Umständen kannst du vermutlich ruhig Thomas zu mir sagen!"

„Nein, ich möchte beim Sie bleiben! Unter den Umständen, Herr Lieven, gibt es nur eine einzige Möglichkeit für uns: Wir gehen auseinander und sehen uns *nie* wieder."

„Entschuldigen Sie, warum?"

„Herr Lieven, ich bin ein *anständiges* Mädchen. So etwas ist mir noch nie passiert."

„Mir auch nicht. Vorschlag zur Güte: Wir reden nicht mehr davon. Und ziehen Ihre Kosmetikfabrik neu auf."

„Daran erinnern Sie sich?"

„Genau. Und ich halte mein Wort. Was Sie an Kapital brauchen, steht Ihnen zur Verfügung."

„Herr Lieven, also das kann ich unter gar *keinen* Umständen annehmen."

15

Am 15. August 1946 wurde in der Kosmetikfabrik Troll die Produktion wieder aufgenommen. Mit einigen wenigen Arbeitern zunächst. Unter schwierigsten Bedingungen. Im September ging es schon besser. Durch seine Beziehungen zu den Amerikanern gelang es dem Geschäftspartner von Christine Troll, größere Mengen von Chemikalien zu beschaffen, die für die Produktion unentbehrlich waren. Im Oktober 1946 erzeugte die Fabrik bereits Seife, Hautcreme, ein Toilettenwasser und, als Verkaufsschlager, eine „Beauty Milk", die reißend Absatz fand. Neue Arbeiter wurden angestellt.

Christine Troll sagte zu ihrem Partner immer noch eisern „Herr Lieven".

Thomas Lieven sagte zu seiner Partnerin immer noch eisern „Fräulein Troll".

Zu Bastian sagte er: „Nie wieder ein krummes Ding, verstehst du? Mit Ehrlichkeit und Fleiß werden wir es schaffen. Anständig, alter Junge, kapiert? Anständig!"

Bastian grinste …

Um diese Zeit, an einem tristen Oktoberabend, erschien eine kleine, verschreckte Frau in Thomas Lievens Villa. Sie entschuldigte sich immer wieder dafür, dass sie sich nicht angemeldet hatte, ohne zu sagen, was sie wollte und wie sie hieß: „… aber ich war so aufgeregt, Herr Lieven, ich war so furchtbar aufgeregt, als ich Ihren Namen las …"

„Wo haben Sie meinen Namen gelesen?"

„Im Register vom Grundbuchamt – da arbeitet meine Schwester. Ich und die Kinder leben ja noch immer in Freilassing. Dahin haben sie uns '45 verlagert. Es ist ein Elend – kein Platz – die Bauern sind widerlich zu uns, und jetzt auch noch dieses Wetter …"

„Liebe Dame", sagte Thomas geduldig, „darf ich nun vielleicht endlich Ihren Namen erfahren?"

„Emma Brenner."

Thomas zuckte zusammen. „Brenner! Sie sind die Frau von Major Brenner?"

Die kleine Frau begann zu weinen.

„Ja, Herr Lieven! Die Frau von Major Brenner … Er hat so oft geschrieben über Sie, aus Paris. Er war so begeistert von Ihnen … Herr Lieven, Sie kannten meinen Mann! War er ein schlechter Mensch? Hat er Unrecht begangen?"

„Wenn Sie so fragen, Frau Brenner, dann kann das nur eines bedeuten: Ihr Mann wurde verhaftet, stimmt's?"

Schluchzend nickte die kleine Frau. „Zusammen mit Oberst Werthe. Den kennen Sie doch auch …"

„O Gott", sagte Thomas. „Werthe auch?"

„Seit Kriegsende sitzen sie im Lager Moosburg – und werden da sitzen bleiben, bis sie verhungern oder erfrieren …"

„Frau Brenner, beruhigen Sie sich. Erzählen Sie mir."

Das tat die kleine Frau, von Schluchzen unterbrochen. Die Lage für Werthe und Brenner schien tatsächlich hoffnungslos. Thomas kannte beide gut. Er wusste, es waren anständige Leute, die sich jahrelang mit der Gestapo herumgeschlagen hatten. Aber 1944 wurde Admiral Canaris abgesetzt, und die militärische Abwehr wurde Heinrich Himmler unterstellt. Werthe und Brenner waren plötzlich Himmler-Leute!

Und das blieben sie, bis die Amerikaner kamen und sie verhafteten. Die Amerikaner machten keinen Unterschied. Himmler-Leute waren für sie SD-Leute. Und SD-Leute waren *securitiy threats*, „Bedrohungen der Sicherheit", die unter den *automatic arrest* fielen.

Im Internierungslager Moosburg gab es Dossiers über jeden Gefangenen. Diese Dossiers, eingestuft nach verschiedenen Kategorien, wanderten von Zeit zu Zeit durch die Büros der Entlassungsstelle. Immer neue Kategorien wurden enthaftet. Eine Kategorie durfte darauf warten bis in alle Ewigkeit: die *security threats.*

„Können Sie mir nicht helfen?", schluchzte Frau Brenner. „Mein armer Mann … der arme Herr Oberst …"

„Ich will sehen, was ich tun kann", sagte Thomas nachdenklich.

„Mr Smith", sagte er am nächsten Tag zu dem tierliebenden CIC-Agenten, der so darauf erpicht war, ihn als Mitarbeiter zu gewinnen, „ich habe es mir überlegt. Sie sehen genau wie ich, was los ist in meinem Land. Diese braune Pest ist nicht ausgerottet. Sie ist noch höchst lebendig. Wir müssen alle wachsam sein, um zu verhindern, dass sie jemals wiederkommt …"

Mr Smith holte erfreut Luft. „Heißt das, dass Sie nun doch für uns arbeiten wollen?"

„Heißt es, ja. Auf diesem einen bestimmten Sektor der Faschistenbekämpfung. Sonst nicht. Da schon. Wenn Sie wollen, fahre ich in die Camps."

„Okay, Lieven", sagte Mr Smith, *„that's a deal!"*

Die nächsten sechs Wochen verbrachte Thomas Lieven auf Reisen. Er besuchte die Internierungslager Regensburg, Nürnberg-Langwasser, Ludwigsburg und schließlich Moosburg.

In den ersten drei Lagern studierte er tagelang Hunderte von Dossiers, eng beschriebene Schreibmaschinenseiten, die Fotos der Verhafteten sowie den Stempel des vernehmenden Agenten trugen.

Thomas sah sich diese Bogen ganz genau an. Die Stempel waren primitiv, leicht nachzumachen. Ebenso primitiv waren die Fotos befestigt. Es wurden Schreibmaschinen aller Marken benutzt.

In den ersten drei Lagern entdeckte Thomas Lieven 34 Angehörige der Gestapo, die er in Frankreich kennen- und hassengelernt hatte, unter ihnen den Chef des SD Marseille, den Hauptsturmführer Heinrich Rahl, und ein paar seiner Gehilfen. Hauptsturmführer Rahl war im Lager „Kulturwart" geworden und genoss alle möglichen Erleichterungen.

Überhaupt kam Thomas bald darauf, dass die größten Schufte von einst sich bereits wieder, selbst in den Lagern, ihre Pöstchen zugeschoben hatten: in der Küche, im Krankenrevier, in der Schreibstube. Viele von ihnen waren zu „Vertrauensleuten" und „Lagersprechern" avanciert. Sie terrorisierten die andern. Sie waren schon wieder obenauf.

„Einen feinen Instinkt habt ihr", sagte Thomas zu den Amerikanern. „Ihr fallt also auch auf blonde Haare, blaue Augen und Strammstehen herein! Von jetzt an wollen wir mal vor allem die Herren mit den Pöstchen unter die Lupe nehmen …"

Das geschah.

Als Thomas am 3. Januar 1947 nach Moosburg kam, besaß er bereits das volle Vertrauen der beiden CIC-Agenten, die ihn begleiteten. Sie führten ihn in das schwer bewachte Archiv des Lagers und ließen ihn vor Kästen mit 11 000 Vernehmungsprotokollen allein. 11 000 Mann saßen damals in Moosburg!

Thomas fand auch unter ihnen drei SD-Leute, an die er böse, ganz böse Erinnerungen hatte. Er fand natürlich auch die Protokolle über den Major Brenner und den Oberst Werthe.

Am Abend des 6. Januar verließ Thomas Lieven das Camp mit den Dossiers von Werthe und Brenner unter seinem Hemd. Er wohnte in einem kleinen Bauerngasthof. Hier arbeitete er lange in dieser Nacht.

So wie er es bei dem genialen Reynaldo Pereira in Lissabon gelernt hatte, fälschte er die Dossiers von Brenner und Werthe. Zuerst stellte er einen neuen Gummistempel her. Mit Schusterahle und Federmesser bördelte er sodann vorsichtig die Ösen auf, welche die Fotos hielten, und entfernte die Bilder von der Unterlage, indem er den Klebstoff auflöste und vorsichtig wegpinselte. Dann tippte er auf einer mitgebrachten Maschine neue Dossiers. Als der Morgen graute, prangten die Fotos seiner Freunde auf den *neuen* Dossiers. Wie anders sahen diese jetzt aber aus! Werthe und Brenner waren nicht länger böse SD-Leute, sondern harmlose, unbelastete Offiziere der deutschen Militärverwaltung in Frankreich. Es bestand kein Grund, sie weiter in Haft zu halten, wenn ihre Kategorie freigelassen wurde.

Am Morgen des 7. Januar brachten die beiden CIC-Agenten Thomas wieder ins Camp. Diesmal trug er die neuen Dossiers unter dem Hemd. Die alten hatte er im Kachelofen seines Gastzimmers verbrannt. Ohne Schwierigkeit gelang es ihm im Laufe des Tages, die gefälschten Bogen wieder an den richtigen Platz in den richtigen Kasten zu bringen. Seine Arbeit war damit beendet.

Noch vor Ende Januar 1947 wurden Brenner und Werthe entlassen. Seltsames Spiel des Schicksals: Zu dem Zeitpunkt, da Brenner und Werthe „raus"-kamen, saß Thomas Lieven schon wieder einmal „drin" …

Und das kam so: Nachdem sie das Lager Moosburg absolviert hatten, fuhren die CIC-Agenten mit Thomas noch zu den Lagern in Dachau, Darmstadt und Hohenasperg. Hier saß die Nazi-Diplomatie. Noch einmal gelang es Thomas, ein paar alte SD-Verbrecher zu entdecken. Die CIC-Agenten sprachen ihm ihre Anerkennung aus. Am 23. Januar kehrten sie nach München zurück. Spätabends kamen sie an. Thomas war müde. Sie brachten ihn nach Grünwald hinaus, zu seiner Villa. Als er das Gartentor aufsperrte, fuhren sie winkend fort.

Dunkel, ohne ein erleuchtetes Fenster, lag das Haus da. Bastian treibt sich wieder herum, dachte Thomas. Kein Mensch daheim. Das war ein Irrtum, den er bemerkte, als er die Halle der Villa betrat. Etwas glitt in der Dunkelheit an ihm vorbei. Plötzlich flammte Licht auf.

Ein amerikanischer Militärpolizist stand vor ihm, einer hinter ihm. Sie hielten beide schwere Pistolen in den Händen. Ein Zivilist kam aus der Bibliothek, auch er hielt eine Pistole in der Hand.

„Die Pfoten hoch, Lieven!", sagte er.

„Wer sind Sie?"

„CID", sagte der Zivilist. Der CID, das *Criminal Investigation Department*, war die Kriminalpolizei der Armee; der CIC, das *Counter Intelligence Corps*, interessierte sich nur für politische Verbrechen und Spionage.

Der Zivilist sagte: „Sie sind verhaftet! Wir warten hier seit fünf Tagen auf Sie!"

„Wissen Sie, ich war gerade ein paar Wochen für Ihr Konkurrenzunternehmen unterwegs."

„Schnauze! Mitkommen!"

„Moment mal", sagte Thomas. „Ich warne Sie! Ich habe viele Freunde beim CIC! Ich habe diesen Leuten gerade einen großen Dienst erwiesen. Ich verlange sofort eine Erklärung. Warum verhaften Sie mich?"

„Kennen Sie einen gewissen Bastian Fabre?"

„Ja."

„Und eine gewisse Christine Troll?"

„Ach, ja!" O Gott, dieses Vorgefühl, dieses ungute Vorgefühl …

„Na also. Die sitzen schon."

„Aber warum? Verflucht, warum?"

„Herr Lieven, Sie werden beschuldigt, im Auftrag einer Werwolf-Organisation einen Mordanschlag gegen den General Lynton ausgeführt zu haben – gemeinsam mit Ihren beiden Freunden."

„Lynton? Der amerikanische General Lynton?" Thomas bekam einen Lachanfall. „Und wie wollte ich ihn ermorden, bitte?"

„Sie wollten ihn in die Luft sprengen!"

„Aaah – aah!"

„Das Lachen wird Ihnen vergehen, Lieven. Ihnen allen. Sie stellen Kosmetika her, wie?“

„Ja.“

„Sie produzieren sogenannte ‚Beauty Milk‘, nicht?“

„Ja, und?“

„Eine Packung dieses Mord-Präparates explodierte vor fünf Tagen mit ungeheurer Wucht im Schlafzimmer von General Lynton. Nur durch eine glückliche Fügung war zur Zeit der Explosion niemand in der Nähe. Es ist völlig klar: Sie haben in der Packung Sprengstoff eingeschmuggelt. Na also, jetzt halten Sie die Schnauze, wie? Legt dem Mann Handschellen an, *boys* …“

2. *Kapitel*

1

Nichts lag mir ferner als die Absicht, den ehrenwerten General Lynton in die Luft zu sprengen", sagte Thomas Lieven. Er sagte es zum elften Mal in drei Tagen.

Amüsiert lächelnd zuerst, später wütend und erbittert, wies Thomas alle Verdächtigungen weit von sich.

Jedoch: „Sie lügen!", sagte CID-Investigator James Purnam. Zum elften Mal in drei Tagen sagte er es. Mehr und mehr ging sein störrischer Gefangener ihm auf die Nerven.

Die Zentralheizung im Vernehmungszimmer strahlte eine trockene Hitze aus, die James Purnam den Schweiß auf die Stirn und Schmerzen in den Schädel trieb.

„Ich lüge nicht", sprach Thomas Lieven.

„Hören Sie mal zu, Lieven!"

„*Herr* Lieven, bitte!"

„Hören Sie mal zu, Herr Lieven: Ich habe jetzt die Schnauze voll von Ihnen! Ich schließe dieses Verhör ab und sperre Sie ein, bis Sie schwarz werden."

Thomas seufzte.

„Es ist schrecklich für mich, zu sehen, wie Sie schwitzen, Mr Purnam. Aber wenn Sie Ihren Job behalten wollen, müssen Sie mir noch ein Weilchen zuhören. Denn wenn Sie mir nicht zuhören, und wenn ihr eure Räume weiter so überheizt, dann sehe ich vor meinem geistigen Auge bereits eine ganze Reihe von Sprengstoff-Anschlägen."

„Eine … ganze … Reihe …"

„Wohlan denn", sprach Thomas wie ein geduldiger Lehrer zu einem idiotischen Schüler. „Sie haben mich verhaftet. Sie haben meinen Freund Bastian Fabre verhaftet, Sie haben meine Geschäftspartnerin Christine Troll verhaftet. Warum? Wir haben in der provisorisch aufgebauten Fabrik von Fräulein Trolls Eltern Kosmetika hergestellt. Auch eine ‚Beauty Milk'. Ein Fläschchen dieser Schönheitsmilch ist nun im Schlafzimmer von General Lynton explodiert …"

„Verdammt, ja. Ihr Werk, Lieven, und das Ihrer Werwolf-Gangster!"

„Nein, nicht mein Werk, bloß das von Schimmelpilzen und Kohlendioxyd."

„Ich werde wahnsinnig", stöhnte der Agent.

„Bevor Sie mir diese Freude bereiten, beantworten Sie meine dringende Anfrage: Teilt der verehrte General sein Schlafzimmer mit der verehrten Frau General?"

Purnam schluckte, stierte Thomas an und flüsterte: „Jetzt wird *der* wahnsinnig!"

„Nein, wird *der* nicht“, sagte Thomas. „Ich kombiniere lediglich: Die Frau General besaß einen Schminktisch im Schlafzimmer. Mit Spiegel und so weiter. Er stand neben dem Fenster …“

„Woher wissen Sie das?“

„Weil sich unter Fenstern im Allgemeinen die Körper der Zentralheizung befinden …“

Purnam blinzelte nervös. Und nervös blinzelnd lauschte er dem munter weiter dozierenden Thomas. Seine „Beauty Milk“, berichtete dieser, war nach einem alten Familienrezept der Firma Troll hergestellt worden: aus Zitrone, Magermilch und wenig Fett. Allerdings hatte man noch nicht steril arbeiten können. Auch die Fläschchen, in welche das Mittel abgefüllt worden war, ließen zu wünschen übrig. Schlechtes, altes Glas.

„Sehen Sie, Mr Purnam, nicht ohne Grund klebt auf jedem unserer Fläschchen ein Zettel mit der Aufschrift: Kühl aufbewahren! Die verehrte Frau General Lynton hat dies offensichtlich nicht getan und die ‚Beauty Milk‘ auf ihren Toilettentisch gestellt. Neben die Zentralheizung. Neben die überheizte Zentralheizung …“

„Fangen Sie nicht schon wieder an!“

„Keine Unterbrechung, bitte. Weil wir nicht steril arbeiten konnten, kamen mit der Milch Schimmelpilze in die Lösung. In der Wärme entwickelten sie Kohlendioxyd. Das ist ein Gas. Durch das Gas stieg der Innendruck im Fläschchen der sehr verehrten Frau General. Der Druck stieg und stieg und dann – wummmmm! Muss ich noch weitersprechen?“

Bleich sagte Purnam: „Schwindel und Lüge. Kein Wort glaube ich Ihnen!“

„Na, dann warten Sie es doch ab, mein Bester! Bald explodiert gewiss das nächste Fläschchen bei dem nächsten General …“

Purnam schrie: „Halten Sie den Mund!“

„Bei den *deutschen* Damen, die unser Mittel erwarben, wird bestimmt *nichts* passieren“, sagte Thomas. „Deutschen Damen bleibt nämlich in diesem dritten Nachkriegswinter gar nichts anderes übrig, als ihre Kosmetika kühl aufzubewahren.“

Das Telefon läutete. Purnam hob ab, meldete sich und lauschte eine Weile. Er wurde rot im Gesicht und wischte sich den Schweiß von der Stirn.

Zuletzt sagte er. „Okay, Boss, ich fahre gleich raus. Aber reden Sie nicht weiter von Werwolf und so – ich fürchte, wir blamieren uns damit.“ Er hängte ein und sah Thomas mit einem schiefen Grinsen an.

„Darf ich fragen, ob schon wieder eines meiner Fläschchen hochgegangen ist?“, erkundigte sich dieser.

„Im Fliegerhorst Neubiberg, ja. Vor einer Viertelstunde. In der Wohnung von Major Roger Rapp.“

2

Drei Tage später wurde Thomas Lieven dem „Provost Marshal" Münchens, einem klugen, älteren Colonel, vorgeführt. Im (überheizten) Büro des Obersten sah Thomas seine beiden Freunde wieder – den Marseiller Ex-Ganoven Bastian Fabre und die schwarzhaarige, schwarzäugige Christine Troll.

Der Colonel sprach: „Mr Lieven, eine chemische Untersuchung verschiedener ‚Beauty Milk'-Proben aus der Fabrik Troll hat die Richtigkeit Ihrer Schimmelpilz-Theorie bestätigt. Aus diesem Grund werden Sie und Bastian Fabre sofort aus der Haft entlassen."

„Moment mal", sagte Thomas nervös, „und was ist mit Fräulein Troll?"

Der Colonel sprach: „Durch ihre Fingerabdrücke haben wir festgestellt, dass Christine Troll unter dem Namen Vera Fross über ein Jahr lang Mitglied der berüchtigten Kaiser-Bande in Nürnberg war. Die jugendlichen Gangster stahlen Autos, überfielen Soldaten und raubten amerikanische Villen aus. Die weiblichen Mitglieder der Bande machten sich an Offiziere heran. Diese wurden dann mit Alkohol und Schlafmitteln betäubt und ausgeplündert …"

Thomas starrte Christine Troll an, die sanfte, gut erzogene Christine, das Mädchen aus bürgerlichem Hause; dieses so sauber, so anständig, so moralisch wirkende Geschöpf; seine Geschäftspartnerin, die er als Dame geachtet und wie ein unschuldiges Mädchen behandelt hatte.

Christine Troll fuhr herum. Ihr blasses, ebenmäßiges Madonnenantlitz war verzerrt. Laut und ordinär klang nun ihre Stimme: „Guck nicht so vertrottelt, Mensch! Was glaubst du denn, warum ich mich an dich rangemacht habe?"

„Rangemacht …", wiederholte Thomas schwach, während er dachte: Werde ich alt? Bin ich bereits halbstarken Gören nicht mehr gewachsen?

„Na klar, Mensch! Rangemacht! Als die Chose in Nürnberg aufflog, musste ich untertauchen! Nahm mir wieder meinen alten Namen! Ließ mich bei den Amis anstellen und wartete auf einen Narren wie dich, der mir das Geld gab für die Fabrik!"

„Christine", sagte Thomas, „was habe ich Ihnen getan? Warum reden Sie so mit mir?"

Das junge Mädchen sah plötzlich alt aus, verlebt, verbraucht und zynisch: „Ich habe die Schnauze voll von euch allen! Allen Männern! Amis und Deutschen! Schweine seid ihr, gemeine Schweine – alle!" Ihre Stimme überschlug sich.

„Shut up", sagte der Colonel grob. Christine Troll verstummte. Der Colonel sagte zu Thomas: „Die Fabrik, alle Einkünfte und die gesamte Produktion sind natürlich beschlagnahmt."

„Aber hören Sie, das ist nicht ihr Besitz allein! Mit *meinem* Geld wurde die Fabrik wieder in Gang gebracht!"

„*I am sorry,* Mr Lieven, die Fabrik ist im Handelsregister allein auf den Namen von Christine Troll eingetragen. Ich fürchte, da haben Sie einen Fehler gemacht."

Thomas dachte: Da hast du also wieder einmal deine Strafe vom Schicksal dafür, dass du versucht hast, anständig zu sein und ehrlich zu arbeiten. Dein Geld ist futsch! Hättest du ein krummes Ding gedreht, wärst du sicherlich reich geworden damit, wärst ausgezeichnet worden, belobt, geliebt – aber nein, du Idiot, du musstest es auf die ehrliche Tour versuchen. Du hast noch immer nichts gelernt aus deinem Leben.

Am Abend dieses Tages saß er mit Bastian in der Halle seiner Villa vor dem Kamin, in dem ein Feuer flackerte. Sie tranken beide „Pastis" – den Schnaps, mit welchem sie in Frankreich jenes Geld verdient hatten, von dem nun wieder so viel verloren war.

„Ich habe dich gleich gewarnt", sagte Bastian. „Nun sind wir ziemlich pleite. Was machen wir jetzt? Die Villa verkaufen?"

„Mitnichten", sagte Thomas und streckte sich. „Jetzt werden wir Uran suchen gehen."

„*Was* werden wir?"

„Du hast richtig gehört, mein Alter. Ich saß bei den Amis mit einem interessanten Menschen in einer Zelle. Walter Lippert heißt er. Der hat mir eine Geschichte erzählt. Eine fantastische Geschichte …"

3

Verbittert, blass und abgemagert war Walter Lippert, als er in seiner Zelle Thomas Lievens Lebensweg kreuzte. Ein Mensch von hoher Intelligenz. Ein Mensch von untadeligem Charakter. Schriftsteller von Beruf. Antifaschist aus Überzeugung. Jahre hatte er im Konzentrationslager Dachau zugebracht. Hatte gehungert. Gefroren. Sich foltern lassen. War beinahe verreckt. Befreit worden im Jahre 1945 von Amerikanern. Und nun wieder eingesperrt worden von Amerikanern.

„Wegen der ‚Schwarzen Lucie'", sagte Walter Lippert zu Thomas Lieven.

„Wer ist die ‚Schwarze Lucie'?"

„Die größte Schleichhändlerin und Schwarzmarktkönigin Süddeutschlands", antwortete Walter Lippert. Und berichtete: Vor seiner Verhaftung durch den CID hatte er in einer Stadt im Süden Deutschlands gelebt. In derselben Stadt lebte die „Schwarze Lucie", eine schöne, leidenschaftliche Frau, der die amerikanischen Offiziere in Scharen nachliefen.

„Wie heißt diese Frau wirklich?", fragte Thomas den gefangenen Schriftsteller.

„Lucie Maria Wallner. Sie ist geschieden. Mit ihrem Mädchennamen heißt sie Felt."

Diese Dame besaß ein Lokal mit Namen „Goldener Hahn". Das Etablissement hatte ein großdeutscher Gauleiter für sie im Krieg erworben und eingerichtet. Die „Schwarze Lucie" war seine ebenso wilde wie untreue Freundin gewesen. Der Gauleiter hatte noch vor Kriegsende das Zeitliche gesegnet. Und die „Schwarze Lucie" war nach Kriegsende die ebenso wilde wie untreue Geliebte eines gewissen Captain William Wallace geworden.

„Wer ist Captain Wallace?", fragte Thomas Lieven seinen Zellengenossen.

Captain Wallace, berichtete Lippert, war Kommandant eines Internierungslagers am Rande der kleinen Stadt. Hier saßen viele Nazi-Bonzen, die man an der österreichischen Grenze aus den letzten sogenannten „Absetz-Zügen" herausgeholt hatte.

Diese „Absetz-Züge", die Ende April 1945 gen Süden rollten, waren überfüllt gewesen mit Spitzenfunktionären der Obersten SA und SS-Führung, mit Diplomaten und Ministerialdirigenten. Gold und Juwelen führten diese Herren mit sich, Pläne von noch geheimen, nicht eingesetzten Waffen, riesige Mengen von Morphium, Kokain und anderen Rauschgiften aus Wehrmachtsbeständen und Uranwürfel aus dem „Kaiser-Wilhelm-Institut" in Berlin. Knapp vor der Grenze bekamen die Bonzen es mit der Angst zu tun, wenigstens, was das Uran betraf. Sie warfen die kostbaren Würfel aus den Zugfenstern. Nun berichtete Schriftsteller Lippert Thomas Lieven: „… an der Grenze wurden sie von Amerikanern verhaftet und in das Lager des Captain Wallace gesteckt. Da sitzen sie heute noch zum Teil. Das Gold, das Rauschgift und die Juwelen sind verschwunden. Ich behaupte, dass Captain Wallace sich alles unter den Nagel gerissen hat."

„Und die Uranwürfel?", fragte Thomas.

„Sind nie wieder aufgetaucht. Ebenso wenig die Pläne für die Wunderwaffen. Vielleicht liegen sie immer noch in irgendeiner Waldschneise unter dem Schnee. Vielleicht hat ein Bauer sie gefunden, was weiß ich …"

„Und was haben Sie mit der ‚Schwarzen Lucie' erlebt?", fragte Thomas den mageren, hoffnungslosen Schriftsteller.

Bitter sagte Lippert: „Als ich aus dem KZ heimkam, stellten die Amis mich an in ihrer *Special Operation Branch.*" Der Schriftsteller lachte. „Weil ich ein so feiner Anti-Nazi war! Ein Mann mit einer völlig weißen Weste! Darum war es meine Aufgabe, die Bewohner unserer Stadt zu ‚screenen', zu durchleuchten. Vor etwa einem Jahr kam auch die ‚Schwarze Lucie' zu mir. Mit Captain Wallace …"

Gross und üppig, schön und hochmütig kam die „Schwarze Lucie" in Walter Lipperts Büro. Blond und schlank, mit blauen Augen und schmalen Lippen ging Captain Wallace an ihrer Seite.

Die „Schwarze Lucie" setzte sich auf Walter Lipperts Schreibtisch, warf drei Stangen Chesterfield-Zigaretten vor ihn hin, kreuzte die Beine und sagte: „Herr Lippert, oder wie Sie heißen, wie lange soll ich eigentlich noch auf meinen Screening-Schein warten?"

„Sie werden keinen Screening-Schein bekommen", sagte Lippert. „Und nehmen Sie *sofort* die Zigaretten weg! Stehen Sie von meinem Schreibtisch auf. Setzen Sie sich in einen Sessel."

Captain Wallace lief rot an. Er sprach beinahe fließend deutsch: „Hören Sie, Lippert, diese Dame ist meine Verlobte! Wir wollen heiraten! Ich erwarte von Ihnen, dass Sie schnellstens den Schein ausstellen. Verstanden?"

Bleich sagte Lippert: „Ich werde den Schein nicht ausstellen, Captain Wallace!"

„Und warum nicht?"

„Weil diese Dame außerordentlich schwer belastet ist. Sie war jahrelang die Geliebte eines Gauleiters. Sie hat Leute denunziert und ins KZ gebracht, sie hat sich bereichert. Es ist bekannt, dass sie den Screening-Schein nur deshalb braucht, weil sie das ‚Bristol' übernehmen will …"

Das „Bristol" war ein Hotel, dessen Besitzer, ein belasteter Nazi, das Weite gesucht hatte.

„Na und wenn?", schrie Captain Wallace plötzlich los. „Was geht das Sie an? Bekommen wir den Schein – ja oder nein?"

„Nein", sagte Walter Lippert still.

„Das wird Ihnen noch leidtun", schrie der Captain. Er polterte aus dem Büro. Hüftenwackelnd und gummikauend folgte ihm die „Schwarze Lucie".

Außer sich vor Wut rief Lippert sofort seinen Landrat Dr. Werner an, der jeden Screening-Schein mit unterschreiben musste. Dem Landrat berichtete Lippert von seinem Erlebnis. Dr. Werner tobte: „Das ist ja allerhand! Dieses alte Nazi-Miststück! Haben Sie keine Angst, Lippert, ich stehe hinter Ihnen! Wir geben nicht nach! Das wäre ja noch schöner!"

Nein, sie gaben nicht nach, der Landrat Dr. Werner und der KZler Walter Lippert! Aber Captain Wallace gab ebenfalls nicht nach.

„… er erreichte, dass ich verhaftet wurde", berichtete Walter Lippert im Januar 1947 seinem Zellengenossen Thomas Lieven. „Ich sitze hier seit 82 Tagen. Ich wurde noch nicht ein einziges Mal verhört. Meine Frau ist schon halb wahnsinnig vor Sorge und Angst. Sie hat einen Brief an Präsident Truman geschrieben. Aber nichts geschieht. Oder doch, ja, etwas ist geschehen: Die ‚Schwarze Lucie' hat ihren Screening-Schein bekommen."

„Von wem?"

Lippert zuckte müde die Schultern. „Von irgendjemandem. Sie hat so viele Freunde. Sie ist jetzt also auch die Pächterin vom ‚Bristol'. Jetzt werden *dort* die größten Schiebungen abgewickelt. Tja, Herr Lieven, so sieht das aus. Dafür habe ich mich im KZ halb lahmschlagen lassen. Es lebe die Demokratie!"

Solcherlei hörte Thomas am 26. Januar 1947 in einer Gefängniszelle. Und nun, am 29. Januar, sagte er vor dem flackernden Kaminfeuer in seiner Villa am Stadtrand von München zu seinem Freund Bastian: „So, jetzt weißt du alles. Ich habe für eine Weile die Schnauze voll von guten Werken und der anständigen Tour."

„Gott sei Dank, endlich!"

„Wir fahren gen Süden. Zu Lucie, der Schwarzen. Wir suchen das Uran. Wir suchen die verschwundenen Pläne. Und um diesen armen Kerl, um diesen Walter Lippert, werde ich mich bei der Gelegenheit auch noch kümmern."

4

Das ist er", sagte die verweinte, verhärmte Elsa Lippert. Neben Thomas Lieven stand sie am Fenster ihres Wohnzimmers und wies auf die Hauptstraße der kleinen Stadt hinunter. „Da geht er, dieser Schuft! Mit ihr ... mit der ‚Schwarzen Lucie'!"

Thomas Lieven betrachtete das Paar interessiert: den blonden, schlanken Offizier, die Frau in dem kostbaren Bibermantel. Thomas zuckte zusammen. Captain Wallace trug einen Schmiss auf der linken Wange! Das war keine Operationsnarbe, nein, diese Narbe hatte eine Mensur zurückgelassen. Komisch. Seit wann schlugen sich die Amerikaner auf Mensuren?

Thomas betrachtete die Frau neben dem seltsamen Captain. Wie ein Raubtier sah sie aus, ein kraftvolles, stets zum Angriff bereites Raubtier.

„Die Dame hat also jetzt das ‚Bristol'?"

„Ja, Herr Scheuner", sagte Frau Lippert.

Als Peter Scheuner hatte Thomas sich ihr vorgestellt. Auf den Namen Peter Scheuner besaß er ausgezeichnete falsche Papiere, die er selbst produziert hatte. Auch Bastian führte nun einen neuen Namen: Jean Lequoc ...

Thomas sagte: „Frau Lippert, ich will versuchen, Ihrem Mann zu helfen. Aber dazu muss ich alles wissen. Sie sagen, das ‚Bristol' gehörte einem Nazi, der geflohen ist?"

„Ja."

„Dann ist das Hotel aber doch unter die Aufsicht des *Property Control Office* geraten! Wie heißt der Leiter des *Property Control Office*?"

„Das ist ein gewisser Captain Hornblow."

„Befreundet mit Captain Wallace?"

„Ja, sehr."

„Aha", sagte Thomas Lieven.

Die kleine Stadt war überfüllt mit Soldaten, Flüchtlingen und *„Displaced Persons"*. Es gab zu wenig Wohnraum; Gasthöfe und Hotels waren bis auf den letzten Platz besetzt.

Thomas und Bastian fanden zwei ruhige Zimmer bei einem Bauern in einem Dorf vor der Stadt. Hier mieteten sie sich unter ihren falschen Namen am Abend des 20. Februar 1947 ein, und hier blieben sie dann drei Monate. Das war eine lange Zeit, und die beiden waren alles andere als müßig.

Zuerst suchten sie ein paar Tage und ein paar Nächte lang das „Bristol" auf. Hier herrschte Hochbetrieb, wann man auch kam. Es wurde getanzt und getrunken, geflirtet und geschoben, geflüstert, gehandelt, telefoniert. Leichte Mädchen in Scharen fand man im „Bristol", Soldaten, die ihre Löhnung loswurden, zwielichtige Polen, unheimliche Tschechen, ein paar ungarische Aristokraten, ein paar Wlassow-Russen und natürlich auch Deutsche.

Und immer, Tag und Nacht, konnte man die „Schwarze Lucie" sehen, geschminkt, dekolletiert und doch immer aufs Geschäft achtend. Und fast immer am Abend tauchte Captain Wallace auf – schmal, schlank, groß und blond. Mit einem Schmiss auf der linken Wange …

Nachdem Thomas und Bastian die Zustände in der kleinen Stadt eine Woche lang beobachtet hatten, hielten sie in einem eingeschneiten Landgasthof Kriegsrat ab. Thomas sagte: „Hier gibt's Fräulein, hier gibt's Soldaten, hier gibt's DPs, mein Alter. Aber vor allem gibt's hier eines: *Nazis!* Her geflüchtete und bodenständige, das weiß ich jetzt. Die Amis scheinen es nicht zu wissen. Aber wir zwei, du und ich, wir dürfen es *niemals* vergessen! Unser Ziel lautet: Uran *und* die Konstruktionspläne."

„Wenn das Zeug noch hier ist!"

„Aller Wahrscheinlichkeit ist es noch hier. Und ich glaube, ich habe eine *erstklassige* Methode, um das festzustellen."

„Na, schieß mal los", sagte Bastian.

Thomas schoss los. Sein Plan war ebenso einfach wie genial. Am 28. Februar entwickelte Thomas ihn zum ersten Mal. Am 19. April befanden sich in seinem Besitz: 28 Würfel aus Uran 238, jeweils 5 Zentimeter Kantenlänge, 2,2 Kilo schwer, ohne Ausnahme gekennzeichnet mit dem Prägestempel des „Kaiser-Wilhelm-Instituts" in Berlin; ein Exemplar des geheimen Zielgeräts MKO und genaue Konstruktionspläne dieses geheimen Zielgeräts aus dem Dritten Reich, das nur in wenigen Mustern hergestellt und nicht mehr eingesetzt worden war. Es handelte sich um eine Konstruktion für Jagdflugzeuge, die es ermöglichte, den Gegner präzis in dem Moment zu treffen, da er im Fadenkreuz auftauchte, ohne dass der Schütze die übliche Vorhalteberechnung anzustellen brauchte … Wie hat Thomas Lieven das geschafft?

Wie hat dieser angebliche Peter Scheuner das geschafft, fragten sich Mitte April 1947 mit Recht französische, amerikanische, englische und andere Agenten, die sich in dieser Zeit im Süden Deutschlands in Rudeln tummelten und, gleich Thomas Lieven, alias Peter Scheuner, versucht hatten, die verschwundenen Zielgeräte und deren Konstruktionspläne aufzustöbern.

Wir haben auf den letzten Zeilen viele Wochen hurtig übersprungen. Eigentlich schreiben wir noch den 28. Februar. Und darum wollen wir den Trick Thomas Lievens noch eine *ganz* kleine Weile für uns behalten und in kurzen Worten berichten, was sich in diesen drei Monaten rund um die geheimnisvolle „Schwarze Lucie" ereignete. Und rund um Thomas Lieven.

5

In den drei Monaten, zwischen Winter- und Frühlingsanfang, nahmen die Rauschgiftoperationen der „Schwarzen Lucie" und ihres amerikanischen Geliebten ungeheuerliche Ausmaße an. Sie zierten sich, spielten Aufkäufer gegen Aufkäufer aus und trieben die Preise in die Höhe. Wusste die „Schwarze Lucie", dass sie mit ihrem Leben spielte?

Schriftsteller Lippert saß weiter im Gefängnis in München. Sosehr Thomas sich bemühte, ihm zu helfen: Er fand vorerst keine Möglichkeit dazu. Ein Ring des Schweigens, eine Verschwörung umgab den unglücklichen Lippert, der es gewagt hatte, sich der „Schwarzen Lucie" zu widersetzen.

„Geduld", sagte Thomas zu der armen, wehr- und hilflosen Elsa Lippert. „Haben Sie Geduld. Hier geschieht Unrecht. Das Unrecht währt niemals ewig. Manchmal währt es lange – aber ewig *nie*. Es kommt der Tag, da werden wir Ihrem armen Mann helfen können."

Sosehr jeder Versuch fehlschlug, den Schriftsteller Lippert zu rehabilitieren, so zufriedenstellend entwickelten sich Thomas Lievens private Aktionen. Am 19. April besaß er, wie gesagt, Uranwürfel, ein Exemplar des Zielgerätes MKO und dessen Konstruktionspläne.

Bald sprach es sich bei den Agenten der verschiedenen Nationen herum, dass er solcherlei Schätze sein eigen nannte. Sie kamen mit Kaufangeboten zu ihm – zuerst für die Uranwürfel. Hier fiel Thomas Lievens Wahl auf einen argentinischen Geschäftsmann und persönlichen Vertrauten von Juan Domingo Perón, der ein Jahr zuvor Staatspräsident seines Landes geworden war.

Zu seinem Freund Bastian sagte Thomas: „Das ist unser Mann, mein Alter. Raus aus Europa mit dem Zeug! Weit weg! Dorthin, wo man keine Bomben damit baut!"

Der Argentinier bezahlte in amerikanischen Dollars – 3200 Dollar für jeden Würfel, also 89 600 Dollar insgesamt. Das Uran wurde, als Diplomatengepäck deklariert, nach Argentinien geflogen.

Der geneigte Leser erinnert sich vielleicht noch an den Skandal um das erste argentinische Atomkraftwerk, der im Jahre 1954 die Schlagzeilen der internationalen Presse füllte. Damals wurde bekannt, dass ein angeblicher Atomforscher deutscher Herkunft, ein „Professor" Ronald Richter, seit dem Jahre 1948 für Perón Atomexperimente auf der Insel Huemul durchgeführt hatte mit dem Ziel, Argentinien zur Atommacht aufsteigen zu lassen. 300 Millionen Mark hatte Perón dem seltsamen Professor zur Verfügung gestellt. Jedoch infolge technischer Unzulänglichkeiten funktionierte das Millionenprojekt nicht. Die Stäbe im Inneren des Atommeilers waren unter anderem aus Uranwürfeln hergestellt worden, die allesamt den Prägestempel des „Kaiser-Wilhelm-Instituts" in Berlin getragen hatten …

Es begann das Werben der Agenten um Thomas Lievens Zielgerät MKO. Guter Pazifist, der er war, hatte er die Pläne natürlich ein wenig verändert – so weit, dass selbst geniale Techniker sich vergeblich die Köpfe über den Konstruktionspausen zerbrochen hätten. Guter Kaufmann, der er war, hatte er die Pläne natürlich auch vervielfältigt, denn es schwebte ihm vor, sie nicht nur an einen, sondern an mehrere Interessenten zu verkaufen.

Er war gerade im schönsten Feilschen, als Herr Gregor Marek auftauchte. Herr Marek stammte aus Böhmen. Thomas hatte ihn oft im „Bristol" gesehen. Herrn

Marek schien es glänzend zu gehen. Er war immer elegant gekleidet, klein, untersetzt und hatte die breiten Backenknochen und die schrägen Augen der slawischen Rasse. Er sprach mit dem entsprechenden Akzent: „Sagen S' mir bittschön, meine Herren, könnt ich mich a bissel mit Ihnen unterhalten? Hörr ich, Sie ham was zu verkaufen ..."

Thomas und Bastian konnten ihn zunächst nicht verstehen.

Herr Marek wurde deutlicher: „Hab ich Leut' driben in Tschechoslowakei, gute Freinde, zahlen prima. Also zeigen S' mir schon amol das Zeug und die Pläne." Nach einigem Hin und Her zeigten Thomas und Bastian Herrn Marek amol das Zeug und die Pläne. Dem Tschechen traten die Augen aus dem Kopf. „Nicht zum Fassen! Ein Jahr bin ich hinter dem Zeug her gewesen. Nix gefunden. Sagen S' mir bittschön, wie ham S' das geschafft?"

Thomas antwortete: „Das war ganz einfach, lieber Herr Marek. Ich kalkulierte die politische Einstellung der Bevölkerung mit ein. Es gibt so viele Nazis hier. Mein Freund und ich zogen ein paar Wochen lang herum. Von Nazi zu Nazi. Wir ließen durchblicken, dass wir einer Werwolf-Organisation angehörten ..."

„Jeschuschmariaundjosef, san S' narrisch wordn?"

„Mitnichten, mein Lieber. Sie sehen, wie gut es funktionierte. Als Nazis zu Nazis sprachen wir mit Ansässigen oder auch mit Zugereisten. Wo war das Uran? Wo waren die Pläne der Wunderwaffen? Unsere Organisation brauchte Geld. Wir mussten das Uran und die Pläne verkaufen. Das sahen die Herren sogleich ein. Einer wies uns an den anderen ... Voilà, Monsieur!"

„Ach du liebe Zeit, und zahln ham Sie nix missen dafir?"

„Nicht einen Tupf. Es waren lauter Idealisten. Also, was bieten Ihre Freunde im Osten?"

„Muss ich rieberfahrn, bissel rumhören." Der Agent verschwand für drei Tage, dann sah Thomas ihn wieder. Marek war bester Laune: „Soll ich Ihnen schöne Grieße ausrichten. Kommen S' doch heute zu mir zum Essen. Hörr ich, Sie kochen gern. Ich hab alles zu Haus. Reden wir in Ruhe iebers Geschäft."

Bastian und Thomas erschienen gegen elf Uhr vormittags am 6. Mai 1947 in der Wohnung des Volksdemokraten, die luxuriös eingerichtet war. Thomas wunderte sich: „Sind Ihre tschechischen Freunde so großzügig?"

Marek grinste: „Ich bitt Sie, das is doch nicht mein Hauptgeschäft! Kommen S' amol mit." Marek führte seine Besucher in einen großen Raum neben der Küche. Hier lagen, meterhoch gestapelt, Hunderte von Bildbänden aus dem „Tausendjährigen Reich". „Der Führer und die Kinder", „Der Reichsparteitag in Nürnberg", „Die Straßen des Führers", „Der Sieg im Westen", „Der Sieg im Osten", so und anders lauteten die Titel.

Thomas hob einen Band auf und blätterte. Ganzseitige Fotos zeigten Paraden, Bonzen, Generäle und immer wieder ihn, den „Führer".

„Is nur a klaner Teil hier herobn, ich hab den ganzen Keller voll. Dazu SS-Dolche, Orden, Totenkopfringe – was Sie wolln! Machen sich keine Vorstellung, wie das weggeht. Also, reinweg narrisch sind die Amis mit dem Dreck! Nehmen's nach Hause mit, als Souvenirs!"

Sie gingen in die Küche, woselbst sich der Lohn der verkauften Souvenirs in Form von Konservendosen, Fleisch und Whiskyflaschen präsentierte. „Ich hab gekauft an schönen Aal, Herr Scheuner. Können S' mir machen Aal in Salbeiblättern? Is sich Lieblingsspeise von mir."

„An die Arbeit", sagte Thomas. Er begann den Aal zu putzen und schnitt ihn in Stücke. Dabei berichtete Marek: „Was meine Auftraggeber sind, die mechten gern mit einem von Ihnen persönlich redn. Is sich alles arrangiert. Wenn S' rüber wolln, kommt a Grenzer. Natierlich nehmen S' Pläne nicht mit. Und ich bleib hier. Bei dem von Ihnen, wo dableibt."

Thomas und Bastian gingen in den Garten und hielten eine kurze Beratung ab. Bastian meinte: „Ich fahre. Du lässt Marek nicht aus den Augen. Wenn was passiert, übergibst du ihn den Amerikanern. Hoffentlich sprechen die da drüben Französisch!"

Darüber befragt, äußerte Marek: „Wie die Pupperln. Fließend, meine Herren, fließend!"

Thomas untersuchte den Aal. „Er muss noch eine Stunde marinieren", sagte er. „Wenn Sie erlauben, sehe ich mich inzwischen in Ihrer Bibliothek ein bisschen um."

„Aber bittschön, mit Vergniegen, bedienen S' Ihnen", meinte Marek.

Thomas bediente sich. Bildband um Bildband führte er sich zu Gemüte, sah und staunte: „Junge, Junge, was ist bei uns nicht alles dabei gewesen …"

Fünfzehn Bücher durchblätterte er, zwanzig. Das einundzwanzigste hieß *Der Führer und seine Getreuen.* Thomas schlug die Seiten um. Holte plötzlich rasselnd Atem. Und schrie nach Bastian. Der kam erschrocken.

„Schau dir das an …" Thomas wies auf ein großes Foto, das zwei Männer in SA-Uniform zeigte. Der eine war fett und aufgeschwemmt. Der andere war blond, schlank, groß und hochmütig. Er trug einen Schmiss auf der linken Wange. Darunter stand:

Stabschef der SA Ernst Röhm
und sein Sturmführer Fritz Eder

Thomas schlug das Impressumblatt des Buches auf. „Gedruckt 1933", sagte er. „Da war Herr Röhm noch am Leben. Er wurde erst 1934 umgelegt. Vielleicht ist es Herrn Eder gelungen, nach Amerika zu fliehen. Es dürfte nicht allzu schwer sein, festzustellen, ob SA-Sturmführer Eder und Captain Wallace ein und derselbe Mensch sind!"

Menu • München, 6. Mai 1947

Nach diesem Essen platzte beinahe die Militärregierung von Bayern.

Aal in Salbei • Kalbscroquettes
Haselnusspudding

Aal in Salbei: Man schneide einen gut gereinigten Aal in Stücke, mariniere diese mindestens eine Stunde mit Zitronensaft, Pfeffer, Salz und fein gehackten Kräutern, darunter etwas Salbei. – Man wickle dann jedes Stück in frische Salbeiblätter, brate sie zwanzig bis fünfundzwanzig Minuten in brauner Butter, serviere sie mit Zitronenscheiben garniert und mit Bratbutter übergossen. – Man reiche dazu neue, mit gehackter Petersilie bestreute Kartoffeln und Gurkensalat.

Kalbscroquettes: Man nehme sehnenfreies Kalbfleisch, drehe es mit eingeweichtem, ausgedrücktem Weißbrot ohne Rinde, in Butter hell vorgedünsteten Schalotten und Petersilie durch den feinsten Wolf. – Man gebe zu der Masse verquirlte Eier, würze sie mit Pfeffer, Salz, ganz wenig Sardellenpaste und Worcestersauße und schlage sie tüchtig. Man forme dann flache Medaillons, wälze sie in Semmelbröseln und brate sie in heißer Butter goldbraun. – Man richte sie auf Scheiben von hellgelb geröstetem Kastenweißbrot an und serviere mit Tomatenketchup.

Haselnusspudding: Man nehme vier Eigelb, rühre sie mit 75 Gramm Zucker, Saft und Schale einer halben Zitrone schaumig, menge 145 Gramm gemahlene Haselnüsse und zuletzt den steifen Schnee der vier Eiweiß darunter. – Man fülle die Masse in eine wie üblich vorbereitete Puddingform und koche sie eine Stunde im Wasserbad. – Man reiche zu dem Pudding Fruchtsaft oder heiße Weinschaumsoße.

6

Nein, allzu schwierig war es nicht!

Eine Woche brauchte der CIC dazu. Danach stand fest: Captain Wallace war in der Tat identisch mit dem ehemaligen SA-Sturmführer Eder. Er war in der Tat nach dem Röhm-Putsch in die Staaten geflohen und hatte seinen Namen gewechselt.

Wallace, alias Eder, wurde verhaftet, desgleichen der *Property Control Officer* Captain Hornblow. Sie wurden später zu hohen Zuchthausstrafen verurteilt.

Verlassen wir für einen Moment unseren Freund Lieven und berichten in Stichworten über das Ende der größten Schwarzmarktzentrale Europas:

Am 20. Mai 1947 wurde der Schriftsteller Walter Lippert aus der Haft entlassen. Am 29. Mai flog Seine Ehren Richter Earl Rives aus dem Staate North Carolina nach Deutschland, um im Auftrag des Armeestaatssekretärs Kenneth Royall die Untersuchung der gewaltigen Schiebungen zu übernehmen. Am 5. Juni wurden 14 amerikanische Soldaten und 25 deutsche Staatsbürger, darunter die „Schwarze Lucie", in Haft genommen und verhört. Die „Schwarze Lucie" wurde am 2. Juli wieder in Freiheit gesetzt, durfte jedoch ihren Heimatort nicht verlassen. Das tat sie auch nicht; sie führte ihre Geschäfte weiter. Allerdings scheint sie dabei ihre Geschäftstüchtigkeit übertrieben zu haben, denn am 23. Dezember wurde sie mit durchschnittener Kehle in ihrem Schlafzimmer gefunden. Nichts von ihrem Besitz fehlte. Der Mörder wurde nie entdeckt.

Am 12. Januar 1948 schrieb die amerikanische Soldatenzeitung *Stars and Stripes* unter der Überschrift

> Huge dope ring probed in Bavaria
>
> *By Tom Agoston*
> Frankfurt, *Jan. 12 (INS) – Postwar Germany's biggest black market scandal, involving a gang of international narcotic peddlers … threatened to blow up in the lap of U.S. Military Government today …*

Zu Deutsch:

> Riesiger Rauschgiftring in Bayern wird untersucht
>
> Bericht von Tom Agoston
> Frankfurt, 12. Jan. (INS) – Der größte Schwarzmarktskandal Nachkriegsdeutschlands, in welchen eine internationale Bande von Rauschgifthändlern verwickelt

ist … drohte heute direkt im Schoß der amerikanischen Militärregierung zu explodieren.

Der Fall kam ans Licht durch das Verbrechen an einer Deutschen namens Lucie W., die vor knapp drei Wochen brutal ermordet wurde. Wie es heißt, werden schwerste Anklagen gegen zwei Offiziere der amerikanischen Militärregierung in Bayern erhoben. Der Skandal droht die deutsch-amerikanischen Beziehungen zu gefährden. Es geht um Werte von 3 bis 4 Millionen Dollar …

Na ja, das wäre dies!

Nun kehren wir in das Jahr 1947 zurück.

Am 9. Mai verließ Bastian Fabre seinen Freund Thomas Lieven in Richtung Tschechoslowakei. Er wollte bis zum 15. Mai zurück sein. Er kam nicht zurück, nicht am 15. Mai und nicht in den Tagen danach.

Unruhiger als Thomas wurde Herr Marek: „Da is sich was passiert … hat's noch nie gegeben … sind korrekte Leut', meine Auftraggeber …"

„Marek, wenn meinem Freund etwas zustößt, dann gnade Ihnen Gott!"

Am 22. Mai bekam Marek den Besuch eines Landsmannes, der einen Brief überbrachte und sich danach in größter Eile verabschiedete. Bleicher und bleicher wurde Herr Marek bei der Lektüre des Schreibens.

Unverwandt sah Thomas ihm dabei zu. „Was ist los?", fragte er ungeduldig.

Herr Marek konnte kaum reden vor Aufregung: „O Gott, o Gott!"

„Was ist? Los, reden Sie!"

„Russen ham Ihren Freind verhaftet."

„Russen?"

„Is sich rausgekommen, dass Tschechen Zielgerät kaufen wollen. Russen verbieten. Sperren Ihren Freind ein. Sagen, sie wollen 's Gerät selber ham. O Gott, o Gott."

„Wo haben die Russen meinen Freund eingesperrt?"

„In Zwickau. Ihr Freind muss über Sowjetzone gefahren sein."

„Herr Marek", sagte Thomas, „machen Sie sich reisefertig."

„Sie wollen … Sie wollen rieber nach Zwickau?"

„Klar", sagte Thomas.

7

Nordwestlich der bayerischen Stadt Hof, unmittelbar vor dem Dörfchen Blankenstein, lag um die Mittagsstunde des 27. Mai 1947 ein sympathischer Herr bäuchlings an einem Waldrand. Bei besagtem Herrn handelte es sich um den ehemaligen Privatbankier Thomas Lieven. Aus Gründen der Selbsterhaltung nannte er sich gerade Peter Scheuner.

Vor ihm im Moos lag eine Landkarte. Nach dieser orientierte sich Thomas zum wiederholten Mal. Da, wo der Wald aufhörte, begann eine blühende Wiese. Mitten durch die Wiese gluckste ein kleiner, fröhlicher Fluss. Vielleicht wäre er nicht so fröhlich gewesen, wenn er gewusst hätte, dass er die US-Zone Deutschlands von der Sowjetzone Deutschlands trennte.

An diesem Flüsschen hörte das eine Deutschland auf, und das andere fing an. Die Karte zeigte das durch eine Schraffierung in brauner Farbe – hoffentlich, dachte Thomas, um daran zu erinnern, wer die Schuld trägt, dass es nun zwei Deutschland gibt … Zwölf Uhr mittags am 27. Mai: Das war die verabredete Zeit. Die drei Bäume hinter dem kleinen Fluss: Das war der verabredete Ort. Da sollte ein Soldat der Roten Armee stehen, der Thomas in Empfang nahm. Er stand nur nicht da …

Kinder, Kinder, dachte Thomas Lieven, das ist aber schon eine tolle Schlamperei! Da habe ich nun meinen Freund Bastian nach Zwickau geschickt, um mit den Tschechen über – natürlich gefälschte – Pläne eines Wunderzielgerätes zu verhandeln. Die Sowjets haben Bastian hochgenommen. Klar, dass ich Bastian raushauen muss! Klar, dass ich also hier liege am Mittag dieses 27. Mai. Ich bin bereit. In meiner Aktentasche trage ich die gefälschten Pläne bei mir. Hier liege ich und warte auf den Rotarmisten, der mich hinüberholt aus dem einen Deutschland in das andere Deutschland. Aber der Kerl ist nicht da. Ja, kann denn *nichts* im Leben glatt und ohne Aufregung ablaufen?

Thomas Lieven lag am Waldrand bis 12 Uhr 28. Als sein Magen zum ersten Mal knurrte, tauchte drüben, jenseits des Flusses, ein Sowjetsoldat auf. Er trug eine Maschinenpistole vor sich her. Zwischen den drei Bäumen blieb er stehen und sah sich um. Na also, dachte Thomas. Er stand auf und ging auf die Wiese hinaus. Der Rotarmist, ein junger Bursche, sah ihm entgeistert entgegen.

„Hallo!", rief Thomas im Fürbassschreiten und winkte dem Soldaten freundlich zu. Am Ufer des Flusses hielt er an und zog Schuhe und Strümpfe aus. Dann krempelte er die Hosen hoch. Dann watete er durch das eiskalte Wasser zum anderen Ufer. Mitten im Fluss hörte er einen heiseren Schrei und blickte überrascht auf.

„Stoj!", brüllte der junge Rotarmist und noch einiges dazu. Thomas verstand ihn nicht, nickte freundlich, watete weiter und erreichte das andere Ufer. Der junge Rotarmist drang auf Thomas ein. Dem fiel es plötzlich wie Schuppen von den Haaren. Herr Jesus noch mal. Das ist gar nicht mein Rotarmist, der mich abholen soll! Das ist ein ganz anderer Rotarmist! Einer, der keine Ahnung davon hat, dass ich abgeholt werden soll!

Der Rotarmist schrie kehlig auf ihn ein.

„Mein lieber junger Freund, nun hören Sie einmal zu", begann Thomas. Da hatte er den Lauf der MP in den Rippen. Er ließ Schuhe, Socken und Aktentasche fallen und hob die Hände. Entsetzlich, dachte er. Nun also auch noch die Rote Armee …

In Erinnerung an eine weit zurückliegende, aber ausgezeichnete französische Jiu-Jitsu-Erziehung wandte er sodann den sogenannten „Doppelten Schmetterlingsgriff" an. Bruchteile von Sekunden später wirbelte der Rotarmist aufschreiend durch die Luft und flog mitsamt seiner Maschinenpistole in den Fluss. Schuhe, Socken, Aktentasche packte Thomas, um loszurennen – hinein in die Sowjetzone.

Da erschütterte ein Trampeln und Dröhnen die Erde. Entsetzt sah er auf. Aus dem Waldrand auf der sowjetzonalen Seite der Wiese waren mindestens fünfzig Menschen – Männer, Frauen, Kinder – hervorgebrochen. Wie von Sinnen rasten sie auf den Fluss zu, durchwateten ihn und rasten weiter hinein in die amerikanische Zone Deutschlands.

Entgeistert starrte Thomas ihnen nach. Allen diesen Menschen hatte er zur Flucht in den Westen verholfen! Alle diese Menschen hatten, wie er im Westen, hier im Osten auf der Lauer gelegen. Thomas lachte irre. Dann sah er, wie der Russe aus den Fluten auftauchte und nach Luft schnappte, und rannte los. Hinter sich vernahm er das Gebrüll des jungen Rotarmisten. Dann fielen Schüsse. Thomas hörte Kugeln pfeifen. (Merke: Sowjetische Maschinenpistolen schießen auch nass!)

Die Straße herauf kam ein russischer Jeep. Ein Hauptmann saß neben dem Fahrer. Der Hauptmann sprang auf, hielt sich an der Windschutzscheibe fest und brüllte wilde russische Worte zu dem wild schießenden Rotarmisten auf der Hügelhöhe empor. A tempo hörte der junge Rotarmist auf zu schießen. Der Jeep bremste neben Thomas Lieven. „Gospodin Scheuner, nicht wahr?“, sagte der Hauptmann in kehligem Deutsch. „Entschuldigen, Verspätung. Reifen nix gutt, gehen kaput! Doch jetzt: Willkommen, Gospodin, herzlich willkommen!“

8

Das Palast-Café von Zwickau war genauso traurig anzusehen wie alles andere in der 120000 Einwohner zählenden Stadt. Sechs Stunden nachdem er eine Gemeinschaftsflucht von beträchtlichem Ausmaß in die Wege geleitet hatte, saß Thomas in einer Ecke des erwähnten Etablissements und trank Ersatzlimonade.

Er hatte nichts mehr zu tun an diesem 27. Mai. Der Hauptmann, der ihn an der Grenze abgeholt hatte, war mit ihm bis zur Kommandantur Zwickau gefahren. Der sowjetische Stadtkommandant, ein gewisser Oberst Melanin, hatte sich durch einen Dolmetscher entschuldigen lassen und Thomas auf den anderen Tag, neun Uhr, bestellt.

So war Thomas denn zuerst in ein – tristes – Hotel und danach hierher gewandert. Er sah die traurigen Menschen an, die Männer in den uralten zweireihigen Anzügen und den zerschlissenen Hemden, die ungeschminkten Frauen mit den Wollstrümpfen, den alten Korkschuhen und den strähnigen Haaren, und er dachte: Ach Gott, und da, wo ich herkomme, geht es schon wieder ganz nett rund. Es wird geschoben, geschuftet und gerafft. Ihr armen Kerle aber seht aus, als ob ihr den Krieg ganz allein verloren hättet!

Am Tischchen gegenüber saß ein stattliches Paar: das einzige stattliche Paar, das

Thomas bisher in Zwickau hatte entdecken können. Die Frau war eine üppig-straffe Schönheit mit herrlichem weizenblondem Haar, einem slawischen, sinnlichen Gesicht und strahlenden blauen Augen. Sie trug ein enges grünes Sommerkleid. Über einem Stuhl hing ein Leopardenmantel.

Ihr Begleiter war ein muskulöser Riese mit ganz kurz geschnittenem grauem Haar. Er trug den typischen blauen Einheitsanzug der Russen mit überbreiten Hosenbeinen, wandte Thomas den Rücken und redete mit seiner Dame. Ohne Zweifel waren das Sowjetmenschen. Plötzlich zuckte Thomas zusammen. Die weizenblonde Dame flirtete mit ihm! Sie lächelte, zeigte die Zähnchen, zwinkerte, schloss das eine Auge halb …

Hm!!!

Ich bin ja nicht wahnsinnig, dachte unser Freund, drehte sich zur Seite und bestellte noch eine Flasche Ersatzlimonade. Nach dem dritten Schluck sah er dann doch wieder hin.

Die Dame lächelte. Da lächelte auch er. Danach ging alles sehr schnell. Der Begleiter der Dame fuhr herum. Er sah aus wie Tarzan, *made in UDSSR*. Sprang hoch. War mit vier Sätzen bei Thomas. Packte ihn am Jackett. Aufschrei der Gäste. Das erbitterte Thomas. Noch mehr erbitterte ihn, dass er hinter dem eifersüchtigen Riesen die Weizenblonde erblickte, die aufgestanden war und durchaus den Eindruck machte, als genösse sie die Szene höchlichst. Du Luder, dachte Thomas, das ist also eine Tour von dir, du hast etwas davon, wenn …

Weiter dachte er nicht, denn da traf ihn die Faust des Riesen im Bauch. Das war Thomas zu viel. Er tauchte unter dem russischen Tarzan durch und riss ihm die Beine unter dem Leib weg. Zum zweiten Mal an einem Tag Jiu-Jitsu. Diesmal der „Segler-Trick". Da der Othello aus Russland vor der Barriere der Garderobe gestanden hatte, fiel er jetzt über dieselbe und verschwand hinter ihr. Aus den Augenwinkeln sah Thomas, wie ein sowjetischer Unteroffizier die Pistole zog.

Mut ist eine Frage der Intelligenz. Man muss wissen, wann man genug hat. Thomas duckte sich und raste zum Ausgang und auf die Straße hinaus. Rotarmisten waren zum Glück keine zu sehen. Die Deutschen kümmerten sich nicht um Thomas. Wenn ein Deutscher rannte, hatte er von vornherein ihre Sympathie. Thomas rannte bis zum Schwanenteich. In dem schönen alten Park fiel er keuchend auf eine Bank. Erholte sich nach einer Weile. Und schlich dann vorsichtig in sein Hotel.

Anderntags, Punkt neun Uhr, ließ der Dolmetscher einen rasierten, eleganten, zuversichtlichen Thomas Lieven in das Büro des Stadtkommandanten von Zwickau treten. Danach allerdings rührte unseren Freund fast der Schlag. Denn der Stadtkommandant von Zwickau, der sich hinter seinem Schreibtisch erhob, war niemand anderer als jener eifersüchtige Sowjettarzan, den Thomas am Nachmittag zuvor mit dem „Segler-Trick" hinter die Garderobenbarriere des Palast-Cafés befördert hatte …

Heute trug der Riese Uniform. Auf seiner Brust gab es viele Orden zu bewundern. Er musterte Thomas schweigend. Indessen überlegte jener: Büro im dritten Stock. Durchs Fenster ab? Hat keinen Zweck. Ade, Europa. Es gibt ja Leute, die behaupten, Sibirien wäre sehr reizvoll …

Da sprach Oberst Wassili L. Melanin endlich in guttural akzentuiertem Deutsch: „Gospodin Scheuner, ich bitte, Benehmen von gestern zu verzeihen." Thomas konnte ihn nur anstarren.

„Es tut mir leid. Dunja sein schuld daran." Melanin brüllte plötzlich wie von Sinnen: „Diese verfluchte Teufelin!"

„Herr Oberst sprechen von der verehrten Frau Gemahlin?"

Durch die Zähne stieß Melanin hervor: „Diese Chündin! Könnte ich sein Brigadegeneral. Zweimal sie mich chaben degradiert … ihretwegen … weil ich mich chabe geprügelt."

„Herr Oberst, Sie müssen sich fassen", sagte Thomas beruhigend. Melanin schlug auf den Tisch. „Dabei liebe ich Täubchen Dunja. Aber Schluss jetzt damit, zum Geschäft. Nun, vorcher wir müssen etwas trinken, Cher Scheuner …"

Also tranken sie ein Fläschchen Wodka miteinander, und nach einer Stunde war Thomas Lieven volltrunken und Oberst Melanin stocknüchtern, und sie redeten beide fließend und geistreich über das Geschäftliche, aber sie kamen keinen Schritt weiter.

Oberst Melanin vertrat den Standpunkt: „Sie wollten verkaufen den Tschechen das Zielgerät MKO. Chaben Sie geschickt Ihren Freund hierher. Sie können mit ihm in den Westen, wenn Sie übergeben uns die Pläne."

„Verkaufen", korrigierte Thomas mit Betonung.

„Übergeben. Wir bezahlen nicht", sagte der Oberst. Und dann mit hintergründigem Grinsen: „Sie sind doch sonst nicht auf den Kopf gefallen – Thomas Lieven!"

Manchmal fühlen Knie sich an wie Kirschgelee, dachte Thomas. Er murmelte schwach. „Was sagten Sie eben, Herr Oberst?"

„Sagte ich Lieven, Thomas Lieven – so cheißen Sie doch! Brüderchen, glauben Sie, wir sind Idioten? Glauben Sie, unser Geheimdienst chat nicht gechabt Einsicht in alliierte Akten? Unsere Leute in Moskau, die chaben sich totgelacht über Ihre Aktionen."

Thomas fing sich. Er sagte: „Wenn Sie … wenn Sie schon wissen, wer ich bin – warum lassen Sie mich dann überhaupt noch laufen?"

„Was sollten wir mit Ihnen anfangen, Brüderchen? Sie sind doch – nicht böse sein – lächerlich schlechter Agent!"

„Vielen Dank."

„Wir brauchen erstklassige Agenten, nicht komische Figuren wie Sie."

„Sehr aufmerksam."

„Chöre ich, Sie kochen gerne. Na, und ich esse gerne! Kommen Sie zu uns. Dunjascha wird sich freuen. Ich machen die Blini. Kaviar chabe ich genug. Und dann wir plaudern weiter. Wie ist das?"

„Das ist eine ausgezeichnete Idee", sagte Thomas Lieven. Und dachte zerknirscht: Ein ganz schlechter Agent. Eine komische Figur. Das muss man sich sagen lassen! Was denn?

Menu • Zwickau, 28. Mai 1947

Mit einem Hühnerbein tritt Dunja, die Russenfrau, in Lievens Leben.

Blini mit Kaviar • Kotelett Maréchal mit Erbsen und Pommes frites
Karamellpudding

Blini mit Kaviar: Man nehme pro Person zwei in Butter frisch gebackene dünne Eierkuchen von Handgröße, richte sie auf vorgewärmten Tellern an. Man bestreiche den ersten Eierkuchen mit einer Schicht Kaviar, decke den zweiten Eierkuchen darüber, übergieße mit heißer zerlassener Butter und überziehe mit dicker saurer Sahne. – (Man stellte die echten Blini aus Buchweizenmehl her, das aber bei uns schwer erhältlich ist.)

Kotelett Maréchal: Man entbeine die Schenkel eines zarten Masthuhnes, ohne die Haut zu verletzen. – Man stelle ein Farce her aus gehackter Hühnerbrust, einem Esslöffel Butter, je ein Viertel Teelöffel gehackter Schalotte, Petersilie und Estragon, eine Viertel Tasse in Weißwein eingeweichter Weißbrotkrume, einem Esslöffel gehackter Champignons, Pfeffer und Salz. – Man drehe diese Masse zweimal fein durch den Wolf, lasse sie mit je einem Esslöffel Butter und süßer Sahne auf kleiner Flamme unter ständigem Rühren langsam durchkochen, ohne sie fest werden zu lassen. – Man fülle die Hühnerschenkel mit der abgekühlten Farce, nähe sie zu, wende sie in feinen Semmelbröseln um und brate sie in Butter goldbraun. Man kann die beiden Brusthälften in gleicher Weise füllen und zusammennähen, verwendet dann für die Farce ein feines, fett- und sehnenfreies Kalbsbrät.

Karamellpudding: Man nehme einen Liter Milch und lasse sie mit 100 Gramm Zucker und einer kleinen Vanilleschote kochen. Man verquirle fünf Eier und gebe sie mit einer Prise Salz in die leicht abgekühlte Milch. – Man brenne 200 Gramm Zucker zu einem nicht zu dunklen Karamell, lösche es mit wenig Wasser ab, gieße es in eine vorgewärmte Puddingform und verteile es schnell auf alle Seiten, bevor es erstarrt. Man gebe die Milchmasse hinein und koche die geschlossene Form drei viertel Stunden im Wasserbad. – Man stelle die Form einige Stunden sehr kalt, stürze den Pudding dann auf eine runde Platte, wobei sich das Karamell als Soße darumlegt.

Also machte er in der Küche einer requirierten Villa ein Kotelett Maréchal. Es war ihm recht unheimlich dabei. Oberst Melanin ließ sich nicht blicken. Aber als er gerade eine große Hühnerkeule für das Kotelett entbeinte, kam die Frau Oberst herein.

Sie trat sozusagen in Thomas Lievens Leben – er wusste es nur noch nicht! Eine sehr schöne Frau. Das Haar – die Augen – die Lippen – die Formen – Donnerwetter! Und eine Haut wie Marzipan. Eine Frische, eine Gesundheit, eine Kraft. Die Dame war einmalig! Man sah sofort: Dunja konnte auf Mieder, Büstenhalter und andere lebenswichtige Hilfskonstruktionen normaler Damen verzichten. Sie kam herein und schloss die Tür und sah Thomas stumm und brütend an. Ihre Lippen öffneten sich halb, und ihre Augen schlossen sich halb …

Eine wunderschöne Verrückte, durchzuckte es Thomas. Allmächtiger Vater, hilf! Ich glaube, wenn ich sie nicht küsse, erwürgt sie mich mit bloßen Händen. Oder sie ruft einen NKWD-Offizier herein und erklärt mich zum Saboteur.

Draußen in der Villa erklangen Schritte. Sie fuhren auseinander. Es ist auch höchste Zeit, dachte Thomas.

Dunja tastete abwesend nach seiner Hühnerkeule. „Rette mich", flüsterte sie. „Flieh mit mir. Mein Mann liebt mich nicht mehr. Er tötet mich. Ich töte ihn. Oder du fliehst mit mir."

„Ma-ma-ma – hrm!!! Madame, wie kommen Sie auf den Gedanken, dass Ihr Mann Sie nicht liebt?"

Dunja lachte dämonisch. „Du hast ihn gestern im Café besiegt. Früher hat er Männer halb totgeschlagen. Mich auch. Jetzt schlägt er mich überhaupt nicht mehr. Das ist keine Liebe … Ich spreche gut deutsch – nicht?"

„Sehr gut."

„Deutsche Mutter. Du warst mir gleich sympathisch. Ich mache dich glücklich. Nimm mich mit nach drüben …"

Die Schritte kamen näher.

Dunja streichelte immer noch Thomas' Keule, als der Oberst hereinkam. Er lächelte undurchsichtig: „Ach, chier bist du, mein Täubchen. Lernst kochen wie im kapitalistischen Westen, wo die Arbeiter unterdrückt werden? Was chaben Sie, Herr Lieven, ist Ihnen nicht gut?"

„Es geht gleich vorüber, Herr Oberst. Könnte ich … könnte ich wohl einen Wodka haben?"

9

Eines war Thomas völlig klar: Er musste zusehen, dass er so schnell wie nur möglich wieder zurück in den Westen kam. Diesem Pärchen war er nicht gewachsen.

Die Sowjets würden also die gefälschten Pläne umsonst bekommen. Ein Glück, dass sie wenigstens wertlos waren …

Bei Tisch kämpfte er noch verbissen, aber nur zum Schein, weil er wusste, dass die Russen derartige Tauziehereien lieben. Der Oberst widersprach ihm auch entzückt und mit Feuer. Dunja saß zwischen ihnen und betrachtete beide Herren brütend. Und es wurde fürchterlich gegessen und fürchterlich getrunken, aber nach den fetten Blini behielt Thomas diesmal einen klaren Kopf.

„Also gut, Herr Oberst, ich mache Ihnen einen anderen Vorschlag: Sie bekommen die Pläne umsonst, und dafür lassen Sie meinen Freund und noch einen anderen Herrn in den Westen."

„Anderen Cherrn?"

„Herrn Reuben Achazian. Ich weiß nicht, ob Sie ihn kennen. Noch ein bisschen von meiner Keule, gnädige Frau?"

„Noch sehr viel von Ihrer Keule, Cherr Lieven."

„Ob ich diesen Cherrn Achazian kenne!", sprach der Oberst verächtlich. „Diesen Lumpen. Diesen Geschäftemacher. Was Sie wollen mit dem?"

„Geschäfte machen", sagte Thomas bescheiden. „Entschuldigen Sie, Herr Oberst, aber wenn die Rote Armee mir gerade eines kaputtgemacht hat, muss ich doch sehen, wie ich weiterkomme."

„Wocher Sie kennen dieses armenische Schwein?"

„Dieses armenische Schwein habe ich in Zwickau kennengelernt, Herr Oberst."

In der Tat war Herr Reuben Achazian klein, fett, mit Haifischaugen und kleinem Schnurrbart im „Hotel zum Hirschen" erschienen, als Thomas an diesem Morgen gerade beim Frühstück saß. Ohne Umschweife war Herr Achazian zur Sache gekommen: „Passen Sie auf, lassen Sie mich reden, unterbrechen Sie mich nicht, ich habe es eilig, Sie auch; ich weiß, wer Sie sind."

„Woher?"

„Reuben Achazian weiß alles. Nicht unterbrechen. Ich habe hier Schwierigkeiten. Mit den Russen. Bin ganz ehrlich: Habe in einer recht großen HO-Schiebung mitgemacht. Sie lassen mich nicht arbeiten."

„Hören Sie mal, Herr Achazian ..."

„Pst. Helfen Sie mir rüber in den Westen, und ich mache Sie zum reichen Mann. Schon mal was von der ZVG gehört?"

„Na klar."

Die ZVG, die „Zentrale Verwertungs-Gesellschaft", hatte ihren Sitz in Wiesbaden und war von den Amerikanern eingerichtet worden. In riesenhaften Lagern sammelte die ZVG die an Wert in Millionen Dollar gehende Nachsaat des Großen Krieges: Waffen und Munition, Lokomotiven und Lastkraftwagen, Verbandstoff, Schrott, Holz, Stahl, ganze Brückenkonstruktionen, Medikamente, Flugzeuge und Stoffe. Die Verwaltung der ZVG war Deutschen übertragen worden. Aber sie durften nur an Ausländer verkaufen – das war die Bedingung der Amerikaner!

„... die ZVG darf nur an Ausländer verkaufen", sprach darum wieselflink Herr Reuben Achazian zu Thomas Lieven, „nicht an Deutsche. Ich bin Ausländer! An mich darf die ZVG verkaufen! Ich habe einen Vetter in London, der schießt uns Geld vor.

Wir gründen eine Handelsfirma, Sie und ich. Ich mache Sie zum Millionär in einem Jahr – wenn Sie mir in den Westen helfen."

„Darüber, Herr Achazian", antwortete Thomas Lieven, „muss ich einmal nachdenken."

Thomas hatte darüber nachgedacht. Nun, bei einem üppigen Mittagessen in einer beschlagnahmten Nazi-Villa in Zwickau sagte er darum zu dem sowjetischen Stadtkommandanten Wassili Melanin: „Lassen Sie Herrn Achazian mit mir reisen, und Sie bekommen die Pläne."

„Herr Achazian bleibt chier. Ich bekomme die Pläne trotzdem."

„Hören Sie, ich habe Herrn Marek – Sie kennen diesen tschechischen Agenten natürlich – beim amerikanischen CIC in Hof zurückgelassen. Der Mann bleibt in Haft, wenn ich nicht zurückkomme und ihn auslöse."

„Na, wenn schon. Bricht mir mein Cherz. Sie geben Pläne, oder Sie bleiben auch chier!"

„Na, schön, dann bleibe ich auch hier", sagte Thomas.

10

Am 1. Juni 1947 trafen die Herren Thomas Lieven, Bastian Fabre und Reuben Achazian müde, aber wohlbehalten in München ein. Sie fuhren sogleich zu jener Villa in Grünwald hinaus, die Thomas gehörte. Er hatte noch ein paarmal mit Oberst Melanin essen und sehr oft mit Oberst Melanin trinken müssen, bevor es ihm gelungen war, diesen Herrn umzustimmen. Zuletzt waren sie sogar als Freunde geschieden. Nur die Pläne, die Pläne waren jetzt natürlich in Zwickau …

Die drei Herren weilten nur wenige Tage in der bayerischen Landeshauptstadt. Thomas erklärte Bastian: „Wir haben die Pläne an Engländer, Franzosen und Russen weitergegeben. Sie werden bald herausbekommen, dass wir sie hereingelegt haben. Wir nehmen uns andere Namen und gehen für eine Weile nach Wiesbaden."

„Ist recht, mein Alter. Wenn mir bloß dieser Achazian nicht so widerlich wäre. Das ist doch ein richtiger Schieber, der jetzt auch noch Waffen und Munition verkaufen will!"

„Er wird es nicht tun", sagte Thomas. „Lass uns erst mal nach Wiesbaden kommen. Herr Achazian wird überrascht sein."

Weil wir gerade von Überraschungen sprechen: Am Abend bevor die drei Herren München verließen, tranken sie noch ein bisschen Wein. Da klingelte es – gegen halb acht Uhr abends. Bastian ging, um zu öffnen. Wachsbleich kam er zurück. Er konnte nur stottern: „Ko-ko-komm doch mal, bitte!"

Thomas ging in die Diele hinaus. Als er sah, wer in der Diele stand, musste er die Augen schließen und sich am Türbalken festhalten.

„Nein", sagte er, *„nein!"*

„Doch", sagte die weizenblonde, wunderschöne Gemahlin des Obersten Melanin aus Zwickau, „doch, doch, ich bin es."

Sie war es. Da stand sie. Mit einem Riesenkoffer. Jung und gesund.

„Wie ... wie bist du ... wie sind Sie herübergekommen?"

„Geflohen. Mit einer ganzen Gruppe. Ich bin ein politischer Flüchtling. Es ist mir Asylrecht gewährt worden. Und ich will bei dir bleiben. Und mit dir gehen, wohin du gehst."

„Nein."

„Ja. Und wenn du mich nicht bei dir lässt – dann gehe ich in meinem Schmerz sofort zur Polizei und erzähle ihr, dass du meinem Mann Pläne gebracht hast ... und was ich noch alles über dich weiß ..."

„Aber warum – aber warum willst du mich verraten?"

„Weil ich dich liebe", hatte sie die Stirn zu behaupten ...

Andererseits ist der Mensch ein Gewohnheitstier.

Zwei Monate später, im August 1947, äußerte Thomas Lieven in einer Riesenwohnung, die er mit den Herren Bastian Fabre und Reuben Achazian in der Parkstraße zu Wiesbaden zum Arbeiten und Leben gemietet hatte: „Ich weiß gar nicht, was ihr gegen Dunja habt. Sie ist charmant. Sie kocht für euch. Sie ist fleißig. Ich finde sie hinreißend."

„Aber sie beansprucht dich zu sehr", sagte Bastian. „Schau dir doch nur mal deine Finger an. Wie die zittern!"

„Quatsch", sagte Thomas – ohne Überzeugung, denn ein *wenig* anstrengend fand er seine neue Freundin doch. Dunja wohnte in einem möblierten Zimmer in der Nähe, sie kam auch gar nicht jeden Abend, aber wenn sie kam –. In seinen wenigen freien Minuten gedachte Thomas oft des Obersten Melanin. Er konnte gut verstehen, dass der es nie zum General gebracht hatte!

In Wiesbaden nannte Thomas Lieven sich Ernst Heller – mit entsprechend falschen Papieren natürlich. Auf den Namen seines ausländischen Mitarbeiters hatte er die „Offene Handelsgesellschaft Achazian" gegründet. Dieses Unternehmen kaufte gewaltige Mengen der verschiedensten Güter auf und stapelte sie in den Lagern der ZVG vor der zerstörten Stadt. Nicht nur früherer Besitz der Deutschen Wehrmacht lag in den riesigen Depots der ZVG, auch Jeeps, Trucks und Vorräte der amerikanischen Armee gab es da zu kaufen – Material, das veraltet war oder dessen Rücktransport nach Amerika zu viel gekostet hätte.

Thomas erklärte seinen Freunden: „Mit Amerika können wir keine Geschäfte machen, dazu haben wir alle eine zu dunkle Vergangenheit. Wir müssen uns schon an andere Länder halten, und zwar an kriegführende, denn diese dürfen bei der ZVG nicht kaufen. Das ist verboten."

„Ich habe einen Herrn Aristoteles Pangalos als Vertreter griechischer Partisanen an der Hand und einen Herrn Ho Irawadi aus Indochina", sagte Reuben Achazian.

„Aber ihr könnt den Kerlen doch keine Waffen verkaufen!", entsetzte sich Bastian.

Da hielt Thomas Lieven eine kleine Grundsatzrede: „Wenn *wir* ihnen keine Waffen verkaufen, werden es andere tun. Darum *werden* wir es tun – aber die Herren werden keine Freude an den Waffen haben."

„Ich verstehe kein Wort."

„Lass mich reden! Vor Mainz habe ich eine leere Fabrikhalle gemietet. Wir werden das Pulver aus der Munition herausholen und es durch Sägemehl ersetzen. Die Maschinenpistolen sind in Kisten mit bestimmten Brandschriftzeichen verpackt, vernagelt und plombiert. Ich habe eine Tischlerei gefunden, die uns genau dieselben Kisten mit genau derselben Brandschrift herstellen wird. Auch Plomben kann man nachmachen. Und Schmierseife wird den Kisten das rechte Gewicht geben ..."

„Und was geschieht mit dem Pulver und den Maschinenpistolen?"

„Die Ware wird über Hamburg verschifft", sagte Thomas. „Vor Hamburg ist das Wasser tief. Brauche ich noch weiterzusprechen?"

Dieser August 1947 (103. Lebensmittelkartenperiode) brachte Wiesbaden den absoluten Tiefpunkt der Versorgungslage. Die Kalorienzahl sank auf 800. Die Kartoffelnot wurde immer ärger. Nur noch Krankenhäuser und Lager erhielten Zuteilungen. An Nährmitteln standen fast ausschließlich die wegen ihres bitteren Geschmacks unbeliebten Maiserzeugnisse zur Verfügung. Die Fettbelieferung musste von 200 auf 150 Gramm herabgesetzt werden. An Zucker wurde je ein halbes Pfund weißer und ein halbes Pfund gelber ausgegeben. Vier Eier zusätzlich gab es für den „wegen der großen Trockenheit denkbar schlechten Anfall von Obst und Gemüse". Die Milchversorgung brach völlig zusammen. Zwei Drittel der Erwachsenen von Wiesbaden erhielten keine Zuteilungen mehr.

Merke: Ein fürchterlicher Krieg ist noch lange nicht zu Ende, wenn man ihn verloren hat ...

11

Als Erstes verkaufte die „Offene Handelsgesellschaft Achazian" den Herren Pangalos und Ho Irawadi je 2000 Kilogramm des Malariamittels Atebrin aus den Beständen der Deutschen Wehrmacht. Auf den Packungen gab es noch den deutschen Adler mit dem Hakenkreuz. Der musste weg! Mit Lastern karrten Thomas und seine Partner das Atebrin in eine pharmazeutische Fabrik. Hier wurde es umgepackt. Nun konnte es verschifft werden.

Was beim Atebrin ein Kinderspiel war, erwies sich in einem anderen Fall zunächst als schier unlösbares Problem. Herr Pangalos und Herr Ho Irawadi wollten Tropenhelme kaufen. Jeweils 30 000 Stück. *Da* waren die Helme! Mit Hakenkreuzen darauf. So gut eingearbeitet, dass sie nicht zu entfernen waren. Unter solchen Umständen sahen sich die Herren natürlich gezwungen, von einem Kauf Abstand zu nehmen.

Was machen wir bloß mit den Sch...helmen, grübelte Thomas. Er grübelte tagelang. Dann hatte er die rettende Idee! In den Helmen gab es herrliche Schweißbänder. Völlig neu, prima Qualität. In der ganzen deutschen Hutindustrie gab es kein einziges Schweißbandleder mehr.

Thomas setzte sich mit den führenden Männern der Branche in Verbindung. Plötzlich gingen die Tropenhelme weg wie warme Semmeln!

Mehr, weit mehr verdiente die „Offene Handelsgesellschaft Achazian" an dem Verkauf der Bänder, als sie an dem Verkauf der Helme verdient hätte. Und Thomas war es gelungen, die deutsche Nachkriegs-Hutindustrie anzukurbeln.

Trotzdem, er hatte Sorgen – keine geschäftlichen. Thomas fühlte, wie Dunja an ihm zehrte, mehr und mehr. Sie machte ihm Szenen. Aus Liebe. Aus Eifersucht. Sie war aufregend und anstrengend. Thomas stritt und versöhnte sich mit ihr. Es war die verrückteste Zeit seines Lebens.

Bastian machte sich auch Sorgen. „Das kann nicht so weitergehen, mein Junge. Du ruinierst dich mit der Dame."

„Was soll ich tun? Ich kann sie nicht rausschmeißen. Sie geht nicht."

„Sie wird schon gehen!"

„Ja, zur Polizei."

„Verflucht", sagte Bastian. „Aber du musst dir doch irgendwelche Gedanken über die *Zukunft* machen, Mensch!"

„Mache ich mir ja, mache ich mir dauernd. Das hier läuft ohnehin nicht mehr lange gut. Dann müssen wir weg. Es wird ganz plötzlich gehen, verstehst du – zu plötzlich für Dunja …"

„Na, ich weiß nicht", sagte Bastian.

Dann verkauften sie an Griechen und Indochinesen Kugellager. Und Trucks. Und Jeeps. Und Pflüge. Und anderes landwirtschaftliches Gerät. „Damit können sie keinen Unfug anrichten", sagte Thomas Lieven, aus den Fenstern seines Büros über die trostlosen Schutt und Ruinengebirge Wiesbadens blickend.

Die Stadt sah aus, als ob sie sich niemals mehr erheben wollte. Vor dem Krieg hatten hier nur reiche Leute gelebt. Jetzt war Wiesbaden eine Stadt der armen Rentner, die in Trümmern hausten. Die „Gesamttrümmermasse" wurde später offiziell mit 600 000 Kubikmetern festgelegt. Bis zur Währungsreform gab Wiesbaden für die Beseitigung von Schutt und Trümmern 3,36 Millionen R-Mark aus. Arbeiter und „Trümmerfrauen" schufteten Schulter an Schulter mit den anderen Bürgern der Stadt, die turnusmäßig Dienst taten. Auch Thomas Lieven, Bastian Fabre und Reuben Achazian buddelten tagelang im Dreck. Sie empfanden es als eine Art Ausgleichssport zu ihrer sonstigen Tätigkeit.

Im Herbst 1947 kamen sie darauf, dass man aus jeweils einem amerikanischen Schlafsack ein Paar Hosen schneidern konnte. Sie hatten 40 000 amerikanische Schlafsäcke. Anzugfabriken in Süddeutschland erinnern sich heute noch an jene Flut von Material und Aufträgen, die im November 1947 über sie hereinbrach …

Im Frühling des Jahres 1948 drehten sie dann, als Abschluss, ihre Munitionsgeschäfte. Die Munition hatten sie bis zu diesem Zeitpunkt „vorbehandeln" lassen.

Nun wurde sie verschifft, ebenso wie die mit Schmierseife gefüllten Kisten, in denen angeblich Maschinenpistolen lagen.

Die Schiffe mit Ladungen für Griechenland und Indochina stachen in See. Sie werden eine gute Weile unterwegs sein, dachte Thomas. Er konnte in aller Ruhe darangehen, seine Büros in Wiesbaden zu schließen – etwa zur selben Zeit, da verschiedene Filmfirmen ihre Büros in der Stadt eröffneten.

Die Filme, die in Wiesbaden gedreht wurden, hatten alle die unverfänglich-belanglosen, trostlos-munteren oder garantiert unverfänglichen Themen und Titel der deutschen Umerziehungsperiode, zum Beispiel „Wenn eine Frau liebt", „Hochzeitsnacht im Paradies", „Der Tiger Akbar" und „Die tödlichen Träume" …

„Jetzt wird es langsam Zeit für uns, abzuhauen, alter Junge", sagte Thomas am 14. Mai 1948 zu Bastian.

„Was glaubst du, was die Griechen und Indochinesen machen werden, wenn sie draufkommen, was passiert ist?"

„Sie werden uns umlegen, wenn sie uns erwischen", sagte Thomas Lieven.

Die Waffenkäufer erwischten Thomas und Bastian nicht. An ihrer Stelle erwischten fremde Agenten in der Bundesrepublik, wie erinnerlich, in den Jahren 1948 bis 1956 ein paar „echte" Waffenhändler. Sie legten ihnen Zeitbomben in die Autos. Oder sie schossen sie auf offener Straße zusammen.

Philosophisch meinte Thomas Lieven bei einer dieser makabren Gelegenheiten: „Wer Gewalt liefert, kommt gewaltsam um. Wir haben Schmierseife geliefert. *Wir* leben …"

Das war, wie gesagt, zu einem späteren Zeitpunkt. Am 14. Mai 1948 hatte Thomas eine kurze Weile lang urplötzlich doch die Befürchtung, ein gewaltsames Ende könne ihn ereilen. Und zwar, als es gegen Mittag klingelte. Bastian ging öffnen. Er kehrte wachsbleich zurück. „Zwei Herren von der sowjetischen Militärkommission."

„Allmächtiger Vater!", sagte Thomas. Da kamen sie schon herein. Ernst und schwer. Trotz der Wärme noch in Ledermänteln. Thomas war es plötzlich sehr heiß. Dann war ihm plötzlich sehr kalt.

Aus. Es ist aus. Sie haben mich gefunden.

„Gutten Taggg", sagte der eine Sowjetmensch. „Cherrr Chellerrr?"

„Ja."

„Wirrr suchen Frau Dunja Melanin. Man sagt uns, sie sein mit Ihnen."

„Nun, hm, äh …" Thomas fing sich. „Zufällig ist die Dame anwesend."

„Gestatten, dass wirrr mit ihrrr sprechen? *Allein* sprechen?"

„Aber bitte", sagte Thomas. Er führte die beiden in ein Zimmer, in dem Dunja sich gerade manikürte.

Nach zehn Minuten gingen die Herren in den Ledermänteln bereits wieder – ernst und verschlossen.

Bastian und Thomas stürzten zu Dunja. „Was war los?"

Mit einem Jubelschrei flog die blonde Schönheit Thomas an den Hals und warf ihn fast über den Haufen.

„Das ist der glücklichste Tag meines Lebens!" Kuss. „Du mein Herz!" Kuss. „Du mein Einziger!" Kuss. „Wir können heiraten!" Bastian fiel der Unterkiefer herab.

Thomas stammelte: „Wir können was?"

„Heiraten!!!"

„Aber du *bist* doch verheiratet, Dunja!"

„Nicht mehr! Seit zwei Minuten nicht mehr! Die Herren forderten mich auf, sofort heimzukehren. Im Namen eines sowjetischen Scheidungsgerichts, bei dem mein Mann eine Klage führt. Ich lehnte ab heimzukehren. Da sagten die Herren: ‚Dann ist Ihre Ehe von Stunde an geschieden!' Hier, bitte, die Urkunde!"

„Ich kann nicht Russisch lesen", murmelte Thomas, um den sich alles drehte. Er sah die strahlende Dunja an. Er sah den wachsbleichen Bastian an.

Na, dann gesegnete Mahlzeit, dachte er. Und die Schiffe mit der Sägemehlmunition und der Schmierseife sind auf hoher See. Hilf, Himmel!

12

Das Beste wird sein, ich nehme einen Strick und schieße mich damit tot, überlegte Thomas Lieven melancholisch. Wie soll ich jemals aus dem ganzen Schlamassel herauskommen? Bedrückt und beklommen schlich er in diesen Tagen herum. Als er in der Nacht zum 18. Mai von einem Besuch in Dunjas möbliertem Zimmer nach Hause kam, schleppte er sich ächzend zum Badezimmer und riss in seiner Nervosität die kleine Hausapotheke von der Wand. Donnernd krachte sie auf den Boden. Schlaftrunken kam Bastian Fabre aus seinem Zimmer gestolpert: „Mensch, was ist denn los?"

„Brom ..." stöhnte unser Freund. „Ich brauche Brom, ich muss mich beruhigen ..."

„Kommst du von Dunja?"

„Ja. Stell dir vor – sie hat schon unser Aufgebot bestellt. Du bist einer von den Trauzeugen. Die Sache soll in vier Wochen steigen. Und sie will Kinder. Fünf! So schnell wie möglich ... Bastian, ich bin verloren, wenn nicht sofort etwas geschieht – sofort, hörst du?"

„Hab's gehört. Na, trink erst mal das da. Ich habe eine Idee. Vielleicht funktioniert sie. Aber dazu musst du mir zwei bis drei Tage freigeben."

„Lass dir Zeit, mein Alter", sagte Thomas Lieven. Bastian verschwand. Als er nach sechs Tagen wiederkehrte, war er ungemein schweigsam.

„Mensch, mach doch mal das Maul auf!", drängte der verzagte Verlobte. „Hast du was erreicht?"

„Man wird sehen", antwortete Bastian.

Das war am 25. Mai. An diesem Tag hörte Thomas nichts von Dunja, und auch nichts am folgenden. Als er sie abends besuchen wollte, war sie nicht zu Hause.

Am 27. Mai um 18 Uhr 15 schrillte in seiner Wohnung das Telefon. Er hob ab und hörte zunächst nur ein gewaltiges Getön und Brausen, Stimmen und Motorengeräusche.

Dann vernahm er plötzlich Dunjas Stimme, tränenerstickt, verzweifelt: „Mein Herz – mein Geliebter …"

„Dunja!", schrie er. „Wo bist du?"

„In Frankfurt – auf dem Flughafen – in der Militärpolizeistation …"

„Militärpolizeistation?"

Aufschluchzen in Frankfurt. Dann: „Ich fliege nach Amerika, mein Guter …"

Thomas plumpste in einen Sessel. „Du – was?"

„Meine Maschine startet in zehn Minuten … Ach, ich bin ja so unglücklich … Aber es geht um mein Leben. Sie bringen mich um, wenn ich hierbleibe …"

„Bringen dich um", wiederholte Thomas blödsinnig. Summend kam Bastian ins Zimmer, ging zu einer Wandbar und machte sich einen kleinen Whisky. Indessen hörte Thomas die Stimme Dunjas: „Sie haben mir Drohbriefe geschrieben – sie haben mich überfallen, fast erwürgt – sie haben gesagt, sie werden mich umbringen, weil ich nicht heimgekehrt bin – die Amerikaner sagen es auch!"

„Die Amerikaner *auch*?"

„Nicht doch so, wie du meinst!", rief die Stimme aus Frankfurt hysterisch. „Ich werde im Auftrag des State Departments nach Amerika geflogen – in Sicherheit … Mein Mann ist doch ein Sowjetgeneral, vergiss das nicht …"

„Dunja, warum hast du mir nichts von all dem erzählt?"

„Ich wollte dich nicht in Gefahr bringen. Ich durfte auch mit niemandem sprechen …" Sie redete rasend schnell. Thomas wurde es schwindlig.

Von Liebe und Wiedersehen sprach Dunja, von ewiger Treue und ewiger Verbundenheit, über Ozeane hinweg. Und zuletzt: „… ich muss aufhören, Geliebter. Meine Maschine wartet auf mich … Leb wohl …"

„Leb wohl", sagte Thomas. Dann war die Verbindung unterbrochen. Thomas legte den Hörer auf die Gabel.

Er starrte Bastian an und beleckte die Lippen. „Gib mir auch einen. Aber schnell. Das ist dein Werk – ja?"

Bastian nickte. „War übrigens gar nicht so schwer, mein Kleiner", sagte er.

Nein, so schwer war es wirklich nicht gewesen, nachdem Bastian herausbekommen hatte, dass es in der Nähe von Nürnberg ein riesiges Ausländerlager gab. „Valka-Lager" hieß es. Dorthin war der treue Freund gefahren …

In der trostlosen Umgebung des trostlosen Lagers existierten viele Kneipen. Am dritten Abend fand Bastian zwei Herren, die bereit waren, zu durchaus zivilen Preisen einige Drohbriefe in russischer Sprache abzufassen. Weiterhin waren sie willens, nach Wiesbaden zu kommen und daselbst einen kleinen Einbruch zu inszenieren, eine Dame ein bisschen zu würgen und gewaltig zu erschrecken …

„… umgehend trat die Reaktion ein", berichtete Bastian nun händereibend seinem Freund.

„Bastian!", schrie Thomas ihn an.

„Es war ein garantiert ungefährliches Würgen. Ich habe dem Iwan vorher eingeschärft, dass ihr nichts Ernsthaftes geschehen dürfe!"

„Schnell noch einen, pur!", stöhnte Thomas.

„Gerne. Ich gebe zu, die Methode war nicht fein ..."

„*Barbarisch* war sie!"

„... aber du liegst mir doch am Herzen, mein Alter. Und ich habe dich immer mit fünf Kindern gesehen ... Kannst du mir verzeihen?"

Später an diesem Abend unterhielten sie sich über ihre Zukunft. Und Thomas kam auf ein neues Geschäft zu sprechen. „Wir haben hier eine Menge Geld gemacht. Das Geld müssen wir jetzt anlegen – und zwar schnell."

„Warum schnell?"

„Ich habe da etwas gehört – glaub mir, es muss schnell gehen. Wir werden Autos kaufen. Amerikanische Pontiacs, Cadillacs und so weiter."

Thomas erwärmte sich über seinem Thema. Für einen Dollar, erklärte er, musste man im Moment etwa 200 R-Mark bezahlen. Nun, sie hatten Geld genug! Natürlich bekam man als Deutscher keine Einfuhrlizenz für amerikanische Autos. Sei's drum! Thomas hatte da einen kleinen Angestellten der amerikanischen Militärregierung kennengelernt. Der schied eben aus dem aktiven Dienst aus. Jackson Taylor hieß der Herr. *Er* würde eine Einfuhrlizenz bekommen.

„Mr Taylor gründet pro forma ein Autogeschäft in Hamburg und verkauft die Karren – für uns."

„An wen? Hat doch kein Mensch Penunze hier!"

„Das wird sich bald ändern."

„Wie viele Autos willste denn kaufen?"

„Na, so an die hundert!"

„Jesus! Und gleich rüberkommen lassen?"

„Ja. Nein. Ich will sie kaufen und rüberkommen lassen. Aber vielleicht nicht gleich."

„Sondern wann?"

„Das hängt davon ab, wann das Ding steigt."

„Was für ein Ding?"

Thomas sagte ihm, was für ein Ding ...

13

Am 10. Juni 1948 lief die *Olivia* aus dem Hafen von New York aus. Am 17. Juni befand sich das Schiff mit einer Ladung von 100 amerikanischen Automobilen auf einer Position von 15 Grad 15 Minuten westlicher Länge und 48 Grad 30 Minuten nördlicher Breite vor der Westküste Frankreichs. An diesem Tag erhielt der Kapitän folgenden chiffrierten Funkspruch:

norddeichradio – 17 juni 48 – 15.43 uhr – von reederei schwertmann hamburg an captain hannes dröge – im namen des cargo owners fordern wir sie auf ihre jetzige position bis auf weiteres beizubehalten und deutsche hoheitsgewässer vorläufig nicht anzulaufen – halten sie den funkverkehr mit uns aufrecht – sie bekommen neue weisungen – ende

Daraufhin kreuzte die *Olivia* drei Tage und drei Nächte lang in dem erwähnten Seegebiet. Die Besatzung richtete einen Turnusdienst ein, pokerte und soff. Immer wieder ließ man den unbekannten „Cargo Owner" hochleben.

Am 20. Juni erreichte den angeheiterten Ersten Funker dieses chiffrierte Kabel:

norddeichradio – 20 juni 48 – 11.23 uhr – von reederei schwertmann hamburg an captain hannes dröge – im namen des cargo owners fordern wir sie nun auf unverzüglich hafen hamburg anzulaufen – ende

Während der Erste Funker das Kabel für den angeheiterten Captain dechiffrierte, hörte der angeheiterte Zweite Funker eine Nachrichtensendung von Radio London ab. Er nahm den Kopfhörer von den Ohren und sagte: „Da haben sie heute bei uns in Deutschland eine radikale Währungsreform bekanntgegeben. Das alte Geld ist nichts mehr wert. Nur 40 Mark pro Nase werden umgetauscht."

„Das geht nie gut", unkte der Zweite Funker.

„Mensch, mein Erspartes", sagte der Captain.

„Reich ist jetzt derjenige, der Ware hat", sagte der Erste Funker. Dem Zweiten Funker stand der Mund offen: „Junge, Junge, unser Cargo Owner hat jetzt einhundert Autos!"

Der Captain nickte schwermütig: „So ein Ding müsste mal unsereiner drehen. Ein gerissener Hund. Wüsste gern, wer das ist!"

Lieber Captain Hannes Dröge, vielleicht lesen Sie zufällig diese Zeilen. Dann wissen Sie es jetzt also …

14

Am 10. März 1948 hatte der tschechische Außenminister Masaryk Selbstmord begangen, und Benesch war verhaftet worden.

Am 18. April waren die neuen Lebensmittelrationen für die Vereinigten Westzonen bekanntgegeben worden. In vier Wochen erhielt der deutsche Normalverbraucher: 400 Gramm Fett, 100 Gramm Fleisch, 62,5 Gramm Trockenei und 1475 Gramm Nährmittel.

Am 21. Juli kam es auf dem Gelände der „I.G. Farben" in Ludwigshafen zu einer grauenvollen Explosion, die 124 Todesopfer forderte.

Anfang August trafen Thomas Lieven und sein Freund Bastian Fabre in einer kleinen Stadt in Franken ein. Wie Thomas Bastian erläuterte: „Zuerst wollte ich ja lieber nach Südamerika. Aber jetzt ist mir in Wiesbaden ein alter Freund über den Weg gelaufen, dieser Erich Werthe. Bei dem können wir besser untertauchen als irgendwo anders. Bei dem findet uns kein Mensch. Solange das Autogeschäft noch läuft, bleibe ich auch lieber in Deutschland. Zumal ich mir letzthin einige Altaktien gekauft habe. Mal sehen, ob die nicht raufklettern …"

Die Laune des Zufalls hatte Thomas in Wiesbaden ein Wiedersehen mit dem schlanken, großen Exoberst Werthe von der Abwehr Paris beschert. Auf der Straße waren sie buchstäblich ineinander hineingelaufen. Der alte, weißhaarige Berufsoffizier bekam feuchte Augen. „Mensch, Lieven, die Freude!"

„Pst! Nicht so laut, Herr Werthe. Ich heiße hier gerade Heller." Werthe musste grinsen. „Noch immer auf krummen Touren?"

„Was heißt noch immer? Jedes Mal, wenn ich es auf die gerade Tour versuche, bekomme ich eine über den Schädel. Ich bin schon ganz rammdösig. Und Sie? Was machen Sie?"

„Ach, eigentlich gar nichts. Ich sitze auf meinem kleinen Weingut in Franken. Es gehört meiner Frau. Sie müssen uns besuchen. Ich bestehe darauf! Wann Sie wollen. So lange Sie wollen! *Sie* haben mich ja schließlich aus dem verdammten Lager herausgeholt …"

Tja, und nun waren sie also unterwegs zu ihm, die Herren Thomas Lieven und Bastian Fabre. In einem unauffälligen Vorkriegsauto schaukelten sie südwärts, hinab ins schöne Frankenland, einem Weingut entgegen – und einem neuen Abenteuer …

Das Weingut Erich Werthes lag auf sanften, sonnendurchglühten Hügeln über einer kleinen Stadt, die als Wallfahrtsort Berühmtheit erlangt hatte. Ein idyllischer Fluss durchquerte das gesegnete Rebental. Vor der Stadt erhob sich ein hoher Granitfelsen. Auf ihm stand das mächtige Stift, das eine wundertätige Madonna beherbergte.

Einer der ersten Männer, die Thomas in der kleinen Stadt kennenlernte, war denn auch der Abt des Stiftes, Waldemar Langauer: ein wahrhaft imponierender geistlicher Würdenträger mit schlohweißem Haar, sonnengebräunter Haut und blitzenden Augen.

Erich Werthe machte Thomas mit ihm bekannt. Die beiden Männer fanden sofort Kontakt miteinander. Waldemar Langauer zeigte Thomas die herrliche Stiftsbibliothek. Dann erzählte er von seinen Sorgen. Die Stadt war überfüllt mit Flüchtlingen, die Essen, Kleidung, Unterkunft brauchten – aber woher nehmen? Es fehlte an allem. Ein Lächeln verschönte des Abts Gesicht: „In solchen Zeiten lernt man die Menschen kennen, Herr Lieven. Da wächst manchmal einer über sich selber hinaus … Wir haben so einen Menschen in unserer kleinen Stadt."

„In der Tat?"

„Herbert Rebhahn heißt er. Weinhändler von Beruf. Früher hörte man oft sehr, nun, sehr weltliche Dinge von ihm, Sie verstehen … aber seit Kriegsende ist dieser Mensch wie verwandelt! Kein Sonntagsgottesdienst, den er versäumt! Kein gutes Werk, das er nicht tut! Tausende und Abertausende von Mark hat er uns für die armen Flüchtlinge zur Verfügung gestellt …" Solcherart hörte Thomas zum ersten Mal von dem Weinhändler und Menschenfreund Herbert Rebhahn. Am selben Tag hörte er übrigens noch einmal von ihm: in Erich Werthes Haus, beim Abendessen, das die hübsche, aber sehr schmale und blasse Frau des Exabwehroffiziers zubereitet hatte.

Werthe sagte: „Hören Sie mal, Lieven, Sie haben doch damals in Paris für mich so einen fantastischen Zwiebelkuchen gebacken. Würden Sie das morgen wohl noch einmal tun? Wir bekommen Gäste."

„Aber mit Vergnügen", sagte Thomas.

„Es sind ein paar Freunde, die da kommen. Ich bin ihnen eine Einladung schuldig – nach allem, was sie für mich getan haben. Besonders Herbert Rebhahn."

Herbert Rebhahn – da war der Name wieder! „Dieser Herr scheint unentwegt Gutes zu tun", sagte Thomas.

„Keine Witze bitte!" Werthe sprach sehr ernst: „Ohne Herrn Rebhahn, ohne den Polizeipräsidenten Katting und ohne den Fürsten von Welkow hätte ich mich schon lange aufhängen müssen."

Leise und erschrocken fragte Thomas: „Es geht Ihnen nicht gut, Herr Werthe?"

„Nicht gut? Verzeih das Wort, Luise – beschissen geht es uns! Sehen Sie mal, ich habe hier ein Weingut und eine Weinhandlung. Der Wein aus dem Gut bleibt bei mir liegen. Und die Amerikaner geben mir keine Einfuhrlizenzen. Also ist auch das gute Geschäft, das wir früher mit ausländischen Weinen hatten, ruiniert …"

Bastian kratzte sich den Schädel und sagte in seinem Französisch akzentuierten Deutsch: „Isch verstehen das nicht. Isch denken, in Deutschland es gibt nichts zu kaufen. Sie 'aben gute Wein. Wieso Sie können ihn nicht loswerden?"

„Ich weiß es nicht, ich weiß es wirklich nicht …"

15

Bevor wir beginnen", sprach Herbert Rebhahn, „lasset uns beten!" Er faltete die rosigen, fetten Händchen und senkte den rosigen, dicken Kopf mit den blonden Haaren, den blonden Augenbrauen und dem blonden Bärtchen am Kinn. Der Polizeipräsident Katting, der Fürst von Welkow, Erich Werthe und seine Frau senkten desgleichen die Köpfe und falteten die Hände. Thomas sah Bastian an. Danach taten sie, was die anderen taten.

Der Fürst von Welkow war ein alter Mann, hager, hochmütig, pergamenthäutig und schweigsam. Der Polizeipräsident Wilhelm Katting sah aus wie ein vorsichtiger, korrekter Bankangestellter in mittlerer Gehaltslage. Nach dem stummen Gebet glitten die Äuglein des Menschenfreundes Rebhahn flink um den Tisch. „Ah, Zwiebelkuchen! Welche Delikatesse!" Er langte zu. Der vergilbte Fürst kaute vorsichtig, dann sagte er: „Wundervoll, der Kuchen. Wie meine Mutter ihn machte. Gratuliere, gnädige Frau."

„Sie müssen Herrn Lieven gratulieren", sagte Luise Werthe. „Er hat ihn gebacken." Drei Augenpaare fühlte Thomas plötzlich auf sich ruhen, kühl, prüfend, ohne Sympathie. Der Polizeipräsident, der Fürst, der Philanthrop Rebhahn sahen ihn an – wie drei Kriminalkommissare einen verhafteten Verbrecher.

Thomas schmeckte sein eigener Zwiebelkuchen auf einmal nicht mehr. Er drehte den Bissen im Mund herum. Dieser Herr Rebhahn wurde ihm mit jeder Sekunde unsympathischer.

In seinem schwerfälligen, akzentuierten Deutsch sprach Bastian: „Wollen wir auch dafür danken, dass charmante Madame Werthe sein auf diese Welt und diese wundervolle Wein, mit dem isch stoße an nun auf sie! *Messieurs!*"

Alle hoben die Gläser und prosteten Luise Werthe zu, die errötete. Mit leichter Bitterkeit sagte sie: „Es war Gottes Wille, dass dieser Wein hier wachse. Ist es auch Gottes Wille, dass wir ihn nicht verkaufen können?"

Salbungsvoll sprach Rebhahn: „Eine Zeit der Prüfung ist es, die wir zu bestehen haben, liebe gnädige Frau. Wir alle. Geht es mir anders? Bleibt nicht auch mein Wein liegen?"

„Ich will ja gar nicht davon reden, dass wir auf unserm Wein sitzen bleiben", sagte Luise Werthe. „Aber was ist das mit dem italienischen Wein? Ich meine: Das ist doch eine niederträchtige Schiebung! Das ist doch …"

„Luise, bitte!", sagte Werthe scharf. Gleichzeitig bemerkte Thomas Lieven, wie Rebhahn, der Fürst und der Polizeipräsident einen Blick wechselten. Schnell sah Thomas zu Bastian. Der hatte es auch gesehen. Zwiebelkuchen auf seine Gabel häufend, fragte Thomas harmlos: „Italienischer Wein, was ist denn damit?"

Wieder wechselten der Polizeipräsident, der Fürst und der Menschenfreund Rebhahn Blicke. Thomas dachte: Ist mein alter Freund Werthe denn blind? Solche Leute hält er für seine Freunde? Nicht begraben sein möchte ich mit diesen drei Brüdern!

Rebhahn sah Thomas aus strahlend blauen Augen an und antwortete mit fester Stimme: „Seit einem Jahr wird Deutschland überschwemmt mit Abertausend Litern von billigen italienischen Weinen. Diese Weine ruinieren uns allen das Geschäft. Denn jedermann kauft natürlich sie und nicht unsere Produkte. Wo kommen diese Weine her? Das weiß niemand. Wer importiert sie? Niemand weiß es."

„Moment mal", sagte Thomas, „ich dachte, es gibt keine Einfuhrlizenzen für ausländische Weine – sagten Sie mir doch gestern, Herr Werthe."

Der lachte freudlos: „Sagte ich, ja. Offiziell gibt es auch keine. In Frankfurt sitzt eine amerikanische Kommission, die JEIA. Sie allein erteilt Einfuhrlizenzen. Und für Wein erteilt sie keine. Angeblich jedenfalls."

„Sie erteilt in der Tat keine, Herr Oberst", sprach salbungsvoll der Flüchtlingsfreund und Paradechrist Rebhahn. „Wir wollen doch keine Verdächtigungen gegen aufrechte und unbestechliche amerikanische Offiziere aussprechen, nicht wahr?"

„Um Gottes willen!", sagte Werthe erschrocken.

Thomas dachte: Armer Kerl, bist du schon so parterre?

In dieser Nacht fand auf einem Hügel über der kleinen Stadt folgendes Gespräch statt: „Hör mal, Bastian, alter Kumpel, ist dir dieser Rebhahn auch so zum Kotzen?"

Menu • Franken, 14. August 1948

An Thomas Lievens Rezept verschlucken sich drei Galgenvögel.

Süddeutscher Zwiebelkuchen • Kalbsvögel mit Kartoffelpüree
Gefüllte Äpfel

Zwiebelkuchen: Man nehme ungesüßten Mürbeteig oder feinen Hefeteig, rolle ihn dünn aus und lege eine große Tortenspringform damit aus. – Man dämpfe eineinhalb bis zwei Pfund Zwiebelringe in 150 Gramm Butter weich, sodass sie ganz hell bleiben. Man lasse sie abkühlen, gebe drei bis vier ganze Eier, mit einigen Esslöffeln dicker saurer Sahne verquirlt, eine Prise Kümmel und Salz dazu. – Man fülle die Masse in die Form, lege einen Teigrand auf und lasse den Kuchen im Ofen zu goldgelber Farbe backen, gebe ihn heiß zu Tisch.

Kalbsvögel: Man nehme Kalbsschnitzel, klopfe sie gut, salze und pfeffere sie auf einer Seite. Man belege diese Seite mit etwas fein gehacktem, fettem Speck, Zwiebeln und Petersilie, rolle die Schnitzel zusammen und umbinde die Röllchen mit Faden. – Man brate die Röllchen in Butter hellgelb an, gieße saure Sahne, mit einem halben Teelöffel Maizena verrührt, dazu, lasse langsam weich schmoren, schmecke mit Salz und Pfeffer ab. – Man reiche Kartoffelpüree und grünen Salat dazu.

Gefüllte Äpfel: Man nehme Äpfel von einer mürben, nicht zu süßen Sorte, schäle sie, höhle sie vorsichtig aus, ohne die Stielseite zu verletzen. – Man stelle sie auf diese Seite in eine gut gebutterte Auflaufform, fülle in die Höhlung je einen Kaffeelöffel Zucker, Korinthen und Johannisbeergelee. Man gebe auf jeden Apfel eine Butterflocke und lasse im Ofen backen, bis die Äpfel weich sind.

„So zum Kotzen wie mir kann er dir überhaupt nicht sein! Na, und die beiden anderen Typen!"

„Armer alter Werthe – und diese Brüder haben ihm Geld geliehen – und diesen Gangstern ist er verpflichtet."

„Ich muss mal eine kleine Frage an dich richten – darf ich?"

„Na los, Goldkind, richte!"

„Wenn er auch seinen Wein nicht losbringt und wenn er auch keine Einfuhrlizenzen für ausländische Weine bekommt – wieso geht es diesem Monsieur Rebhahn dann so gut, dass er Riesenbeträge für arme Flüchtlinge stiften kann?"

„Ja", sagte Thomas Lieven, „das habe ich mir auch schon überlegt. Um dir diese Frage zu beantworten und – hoffentlich – meinem Freund Werthe helfen zu können, werde ich wohl für einige Zeit nach Italien fahren müssen ..."

16

Am 10. September 1948 saß Thomas Lieven in der Kneipe des zwielichtigen Luigi in Neapel bei einem Topf voll Pasta asciutta und einer Flasche Rotwein. Er hatte Luigi, der aussah wie der Schauspieler Orson Welles, knapp nach Kriegsende kennen- und schätzengelernt, als er sich im Auftrag des französischen „Kriegsverbrecher-Suchdienstes" ein paar Tage hier aufhielt mit der Order, einen italienischen General zu verhaften.

Vor etwa drei Wochen war Thomas nun wieder in Neapel erschienen und hatte Luigi gebeten, einmal herumzuhören, wer in Norditalien Wein kaufte und bei wem und in welchen Mengen – und zwar für Deutschland bestimmten Wein.

Luigi berichtete: „Meine Kumpels waren in Bozen und in Meran und in Piave de Cadere und in Sarentino und in Bresanzone. Überall da oben wird seit einem Jahr Wein wie verrückt gekauft – Hunderttausende von Litern! Aber heimlich, ganz heimlich."

„Und nach Deutschland geschmuggelt?"

„Ach woher, Junge! Richtig deklariert und mit der Bahn rübergefahren!"

„Es darf aber doch kein ausländischer Wein in Deutschland verkauft werden!"

„Dieser Wein wird ja in Deutschland auch nicht verkauft – angeblich." Luigi rieb sich die Hände, schlug sich auf den Bauch und schrie vor Lachen: „Das ist Messwein!"

„Messwein?"

„Ja, Baby, ja. Messwein! Ein Geschenk katholischer italienischer Bürger an die katholischen Kirchen in Deutschland! *Geschenk!* Verstehst du, wie genial der Trick ist?" Luigi konnte sich gar nicht beruhigen. „Geschenke fallen nicht unter die Importbestimmungen der Amerikaner! Mit Geschenken werden ja keine Geschäfte gemacht! Für Geschenke gibt es Einfuhrlizenzen bei der JEIA!"

Thomas fühlte, wie ihm plötzlich kühl wurde. Er fragte leise: „Und wer ist der Empfänger in Deutschland?"

Luigi verschluckte sich vor Lachen: „Der Wein geht an die Adressen von drei Klöstern in Bayern. Aber eigentlicher Bestimmungsort und Empfänger ist in allen Fällen der Abt eines Stiftes, er heißt …"

„Waldemar Langauer", sagte Thomas erstickt.

„Ja", sagte Luigi, „woher weißt du das?"

Der Abt Waldemar Langauer – verstrickt in eine gigantische Weinschiebung? Thomas konnte es nicht fassen. Er hatte den Abt gesehen, er hatte mit ihm gesprochen. Er irrte sich nicht. Das war kein Mann, der schmutzige Sachen machte!

Aber was ging dann hier vor? Wer missbrauchte den Namen des geistlichen Würdenträgers in so schamloser Weise?

Thomas fuhr nach Norditalien. Tagelang trieb er sich herum, bestach Eisenbahner, Zöllner, Transportarbeiter, sah die Einfuhrlizenzen der JEIA.

Thomas stellte fest, dass der deutsche Umschlagbahnhof für die Weintransporte ein Ort namens Rosenheim war. Er führte ein paar lange Telefongespräche. Daraufhin tauchte am 28. September auf dem Bahnhof von Rosenheim ein freundlicher Geselle mit roten Bürstenhaaren und Bärenkräften auf. Er nannte sich Gustave Aubert und wies Papiere auf diesen Namen vor. Er sah Bastian Fabre ähnlich wie aus dem Gesicht geschnitten. Und das war kein Wunder …

Der arbeitswillige Franzose – „Isch bin eine ehemalige Fremdarbeiter, die bleiben möchte in Deutschland, weil isch mich fühle wohl 'ier in Bayern!" – gewann sogleich die Sympathie der einheimischen Arbeiter. Er belud Lastautos. Mit Fässern voll italienischem Wein. Er lernte die Chauffeure dieser Lastautos kennen. Sie kamen nachts. Sie holten den italienischen Wein ab. Angeblich zu drei bayerischen Klöstern. Sie waren sehr wortkarg. Und verprügelten den Franzosen einmal, als er zu neugierig wurde. Er ließ sich – zum ersten Mal in seinem Leben – verprügeln. Er dachte an die Maxime seines Freundes Thomas Lieven: „Mut beweist man nicht mit der Faust allein. Man braucht auch den Kopf dazu." Er hatte etwas herausgefunden, das besser und wertvoller war als ein Sieg über deutsche Chauffeure nach den klassischen Regeln des technischen K. o. Er hatte die Fahrbefehle und Fahrzeugbriefe der Chauffeure gesehen. Er wusste jetzt, wem jeder einzelne Laster gehörte, der den „Messwein" abholte. Er wusste jetzt, in wessen Auftrag die Chauffeure fuhren.

17

Mein Freund Bastian Fabre, Hochwürden, ist bereit zu beeiden, dass alle diese Chauffeure im Auftrag von Herrn Herbert Rebhahn fuhren und fahren", sagte Thomas Lieven. Es war hoher Mittag am 19. Oktober 1948. Thomas stand vor dem Fenster des großen Zimmers, in dem Abt Langauer zu arbeiten pflegte.

Der Gottesmann sah um Jahrzehnte gealtert aus. Seine Hände öffneten und schlossen sich mechanisch. In seinem Gesicht zuckte es. „Furchtbar", sagte er. „Das ist die größte menschliche Enttäuschung meines Lebens. Ich bin betrogen worden. Ich wurde das Opfer eines Schurken."

Und der Abt erzählte ...

Im Mai 1946 war Herbert Rebhahn zum ersten Mal bei ihm erschienen und hatte 20000 R-Mark für die armen Flüchtlinge gespendet. Danach war er immer wieder gekommen, mit immer neuen Gaben und Spenden – ein ganzes Jahr lang.

Im Sommer 1947 hatte Langauer protestiert: „Wir können nicht andauernd Geld von Ihnen nehmen, Herr Rebhahn! Das ist unmöglich!"

„Es ist Christenpflicht zu spenden, Ehrwürdiger Vater!"

„Aber es geht Ihnen doch selbst nicht gut, Herr Rebhahn ... Sie haben Sorgen ... Wenn ich wüsste, was das Stift tun könnte, um zu Geld zu kommen ..."

Nun, sagte Herbert Rebhahn, was das Stift beträfe – da hätte er einen Vorschlag zu machen! Da gäbe es in der Verwaltung der JEIA in Frankfurt einen gewissen Major Jolsen.

Rebhahn sprach mit Engelszungen: „Gewiss würde der Major dem Ehrwürdigen Vater Einfuhrlizenzen für – gewisse Mengen von italienischem Messwein geben. Geschenksendungen. Der Wein würde Sie nichts kosten. Ich habe Freunde in Italien, die es sich zur Ehre anrechnen würden, den Wein zu kaufen und dem Ehrwürdigen Vater zu schicken."

„Aber ist das nicht ungesetzlich?"

„Das wäre vollkommen gesetzlich. Ich würde es dann übernehmen, den Wein in Deutschland zu verkaufen. Und den Erlös dem Ehrwürdigen Vater zu übergeben – für die armen Flüchtlinge ..." Auf dieses Angebot ging Waldemar Langauer ein. Er gab seinen Namen für ein Geschäft, von dessen Ausmaß und dessen kriminellem Einschlag er nichts ahnte. Ein Jahr lang verkaufte Herbert Rebhahn für ihn und seine Flüchtlinge „gewisse Mengen von italienischem Messwein". Herbert Rebhahn lieferte aus dem Erlös 125000 R-Mark an Abt Langauer ab.

Am Mittag des 19. Oktober 1948 sagte Thomas Lieven: „Nach meinen Berechnungen hat Rebhahn allein im letzten Jahr an seinen Weinschiebungen rund einskommafünf Millionen Mark verdient!"

Der Abt sagte tonlos: „Ich danke Ihnen für alles, was Sie herausgefunden haben, Herr Lieven. Es ist furchtbar, was ich jetzt zu tun habe – aber ich muss es tun."

Er griff nach dem Telefonhörer, wählte und sagte dann: „Geben Sie mir die Kriminalpolizei ..." Verhaftet wurde am gleichen Tag der Weinhändler Herbert Rebhahn. Zu den Beamten, die ihn aus seiner luxuriösen Wohnung holten, sagte er: „Die machen mir nie einen Prozess! In der Geschichte hängen zu viele Großkopferte drin."

Sein Selbstvertrauen verließ ihn jedoch in den folgenden Wochen und Monaten, und zur Jahreswende 1948/49 bequemte er sich zu Geständnissen, die den Polizeipräsidenten Katting hinter schwedische Gardinen brachten. Zu Beginn des Jahres 1949 präsentierte sich die Situation dem Oberstaatsanwalt Dr. Offerding dann folgendermaßen: Rebhahn und Katting hatten den Fürsten von Welkow 1946 erfolgreich mit dessen dunkler Nazi-Vergangenheit erpresst und erreicht, dass ihnen der belastete Fürst in seiner Angst das große Gut Wickerode und die dazugehörenden Wälder überschrieb; gleichzeitig mit der Überschreibung jedoch hatte der schlaue Fürst wieselflink Hypotheken auf den überschriebenen Besitz aufgenommen, sodass er für die neuen Eigentümer weitgehend belastet und wertlos war.

Rebhahn und Katting hatten eine Kunststeinfabrik angekurbelt, von der sie sich Millionengewinne versprachen. Der Betrieb artete jedoch infolge laienhafter Führung zu einer Millionenpleite aus. Nun saßen Katting, Rebhahn und der Fürst, wie Rebhahn es auszudrücken beliebte, „in einem Boot". Sie mussten sehen, wie sie alle finanziell wieder flott wurden. Rebhahn organisierte das große „Messweingeschäft". Er war Zweiter Vorsitzender des Interessenverbandes der Weinindustrie. Als solcher war es ihm möglich gewesen, gegen Weinhändler, die er in seine Abhängigkeit bringen wollte, einen geheimen Boykott durchzuführen. Nach seiner Verhaftung distanzierte sich der Verband von ihm. Und das Geschäft von ehrlichen Männern wie Erich Werthe blühte plötzlich auf ...

Der Exoberst konnte Thomas dafür nur schriftlich danken. Denn zu jener Zeit im Frühjahr 1949, da der Oberstaatsanwalt Dr. Offerding eine vielhundertseitige Anklageschrift gegen Herbert Rebhahn und Genossen zusammenstellte, lebte unser Freund mit Bastian Fabre in einem gemieteten Appartement in Zürich. Wohl ergehen ließen es sich Thomas und Bastian in Zürich. Ihre tägliche Lieblingslektüre war der Börsenteil der *Neuen Zürcher Zeitung.*

Aus den Gewinnen seiner letzten Operationen hatte Thomas große Mengen von deutschen Aktien erworben. Diese waren nach Kriegsende äußerst niedrig gehandelt worden, weil damals noch kein Mensch wusste, wie weit und wie vollkommen die Siegermächte die deutschen Wirtschaftszentren zerschlagen würden.

Die wertvollsten Anlagen waren demontiert, die größten Konzerne aufgelöst worden. 1946/47 wurden die Aktien der „Vereinigten Stahlwerke" nur mit rund 15 Prozent gehandelt, AEG-Aktien mit 30 Prozent; I.G.-Farben-Aktien durften überhaupt nicht gehandelt werden.

Reichlich wurden nun Leute, die solche und andere Aktien trotzdem gekauft hatten, für ihren Optimismus belohnt! Nachdem aus den R-Mark-Aktien D-Mark-Aktien geworden waren, kletterten die Kurse von Monat zu Monat höher empor. In einem Zürcher Appartement saß ein Herr, der sich nicht beklagen konnte über das, was geschah ...

Bis dann jener 14. April 1949 kam, an dem Thomas mit Bastian ins Zürcher Scala-Kino ging. Sie wollten den berühmten italienischen Film „Fahrraddiebe" sehen. Sie sahen die Reklamen. Sie sahen vor dem Hauptfilm die Wochenschau. Und in dieser einen Beitrag über das Hamburger Frühjahrsderby.

Elegante Pferde, Herren im Cut, bezaubernde Frauen waren zu bewundern. Die Kamera erging sich in Großaufnahmen der prominenten Zuschauer. Dicker Herr. Faszinierende Dame. Noch eine faszinierende Dame. Noch eine. Das Wirtschaftswunder hatte begonnen. Noch ein illustrer Herr ...

Plötzlich schrie in Loge 5 ein Mann laut auf: *„Marlock!"*

Thomas Lieven rang nach Atem. Denn da, auf der Leinwand, stand er, überlebensgroß, sein schurkischer Kompagnon, den er für tot gehalten hatte, sein verbrecherischer Partner, der seine friedliche Existenz vernichtet, ihn in die Mühlen der internationalen Geheimdienste geschleudert hatte – da stand er, untadelig gekleidet, im Cut, Fernglas vor der Brust.

„Er ist es ... Ich bringe ihn um, das Schwein!", lärmte Thomas. „Ich habe gedacht, er schmore schon längst in der Hölle – aber er lebt ... Jetzt werde ich abrechnen mit ihm!"

18

Bitte, ich habe Sie wohl eben nicht ganz richtig verstanden, mein Herr", sagte der Besitzer des Scala-Kinos. „*Was* möchten Sie?"

„Sie haben mich eben durchaus richtig verstanden, mein Herr", sagte Thomas Lieven mit einer feinen Verneigung. „Ich möchte mir nach der letzten Vorstellung die Wochenschau-Filmrolle ausleihen, die Sie heute zeigen."

„Ausleihen? Aber warum?"

„Weil ich sie mir noch einmal vorführen lassen möchte. Privat. Denn ich habe auf dem Streifen einen Bekannten entdeckt, den ich bei Kriegsbeginn aus den Augen verlor."

Stunden später brauste Thomas mit der Filmrolle durch das nächtliche Zürich. Hinaus zu den Studios der „Praesens-Film". Hier hatte er einen Schneideraum und einen Cutter organisiert. Der Cutter ließ die Wochenschaukopie auf dem Schneidetisch vor- und zurücklaufen, so lange, bis Thomas rief: „Halt!"

Der kleine Bildschirm über dem Tisch zeigte nun ein still stehendes Bild vom Hamburger Frühjahrsderby. Ein paar dicke Herren, ein paar elegante Damen auf der Tribüne. Und im Vordergrund deutlich zu erkennen: Robert E. Marlock.

Thomas ballte die Hände zu Fäusten. Er fühlte, wie ihm vor Erregung der Schweiß auf die Stirn trat. Ruhig, sagte er zu sich selbst, ganz ruhig jetzt, wenn du Rache nimmst.

„Können Sie das Kaderbild da kopieren und mir bis morgen früh ein paar Abzüge davon machen – so stark vergrößert wie möglich?"

„Na klar, mein Herr", sagte der Cutter.

Am nächsten Tag um 11 Uhr 45 nahm Thomas Lieven den Express nach Frankfurt am Main. Hier suchte er zwei leitende Beamte im Gebäude der „Deutschen Bankaufsicht" auf. Ihnen zeigte er Fotos von Robert E. Marlock. Eine halbe Stunde später lag vor Thomas eine Personalkarte, wie es sie hier über jeden Menschen in Deutschland gab, der Bankgeschäfte machte.

Am Abend des 15. April 1949 sagte Thomas zu seinem Freund Bastian Fabre in seiner Zürcher Wohnung: „Der verfluchte Hund lebt in Hamburg. Walter Pretorius nennt er sich. Und eine kleine Bank besitzt er wieder. An der Innenalster. Die Frechheit! Die ungeheure Frechheit, die der Erzlump hat!"

Bastian drehte ein bauchiges Kognakglas hin und her. Er meinte: „Er wird ohne Zweifel in dem Glauben leben, dass du tot bist. Oder hast du ihn aufgesucht?"

„Bist du verrückt? Nein, nein, Marlock soll ruhig weiter glauben, ich sei tot!"

„Ich denke, du willst dich rächen …"

„Ich *werde* mich rächen! Aber schau mal, Marlock hat eine deutsche Banklizenz bekommen. Ohne Scheu und Furcht lebt er in Hamburg. Soll ich da vor ein deutsches Gericht gehen und sagen: Dieser Herr Pretorius heißt in Wirklichkeit Marlock. Dieser Herr hat mich 1939 hineingelegt. Soll ich das sagen? Wenn ich klage, muss ich als Thomas Lieven klagen, denn als Thomas Lieven war ich Bankier in London. Mein Name wird in allen Zeitungen stehen …"

„Auwei."

„Jawohl, auwei. Meinst du, ich will unbedingt von irgendeiner Roten, Grünen, Blauen oder Schwarzen Hand umgelegt werden? Ein Mann mit meiner Vergangenheit muss es auf das Peinlichste vermeiden, in die Öffentlichkeit zu treten."

„Na, aber wie willst du Marlock schaffen?"

„Ich habe einen Plan. Ich brauche einen Strohmann dazu. Ich habe ihn auch schon: Herr Reuben Achazian, mit dem wir die ZVG-Geschäfte gemacht haben. Ich habe ihm geschrieben. Er kommt her."

„Und ich? Was mache ich?"

„Du, mein Alter, musst dich jetzt eine Zeit lang von mir trennen", sagte Thomas und legte dem Freund eine Hand auf die Schulter: „Schau mich nicht so unglücklich an; es ist nötig, es steht zu viel auf dem Spiel … Du nimmst alles Geld, das ich nicht brauche, und fährst nach Deutschland. Nach Düsseldorf am besten. Dort, wo die reichsten Leute wohnen, kaufst du uns eine Villa. Einen Wagen. Und so weiter. Wenn ich bei dieser Sache Pech habe und alles verliere, dann brauche ich Kredit. Und Vertrauen. Und muss angeben. Kapiert?"

„Kapiert."

„Cecilien-Allee", sagte Thomas verträumt. „Das wäre eine Gegend für uns. Da sieh dich mal um. Da wollen wir uns ansiedeln. Da wohnen die *ganz* feinen Leute."

„Na ja", sagte Bastian, „dann ist es natürlich sonnenklar, dass auch wir dorthin müssen …"

19

Wir berichten nun über Thomas Lievens größtes und riskantestes Börsenmanöver. Wir wollen bemüht sein, so zu berichten, dass jedermann begreifen kann, wie raffiniert sein Racheplan war.

Blicken wir zuerst nach Stuttgart. Vor den Toren jener schönen Stadt lag das Gebäude der „Excelsior-Werke AG". Im Krieg hatte diese Gesellschaft mit einer Belegschaft von über 5000 Menschen Armaturen und Instrumente für Görings Luftwaffe hergestellt. 1945 war das Geschäft vorbei. In Deutschland wurden – für ein kurzes Weilchen – gerade mal keine Kriegsflugzeuge gebaut.

Also stellten die „Excelsior-Werke" in kleinstem Rahmen verschiedene technische Geräte her. Aber nach der Währungsreform im Sommer 1948 schien der Konkurs unabwendbar. Weit unter dem Nominalwert wurden Excelsior-Aktien gehandelt, zu einem Kurs von 18 bis 25. Der Zusammenbruch war für Experten im Frühsommer 1949 nur noch eine Frage von Wochen.

In dieser verzweifelten Situation machten die Herren vom Vorstand der „Excelsior-Werke" am 9. Mai 1949 die Bekanntschaft eines Armeniers namens Reuben Achazian, der sie in Stuttgart aufsuchte.

Herr Achazian, ausgezeichnet gekleidet, Besitzer eines brandneuen Cadillac, Modell 1949, erklärte den Versammelten: „Meine Herren, ich besuche Sie im Auftrag eines Schweizer Unternehmens, das aber anonym zu bleiben wünscht. Dieses Unternehmen ist stark interessiert, einen Teil seiner Produktion nach Deutschland zu verlegen ..."

Warum, wollten die Herren vom Vorstand wissen.

„... weil hier die Herstellungskosten für technische Geräte wesentlich niedriger liegen. Meine Herren, die Schweizer denken daran, Ihnen einen langfristigen Vertrag anzubieten. Man ist bereit, zu günstigen Bedingungen an einer Sanierung Ihres Werkes mitzuwirken. Damit Sie sehen, dass es den Leuten ernst ist, bin ich ermächtigt, Ihnen mitzuteilen: Die Schweizer Gruppe wird fällige Wechsel Ihres Unternehmens bis zu einem Betrag von einer Million D-Mark übernehmen!"

Eine Million D-Mark! Der Silberstreifen am Horizont für ein Werk, das vor dem Konkurs stand. Verständlich, dass die Herren sich keine lange Bedenkzeit ausbaten ...

Prompt trafen am 25. Mai 1949 bei den „Excelsior-Werken" denn auch 900 000 DM ein. Dieser Betrag war das Vermögen, das Thomas Lieven in seine Rache investierte. Er arbeitete schwer in diesen Tagen. Nachdem er mit verschiedenen Wirtschaftsredakteuren und Journalisten gesprochen hatte, erschienen in Schweizer Zeitungen Artikel, wonach schweizerische Industriekreise die Möglichkeit prüften, Zweigbetriebe in der deutschen Bundesrepublik einzurichten. Diese Meldungen und die Tatsache, dass alle fälligen Excelsior-Wechsel anstandslos eingelöst wurden, erregten Sensation an westdeutschen Börsen. Eine lebhafte Nachfrage nach Excelsior-Aktien setzte ein. Die Kurse zogen erheblich an: auf 40 und 50.

Im Auftrag von Thomas Lieven erkundigten sich nun Strohmänner beim Bankhaus Pretorius in Hamburg, ob hierorts etwas über die Vorgänge rund um die „Excelsior-Werke" bekannt sei. Solcherart wurde das Interesse des außerordentlich geldgierigen Bankhausinhabers Walter Pretorius geweckt ...

Tage später erschien ein gewisser Herr Reuben Achazian im Bankhaus Pretorius und sprach bei dem Bankbesitzer vor, den wir der Klarheit halber von nun an mit seinem richtigen Namen Marlock nennen wollen.

„Ich frage im Auftrag meiner Schweizer Freunde an, ob Sie daran interessiert sind, an einem großzügigen Sanierungsunternehmen der ‚Excelsior-Werke' mitzuwirken", sprach Herr Reuben Achazian, der den feinen Cadillac auch in die Freie Hansestadt mitgebracht hatte. Angesichts der emporschnellenden Aktienkurse war Marlock sogleich bereit. Er versprach grundsätzlich eine Beteiligung. Danach ließ er sofort durch Mittelsmänner große Mengen von Excelsior-Aktien aufkaufen, wodurch diese immer weiter im Kurs stiegen. Bereits zu weit überhöhten Preisen musste Marlock sie nun kaufen. Er tat es in der felsenfesten Überzeugung, vor dem Geschäft seines Lebens zu stehen.

Am 19. September sagte Thomas Lieven in Zürich zu Reuben Achazian: „Jetzt habe ich den Hund so weit, dass er sein ganzes Geld in dieses Pleiteunternehmen, genannt ‚Excelsior-Werke', gesteckt hat. Jetzt muss ich sehen, dass ich die 900 000 Mark, und wenn möglich mehr, zurückbekomme, die ich in die Excelsior-Wechsel gesteckt habe."

„Und wie soll das geschehen?", fragte der Armenier mit den feuchten Mandelaugen.

„Das soll mithilfe von Sperrmark geschehen, mein Lieber", antwortete Thomas Lieven sanft.

Mit dem Wort „Sperrmark" wurde damals das Vermögen von Ausländern im Deutschen Reich gekennzeichnet, das zur Sicherung der Währung gesperrt worden war und über das die Besitzer nur mit besonderen Genehmigungen verfügen konnten.

Vor 1951 gab es nur Schwarzverkäufe im Ausland. Dabei wurden in der Regel für 100 Sperrmark 8 bis 10 Dollar gezahlt, also ein sehr schlechter Kurs.

Thomas Lieven fand in der Schweiz Industriewerke, die zum Teil noch Sperrmarkkonten aus den Jahren 1931–1936 besaßen! Diese Leute verkauften unserm Freund ihre Konten bereitwillig und sogleich zu dem erwähnten elenden Kurs. Egal, egal! Auf diese Weise sahen sie endlich wenigstens *etwas* von ihrem Geld wieder!

Nun besaß Thomas also Sperrmarkkonten in Deutschland. Jetzt schickte er Herrn Achazian wieder nach Hamburg. Daselbst erklärte dieser dem Bankier Marlock: „Die Sanierung der ‚Excelsior-Werke' soll weitgehend aus Sperrmarkguthaben meiner schweizerischen Auftraggeber finanziert werden. Das ist nach den geltenden Bestimmungen mit Einwilligung der ‚Bank Deutscher Länder' möglich. Ich habe Vollmacht, die besagten Sperrmarkguthaben in Höhe von zweikommadrei Millionen Mark auf Ihre Bank zu überweisen."

Marlock rieb sich die Hände. Er hatte ja gewusst, dass er hier vor dem Geschäft seines Lebens stand! Er fuhr nach Frankfurt. Mehrere Tage lang verhandelte er hartnäckig mit der „Bank Deutscher Länder". Er übernahm die eidesstattliche Verpflichtung, die 2,3 Millionen *ausschließlich* zur Sanierung der „Excelsior-Werke" vor Stuttgart zu verwenden. Daraufhin bekam er die Sperrmark frei.

Am selben Tag sagte Thomas Lieven in seiner Zürcher Wohnung zu Herrn Achazian: „Nun fahren Sie wieder zu ihm. Ich gebe Ihnen Vollmachten mit, erstklassig gefälschte Dokumente von angeblich an dem Sanierungsprojekt beteiligten Schweizer

Firmen. Der Schweinekerl in Hamburg wird Ihnen die Millionen anstandslos freigeben. Sie gehören ja nicht ihm. Sie heben alles bar ab und bringen es hierher."

Voller Bewunderung sah der kleine Armenier Thomas Lieven an. „Ihren Kopf möchte ich haben! Wie viel haben Sie eigentlich für die zweikommadrei Millionen Sperrmark bezahlt?"

„Rund hundertsechzigtausend Dollar." Thomas lächelte bescheiden; er konnte es aber nicht verhindern, dass sich seine Hände sozusagen von selber ineinander rieben. „Und wenn Sie das Geld in Ihrem feinen Cadillac nach Zürich gebracht haben, mein Lieber, dann sind aus den Sperrmark echte D-Mark geworden! Sie werden ein paarmal fahren müssen. Das Geld kommt in den Reservereifen und das Chassis. Und dann lassen wir die ‚Excelsior-Werke' sausen. Und sanieren sie *nicht*. Und der Schweinehund in Hamburg ist pleite."

Am 7. Dezember 1949 fuhr Herr Reuben Achazian los. Am 16. sollte er zurück sein. Das war der Tag, an dem die Bundesrepublik 1 Milliarde D-Mark Kredit von den Vereinigten Staaten erhielt. Herr Reuben Achazian kam nicht zurück an diesem historischen Tag des deutschen Wiederaufbaus. Herr Reuben Achazian kam überhaupt nicht mehr zurück …

Am 28. Dezember wurde der Bankier Walter Pretorius in Hamburg von Beamten der deutschen Kriminalpolizei verhaftet. Zur selben Stunde verhafteten Beamte der Schweizer Bundespolizei Thomas Lieven in seiner Zürcher Mietwohnung. Sie handelten aufgrund eines dringenden Fahndungsschreibens der „Interpol" und des „Deutschen Bundeskriminalamtes" in Wiesbaden. Den Herren Lieven und Pretorius wurde vorgeworfen, eine gewaltige Sperrmarkschiebung getätigt zu haben.

„Wer wirft mir das vor?", fragte Thomas Lieven die Schweizer Kriminalbeamten.

„Ein gewisser Reuben Achazian hat Anzeige gegen Sie erstattet und den deutschen Behörden zahlreiche Belastungsdokumente zur Verfügung gestellt. Er ist übrigens inzwischen verschwunden."

Und meine 2,3 Millionen D-Mark sind im Eimer, dachte Thomas Lieven. Hm, hm. Nun habe ich also zuletzt *doch* noch einen Fehler gemacht. Dabei war dieser Reuben Achazian so ein netter Armenier …

20

Beinahe ein ganzes Jahr saß Thomas Lieven in Untersuchungshaft – ein wüstes Jahr, das den heißesten Sommer seit hundert Jahren, die Aufhebung der Lebensmittelrationierung und, am 28. Juni, den Ausbruch des Koreakrieges brachte, der eine monatelange Hamsterpsychose in ganz Europa zur Folge hatte. Am 19. November 1950 verurteilte die Zweite Große Strafkammer des Landgerichts Frankfurt Thomas Lieven zu einer Strafe von dreieinhalb Jahren Gefängnis. In der mündlichen Urteilsbegründung führte der Richter aus: Im Fall des Angeklagten Lieven anerkenne man dessen Offenheit und aufrechte Haltung. Das Gericht hätte den Eindruck gewonnen, dass ungeklärte, wahrscheinlich nur psychologisch verständliche Motive den Angeklagten zu seinem verwerflichen Tun getrieben hätten. Wörtlich erklärte der Richter: „Dieser hochintelligente, äußerst gebildete Mann ist nicht der übliche Typ eines Verbrechers …"

Für den zweiten Angeklagten, den Hamburger Bankier Walter Pretorius, fand der Richter keine derart milden Worte. Er erhielt vier Jahre Gefängnis. Seine Bank musste den Konkurs anmelden. Eine weitere Ausübung seines Berufes verhinderte für alle Zeit die „deutsche Bankenaufsicht", die den Namen Walter Pretorius in der Kartei der seriösen Bankiers löschte.

Zweierlei machte den Frankfurter Prozess pikant. Obwohl die Angeklagten einander, wie wir wissen, intim kannten, gaben sie eine solche Bekanntschaft vor Gericht mit keinem Wort, mit keiner Geste zu erkennen.

Die zweite Pikanterie bestand darin, dass der Vorsitzende bereits am ersten Verhandlungstag die Öffentlichkeit ausschloss, und zwar nachdem der Angeklagte Lieven angekündigt hatte, im Detail den Trick erklären zu wollen, mit dem er die Sperrmark freibekommen hatte. Solcherart war eine ausführliche Berichterstattung über den Prozess gegen Lieven und Pretorius unmöglich. Die Publicity, die Thomas, verschiedener internationaler Geheimdienste wegen, gefürchtet hatte, blieb ihm erspart.

In einem gewissen Sinn hatte er sein Ziel erreicht: Walter Pretorius, alias Robert E. Marlock, war ruiniert für alle Zeit. Bleich und bebend, ein nervöses Wrack, so stellte er sich dem Gericht. Nicht ein einziges Wort sprachen die beiden Angeklagten während des Prozesses miteinander. Das Urteil nahmen sie beide schweigend auf. Thomas Lieven blickte danach lächelnd zu seinem ehemaligen Kompagnon hinüber. Und vor diesem Lächeln musste Robert E. Marlock sich abwenden, denn er ertrug es nicht …

Marlock kam in die Strafanstalt Frankfurt-Hammelgasse. Thomas Lieven schaffte es, in die Haftanstalt Düsseldorf-Derendorf verlegt zu werden. Dafür, dass es ihm im Gefängnis wohlerging und er keinen Mangel an irdischen Gütern litt, sorgte sein Freund Bastian – nun wohnhaft Düsseldorf, Cecilien-Allee – mit großen Paketen. Als Thomas sich *allzu sehr* zu langweilen begann, stellte er ein Lexikon der Gaunersprache zusammen. Aus diesem Lexikon präsentieren wir hier einer möglicherweise interessierten Öffentlichkeit aus Tausenden von Worten dieses Alphabet zur Kostprobe:

Abklinger: ein Mann, der bei einem geplanten Wohnungseinbruch festzustellen hat, ob der Wohnungsinhaber daheim ist. Zu diesem Behufe betätigt er die Wohnungsklingel in Abständen von fünf Minuten viermal. Wenn niemand öffnet, gibt er den Komplizen bekannt, dass die Luft rein ist.

Beiss: der Raum, von dem gerade die Rede ist. Meibelbeiß ist eine Bedürfnisanstalt, Seibelbeiß das Zuchthaus, Trallienbeiß das Gefängnis.

Cupern: Betrug beim Kartenspiel.

Duftemang: ein Ganoventeam, das sich gut versteht.

Entern: das Bestehlen eines hilflosen Betrunkenen, den man unter dem Vorwand, ihm behilflich zu sein, heimbegleitet.

Freisieber: ein Mann, der kurz vor der Entlassung aus dem Zuchthaus steht.

Geranie: der Direktor einer Strafanstalt.

Heiermann: ein 5-Mark-Stück.

Igow: ein nicht ernstzunehmender Krimineller.

Justav, eiserner: ein besonders geformter Magnet, der über eine elektrische Zähluhr gehängt wird, wodurch diese zum Stillstand kommt (Stromdiebstahl).

Klavierspielen: der Vorgang der zwangsweisen Fingerabdrucknahme bei der Kriminalpolizei.

Leberstück: der Arzthelfer in der Krankenabteilung einer Strafanstalt.

Maschorres: Wachtmeister im Zuchthaus.

Nathan: ein Gefangener, der Mithäftlinge juristisch und in allen Lebensfragen berät, sich aber dafür nicht bezahlen lässt.

Offenbach: ein Mann, der sich auf den Diebstahl von Musikinstrumenten spezialisiert.

Pulsieren: wenn ein Betrug oder Einbruch gut abläuft.

Quacke: ein Mensch im Zuchthaus, der jedermann mit Gesprächen über ein angebliches Wiederaufnahmeverfahren belästigt.

Rosenkranz: ein Bund Dietriche. Ein einzelner heißt Sesam.

Schwärmer: 1 Jahr Zuchthaus.

Sülze: Ergebnis eines Einbruchs, das den Erwartungen nicht entspricht.

Trewegehen: unter den schlechtesten Voraussetzungen auf der Flucht sein.

Ug: Untersuchungsgefängnis.

Vertreiber: ein Mann, der die Kripo auf eine falsche Spur lenkt.

Wolf: ein Mann, der in der Zelle Selbstmord markiert und dann den herbeigeeilten Beamten überfällt.

Zenobel: eine gar nicht vorhandene Geldsumme, mit der aber operiert wird, um Kredit zu erhalten.

21

Am 14. Mai 1954 wurde Thomas Lieven aus der Haft entlassen. Sein Freund Bastian erwartete ihn vor dem Gefängnis. Die beiden fuhren sogleich an die Riviera, wo sich Thomas ausgiebig auf Cap Ferrat erholte.

Erst im Sommer 1955 kehrte Thomas Lieven heim und zog in sein schönes Haus in der Cecilien-Allee zu Düsseldorf. Noch hatte er einiges Geld, noch besaß er ein Bankkonto bei der „Rhein-Main-Bank“. Seine Nachbarn hielten ihn für einen soliden bundesdeutschen Geschäftsmann, wenngleich sie ein wenig unmutig darüber waren, dass sich so wenig Konkretes über ihn erfahren ließ.

Monatelang tat Thomas nichts anderes, als nachzudenken und sich auszuruhen.

„Mensch, aber irgendetwas müssen wir doch tun", sagte Bastian Fabre. „Ewig wird unser Geld nicht reichen. Woran denkst du?"

Darauf antwortete Thomas Lieven schlicht: „Ich denke an eine große Aktion mit Aktien. Es soll dabei aber niemand geschädigt werden …" Die große Aktienaktion bereitete Thomas Lieven danach liebevoll durch viele Monate vor.

Erst am 11. April 1957 startete er seinen neuen Coup durch die Einladung des fetten, mit Schmissen behafteten Herrn Direktor Schallenberg, der eine Papierfabrik besaß.

Thomas hatte herausgefunden, dass Schallenberg im Kriege unter dem Namen Mack Wehrwirtschaftsführer im sogenannten Warthegau gewesen war und noch immer auf einer Auslieferungsliste der polnischen Regierung stand. Herrn Direktor Schallenberg blieb solcherart nichts anderes übrig, als zähneknirschend zu tun, worum Thomas ihn bat: Er stellte ihm fünfzig Großbogen eines Spezial-Wasserzeichenpapiers zur Verfügung, wie es für die Herstellung von Aktien verwendet wurde.

Was Thomas Lieven mit diesem Papier tat und wie er in Zürich das große Geschäft mit den DESU-Aktien erledigte, ist bekannt. Wir haben es zu Beginn dieses Berichtes ausführlich erzählt.

717 850 Schweizer Franken waren sein Gewinn, als er mit der schönen, jungen Hélène de Couville, die er in Zürich kennengelernt hatte, an die Riviera fuhr.

In der Nacht, in welcher die süße Hélène im Luxushotel „Carlton" zu Cannes seine Geliebte wurde, erlebte Thomas – auch dies berichteten wir bereits – eine grauenvolle Überraschung. Mit erschreckender Wildheit schluchzte Hélène plötzlich los: „Ich habe dich angelogen! Ach, mein geliebter Thomas, ich muss es dir sagen, ich arbeite für den amerikanischen Geheimdienst … Ich … wurde auf dich angesetzt … Das FBI will dich unter allen Umständen anheuern … Und wenn du nicht für uns arbeitest, dann lassen sie dich hochgehen …"

Thomas ließ die Verzweifelte allein. In seinem Schlafzimmer setzte er sich an das offene Fenster und sah empor zu den Sternen, die über dem Mittelmeer glänzten. Über sein wildes, wirres Leben sann Thomas Lieven nach, über dieses tolle Abenteuer, das sich nun vollends im Kreise gedreht hatte, seit jenem warmen Tag im Mai 1939, an dem alles begann …

3. Kapitel

1

Schöne und charmante Leserin, kluger und geistreicher Leser! Was unserem Freund zwischen Mai 1939 und Mai 1957 widerfuhr, haben wir Ihnen auf den vergangenen Seiten erzählt. Ein großer, ein riesengroßer Kreis, der viele Menschen, Länder und Abenteuer, einen Weltkrieg und die Zeit danach umspannt, hat sich soeben geschlossen. Die Geschichte unseres Freundes aber ist noch nicht zu Ende.

Durchaus nicht! Und so berichten wir denn weiter, was sich noch begab …

Erst beim Frühstück begegnete Thomas der schönen Hélène wieder. Sie war blass und nervös. Tiefe Schatten lagen unter den schönen Augen. „Kannst du mir verzeihen?"

„Ich will es versuchen, mein Kind", sagte er mild.

„Und … und … und wirst du für uns arbeiten?"

„Auch das will ich versuchen."

Sie stieß einen spitzen Freudenschrei aus. Als sie ihm um den Hals fiel, warf sie das Glas mit seinen weichen Eiern um. Er sagte: „Ich stelle natürlich meine Bedingungen. Ich will meinen Auftrag nicht von dir erhalten und nicht von deinem Chef, diesem Colonel Herrick, sondern vom ersten Mann des FBI."

Sie begann zu lachen: „Von Edgar Hoover? Komisch, der will sich nämlich auch unbedingt mit dir unterhalten! Wir hatten den Auftrag, dich unter allen Umständen nach Washington zu bringen …"

Tja, wie es halt so geht im Leben!

Am 23. Mai 1957 saß Thomas Lieven im Restaurant des Rhein-Main-Flughafens. Er war reichlich unruhig. Seine Repetieruhr zeigte zwanzig Minuten nach sechs. Um dreiviertel sieben startete die Superconstellation, die ihn nach New York bringen sollte. Und dieser verdammte Agent namens Faber war immer noch nicht da! Diesen verdammten Agenten namens Faber hatte ihm Colonel Herrick beim Abschied in Zürich in Aussicht gestellt. – „Faber wird Sie zu Hoover geleiten." – Und nun kam dieser Faber nicht! Wütend starrte Thomas zum Eingang des Flughafenrestaurants.

In diesem Augenblick trat eine junge Frau durch die Eingangstür. Thomas stieß ein leises Ächzen aus, eine heiße Woge brandete in ihm hoch, ein Prickeln zog über seinen ganzen Körper. Die junge Frau kam direkt auf ihn zu. Sie trug einen roten Mantel, rote Schuhe und eine rote Kappe, unter der schwarzblaues Haar hervorquoll. Der Mund der jungen Frau war groß und rot, die Augen waren groß und schwarz. Die Haut des Gesichtes war sehr weiß. Indessen sein Herz rasend schlug, dachte

Thomas: Nein, nein, nein! Barmherzigkeit! Das kann nicht sein, das gibt es nicht! Chantal kommt auf mich zu, meine gute, tote Chantal, die einzige Frau, die ich je geliebt habe. Da kommt sie und lächelt mich an. O Gott, aber sie ist doch tot, sie wurde doch erschossen in Marseille …

Die junge Frau trat an seinen Tisch. Thomas fühlte, wie ihm der Schweiß über den Rücken rann, als er sich schwankend erhob. Da stand sie, zum Greifen nah. „Chantal …" stöhnte er.

„Nun, Thomas Lieven", sagte die junge Frau mit heiserer, rauchiger Stimme. „Wie geht's?"

„Chantal …" stammelte er noch einmal.

„Was sagen Sie?"

Er holte Atem. Nein, sie war es nicht. Natürlich war sie es nicht. Was für ein Unsinn. Sie war kleiner. Zierlicher. Jünger. Ein paar Jahre jünger. Aber die Ähnlichkeit, diese fantastische Ähnlichkeit …

„Wer sind Sie?", fragte er mühsam.

„Ich heiße Pamela Faber. Ich fliege mit Ihnen. Entschuldigen Sie die Verspätung; mein Wagen hatte einen Defekt."

„Sie … Sie heißen *Faber*?" Um Thomas drehte sich noch immer alles. „Aber Colonel Herrick sprach von einem Mann."

„Colonel Herrick kennt mich nicht. Man sagte ihm etwas von einem Agenten. Da dachte er natürlich an einen Mann."

Sie lächelte breit. „Kommen Sie nur, Herr Lieven. Unsere Maschine ist startbereit."

Er starrte sie an wie eine Geistererscheinung. Und eine Geistererscheinung war Pamela Faber in der Tat. Eine süße, wehmütige Erinnerung, ein fernes Winken aus dem Reich der Toten …

In 6000 Meter Höhe über dem Atlantik sprachen sie dann miteinander, leise, vertraut, beinahe die ganze Nacht.

Pamela machte Thomas sentimental. Warum bewegte diese Frau ihn so? Bloß weil sie Chantal ähnlich sah? Was war es, das ihm das Gefühl gab, diese Pamela Faber seit Jahren zu kennen, mit ihr seit Ewigkeiten verbunden zu sein?

Sie hätte deutsche Eltern, berichtete Pamela, aber sie wäre in Amerika zur Welt gekommen. Seit 1950 arbeitete sie für den amerikanischen Geheimdienst. Wie sie dazu gekommen war? Pamela zuckte die Schultern. Sie antwortete ehrlich: „Hauptsächlich Abenteuerlust, glaube ich. Meine Eltern sind tot. Ich wollte reisen, fremde Länder sehen, etwas erleben …"

Thomas dachte: Etwas erleben. Fremde Länder sehen. Die Eltern tot. So hätte Chantal geantwortet, wenn man sie gefragt hätte, warum sie zur Abenteuerin wurde. Chantal, ach Chantal! Schrecklich, warum musste diese junge Frau ihr bloß so ähnlich sein?

„Aber jetzt habe ich genug, wissen Sie. Das ist kein Leben für mich, ich habe mich geirrt. Oder ich bin schon zu alt."

„Wie alt sind Sie denn?"

„Zweiunddreißig."

„Ach Gott", sagte er und dachte an seine achtundvierzig Jahre.

„Ich möchte aufhören. Heiraten. Kinder haben. Ein kleines Heim. Gut kochen für meine Familie."

Heiser sagte Thomas: „Sie … Sie kochen gerne?"

„Es ist meine Leidenschaft! Warum sehen Sie mich so an, Herr Lieven?"

„Hrm! Nichts … nichts."

„Aber Geheimdienste ziehen einen Teufelskreis, aus dem man nicht entlassen wird. Aufhören! Wer von uns kann aufhören? Können Sie es? Niemand kann es. Niemand darf es …"

2

Die Verzauberung, die in jener Nacht von Thomas Lieven Besitz ergriff, ließ ihn nicht mehr los. Sie wurde größer und größer, und er versank in ihr wie in einem Meer der Süßigkeit, in einer Wolke betäubender Düfte.

Von New York flog er mit Pamela Faber weiter nach Washington. Er beobachtete sie jetzt genau, mit klinischem Interesse geradezu. Sie besaß Chantals Ehrlichkeit, Gutmütigkeit, Tapferkeit. Sie besaß das Katzenhafte Chantals, ihre Wildheit, ihre Kraft. Aber sie war besser erzogen, sie war klüger. Thomas dachte: Warum tut mir das Herz bloß immer so weh, wenn ich sie ansehe?

Edgar Hoover, der 62-jährige Leiter des amerikanischen Bundeskriminalamtes, empfing Thomas Lieven in seinem Amtssitz in Washington.

Die erste Begegnung dauerte nur wenige Minuten. Nach einer herzlichen Begrüßung meinte der untersetzte Mann mit den klugen, immer ein wenig melancholischen Augen: „Hier können wir nicht in Ruhe miteinander sprechen. Wissen Sie was? Miss Faber, Sie und ich machen uns ein schickes Wochenende. Ich habe in der Nähe ein Landhaus."

Edgar Hoovers Landhaus lag im Staate Maryland, auf sanften, bewaldeten Hügelketten. Hier gab es viele gemütliche Häuser dieser Art. Das Refugium des ersten Kriminalisten Amerikas war mit schönen antiken Möbeln eingerichtet.

Händereibend meinte der FBI-Boss am Samstagmorgen beim Frühstück: „Ich denke, wir machen uns heute einen feinen Truthahn. Ist noch ein bisschen früh für Truthahn, aber ich habe unten im Dorf wunderschöne junge Tiere gesehen. Ich hole sie nachher. Preiselbeeren bringe ich auch mit."

„Preiselbeeren?" Thomas runzelte die Stirn. Pamela – sie trug an diesem Morgen ein Holzhackerhemd und Bluejeans und sah aufregender aus denn je – erklärte Thomas lächelnd: „Hier isst man Truthahn so, Mr Lieven."

„Pfui Teufel! Also, *ich* habe Truthahn immer …"

„... mit einer Füllung gemacht, nicht wahr?" Pamela nickte. „Meine Mutter auch. Die Füllung bestand aus durchgedrehter Truthahnleber und Gänseleber und ..."

„... Kalbfleisch und Schweinespeck und Eigelb", unterbrach Thomas sie aufgeregt. „Und dazu Trüffeln, die Schalen verrieben, die Trüffeln zerhackt, zwei Semmeln ..."

„... und das Schweinefleisch muss fett sein!" Sie schwiegen plötzlich beide, sahen sich an und wurden rot.

Edgar Hoover lachte: „Na so etwas! Sie ergänzen sich ja fantastisch! Was, Mr Lieven?"

„Ja", sagte Thomas, „darüber denke ich schon die ganze Zeit nach ..."

Zwei Stunden später standen sie dann in der Küche. Pamela half Thomas den Vogel reinigen und ausnehmen, sie half ihm bei der Zubereitung der Füllung. Wenn er nach dem Pfeffer greifen wollte, dann hatte sie den Pfeffer schon in der Hand. Wenn er zu der Ansicht kam, dass die Füllung zu dünn geriet, drehte sie bereits eine eingeweichte Semmel durch den Wolf.

Ach Gott, dachte Thomas. Ach, lieber Gott im Himmel!

Pamela sagte: „Die Brust des Truthahns wickeln wir in Speck ein, das hat meine Mutter auch immer gemacht."

„In frischen, fetten Speck hat Ihre Frau Mama die Brust gewickelt?" Thomas strahlte. „Meine auch! Und daran gelassen bis eine halbe Stunde vor dem Fertigbraten!"

„Damit die Brust nicht trocken wird, natürlich."

Thomas hielt das Hinterteil des Truthahns hoch, während Pamela flink und geschickt jene natürliche Öffnung zunähte, durch welche die Füllung in das Innere des Tieres geraten war. Hoover, der zusah, sagte langsam: „Mr Lieven, Sie können sich natürlich denken, dass wir Sie nicht nach Amerika gebracht haben, bloß weil Sie so gut kochen."

„Sondern?", fragte Thomas und drehte den Truthahnpopo hin und her.

„Sondern weil Sie Frau Dunja Melanin kennen."

Thomas ließ den Truthahn auf den Tisch fallen.

„Na!", meinte Pamela.

„Pardon!" Thomas hob das Tier wieder auf. „Wo ... wo ist die Dame?"

„In New York. Sie war doch Ihre Geliebte, nicht wahr?"

„Ja ... das heißt ..." Thomas fühlte Pamelas Blick auf sich ruhen; er starrte krampfhaft den Truthahnhintern an. „Sie bildete sich ein, mich zu lieben ..."

Hoover stand auf. Er sprach jetzt sehr ernst: „Wir wissen, dass in New York seit langer Zeit ein mächtiger russischer Spionagering arbeitet. Wir wissen nicht, wie. Wir wissen nicht, wer ihm alles angehört. Vor drei Wochen aber hat sich ein Mitglied des Ringes bei unserer Pariser Botschaft gestellt. Ein gewisser Mr Morris. Er war der letzte Geliebte von Frau Melanin ..."

Vorsichtig legte Thomas den Truthahn wieder auf den Tisch. „Sie müssen nicht weitersprechen, Mr Hoover", sagte er freundlich.

„Ich werde mein Bestes tun. Unter einer Bedingung."

Menu • Maryland, 25. Mai 1957

Thomas kocht für Amerika und beschließt zu sterben …

Fleischbrühe mit Toast • Truthahn mit Trüffelfarce
Lemon Sponge Cake

Truthahn mit Trüffelfarce: Man nehme 150 Gramm mageres Schweinefleisch, 100 Gramm Kalbfleisch, 200 Gramm frisches Schweinefett, die Putenleber, 125 Gramm rohe Gänseleber, drehe alles durch den Wolf, bereite davon mit zwei eingeweichten, verrührten Semmeln und zwei Eigelb eine Farce. – Man gebe dazu die fein gehackten Schalen von zwei Trüffeln, die zerschnittenen Trüffeln selbst, 125 Gramm geschnittene, in Butter angebratene Gänseleber, Salz, Pastetengewürz, einen Schuss Madeira. – Man fülle die Farce in den Truthahn, bestreue ihn mit Salz, umwickle die Brust mit nicht zu dünnen Scheiben frischem Speck, entferne sie eine halbe Stunde vor dem Fertigwerden, damit die Brusthaut bräunen kann. – Man gebe in eine Bratpfanne reichlich Butter und etwas kochendes Wasser, lege den Vogel auf der Seite liegend hinein, wende öfters von einer Seite auf die andere und begieße häufig, lege den Truthahn aber erst in der letzten halben Stunde auf den Rücken. Die Bratzeit richtet sich nach seiner Größe. – Man kann die Trüffelfarce auch nur in den Kropf füllen, für den Körper eine einfachere Farce verwenden, dabei statt der Gänseleber Kalbsleber nehmen. – Man reiche als Beilage kleinkörnigen gelben Büchsenmais, in Butter geschwenkt, eine Preiselbeersoße und einen Bratensalat. Man schneidet dazu rohe Äpfel, Apfelsinen und weich gekochten Sellerie in Würfel, vermischt sie mit Mayonnaise und geraspelter Kokosnuss.

Lemon Sponge Cake: Man nehme zwei Tassen Zucker, sechs Eier, eine halbe Tasse heißes Wasser, zwei Esslöffel Zitronensaft, die abgeriebene Schale einer Zitrone und zwei Tassen Mehl. – Man rühre die Eigelb schaumig, füge Zucker, heißes Wasser, Zitronensaft und -schale und das Mehl hinzu, ziehe zuletzt den steifen Eischnee darunter. Man gebe die Masse in eine Springform und backe sie bei mittlerer Hitze 45–50 Minuten. – Man kann den Kuchen, kalt oder warm, mit einem Fruchtsaft servieren.

„Und die wäre?"

Thomas sah den melancholischen Kriminalisten an. Er sah den leckeren Truthahn an. Er sah Pamela an, die mit befleckten, nassen Händen dastand, erhitzt, wunderschön, begehrenswert. Freundlich sagte Thomas: „Die Bedingung wäre, dass ich nach Beendigung meiner Mission sterben darf."

3

Am frühen Morgen des 21. November 1957 fanden spielende Kinder auf dem weißen Strand des Fischerdorfes Cascais vor Lissabon bunte Muscheln, Seesterne, halbtote Fische und einen toten Herrn. Er lag auf dem Rücken. Sein Gesicht trug einen erstaunten Ausdruck, sein Körper einen außerordentlich modischen, wenn auch schon arg aufgeweichten grauen Kammgarnanzug. Schwarze Halbschuhe und Socken, ein weißes Hemd und eine schwarze Krawatte besaß der tote Herr. Nahe dem Herzen wies das Hemd ein kreisrundes Loch und einen riesigen Blutfleck auf. Auch das Jackett hatte einiges abbekommen. Offensichtlich war der Herr mithilfe einer Kugel – und keiner zu kleinen – aus dieser Welt in eine andere, angeblich bessere, befördert worden.

Kreischend entflohen die Kleinen, nachdem sie die Leiche entdeckt hatten. Fünf Minuten später kamen Fischer und Fischerinnen herbeigeeilt. Sie umringten den toten Herrn erregt.

Ein alter Mann sprach zu seinem Sohn: „Sieh nach, José, ob dieser Herr einen Pass bei sich trägt." José kniete neben dem Toten nieder und sah nach. Dieser Herr trug vier Pässe bei sich.

Ein anderer alter Mann sagte: „Den Kerl kenne ich!" Im September 1940, vor siebzehn Jahren, erzählte er sodann, hätte er gegen gute Bezahlung bei der Entführung eines eleganten Herrn durch deutsche Agenten mitgewirkt. Der alte Mann war damals Steuermann eines Fischkutters gewesen: „... sie haben den da irgendwo in der Stadt niedergeschlagen und bewusstlos hier runtergebracht, und dann haben wir ihn an Bord verstaut und sind aufs offene Meer rausgefahren. Vor der Dreimeilenzone, haben mir die Deutschen erzählt, würde ein deutsches U-Boot warten und den Herrn übernehmen. Es hat ihn nur nicht übernommen. Etwas ist dazwischengekommen." Der alte Mann erzählte, was. Der geneigte Leser weiß es schon.

„Sie haben immer von ihm als einem ‚Kaufmann Jonas' gesprochen", erzählte der alte Steuermann.

Sprach der andere alte Mann: „Sieh nach, José, ob der tote Herr einen Pass auf den Namen Jonas bei sich trägt."

José sah nach. Der tote Herr trug. Auf den Namen Emil Jonas, Kaufmann aus Rüdesheim.

„Wir müssen sofort die Polizei verständigen", sagte José.

4

Schreiben Sie, Fräulein", sagte der Kommissar Manuel Vayda vom Morddezernat Lissabon zu seiner Sekretärin und diktierte: „Bei dem am Strand von Cascais aufgefundenen Toten handelt es sich um ein ausgesprochen männliches – hrm, streichen Sie ausgesprochen –, um ein männliches Wesen von 45 bis 50 Jahren. Der beiliegende polizeiärztliche Befund, hm, hm, erkennt auf Tod durch Erschießen mit einer amerikanischen 9-Millimeter-Armeepistole ... Absatz.

In den Kleidern des Toten – haben Sie, Fräulein? – wurden gefunden: 891 Dollar und 45 Cent, zwei Rechnungen aus New Yorker Lokalen, eine Rechnung des New-Yorker Hotels ‚Waldorf-Astoria', ein deutscher Führerschein, ausgestellt auf die Namen Thomas Lieven, eine altmodische goldene Repetieruhr sowie vier Pässe: zwei deutsche auf die Namen Thomas Lieven und Emil Jonas sowie zwei französische auf die Namen Maurice Hausér und Jean Leblanc ... Absatz.

Fotografien von Jean Leblanc beziehungsweise Emil Jonas, die sich im Archiv der Kriminalpolizei befinden, stimmen miteinander überein. Sie entsprechen genau den Fotografien in den vier Pässen des Toten. Aus all dem kann wohl mit Recht der Schluss gezogen werden, dass es bei dem Ermordeten um den Agenten Thomas Lieven handelt, der in den letzten Jahren so viel von sich reden machte. Er ist ohne Zweifel einer Agentenrache zum Opfer gefallen. Die Aufklärung des Falles wird mit aller Energie vorangetrieben ... So ein Quatsch. Als ob schon jemals ein Agentenmord aufgeklärt worden wäre! Der Mörder ist doch längst über alle Berge ... Sagen Sie mal, Fräulein, Sie sind wohl wahnsinnig geworden? Was ist Ihnen denn eingefallen, meine letzten Sätze mitzuschreiben?"

5

Der Mensch, vom Weibe geboren, lebt kurz und ist voller Unruhe ...", sprach der Priester am offenen Grabe. Da war es 16 Uhr 30 am 24. November 1957. Es hatte ein bisschen lange gedauert, bis der Verblichene zur Beerdigung freigegeben worden war.

Am 24. November 1957 regnete es in Lissabon, und es war recht kühl. Die kleine Trauergemeinde fror. Es waren lauter Herren anwesend – und nur eine einzige junge Dame. Die Herren sahen aus wie das, was sie waren: Berufskollegen. Exmajor Fritz Loos vom weiland Wehrbezirkskommando Köln senkte das Haupt. Der quittengelbe britische Agent Lovejoy neben ihm nieste. Der tschechische Spion Gregor Marek verharrte in gebeugter Haltung. Nachdenklich waren die Obersten des französischen Geheimdienstes Siméon und Débras. Und traurig waren der deutsche Oberst der militärischen Abwehr Paris Erich Werthe und der kleine Major Brenner. Neben dem geistlichen Herrn stand die amerikanische Agentin Pamela Faber, die Thomas Lieven so sehr an seine tote Liebe, Chantal Tessier, erinnert hatte. „Die Erde möge dir leicht werden, Thomas Lieven. Amen", sprach der Geistliche.

„Amen", sprachen die seltsamen Trauergäste. Sie alle hatten Thomas Lieven gekannt. Sie alle hatte er hereingelegt. Nun waren sie von ihren Chefs losgeschickt worden, um festzustellen, ob der ver… Hund auch wirklich tot sei. Gott sei gedankt, er war es, dachten die Herren.

Das Grab wurde geschlossen. Thomas Lievens Kollegen von einst warfen jeder ihr Schäufelchen Erde in die Tiefe. Dann wuchteten Arbeiter den schlichten Marmorstein heran, welcher das Grab zieren sollte.

Man ging auseinander. Brenner und Werthe marschierten nebeneinander. Sie kannten ihren Landsmann Fritz Loos nicht, und er kannte sie nicht. Denn Fritz Loos arbeitete für einen neu entstandenen deutschen Nachrichtendienst, und Werthe und Brenner arbeiteten für einen anderen neu erstandenen deutschen Nachrichtendienst. Es gab 1957 schon wieder ein paar davon im deutschen Vaterland!

Vor dem Friedhof kletterten die Agenten in Taxis. Sie hätten auch einen kleinen Omnibus mieten können, denn sie wohnten alle im selben Hotel, im feinsten, versteht sich. Die respektiven Vaterländer bezahlten die Spesen. Von ihren Zimmern im wunderschönen Luxushotel „Palacio do Estoril-Parque" aus meldeten sie sodann Telefongespräche an nach England, Frankreich, Deutschland, ja sogar hinter den Eisernen Vorhang.

Als die Verbindungen hergestellt waren, sprachen sie unsinnige Sätze, beispielsweise diesen: „Der gelbe Haifisch wurde heute Nachmittag serviert." Das hieß: „Ich habe den Toten im Leichenhaus gesehen. Es ist Lieven."

Und so wurden denn in verschiedenen Geheimdienstzentralen am Nachmittag des 24. November 1957 mehr oder weniger dicke Akten geschlossen und abgelegt. Auf allen stand derselbe Name: Thomas Lieven. Und nun stand dahinter ein Kreuz …

Indessen ihre Agentenkollegen noch an den Telefonen hingen, saß Pamela Faber tatenlos in ihrem Hotelzimmer. Sie hatte Whisky, Eis und Soda bestellt. Sie hatte ihre hochhackigen Schuhe abgestreift und die schönen Beine auf einen Hocker gelegt. So saß sie entspannt in einem Lehnstuhl, rauchte und drehte ein großes Whiskyglas hin und her.

Ihre schwarzen Augen leuchteten wie Sterne, der große Mund schien unermüdlich bereit zu lachen, über einen gewaltigen, geheimen Spaß. So saß Pamela Faber da, rauchte, trank und lachte, indessen die Dämmerung eines regnerischen Herbstabends auf Lissabon herabsank. Und plötzlich hob sie ihr Glas und sagte laut: „Prost, geliebter Thomas! Auf dass du noch lange lebst – für mich!"

Da hatte sie natürlich schon einen Schwips. Sonst hätte sie es nicht gesagt. Denn Thomas konnte sie nicht hören; er war nicht im Zimmer, er war nicht im Hotel, er war nicht in Lissabon, er war nicht in Portugal, er war nicht in Europa, er war …

Na, wo war er denn? So fragen Sie mit Recht, verehrte Leser. Denn dass Thomas Lieven nicht an diesem Tag begraben wurde, das haben Sie längst dem fröhlichen Ton unserer Berichterstattung entnommen. Wenn er aber nicht tot war – wer wurde dann an seiner Stelle beerdigt? Wer wurde dann von internationalen Agenten als Thomas Lieven erkannt?

Geduld, verehrter Leser, wir wollen es sofort erzählen. Um uns ganz klar auszudrücken, ist es dabei allerdings notwendig, die Zeit zurückzudrehen und uns jenes Tages zu erinnern, an dem wir Thomas aus den Augen verloren haben: des 25. Mai 1957.

An diesem Tag war Thomas, wie wir berichtet haben, in einem Landhaus auf den sanften Hügelketten des Staates Maryland Gast des ersten Kriminalisten Amerikas. An diesem Tag äußerte er den überraschenden Wunsch, nach Beendigung seiner Mission zu sterben. „Aha", sagte Hoover ungerührt. „Und wie stellen Sie sich Ihr Ende vor?"

Thomas Lieven sagte ihm und Pamela, wie er sich sein Ende vorstellte. Er schloss mit den Worten: „Es ist einfach unerlässlich, dass ich sterbe, damit ich endlich … *endlich!* … in Frieden leben kann!"

Darüber, und über Thomas Lievens projektierten Tod, lachten Hoover und Pamela herzlich.

„Die Einzelheiten wollen wir später besprechen", sagte Thomas. „Jetzt können Sie mir vielleicht ein wenig mehr von meiner Dunja und diesem Mr Morris berichten. Wo ist er denn?"

„In Paris", sagte Edgar Hoover.

„Nanu – ich dachte in New York?"

„Er war in New York. Bis vor wenigen Wochen. Dann fuhr er nach Europa. In Paris stieg er im ‚Crillon' ab. Da muss er dann die Nerven verloren haben. Denn am Nachmittag des 4. Mai verließ er sein Hotel und ging über den Place de la Concorde zur amerikanischen Botschaft. Mr Morris verlangte den Botschafter zu sprechen und sagte: ‚Ich bin ein sowjetischer Spion' …"

6

Ich bin ein sowjetischer Spion. Ich kann Ihnen Informationen über den größten sowjetischen Spionagering in den Vereinigten Staaten geben", sagte Victor Morris zu dem amerikanischen Botschafter in Paris.

Es war 17 Uhr 45 am 4. Mai 1957.

„Und warum wollen Sie das tun, Mr Morris?", fragte der Botschafter.

„Weil ich Ihre Hilfe brauche", antwortete Morris, ein Mann mit breitem, aufgeschwemmtem Gesicht und einer starken schwarzen Hornbrille. „Ich habe den Auftrag bekommen, Amerika zu verlassen und über Paris nach Moskau heimzukehren. Ich weiß, was das bedeutet. Sie wollen mich umlegen."

„Und warum wollen die Sowjets Sie umlegen?"

„Ich … hm, ich denke, ich habe versagt", antwortete Morris in akzentfreiem amerikanischem Englisch. „Weiber. Der Suff. Zuviel Gequatsche. Und dann auch noch Dunja …"

„Wer ist Dunja?"

„Dunja Melanin. Ehemalige Frau eines sowjetischen Offiziers. In New York Sprechstundenhilfe bei einem Arzt. Hatte mich mit ihr angefreundet. Aber es gab dauernd Streit. Wir fielen auf. Mark sagte mir, ich müsse sofort verschwinden."

„Wer ist Mark?"

„Seit zehn Jahren das Haupt des größten Spionageringes in Amerika."

Victor Morris, das stellte sich bald heraus, war ein Mann mit vielen Namen. In Wahrheit hieß er Hayhanem und war Oberstleutnant im sowjetischen Geheimdienst. Von 1946 bis 1952 wurde dieser Mann in Russland darauf vorbereitet, als Spion nach Amerika zu gehen und mit dem legendären, fabelhaften „Mr Mark" zusammenzuarbeiten.

Sechs Jahre Ausbildung! Man soll sich einmal vorstellen, was das bedeutet: Hayhanem, alias Morris, musste seine alte Persönlichkeit vollkommen vergessen und in eine neue hineinschlüpfen. Er musste lesen, sprechen, essen, gehen, denken und debattieren lernen wie ein Mann aus der Umgebung von New York. Und Auto fahren wie ein Amerikaner. Und tanzen und lesen und schreiben und rauchen und sich besaufen wie ein Amerikaner.

Oberstleutnant Hayhanem wurde ein neuer Mensch. Immerhin hatte ein anderer diese ungeheure Aufgabe schon vor ihm geschafft: „Mr Mark", der beste Spion, den der Kreml jemals in Amerika hatte und dem man zehn Jahre nicht auf die Spur kam.

Hayhanem, alias Morris, bestand alle Prüfungen. Am 14. April 1952 meldete er sich, mit einem hervorragend gefälschten amerikanischen Pass versehen, auftragsgemäß bei Michael Svirin, dem Sekretär der sowjetischen UNO-Delegation in New York. Der traf ihn unter allen erdenklichen Vorsichtsmaßregeln, gab ihm Geld und erklärte ihm: „Sie nehmen Kontakt mit Mr Mark auf. Wir werden uns nie wiedersehen. Für mich existieren Sie von dieser Stunde an ebenso wenig, wie für mich offiziell Mr Mark existiert. Sie können nicht damit rechnen, dass ich Ihnen jemals helfe. Ich bin Diplomat, ich darf mit Ihnen nichts zu tun haben."

„Und wie soll ich Mark erkennen?"

„Er wird Sie anrufen. In Ihrem Hotel. Ich gebe Ihnen hier eine kleine, geschnitzte Pfeife. Die tragen Sie als Erkennungszeichen im Mund, wenn Mark Ihnen den Treffpunkt mitgeteilt hat." Diesen Treffpunkt gab Mark drei Tage später in einem Telefongespräch bekannt: „Seien Sie pünktlich um 17 Uhr 30 im Klosett des RKO-Kinos in Flushing."

Das Klosett! Wohl kein Agentendienst der Welt könnte ohne diese Örtlichkeit auskommen! Pünktlich um halb sechs Uhr an diesem Tag suchte Morris die erwähnte Lokalität auf. Aus einer Kabine trat ein Mann von etwa 45 Jahren: groß, beinahe kahl, mit skeptischem, geistreichem Gesicht, großen Ohren, schmalen Lippen und einer randlosen Brille. Er trug einen Flanellanzug und ein blaues Künstlerhemd, keine Krawatte. Er sah Morris an. Er sah die kleine, seltsam geformte Pfeife an, die Morris im Mundwinkel hing. Er nickte kurz und sagte: „Auf die Minute, Morris …"

7

Mark nickte kurz und sagte: ‚Auf die Minute, Morris'", erzählte FBI-Chef Edgar Hoover dem aufmerksam lauschenden Thomas Lieven. Ernst saß Pamela Faber neben ihm. Alle drei rauchten und tranken schwarzen Kaffee und französischen Kognak. Das große Truthahnessen war vorüber.

Hoover zündete eine dicke, lange Zigarre an und blies eine Wolke süßen Rauch aus. „Lassen Sie mich weiterberichten: Morris und Mark vertrugen sich überhaupt nicht. Sie waren einander vom ersten Moment an unsympathisch. Aber sie mussten miteinander auskommen …"

Ja, auskommen miteinander mussten sie nun! Mark gab Morris an jenem Nachmittag im Waschraum des RKO-Kinos Geld, einen Code-Schlüssel und besprach die Tarnung: Morris sollte ein Fotostudio eröffnen, damit die Behörden sich keine Gedanken darüber machten, wovon er lebte. Ferner gab Mark bekannt, wo und auf welche Weise Morris seine geheimen Nachrichten deponieren und abholen musste.

Die Nachrichten – Mikrofilme, nicht größer als ein Stecknadelkopf – sollten in Geldstücken, alten Papiertaschentüchern oder Orangenschalen verborgen werden. Mithilfe kleiner magnetischer Plättchen konnte man sie unter Bänken, öffentlichen Telefonapparaten, Abfallkübeln oder Briefkästen befestigen.

„Die Arbeit funktionierte klaglos", berichtete Hoover. „Morris konnte, wie gesagt, Mark nicht leiden, aber er erfüllte seine Aufträge trotzdem erstklassig."

„Was für Aufträge zum Beispiel?"

„Leider sehr wichtige", sagte Hoover seufzend. „Nach allem, was Morris in Paris erzählte, dürfen wir uns keine Illusionen machen. Die Sowjets verdanken der ‚Organisation Mark' ungeheure Kenntnisse! Zum Beispiel hat Morris, nach seiner eigenen Aussage, im Raketenzentrum New Hyde Park spioniert."

„Und es gab niemals einen Zwischenfall, eine Panne?", fragte Thomas.

„Doch, einmal. Und diese Panne lieferte uns wenigstens den Beweis dafür, dass Morris mit dem, was er nun gestand, nicht lügt. Hier ist der Beweis." Hoover legte ein abgegriffenes 5-Cent-Stück vor Thomas auf den Tisch. „Heben Sie es auf, und lassen Sie es fallen."

Thomas hob das Geldstück auf und ließ es fallen. Es sprang entzwei. Die Münze war innen ausgehöhlt. Auf dem Boden der einen Seite klebte ein winziges Stück Film.

„Dieses Stück Mikrofilm", sagte Hoover, „enthält eine Code-Mitteilung von Mark. Seit vier Jahren versuchen die besten Köpfe des FBI, diese Nachricht zu entschlüsseln – umsonst."

„Wie kam diese Münze in Ihren Besitz?", fragte Thomas.

„Durch einen reinen Zufall", sagte Edgar Hoover. „Ein kleiner Zeitungsjunge namens James Bozart fand sie 1953 …"

An einem heißen Abend im Sommer 1953 rannte ein kleiner, sommersprossiger Zeitungsjunge namens James Bozart, was haste, was kannste, durch das Treppenhaus einer Mietskaserne im New Yorker Stadtteil Brooklyn.

Wummmm!

Nun war er doch tatsächlich der Länge nach hingeschlagen. Das ganze Geld war ihm aus der Tasche geflogen. So ein Pech! Leise fluchend machte James sich daran, seine Habseligkeiten einzusammeln. Plötzlich bekam er dabei ein 5-Cent-Stück in die Finger, das sich komisch anfühlte – so komisch …

James drehte es ein bisschen hin und her. Da zerfiel es in zwei Teile. Auf der Innenseite des einen Teils erblickte James einen dunklen Punkt. Na so was! Erst vor ein paar Tagen hatte James einen Spionagefilm gesehen. Da waren Mikrofilmbotschaften in Zigarettenetuis versteckt worden. War das hier vielleicht ein Mikrofilm?

James Bozart – die amerikanische Nation weiß ihm heute ewigen Dank dafür – trug seinen Fund zunächst zur nächsten Polizeiwache. Postenchef Milley lachte den Jungen aus, aber Sergeant Levon sagte: „Lass mal, Joe. Schicken wir das Ding dem FBI. Wer weiß, vielleicht kommen wir alle in die Zeitung!"

Keiner von ihnen kam in die Zeitung – damals. Aber zwei Agenten des „Federal Bureau of Investigation" besuchten den kleinen James daheim. Sie fragten ihn aus. Wo war er hingefallen? In der Fulton Street 252. Das war eine Riesenmietskaserne. Die unteren Lokalitäten waren zu Geschäften ausgebaut worden. Im ersten und zweiten Stock hatten sich Firmen etabliert. Weiter oben wohnten Junggesellen, Künstler und kleine Angestellte. Außerdem unterhielt das FBI in diesem Mammuthaus ein Büro.

Die Agenten des FBI durchleuchteten jeden Bewohner des Hauses Fulton Street 252 nach Strich und Faden. Es kam nichts heraus dabei.

Jahre vergingen. Die Botschaft auf dem Mikrofilm blieb unentziffert, ihr Verfasser unentdeckt. Immer deutlicher bekamen es die Männer, die für die nationale Sicherheit Amerikas verantwortlich waren, in diesen Jahren zwischen 1953 und 1957 zu spüren: Ein unheimlicher Spionagering umschloss ihr Land, bedrohte es mehr und mehr.

„In diesen Jahren", berichtete Edgar Hoover in seinem stillen Landhaus Thomas Lieven, „muss Morris immer mehr verkommen sein. Nachdem er Dunja Melanin getroffen hatte, wurde es ganz schlimm mit ihm. Er prügelte sie, sie prügelte ihn. Mark muss einen Bericht nach Moskau geschickt haben, denn Morris wurde plötzlich abberufen. In Paris ging er zur amerikanischen Botschaft, bat um Schutz und erzählte alles, was er wusste."

„Es scheint mir, trotz allem, nicht sehr viel zu sein", sagte Thomas.

„Es ist nicht genug", sagte Hoover. „Aber es ist eine ganze Menge. Denn obwohl dieser geheimnisvolle Mark alles tat, um vor Morris geheim zu halten, wo er wohnte, gelang es diesem doch einmal, ihn heimlich zu verfolgen. Und nach seiner Aussage wohnt Mr Mark – wissen Sie, wo?"

„Da Sie es so spannend machen, nehme ich an, in der Fulton Street 252."

„Richtig", sagte Edgar Hoover. „In dem Haus, in dem der kleine James Bozart vor vier Jahren hinfiel und die Münze fand ..."

Danach war es eine Weile still im Zimmer. Thomas stand auf und trat ans Fenster. Er sah hinaus auf die weite, liebliche Landschaft. Edgar Hoover sagte: „Ein Stab meiner Beamten, darunter Miss Faber, hat in den letzten Wochen jeden Bewohner des Hauses noch einmal unter die Lupe genommen. Die Beschreibung, die Morris von Mark gab, passt genau auf den beliebtesten Mieter. Er ist Maler. Lebt ganz oben, unter dem Dach. Und heißt Goldfuß. Emil Robert Goldfuß. Amerikanischer Bürger. Seit 1948 wohnhaft in der Fulton Street 252. Erzählen Sie weiter, Miss Faber."

Pamela sagte: „Seit Wochen beschatten wir diesen Maler Goldfuß. Ein Dutzend FBI-Autos mit Radar-, Funk und Fernsehgeräten ist eingesetzt. Keinen Schritt kann Goldfuß mehr machen, ohne dass ihm unsere Leute folgen. Ergebnis: null."

„Das verstehe ich aber nicht", sagte Thomas. „Wenn er so dringend verdächtig ist, ein Spion zu sein, warum verhaften Sie ihn dann nicht?"

Pamela schüttelte den Kopf: „Wir sind nicht in Europa, Herr Lieven."

„In den Staaten", erklärte Edgar Hoover, „darf ein Mann nur festgenommen werden, wenn er *ohne jeden Zweifel* eine ungesetzliche Handlung begangen hat. Erst dann wird ein Richter einen Haftbefehl ausschreiben. Wir haben den Verdacht, dass Goldfuß ein Spion ist. Aber beweisen? Nein, beweisen können wir es nicht. Und solange wir das nicht unwiderlegbar können, wird uns kein einziger Richter dieses Landes gestatten, ihn festzunehmen."

„Aber Morris? "

„Morris hat uns alle Informationen vertraulich geliefert. Mit Rücksicht auf seine Familie in Russland wird er unter gar keinen Umständen öffentlich gegen Goldfuß in den Zeugenstand treten."

„Und eine heimliche Hausdurchsuchung?"

„Natürlich könnten wir, wenn Goldfuß einmal fort ist, in seine Wohnung eindringen und sie durchsuchen. Ich bin sicher, dass wir einen Kurzwellensender und viele andere Dinge finden würden, die beweisen, dass er ein Spion ist. Aber dann würde er niemals verurteilt werden können!"

„Wieso nicht?"

„Seine Verteidiger würden verlangen, dass unsere Beamten unter Eid aussagen, woher sie ihr Belastungsmaterial haben. Angenommen, sie hätten es sich durch eine ungesetzliche Hausdurchsuchung verschafft – der Richter würde anordnen, dass nichts von all diesem Material gegen Goldfuß verwendet werden darf."

„Ja, aber wie ist denn dieser Mr Goldfuß dann überhaupt zu fassen?"

Edgar Hoover lächelte sanft. „Das fragen wir Sie, Herr Lieven. Darum haben wir Sie kommen lassen – Sie, einen alten Freund von Dunja Melanin."

8

In Russland machen sie Schaschlik mit Zwiebeln!", schrie der fette Boris Roganow. „In Russland machen sie Schaschlik nicht mit Zwiebeln!", schrie Thomas Lieven.

Sie standen sich wutbebend gegenüber. Ohrfeigen lagen greifbar nahe in der Luft. Man schrieb den 19. Juni 1957. Es war 13 Uhr 30 und entsetzlich schwül in New York. Der Schaschlikkrach fand in der Küche eines russischen Feinschmeckerlokals in der 41. Straße statt. Der fette Herr Roganow war der Besitzer dieses Lokals. Thomas verkehrte hier seit einigen Tagen, denn „Bei Roganow" pflegte Dunja Melanin zu Mittag zu essen. Sie arbeitete in der Nähe, in der Ordination eines gewissen Dr. Mason.

Es war ein trauriges Wiedersehen gewesen. Dunja, immer noch leidenschaftlich und reizvoll, jammerte Victor Morris nach. Immer wieder brach sie in Tränen aus, wenn sie von ihm erzählte – und sie erzählte ununterbrochen von ihm, teils aus eigenem Antrieb, teils, weil Thomas sie dauernd dazu animierte.

Heraus kam nichts dabei. Was Dunja auch erzählte, es half Thomas nicht weiter. Wenn er Dunja verließ, traf er Pamela, über die der Kontakt zu Hoover lief. Sie hatte eine kleine Wohnung in Manhattan. Thomas wohnte im Hotel „Waldorf-Astoria".

Tag um Tag verstrich. Nichts geschah. Goldfuß gab sich keine Blöße. Thomas fiel eine wachsende Gereiztheit an Pamela auf, die er sich nicht erklären konnte. Und immer wieder traf er Dunja, versuchte etwas, irgendetwas zu finden, das Goldfuß belastete, zu ihm hinführte. Aber Dunja schien Goldfuß nie im Leben gesehen zu haben. Sie weinte nur immer wieder ihrem Morris nach.

Schaschlik hatte sie sich gestern gewünscht. Prompt hatte Thomas Hammelfleischstücke in eine Beize gelegt und sie zwölf Stunden darin ziehen lassen. Jetzt war das Fleisch richtig. Thomas wollte es gerade, mit Speck untermischt, auf den Spieß bringen, da begann dieser fette Boris Roganow doch wahrhaftig Zwiebeln in dicke Scheiben zu schneiden! Ein wilder Krach brach los. Dann versöhnten sich die Herren wieder. Aber der Ärger nahm an diesem Tag kein Ende.

Als Dunja – verspätet natürlich – endlich erschien und mit Thomas zu essen begann, legte auch sie eine grässliche Gereiztheit an den Tag. Dauernd griff sie sich an den schmerzenden Kopf, dauernd mäkelte sie an Thomas herum. Dann fasste sie sich ein bisschen: „Entschuldige – diese wahnsinnige Arbeit, ich breche noch zusammen!"

„Was ist denn los?"

„Ich glaube, die halbe Stadt lässt sich impfen."

„Impfen?"

„Mit diesem neuen Serum gegen Kinderlähmung. Doktor Salk. Sicherlich hast du davon gehört. Das Impfen wäre ja noch nicht einmal das schlimmste! Das Schlimmste ist die Schreiberei!"

„Was für eine Schreiberei?"

Menu • New York, 19. Juni 1957

Dieses Essen verhilft Thomas zum Fang des größten Sowjetspions.

Frühlingssalat • Schaschlik mit Risotto
Gebratene Bananen

Frühlingssalat: Man nehme eine geschälte junge Gurke, zarte Radieschen, hart gekochte Eier, schneide sie in Scheiben, gebe sie in eine Schüssel. Man streue wenig Pfeffer und Salz und viel fein gehackten Dill, Schnittlauch und Petersilie darüber, mische dann reichlich dicken sauren Rahm darunter. – Man serviere den Salat sofort, damit die Gurkenscheiben keine Zeit haben, Wasser zu ziehen.

Schaschlik: Man nehme Filets von einem Hammelrücken, schneide sie in zwei Zentimeter dicke Scheiben. Man mariniere sie mindestens zwölf Stunden in Olivenöl, etwas Zitronensaft, Salz, gehackter Zwiebel, Petersilie, zerquetschten Wacholder- und Pfefferkörnern, einer zerdrückten Knoblauchzehe, einem Schuss Wein. – Man stecke das Fleisch abwechselnd mit Speckscheiben auf Grillspießchen, röste sie auf dem Grill oder im Bratofenrost, aber so, dass sie innen noch leicht rosafarben bleiben.

Risotto: Man lasse eine große, fein geschnittene Zwiebel in einer Kasserolle in Butter oder Olivenöl weich und hellgelb dünsten, schütte trockenen Reis dazu, lasse ihn unter ständigem Rühren etwa zehn Minuten leicht mitrösten, wobei er keinesfalls braun werden darf. – Man gieße dann die anderthalbfache Menge kochendes Wasser auf den Reis, salze ihn leicht und lasse ihn im fest verschlossenen Topf auf einer Asbestplatte über schwächster Flamme dreißig Minuten ziehen.

Gebratene Bananen: Man nehme reife, aber nicht zu weiche, geschälte Bananen, brate sie rasch rundherum in brauner Butter, gebe etwas flüssig gemachten, mit einem Schuss Rum verrührten Honig in die Pfanne, drehe die Bananen unter Begießen ein paarmal vorsichtig darin herum und serviere sie sofort auf vorgewärmten Tellern, mit geriebenen Mandeln oder Pistazien bestreut.

„Jeder Patient muss seinen Geburtsschein vorlegen. Nicht den Pass, nicht den Meldezettel, nein, den Geburtsschein!"

„Warum?"

„Das verlangt das Gesetz! Und ich muss die Nummer von jedem Geburtsschein aufschreiben. Und die ausstellende Behörde. Und sie kommen zu Hunderten! Ich werde noch verrückt! Impfen! Impfen! Impfen!"

„Impfen, impfen", wiederholte er blödsinnig, indessen sich sein Herz zusammenkrampfte. Denn eine junge Frau in einem gelben Sommerkleid hatte soeben das Lokal betreten. Er traute seinen Augen nicht. Wahnsinnig! Sie musste wahnsinnig geworden sein! Streng verboten es die Gesetze des FBI, dass zwei Agenten, die miteinander arbeiteten, sich in der Öffentlichkeit trafen. Aber darauf schien Pamela Faber zu pfeifen. Direkt gegenüber von Thomas nahm sie Platz. Kreuzte die Beine. Lehnte sich zurück. Und starrte Dunja an …

Das konnte derselben natürlich nicht lange verborgen bleiben.

„Wer ist das?"

„Bi-bitte?"

„Die Person da drüben. Sie starrt mich an. Kennst du sie?"

„Ich? Wen denn überhaupt?"

„Die geschminkte Gelbe. Tu doch nicht so!"

„Herrgott, ich habe die Frau nie im Leben gesehen!"

„Du lügst! Du kennst sie! Und wie du sie kennst!"

So fing das an, und so ging das weiter durch das ganze Essen. Beim schwarzen Kaffee hatte Thomas sein Hemd durchgeschwitzt. Und immer noch starrte Pamela Faber herüber …

Und so ging das an diesem Tag lustig weiter!

Als Thomas Lieven ins „Waldorf-Astoria" zurückkam, wartete hier ein Herr namens Roger Ackroyd auf ihn. Mr Ackroyd war im Hotel bekannt als Exportkaufmann, der oft mit europäischen Geschäftsleuten zusammenarbeitete.

Herr Peter Scheuner – so nannte sich Thomas derzeit – war im Hotel als einer dieser europäischen Geschäftsleute bekannt. Die beiden Kaufherren, die keine waren, setzten sich in die leere Bar. Mr Ackroyd sagte leise: „Die Sache brennt uns mehr und mehr unter den Nägeln, Lieven. Sind Sie weitergekommen?"

„Keinen Schritt."

„Mist", sagte Mr Ackroyd. „Verschiedene Anzeichen sprechen dafür, dass Goldfuß unmittelbar vor der Flucht steht. Wir wissen nicht, wohin er abhauen wird. Australien. Asien. Afrika. Europa."

„Die Grenzen bewachen. Flugplätze. Häfen. Und so weiter."

„Wie wollen Sie das machen? So viele Beamte gibt es einfach nicht. Goldfuß wird selbstverständlich mit einem absolut echten falschen Pass reisen." Ein „echter" falscher Pass, das wusste Thomas seit Langem, war ein solcher, der auch einer Überprüfung in den Behördenregistern standhielt.

„Glauben Sie, dass er sich lauter echte falsche Papiere verschafft hat?"

„Das weiß ich nicht. In der Eile wohl kaum. Aber sicherlich einen Pass. Und der Pass genügt. Wenn nicht ein Wunder geschieht, geht uns der Mann durch die Lappen."

Thomas seufzte tief. Und zu allem noch diese feine Mitarbeiterin Miss Faber, dachte er erbittert. Na, der werde ich aber was erzählen!

9

Wissen Sie, was Sie verdienen? Prügel verdienen Sie!", schrie Thomas. Schwer atmend stand er an diesem Abend in Pamelas kleiner Wohnung vor der Besitzerin, die einen schwarzen Morgenrock und offenbar wenig darunter trug. „Was fällt Ihnen ein, zu ‚Roganow' zu kommen?"

„Ich werde wohl noch das Recht haben, zu ‚Roganow' zu gehen."

„Aber nicht, wenn ich dort bin!"

„Das habe ich nicht gewusst!", schrie sie a tempo.

A tempo schrie er zurück: „Das haben Sie sehr wohl gewusst!"

„Also schön, ich hab's gewusst!"

„Und warum sind Sie dann gekommen?"

„Weil ich mal Ihre Dunja sehen wollte, dieses süße Täubchen!" Ihm fiel der Kiefer herunter. „Und deshalb gefährden Sie alles – die ganze Aktion?"

„Schreien Sie mich nicht an! Sie müssen *ja fürchterlich* verliebt sein in die Dame!"

„Halten Sie den Mund, oder ich ziehe Ihnen die Hosen stramm!"

„Tun Sie's doch, wenn Sie's wagen!"

„Na warte", sagte er und stürzte sich auf sie. Mit einem geschickten Jiu-Jitsu-Griff legte die erfahrene Agentin ihn aufs Kreuz. Er krachte auf den Teppich. Sie lachte und rannte davon. Er kam auf die Beine und rannte ihr nach. Im Schlafzimmer erwischte er sie wieder. Ein kleiner Ringkampf folgte. Sie fielen beide auf das Bett.

Dann lag sie strampelnd und fauchend über seinem Knie. „Lass mich – lass mich – ich bringe dich um ..."

Der Morgenrock fiel auf. Pamela trug tatsächlich nur wenig darunter. Ungerührt versohlte Thomas sie. Sie kreischte, schlug um sich und biss.

Wie Chantal, dachte er benommen, während das Blut in seinen Schläfen zu rauschen begann, genau wie Chantal ist sie – o Gott! Plötzlich fiel er über sie. Seine Lippen trafen die ihren. Sie biss. Dann öffneten sich ihre Lippen und wurden weich. Ihre Arme schlangen sich um ihn. Und beide versanken in der betäubenden Süße ihres ersten Kusses. Der Raum verschwamm vor Thomas Lievens Augen, die Zeit verlor ihren Sinn.

Als er wieder zu sich kam, sah er in zwei Augen voller Liebe. Pamela flüsterte: „Ich war so eifersüchtig – so fürchterlich eifersüchtig auf deine Russin ..."

Plötzlich fiel Thomas etwas an Pamelas Oberarm auf. Er sah die kreisrunden hellen Stellen einer Impfung. Er wurde bleich im Gesicht. Und sagte lallend: „Impfen ..."

Pamela, im Begriff, ihn zu küssen, erstarrte. „Was ist los?"

„Impfen", wiederholte er blödsinnig.

„Bist du verrückt geworden?"

Er sah sie völlig abwesend an: „Goldfuß weiß, dass er in Gefahr ist. Er wird versuchen, Amerika zu verlassen und nach Russland heimzukehren. Jeder Mensch, der nach Europa fährt, muss sich gegen verschiedene Krankheiten impfen lassen. Das verlangt das Gesetz. Und bei der Impfung muss er dem Arzt seinen Geburtsschein vorlegen, damit er die Nummer notiert ..." Thomas stotterte plötzlich vor Aufregung: „Den Geburtsschein, nicht den Pass ... Sein falscher Pass ist ein echter falscher Pass – aber ob sein falscher Geburtsschein auch echt falsch ist?"

Pamela wurde blass: „Er ist verrückt geworden – ganz und gar verrückt."

„Mitnichten! Wenn Goldfuß nämlich – geb's Gott – einen *falschen* – falschen Geburtsschein vorgelegt hat, dann können wir ihm *endlich* eine strafbare Handlung vorwerfen – und ihn hochnehmen – und seine Wohnung durchsuchen ..."

„Thomas!"

„Stör mich jetzt nicht. Wie viele Ärzte gibt es in New York?"

„Herrgott, was weiß denn ich? Mindestens zehntausend!"

„Egal", sagte Thomas Lieven, während Pamela Faber ihn entgeistert anstarrte. Er schlug auf das Bett. „Und wenn alle Agenten des FBI eingesetzt werden müssen! Und wenn alle wirklich verrückt werden dabei! Wir müssen es versuchen!"

10

Am Abend des 19. Juni 1957 gab es im Stadtgebiet von New York Alarm für 277 Mitarbeiter des FBI. Sie erhielten den Auftrag, schnellstens die insgesamt 13 810 Ärzte aufzusuchen, die in der Zehnmillionenstadt arbeiteten.

Jeder der 277 Mitarbeiter führte die Fotografie eines Mannes von etwa 45 Jahren mit sich, der ein geistreiches, skeptisches Gesicht, große Ohren und schmale Lippen besaß und eine Brille trug.

Vom Abend des 19. Juni 1957 an stellten 277 Männer anhand von 277 Fotos ungezählte Male die gleichen Fragen: „Doktor, kennen Sie diesen Mann? Gehört er zu Ihren Patienten? Haben Sie ihn vielleicht in letzter Zeit geimpft?"

Auch den ganzen 20. Juni 1957 hindurch wurden diese Fragen gestellt.

Im Luxushotel „Waldorf-Astoria" saß derweilen ein gewisser Peter Scheuner, deutscher Exportkaufmann, wie auf Kohlen. Von Zeit zu Zeit klingelte das Telefon. Es waren Leute vom FBI, die Thomas verschlüsselt mitteilten, dass die Operation weiterhin erfolglos verlief. Seufzend legte Thomas jedes Mal wieder den Hörer in die Gabel.

Dieser Zustand änderte sich schlagartig am 21. Juni um 16 Uhr 35. Wieder schrillte das Telefon. Eine tiefe Stimme sprach: „Zero."

Elektrisiert fuhr Thomas hoch. Er sagte nur ein Wort: „Wo?"

Die Stimme antwortete: „3145 Riverside Drive. Doktor Willcox."

Zwanzig Minuten später stand Thomas Lieven in dem kleinen Ordinationsraum von Dr. Ted Willcox, einem älteren Arzt, der seine Praxis im ärmsten Elendsviertel New Yorks aufgeschlagen hatte.

Dr. Willcox hielt eine Fotografie in der Hand. Er sagte: „Gewiss erinnere ich mich an diesen Mann. Vor allem deshalb, weil so selten gut angezogene Leute zu mir kommen."

Da hast du also zuletzt doch noch einen Fehler gemacht, du sowjetischer Superagent, dachte Thomas. Möglichst weit von deiner Wohnung entfernt hast du dir einen Arzt ausgesucht. Ich verstehe, warum. Und doch war es verkehrt. Dr. Willcox sprach: „Dieser Herr suchte mich am Nachmittag des 16. Juni auf. Er ließ sich impfen. Ich stellte ihm einen sogenannten ‚Internationalen Seuchenpass' aus, wie man ihn benötigt, wenn man beispielsweise nach Europa reisen will." Der alte Arzt humpelte zu seiner Kartei und suchte unter dem Datum des 16. Juni. Dann zog er ein Blatt hervor. „Der Herr heißt Martin Collins. Nach dem Geburtsschein wurde er am 7. Juli 1910 als amerikanischer Bürger im Stadtteil Manhattan geboren. Geburtsscheinnummer: 32 027/7/71 897."

Um 17 Uhr 15 zwangen Thomas Lieven und ein stämmiger FBI-Agent zwei Beamte, im Geburtenregisteramt von Manhattan Überstunden zu machen. Nach einer langen Weile kam einer der beiden angeschlurft, blies den Staub von einer vergilbten Registerkarte und knurrte: „Martin Collins ... Collins, Martin – was ist das für ein Quatsch? 32 027, Strich, 7, Strich, 71 897, sagen Sie?"

„Sage ich, ja", sagte Thomas.

Der Beamte sah auf: „Also hören Sie mal zu, mein Herr. Der Geburtsschein 32 027, Strich, 7, Strich, 71 897 wurde am 4. Januar 1898 für eine gewisse Emilie Woermann ausgestellt. Und die ist am 6. Januar 1902 im Alter von vier Jahren gestorben. An Lungenentzündung." Thomas sah den FBI-Mann an. Er sagte leise: „Jetzt haben wir unsern Freund."

11

An der Tür war eine Messingplatte festgeschraubt. Darauf stand:

Emil Robert Goldfuss

Die Tür befand sich im obersten Stockwerk des gewaltigen Mietshausblocks Fulton Street 252. Zwei Männer standen am 21. Juni 1957 um 19 Uhr 06 vor dieser

Tür. Der eine zog eine Pistole aus dem Schulterhalfter und entsicherte sie. Der andere zog eine altmodische goldene Repetieruhr aus der Tasche. „Komisch", sagte Thomas Lieven. „Erst sieben, und ich bin derartig hungrig!" Dann klopfte der FBI-Mann an die Tür, trat zur Seite und hielt die Pistole vor …

Die Tür ging auf. Ein hagerer Mann in blauem Malerkittel, eine Palette in der Hand, stand in ihrem Rahmen. Er lächelte gewinnend, strahlte Sympathie und Klugheit aus. Auf die Pistole des FBI-Agenten blickend, sagte er: „Was soll das, mein Herr? Ist das ein Scherz? Eine Reklame? Ein Präsent?"

„Mr Goldfuß oder Mark oder Collins", sagte der FBI-Agent, „oder wie immer Sie sich nennen wollen – Sie sind verhaftet."

„Verhaftet von wem?"

„Vom FBI."

Der Maler sprach freundlich: „Sie können mich nicht verhaften, mein lieber Herr. Ich habe keine strafbare Handlung begangen, und Sie haben auch keinen Haftbefehl."

„Doch, doch, Mr Goldfuß, wir haben", sagte Thomas und trat näher. Auch er lächelte gewinnend.

„Wer sind Sie?"

„Ein Freund des Hauses", antwortete Thomas. „Des FBI-Hauses, meine ich. Sehen Sie, Mr Goldfuß, für Sie lag seit Tagen ein Haftbefehl vor. Wir mussten nur noch einen hübschen Verhaftungsgrund finden und ihn einsetzen. Gestern haben wir einen sehr hübschen gefunden, einen falschen Geburtsschein …"

Aus dem Stockwerk unter dem Atelier kamen plötzlich zwei Männer herauf, weitere zwei Männer kamen vom Dachboden herab.

Thomas sagte: „Wir haben diese lieben Freunde mitgebracht, weil wir natürlich wissen, dass Sie nicht nur ein charmanter Geburtsscheinfälscher sind."

„Sondern?"

„Sondern vermutlich der beste Agent, den die Sowjets jemals besaßen. Und ich mache nie übertriebene Komplimente", sagte Thomas Lieven lächelnd.

Mr Goldfuß erwiderte dieses Lächeln. Die beiden Herren sahen einander schweigend an. Der Blick hielt …

Die Atelierwohnung wurde sogleich durchsucht. Die Männer des FBI fanden den Geburtsschein auf den Namen Martin Collins, Papiere auf den Namen Goldfuß, 3545 Dollar in bar, eine Schiffspassage nach Europa auf den Namen Collins, gebucht für den 1. Juli 1957, und einen starken Kurzwellensender des Typs „Hallicrafter", der völlig offen zwischen zwei Gemälden stand. Die Männer des FBI halfen Mr Goldfuß beim Packen eines kleinen Koffers. Dabei beobachtete Thomas, dass Mr Goldfuß ein paar offensichtlich benutzte Papiertaschentücher fortwarf. Thomas nahm die zusammengeknüllten Tücher wieder aus dem Papierkorb. Leichenblass wurde plötzlich Mr Goldfuß. Thomas Lieven öffnete die Taschentücher behutsam. Kleine dunkle Punkte, unscheinbar wie Fliegendreck, befanden sich darauf.

„Hm", machte Thomas. Zwanzig Jahre lang von Geheimdiensten der verschiedensten Länder sowohl ausgebildet wie am Leben bedroht, hatten ihn hellwach werden lassen. Das war kein Fliegendreck …

Zwei Tage später hatte Amerika eine Sensation. Der gefährlichste russische Agent aller Zeiten war dingfest gemacht worden. Mikrofilme, die er in alten Papiertaschentüchern versteckt hatte, verrieten seinen komplizierten Code-Schlüssel, seinen wahren Namen, seine wahre Geschichte.

Oberst im sowjetischen Geheimdienst war dieser Mann, der zehn Jahre lang ungestört und unbeargwöhnt in den Staaten hatte spionieren können. Und er hieß: Rudolf Iwanowitsch Abel.

Am Abend des 23. Juni 1957 tickten Fernschreiber die Meldung über seine Verhaftung und Bedeutung an Zeitungsredaktionen auf fünf Kontinenten und in alle Welt hinaus.

Und auch in den folgenden Tagen und Wochen machten die Taten des Oberst Rudolf Iwanowitsch Abel Schlagzeilen. Viel über ihn erfuhr die Welt, jedoch bei Weitem nicht alles. Zum Beispiel erfuhr sie niemals etwas von jenem Mittagessen, zu welchem sich ein heiterer Herr und zwei ernste Herren niedersetzten. Das war am 17. August 1957 in einem gemütlichen Blockhaus auf den idyllischen, bewaldeten Hängen des US-Staates Maryland …

„Meine Herren", sprach Thomas Lieven heiter, „warum sind Sie so ernst?" Er sah Edgar Hoover an, den Chef der amerikanischen Bundeskriminalpolizei. Er sah den braun gebrannten, 40-jährigen James B. Donovan an, dessen Haar bereits völlig weiß leuchtete. Donovan war Verteidiger des Meisterspions Abel in dem bevorstehenden Prozess.

Thomas kam aus der Küche. Er trug ein Tablett mit einem großen Tiegel und allerlei Utensilien. Während er das Tablett abstellte und einen Spirituskocher in Gang setzte, der neben der gedeckten Tafel auf einem kleinen Tischchen stand, beantwortete er seine Frage selbst: „Nun wohl! Sie sind wahrscheinlich so ernst, weil Sie sich an jene Zeit im Kriege erinnern, da Sie sich als Chefs von zwei konkurrierenden Spionageunternehmen dauernd in die Wolle bekamen, wie?"

Er schien ins Schwarze getroffen zu haben. Hoover grunzte, Donovan räusperte sich ärgerlich. In der Tat war der Strafverteidiger im Krieg Offizier in geheimer Mission des berühmten „OSS", des „Office for Strategy Services", gewesen. Bei verschiedenen Aktionen waren er und seine Leute mit Leuten von Hoovers FBI kollidiert.

Thomas setzte den Tiegel auf den Spirituskocher und blieb heiter. „Nehmen Sie Platz, meine Herren! In weiser Voraussicht Ihrer Gemütsverfassung habe ich mir erlaubt, ein Vorgericht zu erfinden und zuzubereiten, das die Nerven beruhigt, den Geist beschwingt, die Laune hebt."

Thomas bewegte den Tiegel über der Flamme. Im Tiegel befanden sich kleine Kalbsnierenwürfel, leicht angebraten. „Möge uns diese Speise unserm Ziel näher bringen."

„Was ist das für ein Ziel?", knurrte Donovan misstrauisch.

Kognak über die Nieren gießend, antwortete Thomas bedächtig: „Ihrem Mandanten und den Vereinigten Staaten von Amerika zu helfen."

Hoover sah Donovan an. „Abel kommt auf den elektrischen Stuhl, das ist klar. Wir haben mehr als genug Beweismaterial gegen ihn."

Donovan zuckte die Schultern. „Da bin ich aber gespannt, wie Sie beweisen wollen, dass mein Mandant ein Sowjetspion ist."

Thomas schüttelte den Kopf. „Ein Elend. Eine solche Verschwendung von einmaligem Talent. Ein Jammer. Wirklich ein Jammer!"

„Was?"

„Zu denken, dass ein Mensch wie Abel auf dem Stuhl verschmoren soll."

„Wenn Sie freundlicherweise vor dem Essen ein bisschen taktvoller sein wollten, Mr Scheuner."

„O pardon! Aber mir blutet wirklich das Herz. Abel ist nicht nur begabt, er ist ein *Genie!*"

„Na, na, na ..."

„Was heißt na, na, na? Darf ich Sie daran erinnern, Mr Donovan, dass Sie als OSS-Agent während des Krieges in der Schweiz zu arbeiten versuchten? Schon nach sechs Monaten hatten die Schweizer das spitz und feuerten Sie hinaus. Und Abel? Zehn Jahre hat er in den Staaten gearbeitet, ohne entdeckt zu werden!"

„Halten Sie mal die Luft an." Donovan sah von Thomas zu Hoover. „Ihr wollt doch was. Offiziell könnt ihr es mir offensichtlich nicht vorschlagen. Also kommt ihr hintenherum. Raus mit der Sprache, was ist es?"

„Und nun der Champagner", sagte Thomas Lieven und goss Sekt in den erhitzten Tiegel. Sofort begann sich ein außerordentlich prickelnder und viel versprechender Wohlgeruch zu verbreiten.

„Aaaahhh", machte Hoover und lehnte sich zurück. Sogar Donovans nervöses Gesicht entspannte sich, er lächelte kurz.

„Sehen Sie", sagte Thomas, „es wirkt schon." Er arbeitete weiter und redete wie nebenbei: „Der FBI hält die schwer wiegendsten Beweisstücke gegen Abel zurück. Abel wird *nicht* zum Tode verurteilt."

„Sondern?"

„Bitte?" Thomas hob tadelnd die Augenbrauen. „Mr Donovan, ich muss mich über Sie wundern! Was heißt: sondern? Sie könnten Ihrem Mandanten ruhig das bisschen Leben gönnen."

„Drehen Sie mir nicht die Worte im Munde um! Mr Hoover war es, der sagte, dass Abel auf den elektrischen Stuhl kommen müsse!"

„Von Rechts wegen, ja", dozierte Thomas, indessen er die delikate Vorspeise verteilte. „Aber wenn der FBI nun seine eigenen Pläne mit ihm hätte ..."

„Was dann?"

„Dann gäbe es natürlich noch andere Urteilsmöglichkeiten. Lebenslänglich zum Beispiel. Dreißig Jahre Zuchthaus. Zwanzig. Zehn ..."

„Was ist mit dem Belastungsmaterial, von dem Mr Hoover sprach?"

„Belastungsmaterial kann man zurückhalten. Wenigstens einen Teil davon. Den schlimmeren Teil. Essen Sie, Mr Donovan, essen Sie um Himmels willen, Ihre Niere wird ja kalt."

Der weißhaarige Verteidiger begann mechanisch zu essen. Er sah Thomas mit zusammengekniffenen Augen an. Kauend sprach Donovan: „Und was hätten Sie davon, wenn Sie …" Er verschluckte sich und musste husten. Thomas klopfte ihm hilfreich auf den Rücken.

„Sehen Sie, sehen Sie. Ich wollte es Ihnen gleich sagen, aber es fehlte mir der Mut. Ich dachte, es sei ungehörig, einen so großen Mann wie Sie darauf hinzuweisen."

„Wo-worauf?", ächzte Donovan echauffiert und rang nach Luft.

„Dass man mit vollem Mund nicht sprechen soll", antwortete unser Freund schlicht. „Ich glaube, jetzt geht es wieder."

James B. Donovan legte sein Besteck fort. Er hatte auf einmal keine Lippen mehr. Seine Stimme klang so, wie ein Eiszapfen klingen würde, wenn er sprechen könnte, was er nicht kann: „Lassen wir dieses Katz-und-Maus-Spiel. Ich frage: Was hätte das FBI davon, wenn es das schwerste Belastungsmaterial zurückhielte und damit das Leben Abels rettete?"

Thomas sah Hoover an. „Wollen *Sie* nicht die Frage beantworten, Sir?"

Hoover brummte etwas Unverständliches und neigte sich über seinen Teller.

„So ist es richtig", sagte Thomas. „Immer lässt man mich die peinlichsten Fragen beantworten, das habe ich gerne. Also schön, Mr Donovan. Das FBI hätte davon mit großer Wahrscheinlichkeit die Chance, früher oder später das Leben eines amerikanischen Agenten zu retten."

„Eines amerikanischen Agenten?"

„Mr Donovan, es ist mir wirklich wahnsinnig unangenehm, derart in den Interna des amerikanischen Geheimdienstes herumzustochern – aber Sie selber waren doch einmal bei diesem Verein, nicht wahr? Und damals, gegen Ende des Krieges, haben Sie doch mitgeholfen, die Abwehr gegen die Sowjetunion auszubauen. Oder etwa nicht?"

James B. Donovan schwieg.

„Ich mache Ihnen keinen Vorwurf daraus", sagte Thomas mit einem Augenzwinkern. „Es war schließlich Ihre Aufgabe. Nun ja … Wer könnte es da paradox finden, dass ausgerechnet Sie heute einen Sowjetspion verteidigen?"

„Als Pflichtverteidiger. Das Gericht möchte seine Objektivität beweisen."

„Bitte, bitte, es sollte kein Vorwurf sein!", meinte Thomas nachsichtig.

„Ich nehme an, jedes Land hat seinen Nachrichtendienst", sagte Donovan leicht beleidigt.

„Man darf sich nur nie erwischen lassen", knurrte Hoover undeutlich, über seinen Teller gebeugt.

„Eben", sagte Thomas. „Allerdings sehe ich vor meinem geistigen Auge bereits – es ist dies eine reine Frage der Wahrscheinlichkeitsrechnung – den Tag voraus, an dem die Sowjets einen amerikanischen Agenten erwischen. Könnte doch schließlich

Menu • Maryland, 17. August 1957

Lievens Champagnerniere betäubt selbst „hohe Tiere" …

Kalbsnieren in Champagner • Gespickter Zander
Ananasspeise

Kalbsnieren in Champagner: Man nehme zwei von Fett und Haut befreite Kalbsnieren, schneide sie in Würfel, brate sie drei Minuten in sehr heißer Butter an, pfeffere und salze. – Man bringe die Kasserolle auf einem Spiritusrechaud zu Tisch, gieße ein Gläschen Kognak über die Nieren, zünde an, lösche mit Champagner ab. – Man füge 100 Gramm geschnittene, in Butter gedünstete Champignons und einen Esslöffel gehackte Petersilie hinzu, lasse alles heiß werden, aber nicht kochen. – Man fülle Nieren und Soße in Tortelettes aus ungesüßtem Mürbe- oder Blätterteig.

Gespickter Zander: Man reibe den gereinigten Fisch mit Pfeffer und Salz ein, beträufle ihn mit Zitronensaft und lasse ihn eine Stunde stehen. – Dann trockne man ihn gut ab, spicke ihn auf beiden Seiten mit feinen Streifchen von fettem Speck, lege ihn mit dem Rücken nach oben in eine feuerfeste Form, begieße ihn mit brauner Butter, schiebe ihn in den vorgeheizten Bratofen. – Ohne umzuwenden, brate man etwa eine halbe Stunde unter fleißigem Begießen, gebe allmählich sauren Rahm, mit einem halben Kaffeelöffel Maizena verrührt, dazu. – Man serviere den Zander in der Bratform.

Ananasspeise: Man lege eine große, flache Glasschale dicht mit Löffelbiskuits aus, tränke diese mit Ananassaft, bedecke sie mit einer dicken Schicht schwach gesüßter Schlagsahne. – Man belege die Oberfläche mit einem dichten Muster von Ananasstückchen und eingemachten Sauerkirschen und serviere die Speise eisgekühlt.

vorkommen, oder? Nehmen Sie doch noch ein bisschen Niere, meine Herren." Er servierte elegant. „Zum Beispiel ist mir zu Ohren gekommen, dass der Geheimdienst seit Jahren Spezialmaschinen zu Flügen losschickt, die über einem Land nicht nur die Wolken fotografieren."

„Das ist natürlich ein völlig unsinniges Gerücht", sagte Edgar Hoover, ohne den Kopf zu heben.

„Natürlich, natürlich", sagte Thomas sanft. Donovan hörte plötzlich sehr aufmerksam zu. „Die sowjetischen Proteste über Verletzungen russischen Luftraums entbehren natürlich auch jeder Grundlage."

Hoover sah auf und blinzelte mit einem Auge. „Es handelte sich stets um Wettererkundungsmaschinen, die zufällig von ihrem Kurs abgekommen waren."

„Na klar. Aber was geschähe nun, wenn einer jener – hrm – Wetterpiloten zufällig abgeschossen würde?", erkundigte sich Thomas.

Donovan sagte langsam: „Diese Wettermaschinen kenne ich. Sie können von der Fliegerabwehr niemals abgeschossen werden, sie fliegen viel zu hoch."

„Was nicht ist, kann noch werden. Außerdem gibt es, höre ich, seit einiger Zeit sehr präzise Raketen. Wenn eine solche Rakete nun einen solchen amerikanischen Wetterpiloten vom Sowjethimmel holt, und er überlebt dies und wird vor Gericht gestellt, und es handelt sich um einen Wetterpiloten, den Mr Hoover gern wiedersehen würde … wäre es da nicht ein Jammer, wenn Mr Abel dann schon das Zeitliche gesegnet hätte? Mit einer Leiche kann man keinen Handel treiben, meine Herren!"

„Wirklich, Mr Scheuner", sagte Edgar Hoover mit erstickter Stimme, „Ihr Zynismus geht zu weit."

„Pardon, meine Herren. Ich sprach ja nur von einer Möglichkeit. Eine pure Hypothese …"

Sehr langsam sagte der Anwalt: „Und wenn nun keiner unserer Wetterpiloten abgeschossen wird?"

„Sehen Sie", sagte Thomas freundlich, „jetzt verstehen wir uns endlich, Mr Donovan. Ich könnte mir gut vorstellen, dass Mr Abel sich dann aus purer Dankbarkeit entschließen würde, die Fronten zu wechseln und für den amerikanischen Geheimdienst zu arbeiten."

James B. Donovan fixierte Edgar Hoover: „Ist das auch Ihre Ansicht?"

„Sie haben Mr Scheuner gehört. Ich habe nichts hinzuzufügen."

Das Gesicht des Anwalts lief tiefrot an. „Wofür halten Sie mich eigentlich, Mr Scheuner? Wofür halten Sie meinen Mandanten? Soll das ein Wink mit dem Zaunpfahl sein?"

„Das", sagte Thomas bescheiden, „ist ein Gebilde meiner Fantasie, Mr Donovan, und sonst gar nichts."

„Auf so etwas wird mein Mandant *niemals* eingehen!", rief James B. Donovan.

12

Am 24. August 1957 erschien ein gewisser Peter Scheuner beim Direktor des New Yorker Untersuchungsgefängnisses. Er hatte von höchster Stelle die Erlaubnis, unter vier Augen mit Rudolf Iwanowitsch Abel zu sprechen. Der Direktor persönlich geleitete diese offenbar „Very Important Person" durch endlose Gänge zum Sprechzimmer. Dabei berichtete er, dass der Sowjetspion sich bereits der Sympathien des ganzen Hauses erfreue: „Die Roten werden sonst in Gefängnissen sehr schlecht von ihren Mithäftlingen behandelt. Aber nicht dieser Abel!" Der Direktor verdrehte die Augen. „Ich sage Ihnen: absoluter Liebling von jedermann! Er hat für die Häftlinge musiziert, ihnen Kabarett vorgespielt, er hat ein neues Verständigungssystem eingerichtet ..."

„Was hat er?"

Der Direktor lachte verlegen. „Na, Sie wissen doch, wie die Häftlinge miteinander verkehren, wenn sie in den Zellen sitzen."

„Das gute alte Klopfsystem", sagte Thomas, in sentimentale Erinnerung an eigene Zuchthauserlebnisse versinkend.

„Abel hat unseren Gefangenen ein neues, besseres System erklärt, das hundertmal so schnell funktioniert!"

„Und zwar wie?"

„Das will ich nicht unbedingt verraten. Ich sage nur: über die Lichtleitung!"

„Donnerwetter!" Thomas hob die Brauen. Er dachte: Die besten Geschäftspartner trifft man im Leben immer erst, wenn man mit ihnen absolut nichts mehr anfangen kann.

Sie hatten das Sprechzimmer erreicht. Thomas trat ein. Hinter einer feinmaschigen Drahtwand stand, in einem eleganten Zivilanzug, Rudolf Iwanowitsch Abel. Er sah seinem Besucher ernst entgegen. Der Direktor gab den Justizbeamten im Raum einen Wink. Sie zogen sich mit ihm zurück. Die schweren Eisentüren schlossen sich.

Durch eine Drahtwand getrennt, standen Thomas Lieven und der Sowjetspion Abel einander gegenüber. Lange blickten sie einander stumm an. Es war sehr still im Raum. Dann begann Thomas Lieven zu sprechen ...

Wir wissen nicht, was er sagte. Wir wissen nicht, was Abel antwortete. Abel hat darüber niemals gesprochen, und Thomas hat darüber niemals gesprochen. Die Unterredung dauerte 49 Minuten.

Am 26. September 1957 begann der Prozess gegen Rudolf Iwanowitsch Abel. Den Vorsitz führten Seine Ehren Richter Mortimer Byers. Die Verhandlung war hauptsächlich öffentlich.

Mit einem Trick hatte Abel sich des Beistandes eines der besten Anwälte Amerikas versichert. Als man ihn aufforderte, einen Verteidiger zu wählen, erklärte er: „Ich habe kein Geld. Die 3545 Dollar, die bei mir gefunden wurden, gehören mir nicht. Ich kann auch nicht erwarten, dass man mich umsonst verteidigt. Ich bitte daher das Gericht, mir einen Anwalt zu stellen."

In einem Rechtsstaat wie Amerika bedeutet das nun, dass die Behörden einen Anwalt bestellen mussten, der in keiner Weise kommunistischer Sympathien verdächtigt werden konnte und der ein As auf dem Gebiet der Strafverteidigung war – eben einen Mann wie James B. Donovan!

Der Prozess entwickelte sich zu einem Unikum. Der Angeklagte durfte sich im Gerichtsgebäude frei bewegen, in der Kantine mit den Geschworenen essen und mit Reportern reden. Auf der andern Seite ordnete Richter Byers an: „Keiner der 38 Zeugen soll vor seiner Aussage den Verhandlungssaal betreten, um den ganzen Prozess zu verfolgen."

Das hatten die meisten dieser 38 Zeugen auch gar nicht nötig, denn vom Nachmittag des ersten Verhandlungstages an konnten sie minutiös in den Zeitungen lesen, was sich im Verhandlungssaal zugetragen hatte …

Aus Sicherheitsgründen war angeordnet worden, dass FBI-Agenten und andere gefährdete Personen nur mit verdecktem Gesicht in den Zeugenstand treten durften. Sie trugen Kapuzen mit kleinen Löchern vor Mund und Augen und wirkten wie Ku-Klux-Klan-Delegierte.

Auch Thomas Lieven erschien mit einer derartigen Kopfbedeckung. Auf der Brust trug er, wie alle vermummten Zeugen, eine Nummer. Auszugsweise liest sich sein Verhör im stenografischen Protokoll so:

Byers: „Nummer 17, Sie waren anwesend, als Mr Abel verhaftet wurde. Schildern Sie sein Verhalten."

Nummer 17: „Mr Abel war sehr gelassen. Nur während der Hausdurchsuchung wurde er hysterisch."

Byers: „Weshalb?"

Nummer 17: „Weil in der Wohnung nebenan ein Radio losplärrte. Elvis Presley sang. Mr Abel presste beide Fäuste gegen die Ohren. Er rief wörtlich: ‚Das ist das reinste Nervengift! Dieser Bursche ist der Hauptgrund dafür, warum ich nach Russland zurückkehren will!'"

Gelächter.

Byers: „Ich bitte mir absolute Ruhe aus! Nummer 17, Sie haben mit Hausbewohnern gesprochen. Welchen Eindruck hatten diese von Mr Abel?"

Nummer 17: „Den denkbar besten. Sie hielten ihn allesamt für eine Seele von einem Menschen. Viele von ihnen hatte er im Lauf der Zeit porträtiert – auch Beamte des FBI-Büros, das sich im Gebäude befand."

Unruhe.

Byers: „Er hat FBI-Beamte gemalt?"

Nummer 17: „Ein halbes Dutzend. Und sehr begabt, Euer Ehren."

Byers: „Aus den Akten geht hervor, dass Abel den Kurzwellensender, den er benutzte, völlig offen im Atelier stehen ließ."

Nummer 17: „Das ist so, Euer Ehren."

Byers: „Fiel das den FBI-Agenten nicht auf?"

Nummer 17: „Doch. Manche ließen sich das Gerät genau erklären. Sie hielten Abel für einen Amateurfunker. Einmal begann der Apparat sogar zu arbeiten, während Abel einen FBI-Agenten malte. Abel funkte kurz zurück. Der Apparat verstummte. Der FBI-Agent fragte: ‚Wer war denn das?' – Abel antwortete: ‚Was glauben Sie denn, wer das war? Moskau natürlich!'"

Lautes Gelächter.

Byers: „Wenn sich eine solche Szene wiederholt, lasse ich den Saal räumen! Nummer 17, Sie waren es, der eine Reihe von alten Papiertaschentüchern sicherstellte, in denen Abel winzige Mikrofilme verborgen hatte. Einer dieser Filmpunkte enthielt den Dechiffrierschlüssel für einen komplizierten Code. Ist es Ihnen gelungen, die Nachricht zu entschlüsseln, die der Angeklagte unmittelbar vor seiner Verhaftung in Form vieler vierstelliger Zahlengruppen niedergeschrieben hatte?"

Nummer 17: „Es ist mir gelungen, Euer Ehren."

Byers: „Was war das für eine Botschaft?"

Nummer 17 *(liest von einem Zettel ab)*: „Wir beglückwünschen Sie zu Ihren herrlichen Kaninchen. Vergessen Sie nicht, sich mit der Beethoven-Partitur zu beschäftigen. Rauchen Sie Ihre Pfeife, aber halten Sie das rote Buch in der rechten Hand."

Byers: „Das ist doch nicht der Klartext!"

Nummer 17: „Natürlich nicht, Euer Ehren. Das ist der entschlüsselte Zifferncode. Abel scheint alle seine Botschaften zweimal verschlüsselt zu haben."

Byers: „Und der Schlüssel für den zweiten Code?"

Nummer 17: „Wurde leider niemals entdeckt, Euer Ehren."

Großes Gelächter. Unruhe.

Richter Byers lässt den Saal räumen. Verhandlung unterbrochen um 11 Uhr 34 …

Der Prozess dauerte fast vier Wochen. Dann war die Reihe an den Geschworenen, ihren Schuldspruch zu fällen. Stundenlang berieten sie. Immer unruhiger wurden Zuschauer und Reporter. Was gab es da noch stundenlang zu beraten?

Erst um 19 Uhr 45 am 23. Oktober kehrten die Geschworenen in den Saal zurück. Totenstill wurde es. Alle Anwesenden hatten sich erhoben, als Richter Byers fragte: „Nun, Herr Obmann, haben Sie Ihren Wahrspruch gefällt?"

„Ja, Euer Ehren."

„Wie lautet er?"

„Unser einstimmiger Wahrspruch lautet: Der Angeklagte ist schuldig im Sinne der Anklage."

Nicht ein Muskel zuckte in Rudolf Iwanowitsch Abels Gesicht. Am 15. November erging das Urteil: 30 Jahre Zuchthaus und 2000 Dollar Buße.

30 Jahre und 2000 Dollar Buße für den größten russischen Spion aller Zeiten? Wie war so etwas möglich? Ein ganzes Land stand Kopf – aber nur ein paar Tage lang. Dann geriet die Affäre Abel, wie alles im Leben, in Vergessenheit …

Seltsames Spiel des Zufalls!

Zur Zeit, da diese Zeilen in Druck gehen – Sommer 1960 – hat die Weltgeschichte uns sozusagen eingeholt und die Prognosen unseres Freundes Thomas Lieven bereits Wirklichkeit werden lassen. Wir hoffen, dass der geneigte Leser einen kurzen Zeitsprung in die unmittelbare Gegenwart hinein verzeiht. Wir müssen ihn wagen, sonst wäre die Geschichte des Falles Abel unvollständig.

Am 1. Mai 1960 geriet nahe der sowjetischen Stadt Swerdlowsk ein amerikanisches Aufklärungsflugzeug vom Typ U-2 in die Hände der Sowjets. „Amerikanisches Flugzeug von russischer Rakete abgeschossen" stand in allen Zeitungen zu lesen. Der Pilot der Maschine hörte auf den Namen Francis G. Powers, war 30 Jahre alt, verheiratet, Bürger des amerikanischen Bundesstaates Virginia. Der Zwischenfall ereignete sich in einer Zeit politischer Hochspannung, unmittelbar vor Beginn der sogenannten „Pariser Gipfelkonferenz", an welcher Eisenhower, Chruschtschow, Macmillan und de Gaulle über den Frieden der Welt beraten wollten. Er diente den Sowjets als Vorwand, die Konferenz noch vor ihrem Beginn auffliegen zu lassen.

Der Pilot wurde in Moskau vor ein Militärgericht gestellt. Die Sowjets inszenierten einen großen Propagandacoup. Der Generalstaatsanwalt Rudenko – einstmals sowjetischer Ankläger im Nürnberger Prozess – erklärte in seinem Plädoyer: „Hier steht nicht allein der Flieger Powers vor Gericht, sondern auch die amerikanische Regierung, der wahre Inspirator und Organisator dieses ungeheuerlichen Verbrechens."

Obgleich er das Verbrechen ungeheuerlich nannte, wurde der Staatsanwalt am Schluss seines Plädoyers von Milde ergriffen: „Ich stelle die Reue des Angeklagten in Rechnung und bestehe nicht auf der Todesstrafe." Fünfzehn Jahre Freiheitsentzug forderte Rudenko. Das Gericht bemaß die Strafe noch milder: Der Pilot erhielt zehn Jahre Freiheitsentzug …

Der zu dreißig Jahren Zuchthaus verurteilte Sowjetspion Abel ließ in der Sowjetunion eine Frau, eine verheiratete Tochter und einen kleinen Sohn zurück. Sie durften an dem Prozess gegen ihn nicht teilnehmen. Die Frau des Piloten Powers hingegen, seine Eltern und seine Schwiegermutter erhielten von den Sowjets Einreisegenehmigungen und wohnten dem Prozess gegen den abgeschossenen US-Flieger auf Logenplätzen des Moskauer Gerichtssaales bei.

Oliver Powers, der Vater des Angeklagten, ein biederer Schuhmacher, erklärte Journalisten: „Ich hoffe, dass Chruschtschow meinen armen Jungen begnadigen wird. Er hat schließlich selbst einen Sohn im Krieg gegen die Deutschen verloren, in dem unsere Soldaten Seite an Seite mit den Russen gekämpft haben. Und wenn er ihn schon nicht begnadigen kann, dann gibt es vielleicht die Möglichkeit, ihn gegen einen sowjetischen Spion auszutauschen, der in den Staaten gefangen wurde. Ich denke da an den Agenten Abel …"

Und was wird nun geschehen?

Tja, was wohl?

13

Wir hoffen, wie gesagt, dass der geneigte Leser uns den kurzen Zeitsprung in die unmittelbare Gegenwart verzeihen wird. Aber kehren wir schleunigst zurück zum Herbst des Jahres 1957.

Und da müssen wir uns gleich noch einmal entschuldigen. Wir hoffen, dass auch das *Federal Bureau of Investigation* uns verzeiht, wenn wir nunmehr von der „Harper Clinic" berichten, die – so weit wollen wir dem FBI entgegenkommen – natürlich nicht „Harper Clinic" heißt. Wir verraten auch nicht, wo sie sich befindet. Aber sie existiert, wir wissen, wo, und wir wissen auch, unter welchem richtigen Namen.

Am 23. Oktober 1957 wurde Sowjetspion Abel schuldig gesprochen. Am 25. Oktober betraten zwei Besucher Edgar Hoovers Arbeitszimmer in seinem Amtssitz zu Washington: Thomas Lieven und Pamela Faber.

Die schöne junge Frau mit dem blauschwarzen Haar und dem großen, leuchtend roten Mund sah Thomas Lieven immer wieder verliebt von der Seite an.

Hoover war guter Laune; er begrüßte die beiden herzlich.

„Und was kann ich für Sie tun?", fragte er.

„Sie können Ihr Versprechen einlösen", sagte Thomas freundlich. „Sie erinnern sich, dass ich seinerzeit um die Vergünstigung bat, nach Beendigung meiner Mission sterben zu dürfen."

„Ich erinnere mich", sagte Hoover langsam.

„Na also", rief Pamela fröhlich, „und jetzt ist es so weit! Wir wollen danach möglichst schnell heiraten."

Hoover biss sich auf die Lippe. „Ich stehe ja zu meinem Wort", sagte er. „Aber Sie dürfen sich nicht vorstellen, dass dies ein Honiglecken ist, Mr Lieven. So etwas tut weh, verdammt weh."

„Was tut man nicht alles für seinen Tod", meinte Thomas. „Außerdem haben Sie in der ‚Harper Clinic' doch erstklassige Spezialisten, wie ich höre."

(Er sagte nicht Harper.)

„Also gut. Ich arrangiere die Sache mit der Klinik. Sterben Sie schön, und werden Sie glücklich, sehr glücklich mit Pamela. Allerdings: Es kann sein, dass es Wochen dauert, bis Sie tot sind! Wir müssen auf die Leiche warten! Eine Leiche, die Ihnen ähnlich sieht, findet man nicht alle Tage."

„Mr Hoover, ich bitte Sie, in einem so großen Land wie Amerika wird sich doch noch etwas Passendes auftreiben lassen", sagte Thomas Lieven.

Schöne Leserin, geistreicher Leser!

Es hilft nichts, wir sind so weit. Wir können auch nicht darum herumreden. Wir müssen es aussprechen. Es ist nicht fein, was wir auszusprechen haben, es ist nicht schön.

Eingedenk unseres Rufes, unserer vielen zartfühlenden Freunde und des guten Geschmacks sagen wir zuvor wenigstens mit allem Ernst: *Nichts* liegt uns ferner, als mit dem bekannten Entsetzen den bekannten Spott zu treiben! *Gerne* würden wir verschweigen, was geschah, aber – es geschah! Es geschah wirklich und wahrhaftig, und wenn wir uns alle auf den Kopf stellen.

Am 27. Oktober traf Thomas Lieven in Begleitung von Pamela Faber in der „Harper Clinic" ein, die weltabgeschieden, von hohen Mauern umschlossen und Tag und Nacht von FBI-Agenten bewacht, irgendwo in den Vereinigten Staaten liegt.

Thomas erhielt ein komfortables Zimmer, dessen Fenster in einen großen Park hinausging. Pamela bekam das Zimmer daneben. Gleich nach der Ankunft besuchte sie ihn. Sie sagten sich zwei Stunden lang Guten Tag …

Zuletzt seufzte Pamela glücklich und müde: „Ach, ist das schön, endlich mit dir allein zu sein!"

„Wenn man uns lässt", meinte er und streichelte sie zärtlich. „Es ist ein komischer Zustand, also wirklich! Wenn ich bedenke: Ich bekomme ein neues Gesicht, neue Papiere, einen neuen Namen, eine neue Nationalität – alles neu. Wer hat schon so ein Glück mit 48 Jahren?" Er küsste sie. „Wie willst du mich denn haben, Süße?"

„Was meinst du?"

„Na ja, schau: Wenn sie jetzt anfangen, an meinem Gesicht herumzuschnipseln, dann kann ich vorher doch bestimmt gewisse Wünsche äußern. Bezüglich der Ohren. Oder der Nase."

Pamela musste lachen. „Weißt du, als Kind habe ich so für die Griechen geschwärmt. Ich habe gedacht: Der Mann, den ich einmal heirate, muss ein griechisches Profil haben! Glaubst du … glaubst du …" Pamela wurde rot. „Es ist ja zu dumm", sagte sie.

„Du meinst eine griechische Nase?", forschte er freundlich. „Wenn's weiter nichts ist! Und meine Ohren sind in Ordnung?"

„Ganz bestimmt, Liebling. Sonst ist überhaupt alles in Ordnung."

„Bist du sicher? Noch ist Zeit! Es geht bei der Operation in einem Aufwasch. Die Herren Ärzte hier können sicherlich alles an mir schöner machen – größer – kleiner – wie du es wünschst …"

„Nein", rief sie hastig, „nein, sonst soll alles genauso bleiben, wie es ist!"

14

In den folgenden Tagen hatten drei Ärzte alle Hände voll mit Thomas Lieven zu tun. Sie fotografierten ihn, sie maßen seinen Schädel mit großen Zirkeln, sie untersuchten einfach alles an ihm. Dann durfte er nicht mehr rauchen. Dann durfte er nicht mehr trinken. Dann durfte Pamela – dann durfte Thomas überhaupt nichts mehr.

Am 7. November operierten sie ihn. Als er wieder zu sich kam, lag er in seinem Zimmer, und sein Kopf war eingebunden und schmerzte.

Am vierten Tag nach der Operation begann er, sich langsam besser zu fühlen. Die Ärzte wechselten die Verbände. Pamela saß den ganzen Tag an seinem Bett und unterhielt ihn, aber mit lauter ernsten Geschichten; denn wenn Thomas unter seinen Verbänden zu lachen versuchte, tat das immer noch weh.

Ein ungeduldig erwartetes Telegramm traf eines Tages für Mr Grey – so nannte Thomas sich hier – in der Klinik ein. Der Text lautete:

tante vera glücklich gelandet stopp alles liebe edgar

Pamela und Thomas lasen das Telegramm. Pamela stieß einen kleinen, glücklichen Schrei aus und drückte seine Hand: „Sie haben die Leiche gefunden, Liebling, sie haben die passende Leiche gefunden!"

„Jetzt kann nichts mehr schiefgehen", sagte Thomas zufrieden. Aber da irrte er sich! Es ging etwas schief, leider.

Am 13. November traf ein besorgter Herr mit schwermütigen Augen und einem Stockschnupfen in der Klinik ein. Er bat Mr Grey um eine Unterredung unter vier Augen. Allein mit unserem Freund, stellte er sich als John Misaras, Agent des FBI, vor. Der erkältete Misaras brachte triste Nachrichten: „Mit der Leiche ist etwas Ärgerliches passiert. Wir sind sehr unglücklich darüber, Mr Grey, glauben Sie mir!" Er nieste donnernd.

„Was ist denn mit der Leiche geschehen?", forschte Thomas beklommen.

„Sie ist nicht mehr da."

„Wo ist sie denn?"

„In Ankara."

„Aha", machte Thomas verdutzt.

„Man hat sie begraben."

„Aha", sagte Thomas zum zweiten Mal.

„Sie müssen wissen, es gab an diesem Tag nämlich fünf Leichen. Und zwei davon wurden verwechselt. Die unsere und eine andere. Die andere Leiche haben wir noch. Ein türkischer Diplomat. Aber der sieht Ihnen leider nicht ähnlich. Es ist ein Jammer."

„Aha", sagte Thomas zum dritten Mal.

„Sie verstehen nicht?"

„Zum Wohlsein! – Kein Wort."

„Wir fanden in Detroit einen Toten ohne Angehörige. Der Mann hätte auch Ihr Zwillingsbruder sein können! Herzschlag. Wir präparierten ihn entsprechend –"

„Sie präparierten ihn?"

„Ja. Und dann verpackten wir ihn in einem Spezialsarg, um ihn nach Europa zu fliegen. Mein Chef wollte auf Nummer sicher gehen. Um nicht die Aufmerksamkeit anderer Agenten zu erregen, ließ er unsere Leiche mit einer Maschine nach Europa fliegen, die noch vier andere Särge an Bord hatte. Eine Chartermaschine. Sie war von der türkischen Botschaft gemietet worden. Sehen Sie, dieser türkische Diplomat kam mit seiner Familie bei einem Autounfall ums Leben. Mit Frau und zwei großen Kindern. Stand in allen Zeitungen. Auch dass man eine Maschine für die Särge gemietet hatte. So fiel es überhaupt nicht auf, dass wir einen Sarg mehr an Bord brachten. Kein Mensch kümmerte sich darum."

„Ich verstehe."

„Leider ist dann in Paris eine Panne passiert. Da sollte unser Sarg ausgeladen werden. Die andern vier Särge sollten nach Ankara weiterfliegen. Den Sarg mit unserer Leiche hatten wir natürlich gekennzeichnet. Es schlich sich aber ein Übermittlungsfehler in das Code-Telegramm ein, und unsere Leute in Paris holten daher einen *falschen* Sarg aus der Maschine."

„O Gott."

„Ja, es ist sehr peinlich. Der türkische Diplomat lag darin, wir haben es inzwischen festgestellt."

„Und … und … und die Leiche, die mir ähnlich sah?"

„Wurde gestern in Ankara beigesetzt. In einem Familiengrab. Es tut mir wirklich leid, Mr Grey, aber es ist nichts mehr zu machen. Wir müssen warten, bis wir wieder etwas für Sie finden …"

Also warteten Thomas und Pamela. Am 19. November traf noch ein Telegramm für Mr Grey ein:

onkel fred in sicherheit stopp alles liebe edgar

„Sie haben wieder eine passende Leiche", flüsterte Pamela.

„Wollen wir bloß die Daumen halten, dass nicht noch einmal etwas schiefgeht", sagte Thomas. Diesmal ging nichts mehr schief.

Die zweite passende Leiche lag zurzeit, da Thomas und Pamela die Daumen einwärts drehten und drückten, auf dem Operationstisch eines Vertrauensarztes des FBI in Chicago. Der Tote sah Thomas Lieven außerordentlich ähnlich. Nach Fotos von Thomas sorgte der Arzt mit Wasserstoffsuperoxyd, Paraffineinspritzungen und anderen schönen Dingen dafür, dass der Tote Thomas Lieven immer ähnlicher sah.

Mitarbeiter des FBI hielten unterdessen Kleidungsstücke und Utensilien bereit, die Thomas gehört hatten, so die goldene Repetieruhr und vier Pässe auf vier verschiedene Namen.

Ein FBI-Agent verfolgte mit Interesse die Arbeit des kosmetischen Chirurgen, der, während er ein wenig flüssiges Paraffin in die Nase des Toten schoss, fragte: „Wer ist denn das?"

„Lucky Campanello", sagte der Agent. „Rauschgift, Erpressung und Mädchenhandel. Paar Kameraden von mir hatten vor zwei Stunden ein Feuergefecht mit ihm. Sie hatten Glück. Er hatte Pech."

„Ja, das sehe ich", sagte der Arzt und betrachtete die Stelle, an welcher eine Pistolenkugel direkt über dem Herzen in die Brust von Lucky Campanello eingedrungen war.

Dieser Campanello hatte in seinem 47-jährigen Erdenleben stets nur Böses getan und vom Bösen gelebt. Niemandem war er zur Freude gewesen, niemand hatte ihn geliebt, viele hatten ihn gehasst. Er war ohne Verwandte. Und das setzte ihn in die Lage, nach seinem Tode doch noch eine große *positive* Rolle zu spielen – seine erste.

Nachdem der Arzt in Chicago mit ihm fertig war, wurde Lucky in einem Spezialbehälter nach Malta geflogen. Hier ankerte ein amerikanisches Schiff. Der Spezialbehälter wurde schnellstens vom Flugplatz aufs Schiff gebracht. Minuten später lief das Schiff aus.

Um Mitternacht des 20. November schlingerte das Schiff sanft auf der Höhe von Lissabon außerhalb der portugiesischen Hoheitsgewässer. Ein Beiboot wurde zu Wasser gelassen. Drei lebende Herren und ein toter Herr nahmen in ihm Platz. Das Boot drehte auf die Küste zu.

Am frühen Morgen des 21. November 1957 fanden dann spielende Kinder auf dem weißen Strand des Fischerdorfes Cascais vor Lissabon bunte Muscheln, Seesterne, halbtote Fische und einen toten Herrn …

Epilog

1

Ja, und wie ging die Geschichte weiter? Wie endet sie? Was ist aus Thomas Lieven und seiner Pamela geworden? Wer hat uns alle seine wüsten Abenteuer erzählt? Wie sind wir überhaupt in die Lage gekommen, über geheime und geheimste Begebenheiten unserer Zeit zu berichten?

Das sind viele Fragen. Wir können sie alle beantworten. Wenn es dazu auch leider nötig ist, dass ein Mann aus dem Schatten tritt, der von Berufs wegen in den Schatten gehört und immer im Schatten zu bleiben hat.

Dieser Mann bin *ich*. Ich, der Autor, der die Abenteuer und Rezepte des Geheimagenten Thomas Lieven für Sie aufgeschrieben hat.

Im Auftrag meines Verlages flog ich im August 1958 nach den USA. Ich sollte einen Monat drüben bleiben. Ich blieb vier. Ich sollte Material für einen Roman sammeln. Der Roman wurde nie geschrieben.

Aber die Geschichte, die Sie eben lesen, wurde geschrieben! Ich kam ihr drüben auf die Spur. Die Spur nahm ihren Ausgang – wie könnte es anders sein – bei einer hinreißend schönen Frau.

Aus guten Gründen kann ich den Namen der Stadt nicht nennen, in der ich diese Frau zum ersten Mal sah. Es war milder Mittag im September. Ich hatte Hunger. Ein Reporterfreund hatte mir ein Feinschmeckerlokal empfohlen. Dorthin wanderte ich nun. Dann sah ich sie …

Sie ging vor mir. Auf hohen Absätzen. In einem engen beigefarbenen Kostüm. Sie hatte blauschwarzes Haar. Eine herrliche Figur. Mit Kurven. Wie eine Rennjacht.

Ich ging schneller. Ich überholte die Dame. Sie hatte einen großen roten Mund, große schwarze Augen, eine schöne Stirn.

Plötzlich war mein Hunger vergessen …

Meine geliebte Lulu möge mir verzeihen: Sie kennt die Männer und weiß, dass sie alle gleich und nichts wert sind, wenn man sie allein auf Reisen gehen lässt.

Den nächsten Kilometer Boulevard trieb ich mein frevelhaftes Spiel. Mal ging ich vor ihr, mal ließ ich sie vor mir gehen.

Je länger ich sie sah, umso besser gefiel mir die Dame. – Verzeih mir, süße Lulu, verzeih mir, du weißt, ich liebe nur dich!

Die Dame merkte natürlich, was mit mir los war. Sie lächelte einmal kurz. Sie war nicht böse. Nette Damen sind nie böse. Sie ging nur etwas schneller. Ich auch.

Dann tauchte das Lokal vor uns auf, das mein Freund mir empfohlen hatte. Und dann geschah etwas Unerwartetes. Die aufregende Dame ging an dem Lokal nicht vorbei. Im Gegenteil: Sie ging hinein.

Also dann nichts wie hinterher, dachte ich und folgte ihr. Und hatte keine Ahnung von dem, was mich jenseits der Restauranttür erwartete!

In der kleinen Garderobe holte ich die wunderschöne Dame ein. Sie stand vor dem Spiegel und ordnete ihr Haar.

„Hallo", sagte ich auf Englisch.

Sie lächelte in den Spiegel hinein und sagte ebenfalls: „Hallo!" Ich verneigte mich und nannte meinen Namen. Dann sprach ich diese Worte: „Meine Dame, Sie müssen wissen, dass ich seit Geburt unter einer krankhaften Schüchternheit leide. Niemals zuvor habe ich auch nur im Traum daran gedacht, einen fremden Menschen anzusprechen."

„In der Tat?", sagte sie und drehte sich um.

„In der Tat. Doch heute, als ich Sie erblickte, da war es denn stärker als ich! Madame, Sie haben mir geholfen, meinen Komplex zu besiegen! Ich danke Ihnen! Das ist ein Grund zum Feiern. Hier soll es eine hinreißend gute Fasanenbrust mit Beilagen geben."

Sie sah mich ernst an. „Ja, die Fasanenbrust hier ist ausgezeichnet."

„Also dann – darf ich vorangehen?" Ich ging schon. Sie folgte mir.

Das Lokal war nur mittelgroß, ungemein gemütlich mit antiken Möbeln eingerichtet und bumsvoll. Ein einziger Tisch in der Ecke war noch leer. Eine kleine Tafel stand darauf: Reserviert. Dem herbeieilenden Kellner drückte ich fünf Dollar in die Hand und sagte: „Nett, dass Sie den Tisch so lange für uns zurückbehalten haben."

Dann half ich der hinreißenden Dame beim Platznehmen. Die Dame sprach: „Wir nehmen zweimal die Fasanenbrust mit Beilagen, Henry. Vorher Krebsschwanzsuppe. Aber zuerst einen Aperitif. Was halten Sie von einem trockenen Martini, Mr Simmel?"

Zum Glück habe ich einen großzügigen Verleger, dachte ich. Kinder, Kinder, das wird wieder eine Spesenabrechnung werden! Ich sagte: „Von einem kleinen Whisky halte ich mehr, wenn's recht ist."

„Ich auch. Also zwei Doppelte, Henry", sagte die Dame.

„In Ordnung, Chefin", sagte Kellner Henry und verschwand.

„Was war das?", fragte ich. „Hat er Chefin gesagt?"

„Er hat Chefin gesagt."

„Aber warum?"

„Weil ich hier die Chefin bin." Sie lachte. „Die fünf Dollar hätten Sie sich sparen können!"

„Ach, wissen Sie, das bezahlt alles mein Verleger."

„Verleger? Sind Sie Schriftsteller?"

„Manche sagen Ja, manche sagen Nein, Miss … äh …"

„Thompson, Pamela Thompson", sagte sie. Plötzlich betrachtete sie mich mit echtem Interesse. Warum?

Ich sagte: „Plötzlich betrachten Sie mich mit echtem Interesse, Miss Thompson. Warum?"

„Weil Sie Schriftsteller sind, Mr Simmel. Ich habe eine Vorliebe für Schriftsteller."

„Wie wundervoll, Miss Thompson!"

Wir wollen's kurz machen, verehrte Damen und Herren: Die Krebsschwanzsuppe war ausgezeichnet, die Fasanenbrust hinreißend. Ich redete ununterbrochen. Wahnsinnig geistreich, versteht sich. Beim Mokka hatte ich sie soweit. Sie war bereit, mit mir ins Kino zu gehen. „Okay, Mr Simmel. Lassen Sie mich die Karten besorgen; ich kenne den Kinobesitzer. Die Vorstellung beginnt um halb neun. Wollen Sie mich abholen?"

„Liebend gerne, Miss Thompson."

„Sagen wir um halb acht? Dann können wir bei mir vielleicht noch einen Drink nehmen …"

„Halb acht ist fein."

Kinder, Kinder, ich musste ja eine *unheimliche* Wirkung auf Frauen haben! Verflucht, warum ging ich eigentlich nicht zum Film?

2

Zum Friseur ging ich an diesem Nachmittag. Und dann kaufte ich zwei hübsche Orchideen. Und zog meinen feinsten Anzug an. Den dunkelblauen. Und pünktlich um halb acht Uhr läutete ich dann, einen Zellophankarton in der Hand, an einer Wohnungstür; daran war eine Messingtafel befestigt mit der Aufschrift:

Thompson

Ich musste nicht lange warten. Die Tür öffnete sich. Ein Mann stand in ihrem Rahmen. Etwa fünfzig Jahre alt. Schlank, groß, schmales Gesicht, kluge Augen, hohe Stirn, angegraute Schläfen. Edle griechische Nase. Kleiner Schnurrbart. Was die Damen so lieben …

„Mr Simmel, nehme ich an", sagte der Mann. „Treten Sie ein. Ich freue mich sehr, Sie kennenzulernen. Meine Frau hat mir schon von Ihnen erzählt!"

„Ihre … hrm … Ihre *Frau*?"

„Meine Frau, ja. Thompson mein Name, Roger Thompson."

Hinter ihm entstand Bewegung. Pamela, meine süße Pamela, kam in die kleine Halle. Sie trug ein grünes Cocktailkleid mit goldenen Arabesken, sehr tief ausgeschnitten. Sie lächelte strahlend und unschuldsvoll. „Oh, da sind Sie ja! Mein Gott, die wundervollen Orchideen! Ist er nicht reizend, Roger? Übrigens, Sie haben doch hoffentlich nichts dagegen, dass mein Mann mit uns ins Kino geht?"

Meine süße Lulu, die mich genau kennt, hat sich später, als ich ihr die Geschichte erzählte, totgelacht und gesagt: „Bravo. Das gönne ich dir!"

Ich bemitleidete mich selber ungemein an jenem Abend im Kino. Dauernd stieß ich mit den Knien an der Logenwand an. Und mein Sitz war ungemütlich und hart. Und es war heiß. Und Kopfweh verspürte ich auch. Und als ich sah, dass Herr und Frau Thompson Händchen zu halten begannen, sobald die Wochenschau vorüber war, da sagte ich mir: Typischer Fall von versautem Abend.

Aber da täuschte ich mich dann wieder. Ganz enorm!

Denn dieser Abend entwickelte sich, nach dem Kino, zum nettesten, den ich in Amerika erlebte. Wir gingen essen – in das Lokal der Thompsons natürlich. Und *wie* wir aßen, du lieber Gott! Mr Thompson stellte das Menu zusammen. Er ging selbst in die Küche. Da war ich eine Weile mit Pamela allein.

„Böse?", fragte sie.

„Ach nein."

„Wissen Sie, ich fand Sie heute Mittag so nett – so sympathisch … Alles, was Sie sagten, gefiel mir …"

„Was sagte ich denn?"

„Dass Sie gerne gut essen – dass Sie gerne mit schönen Frauen zusammen sind – dass Sie nie wieder eine Uniform anziehen möchten – dass Sie sich überall in der Welt zu Hause fühlen, wo Sie Freunde haben …"

„Verehrte Dame, ich muss noch etwas sagen."

„Ja bitte?"

„Ich … ich … ich finde Ihren Mann auch sehr nett – auch sehr sympathisch …"

Sie strahlte auf: „Nicht wahr, das ist er! Sie kennen ihn nicht. Sie wissen nicht, was ich mit ihm erlebt habe. Sie wissen nicht, wie er denkt. Bei mir ging die Liebe immer durch den Kopf. Männer, die ich nicht für das bewundern konnte, was sie sagten und dachten, konnte ich nie richtig lieben. Bei Roger war es eine Liebe vom ersten Augenblick an. Die große Liebe meines Lebens …"

„Aber … aber warum haben Sie *mich* dann eingeladen, Mrs Thompson?"

„Pamela."

„Warum haben Sie mich eingeladen, Pamela?"

„Weil Sie Schriftsteller sind. Sie werden es erst später verstehen – vielleicht, vielleicht auch nicht … Es hängt alles von ihm ab."

„Sie tun alles, was er sagt?"

„Ja …" Sie strahlte mich an. „Und er tut, was ich sage! Immer. Er fragt mich immer um Rat. Manchmal geht er natürlich ein bisschen fremd wie alle Männer. Aber immer kommt er zu mir zurück. Ich weiß: Ich bin die einzige Frau, mit der er leben möchte. Das macht eine Frau sehr stark – nicht wahr?"

Das Leben ist komisch!

Was ich mir vorgestellt hatte, erfüllte sich nicht. Was ich von Pamela gewollt hatte, bekam ich nicht. Ich bekam etwas Besseres: ihre Freundschaft und die Freundschaft ihres Mannes.

Wir waren in den folgenden drei Wochen beinahe täglich zusammen. Wir unterhielten uns herrlich! Es schien, als wären wir tatsächlich über alles einer Meinung!

Oft fiel mir auf, dass Thompson mich beobachtete, versunken und nachdenklich. Dann fiel mir auf, dass er mich ein bisschen viel ausfragte. Über meine Vergangenheit. Meine Ansichten. Meine Erfahrungen. Immer wieder über meine Ansichten. Er selbst erzählte überhaupt nichts von sich.

Ich sammelte, wie es mein Auftrag war, Material für den neuen Roman. Ein paarmal musste ich deshalb die Stadt verlassen. Ich freute mich jedes Mal auf das Zurückkommen, denn jedes Mal holten die Thompsons mich ab, am Bahnhof, am Flughafen. Zuletzt meinte ich, genügend Material gesammelt zu haben. Ich buchte einen Transatlantikflug nach Frankfurt am Main. Meine Maschine sollte am 29. Oktober 1958 um 20 Uhr 45 starten.

Am 28. Oktober rief Roger Thompson in meinem Hotel an. Er sagte: „Ich höre, dass Sie uns verlassen wollen. Ich möchte gerne noch ein kleines Essen für Sie geben."

„Das wäre wundervoll, Roger."

„Sagen wir heute Abend 19 Uhr 30?"

„19 Uhr 30 ist okay."

„Oh, und noch etwas ... rufen Sie Ihre Fluggesellschaft an. Heben Sie Ihre feste Reservation für morgen Abend auf. Lassen Sie sich auf die Warteliste setzen."

„Warum?"

„Nun, weil ich mir vorstellen könnte, dass Sie noch eine Weile hierbleiben."

„Das verstehe ich nicht."

Ich hörte ihn lachen. „Heute Abend", sagte er, „werden Sie alles verstehen. Und bringen Sie um Himmels willen nicht wieder zwei Orchideen mit!"

Also brachte ich drei Orchideen mit, und Pamela war so hinreißend schön wie noch nie, und Roger war so charmant wie noch nie, und das Essen, das er selbst gekocht hatte, war so gut wie noch nie. Als Vorspeise gab es gekochten Steinbutt, umlegt mit gebackenen Austern und übergossen mit einer feinen Holländischen Soße, in welche Kaviar gerührt war.

„So etwas habe ich noch nie gegessen", gab ich zu. „Das muss ich mir aufschreiben für meine Frau ..."

„Es gäbe noch viel mehr aufzuschreiben als meine Rezepte", sagte der Hausherr träumerisch.

Ich sah ihn an. Ich sah seine schöne Frau an. Beide lächelten. Voll Wohlwollen, voll Sympathie.

Roger Thompson sprach: „Mein Lieber, ich habe unbegrenztes Vertrauen zum Urteil Pamelas. Pamela fand Sie vom ersten Moment an vertrauenswürdig. Ich bin ein Mann, der sehr vorsichtig sein muss ..."

„Vorsichtig? Wieso?"

„Tja, wieso!" Thompson stocherte in seinem Fisch. Dann lächelte er. „Mario, ich

Menu • Irgendwo in den USA, 28. Oktober 1958

Bei diesem Essen wurde dieses Buch geboren.

Steinbutt mit Austern und Holländischer Soße mit Kaviar
Filet Wellington mit Madeirasoße • Salzburger Nockerln

Steinbutt: Man lege einen in Salzwasser nicht zu weich gedämpften Steinbutt mit der weißen Seite nach oben auf eine vorgewärmte Platte, umgebe ihn mit gebackenen Austern.

Gebackene Austern: Man lasse die Austernschalen vom Händler öffnen, stelle sie bis zur Verwendung auf Eis, entferne dann den Bart und löse die Auster los. – Man trockne sie mit einem Tuch, wende sie in Mehl, geschlagenem Ei, feinen Semmelbröseln, brate sie schnell in brauner Butter und richte sofort an.

Holländische Soße mit Kaviar: Man schlage zwei Eigelb mit einem Spritzer Essig und einem Mittellöffel heißem Wasser in eine kleine Kasserolle, stelle sie im Wasserbad auf kleine Flamme, füge unter ständigem Schlagen 125 Gramm Butter dazu, schlage, bis die Soße dick wird, ohne zu kochen, würze mit Salz und Zitrone. – Im letzten Moment vor dem Anrichten rühre man 50 Gramm Kaviar in die heiße Soße.

Filet Wellington: Man nehme ein Mittelstück vom Rinderfilet, brate es leicht an, lege es abgekühlt auf Blätterteig über in Butter gedämpfte, gehackte Schalotten. Champignons, Petersilie und Estragon. – Man belege die Oberseite mit in Madeira gedünsteten Gänseleber- und Trüffelscheiben, klappe den Teig über, klebe ihn mit Eigelb gut zusammen und backe ihn im Ofen zu schöner brauner Farbe. – Man bereite aus dem Fond vom Anbraten und Dünsten eine Soße, die man kräftig mit Madeira abschmeckt.

Salzburger Nockerln: Man schlage sechs Eiweiß in einer großen Schüssel zu festem Schnee, rühre dann sechs Eigelb, je zwei Esslöffel Mehl und Zucker, 60 Gramm zerlassene Butter und eine Viertel Tasse warme, vanillegesüßte Milch darunter. – Man lasse weitere 60 Gramm Butter in einer tiefen Eisenpfanne heiß werden, gebe die Masse hinein, lasse sie zugedeckt so lange backen, bis sie unten Farbe bekommt. Man stecke mit der Schmarrenschaufel große Nockerln ab, wende sie und lasse sie wieder zugedeckt backen, bis sie sich unten bräunen, gieße eine Viertel Tasse der Vanillemilch daran und lasse die zugedeckte Pfanne kurze Zeit heiß stehen, damit die Milch einzieht und die Nockerln locker werden. – Man muss sie, mit Zucker überstreut, sofort servieren, damit sie nicht zusammenfallen.

habe nicht immer ein Feinschmeckerrestaurant gehabt. Ich habe nicht immer Roger Thompson geheißen. Ich habe ein sehr wildes Leben hinter mir. Noch ein wenig Kaviar?"

„Lass doch den Quatsch", sagte Pamela. Sie sah mich an. „Mein Mann hat wirklich viel erlebt. Komische Dinge. Traurige Dinge. Aufregende Dinge. Ich habe immer gesagt: Jemand müsste einmal alles aufschreiben! Viele Leute sollten wissen, was ihm passiert ist. Es könnte so nützlich sein!"

„Nützlich?"

„Mein Mann ist ein überzeugter Pazifist."

„Die Frage ist nur", sagte der Mann, der sich Roger Thompson nannte, „können Sie mir versprechen, dass niemand meinen wahren Namen und meine wahre Adresse erfährt, wenn ich Ihnen meine Geschichte erzähle?"

„Ja", sagte ich. „Das kann ich versprechen."

3

28 okt 1958 stop 2348 uhr stopp an schweizer druck und verlagshaus zürich stopp habe rückflug abgesagt stopp bin neuer story auf der spur stopp luftposteilbrief mit details unterwegs stopp bitte um schnellste stellungnahme und sofortige überweisung von us-dollar 1000 stopp herzlichst simmel

4

1 nov 1958 0945 uhr stopp schweizer druck und verlagshaus beauftragt sie nach lektüre ihres informationsbriefes optionsvertrag auf erwerb der urheberrechte abzuschließen und entsprechende tonbandrecherchen durchzuführen stopp bleiben sie solange erforderlich stopp us-dollar 1000 angewiesen stopp meyer schweizer druck und verlagshaus

Ich blieb in Amerika bis zum 2. Januar 1959. Als ich abflog, hatte ich in meinem Gepäck sechzehn beiderseits besprochene Tonbänder. Als ich abflog, trug ich die Geschichte eines exemplarischen Lebens mit mir zurück nach Europa: Die Abenteuer und Rezepte des Geheimagenten Thomas Lieven.

Man wird nun verstehen und entschuldigen, wenn ich sage, dass der Mann, der mir sein Leben erzählte, natürlich weder Roger Thompson noch Thomas Lieven hieß. Man wird verstehen, wenn ich den Namen der Stadt verschweige, in welcher er heute mit seiner schönen Frau lebt und arbeitet. Sein Restaurant hat er im Übrigen mit dem Geld gekauft, welches ihm die DESU-Aktien-Operation einbrachte, von der wir zu Beginn dieses Berichtes erzählten. Das Darlehen des Schweizer Maklers Pierre Muerrli hatte Thomas Glück gebracht. Mit erfolgreichen Spekulationen war er wohlhabend geworden. Bereits im Sommer 1958 flog Pamela in seinem Auftrag und von ihm bevollmächtigt nach Zürich, brachte Herrn Muerrli seine 750 000 Franken zurück, holte die gefälschten Aktien aus dem Nummerndepot, zerriss sie und spülte sie im Badezimmer ihres Hotelappartements fort. Alle hatten nun verdient, keiner war geschädigt worden, ganz wie Thomas Lieven es voraussah. Mehr: Niemand hatte gemerkt, was da für ein Ding gedreht worden war.

„Roger Thompson" und seine Frau standen auf dem Balkon des Flughafengebäudes, als meine Maschine schneller und schneller über die Startbahn jagte, fernen Horizonten, dem Atlantik und der Alten Welt entgegen. Mir war auf einmal sehr wehmütig ums Herz. Leb wohl, Pamela, leb wohl, Roger, lebt beide wohl …

Ich habe aufgeschrieben, was ihr mir erzählt habt. Hoffentlich seid ihr zufrieden mit mir. Die letzten Meter des letzten Tonbandes liegen auf dem Tonbandgerät. Thomas Lieven spricht auf ihnen, und ich schließe meine Geschichte mit seinen Worten: „Ich habe mein Leben lang den großen Worten und den großen Helden misstraut. Auch Nationalhymnen, Uniformen und die sogenannten starken Männer liebte ich nicht.

Mein alter Freund Bastian ist wieder in Marseille gelandet. Es geht ihm gut. Er arbeitet als Verladechef im Hafen. Er hat mit vielen Menschen zu tun: mit Chinesen und Deutschen, mit Franzosen, Korsen und Arabern. Er hat sie alle gern, und sie haben ihn alle gern. Sie sagen: ‚Ein prima Kerl. Mit dem kann man vernünftig reden.'

In meinem kleinen Restaurant habe ich auch mit vielen Menschen zu tun: mit Weißen, Gelben und Negern. Unter meinen Gästen sind manche jüdischen Glaubens, manche christlichen Glaubens. Ein paar Mohammedaner sind darunter und ein paar Buddhisten. Ich stelle mir gern vor, dass einmal eine Zeit kommen wird, in welcher alle Menschen auf dieser Erde so harmonisch zusammenleben werden wie Bastians Freunde und wie die Gäste meines kleinen Lokals. Warum soll bei zwei Milliarden nicht möglich sein, was bei ein paar Hundert so großartig funktioniert?

‚Vernünftig' nennen die Arbeiter meinen Freund Bastian. Ich glaube, mit der Vernunft könnten wir alle es schaffen! Jeder von uns hat vom lieben Gott die Fähigkeit mitbekommen zu denken. Lasset uns einmal ein Weilchen weniger glauben und mehr denken! Wunderbar werden die Folgen sein. Es wird dann nicht einmal mehr Kriege geben. Denn es sind doch nur Menschen, die den Krieg machen, also müssen Menschen ihn doch auch verhindern können.

Und so hebe ich denn mein Glas auf die menschliche Vernunft. Möge sie uns hinausgeleiten aus dem Schattental der Furcht und hinein in ein Paradies voll Frieden und Fröhlichkeit."

Verzeichnis der Rezepte

Vorspeisen

Suppen

Hauptgerichte (mit Beilagen)

Nachspeisen

Gott schützt die Liebenden

Wenn wir zu einem Menschen sagen:
Ich kann ohne dich nicht leben,
dann meinen wir in Wirklichkeit damit:
Ich kann nicht in dem Gefühl leben,
dass du vielleicht Schmerz empfindest,
unglücklich bist, Not leidest. –
Das ist alles. Wenn die Menschen tot sind,
dann endet unsere Verantwortung.
Wir können nichts mehr für sie tun.
Wir können in Frieden ruhen.

Graham Greene, Das Herz aller Dinge

Erstes Buch

1

Das Telefon läutete.

Ich fuhr im Bett hoch und tastete in der Dunkelheit nach dem Schalter der Nachttischlampe. Es war nicht mein Bett, und es war nicht mein Zimmer, und deshalb fand ich den Schalter nicht. Das Leuchtzifferblatt einer kleinen Uhr zeigte die Zeit: genau fünf. Wieder läutete das Telefon, und wieder. Sibylle hörte es nicht. Ruhig und gleichmäßig atmete sie weiter, als ich mich jetzt über sie neigte. Wir hatten im gleichen Bett geschlafen, eng aneinander, sie in meinem Arm. Meine rechte Hand, auf der vergeblichen Suche nach dem Lichtschalter, fand den Telefonhörer.

„Hallo ..." Ich räusperte mich, denn meine Kehle war verlegt, und ich konnte kaum sprechen.

„Ist dort siebenundachtzig-dreizehn-achtundvierzig?" Die Stimme der jungen Frau vom Amt klang frisch und fröhlich.

„Ja", sagte ich. Jetzt bewegte sich auch Sibylle. „Sind Sie Herr Holland?"

„Ja", antwortete ich zum zweiten Mal.

„Sie haben uns einen Weckauftrag gegeben", sagte die Frauenstimme. „Es ist genau fünf Uhr. Wir wünschen Ihnen einen guten Morgen, Herr Holland!"

„Danke."

Ich legte den Hörer vorsichtig in die Gabel und ließ mich wieder auf den Rücken sinken. Weit entfernt klang Flugzeugmotorenlärm auf. Ich lag ganz still und sah in die Finsternis hinein und wartete darauf, dass der Lärm lauter wurde. Dieses Geräusch beunruhigte mich immer wieder. Sibylle hörte es gewiss gar nicht mehr, sie lebte schon zu lange in Berlin.

Aber für mich war dieses Brausen, das in der Tat nun anschwoll und lauter und lauter wurde, so etwas wie eine beständige Mahnung, eine unsagbare Drohung, und es erfüllte mich mit Traurigkeit. Die Scheiben des Fensters klirrten ein wenig, als die schwere viermotorige Maschine über das Haus hinwegbrauste.

Die Tage in Berlin waren wieder einmal vorüber. Ich musste fort. Nichts war von Dauer. Nicht die Trauer, und nicht das Glück. Es gab keinen Frieden.

Zwei Zeilen eines Gedichtes fielen mir ein: „... und immerfort hör ich in meinem Rücken den Sauseschritt der Zeit, die weitergeht ..." Wer hatte das geschrieben? Ich erinnerte mich nicht. Nun wurde das Brausen wieder leiser. Tag und Nacht, mindestens viermal in jeder Stunde, flog eine Maschine über Sibylles Haus – vor der Landung, nach dem Start. Etwas südlicher lag der Flughafen Tempelhof. Die Maschinen flogen stets schon oder noch sehr tief, wenn sie über das Haus hinwegrasten. Zur Zeit der Blockade, hatte Sibylle mir erzählt, klirrten die Fensterscheiben alle zwei

Minuten, bei Tag und bei Nacht. Bei schönem Wetter und auch bei schlechtem. Alle zwei Minuten. Der Sauseschritt der Zeit, die weitergeht …

Noch eine Viertelstunde, dachte ich. Dann wollte ich aufstehen. Nein, das war zu viel. Zehn Minuten. Nun wurde der Motorenlärm ganz leise, zärtlich, wie verliebtes Gemurmel, und dann hörte ich nichts mehr. Die Stille kam wieder. Doch sie kam nicht, um zu bleiben. Eine neue Maschine flog schon Berlin an – irgendwo über den Wolken noch, im ersten rosigen Frühlicht dieses Wintertages, kam näher, bereit, über uns hinwegzutoben, die Luft erzittern zu lassen, übermächtig, gebieterisch und doch so schwankend und unsicher, so balancierend zwischen Tod und Leben wie die Menschen in ihr und unter ihr.

„Paul?"

„Ja, mein Liebling."

Sie drehte sich zur Seite und legte ihren weichen, warmen Mund auf meine Brust. Sie war kleiner als ich und sehr zart, sie hatte lange Beine und schmale Hüften. Ihre Brüste waren klein und fest. Nackt sah sie fast aus wie ein Junge. Männer, die Frauen nicht mochten, sagten voll Hochachtung von Sibylle: „Sie ist ja Gott sei Dank gar keine richtige Frau!" Aber das sagten sie, weil sie Sibylle nicht kannten. Ich kannte sie. Ich wusste, *wie* fraulich sie war, wie sentimental sie sein konnte, wie zärtlich und anschmiegsam. Die anderen wussten es nicht, sie hatten keine Ahnung.

Wir schliefen nackt. Sibylle presste ihren Jungenkörper gegen den meinen. Ich fühlte mich wie ausgehöhlt von einer unendlichen Traurigkeit, deren ich nicht Herr werden konnte.

„Wir müssen aufstehen, nicht wahr?", flüsterte sie. Es war niemand in ihrer Wohnung außer uns; aber sie flüsterte, als dürfe niemand uns hören, als hätte sie Geheimnisse mit mir vor ihren Büchern, ihren Bildern, ihrem schmalen Bett.

Ich räusperte mich krampfhaft. „Mein Armer", flüsterte sie. „Das tust du immer. Immer wenn du von mir fort musst, beginnst du dich zu räuspern."

„Mir ist sehr elend", sagte ich.

„Sprich nicht so!" Ihre Hände streichelten mich, aber sie waren kalt und blutleer. Die meinen waren feucht vor Aufregung und Schwäche. „Was soll ich denn sagen?", flüsterte sie in meine Achselhöhle. „Du fliegst wenigstens noch fort – aber ich komme zurück in meine Wohnung, hierher in dieses Bett, das noch nach dir riecht, in dieses Zimmer, in dem mich alles an dich erinnert. Weißt du, dass ich schon einmal dein Kissen verprügelt habe, weil es nicht aufhörte, nach deinem Haar zu riechen?"

Ich erwiderte, während ich gespannt auf das Nahen einer neuen Maschine lauschte: „Ich liebe dich, Sibylle."

„Und ich dich, mein Herz", sagte sie.

„In zehn Tagen bin ich wieder bei dir."

„Ja, Paul."

„Dann werde ich lange bleiben."

Jetzt brannte die Nachttischlampe, und ich konnte Sibylle sehen. Sie sah aus wie eine schöne, leidenschaftliche Katze. Ihre Augen waren schräg geschnitten und so schwarz wie ihr Haar, das sie kurz geschnitten trug. Die Nase war aufgeworfen, man sah die Nasenlöcher, die oft nervös vibrierten. Ihr roter Mund leuchtete samtig und feucht. Sibylle besaß den größten Mund, den ich je gesehen hatte. Es war ein enormer Mund. Ein Freund hatte einmal mit ihr eine Wette abgeschlossen. Es ging darum, ob sie imstande war, einen geschälten kalifornischen Pfirsich in den Mund zu nehmen. Sibylle hatte die Wette gewonnen.

„Wir werden sehr glücklich sein", flüsterte sie. Meine Brust wurde nass, dort, wo ihre Tränen sie trafen. „Ich werde auf dich warten", flüsterte sie, „ich werde unsere Schallplatten spielen und die Bücher lesen, die du mir gebracht hast. Ich werde Rachmaninoff spielen, unser Klavierkonzert!"

„Lade deine Freundinnen ein."

„Ja, Paul."

Ihre Augen verschleierten sich, eine milchige Trübung nahm den leuchtend schwarzen Pupillen ihren Glanz. Das war stets so, wenn Sibylle sich traurig fühlte. Dann senkten sich seltsame Vorhänge der Schwermut über ihre Augen.

„Und geh abends aus."

„Nein, ich will nicht."

„Doch! Geh ins Theater. Oder zu Robert." Robert hieß der Besitzer einer Bar auf dem Kurfürstendamm. Wir kannten ihn gut. Sibylle und ich gingen oft zu ihm, wenn ich in Berlin war.

„Ich will nicht zu Robert gehen", sagte sie, „und du willst auch nur hören, dass ich nicht gehen will."

„So ist es, mein Liebling." Ich dachte: Die Stille dauert zu lange, der Frieden ist zu groß. Wo bleibt der Lärm? Wann landet die nächste Maschine?

„Wenn ich wiederkomme", sagte ich indessen, „müssen sie mir im Büro Urlaub geben."

„Ja", sagte sie still.

„Ich habe dann auch genug Geld, Sibylle. Wir fahren in den Süden, bis Neapel. Dann nehmen wir ein Schiff und reisen durchs Mittelmeer. Nach Ägypten! Vier Wochen lang."

„Versprichst du es mir?"

Ich legte eine Hand zwischen ihre Beine, weil ich bei etwas schwören wollte, woran ich glaubte, und sagte: „Ich verspreche es dir."

„Vier Wochen", wiederholte sie. „Und du wirst keine Artikel schreiben?"

„Keine einzige Zeile", sagte ich. „Ich werde dich nur liebhaben. Ich werde dich vor dem Frühstück liebhaben, mein Herz, und nach dem Frühstück, und vor dem Mittagessen und nach dem Mittagessen, und vor dem Abendessen und nach dem Abendessen."

„Bitte, nicht nach dem Mittagessen", flüsterte sie, und ich fühlte, dass sie wieder weinte. Meine Füße waren kalt. Ich bewegte die Zehen hin und her und wartete auf die neue Maschine. Wo blieb sie? Warum zerstörte sie noch nicht den Frieden der letzten Minuten?

Plötzlich sagte sie: „Seit ich dich kenne, bete ich wieder. Ich habe viele Jahre lang nicht gebetet. Aber jetzt tue ich es. Ich bitte Gott, dass er uns zusammenlässt. Und dass wir glücklich bleiben. Darum bitte ich Gott." Sie hob sich auf einer Schulter und stützte den Kopf mit einer Hand. Der Blick ihrer schrägen, leidenschaftlichen Katzenaugen ruhte auf meinem Mund. „Du glaubst nicht an ihn."

„Nein", sagte ich.

„Hast du nie an ihn geglaubt?"

„Doch", sagte ich. „Früher. Vor dem Krieg. Im Krieg habe ich damit aufgehört." Ihr großer Mund stand leicht geöffnet, ich sah die schönen Zähne. Ich setzte hinzu: „Aber bete du ruhig. Vielleicht hilft es. Man kann nie wissen."

Sie antwortete mit ihrer heiseren Stimme: „Wir lieben uns. Das sage ich auch Gott immer. Ich sage, schau uns an, lieber Gott, wir betrügen einander nicht, und einer ist das Glück des anderen. Mach, dass es so bleibt, lieber Gott! Es gibt nicht mehr viele Menschen in dieser Zeit, die einander lieben. Lass keinen von uns unruhig werden, rastlos, hungrig nach einem anderen Menschen ..."

Ich lag auf dem Rücken und sah ihre winzigen Brüste an und ihre schönen, schmalen Handgelenke, und ihre langen, zarten Finger, und ich schwieg.

„Immer wenn du fliegst, bete ich", flüsterte Sibylle. „Ich bete, dass du Erfolg in deiner Arbeit hast und dass du mich weiter so liebst wie in diesem ersten Jahr, und dass du keine Frau findest, die dich mehr aufregt als ich ..."

Indessen dachte ich: Eben haben wir einen Krieg erlebt. Bald kommt ein neuer. Wenn er doch nur nicht zu bald käme! Ein paar Jahre noch, ein paar Jahre des Friedens! Sibylle hatte es leicht, sie konnte mit Gott sprechen. An ihn zu glauben, war das Einfachste auf der Welt.

Oder nein, es war wohl das Schwerste.

Ich hätte gern an Gott geglaubt. Dann hätte ich ihn jetzt auch bitten können, uns zu beschützen. Ich streichelte Sibylles Hand und wartete auf das aus dem Frieden entstehende Brausen der neuen Maschine. Und das Brausen kam nicht.

„... du fliegst bis nach Brasilien, Paul", murmelte Sibylle an meinem Ohr und senkte dabei ihre Stimme noch mehr. „Es heißt, dass es in Rio de Janeiro die schönsten Frauen der Erde gibt."

„Du bist die schönste Frau der Erde."

„Wenn du unbedingt musst, Paul, dann betrüg mich in Rio. Es macht mir nichts aus."

„Das ist nicht wahr!"

„Doch, es ist wahr. Es ist wahr, wenn es nur in Rio geschieht, und wenn du in zehn Tagen wieder bei mir bist ..."

„Ich werde dich nicht betrügen", sagte ich, „schon aus Aberglauben nicht."

„Du bist klug", flüsterte sie. „Du bist der klügste Mann von der Welt! Du weißt, dass es nicht mehr dasselbe sein würde, wenn erst der eine den anderen einmal betrogen hat."

Ich dachte: Ich habe in meinem Leben mit vielen Frauen gelebt, und Sibylle hat mit vielen Männern gelebt. Aber ich habe alle meine Frauen verlassen, oder sie haben mich verlassen, und Sibylle ist es ebenso ergangen. Wir waren beide voller Unruhe, bevor wir einander trafen, wir haben zu viel getrunken und zu viel geraucht und keinen Frieden gehabt. Seit wir einander kennen, schlafen wir gut, und die kleinen Stunden des Morgens haben ihren Schrecken für uns verloren. Wir wachen gern auf, wenn es noch dunkel ist, denn wir schlafen im selben Bett und halten einander immer im Arm, und das Bett ist so schmal, dass nur Menschen, die einander wirklich lieben, in ihm Glück finden können. „Natürlich", flüsterte Sibylle, während ich das dachte, „werden wir einander nicht gleich verlassen, wenn einer den anderen zum ersten Mal betrügt!"

„Natürlich nicht, mein Liebling."

„Aber es würde nicht mehr dasselbe sein!"

„Nein", sagte ich. Wo blieb die nächste Maschine? Warum kam sie nicht und zerstörte alles mit dem Toben ihrer vier Motoren? Geschah ein Wunder? Es gab doch keine Wunder …

„Das Vertrauen wäre fort", sagte Sibylle. „Und wir lieben einander doch so sehr, weil wir einander vertrauen. Weißt du, dass man in der ganzen Stadt von uns spricht?"

„Mein Alles", sagte ich. „Mein Schönes."

„Alle beneiden uns."

„Ich würde uns auch beneiden!"

„Paul?"

„Ja?"

„Wenn es sehr heiß ist in Rio, und wenn du viel getrunken hast, und wenn du dich sehr … unruhig fühlst – dann tu es!"

„Ich will nicht."

„Du bist großartig. Aber wenn sie einen großen, aufregenden Mund hat, so wie ich –"

„Ich will nicht!"

„– und lange, aufregende Beine, und schwarze Haare, und kleine, feste Brüste –"

„Sei ruhig!" Ich richtete mich auf und drückte sie an mich und küsste sie. Sie seufzte leise und fühlte sich sehr zart und zerbrechlich in meinem Arm an. Sie flüsterte: „Es heißt, du beschützt die Liebenden, Gott. Beschütze auch uns. Bitte, Gott, bitte!"

Dann hörte ich endlich das ferne Brausen; eine neue Maschine flog Berlin an. Ich presste Sibylles Körper an mich, meine Lippen blieben auf den ihren, ich fühlte ihr Herz schlagen, wir waren eins. Und doch kam das Brausen näher, eiskalt und unerbittlich, zerriss den Frieden, zerstörte die Stille, wurde maßlos. Die Fensterscheiben klirrten wieder. Ich schloss die Augen. Es war wie eine schwere, aber erlösende Heimkehr in die Gewissheit von Trauer, Unrast und spätem Leid. „Wir müssen aufstehen", sagte ich.

„Ja, mein Herz."

„Gib mir die Prothese."

Sie glitt aus dem Bett und lief nackt und lautlos durchs Zimmer zu dem Stuhl, auf dem die Prothese lag. Es war eine Prothese für ein linkes Bein. Mir fehlte ein linkes Bein, vom Kniegelenk an, ich besaß nur noch ein rechtes.

Sie kam mit der Prothese zurück, kniete vor mir nieder, und ich setzte mich im Bett auf, damit sie die Prothese an den Stumpf schnallen konnte. Der Stumpf schmerzte.

„Es kommt Regen", sagte ich.

„Jetzt im Winter?"

„Du kannst dich darauf verlassen."

Es war eine ganz moderne Prothese, und ich konnte mich sehr gut mit ihr bewegen. Nach dem Krieg hatte ich zuerst Krücken benützt, bis die Wunde verheilt war. Dann kam eine Prothese, nicht diese, eine andere. Die erste Prothese besaß einen starren linken Schuh, der rechte wurde mitgeliefert. Aber der linke Schuh saß an der Prothese fest. Das irritierte mich. Ich wohnte viel in Hotels. Und abends stand ich dann immer vor demselben Problem, wenn ich meine Schuhe vor die Tür stellen wollte. Entweder ich stellte beide, mit der Prothese, hinaus, oder nur den rechten. Das sah dann aber wieder so aus, als wäre ich verrückt oder betrunken. Deshalb erwarb ich eine zweite Prothese. Ihren linken Schuh konnte man abnehmen wie den von dem gesunden rechten Fuß. Sie war sehr kostspielig gewesen, diese Prothese, aber sie war auch aus bestem Leder und verchromtem Nickel hergestellt.

Sibylle hatte das Kunstbein angeschnallt, die Riemen saßen fest, der Stumpf ruhte auf dem kleinen Schaumgummikissen.

„Sitzt sie gut so?"

Ich stand auf und wippte ein paarmal.

„Ja", sagte ich, „sie sitzt ausgezeichnet."

2

Ich lese, was ich bisher geschrieben habe, und überlege, ob es nicht bei Weitem meine Kräfte übersteigt, diesen Bericht fortzusetzen. Etwas über zwei Monate sind vergangen, seit an jenem kalten, windstillen Morgen um fünf Uhr früh das Telefon läutete. Ich schreibe diese Worte in einem komfortablen Zimmer im vierten Stock des Hotels „Ambassador" in Wien. Das Zimmer ist in den Farben Rot, Weiß und Gold gehalten. Auch die Tapeten sind rot. Es ist heller Tag. Aus der Tiefe dringen vom Neuen Markt her Autogeräusche und Menschenstimmen zu mir herauf. Ein Fenster steht offen.

Wir schreiben Dienstag, den 7. April 1956. Es ist schon recht warm in Wien, recht warm für April. Die Blumenfrauen vor dem Eingang der Kapuzinergruft, die sich gegenüber dem Hotel befindet, verkaufen kleine Sträuße von Primeln, Schneeglöckchen und Veilchen. Der Frühling scheint in diesem Jahr sehr zeitig zu kommen.

Ich wurde bereits vor einer Woche aus dem Krankenhaus entlassen. Aber mein Arzt, Doktor Gürtler, besteht darauf, dass ich mich noch ein paar Tage völlig ruhig verhalte.

„Die Wunde heilt doch zu“, protestierte ich. „Man versichert mir von allen Seiten optimistisch, dass ich mich schon lange außer Lebensgefahr befinde.“

„Warum wollen Sie aufstehen?“, fragte er mich.

„Ich muss etwas aufschreiben.“

„Dazu ist es zu früh.“ Doktor Gürtler ist ein älterer, weißhaariger Herr, den mir der Wiener Vertreter der West-Presse-Agentur sehr empfohlen hat. Er kümmert sich rührend um mich. Seit meiner Entlassung aus dem Krankenhaus besucht er mich täglich. Als ich ihn gestern bat, aufstehen zu dürfen, sagte er kopfschüttelnd: „Sie sind unvernünftig, Herr Holland! Fünf Zentimeter höher, und die Kugel trifft Ihr Herz, und Sie äußern niemals mehr den Wunsch, irgendetwas aufzuschreiben.“

„Sie sehen“, antwortete ich, „was fünf Zentimeter ausmachen können! Herr Doktor, bitte erlauben Sie mir, täglich eine Stunde zu schreiben. Es macht mir keine Mühe. Ich habe eine kleine Reiseschreibmaschine. Ich tippe selber – seit Jahren. Und ich muss schreiben, ich *muss*!“

Darauf sagte Doktor Gürtler, der über alles informiert ist, was mir in den letzten beiden Monaten widerfuhr: „Sie sind im Begriff, etwas sehr Unkluges zu tun.“

„Nämlich was?“

„Sie wollen sich mit Ihrer Vergangenheit beschäftigen.“

„Ja“, sagte ich. „Nur so kann ich sie vergessen.“

„Sie denken noch immer an diese Frau.“

„Woher wissen Sie das?“

„Die Nachtschwester hat es mir erzählt.“

Ich habe eine Nachtschwester im Hotel „Ambassador“. Die West-Presse-Agentur hat darauf bestanden. Und zum ersten Mal in meinem Leben habe ich nach dem Mordversuch auf mich das Gefühl, dass ich ein wichtiger und geschätzter Mitarbeiter der West-Presse-Agentur bin.

Doktor Gürtler fuhr fort: „Sie sprechen im Schlaf. Manchmal schreien Sie auch. Die Nachtschwester ist sehr beunruhigt.“

Ich erwiderte: „Ist zu verstehen, was ich sage und schreie?“

Er nickte stumm, und in seine weisen, alten Augen trat ein Ausdruck von Mitleid. Ich dachte: Bin ich schon ein Mensch, mit dem man Mitleid empfindet?

„Sie sprechen nur von ihr“, sagte Doktor Gürtler. „Nur von – dieser Frau.“ Er machte eine abschätzende Pause vor den letzten beiden Worten.

„Ich habe diese Frau geliebt“, sagte ich.

„Sie sollen nicht mehr an sie denken. Sie müssen gesund werden, Herr Holland. Dann, wenn Sie erst gesund sind, machen Sie eine Reise, eine weite Reise, vielleicht ans Mittelmeer, vielleicht nach Ägypten. Und auf dem Schiff schreiben Sie sich alles von der Seele. Alles, was Sie erlebt haben!"

„Ich wollte immer schon eine Reise ans Mittelmeer unternehmen."

„Nun, sehen Sie!"

„Ich wollte mit *ihr* reisen, Herr Doktor."

Darauf schwieg er, und auch ich schwieg und sah die roten Seidentapeten meines Zimmers an, und die vergoldeten Sessellehnen und den weißen Plafond.

„Mit ihr können Sie nicht mehr reisen", sagte Doktor Gürtler. „Das wissen Sie. Sie ist tot."

„Ja", sagte ich. „Sie ist tot." Ich hatte eine Flasche Whisky unter meinem Bett versteckt, und eine zweite Flasche verwahrte ich in meinem Schrank. Der Etagenkellner hatte sie mir beide gebracht, ich hatte ihn bestochen, denn es war mir verboten, Whisky zu trinken. Aber wenn ich nicht Whisky trank, konnte ich nicht schlafen, und wenn ich nicht schlafen konnte, erschien mir Sibylle und setzte sich auf meine Brust und ließ mich nicht atmen. Auch während ich mit Doktor Gürtler sprach, war sie im Raum, ich fühlte es deutlich. Ich konnte sie nicht sehen. Ich konnte Sibylle niemals mehr sehen. Nur fühlen konnte ich sie noch. Wenn sie sich auf meine Brust setzte und mir den Atem nahm. Deshalb hatte ich den Etagenkellner bestochen, mir Whisky zu bringen. Der Whisky war stärker als Sibylle. Wenn ich ihn trank, kam sie nicht. Der Etagenkellner versorgte mich auch mit Eis und Sodawasser. Er war ein verständiger Mensch und hieß Franz. Ich war sehr glücklich, zu denken, dass ich noch eineinhalb Flaschen Whisky besaß. Es schien aller Trost zu sein, den ich noch hatte.

„Ich darf also nicht aufstehen?", fragte ich den Arzt, entschlossen, gleich nach seinem Abgang ein Glas oder zwei zu trinken, denn ich fühlte, dass Sibylle im Zimmer war, ich konnte den Duft ihrer Haut riechen, ich konnte sie atmen hören. Es machte dabei nichts aus, dass Sibylle tot war. Ich hörte sie dennoch atmen. Ich fühlte dennoch den Duft ihrer Haut.

„Ich verbiete Ihnen vorläufig mit aller Bestimmtheit, aufzustehen und zu schreiben", sagte Doktor Gürtler, sich erhebend. Gleich nachdem er gegangen war, stand ich auf. Ich trank ein Glas Whisky und zog meinen Schlafrock an. Die Wunde unter dem Herzen zog und stach. Ich war noch sehr benommen. Wahrscheinlich hatte ich Fieber. Ich setzte mich dennoch ans Fenster und drehte ein Blatt Papier in meine kleine Schreibmaschine. Sibylle war im Raum, ich fühlte es nun ganz stark, der Duft ihrer Haut und ihr Parfüm betäubten mich. Ich trank noch einen Schluck. Es war wie eine wundervolle Erleichterung, als ich die ersten Worte dieses Berichtes zu schreiben begann, als ich mich jener Nacht entsann, in der alles seinen Anfang nahm, jener schneereichen, bitterkalten Nacht in Berlin. Ich schrieb etwa zwei Stunden. Dann brach ich ab.

Und nun sitze ich hier und überlege, ob es nicht bei Weitem meine Kräfte übersteigt, fortzufahren. Viel ist geschehen in den letzten zwei Monaten. Und es ist *mir* geschehen. Mir, der ich darauf nicht vorbereitet war. Von allen Menschen mir. Was soll ich tun?

Schweiß rinnt mir vom Nacken in den Hemdkragen und macht die Tasten meiner Maschine glatt. In meinen Ohren dröhnt es. Meine Lippen sind trocken. Mein Herz klopft laut. Gott schützt die Liebenden. So sagte Sibylle. Aber hat er es getan? Bei jedem Atemzug schmerzt mich noch die Wunde unter dem Herzen, aus welcher Doktor Gürtler, geschickt und umsichtig, vor Kurzem eine stählerne Kugel des Kalibers 6,65 gezogen hat.

Gott schützt die Liebenden …

Unten in der Tiefe preisen die Wiener Blumenfrauen ihre Waren an, Veilchen, Primeln, Schneeglöckchen. Es ist sehr warm in Wien, sehr warm für April. Ein Flugzeug zieht seine unnahbare Bahn über die Stadt, ich kann die Motoren brummen hören.

Ein Flugzeug! Es hat keinen Sinn.

Ich muss weiterschreiben. Nur so kann ich vergessen, was geschehen ist. Was geschehen ist in den letzten beiden Monaten und was seinen Beginn nahm in der eingeschlossenen, viergeteilten Stadt Berlin, im Herzen eines zweigeteilten Landes, an einem Wintertag, um fünf Uhr morgens, im Grunewald, in einer Wohnung des Hauses Lassenstraße 119.

3

Das Haus war sehr groß.

Ein reicher Mann hatte es um die Jahrhundertwende gebaut, ich glaube, er war der persönliche Notar des deutschen Kaisers. Das Haus stand mitten in einem alten Park. Es gab auch einen See, der im Winter dick zufror. Bei schönem Wetter spielten immer Kinder auf dem Eis. Ihr Lachen und ihre Rufe drangen bis in Sibylles Zimmer.

In den Jahren nach dem Zweiten Weltkrieg hatte man das große Haus unterteilt, Trennwände gezogen, Durchgänge geschaffen und Durchgänge zugemauert und so insgesamt vier Wohnungen entstehen lassen, die alle ihre Mieter fanden. Es waren stille, zurückgezogene Leute: ein Ehepaar, ein Industrieller mit seiner Freundin, zwei junge Maler. Man sah sich eigentlich nur im Park, denn die Wohnungen hatten eigene Eingänge. Die Villa besaß keine direkte Nachbarschaft: Das Haus auf der linken Seite war im Krieg ausgebrannt und stand nun da als schwarze, verwitterte Ruine, die langsam unter rankendem Unkraut verschwand – und auf der rechten Seite lag der See. Ich erwähne diese Abgeschiedenheit besonders, weil sie im Verlauf der Ereignisse eine gewisse Rolle spielt.

Der Portier hieß Wagner. Er war ein kleiner, blasser Mann mit einer großen, schwerfälligen Frau und einer Tochter von sechzehn Jahren. Nach einem akuten Anfall von Scharlach hatte diese Tochter die Sprache verloren. Maria – so hieß das Mädchen – vermochte nur noch heisere, bellende Laute hervorzuwürgen. Man meinte stets, sie würde an ihnen ersticken. Sie war blond und stark entwickelt. Seit einem Jahr trieb sie sich mit Jungen herum. Manchmal verschwand sie eine Nacht lang. Die Mutter war verzweifelt. Sie sagte einmal zu mir: „Die Jungen wissen, dass Maria nichts erzählen kann."

Maria stand neben ihr und sah mich aus halb geschlossenen Augen an. Die Spitze ihrer Zunge glitt schnell über die Lippen. Dann stieß sie ein paar hohe, grelle Töne aus und rannte davon …

„Es ist ganz windstill", sagte Sibylle. Sie stand am Fenster, als ich aus dem Badezimmer zurückkam, und sie trug jetzt einen Morgenrock. Sie war noch ungeschminkt. „Du wirst einen guten Flug haben", sagte sie und sah in den dunklen Park hinunter. „Ich glaube, es ist sehr kalt." Sie sprach immer weiter. Ein Satz kam. Dann eine Pause. Dann wieder ein Satz. „Außerdem gibt es Glatteis." Ihre großen schwarzen Augen wichen mir aus. „Hoffentlich sind die Startbahnen frei." Ich nahm sie an den Schultern und drehte sie zu mir um. „Mein Liebling", sagte ich. Sie küsste mich auf die Wange und seufzte leise. Ich schob eine Hand unter den Morgenrock und berührte Sibylles Schulter. Sie wich zurück. „Nicht", sagte sie. „Bitte nicht. Es macht mich ganz krank, wenn du mich anrührst, und ich weiß, dass wir keine Zeit mehr haben."

„Wir haben noch Zeit." Meine Hand glitt tiefer. „Ein wenig Zeit haben wir noch."

„Wir sind beide viel zu nervös dazu", sagte sie. „Zieh dich an. Ich koche Kaffee." Sie lief in die Küche. Ich trat in die kleine Halle, die zwischen den zwei Zimmern der Wohnung lag und deren Türen auf eine weite Steinterrasse hinausführten. Ich sah ins Freie. Die Straßenlaternen brannten noch. Der Himmel war bleigrau. Es wehte tatsächlich kein Windhauch.

Während ich mich anzog, hantierte Sibylle in der Küche. Dann packte ich meine wenigen Kleidungsstücke ein und legte meine Schreibmaschine auf den Koffer. Nun hörte ich Sibylle im Badezimmer. Ich setzte mich neben das Regal, in dem ein Teil ihrer Bücher stand. Sie hatte viele Bücher, hauptsächlich italienische. Sibylle war lange in Italien gewesen. Jetzt verwendete sie die Bücher beruflich: Sie war Sprachlehrerin.

Sie liebte Italien, sie erzählte immer wieder von diesem Land. Ich denke, sie war in Italien sehr glücklich gewesen. Sie hatte eine Menge Münzen in die Fontana di Trevi in Rom geworfen. Es hieß, dass man zurückkehren musste in die Ewige Stadt, wenn man das tat …

Ich zog einen dünnen Band aus dem Regal und stellte fest, dass es eine kritische Arbeit über Anaximander von Milet war. Las Sibylle so etwas? Sie hatte seltsame Bücher, die überhaupt nicht zu ihr passten. Ich blätterte in dem Buch, während ich hörte, wie sie ihre Zähne putzte, und las dann eine Stelle, die jemand mit Bleistift angestrichen hatte: „Der Ursprung der Dinge ist das Grenzenlose. Woraus sie entstehen, darin vergehen sie auch mit Notwendigkeit, denn sie leisten einander Buße und Vergeltung für ihr Unrecht nach der Ordnung der Zeit."

„Paul?"

Ich sah auf. Sie stand vor mir, sie trug nur Strümpfe und einen Halter, sonst war sie nackt. Ich sah ihren ebenmäßigen Jungenkörper, das schmale Becken, die breiten Schultern, die kleinen Brüste mit den hervorstehenden Warzen. Sie streckte mir die Arme entgegen. Nun sah ich auch das Muttermal unter der rechten Achselhöhle. Es war so groß wie ein Markstück und sehr braun.

„Was soll ich anziehen? Das grüne Kostüm oder das schwarze?"

„Das schwarze", sagte ich. „Es ist wärmer."

„Schau mich an", sagte sie. „Schau mich noch einmal genau an, damit du nicht vergisst, wie ich aussehe."

„Das vergesse ich nie. Ich kann zu jeder Zeit die Augen schließen und mir dein Gesicht vorstellen und deinen Körper, und immer entstehen beide sofort ganz deutlich und genau."

„Mir geht es auch so."

„Weil wir uns lieben."

„Ich bin gleich fertig. In zehn Minuten können wir frühstücken", sagte sie und lief ins Schlafzimmer zurück. Ich fühlte mich müde und leer. Mein Kopf schmerzte, und meine Hände waren kalt.

4

Wir tranken nur den heißen Kaffee, essen konnten wir beide nichts. Die frischen Brötchen lagen zwischen uns, die weichen Eier blieben in ihren Bechern stehen stehen. Das bunte Jam, die helle Butter.

„Es hat keinen Sinn", sagte Sibylle. „Ich bekomme keinen Bissen hinunter."

„Wir Hysteriker", sagte ich. „Ein Jahr kennen wir uns nun, und jedes Mal, wenn wir uns trennen müssen, machen wir dasselbe Theater."

Ich ging zum Telefon und rief ein Taxi. Sibylle zog ihren schweren Mantel an. Wenn sie seinen großen Kragen aufstellte, verschwand ihr Kopf vollständig in ihm. Ich nahm meinen Koffer und ging zur Tür.

„Lass mich deine Schreibmaschine tragen", bat sie. Sie hatte jetzt einen Hut auf dem Kopf, der aussah wie ein Tropenhelm, einen grauen Filzhut. Der Mantel war auch grau. Er hatte große Taschen. Wir gingen die Treppe hinunter und traten ins Freie. Es war stechend kalt, der Frost verlegte meine Nase.

„Pass auf, Liebling", sagte ich. „Es ist wirklich sehr glatt."

An meiner Seite trippelte sie auf ihren hohen Absätzen vorsichtig zum Tor. Als wir die Straße erreichten, war das Taxi noch nicht da. Ein Bäckerjunge mit seinem Fahrrad trug Brötchen aus. Aber er schob das Rad, denn es war zu glatt, um zu fahren. Die Straße glänzte wie Spiegel. Der Junge ging zusammengekrümmt, weil ihn fror, und hängte weiße Leinensäckchen an die Schnallen der Gartenpforten.

Das Taxi kam lautlos wie ein Schiff übers Meer. Plötzlich erfassten uns die Lichtkegel seiner Scheinwerfer. Der Chauffeur hielt und stieg aus, um meinen Koffer zu verstauen.

„Zum Flughafen", sagte ich. Das Einsteigen war schwer, ich konnte die Prothese nur mühsam in den Wagen heben. Der Stumpf schmerzte noch immer. Das Wetter schlug um. Im Fond tastete ich nach Sibylles Arm. Sie zog einen Handschuh aus und verflocht ihre Finger fest mit den meinen. Es war sehr kalt im Wagen, und es roch nach Benzin und altem Leder.

In den Kurven schleuderte der Wagen.

„Fahren Sie langsamer", sagte ich, „wir haben es nicht eilig." Der Chauffeur gab keine Antwort.

Wir fuhren jetzt durch die Stadt. Frierende Arbeiter standen bei den Autobushaltestellen. Es war noch sehr still. Ich sah zwei kleine Mädchen, die auf und nieder hüpften, um die Füße warmzuhalten. Was machten Kinder um diese Zeit auf der Straße?

Ich sagte zu Sibylle: „Wenn du nach Hause kommst, leg dich noch einmal ins Bett und versuche zu schlafen. Nimm Tropfen."

Sie nickte. Wir fuhren jetzt über eine große Brücke. Unter ihr zog sich ein Gewirr von Schienen hin. In der Ferne stieß eine Lokomotive Dampf aus. Die weiße Säule stieg in der Dunkelheit auf und verlor sich im Bleigrau des Himmels.

Ohrenbetäubend dröhnte plötzlich ein Flugzeug über uns hinweg, es befand sich unmittelbar vor der Landung. Ich sah die grünen und roten Positionslichter.

„Wir sind da", sagte Sibylle tonlos.

Der Chauffeur erreichte den großen Platz vor dem Zentralflughafen. In der Morgendämmerung sah ich das Denkmal der Luftbrücke, den aufsteigenden Betonbogen, der plötzlich zu Ende war. Ich fragte: „Sind eigentlich viele Maschinen abgestürzt während der Blockade?"

„Ein paar", sagte Sibylle. „Die Piloten hatten es schwer, unser Flughafen lag mitten in der Stadt. Die Maschinen mussten zwischen den Häusern landen und aufsteigen." Der Chauffeur, der bisher kein Wort gesprochen hatte, sagte plötzlich: „Einmal war ich dabei."

„Bei einem Absturz?"

„Ja, Herr." Er wies mit dem unrasierten Kinn auf eine Ruine. „Dort drüben war's. Ich arbeitete damals hier."

Er sprach die ganze Zeit mit abgewandtem Gesicht. Vorsichtig fuhr er jetzt über den spiegelglatten Platz auf die Lichter des Flughafens zu. „Ich half die Maschinen ausladen. Na, und eines Abends, es war kalt wie heute, da kommt so ein Ami herunter, beladen mit Mehl, verstehen Sie. Kommt in der Einflugschneise etwas zu weit nach links – und mitten rein in das Haus! Mensch, war das vielleicht eine Schweinerei!" In der Erinnerung schüttelte der Chauffeur noch angewidert den Kopf. „Sechs Tote, ein Haufen Verletzte. Bevor wir noch was machen konnten, begann das Mehl zu brennen."

„War der Brand nicht zu löschen?"

„Herr, die Hitze war so groß, dass das Flugzeugwrack weißglühend wurde! Aber vor dem Haus stand ein Baum, eine alte Kastanie. Mitten im Schnee, ich sage ja, es war so kalt wie heute, vielleicht Mitte Januar. Und am nächsten Morgen, was glauben Sie, was geschehen war?"

„Was?", fragte ich. Der Wagen hielt vor dem Eingang des Flughafens, ein Träger eilte herbei.

„Die Kastanie hatte zu blühen begonnen!"

„Nein!"

„So wahr ich vor Ihnen sitze", sagte der Chauffeur, drehte sich um und nickte ernst mit dem Kopf. „Die Hitze war dran schuld. Die Blätter kamen heraus – *und* die Blütenkerzen! Es sah unheimlich aus, Herr! Überall Trümmer und Blut und Mehl – und mittendrin in der ganzen Scheiße steht so eine alte Kastanie und blüht!"

Ein Träger riss den Wagenschlag auf und grüßte.

„Panair do Brasil", sagte ich. „Nach Rio. Nehmen Sie den Koffer. Die Maschine trage ich selber."

„Ist gut."

Ich sagte zu dem Chauffeur: „Wenn Sie Ihre Uhr abstellen und warten wollen – die gnädige Frau fährt wieder in den Grunewald zurück." Ehe der Chauffeur noch seine Zustimmung aussprechen konnte, unterbrach ihn Sibylle in einem Tonfall, den ich an ihr nicht kannte: „Nein, danke! Ich nehme eine andere Taxe oder vielleicht auch den Bus."

Ich sah sie an. Sie wich meinem Blick aus. Ich zuckte die Schultern und bezahlte den enttäuschten Chauffeur. Sibylle war mittlerweile vorausgegangen. Beim Eingang zur Wartehalle holte ich sie ein: „Was war denn?"

„Wo?"

„Im Taxi."

„Nichts!" Sie lachte künstlich. „Der Chauffeur war mir unsympathisch!"

„Aber die Geschichte vom Kastanienbaum –"

„Gerade wegen der Geschichte war er mir unsympathisch!"

„Das verstehe ich nicht", sagte ich, überrascht von der Heftigkeit ihres Ausbruchs.

„Die Geschichte ist doch nicht wahr!" Zwischen ihren Augenbrauen entstand eine senkrechte Falte, die Nasenflügel vibrierten nervös. „Der Mann lügt um einer Pointe willen. Ich hasse Menschen, die so etwas tun!" Sie war stehen geblieben, ihre Stimme hob sich. So etwas hatte ich mit ihr noch nicht erlebt. „Die Blütenkerzen *und* die Blätter!", fuhr sie erbittert fort. „Nicht genug mit den Blättern allein! Übertreibung und Angabe! Aus dem Tod entsteht das Leben, es gibt kein Ende, und all dieser symbolische Unsinn! Widerlich ist das!" Ihre Unterlippe bebte. „Was tot ist, ist tot! Nie kehrt es wieder, in keiner Form!"

„Sibylle!", sagte ich laut und nahm sie am Arm. Da sah sie mich an wie eine Erwachende, mit völlig leeren, verständnislosen Augen, in die langsam ein Ausdruck von Verlegenheit trat. „Was ist denn los mit dir?"

„Nerven“, sagte sie und wandte den Kopf fort. „Nichts als Nerven. Komm!“ Sie führte mich an der Hand in das Flughafengebäude hinein. Dabei drückte sie meine Finger mit den ihren. Ich begriff, was das bedeutete; ich sollte nicht mehr von ihrem Ausbruch sprechen.

Die Halle des Flughafens war von Neonröhren erleuchtet, das Licht kalt und hart. Alle Menschen in ihm sahen krank aus. Hinter den langen Pulten der verschiedenen Fluggesellschaften arbeiteten viele Angestellte. Die jungen Mädchen hatten vor Müdigkeit ganz kleine Augen, die Männer in ihren blauen Anzügen waren nervös.

Die Menschenmenge, die ich erblickte, verblüffte mich. Ich hatte nicht so viel Betrieb erwartet. Die ganze lange Halle war überfüllt mit Fluggästen, Frauen, Männern, Kindern.

„Was ist denn hier los?“, fragte ich meinen Träger.

„Politische Flüchtlinge aus der Ostzone“, sagte er. Es klang verächtlich. „Werden in den Westen geflogen.“ Er stellte meinen Koffer auf eine elektrische Waage beim Schalter der Pan American Airways und zuckte die Schultern: „So geht das bei uns jeden Morgen. Soll noch schlimmer werden, heißt es.“

Ich sah die Flüchtlinge an. Sie saßen auf ihren Bündeln und Koffern, schlecht gekleidet, entrechtet, demütig. Sie sprachen leise miteinander. Die Frauen trugen Kopftücher, die Männer bäuerliche Anzüge. Viele hatten keine Krawatten oder Hemden ohne Kragen. Ihre Hände waren schwielig, verarbeitet, rot vor Kälte. Ein kleines Kind begann zu weinen.

„Macht fünfzig Pfennig“, sagte der Träger. Er tippte an seine Kappe und verschwand. Sibylle hielt sich fest an mir an. Ich drückte sie plötzlich an mich, denn mir fielen alle die anderen Flüchtlinge ein, die ich in Saigon gesehen hatte, und die Flüchtlinge in Seoul, und die Flüchtlinge auf der Insel Quemoy. Immer hatte ich sie auf Flughäfen gesehen, auf ihren Bündeln sitzend, die Männer mit dem starren und doch demütigen Blick ins Nichts, die Mütter mit den unruhigen Kindern an der Brust, die vor sich hinmurmelnden uralten Frauen, die Großväter in Rollsesseln. Immer hatten sie an einem Bindfaden einen Zettel um den Hals getragen. Stets hatte der Zettel neben dem Namen eine Nummer aufgewiesen. Und nach den Nummern waren sie stets aufgerufen worden. Nach den Nummern. Nicht nach den Namen. „Achtung“, sagte eine Lautsprecherstimme. „Air France gibt den Abflug ihres Clippers sieben-sechsundneunzig nach München bekannt. Die Passagiere werden durch Flugsteig zwei an Bord gebeten. Bitte Frauen mit Kindern zuerst. Wir wünschen Ihnen einen angenehmen Flug!“ Bewegung kam in die Wartenden. Sie drängten vor. Angehörige hielten sich an den Händen. „Lasst doch die Kinder vor!“, schrie jemand. Aber niemand hörte ihn.

Und immerfort hör ich in meinem Rücken den Sauseschritt der Zeit, die weitergeht …

Ich presste Sibylle noch fester an mich. Vor mir verhandelte ein Angestellter der Pan American mit einem Mann aus dem Osten. Ich stand hinter ihm. Der Mann hielt einen alten Hut in der Hand. Er trug trotz der Kälte keinen Mantel, und sein altes Hemd hatte keinen Kragen. Der Mann war unrasiert und bleich. Er sprach Sächsisch. Es war ein einfacher Mann, der nicht begreifen konnte, was ihm widerfuhr.

„Herr Pilot", sagte er demütig zu dem Angestellten, „bitte, verstehen Sie mich richtig. Wir kommen aus Dresden. Meine Frau, meine beiden Kinder und die Katze." Seine Katze entdeckte ich erst jetzt. Sie lag unter einer Decke in einem kleinen Korb, der auf der Theke stand. Es war eine dicke rotbraune Katze, die sehr schläfrig wirkte. „Aus Dresden, Herr Pilot!"

„Ich bin kein Pilot", sagte der Angestellte, ein cholerischer Mann mit einer beginnenden Glatze. „Ich kann Ihnen leider nicht helfen."

„Herr – wie heißen Sie, bitte?"

„Klär."

Hinter mir bildete sich eine Menschenschlange. Alles war nervös, aber alles lauschte dem Gespräch des Mannes aus Dresden mit dem Angestellten.

„Herr Klär, verstehen Sie doch, die Katze hat mit uns Dresden verlassen! Es ist sehr weit von Dresden hierher. Wir sind drei Tage unterwegs gewesen. Heimlich sind wir in den Westsektor gekommen. Wir können nicht mehr zurück."

„Herr Kafanke, das weiß ich alles. Ich –"

„Wir sind anerkannte politische Flüchtlinge! Wir waren alle in der Kuno-Fischer-Straße! Sechs Wochen lang. Auch die Katze. Wir haben alle unsere Papiere!"

„Die Katze nicht", sagte der Mann, der Klär hieß.

„Aber sie hat doch mit uns Dresden verlassen, Herr! Wir haben ihr Brom ins Fressen gemischt, damit sie ruhig bleibt! Herr Klär, was sollen wir denn tun? Wir können das Tier doch nicht in Berlin zurücklassen!"

„Achtung, bitte! British European Airways geben den Abflug ihres Viscountfluges drei-zweiundvierzig nach Hannover und Hamburg bekannt. Die Passagiere werden durch Flugsteig drei an Bord gebeten. Wir wünschen Ihnen einen angenehmen Flug!"

„Herr Kafanke, haben Sie Verständnis. Tiere können wir nicht befördern. Es ist gegen die Vorschrift. Sehen Sie, es stehen schon so viele Herrschaften hinter Ihnen in der Schlange, sie haben es alle eilig."

Der Mann aus Dresden sah die Menschen, die hinter ihm standen, demütig an und verneigte sich wie ein russischer Postmeister vor einem General des Zarenreiches: „Vergebung, meine Herrschaften, bitte, seien Sie mir nicht böse, es geht um meine Katze. Verzeihen Sie den Aufenthalt!"

Keiner von uns sprach. Ein paar von uns nickten.

„Attention, please! Passenger Thompson, repeat Thompson, with PAA to New York, will you please come to the ticket counter! There is a message for you!"

Der Mann, der Kafanke hieß, sagte indessen: „Es ist Mord, wenn Sie mich die Katze nicht mitnehmen lassen, verstehen Sie, Mord!"

„Reden Sie nicht so!"

„Was soll denn aus dem Tier werden?"

„Katzen können für sich selber sorgen. Sie finden immer heim."

„Heim nach Dresden?" Flüchtling Kafanke hatte Tränen der Wut in den Augen. „Durchs Brandenburger Tor vielleicht?"

„Herr Kafanke, bitte!"

Dem Angestellten Klär trat der Schweiß in feinen Perlen auf die bleiche Stirn.

„Dazu sind wir also geflüchtet, Mutter", sagte Kafanke zu einer dicken Frau, die hinter ihm auf einem Koffer saß. „Dazu haben wir unser Heim verlassen."

„Darf Mieze denn nicht mit?"

Ich machte dem Clerk ein Zeichen. „Warten Sie einen Moment", sagte dieser zu dem Mann aus Dresden. Er kam zu mir. „Wohin fliegen Sie, mein Herr?"

„Aber hören Sie –", protestierte Kafanke schwach und verstummte. Er streichelte die braune Katze. „Mein Gutes", sagte er, „mein Schönes, hab keine Angst. Wir verlassen dich nicht. Und wenn ich mit einem amerikanischen General reden muss!"

„Calling for passenger Thompson! Passenger Thompson! Will you please come to the PAA ticket counter!"

Die Katze ließ ein dünnes Miauen hören.

„Ich fliege nach Rio", antwortete ich dem Angestellten Klär. „Mit der Panair do Brasil."

Die brasilianische Gesellschaft besaß in Berlin kein eigenes Büro. Pan American agierten für sie. Ich legte meinen Flugschein auf den Tisch.

„Calling passenger Thompson, passenger Thompson, to New York! Come to the PAA ticket counter. There is a message for you!"

Der Angestellte, der Klär hieß, sah in hoffnungsloser Erbitterung die rotbraune Katze an, wischte sich den Schweiß von der Stirn und zog eine Liste heran. „Herr Paul Holland?"

„Ja."

„Wohnort?"

Ich zögerte. Das war eine Frage, die mir immer wieder unangenehm war, sooft sie auch an mich gestellt wurde. Ich wohnte an vielen Orten und in vielen Städten, aber ich war gar nirgends zu Hause. Ich hatte keine Wohnung, seit Jahren nicht mehr. Die einzige Wohnung, in der ich gelegentlich lebte, gehörte Sibylle. Ich antwortete: „Frankfurt am Main, Parkstraße zwölf." Das klang wie eine gute Adresse. Es war nur keine. Es war die Adresse des Hotels „Astoria", in dem ich ein Jahreszimmer gemietet hatte. In ihm hing ein Bild Sibylles. In ihm gab es einen Schrank voller Wäsche und Anzüge. In ihm gab es ein paar Bücher und viele alte Manuskripte. In ihm gab es alles, was mir auf dieser Welt gehörte. Es war nicht viel. Es war eigentlich recht wenig.

„Warum fliegen Sie nach Rio?", fragte der Clerk.

„Es steht auf meiner Einreiseerlaubnis", sagte ich, wütend auf Herrn Klär, obwohl ich nur wütend auf mich selber, auf meine Art zu leben war.

„In der Einreiseerlaubnis steht ‚beruflich'." Er wurde unfreundlich. „Was heißt beruflich?"

„Ich bin ein Korrespondent der West-Presse-Agentur“, erklärte ich ihm, während Sibylles streichelnde Hand mich zu Ruhe und Freundlichkeit mahnte. „Wir besetzen gerade unser Büro in Rio mit neuen Leuten. Ich kenne Rio. Die neuen Leute sind fremd dort. Ich soll sie einführen.“

„Danke, Herr Holland.“ Er war jetzt ungeheuer sachlich.

Sibylle lächelte ihn an. Auch er lächelte. „Ich tue nur meine Pflicht, gnädige Frau“, sagte Herr Klär.

„Herr Holland meinte es nicht so.“

„Wir sind alle nervös“, sagte Herr Klär.

Die Katze miaute wieder.

„Achtung, bitte, British European Airways geben die Ankunft ihres Fluges vier-zweiundfünfzig aus Düsseldorf bekannt!“

Und immerfort hör ich in meinem Rücken …

„Darf ich jetzt Ihren Seuchenpass sehen, Herr Holland?“ Ich gab ihm das kleine gelbschwarze Heft. Ich hatte mich für diesen Flug impfen lassen müssen. Auf meiner Brust schmerzten noch zwei Stellen von den Injektionen.

„Danke, Herr Holland. Und nun, bitte, das ärztliche Attest.“

Ich gab ihm die Urkunde, aus der hervorging, dass ich weder an Tuberkulose, ägyptischer Augenkrankheit, Lepra noch an Auszehrung und hereditärer Syphilis litt. Dann gab ich ihm die unterzeichnete Versicherung, dass ich mich in Brasilien keiner gegen die bestehende Regierung gerichteten Organisation anschließe noch auf den Straßen betteln, noch der öffentlichen Wohlfahrt zur Last fallen würde.

„Danke, Herr Holland. Ist das Ihr ganzes Gepäck?“

„Ja.“

„Sie haben noch Zeit. Wir werden Sie aufrufen.“ Ich nahm meine Schreibmaschine, nickte ihm zu und versuchte, für Sibylle und mich einen Weg zu bahnen. „Erlauben Sie“, sagte ich zu Herrn Kafanke. Er sah mich mit seinen alten, mutlosen Augen an: „Sie sind Reporter, mein Herr. Ich habe es eben gehört. Können Sie nicht meiner Katze helfen?“ Ich sah alle Menschen an, die in der großen Halle warteten, und ich sah wieder die Kinder in Seoul und die alten Männer in Saigon und die hysterischen Frauen auf der Insel Quemoy, die sich die Kleider aufrissen und den amerikanischen Piloten die Brüste zeigten als Zeichen ihrer Bereitschaft zur Hingabe, wenn sie nur mitgenommen würden, wenn sie nur mitgenommen würden …

„Ich kann niemandem helfen“, sagte ich leise und hielt mich dabei an Sibylles Arm fest, als wäre er das Letzte und Einzige, woran ich mich noch festhalten konnte auf dieser Welt.

„Attention, please“, sagte die Frauenstimme aus dem Lautsprecher, *„still calling passenger Thompson, passenger Thompson …“* Sie suchten ihn noch immer, diesen Herrn Thompson, Fluggast der Pan American World Airways nach New York. Eine Nachricht wartete auf ihn.

5

Im Flughafenrestaurant begrüßten mich die Kellner wie einen alten Bekannten. Ich war schon sehr oft hier gewesen. Die Kellner konnten an unseren Gesichtern stets ablesen, ob ich gerade abflog oder eben angekommen war.

Das Lokal war fast leer. Durch die großen dunklen Scheiben sah man zu den wartenden Maschinen hinunter, die in der Dämmerung aufgetankt wurden. Männer in weißen Overalls arbeiteten auf den Tragflächen. Es wollte nicht hell werden an diesem Morgen. Ich setzte mich an Sibylles linke Seite. Ich saß immer an dieser Seite, denn Sibylle hörte schlecht auf dem rechten Ohr. Ein alter Mann hatte sie auf der Straße geschlagen, als sie zwölf Jahre alt war. Das rechte Trommelfell war verletzt.

„Kaffee, die Herrschaften?"

„Einen Mokka", sagte ich.

„Bitte, Herr Holland." Der Kellner lächelte höflich. Er sympathisierte mit mir. Ich gab stets zu große Trinkgelder, in allen Ländern.

„Mir eine Tasse", sagte Sibylle.

„Jawohl, Madame." Der Kellner verschwand. Im Hintergrund legte ein anderer neue Tücher auf die Tische. Und unter uns füllte ein Auto die Tanks der Superconstellation der Panair do Brasil, mit der ich fliegen sollte.

„Du musst fort aus Berlin", sagte ich. Ich hatte jetzt nicht mehr viel Zeit. Ich wollte von Tatsachen reden. Die Katze hatte mir den Rest gegeben.

„Wo soll ich denn hin, mein Herz!" Ihre Hand lag auf der meinen. Immer lag ihre Hand auf der meinen, wo wir auch saßen.

„Du kommst zu mir in den Westen."

„Nach Frankfurt?"

„Ja. Ich habe genug Geld. Wir nehmen eine Wohnung." Ich wurde erregter. „Jeden Tag kann hier etwas geschehen. Was machen wir, wenn eine neue Blockade kommt? Wenn es keine Flugzeuge mehr gibt? Wenn sie mich nicht mehr zu dir lassen?"

„Liebling", sagte sie leise, „darüber haben wir schon so oft gesprochen. Ich kann nicht einfach meinen Beruf und meine Freunde und meine ganze kleine Welt hier aufgeben, um nach Frankfurt zu kommen und dort als deine Freundin zu leben!"

„Attention, please! Calling passengers Collins, Crawford and Ribbon with Air France to Stuttgart! Your aircraft is about to take off! This is your last call!"

Ich sagte: „Würdest du mich heiraten, Sibylle?"

Natürlich kam in diesem Augenblick der Kellner mit dem Kaffee. Sibylle hielt meine Hand fest und sah mich an mit Augen, die langsam feucht wurden.

„Antworte", sagte ich. „Bitte, antworte." Ich hatte keine Zeit mehr. Bald würden sie auch mich rufen.

Sie sagte heiser: „Es ist nur wegen der Katze!"

„Nein!"

„Oder deshalb, weil du nirgends zu Hause bist. Weil du kein Daheim hast."

„Nein", sagte ich und legte mich tief über den Tisch und küsste ihre kleine weiße Hand. „Es ist, weil ich dich liebe und weil ich immer bei dir sein will, und weil ich so furchtbare Angst habe, dich zu verlieren!"

„Calling passenger Thompson with PAA to New York! Passenger Thompson! Please come to the ticket counter of the company immediately!"

Ich sagte: „Wir kennen einander lange genug. Ein ganzes Jahr genügt. Ich will keine andere Frau mehr haben. Willst du einen anderen Mann?"

Sie schüttelte den Kopf.

„Wir werden uns eine Wohnung nehmen. Mit deinen Möbeln und deinen Büchern werden wir sie einrichten." Ich sprach jetzt sehr schnell. „Ich habe auch ein paar Bücher. Alle Leute in Frankfurt werden dich gernhaben. Frankfurt ist eine nette Stadt. Du wirst dich wohlfühlen. In diesem Jahr schreibe ich mein neues Buch. Bestimmt schreibe ich es, Sibylle! Wenn du immer bei mir bist, *kann* ich schreiben. Und dann kaufen wir ein kleines Haus vor der Stadt. Oder wir bauen eines. Und leben immer zusammen, denk doch, Sibylle! Wir schlafen zusammen ein und wachen zusammen auf! Wir müssen uns keine Telegramme mehr schicken, wir müssen auch nicht mehr telefonieren!"

„Ich kann aber doch keine Babys bekommen", sagte sie, kaum hörbar, und trank einen Schluck Kaffee.

„Ich will kein Baby!"

Sie sah mich stumm an.

„Außerdem darf ich gar keine Kinder bekommen", sagte ich. „Dazu habe ich in meinem Leben zu viel getrunken. Als Vater würde ich lauter Idioten zeugen." Ich küsste wieder ihre Hand.

Die Zeit rann fort, ich fühlte es wie eine schwere Bedrohung. Und immerfort, und immerfort, und immerfort.

„Sag mir, dass du mich heiraten wirst, wenn ich wiederkomme!"

Sie nickte. Tränen liefen ihr über die Wangen in den Mund. Sie leckte sie mit der Zunge fort und fiel mir um den Hals. Der Kellner, der die neuen Tischdecken auflegte, wandte sich diskret zur Seite.

Sibylle flüsterte: „Ich weiß, es ist nur wegen der Katze aus Dresden."

„Nein!"

„Aber es macht mir nichts aus. Ja, ich will dich heiraten, Paul, ich will dich heiraten, und wir werden so glücklich sein."

„Es dauert nicht mehr lange, mein Liebling", sagte ich laut und küsste sie. Mir waren die Kellner egal. Die Kellner waren meine Freunde. Und ich hatte keine Zeit mehr.

„Aber ich werde dir zur Last fallen!"

„Niemals", sagte ich.

„Wenn du mich erst geheiratet hast, wirst du mich nicht mehr so schnell los wie die Barmädchen, die du dir ins Bett nimmst."

„Ich weiß."

„Weißt du es wirklich?"

„Ja", sagte ich.

„Ich werde dich nie, nie mehr verlassen", flüsterte sie in mein Ohr.

Indessen überlegte ich: Ob die Liebe von zwei Menschen wohl stärker war als die Rankünen von Mao Tse-tung, Foster Dulles und Bulganin? Ob es noch Glück auf Sicht gab in diesem Jahrhundert? Ob es noch Gerechtigkeit gab für Katzen, Stumme und Juden?

Indessen dachte ich: Schützt Gott die Liebenden?

„Calling Mr Thompson to New York! Mr Thompson, please come to the PAA ticket counter!"

6

Es war nun sieben Uhr morgens geworden.

Meine Maschine flog um sieben Uhr fünfzehn.

Immer noch in der Vergangenheit, hatte *ich* Sibylle fortgebracht, aus altem Aberglauben. Ich wollte nicht, dass sie *mir* nachsah. Ich wollte *ihr* nachsehen. Ich bezahlte den Kaffee und ging mit Sibylle durch die grell erleuchtete Wartehalle zum Ausgang. Langsam, quälend langsam wurde es endlich hell. Ein trüber Tag brach an. Die Verkäuferinnen des Zeitungs- und Spirituosengeschäftes im Flughafen grüßten höflich, als wir an ihnen vorüberkamen. Wir kannten sie beide gut. Bei Herrn Klär von der Pan American kämpfte noch immer verzweifelt Herr Kafanke aus Dresden. Ich sah zur Seite. Auch für Herrn Kafanke ging die Zeit zu Ende. Seine Maschine startete um sieben Uhr dreißig. Die braune Katze dehnte sich träge im Korb …

„Und spiel das Klavierkonzert von Rachmaninoff", sagte ich, während ich Sibylle durch die Glastür ins Freie führte.

„Jeden Abend, mein Herz."

„Spiel es nach zehn Uhr. Ich werde mir die Zeitdifferenz ausrechnen und versuchen, zu dieser Zeit an dich zu denken."

„Dann will ich es immer tun, wenn ich Rachmaninoff höre", sagte sie. Ihre Katzenaugen schlossen sich halb.

„Ich auch."

„Vielleicht ist das in Brasilien aber gerade am Tag, und du bist mitten in einer Pressekonferenz!"

Darüber lachte sie wie ein Kind.

Der Schnee auf der Straße war schmutzig und niedergetreten.

Ich winkte ein Taxi herbei. Der Wagen hielt neben uns mit kreischenden Bremsen. Der Chauffeur hatte einen Buckel und sah mich misstrauisch an: „Wohin?"

„Lassenstraße hundertneunzehn, im Grunewald."

Ich umarmte Sibylle. Ihr Kopf lag an meiner Brust. Über uns, auf dem Turm des Flughafens, begann der riesige Radarschirm zu kreisen, lautlos und gespenstisch. Seine Wellen suchten ferne Maschinen. Irgendwo über den Wolken, riefen sie, geleiteten sie, die unsichtbaren Wellen, die unsichtbaren Maschinen.

„Leb wohl, mein Herz", sagte sie. Dann machte sie sich schnell frei und glitt in das Taxi. Der Schlag flog zu. Der Chauffeur kroch hinter das Steuerrad. Sibylle versuchte, das Fenster an ihrer Seite herunterzukurbeln. Das Fenster ließ sich nicht öffnen. Der Wagen fuhr los. Ich sah Sibylles weißes, kleines Gesicht mit den schrägen Augen. Sie presste es gegen das eisige Glas. Ich hob eine Hand.

Das Taxi beschrieb einen großen Bogen um den ganzen Platz. Ich konnte es lange verfolgen, es fuhr an der Feuerwehr und an dem Polizeirevier vorbei zum Damm hinaus. Nun sah Sibylle aus dem anderen Fenster. Als wir uns küssten, waren ein paar Leute stehen geblieben und hatten uns angestarrt. Sie starrten noch immer. In Frankreich blieb niemals jemand stehen. In Deutschland starrten sie immer.

Jetzt leuchteten die Schlusslichter des Taxis auf. Der Fahrer bremste. Der rechte Blinker begann aufzuleuchten. Ich sah den Wagen jetzt nur noch als kleinen schwarzen Fleck, Sibylle sah ich nicht mehr. Aber sie sah gewiss noch mich. Also wartete ich, bis der Wagen nach rechts einbog und hinter dem ersten Hauseck verschwand.

Als ich den Flughafen wieder betrat, wurde eben mein Flug ausgerufen: „Panair do Brasil, Flug eins-zweiundachtzig nach Rio de Janeiro über Düsseldorf, Paris, Lissabon, Dakar, Recife! Über Flugsteig vier, bitte." Ich hatte noch ein paar Minuten Zeit und ging zu der Blumenhandlung neben dem kleinen Postamt. Die Verkäuferinnen kannten mich alle. Das Hauptgeschäft lag auf dem Kurfürstendamm. Dort kaufte ich immer meine Blumen für Sibylle. Ich sagte: „Ich fliege in ein paar Minuten. Bitte schicken Sie bis zu meiner Rückkehr jeden zweiten Tag fünfzehn rote Rosen –"

„– an Frau Loredo?" Die junge Verkäuferin lächelte. Sie wusste, dass ich Sibylle Loredo liebte. Alle Leute in Berlin schienen es zu wissen. Und alle lächelten.

„Ja, bitte."

„Geht in Ordnung, Herr Holland!"

„Ich bezahle, wenn ich zurückkomme."

„Natürlich, Herr Holland. Ich wünsche Ihnen einen angenehmen Flug!"

„Danke", sagte ich. Als ich auf den Gang hinaustrat, stieß ich mit Herrn Kafanke aus Dresden zusammen. Ich wollte weitereilen, aber er hielt mich am Mantelärmel fest. In seine alten, glanzlosen Augen war ein Ausdruck von verrückter Entschlossenheit getreten: „Sie müssen mir helfen, Herr!"

„Lassen Sie mich los, ich habe es eilig!"

„Sie fliegen doch *auch* über Düsseldorf, nicht wahr", keuchte der Mann aus Dresden und schwenkte den Korb, in welchem die dicke Katze lag. „Ich komme eine Viertelstunde nach Ihnen an. Ich habe mich erkundigt", keuchte er weiter, ohne mich loszulassen, „Sie haben eine Stunde Aufenthalt. Nehmen Sie Mieze unter Ihren Mantel, sie ist ein gutes Tier, niemand wird es bemerken."

„Nein!"

„Bitte, Herr, bitte! Auf mich passen die Beamten jetzt auf! Sie wird niemand beachten!" Er rief leidenschaftlich: „Wir haben den Osten verlassen, weil man uns gesagt hat, dass es im Westen Freiheit gibt! Wo aber ist die Freiheit, wenn man mir verbietet, für ein unschuldiges kleines Tier zu sorgen?"

„Herr Paul Holland! Herr Paul Holland von WPA, bitte kommen Sie umgehend zum Abfertigungsschalter! Ihre Maschine wartet auf Sie!"

„Geben Sie her", sagte ich. Sein blasses Gesicht leuchtete auf. Er hob die schläfrige dicke Katze aus dem Korb, ich öffnete meinen Mantel.

„Gott wird es Ihnen lohnen, Herr", stammelte er, während ich das Tier so unter meinen linken Arm schob, dass ich es außen festhalten konnte. Es war wirklich eine gute Katze. Sie ließ alles mit sich geschehen. Einen Augenblick überlegte ich, ob sie überhaupt noch lebte. Ich sagte: „Ich warte in Düsseldorf im Restaurant!" Er sah mir nach. Die Hände hielt er gefaltet. Er betete für seine Katze.

Die Beamten bei der Sperre drückten ihre Stempel in meinen Pass. Ich eilte zum Flugsteig vier. Die große Glastür stand offen, draußen auf dem Feld sah ich meine Maschine. Die Stewardess wartete auf der Rolltreppe und blickte sich suchend um. Jetzt entdeckte sie mich und winkte. Ich konnte nicht winken, denn mit der einen Hand hielt ich meine Schreibmaschine und mit der anderen die Katze. Im Augenblick, da ich die Glastür erreichte, trat ein Mann aus dem Schatten. Es war Herr Klär mit der beginnenden Glatze und dem bleichen, traurigen Gesicht.

„Geben Sie mir das Tier", sagte er leise.

„Ich verstehe nicht!" Ich wollte an ihm vorbei, aber er trat mir in den Weg. „Lassen Sie mich durch, sehen Sie nicht, dass mein Flugzeug wartet?" Mein Beinstumpf schmerzte jetzt wieder.

„Das Tier, Herr Holland. Die Katze."

„Ich habe keine Katze!"

„Unter dem Mantel", sagte er leise. Ich sah ihn an. Er erwiderte meinen Blick ausdruckslos. „Ich tue nur meine Pflicht, Herr Holland. Tiere an Bord sind verboten auf diesen Flüchtlingstransporten."

Ich öffnete meinen Mantel, und er nahm mir die Katze ab. In seinem Arm begann sie zu schnurren. Er sagte: „Ich habe den Eisernen Vorhang nicht gemacht."

7

Wir waren nur sieben Passagiere in der riesigen Maschine. Ein paar weitere würden noch in Paris und Dakar an Bord kommen, sagte mir die Stewardess, aber dieser Flug war ganz schwach belegt. Sieben Passagiere bei einer neunköpfigen Besatzung. Es war kalt im Flugzeug. Ich behielt meinen Mantel an und stellte meinen Sitz zurück. Der Steward brachte mir Decken und verstellte die Sitze vor mir, damit ich die Prothese ausstrecken konnte. Ich war eingeschlafen, noch bevor die Maschine die Startbahn erreicht hatte. Ich schlief sehr tief und traumlos.

Die Landung in Düsseldorf bemerkte ich gar nicht. Sie ließen mich freundlicherweise in der Maschine weiterschlafen, und als ich endlich erwachte, war es hoher Mittag und wir kurvten gerade über Paris.

In Lissabon war es schon sehr warm. Ein Mann versuchte, uns schreckliche Trachtenpuppen aus dem Schwarzwald zu verkaufen, als wir ins Restaurant kamen. Ich schrieb eine Karte an Sibylle und kaufte eine Flasche Whisky, denn an Bord gab es nur brasilianischen Kognak, der mir zu süß schmeckte. Dann setzte ich mich im Freien auf eine Bank und sah zu den grünen Bergen hinüber. Viele Blumen blühten in Lissabon, und die Frauen trugen helle, leichte Sommerkleider.

Eine neue Mannschaft übernahm hier die Maschine. Gleich nach dem Start gab es wieder zu essen. Es gab ununterbrochen zu essen. Als wir die Meerenge von Gibraltar überflogen, ließ mich der Kapitän in die Kanzel bitten. Ich war schon ein paarmal mit ihm geflogen, er war ein mächtiger Portugiese mit kurzem schwarzem Haar, der immer lachte. Er hieß Pedro Alvarez. Der zweite Pilot legte sich ein bisschen hin und überließ mir den Sitz neben Alvarez. Wir rauchten und tranken Kaffee, während unter unseren Füßen die afrikanische Küste erschien. Es war ein sehr schöner Tag, mit Sonne und wolkenlosem Himmel. Alvarez sprach kein Wort Deutsch, aber fließend Englisch. Er erzählte mir, dass seine Frau ein Baby erwartete. Er lebte in Rio. Es war eine sehr glückliche Ehe. Der Bauch seiner Frau würde schon rund, erzählte er. Ob ich mich daran erinnerte, dass sie ganz kleine Brüste gehabt hatte?

Ich erinnerte mich daran. Nun, sagte er, jetzt würden die Brüste immer praller und größer. Das regte Alvarez unheimlich auf.

Wir flogen sieben Stunden von Lissabon nach Dakar. Ich schrieb ein paar Briefe, schlief wieder eine Stunde, und in der Dämmerung begann ich Whisky zu trinken. Wir flogen zu hoch, um Einzelheiten zu erkennen, aber ich sah zu, wie das Licht beständig wechselte und wie die Hügel Afrikas zuerst grün wurden und dann braun und dann violett, und wie die Farbe des Meeres sich veränderte, als nun die Sonne unter uns versank. Um Mitternacht erreichten wir Dakar. Hier stellten wir unsere Uhren um fünf Stunden zurück. Alvarez gab mir ein Schlafmittel, als wir wieder aufstiegen, und die Stewardess löschte das Licht in der Kabine. Wir flogen acht Stunden über den Atlantischen Ozean.

In Recife wiegten sich die Palmen im Morgenwind, und ich sah viele Orchideen in den Bäumen. Im Augenblick, da die Maschine stillstand und die Ventilatoren zu kreisen aufhörten, brach uns der Schweiß aus allen Poren. Wir durften das Flugzeug nicht gleich verlassen. Ein riesiger Neger in Polizeiuniform kam zu uns und versprühte aus einer kleinen Bombe eine ätzende Flüssigkeit, die keim- und insektentötend war und die bei uns allen kleine Erstickungsanfälle verursachte. Dann durften wir aussteigen. Ich nahm ein Bad und rasierte mich. Im Warteraum sah ich Preston Sturges von Associated Press. Er sollte nach Madrid. Seine Maschine hatte einen Motorschaden. Sturges saß seit elf Stunden in Recife fest. Ich schenkte ihm den Rest meines Whiskys.

Von Recife nach Rio brauchten wir noch einmal sieben Stunden Flugzeit. Wir frühstückten ausgiebig. Sechs englische Farmer und ein paar Schwarze waren an Bord gekommen. Eine alte Negerin las uns allen aus der Hand. Mir prophezeite sie viel Geld und eine blonde Frau, die mir drei Kinder schenken würde.

Wir flogen das Flussbett eines Stromes entlang. Ich sah jetzt den dichten Urwald. Eine Stunde vor Rio kamen dann die Zuckerplantagen, riesige, braunrote Flecken in dem Dunkelgrün des Urwaldes. Der Fluss sah lehmig aus. Genau um zwölf Uhr brasilianischer Zeit landeten wir auf dem internationalen Flughafen der Stadt, von der es heißt, sie wäre die schönste der Welt. Ich ging sofort auf das Postamt und schickte Sibylle ein Telegramm. Ich telegrafierte, dass ich gut angekommen sei und dass ich sie liebte. Das war am 2. Februar, um die Mittagsstunde.

8

Ich blieb neun Tage in Rio.

Ich wohnte, wo ich schon zweimal gewohnt hatte: im Hotel „Miramar" an der Avenida Atlantica. Auf der anderen Seite der Avenida zog sich der Sandstrand der Copacabana hin. Bei Wind wehte manchmal ein wenig kühle Gischt vom Atlantischen Ozean herüber in mein Schlafzimmer.

Das Wetter blieb schön, es war sehr heiß, aber ich hatte meine Tropenwäsche mitgebracht und litt nicht unter der Hitze. Es waren ruhige neun Tage.

Ich führte meine Kollegen – drei freundliche Herren – bei den brasilianischen Behörden ein und stattete den diplomatischen Vertretungen Besuche ab. Die Presseattachés kannten mich und waren sehr entgegenkommend zu den neuen Männern von WPA. Wir hatten Büroräume in der Rua de Misericordia 213 gemietet, in einem neu erbauten Wolkenkratzer, der an dem Fehler aller Wolkenkratzer in Rio litt: Wenn es lange heiß war, kam das Wasser nicht mehr in die oberen Stockwerke.

Manchmal gab es überhaupt kein Wasser, und man musste sich mit dem Inhalt von Siphons rasieren.

Am Nachmittag fuhren wir in den Jockeyklub, um Tee zu trinken, oder meine Kollegen legten sich an den Strand. Das tat ich nicht, obwohl ich gerne gebadet hätte. Die Menschen waren sehr schön in dieser Stadt – und ich hätte gewiss einiges Aufsehen erregt. Wenn meine Freunde badeten, setzte ich mich auf die Terrasse des Hotels „Miramar" und trank Gin-Tonic, eine Mischung von Gin und Chininwasser mit einer Schnitte Zitrone und viel Eis. Es war ein angenehmes Getränk.

Ich zeigte meinen Kollegen alles, was sie interessieren konnte: die großen Kaufhäuser, die Bars „Venus" und „Circe", die Restaurants Shelton und Ritz, den Golfplatz, das Fußballstadion, die Kirche zum Herzen der Heiligen Jungfrau und das Bordell in der Avenida Presidente Antonio Carlos.

Abends waren wir immer eingeladen.

Wir trafen viele wichtige Leute. Zuletzt gab Senator Carioca Darcas einen Empfang für uns. Der Senator war einer der einflussreichsten Männer der Stadt mit politischen Verbindungen nach allen Richtungen. Er hatte eine reiche Erbin geheiratet, die sehr hässlich war. Frau Darcas besaß einen riesigen Hund. Es war in Rio allgemein bekannt, dass das Ehepaar Darcas und der Hund in verschiedenen Zimmern schliefen: Frau Darcas und der Hund in dem großen Ehebett, Senator Darcas allein nebenan.

Am letzten Tag meines Aufenthaltes mietete ich einen Wagen und fuhr mit meinen drei Kollegen zum Corcovado hinauf, jenem Berg, auf dessen Spitze sich die bekannte Christusstatue erhebt. Auf halber Höhe lag ein Waldrestaurant, das ich kannte, und hier lud ich die drei zum Mittagessen ein. Es war ein ruhiges Essen. Wir tranken Bier und Zuckerschnaps, und in den Sträuchern saßen zahme Papageien und sahen uns zu. Dann gingen wir im Wald spazieren.

Es gab eine Menge kleiner Höhlen, und ich zeigte meinen Kollegen die vielen Macumbas. Diese Macumbas waren Ausdruck eines Aberglaubens, dem Farbige wie Weiße in Rio erlagen. Ich kannte zahlreiche Europäer, die auch ihre Macumbas machten – vor allem Frauen.

Dem Aberglauben zufolge wohnten im Urwald des Corcovado viele bedeutende Geister, die den Menschen sehr schaden konnten, wenn sie wollten. Um sie bei Laune zu halten, opferte man Zigaretten und Zuckerschnaps. In den Höhlen sahen wir immer wieder kleine, vorsorglich geöffnete Schnapsfläschchen und neben ihnen Zigaretten und sogar Streichhölzer, damit die Geister die Zigaretten auch in Brand setzen konnten. Das nannte man eine Macumba. Wir hatten auch ein paar Fläschchen mitgebracht und opferten sie jetzt, jeder in einer anderen Höhle, den unsichtbaren Waldbewohnern. Man konnte sich dabei etwas wünschen.

Ich wünschte mir, dass Sibylle und ich beisammenblieben, dass wir einander weiter liebten und dass uns kein Unglück geschah, ihr nicht und mir nicht. Es waren die Götter dieses Urwalds, zu denen ich betete, es war nicht der christliche Gott von Bethlehem. Zu den Dämonen des Corcovado konnte ich noch beten. Und es war mir gleich, welcher von ihnen mein Gebet erhörte. Jeder Dämon war mir recht, wenn er nur in der Lage war, Sibylle und mich und unsere Liebe zu beschützen.

9

Auf dem Rückflug war die Maschine bis auf den letzten Platz ausverkauft. Eine berühmte brasilianische Fußballmannschaft flog mit bis Zürich. Ich hatte dem Zentralbüro in Frankfurt telegrafiert, dass meine Aufgabe erledigt sei und dass ich ein paar Tage Urlaub in Berlin nehmen wollte. Das hatten sie mir gestattet. Wir flogen diesmal von Lissabon an die Strecke Madrid–Rom–Zürich–Düsseldorf–Berlin. In Rom schickte ich Sibylle ein Telegramm. Ich kündigte mein Eintreffen für denselben Nachmittag an. Das war um acht Uhr morgens, am 12. Februar 1956.

Hinter den Alpen begann es zu regnen. In Zürich war es trüb. Zwischen Düsseldorf und Berlin – hier regnete es überall in Strömen – zog ich mich im Flugzeug um und rasierte mich.

Die Maschine traf planmäßig um sechzehn Uhr dreißig in Berlin-Tempelhof ein. Von Zürich an war sie ziemlich leer gewesen.

Ich fror entsetzlich, obwohl ich jetzt wieder meinen Wintermantel trug. Schon in der Maschine hatte ich Vasanthron genommen, um vielleicht einen Anfall von Diarrhöe zu verhindern. Jedes Mal, wenn ich aus heißen Gegenden nach Europa zurückkehrte, litt ich an typhusähnlichem Durchfall.

Es klingt pathetisch, aber ich hatte tatsächlich von dem Augenblick an, da ich in Berlin aus der Maschine kletterte, das unheimliche Gefühl, dass etwas geschehen war.

Ich ging durch den schweren Regen, der den Schnee fortschwemmte, vom Feld hinüber zu den Aufgängen in das Flughafengebäude. In der Art von Balkonen zogen sich an diesen Aufgängen entlang Besuchergalerien hin. Menschen warteten hier stets auf das Eintreffen ihrer Freunde oder Angehörigen. Auch Sibylle hatte hier stets gewartet, wenn ich nach Berlin kam. Es gab kein einziges Mal, an dem sie nicht gewartet hätte. Heute jedoch konnte ich sie nicht entdecken. Ein paar Männer warteten, drei Frauen, ein kleiner Junge; aber nicht Sibylle. Was hatte sie abgehalten zu kommen?

Während wir durch die Zoll- und Passkontrolle geschleust wurden, beruhigte ich mich selber: Vielleicht hatte Sibylle sich nur verspätet, vielleicht war sie in eine Verkehrsstockung geraten? Aber daran glaubte ich nicht wirklich. Meine Unruhe wuchs. Ich nahm mich zusammen und wartete. Sibylle kam nicht. Mein Gepäck wurde ausgeladen. Ein Träger schleppte es zu einem Taxi. Ich sagte dem Chauffeur, er solle warten, und suchte das ganze Gebäude nach Sibylle ab: das Vestibül, das Restaurant, das Postamt. Sibylle blieb unsichtbar.

Ich trat in eine Telefonzelle und wählte ihre Nummer. Das Freizeichen erklang.

Regelmäßig schnurrte das Signal. Wieder. Wieder. Und noch einmal. Niemand hob ab. Das Geräusch der offenen Verbindung wurde mir unerträglich. Ich hängte ein und ging zu meinem Taxi.

„Lassenstraße hundertneunzehn."

Der Wagen fuhr an. Ich fror plötzlich so sehr, dass meine Zähne aufeinanderschlugen wie in einem Malariaanfall.

„Was ist?" Der Chauffeur drehte sich neugierig um.

„Nichts."

Ich dachte: Vielleicht hat sie mein Telegramm nicht bekommen. Oder sie hat bei Freunden übernachtet und ist heute noch nicht zu Hause gewesen.

„Fahren Sie schneller", sagte ich.

„Schneller!" Der Chauffeur war ein Mann, der mit den Händen sprach. „Immer haben es die Herren eilig. Wenn etwas passiert, wer ist schuld? Immer unsereins. Wenn uns ein Schupo aufschreibt, wer bezahlt die Strafe? Immer wir. Fahren Sie schneller, fahren Sie schneller!"

„Schon gut", sagte ich. „Schon gut."

Ich besaß Schlüssel zu Sibylles Wohnung.

„Bitte, warten Sie", sagte ich, als der Chauffeur vor dem Parkeingang hielt. Er antwortete nicht. Ich eilte durch den Regen über den Kiesweg auf das Haus zu. Es war kein Mensch zu sehen.

Als ich die Haustür öffnete, rief ich Sibylles Namen.

Es kam keine Antwort.

Ich eilte die Wendeltreppe zur Wohnungstür hinauf.

„Sibylle!"

Es blieb vollkommen still. Ich sperrte die zweite Tür auf, das heißt: ich wollte sie aufsperren. Der Schlüssel ließ sich nicht drehen. Mein Herz begann heftiger zu klopfen, als ich bemerkte, warum er sich nicht drehen ließ: Das Schloss war überhaupt nicht versperrt.

Ich riss die Tür auf und rannte in die dämmrige Halle hinein. Das Erste, was ich sah, waren sechs Blumenvasen voller Rosen. Es waren die Rosen, die man Sibylle in meinem Auftrag geschickt hatte. Die Vasen standen auf der Erde. Ihr Duft erfüllte betäubend den Raum. Obwohl ich fror, brach mir der Schweiß aus.

„Sibylle!", schrie ich zum dritten Mal.

Nichts regte sich.

Nur der Regen trommelte monoton gegen die Fenster.

Ich rannte ins Wohnzimmer. Es war leer. Ich sah in die Küche. Nichts. Nun wollte ich ins Schlafzimmer. Dabei kehrte ich in die Halle zurück. Die Eingangstür stand noch immer offen, aber in ihrem Rahmen lehnte jetzt ein Mann. Er war klein, untersetzt und hatte kurzes braunes Haar. Der Mann trug eine Knickerbockerhose und ein Sportjackett. Ich dachte: Es ist lange her, dass ich jemanden in Knickerbockerhosen gesehen habe.

„Sind Sie Herr Holland?", fragte der Mann.

„Ja“, stammelte ich.

„Ich habe schon auf Sie gewartet“, sagte er. „Seit drei Tagen warte ich auf Sie, Herr Holland.“

„Wer sind Sie?“

„Ich heiße Albers“, erwiderte er und zog einen Ausweis hervor. „Walter Albers, Kriminalpolizei.“

„Kriminalpolizei“, wiederholte ich und hörte, wie aus dem Rauschen des Regens weit, weit entfernt noch, aber mit rasender Eile näher kommend und lauter werdend, das Brausen einer zur Landung ansetzenden Maschine.

„Kann ich einmal Ihren Pass sehen?“, fragte er und streckte eine Hand vor. Den Pass. Zuerst kam in Deutschland immer der Pass. Das Trommeln der Tropfen wurde nun schon übertönt vom Donnern der vier Motoren. Die Maschine hatte unser Haus fast erreicht.

„Wo ist Frau Loredo?“, schrie ich den Beamten an.

„Sie ist verschwunden.“

Die Fensterscheiben klirrten. Das Flugzeug raste über die Baumwipfel des Parks hinweg.

Der Lärm verklang. Wieder waren die Tropfen zu hören, stetig und hoffnungslos. Albers von der Kriminalpolizei fügte hinzu: „Wir nehmen an, sie ist entführt worden.“

10

Er sprach mit einer beständigen, den Zuhörer irritierenden Hemmung, nach jedem Zischlaut hielt er inne, als müsse er vor dem Weiterreden zuerst etwas hinunterschlucken. Er bewegte dann jedes Mal die Kinnbacken.

„Ihren Pass“, wiederholte er und schluckte nach der scharfen Endung des Wortes. Ich holte das Dokument aus meiner Jackentasche, und er studierte es aufmerksam. „Sie kommen aus Rio de Janeiro?“

„Um Gottes willen, benehmen Sie sich wie ein Mensch, Herr Albers! Erzählen Sie weiter! Das ist doch alles Wahnsinn! Was heißt, sie wurde entführt?“

„Es heißt, was es heißt! Es gab einen Kampf hier in der Wohnung, und es wurde geschossen.“ Das letzte Wort war eine kleine Katastrophe für ihn.

„Wer hat geschossen?“

„Das wissen wir nicht.“

„Wann war das?“

„Vor drei Tagen. Gegen Abend. Etwa um halb sieben Uhr.“

„Woher wissen Sie das?“

„Von der Kleinen.“ Er winkte. „Der Tochter des Pförtners.“

„Maria?“

„Ja, die Stumme. Sie hörte die Schüsse. Dann hörte sie Frau Loredo um Hilfe schreien. Sie rannte hierher in die Wohnung, sah die Verwüstung im Schlafzimmer und holte den Vater. Der Vater holte uns."

„Und?"

„Nichts und. Frau Loredo war verschwunden."

„Aber die Schüsse! Glauben Sie, dass sie erschossen wurde?"

„Kann sein", sagte er. „Auf dem Teppich war Blut."

„Dem Teppich?" Um mich begann sich alles in widerlicher Weise zu drehen. Ich fühlte, wie mir übel wurde.

„Dem Teppich im Schlafzimmer, Herr Holland. Aber das sagt nichts. Vielleicht wurde sie nur verwundet und fortgeschleppt." Hilfreich fügte er hinzu: „Sie wissen doch, wie so etwas bei uns in Berlin zugeht."

In meinen Ohren dröhnte es. Die Rosen rochen klebrig, faulig, gärend süß. Ich bekam keine Luft mehr. Ich drehte mich schnell um, ging ins Badezimmer und erbrach mich würgend. Das Erbrechen trieb mir die Tränen in die Augen. Ich wusch mich mit kaltem Wasser.

Vor dem Spiegel fand ich meinen Kamm, mein Rasierzeug, meine Zahnbürste. Alles war noch da. Nur Sibylle war nicht mehr da. Sie war entführt worden. Und verschwunden. Auf dem Teppich im Schlafzimmer war Blut gefunden worden. Den Teppich hatte ich ihr zu Weihnachten geschenkt. Es war ein kostbarer Teppich, mit einem komplizierten Muster. Sibylle war verschwunden. Ich putzte meine Zähne, spülte den Mund und rieb die Stirn mit Kölnischwasser ein. Während ich zu Albers zurückging, hatte ich die ganze Zeit Angst, zu stürzen. Meine Knie trugen mich kaum noch.

Der Kriminalbeamte war ins Schlafzimmer gegangen. Hier sah es aus wie nach einem Erdbeben. Das Bett war zerwühlt, ein Tischchen und alle Sessel waren umgestürzt. Die Nachttischlampe lag zerbrochen auf dem Boden. Albers stand vor ihr und starrte die Scherben an.

Weil mir so übel war, wollte ich mich auf das zerwühlte Bett setzen, zögerte jedoch im letzten Moment: „Darf ich?"

„Schon alles fotografiert." Er nickte. „Nehmen Sie Platz. Auch die Leute vom Erkennungsdienst waren da."

„Und?"

„Nichts. Keine Spuren. Eine Menge Abdrücke. Die von Frau Loredo. Und dann wahrscheinlich Ihre."

„Wahrscheinlich."

„Gab es eine Aufräumefrau?"

„Einmal wöchentlich."

„Ich sage ja, eine Menge Abdrücke."

Ich starrte das Bett an. Es roch nach Sibylles Parfüm, nach ihrem Körper. Es roch nach Sibylle. Ich stand schnell auf und ging zur anderen Zimmerseite.

Er sah mich an: „Im Übrigen habe ich den Pförtner angerufen, während Sie –", er unterbrach sich taktvoll, „– während Sie im Badezimmer waren. Er kommt herüber. Mit seiner Tochter."

„Warum?"

„Er soll Ihnen erzählen, was geschehen ist. Es wird Sie interessieren. Der Pförtner sagt, Sie wären mit Frau Loredo befreundet gewesen."

„Wir wollten heiraten."

„Scheußliche Geschichte", sagte er, und die beiden Worte töteten ihn beinahe wieder.

„Sind Sie erkältet?"

„Warum?"

„Sie sprechen so mühsam."

„Ein neues Gebiss. Vor einer Woche hat man es mir eingepasst, Sie haben keine Ahnung, wie weh es noch tut. Ich kann nichts essen, nur flüssige Sachen." Er sagte erbittert: „In so einer Verfassung lassen sie einen Außendienst machen. Kein Herz. Die Leute haben kein Herz." Er sog Speichel im Mund zusammen und schluckte ostentativ. „Sie machen sich keine Vorstellung von den Schmerzen!"

Sibylle war verschwunden.

Ich dachte: Jemand hat mir Sibylle genommen, obwohl ich eine Macumba gemacht habe. Obwohl ich zu allen Göttern, die es vielleicht gibt und an die ich nicht glaube, gebetet habe. Mich haben sie beschützt, Sibylle nicht. Vielleicht haben die Götter sie nicht beschützt, weil ich nicht an sie glaube.

Ich dachte: Aber an Sibylle habe ich geglaubt! Sie war für mich das, was für andere eine Religion ist oder eine politische Lehre. Ich war Reporter. Von mir konnte niemand verlangen, dass ich noch an die Kirche glaubte oder an die Politik. Der Assistent eines Zauberers glaubt auch nicht mehr an die Tricks seines Chefs. Aber an den Chef glaubt er vielleicht. Jeder Mensch musste an etwas glauben, das hatte ich schon lange begriffen. Und ich hatte mir Sibylle ausgesucht dazu. Es war so gut gegangen, ich hatte gefühlt, wie gut es weitergehen würde.

Mein Blick fiel auf eine dunkle Stelle des Fußbodens. „Ist das Blut?"

Albers nickte. „Unsere Leute haben es untersucht. Es dürfte *ihr* Blut sein. Es ist immer dasselbe bei diesen Entführungen. Ein Revolver. Oder Chloroform. Oder eins über den Schädel."

Ich sah ihn an.

„Entschuldigen Sie", sagte er. „Man gewöhnt sich an, so zu reden." Er betastete voll Mitleid mit sich selber seinen Kiefer. Draußen klangen Schritte auf. Danach rief die Stimme des Portiers nach Albers.

„Hier!"

Der Portier Wagner kam ins Schlafzimmer. Seine stumme Tochter hielt die Augen gesenkt, als sie nun knickste. Sie sah mich nicht an, sie sah niemanden an.

„Guten Tag, Herr Holland", sagte Wagner. Er hatte einen Lodenmantel übergeworfen. Er sprach herzlich: „Mein Beileid, Herr Holland."

Darauf war ich nicht gefasst gewesen. Mein eigenes Leid hatte noch nicht Zeit gehabt, anzuwachsen, groß zu werden, mich zu erfüllen, da erhielt ich schon sein Beileid – als stünde bereits fest, dass Sibylle nicht nur verschwunden, sondern tot war. Erschossen. Als ob es keinen Zweifel mehr darüber gebe, dass sie überhaupt nicht mehr lebte. Ich sagte schwach: „Guten Tag, Maria." Die Stumme stieß ein kurzes Bellen aus. Albers sagte: „Ich werde jetzt Herrn Holland erzählen, was du uns aufgeschrieben hast, und wenn ich richtig erzähle, dann nickst du dazu mit dem Kopf."

Maria nickte. Sie trug einen billigen Pullover in den verwaschenen Farben Rosa und Hellgrün und einen blauen Trägerrock. Beide Stücke waren ihr zu klein. Die Brüste weiteten die Maschen des Pullovers. Sie stand mit zusammengezogenen Schultern da und schämte sich ihres Körpers. Die langen Beine waren von den Knien an nackt. Sie trug zusammengerollte Seidenstrümpfe und schief getretene Sandalen. Einen Augenblick hob sie den Kopf und sah mich an. Ihre Augen waren unstet und tief umschattet. Das Gesicht war weiß.

„Du warst oft bei Frau Loredo, nicht wahr?"

„Er ... err ... errhh!" Maria nickte. Es war eine posthume Liebeserklärung, was sie da hervorwürgte.

„Wenn sie allein war, hast du sie oft besucht. Vor allem am Nachmittag."

Wieder suchte der junge schöne Mund mit dem gelähmten Rachensegel Worte zu formen, gab auf und ließ den Kopf als Antwort nicken. Ja, Maria war oft bei Sibylle gewesen. Sibylle hatte ihr vorgelesen, ihr Bilder gezeigt, Platten vorgespielt. Maria hing sehr an Sibylle.

Albers sprach weiter. Er ließ jetzt jeden Satz von Maria durch Nicken bestätigen. Seinem Bericht zufolge hatte Maria in den späten Nachmittagsstunden des 9. Februar auf dem zugefrorenen See gespielt. Dann, plötzlich, hatte sie drei Schüsse gehört. „Stimmt das, Maria?"

„Arr ... arr ... arhhh!"

Es stimmte.

Den Schüssen folgte der Aufschrei einer Frauenstimme. Maria erkannte diese Stimme sofort: Es war die der geliebten Frau Loredo. So schnell sie konnte, rannte sie nun vom Eis fort über den See zum Haus. Sibylles Wohnungstüren standen offen. Maria rannte sogleich ins Schlafzimmer. Es war leer. Sibylle war verschwunden. Stimmt das, Maria?

Das Mädchen stieß einen qualvollen Schrei aus und klammerte sich an mir fest. Sie schrie krampfhaft und nickte verzweifelt mit dem Kopf. So viel Qual, so viel Schmerz, der keinen Ausdruck in Worten finden konnte. So viel Schmerz, so viel Qual. Ich streichelte mechanisch ihr Haar.

Wagner sagte leise: „Na ja, und dann hat sie mich geholt, Herr Holland. Für mich stand es gleich fest, als ich ins Schlafzimmer kam: Frau Loredo ist entführt worden!"

„Wieso stand das gleich für Sie fest?"

„Na, das Durcheinander, Herr Holland, die Schüsse, das Blut! Ich habe früher beim Potsdamer Platz gewohnt. Da ist in unserem Haus auch einmal einer entführt worden, ein gewisser Leberecht. Bei dem war es genauso. Geschrei und Schießen und Blut auf der Treppe." Er versank in Erinnerungen. „Den Leberecht haben sie übrigens gleich totgeschossen." Er nickte ergriffen. „Ja", sagte er, „mein Gott, ja ..."

„Und es war kein Mensch zu sehen?"

„Kein Mensch."

„Was taten Sie?"

„Ich schloss die Wohnung und rannte zur Polizei."

„Warum telefonierten Sie nicht?"

Der Portier sah den Kriminalbeamten an. „Was ist los?", fragte ich.

„Herr Wagner konnte nicht telefonieren", sagte Albers. „Der Täter hatte den Apparatkontakt aus der Wand gerissen."

„Ich habe doch vor einer Stunde –", begann ich, aber Albers unterbrach mich: „Der Apparat ist gestern wieder in Ordnung gebracht worden."

Sie hatten für alles eine Antwort. Sibylle war verschwunden, was ich auch tat, wie ich auch fragte. Sibylle war entführt worden, sie fanden immer neue Beweise dafür. Sie schienen es zwischen sich abgemacht zu haben, dass Sibylle entführt worden war.

„Ich rannte zum Revier beim Bismarckplatz", berichtete indessen mit weiteren Verneigungen der Portier. „Das sind nur ein paar Schritte, wie Sie wissen, Herr Holland. Erst vor bis zum Johannaplatz und dann ums Eck in die Caspar-Theyss-Straße und dann noch –"

„Herrgott, ich weiß, wo das Revier liegt! Weiter!"

„Zwei Beamte rannten mit mir zurück, Herr Holland."

Ein Geräusch ließ mich zusammenfahren. Maria verursachte es. Maria weinte. Das Weinen war noch schlimmer als das Schreien. Ich weiß nicht, ob Sie schon einmal gehört haben, wie es klingt, wenn eine Stumme weint. Es klingt furchtbar. „Bitte", sagte ich, „bitte, bitte, bitte, hör auf zu weinen, Maria!"

Mir fiel eine Geschichte ein, die ich einmal gelesen hatte, die Geschichte eines Stummen, den ein Despot so furchtbar foltern ließ, dass er schrie. Es war die Geschichte eines Mannes, der keine Zunge mehr hatte und der dennoch Worte fand gegen ein übermächtiges Unrecht, das er nicht länger ertrug.

Was war das für ein Mann gewesen, und was für ein Despot? Ich erinnerte mich nicht. Es gab viele Despoten und viele Menschen, die gefoltert wurden.

Vielleicht hatte ich alles auch nur geträumt oder auf einer Bühne gesehen.

Ich sagte: „Das ist doch alles nicht möglich. Das gibt es doch nicht. Wer sollte Frau Loredo entführen?"

„Das fragen wir Sie", sagte Albers.

„Ich weiß es nicht!", schrie ich. „Was sehen Sie mich so an? Glauben Sie, ich habe damit zu tun?"

Der Kriminalbeamte erwiderte: „Wir sind in Berlin, Herr Holland. In Berlin geschehen oft Verbrechen dieser Art. Natürlich ist es für uns noch ein unaufgeklärtes

Verbrechen. Aber wir werden es klären." Das sagte er ins Leere, wichtigtuerisch und pathetisch.

„Auf der Treppe im Stiegenhaus war auch Blut", sagte der Portier. Er schien das Wort gern zu haben, er sagte es mit Gefühl.

„An der Wand", bestätigte Albers.

„Und Sie haben keine Spur gefunden?"

„Wir haben auf Sie gewartet, Herr Holland. Vielleicht können Sie uns weiterhelfen."

Draußen entstand Lärm. Eine Männerstimme rief: „Ich möchte wissen, wie lange ich noch warten soll!" Es war mein Taxichauffeur. Ich hatte ihn vollkommen vergessen.

„Bringen Sie mein Gepäck herauf", sagte ich.

„Wenn es Ihnen recht ist, können wir mit dem Wagen gleich zum Revier fahren", sagte Albers.

„Warum?"

„Der Kommissar möchte mit Ihnen sprechen. Ich soll Sie zu ihm bringen, wenn Sie hier auftauchen."

Und so verließen wir, nachdem der mürrische Chauffeur meinen Koffer und meine Schreibmaschine gebracht hatte, Sibylles Wohnung. Ich ging durch den Regen über den Kiesweg zur Straße, wie ich so oft an Sibylles Seite gegangen war. Die Schlüssel ihrer Wohnung klapperten in meiner Manteltasche. Es wurde langsam dunkel, die Wolken segelten tief. Irgendwo über ihnen flog eine neue Maschine. Ich hörte das Brausen ihrer Motoren.

11

Im Büro des Kriminalkommissars Hellwig im Polizeirevier Berlin-Grunewald brannte eine starke Schreibtischlampe. Das Zimmer lag im ersten Stock eines roten Rohziegelbaues und war primitiv eingerichtet. Die Fenster sahen in einen verwilderten Garten hinaus. Der Kriminalbeamte Albers war bei der Vernehmung nicht anwesend, nur ein Mann, der meine Aussage mitstenografierte. Nachdem man meine Personalien aufgenommen hatte, kam Hellwig sogleich zur Sache: „Herr Holland, wie lange kannten Sie Frau Loredo?"

„Etwa ein Jahr. Nein, etwas länger. Ich lernte sie im November des vorletzten Jahres kennen."

„Wo, bitte?" Hellwig war ein Mann von etwa sechzig Jahren, sehr still, sehr korrekt, mit ergrautem Haar und intellektueller Hornbrille. Er rauchte beständig Pfeife. Ich hatte das Gefühl, dass ihm die Pfeife half, eine beherrschte Haltung einzunehmen. Ich hatte einmal mit einem Nachtredakteur zusammengearbeitet, an den mich Hellwig ungemein erinnerte.

Der Nachtredakteur war ein Mann, den nichts mehr aus der Ruhe bringen konnte, weil er in einem arbeitsreichen Leben zu der Ansicht gekommen war, dass alle Menschen mit Ausnahme eines einzigen verächtlich waren. Dieser einzige Mensch war seine alte, dicke Frau. Für sie hätte er jede Gemeinheit begangen, jeden Verrat. Für sie – sonst für niemanden. Er hasste die Kirche und er durchschaute die Politiker, er glaubte nur noch an seine Frau. Er hatte mir stets sehr imponiert, dieser Nachtredakteur. Ich hatte versucht, es ihm gleichzutun. Der Versuch war missglückt.

Ich antwortete dem Kommissar: „Ich lernte Frau Loredo im *Maison de France* kennen. Auf einem Presseempfang der französischen Kolonie."

Hellwig sog an seiner Pfeife. Gewiss war auch er glücklich verheiratet, dachte ich. Er hatte eine schöne Krawatte. Gewiss hatte eine Frau sie für ihn ausgesucht. Gewiss hatten sie eine gemütliche kleine Wohnung irgendwo im Grunewald, und seine weißhaarige Frau wartete schon auf ihn. Sie waren beide alt, die Leidenschaft war bei beiden vorbei, aber die Liebe bestand. Gewiss aßen sie gute Dinge und tranken alten Rotwein miteinander, und er war sehr zärtlich zu ihr. Ich bemerkte plötzlich, dass ich weinte. Der Stenograf neigte sich über seinen Block. Er war blass und mager. Es entstand eine lange Pause. Draußen klopfte der Regen an die Scheiben und ließ den Schnee im Garten schmelzen. Ich hatte gewusst, dass es regnen würde, als ich abflog. Mein Beinstumpf hatte geschmerzt. Jetzt schmerzte er wieder.

Es war ganz dunkel geworden. Ich hatte Angst vor dieser Nacht.

„Sie waren aber nicht das ganze Jahr mit Frau Loredo zusammen?"

„Nein, Herr Kommissar. Ich bin Reporter. Mein Büro schickt mich dauernd auf Reisen. Ich musste immer wieder fort aus Berlin. Aber wann immer ich konnte, kam ich wieder her. Ich glaube, ich war etwa die Hälfte der Zeit in Berlin."

„Und Sie wollten heiraten?"

„Ich liebte Frau Loredo, Herr Kommissar", erwiderte ich darauf, und meine eigene Stimme klang mir fremd. Wie konnte man so etwas aussprechen? Wie konnte ich mich verständlich machen? Vielleicht war dieser Kommissar Hellwig gar nicht glücklich verheiratet, vielleicht verband ihn nur eine rein äußerliche Ähnlichkeit mit meinem alten Nachtredakteur.

„Es ist schwer für Sie", sagte er, und seine starken Brillengläser blitzten. „Man findet sehr selten einen wirklichen Menschen, nicht wahr?" Es klang plötzlich unecht, was er da sagte, unecht im Tonfall. Wollte er sehen, wie ich reagierte? Anscheinend, denn er fuhr fort: „Halten Sie es für möglich, dass Frau Loredo für einen ausländischen Nachrichtendienst arbeitete?"

„Sind Sie verrückt?"

„Nur eine Frage, Herr Holland. Vielleicht auch für eine innerdeutsche Spionageorganisation?"

Mir kam eine Idee. Ich sagte: „Sie fragen das, weil Sie herausgefunden haben, dass manchmal Nachrichtenhändler aus dem Osten in ihr Haus kamen, nicht wahr?"

Er sah mich vollkommen ausdruckslos an, aber er blinzelte zustimmend.

„Ich kann Sie beruhigen", sagte ich voll freudloser Genugtuung über meinen Scharfblick. „Die Leute kamen zu *mir.*"

„Wirklich, Herr Holland?"

„Jawohl", sagte ich. „Jeder große Nachrichtendienst hat Ostkontakte. Meine hielten sich durchaus im Rahmen des Üblichen. Wollen Sie eine Affäre daraus machen?"

„Gott behüte", sagte er still.

„Frau Loredo hat nichts damit zu tun!"

„Es war nur eine Vermutung." Er seufzte, als ob er mich bedauerte. „Dann muss ich die Frage anders formulieren. Was wissen Sie von der Frau, die Sie heiraten wollten, Herr Holland?"

„Das verstehe ich nicht!"

„Herr Holland, ein Verbrechen ist geschehen. Wir suchen den Täter. Wir suchen ein Motiv. Wir haben noch keines gefunden. Aber es muss doch ein Motiv geben, nicht wahr?"

„Natürlich!"

„Also bitte, beantworten Sie meine Frage."

Ich hatte über diese Frage mittlerweile sehr schnell nachgedacht und war zu einem unheimlichen Ergebnis gekommen: Ich wusste nichts, fast nichts, von der Frau, die ich in meinem Leben an jenen Ort hatte setzen wollen, an dem im Leben jedes Menschen sich das befindet, woran er glaubt. Ich wollte an etwas glauben, weil ich begriffen hatte, dass man an etwas glauben musste, wenn man leben wollte. Und nun –

Aber wen ging das etwas an? Musste man die Familiengeschichte einer Frau kennen, um sie zu lieben? Musste man sie im Schlaf reden gehört haben, um sicher zu sein, dass sie treu war? Musste man ihrer Herr sein, um an sie zu glauben? Wer ist Herr eines Gottes? Wer nimmt Einfluss auf jene Mächte, welche aus besten Motiven eine politische Idee im Verlauf einer progressiven Destruktion monströs und mörderisch werden lassen? Wen ging es etwas an, wen ich liebte und woran ich glaubte.

Ich sagte: „Ich weiß das Notwendige. Frau Loredo war unverheiratet, in München geboren, lange im Ausland gewesen, kinderlos."

„Wovon lebte sie?"

„Von Sprachunterricht."

„*Nur* von Sprachunterricht?"

„Gelegentlich gab ich ihr Geld."

„Größere Summen, Herr Holland?"

„Ja. Nein. Ja."

„Kannten Sie die Schüler von Frau Loredo?"

„Sie erzählte mir oft von ihnen …"

„Kannten Sie Namen und Adressen?"

„Natürlich nicht."

Er lehnte sich zurück, stocherte in seiner Pfeife und sagte traurig: „Nicht einmal die Namen?"

„Natürlich kenne ich ein paar Namen, Herr Kommissar! Es waren vor allem Frauen, ich glaube, Sibylle hatte viele Freunde, die gerne Italienisch und Französisch lernen wollten, reiche Leute –"

„Sie *glauben*, dass sie Freunde hatte?"

Ich neigte mich etwas vor. Mein Hemd war völlig durchgeschwitzt, in der Bewegung fühlte ich es kalt und nass an meinem Körper. „Herr Kommissar", sagte ich, „bitte sprechen Sie nicht so mit mir. Ich habe Frau Loredo nicht entführt. Ich habe sie geliebt. Das ist ein sehr ... schwieriger Abend für mich. Sie sprechen, als hätte Frau Loredo ein Verbrechen begangen. Mir scheint jedoch, dass ein Verbrechen an Frau Loredo begangen wurde."

Er wartete, bis die Maschine, die ich während meiner ganzen Rede gehört hatte, über das Haus hinweggeflogen war, dann sagte er leise: „Wir suchen die Wahrheit, Herr Holland. Das ist unser Beruf wie der Ihre."

„Ich suche nicht die Wahrheit."

„Ihnen ist es gleich, ob die Geschichten, die Sie schreiben, wahr sind oder erlogen?"

„Selbstverständlich ist es mir gleich – solange es gute Geschichten sind."

„Das meinen Sie nicht so!"

„Wir wollen uns nicht über Berufsethik unterhalten", sagte ich angewidert. Glaubte dieser Kriminalkommissar etwa an die Wahrheit?

Ich hatte an Sibylle geglaubt. Und Sibylle hatte man mir genommen.

Die Wahrheit! Die Wahrheit!

„Sind Sie katholisch, Herr Holland?"

„Ja", sagte ich, „aber hören Sie auf damit, mir wird übel!" Er sah mich schweigend an, dann reichte er mir ein Blatt Papier über den Schreibtisch: „Das sind die Adressen und Namen aller Schüler von Frau Loredo. Sagen Sie mir, wie viele Namen Ihnen bekannt sind."

Ich sah die Liste an. Sie wies zwei Dutzend Namen auf. „Etwa zehn davon", sagte ich. Ich log. Ich kannte nicht einmal fünf, und von den Trägern dieser fünf Namen hatte ich nicht einen einzigen jemals zu Gesicht bekommen. Ich glaube, er merkte, dass ich log.

„Und das", sagte Hellwig, und gab mir einen zweiten Bogen, „sind die Namen aller Bekannten und Freunde von Frau Loredo, die wir ermitteln konnten."

Die zweite Liste war länger. Sie umfasste etwa fünfzig Namen. Unter ihnen waren Schauspieler, Maler und Schriftsteller, auch ein paar Journalisten.

„Wie kamen Sie zu der Liste?"

„Die Leute haben sich zum großen Teil gemeldet. Den Rest haben wir gefunden. Hatte unter all diesen Leuten Ihrer Ansicht nach jemand ein Motiv, bei einer Entführung Frau Loredos mitzuwirken?"

„Keine Ahnung."

„Wissen Sie von – entschuldigen Sie – von ein paar früheren Verhältnissen?"

„Ich weiß von allen früheren Verhältnissen."

„Waren es viele?"

„Es geht", sagte ich. Dann wurde ich wütend. Er redete von der Frau, die ich liebte, an die ich glaubte. Ich sagte: „Mit all diesen Männern ging sie im besten Einvernehmen auseinander."

„Ja", sagte er, „das haben wir auch festgestellt. Wissen Sie, was das bedeutet, Herr Holland?"

Ich wusste es: „Es bedeutet das Schlimmste von allem. Kein Motiv."

„So ist es, Herr Holland", sagte er.

Die Maschine, die jetzt Berlin anflog, kannte ich. Es war die Kursmaschine der PAA aus Frankfurt. Sie landete genau um neunzehn Uhr. Ich war oft mit dieser Maschine geflogen, als Sibylle noch lebte. Sie war immer auf dem Flughafen gewesen und hatte mich abgeholt. Wir waren dann zu Robert gefahren und hatten einen Begrüßungsschnaps getrunken. Dann hatten wir zu Abend gegessen. Und dann waren wir heimgefahren in Sibylles kleine Wohnung. Wir freuten uns jedes Mal aufeinander, als ob es das erste Mal gewesen wäre. Wenn ich gegen Morgen mit ihr im Arm einschlief, hatte ich das Gefühl, eben bei der Beichte gewesen zu sein und die Absolution für alle Sünden erhalten zu haben. Ich war so sicher bei Sibylle gewesen, so sehr in Sicherheit.

„Sie können morgen Vormittag vorbeikommen und Ihre Aussage unterschreiben", sagte Hellwig. „Ich nehme an, Sie bleiben ein paar Tage in Berlin?"

Ich nickte. Ich fühlte mich sehr benommen. „Ich wollte Ihnen noch etwas sagen, Herr Holland."

„Bitte?"

Er sah mich lange an, dann kam er nahe zu mir, und ich konnte seinen tabakhaltigen Atem riechen. „Wir haben keine Dokumente in der Wohnung gefunden. Der Pass, die Ausweise und alle Papiere von Frau Loredo fehlen."

„Sonst wurde nichts gestohlen?"

„Nichts, Herr Holland."

„Was geschieht jetzt?"

Er zuckte die Schultern.

„Also nichts?"

„Ich fürchte, es wird zunächst sehr wenig geschehen, Herr Holland. Wenn Frau Loredo wirklich entführt wurde, ist sie unserem Eingriffsbereich entzogen."

„Und man kann nichts tun? Nichts? Gar nichts?"

Er zuckte wieder die Schultern: „Man kann versuchen, die Täter zu finden – so weit sie sich in Westberlin aufhalten. Das tun wir natürlich. Aber sonst ..."

Danach schwiegen wir beide lange Zeit.

Zuletzt fragte ich: „Sind Sie verheiratet, Herr Hellwig?"

„Ich wusste, dass Sie sich danach erkundigen würden", sagte er still. „Meine Frau ist vor einem Jahr gestorben. Wir waren sehr glücklich miteinander."

„Wie lange?", fragte ich.

Er antwortete: „Einundvierzig Jahre."

Ich weiß nicht, wie einem Boxer zumute ist, der einen wirklich niederträchtigen Tiefschlag erhält. Ich weiß aber, wie man sich fühlt, wenn man beim Fußballspiel einen richtigen Tritt in die Hoden bekommt. Ich spielte Fußball. Ich habe einmal einen richtigen Tritt in die Hoden bekommen. Sie trugen mich vom Platz, und ich hatte das Gefühl, dass mir die Eingeweide herausfielen, und ich konnte drei Tage lang nicht laufen. Ich dachte an diese peinlichste Episode meines Lebens, als ich das Polizeirevier Grunewald verließ. Ich hatte versprochen, die Stadt nicht zu verlassen, ohne meinen neuen Wohnort bekanntzugeben. Ich hatte gesagt, dass ich in Sibylles Wohnung schlafen wollte, obwohl das vielleicht etwas voreilig gewesen war. Ich ging durch die vom Schnee noch halb bedeckte, nasse und glatte Bismarckallee und hatte das Gefühl, dass mich eben jemand in die Hoden getreten hatte.

Ich kam gerade noch bis zu der ersten nassen, eiskalten Bank auf dem Johannaplatz, dann musste ich mich setzen.

„Guck doch, Mami!" Ein kleines Mädchen mit Pelzstiefelchen wurde an der Hand seiner Mutter vorübergezogen.

„Komm schnell, mein Schatz. Es ist nur ein Betrunkener."

Das brachte mich wieder auf die Beine. Mühsam schleppte ich mich weiter. Mit dem Abend war leichter Nebel gekommen. Die Straßenlaternen trugen weiche gelbe Höfe im Dunst. An Sibylles Wohnungstür hatte jemand mit einem Reißnagel einen Zettel befestigt. Ich las: *Bitte um Entschuldigung, habe vorhin vergessen zu sagen, dass morgen früh der Kassierer fürs elektrische Licht kommt. Hochachtungsvoll Emil Wagner.*

Während ich die Treppe hinaufschritt, überlegte ich, was ich mit der Wohnung anfangen sollte. Mit den Möbeln und Büchern, mit Sibylles Kleidern. Wem gehörte das alles nun eigentlich? Soweit ich informiert war, hatte Sibylle keine Verwandten. Ich dachte bitter: Aber wie weit bin ich informiert?

Im schwachen Licht der Stiegenhausbeleuchtung entdeckte ich dann auch den dunklen Fleck an der Wand, über dem Geländer. Er war langgezogen und verschmiert. Jemand, wahrscheinlich der Polizeifotograf, hatte die Spur mit Bleistift eingekreist. Das war also Blut. Vor drei Tagen strömte es noch in den Adern einer schönen Frau, in einem Körper, der weich war und warm, lebendig und erregend. Nun klebte es hier an der schmutzigen, kalten Mauer. Sibylle war verschwunden. Vielleicht war sie tot. Drei Tage nur. Die Zeit schien keine Rolle zu spielen bei der Zerstörung schöner Dinge durch das Leben. Auch die Entfernung nicht. Vor drei Tagen war ich noch auf der anderen Seite der Erde am Copacabanastrand in der Sonne gelegen. Ich fror weiter.

Die Wohnung war infolge der lange geschlossenen Fenster überheizt. Ich hielt den Rosengeruch nicht aus, öffnete die Balkontür und warf die Blumen auf die Terrasse. Da lagen sie, leuchtendrot im weißen Schnee, und der Regen fiel auf sie. Ich suchte nach Whisky.

Eine Flasche stand im Eisschrank. Der Eisschrank arbeitete. Er war auf „mittel" eingestellt. Das hatte noch Sibylle getan. Sie regulierte ihren Schrank dauernd, es war ein Sport von ihr, dachte ich und korrigierte mich grammatikalisch: Sibylle *hatte* ihren Schrank dauernd reguliert, das war ein Sport von ihr *gewesen*.

Es gab Lebensmittel im Eisschrank, Gemüse, etwas Fleisch, Sodawasser und Bier. Ich machte mir einen starken Drink und ging mit dem Glas in der Hand ins Wohnzimmer. Das Grammofon stand geöffnet da. Eine Platte lag auf dem Teller. Ich las den Titel: Rachmaninoff, Klavierkonzert Nummer zwei. Es war wie in einem schlechten Film.

Ich stellte den Apparat an und ließ die Platte laufen, aber ich hielt es nicht lange aus, dann schaltete ich das Grammofon wieder ab. Nun hörte ich nur den Regen draußen vor den Fenstern. Auf einem großen alten Zinnteller lagen Briefe, die Sibylle nicht mehr erreicht hatten, die Post der letzten drei Tage. Auch mein Telegramm aus Rom war darunter. Ich sah mir alles an. Postkarten aus England und Österreich. Irgendwelche Leute sandten Sibylle liebe Grüße. („Du wirst nie erraten, wer noch am Tisch sitzt – der alte Peter Joli! Wir haben ihn eben am Piccadilly getroffen!") Ein paar Rechnungen. Das graue Kleid war zur zweiten Anprobe fertig, schrieb Schneidermeister Adolf Jacobs, Berlin-Wilmersdorf, Athener Straße 32 a. Ich trank und überlegte, was ich Schneidermeister Adolf Jacobs sagen sollte. Was würde er mit dem grauen Kleid anfangen? Ob ich es bezahlen musste?

Mein Gott. Mein Gott. Mein Gott.

Ich sagte die Worte laut vor mich hin und schlug mit der Faust auf den Tisch. Ich sprach nicht mit Gott. Man kann nicht mit jemandem sprechen, an den man nicht glaubt. Ich sagte die Worte nur in einem Anfall von großer Ratlosigkeit und Verzweiflung. Ich hätte ebenso gut verflucht, o verflucht! sagen können. Was sollte ich nun tun? Ich überlegte: Was taten die Leute in Büchern, wenn so etwas geschah? Ich hatte keine Erfahrung auf diesem Gebiet. Mir war noch nie ein Mensch auf solche Art genommen worden. Mechanisch öffnete ich einen weiteren Umschlag.

> Meine liebe Sibylle! Tommy und ich haben uns so sehr über Deinen lieben Brief gefreut und erwidern Deine guten Wünsche für das neue Jahr auf das Herzlichste. Wie schön, von Dir zu erfahren, dass Du so glücklich bist mit Deinem Paul. Wir haben Dir beide immer ein solches Glück gewünscht. Selbstverständlich werden wir zu Eurer Hochzeit nach Berlin kommen. Ich bin ja schon so gespannt auf *ihn* …

Ich las nicht weiter. Ich ging hinüber ins Schlafzimmer. Ich lief zurück ins Wohnzimmer. Ich rannte hin und her, weil ich nicht still stehen konnte vor Nervosität.

Dann nahm ich mich zusammen, ging auf den großen Kleiderschrank zu und riss ihn auf. Ich wollte die ganze Wohnung durchsuchen, jeden Winkel, jede Lade. Ich musste das tun. Vielleicht fand ich eine Spur, einen Hinweis. Das taten die Leute in den Romanen. Und immer fanden sie einen Hinweis, eine Spur.

Die Kleider hingen nebeneinander auf ihren Bügeln, die Wäsche lag in ihren Fächern. Es roch nach Parfüm. Es roch nach Sibylle. Ich durchwühlte die kleinen Berge von Spitzenhemdchen und Höschen. Nichts. Die Taschen der Kostüme. Leer. Da hingen sie nebeneinander, das braune Kostüm und das schwarze! Ich hörte Sibylles Stimme: „Soll ich das schwarze anziehen oder das grüne, Liebling?" Und ich sah sie vor mir stehen in dem kalten schwachen Morgenlicht dieses Abschieds, nackt, in Strümpfen. „Schau mich noch einmal ganz genau an, damit du nicht vergisst, wie ich aussehe."

„Ich vergesse es nie, mein Herz. Ich kann die Augen schließen, wann ich will, und immer sehe ich sofort dein Gesicht, deinen Körper."

O mein Gott. O verflucht, verflucht, verflucht!

Im Schrank entdeckte ich nichts.

Ich öffnete die Laden einer Kommode. Hier gab es Schachteln und Mappen, alte Zeichnungen, Bilder, ein Fotoalbum. Fremde Menschen standen auf den Bildern neben Sibylle. Meistens lachten sie alle. Sibylle im Badeanzug. Sibylle im Theater, Sibylle in den bayerischen Bergen. Es waren alte Fotos. Dann fand ich meine Briefe. Sie lagen in einer Schachtel von Bally-Schuhen. Ich las zwei und legte sie wieder fort.

Ein Paar alte goldene Ballschuhe. Ein Fächer. Sieben vertrocknete Vergissmeinnicht. Eine abgegriffene Puppe. Ein kleiner roter Kalender für das Jahr 1955. Ich blätterte ihn durch. Neben den Datumszahlen standen ab und zu Notizen in Sibylles Handschrift: *15. April – rote Rosen. 17. April – Brief und Nelken. 22. April – Brief. 24. April – Telegramm.*

Ich blätterte ein Stück weiter.

11. Mai – Orchideen und Brief. 13. Mai – Brief. 19. Mai – Rosen. 25. Mai – Rosen. 27. Mai – endlich! Für eine Woche. Bin sehr glücklich.

Sie hatte das Ankunftsdatum jedes Briefes von mir notiert. Jedes Mal, wenn ich ihr Blumen schickte, hatte sie das aufgeschrieben. Am 27. Mai war ich – endlich! – wieder einmal für eine Woche nach Berlin gekommen. Da war sie sehr glücklich gewesen.

Ich blätterte den Kalender durch bis zum Jahresende. Die Eintragungen blieben die gleichen. Sie bezogen sich nur auf uns beide. Beim 31. Dezember stand: *Danke, lieber Gott.* Das hatte sie vor nicht einmal ganz drei Monaten geschrieben. Ich legte den Kalender zurück und schloss die Lade. In diesem Augenblick begann das Telefon zu läuten.

Ich erschrak so sehr, dass ich mein Glas umwarf.

Das Telefon läutete immer weiter. Es war ungefähr das Unheimlichste, was ich jemals erlebt hatte, dieses schrillende Telefon in der totenstillen Wohnung.

Der Apparat stand in der Halle.

Ich trat an ihn heran, aber ich zögerte. Wer konnte das sein? Die Polizei? Jemand, der mich suchte? Aber wer suchte mich schon in Sibylles Wohnung? Meine Hand war nass von Schweiß, als ich den Hörer endlich ans Ohr hob und mich meldete.

„Hallo?"

Eine helle Frauenstimme ertönte: „Wer ist dort?"

„Siebenundachtzig-dreizehn-achtundvierzig."

„Kann ich Frau Loredo sprechen?"

Der Regen trommelte gegen das Fenster vor mir, ich sah die Rosen draußen im Schnee auf der Terrasse liegen. Ich antwortete: „Leider, nein."

„Ist sie nicht zu Hause?"

„Nein."

„Wer spricht denn dort?" Die Stimme klang sehr munter.

„Ich heiße Holland."

„O, Herr Holland! Wie nett, dass ich wenigstens einmal Ihre Stimme höre! Sibylle hat mir so viel von Ihnen erzählt." Sie war nicht aufzuhalten. „Hier spricht Helga Maas, ich bin eine ganz alte Freundin von Sibylle! Vielleicht kennen Sie meinen Namen! Ach, wenn Sie wüssten, wie viele Jahre Sibylle und ich einander schon kennen!" Sie sprach rasend schnell. Ich machte gar nicht mehr den Versuch, sie zu unterbrechen. „Wo ist sie denn? Sicher noch in der Stadt? Nicht wahr! Ich wollte nicht stören! Wissen Sie, Herr Holland, ich bin gerade aus Kitzbühel zurückgekommen. Mit meinem Mann. Wir waren zum Wintersport dort, es war herrlich! Ach, so reizende Menschen! Ich wollte Sibylle wirklich nur Guten Tag sagen. Richten Sie ihr doch, bitte, meine Grüße aus, ja? Ich rufe morgen Vormittag wieder an!"

„Ja, gnädige Frau", sagte ich, „ich werde es ausrichten."

„Gute Nacht, Herr Holland."

„Gute Nacht, gnädige Frau!"

„Und Sie *müssen* diesmal zu uns zum Tee kommen, Sibylle und Sie!"

„Gerne, gnädige Frau."

Es war mir völlig klar, dass ich das nicht noch einmal ertragen würde. Das Telefon konnte jederzeit wieder zu läuten beginnen. Ich zog meinen Mantel an und rief ein Taxi. In der Wohnung ließ ich alle Lampen brennen und sperrte sorgfältig ab. Das Taxi wartete schon, als ich die Straße erreichte.

12

Ich fuhr zu Robert.

Auf dem Kurfürstendamm gab es keinen Schnee mehr, er war fortgetaut. Der Asphalt glänzte im Regen. Die Hauptstraße und ihre Geschäfte waren strahlend erleuchtet, Neonreklamen funkelten und blitzten und täuschten einen Eindruck von hektischem Leben und amerikanischer Prosperity vor, aber schon in den Seitenstraßen war es vollkommen dunkel, und die Ruinen von 1945 ragten in den nächtlichen Dunst hinein.

Es waren an diesem Abend nur wenige Menschen unterwegs. Die Huren standen meistens in den Hauseingängen. Sie trugen Pelzmäntel und froren. Manche traten andauernd von einem Bein aufs andere, um sich zu wärmen. Es war kein guter Abend für die Huren.

Als ich in Roberts Bar trat, verneigte sich der Klavierspieler am Flügel vor mir und begann „C'est si bon" zu spielen. Er hatte dieses Lied gespielt, als ich zum ersten Mal mit Sibylle hierhergekommen war, und die Melodie war so etwas wie unser Erkennungszeichen geworden: Er spielte es stets, wenn wir erschienen. Das alte Lied machte uns zuletzt immer ganz sentimental. Der Klavierspieler begann völlig gedankenlos, dann erinnerte er sich, sein Gesicht verfiel, er brach ab und sagte, während ich an ihm vorbei zur Theke ging: „Es tut mir leid, Herr Holland. Ich habe nicht daran gedacht."

„Schon gut", sagte ich und gab ihm die Hand. Er hieß Enkins. „Spielen Sie weiter, es macht mir nichts." Er zögerte, dann nickte er verlegen und begann wieder mit „C'est si bon".

Roberts Bar war ganz in Dunkelrot gehalten. Es gab kleine Tische, Nischen, eine Tanzfläche und eine halbrunde Bar. Ich setzte mich an eine ihrer beiden gepolsterten Ecken. Die Beleuchtung war intim, die Menschen unterhielten sich leise, und es gab keine Kapelle, nur den Pianisten. Das alles hatte Sibylle und mir an Roberts Bar gefallen. Auf der Theke und auf den Tischen brannten Kerzen …

Die Barfrau war platinblond, üppig, und wenn sie lächelte, zeigte sie alle ihre schönen Jacketkronen.

„Guten Abend, mein Herr."

„Guten Abend." Wir kannten einander nicht, das Mädchen schien noch nicht lange hier zu arbeiten. „Einen doppelten Whisky, bitte." Sie ging mit wiegenden Hüften dorthin, wo die Whiskyflaschen standen. Sie war noch sehr jung und nahm ihren Beruf ernst.

„Herr Holland!" Robert kam durch die Bar auf mich zu. Er war untersetzt und hatte eine halbe Glatze. Unter den sinnlichen Augen lagen schwere Tränensäcke, und er hatte eine große, schiefe Nase. All das im Verein mit einem immer freundlichen Mund ließ eines der gütigsten Gesichter der Welt entstehen. Robert war wie stets großartig gekleidet und roch nach Rasierwasser und Knize Ten. Er schüttelte mir die Hand und sagte leise: „Ich habe auf Sie gewartet. Jeden Abend."

„Guten Tag, Robert", sagte ich. Wir sagten einander Sie, Sibylle und er hatten du zueinander gesagt, sie kannten einander viel länger.

Robert Friedmann war von 1933 bis 1946 in London gewesen, obwohl er in Berlin geboren wurde. Naheliegende Gründe zwangen ihn zur Emigration. Es ging ihm sehr gut in London; aber sobald es möglich war, kam er nach Berlin zurück, zurück in das Berlin von 1946, das Berlin des Hungers, der Kälte und der Armut. Er sagte, Berlin sei die einzige Stadt, in der er leben könnte. Am Sonntagvormittag setzte er sich jetzt immer in seinen kleinen Wagen und fuhr mit seinem Hund hinaus auf die Rieselfelder. Da lief er eine Stunde herum. Dann fuhr er zurück in den Grunewald. Hier gab es eine Kneipe, in der er sich jede Woche vor dem sonntäglichen Mittagessen mit seinen Freunden traf: zwei Ehepaaren, einer Frau, ein paar Junggesellen. Da saßen sie dann zwischen elf und eins um einen großen Tisch ohne Tischtuch und tranken Bier und Steinhäger, und der Hund bekam eine Boulette. Robert rauchte eine kleine Zigarre und unterhielt sich mit seinen Freunden. Sie erzählten ihm die letzten Witze und den letzten Skandal, und was es sonst Neues gab. Das war für Robert die schönste Zeit. Deshalb allein, sagte er mir einmal, wäre er nach Berlin gekommen. In der Emigration hatte er immer von diesem Frühschoppen geträumt. Es gab nichts Schöneres für ihn. „Man weiß doch hier in Berlin, wo man hingehört", sagte er. „Man hat seine Freunde, man ist nicht fremd." Robert Friedmann lebte allein. Seine Frau war tot. Sie war zu lange in Berlin geblieben, denn sie hatte geglaubt, sich von der Stadt überhaupt nicht trennen zu können. „Herr Holland", murmelte Robert, auf den Hocker neben mich gleitend, „seit dem Tod meiner Frau ist mir nichts so nahegegangen wie das mit Sibylle. Sagen Sie mir, wie ich Ihnen helfen kann. Ich tu alles, Herr Holland! Was ich kann, tu ich, um Ihnen zu helfen." Die Bardame stellte den Whisky vor mich hin und entfernte sich diskret. Sie begann Gläser am anderen Ende der Theke zu putzen.

„Wer kann es getan haben, Robert? Wer, Robert, wer?"

„Ich weiß es nicht. Das ist das Furchtbare. Alle haben wir uns den Kopf zerbrochen. Keiner hat eine Antwort gefunden."

„Hatte sie Feinde, Robert?"

Er schüttelte stumm den Kopf.

Ich trank mein Glas in einem Schluck aus und machte der Bardame ein Zeichen. Sie nickte und füllte ein neues. Robert sagte: „Stellen Sie die Flasche her, Coco, und geben Sie mir auch ein Glas. Kümmern Sie sich nicht um uns. Was der Herr trinkt, wird nicht bezahlt."

Ich sagte, nachdem Coco gegangen war und während Robert sein Glas vollgoss: „Sie kennen Sibylle länger als ich, Robert."

„Ich habe sie schon neunzehnsechsundvierzig kennengelernt." Er nickte gramvoll.

„Eben, Robert. Sie wissen, ich habe Sibylle geliebt. Ich frage nicht aus Eifersucht. Es können nicht Leute von drüben allein getan haben! Das gibt es nicht! Jemand aus Westberlin muss ihnen geholfen haben. Wer? Ich muss den Schuft finden, der es getan hat. Sagen Sie mir, was gab es für Männer in Sibylles Leben? Vor mir, meine ich."

Er schwieg. Der Pianist spielte „April in Portugal". Das war auch eines unserer Lieder gewesen. Ein Paar tanzte, eng umschlungen, verliebt. Wir hatten auch immer so getanzt.

„Bitte, Robert!"

„Natürlich gab es Männer", sagte er. „Sibylle war allein. Und sie war nicht glücklich."

„Warum nicht?"

„Sie muss im Krieg viel mitgemacht haben." Er holte Zigaretten hervor. Seine Finger waren gelb von Nikotin. „Und neunzehnsechsundvierzig waren wir alle ein wenig wild in Berlin. Ja, Herr Holland, es gab eine Reihe von Männern, aber lauter nette. Seit Sibylle Sie traf, gab es überhaupt keinen mehr. Nur Sie."

„Ja, ja, das weiß ich. Ich sage, ich bin nicht eifersüchtig."

„Warten Sie ab, Herr Holland."

„Was heißt das?"

„Alles in Berlin redet jetzt natürlich über Sibylle. Es gibt viele Geschichten. Sie werden noch einiges hören. Dass Sibylle zu viele Männer hatte und dass sie haltlos war und so weiter."

„Das ist mir egal. Mir war sie treu."

„Ja, Herr Holland. Ja!" Er sah mich ernst an. „Wenn ich jünger wäre und meine Frau nicht noch immer liebte, hätte ich Sibylle gebeten, mich zu heiraten."

„Lieben Sie Ihre Frau denn noch immer, Robert?"

„Natürlich", sagte er.

„Sie ist doch schon so lange tot!"

„Das spielt keine Rolle", sagte er. „In London ja, da begann ich sie schon ein bisschen zu vergessen; aber seit ich wieder in Berlin bin, ist Sarah immer in meiner Nähe. Ich denke, ich bleibe auch bei ihr. Ich bin schon zu alt. Soll ich noch etwas Neues anfangen?" Er sah mich an. „Herr Holland, *Sie* werden mich verstehen: Ich finde, Sibylle war eigentlich keine typische Frau! Ich meine, innerlich. Innerlich hatte sie viel von einem Mann, nicht wahr?"

„Ja", sagte ich.

„Sie empfand wie ein Mann. Und wenn sie – in der Zeit vor Ihnen – mit einem Kerl loszog, dann tat sie das auch wie ein Mann. Ich finde, sie tat alles so: lieben, trinken, rauchen, denken."

„Vor allem denken", sagte ich. „Deshalb hingen wir so aneinander. Nicht wegen der Bettgeschichten allein, Robert. Sondern weil wir immer derselben Ansicht waren. Manchmal mussten wir gar nicht sprechen, wir sahen einander an – und einer wusste, was der andere dachte."

„So war es auch mit Sarah", sagte er.

„Glauben Sie, dass Sibylle etwas mit Nachrichtendiensten zu tun hatte?"

„In Berlin hat jeder dritte etwas mit Nachrichtendiensten zu tun. Aber ich glaube es nicht."

„Wir wollten heiraten, Robert."

„Ja", sagte er, „ich weiß. Ich traf Sibylle auf der Straße, und sie erzählte es mir. Ich wäre einer der beiden Trauzeugen gewesen."

Wir tranken beide. Die Bar wurde jetzt sehr voll. Ich fühlte ein Ziehen und Brennen in meinem Magen. Ich wusste, was das bedeutete: Das Vasanthron hatte nicht geholfen. Mein Diarrhöeanfall kündigte sich an. Ich hoffte, dass es nur ein kleiner Anfall sein würde. Meistens half Whisky. Also trank ich.

„War die Polizei bei Ihnen, Robert?"

„Ja. Ein netter Mann – Hellwig heißt er. Er zeigte mir Listen von den Leuten, die Sibylle kannten. Ich schrieb noch ein paar Namen dazu."

„Und niemand auf den Listen hatte ein Motiv?", fragte ich.

„Keiner, Herr Holland. Alle hatten Sibylle gern."

„Aber jene, die jetzt über sie schlecht reden?"

„Das sind Leute, die Sibylle nicht kennen. Fremde Leute. Schwätzer."

Ich drehte mich mit meinen Fragen seit Stunden im Kreis. Ich musste weiterkommen. Es musste einen Ausweg geben aus diesem Kreis.

„Mit wem war sie zuletzt zusammen, Robert? Wissen Sie das vielleicht?"

„Mit Frau Langbein", sagte er sofort.

„Kennen Sie die Dame?"

„Ja, gut. Vera Langbein ist eine Freundin von Sibylle", erwiderte Robert langsam.

„Ich muss mit ihr sprechen. Vielleicht kann sie mir helfen. Haben Sie die Adresse?"

Er nickte und schrieb sie mir zusammen mit der Telefonnummer auf. „Rufen Sie morgen früh dort an, aber nicht vor elf. Vera schläft immer so lange."

Kolikartig zog sich mein Mageninneres zusammen. Ich stöhnte.

„Was ist?"

„Der Klimawechsel. Ich habe dann immer mit dem Magen zu tun. Nichts Schlimmes, ich muss mir eine Wärmflasche machen."

„Wollen Sie nicht bei mir übernachten? In meiner Wohnung? Ich passe auf Sie auf."

„Nein, danke." Ich trank mein Glas aus. „Ich bin lieber allein."

„Ich tu alles für Sie, Herr Holland, alles!" Er sah aus wie ein alter Bernhardiner.

„Danke, Robert. Aber es geht bestimmt bald vorüber." Meine Eingeweide brannten wie Feuer. Ich musste sehen, dass ich heimkam.

„Hören Sie, Herr Holland, wenn Sie morgen zu Vera gehen, dann ist es besser, ich erkläre Ihnen vorher die Situation in ihrem Haus, damit Sie keinen Fauxpas begehen. Es ist nämlich ein bisschen kompliziert bei Vera."

Ich sagte: „Bei vielen Leuten in Berlin ist es ein bisschen kompliziert."

Er seufzte: „Wem sagen Sie das? Das macht diese verfluchte Abgeschnittenheit, dieses Inselleben. Wir haben hier alle einen erotischen Schützengrabenkomplex."

„Nicht nur einen erotischen", sagte ich.

„Passen Sie auf: Es gibt also ein Ehepaar Langbein. Der Mann ist ein sehr reicher Juwelier. Dann gibt es ein Ehepaar Hansen. Herr und Frau Langbein lieben einander. Herr und Frau Hansen lieben einander nicht. Obwohl aber Herr Langbein Frau Langbein liebt, findet er es seit Jahren unmöglich, mit ihr zu schlafen. Herr Hansen findet es nicht unmöglich, mit Frau Langbein zu schlafen. Deshalb haben Herr und Frau Langbein sich getrennt und wohnen nicht mehr zusammen. Auch Herr und Frau Hansen haben sich getrennt. Frau Hansen lebt allein, Herr Hansen lebt bei Frau Langbein."

„Und Herr Langbein?"

„Hat sich eine eigene Wohnung genommen."

„Der Mann, den ich also möglicherweise bei Frau Langbein treffe, wird Herr Hansen sein?"

„Richtig."

„Das ist doch gar nicht so kompliziert", sagte ich. „Warum erklären Sie es mir so genau, Robert?"

„Es wird sich gleich in Berlin herumsprechen, dass Sie Vera besucht haben, Herr Holland. Alles spricht sich immer gleich herum in Berlin. Und so wird es natürlich auch gleich Frau Hansen erfahren, und sie wird Sie anrufen und ausfragen. Das tut sie immer. Sie ruft alle Leute an, die mit Vera in Berührung kommen. Ich möchte, dass Sie dann die Situation übersehen."

„Ich nehme an, Frau Hansen hasst Frau Langbein", sagte ich.

Er schüttelte den Kopf: „Nein, die beiden sind gute Freundinnen. Frau Hansen hasst Herrn Langbein."

„Aber der ist doch selber betrogen! Der kann doch nichts dafür!"

„Das sagen *Sie*. Frau Hansen sagt, er wäre an allem schuld. Darin sind sich überhaupt alle Beteiligten einig."

Ach, Sibylle, dachte ich, wie glücklich waren wir beide! Ich sagte: „Berlin ist eine eigenartige Stadt."

„Und trotzdem die einzige, in der man noch leben kann, Herr Holland. Die einzige Stadt der Welt!" Er lächelte sein trauriges jüdisches Lächeln, und die Tränensäcke unter den Augen wurden noch dicker und dunkler.

13

Die Nacht war so, wie ich es erwartet hatte.

Ich schlief kaum. Entweder ich füllte neues Wasser in meine Wärmflasche, oder ich nahm Tierkohle, oder ich lief ins Badezimmer. Zwischendurch schluckte ich Schlaftabletten, aber an Schlafen war nicht zu denken. Ich lag in dem schmalen Bett, in dem ich immer mit Sibylle gelegen hatte, denn es gab kein anderes Bett in der Wohnung. Daran hätte ich vorher denken sollen, obwohl es in meinem Zustand ziemlich egal blieb. Ich war viel zu schwach und benommen, um mir Gedanken zu machen.

Im Morgengrauen fiel ich in einen unruhigen Schlummer, aus dem mich um halb acht Uhr der Kassier der Elektrizitätswerke riss.

„Tag!"

Ein junger Mann stand vor der Tür und tippte an seine Kappe.

Ich begann schlaftrunken: „Frau Loredo –"

„Is' entführt worden, hab's in der Zeitung gelesen. Wollen Sie vielleicht die Rechnung bezahlen?" Es war ein liebenswürdiger junger Mann. Ich gab ihm das Geld und nahm die Quittung in Empfang. „Was wird denn jetzt aus der Wohnung?" Er sah sich neugierig um. „Habe sie mir mal angesehen, als Frau Loredo noch da war. Hübsche Bude. Kenne jemanden, der sie gleich nehmen würde. Is doch schade, wenn sie leer steht. Ich –"

„Raus", sagte ich.

„Was?"

„Verschwinden Sie!"

„Na, wissen Sie, Herr –"

Ich schlug die Tür zu. Auf der Treppe hörte ich ihn schimpfen. Ich ging in die Küche und kochte Tee. Der Anfall war vorüber, das fühlte ich, aber ich war noch sehr schwach. Wenn ich ein paar Schritte ging, begann sich alles vor meinen Augen zu drehen. Nachdem ich den Tee getrunken hatte, meldete ich ein Gespräch nach Frankfurt an. Es kam bald. Ich hatte die Nummer meines Büros angegeben.

„Sie haben Frankfurt verlangt! Bitte, melden Sie sich!"

„Hallo?"

„Hier West-Presse-Agentur", sagte eine Mädchenstimme. Ich kannte die Stimme. Sie gehörte dem nettesten Mädchen in unserer Telefonzentrale.

„Hier ist Holland", sagte ich. „Guten Morgen, Marion."

„Morgen, Herr Holland. Es tut mir sehr leid, was geschehen ist."

In Frankfurt wusste man es natürlich bereits.

„Kann ich den Chef sprechen?"

„Sofort, Herr Holland. Wir haben Ihren Anruf schon erwartet."

Es klickte zweimal in der Leitung, dann meldete sich Werner. Er war der Leiter des Büros.

„Morgen, Paul. Es tut mir so leid, was geschehen ist." Alle sagten sie dasselbe. Ich überlegte: Man musste gerecht sein. Was hätte *ich* gesagt? Was konnte man überhaupt sagen?

„Ich möchte um Urlaub bitten, Chef."

„Natürlich, Paul. Wie lange?"

„Ich weiß noch nicht. Vielleicht zwei oder drei Wochen."

„Ist gut. Kalmar wird für Sie einspringen."

„Danke, Chef."

„Was werden Sie jetzt tun?"

„Ich weiß noch nicht."

„Brauchen Sie Geld? Sollen wir Ihnen etwas schicken?"

„Ja. Nein, danke. Ich melde mich, wenn ich etwas brauche."

„Keine Spur von Sibylle, wie?"

„Nein, Chef."

„Wir wissen auch nichts. Wenn Sie uns benötigen, Paul –"

„Danke, Chef, Sie sind wirklich nett. Sehr nett."

„Lächerlich! Wir besitzen Ihre Berliner Adresse. Rufen Sie uns an, wenn Sie Ihren Aufenthaltsort ändern."

„Ja, Chef."

Ich fühlte mich viel besser nach diesem Gespräch, so, als wäre ich ein großes Stück weitergekommen. Ich wartete bis elf Uhr, dann rief ich Frau Vera Langbein an und bat, sie besuchen zu dürfen. Um drei Uhr wäre es ihr angenehm, sagte sie.

Sie wohnte weit draußen an der Avus, beim Zehlendorfer Kleeblatt, unmittelbar neben der Zonengrenze. Bevor ich mit einem Taxi zu ihr hinausfuhr, besuchte ich Kriminalrat Hellwig, um meine Aussage zu unterschreiben. Er war nicht da. Die Aussage konnte ich trotzdem unterschreiben.

„Etwas Neues?", fragte ich Hellwigs Vertreter.

Er schüttelte den Kopf.

Vera Langbein war eine schöne, nervöse Dame von etwa vierzig Jahren. Sie hatte sehr blondes Haar und sehr schwarze Augenbrauen. Ihre Haut war weiß, die Augen waren leuchtend blau. Sie empfing mich im Salon ihres großen, luxuriösen Hauses. Frau Langbeins rechter Fuß steckte in Gips. Sie humpelte an einem Stock. Ich erfuhr, dass sie vom Pferd gestürzt war und sich den Knochen gebrochen hatte. Es ging ihr schon wieder besser. Sie bot mir Wermut und Zigaretten an und musterte mich dabei kritisch. Ich glaube nicht, dass ich ihr gefiel.

„Sibylle und ich waren sehr alte Freundinnen", erklärte sie. „Sie gab mir Unterricht in Italienisch."

„Schon lange, gnädige Frau?"

Sie sagte: „In letzter Zeit nicht mehr. Aber ungefähr vor zwei Jahren … ging es ihr nicht gut. Da dachte ich, dass ich ihr vielleicht helfen konnte, wenn ich bei ihr Stunden nahm." Sie rauchte ununterbrochen. „Ich bin faul, Herr Holland, ich habe nicht viel gelernt. Es waren ja auch eigentlich nur Pro-forma-Stunden. Meistens klatschten wir bloß, oder Sibylle brachte mir Argot-Ausdrücke bei."

„Ich verstehe."

„Wie gesagt, es geschah hauptsächlich, um Sibylle finanziell zu unterstützen. Ich konnte es leicht, es spielte bei mir keine Rolle."

Ich dachte, dass Frau Langbein mir auch nicht gefiel. Es beruhte also auf Gegenseitigkeit.

„In letzter Zeit", fuhr die Dame fort, kreuzte die Arme über der Brust und sah mich abschätzend an, „kamen wir ein bisschen auseinander. Sibylle ist in letzter Zeit mit den meisten ihrer alten Freunde ein bisschen auseinandergekommen."

„Ich hoffe, dass ich nicht die Schuld daran trage."

„In gewissem Sinn natürlich schon, Herr Holland. Sibylle lebte sehr zurückgezogen, seit sie Sie kennenlernte."

Ich schwieg und ließ sie reden. Ich hatte das Gefühl, dass sie irgendwann etwas sagen würde, was für mich von Bedeutung war.

„Zum Beispiel Ihre Anrufe!"

Ich hatte Sibylle, wenn ich nicht bei ihr war, im letzten Jahr täglich angerufen, wo immer ich mich aufhielt. Nur in Rio hatte ich dieses Ritual aus finanziellen Gründen unterlassen.

„Was war mit meinen Anrufen?"

„Nun, man konnte abends mit Sibylle nichts mehr anfangen. Um acht Uhr musste sie zu Hause sein, unter allen Umständen! Denn um acht Uhr riefen Sie immer an."

Ich nickte.

„Obwohl es manchmal zwölf Uhr und ein Uhr wurde.“ Sie lächelte spitz.

„Gnädige Frau, ich telefoniere oft aus dem Ausland, manchmal musste ich stundenlang auf eine Verbindung warten, oder ich war mitten in einer Besprechung.“

„Ich mache Ihnen doch keinen Vorwurf, Herr Holland!“ Genau das aber schien sie zu tun. „So war es auch das letzte Mal, als wir uns sahen, am Tag bevor –“ Sie unterbrach sich und sah zu Boden. „Es ist mir vollkommen unerklärlich und rätselhaft, wer es getan hat, Herr Holland!“

„Niemand begreift es, gnädige Frau.“

„Aber jemand *muss* es doch getan haben!“

„Eben. Würden Sie mir erzählen, wie Ihr letztes Zusammentreffen mit Sibylle verlief?“

„Natürlich. Ich holte sie nach dem Mittagessen ab und fuhr mit ihr zu meinem Pferd hinaus.“

„Wohin bitte?“

„Zu meinem Pferd.“

„Oh!“

„Mein Mann hat mir zu Weihnachten ein Pferd geschenkt. Gewiss haben Sie gehört, dass ich von meinem Mann getrennt lebe?“

Ich murmelte etwas Unverständliches.

„Es wird viel geschwätzt in Berlin, Herr Holland. Mein Mann und ich lieben einander sehr. Ein Geschenk wie das Pferd beweist das doch, nicht wahr?“

„Gewiss, gnädige Frau.“

„Gar nicht zu reden von den anderen Geschenken“, fuhr sie fort. „Moderne Menschen haben eben neue Wege, persönliche Schwierigkeiten zu bewältigen.“

Ich nickte.

Sie fragte plötzlich scharf und laut: „Wer hat Ihnen von mir erzählt? Frau Hansen?“

Ich schüttelte den Kopf.

„Wer denn?“

„Ich weiß es nicht mehr, gnädige Frau. Aber bestimmt war es nicht Frau Hansen.“

Sie sah mich misstrauisch an.

Ich versuchte, das Gespräch wieder auf jenes Gebiet zu bringen, das mich allein interessierte: „Sie besuchten also Ihr Pferd …“

„Ja. Sibylle brachte ihm Lebkuchen. Süß, nicht? Wir sprachen übrigens dauernd von Ihnen.“ Sie sagte das anklagend. „Sibylle war sehr glücklich. Wollten Sie sie wirklich heiraten?“

„Ja.“

„Süß“, wiederholte sie, vollkommen geistesabwesend. Sie dachte an etwas anderes, wahrscheinlich an Frau Hansen.

„Und nach dem Besuch des Pferdes, gnädige Frau?“

„Wie? Ach so! Ja, wir fuhren noch in die Stadt und tranken Tee zusammen.“

„Wo, bitte?“

„In der Konditorei Wagenseil."

Ich kannte die Konditorei.

„Waren Sie lange dort?"

„Etwa eine halbe Stunde. Es war nicht sehr gemütlich."

„Wieso nicht?"

„Ach, zu voll! Und dann waren da ein paar Italiener, die starrten uns dauernd an. Ekelhaft, so etwas!"

Italiener! Ich horchte auf. Sibylle war in Italien gewesen, sie hatte mir immer wieder von Italien erzählt. Ich fragte: „Waren es Bekannte?"

„Wo denken Sie hin? Ganz fremde Menschen. Unverschämt nenne ich das, zwei Frauen so anzustarren! Sie zogen uns richtig aus mit den Blicken! Sogar dem Serviermädchen war es zu viel."

Von allem, was Frau Langbein erzählte, interessierten mich nur diese Italiener. Ich fragte: „Wie viele waren es?"

„Sechs, sieben. Vielleicht nur fünf. Ich weiß es nicht mehr. Warum?"

Ich antwortete mit der Gegenfrage: „Hatten Sie das Gefühl, dass Sibylle einen von ihnen kannte?"

„Herr Holland, hören Sie auf! Natürlich kannte sie keinen von ihnen! Es waren einfach ein paar ungezogene, freche Kerle, sonst nichts."

„Natürlich", sagte ich. „Und so verließen Sie also die Konditorei?"

„Ja, Herr Holland. Ich brachte Sibylle heim. Sie sagte, es sei schon halb sieben."

„Aber an diesem Tag musste sie doch gar nicht nach Hause. Ich war noch in Rio. Und aus Rio rief ich nie an!"

„Sie sagte, Ihre Briefe aus Brasilien kämen immer abends an."

Das stimmte. Meine eigene Maschine, die auch Post brachte, war am Nachmittag gelandet. Und ich hatte Sibylle täglich geschrieben.

„Sie wirkte vollkommen ruhig?"

„Vollkommen, Herr Holland."

Und einen Tag später war sie verschwunden, dachte ich.

„Wir finden alle keine Erklärung, Herr Holland", sagte Vera Langbein, die meine Gedanken erraten hatte. „Es ist eine furchtbare Geschichte – für Sie am furchtbarsten. Keiner von uns begreift die Zusammenhänge."

Die Tür ging auf. Ein kleiner Mann mit unruhigen Augen und kranker Gesichtsfarbe trat ein: „Ich bitte um Verzeihung, ich wollte nicht stören –"

„Peter, das ist Herr Holland. Herr Holland, das ist Herr Peter Hansen." Frau Langbein war ein bisschen rot geworden.

„Mein Beileid, Herr Holland", sagte der kleine Herr Hansen prompt.

Ich dachte: Ich möchte wissen, wie Herr Langbein aussieht.

„Liebling, ich wollte dich nur um die Autoschlüssel bitten", erklärte der Ehebrecher sanft und still. „Ich muss noch einmal in die Stadt."

„Ich werde auch gehen, ich habe Sie schon viel zu lange aufgehalten, gnädige Frau."

„Kann ich Sie vielleicht mitnehmen?", fragte Herr Hansen.

„Danke", sagte ich. „Auf mich wartet ein Taxi."

Gleich danach gelang es mir, mich zu verabschieden. Als ich auf die Straße trat, drehte ich mich plötzlich um. Hinter dem Fenster des Salons fiel jäh ein Vorhang zurück in seine vertikalen Falten. Jemand hatte mir nachgesehen. Zum ersten Mal seit gestern Nachmittag erfasste mich eine glückliche Unruhe. Ich dachte: Ich bin auf der richtigen Spur.

„Zur Konditorei Wagenseil!"

„Okay, Boss", sagte der Chauffeur. Als wir die Avus verließen und am Funkturm vorbeikamen, überflog diesen gerade eine Maschine. Sie flog ganz tief, direkt über den Turm. „Eines Tages werden die Kerle es schon schaffen", sagte der Chauffeur.

14

Diesmal arbeitete ich, um Zeit zu sparen, mit meinem Presseausweis. Ich hatte Glück, in der Konditorei war an diesem Nachmittag nicht viel Betrieb, und ich kam gleich an das richtige Mädchen. Es hieß Ellen und war dunkel und schläfrig.

„Ich bin Journalist, Ellen. Ich soll über die Entführung dieser Frau Loredo schreiben. Sie haben gewiss davon gehört?"

„Natürlich, Herr Holland." Sie sprach mit einem sächsischen Akzent und hatte sehr große, sehr rote Hände, die sie ständig zu verbergen suchte. „Es waren schon ein paar Herren von der Polizei hier. Frau Loredo hat doch bei uns Tee getrunken am Tag, bevor es geschah."

„Sie haben sie bedient, Ellen, nicht wahr?"

Sie nickte ernst und sorgenvoll. Mit den roten erfrorenen Händen auf dem Rücken, stand sie zwischen den gewaltigen Kuchengebirgen, den Riesenkörben voll Gebäck, den Schwarzwälder Kirschtorten, den geilen Schaumrollen, den giftig gelben Cremeschnitten, den leuchtend bunten Obstkuchen. Ich hatte mich in eine Ecke gesetzt und einen Kognak bestellt. Es war mittlerweile dunkel geworden. Nebel senkte sich auf die Stadt. Wenn er dichter wurde, gab es heute Abend keine Flugzeuge mehr.

Die Kellnerin Ellen sagte indessen: „Es war noch eine andere Dame da."

„Blieben die beiden Damen lange?"

„Nein. Sie waren verärgert über ein paar Herren."

„Was waren das für Herren?"

„Italiener, glaube ich. Sie starrten Frau Loredo und ihre Freundin dauernd an und machten Bemerkungen."

Italiener, Italiener. Sibylle hatte in Italien gelebt. Italiener, Italiener …

„Was sagten sie?"

„Ich verstehe nicht Italienisch."

„Und was geschah, als die Damen gegangen waren, Ellen?"

„Nichts. Die Italiener gingen auch."

„Alle auf einmal?"

„Ja, sie gehörten zusammen. Einer fragte mich noch, ob ich wüsste, wer die Damen waren."

Ich fühlte, wie mein Herz heftiger zu schlagen begann, aber ich fragte völlig ruhig: „Und was antworteten Sie daraufhin diesem Herrn?"

„Ich sagte, ich würde nur Frau Loredo kennen."

„Fragte der Mann auch nach einer Adresse?"

„Nein."

Ich dachte: Wenn er den Namen kannte, brauchte er nicht die Adresse. Loredo war kein häufiger Name. Und es gab ein Telefonbuch.

„Wie sah der Mann aus, Ellen? Können Sie sich daran erinnern?"

„Sehr schlank und groß. Er hatte eine Brille und schwarze Haare. Und er sprach ein bisschen Deutsch."

„Würden Sie ihn wiedererkennen, wenn Sie ihm begegneten?" Das war eine Standardfrage in allen Kriminalromanen. Aber hatte ich mir nicht vorgenommen, so zu handeln, wie die Menschen in den Büchern es taten?

„Ich glaube …"

„Wie viele Männer waren es?"

„Fünf."

„Sind Sie sicher?"

„Ganz sicher. Sie saßen da drüben. Das ist ein Tisch für vier Personen, und ich musste ihnen noch einen Sessel bringen."

Fünf Italiener. Das war alles, was ich nun wusste. Aber vor vierundzwanzig Stunden hatte ich noch gar nichts gewusst. Fünf Italiener.

Ich gab dem Mädchen ein großes Trinkgeld und ging. Im Augenblick, da ich ins Freie trat, sah ich auf der anderen Seite der Straße Sibylle.

15

Sibylle!"

Ich schrie den Namen einmal, dann noch einmal. Leute blieben stehen und sahen mich erstaunt an. Ich rannte auf die Fahrbahn hinaus. Ein Mann riss mich an der Schulter zurück: „Sind Sie verrückt geworden?" Ein Wagen raste an mir vorbei, der Fahrtwind schlug mir ins Gesicht.

Die Konditorei Wagenseil lag in der Meineckestraße, nahe am Kurfürstendamm. Sibylle erreichte eben die großen Auslagescheiben des Modehauses Horn und verschwand um die Hausecke. Ich war vollkommen sicher, dass es sich um Sibylle handelte, so monströs diese Sicherheit schien und obwohl sie einen schwarzen Pelzmantel trug, den ich nicht kannte. Aber ich hatte einen Augenblick lang ihr Gesicht im Schein einer Straßenlaterne gesehen, und dieser Augenblick hatte mir genügt.

Nun ist eine Prothese immer nur eine Prothese, so hervorragend sie auch konstruiert ist und so viel sie auch gekostet hat. Es gibt gewisse Dinge, die man nicht tun soll, wenn man eine Prothese trägt, sie stehen in der Gebrauchsanweisung verzeichnet. Zu diesen Dingen gehört an erster Stelle das Laufen. Laufen hält keine Prothese aus. Ich dachte daran, als ich nun zu laufen begann. Ich dachte: Hoffentlich hält sie es trotzdem aus. Ich war nicht sehr optimistisch. Das Kunstbein knarrte und ächzte. Ich fühlte, wie der kleine Schaumgummipolster sich verschob …

Als ich den Kurfürstendamm erreichte, blieb ich einen Moment stehen, dann erblickte ich sie wieder. Sie ging auf die beleuchtete Ruine der Gedächtniskirche zu, sehr eilig und schnell. Es waren viele Menschen zwischen ihr und mir. Ich kam auf dem Gehsteig nicht schnell genug vorwärts. Also rannte ich auf der Fahrbahn. Jetzt scheuerte der Stumpf auf dem Leder. Der Schmerz trieb mir Tränen in die Augen. Aber eigentlich weinte ich mehr aus Wut. Ich schrie wieder Sibylles Namen. Nun blieben schon viele Passanten stehen. Hinter mir hupte wütend ein Auto. Ich musste auf den Gehsteig zurück.

Hier stieß ich mit empörten Fußgängern zusammen.

„Immer langsam, junger Mann!"

„Sie haben wohl einen Vogel, was?"

„Entschuldigen Sie, bitte! Lassen Sie mich doch durch! Da vorne ist eine Dame, die ich unbedingt einholen muss …"

Sie machten mir Platz, aber sie hatten mich aufgehalten. Ich sah Sibylle nicht mehr. Keuchend eilte ich weiter, auf die Lichtampel beim Berliner Kindl zu. Wo war sie? Eben hatte ich sie noch gesehen.

Da! Sie überquerte gerade bei grünem Licht die Kreuzung in Richtung Bahnhof Zoo. Ich rannte wieder auf der Fahrbahn los. Diesmal war mir das Hupen der Autos egal. Als ich die Kreuzung erreichte, wechselte das Licht der Ampel. Es versperrte mir den Weg. Aber ich konnte Sibylle nicht noch einmal verlieren. Ich rannte über den Damm, obwohl die Wagen eben anfuhren. Die Prothese knickte, ich taumelte, kam wieder auf die Beine.

Ein Hupkonzert setzte ein. Reifen kreischten auf dem gefrorenen Asphalt. Scheinwerfer und Stoßstangen schossen auf mich zu. Ich sprang wie ein Hase hin und her. Die Trillerpfeife des Schutzmannes ertönte gellend. Ich sah im Vorbeirennen, wie er aus seiner gläsernen Kanzel sprang. Und vor mir schritt Sibylle, schnell, aufrecht, in ihrem schwarzen Persianer. Jetzt kam ich rasch an sie heran. Zehn Schritte noch. Fünf Schritte. Einer. „Sibylle!" Ich packte sie an der Schulter und riss sie zu mir herum.

Eine vollkommen fremde Frau sah mich an. „Was fällt Ihnen ein?"

„Verzeihen Sie, ich dachte, Sie wären …"

In diesem Augenblick traf auch der Schutzmann von der Kreuzung ein. Er war außer Atem und sehr wütend: „Das wird Sie eine Kleinigkeit kosten, mein Herr!"

Mein Bein tat mir jetzt so weh, dass ich nicht länger stehen konnte. Ich setzte mich plötzlich auf das Pflaster.

„Was ist los? Sind Sie besoffen?"

„Mein Bein", sagte ich.

Der Polizist blickte es an. Die Hose hatte sich verschoben, man konnte das Leder der Prothese sehen.

„Was rennen Sie auch mit so etwas?", sagte der Polizist.

Es klang freundlicher. Menschen blieben stehen. Ich massierte mein Bein und entschuldigte mich und versuchte, meine Situation zu erklären. Die fremde Dame zuckte die Achseln und ging weiter. Der Polizist verlangte meinen Ausweis und notierte sich die Daten. Ich saß auf der nassen, schmutzigen Straße und wartete darauf, dass der Schutzmann mir meinen Pass zurückgab, und dachte: Sibylle, Sibylle, Sibylle.

16

Sie haben sich getäuscht, Herr Holland, so etwas kommt vor."

„Sie war es, Robert! Es war Sibylle!"

Ich saß an der Theke von Roberts Bar. Die Finger, die mein Glas hielten, zitterten. Die Bar war zu dieser Zeit noch fast leer. Nur zwei Frauen mit ihren Freunden saßen in Nischen. Ab und zu lachten sie grell. Sie tranken Sekt.

„Es war nicht Sibylle. Sie haben es doch selber festgestellt, dass es eine ganz fremde Dame war."

Ich sagte halsstarrig: „Ich habe mit Sibylle gelebt, Robert. Ich kannte sie ein Jahr lang. Ich habe sie oft auf die größten Entfernungen erkannt. Im Dunkeln wusste ich mit geschlossenen Augen, wenn sie auf mich zukam. Kennen Sie diese Sicherheit nicht? War es bei Ihrer Frau nicht auch so?"

„Doch, doch … aber …"

„Und ich sage Ihnen, die Frau, die ich sah, als ich aus der Konditorei trat, war Sibylle!"

„Hören Sie auf damit!", sagte er laut und böse. „Sie machen mich ja noch meschugge. Es kann nicht Sibylle gewesen sein, sonst hätten Sie sich nicht mit einer fremden Frau lächerlich gemacht!" Er sagte eindringlich: „Sibylle ist tot. Sie sind mit Ihren Nerven herunter. Sie haben sich eingebildet, Sibylle zu sehen, weil Sie dauernd an sie denken, dauernd von ihr reden."

„Und wieso", sagte ich, „wenn es also eine Halluzination war, hatte Sibylle dann einen Mantel an, den ich nicht kannte? Eine Wunschvorstellung muss sich doch aus bekannten Elementen zusammensetzen – oder?"

„Bitte, Herr Holland. Bitte!"

Die beiden Frauen in den Logen lachten laut. Sie sahen bürgerlich aus, aber sie waren auffallend geschminkt.

„Sind das Nutten?"

„Wo denken Sie hin? Das sind anständig verheiratete Frauen. Die Männer sind kleine Angestellte. Sie verdienen nicht genug. Da gehen die Frauen ein bisschen auf den Strich. Sie haben jede eine Wohnung, und man kann ziemlich sicher sein, dass sie nicht krank sind."

„Und was machen die Männer?"

„Nebenan ist eine Kneipe. Die Männer trinken dort Bier. Die Frauen werden mit den Kunden nach Hause gehen, wenn der Sekt alle ist. Und in einer Stunde holen sie dann ihre Männer aus der Kneipe."

„Ist das so üblich?"

„Ich kenne eine ganze Menge Frauen, die es tun", sagte er achselzuckend. „Lauter anständige, nette Personen."

Ich erzählte Robert, was ich in der Konditorei erfahren hatte. „Sie kennen doch so viele Menschen in Berlin, Robert! Hotelportiers und Pensionsbesitzer. Vielleicht können Sie feststellen, wo die Italiener wohnen. Es scheint, dass sie alle zusammengehören."

„Hm."

„Sibylle hat lange in Italien gelebt. Ich fühle, diese Kerle haben mit der Sache etwas zu tun! Ich fühle es ganz stark, Robert."

Er überlegte sachlich: „Vielleicht gehörten sie zu einer Tagung. Bei uns gibt es jetzt ununterbrochen Tagungen."

Er versprach, alles zu tun, was er konnte. Ich fühlte mich noch sehr schwach und sagte ihm, dass ich nach Hause gehen wollte.

„Sobald ich etwas herausbekommen habe, rufe ich Sie an, Herr Holland." Zum Abschied schenkte er mir eine Flasche Whisky.

„Das geht aber nicht!"

„Es geht schon", sagte er und steckte mir die Flasche in die Manteltasche. „Von mir können Sie alles annehmen, ich bin ein Freund von Sibylle. Und ich weiß, wie mies Ihnen ist."

Er rief mir ein Taxi, und ich fuhr nach Hause in den Grunewald. Ich kochte mir wieder Tee und setzte mich mit der Tasse ins Wohnzimmer, neben das Bücherregal. Die kritische Arbeit über Anaximander von Milet lag noch dort, wo ich sie am Morgen meines Abfluges hingelegt hatte, und das Buch fiel auch wieder an der gleichen Stelle auseinander, als ich es in die Hand nahm. Noch einmal las ich den angestrichenen Satz: „Der Ursprung der Dinge ist das Grenzenlose. Woraus sie entstehen, darin vergehen sie auch mit Notwendigkeit, denn sie leisten einander Buße und Vergeltung für ihr Unrecht nach der Ordnung der Zeit."

Hatte Sibylle diesen Satz angestrichen? Hatte er ihr gefallen? Man konnte eine Frau ein ganzes Jahr lang lieben, und man wusste doch nichts von ihr.

Das Telefon läutete.

Ich ging in die kleine Halle. Als ich abhob, meldete sich eine intellektuelle Frauenstimme: „Herr Holland?"

„Ja."

„Hier spricht Frau Hansen."

Ich dachte an Roberts Warnung, aber ich musste den Hörer abheben, wenn das Telefon läutete, denn es konnte ja auch Robert selbst sein, der eine Spur gefunden hatte.

„Ich habe heute schon ein paarmal versucht, Sie zu erreichen", erklärte sie.

„Ich bin gerade nach Hause gekommen, gnädige Frau."

„Ich höre, Sie waren heute Nachmittag bei Frau Langbein."

„Woher wissen Sie –"

„Man hat es mir erzählt." Sie sprach sehr streng mit mir, Entschuldigungen ließ sie nicht gelten. „Es ist gleich, wer es mir erzählt hat. Haben Sie meinen Mann bei Frau Langbein gesehen?"

„Ja."

„Dann ist es gut", sagte sie zufrieden. Und forschend: „Nur ihn?"

„Ich verstehe nicht ..."

„Herr Langbein war nicht da?"

„Nein."

„Hat Vera von ihm gesprochen?"

„Gnädige Frau, ich weiß wirklich nicht, was das alles bedeuten soll ..."

„Machen Sie sich keine Gedanken! Ich war eine alte Freundin von Sibylle, Sie erweisen mir einen Freundschaftsdienst, wenn Sie meine Frage beantworten. Es ist von großer Bedeutung für mich!"

„Ich verstehe nicht, wieso ..."

„Sie kennen diesen Herrn Langbein nicht!" Ihre Stimme wurde hysterisch. „Ich habe allen Grund, zu vermuten, dass er noch gelegentlich zu Vera kommt. Heimlich. Ohne dass mein Mann es weiß."

Ich fragte höflich: „Sie meinen, man muss vermuten, dass Herr Langbein Ihren Gatten mit Frau Langbein betrügt?"

„Ich bin fast sicher! Was sagen Sie dazu? Ist das nicht ungeheuer?"

„In der Tat."

„Mein Mann und Vera waren sehr glücklich, wissen Sie. Ich war so froh darüber. Manchmal luden sie mich ein. Wir spielten Canasta oder wir tranken ein bisschen vor dem Kamin. Wir waren richtige Freunde. Endlich war es Vera gelungen, sich von ihrem Mann zu befreien. Und jetzt taucht er wieder auf und will alles zerstören. – Wie finden Sie denn das?"

„Gnädige Frau", sagte ich, „Ihre Befürchtungen sind unnötig. Ich hatte den Eindruck, dass Frau Langbein mit Ihrem Herrn Gemahl sehr glücklich ist."

„Das beruhigt mich, das beruhigt mich sehr, Herr Holland. Vielen Dank. Und was ich noch sagen wollte: Es tut mir natürlich schrecklich leid, was Sibylle geschehen ist. Wir waren so alte Freundinnen!"

Ich legte den Hörer nieder mit dem angenehmen Gefühl, eine gute Tat begangen zu haben, und dachte, dass ich doch gerne gewusst hätte, wie der allseits so verachtete Herr Langbein aussah. Seltsame Freundinnen hatte Sibylle gehabt. Oder lag es an Berlin? Ich entschied, dass es an Berlin lag, und ging zu Bett.

Um halb vier Uhr morgens riss mich das ununterbrochene Läuten der Torglocke aus dem Schlaf. Ich stolperte zum Fenster und versuchte festzustellen, wer beim Parkeingang stand. Der Nebel war zu dicht, ich sah nichts.

In der Halle gab es eine kleine Sprechanlage zum Tor. Ich schaltete sie ein und fragte: „Wer ist da?"

„Robert Friedmann. Lassen Sie mich herein, Herr Holland. Ich habe Neuigkeiten für Sie." Ich drückte auf einen Knopf, und das Parktor öffnete sich. Gleich darauf kam der kleine, dicke Barbesitzer atemlos in die Wohnung. Ich hatte inzwischen einen Schlafrock angezogen und führte ihn ins Wohnzimmer.

Im Mantel ließ er sich in einen Sessel fallen und schnappte nach Luft. Dann holte er eine Fotografie aus der Tasche und warf sie triumphierend auf den Tisch: „Bitte!"

Die Fotografie zeigte fünf Männer vor einem Flugzeug. Sie standen nebeneinander und lachten. Sie hatten alle dunkles Haar und sahen südländisch aus.

„Das sind die Italiener?"

Er nickte, holte einen Zettel hervor und las: „Von links nach rechts: Tino Sabbaddini, Emilio Trenti, Mario Turline, Cesare Nuovo und Carlo Zampa."

Der Mann, den Robert Carlo Zampa nannte, stand ganz rechts außen. Er war sehr groß und sehr schlank. Er hatte schwarzes Haar und eine Hornbrille.

17

„Wie kommen Sie zu dem Bild?"

Er war rührend in seinem Stolz: „Ah, Herr Holland, auf den alten Robert Friedmann kann man sich eben noch immer verlassen! Nachdem Sie gegangen waren, setzte ich mich ins Auto und fuhr ein bisschen herum. Von einem Hotel zum anderen. Ich begann mit den größten. Die meisten Portiers kenne ich. Sie waren alle sehr nett, aber sie konnten mir nicht helfen. Entweder wohnten in letzter Zeit überhaupt keine Italiener bei ihnen oder zu viele, oder es waren Frauen. Erst als ich ins ‚Ritz' kam, hatte ich Glück. Der Portier erinnerte sich sofort. Ja, bei ihm hatten vor Kurzem fünf Italiener gewohnt. Er zeigte mir die Eintragung im Register und die Meldezettel. Die fünf wohnten dort bis zehnten Februar."

„Am neunten wurde Sibylle entführt."

Er nickte.

„Am zehnten reisten sie ab?"

„Ja."

„Alle zusammen?"

„Ja, sie flogen mit Air France nach München."

„Was waren das für Männer? Ich meine, was hatten sie für Berufe?"

Er sagte: „Sie hatten alle denselben Beruf. Es waren Gemüsehändler."

„Was?" Eine mörderische Lust zu lachen flog mich an.

„Sie handelten mit Gemüse, Herr Holland. Auch mit Obst und Südfrüchten. In großem Stil, verstehen Sie? Es scheint sich um lauter gut situierte Männer zu handeln."

„Was machten sie in Berlin?"

„Sie waren geschäftlich hier. Der Portier sagte, die Herren besuchten viele deutsche Städte. Sie waren schon in Hamburg, Düsseldorf, Hannover und Frankfurt gewesen. Sie wollten sichtlich mit den Deutschen ins Geschäft kommen."

„Und jetzt sind sie in München?"

„Das weiß ich nicht. Ich meine, ich weiß nicht, ob sie *noch* in München sind."

„Welchen ständigen Wohnort geben sie an?"

„Alle Rom."

„Und das Foto? Woher haben Sie das?"

Robert sagte: „Das Hotel schickte einen Wagen zum Flughafen, als die fünf ankamen. Ich stöberte den Chauffeur des Wagens auf. Er erinnerte sich, dass ein privater Fotograf eine Aufnahme von der Maschine gemacht hatte. Der Fotograf wieder war den Leuten auf dem Flughafen bekannt. Sie gaben mir die Adresse. Ich fuhr zu ihm, und er fand noch einen Abzug des Bildes. Der Mann heißt Werner Weich und wohnt in der Olympischen Straße vierunddreißig im zweiten Stock", sagte er stolz und sah mich glücklich an.

„Das haben Sie alles für mich getan, Robert …"

„Für Sie und für Sibylle", antwortete er bescheiden.

An diesem Morgen um neun Uhr saß ich auf dem Polizeirevier Grunewald dem Kommissar Hellwig gegenüber. Das Foto lag zwischen uns. Alles verlief anders, als ich es mir vorgestellt hatte.

Hellwig war freundlich, aber bestimmt: „Es gibt hier eine Anzeige gegen Sie, Herr Holland. Sie haben gestern Abend bei der Gedächtniskirche eine kleine Verkehrsstörung verursacht."

„Ja", sagte ich, „ja, doch! Hören Sie zu, Herr Kommissar, die fünf Italiener auf diesem Bild –"

„Sie haben eine fremde Dame für Frau Loredo gehalten, nicht wahr? Sie glaubten, Frau Loredo zu sehen."

„Ich *habe* Frau Loredo gesehen!"

„Aber die Dame, die Sie anhielten, war nicht Frau Loredo!"

„Nein. Sie war aber auch nicht die Dame, die ich zuerst sah."

„Warum liefen Sie ihr dann nach?"

„Ich – Herrgott, Herr Kommissar, können Sie sich vielleicht vorstellen, dass ich im Augenblick nicht die besten Nerven habe?"

„Das wollte ich von Ihnen hören", sagte er freundlich.

„Was?"

„Dass Sie selbst den Zustand Ihrer Nerven charakterisieren. Damit kennen Sie auch meine Ansicht über die fünf Herren aus Italien."

„Wollen Sie damit sagen, dass das keine Spur ist?"

„Es ist eine von vielen Spuren, die wir verfolgen."

„Sie *wussten* schon von den Italienern?"

„Natürlich, Herr Holland."

„Aber warum gehen Sie der Spur dann nicht nach?"

„Wir gehen ihr nach. Wir gehen vielen Spuren nach, Herr Holland. In den letzten achtundvierzig Stunden vor ihrem Verschwinden war Frau Loredo bei dem Juwelier Hähnlein, im Delikatessengeschäft Rollenhagen und im Delphi-Kino. Ferner besuchte sie den Friseur Armand. Sie ließ sich von Herrn Franz die Haare legen."

„Und?"

„Und Sie können sich denken, Herr Holland, dass Frau Loredo dabei mit vielen Menschen zusammentraf. Wir interessieren uns für alle diese Menschen, so weit wir sie erfassen können. Wir haben unsere eigenen Methoden, einen solchen Fall zu bearbeiten. Glauben Sie mir, Herr Holland, wir übersehen nichts."

„Aber dieser Carlo Zampa fragte noch nach Sibylles Namen!"

„Herr Holland, haben Sie noch nie versucht, den Namen einer schönen Frau zu erfahren?"

„Herr Kommissar, Frau Loredo hat lange in Italien gelebt! Ich bin ganz sicher, dass diese Italiener mit der Entführung zu tun haben!"

Er sagte kühl: „Sie müssen sich irren."

„Wieso?"

„Frau Loredo hat nicht in Italien gelebt."

„Lächerlich, sie hat es mir doch selber erzählt!"

„Unseren Meldeämtern ist aber nichts davon bekannt."

„Wollen Sie sagen, dass Frau Loredo log?"

Er zuckte die Achseln. „Viele Menschen erfinden Geschichten, Herr Holland."

„Aber warum?"

„Um anderen zu imponieren. Oder weil sie viel Fantasie besitzen. Es gibt viele Gründe."

„Frau Loredo *war* in Italien!", rief ich.

„Nein", sagte er, „das stimmt nicht."

Ich gab es auf. Ich sah ein, dass ich selbst handeln musste, wenn ich die Absicht hatte, weiterzukommen. „Ich verlasse Berlin, Herr Kommissar."

„Ich nehme an, Sie fliegen nach München?"

„Ja. Ich werde im ‚Vier Jahreszeiten' wohnen."

„Gut, Herr Holland." Er stand auf und gab mir die Hand. „Sie haben nicht sehr viel Vertrauen zu uns, nicht wahr?"

„O doch", sagte ich. „Doch, doch, natürlich!" Ich war entschlossen, nur noch auf mich selber zu vertrauen.

Es gelang mir, einen Platz in der Mittagsmaschine der Air France zu bekommen. Robert brachte mich zum Flughafen. Ich gab ihm die Schlüssel zu Sibylles Wohnung, und wir verabredeten, dass wir in ständigem telefonischen Kontakt bleiben wollten. Wir standen in der unruhigen Halle des Flughafens und rauchten, und ich dachte daran, dass ich vor zwei Wochen noch mit Sibylle hier gestanden und gewartet hatte.

„Achtung, Air France gibt den Start ihres Fluges sieben-neunundsechzig nach München bekannt. Die Passagiere werden durch Flugsteig drei an Bord gebeten. Wir wünschen Ihnen einen angenehmen Flug."

„Also, auf Wiedersehen, Robert."

„Leben Sie wohl, Herr Holland. Und alles Gute."

Ich ging durch die Sperre zum Flugsteig drei, und Robert stand in der Halle und winkte. Klein und dick stand er da, die linke Hand zum Gruß erhoben. Ich drehte mich ein paarmal nach ihm um, und jedes Mal, wenn ich mich umdrehte, verzog sich sein trauriges Gesicht zu einem zuversichtlichen Lächeln. Ich klemmte meine Schreibmaschine unter den Arm und ging die Treppe zum Flugfeld hinunter. Das Wetter war klar und sehr kalt. Ich dachte daran, wie ich mich auf den Sommer gefreut hatte. Sibylle und ich wollten miteinander verreisen, irgendwohin ans Meer, vier Wochen lang. Wir wollten im heißen Sand liegen und uns im heißen Sand lieben und danach ins Wasser laufen. Wir waren noch nie miteinander verreist, aber in diesem Sommer wollten wir es tun. Wir hatten es uns fest vorgenommen.

18

Die Maschine war stark belegt.

Ich saß auf der linken Seite des Ganges, ziemlich weit vorne, neben einer dicken, sorgenvollen Dame. Gleich nach dem Start servierten zwei Stewards ein Mittagessen, aber ich war nicht hungrig. Ich dachte über die Worte des Kommissars Hellwig nach. Was hieß das: Sibylle war nicht in Italien gewesen? Sie hatte es mir doch selber erzählt! Ich dachte erschrocken: Hat sie gelogen? Oder irrte sich das Meldeamt? Ich dachte verstört: Ein deutsches Meldeamt irrt sich nicht.

Was bedeutet das alles?

Die Dame neben mir aß zwar, doch sie schien sich nicht gut zu fühlen, obwohl der Flug völlig ruhig verlief. Von Zeit zu Zeit schüttelte sie den Kopf und seufzte. Zweimal sprach sie mit sich selber, ich konnte sie aber nicht verstehen. Es war eine Dame von etwa fünfzig Jahren. Sie trug ein Lodenkostüm und hatte ein breites, derbes Kinn. Als wir die Elbe hinter uns gelassen hatten, bestellte sie Kognak. Beim Öffnen des kleinen Fläschchens verschüttete sie die Hälfte. Ein paar Tropfen fielen auch auf meine Hose. Sie entschuldigte sich erschrocken.

„Keine Ursache."

„Ich bin nämlich völlig mit den Nerven herunter!" Ich schwieg und blickte aus dem Fenster. Es gab keine Wolken an diesem Tag, und so sah ich die Erde. Das Land war tief verschneit. Wie Mohnkörner lagen die Häuser im Schnee. Die Dame trank den Rest des Fläschchens, schüttelte sich und sagte: „Das hat man notwendig, diese Aufregungen! Fünfundzwanzig Jahre wohne ich in der Stadt. Kein Mensch hat mir je etwas nachsagen können. Und jetzt haben sie mich angezeigt."

Ich begriff, dass sie auf alle Fälle weiterreden würde, ob ich mich interessiert zeigte oder nicht, und so erkundigte ich mich höflich: „Angezeigt?"

„Wegen kommunistischer Propaganda", sagte sie, und ihr Doppelkinn zitterte empört. Sie sprach mit bayerischem Akzent. „Mich! Von allen Leuten in Hof mich!" Der zweite Pilot ging nach hinten, er nickte mir zu.

„Ich habe da ein Radiogeschäft. In der Ludwigstraße. Das größte in der Stadt. Kennen Sie Hof?"

Nein, ich kannte die Stadt im äußersten Norden Bayerns nicht. „Liegt direkt an der Zonengrenze, nicht wahr?"

„Das ist es eben!" Sie sah mich mit ihren hilflosen grauen Mausaugen an. „Übrigens, ich heiße Högl. Erna Högl."

Ich nannte meinen Namen.

„Alles ist gut gegangen, bis ich die Fernsehapparate bekommen habe", fuhr Frau Högl bedrückt fort. „Ich halte ja nichts von diesen neumodischen Erfindungen, wissen Sie, aber meine Schwester! Also, die macht mich vollkommen verrückt! Wir sind rückständig, sagt sie, und wenn wir nicht den ersten Fernsehapparat in der Auslage haben, dann haben ihn die anderen, und das geht nicht, denn wir sind das größte Geschäft am Platz. Bis ich mich breitschlagen lasse und drei Apparate bestelle!"

Gleichmäßig und ruhig dröhnten die vier Motoren, es war halb zwei Uhr. Um drei sollten wir in München landen.

„Sehen Sie", fuhr die Radiohändlerin mit den schlechten Nerven fort, „in Bayern gibt es sieben Sender, die das Fernsehprogramm Münchens ausstrahlen. Überall kann man es empfangen – nur bei uns in Nordbayern nicht. Weil da die Berge dazwischenliegen. Und wenn man sich auf den Kopf stellt, in Bayreuth und Marktredwitz und Selb und Hof bekommt man nichts vom bayerischen Fernsehen auf den Schirm. Wir liegen im toten Winkel, heißt es. Aber nur für das bayerische Programm!"

Ich produzierte ein interessiertes Räuspern.

„Der Sender Ernst Thälmann, den kriegen wir tadellos", sagte Frau Högl, und es klang bitter. „Der steht auf dem Katzenberg bei Chemnitz in der Ostzone, und so was von einem klaren Empfang haben Sie noch nicht erlebt! Noch ein Fläschchen, Herr Ober", rief sie dem Steward zu.

„Glauben Sie nicht, dass Sie aufhören sollten, zu trinken, Frau Högl?", sagte ich vorsichtig. „Draußen ist es sehr kalt …"

„Sie meinen, ich vertrag's nicht? Keine Angst!" Sie winkte ab, empfing das Fläschchen und fuhr fort: „Also am ersten Tag lasse ich den Apparat in der Auslage einfach laufen und denke mir nichts dabei. Im Gegenteil, ich freue mich, dass die Leute trotz der Kälte auf der Straße stehen bleiben und einer den anderen wegdrängt. Denn, wie gesagt, es ist das erste Fernsehgerät, das wir in Hof überhaupt je gesehen haben."

„Was sandte ‚Ernst Thälmann' denn für ein Programm?"

„Die Winterolympiade in Cortina. Sehr schöne Aufnahmen, Herr Holland, nichts zu wollen! Die Leute waren alle begeistert. Ich setze mich ein bisschen hinten in den Laden und trinke Kaffee, und meine Schwester sagt, dass doch eigentlich alles nur ihrem Drängen zu verdanken ist, und so nach einer halben Stunde gehen wir beide auf die Straße, um nachzusehen, was gerade gesendet wird, und es stehen noch mehr Leute da, und wir sehen einen sehr interessanten Kulturfilm aus der Taiga. Und im Anschluss daran gibt es Aufnahmen von einem Betriebsfest bei der Schiffswerft Genosse Pieck. Da bin ich schon ein bisschen nachdenklich geworden, denn ein Redner hat den Genossen Pieck nämlich hochleben lassen, und dann haben sie alle die Internationale gesungen."

„Hörte man das durch die Auslagenscheibe?"

„Und wie, Herr, und wie! Ich hatte den Apparat doch eigens auf den Straßenlautsprecher geschaltet. So was von einem Gebrüll haben Sie noch nicht erlebt! Ich war so erschrocken, mich hätten Sie mit der linken Hand umwerfen können."

„Was taten Sie, Frau Högl?"

„Na, ich nichts wie rein in den Laden und abdrehen. Aber gerade wie ich abdrehen will, sind sie mit der Internationalen fertig, und die Bilder vom Genossen Stalin und Genossen Lenin und Genossen Pieck und so weiter verschwinden, und es beginnt eine Kinderstunde mit Hänsel und Gretel. Und die Kinder draußen auf der Straße machen einen Krach, der noch lauter ist als das Gebrüll bei der Internationalen, und schreien: ‚Weiterspielen, weiterspielen!'"

„Und so spielten Sie weiter, Frau Högl?"

„Natürlich, was soll ich denn machen? Ich sage Ihnen, Herr Holland, diesen Abend hab ich Fieber gehabt. So etwas von einem Irrenhaus können Sie sich nicht vorstellen. Ich hatte noch kein Programmheft von dem Sender. Und die Roten haben es ganz raffiniert angefangen, immer schön gemischt, nie wussten Sie, was als Nächstes kam! Eine kleine Hausmusik, und, bums, eine Werkreportage! Ein bisschen Kabarett und gleich wieder etwas Niedliches aus einem volkseigenen Ferienkinderheim. Und kaum hatten Sie sich daran gewöhnt, ging ein Spielfilm los, in dem waren die Helden lauter Rotchinesen und die finsteren Bösewichter lauter Amerikaner. Und am nächsten Tag ist dann die Polizei gekommen, weil man mich als Kommunistin angezeigt hat."

„Was sagte die Polizei, Frau Högl?"

„Die Herren waren sehr freundlich. Ich habe gefragt, ob ich vielleicht die Apparate zurückgeben soll, aber sie haben gesagt, nein, das käme gar nicht infrage, das sähe aus wie Einschränkung der persönlichen Freiheit!"

„Donnerwetter!"

„Warten Sie ab, Herr Holland. Das war nicht alles, was die Polizisten sagten. Sie sagten auch, sie wollten doch annehmen, dass ich ein politisches Gewissen besaß. Also wissen Sie, mit so einer Frage kann man einen Menschen wirklich in Verlegenheit bringen!"

„Was antworteten Sie darauf?"

„Was hätten Sie darauf geantwortet, Herr Holland?"

„Ich bin Reporter, Frau Högl. Mir stellt man solche Fragen vorsichtshalber überhaupt nicht."

„Sie haben es gut, Herr Holland! Ich sagte natürlich, dass ich eines besäße, und darauf sagten die Polizisten, ich sollte auf dem Fernsehschirm nur noch durchlassen, was ich mit meinem politischen Gewissen verantworten könne."

„Und das tun Sie jetzt?"

„Jawohl." Frau Högl holte tief Atem. „Meine Schwester und ich. Wir sitzen den ganzen Tag im Laden mit der Hand am Schalter. Eine Woche sie, eine Woche ich. In der letzten Woche war ich dran. Jetzt habe ich Urlaub genommen."

„Urlaub nach Berlin?"

„Ach", sagte sie, „es ist so eine wunderbar ruhige, friedliche Stadt!"

„Friedlicher als Hof in Bayern?"

„Gar kein Vergleich, Herr Holland." Frau Högl seufzte. „Morgen früh geht die Quälerei wieder los, da bin ich wieder dran! Wissen Sie, manchmal glaube ich, die Leute von ‚Ernst Thälmann' wollen uns bloß verrückt machen. So schnell wie jetzt haben sie ihr Programm überhaupt noch nie gewechselt!"

Frau Högl versank in ein brütendes Schweigen. Der Kognak hatte sie müde gemacht. Ich schlief ein und wachte über Fulda wieder auf, als die Maschine sich in die Kurve legte, die sie aus dem sowjetischen Korridor in die westdeutsche Bundesrepublik herausführte, und schlief wieder ein, und wachte wieder auf, als wir über München kreisten. Es war zehn Minuten nach drei. Ich fragte, warum wir nicht landeten. „Der Faschingsprinz aus Köln ist eben angekommen, mein Herr. Die Herrschaften blockieren das Rollfeld", erklärte mir die Stewardess.

Als ich gegen halb vier Uhr aus der Maschine kletterte, war die Kölner Karnevalsgesellschaft noch immer zu bewundern. Sie trugen Tschakos und Helme, goldverschnürte Jacken in Rot und eng sitzende Hosen in Weiß. Sie trugen alle Stiefel, und viele trugen blitzende Säbel an den Seiten. Ohne dass ihn jemand darum gebeten hätte, erläuterte ein Mann vom Bodenpersonal die Situation: „Die Herren mit den roten Westen sind von der Kölner Narhalla. Sie bilden die Leibgarde. Die Damen in Weiß sind die Ehrenjungfrauen Seiner Tollität." Die Ehrenjungfrauen sahen aus wie erfrorene Filmkomparsinnen. „Das Mädchen in den roten Stiefeln, das tanzt, ist das Funkenmariechen!"

In der Tat schwang eine pralle Blondine die Beine. Man sah die weißen Spitzenhöschen und das rosige Fleisch der Schenkel. Das Funkenmariechen wirbelte einen weißen Stock durch die Luft.

Es schien, dass der Tanz zu Ehren des Münchner Faschingsprinzenpaares absolviert wurde, das mit seinem ebenso bunten Gefolge den Kölner Gästen gegenüberstand. Der Münchner Faschingsprinz war rosig und fett und sah aus wie der Sohn eines Metzgermeisters. Die Prinzessin an seiner Seite war blass und mager. „Sie stammt aus einer der reichsten bayerischen Gastronomenfamilien", erläuterte der ungefragte Mann vom Bodenpersonal.

Es war unmöglich, den Platz zu überqueren, solange die Begrüßungszeremonie dauerte. Frau Högl stand neben mir. Sie sagte ein paarmal hilflos: „Mein Gott, mein Gott!" Dann sah sie wieder dem Schauspiel zu.

Es gab Fotoreporter und die Männer von der Wochenschau. Kameras surrten. Die von den Kölnern mitgebrachte Blechmusikkapelle spielte „Warum ist es am Rhein so schön?" Zu den Klängen dieses Liedes begannen alle Anwesenden zu „schunkeln", das heißt, sie hängten sich ineinander ein und bewegten die Körper rhythmisch hin und her. Das Funkenmariechen schwang noch immer die Beine.

Als das Lied zu Ende war, gingen die Männer der Kölner Prinzengarde in eine halbe Kniebeuge und klatschten sich dröhnend mit den Händen auf die prallen Sitzflächen, wobei sie in unverständlichem Kölnisch einen offenbar zweideutigen Vers brüllten, der ebenso brüllendes Gelächter herausforderte.

Frau Högl sah mich an, dann sah sie wieder fort.

Ich dachte daran, dass ich ein Reporter war und dass mich das alles nichts anging, dass ich nur zu berichten hatte, ohne Furcht, ohne Leidenschaft, ohne Mitleid. Ich dachte, dass man von mir weder Ekel noch Eifersucht erwarten durfte, denn ich war nur ein Reporter. Ich dachte an Sibylle …

Nun umarmten sich die Faschingsprinzessinnen der beiden Städte und küssten einander. Die Faschingsprinzen schüttelten einander die Hände. Der aus Köln trug eine goldgeränderte Brille und hatte Schmisse im glatten Gesicht. Der aus München trug sein aschblondes Haar militärisch kurz geschnitten und klappte die Hacken zusammen, als er sich verneigte.

„Ganz reiche Leute, die Herren", erklärte der Mann vom Bodenpersonal. Es klang bewundernd. Indessen fuhren die Bayern unter dem Beifall der Kölner eine Weißwurstkanone und ein riesiges Bierfass auf. Die Musik intonierte ein neues Lied. Nun sangen die Münchner „Da drunt' am Isarstrand".

„Mein Gott", sagte Frau Högl verloren.

Die Gesellschaft hob riesige Tonhumpen voll bayerischem Bier. Die Faschingsprinzen leerten sie auf einen Zug. Schaum troff ihnen von den Lippen. Triumphierend schüttelten sie die leeren Humpen gegen die surrenden Kameras der Wochenschauleute. Arm in Arm standen sie da, mit purpurroten Gesichtern, vereint und unbesiegbar. Nun wurden die Weißwürste kredenzt.

„Im Fernsehen", sagte Frau Högl tonlos, „bei dem Gewerkschaftsfest auf der Werft Genosse Pieck, da hat es auch Uniformen gegeben. Und Fahnen. Und Transparente. Und aufgerissene Münder. Und Gebrüll."

Ich war nur ein Reporter. Alles war interessant für mich, wenn es eine Nachricht ergab. Das hier war deshalb uninteressant für mich.

„Ich habe Angst, Herr Holland!"

Ich sah Frau Högl überrascht an.

„Ich gehe sonntags immer in die Kirche", erklärte sie leise, indessen alle Anwesenden der Faschingsgesellschaft den Popo der jungen Dame aus Köln beklatschten, „und vorige Woche hat der Herr Pfarrer eine Stelle aus der Offenbarung Johannes' vorgelesen, an die muss ich immer denken."

„Welche Stelle war das?"

„Wenn ihr euch nicht besinnt, werdet ihr alle untergehen", antwortete Frau Högl aus Hof in Bayern.

Ich verabschiedete mich von ihr und ging durch die leicht angetrunkenen Kölner Gäste zum Flughafengebäude. Dabei kam ich an zwei Indern, einem Mann und einer Frau, vorbei, die den Vorgängen mit unbewegten Gesichtern zusahen.

Die Frau sagte leise: *„Have you ever seen anything like this?"*

Der Mann erwiderte ernst, an seiner Brille rückend: *„It's their way to enjoy themselves."*

Ich betrat das stille Gebäude des Flughafens München-Riem und ging zum Schalter der Air France. Hier kannte man mich. Ich legte den Zettel mit den Namen der fünf Italiener vor die freundliche Stewardess und bat sie festzustellen, ob diese Fluggäste inzwischen weitergeflogen seien – mit der Air France oder irgendeiner anderen Gesellschaft.

„Wollen Sie so lange im Restaurant warten, Herr Holland? Es wird etwa eine halbe Stunde dauern, wir müssen die Listen der letzten Tage durchsehen."

Es dauerte sogar eine Stunde. Dann rief mich eine Lautsprecherstimme zurück zum Schalter der Gesellschaft. Die Stewardess sagte: „Von den fünf Herren sind vier nach Rom weitergeflogen. Den fünften Herrn konnten wir weder in unserer Liste noch bei KLM, SAS, PAA, BEA oder SABENA finden. Er heißt –"

Ich sagte schnell: „– Carlo Zampa!"

Die Stewardess sah mich überrascht an: „Nein, wieso?"

„Carlo Zampa ist auch nach Rom weitergeflogen?"

„Ja, um achtzehn Uhr dreißig am zehnten Februar, mit Flug eins-neunundzwanzig der PAA."

„Wie heißt denn der Mann, den Sie in Ihren Listen nicht finden können?"

Die Stewardess erwiderte: „Er heißt Emilio Trenti."

19

Ich nahm ein Taxi und fuhr ins Hotel.

Ich hatte im „Vier Jahreszeiten" von Berlin aus ein Zimmer reserviert und auch der Zentrale in Frankfurt meine neue Adresse bekanntgegeben. Auf dem Weg in die Stadt sah ich viele Menschen mit Masken und in Fantasiekostümen zu Veranstaltungen eilen. München feierte den Fasching.

Mein Zimmer lag im vierten Stock des Hotels. Ich nahm ein heißes Bad, dann ging ich in die Halle hinunter, setzte mich in eine Ecke und schloss die Augen, um nachzudenken. Vier Männer von den fünfen, die ich suchte, hatten Deutschland schon wieder verlassen. Der fünfte war nicht aufzufinden. Dieser fünfte war auch nicht der Mann gewesen, der sich in Berlin, in der Konditorei Wagenseil, nach Sibylles Namen erkundigt hatte. Dieser Mann, Carlo Zampa, saß schon wieder in Rom. Emilio Trenti hingegen war nicht mit den anderen geflogen. Was bedeutete das? Warum war er zurückgeblieben?

Es musste überhaupt nichts bedeuten! Vielleicht hatte er noch in Deutschland zu tun. Vielleicht war auch er bereits wieder in Italien. Er musste nur einen Eisenbahnzug oder ein Auto benützt haben. Vielleicht war er mit dem Auto oder der Eisenbahn in irgendeine andere Stadt Deutschlands gefahren. Oder in irgendein anderes Land. Vielleicht saß er noch in München, vielleicht hier im Hotel „Vier Jahreszeiten".

Ich gedachte mit plötzlicher Nachsicht des Kommissars Hellwig. Es war wirklich vollkommen unmöglich, jeder Spur nachzugehen. Was konnte ich jetzt tun? Zur Polizei fahren und im Meldeverzeichnis nachsehen lassen. Das würde Tage dauern – allein in München. Und ich würde überhaupt nur Erfolg haben, wenn Emilio Trenti sich angemeldet hatte und nicht weitergefahren war. Ich dachte in lähmender Ernüchterung: Und *wenn* es mir gelang, Herrn Emilio Trenti zu finden, standen die Chancen neunzig zu zehn, dass er mit Sibylles Verschwinden nicht das Geringste zu tun hat! Ich wünschte plötzlich, ich wäre in Berlin geblieben. Da gab es immerhin noch Robert und die Wohnung. Hier in München gab es nichts und niemanden …

„Herr Holland?"

„Ja. Was ist?" Ich sah auf. Ein Page stand vor mir.

„Ein Ferngespräch aus Frankfurt für Sie. In Kabine drei, bitte!"

„Für mich?"

Er nickte und wies den Weg mit der Hand: „Da drüben, mein Herr!"

Ich ging in die gepolsterte Zelle, in der es nach Baldrian roch. Es meldete sich die Telefonistin meines Büros: „Einen Augenblick, Herr Holland, ich verbinde mit Herrn Kalmar."

Gleich darauf ertönte dessen Stimme: „Paul?"

„Ja, was ist los?"

„Gut, dass du schon im Hotel bist. Ich dachte, du kämest erst mit der Abendmaschine. Wir haben eine Nachricht für dich."

Ich öffnete die Zellentür ein bisschen, denn der Geruch nach Baldrian erstickte mich fast.

„Kennst du einen gewissen Emilio Trenti?"

Ich lehnte mich an die Wandpolsterung und zerrte an meinem Kragen. „Was ist mit ihm?"

„Der hat hier angerufen. Vor zwei Stunden. Er sagte, er müsse dich morgen unbedingt sprechen."

Ich schwieg. Mein Atem ging stoßweise, ich hatte Angst, keine Luft zu bekommen, wenn ich sprach.

Sibylle, dachte ich, Sibylle. Oh, Sibylle.

„Er sagte, wir sollten unter allen Umständen versuchen, dich zu erreichen. Er bittet dich, morgen Nachmittag um vier Uhr bei ihm zu sein."

„Wo?"

„In Salzburg."

„Wo?"

„In Salzburg, der Stadt in Österreich. Die Adresse –"

„Warte einen Moment." Ich nahm mit zitternden Fingern den Bleistift, der vor mir lag, und schrieb mit, was Kalmar diktierte: „Salzburg-Parsch, Akazienallee drei. Hast du das?"

„Ja."

„Er sagte, Parsch wäre ein Vorort von Salzburg."

„Telefon?"

„Er hat kein Telefon. Er sagte, es hätte auch keinen Sinn, dass du früher kämest, er wäre erst morgen Nachmittag dort. Ich hoffe, das alles ist sinnvoll für dich?"

„Nicht sehr … Sagte Herr Trenti, worum es sich handelt?"

„Ja, Paul."

Warum roch es hier so nach Baldrian? Wie war Baldrian in die Zelle gekommen? Widerlich, dieser Geruch!

„Worum?"

„Er sagte, es handle sich um Sibylle Loredo."

Zweites Buch

1

Ich wohne nun seit drei Wochen im Hotel „Ambassador", genau gesagt, seit zweiundzwanzig Tagen. Die Luft ist mild geworden in Wien, die Menschen sitzen vor den Cafés auf der Straße, und wenn die Sonne scheint, ist es schon heiß. Der Sommer, sagt man allgemein, soll in diesem Jahr sehr früh beginnen.

Heute Vormittag hat sich Doktor Gürtler verabschiedet. Es war ein Auseinandergehen, das mir völlig unerwartet kam. Er untersuchte mich routinemäßig, so wie er mich in den vergangenen drei Wochen stets untersucht hatte, und stellte fest, dass ich bald wieder ganz in Ordnung sein werde. „Ich bin zum letzten Mal bei Ihnen, Herr Holland", sagte er dann überraschend, während er seine Instrumente einpackte und ins Badezimmer ging, um sich die Hände zu waschen. Ich ging ihm nach.

„Morgen kommt ein Kollege von mir, ich kann fast sagen ein Freund: Doktor Deutsch. Ein ganz hervorragender Arzt. Ich habe ihn besonders auf Sie aufmerksam gemacht."

„Und Sie?"

Er trocknete seine Hände und sah mich lächelnd an.

„Ich ordiniere nicht mehr im ersten Bezirk. Ich habe meine Praxis aufgegeben."

„Aufgegeben? Aber warum?", rief ich.

Daraufhin gab er eine seltsame Antwort: „Weil ich so nicht weiterleben will."

„Entschuldigen Sie, ich konnte nicht ahnen, dass Sie private Gründe dafür haben."

Er schüttelte den schweren weißhaarigen Schädel und kam mit mir in den Salon zurück. „Man kann ruhig darüber reden. Ich weiß nicht, wie es Ihnen selber geht, Herr Holland – aber ich fühle mich seit ein paar Jahren so unruhig, so gereizt."

Ich sah ihn an und schwieg. Immer noch priesen die Blumenfrauen unten auf der Straße ihre Ware an. „Primeln", sangen sie, „Narzissen, schöne Veilchen, fünf Schilling das Büschel, kauft's uns was ab!"

Doktor Gürtler biss sich auf die Lippen, starrte auf den Teppich und sagte heiser: „Kein Mensch kann leben, ohne an etwas zu glauben."

Ich schwieg.

„Es klingt lächerlich, wenn ein exakter Wissenschaftler so etwas behauptet, wie?"

„Durchaus nicht", sagte ich verlegen.

„Ich weiß schon, wie es klingt", sagte er.

Wir standen einander im Salon meines rot-weiß-goldenen Appartements gegenüber und sahen aneinander vorbei. Es war, als hätte er mir eben anvertraut, dass er an Gonorrhöe erkrankt sei. Seltsam, dachte ich, wie verlegen wir beide waren. Und dabei hatte er doch nur festgestellt, dass jeder Mensch an etwas glauben müsste …

„Veilchen", sangen die Blumenfrauen in der Tiefe. „Taufrische, schöne Veilchen, fünf Schilling das Büschel ..."

Ich fragte: „Und haben Sie etwas gefunden, woran Sie glauben können, Herr Doktor?"

Der alte Arzt hob den Kopf wie ein Erwachender. „Ich – werde Ihnen sagen, wie es ist. Sie sind Journalist. Vielleicht interessiert es Sie. Es heißt, dass Journalisten sich für alles interessieren ..." Er setzte sich schwerfällig. Er war sehr gut gekleidet, er hatte auf mich immer den Eindruck eines wohlhabenden Mannes gemacht. Seine Stadtpraxis, hatte er mir erzählt, war eine der ersten Wiens.

„Wollen Sie vielleicht etwas trinken?", fragte ich ihn.

Er schüttelte abwesend den Kopf: „Wissen Sie, wo Floridsdorf ist, Herr Holland?"

„Nein."

„Floridsdorf ist ein Industrieviertel im Norden Wiens", erklärte er. „Es wohnen nur Arbeiter dort. Die Gemeinde hat in dieser Gegend gerade ein neues Kinderkrankenhaus eingerichtet."

Ich setzte mich ihm gegenüber in einen tiefen, weichen Sessel. Schräg fiel eine goldene Sonnenlichtbahn in den Salon. Staubteilchen tanzten in ihr.

„Der Mann, der das Kinderkrankenhaus leitet, heißt Ehrlich. Er ist viel jünger als ich. Doktor Walter Ehrlich heißt er." Gürtlers Stimme verlor sich. Er schwieg.

Ich fragte leise: „Ist er es, den Sie sich ausgesucht haben, um an ihn zu glauben?"

Er nickte. „Kommt es Ihnen komisch vor?"

„Nein."

„Ich ... ich bewundere ihn", sagte mein Arzt, und es klang, als schämte er sich seiner Worte. „Ich möchte so sein wie er. So ähnlich wenigstens. Ich möchte tun, was er tut. Und denken, wie er denkt."

Ich stand auf und trat zu einem Wandbord, auf welchem eine Flasche Whisky stand. Einen Siphon und einen silbernen Eiskübel hatte Kellner Franz danebengestellt. Ich machte mir einen Drink. Ich dachte an Sibylle, und die Narbe unter meinem Herzen tat mir weh. Ich dachte daran, dass Sibylle nun tot war, endgültig tot, versargt und bestattet in einem tiefen Grab. Ich dachte daran, dass sie nie wiederkehren würde und dass meine Tage in Wien zu Ende gingen. Ich musste fort von hier. Mein Büro hatte sich schon zweimal erkundigt, wie lange ich noch zu bleiben gedachte. Ich sollte nach Brasilien. Sie warteten darauf, dass ich mich gesund meldete, damit sie mich nach Brasilien schicken konnten. Aber bevor ich Wien verließ, musste ich eine Entscheidung treffen. Ohne diese Entscheidung war es mir unmöglich, abzureisen.

Während ich trank, sprach mein Arzt weiter. „Dieser Mensch ist Chirurg wie ich, Herr Holland. In seinem Krankenhaus gibt es, wie Sie sich denken können, nur arme Kinder. Die Eltern sind Arbeiter. Es ist nichts an ihnen zu verdienen." Seine Augen leuchteten. „Aber Sie sollten dieses Krankenhaus einmal sehen, Herr Holland! Es ist das modernste Kinderspital der Stadt!" Er war erregt. „Doktor Ehrlich hat seine eigenen Methoden. In seinem Haus fühlt kein Kind Angst vor der Operation. Alle Kinder lachen und sind glücklich."

Ich trank wieder und ich dachte: Ach, Sibylle!

„Am Tag, bevor ein Kind operiert wird", erzählte Gürtler weiter, „gibt Doktor Ehrlich für die kleine Liesl, den kleinen Hans oder die kleine Ruth ein Fest. Ein Kinderfest mit Musik und Geschenken und Kuchen!"

„Dem Patienten zu Ehren?"

„Ja, Herr Holland. Der Patient ist der Held des Tages, das wird stets besonders hervorgehoben: weil er doch morgen operiert wird. Seht, wie tapfer er ist, wie erwachsen! Er fürchtet sich nicht! Kein kleines bisschen fürchtet er sich! Im Gegenteil, er weiß, dass die Operation ihn gesund machen wird – und deshalb freut er sich auf sie!"

„Die Methode funktioniert?"

„Sie machen sich keine Vorstellung davon, *wie*, Herr Holland! Ich erlebte den Fall eines Elfjährigen, dem man ein Bein abnehmen musste. Bei seiner Party saß er im Bett und blies den anderen auf einer Kindertrompete ‚Alle meine Entlein' vor und strahlte über das ganze Gesicht. Man bewunderte ihn maßlos! Nur zwei kleinere Jungen heulten."

„Warum?"

„Sie wollten auch schon am nächsten Tag operiert werden. Aber das ging nicht. Sie mussten noch warten. Und darüber waren sie unglücklich ..."

Wir sahen einander wieder an und schwiegen.

Mein Arzt sagte: „Doktor Ehrlich kümmert sich auch noch um die Kinder, wenn sie sein Krankenhaus wieder verlassen haben. Viele leben in elenden Verhältnissen, sie müssen mit den Eltern zusammen schlafen, sie haben kein eigenes Bett, kein gutes Essen. Dann nimmt Doktor Ehrlich sie von Zeit zu Zeit wieder zu sich ins Krankenhaus."

„Als Gesunde?"

„Ja. Sozusagen zur Erholung. In seinem Krankenhaus gibt es fast ebenso viel gesunde Kinder wie kranke."

„Primeln!", riefen die Blumenfrauen. „Narzissen und Veilchen!"

„Und zu diesem Doktor Ehrlich", sagte ich, „gehen Sie nun."

„Ja, Herr Holland."

„Wo werden Sie wohnen?"

„Bei ihm, im Krankenhaus."

„Sie geben in der Stadt alles auf, auch Ihre Wohnung?"

Er nickte.

„Ich habe Doktor Ehrlich vor einem Jahr kennengelernt, bei einem Vortrag. Er sagte damals einen Satz, den ich nicht vergessen konnte."

„Nämlich?"

„Er sagte: Wohlwollen ist wichtiger als Liebe."

Ich trank mein Glas leer und dachte, dass ich zu einer Entscheidung kommen musste. Seit drei Wochen saß ich in Wien und schrieb auf, was ich erlebt hatte, in der Absicht, die Wahrheit zu Papier zu bringen. Die Polizei hat mich verhört, wieder und wieder. Ich habe den Polizisten erzählt, wie Sibylle gestorben ist. Aber ich habe den Polizisten über Sibylles wirkliches Ende nicht die Wahrheit gesagt. Die Wahrheit schreibe ich auf diesen Seiten nieder, die wirkliche, wahre Wahrheit. Es wird sich, wenn ich meinen Bericht abschließe, erweisen, warum ich das tue …

„Ich werde Sie sehr vermissen", sagte ich zu Doktor Gürtler, als er mir zum Abschied die Hand schüttelte.

„Vielleicht kommen Sie mich einmal besuchen. Die Adresse ist Donauuferdamm drei-zwei-vier."

„Sie freuen sich auf Ihre neue Tätigkeit, nicht wahr?" Seine alten Augen leuchteten auf. „In meinem ganzen Leben", sagte er, „bin ich noch nie so glücklich und zufrieden gewesen!"

Er ist nun gegangen. Ich bin allein. Und wieder sitze ich bei meiner Schreibmaschine und denke an Sibylle, an Sibylle, an sie allein, und weiß, dass es Sibylle nicht mehr gibt als Menschen. Nur noch als Begriff, als etwas, woran man glauben kann. Aber kann man, darf man glauben? Ich weiß es nicht. Ich muss weiterschreiben. Ich habe nicht mehr viel Zeit. Sie warten auf mich in Frankfurt, sie wollen mich nach Brasilien schicken. Und so setze ich meinen Bericht fort. Ich werde die Wahrheit berichten. Die wirkliche, wahre Wahrheit über den Tod Sibylle Loredos. Ich werde aufschreiben, was geschehen ist, alles; ich werde nichts verschweigen, auch nicht das entsetzliche, wahnsinnige Ende.

2

Einen Tag, nachdem ich in München eingetroffen war, verließ ich die Stadt wieder in Richtung Salzburg. Ich nahm den Schnellzug um vierzehn Uhr dreißig.

Der Zug war überheizt und fast leer. Das Land lag unter einer gewaltigen Schneedecke begraben. Draußen drehte sich die schmerzend helle Welt vorüber wie auf einem Grammofonteller. Die Sonne schien in Bayern. In zwei Stunden sollte ich bei Emilio Trenti sein.

Um nicht dauernd an ihn zu denken, begann ich in den Zeitungen zu blättern, die ich auf dem Bahnhof gekauft hatte. Im Ural, las ich, hatten die Sowjets, amerikanischen Informationen zufolge, ihre bisher größte Wasserstoffbombe zur Explosion gebracht. Der Bundesverband der deutschen Schwerindustrie wies in einem Memorandum an den Bundeskanzler darauf hin, es müsse vorgesorgt werden, dass – wenn eine neue Rüstungsindustrie geschaffen werde – die Rüstungsindustriellen in keinem Fall noch einmal wie nach 1945 diffamiert würden. In Marokko hatten die Aufständischen unter den französischen Siedlern neuerlich ein grauenvolles Blutbad angerichtet, dem fünfundvierzig Frauen und Kinder zum Opfer gefallen waren. Der österreichische Skichampion Toni Sailer erhielt laufend Filmangebote. Das Oberlandesgericht in Bremen entschied in einem Urteil: „Ein vom Nationalsozialismus Verfolgter hat keinen Anspruch auf Entschädigung irgendeiner Art, wenn die Verfolgung erst nach Erreichung des 70. Lebensjahres begonnen hat." Auf dem 20. Kongress der Kommunistischen Partei der Sowjetunion in Moskau kritisierte der Chef der größten Staatspartei der Welt, der kleine, rundliche Nikita Chruschtschow, scharf den toten georgischen Schusterssohn Josef Wissarionowitsch Dschugaschwili, genannt Stalin, und stellte ihn, sich selber und eine Entwicklung von Jahrzehnten bloß, indem er erklärte: „Mehrere komplexe und widersprüchliche Ereignisse aus dem Bürgerkrieg 1918 bis 1920 werden von einigen Historikern mit angeblich verräterischer Tätigkeit einzelner Parteiführer jener Zeit erklärt, die unberechtigterweise viele Jahre nach den beschriebenen Ereignissen zu Volksfeinden gestempelt wurden. Eine derartige Geschichtsklitterung hat mit marxistischer Geschichtsschreibung nichts zu tun." Und nach einer ersten Golfpartie in seinem Erholungsheim erklärte der Präsident der Vereinigten Staaten von Amerika, Eisenhower: „Ich bin ein bisschen bange – nicht nur wegen meiner Schläge, sondern auch wegen meiner selbst."

Ich ließ die Zeitung sinken und sah in den glitzernden Wintertag hinaus. Ich dachte an Sibylle. Sie hatte einmal gesagt: „Alles hat sich so verwirrt. Jüdische Emigranten kommen als Deutschnationale zurück. Geflüchtete Kommunisten eröffnen Radiosender gegen die Sowjetunion. SS-Leute werden katholische Chauvinisten. Franzosen verehren die Deutschen. Russen verstehen sich mit den Ägyptern. Und ehemaligen Konzentrationslagerhäftlingen muss man mühsam ausreden, dass Hitler schon allein deshalb ein großer Mann war, weil er Autobahnen bauen ließ ..."

Die Achsen des Wagens schlugen monoton, der Zug fuhr sehr schnell. An seinen beiden Seiten wehte der Wind den Schnee in silbernen Flügeln hoch. Ich dachte: Hitler hatte den großen Vorzug, eine Vereinfachung der Gefühle in der ganzen Welt zu bewirken. Moralisch war das Dritte Reich eine gute Zeit. Man konnte sich leicht und einfach entscheiden. Es war nicht schwer, gegen Hitler zu sein. Nun aber brach eine Welt zusammen, und das Unglück legte Wurzeln bloß, welche diese ganze Welt umklammerten. Immer neue Gefühle der Rache, der Ranküne, der Sympathie, der Verzweiflung und des Vertrauens entstanden, immer wegloser wurde der Dschungel unserer Überzeugungen.

„Wenn es doch nur nicht so furchtbar schwer wäre, anständig zu leben und das Richtige zu tun", hatte Sibylle gesagt. „Wenn es doch nur nicht so furchtbar viele Ismen gäbe, sondern zum Beispiel nur Faschisten und Antifaschisten. Wie leicht wäre das Leben dann. Und wie schwer ist es so!"

Hinter Rosenheim wurde das Wetter schlechter. Im Bergland von Salzburg senkte sich schwarzer, schwerer Eisnebel auf das Land herab. Es dunkelte rasch, und es war unheimlich anzusehen, wie der Nebel, einem Vorhang gleich, von den Bergspitzen abwärts die Gegend unsichtbar werden ließ. Ich stand auf dem Gang meines Waggons und betrachtete das Schauspiel. Hinter uns, über dem Chiemsee, schien noch die Sonne. Vor uns, im Süden, war es schon Nacht. Es wehte ein schwacher Ostwind, als ich in Salzburg aus dem Bahnhofsgelände trat. Ich suchte ein Taxi, aber es gab keine.

„Ich werde telefonieren", versprach ein Träger. Er verschwand. Zehn Minuten später kam ein uralter Mietwagen angerollt. Der Chauffeur war heiser: „Wohin?"

„Akazienallee drei, draußen in Parsch."

„Fahren Sie wieder zurück in die Stadt?"

„Das weiß ich noch nicht. Warum?"

„Da draußen bekomme ich nie wieder eine Fuhre", brummte er.

Das war also die Festspielstadt Salzburg im Winter. Ich hatte sie bisher nur im Sommer gekannt, zur Zeit des großen Rummels, der Fremdeninvasion, der Andenkenverkäufer, der Eitelkeit und des „Jedermann". Jetzt fuhr ich durch menschenleere Straßen, den schwarzen Fluss mit seinen Eisschollen entlang, vorbei an geschlossenen Cafés, geschlossenen Bars, geschlossenen Hotels. Die Rollbalken der Lokale waren heruntergezogen, die Jalousien der Hotelfenster herabgelassen. Nur wenige Straßenlaternen brannten. Auf den Gehsteigen türmten sich riesige Schneehaufen. Hier lebte man anscheinend nur zwei Monate im Jahr.

Das Taxi fuhr rumpelnd in die Vorstadt hinaus. Die letzten Häuser blieben zurück. Über eine verschneite Landstraße ratterte der alte Steyr 12 auf einen Berg zu, der sich unmittelbar vor der Stadt erhob, riesenhaft und schwarz. Nun hüllte der Nebel uns völlig ein. Der Chauffeur fluchte. Dann blieb er abrupt stehen.

„Was ist los?"

„Sie müssen hier aussteigen. In die Akazienallee kann ich nicht hineinfahren."

„Warum nicht?"

„Weil das noch keine Straße ist. Die wird erst gebaut." Ich stieg aus und sah, dass die Akazienallee tatsächlich nur aus drei Häusern und einem von Baggern und Bulldozern aufgewühlten Wiesengebiet bestand. Umgestürzte Loren, ein kleiner Kran und eine Bauhütte versperrten den Weg.

„Nummer drei ist auf der linken Seite", sagte der Chauffeur. Er blieb hinter dem Steuerrad sitzen und zündete sich eine Zigarette an.

Ich ging in den Schnee hinein. Es war ein ziemliches Stück bis zum Gartentor von Haus Nummer drei. Ich versank nun schon tief in dem nasskalten Matsch, der auf der verwüsteten Wiese lag. Das Wasser rann mir in die Schuhe, ich fühlte es eisig an meinem linken Bein, und ich dachte: Wasser ist schlecht für das Leder und das Metallgelenk der Prothese. Ich ging unsicher auf dem weichen Schnee.

Das Gartentor des Hauses Nummer drei stand angelehnt. Es war ein niederes Holztor der Art, wie man sie in den Vororten Münchens fast ausschließlich traf, aus gespaltenen Baumästen aneinandergefugt. Neben dem Tor begann ein Zaun der gleichen Art. Ich entdeckte eine elektrische Glocke und unter ihr ein Namensschild aus Messing. Es war hier sehr dunkel, und der Nebel ließ nur eine Sicht auf wenige Schritte zu. Also bückte ich mich, um den Namen zu erkennen, der auf der Tafel stand. Der Name lautete: Wiegand. Ich klingelte, wartete, klingelte wieder, doch alles blieb still.

Ich ging in den Garten hinein. Alles in dieser Gegend schien erst vor kurzer Zeit entstanden zu sein, auch der Garten. Im Schnee erblickte ich einige zweifellos neu gepflanzte Bäume. Sie waren höchstens einen Meter hoch und ganz kahl. In der Entfernung sah ich Blumenbeete mit Strohkuppen und, schon im Nebel schwimmend, ein Glashaus. Es war ein langer, schmaler Weg, der zu der Villa führte. Ich dachte: Der fremde Name am Tor besagt nichts. Vielleicht ist das ein Freund von Trenti, ein Bekannter. Vielleicht auch ein Angehöriger. Es war nicht wahrscheinlich, dass der in Rom Sesshafte in Salzburg eine Villa besaß.

Das Haus, das ich nun fast erreicht hatte, zeigte in einem Fenster Licht. Es hatte einen ersten Stock und war sichtlich auch erst nach dem Krieg erbaut worden, in einem zweckmäßigen und kunstlosen Stil. Das erleuchtete Fenster beunruhigte mich ein wenig. Wenn jemand zu Hause war, warum hatte er dann nicht auf mein Klingeln reagiert?

Der Weg beschrieb einen Bogen. Ich rutschte auf einer glatten Stelle aus, kam ins Taumeln und hatte gerade mein Gleichgewicht wiedergefunden, als sich die Haustür öffnete und ein Mann erschien. Ich blieb stehen. Der Mann, den ich nur als Silhouette erkennen konnte, betrug sich in einer Weise, die ihn sofort verdächtig machte. Lautlos trat er ins Freie, sich nach allen Seiten umblickend. Den Kragen seines schweren Mantels hatte er hochgeschlagen. Ich sah mit steigender Erregung, wie er nun ein Taschentuch hervorzog und mit ihm die Klinke der Haustür rieb. Ebenfalls mithilfe des Taschentuches versuchte er danach, die Tür ins Schloss zu drücken. Das misslang. Die Tür ließ sich nicht schließen. Nach einigen vergeblichen Versuchen resignierte der Mann. Die Tür offen lassend, aus dem Inneren der Villa fiel etwas Licht in den Schnee, lief er die wenigen Stufen herab, die zum Eingang emporführten. Lautlos, gespenstisch lautlos, kam er direkt auf mich zugelaufen, den Kopf gesenkt, mit seltsam kleinen, trippelnden Schritten. Seine Hosenbeine wehten.

Der Mann war etwa fünfzehn Meter herangekommen, als er mich erblickte. Blitzschnell machte er kehrt und rannte über die Blumenbeete davon. In diesem Moment verlor ich meine Selbstbeherrschung. Ich wusste, dass ich kaum Chancen hatte, ihn einzuholen, und dennoch lief ich hinter ihm her. Ich schrie: „Bleiben Sie stehen!" Aber er kümmerte sich nicht darum. Er rannte in einem großen Bogen um das Haus. Es gab nur einen Ausgang aus dem Garten, und den versuchte er über einen Umweg zu gewinnen. „Stehen bleiben!", brüllte ich, strauchelnd, gleitend und dauernd am Rande eines Sturzes hinter ihm her rennend.

Dann war es so weit: Ich stürzte über einen schweren Ast, der mir zwischen die Füße kam. Ich flog in den Schnee. Die Prothese knirschte ekelhaft, und ich fühlte einen wahnsinnigen Schmerz im Oberschenkel. Tränen schossen mir in die Augen. Der Mann war um das Haus herumgerannt und lief nun wieder über den Weg auf das Gartentor zu. Ich erhob mich torkelnd, meine Prothese trug mich kaum; ich wusste, dass ich nicht mehr drei Schritte laufen konnte, aber ich wusste auch, dass ich diesen Mann, diesen verfluchten Hund, der da an mir vorbeirannte auf zwei gesunden Beinen, dass ich diesen dreimal verfluchten, gottverdammten Sohn eines Hundes einholen musste.

Ich packte den nassen Ast, über den ich gestürzt war, und bewegte ihn wirbelnd im Kreis. Ich fühlte seine ganze Schwere, sie riss an meinem Armgelenk. Dann ließ ich den Ast los. Er sauste pfeifend durch den Nebel. Er soll ihn treffen, dachte ich keuchend, treffen soll er ihn …

Der Ast traf den Mann zwischen den Schulterblättern. Es gab ein dumpfes Geräusch, dann stöhnte der Mann auf und fiel wie ein Sack in den Schnee. Es muss grotesk ausgesehen haben, als ich nun auf einem Bein in großen Sprüngen zu ihm hüpfte. Ich taumelte immer wieder, aber mit wenigen Sätzen war ich bei ihm – gerade, als er sich wieder erheben wollte. Ich packte ihn an den Schultern und stieß ihn mit dem Kopf in den Schnee. Er lag auf dem Gesicht und begann zu stöhnen. Ich schlug und trat ihn, wohin ich traf. In meinen Augenhöhlen pochte das Blut. Ich war wie von Sinnen.

In unlogischer, unheimlicher Weise glaubte ich plötzlich, den Mann gefunden zu haben, der mir Sibylle genommen hatte, den Mann, der an allem schuld war. Das Blut in meinem Schädel hämmerte und dröhnte. Ich bekam nicht mehr genug Luft. Ich packte den Mann, neben dem ich nun im Schnee kniete, und riss ihn zu mir hoch. Ich wollte sein Gesicht sehen, das Gesicht dieses verfluchten Hundes. Ich sah sein Gesicht. Er war gar kein Mann. Es war eine Frau.

3

Das nasse weiße Haar hing ihr strähnig in die Stirn. Sie war höchstens fünfunddreißig Jahre alt, aber sie hatte vollkommen weißes Haar. Die Wangen waren schmutzig von Blut und Schnee. Die Augen waren hell und riesengroß. Die Lippen des Mundes hatten sich geöffnet und zeigten das Gebiss. Sie sah mich an mit einem Blick, in dem nichts mehr war als nackte Angst. Ich habe nie in meinem Leben so viel Angst in Menschenaugen gesehen. Ich ließ sie los, und sie fiel nach hinten in den Schnee und lag reglos auf dem Rücken – in ihrem schweren, männlich geschnittenen Wintermantel. Die Beine, die in Hosen steckten, waren unnatürlich abgewinkelt. Sie rührte sich nicht und sah mich an.

„Wer sind Sie?“, fragte ich.

Sie presste eine Faust gegen den Mund. „Warum sind Sie fortgerannt, als ich Sie anrief?“ Sie schwieg und begann zu zittern. „Antworten Sie!“, sagte ich leise. Sie schüttelte den Kopf. Ich sagte: „Ich werde Sie schlagen, wenn Sie nicht antworten!“ Sie antwortete nicht. Ich schlug sie ins Gesicht. Ihr Atem kam pfeifend durch die zusammengepressten Zähne, aber sie sagte nichts. Ich erhob mich torkelnd. „Stehen Sie auf!“ Dieser Aufforderung kam sie nach, bebend und langsam. Sie war einen Kopf kleiner als ich. Mechanisch klopfte sie mit zarten Kinderhänden den Schnee vom Mantel. Ich packte sie an einem Arm. „Kommen Sie!" Ich hinkte zwei Schritte auf die Villa zu, da sprach sie zum ersten Mal: „Nein." Sie blieb stehen. Sie wehrte sich, sie versuchte, sich aus meinem Griff zu befreien. „Nicht ins Haus! Bitte, nicht ins Haus!"

„Und ob!", sagte ich. „Und ob!" Ich riss sie mit mir.

„Nein!" Jetzt wimmerte sie. „Bitte, bitte! Ich tue alles, was Sie wollen, alles – aber nicht ins Haus! Bitte!" Sie stampfte mit einem Fuß auf. Ich drehte sie zu mir um und gab ihr zwei Ohrfeigen, und sie begann zu weinen. „Los!", sagte ich. Jetzt ließ sie sich widerstandslos führen. Ich stieß die Haustür auf. „Gehen Sie hinein!"

Sie stand vor mir, ihr Gesicht war weiß wie Schnee und ihre Backenknochen traten gespenstisch hervor. Sie musste sehr hübsch sein – unter anderen Umständen. Ich sah, dass sie ganz klare, hellblaue Augen besaß. Das vollkommen weiße Haar wirkte unerhört fehl am Platz. Sie stand etwa in Sibylles Alter. Der Gedanke an Sibylle wirkte verheerend auf mich. Ich musste mich zusammennehmen, sonst hätte ich diese Frau wieder geschlagen. Ich schob sie in die beleuchtete kleine Halle des Hauses hinein und untersuchte die Tür. Von innen ließ sie sich schließen, denn von innen konnte man die Zunge des automatischen Schlosses zurückdrehen.

Mit dem Rücken lehnte ich mich an das kalte Holz der Haustür und sah die Frau an. Sie war inzwischen in einen Sessel gesunken, der vor einem Spiegel stand. In der Halle gab es eine kleine Garderobe, ein paar alte Bilder, einen Kamin und etwas Zinngeschirr. Es gab einen Teppich und mehrere Türen. Die Türen waren alle geschlossen. Die fremde Frau saß da und weinte. Sie hatte die Beine ausgestreckt, die Arme hingen herab, und über ihr weißes, schmutziges Gesicht liefen Tränen.

„Sagen Sie mir, wie Sie heißen und was Sie hier suchten. Sagen Sie die Wahrheit."

Sie hob ihr tränenverheertes Gesicht zu mir empor und versuchte zu sprechen. Ihre Lippen formten bebend Silben, sie keuchte und lallte wie eine Betrunkene.

„Was ist los? Ich kann Sie nicht verstehen!"

Sie sank in sich zusammen und begann wieder zu wimmern. Ich trat zu ihr. „Hören Sie mich?"

Sie nickte. Ich sah, dass die rot lackierten Nägel ihrer Finger abgesplittert und schwarz waren von der nassen Erde des Gartens. Die Hände bebten so sehr, dass sie in ihrem Schoß auf und nieder hüpften. Ich sagte: „Ich heiße Holland. Ich bin hierhergekommen, um Herrn Trenti zu sprechen. Kennen Sie Herrn Trenti?"

Wieder nickte sie.

„Sind Sie auch hier, weil Sie ihn sprechen wollten?"

Sie nickte zum dritten Mal. Es war ganz still, totenstill in diesem Raum. Über dem kalten Kamin hing ein großes Bild. Es stellte eine englische Jagdgesellschaft dar. Ich sah viele Hunde und Pferde. Die Jäger trugen rote Jacken.

„Wo ist Herr Trenti?"

Sie hob die rechte Hand und wies auf eine Tür neben dem Kamin. Ich ließ sie los und ging zu der Tür, auf die sie wies. Im Raum dahinter brannte Licht. Es war eine Bibliothek. An allen vier Wänden zogen sich Bücherregale hin. Es gab eine grün beschirmte Leselampe und einen Lehnstuhl beim Fenster. Herr Trenti lag vor dem Lehnstuhl auf dem Boden. Er trug einen grauen einreihigen Anzug samt Weste, und sein Gesicht mit den zur Decke gerichteten Augen zeigte einen ungemein überraschten Ausdruck. Die linke Hand lag auf dem linken Oberschenkel. Die rechte Hand hatte Herr Trenti zum Hals gehoben, als wollte er die Krawatte lockern oder das Hemd öffnen, weil ihm zu heiß war. Doch Herr Trenti, Gemüsegroßhändler aus Rom, wollte sein Hemd nicht öffnen oder seine Krawatte lockern, weil ihm heiß war. Herr Emilio Trenti wollte überhaupt nichts mehr, denn er war tot. Jemand hatte ihn erschossen. Die linke Seite seiner Weste, deren unterste zwei Knöpfe offen standen, war rot von Blut.

4

Ein Priester in Düsseldorf erklärte mir einmal seine Ansichten über das Wesen des französischen Dichters Baudelaire. Dessen mörderischer Ekel vor der Schönheit, wenn sie ihm böse und fleischlich gegenübertrat, so meinte der Priester, wäre eine der reinsten christlichen Regungen gewesen. Im Verlaufe unserer Unterhaltung führte der Priester auch noch Charles Péguy an, der behauptet, dass niemand ein so gutes Gebet sprechen könnte wie der Sünder, weil er mitten im Herzen des Christentums lebt.

Als ich dieses Buch begann, schrieb ich, dass in meinem Leben Sibylle Loredo jenen Platz eingenommen habe, an den andere Menschen eine politische Lehre stellten, einen Gott, den Glauben an etwas. Sibylle war für mich alles gewesen, schrieb ich damals, woran ich glaubte, woran ich zu glauben entschlossen war. Ich konnte nicht mehr an den Gott der weißen Rasse glauben, dessen Statthalter auf Erden die christlichen Kanonen segneten und dessen Päpste zwar mit den Nationalsozialisten diplomatische Beziehungen aufrechterhalten hatten, jedoch nun alle Kommunisten exkommunizierten. Ebenso wenig war es mir noch möglich, an die Beteuerungen der Politiker zu glauben. Weil ich aber begriffen hatte, dass ich dennoch glauben, an irgendetwas glauben musste, wenn ich leben wollte, hatte ich Sibylle Loredo geliebt. Es war gut gegangen mit ihr, ich hatte in Frieden geschlafen und in Frieden gearbeitet.

Im Gegensatz zu mir war Sibylle eine gute Katholikin gewesen. Manchmal, wenn sie mich darum bat, ging ich mit ihr zur Kirche. Sie kniete, und ich stand neben ihr und sah sie an und hörte die Worte vom Altar: „Meinen Frieden gebe ich euch, mein Friede sei mit euch. Lamm Gottes, das du hinwegnimmst die Sünden der Welt, gib uns den Frieden." Es war die beständige Botschaft und Verheißung des Friedens in der christlichen Religion, die Sibylle gläubig machte. Es war, wie ich im Laufe der hektischen Ereignisse in den Wochen nach ihrem Verschwinden begreifen lernte, die letzte Hoffnung einer Verzweifelten gewesen. Ich sollte begreifen lernen, dass das Wort „Frieden" für Sibylle dasselbe bedeutet hatte wie für den Süchtigen die

Flasche, für die Nymphomanin der Akt, für den Krebskranken die Erlösung durch den Tod. Heute weiß ich, wie verzweifelt diese Hoffnung Sibylles, von der ich nur ein kleiner Teil war, gewesen ist. Wie verzweifelt – und wie vergeblich. An jenem Abend, an dem ich vor der Leiche Emilio Trentis in der Bibliothek des Hauses Akazienallee Nummer drei in Parsch, dem Vorort von Salzburg, stand, wusste ich noch nichts. Ich hatte keine Ahnung …

Ich kniete neben dem toten Gemüsehändler aus Rom, ohne ihn zu berühren, sah in das bleiche, aufgeschwemmte Gesicht mit den Tränensäcken und der zerfurchten Stirn des überarbeiteten Geschäftsmannes und in die gebrochenen, erstaunten Augen.

Der Mund Emilio Trentis stand offen. Er hatte viele Goldzähne und machte einen wohlhabenden Eindruck. Ich fühlte einen Luftzug und drehte mich um. Die junge Frau mit dem weißen Haar war hinter mich getreten. Sie sagte tonlos: „Ich habe es nicht getan."

Ihr schwerer Kamelhaarmantel war aufgegangen, ich sah die Flanellhosen, die sie darunter trug, und den blauen Pullover. Sie hatte große Brüste. Sie sagte leise: „Als ich kam, war er schon tot."

„Wann kamen Sie?"

„Knapp vor Ihnen."

„Wer öffnete die Tür, wenn er schon tot war?"

„Die Tür stand offen."

Ihr Gesicht war von Schmutz verkrustet. Dort, wo ich sie geschlagen hatte, war ein wenig Blut aus dem Mund geronnen. Nun trocknete es ein. Wir sahen einander lange an, und wieder erfüllte die unwirkliche Stille das Haus. Nichts regte sich. Die Stille machte mich benommen. Ich fragte: „Warum kamen Sie überhaupt hierher?"

„Warum kamen Sie?" Jetzt kehrte Leben in ihr Gesicht zurück, sie hatte den Schock überwunden. Sie begann sich zu wehren.

„Herr Trenti wollte mich sprechen."

Sie sah den Toten an, dann wieder mich, dann fragte sie: „Haben Sie es getan?"

Ich schüttelte den Kopf.

Sie wandte mir plötzlich den Rücken zu. Ich sagte: „Beantworten Sie meine Frage! Was wollten Sie hier?"

Sie erwiderte, ohne mich anzusehen: „Er hat mich angerufen. Gestern Nachmittag. In Wien."

„In Wien?"

„Ich wohne in Wien. Er rief mich an und sagte, er müsste mich unbedingt sprechen. Es sei sehr dringend. Und er gab mir diese Adresse."

„Sagte er, warum er Sie sprechen wollte?"

„Nein. Sagte er es Ihnen?"

„Er sagte, es handle sich um eine gewisse Sibylle Loredo."

Ich sah sie scharf an, als ich den Namen aussprach, aber in ihrem schmutzigen Gesicht regte sich nichts. Es blieb ganz ausdruckslos.

„Sibylle Loredo?"

„Ja. Kennen Sie den Namen?"

Sie schüttelte den Kopf. Sie war hübsch, ja, sie war schön. Wahrscheinlich war sie schöner als Sibylle. Aber sie gefiel mir nicht. Als ich Sibylle zum ersten Mal sah, an jenem Abend im „Maison de France" in Berlin, da gab es von dem Augenblick an, da sie den Raum betrat, keine andere Frau mehr für mich, da sah ich nur sie, und ihr Anblick berauschte mich wie Wein. Jetzt ging es mir umgekehrt. Diese Frau stieß mich ab, ich konnte nicht sagen, weshalb. Alles an ihr missfiel mir, alles störte mich: ihre Art, ausdruckslos zu reden, das kleine Gesicht, das unnatürlich weiße Haar, die blauen Augen. Die Verlorenheit ihres Körpers in dem riesigen Mantel. Ihre Brüste. Ihre Beine. Alles. Warum gefällt uns ein Mensch? Was macht ihn sympathisch? Im Anblick dieser Frau befiel mich solche Sehnsucht nach Sibylle, dass mir ganz übel wurde.

Indessen fragte sie schleppend: „Sibylle Loredo? Wer ist das?"

„Eine Bekannte." Es ging sie nichts an, wer Sibylle Loredo für mich gewesen war. Ich fragte: „Woher kannten Sie Herrn Trenti?"

Sie biss die Zähne zusammen und schüttelte den Kopf.

„Sie wollen nicht reden?"

Sie sagte leidenschaftlich: „Sie haben mich geschlagen."

„Es tut mir leid."

„Mich hat noch niemals jemand geschlagen."

„Ich hielt Sie für einen Mann", sagte ich und dachte: Wenn ich gewusst hätte, dass du eine Frau bist, hätte ich dich genauso geschlagen!

Ich fragte: „Wie heißen Sie?"

„Petra Wend."

„Petra Wend? Ihr Name –"

„Vielleicht kennen Sie ihn."

„Ich denke. Aber woher?"

„Gehen Sie oft ins Kino?"

„Ja."

„Ich bin Kostümberaterin. Ich habe einen Modesalon in Wien. Mein Name steht auf dem Titelvorspann von vielen Filmen."

„Warum sind Sie aus dem Haus gelaufen, als Sie den Toten entdeckten? Warum riefen Sie nicht die Polizei?"

„Ich wollte nicht in die Sache verwickelt werden. Ich hatte Angst."

„Wovor?"

„Ich weiß nicht, wovor. Haben Sie keine Angst?"

„Doch", sagte ich. „Ich habe immer Angst." Ich trat über den Toten hinweg zu einem Tisch, auf dem ein Telefon stand. Neben dem Apparat lag ein Telefonbuch.

„Was wollen Sie tun?"

„Die Polizei rufen." Ich fand die Nummer, die ich suchte, und wählte. Eine tiefe Männerstimme meldete sich: „Polizeidirektion Salzburg."

„Hier spricht Paul Holland. Schicken Sie Ihre Beamten in die Akazienallee Nummer drei. Hier ist ein Mann erschossen worden."

„Sind Sie betrunken?"

„Nein."

„Dann lassen Sie gefälligst diese dummen Witze!"

„Hören Sie, hier ist *wirklich* ein Mann erschossen worden!"

Die Stimme wurde munterer: „Wie ist die Adresse?" Ich wiederholte sie. „Gut, wir kommen sofort."

Ich legte den Hörer nieder. Sie schienen es nicht gewohnt zu sein, dass in Salzburg jemand im Winter erschossen wurde. Es war außerhalb der Saison.

5

Dann kamen sie, mit Blaulicht und Sirene, sechs Männer. Sie brachten Kameras und Lampen mit und Graphitstaub und die berühmten großen grauen Umschläge, und sie machten sich an die Arbeit wie in jeder anderen Stadt der Welt. Sie fotografierten Emilio Trenti, und sie fotografierten das Zimmer, und sie fotografierten Petra Wend und mich. Ein Polizeiarzt untersuchte den Toten und stellte fest, dass er auch wirklich tot war.

„Seit etwa eineinhalb Stunden."

Draußen fuhr eine Ambulanz vor, und zwei junge Männer in Weiß brachten eine Bahre. Sie legten den toten Gemüsehändler darauf, und Herr Emilio Trenti aus Rom verließ kurz danach das Haus in Salzburg, das ihm nicht gehörte – die Füße voran. Sie brachten ihn ins Pathologische Institut.

„Morgen früh können Sie den Autopsiebefund haben", sagte der Polizeiarzt, ein kleiner, glatzköpfiger Herr, der einzige, der die ganze Zeit über ostentativ verärgert war. Er hatte an diesem Abend ins Theater gehen wollen. Man gab „Gräfin Mariza", sagte er mir.

Draußen, auf der verschneiten Wiese, warteten neugierige Menschen zwischen der Bauhütte und dem rostigen Bagger und sahen zu, wie der Tote in die Ambulanz gehoben wurde. Es waren Nachbarn. Sie standen dicht zusammengedrängt im Nebel und flüsterten miteinander. Ihre leisen, zischenden Stimmen klangen wie raschelndes Laub. Die Sirene des Krankenwagens heulte auf, die Ambulanz fuhr fort.

Die Männer der Mordkommission gingen lautlos durch das Haus und suchten nach Spuren. Sie gingen im Garten umher und betrachteten die vielen Fußabdrücke und die Stelle, an der ich Petra Wend verprügelt hatte. Sie sprachen mit den Nachbarn. Im Haus Nummer eins wurde an diesem Tag ein Geburtstag gefeiert. Es waren zahlreiche Menschen zusammengekommen, eine große, fröhliche Gesellschaft. Der Hausherr, den man feierte, trug eine bunte Papiermütze auf dem Kopf und war ein bisschen betrunken. Er hatte Lippenstiftflecken auf dem Hemd. Verlegen stand er vor dem Kommissar, der die Untersuchung leitete. Der Kommissar hieß Enders. Der Nachbar hieß Groß.

Sie hatten Herrn Groß in das Mordhaus gebeten, er lehnte vor dem kalten Kamin in der Halle und erzählte, was er wusste. Es war nicht sehr viel. Petra Wend und ich saßen im Hintergrund. „Kannten Sie Herrn Trenti?", fragte Kommissar Enders, ein fast überleganter, schöner Mann mit angegrauten Schläfen, der aussah wie ein Filmstar. Er sprach einen kultivierten österreichischen Dialekt.

„Nur optisch, Herr Kommissar."

Nachbar Groß war klein und dick. Er schluckte dezent und hielt sich eine rosige Hand vor den weichen Mund.

„Ich habe ihn ein paarmal gesehen, wenn er Herrn Wiegand besuchte."

„Herrn Wiegand gehört das Haus?"

„Jawohl." Groß nahm die bunte Papiermütze ab und schluckte wieder. „Sie müssen entschuldigen, ich habe ein bisschen Sekt getrunken. Ich sollte das eigentlich nicht tun, denn ich habe eine schwere Gastritis. Morgen früh wird mir sehr übel sein."

„Was hat Herr Wiegand für einen Beruf?"

„Gemüse en gros, denselben Beruf wie Herr Trenti. Sie waren befreundet."

„Wo ist Herr Wiegand?"

„Verreist. Er verreist häufig. Herr Trenti hatte die Schlüssel zur Villa. Immer wenn Herr Wiegand in Rom war, lebte er bei Herrn Trenti. Immer wenn Herr Trenti nach Salzburg kam, lebte er hier."

„Sie haben heute Nachmittag keinen Lärm gehört? Einen Schuss oder Stimmen?"

„Nichts, Herr Kommissar. Bei mir drüben war allerdings solcher Lärm, dass man sein eigenes Wort nicht verstand." Die anderen Nachbarn hatten gleichfalls nichts gehört. Sie bestätigten Enders, dass Wiegand und Trenti befreundet gewesen waren. Mehr wussten sie nicht.

Dann erzählte ich dem Kommissar meine Geschichte. Er hörte aufmerksam zu und machte sich Notizen. In seiner Krawatte trug er eine Perle, es war überhaupt eine Eleganz von gestern, in der er sich kleidete. Er besaß auch einen Siegelring.

Er fragte: „Glauben Sie, dass das Verbrechen an Herrn Trenti mit dem Verbrechen an Frau Loredo in Verbindung steht?"

„Davon bin ich überzeugt!", sagte ich leidenschaftlich.

„Hm", machte er. Dann drehte er mir den Rücken zu und sprach mit Petra Wend. Sie hatte inzwischen ihr Gesicht gereinigt und ihr Haar in Ordnung gebracht. Ihre Lippen waren zu grell geschminkt und sie hatte zu viel Rouge aufgelegt. In ihren Augen saß noch immer ein Ausdruck von entsetzlicher Angst.

„Und Sie, *Madame*" (Enders sagte stets *Madame*, er streute gerne französische Worte in seine Rede ein), „wo haben Sie Herrn Trenti kennengelernt?"

In ihrem bleichen, überschminkten Gesicht zuckte ein Muskel über der Nase. Ich bemerkte, wie sie die Hände zu Fäusten ballte.

Sie erwiderte beherrscht: „In Italien."

„Nach dem Krieg?"

„Während des Krieges." Der Muskel zog sich von der Nasenwurzel über die Stirn senkrecht zum Haaransatz empor; ich konnte sehen, wie er pochte und bebte, er trat nun richtig hervor.

„Wann während des Krieges, Madame?"

„Neunzehnvierundvierzig, glaube ich. Ich … hielt mich zu dieser Zeit gerade in Rom auf. Und da wurde er mir auf einer Gesellschaft vorgestellt."

„Was machte er damals?"

„Er war ein hoher Beamter im Ernährungsministerium." Petra Wend biss sich auf die Lippen. „Ich lebte in Rom. Es kamen viele Leute in mein Haus. Auch er."

„J'ai compris", sagte Enders. *„Excusez moi,* wenn ich Sie noch weiter molestiere, Madame. Nach dem Krieg haben Sie Herrn Trenti nicht mehr gesehen?"

Sie schüttelte den Kopf.

„Auch nichts mehr von ihm gehört?"

„Nichts, Herr Kommissar."

„Und dennoch kamen Sie sofort hierher, als er Sie anrief?"

„Er sagte, es wäre sehr wichtig. Für ihn und für mich. Er sagte, es ginge um sein Leben. Und auch um meins."

Während sie diese Worte sprach, gelang es meinen Fingern endlich, den kleinen harten Gegenstand zu fassen. Er war in eine Spalte meines Ledersessels geglitten, ich stieß mit der Hand auf ihn, als ich mich setzte. Während des ganzen Verhörs hatte ich versucht, ihn aus seiner Spalte herauszuholen, ohne dass der Kommissar oder Petra Wend es bemerkten. Jetzt war es mir gelungen.

Enders sprach mit Petra, er wandte mir den Rücken zu. Zentimeter um Zentimeter schob ich die geschlossene rechte Hand über mein Knie. Dann senkte ich den Blick und öffnete die Hand für Sekunden. Ich hatte gewusst, was ich erblicken würde, bevor ich es sah. Ich hatte die Form des kleinen Gegenstandes wiedererkannt. Es war ein ovaler goldener Ohrring mit Clip. Ich kannte den Ohrring und sein geflochtenes Ornament gut. Dieser Ring und das Pendant dazu waren eigens für Sibylle entworfen worden; auf der Innenseite der Ringe waren zwei kleine s eingraviert. Die Ohrringe hatte der Juwelier Hähnlein in Berlin, Kurfürstendamm 34, hergestellt, ich hatte zweihundertachtzig Mark für sie bezahlt. Sibylle war sehr entzückt von ihnen gewesen. Sie liebte die Ohrringe.

Einen von ihnen hielt ich nun in der Hand. Das Schmuckstück brannte auf meiner Haut wie Feuer. Ich steckte die Hand in die Hosentasche. Als ich sie wieder hervorzog, hielt sie eine Zigarettenpackung. Den Ohrring hielt sie nicht mehr. Der lag jetzt in der Tasche. Ich zündete eine Zigarette an und fragte mich, ob Petra Wend etwas bemerkt hatte.

Ich kam mir vor wie ein Trinker, der in den endlos tiefen Tunnel seiner Süchtigkeit hineintaumelte. Kein Ausweg war zu erwarten, und es wurde immer dunkler um mich und immer kälter.

6

Ich ersuche Sie beide, in Salzburg zu bleiben“, sagte der Kommissar. „Ich bedaure, dass ich Sie so molestieren muss, aber es geht nicht anders. *Je regrette.*“

„Wir dürfen die Stadt nicht verlassen?“

„Nein, Madame. Wenigstens solange unser *interrogatoire* dauert.“

„Halten Sie uns für die Täter?“

Seine buschigen weißen Augenbrauen hoben sich: „Herr Holland, pardon, ich tue nur meine Pflicht.“

„Ich muss zurück nach Wien! Auf mich wartet ein Film, der nächste Woche ins Atelier gehen soll!“

„*Deplorable, Madame.* Aber es muss sein.“

„Wo können wir wohnen?“, fragte ich.

„Es gibt eine Reihe sehr guter Hotels.“

„Ich wohnte früher immer im ‚Pitter‘“, sagte Petra.

„Wenn Sie so freundlich sein wollen, mit mir zu fahren, werde ich auch dort wohnen.“ Ich sah sie forschend an. Ihr Blick blieb leer. Hatte sie den Ohrring bemerkt? Ich dachte: Diese Frau war im Krieg in Italien. Sie schien nicht gerne über die Zeit zu sprechen. Im Gegensatz zu Sibylle. Die hatte mir dauernd von jenen Tagen erzählt. Aber hatte sie mir die Wahrheit erzählt? Ich dachte erschrocken: Zum ersten Mal, seit ich sie kenne, zweifle ich an Sibylle. Zum ersten Mal halte ich sie für fähig, gelogen zu haben. Das machte der Ring. Wie kam der Ohrring in dieses Haus? Hatte Trenti ihn ihr fortgenommen? Oder hatte sie ihn hier verloren? Ich hatte plötzlich ein überwältigendes Bedürfnis nach frischer Luft. „Wollen wir gehen?“

Petra nickte. Wir wanderten durch den nebligen Garten zu meinem Taxi.

Bei dem parkenden Wagen balgten sich mit Gekreisch zwei Katzen im Schnee. Sie rannten fort, als wir näher kamen.

Ich hinkte neben Petra durch den Schlamm.

„Haben Sie sich verletzt?“

„Nein, ich gehe immer so. Ich habe nur ein Bein.“

„Oh, Verzeihung“, sagte sie. Die meisten Menschen sagten das, ich antwortete schon nicht mehr darauf. Ich setzte mich neben sie in den Fond und der Chauffeur fuhr los. Wir kamen aber nur langsam vorwärts, denn der Nebel war jetzt sehr dick geworden. Seine bernsteinfarbenen Schlieren flogen uns entgegen. Ich dachte an Sibylles Ohrring …

„Ist es eine Kriegsverletzung?“

„Bitte?“ Ich sah Petra an.

Sie blickte nach vorn, hinein in den Nebel. „Ihr Bein. Haben Sie es im Krieg verloren?“

Danach fragten die wenigsten. Die meisten versuchten stets, schleunigst das Thema zu wechseln.

Ich antwortete: „Nein."

„Sondern?" Ihre Stimme war ausdruckslos wie immer, und sie ging mir auf die Nerven wie immer.

„Ich suchte Schnaps."

„Schnaps?"

„Französischen Kognak. Bevor ich Soldat wurde, hatte ich noch zehn Flaschen Hennessy. In einer Liste. Wollen Sie die Geschichte weiterhören?"

Sie nickte.

„Die Kiste mit Kognak fuhr ich in einen Wald vor Frankfurt und vergrub sie. Ich merkte mir die Stelle. Ich wollte etwas zu trinken haben, wenn ich zurückkam."

Sie schwieg. Der Motor summte.

„Neunzehnsechsundvierzig kam ich zurück und ging in den Wald. Ich fand die Stelle. Auch die Kiste mit dem Kognak war noch da. Nur als ich sie zurückschleppte, hatte ich Pech. Ich trat auf eine Tellermine. Der ganze Kognak war beim Teufel."

„Mein Gott", sagte sie. „Diese Sinnlosigkeit."

Ich erwartete, dass sie mir mitteilen würde, wie sehr sie den Krieg hasste und dass er eine Kulturschande gewesen sei, und dass man ihn hätte vermeiden müssen. Aber sie sagte nichts mehr, und auch ich schwieg, bis wir die Stadt erreichten. Es war neunzehn Uhr dreißig, die erleuchtete Wagenuhr zeigte die Zeit.

Durch eine Unterführung erreichten wir das Hotel. Es lag in der Nähe des Bahnhofs. Als ich ausstieg, sah ich die roten und grünen Signallichter der Schienenstränge. Ein Zug fuhr vorbei. Seine Fenster leuchteten im Nebel, und ich hörte die Achsen vieler Räder schlagen. Ich dachte, dass Sibylle vielleicht hier war, hier, in Salzburg, irgendwo in der Dunkelheit, vielleicht ganz nah. Vielleicht beobachtete sie mich. Und vielleicht war sie auch tot, trotz allem.

Ein Hausdiener trug Petras Koffer ins Hotel, meine Reisetasche trug ich selber. Wir bekamen die Zimmer 312 und 314. Wie in zahlreichen Hotels, gab es auch hier kein Zimmer 313. Das Haus war modern eingerichtet und sehr sauber. Der Portier teilte höflich mit, dass es eben renoviert worden sei. Im Lift fuhren wir in den dritten Stock empor. Ein kleiner Page stand mit dem Gepäck zwischen uns. Der Lift surrte leise, er roch nach frischer Farbe und Metall. Über den Kopf des Pagen hinweg sahen wir einander an, und ich wartete darauf, dass irgendein Ausdruck in diese wasserhellen blauen Augen trat, ein Zeichen des Misstrauens, des Einverständnisses, des Hasses. Das Gesicht Petras blieb aber völlig ausdruckslos. Vor ihrer Zimmertür gab sie mir die Hand: „Gute Nacht, Herr Holland."

„Gute Nacht, Frau Wend."

Ich verneigte mich. Der Page ging schon in ihr Zimmer hinein. Ich sagte: „Und, bitte, verzeihen Sie, dass ich Sie geschlagen habe."

Darauf antwortete sie überhaupt nicht mehr. Wortlos schloss sie die Tür hinter sich. Ich stand allein auf dem leeren Flur.

Mein Zimmer hatte gelb getönte Wände, glatte Schleiflackmöbel und ein Radio. Eigentlich war es nur ein Lautsprecher, der Musik übertrug, die eine Zentrale irgendwo im Haus auswählte, Rundfunk- und Schallplattenmusik. Ich stellte den Apparat ein und hörte die Arie der Marschallin aus dem ersten Akt des „Rosenkavaliers". Ich drehte alle Lichter an und ging ins Badezimmer. Hier öffnete ich die Hähne der Wanne und ließ ein Bad einlaufen.

Ich zog mich aus, schnallte die Prothese ab, setzte mich in das heiße Wasser, legte den Kopf zurück und sah zur Decke empor. Der Lautsprecher übertrug nun Musik aus Wagneropern. Ich rasierte mich und zog mich wieder an, befestigte das künstliche Bein und sah aus dem Fenster. Die Straße war leer. Ich legte Sibylles Ohrring vor mich auf den Tisch und sah ihn an, das kleine Stück Metall, das nicht zu reden vermochte und das doch eine Geschichte hätte erzählen können. Ich steckte den Ring wieder ein und las in meinen alten Zeitungen. Ich las die Leitartikel und die Theaterkritiken und die Berichte vom Rinderauftrieb. Dann las ich das Programm aller Filmtheater Münchens, obwohl ich mich in Salzburg befand, und danach las ich eine Fortsetzung des Romans „So musste es kommen" von Louis Bromfield.

Schließlich hielt ich es in meinem Zimmer nicht mehr aus. Ich war so nervös, dass ich drei Streichhölzer brauchte, um eine Zigarette anzuzünden. Ich ertrug das Alleinsein nicht länger. Ich hatte das Gefühl, dass mir die Decke auf den Kopf fiel. Ich ging zum Telefon und verlangte Zimmer 312. Ich hatte die Absicht, Petra Wend zu fragen, ob sie mit mir zu Abend essen gehen wolle. Es war mir gleich, wer mit mir zu Abend aß, solange ich nur nicht allein essen musste. Das Fräulein der Telefonzentrale meldete: „Frau Wend ist nicht auf ihrem Zimmer."

„Ist sie fortgegangen?"

„Einen Augenblick, Herr Holland, ich frage den Portier."

Dann meldete sich dieser: „Frau Wend ist im Spielsaal."

„Wo?"

„Sie spielt Roulette, Herr Holland."

„Aber das Casino war doch früher –"

„– an der Brücke, jawohl. Aber es ist übergesiedelt. Jetzt befindet sich der Spielsaal bei uns im Hotel."

Ich löschte alle Lichter und verließ mein Zimmer.

„Wohin?", fragte der Page im Aufzug.

„In den Spielsaal."

Der Lift glitt nach unten.

„Viel Glück", sagte der Page, als ich ausstieg.

„Bitte?"

„Ich wünsche Ihnen viel Glück, mein Herr!"

„O ja", sagte ich. „Danke. Das ist nett von Ihnen."

7

Faites vos jeux, mesdames, messieurs!"

Die tiefe Stimme des Croupiers klang gedämpft durch den großen Saal. Es wurde an zwei Tischen gespielt, und beide waren gut besucht. Viele Spieler standen. Die Einsätze des rechten Tisches waren höher. Seine kleine weiße Kugel fiel gerade in ein Loch des Kessels.

„*Vingt-sept, rouge, impair et passe!*", rief der Croupier. Es lag nichts auf der Nummer. Zwei Spieler hatten Chevaux gewonnen, ein paar andere einfache Chancen. Der Spielsaal von Salzburg wies nicht den pompösen Prunk des Casinos von Baden-Baden auf; es gab keine funkelnden Monsterlüster, keine gold beladenen Karyatiden. Doch gab es ausgezeichnete Teppiche, Gobelins an den Wänden und große, schwere Klubgarnituren. Die Diener waren livriert, sie trugen Spitzenjabots und Escarpins, und die Croupiers waren tadellos gekleidet. Auch in Salzburg arbeitete man nach dem Grundsatz, dass der Spieler sein Geld am bedenkenlosesten in einer Atmosphäre von Luxus riskierte.

„*Vingt-sept, rouge, impair et passe!*"

Am Tisch eins wurden erstaunte Rufe laut. Zweimal nacheinander war hier dieselbe Nummer gekommen. Eine alte Dame konnte sich gar nicht beruhigen. „Entsetzlich, meine Herren, entsetzlich! Ich hatte schon das erste Mal ein Pferdchen. Ich wollte auf die Nummern setzen und das Pferdchen doppeln, aber mir fehlte der Mut! Mein Gott, ist es denn zu fassen?" Ihre Stimme bebte, sie war den Tränen nahe. Einer der Croupiers nickte ihr zu. Ein anderer drehte schon wieder das Rad.

„*Faites vos jeux, mesdames, messieurs!*"

Das Publikum war unterschiedlich. Ich sah Damen in Cocktailkleidern und Bauern in Lodenanzügen. Die Bauern spielten am höchsten. Sie schienen das meiste Geld zu haben. Breit und schwer hockten sie an den Tischen und schoben mit rissigen roten Händen die Jetons auf den Tisch. Es spielten viel mehr Frauen als Männer, und viele dieser Frauen waren älter als fünfzig. Manche waren in Begleitung von gut gekleideten Herren erschienen. Die jungen Gigolos standen hinter ihren Damen und sahen gelangweilt zu.

„*Trois, rouge, impair et manque!*"

In kurzen Abständen hoben sich die Stimmen der Croupiers über das Raunen der Spieler; sie waren die Signale des Glücks, die Wegmarken einer Leidenschaft, die so alt und unausrottbar war wie die Menschheit.

„*Rien ne va plus, monsieur, rien ne va plus!*"

Ich dachte an die Lautsprecherstimmen auf dem Flugplatz in Berlin, ich schloss die Augen und hörte sie wieder: „Achtung, bitte! Pan American World Airways geben den Abflug ihres Clippers sieben-vierundfünfzig nach Düsseldorf und London bekannt! Die Passagiere werden durch Flugsteig drei an Bord gebeten. Wir wünschen Ihnen einen angenehmen Flug!"

Die Stimmen riefen, die des Flughafens und die der Croupiers, und ich dachte an Sibylle und fühlte Angst. Seit ich den Ohrring gefunden hatte, war es mit meiner Ruhe vorbei. Jeden Augenblick, dachte ich, würde nun etwas mit mir geschehen, etwas Endgültiges, Unabwendbares, Schreckliches. Ich war nur scheinbar von Sicherheit umgeben; die Stille um mich war die Stille im Auge eines Wirbelsturmes. Der Tod Emilio Trentis hatte mich nicht erschüttert. Sibylles Ohrring aber hatte mir die Fassung geraubt.

„Cinq, rouge, impair et passe!"

Dann sah ich Petra. Sie saß am Tisch zwei, neben dem Chefcroupier, und war völlig mit ihrem Spiel beschäftigt. Ihr Anblick faszinierte mich. Denn die Frau, die hier in einem silbergrauen schulterfreien Cocktailkleid an dem grün bespannten Roulettetisch saß, Spielmarken vor sich, eine Zigarette in der Hand, war nicht jene Petra Wend, die ich seit ein paar Stunden kannte, es war eine vollkommen andere Frau.

Ich trat hinter eine Säule, wo ich sie beobachten konnte, ohne dass sie es bemerkte, und starrte sie an. Sie legte ihre Jetons nicht selbst. Sie schob dem Croupier neben sich immer eine Reihe von Spielmarken zu und sprach leise mit ihm. Er nickte sodann und warf die Jetons auf das Feld. Ich sah, dass Petra nur mit Fünfzigschillingmarken spielte, und zwar jedes Mal mit einem Einsatz von mindestens acht Stück. Jetzt spielte sie die Elf mit vier Nachbarn, die Fünfunddreißig, die letzten sechs und die letzten drei.

„Faites vos jeux, mesdames, messieurs!"

Abwesend streifte Petra die Aschenkrone von ihrer Zigarette. Die Asche fiel neben den Becher auf das grüne Tuch des Tisches, sie bemerkte es nicht. Ihre hellen Augen waren übergroß, unnatürlich starr, als hätte sie Atropin genommen. Ihr Gesicht, dieses farblose, hübsche Gesicht einer hübschen, farblosen Frau, bekam plötzlich Größe, Konturen, Format. Die Wangen waren hektisch gerötet, die Lippen bewegten sich, ich bemerkte, dass sie mit sich selbst sprach. Sie nickte sich selbst zu, schüttelte über ihre eigenen Gedankengänge den Kopf, argumentierte mit sich selbst, war mit sich selbst nicht einer Meinung.

Die Kugel rollte nun.

„Rien ne va plus!"

Obwohl nichts mehr ging, sprang Petra noch auf und legte in rasender Eile ein Stück auf die Fünfundzwanzig, eines auf die Neunundzwanzig und eines an den Rand der Transversale pleine vier, fünf, sechs. Dann setzte sie sich mit langsamen Automatenbewegungen einer Puppe und sah vor sich hin.

„Onze, noir, impair et manque!", rief der Croupier. Petra hatte gewonnen. Man schob ihr Spielmarken zu. Sie beachtete den Gewinn überhaupt nicht, sondern gab dem Croupier bereits neue Anweisungen. Eine Fünfzigschillingmarke warf sie über den Tisch.

„Pour les employés!" Der Croupier am Tischende hielt die Marke hoch, ehe er sie

in den Tischschlitz warf. Alle vier Croupiers riefen im Chor: *„Merci, Madame, pour les employés!"*

Das Spiel ging weiter. Petra gewann. Sie spielte wie in Trance. Ich überlegte, woher sie das Geld hatte. Brachte ein Modesalon so viel ein? Sie verdoppelte ihre Einsätze und bepflasterte den ganzen Tisch. Ich sah, wie ihre Brust unter dem dünnen Silberstoff sich hastig hob und senkte. Sie war maßlos erregt. Jetzt hatte sie sich erhoben und spielte stehend. Sie rauchte unablässig.

„Seize, rouge, pair et manque!"

Nichts auf der Farbe, nichts auf der Nummer. Der Croupier rechte den Tisch frei. Diesmal hatte Petra verloren – etwa tausend Schilling, überschlug ich schnell. Sie wartete nicht ab, bis das Feld frei war, sondern schob schon neue Marken auf die Zahlenvierecke. Es ging ihr nicht schnell genug. Nervös biss sie sich auf die Lippen, während das Spiel gemacht wurde. Warum rollte die Kugel nicht schon wieder? Warum ging es nicht weiter? Plötzlich presste sie ihre Zigarette aus, schob dem Croupier einen kleinen Berg Marken hin und gab ihm Anweisungen. Er nickte. Mit dem Rest der Jetons und ihrer kleinen Abendtasche schritt Petra hinüber zu Tisch eins. Ich sah dabei, dass sie wundervoll gewachsen war, schlank, mit langen Beinen. In den Hosen hatte ich ihre Beine nicht sehen können, jetzt sah ich sie. Man machte ihr am ersten Tisch Platz. Sie setzte sich aber nicht, sondern warf dem Croupier am unteren Ende des Tisches Marken hin und gab ihm Spielanweisungen. Er sah auf, um sich ihr Gesicht einzuprägen, und nickte ihr lächelnd zu. Indessen rollte am Tisch zwei die Kugel. Petra ging zu ihm zurück.

„Deux, noir, pair et manque!"

Sie hatte gewonnen. Den Gewinn ließ sie an ihrem Platz liegen, der Croupier machte wieder dasselbe Spiel für sie und Petra ging zurück zu Tisch eins.

„Trente-trois, noir, impair et passe!"

Wieder hatte sie gewonnen. Sie spielte nun an zwei Tischen gleichzeitig. Sie wanderte hin und her, manchmal, wenn sie in Eile war und in Gefahr kam, ein Spiel zu versäumen, lief sie auch. Der Teppich machte das Geklapper ihrer hochhackigen Schuhe unhörbar. Sie verlor und gewann, sie gewann und verlor.

Von allen Spielern, erzählte mir einmal ein alter Croupier, sind jene am gefährdetsten, die in irgendeiner Art von Furcht leben: Furcht vor dem Leben, dem Alter, unsicheren Vermögensverhältnissen, Furcht vor Krankheit oder Tod. Männer um Fünfzig und Frauen um Vierzig sind gefährdet, weil sie häufig die Empfindung haben, am Ende ihrer Erlebnisfähigkeiten zu stehen. Allen diesen Menschen ist im Spielsaal plötzlich die Überlegung gemein: „Wozu vorsichtig sein? Was für einen Sinn hat es, das Geld zu achten? Für wen es bewahren? Es ist doch ohnehin schon alles gleich." Von solchen Spielern leben die Banken. Nicht von den ängstlichen Touristen und Gelegenheitssetzern mit dem schlechten Gewissen vor der Ehefrau, und nicht von den großen manischen Spielern, die Tausende riskieren, aber auch Tausende forttragen. Nicht von ihnen. Nur von den Menschen in Furcht. In keinem Jahrhundert haben die Spielsäle deshalb auch so floriert wie in unserem.

Ich überlegte, wovor Petra Wend Furcht empfand, unter welcher Art von Terror sie lebte, und ich sah ihr weiter zu, wie sie hin- und hereilte zwischen den beiden Tischen, atemlos, erregt, in einer besonderen, einsamen Art von Ekstase. Nach etwa einer Dreiviertelstunde sammelte sie ihre Jetons ein und ging an die Bar. Der Rausch schien vorbei zu sein. Sie hatte, alles in allem, ein paar Tausend Schilling verloren, aber sie besaß noch viele Spielmarken. Ich ging zu ihr und setzte mich neben sie an die Theke.

„Guten Abend."

„Oh!" Sie schrak auf. Dann wurden ihre Augen plötzlich schmal: „Sie sind schon lange hier?"

Ich nickte.

Der Mixer trat heran.

„Was wollen Sie trinken?"

„Ein Glas Sekt."

„Mir einen Whisky", sagte ich.

Der Mixer entfernte sich. Petras strahlend weißes Haar leuchtete. Sie fragte leise: „Haben Sie mir beim Spiel zugesehen?"

„Ja", sagte ich.

Sie kreuzte die schönen Beine, klopfte den Tabak einer Zigarette fest und sagte, noch leiser: „Ich habe Ihnen auch zugesehen, Herr Holland."

Etwas Derartiges hatte ich eigentlich erwartet, und es kam nun fast wie eine Erlösung.

Der Mixer stellte die Gläser vor uns hin und entfernte sich wieder. Aus dem Spielsaal klangen die Rufe der Croupiers zu uns, und manchmal hörte ich auch die Kugel rollen.

„Wo haben Sie mir zugesehen?"

„In dem Haus in der Akazienallee, Herr Holland." Ihre Stimme klang sanft, sie schnurrte wie eine Katze, warm und weich. „Als Sie ... den Gegenstand aus der Falte des Sessels holten."

Ich konnte ihr Parfüm riechen. Sie saß da, mit gekreuzten Beinen, zurückgelehnt, aggressiv. Die Tasche mit den Spielmarken lag vor ihr. „Ich sah, wie Sie ihn in die Tasche steckten."

Ich sagte nichts.

„Sie *haben* ihn doch in die Tasche gesteckt, oder?"

„Wenn Sie es sahen, warum teilten Sie Ihre Beobachtung nicht dem Kommissar mit?"

Jetzt steckte sie die Zigarette in den Mund. Ich gab ihr Feuer. Sie blies eine Rauchwolke aus, dann erwiderte sie ernst: „Ich dachte, es wäre ein Gegenstand, dessen Existenz Sie verheimlichen wollten. Ein Gegenstand, der dieser Frau gehört, von der Sie erzählten."

„Sibylle Loredo?"

„Ja, der Frau, die Sie lieben."

„Deshalb schwiegen Sie?“

„Deshalb.“

„Trente-quatre, rouge, pair et passe!“, rief die Stimme eines Croupiers aus dem Saal.

Ich sah ein, dass es keinen Zweck hatte, etwas zu verheimlichen. „Es war ein Ohrring. Er gehörte Sibylle. Ich weiß nicht, wie er in das Haus in der Akazienallee kam. Ich … ich weiß auch nicht, was ich jetzt tun werde. Ich bin Ihnen sehr dankbar, dass Sie mich nicht bloßstellten.“

Sie trank einen Schluck.

„Haben Sie vielleicht ein Bild von Frau Loredo?“

„Ja.“

„Zero!“ Und Bewegung im Saal.

„Natürlich.“ Ich holte meine Brieftasche hervor und entnahm ihr eine Fotografie, die ich immer bei mir trug. Sie zeigte Sibylle am Strand des Wannsees. Sie lag in einem schwarzen Badeanzug im Sand und lachte. Ich hatte das Bild immer sehr gern gehabt.

„Hier, bitte“, sagte ich und reichte es Petra Wend.

„Das –“, begann sie, ließ ihr Glas fallen. Es zerbrach klirrend, und der Sekt bildete einen dunklen Fleck auf dem roten Teppich.

„Was ist?“ Der Mixer stürzte herbei.

„Helfen Sie mir“, sagte ich. „Die gnädige Frau ist ohnmächtig geworden!“

8

Außer uns saßen noch zwei Männer in der Bar; sie waren mir aufgefallen, als ich eintrat. Die beiden hatten wahrscheinlich alles verspielt. Sie lauschten den Stimmen der Croupiers aus dem Saal, genauer gesagt, sie lauschten einer dieser Stimmen. Jene rief, als ich zur Theke ging, gerade: *„Trente-six, rouge, pair et passe!“* Daraufhin sagte der eine der Männer: „Ich hatte zwanzig auf dem letzten Dutzend und eine Transversale pleine mit zehn.“

Der andere sagte: „Verdammt, und ich Idiot habe wieder die Zwölf, zwei links, zwei rechts, gesetzt!“

Die beiden spielten noch immer mit. Da sie kein Geld mehr hatten, konnten sie nur noch in Gedanken spielen, und das taten sie. Sie setzten in Gedanken Jetons, die sie nicht mehr besaßen.

„Vingt-neuf, noir, impair et passe!“, rief der Croupier von Tisch eins.

„Ich habe nichts“, sagte der erste Mann.

„Ich habe ein Pferdchen mit zehn Schilling“, sagte sein Kollege in diesem seltsamen Spiel und rieb sich die Hände. Jetzt, da sich der Mixer und ich um die ohnmächtige Petra Wend bemühten, kamen die beiden Gedankenspieler herbei. Der eine fragte verstört, ob er behilflich sein könne. Sein Freund hob indessen Petras Abendtasche auf, die zu Boden gefallen war. Zwei Zwanzigschillingjetons waren aus ihr geglitten. Der Gedankenspieler benutzte die allgemeine Aufregung, um sie zu stehlen. Mit ausdruckslosem Gesicht ließ er die runden Kunstharzstücke in die Tasche gleiten. Er war davon überzeugt, dass es niemand bemerkte. Es bemerkte auch niemand außer mir, und ich hatte andere Sorgen.

„Ich werde der Dame etwas Kognak geben", sagte der Mixer. Der Dieb äußerte, bei Ohnmächtigen wäre Fernet Branca das Beste und eilte in den Spielsaal zurück.

Nach dem ersten Schluck Hennessy, den wir ihr einflößten, öffnete Petra die Augen. Sie lag noch auf dem Teppich, ich hielt ihren Kopf. Als sie zu sich kam, schlugen ihre Zähne gegen den Glasrand, es klang hässlich. Sie sagte: „Es tut mir leid." Sie erhob sich schwankend und glättete ihren Rock. Dabei wäre sie fast noch einmal gestürzt.

„Was war?" Ich hielt sie fest. „Was haben Sie?"

„Die Aufregung des Spiels", sagte der Mixer höflich. „Vielleicht sollte die Dame etwas an die frische Luft gehen ..."

Petras Gesicht war weiß. Sie sah auf die Theke. Ich sah auch auf die Theke. Dort, wo wir beide hinsahen, lag das Bild Sibylles. „Bitte, bringen Sie mich auf mein Zimmer", sagte Petra. „Ich muss mit Ihnen reden."

Ich bezahlte die Drinks und ging mit ihr durch den Spielsaal ins Hotel hinüber. An Tisch eins sah ich den Dieb. Er hatte gerade eines der gestohlenen Stücke auf die Neunzehn gelegt. Die Kugel rollte.

„Dix-neuf, rouge, impair et manque!", rief der Croupier.

Der Dieb hatte siebenhundert Schilling gewonnen.

Petras Zimmer sah genauso aus wie das meine. Es gab auch hier einen Lautsprecher, der Musik übertrug. Ich hörte das „Konzert in F" von George Gershwin. Petra Wend schaltete den Apparat ab, setzte sich auf ihr Bett und sagte: „Ich weiß jetzt, wer Emilio Trenti getötet hat ..."

„Wer?"

Sie fuhr unbewegt fort: „... und wer auch mich töten wird, wenn er kann."

„Wer?", fragte ich zum zweiten Mal.

„Die Frau, deren Bild Sie mir zeigten."

„Sibylle?"

Sie nickte.

Das Unfassbarste wird fassbar, wird erträglicher und vorstellbarer, sobald es den Bereich des Gedanklichen verlässt und ausgesprochen ist, in Worte gefasst, zu Papier gebracht. Ein Albtraum, den man am Morgen erzählt, ist niemals mehr schrecklich, häufig nur noch komisch. Wir saßen einander gegenüber in diesem sachlichen, hellen Hotelzimmer, Petra auf dem Bett, ich auf einem unbequemen Sessel, und sie hatte mir gerade mitgeteilt, dass sie Sibylle für eine Mörderin hielt. Ich überlegte, dass dies – nach allem – eine schreckliche Vorstellung war, aber keine unmögliche.

Ich fragte: „Kennen Sie Sibylle denn?"

„Ja", sagte sie, und ihre Zähne schlugen wieder aufeinander.

„Vielleicht verwechseln Sie sie mit einer anderen Frau. Das Foto ist nicht sehr gut. Es gibt Menschen, die einander sehr ähnlich sehen."

„Herr Holland, hatte Ihre Freundin ein Muttermal von Schillinggröße unter der linken Achselhöhle?"

„Ja."

„Hörte sie schlecht auf dem rechten Ohr?"

„Ja."

„Und zwar wegen einer Trommelfellverletzung?"

Ich nickte und dachte, dass das alles natürlich vollkommen irrsinnig war und sich jeden Augenblick in harmloser Weise klären würde.

„Diese Verletzung", fragte indessen Petra mit ihrer unnatürlich ruhigen, unnatürlich klaren Stimme, „war die Folge eines Schlages, den Ihre Freundin als Kind erhielt?"

„Ja", sagte ich langsam und mit schwerer Zunge, als wäre ich betrunken, „Sibylle war zwölf Jahre alt, als ein alter Mann –"

„– als ein alter Mann sie auf der Straße schlug."

„Weil sie mit seinem Hund gespielt hatte."

„Weil sie mit seinem Hund gespielt hatte."

Den Satz sprachen wir gleichzeitig.

Sie sagte seufzend: „Sie tun mir leid!"

„Bitte?"

„Sie tun mir leid, Herr Holland. Sie haben mein Mitgefühl. Ich bin sicher, dass es ein furchtbarer Schlag für Sie sein wird, die Wahrheit zu hören."

„Die Wahrheit?"

„Die Wahrheit über Viktoria."

„Wer ist Viktoria?"

„Die Frau auf der Fotografie."

„Sie heißt Sibylle Loredo!", flüsterte ich.

Sie schüttelte den Kopf, ernst und unerbittlich wie ein Engel am Jüngsten Tag.

„Nein, Herr Holland. Die Frau auf dem Foto heißt nicht Sibylle Loredo. Sie heißt in Wahrheit Viktoria Brunswick."

9

Ich habe nun eine kleine Schwierigkeit in der Berichterstattung zu bewältigen: Ich muss eine Geschichte erzählen, ein Stück gelebter Vergangenheit, deren Zeuge ich nicht gewesen bin. Ich muss über zwei Frauen berichten, über Petra Wend und über die Frau, die ich unter dem Namen Sibylle Loredo kannte und die in Wahrheit Viktoria Brunswick hieß.

Als Petra Wend mir in ihrem Hotelzimmer in Salzburg die Geschichte von ihrer und Viktoria Brunswicks Vergangenheit erzählte, da hatte ich noch keine Möglichkeit nachzuprüfen, ob diese Geschichte auch der Wahrheit entsprach.

Inzwischen sind Wochen vergangen. Ich habe die Möglichkeit gehabt. Ich habe festgestellt, dass Petra Wend die Wahrheit sagte in jener seltsamen Nacht, ich habe einen Zeugen gefunden. Der Zeuge war niemand anderer als Sibylle Loredo.

Im Übrigen wird mir klar, dass die dauernde Verwendung der Namen Sibylle und Viktoria den Leser verwirren muss. Ich werde die Frau, die beide Namen trug, deshalb weiterhin Sibylle nennen. Es versteht sich, dass diese Person mit Viktoria Brunswick identisch ist. Und weil ich heute, da ich diese Zeilen schreibe, leider keine Möglichkeit mehr habe, die Glaubwürdigkeit von Petra Wends Erzählung zu bezweifeln, werde ich sie so niederschreiben wie ein reales Geschehen: in der dritten Person.

Die Geschichte, die ich nun zu berichten habe, beginnt an einem Abend im April des Jahres 1944 im Grünen Salon der italienischen Botschaft in Berlin. Wir befinden uns im Krieg. Die Hauptstadt des sogenannten Großdeutschen Reichs ist bereits weitgehend ein Opfer amerikanischer und britischer Luftangriffe geworden. Die Schlacht um Stalingrad ist verloren. Die Schlacht um Afrika ist verloren. Die Landung in der Normandie steht bevor. Unterernährt, angstgeschüttelt und hoffnungslos verbringen die Menschen ihr Leben, das einen neuen Stil gefunden hat durch die Interpunktionen von Sirenengeheul, Phosphorregen und Bombenteppichen, von BBC, Kartenperioden und Parteispitzeln.

An diesem Abend im April – der Reichssender Berlin hatte gerade einen „schweren Kampfverband über der Deutschen Bucht im Anflug auf die Mark Brandenburg" gemeldet – wurden im Grünen Salon der italienischen Botschaft Cocktails serviert. Es waren sogenannte „Manhattan Highballs", und der Kulturattaché entschuldigte sich bei den Damen dafür, dass man – aus begreiflichen Gründen – nicht in der Lage war, dem Mischgetränk echten englischen Gin beizumengen. Der Kulturattaché war ein junger, schöner Mann mit schwarzem Haar und Glutaugen. Er war besonders nett zu den Frauen und vollkommen homosexuell. Viele Damen in Berlin und anderswo hatten sich Mühe gegeben, den Kulturattaché von seinen päderastischen Überzeugungen abzubringen und für die Vorzüge eines normalen Geschlechtsverkehrs zu gewinnen – allein vergeblich. Der Kulturattaché war sehr glücklich in Berlin. Er liebte schlanke Knaben mit blauen Augen und blondem Haar, und sooft seine Zeit es erlaubte, machte er die Überlandfahrten des Bannes 504 der Hitlerjugend mit.

„Wir werden", sagte er leicht singenden Tonfalles zu einer Dame in einem schwarzen Abendkleid, „unsere kleine Party vermutlich in Kürze im Keller fortsetzen müssen. Es ist ein Skandal."

Die Dame trug kurz geschnittenes, erregend weißes Haar. Ihre Haut war sehr rein, und sie besaß wasserklare blaue Augen. Sie war vierundzwanzig Jahre alt und hieß Petra Wend. Sie war zum ersten Mal in der italienischen Botschaft. Der Botschafter, dem sie in einem Nachtlokal auffiel, war alt und hässlich, aber normal und liebte schöne Frauen. Er war charmant. Es hieß, er verstünde es, die Frauen glücklich zu machen. Jene, die ihn intimer kannten, gaben für seine Gesellschaft die jedes anderen Mannes auf.

„Es ist nicht mehr sehr schön bei uns in Berlin", sagte Petra Wend. Heißhungrig biss sie in ein appetitliches Sandwich, das mit Lachs belegt war. Es gab nicht mehr viel Lachs in Berlin.

„Wenn erst der Endsieg errungen ist, wird Ihre Stadt neu und moderner wiederaufgebaut werden", antwortete der Kulturattaché und hatte seine Freude daran, dass es ihm gelungen war, den Satz ohne jede ironische Stimmfärbung hervorzubringen. Er sprach gut Deutsch. „Sie arbeiten beim Film?"

„Ja, in Babelsberg. Ich bin Assistentin einer Kostümbildnerin."

„Das", antwortete der Päderast, „ist kein Leben für eine Frau Ihrer Schönheit, mein Fräulein."

Er zeigte seine schönen Zähne und dachte, dass Petra ihm wirklich gefiel. Sie sah gepflegt aus. Gewiss war sie sehr sauber. Der Kulturattaché überlegte betrübt, dass er eigentlich überhaupt nichts gegen Frauen hatte. Was ihn allein hinderte, ihnen näherzutreten, war ihr Geruch. Frauen waren manchmal reizend – aber wer konnte ihren Geruch ertragen?

Der Kulturattaché fragte: „Würde es Ihnen Freude machen, eine Zeit lang in Rom zu leben?"

„Signor Rossi", antwortete Petra lächelnd, „in ein paar Minuten werden die Engländer da sein. Wollen Sie sich über mich lustig machen?"

Sie riecht, wie alle riechen, dachte der Kulturattaché traurig und sagte: „Ich spreche im Ernst. Könnten Sie sich von Ihren Arbeitsverpflichtungen für – nun, sagen wir ein paar Monate freimachen?"

„Ich verstehe Sie nicht."

„Gnädiges Fräulein", sagte der Kulturattaché, „Sie sind jung, Sie sind schön, Sie kommen aus einer sehr guten Familie. Es gehört zu den Gepflogenheiten unseres Herrn Botschafters, schöne junge Mädchen aus guter Familie nach Rom einzuladen. Sie sind seine Gäste. Sie leben in kleinen Palazzi und können tun und lassen, was sie wollen."

„Sie meinen – ohne jede Verpflichtung?"

„Ohne jede Verpflichtung, mein Fräulein. Wir hoffen, dass jede Einladung dieser Art die freundschaftlichen Bande zwischen unseren beiden Ländern festigt."

„Es klingt wie ein Märchen", sagte Petra.

„Es klingt so, ist aber keines. Fräulein Wend, ich habe die Ehre und die Freude, Sie im Namen Seiner Exzellenz unseres Herrn Botschafters nach Rom einzuladen. Wenn Sie wollen, können Sie schon morgen reisen. Sie werden sogleich ein kleines Haus an der Via Appia beziehen."

„Aber das ist doch unmöglich. Solche Dinge geschehen nicht!"

„Sie geschehen, gnädiges Fräulein", erwiderte der Kulturattaché lächelnd, während er resigniert bedachte, dass es nicht nur der Geruch, sondern auch der Mangel an Intelligenz war, der ihn abstieß. Von Männern erwartete der Kulturattaché keine Intelligenz, da störte sie ihn. Bei Frauen fehlte sie ihm. Er dachte mit Sehnsucht an einen idealistischen Unterscharführer namens Klaus Zscheile und erkundigte sich: „Nun, wollen Sie die Einladung annehmen?"

„Ich muss mich erst fassen", sagte Petra.

„Natürlich, gnädiges Fräulein."

„Ich habe doch kein Geld ..."

„Sie sind unser Gast. Man wird Ihnen ein Bankkonto eröffnen."

„Aber das kann ich doch nicht annehmen!"

„Gnädiges Fräulein, Sie können! Unser Herr Botschafter verehrt schöne Frauen. Sie sind bei ihm der Ersatz für den lieben Gott", antwortete der Kulturattaché und bedachte bei sich, dass es eigentlich ekelhaft war, immer wieder dieselben Phrasen zu sagen. Er entschloss sich, mit seinem Vorgesetzten zu sprechen. Warum musste *er* immer diese jungen Mädchen einladen? Wenn das Außenministerium deutsche Nachrichtenbringerinnen in Rom wünschte, dann konnte es sich, zum Teufel, wirklich einmal etwas Neues einfallen lassen! Man schämte sich geradezu, die romantische Geschichte von dem unbezahlten Aufenthalt über die Lippen zu bringen. Petra Wend sagte überwältigt: „Ich ... ich glaube, das ist die wunderbarste Einladung meines Lebens."

Gott segne dich, dachte der Kulturattaché und fragte lächelnd: „Sie werden also reisen?"

„Ja", antwortete Petra.

Draußen begannen die Sirenen zu heulen. Der schwere Kampfverband von der Deutschen Bucht hatte den Bereich des Luftgaues Berlin erreicht.

10

In dieser Nacht verloren in der Reichshauptstadt nur 526 Menschen das Leben. Es war eine verhältnismäßig ruhige Nacht, es wurden bloß Spreng- und Brandbomben geworfen.

Zwei Tage später erhielt Petra Wend, die ihre Abreise vorbereitete, eine Postkarte, auf der sie aufgefordert wurde, ins Zimmer 314 im zweiten Stock zu Herrn Jahn vom Auswärtigen Amt in der Wilhelmstraße zu kommen. Es sei, schrieb Herr Jahn, dringend. Herr Jahn hieß mit dem Vornamen Helmut, es stand an seiner Bürotür. Er war groß, dunkel und schwermütig.

„Fräulein Wend, Sie haben um eine Ausreiseerlaubnis nach Italien angesucht."

„Ja, aber bei der Polizei, nicht beim Auswärtigen Amt!", erwiderte Petra verwirrt.

„Die Polizei hat das Auswärtige Amt benachrichtigt", erwiderte Herr Jahn und besah seine schmalen, nikotingelben Finger.

„Ich bin vom italienischen Gesandten eingeladen worden –"

„Das wissen wir, Fräulein Wend, das wissen wir alles. Ich nehme an, Sie freuen sich über die Einladung."

„Oh, gewiss, Herr Jahn, natürlich. Denken Sie doch, in Italien ist es schon ganz warm! Und es gibt keine Bomben und nicht immer diese grauenvolle Angst! Ich bin sehr glücklich, Herr Jahn!"

„Das kann ich mir denken, Fräulein Wend."

„Nicht wahr?"

„Ja, Fräulein Wend. Sie werden nur nicht nach Rom reisen."

„Wie, bitte?"

„Wir werden Ihnen keine Ausreiseerlaubnis geben."

„Ich verstehe nicht –"

„Wir werden Sie nicht reisen lassen, Fräulein Wend. Es sei denn, Sie sind uns ein wenig behilflich."

„Wie könnte ich das?"

„Fräulein Wend", sagte Jahn und zog melancholisch an seiner zu langen Oberlippe, „Sie werden in Rom mit vielen Menschen zusammenkommen, vor allem mit vielen Männern. Diese Männer werden an wichtigen Stellen des italienischen Verwaltungsapparates sitzen, es werden sich Wirtschaftsleute und Politiker unter ihnen befinden. Ich könnte mir vorstellen, dass diese Männer viel Interessantes zu erzählen haben."

Petra schwieg.

Ein einarmiger Mann kam herein, hob die Rechte stramm und teilte Jahn mit, dass in Kürze mit Voralarm zu rechnen sei.

„Danke", sagte Jahn. Zu Petra sagte er: „Wir machen uns nichts vor, Fräulein Wend. Wir wissen, dass eine Invasion Italiens bevorsteht; aber wir wissen nicht, wo. Wir wissen, dass unsere tapferen italienischen Freunde die Absicht haben, abzuspringen. Aber wir wissen nicht, wann. Wir würden es gerne wissen. Wenn Sie uns in dieser Richtung helfen wollen, dann könnte ich sofort erreichen, dass Sie eine Ausreiseerlaubnis erhalten, und auch finanziell würden wir uns erkenntlich zeigen."

„Und wenn ich Ihnen nicht helfe?"

Jahn erwiderte traurig: „Es gibt so viele Fabriken, Fräulein Wend. Sie sind Kostümberaterin? Das ist kein kriegswichtiger Beruf. Ich höre, dass man bei Siemens und Halske noch Arbeiterinnen fürs Fließband braucht. Sie wissen, wo das Werk liegt?"

„Im Norden der Stadt."

„Ja. Es fallen viele Bomben im Norden der Stadt, Fräulein Wend. Und die Arbeit bei Siemens und Halske beginnt um sechs Uhr morgens."

Petra antwortete nicht.

„Es sei denn", sagte Helmut Jahn, und zum ersten Mal lächelte er dabei, „Sie werden zur Nachtschicht eingeteilt. Dann fangen Sie um einundzwanzig Uhr an und dürfen um sechs Uhr früh nach Hause gehen."

11

Von diesem Gespräch im Zimmer 314 im zweiten Stock des Auswärtigen Amtes in der Wilhelmstraße erfuhr ich erst zwölf Jahre, nachdem es stattgefunden hatte, in einer Winternacht, im Hotel „Pitter" in Salzburg. Als sie an dieser Stelle ihrer Erzählung angelangt war, ließ Petra Wend – selbst zwölf Jahre älter geworden – den Kopf sinken und schwieg. Ich dachte, dass es mittlerweile kein Auswärtiges Amt in der Wilhelmstraße und auch keine Wilhelmstraße und vermutlich auch keinen Herrn Jahn mehr gab, und fragte: „Soll ich etwas zu trinken bestellen?"

Sie nickte stumm.

„Wieder Sekt?"

„Ja, bitte."

Ich ging zum Telefon und bestellte Sekt und Whisky. Dann setzte ich mich wieder und sah sie an. Sie sagte heiser: „Es ist mir egal, was Sie von mir denken!"

Ich schwieg.

„Ich war noch so jung", rief sie, „ich wollte nicht zu Siemens und Halske! Ich hatte Angst vor den Bomben! Meine Leute waren alle tot. Auf wen sollte ich Rücksicht nehmen?"

„Sie nahmen also das Angebot von Herrn Jahn an?"

„Ja, und es ist mir egal, was Sie von mir denken!"

„Ich denke gar nichts", sagte ich. „Bitte, erzählen Sie weiter. Erzählen Sie von Sibylle. Bitte, Frau Wend!"

Sie zog die Beine an den Leib und fröstelte.

„Ich fuhr also nach Rom. Eingeladen von den Italienern – und im Auftrag des Auswärtigen Amtes mit der Aufgabe, in Rom die Ohren offenzuhalten. Ich wurde sehr gut bezahlt dafür."

Ich schwieg.

„Ich wurde sehr gut dafür bezahlt", wiederholte sie laut.

„Das freut mich", sagte ich.

Mir war ganz gleich, was Petra Wend getan hatte. Es ging mich nichts an. Ich wollte von Sibylle hören. Sie allein interessierte mich.

Ich dachte: Ob Petra Wend lügt?

Ich dachte: Aber sie kennt Sibylle wirklich! Sie kennt den kleinen Leberfleck unter der linken Achselhöhle.

Ich dachte: Ich muss ihr weiter zuhören. Vielleicht sagt sie die Wahrheit …

„Der Botschafter hatte ein Schlafwagenabteil für mich reservieren lassen", erzählte Petra Wend. „Der Anhalter Bahnhof war überfüllt von Frauen und Kindern. Sie wollten alle aus der Stadt hinaus. Sie stürmten die Züge. Viele Kinder wurden niedergetrampelt oder verloren die Eltern. Es war auch wieder Voralarm gegeben worden. Für mich schafften zwei Polizisten Platz. Sie stießen die Frauen und die Kinder zurück und brachten mich bis zu meinem Schlafwagenabteil. Ich fuhr allein, es war ein Abteil erster Klasse. Der Zug war ansonsten so voll, dass die Menschen sogar dicht gedrängt in den Toiletten standen. Aus- und einsteigen konnte man nur durch die Fenster."

„Weiter", sagte ich ungeduldig, „Sie kamen also nach Rom."

„Ja, Herr Holland."

„Lebten in dem Haus in der Via Appia."

„Ja, Herr Holland."

„Weiter."

„Der italienische Kulturattaché aus Berlin kam. Er machte mich mit vielen Menschen bekannt. Ich kam in die Salons der römischen Gesellschaft."

„Weiter."

„Ich gab selbst Gesellschaften. Ich hatte Angestellte, Geld, ein schönes Haus. Das Auswärtige Amt bezahlte alles."

„Weiter."

„Ein Mann verliebte sich in mich."

„Das interessiert mich nicht."

„Es wird Sie gleich interessieren", erwiderte sie bebend. „Der Mann, der sich in mich verliebte, hieß Tonio Trenti. Er war der Sohn des Mannes, der heute in der Akazienallee erschossen worden ist."

12

Es klopfte. „Herein", rief ich.

Ein lächelnder junger Kellner erschien und brachte die Getränke. Er äußerte, er hoffe, der Sekt wäre kalt genug. Sollte dies nicht der Fall sein, empfahl der Kellner, die Flasche noch ein wenig im Kühler zu halten. Dann verschwand er. Ich goss Sodawasser in meinen Whisky, und Petra nippte an ihrem Sektglas.

„Ist er kalt genug?", fragte ich.

„Danke, ja."

„Wollen Sie einen Strohhalm?"

„Danke, nein."

„Wer war dieser Tonio Trenti?"

„Legationsrat im Außenministerium."

„Legationsrat? Da kann er aber nicht mehr so jung gewesen sein."

„Er war sehr befähigt, Herr Holland. Man prophezeite ihm eine sensationelle Karriere. Er war achtundzwanzig Jahre alt, sehr schlank und groß und dunkel, und er hatte graue Augen. Wenn er lächelte –"

Petra brach ab, warf sich mit dem Gesicht auf das Kissen ihres Bettes und begann zu weinen. Sie lag in einer unnatürlichen, verdrehten Stellung da und schluchzte. Ihr Rock hatte sich verschoben, ich sah das Unterkleid. Ich saß da und trank Whisky und wartete darauf, dass sie aufhörte zu weinen. Ich wartete eine ganze Weile.

Zuletzt richtete sie sich auf, wischte sich mit dem Handrücken die Tränen fort und sagte: „Verzeihen Sie, bitte."

„Sie haben den jungen Mann sehr geliebt?"

„Sehr, Herr Holland!"

Ich sagte: „Es tut mir leid, dass ich vorhin so grob war."

Das überhörte sie. „Wir liebten uns vom ersten Augenblick an", sagte sie verloren. „Der Kulturattaché machte uns bekannt – und wir … und ich … und ich wurde noch am gleichen Abend Tonis Geliebte. Ich traf ihn in meinem Haus. Er blieb bei mir bis zum Morgen."

Ich dachte, dass das alles ein wenig unwirklich war: dieser Abend, dieses Zimmer, diese Frau, die ich vor wenigen Stunden noch nicht gekannt hatte und die mir nun ein Kapitel aus ihrem Leben erzählte. Und ich dachte, dass ich mir alles anhören würde, jedes Kapitel, jede Intimität, wenn sie mich nur zu Sibylle führte …

Indessen sagte die Frau auf dem Bett: „Durch Tonio Trenti wurde mir klar, dass die Einladung des Botschafters doch nicht so selbstlos gewesen war, wie es zunächst den Anschein hatte."

„Er forderte Sie auf, für das italienische Außenministerium zu arbeiten?"

„Wie kommen Sie darauf?"

„Es war nicht sehr schwer zu erraten. Außerdem ist es die übliche Methode."

„Die übliche Methode, ja?" Sie sah mich misstrauisch an. Dann zuckte sie die Schultern. „Nun gut. Tonio meinte, ich käme doch häufig mit Mitgliedern der deutschen Botschaft zusammen. Er wollte Nachrichten haben, Pläne. Er vertraute sich mir an. Er erzählte mir, dass eine Gruppe italienischer Diplomaten, der auch er angehörte, bereits mit den Amerikanern in Verbindung standen, um einen Sonderfrieden zu erwirken."

„Das wäre eine schöne Nachricht für Herrn Jahn gewesen", sagte ich. „Sie haben –"

„Nicht ich, Herr Holland."

„Wer verriet Ihren Geliebten?"

Sie sagte: „Eine andere Frau."

Ich trank einen Schluck. Ich musste das Glas mit beiden Händen halten, denn meine Finger zitterten. Dennoch verschüttete ich etwas Flüssigkeit. Jetzt war es so weit, dachte ich. Nun kam es. Es kam. „Die Frau, die Tonio Trenti verriet, war Viktoria Brunswick", sagte Petra Wend.

War Sibylle. Sibylle. Meine Sibylle.

13

Der Außenminister Joachim von Ribbentrop war ein Mann von geringem Vorstellungsvermögen. Insbesondere war ihm jeder Einblick in die weibliche Gefühlswelt verschlossen. Nur so ist zu verstehen, was der Außenminister selber „seinen Lieblingsplan" nannte. Ribbentrops fixe Idee war die Nützlichkeit schöner Frauen in der Politik. Sie fanden, argumentierte er, Eintritt in jede Gesellschaft, sie konnten Gewalt über den Mann bekommen, es gab kein Geheimnis, das man ihnen nicht verriet.

Bis hierher kann man Ribbentrops Überlegung ohne Widerspruch folgen. Lächerlich jedoch muss es anmuten, wenn der Außenminister weiter folgerte, diese jungen schönen Frauen würden nun als pflichtbewusste Deutsche alles, was sie in den Umarmungen ihnen verfallener Männer erfuhren, sogleich dem Auswärtigen Amt melden. Die Vorstellung, dass jede Frau, die liebt, nur dem Mann ihrer Leidenschaft und sonst niemandem mehr gehört, überstieg bei Weitem das Vorstellungsvermögen des ehemaligen Geschäftsreisenden für die bekannte Sektfirma. Es ist aktenkundig, dass etwa dreihundert junger Damen aus gutem Haus und von blendender Erscheinung im Auftrag des Auswärtigen Amtes in den Jahren 1939 bis 1945 ins Ausland, so weit es Deutschen zugänglich war, geschickt wurden. In Rom gab es in jenem Frühjahr zwei Damen dieser Art, in deren Salons sich die römische Gesellschaft traf. Der eine dieser Salons gehörte Sibylle. Petra Wend war schon eine Woche lang die Geliebte Tonio Trentis, als sie von Sibylle eingeladen wurde.

Sibylle Loredo – oder Viktoria Brunswick, wie sie sich damals nannte – wohnte in einem Haus auf der halben Höhe der Piazza di Espagna, und zwar auf der linken Seite der berühmten Treppe. Im Garten des Hauses gab es Pinien, Putten und einen in Stein gehauenen römischen Gott, der keinen Kopf mehr besaß. Es gab auch eine Volière mit vielen bunten Vögeln. Sibylle empfing ihren Gast auf der Dachterrasse. Sie trug ein grünes Seidenkleid mit Goldbemalung. Das schwarze Haar hatte sie hochgekämmt, und ihr großer Mund war lächelnd geöffnet, als sie Petra entgegenkam.

„Ich freue mich, dass wir einander endlich kennenlernen, meine Liebe", sagte Sibylle. Sie reichte Petra die Hand, eine heiße, trockene Hand mit langen, rot lackierten Nägeln. „Wir werden", fuhr sie fort, „uns gewiss viel zu erzählen haben, denn wir besitzen gemeinsame Freunde."

Ein Diener servierte Tee auf der großen Terrasse über dem Haus. Die Damen saßen in Korbsesseln unter einem Sonnensegel. Von der Spanischen Treppe klangen durch die stille Luft die Rufe und das Gelächter spielender Kinder herüber. Sibylle goss selbst den Tee ein. Sie erkundigte sich lächelnd: „Nehmen Sie Zucker?"

„Ja, bitte."

„Ein Stück?"

„Zwei, bitte."

Sibylle ließ zwei Zuckerstücke in die Tasse Petras fallen, kreuzte die Beine und sagte freundlich: „So also sieht die kleine Hure aus, mit der man mich betrügt!"

Petra setzte die Tasse, die sie in der Hand hielt, zart auf den fragilen Tisch und erwiderte: „Ich nehme an, das soll ein Scherz sein, den ich nicht verstehe."

„Durchaus nicht", erwiderte Sibylle. „Ich spreche im Ernst. Er betrügt mich mit Ihnen. Und ich habe nicht die Absicht, mir das bieten zu lassen. Es ist nicht schwer, Tonio zu verführen, ich selber habe ihn auch verführt. Er ist weich und sentimental. Deshalb wollte ich mit Ihnen sprechen."

„Einen Augenblick", sagte Petra schwach. Sie war sehr bleich geworden. „Reden Sie von Tonio Trenti?"

„Lassen Sie dieses Theater", sagte Sibylle leise. Ihre Stimme war eiskalt und schneidend, und ihre Katzenaugen schlossen sich halb: „Unterstehen Sie sich, mir zu erzählen, Sie hätten nicht gewusst, dass Tonio mein Geliebter war, als Sie ihn ins Bett nahmen!"

„Ich habe es nicht gewusst."

Sibylle fragte höhnisch: „Nicht gewusst, was ganz Rom weiß?"

„Ich schwöre, ich habe es nicht gewusst."

Sibylles großer Mund verzog sich. „Gut", sagte sie, „dann wissen Sie es jetzt. Tonio Trenti ist mein Geliebter. Seit einem Jahr. Genügt Ihnen das? Werden Sie ihn jetzt zufrieden lassen?"

Petra rief: „Zufrieden lassen! Aber ich liebe ihn doch! Und er liebt mich, er hat es mir immer wieder gesagt!"

„Deshalb schläft er mit mir", sagte Sibylle. Sie sprachen über ihren gemeinsamen Geliebten wie über ein Kind, ein unartiges leidenschaftliches Kind.

„Ich ... ich muss mit ihm sprechen!", rief Petra aufspringend. „Er soll reden, nicht Sie!"

Sibylle trat ihr in den Weg. „Setzen Sie sich!"

„Lassen Sie mich gehen!"

Sibylle hob eine Hand und stieß Petra gegen die Schulter. Sie hatte harte Knochen. Petra fiel in ihren Korbsessel zurück und keuchte: „Was erlauben Sie sich?"

„Halten Sie den Mund. Ich bin noch nicht mit Ihnen fertig", antwortete Sibylle. Sie sagte nachdenklich: „Es ist gut, dass ich keine Hunde habe."

„Was?"

„Wenn ich Hunde hätte, hätte ich auch eine Hundepeitsche. Ich würde Ihnen gerne das Gesicht zerschlagen. Ihr hübsches, leeres Gesicht, Sie Luder."

„Sie gemeine, dreckige –" Petra biss sich auf die Lippen und schwieg. Sibylle zündete sich eine Zigarette an und sagte: „Es ist mir ganz gleich, ob Tonio Ihnen erzählt hat, dass er Sie liebt, oder ob Sie ihn lieben. Sie interessieren mich ohnehin nicht, und Tonio weiß nicht, wen er liebt. Er hat keinen Verstand. Man muss für ihn denken. Ich werde ihm schon klarmachen, dass *ich* es bin, die er liebt ..."

„Ich sehe, Sie sind verrückt“, sagte Petra ehrlich und beruhigt über die plötzliche Erkenntnis. „Sie haben den Verstand verloren, sonst könnten Sie nicht so reden!“

Darauf antwortete Sibylle nicht, sondern sie fuhr fort: „… deshalb verbiete ich Ihnen auch, mit Tonio zu reden. Sie werden ihn einfach hinauswerfen.“

„Was werde ich?“

„Sie werden ihm sagen, dass Sie genug von ihm haben, dass er Ihnen über ist, dass er Sie anwidert.“

„Sie sind wahnsinnig!“

„Dass er gehen soll. Verschwinden. Für immer.“

„Wahnsinnig! Sie sind wahnsinnig!“

„Das werden Sie ihm sagen. Wann sehen Sie ihn?“

„Heute Abend.“

„Dann werden Sie es ihm heute Abend sagen.“

„Ich denke nicht daran.“

„Nein?“ Sibylle lächelte. Ihr Gesicht bekam dadurch plötzlich erschreckende Ähnlichkeit mit einem Totenkopf. Sie sagte: „Hören Sie, kleine Hure! Sie und ich, wir haben einige Ähnlichkeit miteinander. Ich arbeite im Auftrag des Auswärtigen Amtes. Sie auch.“

„Aber –“

„Halten Sie den Mund. Sie sollen an Herrn Helmut Jahn berichten, wie? Ich auch. Ich habe nur noch nichts berichtet, nichts von Bedeutung. Sie auch nicht, ich weiß es. Man ist nicht sehr zufrieden mit uns beiden.“

„Ich –“

„Schweigen Sie. Wenn wir nicht bald Nachrichten liefern, wird man uns zurückrufen. Hat man Ihnen auch Siemens und Halske in Aussicht gestellt? Nun, sehen Sie.“

„Ich weiß nicht, wovon Sie reden!“

„O ja, Sie wissen es. Jetzt bekommen Sie Angst, nicht wahr? Jetzt beginnen Sie um ihn zu zittern! Das habe ich erwartet. Wenn Sie sich jetzt nur sehen könnten, Sie sind ja ganz grün im Gesicht geworden vor Angst! Ich wette, Sie könnten jetzt keine drei Schritte weit laufen, ohne hinzufallen. Tonio ist geschwätzig, nicht wahr? Besonders im Bett kann er nicht den Mund halten. Was glauben Sie, was würde geschehen, wenn Herr Jahn, unser gemeinsamer Freund, von Tonios Bemühungen um einen Sonderfrieden erfährt?“

Petra starrte sie mit aufgerissenen Augen an.

„Und nicht nur Tonios Bemühungen, sondern auch die seiner Freunde wären interessant für Herrn Jahn. Denken Sie doch, was für illustre Namen: Cesare Frank, Professor Solti, Elia Carniel.“

„Das würden Sie tun?“, keuchte Petra. „Sie würden den Mann verraten, den Sie lieben? Ja, wissen Sie denn, was mit ihm geschehen würde?“

„Sie würden ihn töten“, sagte Sibylle. „Ihn und auch seine Freunde, und vielleicht auch Freunde der Freunde. Sie töten viele Menschen, es fällt ihnen nicht schwer.“

Sibylle sah Petra starr an. Ihre schwarzen Katzenaugen brannten in einem makabren Feuer.

„Ja“, sagte sie, „ich würde es tun!“ Ein Geräusch ließ sie aufblicken. Der Diener, der den Tee serviert hatte, stand hinter ihr. „Was ist los, Angelo, warum störst du?“

„Verzeihung, Signora“, erwiderte der Diener, „ich wollte nur melden, dass Signor Tonio Trenti soeben gekommen ist.“

14

Das“, sagte Sibylle, „trifft sich ja ausgezeichnet. Ich lasse Herrn Trenti bitten, zu uns aufs Dach zu kommen.“ Es dauerte ein paar Sekunden, dann erschien dieser. Er trug einen blauen zweireihigen Anzug mit zarten weißen Streifen, ein blaues Hemd und eine weiße Krawatte. Der Diener hatte ihn sichtlich über die Anwesenheit Petras informiert, denn er zeigte keine Überraschung. „Es ist gut“, sagte er sogleich, nachdem er beiden Damen die Hand geküsst hatte, „dass wir hier zusammentreffen. Ich muss mich entschuldigen, bei dir, Viktoria, und bei dir, Petra. Ich habe mich sehr schlecht benommen.“

Die beiden Frauen sahen ihn schweigend an, und in der Tat wirkte dieser hübsche Junge mit den breiten Schultern und den schmalen Hüften weit femininer als sie, die er beide betrogen hatte.

Er fuhr fort: „Petra, du weißt jetzt, dass ich lange mit Viktoria gelebt habe. Ich habe sie geliebt. Aber ich liebe sie nicht mehr. Ich liebe dich, Petra. Es tut mir leid, dass ich diese pathetischen Sätze vor euch beiden aussprechen muss, doch so ist wenigstens Klarheit geschaffen.“

Er sagte zu Sibylle: „Verzeih mir, bitte. Ich hätte es dir heute Nachmittag auch gesagt, wenn ich dich allein angetroffen hätte.“

„Mein Kleiner“, sagte Sibylle, „du weißt ja überhaupt nicht, was du sprichst!“

„Ich weiß es genau, Viktoria. Ich werde nicht mehr zu dir kommen. Ich möchte Petra heiraten.“

Darauf folgte eine längere Stille. Dann sagte Petra, die bisher geschwiegen hatte: „Sie will dich an die Deutschen verraten, Tonio. Dich und deine Freunde. Sie will den Deutschen alles erzählen, was sie weiß, wenn du nicht bei ihr bleibst!“

„Das wird sie nie tun“, sagte Tonio Trenti, aber der Schweiß trat ihm in kleinen Perlen auf die weiche, hübsche Stirn.

„Die Situation“, sagte Sibylle, „ist ein bisschen grotesk. Zwei Hennen und ein schöner Hahn. Doch sei beruhigt, mein Hähnchen, ich werde den Deutschen wirklich erzählen, was ich weiß. Alles werde ich ihnen erzählen, alles!“ Ihre Stimme wurde fast zärtlich. „Ich muss dir damit drohen, damit du begreifst, welchen Irrtum du begehst. Es ist wirklich schrecklich mit dir, Tonio, Schatz! Manchmal denke ich, du bist ein dummer kleiner Junge, der nie erwachsen wird.“

„Und warum", fragte er erbittert, „drohst du mir dann? Warum verfolgst du mich? Warum lässt du mich nicht in Frieden, wenn ich so klein und dumm und schwächlich bin?"

„Weil du so gut im Bett bist", erwiderte Sibylle.

Tonio Trenti nahm die Hand Petras. „Komm", sagte er. Petra stand auf. Sie gingen beide über die Dachterrasse zum Ausgang.

„Bleib", sagte Sibylle leise. Sie saß reglos und sah ins Leere und sagte: „Bleib, Tonio, bleib da. Geh nicht fort. Bitte, bitte, bitte." Aber er hörte sie nicht mehr. Hand in Hand mit Petra Wend trat er soeben auf die Spanische Treppe hinaus, die im letzten Nachmittagssonnenschein lag.

Viktoria Brunswick, die ich zwölf Jahre später als Sibylle Loredo lieben sollte, saß vor ihrem fragilen Teetisch und blickte ins Leere und sah aus, als wäre sie vor einer Stunde gestorben.

Der deutsche Sicherheitsdienst verhaftete den Legationsrat Tonio Trenti noch am gleichen Abend, gegen zwanzig Uhr. Trenti befand sich in der Garage seines Hauses, er war eben im Begriff, die Stadt zu verlassen. Er schoss auf einen der beiden Beamten, verfehlte ihn jedoch und wurde von dem anderen niedergeschlagen.

Man brachte ihn sofort ins Hotel „Minerva", dem Sitz der Gestapo-Leitstelle Rom. Ebenfalls um zwanzig Uhr wurden Trentis Freunde verhaftet.

Sibylle war am nächsten Morgen verschwunden. Der Diener Angelo teilte mit: „Die Signora ist für einige Zeit verreist. Ich bin nicht in der Lage zu sagen, wann sie wieder in Rom sein wird." In der Tat kehrte Sibylle überhaupt nicht mehr nach Rom zurück. Sie blieb verschwunden. Einen Monat nach ihrer Abreise übernahm das deutsche Konsulat die Villa an der Spanischen Treppe, und ein gewisser Freiherr von Weidebreck zog in sie ein. Er war ein alter Herr, den ein schweres Herzasthma plagte.

Tonio Trenti und seine Freunde wurden nach Berlin gebracht. Petra Wend hörte nichts mehr von ihnen. Alle Versuche, mit ihrem Geliebten in Verbindung zu treten, scheiterten.

In dieser Zeit begegnete sie bei ihren verzweifelten Bemühungen, etwas zur Rettung Tonio Trentis zu unternehmen, auch seinem Vater, Emilio Trenti. Dieser fuhr nach Berlin und drang bis zu Ribbentrop vor. Es war vergeblich. Tonio Trenti und seine Freunde wurden am 28. Mai 1944, in der Zeit zwischen sieben und acht Uhr dreißig morgens, im Hof des Zuchthauses Moabit durch den Strang hingerichtet. Der Vater Tonios erlitt einen schweren Nervenzusammenbruch. Fiebernd und fantasierend wurde er in einem Krankenwagen nach Rom zurückgebracht. Petra Wend pflegte ihn.

Am 5. Juni 1944 erreichte den Vater ein Brief aus Berlin, in dem ihm mitgeteilt wurde, er könne, falls er es wünschte, die Urne mit der Asche seines Sohnes erhalten. Für Versand und sonstige Spesen wären in diesem Falle fünftausend Lire per Nachnahme zu entrichten. Im Auftrag des Vaters schrieb daraufhin Petra nach Berlin und bat um Übersendung der Urne. Diese kam jedoch nicht. Am 6. Juli 1944 schrieb

Petra einen zweiten Brief nach Berlin, in dem sie die Urne anmahnte. Gleichfalls am 6. Juli – Petra hatte den Brief eben zur Post gebracht – traf die Urne dann ein.

Emilio Trenti und Petra Wend hielten die Angelegenheit für abgeschlossen. Aber sie irrten sich. Denn auf Petras Mahnschreiben hin schickte man ihr am 14. Juli eine weitere Urne voll irgendwelcher Asche. Es schien, dass den Deutschen bei dem enormen Versand von Urnen gelegentlich kleine Irrtümer unterliefen. Im Übrigen war auch die zweite Urne mit einer Nachnahme von fünftausend Liren belastet. So weit herrschte immer noch Ordnung im Deutschen Reich.

15

Wir haben ein zweites Mal fünftausend Lire bezahlt und beide Urnen weggeworfen", sagte Petra Wend. Sie saß noch immer auf ihrem Bett, aber jetzt weinte sie nicht mehr. Ihre Augen waren gerötet. Sie sagte: „Es ist furchtbar für Sie, Herr Holland, ich kann es mir vorstellen."

Im Augenblick war ich überhaupt noch nicht in der Lage, in mein Bewusstsein aufzunehmen, was sie mir erzählt hatte. Als ich in dem Wald bei Köln auf die Tellermine trat, spürte ich zunächst gar keinen Schmerz. Der Schmerz und die Erkenntnis, dass mir ein Bein fehlte, kamen erst Stunden später. Zunächst war ich völlig empfindungslos gewesen.

Ich trank meinen Whisky aus und fragte: „Sie haben nie wieder etwas von Sibylle gehört?"

„Nie wieder."

„Sie blieben in Rom?"

„Nein, Herr Holland. Meine italienischen Freunde warnten mich. Sie teilten mir mit, dass meine Zurückberufung nach Berlin bevorstand. Sie befürchteten, dass man auch mich bestrafen würde."

„Und was taten Sie?"

„Der Kulturattaché aus Berlin hatte Freunde in Wien, ein Ehepaar. Der Mann war Chemiker. Er hatte ein Haus vor der Stadt, in den Weinbergen. Er und seine Frau versteckten mich dort bis zum Kriegsende. Eine Zeit lang sah es so aus, als würden die Österreicher mich ausweisen, weil ich beschäftigungslos war, aber dann fand ich Arbeit beim Film und blieb in Wien."

„Haben Sie nie eine Anzeige gegen Sibylle erstattet?"

„Doch. Bereits im April fünfundvierzig."

„Und?"

„Ich wurde durch Jahre hindurch immer wieder vorgeladen, um zusätzliche Informationen zu geben. Im Auftrag der Münchner Staatsanwaltschaft verhörte mich auch ein Wiener Untersuchungsrichter."

„Wieso der Münchner Staatsanwaltschaft?"

„Ihre Freundin stammte aus München, Herr Holland."

Ich dachte sachlich: Natürlich, deshalb ist sie nach Berlin gegangen, als sie falsche Papiere auf den Namen Loredo bekam. Ich wäre auch nicht in München geblieben. Keinesfalls. Das wäre viel zu riskant gewesen.

„Was erreichten die Gerichte?"

„Sie fanden eine Eintragung in der Sterbematrikel des Bezirksamtes München-West. Danach war eine Viktoria Brunswick am elften August neunzehnvierundvierzig auf der Straße einem Herzschlag erlegen."

„Sie glauben, dass diese Eintragung gefälscht war?"

„Ich bin davon überzeugt." Jetzt trat wieder der Ausdruck von furchtbarer Angst in ihre Augen. So hatte sie in der Akazienallee ausgesehen. „Viktoria bekam falsche Papiere und ging nach Berlin und lebte dort in Frieden, zehn Jahre lang, bis Tonios Vater sie sah!"

Ich nickte. Es klang vernünftig, was sie da sagte. Furchtbar, aber nicht unvernünftig. Es konnte wirklich so gewesen sein. „Dann täuschte sie eine Entführung vor, folgte ihm nach Salzburg und erschoss ihn. Und nun, und nun –" Petra brach ab und starrte mich an. „Was geschieht nun?", flüsterte sie. „Sie ist in der Stadt, sie ist in der Nähe, ich fühle es! Ich fürchte mich so, Herr Holland! Sagen Sie mir, was ich tun soll! Zur Polizei gehen und alles erzählen? Oder schweigen? Sagen Sie es mir doch!"

Ich stand auf: „Ich weiß es noch nicht, Frau Wend –"

„Lassen Sie mich nicht allein!" Sie erhob sich schnell und legte die Arme um mich, aber es war reine Angst, keine Zärtlichkeit.

Ich nahm ihre Arme von meiner Schulter. „Gute Nacht, Frau Wend. Sperren Sie Ihr Zimmer ab und nehmen Sie ein Schlafmittel." Sie ließ sich wieder aufs Bett fallen. „Morgen werden wir weitersehen", sagte ich bei der Tür. Ich drehte mich noch einmal um. Sie saß da und murmelte vor sich hin und bewegte sinnlos die Hände.

Ich holte meinen Mantel und fuhr mit dem Lift in die Halle hinunter. Sie war zu dieser Zeit – nach zweiundzwanzig Uhr – ganz leer. Nur der Nachtportier war zu sehen. Er stand hinter der Rezeption und sortierte Post. „Gehen Sie noch einmal fort, Herr Holland?"

„Ja."

„Fahren Sie vorsichtig, es ist sehr neblig geworden."

„Ich gehe zu Fuß", sagte ich.

Es war wirklich sehr neblig, man sah keine zehn Schritte weit. Der Nebel war dick und bernsteinfarben und roch nach Rauch. Ich ging durch die dunkle Unterführung bis zum Bahnhof und dann in der Richtung zum Fluss. Ich dachte an Sibylle. Es war natürlich vollkommen unmöglich, dass die Frau, die ich liebte, und die Frau, die Petra Wend schilderte, ein und dieselbe Person waren. Das gab es nicht. Dazu besaß ich selber zu viel Menschenkenntnis. Ich wusste, wen ich liebte. Ich kannte Sibylle. Ein furchtbares Missverständnis, das musste es sein. Eine Verwechslung aufgrund einer Ähnlichkeit. Sonst nichts. Es konnte nicht anders sein.

„Bitte, wissen Sie vielleicht, wo das Hotel „Zum Goldenen Hirschen liegt?“ Er war klein und verloren. Er stand an einer schlecht beleuchteten Kreuzung und schwankte. Ich roch den Schnaps. Er war sehr betrunken und sprach mit einem Schweizer Akzent.

„Kommen Sie mit mir“, sagte ich.

„Wohnen Sie denn auch im Goldenen Hirschen?“

„Nein, aber ich bringe Sie hin.“

„Das kann ich nicht verlangen!“

„Kommen Sie schon. Ich mache einen Spaziergang.“

Er ging mühsam. Von Zeit zu Zeit stolperte er. Der Nebel war schlecht für ihn. Er hustete schwer.

„Verdammte Stadt“, sagte er erbittert. „Keine Polizisten, keine Taxis. Verdammte Stadt!“

Vielleicht war das Ganze auch ein Albtraum gewesen. Ich träumte alles nur. Oder Petra Wend war verrückt.

Sibylle. Sibylle. Sibylle!

„Im Sommer soll es hier ja sehr schön sein“, sagte der Kleine. „Mozart und so. Ich liebe Mozart. Sie auch?“

„Was?“

„Lieben Sie auch Mozart?“

„Nein!“ Es tat mir schon leid, dass ich ihn mitgenommen hatte.

Er sagte: „Übrigens, Wälterli, mein Name.“

„Holland.“

„Sehr angenehm, Herr Holland. Sie brauchen nicht zufällig eine Kirche?“

„Eine was?“

„Eine Kirche. Um zu beten. Ich habe eine Kirche zu viel, ich würde sie billig abgeben. Zum Selbstkostenpreis.“

„Was ist das für ein Unsinn?“

Wir kamen jetzt am Theater vorbei. Bisher war uns noch kein Mensch begegnet. Alle Fenster waren dunkel, und unsere Schritte hallten laut.

„Das ist kein Unsinn“, erwiderte er traurig. „Ich baue Kirchen. Mein Leben lang habe ich Kirchen gebaut. Wälterli-Kirchen – der Name ist Ihnen kein Begriff?“

„Nein.“

„Hm.“ Er überlegte. Dann teilte er mit: „Ich bin ein wenig betrunken.“

„Wirklich?“ Mein Bein tat mir wieder weh.

„Ja. Hatte am Bahnhof zu tun und blieb in einer Bar hängen. ‚Casanova‘. Nettes Lokal. Hübsche Mädchen. Mit Ziehharmonikas.“

Er sagte in dem Bemühen aller Betrunkenen, besonders deutlich zu akzentuieren: „Die Mädchen hatten Ziehharmonikas umgehängt und spielten Heimatlieder. Es war sehr gemütlich.“ Übergangslos fügte er hinzu: „Es ist schrecklich mit meiner Kirche.“

Ich dachte: Und wenn Petra Emilio Trenti ermordet hat? Wenn sie mich wirklich belügt?

Indessen sagte der Kirchenbauer: *„Pre-fabricated.* Wissen Sie, was das ist: prefabricated?“

„Was ist das?“

„So bauen wir heute. Amerikanisches System. Früher wäre mir so etwas auch nicht passiert, Herr Holland“, sagte er und hängte sich zaghaft bei mir ein. „Stellen Sie sich das vor: Die Schweizer Regierung gibt mir einen Großauftrag, sechsundvierzig Kirchen für zurückgebliebene Bergdörfer. Keine großen Kirchen, nur solche für achtzig Besucher, aber immerhin, ein Riesengeschäft, Sie können es sich vorstellen!“

„Sie haben sechsundvierzig Kirchen gebaut?“

„Ja. Alle pre-fabricated. Die Türen, die Wände, die Bänke, das Kreuz vom Turm, der Altar – wurde alles in meiner Fabrik erzeugt! Die Kanzel. Der Heiland. Der Beichtstuhl. Alles bis zum letzten Nagel. Aber in Einzelteilen, verstehen Sie? Nummeriert. Und mit einer Gebrauchsanleitung zum Zusammensetzen. Jedes Kind kann meine Kirchen zusammensetzen! Zuletzt wurde jede Kirche einzeln verpackt und mit der Bahn verschickt. Und was soll ich Ihnen sagen, Herr Holland, wie wir die Kirchen verschickt haben, da stellen wir fest, dass wir aus Versehen nicht sechsundvierzig, sondern siebenundvierzig Stück erzeugten! Wie finden Sie denn so etwas?“

„Das muss sehr unangenehm gewesen sein“, sagte ich.

„Unangenehm!“ Er sah nach oben, in den Nebel hinein. „Ich bin fast ohnmächtig geworden. Sie müssen sich das vorstellen: Eine ganze komplette Kirche bleibt mir übrig! Liegt mir herum, verstellt mein Lager. Und keiner will sie haben. Glauben Sie, ich bringe die Kirche an?“

„Ich fühle mit Ihnen, Herr Wälterli“, sagte ich. Wir gingen nun am Café Bazar vorbei. Hier hatte ich oft im Freien gesessen. Jetzt war das Café geschlossen. Der kleine Garten sah schmutzig aus. Die Brücke über die Salzach tauchte aus dem Dunst.

„Es gibt nichts, was schwerer anzubringen ist als so eine Kirche. Man kann sie nicht einmal wegschmeißen, dazu ist sie zu groß. Es gibt zu viele Teile. Pre-fabricated. So etwas hat man notwendig. Mein Vater hätte mir die Hosen stramm gezogen, wenn ich ihm mit diesem modernen Unfug gekommen wäre. Aber ich, nein, ich muss ja alles ausprobieren. Nun habe ich den Salat.“ Er sah sich um. „Ich glaube, jetzt kenne ich mich wieder aus!“

„Gehen Sie durch das Tor und dann nach rechts. Sie können sich nicht mehr verlaufen.“

Wir waren auf der Brücke stehen geblieben. Unter uns rauschte das schwarze Wasser. Ab und zu trieb eine Eisscholle vorbei. Herr Wälterli gab mir die Hand und bedankte sich für meine Lotsendienste. Dann schwankte er in den Nebel hinein. Ich hörte, wie er mit sich selber sprach. „Pre-fabricated“, sagte er ärgerlich. „Das habe ich notwendig gehabt …“ Seine Stimme verlor sich.

Es wurde ganz still, so still, als wäre ich allein auf der Welt. Ich stützte die Ellbogen auf das nasse Brückengeländer und sah in die Tiefe. In meinem Kopf drehte sich alles. Dieser Kirchenbauer war zu viel für mich gewesen. Ich kam mir vor, als wäre ich selbst betrunken. Es war mir unmöglich, auch nur noch einen einzigen klaren Gedanken zu fassen. Das Wasser gurgelte und stöhnte an den Brückenpfeilern. Aus der Stille klangen Schritte auf, wurden lauter, kamen näher. Ich rührte mich nicht. Die Schritte hielten an, dicht neben mir. Es waren die Schritte einer Frau. Ich drehte mich langsam um. Sie stand vor mir, ich konnte sie mit der Hand berühren, wenn ich wollte. Es war kein Traum, keine Fantasie, kein Wahnsinn. Sie stand da und lebte und atmete, und ihre Katzenaugen glänzten, und ihr Gesicht war weiß wie Schnee, und ihr roter Mund stand offen.

„Guten Abend", sagte Sibylle Loredo.

Sie trug ihren Persianermantel, schwarze Pelzstiefelchen und ein dunkles Tuch über dem Haar. Sie trat zu mir und presste ihre Lippen auf die meinen. Ihr Mund war eiskalt, die Zunge stieß an meine Zähne. Ich schob Sibylle fort und sagte: „Was hast du getan?"

„Weißt du es denn noch nicht?", fragte sie, und ihre Stimme war dunkel und heiser wie früher. „Hat Petra Wend es dir denn nicht erzählt?"

„Sie hat mir vieles erzählt", sagte ich und bemühte mich angestrengt darum, genug Luft zum Atmen zu bekommen. Es war plötzlich sehr schwierig, genug Luft zu bekommen. „Du hast Emilio Trenti erschossen."

„Ja", sagte sie. In der Tiefe stieß eine Scholle gegen den stählernen Brückenpfeiler. Es klang hart und eisig, aber der Nebel erstickte das Geräusch sofort wieder, es gab keinen Hall. „Ich verlor einen Ohrclip in der Wohnung. Du warst doch vor der Polizei im Haus. Hast du ihn vielleicht gefunden?"

„Ja, Sibylle", sagte ich folgsam. „Er war in einen Sessel geglitten."

„Hast du ihn bei dir?"

„Ja."

„Gib ihn her."

Ich holte das Schmuckstück aus meiner Jackentasche und gab es ihr. Sie steckte es ein und sagte: „Danke." Dann nahm sie mich an der Hand. Die ihre war kalt wie Eis, ohne Leben.

„Komm jetzt."

„Wohin?"

„Fort von hier. Man darf uns nicht sehen." Sie zog mich in den Nebel hinein, und ich folgte ihr wie in einen schweren, wüsten Traum, aus dem es kein Erwachen mehr gab.

16

Am anderen Brückenende führte eine betonierte Treppe zum Wasser hinab. Die Stufen waren glatt, und ich hielt mich an dem eisigen Geländer fest, während ich Sibylle folgte. Sie ging schnell. Auf halber Höhe der Treppe erblickte ich zwei schwarze, in die Kaimauer gehauene Öffnungen, die aussahen wie Bunkereingänge. Sie führten zu Toiletten. An der Steinwand zwischen ihnen stand in großen hingeschmierten Buchstaben *AMI GO HOME!* Wir erreichten das Ende der Stiege und traten auf den schmalen Uferstreifen. Er lag etwa zehn Meter unter dem Niveau der Straße, die den Fluss entlang lief, und war sehr uneben. Konservendosen und Abfallhaufen ragten aus dem Schnee.

„Komm weiter", sagte Sibylle. Sie zog mich unter die Brücke. Neben einem schwarzen Pfeiler blieb sie stehen. Ihr Atem ging unruhig, ihre Augen waren weit geöffnet, und ihr Gesicht war sehr heiß. Monoton stießen Eisschollen gegen das Ufer, gegen die Pfeiler, gegeneinander. Das Wasser rauschte hier sehr laut, und der Nebel hüllte uns ein. Ich sah nur noch Sibylle, sonst nichts. Ich wollte nahe an sie herantreten und glitt auf einem Blechdeckel aus. Sie hielt mich fest. Ihr Atem streifte dabei meine Wange.

Sie flüsterte: „Küss mich!"

Ich schüttelte den Kopf.

„Ich liebe dich", sagte sie.

„Du hast zwei Menschen getötet."

„Du bist alles, was ich habe. Ich habe nur dich auf der Welt. Verzeih mir."

„Du musst verrückt sein", sagte ich. „Wie kann ich dir etwas verzeihen? Du hast getötet, Sibylle. Du bist eine Mörderin."

„Ich liebe dich", wiederholte sie mit der Hartnäckigkeit eines Kindes.

Ich setzte mich auf den riesigen Betonklotz am Fuß des Pfeilers, und sie setzte sich stumm neben mich. Wir sahen einander nicht an. Wir sahen auf den Schnee und den Schmutz unter der Brücke, und die Schollen klirrten und scharrten, und das Wasser rauschte.

„Trenti erkannte dich in der Konditorei Wagenseil, nicht wahr?", fragte ich zuletzt mühsam.

Sie nickte. Sie sah klein und schmal aus wie ein Kind, die Frau neben mir. Diese Frau, die ich liebte. Diese Frau, die Schuld am Tod von zwei Menschen war …

„Hast du eine Zigarette?"

„Du musst jetzt nicht rauchen", sagte ich.

„Doch, ich muss! Bitte. Mein Herz …"

Sie hatte ein schwaches Herz. Sie war eine Mörderin mit einem schwachen Herzen. Ich gab ihr eine Zigarette. Im Licht der Streichholzflamme sah ich ihr Gesicht. Ein irrsinniges Verlangen, sie zu küssen, überkam mich. Ich warf das Streichholz schnell fort. Es fiel in den schmutzigen Schnee und verlosch. Sibylle rauchte hastig. Sie sagte stockend: „Ich musste fort, bevor er mich fand. Ich täuschte eine Entführung vor. Noch am gleichen Tag flog ich nach München."

„Wieso stand dein Name dann nicht in den Buchungslisten?"

„Ich gab einen falschen Namen an. Innerhalb Deutschlands verlangen sie keine Dokumente."

Die Zigarette glühte auf. Sibylle blies den Rauch durch die Nase.

„Am nächsten Tag las ich in der Zeitung, dass die Polizei an eine Entführung glaubte. Ich musste Deutschland so schnell wie möglich verlassen."

„Warum?"

„Sie suchten mich jetzt. Ein Fahndungsblatt braucht nur eine gewisse Zeit zu seiner Verbreitung."

Das leuchtete mir ein.

„Ich hatte Glück." (Glück, sagte sie!) „Ich wies an der Grenze meinen Pass vor und bekam ihn anstandslos zurück. Dann war ich in Salzburg. Von hier aus rief ich den alten Trenti in Berlin an. Als er meine Stimme hörte, konnte er zuerst überhaupt nicht antworten. Da begriff ich: Er hatte Angst, furchtbare Angst! Solche Angst, dass er noch nicht zur Polizei gegangen war!"

„Wovor hatte er Angst?"

„Vor mir, Paul, vor mir!" Sie lachte. Es klang gespenstisch. „Er hatte Angst, ich würde ihn töten!"

„Wie du seinen Sohn getötet hast."

„Das war im Krieg", sagte sie. „Und außerdem habe ich ihn nicht getötet."

„Du hast ihn bei den Deutschen angezeigt."

„Ich wusste nicht, dass sie ihn töten würden."

„Doch", sagte ich. „Das wusstest du."

„Nein."

„Lüg nicht."

Sie sagte heiser: „Ich will nicht lügen. Ich habe es gewusst."

Das Eis auf dem schwarzen Wasser kratzte und pochte und schlug ans Ufer. Ein Auto fuhr über die Brücke.

Sibylle sagte: „Ich liebe dich!"

17

Im Krieg warf ich einmal eine Handgranate in den Graben gegenüber. Es waren fünf Männer in ihm. Später, als wir den Graben erreichten, sah ich, dass sie alle tot waren. Es waren auch noch ein paar andere Handgranaten in den Graben geflogen. Vielleicht hatten die anderen Handgranaten die fünf Russen getötet. Aber vielleicht auch die meine. Es war nicht mehr festzustellen. Für die Eroberung des Grabens erhielt ich später eine Auszeichnung, ein Stück Metall an einem Band und eine Urkunde. Ich erhielt sie für die Ermordung von fünf Männern. Dabei hatte ich die fünf Männer gar nicht gekannt.

Ich dachte: Sibylle hat keinen Orden für die Ermordung von Tonio Trenti erhalten. Obwohl ihr Mord doch eigentlich viel sinnvoller gewesen ist als der meine. Sie hat Tonio Trenti gekannt. Er ist ihr Geliebter gewesen, und er hat sie betrogen. Sie hat mehr Grund zum Mord gehabt als ich.

Ich dachte: Vielleicht machte es aber die Quantität. Wenn Sibylle nicht nur einen, sondern fünf Männer ermordet hätte, hätte man ihr auch einen Orden gegeben. Man darf keinen Grund haben, wenn man tötet. Dann kann einem nichts geschehen. Nur ein Motiv ist gefährlich. Ich habe kein Motiv gehabt. Mir ist auch nichts geschehen.

Ich dachte: Bei Vater Trenti ist es dasselbe. Auch bei ihm hat Sibylle ein Motiv gehabt, als sie ihn tötete. Das war verhängnisvoll. Aber welcher anständige Mensch mordet schon ohne Motiv?

Ich dachte: Ich liebe Sibylle. Warum muss ich sie jetzt verlieren? Ich glaubte schon, sie verloren zu haben, und jetzt sitzt sie wieder neben mir und lebt und atmet. Aber man sucht sie. Man wird sie finden und zur Rechenschaft ziehen. Warum geschieht das alles? Wir waren so glücklich. Wir wären weiter glücklich gewesen. Immer weiter so glücklich. Warum suchte man nun sie und nicht mich? Warum gab man nicht Sibylle ein Eisernes Kreuz und sperrte mich ein? Ich hatte fünf Menschen getötet. Sibylle nur zwei.

„Ich liebe dich", sagte Sibylle.

Ich dachte: Ich muss zu einem Ende kommen. Ich muss Sibylle anzeigen. Alles andere ist Unsinn.

„Erzähle weiter!"

Sie sagte: „Emilio Trenti hielt nichts von der Polizei. Außerdem glaubte er nicht, dass die Polizei mich finden würde."

„Weiter!" Ich begann zu frieren.

„Ich sagte, er solle sofort nach Salzburg kommen. Ich wäre nicht schuld am Tod seines Sohnes. In Salzburg würde ich ihm sagen, wer schuld daran war."

„Und das glaubte er?"

„Er war ein alter Mann, Paul. Und er hatte Angst."

„Trotzdem!"

„Wenn man Angst hat, kann man nicht klar denken. Er sagte, er würde sofort kommen und mich in Salzburg treffen. Ich sollte in das Haus in der Akazienallee kommen. Um sechzehn Uhr."

„Um sechzehn Uhr hatte er auch mich bestellt."

„So etwas dachte ich mir", sagte Sibylle. „Ich dachte, dass es vielleicht nur eine Falle war. Ich kam deshalb schon um fünfzehn Uhr. Er führte mich in die Bibliothek des Hauses. Ich entschuldigte mich dafür, dass ich eine Stunde zu früh gekommen war, und erschoss ihn, als er den Telefonhörer aufhob."

„Wen wollte er anrufen?"

„Die Polizei. Es war ihm auf einmal zu unheimlich mit mir. Er war gleich tot. Eine halbe Stunde später kam Petra. Und dann kamst du."

„Du hast uns gesehen?"

„Natürlich", sagte sie. „Ich stand im Garten, hinter dem Glashaus. Ich sah euch beide. Ich sah, wie du Petra schlugst. Dann ging ich fort."

„Wohin?"

„In mein Hotel."

„Du wohnst hier in einem Hotel?"

„Ich muss doch irgendwo wohnen. Ich wohne im Hotel ‚Excelsior'."

„Unter welchem Namen?"

„Unter dem Namen Sibylle Loredo." Sie sagte leise: „Das ist kein schlechter Name, solange man glaubt, dass Sibylle Loredo nach Ostberlin verschleppt wurde. Solange man nicht weiß, dass Sibylle Loredo ein falscher Name ist."

„Aber wie lange wird es dauern, bis man es weiß?"

„Ja", sagte sie, „wie lange wohl?"

„Ich habe Petra Wend ein Bild von dir gezeigt. Sie hat dich erkannt."

„Und sie ist zur Polizei gelaufen?"

„Noch nicht."

„Warum nicht?"

„Sie hat auch Angst."

„Hat sie dich um Rat gefragt?"

„Ja."

„Und?"

„Ich habe gesagt, ich müsste mir alles überlegen. Wie hast du mich gefunden, Sibylle?"

„Ich rief alle Hotels in Salzburg an und fragte nach dir. Im Hotel ‚Pitter' war dein Name bekannt. Da ging ich zum Hotel ‚Pitter' und wartete. Als du auf die Straße kamst, ging ich dir nach – dir und deinem seltsamen Begleiter."

„Ein Kirchenbauer", murmelte ich.

Sie sagte: „Was immer mit mir geschieht – es hängt von dir ab. Ich bin in diesem kleinen Land gefangen. Ich kann nicht mehr über die Grenze. Wenn du mich anzeigst, wird man mich verhaften."

„Vielleicht zeigt Petra Wend dich an", sagte ich.

„Sie weiß nicht, wo ich wohne."

„Das ließe sich schnell feststellen."

„Gewiss", sagte sie.

Ich dachte: Das darfst du nicht tun, Sibylle. Warum läufst du nicht fort? Warum fliehst du nicht? Warum bist du mir nachgegangen? „Warum bist du mir nachgegangen?", fragte ich laut. „Warum hast du mich hierher geführt? Warum hast du mich nicht für immer in Frieden gelassen?"

Sie erwiderte leise: „Weil ich Hilfe brauche. Und weil ich dich liebe."

„Nicht weil du mich liebst", sagte ich, „sondern nur, weil du Hilfe brauchst."

„Weil ich dich liebe", antwortete sie. „Wenn ich dich nicht liebte, wäre ich nicht hier. Dann wäre ich weit, weit fort von hier, so weit fort, dass sie mich nicht mehr fassen könnten. Ich bin nur hiergeblieben, weil ich hoffte, dich wiederzufinden."

Sie war nur hier unter diesem Brückenbogen, in dieser Kälte, in diesem Schmutz, weil sie mich liebte. Sonst wäre sie in Sicherheit gewesen. Ich war der Grund ihrer Unsicherheit.

Ich dachte: Wenn man sie findet und verurteilt, werde zuletzt ich schuld daran sein. Ich und ihre Liebe zu mir. Die fünf Russen in dem schmalen Graben bei Charkow hatten mich seelisch weit weniger belastet. Sie hatten mich auch nicht geliebt. Ich war ihnen so gleichgültig gewesen wie sie mir. Es schien mir in meiner Verwirrtheit plötzlich, als ob Liebe etwas Furchtbares, Mörderisches und Teuflisches war, etwas wie Aussatz, Atomstaub und Fäulnis. Einer belastet den anderen mit seiner Liebe, ohne Ende, ohne Erbarmen.

Ich liebe dich … ich liebe dich … ich liebe dich.

Das war das Alibi, die Rechtfertigung für alles.

„Ich liebe dich", sagte Sibylle Loredo.

18

Sie hatte es nun einmal zu oft gesagt.

Ich ging von ihr fort zu der Treppe, die zur Brücke emporführte.

Sie blieb sitzen und fragte leise: „Wirst du mich anzeigen?"

Ich gab keine Antwort.

„Du kannst es", sagte sie. „Ich fliehe nicht mehr. Ich verstecke mich nicht mehr. Ich bleibe in meinem Hotel. Du kannst die Polizei rufen und ihr sagen, wo ich bin. Ich werde auf die Polizei warten."

Sie saß auf dem grauen Betonklotz und sprach immer weiter und rührte sich nicht. Ich dachte: Sie ist stärker, und sie weiß, dass sie stärker ist. Sie setzt mich ins Unrecht mit ihrer Liebe. Wenn sie mich jetzt zurückriefe, und ich käme nicht zurück, dann wäre ich stärker, dann hätte sie verloren. Aber sie ruft mich nicht zurück. Sie bleibt sitzen und sieht mir nach und sagt, dass sie nicht mehr fliehen wird. Sie ist stärker. Sie weiß, dass sie stärker ist.

„Zeig mich an", sagte sie, und ihre Stimme klang im Nebel noch heiserer, noch tiefer. „Vergiss die Adresse nicht. Hotel ‚Excelsior', Färbergasse zwölf, Zimmer dreihundertsieben, im dritten Stock."

Ich hinkte die Stufen zur Brücke hinauf.

„Geh zur Polizeidirektion, Paul. Dort wird Tag und Nacht gearbeitet. Es gibt einen Journalbeamten, dem kannst du alles erzählen."

Nun kam ich an dem Pissoir für Herren vorbei und las das Wort *Ami* –

Aus der Tiefe sagte sie: „Ich bleibe noch fünfzehn Minuten hier sitzen. Sie können mich abholen. Du kannst mitkommen, Paul, wenn sie mich abholen."

– *Go Home*, las ich, während ich an der Damentoilette vorbeihinkte.

„Wenn in einer Viertelstunde niemand kommt", sagte sie, „werde ich in mein Hotel zurückgehen. Dann kann man mich dort verhaften."

Die Eisschollen stießen gegen die Brückenpfeiler. Sie schlugen und schabten und kratzten, eisig, metallisch, ohne Hall. Es kamen immer neue Schollen. Der Fluss war voll von ihnen.

19

Der dicke, glatzköpfige Nikita Chruschtschow, hatte ich auf meiner Fahrt nach Salzburg in der Zeitung gelesen, war während seiner sehr langen Rede vor dem Kongress der Kommunistischen Partei in Tränen ausgebrochen und zuletzt in Ohnmacht gefallen. Dreißig Mitglieder des Kongresses, die ihm lauschten, fielen gleichfalls in Ohnmacht und mussten aus dem Saal getragen werden. Es war zu viel für sie gewesen, dass der neue Parteiboss den toten Schustersohn Wissarionowitsch Dschugaschwili, genannt Stalin, in seiner Rede einen Verräter, einen Despoten, ein Ungeheuer und einen Mörder hieß. Auf einem Empfang zu Ehren ausländischer Würdenträger, erklärte Chruschtschow weinend, habe Stalin ihm zugerufen: „Tanze!" Und er, Chruschtschow, habe, um sein Leben bangend, getanzt. Ein Gott hatte versagt.

Es war nicht mehr länger opportun, an Josef Stalin zu glauben, den Vater aller Werktätigen, den Helden des Krieges gegen die Hitler-Faschisten, den ersten und größten Sohn der Sowjetunion. Schulkinder schrieben im Augenblick „spontane" Briefe an Stalins Tochter, in denen sie anfragten, ob diese ihren Herrn Papa nicht zweckmäßigerweise aus dem Lenin-Mausoleum entfernen und privat beisetzen wolle.

Einzelheiten der fantastischen Rede Chruschtschows waren schon an die Weltöffentlichkeit gelangt, als ich in München eintraf. Der Chauffeur, der mich vom Flughafen ins Hotel „Vier Jahreszeiten" brachte, unterhielt sich mit mir darüber. „Es kann sich", sagte ich mit dem beständigen Minderwertigkeitsgefühl des Europäers, „nur um ein Propagandamanöver handeln, um einen Versuch, alle jene Kreise wiederzugewinnen, die mit den Kommunisten sympathisierten und von den Bolschewisten enttäuscht wurden. Wahrscheinlich ist das Ganze ein genialer Seelenfang aller heimatlosen Linken, aller gefallenen roten Engel."

Mein Chauffeur war anderer Meinung: „Das kann sein, Herr! Aber wen bekommen die Russen schon damit, wer freut sich schon darüber? Die Intellektuellen! Und mit Intellektuellen lässt sich nichts anfangen. Sie sind feig und charakterlos, und bei der ersten Gelegenheit fallen sie um. Mit Intellektuellen kann man keine Weltrevolution machen!" Es war ein sehr skeptischer Chauffeur. Er fuhr fort: „Sehen Sie, ich hatte einen Freund, der war überzeugter Kommunist. Er kämpfte in Spanien und ließ sich von den Nazis einsperren und hatte sein Leben lang Schwierigkeiten mit den Behörden. Das war kein Intellektueller, das war ein anständiger, mutiger Mensch! Vor einer Woche erzählte er mir, dass er an Stalin so glaubte wie andere Leute an den lieben Gott. Jahrzehntelang hatten sie ihn gelehrt, an Stalin zu glauben."

„Und jetzt?", fragte ich.

„Jetzt", sagte mein Chauffeur, „glaubt er an nichts mehr. Gestern hat er sich aufgehängt. Er hat mir noch einen Brief geschrieben, knapp vorher. In dem Brief stand, er müsse sich aufhängen, weil er das nicht aushielt. Man *kann* nicht jahrzehntelang an einen Menschen glauben wie an einen Gott, und auf einmal hören, dass man an einen Mörder, an ein Ungeheuer, an einen Verbrecher geglaubt hat. Er konnte das nicht, schrieb mein Freund. Und darum hängte er sich auf. Sehen Sie", sagte der Taxichauffeur, „das sind die Leute, die sich über die Rede von diesem Herrn Chruschtschow nicht freuen; das sind die Leute, die der Kommunismus nun verliert. Die Intellektuellen können alle paar Wochen an etwas anderes glauben. Einfache Leute haben es schwerer." Er schaltete in den zweiten Gang zurück und fuhr langsamer, um ein paar betrunkene Karnevalsteilnehmer über die Straße zu lassen, und schloss: „Sie werden sehen, was passiert: In ein paar Jahren wird man in Russland die Kommunistische Partei verbieten!"

Ich ging durch die leeren Straßen zu meinem Hotel in Salzburg und dachte an Sibylle.

Sibylle hatte zwei Menschen ermordet.

Ich liebte Sibylle.

Sie saß da unten am Wasser und wartete darauf, dass die Polizei kam. Es war unmöglich, sich vorzustellen, dass der Freund des Taxichauffeurs mehr an Stalin geglaubt hatte als ich an Sibylle. Vielleicht hatte er länger an ihn geglaubt, das war möglich. Länger, aber nicht mehr. Man konnte überhaupt nicht mehr oder weniger glauben. Man konnte glauben, das war alles.

Was sollte ich tun?

Sollte auch ich mich erhängen? Oder sollte ich doch zur Polizei gehen? Zum Erhängen fehlte mir der Mut. Und die Polizei –

Ich musste zur Polizei gehen. Es war meine Pflicht. Zwei Menschen waren ums Leben gekommen, ich kannte den Mörder, er hatte seine Tat selbst zugegeben. Es war meine Pflicht, ihn anzuzeigen. Der Vergleich mit den fünf Russen war falsch, ich hatte ihn nur aus Feigheit gefunden.

Ich ging weiter. Ich war auch zu feige, um Sibylle anzuzeigen. Ich dachte: Ob sie das weiß? Ob sie überhaupt Angst vor mir hat? Oder ob sie meiner vollkommen sicher ist?

„Ich liebe dich", hatte sie gesagt. Das war der Trick bei der Sache. Damit hatte sie schon gewonnen. Darum hatte sie es immer wieder gesagt. Ich dachte: Aber vielleicht liebt sie mich wirklich?

Ich erreichte mein Hotel. Die Eingangstür war versperrt, ich musste läuten. Der verschlafene Nachtportier öffnete. „Sie haben aber einen langen Spaziergang gemacht, Herr Holland!" Er sah mich erschrocken an: „Ist Ihnen nicht gut?"

„Nein", sagte ich. „Haben Sie ein Schlafmittel?"

Er gab mir zwei Pillen. In meinem Zimmer schluckte ich beide. Aber sie wirkten nicht, ich schlief in dieser Nacht nicht eine einzige Minute. Ich lag in meinem Bett und sah in die Dunkelheit und dachte an Sibylle und an den Mann, der sich aufgehängt hatte. Einmal – gegen vier Uhr – läutete das Telefon. Aber als ich abhob, meldete sich niemand, es war nur das Rauschen der offenen Verbindung zu hören. Ich schlug ein paarmal auf die Gabel, dann hörte ich den Nachtportier: „Herr Holland?"

„Bei mir hat das Telefon geläutet."

„Ja, Sie wurden verlangt!"

„Von wem?"

„Ich weiß nicht, von wem, Herr Holland. Die Dame nannte nicht ihren Namen."

„Danke", sagte ich.

Die Dame nannte nicht ihren Namen. Wahrscheinlich hatte die Dame nur herausfinden wollen, ob ich zu Hause war. Als sie das herausgefunden hatte, hatte die Dame die Verbindung unterbrochen. Ich dachte erschrocken: Ich liebe Sibylle ja gar nicht mehr. Ich hasse sie. Es schien, dass der Hass und die Liebe sehr nahe beieinander lebten. Ich dachte: Aber man kann doch nur etwas lieben oder hassen, woran man glaubt. Sogar der Hass setzt den Glauben voraus. Ich dachte entsetzt, dass ich nicht aufgehört hatte, an Sibylle zu glauben.

Ich stand auf und setzte mich ans Fenster. Die Straße war leer, noch brannten die Laternen. Über den Dächern wurde der Himmel langsam grau. Ein Milchwagen ratterte vorbei.

Dann wurde es hell, und ich rasierte mich und verlangte mein Frühstück. Nachdem ich den heißen Kaffee getrunken hatte, fühlte ich mich besser. Ich bestellte ein Taxi. Um halb neun Uhr trat ich auf die sonnige Straße hinaus. Der Chauffeur hielt den Schlag des Wagens auf.

„Zur Polizeidirektion", sagte ich.

Das Taxi ratterte los. Die Sonne schien auf den schmutzigen Schnee, und ich sah viele Menschen, die zur Arbeit eilten. Es war ein schöner Wintertag mit strahlend blauem Himmel und leichtem Ostwind. Ich fuhr zur Polizeidirektion, um Sibylle Loredo anzuzeigen.

20

Der Fehler war gewesen, dass sie immer wieder von ihrer Liebe zu mir gesprochen hatte. Sie liebte mich in Wahrheit gar nicht. Sie hatte mich nie geliebt. Ich liebte sie. Das wusste sie. Und sie glaubte, mit mir tun zu können, was sie wollte.

„Ich liebe dich."

Und dann tat ich alles.

So einfach war das.

Aber sie irrte sich. Es war nicht so einfach. Man konnte nicht eine Mörderin lieben. Oder jedenfalls konnte man nicht mit einer Mörderin leben. Ich nicht. Vielleicht konnten es andere Menschen, ich konnte es nicht.

Ich dachte, während ich durch das verschneite Salzburg fuhr: Sie hat ihre Chance gehabt. Sie hat eine ganze Nacht Vorsprung. Wenn sie meiner so sicher ist, dass sie in ihrem Hotel bleibt, dann geschieht ihr recht. Vielleicht aber ist sie nachts geflohen, vielleicht vertraut sie doch nicht so ganz auf meine Hörigkeit. Dann hat sie ihre Chance noch immer.

Ich dachte erbittert: Aber sie ist ohne jeden Zweifel im Hotel „Excelsior" geblieben. Dazu habe ich ihr viel zu oft gesagt, dass ich sie liebe.

„Herr!"

„Was ist –?"

Ich schrak auf. Der Wagen stand. Der Chauffeur sah mich misstrauisch an: „Wir sind da. Ich darf nicht stehen bleiben. Hier ist Parkverbot." Ich bezahlte ihn. „Soll ich warten?"

„Nein", sagte ich. „Ich weiß noch nicht, wie lange es dauert."

Das Gebäude der Polizeidirektion war ein alter Bau mit mächtigen Mauern und einer gewölbten Toreinfahrt. In ihr stand ein Polizist, der eine Hand zur Kappe hob, als ich zu ihm trat.

„Zu Kommissar Enders, bitte."

„Zweiter Stock, Zimmer hundertvierunddreißig."

„Danke", sagte ich.

„Die erste Stiege links!", rief er mir nach, während ich schon in den Hof trat. Es war ein viereckiger Hof mit einem Kastanienbaum, der kahl und schwarz im Schnee stand. An den Mauern lehnten Fahrräder, es überraschte mich, wie viele Fahrräder ich sah. Ich ging über eine enge, ausgetretene Wendeltreppe in den zweiten Stock hinauf. Im Haus roch es nach Lysol. Ich erreichte einen langen, hohen Gang mit vielen Türen. Den Türen gegenüber gab es große Fenster. Auf ihren Brettern saßen wartende Menschen und redeten leise miteinander. Vor Tür 134 wartete niemand.

Ich klopfte.

„Entrez!", rief die weiche Stimme des Kommissars Enders.

Ich trat ein.

„Verzeihung – ich dachte, Sie wären allein!"

„Kommen Sie nur weiter, Herr Holland", sagte der gepflegte, sorgfältig gekleidete Polizeibeamte, von mir zu seinem Besuch blickend, der ihm am Schreibtisch gegenübersaß. „Frau Wend hat keine Geheimnisse vor Ihnen!"

21

Ich hatte sie ganz vergessen gehabt, die Frau mit dem weißen Haar und den wasserblauen Augen. Da saß sie und sah mir entgegen, übernächtigt, bleich, ungeschminkt. Ich grüßte. Sie senkte den Kopf. Sie trug ein blaues Kostüm und eine weiße Bluse. Der Kommissar trug einen Trachtenanzug in Grau und Grün. Er gab mir die Hand. Dann setzten wir uns beide.

„Wir haben Sie schon gesucht, Herr Holland“, sagte Enders.

„Ja? Wann?“ In meinem Kopf drehte sich ein großes Rad. Ich sah zu Petra. Sie sah zur Seite. Ich sah den Kommissar an. Er sah auf seinen Schreibtisch. Sie wichen beide meinen Blicken aus.

„Gestern Nacht, gegen elf Uhr, Herr Holland.“ Er spielte mit einem Brieföffner und räusperte sich. „Sie waren nicht zu Hause.“

Sibylle, dachte ich. Sei verflucht, Sibylle.

„Ich ... ich ging noch etwas spazieren.“

„Es war sehr neblig gestern Nacht, nicht wahr?“

„Ja, warum?“

„Ich erinnere mich nur gerade daran, Herr Holland.“

Ich dachte: Sie misstrauen mir, alle beide. Ich dachte: Ich muss sagen, was ich weiß. Ich muss Sibylle anzeigen.

Aber ich schwieg.

„Unser *interrogatoire* hat einige Ergebnisse gebracht“, sagte der Kommissar. „Ich wollte Sie informieren. Wir hatten *succés*, der Wiener Erkennungsdienst arbeitet *excellent*.“

„Was haben Sie herausgefunden?“

„Wir haben in Erfahrung gebracht, Herr Holland – *pardon*, es wird nicht angenehm für Sie sein –, dass Ihre verschwundene Freundin unter dem Namen Viktoria Brunswick gesucht wird.“

Ich schwieg.

„Deshalb bat ich heute Morgen Frau Wend zu mir. Sie kennt nämlich Frau Brunswick. Sie hat neunzehnfünfundvierzig eine Anzeige gegen sie erstattet, und zwar –“

„Sie brauchen nicht weiterzureden, Herr Kommissar“, sagte Petra mit bebender Stimme. „Ich habe Herrn Holland schon die ganze Geschichte erzählt.“

„J'ai compris“, sagte Enders. Zu mir gewandt, sagte er: „Mir erzählte Frau Wend die ganze Geschichte vor einer halben Stunde.“

Jetzt sah er mich aufmerksam an.

„Machten Sie Ihren Spaziergang im Nebel, bevor oder nachdem Frau Wend Ihnen alles erzählte?“

„Nachdem.“ Ich hob den Kopf. „Warum? Glauben Sie, ich stecke mit Frau Loredo unter einer Decke? Glauben Sie, ich traf nachts mit ihr zusammen und verhalf ihr zur Flucht?“

„Wenn Sie mit ihr zusammengetroffen wären, hätten Sie ihr zur Flucht verholfen?“ Er stach mit dem Brieföffner in die Luft und lächelte.

„Was ist das für eine Frage?“

„Pardon, Herr Holland. Sie lieben Frau Loredo, nicht wahr?“

„Ja.“

„Es wäre nur selbstverständlich, wenn Sie ihr helfen wollten.“

„Halten Sie sie für eine Mörderin?“

„O gewiss", sagte er freundlich, „*naturellement*, Herr Holland."

Ich dachte in plötzlicher Panik: Ich muss Sibylle warnen. Ich muss sie in Sicherheit bringen. Nun gehen die Polizisten von Hotel zu Hotel, nun sucht man Sibylle. Wenn man sie findet, wird man sie verhaften.

Mir wurde auf einmal unerträglich heiß. Ich schloss die Augen und stöhnte.

„Es ist ein großes *malheur* für Sie, Herr Holland", sagte Enders. „Sie haben meine Sympathie. Gestatten Sie eine Frage?"

„Was für eine Frage, Herr Kommissar?"

„Warum sind Sie zu mir gekommen?"

Es gelang mir, mit normaler Stimme zu erwidern: „Ich wollte mich erkundigen, ob Ihre Untersuchung Fortschritte gemacht hat und ob ich die Stadt verlassen darf?"

Er sah mich merkwürdig an und antwortete: „Wir haben Ihre Quarantäne aufgehoben. Frau Loredo entkommt uns nicht mehr. Sie können abreisen, wann Sie wollen."

„Danke."

„Wohin werden Sie fahren, Herr Holland?"

„Das weiß ich noch nicht."

„Bitte teilen Sie es mir mit, sobald Sie es wissen."

„Gewiss, Herr Kommissar."

Sibylle. Sibylle. Sibylle.

Ich bemerkte, dass Petra mich ansah, starr und ernst. Ich sagte: „Was ist los? Warum starren Sie mich an?" (Die Polizisten. Es ging jetzt um Minuten. Ich musste fort. Aber ich durfte mich nicht verdächtig machen. Ich musste ganz ruhig wirken. Ruhig und gefasst.)

Petra erwiderte: „Weil Sie mir leidtun, Herr Holland."

Ich dachte: Ich tue mir auch leid. Ich war das, was die Amerikaner einen *self-pity-man* nannten. Alle Intellektuellen taten sich leid. Mein Gott hatte versagt, und ich drückte mich vor den Konsequenzen. Der Taxichauffeur in München hatte ganz recht gehabt …

„Ich danke für Ihr Mitleid", sagte ich zu Petra. Es war neun Uhr und fünfundvierzig Minuten. Ich hinkte aus dem Zimmer. Die Treppe hinab hüpfte ich auf einem Bein, um schneller vorwärts zu kommen. Der Polizist beim Torbogen salutierte wieder. Ich ging, so schnell ich konnte, zum Residenzplatz. Beim Eck des Cafés Tomaselli drehte ich mich schnell um, weil ich sehen wollte, ob mir jemand nachkam. Die Straße war so leer wie das Café.

Ein verschlafener Ober schlurfte herbei: „Guten Morgen, der Herr. Sie wünschen?"

„Kaffee", sagte ich. „Wo ist hier das Telefon?"

Er wies mit der Hand: „Da hinten."

Ich eilte in die kleine gepolsterte Zelle, schlug das alte, zerblätterte Telefonbuch auf, warf eine Münze in den Apparat und wählte.

„Hotel ‚Excelsior', guten Morgen!"

„Bitte, Frau Loredo."

„Einen Augenblick."

Dann hörte ich ihre Stimme: „Hallo?"

„Hier ist Paul. Du musst sofort das Hotel verlassen."

„Ja, Paul."

„Sie suchen dich."

„Ja, Paul."

„Wir müssen uns sehen."

„Wo?"

Das hatte ich mir schon überlegt: „Fahr in das Aktualitäten-Kino bei der Brücke. Lass deinen Koffer dort in der Garderobe. Ich sitze in der zwanzigsten Reihe. In einer Viertelstunde. Hast du verstanden?"

„Ja, Paul."

Ich legte den Hörer nieder und ging an mein Tischchen zurück. Der Kaffee stand schon da. Aber ich verschüttete die halbe Tasse, als ich ihn trinken wollte. Meine Hand zitterte wie in einem Anfall von Schüttelfrost.

22

Dann meldete ich beim Buffet ein dringendes Gespräch nach Frankfurt an. Es musste jetzt alles sehr schnell gehen, ich hatte keine Zeit mehr. Nach drei Minuten meldete sich meine Redaktion. Ich verlangte Kalmar; er war ein Freund. Ich fragte ihn: „Was wissen wir über Kaffeeschmuggel von Salzburg nach Deutschland?"

„Du meinst, was wir nicht veröffentlicht haben?"

„Ja. Über wen haben wir das meiste Material? Wem können wir am meisten schaden?"

Er dachte nach, dann sagte er: „Alice Totenkopf, die sitzt am ärgsten drin."

„Arbeitet sie noch?"

„Und wie! Was ist los mit dir? Warum brauchst du sie?"

„Ich habe keine Zeit. Gib mir die Adresse."

„Warte, ich frage im Archiv nach."

Ich wartete. Nach einer Weile meldete Kalmar sich wieder: „Sie wohnt Burggasse vierundzwanzig. Telefon –"

„Brauche ich nicht. Ich gehe gleich hin, sonst reißt sie mir aus."

„Was ist geschehen, Paul?"

„Leb wohl", sagte ich und legte auf. Dann musste ich noch zwei Minuten warten, bis das Fräulein vom Amt die Gebühren bekanntgab, dann verließ ich das alte Café mit dem seltsamen Balkon über dem Eingang. Ich nahm ein Taxi und fuhr zum Aktualitäten-Kino. Ein paarmal sah ich durch das Rückfenster, aber es folgte mir niemand.

„Warten Sie", sagte ich zu dem Chauffeur.

Das Kino war zu dieser Tageszeit fast leer. In den ersten Reihen saßen Kinder, welche Schule schwänzten. Ich setzte mich in die zwanzigste Reihe. Sibylle war noch nicht da. Ich sah das Ende der Wochenschau und danach einen amerikanischen Trickfilm mit dem Titel „The Missing Mouse". Seine Geschichte war ebenso einfach wie überwältigend. Eine arme graue Maus wurde von einem gewalttätigen Riesenkater in furchtbarer Weise drangsaliert. Er jagte sie durchs Haus, drehte sie durch den Fleischwolf, quetschte sie über eine Zitronenpresse und schleuderte sie so unglücklich durch die Luft, dass sie in eine Schüssel mit weißer Farbe fiel. Nun war die graue Maus weiß.

Der Kater, der sie für tot hielt, setzte sich zufrieden an einen Radioapparat und lauschte gemütvoller Unterhaltungsmusik. Diese wurde plötzlich von einem Ansager unterbrochen, der bebend vor Angst meldete, aus einem Laboratorium sei eine weiße Maus entwichen. Dieselbe habe genug Sprengstoff geschluckt, um, wenn sie heftig angestoßen würde, eine ganze Stadt in die Luft zu sprengen. Vor der weißen Maus wurde gewarnt.

Nun war die große Stunde der Misshandelten gekommen. Weiß gefärbt trat sie tänzelnd vor den entsetzten Kater, der sie natürlich für die Entwichene hielt. Nun verkehrte die dramaturgische Situation sich um hundertachtzig Grad. Der Kater war um die Maus besorgt wie eine Mutter um ihr Baby. Die Maus vollbrachte eine Tollheit nach der anderen. Sie stürzte sich aus dem Fenster. Unter Verlust seines Schwanzes gelang es dem Kater, vor ihr im Garten zu sein und sie aufzufangen. Die Maus lockerte die Strebe des geöffneten Konzertflügels, um sich den Deckel auf den Kopf fallen zu lassen. Der Kater steckte den eigenen dazwischen, um das zu verhindern. Die Kinder in den ersten Reihen jubelten.

„Paul –"

Sibylle stand am Ende der Reihe.

Ich hob eine Hand. Sie kam und setzte sich. Die Kinder lachten so laut, dass wir ruhig sprechen konnten. Die Maus war in ihrem Übermut in eine Badewanne gefallen, die weiße Farbe verschwand, sie war wieder grau. Mit Ingrimm erkannte der Kater seinen Irrtum. Aber noch immer tanzte die Maus, die sich selbst nicht sehen konnte, vor ihrem Feind auf und nieder. Sie hielt sich für Weiß und dadurch geschützt.

„Was ist geschehen?"

Ich erzählte, was geschehen war.

„Wie komme ich aus der Stadt?"

Die Katze gab der entlarvten Maus einen Tritt, dass sie durch vier Hauswände ins Freie flog. In die offene Haustür hingegen trat im gleichen Augenblick die echte weiße Maus. Die Kinder schrien vor Begeisterung in schrillen, hohen Tönen.

„Ich bringe dich über die Grenze."

Der Kater entdeckte den neuen Besucher. Er hielt ihn für den alten Feind, sprang auf ihn los, schlug mit der Pfote – und flog mitsamt der ganzen Stadt in die Luft. Auf der Leinwand brach Chaos aus.

„Komm", sagte ich. Wir verließen das Kino, holten den Koffer bei der Garderobe ab und eilten ins Freie.

„Sie gehen schon wieder?", wunderte sich das Fräulein an der Kasse. Ich hatte gehofft, sie würde uns nicht sehen. Ich sagte schnell: „Wir müssen einen Zug erreichen." Sie sah uns neugierig nach.

„Burgstraße vierundzwanzig!"

Das Taxi fuhr an. Sibylle saß neben mir im Fond. Sie sah unirdisch schön aus an diesem Morgen, so schön wie noch nie. Sie sagte plötzlich: „Danke, Paul."

Ich gab keine Antwort. Die Sonne blendete, und ich wünschte die Dunkelheit herbei.

Das Haus Burgstraße 24 war alt. Es besaß schwere, feuchte Gewölbe. Auf den krummen Stiegen brannten schwache Glühbirnen, die an Drähten aus den schwammigen Mauern hingen. Es roch nach Kohl und Fett. Die Wasserleitungen befanden sich auf den Gängen, ebenso die Toiletten. Neben den Wohnungstüren lagen die Küchenfenster. In einer Küche stritt ein Mann erbittert mit seiner Frau. Sie rief: „Lüg nicht! Ich habe doch gesehen, wie du das Luder geküsst hast!"

Der Mann antwortete: „Halt's Maul, und gib mir endlich mein Geld!"

Alice Totenkopf wohnte im zweiten Stock. Ihr Name stand an der Tür. Darunter stand auf einem weißen Emailschild: FUHRWERKSUNTERNEHMUNG. Ich klopfte.

Eine schrille Frauenstimme schrie sofort: „Wer ist da?"

Ich machte Sibylle ein Zeichen zu schweigen und antwortete nicht.

Schwer schlurfende Schritte näherten sich. „Können Sie nicht reden? Wer sind Sie?" Die Tür wurde geöffnet. Ich stieß sie ganz auf, schob Sibylle vor mich her und trat in die finstere, schmutzige Küche. Es ging alles sehr schnell.

„Was fällt Ihnen ein?"

Alice Totenkopf war die dickste Frau, die ich in meinem Leben gesehen habe. Sie sah aus wie eine gewaltige Kugel aus Fett. Sie besaß keinen Hals, sondern nur eine ganze Anzahl von ineinander gehenden Kinnwülsten. Ihre Riesenbrüste lagen auf einem hohen Magen, den sie vor sich herschob, gewaltig und rund. Die Finger der Hand, die sie mir entgegenstreckte, sahen aus wie kleine, pralle Würstchen. Sie war etwa sechzig Jahre alt und pfiff beim Reden mühevoll durch die Kehle. Sie hatte Asthma.

„Machen Sie, dass Sie rauskommen", krächzte sie, „oder ich rufe die Polizei!"

Ich ging mit Sibylles Koffer schon in das Wohnzimmer hinein. Es war mit hässlichen Möbeln der Jahrhundertwende eingerichtet. Ich sah viel Plüsch und gedrechseltes Holz, eine enorme Anrichte und ein Ledersofa, auf dem ein Mops saß, der nun zu winseln begann. Die Totenkopf holte mich ein, riss mich am Arm und schrie: „Zum letzten Mal, wer sind Sie?"

„Namen sind uninteressant, Frau Totenkopf. Sie müssen uns helfen."

„Ruhig, Fifi! Wie soll ich Ihnen helfen?" Der Blick ihrer listigen Augen ging unstet von Sibylle zu mir und zurück zu Sibylle. Sie hatte Angst, das fühlte ich. Wenn sie Angst hatte, war alles gut.

„Wir müssen über die Grenze, Frau Totenkopf. Aber wir haben keine Papiere."

„Na, und?" Nun, da sie bemerkte, dass wir etwas Ungesetzliches vorhatten, wurde sie ruhiger. Sie ließ sich auf das Sofa fallen. Mechanisch kroch Fifi auf ihren Schoß. Sie saß mit weit geöffneten Beinen da und pfiff: „Warum kommen Sie zu mir?"

„Frau Totenkopf", sagte ich und trat neben sie, worauf der Mops wieder zu jaulen begann, „ich weiß, dass Ihre Autos Kaffee schmuggeln."

„Das ist eine Unverschämtheit! Was fällt Ihnen ein?"

„Sie schmuggeln den Kaffee als Transitgut. Im Reichenhaller Zipfel laden Sie ihn um."

„Lüge! Lüge! Eine gemeine Lüge!"

„Sie sind vorbestraft. Die Polizei weiß allerdings noch nichts von diesem neuen Transittrick." Ich sagte eindringlich: „Wenn Sie uns nicht helfen, gehe ich zur Polizei und verrate alles."

Daraufhin schrie die Totenkopf leidenschaftlich: „Sie wollen mich nur bluffen, Sie dreckiger Schnüffler!"

Ich schwieg.

„Ich sage nichts, ich sage überhaupt nichts mehr. Lassen Sie mich mit meinem Anwalt telefonieren!" Sie versuchte sich zu erheben, aber ich stieß sie zurück. Mir fiel noch ein Name ein, den Kalmar genannt hatte. Ich sagte: „Ihr Partner in Traunstein heißt Julius Obermaier." Sie schwieg jetzt.

„Ich bezahle auch", sagte ich. „Ich bezahle für uns beide dreitausend Schilling."

Ich hörte, wie sich Sibylle hinter mir setzte, aber ich wandte mich nicht um. Ich hielt der Totenkopf das Geld hin.

„Werden Sie gesucht?", fragte sie, ohne die Scheine anzurühren.

„Ja."

„Und wenn man Sie entdeckt?"

„Wenn man uns entdeckt, entdeckt man auch den Kaffee, Frau Totenkopf. Dann ist es ohnehin aus."

Das leuchtete ihr ein.

„Deshalb bezahle ich auch schon jetzt."

Sie hatte sich gefasst. „Fünftausend", sagte sie. Wir einigten uns auf viertausend Schilling. Danach schleppte sich die Totenkopf zu einem Wandtelefon und wählte.

„Hier ist Alice", pfiff sie in die Muschel. „Gib mir den Otto. – Rede nicht so dumm", schrie sie plötzlich wild. „Was heißt: noch im Bett? Dann weck ihn auf!"

Ich trat zu Sibylle. Sie saß auf ihrem Koffer, mitten im Zimmer. Sie flüsterte: „Warum muss ich nach Deutschland zurück?"

„Sie suchen dich jetzt in Österreich", sagte ich leise, während die Totenkopf Otto, den man mittlerweile geweckt hatte, erklärte, dass er noch etwas Fracht laden müsse. „Normalerweise kommst du mit deinem Pass über keine Grenze mehr. Wir müssen neue Papiere besorgen. Das dauert ein paar Tage. Bis dahin darf man dich nicht sehen."

„Aber –"

„Ich kenne ein Hotel in den Bergen. Dorthin bringe ich dich."

Die Totenkopf schrie in die Muschel: „Es sind zwei Freunde von mir, ich kann es ihnen nicht abschlagen! Nein, es muss heute noch sein! – Warte, ich frage." Sie drehte sich zu mir um: „In einer Stunde", sagte sie.

„Jetzt, am Tag?"

„Wir fahren nur am Tag."

„Aber in der Nacht geht das Umladen doch viel besser."

„In der Nacht sind auch mehr Streifen unterwegs. Also was ist, wollen Sie, oder wollen Sie nicht?"

„Sechstausend, wenn Sie nachts fahren!"

„Nein", sagte sie endgültig. „Am Tag oder überhaupt nicht."

„Also gut."

„Meine Freunde sagen, es ist gut. Schick Frankie her, er soll sie abholen. – Wann? – Ja, in einer Viertelstunde." Sie hängte ein und kam zu uns gewankt. „In fünfzehn Minuten werden Sie abgeholt."

„Danke."

„Was … was geschieht dann?", fragte Sibylle unsicher.

Die Totenkopf sah sie neugierig an. „Ihr seid mir ein komisches Paar, ihr zwei! Was habt ihr denn ausgefressen?"

„Was glauben Sie denn, was wir ausgefressen haben?"

Sie überlegte ernsthaft. Dabei bekam sie ein weiteres Kinn. „Mit falschen Jetons gespielt?"

„Erraten", sagte ich.

Sie schüttelte den fetten Schädel: „Kindisch, so etwas! Das muss ja schiefgehen. Selber hergestellt, wie?"

Ich nickte.

„Aus Kunstharz, was?"

Ich nickte wieder.

„Verrückt. Habt ihr denn nicht gewusst, dass sie die Jetons von tausend Schilling an nummerieren?"

„Wir haben unsere auch nummeriert", sagte ich.

„Idiotisch", sagte sie. „Ich hätte Sie für intelligenter gehalten!"

Ich zuckte die Achseln.

Sibylle fragte schwach: „Was geschieht, wenn wir abgeholt werden?"

Ich sagte: „Ich werde es dir erklären. Bei Salzburg ragt ein Stück deutsches Gebiet weit nach Österreich hinein. Das ist der sogenannte Reichenhaller Zipfel. Es gibt eine Autostraße, die führt auf österreichischem Gebiet um den ganzen Zipfel herum, von Salzburg nach Lofer. Sie ist etwa hundertfünfzig Kilometer lang."

„Hundertfünfundzwanzig", pfiff die Totenkopf.

„Hundertfünfundzwanzig", sagte ich. „Dann gibt es noch eine zweite Straße, die führt quer durch den Zipfel über deutsches Gebiet. Sie ist natürlich viel kürzer. Wie kurz?", fragte ich die Totenkopf.

„Vierzig Kilometer", sagte sie und setzte sich neben die Anrichte. Auf dieser stand eine monströse Uhr, die einen sinnenden Walther von der Vogelweide trug. Die Uhr wog mindestens zwanzig Kilogramm.

„Diese zweite Straße", erklärte ich Sibylle, „dient dem Transitverkehr. Lastautos werden in Salzburg von den Zollbeamten plombiert. Ein Beamter telefoniert mit der Station in Lofer am anderen Ende der Straße und nennt die genaue Zeit, wann der Lastwagen in Salzburg abfährt. Man hat ermittelt, wie lange man von Salzburg nach Lofer braucht. Trifft der Lastwagen innerhalb dieser Zeit dort ein, lässt man ihn anstandslos wieder auf österreichisches Gebiet zurück, denn dann kann er unmöglich angehalten und seine Ladung ausgetauscht haben."

„Aber wie wird dann geschmuggelt?", fragte Sibylle.

„Wollen Sie es erzählen?", fragte ich die Totenkopf.

„Erzählen Sie!" Sie schenkte mir einen bewundernden Blick. „Ich möchte gerne wissen, woher Sie mich so genau kennen."

„Ich kenne viele Leute", sagte ich.

Die West-Presse-Agentur hatte meinen Freund Kalmar vor einem halben Jahr einmal in den Reichenhaller Zipfel geschickt. Es ging damals um den Schmuggel von Uranerzen. Bei dieser Gelegenheit hatte Kalmar sich auch für andere Dinge interessiert. Heute war ich ihm sehr dankbar für seine verjährte Neugier.

Ich sagte: „Frau Totenkopf schmuggelt Kaffee. Kaffee ist in Deutschland teurer als in Österreich, also lohnt sich der Schmuggel."

„Auch nicht mehr so wie früher", klagte sie.

„Aber doch noch. Frau Totenkopf schickt einen Lastwagen mit Kaffeesäcken los. Als Ladung deklariert sie an der Grenze wahrheitsgetreu Kaffee. Der Wagen wird plombiert. Der Chauffeur fährt über die Transitstraße. Er hat keine Zeit, stehen zu bleiben und den Kaffee auszuladen. Also taucht neben ihm in einem stillen Waldstück ein zweiter Lastwagen auf. Dieser ist leer. Der Beifahrer des Kaffeelasters reißt die Plombe des Zolls auf und wirft die Kaffeesäcke von seinem Wagen auf den anderen, der mit ihm Seite an Seite fährt. Kommt ein Auto in der Gegenrichtung, dann unterbricht man diese Operation."

„Sie sind vom Zoll", sagte die Totenkopf in plötzlicher Panik.

„Nein", sagte ich. Ich fuhr fort: „Ist der Lastwagen leer, erscheint ein zweites Auto, beladen mit Zementsäcken. Ebenfalls im Fahren werden nun die Zementsäcke umgeladen. Ein paar Kaffeesäcke bleiben zurück. Falls der Zollbeamte in Lofer eine Stichprobe macht, und damit es im Wagen noch nach Kaffee riecht. Das ist alles. Frau Totenkopfs Laster trifft zeitgerecht in Lofer auf österreichischem Boden ein. Nur der Kaffee ist in Deutschland geblieben. Stimmt's, Frau Totenkopf?"

Sie sagte erschüttert: „Und jemand wie Sie lässt sich mit falschen Jetons erwischen!"

23

Ich weiß nicht, ob Sie jemals wirklich Kaffee gerochen haben. Nicht Kaffee in den Kannen oder Tassen, sondern Kaffee in Säcken, viele Hundert Kilogramm davon. Es ist ein grauenhafter Geruch, schlimmer als irgendein anderer. Der Chauffeur Otto (mit dem Zunamen hieß er Frühbeiß) hatte Sibylle und mir nasse Tücher gegeben, bevor er uns hinter den Säcken auf der Ladefläche des Lasters einschloss. Er riss auch noch ein Stück der Segelleinwand auf, und wir bekamen so ein wenig Fahrtwind, aber trotzdem erstickte uns der bittere, ätzende Bohnengeruch beinahe.

Wir fuhren über die Autobahn zur Grenze. Sibylle sagte kein Wort. Sie saß zusammengekauert neben mir und hielt das nasse Tuch vors Gesicht. Ab und zu bewegte sie sich. Der Chauffeur Frühbeiß hatte uns eingeschärft, möglichst wenig zu atmen. Er war ein kleiner, blasser Kerl, der aussah wie ein Frettchen. Sein Beifahrer hieß Lohschmidt. Lohschmidt war ein rotgesichtiger Riese. Er musste kräftig sein, denn er transportierte die Säcke …

Am schlimmsten war die Zeit, in welcher der Lastwagen vor der Grenzstation parkte. Frühbeiß hatte versprochen, sich so sehr wie möglich zu beeilen, aber es dauerte trotzdem sehr lange. Sibylle begann unruhig zu werden. Sie stöhnte.

„Sei ruhig!", flüsterte ich. Der Geruch war unerträglich, mir stand der Schweiß auf der Stirn. Draußen gingen Zollbeamte um den Laster herum und sprachen mit Frühbeiß. Sibylles Körper bäumte sich auf. „O Gott!", stöhnte sie. Ich legte ihr eine Hand auf den Mund.

„Machen Sie hinten auf", sagte eine Stimme.

„Sofort, Herr Inspektor!" Eine Erschütterung ging durch den Wagen, als Frühbeiß die Luke öffnete. Wir saßen hinter den Säcken, uns traf kein Lichtschein. Sibylles Körper zuckte, dann lag er ganz still und sehr schwer auf mir. Sibylle war ohnmächtig geworden.

„Fahren Sie los", sagte die fremde Stimme. „Es ist jetzt zwölf Uhr vierunddreißig."

Eine Minute später fuhren wir. Ich presste meinen Mund an die aufgeschnittene Stelle der Segelleinwand und versuchte zu atmen. Der Fahrtwind traf meine Lippen wie ein Messer. Nachdem ich richtig geatmet hatte, drückte ich mich an die Rückwand der Führerkabine und zog Sibylles Kopf hoch. Ich schob ihr Gesicht gegen den Schlitz in dem schweren Tuch, damit auch sie Luft bekam, während ich wieder meinen nassen Fetzen vor die Nase hielt. Nach einer Weile kam Sibylle zu sich. Ihr Atem ging rasselnd und rasend schnell, ihr Körper bebte, sie atmete um ihr Leben.

Plötzlich hielt der Laster.

Ich hörte, wie der Schlag aufflog, dann hörte ich Schritte, dann eine Stimme. Es war der Beifahrer Lohschmidt: „Wir fangen jetzt mit dem Entladen an! Halten Sie es noch aus?"

„Ja!“, schrie ich.

Der Wagen fuhr wieder los. „Es dauert nicht mehr lange“, flüsterte ich. „Nur noch ein paar Minuten, Sibylle, nur noch ein paar Minuten!“ Sie stöhnte.

„Atme“, sagte ich. „Halte den Mund an den Schlitz und atme! Kannst du atmen? Bekommst du Luft?“

Sie stöhnte wieder. Jetzt hörte ich den Motor eines zweiten Wagens. Er fuhr an unserer Seite.

Eine fremde Stimme schrie: „Los!“

Unsichtbar und durch Kaffeesäcke von uns getrennt, begann Lohschmidt, die Ladung auf den anderen Laster zu werfen. Er arbeitete wie eine Maschine präzise und mit unerhörter Schnelligkeit. Schon nach ganz kurzer Zeit wurde es lichter. Luft strömte in unseren Verschlag. Sibylle öffnete ihren großen Mund weit und atmete wie eine Ertrinkende. Der Gestank ließ nach. Dann sahen wir Lohschmidt. Er stand aufrecht im fahrenden Wagen und wuchtete einen Sack nach dem anderen auf den zweiten Laster. Da stand er, im Sonnenlicht dieses Wintertages, ein schwitzender, keuchender Gigant aus einer germanischen Heldensage. Wir krochen an ihm vorbei nach hinten. Drei Säcke lagen noch da. Lohschmidt pfiff. Otto Frühbeiß trat auf die Bremse. Der Laster fuhr langsamer.

„Schnell!“, schrie Lohschmidt. „Machen Sie schnell!“

Der Wagen hielt. Lohschmidt schleuderte Sibylles Koffer in den Straßengraben, meine kleine Tasche warf er nach. „Springen Sie!“, schrie Lohschmidt Sibylle an. Sie sprang und knickte auf ihren hohen Absätzen um. Sie fiel in den Graben und blieb liegen. Ich drehte mich seitwärts, bis meine Beine über dem Laderaum hingen, und ließ mich fallen. Ich traf mit dem gesunden Bein auf und hatte das Holz des Wagens gerade losgelassen, als Frühbeiß wieder Gas gab. Ich hüpfte zu Sibylle. Sie lag auf dem Rücken und sah mich mit aufgerissenen Augen an. Ihr Mund stand offen, das schwarze Haar lag im weißen Schnee.

Sie streckte mir die Arme entgegen und ich wollte ihr beim Aufstehen helfen, aber ich glitt aus und stürzte auf sie. Wir lagen in dem verschneiten Graben, ihr Gesicht auf dem meinen. Sie küsste mich. Diesmal war ihr Mund heiß und feucht. Ihre Zähne schlugen in meine Lippen. Blut rann über meine Zunge.

An uns vorbei tobte ein anderer Lastwagen in Richtung Lofer. Es war der Wagen mit den Zementsäcken, die nun umgeladen werden mussten. Alice Totenkopf hatte ein System von bewundernswerter Perfektion entwickelt.

24

Das Taxi kam zehn Minuten später. Den Chauffeur hatte die Totenkopf von Salzburg aus verständigt. Sie hatte ihn für dreizehn Uhr zum Kilometerstein siebzehn der Transitstraße bestellt. Es war dreizehn Uhr fünf, als er aus dem Mercedes kletterte und vor Sibylle die Kappe zog. „Entschuldigen Sie die Verspätung, gnädige Frau!"

Er hielt den Schlag auf, und Sibylle setzte sich in den Fond.

Als ich folgen wollte, streckte er eine Hand aus. „Zweihundert Mark!"

„In Ordnung, ich weiß; Sie bekommen Ihr Geld."

„Ich muss es gleich haben", sagte er, nicht unfreundlich. „Es sind zu viele Polizisten in der Gegend. Wenn wir angehalten werden, kommen Sie vielleicht nicht mehr dazu."

Aber wir wurden nicht angehalten. Wir fuhren über die Autobahn in Richtung München. Der Wagen besaß keine Trennwand zum Fahrer, und so sprach ich nicht mit Sibylle. Sie saß neben mir und sah in den Schnee hinaus und vermied es, mich anzusehen. Hinter Traunstein verschwand die Sonne. Am Chiemsee begann es zu schneien, dicht und schwer. Ein stoßweiser, pfeifender Ostwind wehte. Der Himmel über München war schwarz.

„Kommt Sturm", sagte der Chauffeur. Sein Wagen schleuderte beständig, er hatte Mühe, ihn auf dem rechten Teil der Bahn zu halten.

Plötzlich fuhr Sibylle auf: „Was ist das?"

„Wo?"

Sie wies nach vorne, auf eine breiige, blutige Masse. Es war ein überfahrenes Tier, Teile seines Körpers bedeckten die Fahrbahn. Auf einem besonders großen Teil saß ein riesiger schwarzer Vogel, der mit dem Schnabel in dem Aas herumhackte.

„Nur eine Katze, gnädige Frau", sagte der Chauffeur. Der Vogel hörte den sich nähernden Wagen und flog auf. Ein Stück Fell nahm er mit sich in die Luft. Der Mercedes raste über die blutige Stelle weiter nach Norden. Ich sah zurück. Der schwarze Vogel stieß wieder auf das Aas herab.

Bei Rosenheim verließen wir die Autobahn und fuhren in das Land hinein. Das Schneetreiben wurde immer schlimmer. Die Scheibe des Autos fror zu, die Gummiflächen der Wischer vereisten. Von Zeit zu Zeit hielt unser Chauffeur, stieg aus und kratzte fluchend das Glas frei. Der Wind wurde stärker, das Licht verfiel mehr und mehr. Wir fuhren durch Dörfer mit niederen Häusern und kleinen Kirchen. Die bayerischen Berge waren nicht zu sehen, sie lagen schon in den Wolken.

„Woher kennst du das Hotel?", fragte Sibylle.

„Ich war ein paarmal da. Ich habe angerufen. Wir werden erwartet", antwortete ich. Der Chauffeur hörte jedes Wort.

Das Hotel „Am Himmel" lag auf dem Plateau eines Berges, der den Namen „Am Himmel" trug. Es lag etwa tausendachthundert Meter hoch und war nur mit einer Seilbahn zu erreichen. Es gab keinen anderen Weg hinauf, der Berg war zu steil. Die Bahn führte über mehrere tiefe Schluchten. Das Hotel „Am Himmel" besaß dreißig modern eingerichtete Zimmer, eine Bar, eine ausgezeichnete Küche, eine Sauna und eine Liegehalle. Ein Herr aus dem Rheinland hatte den linken Flügel des Hotels als Privathaus bauen lassen, für sich und seine Freunde. Aber er kam nicht mehr dazu, in dem Haus über den Wolken zu wohnen, denn als es fertig war, starb er. Aufregungen im Zusammenhang mit der Entflechtung des Krupp-Konzerns hatten einen jahrzehntealten Myokardschaden akut werden lassen.

Die Erben des reichen Mannes bauten nun einen zweiten Flügel und richteten das Gebäude als Hotel ein in der Hoffnung, so aus dem Haus am Berg Gewinn ziehen zu können. Diese Hoffnung hatte sich nicht erfüllt, das Hotel – stets unterbelegt – arbeitete mit Verlust. Filmfirmen und Verleger pflegten ihre Autoren „Am Himmel" unterzubringen, wenn sie unter Zeitnot litten.

Ich selbst war von meiner Redaktion dreimal auf den Himmel geschickt worden, um zu schreiben.

Einmal hatte ich ein Mädchen mitgenommen, aber nach einer Woche hielt das Mädchen es nicht mehr aus und reiste ab. Es war einsam Am Himmel, genauso einsam, wie ich es wünschte, wenn ich Sibylle nun versteckte. Es war der ideale Ort dazu.

Wir erreichten die Talstation der Kabinenbahn um halb vier Uhr. Ein alter zahnloser Mann, der fast taub war, trug unser Gepäck vom Taxi in das Holzgebäude der Station. Der Chauffeur fuhr indessen grußlos fort. Sibylles Strümpfe wurden nass, sie kippte auf ihren leichten Schuhen mit den hohen Stöckeln um. „Rufen Sie oben an", sagte ich zu dem alten Mann, während ich Sibylle in die schwankende Kabine half.

„Entschuldigen Sie, ich höre ein bisschen schlecht. Was sagen Sie?"

„Sie sollen oben anrufen!", schrie ich. „Wir sind Hausgäste. Herr und Frau Holland."

„Ja", sagte er verloren und wischte sich einen Tropfen von der Nase, „ja, Sie haben ganz recht, Herr, es ist ein furchtbares Wetter!" Er schloss die Kabinentür, deren Glasfenster herabgelassen war.

„Ich heiße Holland! Verstehen Sie nicht den Namen?"

„Holland, ja Holland …"

„Rufen Sie oben an!"

„Nicht schaukeln, bitte, während der Fahrt. Und nicht hinauslehnen!" Ich gab es auf und drückte ihm eine Mark in die Hand.

„Ja, der Schnee", sagte er darauf, „der Schnee ist auch nicht der richtige. Aber das Schlimmste ist der Sturm. Ich fühle, wie er kommt, Sie werden sehen …" Er trat an einen Wandlautsprecher, drückte auf einen Knopf und krächzte: „Abfahren, Seppl!"

Die Kabine ruckte an. Wir glitten zum Himmel empor. Rasch blieb die Talstation zurück. Schon nach zwei Minuten erreichten wir die untere Wolkengrenze. Grauer Dunst schloss uns ein. Die Bahn fuhr ächzend und knirschend. Bei den Masten schaukelte sie. Es war kalt in der Kabine. Zum ersten Mal, seit ich sie wiedergetroffen hatte, war ich mit Sibylle allein. Sie saß mir gegenüber, in eine Ecke der eisigen Gondel gepresst, und zitterte vor Kälte.

Ich sagte: „Ich werde dich als meine Frau vorstellen. Der Pächter heißt Ohlsen. Es ist ein reizender Mensch. Ich fahre gleich wieder nach Salzburg zurück."

„Das habe ich mir gedacht", sagte sie. Die Kabine begann jetzt stärker zu schaukeln, jähe Windstöße brachen sich an ihr. Wir waren mitten in den Wolken.

Ich sagte: „Ich war heute früh bei der Polizei. Ich wollte dich anzeigen."

„Aber du hast es dann doch nicht getan", sagte sie ohne Triumph.

„Nein, ich konnte es auf einmal nicht mehr. Ich werde dir helfen, Sibylle. Du bekommst neue Papiere. Aber wir werden uns trennen. Ich kann einfach nicht mehr mit dir leben." Sie schwieg und nickte. „Es geht nicht", sagte ich. „Du hast getötet, du hast aus gemeinen und niederen Motiven zwei Menschen ermordet, du hast keine Entschuldigung dafür."

„Du sagst, dass du mich liebst. Wie kannst du von mir weggehen, wenn du mich liebst?"

„Ich liebe dich nicht mehr", sagte ich. Die Kabine blieb vor einem Mast stehen. Ich sagte schnell: „Hab keine Angst, das machen sie wegen des Sturms. Es geht gleich weiter."

Tatsächlich passierte die Gondel vorsichtig und sehr langsam den Pfeiler und fuhr danach wieder schneller. Ein schwarzer Schatten glitt in die Tiefe. Das war die zweite Gondel. Wir hatten den halben Weg hinter uns.

Es wurde immer dunkler. „Ich liebe dich natürlich", sagte ich. „Deshalb helfe ich dir, deshalb bin ich hier. Aber ich kann nicht mehr mit dir zusammen sein, ich fürchte mich vor dir, ich sehe, dass ich dich überhaupt nicht kenne. Ich liebe dein Gesicht und deine Stimme und deine Hände. Aber deine Hände haben getötet, und deine Stimme hat mich belogen, und dein Gesicht hat mich getäuscht. Ich bin völlig verwirrt, aber das eine weiß ich: Ich will nichts mehr mit dir zu tun haben."

„Wie gerecht du bist", sagte sie bitter, „wie anständig, wie großartig. Was für herrliche Worte du aussprichst. Wie edel alles klingt."

Ich fragte: „Was würdest du an meiner Stelle tun? Was kann ich denn tun?"

Sie begann auf einmal zu weinen. „Ich habe es nicht so gemeint. Ich bin völlig mit meinen Nerven fertig. Du hast ganz recht. Aber, bitte, bitte, bleib bei mir! Geh nicht weg von mir! Ich werde dir alles erklären!"

„Es gibt nichts mehr zu erklären."

„Doch … du weißt nicht alles …" Sie redete jetzt sehr schnell. „Petra hat dir nicht alles erzählt … sie kann dir gar nicht alles erzählt haben … Ich … ich werde dir sagen, wie alles war …"

Die kleine Kabine schwankte und schlingerte beängstigend, und die Seilrollen ächzten, und es war nun ganz dunkel geworden.

„Wir sind gleich da", sagte ich. „Wisch dein Gesicht ab, Sibylle."

Sie fuhr sich mit einer bebenden Hand über die Augen und sagte: „Ich tu alles. Ich gehe zur Polizei und zeige mich selber an, wenn du nur bei mir bleibst."

„Du bist auch früher nicht zur Polizei gegangen."

„Weil ich gehofft habe, dass man mich nie findet. Zehn Jahre lang ist es doch gut gegangen, nicht wahr?" Das sagte sie mit der Stimme eines unglücklichen Kindes. „Ich habe immer zu Gott gebetet."

„*Darum* hast du gebetet."

„Ja", antwortete sie. „Es heißt doch, er vergibt alle Sünden."

„Ich will jetzt nicht mehr von deinem Gott reden", sagte ich.

Die Gondel glitt in das Gebäude der Bergstation. Hier brannte elektrisches Licht. Der Seppl, ein riesiger Bayer in Kniehosen, öffnete die Kabine und grüßte. Der Pächter stand neben ihm.

„Guten Tag, Herr Ohlsen", sagte ich. „Ich möchte Sie meiner Frau vorstellen!"

Ohlsen küsste Sibylle die Hand. Er war hübsch und errötete, wenn er verlegen wurde. Er hatte eine ganz junge Frau. Er sagte: „Ich freue mich sehr, dass Sie uns wieder besuchen, Herr Holland! Leider ist das Wetter so schlecht."

Wir gingen den kurzen Weg zum Hotel durch den Schnee und die Wolken. Hier oben war es schon Nacht. Ein Gang zwischen Schneebergen war freigeschaufelt worden.

„Sind wir die einzigen Gäste?"

„Fast, Herr Holland. Zwei Damen sind noch da." Er fügte bitter hinzu: „Sie können Ihr Zimmer aussuchen, wir haben eine große Auswahl."

„Leider muss ich heute noch wieder fort."

„Oh", sagte er resigniert.

„Meine Frau soll sich hier ein paar Tage erholen. Ich komme zurück, um sie abzuholen."

Plötzlich blieb Sibylle im Schnee stehen und begann hemmungslos zu weinen.

„Um Gottes willen …" Ohlsen sah mich entsetzt an.

„Verzeihen Sie", sagte ich. „Meine Frau braucht Ruhe."

Er fragte betreten: „Ein Todesfall?"

„Ja", sagte ich, „jemand, der ihr sehr nahestand, ist plötzlich gestorben."

25

Äußerlich war das Haus ganz in bayerischem Stil gebaut: mit viel Holz, schmalen Balkonen und einem breit überhängenden Dach. Das Interieur war einigermaßen luxuriös. Es gab alte Stiche, gute Teppiche und antike Möbel. In der Halle standen ein paar geschnitzte Heilige.

Ohlsen führte uns gleich in den ersten Stock hinauf. Er gab uns das Zimmer, in dem ich vor langer Zeit mit dem Mädchen, das fortlief, gewohnt hatte. Es besaß einen Vorraum und ein Bad. An den weißen Wänden hingen zwei Engelköpfe. Die schweren Betten standen einem Fenster gegenüber, das eine ganze Wand durchzog.

Traurig sagte Ohlsen, indessen er die Vorhänge zuzog: „Wenn das Wetter schön ist, sehen Sie von hier aus die Bayerischen Alpen und bis nach Österreich hinüber."

Sibylle hatte sich gefasst. Sie antwortete. „Das Wetter macht mir nichts, Herr Ohlsen." Ein seltsames Stöhnen wurde laut.

„Was ist das?"

„Die Zentralheizung", sagte ich.

„Das ist der Wind, Herr Holland“, sagte der junge, hübsche Pächter. „Wir bekommen Sturm.“ Er fügte verloren hinzu: „Wissen Sie, dass meine Frau ein Kind erwartet?“

„Das freut mich für Sie.“

„Wir haben uns auch gefreut, Herr Holland. Aber jetzt sieht es so aus, als ob die Besitzer das Hotel schließen wollten. Was machen wir dann? Ich habe schon eigenes Geld zugesetzt.“

Wieder drang das seltsame Wehklagen zu uns, dünn, qualvoll, verloren. Ein Holzbalken knirschte. Der Vorhang bewegte sich. Ich dachte: Ich muss fort.

Zu Ohlsen sagte ich tröstend: „Machen Sie sich keine Sorgen, die Leute sind doch so reich!“ Das waren sie wirklich. Ich hatte eine Geschichte erfahren, die ihren Reichtum illustrierte. Sie besaßen im Rheinland mehrere Rennpferde. Probeweise hatten sie einmal im Sommer etwas Heu vom Südhang des „Himmels“ ins Rheinland geschickt. Es hatte sich herausgestellt, dass den rheinischen Pferden das bayerische Heu besser schmeckte als das heimische. Seither wurde das auf dem Südhang gemähte Gras ständig per Luftfracht nach Düsseldorf geflogen.

Pächter Ohlsen sagte: „Reiche Leute sind besonders vorsichtig mit Geld, Herr Holland!“ Er verneigte sich vor Sibylle und zog sich zurück. Zu mir sagte er: „Ich werde mir erlauben, den Anmeldeschein heraufzuschicken.“

Ich antwortete schnell: „Nicht nötig, ich gehe mit Ihnen hinunter!“ Ich vermied es, Sibylle anzusehen, als ich das Zimmer verließ. Ich fühlte, wie sie mir nachsah und wie sie mich zwingen wollte, mich umzudrehen, aber ich drehte mich nicht um, und es erfüllte mich ein lächerlicher Stolz darüber, als ich mit Ohlsen den Gang entlang zur Treppe ging. Unsere Schritte und das Sausen des aufkommenden Sturmes waren das einzige Geräusch in einer unwirklichen Stille.

Bei der Rezeption füllte ich die Anmeldung aus. Ich stand im Mantel da, und meine Reisetasche lag neben mir, sie war nicht nach oben gebracht worden. Ich füllte den Meldezettel mit lauter falschen Daten aus. „Wollen Sie meinen Pass sehen?“

„Bitte, Herr Holland“, sagte der Portier.

„Ich bin erst seit einem Monat verheiratet, meine Frau ist in meinem Pass noch nicht eingetragen.“

„Natürlich nicht, Herr Holland. Gestatten Sie?“ Er notierte meine Passnummer und gab mir das Dokument danach zurück.

„Danke sehr, das wäre alles.“

Ich sagte: „Ich will jetzt gleich wieder hinunterfahren, bevor der Sturm ärger wird.“

„Ja, Herr Holland. Soll ich Ihre Frau Gemahlin –“

„Ich habe mich schon verabschiedet“, log ich und gab ihm die Hand. Ich wollte Sibylle nicht wiedersehen, ich hatte vor, sie anzurufen, wenn ich in Salzburg war.

„Gute Nacht, Herr Holland. Hoffentlich besuchen Sie uns bald wieder.“

Ich trat vors Haus. Der Sturm schlug mir entgegen. Ich ging durch den Schnee zu den Lichtern der Seilbahn hinüber. Die große Schiebetür der Station war geschlossen. Ich konnte sie nur mühsam öffnen. Die Halle lag verlassen.

„Hallo!", rief ich.

Über mir öffnete sich die Tür einer kleinen Kammer. Der mächtige Seppl streckte den Kopf heraus. Er schien da oben zu wohnen, in dem Raum über dem Triebwerk der Bahn: „Ja, Herr Holland, was ist denn?"

Der Sturm dröhnte, und Wolkenfetzen flogen zum Seppl empor.

„Ich möchte hinunterfahren!"

Der Seppl sagte: „Jetzt können S' nicht mehr hinunter, Herr Holland! Wir haben Windstärke elf. Ich darf nur bis Stärke zehn fahren!"

„Ich muss aber hinunter!"

„Ausgeschlossen, Herr Holland!"

„Und wenn ich es zu Fuß versuche?"

„Aber, Herr Holland! Das geht doch nicht einmal im Sommer!"

„Wann fahren Sie wieder?"

„Sobald der Sturm nachlässt", sagte der Seppl höflich und lachte breit.

26

In der Bar des Hotels war es dunkel.

Ich setzte mich in eine Ecke und lauschte dem Sturm. Er wurde immer stärker, ich hörte ihn orgeln und stöhnen. Irgendwo unter mir, wahrscheinlich in der Küche, lachte ein Mädchen. Ich saß in der Dunkelheit und rauchte und fühlte, wie mich eine wütende Erbitterung zu erfüllen begann. Ich war erbittert über Sibylle, ich hasste sie. Einmal stand ich auf. Ich wollte hinaufgehen, um sie zu verprügeln. Das war eine primitive Absicht, aber sie überwältigte mich. Ich hätte Sibylle gern geschlagen. Nur war damit nichts getan. Ich hätte sie schon totschlagen müssen. Und das traute ich mir nicht zu. Ich traute mir überhaupt nicht mehr viel zu. Ich setzte mich wieder.

Schritte näherten sich, die Tür wurde geöffnet, und der Kellner, den ich kannte, streckte den Kopf in den Raum: „Ist hier jemand?" Er drehte das Licht an: „Oh, Herr Holland! Wir suchen Sie schon im ganzen Haus. Die gnädige Frau hat nach Ihnen gefragt."

„Sagen Sie ihr, dass ich in ein paar Minuten komme."

„Sehr wohl, Herr Holland."

„Und, Herr Hugo –"

„Ja?"

„Ich möchte etwas trinken. Bringen Sie mir Whisky, Johnny Walker."

„Mit Soda?"

„Nein." Er kam mit Eis und einem Glas und einer Flasche und goss den Drink ein. Ich sagte: „Machen Sie einen Bleistiftstrich am Etikett und lassen Sie die Flasche da." Er nickte und ging. Ich warf zwei Eiswürfel in den Whisky und trank das Glas leer. Der Whisky schmeckte ölig und anders als sonst. Ich goss das Glas wieder voll und schwenkte die Eiswürfel eine Weile herum. Der zweite Drink schmeckte besser, und beim dritten war der Geschmack wieder der alte.

Ich wurde ziemlich schnell betrunken, denn ich hatte nichts gegessen. Es kam mir vor, als würde der Sturm mit jeder Minute lauter. Neben mir stand ein großer Radioapparat. Ich stellte ihn an und grinste, als ich Musik vernahm. Ich hörte das Ende des Klavierkonzertes Nummer zwei von Rachmaninoff. Da war es also wieder, zum letzten Mal hatte ich es in Sibylles leerer Wohnung in Berlin gehört. Ich goss mein Glas neuerlich voll und lauschte der Musik, die ich liebte, bis sie verstummte und eine Sprecherstimme ertönte. Beim Gongschlag war es siebzehn Uhr. Radio München brachte Nachrichten. Zuerst die Wetteraussichten für morgen: Bedeckt und kühl. In den Alpengebieten war mit neuen Schneefällen zu rechnen sowie mit stürmischen Winden aus Nordost ...

Mit stürmischen Winden aus Nordost.

Ich trank mein Glas leer und verließ die Bar. Als ich die Treppe in den ersten Stock hinaufging, glitt ich mit der Prothese aus und wäre beinahe gefallen. Ich war jetzt betrunken. Ich ging den langen Gang mit den knarrenden Dielen zu Sibylles Zimmer hinunter und hörte, wie der Sturm an den Fensterläden rüttelte. Sie klapperten hölzern, das ganze Haus war voller Unruhe, erfüllt von Flüstern, Knarren, Sausen, Rattern und Stöhnen. Es gab viele Geräusche.

Ich trat ein, ohne anzuklopfen. Sibylle lag auf dem großen Bett und sah mir entgegen. Sie sagte heiser: „Die Bahn geht nicht mehr?"

„Nein." Ich setzte mich neben sie.

„Deshalb bist du zurückgekommen?"

„Ja."

Ich begann, die Knöpfe ihrer Kostümjacke zu öffnen. Sie lag still auf dem Rücken und sah mich an. Ihr Mund war geöffnet, und ihr Atem kam ruhig. Ich zog ihr die Jacke aus und danach den Rock. Ich zog sie weiter aus, Stück um Stück, die Schuhe, die Strümpfe, das Hemd. Sie wand sich von einer Seite zur anderen, um mir das Ausziehen zu erleichtern, und sah mich an und bewegte langsam, ganz langsam die Glieder. Ihre Augen waren nur noch Schlitze, und ihr Atem kam zischend durch die zusammengepressten Zähne des offenen Mundes. Zuletzt lag sie nackt vor mir.

Ich zog mich selber aus und fühlte dabei, wie ich immer mehr betrunken wurde. Der Whisky wärmte meinen Körper, und in meinen Schläfen pochte heiß und schwer mein Blut.

„Komm", sagte sie. Sie richtete sich auf und löste meine Prothese. Das Kunstbein fiel polternd zu Boden. Nun gab es nur noch einen Platz, wo ich sicher war: das Bett.

Gott schützt die Liebenden, dachte ich voll Hass, während sich ihre Arme um mich schlossen. Gott schützt die Liebenden. Ich fand plötzlich, dass die Intimität des Hasses sensationeller war als die Intimität der Liebe. Sibylles Augen waren nun ganz geschlossen, ich hatte meinen Kopf an ihrer Schulter vergraben. Wir sprachen beide Worte, die sich von selber bildeten. Worte der Leidenschaft und der Gier, immer wieder dieselben Worte. Dann hörte ich ein Geräusch, das aus dem Orgeln des Sturmes entstand, lauter wurde, immer lauter, bis es zuletzt übermächtig war: das Dröhnen eines großen viermotorigen Verkehrsflugzeuges, das gerade über die Bergkuppe flog, auf seinem Weg nach München. Die Fenster klirrten, als die Maschine über das Hotel hinwegraste, ganz niedrig, ganz nahe – so wie die Flugzeuge in Berlin über die Villa im Grunewald hinweggerast waren in allen jenen Nächten. Das Toben der vier Motoren erreichte seinen Höhepunkt.

„Jetzt“, stöhnte Sibylle.

27

Ich schlief schlecht in dieser Nacht.

Ich hatte einen endlosen Albtraum, aus dem ich immer wieder erwachte. Wenn ich neuerlich einschlief, erlebte ich die ganze Fortsetzung des Traumes. Es war alles sehr unerfreulich. Gegen drei Uhr früh bekam ich auch noch Durst. Meine Lippen waren ausgetrocknet, die Zunge fühlte sich geschwollen und heiß an. Im Badezimmer gab es Wasser. Doch wie kam ich ins Badezimmer? Ich hätte das elektrische Licht andrehen und meine Prothese anschnallen müssen, und ich wollte Sibylle nicht wecken, die ruhig und tief atmend neben mir schlief.

Zuletzt hielt ich es nicht mehr aus und beschloss, im Dunkeln und auf dem Boden ins Badezimmer zu kriechen. Ich hatte mir ungefähr gemerkt, wo die Möbel im Raum standen, und es ging ganz gut. Im Badezimmer machte ich Licht, drehte den kalten Hahn auf und hielt den Mund darunter. Ich schluckte eine Menge, obwohl das Wasser sehr trocken schmeckte. Ich hatte zu viel Whisky getrunken, es war dann immer dasselbe.

Ich drehte das Licht im Badezimmer wieder aus, setzte mich auf den Boden und begann zurückzukriechen. Dabei verlor ich die Orientierung. Sosehr ich mich auch bemühte – ich fand nicht mehr das Bett. Es war so finster im Raum, dass man nichts sah. Eine Zeit lang versuchte ich, die Richtung zu finden, indem ich Sibylles Atem lauschte, aber es half nichts. Ich war auch noch betrunken und völlig verschlafen. Ich rutschte hierhin und dorthin. Einmal stieß ich gegen eine Wand, ein anderes Mal gegen einen Sessel. Langsam wurde ich wütend. Ich tastete über den Teppich, auf dem ich saß, um festzustellen, wo er aufhörte. Der Teppich hörte nicht auf. Ich rutschte weiter. Der Teppich hörte nicht auf. Aber er musste aufhören! Ich erinnerte mich, dass er zum Beispiel nicht bis unter das Bett reichte. Ich rutschte. Ich tastete. Der Teppich hörte nicht auf.

Meine Wut verwandelte sich in Verzweiflung. Ich war plötzlich den Tränen nahe. Ich fluchte lautlos. Wo war das Bett, das elende, gottverdammte? Warum fand ich es nicht? Ich machte eine schnelle Armbewegung. Schmerzend schlug meine Hand gegen einen Tisch. Mir war plötzlich so schwindlig, dass mir übel wurde. Ich gab auf. Ich war davon überzeugt, dass ich den Weg, den ich so gründlich verloren hatte, niemals mehr wiederfinden würde, zog die schwere Decke vom Tisch und breitete sie über mich. Dann nahm ich das gesunde Bein an den Leib und verschränkte die Arme unter dem Kopf. So blieb ich auf dem Teppich liegen. Es war warm im Zimmer und ich fror nicht. Das Schwindelgefühl ließ nach. Ich war ganz zufrieden, wie ich so dalag und über alles nachdachte, was Sibylle mir vor dem Einschlafen erzählt hatte …

Sibylles früheste Kindheitserinnerung war eine weinende Mutter und ein Klavier spielender Vater in einer bis auf den Flügel, zwei Betten und einen Tisch völlig leeren Wohnung. Es war ein heißer Tag im August, Sibylle hatte in einem nahen Park gespielt, und als sie nach Hause kam, fand sie die Wohnung ausgeräumt. Bücher, Wäsche und Geschirr lagen auf der Erde. Der Vater saß auf einer Kiste. Er spielte einen Walzer von Chopin. Die Mutter stand in der Küche am Herd. Sie kochte und weinte. Unter ihren Augen bildete die Wimperntusche schwarze Flecken. Sibylles Mutter war mit fünfunddreißig Jahren noch eine sehr schöne Frau.

„Was ist denn hier bei uns los, Mami!“, fragte Sibylle. „Wieso sind alle unsere Möbel verschwunden?“

Die Mutter wischte die Tränen fort, zog die Fünfjährige an sich: „Wir haben sie verkauft, mein Schatz.“

„Aber warum?“

„Weil sie uns nicht mehr gefallen haben. Wir fanden sie scheußlich, du nicht?“

„Ich weiß nicht, mein Bettchen fand ich ganz nett …“

„Auch dein Bettchen war scheußlich, Liebling“, sagte die Mutter. „Deshalb haben wir es auch verkauft. Wir wollen uns ganz neu einrichten! Mit viel schöneren Möbeln!“

„Wann kommen denn die schönen Möbel?“

„Das wird ein paar Wochen dauern. Die Möbelhändler haben jetzt so viel zu tun! Aber im Herbst wirst du staunen! Du wirst unsere Wohnung nicht wiedererkennen!“

„Warum nicht?“

„Weil sie so schön sein wird, Liebling!“

„Und wo schlafe ich bis dahin?“

„Da habe ich eine große Überraschung für dich! Du liegst doch so gern auf der Erde, nicht wahr?“

„O ja!“

„Wir legen dir deine Matratze ins Kinderzimmer, und auf der darfst du schlafen!“

„Au fein, Mami!“ Sibylle klatschte begeistert in die Hände. „Das ist aber lieb von dir, dass du mir das erlaubst!“ Sibylle rannte in das leere Wohnzimmer und fiel ihrem Klavier spielenden Vater um den Hals. Sie gab ihm viele kleine, nasse Küsse: „Danke, Vati, danke!“

„Wofür?“

„Dass ihr mich endlich auf der Erde schlafen lasst! Ihr seid die besten und liebsten Eltern, die es gibt!"

Die schönen Möbel kamen nie.

Nach und nach kamen einzelne neue Stücke. Keines passte zum andern, die Wohnung sah bunt und abenteuerlich aus, aber Sibylle war begeistert: „Mir ist alles recht, solange ich nur weiter auf der Erde schlafen darf!"

Sie durfte.

Sibylles Eltern waren nicht immer arm gewesen. Als sie heirateten, kam der Vater eben in den Genuss einer großen Erbschaft, und die ersten Jahre der Ehe waren sorglos. Die Eltern reisten nach England, Spanien, Frankreich und Italien. In Italien wurde Sibylle geboren. Dann nahmen die Eltern eine Wohnung in Berlin.

Der Vater hatte Musik studiert. In seiner Jugend komponierte er. Die Lehrer fanden ihn begabt und prophezeiten ihm eine interessante Zukunft. Er spielte wundervoll Klavier. Klavier spielte er sein Leben lang. Als die Erbschaft kam, hörte er auf zu komponieren. Er sagte, er bereite sich auf seine erste Symphonie vor. Er bereitete sich vier Jahre lang auf sie vor. Es spielte keine Rolle, wie lange er sich vorbereitete, denn es gab noch viel Geld. Der Vater kaufte der Mutter Schmuck und Kleider und liebte sie sehr. Er war ein zärtlicher Liebhaber, und es war eine gute Ehe. Dann ging das Geld zu Ende. Noch immer sah die Mutter der Zukunft ruhig entgegen. Sie hoffte auf den Erfolg der Symphonie. Sie hatte nie zuvor in ihrem Leben mit einem Künstler zu tun gehabt und vertraute jedem Wort des Vaters. Er kannte Gershwin, Rachmaninoff und Addinsell, sagte er. Sie alle hielten enorm viel von ihm, sagte er. Wenn die Symphonie fertig war, würde sie um die Welt gehen, sagte er. Darauf nahmen sie einen Bankkredit. Dann starb Gershwin. Aber Rachmaninoff und Addinsell lebten noch. Und es gab auch Menotti. Der Vater sagte: „Morgen früh fange ich an!"

Aber am nächsten Tag stürzte er auf der Treppe und brach sich den Arm und musste ihn sechs Wochen in Gips tragen, und danach dauerte es noch eine ganze Zeit lang, bis er wieder so wundervoll Klavier spielen konnte wie früher. Er sagte, die sechs Wochen wären keinesfalls verloren, er hätte in ihnen das Grundthema der Symphonie entwickelt. Aber seine Finger waren noch zu ungelenk, um es aufzuschreiben. Unglücklicherweise hatte er sich nämlich den rechten Arm gebrochen.

In dieser Zeit sprach ein Aufnahmeleiter der UFA die Mutter auf der Straße an. Er wollte zunächst etwas ganz anderes, als sie als Komparsin verpflichten, doch da er erfuhr, dass sie verheiratet war und Geldsorgen hatte, machte er ihr den Vorschlag, ihn doch einmal in seinem Büro in Babelsberg zu besuchen. Es war ein ungewöhnlicher Aufnahmeleiter, der ein Herz besaß und Othmar Plüschke hieß.

Othmar Plüschke wurde zum guten Engel der Familie. Er engagierte die Mutter für achtundzwanzig Mark pro Tag vier Wochen lang als Statistin in einem Film namens „Der Kongress tanzt". Andere Filme folgten. Der Vater konnte zwar wieder die rechte Hand bewegen, aber er vermochte noch immer nicht, das Grundthema seiner Symphonie zu Papier zu bringen.

„Jeder Künstler erlebt solche Krisen“ erklärte er. Es war eine ernsthafte Krise, sie währte ein halbes Jahr. Der Bankkredit war aufgebraucht. Der Vater spielte schöner denn je Klavier, und die kleine Sibylle hörte ihm zu. Sie saß zu seinen Füßen und lauschte verzaubert. Manchmal sah sie, wie der Vater eine flache Flasche aus der Jacke zog, an die Lippen setzte und trank. Was er trank, roch scharf und war braun. Es ließ den Vater nur noch schöner und inniger spielen.

Als die Bank wegen des Kredits mit ersten Mahnungen kam, ging die Mutter zu dem guten Plüschke und sagte: „Ich habe auch noch einen Mann und ein Kind. Können die nicht auch Komparserie machen!“

„Klar“, erwiderte Plüschke, „bring sie nur alle an, Marga!“

Die UFA drehte eben einen Film über Chopin. Vater, Mutter und Sibylle spielten als Komparsen. Der Vater hatte seine flache Flasche mitgebracht, führte sie gelegentlich zum Munde und war freundlich und höflich zu allen Menschen. Sibylle gefiel es in dem Filmatelier großartig.

In dem Chopin-Film gab es natürlich auch einen Konzertflügel. In einer Mittagspause setzte sich der Vater an ihn und spielte. Er dachte, es wäre niemand in der großen Halle, aber er irrte sich. Der Produzent hörte zu. Der Produzent war zuckerkrank, dick, Jude und Musikenthusiast. Er fragte den Vater: „Was können Sie noch?“

„Nichts außer Klavierspielen“, erwiderte der Vater.

„Sie können als Innenrequisiteur arbeiten, wenn Sie wollen“, sagte der Produzent, dem die Situation des Vaters bekannt war. Der Vater wollte. Die Mutter war glücklich. In den nächsten zwei Jahren wurde der Bankkredit abgezahlt, Sibylle bekam ab und zu ein Stück Schokolade und zu Weihnachten eine Puppe.

Dann erschienen eines Tages zwei Herren in Zivil, wiesen Blechmarken vor und nahmen den Vater mit. Sie sagten zu Sibylle: „Papa macht einen kleinen Ausflug!“

Von diesem kleinen Ausflug kehrte der Vater drei Monate später blass und schmal, aber heiter nach Hause zurück. Was geschehen war, erfuhr Sibylle erst viel später: Innenrequisiteuren standen stets größere Bargeldbeträge zur Verfügung, die sie von Zeit zu Zeit abrechneten. Einmal, als der Vater abrechnen sollte, konnte er das nicht. Eine Menge Geld fehlte in seiner Kasse. Es stellte sich heraus, dass der Vater nicht nur gerne Klavier spielte, sondern auch gerne auf Pferde setzte. Manchmal gewannen die Pferde, manchmal gewannen sie nicht. Als die Kasse überprüft wurde, hatten sie seit langer Zeit nicht mehr gewonnen. Auch Plüschke konnte diesmal nicht helfen. „Wir bezahlen alles zurück“, versicherte die Mutter vor Gericht. „Wir haben gute Teppiche und schöne Möbel.“

Also ließen sie den Vater frei und warfen ihn nur als Innenrequisiteur hinaus, was er paradox fand, und holten die Möbel ab. Das war an einem heißen Tag im August, Sibylle spielte währenddessen im Park. Als sie heimkam, saß der Vater auf einer Kiste vor dem Flügel und roch nach Kognak und spielte Chopin. Er spielte so schön wie noch nie. Den Flügel hatten sie ihm gelassen, es war seine einzige inständige Bitte gewesen. Sonst sah er alles ein.

28

Der Flügel verschwand ein Jahr später zu einer Zeit, in welcher gerade weder das Telefon noch das elektrische Licht funktionierte. Auch das Gas strömte nicht – etwas in der Leitung war kaputt, erklärte die Mutter der kleinen Sibylle. Nachdem der Flügel verschwunden war, funktionierten Gas und Licht, und auch das Telefon schrillte wieder.

Da es zu Hause keinen Flügel mehr gab, begann der Vater in Bars zu spielen. Er bekam ein wenig Geld dafür. Aber er trank auch ein wenig, während er spielte. Abends schickte die Mutter Sibylle aus, um ihn heimzuholen. Wenn Sibylle sich beeilte, war noch etwas von dem Geld, das er bekam, vorhanden. Manchmal beeilte sie sich nicht genug. Dann schrie der Vater, wenn er heimkam, und die Mutter weinte, und der Vater schlug sie. Sibylle sah oft zu. Sie hasste den Vater. Sie liebte ihn nur noch, wenn er Klavier spielte.

Die Mutter arbeitete immer noch als Statistin, aber sie verdiente nicht genug. Sibylle ging nun schon lange zur Schule. Die Jahre drehten sich im Kreise. Der Vater trank. Die Mutter war nicht mehr so schön. Der alte Plüschke sagte: „Marga, beim besten Willen, Edelkomparsin mit Abendkleidzulage und so geht nicht mehr! Aber keine Bange! Im Hintergrund kann ich dir noch immer unterbringen, kriegste allerdings nur fuffzehn Mark. Kann denn dein Oller aber auch *nie* etwas tun?"

„Gerade jetzt tut er etwas", sagte die Mutter.

„Was?"

„Er schreibt seine Symphonie."

In der Tat hatte der Vater zu komponieren begonnen. In den nächsten fünf Jahren vollendete er die ersten drei Sätze des Werkes. Dann überfiel ihn die allen Künstlern bekannte Verzweiflung am Wert der eigenen Arbeit, und an einem stürmischen Herbstabend entzündete er auf der Hasenheide ein kleines Feuer und verbrannte in ihm die unvollendete Partitur. Der Mutter und Sibylle teilte er mit: „Morgen fange ich von Neuem an. Ich habe schon alles im Kopf."

Sibylle war fünfzehn Jahre alt.

Die Mutter sagte: „Andere Kinder in deinem Alter verdienen schon Geld. Du musst mir helfen, Bille. Ich schaffe es nicht mehr allein. Jetzt ist auch noch Plüschke gestorben – und die andern lassen mich nicht mehr so richtig ins Atelier."

„Was soll ich denn tun, Mami?"

„Du warst doch schon einmal im Lunapark, nicht wahr? Da habe ich einen Mann gesprochen, der sucht Reklameläuferinnen."

„Was ist denn das?"

„Nun", sagte die Mutter, „im Lunapark gibt es die verschiedensten Attraktionen: die Shimmytreppe, die Rodelbahn, die Todesspringer und so weiter. Der Mann, den ich sprach, engagiert junge Mädchen, die nichts anderes zu tun haben, als kostenlos alles, was man im Lunapark machen kann, mitzumachen und dabei laut zu schreien."

„Warum denn das?"

„Weil es so schön ist", sagte die Mutter. „Sie schreien und kreischen und sind ganz verrückt vor Vergnügen, verstehst du? Und die Leute vor dem Zelt sagen sich: Donnerwetter, muss das aber lustig sein! Und sie kaufen Eintrittskarten. Dazu braucht der Mann Reklameläuferinnen. Willst du es einmal versuchen, Bille?"

„Die Shimmytreppe ist auch umsonst?"

„Alles ist umsonst für dich, Liebling. Ich zwinge dich nicht. Ich wäre nur dankbar, wenn du mir helfen wolltest. Damit Vati seine Symphonie vollenden kann."

„Die schreibt er doch nie", sagte die Tochter. „Aber natürlich helfe ich dir, Mami!"

So wurde Sibylle Reklameläuferin. Nach einer Woche sagte ihr Chef bewundernd: „So etwas habe ich in meinem Leben noch nie gehabt!" Sibylle nahm ihre Arbeit ernst. Sie schrie und kreischte und tobte durch die Zelte, dass die Männer stehen blieben und ihr mit offenem Mund nachsahen. Sie war damals schon sehr schön, mädchenhaft schlank, mit riesigen Augen, dunklem Haar und langen Beinen. Sie arbeitete von fünf Uhr nachmittags bis Mitternacht. Dann holte die Mutter sie ab und brachte sie nach Hause. Morgens war Sibylle müde. In der Schule ließen ihre Leistungen nach. Eine Klasse musste sie wiederholen. Aber die Familie konnte nun mit einem Monatsminimum von achtzig Mark rechnen.

Am Ende der Saison verlangte Sibylle hundert Mark. Sie bekam sie anstandslos, und die Mutter träumte bereits davon, dass die nächste Saison hundertfünfzig Mark bringen würde, da geschah ein Unglück.

Als Sibylle nämlich eines Abends auf der Rodelbahn den Mund aufriss, um gellend vor Vergnügen loszubrüllen, kam nur mehr ein krächzendes Stöhnen aus ihrer Kehle. Sosehr sie sich mühte: Es blieb dabei. Sprechen konnte sie auch nicht mehr, nur noch mühsam flüstern.

„Stimmbänder angerissen", konstatierte der Arzt, den man in Panik konsultierte. „Äußerste Schonung, sonst garantiere ich für nichts!"

Als Sibylle und die Mutter an diesem Abend in der Straßenbahn nach Hause fuhren, sagte die Mutter: „Mit dem Rummelplatz ist es also vorbei. Aber sei nicht traurig, Liebling, ich habe schon etwas Neues für dich. Morgen gehst du in die Scala. Dort suchen sie noch Beauties."

„Was muss man als Beauty machen, Mami?"

„Überhaupt nichts, Liebling. Du ziehst dich ein bisschen aus und gehst eine Treppe hinauf und hinunter, oder du stehst überhaupt still und trägst nur ein schönes Kostüm."

„Dafür gibt's Geld?"

„Und ob! Mehr als im Lunapark!" Die Mutter hustete und massierte ihren Hals. „Ich muss mich verkühlt haben. Seit Tagen tut es mir beim Schlucken weh." Sie nahm Sibylle an der Hand. „Komm, wir steigen aus."

„Das ist aber eine Haltestelle zu früh."

„Wir wollen Vater abholen", sagte die Mutter. Als sie die kleine Bar betraten, saß er am Flügel und spielte. Ein Glas Kognak stand neben ihm. Die Bar war zu dieser Zeit noch leer. Der Vater spielte Chopin.

„Ach, hör doch, wie wunderbar", sagte die Mutter und faltete die Hände.

29

Zweihundert Mädchen meldeten sich am nächsten Tag. Dreizehn wurden engagiert. Unter ihnen befand sich Sibylle. Sie trug noch Stöckelschuhe und ein schwarzes Badetrikot, als der Regisseur der neuen Revue ihr die Hand schüttelte: „In Ordnung, Fräulein. Dreihundert Mark im Monat. Mit freiem Oberkörper hundert Mark mehr, wenn Sie wollen."

„Ich möchte dreihundertfünfzig und keinen freien Oberkörper."

„Dreihundert sind eine Menge für den Anfang."

„Da muss ich noch einmal mit meiner Mutter reden."

„Wissen Sie was? Sagen wir dreihundertdreißig!"

„Einverstanden", antwortete Sibylle.

„Sie haben so eine aufregende Stimme, Fräulein!"

„Finden Sie?"

„Ja. So heiser und tief. Haben Sie immer so gesprochen?"

„Von Geburt an."

Nun ernährte Sibylle die Familie. Die Mutter fuhr immer seltener ins Atelier hinaus, sie litt an einer chronischen Halsentzündung, die nicht besser wurde. Der Vater erlebte in dieser Zeit gerade seine zweite große Krise: Er trug sich mit dem Gedanken, seine Symphonie endgültig aufzugeben und eine Rhapsodie zu schreiben. Allerdings beklagte er sehr den Mangel eines Flügels.

„Aber ich schaffe es auch ohne ihn", sagte er zuversichtlich. „Es ist eine reine Konzentrationsfrage. Ich habe alles im Kopf."

Sibylle machte die neue Arbeit Freude. Ein junger Bühnenbildner aus reichem Haus verliebte sich leidenschaftlich in sie.

Es war ihre erste Liebe.

„Ist er nett?", fragte die Mutter.

„Er ist der netteste Mann von der Welt, Mami!"

„Dann sieh zu, dass er dir als erstes Geschenk die Leihgebühr für einen Konzertflügel gibt", sagte der Vater. „Erzähle ihm, dass ich dir Unterricht geben werde."

Der geliehene Flügel kam. Der Vater gab nie Unterricht. Aber er spielte nun wieder. Die Mutter lag im Bett und hörte ihm glücklich zu. Die Ärzte hatten sich zuerst geirrt, jetzt wussten sie Bescheid: Es war keine chronische Halsentzündung. Es war Kehlkopfkrebs.

Die Mutter lebte nur noch ein halbes Jahr und litt sehr. Zuletzt konnte sie keine feste Nahrung mehr zu sich nehmen. Aber sie war immer glücklich, wenn der Vater für sie Chopin spielte. Manchmal spielte er auch Stücke seiner Rhapsodie, so zum Beispiel an dem Tag, an dem die Mutter starb.

30

Im folgenden Jahr gab es zwei Hochzeiten.

Zuerst heiratete der junge Bühnenbildner. Er müsse es seinen Eltern zuliebe tun, sagte er Sibylle, es wäre eine Vernunftehe nach Düsseldorf. Seinen Verlobungsring könnte sie als Andenken behalten, sagte er. Den Flügel ließ er abholen.

Bald darauf fragte der Vater, was Sibylle von einer Neuvermählung hielte. Er machte sie mit einer Frau bekannt, die er kennengelernt hatte. Sie war jung und reich. Sie verehrte den Vater wegen seiner musikalischen Begabung. „Ich habe genug Geld für uns beide“, sagte sie. „Bei mir wird er seine Rhapsodie vollenden.“

„Hoffentlich werdet ihr glücklich“, sagte Sibylle. „Ich gehe nach Österreich.“

„Wieso nach Österreich?“

„Mit einer Truppe. Sie zahlen mehr als die Scala. Und ich möchte ins Ausland.“ Zum Vater sagte Sibylle: „Du brauchst mich ja jetzt nicht mehr.“

„Ich werde dich sehr vermissen, Bille“, erklärte er.

„Nur zuerst.“

„Nein, immer! Du musst oft zu Besuch kommen!“

„Ja, gewiss, Vati.“

Er brachte Sibylle zum Bahnhof. Aus ihrem Abteilfenster sah sie noch einmal zu ihm hinab und sagte: „Es ist gemein, dass du wieder heiratest, und so schnell!“

„Mein Kind, ich brauche jemanden, der auf mich aufpasst …“

Die Zugsirene heulte.

„Du bist schuld daran, dass Mami tot ist“, sagte Sibylle.

Nach einem halben Jahr lernte sie in Wien einen Mann kennen, der sie auf der Bühne sah. Er lebte in Hamburg, hatte nur geschäftlich in Wien zu tun und hieß Rolf Brunswick. Er war groß, blond, schlank und dunkelhäutig. Er sagte: „Fräulein Sibylle, ich will kein Abenteuer. Ich bitte Sie, meine Frau zu werden. Ich möchte einen Sohn haben. Und seine Mutter soll so sein wie Sie!“

Rolf Brunswick machte einen gepflegten, kultivierten Eindruck. Erst nach der Eheschließung entdeckte Sibylle, dass er verrückt war.

Die Brunswick-Werke in Hamburg beschäftigten sich mit dem Bau von Staubfiltern, Gasmasken und Luftschutzbauten. Sibylle zog in das Haus ihres Gatten an der Innenalster. Es war ein riesiges, düsteres Haus. So wie in anderen Villen Bilder, Jagdtrophäen oder Gobelins hingen in Brunswicks Haus Gipsköpfe an den Wänden. Es waren in täuschend menschenähnlichen Farben bestrichene Köpfe mit echten Haaren. Sie trugen die verschiedenen Gasmaskentypen, welche die Brunswick-Werke herstellten.

Sibylle kam in die Hamburger Gesellschaft. Ihr Mann war einer der reichsten Leute der Stadt. Sibylle trug die schönsten Kleider, den wertvollsten Schmuck, Sibylle wurde mit jedem neuen Tag schöner. Aber ihr Nervenzustand verschlechterte sich.

Seit dem Ersten Weltkrieg war ihr Mann das Opfer der beständigen Befürchtung, nachts ermordet zu werden. Außerdem fand er es unmöglich, ein Bett zu benutzen. Er schlief stets auf dem harten Zimmerboden, einen geladenen Revolver griffbereit neben ihm, und zwang Sibylle, an seiner Seite zu schlafen. Er wollte keinen verweichlichten Sohn, sagte er. Zuweilen pflegte Brunswick schreiend aus einem Albtraum hochzufahren und mit der Waffe in der Hand durchs Haus zu stürzen.

Auch benützte er auf Reisen niemals eines seiner drei Autos, sondern immer nur ein Motorrad mit Beiwagen. In diesem nahm er eine komplette Zelteinrichtung mit. Er bestand darauf, stets von Sibylle begleitet zu werden.

„Du bist mein Oxygen", sagte er. „Ich mache keinen Schritt ohne dich. Du bringst mir Glück."

Sibylle begleitete ihn. Sie saß auf dem harten, kleinen Ledersitz hinter ihm und fuhr kreuz und quer durch das Land. Abends schlug er das Zelt auf. Sie schliefen am Rande von Landstraßen, in Decken gehüllt. Sie fuhren im Sommer und im Winter, in Schneestürmen und durch Gewitter, bei Wind und Regen. Sein Sohn sollte ein gesunder, starker Junge werden, sagte Brunswick. Sibylle fand heraus, dass er schon viermal verheiratet gewesen war …

Aus Berlin schrieb der Vater, er gehe mit seiner neuen Frau nach Amerika. Der Brief wurde Sibylle nach Köln nachgeschickt, wo sie mit einer schweren Unterleibserkrankung im Spital lag. Sie hatte sich auf einer Landstraße erkältet. Wochenlang schwebte sie zwischen Leben und Tod. Dann erklärten die Ärzte: „In einem halben Jahr sind Sie wieder gesund. Aber Sie werden nie mehr ein Kind bekommen können."

Rolf Brunswick reichte sofort die Scheidung ein. Er sagte: „Du musst das verstehen, Sibylle, ich brauche einen Sohn."

Die Ehe wurde geschieden. Sibylle erhielt siebzigtausend Mark Abfindung bar ausbezahlt. Sie übersiedelte wieder nach Berlin und lebte einige Zeit im Hotel. Unabhängig und selbstständig, brachte sie eine Reihe von Abenteuern hinter sich, dann begegnete ihr Peter Sparr, ein junger Schriftsteller, der für Zeitungen arbeitete. In ihn verliebte sich Sibylle. Sie mieteten ein kleines Haus am Wannsee und lebten zusammen. Sparr war ein Mensch, der nur nachts arbeiten konnte. Am Tag schlief er. Unter dieser Einteilung litt Sibylle.

„Wir haben genug Geld", sagte sie. „Schreib einmal eine Weile gar nichts. Ruh dich aus. Überlege dir einen Roman."

Sparr befolgte diesen Vorschlag, und ihre Beziehungen wurden sehr glücklich. Der junge Schriftsteller arbeitete nun aber überhaupt nicht mehr. Er lebte mit Sibylle von ihrer großen Abfindung. Sie ließen es sich gut gehen, denn sie hatten ohnedies die Absicht, miteinander zu sterben, wenn ein Krieg ausbrach. Sparr sagte, er würde sich eher töten, als eine Uniform anziehen. Und auch Sibylle war die Vorstellung unerträglich, dass ihr zarter, nervöser Geliebter auf einem Kasernenhof geschunden werden sollte. So kauften sie vorsorglich bereits im Jahre neunzehnhundertfünfunddreißig Zyankali.

Der Krieg ließ aber auf sich warten.

Sibylles Bankkonto wurde immer kleiner. Da begann sie ihren Schmuck zu verkaufen, ein Stück nach dem anderen. Auf Vorhaltungen von Freundinnen pflegte sie zu erwidern: „Lasst mich in Ruhe. Was kann ich Besseres für mein Geld bekommen als Peter und seine Zärtlichkeit? Außerdem lebe ich selber gerne gut. Und wenn der Krieg ausbricht, bringe ich mich um!"

Sibylle fand, die schöpferische Pause Peters hätte lang genug gedauert, und forderte ihn liebevoll auf, etwas zu schreiben. Er war sofort dazu bereit. In einem Antiquitätengeschäft auf dem Kurfürstendamm, erzählte er, habe er einen wundervollen antiken Schreibtisch und einen dazu passenden Lehnsessel entdeckt.

„Wenn du mir beide Stücke kaufst, fange ich sofort meinen Roman an. Ich fühle direkt, wie gut ich auf diesem Tisch werde schreiben können!"

Sibylle verkaufte ein Armband und erwarb den Tisch und den Sessel. Ihr Freund machte sich an die Arbeit. Er schrieb ein Jahr lang an seinem Roman, das Manuskript wurde immer dicker. Sibylle verkaufte jetzt ihren Nerzmantel. Davon könnten sie lange leben, meinte sie. Und dann würde der Roman gedruckt werden.

Der Roman wurde nicht gedruckt.

Die Verleger, denen Sparr ihn einreichte, schüttelten die Köpfe und sprachen von blutigem Dilettantismus. Sparr führte das auf politische Zeitströmungen zurück und nannte sich ein Opfer des Faschismus.

Sibylle sagte: „Für *mich* ist es das schönste Buch, das ich je gelesen habe!"

Sie besaß noch einen Persianermantel und viele große Krokodilhandtaschen. Außerdem kam der Krieg immer näher. In dieser Gewissheit lebte sie ruhig und in Frieden, bis sie darauf kam, dass ihr Freund sie mit einer kleinen blonden Verkäuferin betrog. Er gab es sogleich zu und versprach, die Beziehungen abzubrechen. Sibylle verzieh ihm daraufhin.

Dann kam endlich der Krieg.

„Wir wollen sterben", sagte Sibylle.

„Heute Abend", sagte Sparr. An diesem Abend war er verschwunden. Er kam nicht wieder. Sibylle sah ihn nur noch ein einziges Mal, drei Jahre später, auf der Straße.

Peter Sparr trug die Uniform eines Luftwaffenleutnants und das Ritterkreuz. Er sah so jungenhaft und freundlich aus wie immer. Die kleine blonde Verkäuferin ging an seiner Seite. „Meine Frau", stellte er sie vor. Er meinte, man müsse sich unbedingt einmal zu dritt sehen und ordentlich aussprechen. Vor allem über die Kindereien der Vergangenheit wie jene romantische Selbstmordabsicht. Er lachte herzlich bei dem Gedanken daran. Und ob es Sibylle gut ginge?

„Ausgezeichnet“, erwiderte sie. Sie wohnte damals in einem möblierten Zimmer und arbeitete als Sekretärin im Auswärtigen Amt. „Und dir?“

„Danke, mir auch!“ Er strahlte sie an.

„Peter hat schon neun Engländer abgeschossen“, berichtete die kleine Frau Sparr.

„Reine Glückssache“, sprach er bescheiden. „Morgen erwischt es vielleicht mich. Aber Spaß macht es, das ist wahr!“ Sibylle begann zu lachen.

„Was ist?“, fragte er.

„Ach nichts“, sagte Sibylle, „ich habe gerade daran gedacht, dass ich damals das Zyankali allein schluckte, als du nicht wiederkamst!“

„Um Gottes willen, und?“

„Nichts und. Mir wurde nur schlecht, und sie pumpten mir den Magen aus. Der Mann, der uns das Gift verkaufte, hat uns beschwindelt, es war überhaupt nicht wirksam!“

Darüber lachten sie alle drei herzlich.

Ein Jahr später wurde Sibylle im Auftrag des Auswärtigen Amtes nach Rom geschickt. Hier lernte sie viele Männer kennen und hatte einige Affären. Doch die neuen Beziehungen vermochten sie nicht mehr unglücklich zu machen. Nun war *sie* die Überlegene, nun litten die Männer ihretwegen. Sie kam in den Ruf, ebenso faszinierend wie kalt zu sein.

Auf einer Gesellschaft wurde ihr der junge Legationsrat Tonio Trenti vorgestellt. Noch einmal verliebte sich Sibylle leidenschaftlich. Ganz Rom sprach über ihre Beziehung. Sie wollten heiraten, sobald der Krieg zu Ende war. Sie schienen unzertrennlich, sie waren Tag und Nacht zusammen. Sibylle verbrachte viele Abende in Trentis Haus. Und es traf alle Bekannten als entsetzlicher Schock, als sie erfuhren, dass Sibylle ihren Geliebten den Deutschen ausgeliefert hatte, nachdem ans Licht gekommen war, dass er sie mit Petra Wend betrog.

Wie war das möglich? Die beiden schienen in einer so ungewöhnlich harmonischen Beziehung vereint gewesen zu sein! Nachbarn erinnerten sich noch lange jener Abende, an denen aus dem Musikzimmer von Tonio Trentis Haus Klavierspiel in den stillen Garten hinausgedrungen war.

Trenti spielte vorzüglich Klavier, besonders wenn er ein wenig getrunken hatte. Er spielte stets Chopin. Sibylle saß ihm gegenüber und hörte zu. Tonio Trenti spielte alle Stücke, die ihr Vater vor langer Zeit einmal in Berlin gespielt hatte …

31

Ich erwachte davon, dass Sibylle sich in meinem Arm bewegte. Ich fühlte das weiche, feine Haar an der Schulter und überlegte benommen: Wieso war Sibylle bei mir! Ich öffnete die Augen. Ich lag noch immer auf dem Teppich, aber Sibylle hatte mir ein Kissen unter den Kopf geschoben und uns beide zugedeckt. Jetzt seufzte sie und erwachte. Wir erwachten immer gemeinsam.

„Liebling", begann ich, „hast du –"

„Ja. Gegen fünf Uhr entdeckte ich, dass du nicht im Bett warst. Da drehte ich das Licht an und fand dich hier." Sie küsste mich auf die Wange. „Du bemerktest gar nicht, dass ich zu dir kam. Du musst einen ziemlich wirren Traum gehabt haben. Du warst sehr unruhig und sprachst wirres Zeug."

„Worüber?"

„Hauptsächlich über Chopin."

„Es war sehr nett von dir, mich zuzudecken", sagte ich.

„Ich liebe dich."

„Wie ist das Wetter?"

Sie stand auf, lief im Nachthemd zum Fenster und zog den Vorhang zurück. Blendend fiel das Licht der Morgensonne auf uns. Der Himmel war wolkenlos blau. Der Schnee leuchtete.

„Es ist völlig windstill", sagte Sibylle. „Die Bahn fährt wieder, ich kann eine Gondel sehen."

Das Licht der Sonne traf sie. Durch das dünne Nachthemd erblickte ich ihren Körper.

„Komm zu mir, Sibylle."

Sie kam schnell und glitt neben mich, und wir liebten einander auf dem Teppich. Alles war schön und harmonisch, und ich hatte das Gefühl, lange Zeit krank gewesen zu sein. Jetzt war ich wieder gesund.

Nachdem wir gebadet hatten, bestellten wir das Frühstück.

Während wir darauf warteten, saßen wir auf dem Bett und sahen in den Schnee hinaus. Der Sturm der Nacht hatte ihn an manchen Stellen zu riesigen Wächten hochgeweht, an anderen Stellen sah man erfrorenes Gras. Das Gras war schwarz und braun, und der Schnee war in der Sonne blau, gelb, violett und weiß. Der Schnee hatte viele Farben.

„Nach dem Frühstück fahre ich hinunter", sagte ich. „In ein paar Tagen komme ich wieder. Du bleibst hier und wartest auf mich, mein Herz."

„Wohin fährst du?"

„Nach München", sagte ich. „Oder nach Frankfurt. Es kommt darauf an."

„Worauf kommt es an?" Wir saßen sehr eng nebeneinander, ich hatte einen Arm um ihre Schulter gelegt, und wenn sie durch die Nase atmete, fühlte ich den Hauch ihres Atems auf meiner Brust.

Es war ein friedlicher Morgen, alles war klar und unkompliziert und endgültig.

„Ich werde dir einen falschen Pass verschaffen", sagte ich. „Du gibst mir deinen richtigen mit wegen des Bildes. Von München aus rufe ich meine Redaktion an. Ich habe dort Freunde, die kennen eine Menge Fälscher. Ein paar von den Fälschern sind uns sehr verpflichtet."

„Wie Frau Totenkopf?"

„Wie Frau Totenkopf", sagte ich. „Ich habe mir alles überlegt."

„Wann hast du es dir überlegt? Du hast doch geschlafen."

„Ich habe es mir im Schlaf überlegt", sagte ich. „Sie wollten immer, dass ich das Büro in Rio übernehme. Ich habe mich immer geweigert – deinetwegen. Jetzt werde ich mich um die Stelle bewerben. Wir fliegen nach Brasilien. Ich fliege allein, und du fliegst allein. Wir nehmen die Panair do Brasil. Auch da habe ich Freunde. Und in Rio heiraten wir. Das ist ein großes Land mit vielen Menschen. Wir werden niemandem auffallen."

„Paul …"

„Ja?"

„Du willst bei mir bleiben?"

„Ja, für immer", sagte ich. „Ich will nie mehr von dir fortgehen."

„Aber ich habe doch einen Menschen erschossen! Du hast gesagt, du musst mich verlassen, weil ich eine Mörderin bin!"

„Das war gestern."

„Und heute ist alles anders. Warum?"

„Weil ich dich liebe", sagte ich. „Ohne dich will ich nicht mehr leben. Also ist mir alles gleich. Ich will mit dir leben und glücklich bleiben, bis ich sterbe."

„Ich auch, Paul."

Und dann sprachen wir nicht mehr, sondern hielten uns nur an den Händen und sahen hinaus auf den vielfarbigen Schnee und die kleinen Gondeln der Seilbahn. Sie fuhr jetzt ununterbrochen, es kamen viele Skifahrer auf den Berg herauf. Die Skifahrer machten eine Menge Lärm und bewarfen einander mit Schnee. Es gab auch ein paar Mädchen unter ihnen. Die Mädchen wurden am meisten mit Schnee beworfen.

Eine freundliche Kellnerin brachte das Frühstück. Wir hatten Ham and Eggs, Orangensaft und Kaffee bestellt. Der Kaffee und der Schinken rochen großartig. Nachdem das Mädchen gegangen war, setzten wir uns an den Tisch. Neben meiner Kaffeetasse lag eine *Münchner Morgenzeitung*. Ich sah flüchtig darauf. Dann entdeckte ich eine Überschrift auf der ersten Seite und sah schnell genau hin. Die Überschrift lautete:

Zeugin im Mordfall Trenti behauptet:
Sibylle Loredo lebt!

32

Der Meldung lagen im Wesentlichen die Aussagen Petra Wends vor der Salzburger Kriminalpolizei zugrunde – so weit diese sie der Presse übergeben hatte. Zunächst überflog ich den Bericht nur auf der Suche nach meinem Namen. Es war unwahrscheinlich, dass er voll ausgeschrieben genannt wurde, aber wenn es der Fall war, dann war alles aus.

Der Name Holland wurde nicht genannt.

Petra Wend hatte der Polizei erklärt: „Ich bin sicher, dass die Frau, die sich Sibylle Loredo nennt, lebt und dass sie den Mord begangen hat."

Frage: „Was glauben Sie, was sie nun tun wird?"

Antwort: „Sie wird versuchen, Österreich zu verlassen und in ein anderes Land zu gehen, vielleicht auch in einen anderen Kontinent."

Frage: „Glauben Sie, dass sie dazu allein in der Lage ist?"

Antwort: „Sie hat ergebene Freunde, die ihr gewiss helfen werden."

Frage: „Wollen Sie uns die Namen dieser ergebenen Freunde nennen?"

Antwort: „Nein."

Das war alles. Mir genügte es, aber ich wollte Sibylle nicht ängstigen: „Lächerlich! Wichtigtuerei und Geschwätz. Bitte, gib mir das Salz."

„Was machen wir jetzt?"

„Ich fahre nach Wien", sagte ich. „In der Zeitung steht, dass Petra schon nach Wien zurückgekehrt ist. In Wien bekomme ich deinen Pass bestimmt auch und kann Petra zur Rede stellen. Wenn ich wiederauftauche, ist die Polizei beruhigt."

„Aber wenn wir das Land verlassen?"

„Niemand kann mir verbieten, nach Rio zu fliegen. Ich fliege beruflich allein. Du fliegst mit einem falschen Pass. Es kann überhaupt nichts geschehen." Das sagte ich, um sie zu beruhigen. Ich verschwieg, dass natürlich bereits auf allen Flughäfen und Grenzstationen Sibylles Bild hing. Auch da gab es Wege. Sie würde ihr Haar färben lassen und eine andere Frisur wählen. Auch das Passfoto konnte man retuschieren.

Ich musste nur um jeden Preis verhindern, dass Sibylle in Panik geriet. Wenn sie die Nerven verlor, kamen wir nie aus Europa heraus.

„Ich rufe dich jeden Abend an", versprach ich, als ich mich eine Stunde später von ihr verabschiedete.

„Jeden Abend?" Ihre Augen flackerten. „Wie lange willst du denn fortbleiben?"

„Nur ein paar Tage, reg dich nicht auf, mein Herz."

„Komm zurück. Bitte, komm schnell zurück. Ich habe solche Angst! So furchtbare Angst!"

„Ich komme, so schnell ich kann", sagte ich.

Als meine Gondel abfuhr, stand Sibylle am Fenster und winkte.

Ich winkte auch, bis die Gondel tiefer sank und zuerst die Bergkuppe, dann das Haus, das Fenster und Sibylle verdeckte.

Ich kam auf die gleiche Weise nach Österreich zurück, als ich nach Bayern gekommen war: in einem Kaffeelastwagen der Alice Totenkopf. Ich rief sie aus Traunstein an, und sie schickte mir ein Auto. Alles ging gut. Der Tag blieb schön bis zum Abend. Ich nahm den Mittagszug nach Wien und aß im Speisewagen. Ich hatte Hunger und fühlte mich ausgezeichnet, da ich nun genau wusste, was ich tun wollte. Mein Tischnachbar zeigte mir die ersten Trassen der Autobahn Salzburg–Wien, an der zurzeit gebaut wurde. Schwarz lagen sie im Schnee, und ich sah viele Kräne und Bagger. Einmal sah ich eine neue Brücke, mit leuchtendroter Rostschutzfarbe bestrichen.

Ich ging zurück in mein Abteil und las ein bisschen. Dann wurde ich müde, denn ich hatte eine halbe Flasche Wein getrunken. Ich schlief ein und träumte von Sibylle. In meinem Traum waren wir beide schon in Rio gelandet und lagen am Strand der Copacabana in der Sonne; Sibylle trug einen weißen Badeanzug und war ganz braun gebrannt. Alle Männer sahen sie an. Es gab viele schöne Frauen am Strand, aber für mich war Sibylle die allerschönste. In meinem Traum sagte ich es ihr auch, und sie erwiderte, für sie sei ich der schönste Mann. Sie wolle keinen anderen.

33

In Wien stieg ich im Hotel „Ambassador“ ab, einerseits, weil ich immer hier wohnte und man mich besonders gut behandelte, anderseits, weil ich mein Auftauchen deutlich akzentuieren wollte. Ich bekam jenes Zimmer im vierten Stock, in dem ich auch diese Zeilen schreibe, das Zimmer mit den roten Tapeten, den weißgoldenen Möbeln und dem grün gekachelten Badezimmer.

Ich fuhr sofort zur Polizeidirektion. Dort verlangte ich den diensttuenden Kommissar vom Morddezernat und zeigte meinen Pass, in welchem sich dank Alice Totenkopf keine neuen Aus- oder Einreisestempel befanden. Ich protestierte gegen Petra Wends der Presse übergebene Äußerungen. Ich sagte, der Ausdruck „ergebene Freunde“ wäre ohne Zweifel auf mich gemünzt und geeignet, mich in der Öffentlichkeit zu verdächtigen.

Der Kommissar meinte, kein Mensch verdächtige mich und er könne meinen Zustand begreifen. Er respektiere meine Liebe zu der Verschwundenen. Was ich in Wien vorhätte, fragte er.

„Ich will mit Frau Wend sprechen.“

„Sie glauben also auch, dass Frau Loredo lebt?“

Ich gab mich hysterischer, als ich war: „Herrgott noch einmal, was heißt: glauben? Ich weiß es nicht! Ist es ein Verbrechen, wenn ich versuche, mir Gewissheit zu verschaffen? Was würden Sie an meiner Stelle tun? Nach Hause fahren und den Fall vergessen?“

Die Lautstärke tat ihre Wirkung. Er versicherte mich noch einmal seiner Sympathie. Das hatte ich erwartet. Nun fragte ich: „Was glaubt die Polizei?“

„Wir haben keinerlei Beweise dafür, dass Frau Loredo tot ist.“

„Und dafür, dass sie lebt?“

Er hob die Hände und ließ sie wieder fallen.

„Also auch keinen“, sagte ich.

„Außer Frau Wends Behauptung.“

„Eine Behauptung ist kein Beweis.“

Ich verabschiedete mich und fuhr ins Hotel zurück. Es hatte wieder zu schneien begonnen. Der Schnee dämpfte den Lärm des Verkehrs. Ich fand, dass es sehr still in Wien war.

In meinem Zimmer schrieb ich einen Brief an den Vorstand meiner Agentur, der aus drei Männern bestand. Zwei von ihnen kannte ich. Ich bat sie um eine Versetzung nach Rio de Janeiro. Nach allem, was geschehen war, schrieb ich, fühle ich mich nicht mehr wohl in Europa. Es war immer ein Wunsch des Büros gewesen, mich in Rio zu sehen. Ich sprach Portugiesisch. Und ich vertrug das Klima.

Ich überlegte, ob ich noch etwas mehr Schmerz über den Verlust Sibylles in den Brief bringen sollte, aber dann fand ich meine Zeilen bewegt genug. Die drei Männer des Vorstandes waren ältere Leute. Bei ihnen spielte die Liebe keine große Rolle mehr, sie machte sie nur noch nervös. Ich blieb beim Geschäft und erinnerte daran, dass ich dem Büro 1947 und 1948 in Brasilien gute Dienste geleistet hatte. Ich könnte jederzeit fliegen, schrieb ich.

Nun war es ganz dunkel geworden.

Ich schloss das Kuvert des Briefes und dachte an Sibylle. Ob sie wohl am Fenster saß und in den Schnee hinaussah? Und ob sie Seilbahn fuhr?

Ich hob den Hörer des Telefons ab. Die Zentrale meldete sich.

„Herr Holland?"

„Ich möchte eine Verbindung mit einer Frau Petra Wend."

„Adresse?"

„Weiß ich nicht. Es kann aber nicht viele Petras geben."

„Legen Sie auf, Herr Holland. Ich rufe gleich wieder zurück."

Eine Minute verstrich.

Wenn Sibylle am Fenster saß, dachte ich, dann brannte kein elektrisches Licht im Zimmer. Sie saß gerne im Dunkeln. Ich auch. Wir hatten oft nebeneinander gesessen und in die Nacht hinausgesehen.

Das Telefon schrillte.

„Hallo?"

„Hier spricht Petra Wend." Die Stimme klang spröde und kühl.

Ich nannte meinen Namen. Danach war es kurze Zeit still, dann: „Sie sind in Wien?"

„Haben Sie mich nicht erwartet?"

„Ich? Wieso?"

Sie machte mich nervös wie stets.

„Ich möchte mit Ihnen sprechen. Haben Sie Zeit, mit mir zu Abend zu essen?"

„Gerne …"

„Darf ich Sie in einer Stunde abholen?"

„Es wird mich freuen." Sie nannte ihre Adresse. „Haben Sie etwas von Sibylle gehört?"

„Nichts. Warum?"

„Ich frage nur. Also in einer Stunde, Herr Holland."

Das Gespräch war zu Ende.

Ich bestellte Whisky und Eis und ging ins Badezimmer, um mich zu rasieren. Dann zog ich mich um. Das Schneetreiben draußen wurde immer dichter. Im Zimmer war es warm. Ich setzte mich und trank ein Glas. Danach war ich überhaupt nicht mehr nervös.

Petra Wend wohnte in der Grinzinger Allee. Der Chauffeur des Taxis, mit dem ich fuhr, fluchte beständig, weil der Schnee ihm die Sicht nahm. Die Wischer seines Wagens vermochten die Scheibe nicht freizuhalten. Ich erinnerte mich an meine Fahrt durch Bayern. Der Chauffeur der Alice Totenkopf hatte dieselben Schwierigkeiten gehabt. Es gab viel Schnee in diesem Winter.

Das Haus, in dem Petra wohnte, lag in einem großen Garten. Es war zwanzig Uhr, als ich ankam. Aus dem Fenster der Villa fiel gelbes Licht ins Freie. Ein Mann, eine Frau und ein kleines Mädchen bewarfen einander mit Schnee. Sie schienen in der Villa zu wohnen. Die Frau und das Kind jagten den Mann lachend und atemlos durch den Garten. Er stürzte, sie fielen über ihn und rieben sein Gesicht mit Schnee ein. Sie waren glücklich und vergnügt. Dann jagten der Vater und die Tochter die junge Mutter durch den Schnee. Sie sah mich nicht und lief direkt in mich hinein.

„Oh, Verzeihung!"

„Bitte", sagte ich und lächelte. Aber sie lächelte nicht, sondern trat zurück, und das kleine Mädchen trat neben den Vater, und er legte einen Arm um die Schulter der Tochter und grüßte freundlich, und ich ging ins Haus. Im Eingang drehte ich mich noch einmal um und sah zu der glücklichen Familie zurück, die wieder zu spielen begann. Es waren fremde Menschen, aber ich wusste, dass sie auch Sibylle gefallen hätten, und ich dachte: Gleich nachdem wir in Rio ankämen, würden wir heiraten. Ich wollte eine Frau haben, ich wollte ein Heim haben. Ich wollte endlich wieder in Frieden leben.

34

Wenn ich heute versuche, eine Erklärung für alles zu finden, was noch an diesem Abend geschah, dann darf ich nicht vergessen zu erwähnen, dass Petra eine Menge trank. Sie war schon nach dem Essen beschwipst. Aber sie war nie betrunken, sie spielte nur die Betrunkene, davon bin ich heute überzeugt. Sie wusste genau, was sie tun wollte. Doch das begriff ich erst, als es zu spät war.

Wir aßen in einem Restaurant, das sich im obersten Stockwerk eines neuen Hauses gegenüber dem Stephansdom befand. Es war ein großes Lokal, in dem zu viele Lampen brannten. Das grelle Licht war nicht gut für die Frauen. Sie sahen alle blass und traurig aus. In diesem Restaurant gab es besonders ausgefallene Vorspeisen, es war dafür bekannt. Sie machten eine richtige Wissenschaft aus dem Horsd'œuvre in diesem Lokal …

Petra trug ein schwarzes, enges Cocktailkleid, das die Schultern freiließ. Über der Brust kreuzten sich zwei Stoffbahnen, sonst war das Kleid glatt. Sie hatte die Wimpern getuscht, die Lippen waren sehr rot, das weiße Haar trug sie streng zurückgekämmt. Sie sah erregend müde aus unter dem unbarmherzigen Licht. Es war mir egal, wie sie aussah.

Vor den Horsd'œuvres tranken wir zwei Martinis. Zum Essen tranken wir zusammen eine Flasche Burgunder und zum Kaffee zwei Kognaks. Davon konnte niemand beschwipst sein. Petra war es aber.

Über einem Filetsteak mit Kräutern schlossen wir unseren Waffenstillstand. Sie sagte: „Ich wusste nicht, dass die Polizei meine Erklärung an Zeitungsredaktionen weitergeben würde."

Ein Kellner kam und hob das Körbchen, in dem die Burgunderflasche lag: „Noch etwas Wein, gnädige Frau?"

„Ja, bitte." Sie wartete, bis er gegangen war, dann fuhr sie fort: „Und es ist meine Meinung, dass Sibylle lebt! Ich darf doch meine Meinung sagen!"

„Es ist auch Ihre Meinung, dass ich Sibylle zur Flucht verhelfen würde, weil ich ein so ergebener Freund bin."

„Es würde mich sehr enttäuschen, wenn Sie es nicht täten, Herr Holland." Sie trank. „Ich … Ich wollte Sie nicht beleidigen, als ich von Ergebenheit sprach. Im Gegenteil. Ihre Liebe zu Sibylle ist etwas, das mich rührt, etwas Wundervolles …"

„Ich liebe Sibylle nicht mehr."

„Unsinn."

„Kein Unsinn!"

„Sehen Sie mich nicht so böse an, Herr Holland!"

„Ich liebe Sibylle nicht mehr!", sagte ich laut. „Nach allem, was Sie mir erzählt haben, muss auch ich glauben, dass sie den Mord begangen hat. Es ist furchtbar, aber ich muss es glauben. Ich wünsche nicht, dass die Polizei Sibylle findet; ich hoffe, sie entkommt. Aber ich würde ihr niemals helfen zu entkommen!"

„Sie enttäuschen mich."

„Bitte?"

„Ich dachte, Sie lieben Sibylle."

„Nicht so. Ich liebe keine Mörderin. Und ich helfe keiner Mörderin." Ich dachte: Ich musste es oft sagen, immer wieder, ganz primitiv. Dann hielt sie mich zuletzt für einen primitiven Menschen. Es war mir völlig gleich, wofür mich Petra hielt.

„Dann lieben Sie sie nicht richtig."

„Vielleicht nicht."

„Ich glaube, mein Mann würde mir auch helfen, wenn ich einen Mord begangen hätte."

„Sie sind verheiratet?"

„Ja. Ich habe auch einen Sohn. Wussten Sie das nicht?"

„Sie haben es mir nicht erzählt."

Beiläufig sagte sie, dabei Fleisch schneidend: „Mein Mann lebt in Frankreich. Ich sehe ihn selten, er hat so viel in Paris zu tun. Tommy ist sieben Jahre alt. Ich habe ihn in einem guten Internat untergebracht. Man kann sich nicht richtig um ein Kind kümmern, wenn man berufstätig ist, nicht wahr?"

„Gewiss", sagte ich. Ich dachte: Vielleicht habe ich diese Frau überschätzt. Vielleicht war sie gar nicht so gefährlich. In drei Tagen konnte die Antwort aus Frankfurt da sein. In zehn Tagen konnte ich fliegen.

„Ja", sagte Petra. „Mein Mann würde mir helfen. Er würde mir helfen, gleich, was ich getan habe."

„Ich helfe keiner Mörderin." Es war monoton. Es sollte monoton sein. Primitiv und monoton. Ich würde es so oft sagen, bis sie mich für einen monotonen Dummkopf hielt. Ich würde es zehn Tage lang sagen, wenn es sein musste.

Nach dem Essen führte mich Petra in eine Bar, die ich noch nicht kannte. Die Bar war dämmrig und hatte große Ähnlichkeit mit Robert Friedmanns Bar auf dem Kurfürstendamm. Ich erschrak über die Ähnlichkeit. Es gab die gleichen roten Samtsessel und Kerzen und die gleichen roten Tapeten, sogar die Theke war der Theke Roberts ähnlich. Ich hatte Angst vor dem Klavierspieler, aber er spielte lauter Lieder, die mir gleichgültig waren.

Nachdem ich zwei Whiskys getrunken hatte, war mir überhaupt alles gleichgültig. Ich fühlte mich plötzlich sehr sicher, denn ich bemerkte, dass Petra immer unsicherer wurde. Es konnte nicht viel Gefährliches an einer Frau sein, die so schnell betrunken war.

„Herr Holland?" Ihre Augen leuchteten jetzt, und ihre Lippen waren feucht. Wir saßen an der Theke, eng nebeneinander, obwohl es viel Platz gab. Aber Petra war dicht neben mich gerückt, ich roch ihr Parfüm und ihre Haut. Sie roch angenehm. Der Whisky wärmte mich, und ich dachte an Sibylle und an den Strand von Rio und fühlte mich umgeben von lauter Sicherheit.

„Ja, gnädige Frau?"

Die Zigarette, die sie zwischen den Fingern hielt, zitterte ein bisschen. „Sie sind ein netter Kerl, Herr Holland."

„Danke schön."

„Vorhin … habe ich Sie angelogen …"

„O ja?"

„Als ich von meinem Mann sprach." Sie kam noch näher. Ihre blauen Augen waren sehr groß. Der Pianist spielte in der Nähe. Niemand konnte unser Gespräch verfolgen. Die rothaarige Barfrau interessierte sich für einen einsamen Herrn am anderen Ende der Theke. Das Lokal war nicht sehr besucht an diesem Abend, und alle Gäste waren leise.

„Ich sagte, ich sähe meinen Mann nur selten, nicht wahr?"

Ich nickte.

„Das war gelogen, ich sehe ihn überhaupt nicht mehr. Seit drei Jahren habe ich ihn nicht mehr gesehen …" Sie legte ihre Hand auf die meine. Nun kam also Intimes, dachte ich. Die Stunde der Bekenntniswut. Na und? Sollte sie doch reden. Dann musste ich nicht reden. Ich konnte trinken und rauchen und voll Sympathie zuhören. Jede Stunde war eine Stunde näher dem Tag, an dem ich das alles hinter mir ließ und für immer bei Sibylle war …

„… mein Mann ist Architekt", sagte Petra. „Glauben Sie nicht, dass ich ihn schlechtmachen will, wirklich nicht. Solange wir zusammenlebten, hatten wir die glücklichste Ehe von Wien. Alle Menschen sprachen von uns. Wir waren ein exemplarisches Paar. Niemals gab es Streit. Immer war er gut zu mir. Und er liebte Tommy, wirklich, er war ein rührender Vater …" Sie drehte ihr leeres Glas hin und her.

Ich winkte der rothaarigen Barfrau. Sie füllte beide Gläser wieder. „Nicht zu viel Sodawasser", sagte Petra und lächelte der Barfrau zu.

„Bestimmt nicht, gnä' Frau."

Petra trank. Das dämmrige Licht der Bar war gut für sie. Sie sah jetzt ausgezeichnet aus, ihre Wangen waren gerötet. „… dann kam dieser Pariser Auftrag. Ein Hochhaus, zusammen mit Le Corbusier. Er fragte mich, ob er annehmen sollte. Natürlich musste er annehmen. So eine Chance hat man doch nur einmal im Leben, nicht wahr?"

„Gewiss", sagte ich.

„Er fuhr also … zuerst schrieb er mir noch jeden Tag … und ich sollte nachkommen … und dann traf er diese Frau, Ramona Leblanc."

„Die Schauspielerin?"

„Sie kennen sie?"

„Aus Filmen."

„Mit ihr lebt er. Seit drei Jahren. Und er kommt nicht zurück."

„Warum lassen Sie sich nicht scheiden?"

„Er sagt, er will sich nicht scheiden lassen. Er sieht den Grund nicht ein. Er liebt nur mich und das Kind. Sagt er."

„Schickt er Geld?"

„O ja, natürlich." Sie warf den Kopf zurück. „Was erzähle ich Ihnen das alles! Wollen wir tanzen?"

„Ich tanze nicht sehr gut. Mein Bein –"

„Das ist nur ein English Waltz. Kommen Sie."

Wir tanzten. Der Klavierspieler verneigte sich lächelnd, als wir an ihm vorüberkamen. Die rothaarige Barfrau lächelte. Die anderen Paare lächelten. Sie fanden uns alle sympathisch. Mir waren sie auch alle sympathisch. Ich hielt Petra im Arm, sie fühlte sich weich und warm an und schmiegte sich eng an mich.

Einmal stolperte sie. „Verzeihung", sagte ich.

„Nicht Ihre Schuld. Ich bin beschwipst. Bringen Sie mich heim."

„Wenn Sie es wünschen."

„Kommen Sie noch einen Moment hinauf und trinken Sie eine Tasse Kaffee."

„Gerne."

„Sie sind nett, Herr Holland. Wirklich sehr nett."

35

Sie wohnte im obersten Stock der Villa, in einer ausgebauten Mansarde. Es gab eine Dachterrasse, eine Küche, ein Badezimmer, ein Schlafzimmer und ein großes Atelier mit vielen Skizzen und modernen Bildern an den Wänden. Es gab niedrige Möbel, Teppiche und Decken in hellen Farben, und es gab viele bunte Kissen auf einer großen Couch.

Als wir das Atelier betraten, öffnete Petra ihren Mantel und ließ ihn einfach zu Boden gleiten. Ich hob ihn auf.

„Wissen Sie, es ist eigentlich Unsinn, jetzt noch Kaffee zu trinken. Dann kann man nachher nicht schlafen."

„Das ist richtig." Ich war entschlossen, alles richtig zu finden, was Petra sagte.

„Sie trinken doch gerne Whisky. Ich habe eine ganze Flasche. Wollen wir noch einen Schluck trinken?"

„Gerne."

„Kommen Sie."

Wir gingen in die Küche und holten die Flasche und Gläser und Sodawasser. Petra öffnete den Eisschrank und nahm eine kleine flache Blechwanne heraus, in deren Gitter gefrorene Würfel steckten.

„Geben Sie her." Ich hielt die Wanne unter die Wasserleitung und drehte den Hahn auf. Sie strich mir mit der Hand über die Wange.

„Ihre Haut ist ganz glatt, ganz glatt ..."

„Ich habe mich vor drei Stunden rasiert", sagte ich.

„Wie heißen Sie mit dem Vornamen?"

„Paul."

„Ich habe ein paar neue Platten gekauft, Paul, sie werden Ihnen gefallen."

In dem großen Atelier brannte nur eine kleine Lampe mit einem orangefarbenen Schirm. Wir saßen auf der Couch und tranken und rauchten, und die neuen Platten erwiesen sich als Aufnahmen von Harry James. Mich machte die Trompete nervös, die Unruhe, die lang gezogenen Kadenzen.

„Wundervoll, nicht?" Sie sah mich an.

„Großartig", sagte ich.

Egal. Mir war alles egal. Ich liebte Sibylle. Und Gott schützt die Liebenden. Wer hatte das gesagt? Ich dachte darüber nach. Es fiel mir nicht ein. Es war mir auch egal. Nachher wollte ich noch Sibylle anrufen.

Petra ließ sich in die Kissen zurücksinken. Ihr Kleid verschob sich. Ich sah die Beine. Es waren schöne Beine. In meinem Glas klirrten die Eiswürfel, und es gab noch eine Menge Whisky in der Flasche.

„Wissen Sie, dass Sie mich heute Abend eigentlich sehr enttäuscht haben, Paul?"

„Ja?"

„Ja. Als Sie sagten, Sie würden Sibylle nicht mehr helfen. Mein Mann würde mir helfen, noch immer. Trotz allem."

„Ihr Mann liebt Sie eben mehr."

„Mein Mann würde mir auch nicht helfen", sagte sie und trank. „Er liebt mich überhaupt nicht. Kein Mann liebt. Die Männer sind egoistisch und gemein. Sie wollen alle dasselbe. Wir geben es ihnen. Dann bekommen sie uns über. Sie sind auch so, Paul."

„Vielleicht."

„Aber nett."

Die Platte war abgelaufen. Die Nadel schlug rhythmisch und endlos.

„Nehmen Sie jetzt Gershwin", sagte Petra.

„Was von Gershwin?"

„Was Sie wollen. Ich habe alle Platten."

Ich stand auf und ging zu dem kleinen Gestell, in dem ihre Schallplatten untergebracht waren, und suchte, und sie lag auf der Couch und sah mir dabei zu und trank.

„Das ‚Konzert in F'?", fragte ich.

„Das ‚Konzert in F'."

Ich legte die neue Platte auf. Musik erklang. Ich ging zu Petra zurück. Ihre Augen schwammen jetzt ein wenig. Ich überlegte, ob sie wohl regelmäßig trank. Sie sah nicht wie eine Trinkerin aus. Ein Klaviersolo erhob sich. Ein Saxofon setzte klagend ein.

„Schön", sagte ich. Diesmal meinte ich es ehrlich.

„Wunderbar. Das ist ein Mann, mit dem ich sofort geschlafen hätte!"

„Alle Frauen, die ich kenne, hätten sofort mit Gershwin geschlafen."

„Wie schrecklich, dass er so früh sterben musste." Sie dehnte sich auf der Couch, ihre Lippen öffneten sich. Ich trank. „Sie haben Komplexe, Paul, nicht wahr?"

„Ich? Überhaupt nicht."

„Wegen Ihres Beins." Sie berührte mein gesundes Knie mit der Spitze ihres hochhackigen Schuhes. „Sie müssen keine Komplexe haben. Wirklich nicht."

„Ich habe keine."

„Wir haben alle Komplexe." Jetzt richtete sie sich auf und kam ganz nahe. Das Klaviersolo war zu Ende, das Orchester setzte wieder ein.

„Wollen wir noch etwas trinken?", fragte ich.

„Gerne, Paul ..." Ihre Lippen hatten sich noch immer nicht geschlossen. – „Es ist aber kein Eis mehr da ..."

„Ich hole Eis ..." Sie nahm den kleinen silbernen Kübel und verließ den Raum. Die Tür fiel hinter ihr zu. Ich zündete eine neue Zigarette an und lauschte der Musik und dachte: Als ich das letzte Mal in Rio war, begannen sie gerade mit dem Bau einer Villenanlage neben dem Golfplatz. Sie bauten sehr schnell in Rio. Wenn ich jetzt wiederkam, waren die Arbeiten bestimmt schon weit fortgeschritten. Gewiss würde es möglich sein, noch ein kleines Haus zu mieten. Wir brauchten kein großes Haus, Sibylle und ich.

Ich stand auf und ging Petra in die Küche nach. Ich wollte ihr mit den Eiswürfeln helfen. Die Küche war leer.

„Petra!"

Sie antwortete nicht.

Auch das Badezimmer war leer. Ich ging über den weißen Steinboden, an der Wanne vorbei, auf die Tür zum Schlafzimmer zu.

Im Schlafzimmer brannte die Nachttischlampe. Auf dem Bett lag Petra. Ihr Körper war sehr hell und ebenmäßig. Ich sah die großen Brüste mit den rosigen Warzen, die langen Beine, die schmalen Hüften, das breite Becken. Sie war ganz nackt und sah mich ernst an. Sie sagte: „Komm, Paul."

36

Die Wiener Hauptpost hielt einen ihrer Schalter Tag und Nacht geöffnet, das wusste ich. Es schneite noch immer ausgiebig, als das Taxi, das mich von Petras Wohnung in die Stadt zurückbrachte, vor dem großen Gebäude hielt.

„Warten Sie", sagte ich zu dem Chauffeur.

Durch den Schnee ging ich auf den erleuchteten Eingang zu. Es war kein Mensch zu sehen. Und es schneite unaufhörlich, unerschöpflich. An manchen Stellen versank ich bis zum Knie in den riesigen Wehen. Der Beamte in der Schalterhalle war alt. Er gähnte. „Sie wünschen?"

Ich sagte, was ich wünschte.

„Nehmen Sie Platz."

In der Halle gab es kleine Hocker. Sie waren am Boden festgeschraubt und standen vor den Schreibpulten. Es waren sieben Männer außer dem Beamten und mir im Raum. Alle sieben waren arm, und alle sieben schliefen. Fünf hatten sich auf Hocker gesetzt und lagen mit Kopf und Armen auf den Schreibpulten, zwei schliefen stehend. Sie umarmten Zentralheizungskörper neben dem Eingang. Es war zu kalt, um unter den Brücken zu schlafen.

„Hier kommt Ihr Gespräch. Zelle eins, bitte!"

Ich ging in die kleine Zelle und hob den Hörer ab. Der Nachtportier meldete sich. Ich verlangte meine Frau. Ich war entschlossen, immer nur von Postämtern und nie von meinem Hotel aus zu telefonieren.

„Hallo ..." Sibylles Stimme klang sehr nah und sehr laut und sehr süß.

„Entschuldige, dass ich dich so lange warten ließ", sagte ich.

„Es macht nichts. Ich habe gelesen. Wie geht es dir?", fragte Sibylle.

„Gut", sagte ich. Durch das Fenster der Zelle sah ich, dass ein Polizist die Halle betrat. Ich erschrak, aber dann bemerkte ich, dass er sich nur um die Arbeitslosen kümmerte. Er weckte sie auf, einen nach dem anderen. Anscheinend war es verboten, in der Schalterhalle zu schlafen. Zu sitzen oder zu stehen war erlaubt. Die Obdachlosen saßen und standen apathisch da und bemühten sich, die Augen offenzuhalten. „Wie lange wirst du in Wien bleiben müssen?"

„Das weiß ich noch nicht."

„Hast du Petra gesehen?"

„Ja", sagte ich. Jetzt unterhielt sich der Polizist mit einem der Männer an der Zentralheizung. Er ließ sich den Ausweis zeigen. Ich sagte: „Ich habe den Abend mit Petra verbracht."

Keine Antwort.

„Ich komme direkt von ihr. Ich glaube nicht, dass sie uns Sorgen machen wird."

Wieder schwieg Sibylle. Die offene Verbindung rauschte.

„Sie war zunächst sehr freundlich und ganz vernünftig. Später allerdings war sie betrunken. Sie forderte mich auf, mit ihr zu schlafen."

„Und?"

„Ich war auch ein bisschen betrunken. Ich wollte sie mir nicht zum Feind machen. Es wäre eine unmögliche Situation gewesen …"

Der Polizist gab den Ausweis zurück und verließ die Halle. Die sieben Männer sanken sogleich wieder in sich zusammen.

„*Hast* du mit ihr geschlafen?"

„Ich habe es versucht."

„Oh", sagte Sibylle. Dann schwieg sie wieder eine ganze Weile. Und dann begann sie zu lachen. „Entschuldige, Paul!"

„Warum? Es ist auch komisch – wenigstens jetzt, wenn ich daran zurückdenke. Die Liebe ist eigentlich das Komischste, was es gibt. Ich meine nicht die echte Liebe."

„Ich weiß, was du meinst."

„Ich glaube, es kam, weil ich die ganze Zeit nur an dich dachte."

„Bestimmt. Ich bin sehr gerührt", sagte sie ernst.

„Männer haben es nicht so leicht wie Frauen."

„Nein, mein Armer. Wie reagierte Petra?"

„Sie meinte, es wäre der Whisky, und ich sollte mir nichts daraus machen. Sie mache sich auch nichts daraus."

„Gehst du jetzt zu ihr zurück?"

„Nein."

„Wirst du sie wiedersehen?"

„Ich weiß nicht. Vielleicht. Wir haben uns nicht verabredet. Sie schlief plötzlich ein."

„Paul, ich habe Sehnsucht."

„Ich auch."

„Wenn du sie wiedersiehst – wird es wieder dazu kommen?"

„Nein."

„Beeile dich. Bitte, beeile dich. Komm zu mir."

„Ja."

„Ich liebe dich."

„Und ich dich, mein Herz."

„Ich muss dir noch etwas sagen."

„Ja."

„Ich hatte in letzter Zeit beim Lesen immer Kopfschmerzen. Heute war ich im Ort unten, beim Augenarzt. Ich bin weitsichtig. Ich muss mir eine Brille machen lassen."

„Es gibt sehr schöne Brillen."

„Ich muss sie nicht immer tragen. Nur zum Lesen, weißt du."

„Du kannst sie auch immer tragen, es macht mir nichts."

„Paul ..."

„Ja?"

„Weitsichtigkeit ist eine Alterserscheinung. Ich werde alt."

„Du wirst nie alt werden", sagte ich.

Drittes Buch

1

Herr Holland?“

Der Portier rief an. Die Sonne schien, und es schneite nicht mehr. Der Himmel war strahlend blau. Ich hatte gefrühstückt und wollte gerade das Hotel verlassen, um mit Frankfurt zu telefonieren. Kalmar musste mir die Adresse eines Fälschers geben.

„Was ist?“

„Eine Dame möchte Sie sprechen. Eine Frau Wend.“

„Ich komme hinunter.“

Die Halle des Hotels war zu dieser Stunde leer. Als ich eintrat, winkte Petra mir zu. Sie trug einen dunkelblauen Mantel und keinen Hut. Sie sah gepflegt und frisch aus. Ich küsste ihre Hand. Sie lächelte freundlich: „Ich komme, um mich bei Ihnen zu entschuldigen.“

„Wenn jemand Grund hat, sich zu entschuldigen –“

„Nein, lassen Sie mich sprechen! Ich war heute Nacht betrunken, ich habe mich unmöglich benommen. Ich möchte, dass wir beide es vergessen.“

„Natürlich.“

„Wir wollen es vergessen, damit wir einander wiedersehen können, solange Sie hier sind. Ich möchte Sie gerne wiedersehen.“

„Ich Sie auch, Petra“, log ich.

„Also abgemacht!“ Sie schüttelte mir die Hand, als wären wir zwei Schulkinder, die beschlossen, einen gemeinsamen Apfeldiebstahl für alle Zeit geheim zu halten.

„Was haben Sie heute Abend vor, Paul?“

„Nichts … warum?“

„Wollen Sie mit mir in die Oper gehen? Sie wissen doch, unsere Oper wurde neu aufgebaut. Man gibt den ‚Rosenkavalier‘. Ich kann zwei Karten bekommen.“

Ich dachte: Man soll nicht ungerecht sein. Dass sie sofort zu mir kam, war nett. Dass sie einen Opernbesuch vorschlug, war nett. Man soll nicht ungerecht sein.

„Ich gehe sehr gerne mit Ihnen, Petra.“

„Die Vorstellung beginnt um sieben Uhr.“

„Dann hole ich Sie um halb sieben ab, und wir essen nachher bei Sacher.“

„Haben Sie dort schon einmal gegessen?“

Ich hatte ungezählte Male bei Sacher gegessen, aber um ihr eine Freude zu machen, sagte ich: „Noch nie.“

„Oh, schön! Es wird Ihnen gefallen!“ Alle Wiener waren davon überzeugt, dass es jedem Fremden bei Sacher gefiel. Petra verabschiedete sich. Sie sagte, sie müsse zu einer Besprechung ins Atelier. Ein neuer Film stand knapp vor Drehbeginn. Nachdem sie gegangen war, wartete ich ein paar Minuten, dann ging auch ich.

Diesmal telefonierte ich von einem anderen Postamt. Kalmar half mir sofort: „Fuchsberger ... Eugen Fuchsberger, Alsegger Straße hundertvierundsiebzig. Der malt dir ein kleines Porträt zu einem anständigen Preis. Außerdem arbeitet er schnell."

„Danke", sagte ich.

„Paul ..." Kalmars Stimme klang ernst. Wir kannten einander seit Ende des Krieges, wir hatten einiges miteinander erlebt. „Ich stelle keine Fragen. Du weißt, ich bin dein Freund. Sei vorsichtig, Paul."

„Ja, ja."

Ich fuhr mit der Straßenbahn, zuerst über den vom Schnee frei geschaufelten Ring und danach mit einer anderen Linie nach Hernals hinaus. Ich stand auf der Plattform des Wagens und atmete tief. Es machte mir Freude, tief zu atmen, denn die Luft war sehr rein und scharf. Die Schneehaufen am Straßenrand waren noch ganz sauber. Die Alsegger Straße lag auf einem Höhenrücken, der zum Wienerwald führte. Ich ging etwa eine halbe Stunde bergauf. Die Häuser standen hier vereinzelt in großen Gärten. Es war ganz windstill und warm. Unter mir sah ich die Häuser der Stadt. Je höher ich kam, umso weiter konnte ich sehen. Nach einer halben Stunde erblickte ich das Riesenrad und den Turm der Stephanskirche und den Strom. Die Donau glänzte matt in der Sonne, sie sah aus wie ein breites Band aus flüssigem Blei.

Das Haus Alsegger Straße 174 war klein. Es bestand aus einem Betonfundament und einem Holzaufbau. Ich klingelte am Gartentor, aber niemand zeigte sich. Das Haus stand ganz allein auf dem Berghang. Ich setzte mich in den Schnee und wartete.

Nach einer halben Stunde kam eine alte Frau mit einem Einkaufsnetz den Berg herauf. Ich sah sie schon von Weitem. Ich saß in dem trockenen, feinen Schnee, und sie kam näher und näher. In dem Netz trug sie Gemüse und ein paar Tüten. Ich sah leuchtendgelbe Rüben und sandfarbene Kartoffeln.

Die Frau war klein und hager. Sie trug ein schwarzes Kopftuch und einen grauen Mantel mit einem abgeschabten Persianerkragen.

Ich stand auf: „Frau Fuchsberger?"

„Ja." Sie sah mich feindselig an. „Was wollen Sie denn schon wieder? Erst gestern Abend waren zwei von Ihnen da."

Ein unangenehmes Gefühl überfiel mich: „Frau Fuchsberger, ich bin nicht von der Polizei."

„Nein?" Ihre Stimme klang dünn und hoch, wie die eines schwächlichen Kindes. „Sie müssen schon entschuldigen, aber seit sie ihn verhaftet haben, kommen die Kerle immer wieder."

„Ihr Mann wurde verhaftet?"

„No freilich. Vorige Woche. Zu allem Unglück auch noch das. Wenn Sie nicht von der Polizei sind, was wollen Sie denn dann?"

Ich dachte, wie angenehm es gewesen wäre, jetzt Whisky zu trinken, und sagte: „Ich wollte Ihrem Mann einen Auftrag geben. Es handelt sich um ein Porträt ..."

Sie erschrak. In ihrem Gesicht zuckte es: „Porträt? Ich verstehe nicht! Sie sind nicht von hier! Sie reden so fremd! Sie sind ein Reichsdeutscher!"

Ein Reichsdeutscher ... das war ein Wort aus dem Sprachschatz Wiens vor 1938.

„Ja, ich bin ein Deutscher, Frau Fuchsberger. Ihr Mann hatte schon früher mit der Polizei zu tun?"

Sie nickte sorgenvoll.

„Das war die Affäre mit den gefälschten Pässen. Damals gab es einen reichsdeutschen Journalisten in Wien ..."

„Den Herrn Kalmar, ja!" Jetzt fasste sie Vertrauen. „Das war ein guter Mensch, der Herr Kalmar! Der hat meinem Mann damals den Anwalt verschafft, der ihn bei der Verhandlung so herausgerissen hat."

„Eben", sagte ich. „Herr Kalmar ist ein Freund von mir. Er schickt mich. Ich brauche einen Pass."

„Mein Gott, so ein Pech." Frau Fuchsberger war ehrlich betrübt. „Und jetzt haben s' den Eugen gerade eingesperrt. Ach Gott, ach Gott! Wo er doch immer gesagt hat, dass er einmal etwas für den Herrn Kalmar oder einen Freund vom Herrn Kalmar tun möchte ..." Sie schwenkte das Marktnetz. „Was machen wir denn da nur?"

„Sitzt Ihr Mann noch bei der Polizei?"

„Ah nein, der ist bereits wieder in Untersuchungshaft! Mit dem können Sie für ein Jahr nicht rechnen!"

„Es ist sehr dringend, Frau Fuchsberger."

„Lassen Sie mich nachdenken ... wer könnte denn ..." Sie grübelte, wobei sie den Zeigefinger der linken Hand in den alten, zahnlosen Mund steckte. „... ja, der Franz, der möcht's wohl tun ... aber da können Sie nicht selbst hingehen ... mit dem muss ich zuerst reden, und dann ruft er Sie an ..."

„Es muss aber schnell gehen!"

„Gleich nach dem Essen fahr ich hin. Für einen Freund vom Herrn Kalmar tu ich alles. Nein, so ein Pech, dass sie ausgerechnet jetzt meinen Alten einsperren müssen!"

2

Hallo ...?"

„Guten Abend, mein Herz. Es ist wieder spät geworden. Ich war in der Oper, und nachher haben wir zusammen gegessen."

„Wie war Petra?"

„Freundlich und normal. Sie trank nur ein Viertelliter Wein. Gleich nach dem Essen brachte ich sie nach Hause."

„Wie war die Oper?"

„‚Rosenkavalier'. Mit einer ungeheuer dicken Marschallin. Ich kann ja Hofmannsthal nicht ertragen."

„Man versteht die Texte doch nie."

„Die ganze Inszenierung war Hofmannsthal. Aber das Haus ist sehr schön. Hör zu, ich habe eine gute Nachricht: Der Maler war heute Nachmittag bei mir."

„Und?"

„Alles in Ordnung. Wir bekommen das Bild noch in dieser Woche. Er braucht drei, höchstens vier Tage Zeit dazu."

„Und dann kommst du zu mir?"

„Sofort."

„Ach, ist das schön! Weißt du, Paul, ich bin jetzt ganz ruhig. Ich habe überhaupt keine Angst mehr."

„Sind die Leute im Hotel nett zu dir?"

„Reizend."

„Morgen früh werde ich einen Wagen mieten. Petras Sohn lebt in der Nähe von Wien in einem Internat. Am Mittwoch fährt sie sonst immer zu Besuch hin. Morgen hat sie im Atelier zu tun. Ich habe versprochen, den Jungen nach Wien zu holen."

„Aber die Zähne putzt Petra sich noch selber?"

„Nur noch drei Tage, Liebling. Nur noch drei Tage."

„Vielleicht vier."

„Vielleicht vier. Aber keinesfalls fünf."

3

Rekawinkel hieß der Ort, in dessen Nähe das Kinderheim lag. Es war ein Dorf im Wienerwald, etwa eine Stunde von der Stadt entfernt. Ich ließ mir Zeit. Die Straße war freigeräumt und glatt. Manchmal führte sie durch den Wald, manchmal an den Gleisen der Westbahn entlang. Die Gleise blitzten in der Sonne, ich sah sie immer wieder an, denn in ein paar Tagen wollte ich über diese Gleise zu Sibylle zurückfahren.

Das Internat war groß und altmodisch eingerichtet. Die Tapeten waren so dunkel wie die Möbel, und ich sah eine Menge Geweihe an den Wänden des Empfangszimmers, in dem ich auf Petras Sohn wartete. Aus einem Klassenzimmer drangen Kinderstimmen. Ein Knabenchor bemühte sich um das kleine Einmaleins: „... drei mal drei ist neun, vier mal vier ist sechzehn, fünf mal fünf ist fünfundzwanzig, sechs mal sechs ist ... sechsunddreißig ..."

Die Tür ging auf, eine junge Lehrerin führte Tommy herein: „So, siehst du, das ist der Onkel, der dich zu deiner Mammi bringt!"

Neugierig sah mich Tommy an. „Wie heißt du denn?" Ich nannte meinen Namen, und er gab mir die Hand. Er war für sein Alter klein und zart und er hatte ein kluges, sensibles Gesicht mit schönen, dunklen Augen. Die Haare waren braun und dicht. Es war Zeit, dass Tommy wieder einmal zum Friseur ging, eine Locke fiel ihm in die Stirn, er wischte sie dauernd fort.

„Du bist mit dem Auto da, sagt die Frau Lehrerin?"

„Ja, Tommy."

„Oh, fein! Darf ich neben dir sitzen?"

„Natürlich."

„Sie bringen Tommy abends wieder zurück, Herr Holland?"

„Ja", sagte ich.

Er ging stolz mit mir durch das Haus.

Es war gerade Pause, und viele Kinder standen auf den Gängen herum.

„Servus, Tommy", sagte ein kleines Mädchen.

Tommy blieb stehen und machte uns bekannt: „Das ist Mickey; das ist mein Onkel Paul. Er fährt im Auto mit mir nach Wien!"

„Uj, darf ich zuschauen, wie du losfährst?"

„Klar", sagte Tommy großzügig.

Im Wagen schwieg er längere Zeit und sah nur aufgeregt aus dem Fenster. Er hatte schöne Hände und schmale Gelenke. Es war ein angenehmes Kind, dachte ich. Ich kam mir in diesen Tagen vor wie ein Mensch, der seinem Urlaub entgegensah. Mit jedem Tag kam die Stunde näher, in der ich all das hinter mir ließ. Mit jeder Stunde kam der Augenblick näher, in dem ich wieder bei Sibylle war.

Im Dorf hielt ich vor einem Geschäft: „Wir wollen eine Tafel Schokolade für dich kaufen."

„Ach, ich weiß nicht ..." Tommy zögerte.

„Was ist denn? Hast du Schokolade nicht gerne?"

„Doch ... aber wenn die Mami fragt, musst du sagen, dass ich nicht gebettelt habe!"

Er war ein gut erzogener, netter Junge. Als wir weiterfuhren, lutschte er hingegeben an der Schokolade. „Milch mit Nuss ist das Beste, was es gibt!"

„Ja, ich erinnere mich." Ich rauchte eine schwarze Zigarre und fühlte mich wohl. „Freust du dich auf die Mami?"

„Sehr, ja. Kennst du sie schon lange?"

„Nein, noch nicht sehr lange."

„Wirst du sie heiraten?"

„Deine Mami ist doch schon verheiratet."

„Nein."

„Aber ja, Tommy, gewiss! Sie hat es mir selber gesagt. Dein Vater lebt in Paris."

Sein Gesicht wurde böse. „Hat die Mami dir das auch gesagt?"

„Ja, Tommy."

„Hat sie dir auch gesagt, dass er ein großer Architekt ist?"

„Ja ..."

„Und dass sie so glücklich mit ihm war?"

„Ja …"

„Und dass er uns immer Geld schickt?"

„Das auch …"

„Es ist alles nicht wahr", sagte Tommy.

„Wie?"

„Das erzählt sie immer. Ich glaube, sie schämt sich. Aber ich kenne doch die Wahrheit! Ich weiß doch, wie es gewesen ist, als mein Vater noch da war. Krach, immer nur Krach! Und kein Geld!" Sein kleines Gesicht zuckte, er hatte jetzt sogar die Schokolade vergessen: „Großer Architekt! Im Internat haben die Kinder mir ein Foto gezeigt, aus einer Illustrierten! Da war mein Vater drauf, und diese Schauspielerin, mit der er die Mama betrügt!"

„Das Foto hast du gesehen?"

„Ja. Und ich habe es mir aufgehoben. Es liegt in meiner Spielkiste unter dem Bett. Mein Vater ist der gemeinste Mann von der Welt! Ich will ihn nie mehr sehen! Nie mehr!"

„Und was machst du, wenn du ihm einmal begegnest?"

„Dann schau ich weg."

„Und wenn er mit dir spricht?"

„Dann spucke ich ihn an."

Ich dachte: Wie sehr musste dieser Junge sich nach seinem Vater sehnen, um so von ihm zu sprechen. Ich sagte: „Pass auf, die Schokolade fällt herunter."

Er biss abwesend ein Stück von der Rippe ab. „Und Geld schickt er auch nicht. Seit er fort ist, schickt er uns kein Geld mehr! Darum muss die Mami doch arbeiten."

„Das habe ich nicht gewusst", sagte ich.

„Na freilich", sagte er. „Was glaubst du denn, wie sie sonst das Internat bezahlen könnte?"

„Das ist richtig."

„Wenn wir ankommen, sag nicht, dass ich mit dir darüber gesprochen habe. Sonst ist sie traurig."

„Ich sage nichts."

„Danke." Er sah auf das Gaspedal und meinen rechten Schuh und murmelte: „Ständiger Begleiter."

„Was heißt: Ständiger Begleiter?"

„Das stand unter dem Foto. Die französische Schauspielerin Ramona Leblanc und ihr ständiger Begleiter, der österreichische Architekt Clemens Wend." Er litt, ich konnte es sehen. Er biss die Zähne zusammen und wischte die Locke aus der Stirn und sagte: „Mein Vater ist ein ständiger Begleiter."

4

Die Männer verließen die Frauen, und die Frauen betrogen die Männer. Normale Beziehungen zwischen den Geschlechtern schienen rapide zu verkümmern. Man hatte sich nichts mehr zu sagen. Vielleicht waren die großen Entdeckungen des Zwanzigsten Jahrhunderts, der Wandel im Weltbild der Physik und die Politik, die nun schon bis ins Privatleben des Einzelnen drang, daran schuld. Die Männer veränderten die Welt. Sie interessierten sich füreinander. Frauen waren nicht mehr interessant. Außerdem gab es zu viele. Frauen waren kein Problem, weder wenn man sie suchte noch wenn man sie verließ. Die Konstruktion des Uranmantels der H-Bombe war ein Problem, der Suezkanal war ein Problem, die Koexistenz, Frauen waren keines. Man nahm sie, oder man ließ die Finger von ihnen.

Mir taten die Frauen leid, sie konnten sich so schlecht verteidigen. Und sie hatten den Männern so wenig entgegenzusetzen. Man musste nicht homosexuell sein, um beispielsweise die Gesellschaft des Robert Oppenheimer jener der meisten Frauen vorzuziehen. Natürlich gab es Ausnahmen, aber nicht viele. Ich dachte, dass ich sehr glücklich war, eine dieser Ausnahmen gefunden zu haben.

An diesem Vormittag fuhr ich mit Tommy zu den Filmateliers auf den Rosenhügel hinaus, die einmal von der sowjetischen Militärregierung beschlagnahmt gewesen waren. Nun hatten die Österreicher ihren Staatsvertrag, und die Ateliers gehörten wieder ihnen. In der Vorhalle, gegenüber dem Eingang, zeichnete sich an der staubigen Wand ein helleres Viereck ab. Hier hatte gewiss vor Kurzem noch ein Bild des Vaters aller Werktätigen gehangen. Und vor Josef Stalin konnte man an der gleichen Stelle ohne Zweifel Adolf Hitler sehen. Im Augenblick war die Stelle gerade leer …

Petra arbeitete in einem kleinen Zimmer über der Kantine. Es lagen viele bunte Kostümskizzen herum. Der Sohn umarmte die Mutter und drückte sie an sich: „Guten Tag, Mami."

„Servus, Tommy. Wie geht's?"

„Fein. Onkel Paul hat gesagt, er geht am Nachmittag mit uns ins Kino! In ‚Wenn der Vater mit dem Sohne'!"

„Das hast du doch schon gesehen!"

„Der Film ist so schön, den kann man ruhig zweimal sehen!"

Wir gingen also ins Kino, und danach gingen wir in eine Konditorei, und Tommy trank heiße Schokolade und aß eine Menge Kuchen. Ein paarmal bemerkte ich, dass Petra mich nachdenklich ansah. Wahrscheinlich dachte sie an den ständigen Begleiter der Ramona Leblanc und an ihre kleine, unvollständige Familie.

„Willst du noch ein Stück Torte, Tommy?", fragte ich.

„Nein, danke. Ich glaube, es geht nicht mehr. Außerdem gibst du zu viel Geld für mich aus." Er sagte zu Petra. „Onkel Paul hat mir heute Vormittag schon eine Tafel Schokolade gekauft. Ich habe aber nicht gebettelt, Mami."

„Man darf auch nicht betteln", sagte Petra ernst. Wir brachten das Kind gemeinsam in das Internat, es war ein friedlicher Abend, ich kam mir kurze Zeit vor wie ein Familienvater. Nach Wien zurückgekehrt, fuhr ich zuerst Petra nach Hause. Sie bedankte sich: „Sie sind so nett, Paul, wirklich … ich bin ganz gerührt."

„Ach, Unsinn!"

„Warum haben wir uns nicht früher kennengelernt?"

„Sie haben ein sehr freundliches Kind."

„Ja, das weiß ich. Ich hänge sehr an Tommy. Früher habe ich ihn oft gehasst. Ich dachte: Mit dem Kind bekomme ich nie mehr einen Mann."

„Und jetzt ist das anders?"

„Jetzt ist es mir egal."

Dann gab ich den Leihwagen zurück und fuhr ins Hotel. Der Portier überreichte mir einen Brief. Er kam aus Frankfurt. Meine Hände zitterten, als ich ihn aufriss und überflog. Der Vorstand war einverstanden mit meiner Versetzung nach Rio. Sie hatten für mich einen Flug mit der Panair do Brasil gebucht. Die Maschine flog am 28. März, sieben Uhr dreißig, ab Berlin-Tempelhof. Es war die gleiche Kursmaschine, mit der ich das letzte Mal geflogen war.

Ein Gefühl wilder Freude überfiel mich. Am 28. März! Das war in einer Woche! In einer Woche schon war alles vorbei.

„Jemand wartet in der Halle auf Sie, Herr Holland", sagte der Portier. Es war Frau Fuchsberger. Klein und grau saß sie im äußersten Winkel des Raumes, die Füße hatte sie unter den Sessel geschoben, als wollte sie sie verstecken. Sie schien alles verstecken zu wollen, auch die Hände und das Gesicht. Sie sah zur Wand. Sie sah niemanden und glaubte, so selbst unsichtbar zu sein. Sie trug einen alten braunen Samtmantel, die Hände steckten in einem defekten Muff. Als ich näher kam, lächelte ihr zahnloser Mund: „Ich warte schon seit zwei Stunden auf Sie, Herr Holland."

„Ist etwas passiert?"

„Gar nichts!" Sie flüsterte. „Im Gegenteil! Der Franz ist früher fertig geworden, und weil Sie doch gesagt haben, es sei dringend, habe ich mir gedacht, ich bringe Ihnen die Sache gleich her." Alles ging gut. Alles ging glatt. Wenn es dich gibt, lieber Gott, dachte ich, dann sei bedankt. Du beschützt uns wirklich.

„Wollen wir auf die Straße hinausgehen?"

Sie erhob sich schnell, als wäre sie froh, hier fortzukommen. Im Hauseingang eines Gebäudes in einer stillen Seitenstraße gab sie mir dann den Pass. Es war eine großartige Fälschung, mit einem einwandfreien Prägestempel der Polizeidirektion Wien. Sibylle hatte einen anderen Namen bekommen und andere Daten und einen anderen Geburtsort, und es gab mehrere Ein- und Ausreisestempel im Pass. Er war ein bisschen fleckig und ein bisschen abgegriffen und an den Ecken faserig, genau wie es sich gehörte. Und er war bis 1959 gültig.

„Wo ist das Einreisevisum für Brasilien?“

„Auf der nächsten Seite, Herr Holland.“ Frau Fuchsberger strahlte mich an. „Der Franz ist sehr stolz darauf! Ich finde auch, er hat es besonders fein hingekriegt!“

Auf der nächsten Seite fand ich den großen quadratischen Stempel. Ich las: *Consulado do Brasil em Vienne. Visto No. 115, Bom para e embarcar para o Brasil até 26.4.56.* Das Visum war gültig zur Einschiffung bis zum 26. April 1956. Der Konsul, der es ausgestellt hatte, hieß David Lines.

„Hat der Franz doch hübsch gemacht, nicht?“

„Prächtig, Frau Fuchsberger.“ In der Toreinfahrt war es dunkel, von der Straße her fiel das Licht einer Bogenlampe auf uns. Ich gab der alten Frau das Geld für den Fälscher. „Und das ist für Sie.“

„Nein, das nehme ich nicht!“ Sie stieß meine Hand mit den Geldscheinen fort. „Für den Franz, ja, aber nicht für mich!“

„Frau Fuchsberger!“

„Auf gar keinen Fall! Sie sind ein Freund vom Herrn Kalmar. Für den tu ich alles – aber nichts für Geld! Der Herr Kalmar ist ein guter Mensch.“ Sie kam ganz nahe. „Beugen Sie sich einmal vor.“ Ich beugte mich vor, und sie berührte mit einem kalten, harten Zeigefinger meine Stirn: „Der liebe Gott soll Sie beschützen!“

„Danke, Frau Fuchsberger“, sagte ich. Meine Mutter hatte manchmal ein Kreuz auf meine Stirn gezeichnet, als ich klein war. Meine Mutter war seit fünfzehn Jahren tot, und seither hatte es niemand mehr getan. Ich verabschiedete mich von der alten Frau und ging durch den Schnee zur Hauptpost. Es war ein paar Minuten nach zweiundzwanzig Uhr, und die Straßen waren leer. Ab und zu glitt geräuschlos ein Auto an mir vorbei. Ich war sehr glücklich an diesem Abend, ich glaube, es war der glücklichste Abend seit Jahren.

Meine Telefonverbindung kam sofort.

„Liebling, es ist alles in Ordnung. Ich nehme den nächsten Zug und bin morgen bei dir.“

„Alles in Ordnung ...“ Sibylles Stimme versagte.

„In Frankfurt sind sie einverstanden, und das Porträt habe ich auch. Wir reisen in einer Woche.“

Es kam keine Antwort.

„Sibylle! Was ist?“

„Ich ... ich kann so schwer sprechen ... ich habe schon gedacht, es geht alles schief.“

„Alles geht gut, mein Herz. Ich liebe dich.“

„Weißt du, was ich jetzt mache? Ich bestelle mir einen dreifachen Whisky und trinke ihn pur.“

„Das werde ich auch tun.“

„Ich glaube, ich werde doch alt. Mir ist ganz schlecht.“

„Bestelle schnell den Whisky, Liebling“, sagte ich, und ich lachte glücklich. „Und sei mir treu, und betrüge mich nicht, und warte auf mich. In ein paar Stunden bin ich bei dir ..." Ich sagte: „Du kannst dich auf ein Wiedersehen gefasst machen! Wir werden den ganzen Tag nicht aus dem Bett kommen!"

„Ich erwarte dich, Paul. Du bist in meinem Herzen. Und in Gedanken auch anderswo."

„Leb wohl. Bis morgen."

„Bis morgen, Paul."

Ich lächelte, als ich den Hörer niederlegte. Ich lächelte, als ich aus der Zelle trat.

Dann hörte ich auf zu lächeln. Vor der Zelle stand Petra Wend. Sie trug einen Leopardenmantel.

5

Sie sah aus wie ein Clown: ihr Gesicht war weiß und blutleer, die Lippen waren grell geschminkt, die Augen blau unterschattet. Sie hatte nur wenig Ähnlichkeit mit einem lebenden Menschen.

Ihre Stimme klang spröde: „Von diesem Augenblick an tun Sie nur noch, was ich sage, Paul. Haben Sie verstanden?"

Ich antwortete nicht. Es waren noch ein paar Leute in der Halle, aber niemand beachtete uns. Der Schalterbeamte rief: „Zelle drei, bitte nachzahlen!"

Petra sagte: „Die Glaswand ist so dünn. Ich habe jedes Wort gehört."

„Sie haben mich verfolgt ..."

„Seit Stunden. Seit Tagen, Paul ..." jetzt lächelte sie. Es war ein grausiges Lächeln.

„Zelle drei!", rief der Schalterbeamte gereizt.

„Entschuldigen Sie ..."

„Wo bleiben Sie denn? Ich bekomme noch vierundfünfzig Schilling."

„Es ist meine Schuld", sagte Petra. „Ich habe mit dem Herrn gesprochen. Bitte, verzeihen Sie."

Ich bezahlte.

„Gehen wir", sagte Petra.

„Wohin?"

„In Ihr Hotel." Sie hakte sich bei mir ein, und wir verließen das Postgebäude und wanderten durch den Schnee über den Fleischmarkt zur Rotenturmstraße. Man konnte uns für ein Liebespaar halten.

„Ich dachte mir schon, dass Sie Sibylle nach Bayern gebracht haben", sagte sie. „Es war das Klügste."

„Ich weiß nicht, wovon Sie sprechen."

„Lassen Sie das." Ihre Stimme klang jetzt zärtlich, sie schnurrte wie eine Katze. „Wir haben beide wenig Zeit. Ich möchte Ihnen klarmachen, dass ich sehr verzweifelt und sehr entschlossen bin."

„Entschlossen wozu?"

„Wenn Sie mich einen Augenblick verlassen, wenn Sie ein einziges Mal nicht genau das tun, was ich von Ihnen verlange, rufe ich die Polizei an und verrate, wo sich Sibylle befindet. Sie verstehen mich, Paul?"

„Nein."

Sie zog plötzlich ihren Arm aus meinem und drehte sich um.

„Wo wollen Sie hin?"

„Zur Polizei."

„Bleiben Sie da!" Ich packte sie und riss sie an mich.

„Das ist besser", sagte sie. „Das ist schon viel besser. Und jetzt lassen Sie mich los, Sie tun mir weh."

Ich ließ sie los.

„Geben Sie mir wieder Ihren Arm."

Ich gab ihn ihr.

„Und jetzt gehen wir in Ihr Hotel. Ich möchte etwas trinken, und ich möchte Ihnen in Ruhe die Situation erklären, in der Sie sich befinden."

„Ich verstehe kein Wort –"

„Fangen Sie nicht noch einmal an, Paul! Ich bin auch nur ein Mensch."

6

Eine halbe Stunde, nachdem ich sie verlassen hatte, saß ich wieder in der großen, gemütlichen Halle des Hotels „Ambassador". Petra Wend saß mir gegenüber, und ein Kellner nahm unsere Bestellung auf.

„Whisky", sagte ich.

„Schottischen?"

„Ja."

„Zwei einfache?"

„Zwei doppelte."

Der Kellner verschwand. „Was wollen Sie?", fragte ich.

„Zunächst einmal geben Sie mir Ihren Pass."

„Nein."

„Den Pass", sagte sie.

Ich gab ihr meinen Pass.

„Und jetzt den gefälschten, den für Sibylle."

„Ich –"

„Ich habe gesehen, wie die alte Frau ihn Ihnen brachte. Geben Sie ihn her."

Ich gab ihr den gefälschten Pass. Sie sah ihn an und nickte: „Nach Brasilien. Das habe ich mir auch gedacht."

„Petra! Was habe ich Ihnen getan?"

„Sie haben mir überhaupt nichts getan. Darauf kommt es nicht an."

„Worauf denn?“

„Ich werde es Ihnen rechtzeitig erklären.“ Sie trug den Leopardenmantel jetzt über die Schulter geworfen und darunter ein grünes Wollkleid. Sie rauchte. Der Kellner kam mit dem Whisky: „Bitte, gnä’ Frau!“

„Danke.“

„Ist das genug Eis?“

„Ja.“

„Wenn es zu wenig ist, bringe ich mehr.“

„Herr Franz“, sagte ich und schloss die Augen, „es ist genug Eis.“

„Bitte, Herr Holland. Es schmilzt nur so schnell, weil es warm in der Halle ist. Und wenn der Whisky nicht ganz kalt ist, schmeckt er nicht mehr so gut, nicht wahr, gnä’ Frau?“

„Sie sind sehr freundlich, Herr Franz“, sagte Petra. Er entfernte sich. Petra goss Sodawasser in ihren Whisky und trank. Ich trank auch. Am anderen Ende der Halle saßen ein paar Franzosen. Sie unterhielten sich laut und lachten. Ich hatte das Gefühl, mich jeden Augenblick übergeben zu müssen.

„Sie werden Sibylle jetzt noch einmal anrufen und auffordern, nach Wien zu kommen.“

„Das ist lächerlich“, sagte ich. „Sie wird nie kommen. Sie wird nur argwöhnisch werden.“

„Sie werden ihr sagen, dass Ihre Maschine von Wien aus fliegt. Sie vertraut Ihnen. Sie liebt Sie doch.“

„Eben“, sagte ich. „Deshalb werde ich es nicht sagen.“

„O doch.“

Ich dachte: Alles ist nur ein Traum, jeden Augenblick werde ich erwachen. In meinem Traum sagte ich also: „Petra, seien Sie vernünftig. Was wollen Sie denn? Ich denke, Sie fürchten sich vor Sibylle.“

„Ich fürchte mich sehr vor ihr.“

„Und?“

„Meine Lage zwingt mich, so zu handeln.“

„Was ist das für eine Lage?“

„Das sage ich Ihnen, wenn Sibylle da ist.“

Es war kein Traum. Es gab kein Erwachen.

Ich stand auf.

„Wohin gehen Sie?“ Petra rührte sich nicht.

„Ich habe Ihnen lange genug zugehört.“

„Herr Holland, im gleichen Augenblick, in dem Sie diese Halle ohne mich verlassen, gehe ich zu der Telefonzelle da drüben.“

Ich gab ihr keine Antwort, sondern schritt auf den Ausgang der Halle zu. Ich zählte meine Schritte. Beim vierzehnten erreichte ich die Tür und drehte mich um. Ich sah, dass Petra aufstand und zu der Telefonzelle ging. Ich traf etwas vor ihr ein.

„Petra … bitte! Bitte! Bitte!“

„Machen Sie hier keine Szene. Wollen Sie Zuschauer?"

„Bitte, Petra!"

Sie sagte: „Wir nehmen jetzt den falschen Pass und fahren zum Postamt auf dem Westbahnhof und geben ihn Express und eingeschrieben auf. Dann ist er morgen früh in Bayern, und Sibylle kann den Mittagszug nehmen." Sie sprach fließend und sehr ruhig. Sie hatte sich alles genau überlegt.

„Sie haben sich alles genau überlegt, wie?"

„Die letzten Tage hatte ich nichts anderes zu überlegen gehabt, Paul." Jetzt sagte sie wieder Paul. „Bevor wir den Pass aber abschicken, rufen Sie Sibylle an und sagen ihr, dass sie nach Wien kommen soll."

„Das kann ich nicht. Ich kann es nicht, bitte, Petra! Meine Stimme verrät mich, sie wird etwas merken und nicht kommen!"

„Das wäre aber schade", sagte Petra. Wir waren zu unserem Tisch zurückgegangen, und sie trank ihr Glas leer. „Es gibt einen zweiten Hörer in jeder Zelle. Ich höre mit. Es bleibt mir überlassen, ob wir nach dem Gespräch den Pass noch abschicken oder ob ich gleich zur Polizei gehe. Passen Sie also auf Ihre Stimme auf."

„Aber um Gottes willen, Petra, was verlangen Sie von mir? Ich liebe Sibylle!"

„Sie sagten, Sie liebten sie nicht mehr."

„Da habe ich gelogen."

„Eben. Jetzt sagen Sie die Wahrheit."

„Sie müssen wahnsinnig sein! Welchen Grund hätte ich, Sibylle hierherzulocken? Hier ist sie verloren."

Sie schüttelte den Kopf: „Sie ist nur verloren, wenn sie nicht kommt. Ich bin nicht wahnsinnig. Ich verfolge eine Absicht. Wenn Sie auf meine Wünsche eingehen, dann kann noch alles gut werden, dann können Sie meinetwegen nach Rio fliegen und selig werden."

„Ich glaube, Sie handeln nur aus Hass. Sie hassen Sibylle. Sie wollen sie quälen."

„Ich hasse Sibylle nicht." Petra nahm ihre Handschuhe und ihre Tasche. „Wir werden jetzt in Ihr Zimmer hinaufgehen und packen."

„Wieso packen?"

„Sie wohnen mit Sibylle bei mir. Das ist der einzige Ort, an dem die Polizei nach meiner Aussage sie nicht sucht. Außerdem dauert es nur ein paar Tage."

„Was dauert nur ein paar Tage?"

„Ich sage doch, ich erkläre Ihnen alles, wenn Sibylle da ist."

Ich überlegte krampfhaft, dann fiel mir etwas ein: „Sie können als Dame nicht in mein Zimmer hinaufkommen, das geht nicht in diesem Hotel."

„Doch, ich kann. Ich habe mich erkundigt. Sie haben kein Zimmer, sondern ein Appartement mit Salon. In ein Appartement kann ich kommen." Sie hängte sich in mich ein. „Bitte, es wird immer später. Und wir wollen Sibylle doch nicht aufwecken!"

7

Sibylle …"

„Was ist denn? Warum rufst du noch einmal an? Ist etwas geschehen?"

Mir lief der Schweiß in Strömen vom ganzen Körper. Ich fühlte, wie er mir über das Gesicht rann, und unter dem Anzug über Brust und Beine. Die Zelle war eng. Petra stand an mich gepresst. Sie hielt den zweiten Hörer und war ganz still. Sie rührte sich nicht. Sie sah mich nur an.

„Überhaupt nichts ist geschehen. Wie kommst du darauf?" Der Schweiß rann mir von der Oberlippe in den Mund. Ich produzierte ein fröhliches Lachen. „Im Gegenteil, alles entwickelt sich bestens. Ich … ich kann nur nicht so viel erzählen."

„Am Telefon. Ich verstehe." Ihre Stimme klang beruhigt. Ich bemerkte, dass ich weinte.

Petras Körper presste sich gegen den meinen. Sie sah unschuldig und nachdenklich aus.

„Pass auf. Unsere Maschine fliegt von Wien ab."

„Ich dachte von Berlin."

„Die Berliner Maschine ist ausverkauft. Es ist mir vor einer Stunde gelungen, Plätze für das Wiener Flugzeug zu bekommen. Wir müssen sie nehmen. Sonst vergeht zu viel Zeit."

„Ja, natürlich." Sibylles Stimme, die Stimme, die ich liebte, klang eifrig. „Aber wie komme ich …"

„Ich schicke dir das Porträt heute Abend. Express. Dann hast du es morgen früh. Du nimmst den Mittagszug."

„Wenn du es sagst, Paul. Ich tue alles, was du sagst. Du weißt, was wir tun müssen …"

„Ich weiß es."

„Und Petra?"

„Was heißt: Petra?"

„Sie ist doch in Wien …"

„Wir werden nicht in der Stadt wohnen. Ich habe schon etwas gefunden. Glaube mir, es ist das Beste!" Indessen überlegte ich nur, wie meine Stimme klang. Klang sie echt? Zitterte sie? Ich dachte: Wenn sie doch nur in Petras Ohren echt klingen und in Sibylles Ohren zittern würde! Sibylle kannte mich besser. Aber ich war kein Schauspieler. Ich hatte Angst. Furchtbare Angst …

„Ich war erschrocken, als du noch einmal anriefst."

„Unsinn. Würde ich dich kommen lassen …", ich hustete. „… wenn nicht alles in Ordnung wäre?"

Petra legte eine Hand auf das Mundstück meines Hörers: „Sagen Sie ihr, dass Sie sie lieben." Sie nahm die Hand wieder weg.

„Ich liebe dich“, sagte ich.

„Und ich dich.“

„Ich stehe morgen Abend auf dem Bahnhof.“

„Ja, Paul. Ach, ich bin im Grunde ja so froh, dass ich schon morgen wieder bei dir sein kann!“

„Ich freue mich auch.“

„Ach, Paul, nur noch eine Nacht, und wir sind wieder zusammen.“

Der Schweiß rann mir in die Augen, ich musste sie schließen, ich war am ganzen Körper so nass, als käme ich direkt aus der Badewanne. Die Kleider klebten an mir. Ich sah Petra an und dachte: So war das also, wenn man jemanden töten musste.

„Ich freue mich auf morgen Abend“, sagte ich. „Gute Nacht, mein Schatz.“

„Gute Nacht, Paul.“

Ich legte den Hörer zurück in die Gabel. „Nun? Wie war es?“

„Gut“, sagte sie. „Sehr begabt.“

„Sie wollen nicht zur Polizei gehen?“

„Nein. Ich denke, Sibylle kommt. Wir werden jetzt den Pass aufgeben.“

Sie stand neben mir und sah zu, wie ich die Adresse auf das Kuvert schrieb. Dann nahm sie mir den Umschlag fort, klebte ihn zu und trug ihn selbst zum Schalter. Ich wartete hinter ihr und sah den hellen, schmalen Hals unter dem weißen Haar an und dachte, dass es wahrscheinlich das Beste war, sie zu erwürgen, bevor Sibylle ankam. Sie wohnte allein. Wenn ich Glück hatte, fand man sie erst nach ein paar Tagen. Es hatte mich noch niemand in ihrem Haus gesehen. Nein, das stimmte nicht. Mir fiel die glückliche Familie ein. Ich dachte: Wenn ich jetzt auch noch verrückt wurde, war alles zu Ende. So ging das nicht. So ging das natürlich nicht. Ich musste Zeit haben, Zeit zum Überlegen. Wer konnte sagen, was Petra wirklich wollte? Zeit brauchte ich. Das war alles. Man musste freundlich mit Petra sein, ganz freundlich …

„Neun Schilling dreißig!“ Der Beamte schlug einen Stempel auf die Marken des Umschlags, in welchem der gefälschte Pass lag, Petra legte einen Zehnschillingschein auf das Schalterbrett, und er gab ihr 70 Groschen zurück. Sie verwahrte die Groschen pedantisch in einer alten Börse.

„Ist der Brief morgen früh dort?“

„Bestimmt.“

„Ganz bestimmt?“

„Ganz bestimmt, gnädige Frau. Außer es gibt ein Zugunglück.“

Ich dachte, wie komisch es gewesen wäre, wenn es ein Zugunglück gab.

„Kommen Sie, Paul“, sagte Petra. Sie hängte sich wieder bei mir ein, und wir gingen zurück zu dem Taxi, in dem mein Koffer lag. „Jetzt fahren wir zur Seilerstätte Nummer zehn“, sagte Petra zu dem Chauffeur. Der uralte, klappernde Wagen fuhr los, die Mariahilfer Straße hinunter, zum Ring.

„Wer wohnt Seilerstätte Nummer zehn?“

Die gläserne Verbindungswand zum Chauffeur war geschlossen, er konnte uns nicht hören. Petra nahm meinen Pass aus der Handtasche, legte einen Bogen Papier dazu und steckte beides danach in ein zweites Kuvert, das sie sorgfältig zuklebte. Dann erst antwortete sie: „Dort befindet sich das Büro meines Anwalts."

„Ihres Anwalts?"

„Sehen Sie, Paul, der Gedanke ist naheliegend, dass Sie – und später auch Sibylle – mir nach dem Leben trachten werden." Sie sprach wie eine Lehrerin, die einem beschränkten Schüler den pythagoreischen Lehrsatz erklärt. „Ich möchte nicht gerne ermordet werden wie Herr Trenti. Deshalb gebe ich Ihren Pass im Büro meines Anwalts ab. Ich werde ihn von heute täglich um sechzehn Uhr aufsuchen. Wenn ich einmal um sechzehn Uhr nicht komme, wird er zwei Stunden später das Kuvert öffnen, Ihren Pass finden und die Nachricht auf dem Zettel lesen, der in ihm liegt."

„Was steht auf dem Zettel?"

„Es steht darauf: ‚Das ist der Pass des Mannes, der mich ermordet hat'", antwortete Petra Wend und lächelte.

8

Es hatte wieder zu schneien begonnen.

Das Taxi fuhr jetzt durch die Torbogen der Hofburg, ich sah die großen Karyatiden, welche die Balkone über den Eingängen hielten. Schnee lag auf den Riesenköpfen und Schultern der allegorischen Figuren. Ich sagte: „Jeden Tag um sechzehn Uhr ... wenn ich Sie also um siebzehn Uhr töte, habe ich dreiundzwanzig Stunden Vorsprung, um aus dem Land zu kommen."

„Ohne Pass kommen Sie aber nicht aus dem Land, Herr Holland. Und in dreiundzwanzig Stunden finden Sie keinen falschen."

„Das ist richtig", sagte ich. „Sie haben sich wirklich alles gut überlegt, Petra."

„O ja, Paul, o ja."

Das Haus Nummer zehn Seilerstätte war alt und massiv. Wir klingelten, und ein verschlafener Portier öffnete, und ich ging mit Petra in den zweiten Stock hinauf. Hier gab es eine Tür, vor welcher ein Scherengitter zugezogen war. An der Tür stand der Name des Anwalts. Unter dem Schild gab es einen Briefkastenschlitz. In ihn warf Petra das Kuvert mit meinem Pass. Ich hörte, wie es auf der anderen Seite der Tür zu Boden fiel, mit einem platten, endgültigen Geräusch.

„Kommen Sie", sagte Petra. Sie ging mir voraus, schnell, bestimmt, entschlossen. Durch das feuchte, schwach erleuchtete Stiegenhaus mit dem uralten, seit Kriegsende nicht mehr instand gesetzten Lift lief sie nach unten wie eine Frau, die eben eine erfolgreiche Lebensversicherung abgeschlossen hat.

Zeit, dachte ich, ihr nacheilend, Zeit. Jetzt brauchte ich Zeit.

Wenn ich Zeit hatte, fiel mir bestimmt ein Ausweg ein. Nur jetzt nichts übereilen. Ich dachte verblüfft: Sollte ich mich wirklich so in einem Menschen getäuscht haben?

Wir fuhren in die Grinzinger Allee.

Der Schnee fiel jetzt in dichten Wirbeln. Es war wärmer geworden, um die Straßenlaternen hatten sich gelbe, zerfließende Höfe gelegt.

Als wir ihre Mansardenwohnung betraten, sagte Petra: „Wollen wir gleich schlafen gehen oder noch etwas trinken?"

„Petra, ich liebe Sibylle!"

„Natürlich lieben Sie sie, das habe ich nie bezweifelt."

„Bitte, bitte, Petra, sagen Sie, was Sie von uns wollen. Ich tue alles!"

„Ich habe Ihnen schon einmal erklärt, dass ich Ihnen erst mitteilen werde, was ich will, wenn Sibylle hier ist." Sie zuckte die Achseln. „Machen Sie es uns allen nicht noch schwerer. Wie ist das mit dem Whisky?"

„Ich will keinen."

„Dann gehen wir also schlafen."

„Wo soll ich schlafen?"

„Neben mir natürlich. Das Bett ist breit genug."

„Petra", sagte ich, „haben Sie denn gar keine Angst vor mir?"

„Vor Ihnen habe ich niemals Angst gehabt, Paul. Ich glaube, keine Frau hat vor Ihnen Angst." Sie gähnte und zog ihr grünes Wollkleid über den Kopf. Ich drehte mich um. „Nein, nein, ich will nichts mehr von Ihnen. Jetzt verkehren wir nur noch geschäftlich miteinander." Sie ging an mir vorbei ins Badezimmer.

Ich setzte mich auf die Couch mit den vielen Kissen. Ein aufgeschlagenes Buch lag darauf. Ich nahm es in die Hand. Es waren Gedichte von Christian Morgenstern. Im Badezimmer rauschte Wasser. Ich las: „… ich bin so dumm, du bist so dumm, wir wollen sterben gehen, kumm!"

Nun putzte Petra ihre Zähne.

Ich bin so dumm. Du bist so dumm. Wir wollen sterben gehen. Kumm.

Im Nachthemd trat Petra in den Raum zurück. „Das Badezimmer ist frei", sagte sie. Sie ging weiter ins Schlafzimmer. Hier legte sie sich sofort ins Bett. Das Telefon stand auf einem Tischchen neben ihr. Es war ein breites französisches Bett. Sie hatte alles vorbereitet, die gute Petra. Es gab ein zweites Kopfkissen und eine zweite Decke.

Ich holte meinen Pyjama und mein Waschzeug aus dem Koffer und ging gleichfalls ins Badezimmer.

„Lassen Sie die Tür offen", sagte sie.

„Warum?"

„Es gibt ein Fenster, Paul."

Also ließ ich die Tür offen und zog mich aus und wusch mich und ging auf die Toilette. Petra lag im Bett und rauchte und sah mir zu. Als ich zurückkam und mich neben sie legte, sagte sie: „Ich habe ein paar Illustrierte gekauft, ich dachte, vielleicht würden Sie nicht gleich einschlafen können." Sie schob mir die Zeitungen über die Bettdecke zu. Sie war jetzt abgeschminkt, ihr Gesicht wirkte jünger ohne Make-up. Ich sagte: „Vielleicht ist es mir gleich, was mit mir geschieht. Vielleicht bringe ich Sie um, damit Sibylle eine Chance hat."

„Das tun Sie nie", sagte Petra. Die Aschenkrone ihrer Zigarette wuchs.

„Warum nicht?"

„Erstens sind Sie zu feig dazu, und zweitens lieben Sie Sibylle. Sie wollen mit ihr leben. Das können Sie nicht mehr, wenn Sie mich töten." Sie nahm eine Illustrierte und öffnete sie. „Immer wieder diese Geschichten über die Hohenzollern", murmelte sie kopfschüttelnd. „Liest das denn noch jemand?"

Ich stand auf.

„Was haben Sie?"

„Wo ist der Whisky?"

„Sehen Sie, das dachte ich mir doch. Es steht alles in der Küche."

Ich ging zu der anderen Seite des Bettes und packte Petra an den Haaren und riss sie hoch und schlug sie ins Gesicht, so fest ich konnte. Beim zweiten Schlag begann ihre Nase zu bluten. Das Blut lief ihr über das Kinn und tropfte auf die Brust.

Sie sagte: „Noch einmal, und alles ist aus!"

„Es tut mir leid", sagte ich.

„Holen Sie ein Tuch aus dem Badezimmer und wischen Sie mir das Blut fort."

Ich holte ein Tuch und machte es nass und wischte das Blut fort.

„Auch vom Hals."

Ich tat, was sie verlangte.

„Und von der Brust."

Ich tat, was sie verlangte.

9

This is the American Forces Network! AFN Munich now brings you Music at Midnight ..." Ein Saxofon setzte ein. „*Glenn Miller and ‚At Last' ...*" Ich hatte die Flasche zur Hälfte ausgetrunken. Ich lag im Bett und hielt ein Glas in der Hand. Der Eiskübel und die Sodaflasche standen auf dem Teppich unter mir. Petra trank nicht. Sie las die Fortsetzungsberichte in den Illustrierten. Und aus dem Radioapparat, der neben dem Telefon stand, tönte Musik.

„At last my love has come along ..."

Dann schlief ich ein. Als ich erwachte, war es zwei Uhr früh.

Das Licht brannte. Petra las noch immer. Ich stand auf, und sie griff nach dem Telefonhörer. „Keine Angst", sagte ich, „nachts pflege ich immer einmal hinauszugehen."

Ich wachte in dieser Nacht noch ein paarmal auf, und jedes Mal, wenn ich die

Augen öffnete, saß Petra neben mir und sah mich an. Ich fragte: „Werden Sie nicht müde?"

„Nein."

„Haben Sie ein Mittel genommen?"

„Pervitin", sagte Petra.

Am Morgen machte sie das Frühstück, und wir tranken in ihrer kleinen Küche Kaffee. Das Wetter war umgeschlagen in dieser Nacht, es wehte ein starker Föhn, und der Schnee schmolz. Der Himmel war gelblich verhangen. Am Vormittag besserte Petra Wäschestücke aus. Sie nähte Knöpfe an und veränderte einen Strumpfbandgürtel. Sie sprach kaum mit mir. Ich saß ihr gegenüber beim Fenster und überlegte, wie lange die Wirkung des Pervitins wohl anhielt. Sie musste eine Menge genommen haben.

Dann gingen wir essen, und nach dem Essen kehrten wir in die Wohnung zurück. Um sechzehn Uhr fuhren wir in die Stadt. Petra besuchte ihren Rechtsanwalt. Sie bestand darauf, dass ich sie begleitete. Als ich mich weigerte, sprach sie die alte Drohung mit der Polizei nur ein weiteres Mal aus, und ich weigerte mich nicht mehr.

Es wurde früh dunkel. Die Straßen waren schmutzig und nass, der Schnee taute fort, und die Autos fuhren in schwarzen, wassergefüllten Rinnen. Der Zug, mit dem Sibylle kommen sollte, hatte Verspätung. Wir standen auf dem Perron des Bahnhofs, und der Föhn dröhnte laut und ließ die elektrischen Bogenlampen schwanken.

An diesem Abend betete ich. Ich dachte, dass es niedrig und beschämend für mich war, meinen Frieden mit Gott zu machen zu einem Zeitpunkt, da ich nicht mehr weiterwusste, aber ich dachte auch: Wenn es ihn gibt, muss es ihm doch eigentlich als Sieg erscheinen, dass ich in just dem Moment gläubig werde, in dem ich mit meinem Verstand nicht mehr weiterkomme. Ich bat Gott, Sibylle zu schützen. Ich betete: „Lass sie misstrauisch geworden sein. Lass sie nicht nach Wien kommen. Mach, dass sie mit dem falschen Pass in Deutschland bleibt. Wenn Sibylle nicht in dem Zug ist, auf den wir warten, dann will ich an dich glauben." Auf diese Weise versuchte ich, Gott für das Geschäft zu interessieren. „Mach, dass wir umsonst warten! Mach, dass Sibylle nicht nach Wien kommt, Gott, dann will ich zugeben, dass es dich gibt und dass du mich erhört hast." Ich war an diesem Abend gegen stärkere Instinkte entschlossen zu glauben, dass Gott an jedem Akt des Glaubens lag.

„Achtung, bitte! Der Arlbergexpress aus Zürich über Salzburg und Linz läuft auf Gleis drei ein."

Ich sah die Lichter der Diesellokomotive. Weit draußen zwischen den Signallampen der Stellwerke tauchten sie auf und kamen näher.

Lieber Gott, wenn du mir jetzt hilfst …

Immer näher kamen die Lichter. Die Loren der Gepäckträger rollten vor. Dann lief der Fernzug in die Halle ein und hielt.

„Sie bleiben hier stehen", sagte Petra. Sie trat hinter einen Pfeiler. Die ersten

Passagiere kamen auf mich zu. Freunde umarmten einander. Ein Kind rief „Papi!" und rannte los.

Lieber Gott. Lieber Gott, bitte.

Immer mehr Menschen kamen auf mich zu, und noch immer konnte ich Sibylle nicht sehen. Mein Herz klopfte laut. Wenn Gott auf meinen Vorschlag eingegangen war und ich nun an ihn glauben musste, hatte ich auch die Pflicht, zur Beichte zu gehen. Ich überlegte, was das für Folgen hatte. Musste ich dem Priester erzählen, in welcher Lage ich mich befand?

Das Kind, das „Papi" gerufen hatte, kam strahlend zurück, es zog einen braun gebrannten, blonden Mann hinter sich her. Neben dem Mann ging Sibylle. Sie winkte mir zu. Ich dachte: Also gibt es Gott nicht. Dann allerdings dachte ich, dass es ihn vielleicht doch gab und dass er nur nicht auf meinen Vorschlag eingegangen war.

Ein Träger schleppte Sibylles Koffer. Ich trat einen Schritt vor. Sie umarmte mich: „Guten Abend, mein Herz. An der Grenze ging alles glatt. Der Pass –" Sie brach ab. Ich wusste, warum, obwohl ich Petra nicht sah. Aber ich fühlte, wie Sibylle in meinen Armen erstarrte, und sagte: „Ich konnte nichts anderes tun. Sie erpresst mich seit gestern." Dann erst drehte ich mich um. Petra war vorgetreten. Das Pervitin hatte ihre Augen vergrößert, die Pupillen waren riesenhaft.

Sie fragte: „Sehen Sie den Polizisten da drüben, Sibylle?"

„Ja", sagte Sibylle. Es überraschte mich, wie still sie war. Sie betrachtete Petra nachdenklich, ohne Erregung. Der Gepäckträger mit dem Koffer war weitergegangen.

„Sie geben mir jetzt Ihren Pass, Sibylle", sagte Petra. „Wenn Sie ihn mir nicht geben, schreie ich um Hilfe."

Sibylle öffnete ihre Handtasche, und der Pass wechselte noch einmal seinen Besitzer. „Herr Holland, hängen Sie sich bei uns beiden ein."

Das tat ich, und wir gingen zum Ausgang des Bahnhofs, und ich sagte zu Sibylle: „Glaub mir, ich konnte nichts anderes tun … Wenn ich dich nicht gerufen hätte, wäre sie zur Polizei gegangen …"

Sibylle nickte stumm. Ich hatte den Eindruck, dass ihr noch nicht klargeworden war, in welcher Situation wir uns befanden. Über dem Ausgang des Bahnhofes zog sich ein Spruchband hin. Ich las: Besucht das schöne Österreich!

10

Nachdem wir auch noch Sibylles Pass bei Petras Anwalt auf der Seilerstätte deponiert hatten, fuhren wir in ihre Wohnung. Der Föhn hatte an Stärke zugenommen. Mir wurde Sibylles Ruhe immer unheimlicher, sie wirkte apathisch und benommen. Im Taxi sah sie still vor sich hin, sie vermied es, Petra und mich anzuschauen. Einmal nickte sie langsam und nachdrücklich. Sie sprach auch ein bisschen mit sich selber, aber man konnte die Worte nicht verstehen.

„Was ist?“, fragte ich.

„Nichts“, sagte sie und ergriff meine Hand.

In ihrer Wohnung ließ Petra uns dann nicht länger warten. Sie war keine Sadistin. „Ich will den Schmuck“, sagte sie und sah Sibylle fast entschuldigend an. „Ich habe furchtbare Schulden. Übermorgen platzt ein Wechsel. Ich bin so verschuldet, dass ich nicht mehr aus und ein weiß. Ich hatte auch noch im Spielsaal Pech ... Wie gesagt, meine Lage ist vollkommen verzweifelt. Die Gläubiger warten nicht länger. Also geben Sie mir den Schmuck, Sibylle, und Sie bekommen sofort Ihren Pass zurück und können fliehen.“

Sibylle schüttelte den Kopf. Die Bewegung war endgültig.

„Doch, doch“, sagte Petra. „Sie *werden* ihn mir geben. Ich habe noch bis morgen Abend Zeit. Das ist eine lange Weile. Sie werden es sich überlegen.“

„Was ist das für ein Schmuck?“, fragte ich.

„Der, den Tonio Trenti ihr gab“, antwortete Petra. „Er schenkte ihr Steine und Armbänder im Werte von mindestens hundertfünfzigtausend Schilling. Ganz Rom sprach damals darüber.“

„Der Schmuck ist nicht mehr da“, sagte Sibylle.

„Was?“

„Ich habe ihn verkaufen müssen.“ Sibylle sprach wie aus dem Schlaf, die Worte kamen träge und ohne besondere Betonung aus ihrem Mund, und das Gesicht war ohne Leben. Was war mit ihr geschehen? Das war nicht die Sibylle, die ich kannte. Das war eine fremde, kranke Frau, die ich nicht begriff. „In den Jahren nach dem Krieg habe ich ihn verkauft, als es mir schlechtging.“

„Das ist nicht wahr! Ich habe mich erkundigt über Sie, Sibylle!“

„Dann hat man Ihnen nicht die Wahrheit mitgeteilt. Es tut mir leid, dass ich Sie so enttäuschen muss. Ich enttäusche Sie aber auch immer wieder, Frau Wend ...“ Es war gespenstisch, mit anzusehen, wie Sibylle in dem Maß ruhiger wurde, in dem Petra sich erregte.

„Ich glaube Ihnen kein Wort!“

„Durchsuchen Sie mich. Durchsuchen Sie mein Gepäck. Was Sie finden, soll Ihnen gehören ...“ Sibylle ließ sich in den Sessel zurücksinken und schloss die Augen. Mir wurde sie unheimlich.

„Was hast du? Was ist los mit dir?“

Sie lächelte ein wenig und streichelte meine Hand. „Nichts, mein Herz, ich bin nur müde.“

„Petra“, sagte ich. „Sie irren sich wirklich! Sibylle hat keinen Schmuck. Ich hätte ihn doch sonst gesehen!“

Die Frau mit den weißen Haaren sprang auf. Mit fliegenden Händen zündete sie eine Zigarette an. „*Sie* schweigen! *Sie* haben überhaupt keine Ahnung! Sibylle hat Sie vom ersten Tag an belogen, an dem Sie einander trafen! Was wussten Sie denn von ihr, bevor *ich* Ihnen die Wahrheit erzählte! Sie hat den Schmuck! Sie hat ihn!"

„Da ist mein Koffer", sagte Sibylle. Sie hob eine Hand und ließ sie kraftlos wieder sinken.

„Sie werden ihn nicht im Koffer haben!", schrie Petra außer sich. „Sie haben ihn versteckt! Warten Sie nur ein paar Stunden! Dann werden Sie mir sagen, *wo* Sie ihn versteckt haben! Sie müssen ihn mir geben! Sie müssen, es bleibt Ihnen nichts anderes übrig!"

Wie ein Mensch in Narkose murmelte Sibylle: „Es gibt keinen Schmuck mehr."

„Wie viel Geld brauchen Sie, Petra?", fragte ich.

„Hundertzehntausend Schilling."

Ich überlegte: Das waren fast zwanzigtausend Mark. So viel Geld konnte ich nicht auftreiben. Aber vielleicht einen Teil.

„Ich will mein Büro anrufen, Petra … und Freunde … Einen Teil kann ich gewiss erhalten …"

„Mit einem Teil ist mir nicht mehr gedient. Sie machen sich keine Vorstellung von meiner Lage. Meine Gläubiger lassen mich verhaften, wenn ich nicht bezahle. Ich komme ins Gefängnis. Und ich habe ein Kind. Wer sorgt dann für mein Kind …"

„Frau Wend", sagte Sibylle, ohne die Augen zu öffnen, „würden Sie uns wohl allein lassen?"

Petra erhob sich. Ein Lächeln der Genugtuung erhellte ihr blutleeres Gesicht. „Aber gewiss. Ich habe das erwartet. Sie werden noch ganz vernünftig werden." Sie ging aus dem Zimmer, und ich hörte, wie sie auf der anderen Seite der Tür den Schlüssel umdrehte.

Ich schüttelte Sibylle: „Was ist los mit dir? Warum benimmst du dich so?"

„Es ist aus, Paul."

„Was ist aus?"

„Alles. Wir können nicht mehr fliehen."

„Ich –"

„Lass mich reden. Ich wusste schon gestern, als du zum zweiten Mal anriefst, dass etwas geschehen war. Ich erkannte es an deiner Stimme. Aber ich kam trotzdem."

„Warum?"

„Weil ich dich noch einmal sehen wollte."

„Was heißt noch einmal sehen? Was ist das für ein Gerede? Sibylle, wir haben keine Zeit! Wir müssen sehen, wie wir Petra zufriedenstellen!"

Sie stand auf und ging zu ihrem Koffer. Sie neigte sich über ihn und öffnete die Schlösser. Der Deckel sprang auf. Als sie sich wieder erhob, hielt ihre rechte Hand etwas Schwarzes, Metallisches. Es war ein Revolver.

11

Sibylle!“

Ich machte eine Bewegung nach vorne, aber der Revolver wies mich zurück. „Setz dich“, sagte sie, „und unterbrich mich nicht. Ich weiß, was ich tun muss. Ich lasse mich nicht irremachen.“

„Tun? Was musst du tun?“

„Auf dem Berg hatte ich Zeit, über alles nachzudenken, Paul. Wir können nicht fliehen. Ich habe einen Menschen getötet. Ein anderer hat durch meine Schuld das Leben verloren.“

„Das sagst du, nachdem du alles getan hast, um zu entkommen?“

„Ich habe eben lange gebraucht, um zu begreifen. Im Grunde hast sogar du mich dazu gebracht.“

„Ich?“

„Ja, Paul, als du mir beim Frühstück sagtest, es wäre dir gleich, ob ich eine Mörderin sei oder nicht. Da begriff ich, dass ich nicht mehr fliehen durfte. Ich will auch nicht mehr fliehen. Du weißt … ich glaube an Gott!“

„Ich nicht!“

„Du hast es leicht.“ Der Revolver hob und senkte sich. Ich überlegte, ob Furcht und Aufregung Sibylle wohl den Verstand genommen hatten.

„Gott ist gerecht, Paul. Er lässt sich nicht betrügen. Wenn ich mit dir fliehe, wird er uns nicht weiter schützen.“

„Hör mit deinem Gott auf! Wir müssen uns selber schützen!“

„Er schützt uns, Paul. Er schützt uns. Eines Tages wirst auch du an ihn glauben. Aber ich muss büßen für das, was ich getan habe.“

„Unsinn!“, schrie ich. „Geschwätz! Verflucht noch mal, hör auf damit!“

„Ich habe mir alles überlegt“, sprach sie monoton weiter. „Wenn ich zur Polizei gehe und alles zugebe, dann wird man mich zu vielen Jahren Zuchthaus verurteilen. Wenn sie mich freilassen, bin ich eine alte Frau. Dann habe ich dich verloren. Ich will nicht ins Zuchthaus!“

„Wer spricht vom Zuchthaus! Verdammt, Sibylle, lass das doch!“

„Mit diesem Revolver“, fuhr sie fort, als hätte ich sie nie unterbrochen, „habe ich Emilio Trenti erschossen. Ich werde auch mich damit erschießen.“

Blitzschnell richtete sich der glänzende Lauf auf mich. „Bleib sitzen. Rühr dich nicht.“

Sie hatte wirklich den Verstand verloren. Sie war verrückt genug, zu schießen – auch auf mich. Mir wurde kalt. Ich war noch feiger, als ich gedacht hatte. Ich blieb sitzen und rührte mich nicht.

„Sibylle, bitte, Sibylle …“ Ich versuchte es mit Überredung. Wenn doch nur

Petra wiederkäme, dachte ich. Aber dann, was war damit getan? „Warum willst du dich erschießen?"

„Dann verzeiht mir Gott. Dann verliere ich dich nicht ..."

„Und ich? Ich verliere dich auch nicht?"

Ein irrsinniges Lächeln verzog ihren Mund. Sie flüsterte: „Komm doch mit, Paul ... wenn du mitkommst, dann sind wir immer zusammen ... dann müssen wir uns nie mehr trennen ..."

„Ich soll mich erschießen?"

Jetzt kam sie näher. Meine Hände wurden feucht. Ich hatte Angst.

„Ich gebe dir den Revolver ... du erschießt zuerst mich und dann dich ... und wir haben Frieden ... und niemand kann uns mehr trennen ... und Gott liebt uns wieder ..."

„Gib her", sagte ich. Ich sagte es aber zu schnell. Sie trat von mir zurück.

„Du tust es nicht. Nein, ich weiß, du tust es nicht. Du willst nur den Revolver haben." Das war richtig.

„Ich tu es. Gib her." Ich streckte die Hand aus. Ich machte einen Schritt nach vorne.

Sie richtete den Revolver gegen ihre Brust. „Du tust es nicht, Paul, ich weiß es. Ich habe es mir genau überlegt. Es gibt keinen anderen Weg für mich. Leb wohl, Paul ..."

Im nächsten Augenblick sprang ich. Mir war schwindlig vor Angst, aber ich sprang, und sie stürzte mit mir zu Boden. Wir rollten übereinander.

„Nein", schrie Sibylle. „Nein! Bitte, Paul, nein!"

Der Lauf der Waffe richtete sich gegen mich.

„Ich liebe dich doch ...", flüsterte sie. Das ist das Letzte, woran ich mich erinnere. Im nächsten Augenblick ging der Schuss los, und ich hatte das Gefühl, dass eine Riesenhand mich hochriss und zur Seite schleuderte. Dann wurde es dunkel um mich, und ich begann zu stürzen, hinab, weiter und weiter hinab in einen schwarzen Brunnen aus Samt.

12

Eine Sirene heulte.

Ich fühlte, dass ich auf einer harten, schmalen Fläche lag, die beständig leicht schwankte. Ich öffnete die Augen. Ein Mann in Weiß saß neben mir und zog eben den Inhalt einer Ampulle in einer Injektionsnadel hoch. Ich lag in einer Ambulanz, die in rasendem Tempo durch Wien fuhr. Das Rotlicht auf dem Dach des Wagens schickte sein schnelles Zucken durch das Fenster auf mein Gesicht.

„Wo ist –"

„Nicht reden", sagte der Mann in Weiß.

Auf der anderen Bahre lag niemand.

„Sibylle“, flüsterte ich. „Ist sie –“

„Nicht reden“, sagte der Mann in Weiß. Er stieß mir eine Nadel in den Arm, und es wurde dunkel um mich und ich begann wieder zu stürzen.

13

Das war am 19. März um zwanzig Uhr fünfundvierzig.

Um zwanzig Uhr dreiundfünfzig gab es im Allgemeinen Krankenhaus Herzalarm, und sie operierten mich. Ich erlangte erst viele Stunden später wieder das Bewusstsein, und die Kriminalpolizisten kamen erst am 21. März, am Nachmittag.

Sie stellten mir eine Menge Fragen, nachdem sie mir mitgeteilt hatten, dass Sibylle tot war. Bei ihr kamen die Ärzte zu spät. Sibylle hatte sich ins Herz geschossen. Sie sagten, die Leiche liege im Keller des Gerichtsmedizinischen Instituts und wäre zur Bestattung noch nicht freigegeben. Aber in Sibylles Koffer hätte man ein handschriftliches Geständnis gefunden, in dem sie sich selbst des Mordes an Emilio Trenti bezichtigte.

Sibylle hatte sich erschossen.

„Gehen Sie weg“, sagte ich zu den Beamten.

Aber sie blieben und stellten mir eine Untersuchung in Aussicht, und eventuell eine Anklage wegen Beihilfe zur Flucht. Petra Wend war verhaftet worden, sie saß in Untersuchungshaft. Sie war zusammengebrochen und hatte ihren Erpressungsversuch zugegeben. Ihre Gläubiger hatten Anklage gegen sie erhoben.

„*Bitte*, gehen Sie weg“, sagte ich zu den Beamten.

Aber sie blieben und sagten, sie hätten bereits mein Büro verständigt und meinen Pass beschlagnahmt und würden Tag und Nacht einen Beamten vor meiner Zimmertür Wache halten lassen, damit ich nicht zu fliehen versuchte.

Dann kam ein Arzt herein und bestand darauf, dass sie mich allein ließen. Sie gingen und versprachen wiederzukommen. Der Arzt gab mir eine Injektion, und ich versank in einen tiefen Schlaf, und in meinem Traum war ich bei Sibylle.

Dies ist, was ich träumte: Friedmanns Bar war an diesem Abend ganz leer, auch er selbst war nicht da, ein älterer Herr stand anstelle der Barfrau hinter der Theke und verneigte sich, als ich hereinkam. Er trug einen Smoking. Sibylle wartete in unserer Ecke auf mich, und nachdem ich sie geküsst hatte, machte sie mich mit dem Herrn im Smoking bekannt: „Das ist Herr Holland“, sagte sie, „das ist Herr Gott.“

„Ich nehme an, Sie trinken auch Whisky“, sagte Herr Gott und schob mir ein Glas hin.

„Danke“, sagte ich.

Sibylle streichelte meine Hand. „Hast du dich sehr abhetzen müssen, Liebling?“

„Es war so viel Verkehr in Rio", erwiderte ich. „Man kam nicht vorwärts. Besonders schlimm war es am Copacabanastrand."

„Ich kenne die Gegend", erklärte Herr Gott.

„Es tut mir leid, dass ich dich warten ließ", sagte ich zu Sibylle. Der Klavierspieler war älter geworden, aber er spielte noch immer „C'est si bon".

„Das macht gar nichts", antwortete Sibylle. „Wir haben uns inzwischen unterhalten, nicht wahr, Herr Gott?"

„Die Whiskys, die Sie trinken, gehen auf meine Rechnung", sagte dieser und nickte. „Ja, ich habe mich mit Sibylle unterhalten."

Jetzt sprach er wie Robert Friedmann, und sein Gesicht sah auf einmal wie das des alten Juden aus, gütig und traurig, mit schweren Tränensäcken.

„Sibylle und ich sind alte Bekannte, wissen Sie, Herr Holland. Wir haben viel miteinander erlebt."

„Sie hat mir auch viel von Ihnen erzählt", sagte ich. „Ich dachte nur, es würde Sie gar nicht geben …"

„Manchmal gibt es mich auch nicht", sagte er höflich. „In gewissen Gebieten und zu gewissen Zeiten. Zum Beispiel war ich von neunzehndreiunddreißig bis neunzehnfünfundvierzig nicht in Deutschland."

Sibylle sagte: „Wir haben alles besprochen, Liebling. Herr Gott meint, es wäre nun alles gut."

„Wir bekommen unsere Pässe?", fragte ich aufgeregt. Denn nun erinnerte ich mich plötzlich, dass Herr Gott der Mann war, der uns die neuen Pässe mit der Aufenthaltserlaubnis geben sollte.

„Gewiss", sagte er. „Nachdem Sibylle sich erschossen hat, steht einer Aufenthaltsbewilligung nichts mehr im Wege. Da ist nur eine Kleinigkeit …" Er schraubte seine Füllfeder auf. „Ein Datum fehlt noch in Ihrem Pass … warten Sie … hier …"

Er setzte eine dicke Hornbrille auf und sah mich an: „Wo sind Sie gestorben?"

„Hundertsechzig Meilen östlich von Rio de Janeiro", antwortete ich.

„Danke", sagte Herr Gott. „Das genügt." Er trug die Angabe in meinen Pass ein und überreichte ihn mir. Es war ein ganz neuer, prächtiger Pass, und Herr Gott sagte lächelnd: „Diesmal habe ich ihn selbst gemacht. Der alte Franz wird in letzter Zeit so unzuverlässig. Ich möchte nicht, dass Sie Schwierigkeiten haben."

„Wir werden alle alt", sagte Sibylle. Und dann tranken wir einander zu. Ich dachte, was für ein guter Freund doch Robert war, der alte Robert Friedmann vom Kurfürstendamm in Berlin.

„Und wie geht es der Wunde?"

„Prächtig", sagte Sibylle. „Willst du sie sehen?" Sie schob das Kleid von der linken Schulter und entblößte die kleine, feste Brust. Unter der Warze sah ich eine winzige rote Stelle.

„Das ist alles?", fragte ich.

„Ja", sagte Sibylle, „das ist alles."

14

Ich blieb vier Wochen im Allgemeinen Krankenhaus.
Ein Polizist saß vier Wochen vor meiner Tür, und die Kollegen vom Morddezernat besuchten mich immer wieder. Sie wurden freundlicher. Ich wurde auch freundlicher. Es war ihr Beruf, mir Fragen zu stellen. Fünf Tage, nachdem Sibylle sich erschossen hatte, wurde ihre Leiche zur Bestattung freigegeben. Sie fragten mich, ob sie Sibylle auf dem Zentralfriedhof beisetzen sollten und ob ich bereit war, die Kosten dafür zu tragen.

„Verbrennen Sie sie", sagte ich. Sibylle hatte mir einmal gesagt, dass sie verbrannt werden wollte. Also schickten sie die Leiche aus der Morgue zum Krematorium hinaus. Da es keine Angehörigen oder Freunde gab und da ich selber nicht zur Einäscherung kommen konnte, verbrannten sie Sibylle in der Nacht zum 24. März, gegen zwei Uhr morgens. Es war gerade sehr viel im Krematorium zu tun, und sie waren froh, wenn sie Fälle wie den Sibylles außerhalb der gewöhnlichen Geschäftszeit erledigen konnten.

Am nächsten Tag bekam ich dann eine Rechnung und die Mitteilung, die Urne mit der Asche stünde in der Nordhalle, im Kästchen Nummer DL 7659/1956.

Aus dem Allgemeinen Krankenhaus entließ man mich mit der Versicherung, dass ich ein Moribundus war, wenn ich die nächsten zwei Monate nicht hauptsächlich liegend und in äußerster Schonung zubrachte. Ich kehrte ins Hotel „Ambassador" zurück, in das Zimmer im vierten Stock mit den roten Tapeten und dem grün gekachelten Badezimmer. Hier besuchte mich Doktor Gürtler regelmäßig, bis er seine Praxis aufgab und in das Kinderkrankenhaus in Floridsdorf übersiedelte. Hier, im Hotel „Ambassador", begann ich am 7. April mit der Niederschrift meiner Geschichte. Blumenfrauen in der Tiefe priesen Veilchen, Primeln und Krokusse an, und es war schon sehr warm in Wien, sehr warm für April ...

Aus den zwei Monaten Aufenthalt wurden vier. Die Untersuchung gegen Petra Wend und mich zog sich hin. Die Polizei hielt mich unter einer Art von Hausarrest, ich durfte die Stadt nicht verlassen. Mein Büro in Frankfurt beurlaubte mich. Die Reise nach Brasilien wurde verschoben. Sie schickten mir Geld und einen Anwalt, sie waren sehr großzügig. Aber auch der Anwalt konnte nicht erreichen, dass die Behörden schneller arbeiteten. Ich musste warten.

Meine Wunde heilte gut, und ich schrieb immer weiter. Der Sommer war regnerisch, es gab viele Gewitter. So schöne Tage wie im Frühling kamen nicht wieder.

Ich trank regelmäßig in diesen vier Monaten, abends nahm ich immer ein Schlafmittel. Ich träumte viel und wirr. Von Sibylle träumte ich nie. Ich glaube, das kam, weil ich mich tagsüber, wenn ich schrieb, so sehr mit ihr beschäftigte.

Am 17. Juli besuchte mich ein junger Mann mit Hornbrille. Er stellte sich als Alfred Peter vor, hatte ein intellektuelles Gesicht und die Umgangsformen des guten Wiener

Bürgertums aus dem Cottage. „Herr Holland, ich arbeite in einem Wiener Buchverlag." Er nannte den Namen. „Ich habe gehört, Sie schreiben im Augenblick an einem Roman, der Ihre ... Ihre Erlebnisse der letzten Zeit behandelt."

„Wo haben Sie das gehört?", fragte ich.

„Der Oberkellner Franz hat es mir erzählt, ich esse manchmal hier im Hotel. Er kennt mich."

„Aha", sagte ich.

„Ich interessiere mich für das Manuskript. Wenn es fertig ist, würden Sie es mir zu lesen geben?"

„Ich weiß nicht, ob ich noch möchte, dass es überhaupt veröffentlicht wird."

„Aber als Sie zu schreiben begannen –"

„Das war etwas anderes, damals fühlte ich mich noch sehr schwach. Jetzt geht es mir gesundheitlich besser. Ich kann nicht einmal dafür garantieren, dass ich das Buch zu Ende schreibe."

„Haben Sie mehr als die Hälfte?"

„Zwei Drittel."

„Dann werden Sie es auch fertig schreiben", sagte Herr Peter zuversichtlich. „Und wenn es fertig ist, werden Sie es mir schicken."

An dem Tag, an dem er mich besuchte, regnete es. Ich begleitete ihn hinunter und ging dann in ein Grammofongeschäft in der Kärntner Straße. Hier gab es viele kleine Kabinen, in denen man sich Platten vorspielen lassen konnte. Ich dachte, dass es hübsch gewesen wäre, ein Grammofon zu besitzen. In dem Geschäft suchte ich einen Apparat aus, und dann ließ ich mir in einer der gemütlichen Kabinen das Klavierkonzert Nummer zwei von Rachmaninoff vorspielen.

Ich rauchte dabei und versuchte, an Sibylle zu denken. Ich legte eine Fotografie von ihr vor mich hin und sah ihren schmalen Körper im Badeanzug und die leuchtenden Augen und den großen Mund in dem lachenden Gesicht. Aber das Klavierkonzert war trotzdem kein Erfolg, denn ich dachte auch an das kleine Metallkästchen draußen auf dem Zentralfriedhof. Das Einzige, was half, war eben doch Whisky. Ich verließ die Kabine.

Zu der Verkäuferin sagte ich: „Sind Sie sehr böse, wenn ich den Plattenspieler doch nicht kaufe?"

„Natürlich nicht, mein Herr." Aber sie war verstimmt. „Sie haben es sich anders überlegt?"

„Ja", sagte ich. „Bitte, verzeihen Sie mir."

15

Die Verhandlung gegen Petra Wend und mich fand am 4. Juli 1956 im Kleinen Verhandlungssaal des Wiener Landesgerichtes statt. Sie dauerte auch nur einen einzigen Tag. Gegen mich wurde bloß eine Anklage wegen versuchten Passbetruges erhoben. Ich weigerte mich, den Namen des Fälschers preiszugeben, und sie verurteilten mich zu sechs Monaten bedingt. Das kam, weil ich Ausländer war und einen guten Anwalt besaß.

Petra Wend wurde wegen vollendeter Erpressung, Nötigung, Hausfriedensbruchs und Wechselbetrugs zu insgesamt eineinhalb Jahren unbedingten Zuchthauses verurteilt. Sie trug ein graues englisches Kostüm und wirkte sehr ruhig und gleichmütig, als das Urteil verkündet wurde. Einige ihrer Gläubiger waren zur Verhandlung erschienen und betrachteten sie erbittert und finster.

„Haben Sie noch etwas zu sagen?", fragte uns der Vorsitzende.

Ich schüttelte den Kopf.

Petra nickte.

„Bitte, Frau Wend!"

„Es betrifft Herrn Holland ..." Petra sah mich an, zum ersten Mal an diesem Tag. Es war sehr schwül im Saal, über der Stadt lagen seit Stunden schwarze Gewitterwolken, und ich fühlte mich schlecht und schwindlig. Petra Wend sagte: „Es tut mir leid, was ich getan habe, Herr Holland."

Ich antwortete nicht.

„Ich bin sehr unglücklich darüber ..." Sie verstummte. Ich dachte an einen Satz, den ich einmal gelesen hatte: Trübsal und Sorge sind die Wurzeln aller bösen Mächte.

Ich sagte: „Wir waren alle schuldig, Petra."

„Verzeihen Sie mir?"

Wir wurden fotografiert, während wir sprachen. Ich dachte, dass es völlig gleichgültig war, ob ich ihr verzieh oder nicht, völlig gleichgültig und vergeblich, und also erwiderte ich: „Ja, ich verzeihe Ihnen."

„Die Verhandlung ist geschlossen", sagte der Vorsitzende. „Der Angeklagte Holland ist sofort auf freien Fuß zu setzen." Dann führten sie Petra an mir vorbei, und sie nickte mir noch einmal zu. Sie erschien mir auf einmal umgeben von Sicherheit und Glück. Die Sorge für ihr Kind hatte der Staat übernommen, mit den Gläubigern würde sie sich arrangieren, und eineinhalb Jahre des Friedens lagen vor ihr. *Sie* hatte Gott in der Tat beschützt. Sorge und Trübsal beschützte er, denn sie waren die Wurzeln aller bösen Mächte. Was für ein Unsinn, dachte ich, auf den Gang vor dem Saal hinaustretend, was für ein Unsinn ...

„Herr Holland –"

Doktor Gürtler, der Arzt, der mich operiert hatte, stand vor mir. „Ich gratuliere!"

„Waren Sie dabei?"

„Ja, ich habe die Verhandlung verfolgt." Er lächelte. Er sah jünger aus, braun gebrannt und zuversichtlich. „Ich kam eigens in die Stadt, Herr Holland. Es geht Ihnen doch gesundheitlich wieder gut, nicht wahr, und da wollte ich Sie einladen, mich einmal im Krankenhaus zu besuchen. Sie haben es mir doch versprochen."

„Ich komme gerne", sagte ich.

„Haben Sie vielleicht gleich jetzt Zeit?"

Ich zögerte.

„Ich fahre Sie hinaus und bringe Sie ins Hotel zurück, Herr Holland. Ich habe meinen Wagen draußen."

Es gab nichts, was ich sonst zu tun gehabt hätte, und also nickte ich. Das Gewitter brach los, während wir über die Donaubrücke fuhren. Es regnete so stark, dass wir stehen bleiben mussten. Plötzlich war es ganz finster. Die Blitze zuckten, und der Donner krachte ununterbrochen. Ein schwerer Sturm hatte sich erhoben.

Das Unwetter verzog sich schnell. Zehn Minuten später war es wieder hell. Der Wolkenbruch hatte sich in einen strähnigen Landregen verwandelt. Wir fuhren weiter.

Das Kinderkrankenhaus lag in einer endlos langen Vorstadtstraße am Strom zwischen Lagerhäusern und Fabrikgebäuden: ein hässliches rotes Ziegelgebäude, erbaut um die Jahrhundertwende. Das Innere war gleichfalls altmodisch eingerichtet, aber sehr sauber. Die Fußböden der Gänge waren mit gelben länglichen Kacheln ausgelegt.

Ein paar Kinder, die uns begegneten, grüßten höflich. Sie sahen alle vergnügt, aber sehr blass und mager aus.

„Es hat natürlich einen Grund, dass ich Sie hier herausgebeten habe", sagte Doktor Gürtler, vor mir hergehend. „Einen ganz bestimmten Grund. Auch, dass ich Sie ausgerechnet heute um Ihren Besuch bat." Er öffnete eine weiße Tür. In dem Raum dahinter standen drei Betten, aber nur eines war belegt. Ein kleines Mädchen von etwa zehn Jahren schlief friedlich in ihm. Das Alter des Mädchens war schwer zu bestimmen, denn es trug einen breiten schwarzen Verband über beide Augen, der große Teile des Gesichtes verdeckte. „Setzen Sie sich", sagte Doktor Gürtler laut.

„Aber die Kleine –"

„Sie hört uns nicht. Sie hat ihr Morphium bekommen und schläft bis morgen früh. Wenn sie zu sich kommt, ist sie schon im Flugzeug."

„Im Flugzeug?", wiederholte ich.

Neben dem Bett saß ein brauner Teddybär mit heraushängender Zunge auf dem Nachttischchen. Das Mädchen hielt das linke Bein des Bären fest. Es hatte braunes Haar und hieß Angelika Reimer, das stand auf der Tafel über dem Bett. Was noch auf der Tafel stand, war klein geschrieben, und ich konnte es nicht lesen.

„Angelika fliegt nach New York. Sie hat einen besonders bösartigen grünen Star, den wir hier nicht schneiden können."

„Nach New York – ist das nicht sehr kostspielig?"

„Enorm, Herr Holland!" Dieses Gespräch schien ihm Vergnügen zu bereiten, er lachte trocken und begann seine Brille zu putzen. „Oh, enorm! Drüben operiert aber die einzige Kapazität, die für solche Fälle infrage kommt, Doktor Higgins vom Bellevue Hospital. Ein Erwachsener muss Angelika begleiten – wie gesagt, es kostet ein Vermögen. Rund achtzigtausend Schilling. Angelikas Mutter ist übrigens tot. Der Vater arbeitet im Winterhafen."

„Was macht er dort?"

„Er hilft Frachtkähne ausladen, wenn Frachtkähne ankommen. Wenn keine ankommen, macht er nichts."

Ich sagte: „Ich verstehe. Sie haben eine Story für mich.“

„Sie sind doch Reporter! Sie sagten mir einmal, für Sie wären nur Storys interessant.“

„So ist es“, sagte ich. „Storys und Tatsachen.“

„Also passen Sie auf.“ Er setzte die Brille wieder vor die kurzsichtigen Augen und rieb sich die Hände. „Der Vater bringt das Kind vor einem halben Jahr zu uns. Linkes Auge bereits schwer befallen, rechtes Auge etwas leichter. Mattscheibe, Sehstörungen, Kopfschmerzen, schwindender Gleichgewichtssinn, und so weiter, und so weiter.“

Das schlafende Kind seufzte lange und bewegte sich.

„Wir operierten ohne Ergebnis. Einmal. Noch einmal. Dann steht fest: Mit unseren Mitteln sind wir hilflos. Es gibt in ganz Europa niemanden, der helfen könnte. Ich habe vergessen zu erwähnen, dass der Vater die Kleine sehr liebt. Mehr als Väter Töchter im Allgemeinen lieben. Es ist eine … eine Besessenheit bei ihm, wissen Sie.“ Jetzt wich er meinem Blick aus. Er sagte: „… es ist eine ganz ungewöhnlich starke Beziehung, die Vater und Tochter verbindet.“

Ich begann zu ahnen, was er vorhatte, und verspürte einen schlechten Geschmack im Mund. Draußen regnete es nicht mehr.

„Wir sagten dem Vater die Wahrheit“, fuhr Doktor Gürtler fort. „Es war eine reine Frage des Geldes. Wir konnten ihm mit einer so großen Summe auch nicht helfen. Wir hätten sie vielleicht auftreiben können – aber nicht so schnell. Und Angelika musste schnell operiert werden, wenn der Flug zu Doktor Higgins überhaupt noch Sinn haben sollte.“

Es tat mir leid, dass ich hier herausgekommen war, ich hätte mir denken können, was mich erwartete. Ich war nicht mehr in der Stimmung, solchen Erzählungen zuzuhören. Sie machten mich über alle Maßen nervös, so nervös, dass ich mich kaum beherrschen konnte. Und beherrschen musste ich mich, denn Doktor Gürtler war immerhin der Mann, dem ich mein Leben verdankte, ein guter Mensch, der mir zu helfen suchte.

„Es geschah also das bekannte Wunder“, sagte ich, um die Erzählung wenigstens abzukürzen.

„Ja, Herr Holland. Wir sprachen einmal im Hotel ‚Ambassador‘ über Gott, nicht wahr …“

Nun kam es also endlich.

„Sie hielten nicht viel von ihm.“

„Nein.“

„Wir sprachen auch über die Liebe. Sie hielten auch nicht viel von der Liebe. Ich sagte Ihnen, dass Gott die Liebenden –“

Ich unterbrach ihn. „Reden Sie nicht weiter. Ich weiß, was Sie damals sagten.“

„Herr Holland, der Vater der Kleinen glaubt so wenig an Gott wie Sie. Er ist ein enragiertes und cholerisches Mitglied der Sozialdemokratischen Partei. Also ging er nicht in die Kirche, um zu beten, sondern füllte einen Wettschein zum Fußballtoto aus.“

„Und gewann natürlich", sagte ich. Angelika ließ das Bein des Teddybären los und drehte sich auf die andere Seite.

„Nein", sagte er.

„Bitte?"

„Er gewann natürlich nicht. Haben Sie schon einmal gehört, dass jemand im Toto gewonnen hat?"

„Was dann?"

„Die Geschichte kam in die Zeitung. Viele Menschen lasen, dass Angelika Hilfe brauchte. Eine amerikanische Fluggesellschaft rief an. Sie schenkte Angelika und ihrem Vater zwei Flugkarten nach New York und zurück." Er sagte leise: „Sie sehen, dass Gott viele Wege kennt, die Liebenden zu schützen."

„Sie meinen, dass die amerikanische Fluggesellschaft viele Wege kennt."

„Ich meine Gott", sagte er, ebenso leise wie zuvor. „Sie wissen, was ich meine, Herr Holland."

Ich drehte ihm den Rücken zu und sah in den Garten hinaus.

„Das ist aber eine schöne Geschichte", sagte ich. „Hoffentlich rettet Doktor Higgins nun die Patientin. Ich bin eigentlich davon überzeugt."

„Ja?"

„Ja. Ihr eigenes Argument, Vater und Tochter lieben einander, wie Sie sagen."

„Es gibt verschiedene Arten von Liebe, Herr Holland. Ihre Liebe zu der Frau, die tot ist, war nur eine davon, und zwar –"

„Ich will nicht darüber reden, was für eine Art von Liebe es war."

Er stand auf und legte eine Hand auf meine Schulter: „Das Unglück mit Ihnen ist, dass Sie gläubiger sind als wir alle."

Ich nahm meinen Hut.

„Sie haben sich mehr als wir alle auf Gott verlassen. Jetzt sind Sie ihm böse."

„Herr Doktor", sagte ich, „wenn es Ihnen recht ist, möchte ich ins Hotel zurück. Ich muss noch packen und ein paar Briefe schreiben."

Draußen gingen Kinder durch den von Mauern umgebenen Garten. Sie sangen: „Ein Männlein steht im Walde auf einem Bein …"

„Sie reisen ab?"

„Ja", sagte ich. „Ich muss nach Berlin. In drei Tagen fliege ich fort aus Europa."

„… es hat aus lauter Purpur ein Män-te-lein", sangen die Kinder draußen auf dem regennassen Gras des Gartens. Sie hielten einander an den Händen und tanzten im Kreis. Ein kleiner Junge in ihrer Mitte presste die Hände vors Gesicht und stand auf einem Bein.

„Wohin fliegen Sie, Herr Holland?"

„Nach Rio de Janeiro. Ich übernehme die Leitung unseres brasilianischen Büros."

„… sagt, wer mag das Männlein sein, das da steht im Wald allein …"

„Wollen Sie mir einmal schreiben?", fragte der Arzt.

„Vielleicht."

„… mit dem purpurroten Män-te-lein?"

16

Achtung, bitte, Air France gibt den Abflug ihres Clippers sieben-neunundfünfzig nach München bekannt! Passagiere werden durch Flugsteig drei an Bord gebeten. Wir wünschen Ihnen einen angenehmen Flug!“ Die Stimme der jungen Frau aus den Lautsprechern klingt fröhlich und munter.

Es ist jetzt sechs Uhr dreißig am 7. Juli 1956. Ich sitze im Restaurant des Flughafens Tempelhof in Berlin und trinke Kaffee. Meine Maschine fliegt um sieben Uhr dreißig. Mein Gepäck habe ich bereits aufgegeben. Ich schreibe diese Zeilen an dem gleichen Tisch, an dem ich mit Sibylle saß, bevor ich das letzte Mal nach Brasilien flog. Ich habe noch Zeit. Sie werden mich rufen, wenn es so weit ist.

„Achtung, bitte! British European Airways geben den Abflug ihres Viscountfluges drei-zweiundvierzig nach Hannover und Hamburg bekannt. Die Passagiere werden durch Flugsteig eins an Bord gebeten. Wir wünschen Ihnen einen angenehmen Flug!“

Hier hat sich nichts verändert. Unter mir, in der Morgensonne, werden die riesigen Maschinen aufgetankt. Männer in weißen Overalls arbeiten auf den Tragflächen. Ich kann die Maschine der EURAMA-Fluggesellschaft sehen, mit der ich fliegen werde. Sie trägt das Kennzeichen BRXK 56 auf dem hinteren Teil des Rumpfes.

Drüben in der Schalterhalle drängen sich noch immer Flüchtlingsfamilien aus dem Osten. Es ist Sommer, tiefer Sommer. Viele Menschen verlassen Berlin. Die meisten fliegen in den Süden, nach Italien und Spanien. Es gibt eine Menge zusätzlicher Flüge, ich höre, dass alle Maschinen ausverkauft sind. Die Flugzeuge transportieren auch arme Berliner Kinder nach Westdeutschland. Eben marschiert unter mir ein Trupp kleiner Mädchen auf eine viermotorige Maschine zu. Die Kinder tragen große Tafeln mit ihren Namen umgehängt. Ein Pilot führt sie. Nun klettern sie die Rolltreppe empor, nun verschwinden die Ersten im Flugzeug …

Dies wird bestimmt ein heißer Tag werden, der Himmel ist wolkenlos blau, ein leichter Ostwind weht. Ich habe zwei Flaschen Whisky gekauft, und ich denke, ich werde nach Düsseldorf zu trinken beginnen.

Die Kellner sind sehr höflich zu mir. Sie kennen mich alle. Wie damals legt einer von ihnen im Hintergrund des Restaurants neue Tischtücher auf.

„Your attention, please! Mr Broome, just arrived with Pan American World Airways from Frankfurt, will you please come to the counter of the company. There is a message for you! Repeat: Mr Broome, from Frankfurt!“

Ich habe die Nacht im Hotel „Am Zoo“ verbracht. Ich bin nicht mehr in Sibylles Wohnung gegangen. Den Hausverwalter habe ich angerufen. Da Sibylle keine Angehörigen besitzt, habe ich ihm vorgeschlagen, die Möbel und Kleider, das Geschirr und die Bücher zu verkaufen und die Wohnung wieder zu vermieten. Er sagte, er wolle den Erlös des Verkaufes dazu benützen, den alten, geborstenen Swimmingpool im Park instand setzen zu lassen. Ob das wohl im Sinne der Verstorbenen gewesen wäre?, fragte er mich. Das versicherte ich ihm nachdrücklich.

Die Schlüssel zu Sibylles Wohnung habe ich in meinem Hotelzimmer in den Papierkorb geworfen. Ich brauche sie nicht mehr. Auch mein Zimmer im Hotel „Astoria" in Frankfurt habe ich aufgegeben. Meine Bücher und Bilder habe ich meinem Freund Kalmar geschenkt. Meine Anzüge und die Wäsche befinden sich in zwei Koffern. Diesmal habe ich zwei Koffer gepackt.

Ich flog von Wien über Frankfurt hierher. Sie haben mir im Zentralbüro sehr geholfen und waren voll Verständnis. Ich dachte zuerst, der Skandal, in den ich verwickelt war, würde unangenehme Folgen haben, aber selbst die drei Herren des Vorstandes äußerten kein Wort der Kritik. Trotzdem weiß ich, dass sie froh sind, mich nach Brasilien abschieben zu können. Nichts ist in unserem Beruf so schlimm wie ein Skandal in der eigenen Branche.

Es ist jetzt sechs Uhr fünfunddreißig. Noch eine halbe Stunde, dann fliege ich ab. Ich denke, ich werde noch eine Tasse Kaffee trinken.

Wenn diese Niederschrift beendet ist, werde ich das ganze Manuskript in ein dickes Kuvert stecken und hinüber auf das Postamt gehen und alles an Herrn Alfred Peter und die Adresse seines Wiener Verlages schicken. Ich denke, es ist ein ganz guter Verlag, mit Filialen in Zürich und Hamburg. Und Herr Peter schien mir ein intelligenter Mensch zu sein …

„Attention, please! Calling passengers Royce, Riddle and Watts, booked with British European Airways to Hannover! Your Aircraft is about to take off! Passengers Royce, Riddle and Watts, please!"

Jetzt ist die Sonne so hoch gestiegen, dass ihre ersten Strahlen auf meinen Tisch fallen. Der Kellner bringt die zweite Tasse Kaffee, und ich bezahle gleich. Ich denke an Sibylle. Ich war so oft mit ihr in diesem Raum, nach der Ankunft, vor dem Abflug. Ich war hier glücklich und traurig mit ihr. Hier habe ich ihre Hand gehalten. Hier habe ich sie geküsst. Hier habe ich ihr gesagt, dass ich sie heiraten wolle. Und Sibylle hat mir hier gesagt, dass wir beschützt werden von Gott, solange einer den anderen aufrichtig liebt.

Arme Sibylle! Sie hätte mit mir fliehen sollen. Alles wäre gut gegangen, wenn sie auf mich gehört hätte. Aber sie glaubte an einen Gott, den es nicht gibt, und nahm sich das Leben.

Nun ist sie allein, und ich bin allein, und niemals mehr werden wir einander begegnen.

Wenn die Kugel ihres Revolvers mich ein bisschen höher getroffen hätte, wäre ich jetzt bei ihr. Ich glaube nicht an ein Leben nach dem Tod, aber gewiss wäre es schöner gewesen, mit Sibylle zusammen zu sterben, als ohne sie weiterzuleben. Und wer weiß, vielleicht hätten wir *doch* einen Weg gefunden, irgendeinen Trick, um nach dem Tod zusammenzubleiben für immer … Ich weiß, dass ich viel zu feige bin, mir jetzt noch das Leben zu nehmen. Das ist ausgeschlossen. Ich werde weiterleben, in Rio de Janeiro oder anderswo.

„Achtung, bitte. Air France gibt den Abflug ihres Clippers drei-einundzwanzig nach Wien bekannt. Passagiere werden durch Flugsteig eins an Bord gebeten. Meine Damen und Herren, wir wünschen Ihnen einen angenehmen Flug!"

Die Maschinen landen und fliegen ab. Es gibt viele Maschinen in diesem Sommer.

Sechs Uhr fünfundvierzig ist es geworden.

Nun werden sie mich bald rufen. Ich denke, dass man Gott keinen Vorwurf machen darf, da es ihn doch nicht gibt. Ein Gott, der nicht existiert, kann niemanden beschützen. Das war der Gedankenfehler, den Sibylle machte, ich habe ihn jetzt endlich klar erkannt. Sie glaubte an Gott. Also glaubte sie an seine Kraft, uns zu schützen. Doch diese Kraft existiert nicht, da schon ihr vermeintlicher Besitzer nicht existiert. Ich hätte das früher erkennen und ihr klarmachen müssen.

Da ich nun doch weiterleben muss, hoffe ich, dass es mir gelingen wird, Sibylle zu vergessen. Es heißt, dass alle Dinge vergessen werden nach einer Weile. Ich gebe mir Mühe. Ich habe schon damit begonnen, es zu versuchen. Vielleicht finde ich eine andere Frau. Es gibt viele Frauen, und ich werde wieder einmal eine brauchen. Sie wird nicht wie Sibylle sein, das weiß ich. Aber nun, da Sibylle tot ist, ist es mir gleichgültig, wie sehr verschieden die anderen Frauen von ihr sind. Man verliert viele Dinge im Leben, die nicht wiederzubekommen sind. Ich habe meine Jugend verloren und ein Bein und Sibylle. Ich habe aber in der Vergangenheit gefunden, dass man auch ohne Jugend und ohne ein Bein leben kann.

Arme Sibylle … ich habe ihr versprochen, ein Buch über uns zu schreiben, ein Buch über unsere Liebe. Nun finde ich, dass ich es getan habe. Und Herr Peter aus Wien hat recht behalten: Ich habe es sogar zu Ende geschrieben. Sibylle ist tot. Ich kann nichts mehr für sie tun. Meine Verantwortung endet. Ich erinnere mich daran, dass sie einmal bat: „Wenn du über mich schreibst, dann sage, bitte: Sie hatte kleine, feste Brüste. Keine großen."

Da das der einzige Wunsch ist, den ich Sibylle noch erfüllen kann, schließe ich meinen Bericht also mit dieser Wahrheit, die uns allerdings ebenso wenig zu schützen vermochte wie Sibylles Glaube an Gott: Sie hatte kleine, feste Brüste, keine großen.

Am 8. Juli 1956 meldete die West-Presse-Agentur:

> Auf ihrem planmäßigen Flug von Berlin nach Rio de Janeiro stürzte in den Morgenstunden des heutigen Tages eine viermotorige Verkehrsmaschine der EURAMA-Fluggesellschaft aus unbekannten Gründen hundertsechzig Seemeilen östlich von Rio de Janeiro ins Meer. Die Maschine trug das Kennzeichen BRXK 56. Fünfundvierzig Passagiere und eine zehnköpfige Besatzung wurden getötet. Suchflugzeuge entdeckten an der Unglücksstelle nur einen großen Ölfleck auf dem Meer. Unter den Toten befindet sich auch unser Korrespondent Paul Holland, der das Büro der West-Presse-Agentur in Rio de Janeiro übernehmen sollte.

Johannes Mario Simmel

Johannes Mario Simmel wurde 1924 in Wien geboren. Er machte eine Ausbildung zum Chemie-Ingenieur und war nach dem Krieg als Journalist und Übersetzer für die amerikanische Militärregierung tätig. 1952 zog er nach München und arbeitete für die Illustrierte *Quick*. Neben dem Verfassen von Drehbüchern, unter anderem für „Es geschehen noch Wunder" mit Hildegard Knef oder „Tagebuch einer Verliebten" mit Maria Schell, schrieb er in erster Linie Unterhaltungsromane. Bekannt wurde er 1948 durch seinen ersten Roman „Mich wundert, dass ich so fröhlich bin". Mit seinen brillant erzählten zeit- und gesellschaftskritischen Romanen und Kinderbüchern zählte er zu den international erfolgreichsten Autoren der Gegenwart. Seine Bücher erschienen in 40 Ländern und erreichten eine Auflage von 73 Millionen. Der Träger des Österreichischen Ehrenkreuzes für Wissenschaft und Kunst 1. Klasse wurde 1991 von den Vereinten Nationen mit dem Award of Excellence der Society of Writers ausgezeichnet. Simmel lebte bis zu seinem Tod im Januar 2009 in der Nähe von Zürich.